Memoria traidora

Elizabeth George

Memoria traidora

Traducción de Maria Via

CÍRCULO de LECTORES

Para la otra chica Jones,
dondequiera que esté

¡Hijo mío Absalón;
hijo mío, hijo mío Absalón!
¡Ojalá hubiera muerto
yo en tu lugar, Absalón, hijo mío,
hijo mío!

Segundo Libro de Samuel
19:1

AGRADECIMIENTOS

Nunca podría haber completado un proyecto de esta envergadura en el tiempo del que disponía sin la contribución y la ayuda de diversas personas, tanto de los Estados Unidos como de Inglaterra.

En Inglaterra, me gustaría expresar mi gratitud a Louise Davies, directora de Norland College, por haberme permitido observar a las niñeras en prácticas y por darme información previa sobre la vida profesional de las mismas; a Godfrey Carey, abogado, Joanna Corner, abogada, y Charlotte Bircher del Colegio de Formación de Abogados, ya que todos ellos contribuyeron en gran medida a que comprendiera la jurisprudencia británica; a la hermana Mary O'Gorman del convento de la Asunción en Kensington Square por permitirme el acceso al convento y a la capilla, y por proporcionarme dos décadas de información sobre la plaza en sí; al comisario jefe Paul Scotney de la Policía Metropolitana (Comisaría de Belgravia) por ayudarme con los procedimientos policiales y por demostrarme una vez más que el público que más perdona entre mis lectores se encuentra entre las filas de la policía británica; al inspector jefe Pip Lane, que siempre ha actuado con generosidad como intermediario entre la policía local y yo; a John Oliver y Maggie Newton de la prisión de Holloway por la información sobre el sistema penal de Inglaterra; a Swati Gamble por todo lo que va desde los horarios de autobuses hasta la localización de hospitales con departamentos de urgencias; a Jo-Ann Goodwin del *Daily Mail* por ayudarme con las leyes que se ocupan de la cobertura periodística de las investigaciones de asesinato y de los juicios; a Sue Fletcher por prestarme generosamente los servicios del beneficioso Swati Gamble; y a mi agente, Stephanie Cabot, de la agencia William Morris, para quien no existe ningún obstáculo imposible de superar.

En los Estados Unidos, quiero expresar mi más profundo agradecimiento a Amy Sims de la Filarmónica del condado de Orange, quien se tomó la molestia de asegurarse de que yo fuera capaz de escribir sobre el violín con un nivel adecuado de exactitud; a Cynthia Faisst, que me permitió asistir a algunas clases de violín; al doctor Gordon Globus, que me ayudó a comprender mejor la amnesia psicogénica y los protocolos terapéuticos; al doctor Tom Ruben y al doctor Robert Greenburg, que me proporcionaron información médica siempre que la necesité, y a mis alumnos de escritura creativa, que escucharon los primeros capítulos de la novela y cuya opinión me fue de gran ayuda.

Estoy especialmente en deuda con mi maravillosa ayudante, Dannielle Azoulay, sin la que habría sido incapaz de redactar el borrador de esta larga novela en diez meses. La ayuda de Dannielle en todas las áreas –desde hacer las investigaciones necesarias hasta ocuparse de los recados– fue completamente crucial para mi bienestar y mi salud y, en consecuencia, quiero expresarle mis más efusivas gracias.

Por último, quiero darle las gracias, como siempre, a mi editora –Kate Miciak– con la que trabajo desde hace tiempo y que siempre me formuló las mejores preguntas sobre los cambios más complicados del argumento; a mi agente literario de los Estados Unidos –Robert Gottlieb de Trident Media– que me representa con energía y creatividad; a mi colega Don McQuinn, que cortésmente se ofreció a escuchar todos mis miedos y dudas; y a Tom McCabe, que tuvo la gentileza de bajarse del tren creativo siempre que fue necesario.

MAIDA VALE, LONDRES

«Las mujeres gordas son capaces de todo. Las mujeres gordas son capaces de todo. Las mujeres gordas son capaces de todo, de todo, y de todo.»

A medida que se dirigía hacia el coche, Katie Waddington repetía el constante mantra al compás de sus torpes pasos. Pronunciaba las palabras mentalmente en vez de hacerlo en voz alta, no porque estuviera sola y tuviera miedo de parecer un poco chiflada, sino porque decirlas en voz alta le supondría un esfuerzo mucho mayor para sus cansados pulmones, que ya tenían bastante con lo que habían de soportar. Lo mismo le sucedía con el corazón, que según su médico de cabecera no estaba diseñado para bombear sangre por unas arterias que cada vez se encontraban más repletas de grasa.

El médico, al contemplarla, veía pliegues de gordura, dos grandes mamas que le caían de los hombros cual pesados sacos de harina, un estómago que le colgaba para cubrirle el pubis y una piel agrietada por la celulitis. Su esqueleto tenía que soportar tanto peso que podría pasar un año entero sin comer y vivir de sus propias reservas; además, si el médico estaba en lo cierto, la grasa había empezado a invadir sus órganos vitales. Cada vez que Katie acudía a la consulta, el médico insistía en que si no hacía algo por rebajar sus excesos en la mesa, acabaría por morirse.

–Te fallará el corazón o sufrirás una apoplejía –le dijo mientras negaba con la cabeza–. Escoge tu propio veneno. Tu estado requiere que tomes medidas de inmediato, y éstas, evidentemente, excluyen cualquier alimento que pueda convertirse en tejido adiposo. ¿Lo comprendes?

¿Cómo no lo iba a entender? Estaban hablando de su cuerpo y, además, era imposible que una persona del tamaño de un hipopótamo ataviada con un traje chaqueta no se diera cuenta de ello cada vez que le surgiera la oportunidad de contemplarse en el espejo.

No obstante, la pura verdad era que su médico de cabecera era la única persona en la vida de Katie que había tenido serias dificultades a la hora de aceptarla como la mujer gorda que desde la infancia había estado destinada a ser. Ya que la gente que le importaba la aceptaba tal y como era, carecía de toda motivación para adelgazar los ochenta kilos que el médico le había recomendado perder.

Si alguna vez Katie hubiera dudado que vivía inmersa en una sociedad de gente cada vez más obsesionada por tener un cuerpo bronceado y escultural, sus dudas se habrían disipado y habría reafirmado su propia valía esa misma noche, al igual que todos los lunes, miércoles y viernes, en los que sus grupos de terapia sexual se reunían de siete a diez. La gente con problemas sexuales que vivía en Londres o alrededores acudía a esas sesiones en busca de consuelo y de soluciones. Katie Waddington –que había convertido el estudio de la sexualidad humana en la pasión de su vida– era la responsable de dirigir las sesiones: se examinaba la libido, se analizaba minuciosamente la erotomanía y las fobias; la gente se confesaba culpable de frigidez, ninfomanía, satirismo, travestismo y fetichismo. Asimismo, se animaba a la gente a tener fantasías eróticas y se le fomentaba la imaginación sexual.

«Ha salvado nuestro matrimonio», le decían con efusión. O la vida, o la salud mental o, a menudo, la carrera profesional.

El lema de Katie era que el sexo era un negocio, y el hecho de que ella llevara veinte años dedicándose a ello, de que tuviera unos seis mil clientes satisfechos y una lista de espera de doscientas personas corroboraba esa verdad.

Así pues, se encaminaba hacia el coche en un estado de ánimo que oscilaba entre el orgullo y el éxtasis más absoluto. Por mucho que ella pudiera ser anorgásmica, ¿quién se iba a enterar mientras fuera capaz de lograr de forma reiterada que los demás tuvieran unos orgasmos tan estupendos? Y, después de todo, eso era precisamente lo que el público quería: liberarse sexualmente cuando surgiera la ocasión, pero sin sentirse culpable.

¿Quién les ayudaba a conseguirlo? Una gorda.

¿Quién los absolvía de la vergüenza de sus deseos? Una gorda.

¿Quién les enseñaba a hacer todas esas cosas que iban desde estimular las zonas erógenas hasta fingir pasión a la espera de que ésta retornara? Una mujer de Canterbury, ridícula y gorda a más no poder. Ella y nadie más que ella.

Eso era más importante que contar calorías. Si Katie Waddington estaba destinada a morir gorda, entonces sería así como moriría.

Era una noche fría, de esas que tanto le gustaban. El otoño había llegado por fin a la ciudad después de un verano abrasador, y a medida que Katie avanzaba con dificultad a través de la oscuridad, revivió, tal y como siempre hacía, los temas más importantes que se habían comentado esa noche.

Lágrimas. Sí, siempre había lágrimas, además de retorcimientos de manos, rubores, tartamudeos y mucho sudor. No obstante, también solía haber momentos especiales, momentos decisivos que hacían que el hecho de escuchar durante horas repetitivos detalles personales valiera la pena.

Esa noche el momento lo habían propiciado Félix y Dolores (apellido desconocido), que se habían apuntado a las sesiones con el claro propósito de «recobrar la magia de su matrimonio» después de haberse pasado dos años –y de haberse gastado veinte mil libras– examinando, por separado, su sexualidad. Hacía tiempo que Félix había admitido que buscaba satisfacción fuera del reino de sus promesas maritales, y Dolores había confesado sin rubor que disfrutaba mucho más con su vibrador mientras contemplaba una fotografía de Laurence Olivier caracterizado como Heathcliff que de los abrazos de su marido. Sin embargo, esa noche, cuando Félix empezó a reflexionar en voz alta sobre los motivos que podían hacer que el culo desnudo de su mujer le recordara a su madre en sus últimos años, las mujeres de mediana edad del grupo pensaron que eso era demasiado y empezaron a insultarle con una violencia tal que la misma Dolores se levantó apasionadamente para defender a su marido. Según parece, Dolores anegó la aversión que su marido sentía por su trasero con el agua bendita de sus propias lágrimas; al momento, marido y mujer se abrazaron, se besaron en los labios y gritaron al unísono: «Han salvado nuestro matrimonio», al final de la sesión.

Katie reconocía que lo único que había hecho era propiciarles un público. De todos modos, eso era lo que en verdad quería cierto tipo de gente: una oportunidad para humillarse a sí mismos o a sus seres queridos delante de otros, y así propiciar una situación de la que poder rescatar a sus seres amados o ser rescatados por éstos.

Ocuparse de los problemas sexuales de los británicos era una verdadera mina de oro, y Katie se consideraba de lo más astuta por haberse dado cuenta de eso.

Bostezó largamente y notó cómo le gruñían las tripas. Una jornada laboral larga y provechosa bien se merecía una buena cena, seguida de un baño y una cinta de vídeo. Prefería las películas antiguas por los matices románticos que tenían. Un fundido en negro en los momentos importantes la estimulaba mucho más que un primer plano de ciertas partes corporales acompañado de una banda sonora repleta de respiraciones entrecortadas. Vería *Sucedió una noche:* Clark, Claudette, y la exquisita tensión que se creaba entre ellos.

«Eso era lo que faltaba en la mayoría de las relaciones –pensó Katie por milésima vez ese mes–: tensión sexual. Ya no hay lugar para la imaginación en las relaciones de pareja. El mundo se ha convertido en un lugar en el que todo se sabe, todo se cuenta y todo se fotografía; por lo tanto, ya no existe la posibilidad de disfrutar de antemano ni de mantener nada en secreto.»

No obstante, no tenía motivos para quejarse. El estado del mundo la estaba haciendo rica y, por muy gorda que estuviera, nadie la desairaba cuando veía la casa en que vivía, la ropa que llevaba, las joyas que compraba o el coche que conducía.

Se estaba acercando a ese coche precisamente, al lugar en el que lo había dejado por la mañana: un aparcamiento privado que estaba al otro lado de la calle, junto a la clínica en la que pasaba sus días. Mientras se detenía en la acera para cruzar, se percató de que respirar le costaba más de lo habitual. Apoyó la mano en una farola y sintió cómo el corazón pugnaba por seguir funcionando.

Quizá debería considerar el programa de pérdida de peso que le había sugerido el médico, pensó. Sin embargo, tan sólo un segundo después, descartó la idea. ¿Para qué estaba la vida sino para disfrutarla?

Una ligera brisa se levantó y le apartó el pelo del rostro. Sintió cómo le refrescaba la nuca. Lo único que necesitaba era descansar un momento. Cuando recobrara el aliento, se sentiría tan bien como de costumbre.

Permaneció en pie y escuchó el silencioso barrio. Era comercial y residencial a la vez: constaba de pequeños negocios que ya estaban cerrados a esas horas y de casas que ya hacía tiempo que se habían convertido en pisos, y en cuyas ventanas ya se habían corrido las cortinas para protegerse de la noche.

«¡Qué extraño!», pensó. Nunca se había dado cuenta de la tranquilidad y del vacío que reinaba en esas calles cuando ya había caído la noche. Miró a su alrededor y se percató de que en un lugar como aquél podría suceder cualquier cosa –tanto buena como mala– y que si alguien llegaba a presenciarlo sería tan solo fruto de la casualidad.

Un estremecimiento le recorrió el cuerpo. Más le valdría seguir avanzando. Bajó de la acera y empezó a cruzar.

No vio el coche del final de la calle hasta que éste encendió las luces y la cegó. Se precipitó hacia ella emitiendo un sonido parecido al bramido de un toro.

Intentó avanzar a toda velocidad, pero el coche se abalanzó sobre ella. Era evidente que estaba demasiado gorda para esquivarlo a tiempo.

GIDEON

16 de agosto

Me gustaría empezar diciendo que creo que este ejercicio va a ser una pérdida de tiempo y, tal y como intenté explicarle ayer, si hay algo que no me sobra en este momento es precisamente tiempo. Si quería que confiara en la eficacia de esta actividad, me podría haber explicado el paradigma sobre el que, según parece, se basa para definir el concepto de «tratamiento» en su libro. ¿Qué importancia tiene el tipo de papel que use? ¿O qué clase de libreta? ¿O qué bolígrafo o lápiz utilice? ¿Qué más da dónde me encuentre al escribir estas tonterías que me ha pedido que escriba? ¿No le basta que haya aceptado tomar parte en este experimento? No importa. No me conteste. Ya sé lo que me respondería: «¿De dónde viene toda esa ira, Gideon? ¿Qué hay detrás de todo eso? ¿Qué le viene a la memoria?».

Nada. ¿No lo ve? No recuerdo nada en absoluto. Por eso mismo he venido.

«¿Nada? –me preguntará–. ¿Nada de nada? ¿Está seguro de que está en lo cierto? Después de todo, sabe cómo se llama y, según parece, también reconoce a su padre; recuerda el lugar en el que vive, cómo se gana la vida y a sus compañeros más cercanos. Por lo tanto, cuando dice que no recuerda nada, debe querer decir que no recuerda...»

Nada que sea importante para mí. De acuerdo. Lo diré. No recuerdo nada que considere de importancia. ¿Es eso lo que quiere oír? ¿Cree que usted y yo deberíamos hacer hincapié en ese pequeño detalle desagradable de mi carácter para ver qué quiero decir con esa afirmación?

No obstante, en vez de responderme a esas dos preguntas, me dirá que empezaremos por escribir todo lo que recordemos, al margen de que sea o no importante. Pero cuando diga «empezaremos», en realidad querrá decir que yo empezaré por escribir, y que lo que yo anote será lo que yo recuerde, porque tal y como expresó de forma sucinta con su voz objetiva e intocable de psiquiatra: «Lo que recordamos suele ser la clave de lo que hemos elegido olvidar».

Elegido. Supongo que ha seleccionado la palabra de forma deliberada. Quería que reaccionara. Ya se lo explicaré, debería pensar. Ya le explicaré a esa pequeña arpía todo lo que recuerde.

De todos modos, ¿cuántos años tiene, doctora Rose? Dice que tiene treinta años, pero yo no me lo creo. Sospecho que ni siquiera tiene mi edad y, lo que es peor, parece una niña de doce años. ¿Cómo quiere que confíe en usted? ¿De verdad piensa que será capaz de sustituir a su padre? A propósito, fue a él a quien accedí a ver. ¿Se lo comenté la primera vez que nos vimos? Creo que no. Me dio demasiada lástima. La única razón por la que decidí quedarme al entrar en la consulta, y verla a usted en vez de a su padre, fue porque me pareció de lo más patética, allí sentada, vestida de negro de pies a cabeza, como si con esa vestimenta pudiera parecer lo bastante competente para resolver las crisis mentales de la gente.

«¿Mentales? –me pregunta, pronunciando la palabra como si fuera un tren fuera de control–. ¿Que ha decidido aceptar las conclusiones del neurólogo? ¿Eso le satisface? ¿Que no le hace falta que le hagan más pruebas para estar convencido? Eso está muy bien, Gideon. Es un paso adelante muy importante. Si está convencido de que no hay ninguna explicación fisiológica para lo que está experimentando, entonces el trabajo que vamos a realizar juntos será más fácil.»

¡Qué bien habla, doctora Rose! Tiene una voz de terciopelo. Lo que debería haber hecho era darme la vuelta y volver a casa tan pronto como abrió la boca. Sin embargo, no lo hice porque me manipuló para que me quedara con todas esas tonterías de que «visto de negro porque mi marido ha muerto». Quería evocar mi compasión, ¿no es verdad? Fraguar una amistad con el paciente, tal y como le han dicho que haga. Ganar su confianza. Hacerle «sugerible».

«¿Dónde está el doctor Rose?», le pregunto al entrar en la oficina.

«Yo soy el doctor Rose –me responde–. La doctora Alison Rose. ¿Tal vez esperaba encontrar a mi padre? Sufrió una apoplejía hace ocho meses. Se está recuperando, pero le va a llevar su tiempo; como aún no está en condiciones de volver a tratar a sus pacientes, yo me hago cargo de su clientela.»

Y ahí empieza todo: me cuenta las razones que la indujeron a volver a Londres, lo mucho que echa de menos la ciudad de Boston, pero que en cierta manera ya está contenta porque los recuerdos de allí son demasiado dolorosos. Me cuenta que es por él, por su marido. Llega a tal extremo que incluso me dice su nombre: Tim Freeman. Y la enfermedad que padecía: cáncer de colon. Y la edad que tenía cuando murió: treinta y siete años. Y los motivos que les habían llevado a posponer el tener hijos, porque cuando se casaron usted aún iba a la facultad de Medicina, y que cuando llegó el momento de replantearse la cuestión de la reproducción, él ya estaba luchando por su vida, y usted junto a él, y que en esa batalla ya no quedaba sitio para un hijo.

Y yo, doctora Rose, sentí lástima por usted. Por lo tanto, me quedé. Como consecuencia de eso, estoy aquí sentado en la primera planta, junto a una ventana que da a Chalcot Square. Escribo todas estas sandeces con un bolígrafo para que luego no pueda borrar nada, tal y como me ha ordenado. Uso una libreta de hojas sueltas para poder añadir más información, en caso de que, más tarde, recuerde algo más de forma milagrosa. Lo que no hago es precisamente lo que debería estar haciendo, y lo que el mundo entero espera que haga: permanecer al lado de Raphael Robson y hacer que desaparezca ese vacío infernal y omnipresente de las notas.

«¿Raphael Robson?», me preguntará. «Hábleme de él», me dirá.

Esta mañana me he puesto leche en el café y ahora estoy pagando por ello, doctora Rose. El estómago me arde. Las llamas me están lamiendo el intestino. El fuego avanza hacia arriba, pero no en mi interior. Sucede todo lo contrario, pero siempre tengo la misma sensación. Es una simple dilatación del estómago y del intestino, me asegura mi médico de cabecera. «Flato», me reza, como si me estuviera dando una bendición médica. Es un curandero y un charlatán, un matasanos de cuarta categoría. Tengo algo maligno devorándome las tripas y él insiste en que son flatulencias.

«Hábleme de Raphael Robson», repetirá.

«¿Por qué? –le preguntaré–. ¿Por qué quiere que le hable de él?»

«Porque es un tema por el que empezar. Su mente le ha dictado por dónde comenzar. Es así como funciona el proceso.»

«No obstante, Raphael no es el principio de la historia –le replicaré–. El principio se remonta a veinticinco años atrás, a una Peabody House[1] de Kensington Square.»

1. George Peabody (1795-1869): Empresario y filántropo estadounidense que fundó varias instituciones culturales, como por ejemplo el Peabody Institute de Baltimore y el Peabody Museum de Yale. También se dedicó a la financiación de viviendas para trabajadores en Londres. *(N. de la T.)*

17 de agosto

Ahí es donde vivía. No en una de las Peabody Houses, sino en la casa de mis abuelos, en el lado sur de la plaza. Hace mucho tiempo que las Peabody Houses ya no existen y, según lo que vi la última vez que fui, han sido reemplazadas por dos restaurantes y una boutique. Aun con todo, recuerdo muy bien esas casas y cómo mi padre las empleó para inventar la Leyenda de Gideon.

Así es mi padre, siempre dispuesto a usar cualquier cosa que tenga a mano, si ésta puede llevarle adonde él quiere ir. En esa época, estaba muy inquieto, siempre lleno de ideas. Ahora me doy cuenta de que casi todas sus ideas eran meros intentos para tratar de disipar el miedo que mi abuelo sentía por él, ya que, según mi abuelo, el hecho de que mi padre no hubiera podido crearse una reputación en el ejército presagiaba que fracasaría en cualquier otro campo. Supongo que mi padre sabía lo que mi abuelo pensaba de él. Después de todo, mi abuelo no era el tipo de hombre que se guardara las opiniones para sí mismo.

Mi abuelo nunca se había vuelto a encontrar bien después de la guerra, y supongo que ésa era la razón por la que vivíamos con él y con la abuela. Los japoneses le habían tenido prisionero en Birmania durante dos años, y nunca se había recuperado del todo. Me imagino que el hecho de ser prisionero había desencadenado algo en su interior que, en otras circunstancias, habría permanecido latente. Pero, en todo caso, lo único que jamás me contaron sobre la situación era que mi abuelo padecía «episodios» que requerían que se lo llevaran de vez en cuando a pasar «unas bonitas vacaciones en el campo». Soy incapaz de recordar detalles concretos de estos episodios ya que mi abuelo murió cuando yo tenía diez años. Lo único que recuerdo es que siempre empezaban con unos sonidos violentos y aterradores, seguidos por los lloros de mi abuela y por los gritos de mi abuelo que decía: «No eres hijo mío», mirando a mi padre mientras se lo llevaban por la fuerza.

«¿Se lo llevaban? –me pregunta–. ¿Quiénes?»

Yo les llamaba los duendes. Tenían la misma apariencia que la gente normal, pero sus cuerpos estaban habitados por ladrones de almas. Mi padre siempre les dejaba entrar en casa, pero mi abuela solía recibirles en las escaleras, con lágrimas en los ojos. Siempre pasaban por delante de ella sin pronunciar palabra porque todo lo que tenían que decir había sido dicho más de una vez. Como ve, ya hacía muchos años que venían a buscar a mi abuelo. Desde mucho antes de que yo naciera. Desde mucho antes de que los observara desde la balaustrada de la escalera, asustado y agachado cual pequeño sapo.

Sí. Antes de que me lo pregunte, recuerdo ese miedo. También recuerdo más cosas. Recuerdo que alguien me apartaba de la balaustrada, separándome los dedos uno a uno para que dejara de asirla y me pudieran alejar de ella.

«¿Raphael Robson? –va a preguntarme, ¿no es así?–. ¿Es aquí dónde aparece Raphael Robson?»

Pero no. Eso pasó años antes de que apareciera Raphael Robson. Raphael vino después de las Peabody Houses.

«Así pues, volvemos a la Peabody House», me dice.

«Sí. A la casa y a la Leyenda de Gideon.»

19 de agosto

¿Recuerdo la Peabody House? ¿O tan sólo he inventado los detalles para completar el esbozo que me dio mi padre? Si fuera incapaz de recordar a qué olía la casa, pensaría que simplemente estaba jugando a un juego según las reglas de mi padre para poder evocar la Peabody House en mi cerebro en momentos como éste. No obstante, ya que el olor a lejía puede transportarme de nuevo a la Peabody House en un instante, sé que la base de la historia es verdadera, por mucho que pueda haber sido adornada a lo largo de los años por mi padre, por mi agente, o por los periodistas que hayan hablado con ellos. Para serle franco, he dejado de hacerme preguntas sobre la Peabody House. Siempre digo: «Eso ya es agua pasada. A ver si esta vez podemos aportar información nueva».

Pero los periodistas siempre quieren que sus historias tengan gancho y, ya que mi padre les ha ordenado con firmeza que sólo mi carrera profesional puede ser motivo de entrevista, ¿qué mejor gancho puede haber que el que mi padre creó a partir de un simple paseo por los jardines de Kensington Square?

Tengo tres años y me acompaña mi abuelo. Voy sentado en un triciclo y avanzo con dificultad alrededor del sendero que delimita el jardín; mientras tanto, mi abuelo está sentado en esa especie de templo griego que sirve de cobijo junto a la verja de hierro forjado. Se ha traído un periódico, pero no lo está leyendo; en vez de eso, escucha música procedente de uno de los edificios que tiene a su espalda.

Me dice con un tono de voz muy bajo:

–Eso se llama concierto, Gideon. Es un concierto de Paganini en *re* mayor. Escucha.

Me hace señas para que vaya a su lado. Se sienta en un extremo del banco, y yo permanezco de pie junto a él mientras me pasa el brazo por los hombros. Escucho.

En un instante sé que eso es lo que quiero hacer. A los tres años sé lo que nunca he dejado de creer: «Escuchar es ser, pero tocar es vivir».

Insisto en que nos marchemos del jardín de inmediato. Mi abuelo tiene las manos artríticas y le cuesta abrir la verja. Le pido que se apresure «antes de que sea demasiado tarde».

–Demasiado tarde ¿para qué? –me pregunta con cariño.

Le cojo de la mano y se lo enseño.

Le llevo hasta Peabody House, al lugar de donde proviene la música. En un momento estamos dentro; acaban de limpiar el suelo de linóleo y los ojos nos pican a causa del aire impregnado de olor a lejía.

Arriba, en la primera planta, encontramos el origen del concierto de Paganini. Una de las grandes salas es la vivienda de la señorita Rosemary Orr, jubilada desde hace mucho tiempo de la Filarmónica de Londres. Permanece de pie delante de un gran espejo de pared, y tiene un violín debajo de la barbilla y un arco en la mano. Sin embargo, no toca. Escucha una grabación de Paganini con los ojos cerrados y con la mano que sostiene el arco bajada, mientras las lágrimas cubren sus mejillas y la madera del instrumento.

–¡Va a estropearlo! –le advierto a mi abuelo.

Al oírlo, la señorita Orr sale de su estupor, se sobresalta, y sin duda se pregunta cómo puede ser que un anciano caballero artrítico y un mocoso hayan ido a parar a la puerta de sus aposentos.

No obstante, no tiene tiempo de expresar su consternación, porque me dirijo hacia ella, le cojo el instrumento de las manos y empiezo a tocar.

No muy bien, evidentemente, porque ¿quién se iba a creer que un niño de tres años sin educación musical, por mucho talento que pudiera tener, iba a coger un violín y a tocar el Concierto en *re* Mayor de Paganini después de haberlo oído una sola vez? Pero la materia prima está dentro de mí –el oído, el sentido innato del ritmo, la pasión– y la señorita Orr lo ve e insiste en que le permitan dar clases a ese niño prodigio.

Así pues, se convierte en mi primera profesora de violín. Sigo con ella hasta que tengo cuatro años y medio, momento en el que se decide que mi talento requiere un tipo de educación menos convencional.

Ésta es la Leyenda de Gideon, doctora Rose. ¿Conoce el violín lo bastante para ver en qué punto se convierte en fantasía?

Hemos conseguido promulgar la leyenda a base de llamarla *leyenda,* tomándonosla a risa incluso cuando la contamos. Solemos decir que son tonterías y cosas por el estilo, pero siempre lo hacemos con una sonrisa sugestiva. La señorita Orr hace mucho tiempo que murió y, por lo tanto, no puede rebatir la historia. Después de la señorita Orr vino Raphael Robson, que tiene muy pocas posibilidades de saber la verdad.

Aquí tiene la verdad, doctora Rose, porque a pesar de lo que pueda pensar por la reacción que he tenido respecto a este ejercicio que he acordado hacer, estoy interesado en contarle la verdad.

Ese día de verano me encuentro en el jardín de Kensington Square con un grupo de niños. Estamos realizando unas actividades que han organizado las monjas de una escuela cercana. El grupo está formado por los niños de la plaza, y lo dirigen tres estudiantes universitarios que viven en un hostal que hay detrás de la escuela. Uno de los tres monitores nos viene a recoger a casa cada día, para luego llevarnos cogidos de la mano al jardín central, en el que, por un módico precio, se espera que aprendamos las habilidades sociales que se aprenden al jugar en grupo. Eso nos será útil cuando vayamos a la escuela primaria. O, como mínimo, ésa es la idea. Los estudiantes universitarios nos entretienen con juegos, trabajos manuales y ejercicio. Una vez que estamos ocupados en la tarea que nos hayan asignado ese día, se van –sin que nuestros padres lo sepan– a ese especie de templo griego y empiezan a chismorrear y a fumar.

Ese día en especial está previsto que vayamos en bicicleta, aunque en realidad sólo me limito a ir en triciclo alrededor del sendero que rodea el jardín. Mientras pedaleo con dificultad por la parte posterior del pequeño jardín, un niño de mi edad –a pesar de que no recuerdo su nombre– se saca la colita y se pone a orinar encima del césped. Sobreviene una crisis y después de pegarle una gran reprimenda al malhechor, lo mandan directo a casa.

En ese momento empieza la música; los dos estudiantes que siguen allí después de haber mandado al niño a casa no tienen ni la más remota idea de lo que estamos escuchando. No obstante, yo quiero dirigirme hacia ese sonido e insisto con una firmeza tan poco habitual que uno de los estudiantes –creo que es una chica italiana, porque a pesar de tener un corazón muy grande no habla muy bien inglés– me dice que me ayudará a averiguar de dónde procede el sonido. Y así lo hacemos hasta que llegamos a Peabody House y a la señorita Orr.

Cuando la estudiante y yo entramos en la sala de estar, la señorita Orr no está ni tocando, ni haciendo ver que toca ni llorando. Sencillamente está dando clases de música. Después me entero de que siempre finaliza sus clases poniendo una obra musical en el tocadiscos para que su alumno la escuche. Ese día suena el concierto de Brahms.

Desea saber si me gusta la música.

No tengo respuesta. No sé si me gusta ni si lo que siento es afición o cualquier otra cosa. Lo único que sé es que quiero ser capaz de producir esos sonidos. Pero soy tímido y no digo nada, y lo único que consigo hacer es esconderme detrás de las piernas de la chica italiana hasta que ésta me coge de la mano, pide disculpas con su inglés chapurreado y me lleva de nuevo al jardín.

Eso es la realidad.

Estoy seguro de que quiere saber cómo puede ser que esos comienzos tan poco propicios en el mundo musical se convirtieran en la Leyenda de Gideon. En otras palabras, cómo puede ser que el arma desechada y –¿cómo podríamos explicarlo?– destinada a acumular depósitos de cal en una cueva se convirtiera en Excalibur, en la Espada de la Piedra. Sólo puedo hacer conjeturas, ya que la leyenda es una invención de mi padre, no mía.

Al final del día, los monitores llevaron a los niños a sus respectivas casas y entregaron a los padres unos informes sobre los progresos y el comportamiento de sus hijos. ¿Para qué iban los padres a gastarse el dinero sino para recibir indicios diarios y esperanzadores de que sus hijos estaban alcanzando un nivel adecuado de madurez social?

Sólo Dios sabe qué consecuencias tuvo el hecho de que el niño sacara la colita en público en vez de haberlo hecho en privado. En mi caso, la estudiante italiana les informó de mi encuentro con Rosemary Orr.

Supongo que todo eso debió de ocurrir en la sala de estar, mientras mi abuela presidía la mesa del té de la tarde que siempre preparaba para el abuelo, envolviéndole de ese modo en un halo de normalidad para protegerle de la aparición de un nuevo episodio. Quizá mi padre también estuviera allí, o tal vez estuviera James el Inquilino, que había alquilado una de las habitaciones vacías de la cuarta planta de la casa y que nos ayudaba a llegar a final de mes. Supongo que habrían invitado a la estudiante italiana –aunque ahora pienso que bien podría haber sido griega, española o portuguesa– a tomar el té con la familia, lo cual le habría dado la oportunidad de relatar nuestro encuentro con Rosemary Orr.

Diría: «El pequeño quiere saber de dónde procede la música que estamos escuchando y, por lo tanto, le seguimos el rastro...».

«Creo que quiere decir "oyendo" y "averiguamos su procedencia"», replica el inquilino. Tal y como ya he dicho, se llama James, y muchas veces he oído al abuelo quejarse de que su inglés es «demasiado perfecto para ser verdadero» y que, en consecuencia, debe de ser un espía. De todos modos, me gusta escucharle. Las palabras brotan de la boca de James el Inquilino como si fueran naranjas rechonchas, jugosas y redondas. Él no es así, a excepción de sus mejillas, que son rosadas y que aún se vuelven más rojas cuando se da cuenta de que alguien le está prestando atención. «Continúe –le dice a la estudiante italiana-española-griega-portuguesa–. No me haga caso.»

Ella sonríe, porque el inquilino le cae bien. Supongo que le gustaría que le ayudara con el inglés, y que le gustaría hacerse amiga suya.

No tengo amigos –a pesar de los niños del grupo–, pero no soy consciente de su ausencia porque tengo a mi familia y disfruto de su amor. A diferencia de la mayoría de niños de tres años, no llevo una existencia separada de la de los adultos, lo cual implicaría: comer solo, que una niñera o cualquier otra persona encargada de cuidar niños me entretuviera y me mostrara la vida, hacer apariciones periódicas en el seno de la familia, o pasar el rato hasta que me pudieran mandar a la escuela. En vez de eso, soy parte del mundo de los adultos con los que vivo. Veo y oigo muchas cosas de las que pasan en mi casa y, aunque a veces no recuerde los eventos, sí que recuerdo la impresión que han dejado en mí.

Así pues, recuerdo esto: cómo contaban la historia de la música de violín y cómo el abuelo interrumpió la historia y se extendió en alabanzas de Paganini. Durante años, la abuela utilizó la música para calmar a su marido cuando éste estaba a punto de sufrir un episodio y cuando aún había posibilidades de que se produjera. Él hablaba de quiebros y de la técnica del arco, de vibrato y *glisando* con una aparente autoridad, aunque ahora sé que tan sólo era una ilusión. Habla con una enorme grandilocuencia, como si tocara en la orquesta y la dirigiera. Nadie le interrumpe o está en desacuerdo con él cuando, mirándome, le dice a todo el mundo: «Este niño tocará», como si Dios le hubiera ordenado que me guiara.

Papá lo oye, le confiere una significación que no comparte con nadie, y dispone de inmediato todo lo necesario.

Así es como empiezo a recibir clases de violín de la señorita Rosemary Orr. A partir de esas clases y de los informes del grupo infantil, mi padre empieza a crear la leyenda de Gideon que he tenido que soportar toda la vida como si fuera una condena.

«¿Por qué hizo que la historia girara en torno al abuelo? –sin duda me preguntará–. ¿Por qué no se centró en los personajes principales y dejó unos cuantos detalles sueltos? ¿No le preocupaba que alguien se presentara de repente, rebatiera la historia y contara la verdad?»

Le responderé de la única forma que soy capaz, doctora Rose: «Tendrá que preguntárselo a mi padre».

21 de agosto

Recuerdo mis primeras clases con Rosemary Orr: cómo mi impaciencia choca con su obsesión por los detalles minuciosos. «Encuentra la postura, estimado Gideon. Encuentra la postura», me dice. Y con un violín de dieciseisavo entre la barbilla y el hombro –porque en aquella época ése era el instrumento más pequeño que se podía conseguir– soporto las continuas correcciones que la señorita Orr hace de mi postura. Me arquea los dedos sobre el diapasón; me hace tensar la muñeca izquierda; me coge del hombro para que mueva bien el arco; me endereza la espalda y usa un largo puntero para darme golpecitos en la entrepierna cuando quiere que cambie de postura. Mientras toco –cuando por fin me permite hacerlo– su voz no cesa de sonar entre las escalas y los arpegios que al principio me hace tocar. «Espalda recta, hombros caídos, Gideon querido. El pulgar bajo esta parte del arco, no bajo la parte plateada, por favor, y no lo pongas a un lado. Todo el brazo hace el movimiento ascendente del arco. Son golpes largos e independientes. ¡No, no! Estás usando la parte corpulenta de los dedos, querido.» Continuamente me hace tocar una nota y me prepara para la siguiente. Vamos haciendo este ejercicio sin parar hasta que está satisfecha y todas las partes corporales que son extensiones de la mano derecha –es decir, la muñeca, el codo, el brazo y el omóplato– se mueven al compás del arco cual eje y rueda, y todo el cuerpo hace que el arco se mueva en la dirección correcta.

Aprendo que los dedos deben moverse independientemente uno del otro. Aprendo a encontrar ese punto de equilibrio en el diapasón que luego permitirá que mis dedos se muevan con rapidez, como si volaran en el aire, de una posición a otra de las cuerdas. Aprendo a escuchar y a distinguir el tono vibrante de mi instrumento. Aprendo a mover el arco arriba y abajo, el justo medio, *staccato* y *legato, sul tasto* y *sul ponticello.*

En resumen, aprendo método, teoría y principios, pero lo que no aprendo es lo que anhelo aprender: cómo quebrar el espíritu para producir el sonido.

Continúo con la señorita Rosemary Orr los dieciocho meses siguientes, pero pronto me canso de los ejercicios monótonos que ocupan mi tiempo. No eran ejercicios repetitivos lo que precisamente oí saliendo de su ventana ese día que estaba en la plaza, y despotrico cada vez que tengo que hacerlos. Oigo como la señorita Orr se excusa ante mi padre: «Después de todo, es un niño muy pequeño. No es de extrañar, pues, que a su edad el interés no le haya durado mucho tiempo». Sin embargo, mi padre –que en ese momento ya tiene dos trabajos para poder mantener a la familia de Kensington Square– no ha asistido a las clases que recibo tres veces por semana y, por lo tanto, es incapaz de comprender cómo me está desangrando la música que amo.

Mi abuelo, no obstante, ha permanecido junto a mí, ya que durante los dieciocho meses que he ido a clase con la señorita Orr no ha sufrido nada parecido a un episodio. Así pues, me ha llevado a clase, me ha escuchado desde una esquina de la sala, y si además tenemos en cuenta que ha observado la forma y el contenido de las clases con sus penetrantes ojos y que está sediento de Paganini, ha llegado a la conclusión de que el talento prodigioso de su nieto está siendo retenido, y que no está siendo educado por la bienintencionada Rosemary Orr.

«Quiere hacer música, maldita sea –le grita mi abuelo a mi padre cuando hablan del tema–. El niño es un artista de verdad, Dick, y si eres incapaz de ver lo que tienes delante de tus mismísimas narices, ni tienes cerebro ni eres hijo mío. ¿Alimentarías a un purasangre con comida para cerdos? Creo que no, Richard.»

Quizá mi padre acabe cooperando por miedo, miedo a que mi abuelo sufra otro episodio si él no consiente en su plan. Además, mi abuelo se encarga bien pronto de hacerlo manifiesto: vivimos en Kensington, no muy lejos del Royal College of Music, y es allí donde podrán encontrar a un profesor de violín adecuado para su nieto Gideon.

Así es como mi abuelo se convierte en mi salvador y en el portavoz de mis sueños ocultos. Así es como Raphael Robson entra en mi vida.

22 de agosto

Tengo cuatro años y seis meses de edad, y aunque ahora sé que en aquella época Raphael debía de tener tan sólo unos treinta años, para mí es una figura distante y temible, y que disfruta de mi obediencia más absoluta desde el primer momento en que nos conocemos.

No es una figura agradable de ver. Suda copiosamente. Le veo el cráneo a través de su pelo ralo de bebé. Tiene la piel del mismo tono blanquecino que los peces de río y está llena de manchas por haber pasado demasiado tiempo al sol. Pero cuando Raphael coge el violín y empieza a tocar para mí –porque es así como nos presentamos– la apariencia que pueda tener pierde toda importancia, y me convierto en barro para que me pueda moldear. Escoge el Concierto en *mi* Menor de Mendelssohn, y entrega su cuerpo entero a la música.

No toca notas, sino que existe entre los sonidos. Los fuegos artificiales de alegro que produce con su instrumento me hipnotizan. En un instante se ha transformado. Ya no es el hombre sudoroso con manchas en la piel y que toma pastillas para la tos, sino Merlín, y quiero su magia para mí.

Me doy cuenta de que Raphael no enseña ningún método, y cuando habla con mi abuelo le dice: «Es tarea del violinista desarrollar su propio método». Improvisa ejercicios para mí. Él me guía y yo le sigo. «Aprovecha la ocasión –me ordena mientras deja de tocar y observa cómo lo hago–. Enriquece ese vibrato. No tengas miedo de hacer *portamento*, Gideon. Deslízalo. Haz que fluya. Deslízalo.»

Así es como empiezo mi verdadera vida de violinista, doctora Rose, porque todo lo que aconteció con la señorita Orr era tan sólo un preludio. Al principio recibo tres clases a la semana, luego cuatro, y después cinco. Cada clase dura tres horas. Primero voy al despacho de Raphael, ubicado en el Royal College of Music, y mi abuelo y yo cogemos el autobús en Kensington High Street. Pero el hecho de que mi abuelo tenga que esperar tantas horas a que yo acabe las clases supone un problema; además, todo el mundo teme que, tarde o temprano, mi abuelo sufra otro episodio sin que mi abuela esté presente para poder ayudarle. Así pues, a la larga, se dispone que Raphael Robson venga a casa.

El coste, evidentemente, es enorme. Uno no puede pedirle a un violinista del calibre de Raphael que dedique su tiempo de profesor a un joven alumno sin recompensarle por el viaje, por las horas que ha dejado de enseñar a otros alumnos, y por el tiempo que cada vez me dedicará más a mí. Después de todo, el hombre no puede vivir del amor que siente por la música. Y aunque Raphael no tiene que mantener a ninguna familia, sí que tiene que alimentarse y pagar el alquiler; por lo tanto, debe conseguirse el dinero de una forma u otra para que Raphael no tenga necesidad de reducir la cantidad de horas que me dedica.

Mi padre ya tiene dos trabajos. Mi abuelo recibe una pequeña pensión de un gobierno que se siente agradecido por el sacrificio de su salud mental en época de guerra, y con el objetivo de conservar esa salud mis abuelos nunca se han trasladado a barrios más baratos y difíciles en la época de posguerra. Han reducido los gastos al mínimo, han alquilado habitaciones a inquilinos, y han compartido con mi padre los gastos y el trabajo que acarrea llevar una casa de esas dimensiones. Pero no tenían previsto tener un niño prodigio en la familia –así es como mi abuelo se empeña en llamarme– ni habían calculado los gastos que supondría educar a ese niño prodigio para que pudiera desarrollar su potencial.

No se lo pongo fácil. Cada vez que Raphael sugiere que hagamos alguna otra clase, que pasemos una, dos o tres horas más con nuestros instrumentos, expreso con entusiasmo hasta qué punto necesito esas clases de más. Ven cómo prospero bajo la tutela de Raphael: cuando entra en casa, yo ya estoy a punto, con el instrumento en una mano y el arco en la otra.

Así pues, se tiene que buscar una solución para que yo pueda recibir mis clases, y mi madre es la que se encarga de hacerlo.

I

Fue la promesa de una caricia –reservada para él, pero dada a otro– lo que hizo que Ted Wiley saliera esa noche. Lo había visto desde la ventana y, aunque no se había propuesto espiar, lo había hecho de todos modos. La hora: pasaban unos pocos minutos de la una. El lugar: Friday Street, Henley-on-Thames, a tan sólo unos cuarenta y cinco metros del río, y delante de la casa de ella, de la que habían salido hacía un momento, teniendo que agachar la cabeza para no chocarse con un dintel que habían colocado en el edificio siglos atrás, cuando hombres y mujeres eran más bajos y sus vidas estaban mejor definidas.

A Ted Wiley le gustaba eso: que los papeles estuvieran claros. A ella no le gustaba. Si Ted aún no había comprendido hasta entonces que sería difícil calificar a Eugenie de su mujer y colocarla en la categoría adecuada de su vida, Ted, sin lugar a dudas, se percató de ello cuando les vio a los dos –a Eugenie y a ese extraño delgaducho– abrazados en la acera.

«Es un escándalo –pensó–. Eugenie quiere que lo vea. Quiere que vea cómo lo abraza, cómo tuerce la palma de la mano para describir la forma de su mejilla mientras él se aleja. ¡Que Dios la maldiga! Quiere que lo vea.»

Era evidente que aquello era un sofisma, y si el abrazo y la caricia se hubieran producido a una hora más razonable, Ted se hubiera disuadido a sí mismo del siniestro rumbo que su mente había empezado a coger. Habría pensado: «No puede significar nada si está en medio de la calle, en público, bajo los rayos de luz de la ventana de su propia sala de estar, bajo la luz de otoño y delante de Dios, de todo el mundo y, principalmente, de mí... El hecho de que toque a un extraño no debe de tener ninguna importancia porque sabe con qué facilidad puedo verla...». Pero en vez de pensar todo eso, lo que implicaba que un hombre saliera de casa de una mujer a la una de la madrugada llenó la cabeza de Ted cual gas nocivo, cuyo volumen no cesó de aumentar en los siete días siguientes en los que él –ansioso e interpretando cualquier gesto y matiz–

esperaba que ella le dijera: «Ted, ¿te he contado que mi hermano –o mi primo o mi padre o mi tío o el arquitecto homosexual que va a construir otra habitación en lo alto de la casa– pasó un momento a hablar conmigo la otra noche? No paró de hablar hasta altas horas de la madrugada y pensé que nunca iba a marcharse. A propósito, quizá nos vieras delante de la puerta de mi casa si estabas escondido tras las cortinas de la ventana, tal y como te ha dado por hacer últimamente». Excepto que, evidentemente, no había ningún hermano ni primo ni tío ni padre de los que Ted conociera la existencia, y si había algún arquitecto homosexual, Eugenie todavía no se lo había contado.

Lo único que le había oído decir, con nervios en el estómago, era que tenía que contarle algo importante. Cuando le había preguntado de qué se trataba y había pensado que le gustaría que se lo contara de inmediato, por mucho que le supusiera un golpe mortal, ella le había respondido: «Pronto. Aún no estoy preparada para confesarte mis pecados». Le había acariciado la mejilla con la palma de la mano. Sí, sí, de la misma forma. La misma caricia.

Así pues, a las nueve en punto de una noche lluviosa de noviembre, Ted Wiley le puso el collar a su viejo perro perdiguero y decidió que le iría bien un paseo. Le dijo al perro –cuya artritis y aversión a la lluvia hacía que no fuera el más colaborador de los paseantes– que llegarían hasta el final de Friday Street, que avanzarían unos metros más allá por Albert Road, y que si por casualidad se encontraban a Eugenie saliendo del Club para Mayores de 60 Años –donde el Comité de Gala de la Fiesta de Nochevieja aún estaba reunido para decidir el menú de los festejos venideros– sería simplemente eso: una coincidencia y una oportunidad casual para hablar un rato. Era obvio que todos los perros necesitaban dar un paseo antes de ir a dormir. Nadie podía discutírselo ni acusarle de nada.

El perro –bautizado ridículamente, aunque con cariño, con el nombre de *Bebé Precioso* por la difunta esposa de Ted, y llamado *BP* por éste– se detuvo ante la puerta y parpadeó mientras contemplaba la calle; la lluvia de otoño caía a ráfagas continuas que presagiaban una tormenta larga y fría. Empezó a ponerse en posición de cuclillas, y habría conseguido sentarse en esa posición si Ted no le hubiera arrastrado hasta la acera con la desesperación de un hombre que no piensa permitir que le frustren los planes.

«Vamos, *BP*», le ordenó, a medida que tiraba de la correa para que el collar le tensara el cuello. El perro reconoció tanto el tono como el gesto. Con un suspiro bronquítico que llenó el húmedo aire de la noche con una ráfaga de aliento perruno, el perro avanzó, desconsolado y con dificultad, hacia la lluvia.

El tiempo era horroroso, pero él no podía hacer nada por cambiarlo. Además, el viejo perro necesitaba un paseo. Se había vuelto muy perezoso en los cinco años que habían pasado desde la muerte de su dueña, y Ted no había hecho mucho para que se mantuviera en forma. Bien, eso estaba a punto de cambiar. Le había prometido a Connie que cuidaría del perro, y así lo haría, con un nuevo régimen que empezaría esa misma noche. «Se ha acabado eso de ir husmeando en el jardín trasero antes de ir a dormir, amigo mío –le dijo en silencio a *BP*–. A partir de ahora, paseos y nada más.»

Comprobó dos veces que la puerta de la librería estuviera bien cerrada, y se ajustó el cuello de su vieja chaqueta impermeabilizada para protegerse de la humedad y del frío. Tan pronto como salió por la puerta y la primera salpicadura de agua le mojó el cuello, cayó en la cuenta de que debería de haber cogido un paraguas. Una gorra de visera no le protegía lo suficiente, por muy bien que le quedara. «Pero ¿por qué demonios se preocupaba de lo que le quedaba bien?», pensó. ¡Por todos los santos! Si un día de esos alguien consiguiera penetrar en su mente, lo único que encontraría sería telas de araña y madera podrida a la deriva.

Ted carraspeó, escupió en el suelo y empezó a darse ánimos a sí mismo a medida que él y el perro avanzaban con dificultad por delante del edificio de Infantería de Marina, en cuyo tejado una alcantarilla rota despedía agua de lluvia formando un penacho plateado. Era un buen partido, se dijo a sí mismo. Comandante Ted Wiley, retirado del ejército y viudo después de cuarenta y dos años de feliz matrimonio; era un buen partido para cualquier mujer. En Henley-on-Thames, ¿no eran tan escasos los buenos hombres como los diamantes en bruto? Así era. ¿Y no eran aún más escasos los hombres que no tuvieran repugnantes pelos en la nariz, cejas excesivamente pobladas y abundante pelo en las orejas? Sí, y otra vez sí. ¿No era verdad que los hombres limpios, en plenas facultades mentales, con una salud excelente, diestros en la cocina, y dispuestos a amar a sus mujeres eran tan poco frecuentes en la ciudad que cada vez que se dignaban a hacer acto de presencia en una reunión social eran víctimas de algo parecido a una locura colectiva?

¡Y tanto que lo eran! Además, él era uno de ellos. Todo el mundo lo sabía.

Eugenie incluida, se recordó a sí mismo.

¿No le había dicho en más de una ocasión: «Eres un buen hombre, Ted Wiley»? Sí, lo había hecho.

¿No había pasado los tres últimos años aceptando con gusto su compañía y disfrutando de ella? Sí, lo había hecho.

¿No había sonreído, no se había sonrojado y había apartado la mirada el día que fueron a visitar a su madre a la residencia de ancianos Quiet Pines cuando oyó que ésta declaraba con su característico tono de voz irritante y arrogante: «Me gustaría veros casados antes de morir. ¿Me habéis entendido?»? Sí, sí y sí. Lo había hecho.

Entonces, ¿qué significaba una caricia en el rostro de un extraño comparado con todo esto? ¿Por qué no se lo podía borrar de la mente, como si se le hubiera convertido en algo permanente y no en lo que en realidad era: un recuerdo desagradable que ni siquiera habría tenido si no hubiera empezado a observar, a preguntar, a espiar, a querer saber, a insistir en atrancar las escotillas de su vida, como si no fuera su propia vida, sino un buque de vela que pudiera perder el cargamento si no estaba alerta?

Eugenie era la respuesta a todo eso: Eugenie, cuyo cuerpo sumamente delgado pedía protección; cuyo bonito pelo –muy canoso pero con bellos mechones grises– pedía ser liberado de los pasadores que lo sujetaban; cuyos vidriosos ojos pasaban del azul al verde y al gris y de nuevo al azul, pero siempre cautelosos; cuya modesta, pero provocativa feminidad, despertaba en Ted un interés en la ingle que le incitaba a llevar a cabo una acción que había sido incapaz de hacer desde la muerte de Connie; Eugenie era la respuesta.

Él era el hombre adecuado para Eugenie: el hombre que la protegería y que la devolvería a la vida, porque todas aquellas cosas que habían quedado por decir durante esos tres años demostraban hasta qué punto Eugenie se había estado negando a sí misma la posibilidad de relacionarse con hombres. Aun así, esa negativa se había manifestado abiertamente la primera vez que él la había invitado a tomar una copa de jerez en el Catherine Wheel.

«¿Por qué hace años que no sale con ningún hombre?», se había preguntado Ted Wiley al ver la reacción de aturdimiento que había tenido al oír su invitación.

Ahora quizá lo supiera. Tenía secretos para él, eso era. «Tengo que contarte algo importante, Ted. Pecados por confesar», le había dicho. Pecados.

Bien, no se le ocurría un momento mejor que el presente para oír lo que Eugenie tenía que contarle.

Ted esperó a que el semáforo del final de Friday Street cambiara de color, con *BP* temblando junto a él. Duke Street era la carretera principal en dirección a Reading o Marlow y, como tal, estaba repleta de todo tipo de vehículos que cruzaban la ciudad con estruendo. Una noche lluviosa como ésa no hacía que el tráfico disminuyera, ya que, tristemente, la sociedad cada vez confiaba más en los coches y, lo que era peor, estaba deseosa de llevar un estilo de vida que implicara trabajar en la ciudad y vivir en el campo. En consecuencia, incluso a las nueve de la noche, coches y camiones avanzaban entre los charcos de la carretera mojada, mientras sus faros formaban abanicos de colores rojizos que se reflejaban en las ventanas y en los remansos de agua estancada.

«Demasiada gente yendo a demasiados sitios», pensó Ted de mal humor. Demasiada gente que no tiene la más remota idea de por qué se toma la vida con tanta prisa.

El semáforo cambió de color; Ted cruzó la calle y recorrió la pequeña distancia que lo separaba de Grey Road con *BP* avanzando a trompicones junto a él. A pesar de que no habían andado ni siquiera cuatrocientos metros, el viejo perro no paraba de jadear, por lo que Ted se detuvo junto a la entrada de Antigüedades Mirabelle para que el pobre perro pudiera recobrar el aliento. Le tranquilizó diciéndole que estaban a punto de llegar y que estaba seguro de que era capaz de avanzar unos metros más hasta llegar a Albert Road.

Un aparcamiento hacía las funciones de patio del Club para Mayores de 60 Años, una organización que se ocupaba de las necesidades sociales de la comunidad, cada vez mayor, de jubilados de Henley. Allí trabajaba Eugenie de directora, y allí la había conocido Ted después de haberse mudado a la ciudad cuando ya no podía soportar vivir en Maidstone a causa de los recuerdos de la prolongada agonía de su esposa.

–¡Comandante Wiley, qué maravilla! También vive en Friday Street –le había dicho Eugenie mientras repasaba su solicitud de ingreso–. Usted y yo somos vecinos. Yo estoy en el número sesenta y cinco. ¿Conoce la casa rosa? ¿Doll Cottage? Pues yo hace años que vivo allí, y usted debe de...

–En la librería –le había respondido–. Al otro lado de la calle. Sí, el piso está justo encima. No tenía ni idea... Quiero decir que no la había visto por allí.

–Siempre me marcho temprano y regreso tarde. No obstante, conozco la librería. He estado ahí muchas veces. Como mínimo, cuando su madre se encargaba de ella. Antes de la apoplejía, quiero decir. Ahora ya se encuentra bien. ¡Estupendo! Cada vez está mejor, ¿no es verdad?

En un principio pensó que Eugenie se lo estaba preguntando, pero luego se dio cuenta de que en realidad sólo estaba afirmando la información que ya sabía. También se percató de que ya la había visto antes: en la residencia de ancianos Quiet Pines, a la que Ted iba tres veces a la semana para visitar a su madre. Eugenie trabajaba de voluntaria por las mañanas y los pacientes se referían a ella como a «nuestro ángel». O, por lo menos, eso era lo que le había dicho su madre un día que miraban juntos cómo Eugenie entraba en una de las diminutas habitaciones con un pañal para adultos doblado por encima de la muñeca.

–No tiene ningún familiar aquí, y la residencia no le paga ni un penique, Ted.

–Entonces, ¿por qué? –había querido saber Ted–. ¿Por qué?

«Secretos –pensaba ahora–. Secretos y aguas tranquilas.»

Se quedó mirando al perro, que se había agachado junto a él, fuera del alcance de la lluvia y dispuesto a dormir siempre que se le presentara la oportunidad. «Venga, *BP*. Ya no queda mucho», le había dicho mientras observaba la calle a través de los árboles pelados y se daba cuenta de que tampoco les quedaba mucho tiempo.

Desde donde él y el perro se resguardaban de la lluvia, vio cómo los miembros del Comité de Gala de Nochevieja salían del club. Mientras los miembros del Comité abrían sus paraguas y pisaban los charcos como si fueran aficionados a la cuerda floja, se iban dando las buenas noches con una alegría tal que hacía pensar que habían conseguido ponerse de acuerdo en el menú. Seguro que Eugenie estaba satisfecha. Si estaba satisfecha no cabía ninguna duda de que se sentiría efusiva y de que estaría dispuesta a hablar con él.

Ted cruzó la calle, impaciente por encontrarse con ella, con el perro perdiguero tras él. Llegó a la pequeña pared que separaba la acera del aparcamiento en el preciso instante en que el último de los miembros se alejaba en su coche. Las luces del club se apagaron y la puerta de entrada quedó bañada en sombras. Un momento después, Eugenie en persona se adentró en la vaporosa penumbra que había entre el edificio y el aparcamiento, intentando abrir un paraguas negro. Ted abrió la boca para pronunciar su nombre, para vocear una cordial salutación y para ofrecerse personalmente a escoltarla hasta casa. «No son horas para que una mujer encantadora vaya sola por la calle, querida. ¿Le gustaría cogerse del brazo de un ferviente admirador? Me temo que con perro incluido. *BP* y yo hemos salido para hacer el último reconocimiento de la ciudad.»

Podría haber dicho todo esto, y de hecho estaba cogiendo aire para hacerlo cuando de repente lo oyó. Una voz de hombre llamó a Eugenie, y ésta se volvió hacia la izquierda. Ted miró en la lejanía y vio a una figura que salía de un turismo de color oscuro. A pesar de estar iluminado por una de las farolas que estaban esparcidas por el aparcamiento, se hallaba prácticamente en la oscuridad. No obstante, la forma de la cabeza y esa nariz de gaviota fueron suficiente para indicarle que el visitante de la una de la mañana había regresado a la ciudad.

El extraño se acercó a Eugenie. Ella no se movió. En el cambio de luz, Ted pudo ver que se trataba de un hombre mayor –quizá debía de tener la misma edad que él–, con el pelo totalmente cano, peinado hacia atrás y cayéndole hasta el cuello doblado de un Burberry.

Empezaron a hablar. Él le cogió el paraguas, lo sostuvo por encima de ellos y le habló con urgencia. Debía de ser unos veinte centímetros más alto que Eugenie; por lo tanto, tenía que agacharse para hablarle. Ella alzó el rostro para oírle mejor. Ted hizo un esfuerzo por oír lo que decía, pero sólo consiguió oír: «Tienes que hacerlo, ¿mis rodillas, Eugenie?», y por fin, en voz alta: «Por qué no quieres darte cuenta de que...», frase que Eugenie interrumpió susurrando algo con dulzura y colocándole la mano en el brazo. «¿Y tú me dices eso?», fueron las últimas palabras del hombre que Ted consiguió oír antes de que el extraño apartara la mano de Eugenie con brusquedad, le lanzara el paraguas encima y se dirigiera ofendido hacia el coche. En ese momento, Ted exhaló una bocanada de alivio en el frío aire de la noche.

Fue una liberación momentánea. Eugenie siguió al extraño y lo detuvo en el instante en que éste abría con fuerza la puerta del vehículo. Ella continuó hablando, a pesar de que la puerta los separaba. Sin embargo, su oyente apartó el rostro y gritó: «¡No, no!». Entonces Eugenie alargó la mano e intentó acariciarle la mejilla. Parecía que quisiera acercarlo hacia ella, sin tener en cuenta la puerta que los separaba cual escudo.

En realidad, esa puerta era tan eficaz como un escudo, ya que el extraño escapó a todas las caricias que Eugenie quería prodigarle. Se sentó con rapidez, cerró la puerta de golpe y al poner el motor en marcha hizo tanto ruido que el sonido retumbó en los edificios de las tres esquinas del aparcamiento.

Eugenie se apartó. El coche dio marcha atrás. Las marchas rechinaban cual animal que está siendo descuartizado. Los neumáticos giraban con dificultad sobre el suelo mojado. El caucho entró en contacto con el asfalto y emitió un sonido parecido al desespero.

Otro rugido y el coche se dirigía a toda velocidad hacia la salida. Apenas a seis metros de distancia de donde Ted los observaba al abrigo de un árbol resinoso, el Audi –ya que ahora se encontraba lo bastante cerca para que Ted pudiera distinguir los círculos cuádruples del capó– se desvió con brusquedad hacia la calle, parándose tan sólo un breve momento para ver si había coches en la carretera. Antes de que el Audi girara a la izquierda con rumbo a Duke Street y de que luego virara hacia la derecha con dirección a Reading Road, Ted sólo tuvo tiempo de vislumbrar un rostro retorcido por la emoción. Ted lo siguió con la mirada, intentando descubrir el número de matrícula e intentando determinar si había escogido un mal momento para encontrarse con Eugenie.

Sin embargo, no le quedaba mucho tiempo para decidir si regresaba a casa o hacía ver que acababa de llegar. Eugenie se encontraría con él dentro de treinta segundos o menos.

Observó el perro, que había aprovechado la oportunidad para tumbarse bajo el árbol resinoso, donde yacía hecho un ovillo, con la manifiesta y martirizada resolución de dormir bajo la lluvia. Ted se cuestionó hasta qué punto podría intentar convencer a *BP* para que empezara a moverse y poder salir de allí antes de que Eugenie llegara al extremo del aparcamiento. La verdad es que no lo veía muy probable. Por lo tanto, le haría creer a Eugenie que él y el perro acababan de llegar.

Se puso recto y tiró de la correa. Pero, mientras lo hacía, cayó en la cuenta de que Eugenie no se dirigía hacia él, sino que avanzaba en dirección contraria, hacia una calle peatonal entre edificios que llevaba a Market Place. ¿Adónde diablos iba?

Ted se apresuró tras ella; iba a una velocidad que *BP* no tenía ningún interés en seguir, pero no le quedaba más remedio, a no ser que quisiera correr el riesgo de morir estrangulado. Delante de él, Eugenie era una oscura figura: el impermeable negro, las botas negras y el paraguas negro hacían que Eugenie no fuera fácil de seguir en una noche lluviosa.

Giró a la derecha en Market Place, y Ted se preguntó por segunda vez adónde iría. A esas horas las tiendas ya estaban cerradas, y Eugenie no solía ir de bares sola.

Ted tuvo que soportar un momento de agonía mientras *BP* hacía sus necesidades junto a un bordillo. La enorme vejiga de *BP* era toda una leyenda, y Ted estaba convencido de que mientras esperara a que *BP* vaciara esa charca de orina humeante en la acera, perdería de vista a Eugenie en Market Place Mews o en Market Lane cuando ésta empezara a ir calle abajo. Pero después de un vistazo rápido a ambos lados de la calle vio que ella seguía por el mismo camino, en dirección al río. Después de pasar por Duke Street, cruzó hasta Hart Street, y en ese momento Ted empezó a pensar que sencillamente estaba regresando a casa por el camino más largo a pesar del mal tiempo que hacía. Pero luego se encaminó hacia las puertas de St. Mary the Virgin, cuya hermosa torre almenada formaba parte de la espectacular vista desde el río por la que Henley era tan famosa.

No obstante, Eugenie no había ido hasta allí para admirar las vistas, ya que entró en la iglesia a toda velocidad.

«¡Maldita sea!», refunfuñó Ted. ¿Qué iba a hacer ahora? En verdad, no podía entrar en la iglesia con el perro. Y esperarla bajo la lluvia tampoco le parecía una idea muy atrayente. Aunque atara al perro a una farola y se uniera a ella en sus oraciones –si es que había ido hasta allí para rezar– tampoco podría hacerle creer que había sido un encuentro fortuito, ya que pasaban de las nueve de la noche y a esas horas no había servicio religioso. Y aunque hubiera habido misa, Eugenie sabía que él no era muy aficionado a ir a la iglesia. Por lo tanto, ¿qué podía hacer a excepción de dar la vuelta y regresar a casa como un idiota enfermo de amor? Continuamente recordaba el momento del aparcamiento en el que ella le había acariciado de nuevo; otra vez esa caricia...

Ted sacudió la cabeza con energía. No podía seguir así. Por muy malo que fuera, tenía que saberlo. Debía averiguarlo esa misma noche.

A la izquierda de la iglesia, el cementerio formaba una especie de triángulo de plantas empapadas y que quedaba dividido por un sendero que conducía a una hilera de viejas casas de beneficencia cuyas ventanas titilaban radiantemente en la oscuridad. Ted llevó a

BP en esa dirección y decidió que iba a aprovechar el tiempo que Eugenie permaneciera dentro de la iglesia para ordenar las ideas y preparar lo que le iba a decir.

«Mira este perro, gordo como un cerdo –le diría–. Hemos empezado un nuevo plan de adelgazamiento. El veterinario dice que si sigue así le fallará el corazón, así que aquí estamos y aquí estaremos cada noche a partir de hoy, salvando los obstáculos de la ciudad. ¿Podemos regresar a casa juntos? Porque vas a casa, ¿verdad? Estás dispuesta a hablar, ¿no es así? ¿Podríamos hablar bien pronto? Porque no sé cuánto tiempo podré resistir preguntándome qué quieres contarme.»

El problema estaba en que él había decidido por ella, en que él había tomado esa decisión sin saber si ella también lo había hecho. En los cinco años que habían pasado desde la muerte de Connie, nunca había tenido que perseguir a una mujer dado que las mujeres ya se habían encargado de perseguirle a él. Y aunque eso le hubiera mostrado lo poco que le gustaba que le persiguieran –era una maldición porque ¿cuándo se habían vuelto las mujeres tan condenadamente agresivas?, se preguntaba– y aunque lo que había resultado de esas persecuciones era casi siempre una presión para actuar en unas circunstancias que siempre le habían desanimado, debía confesar que se había sentido muy halagado al averiguar que el viejo chico aún tenía el don y que, además, estaba muy solicitado.

Pero Eugenie no le pedía nada, y eso hacía que Ted se preguntara si era lo bastante hombre para las demás mujeres –aunque de forma superficial–, pero si no lo era para Eugenie, por el motivo que fuera.

¡Maldición! ¿Por qué se sentía así? ¿Por qué se sentía como un adolescente que nunca ha tenido relaciones sexuales? Decidió que era debido a los fracasos que había tenido con otras mujeres, pero que nunca había tenido con Connie.

–Deberías ver a un doctor y contarle ese pequeño problema que tienes –le había dicho la piraña esa de Georgia Ramsbottom mientras apartaba su flaco cuerpo de su cama y se ponía la bata de franela–. No es normal, Ted, y menos para un hombre de tu edad. ¿Cuántos años tienes? ¿Sesenta? De verdad que no es normal.

«Sesenta y ocho –pensó–. Y con un trozo de carne entre las piernas que permanecía inerte a pesar de las ayudas más apasionadas.»

Sin embargo, eso sucedía porque le perseguían. Si tan sólo le hubieran permitido hacer lo que la naturaleza dicta al hombre –es decir, ser el cazador y no la presa– entonces todo habría funcionado con normalidad. ¿No es verdad? ¿No es verdad? Necesitaba saberlo.

Un repentino movimiento en uno de los cuadrados de luz de las casas de beneficencia atrajo su atención. Ted echó un vistazo en esa dirección y vio que alguien había entrado en la habitación. Era una mujer, y mientras Ted la observaba con curiosidad, se sorprendió al ver que la mujer había empezado a quitarse el suéter rojo que llevaba, pasándoselo por la cabeza y dejándolo caer al suelo.

Miró a ambos lados de la calle. Sintió que las mejillas le ardían, a pesar de que estaba lloviendo a cántaros. Era extraño que algunas personas no supieran cómo funcionaba una ventana iluminada por la noche. Como no podían ver el exterior, se imaginaban que nadie les podía ver a ellos. Los niños también eran así. Ted tuvo que enseñar a sus tres hijas a correr las cortinas antes de desvestirse. Pero si nadie enseñaba a los niños a hacerlo... le parecía raro que cierta gente no lo supiera.

Le echó una mirada furtiva. La mujer se había quitado el sujetador. Ted tragó saliva. A pesar de ir atado, *BP* había comenzado a husmear la hierba que bordeaba el sendero del cementerio y, de forma inocente, se dirigía hacia las casas de beneficencia.

«Suelta la correa. No irá lejos.» Pero en vez de hacerlo, Ted le siguió con la correa entrelazada entre los dedos.

La mujer de la ventana empezó a peinarse. Cada vez que se pasaba el peine los pechos le subían y le bajaban. Tenía los pezones tensos, con profundas aureolas color castaño a su alrededor. Al verlos, Ted clavó los ojos en esos pechos como si fueran lo que había estado esperando toda la noche y todas las noches anteriores a ésa; Ted sintió el incipiente deseo en su ser, y después el gratificante torrente de sangre seguido del latido de la vida.

Suspiró. No le pasaba nada. Nada en absoluto. El problema radicaba en que se había sentido perseguido. Perseguir –y después pedir y obtener– era la única solución.

Estiró la correa de *BP* para que éste no siguiera avanzando. Se sentó a observar la mujer de la ventana y a esperar a su Eugenie.

En la capilla de St. Mary the Virgin, Eugenie no rezó, sino que esperó. Hacía años que no cruzaba el umbral de un edificio de culto, y la única razón por la que lo había hecho esa noche era para librarse de la conversación que le había prometido a Ted.

Sabía que la estaba siguiendo. No era la primera vez que había salido del club para encontrarse con la silueta de Ted bajo los árboles de la calle, pero era la primera vez que no estaba dispuesta a hablar con él. Así pues, aunque lo podría haber hecho, no se había dirigido hacia Ted en un momento en que habría tenido que explicarle lo que acababa de presenciar en el aparcamiento. En vez de hacerlo, se encaminó hacia Market Place sin tener ni la más mínima idea de adónde se dirigía.

Cuando sus ojos se posaron en la iglesia, decidió entrar y adoptar una actitud de súplica. Durante los primeros cinco minutos que permaneció en la capilla, incluso se arrodilló en uno de los polvorientos cojines, contempló la estatua de la Virgen y esperó a que las familiares palabras de devoción acudieran a su mente. Sin embargo, no lo consiguió. Tenía la cabeza llena de demasiados obstáculos para poder rezar: viejas discusiones y acusaciones, viejas fidelidades y pecados perpetrados en su nombre, contratiempos actuales con sus respectivas implicaciones, consecuencias futuras si en ese momento cometía un error.

En el pasado, había dado suficientes pasos en falso para arruinar la vida de muchísimas personas. Hacía ya mucho tiempo que había aprendido que llevar a cabo una acción era como tirar una piedra en aguas tranquilas: los círculos concéntricos que forma la piedra pueden atenuarse, pero siguen existiendo.

Cuando Eugenie vio que era incapaz de rezar, se puso en pie. Se sentó con los pies sobre el suelo y se dedicó a examinar el rostro de la estatua. «No lo perdiste por propia elección, ¿verdad? –le preguntó a la Virgen en voz baja–. Entonces, ¿cómo puedo pedirte que me comprendas? Y aunque lo entendieras, ¿qué mediación te puedo pedir que hagas por mí? No puedes hacer que el tiempo retroceda. No puedes deshacer lo que ya está hecho, ¿verdad? No puedes devolver la vida a lo que está muerto y desaparecido, porque si pudieras, ya lo habrías hecho para ahorrarte la tortura de Su asesinato.

»Aunque nunca dicen que fue un asesinato, ¿no es verdad? Dicen que fue un sacrificio por una causa más grande. Es dar la vida por algo mucho más importante que la vida en sí. Como si algo pudiera ser...»

Eugenie apoyó los codos en los muslos y descansó la frente sobre las palmas de las manos. Si tenía que creer lo que su antigua religión le enseñó a creer, entonces la Virgen María habría sabido desde un buen principio lo que se esperaba de ella. Habría comprendido perfectamente que el niño que estaba criando le sería arrancado de este mundo cuando éste estuviera en la flor de la vida. Vilipendiado, apaleado, ultrajado y sacrificado, moriría ignominiosamente y ella estaría allí para presenciarlo. La fe sería la única seguridad que tendría de que Su muerte significaría algo mucho más trascendente de lo que implicaba que le escupieran a la cara y que lo clavaran en una cruz entre dos vulgares criminales. Porque, aunque la tradición religiosa cuenta que se le apareció un ángel para comunicarle los acontecimientos venideros, ¿quién podría en verdad hacer un esfuerzo mental tan grande para comprenderlo?

Así pues, tuvo que confiar en su fe ciega de que en alguna parte existía algo más grande. No en vida ni en vida de los nietos que nunca tendría. Pero allí. En alguna parte. Bastante real. Allí.

Evidentemente, todavía no había sucedido. Dos mil brutales años después, la humanidad aún estaba esperando que llegara el salvador. ¿Qué debía de pensar la Virgen María, observante y expectante desde su trono en las alturas? ¿Cómo empezó a valorar los beneficios en función del coste?

Durante años los periódicos habían servido para decirle a Eugenie que los beneficios –lo bueno– inclinaba la balanza en contra del precio que ella misma había pagado. Pero ahora ya no estaba tan segura. La Bondad Suprema que había creído servir amenazaba con desintegrarse ante ella, cual alfombra tejida cuyo constante deshilachamiento hace que el trabajo que supuso hacerla parezca una burla y ella era la única que podía poner fin a esa desintegración, si se decidía a hacerlo.

El problema era Ted. No se había propuesto intimar con él. Durante mucho tiempo no se había permitido a sí misma acercarse a nadie lo suficiente para poder fomentar intimidades de ninguna clase. Y que en ese momento se sintiera capaz –por no decir que se lo merecía– de establecer contacto con otro ser humano le parecía una forma de orgullo desmesurado que la destrozaría. Aun así, quería intimar con él de todas maneras, como si él fuera el analgésico frente una enfermedad que no se atrevía a designar.

Por lo tanto, se sentó en la iglesia. En parte, porque no quería enfrentarse con Ted Wiley todavía, antes de allanar el camino. En parte, porque aún no poseía las palabras para allanarlo.

«Dime lo que tengo que hacer, Dios –rogó–. Dime lo que tengo que decir.»

Pero Dios permaneció igual de silencioso que en los últimos años. Eugenie metió unas monedas en el platillo y salió de la iglesia.

En la calle, aún llovía sin parar. Abrió el paraguas y se encaminó hacia el río. Mientras se acercaba a la esquina, el viento empezó a arreciar; en el preciso instante en que se detenía para protegerse del viento, éste arremetió con una fuerza inusitada y le dejó el paraguas del revés.

–Déjame que te ayude, Eugenie.

Se dio la vuelta y vio a Ted, con el viejo perro empapado junto a él, el agua goteándole por la nariz y la barbilla. Su chaqueta impermeabilizada brillaba por la humedad, y tenía la gorra pegada a la cabeza.

–¡Ted! –Fingió e hizo ver que estaba sorprendida–. ¡Pero si estás empapado! ¡Y el pobre *BP*! ¿Qué haces aquí con tu encantador perro?

Arregló el paraguas y lo sostuvo sobre ambos. Ella le cogió del brazo.

–Hemos empezado un nuevo programa de ejercicios –le contó–. Subimos hasta Market Place, bajamos hasta el jardín de la iglesia, y regresamos a casa cuatro veces al día. ¿Qué haces tú aquí? No acabarás de salir de la iglesia, ¿verdad?

«Sabes que acabo de hacerlo –quería decirle–. Lo que no sabes es el porqué.» Pero en vez de eso, le dijo dulcemente:

–Descansando un poco después de la reunión del Comité. ¿Te acuerdas del Comité de Nochevieja? Les he puesto una fecha límite para que decidan el menú. Como ya debes de saber, se han de pedir muchas cosas, y no podemos tener al abastecedor esperando hasta que ellos se pongan de acuerdo, ¿no crees?

–¿Te diriges hacia casa?

–Sí.

–¿Puedo...?

–Ya sabes que sí.

Qué ridículo era: estaban manteniendo una conversación trivial, cuando la cantidad de cosas importantes que tenían que decirse permanecían silenciadas.

«No confías en mí, Ted, ¿no es verdad? ¿Por qué no confías en mí? ¿Cómo podemos fomentar nuestro amor si no nos basamos en la confianza? Sé que estás preocupado porque aún no te he contado lo que te dije que te iba a contar, pero ¿por qué no te conformas por el momento con el hecho de que quiera hacerlo?»

No obstante, en ese momento no podía correr el riesgo de decirle nada. Se lo debía a vínculos más antiguos que los que sentía hacia Ted; por lo tanto, quería ordenar sus ideas antes de expresarlas. Estuvieron hablando de cosas banales mientras se dirigían hacia el río: cómo les había ido el día, quién había entrado en la librería y cómo le iba a su madre en la residencia. Él estaba efusivo y animado. Ella se mostraba amable, aunque un poco reservada.

–¿Cansada? –le preguntó cuando llegaron a la puerta de su casa.

–Un poco –admitió–. Ha sido un día muy largo.

Mientras le daba el paraguas, le dijo:

–Entonces no te entretendré más. –Pero su colorado rostro tenía tal gesto de impaciencia que sabía que estaba esperando a que le preguntara si quería entrar a tomar un coñac antes de irse a dormir. Fue el aprecio que sentía hacia él lo que le hizo contarle la verdad.

–Tengo que ir a Londres, Ted.

–¿A primera hora de la mañana?

–No, esta misma noche. Tengo una cita.

–¿Una cita? Con esta lluvia tardarás más de una hora... ¿Has dicho una cita?

–Sí.

–¿Qué clase de...? Eugenie... –Soltó un bufido. Eugenie oyó que maldecía en voz baja. Y parece ser que *BP* también lo hizo, porque el viejo perro levantó la cabeza y se quedó mirando a Ted con un gesto de sorpresa. El pobre perro estaba empapado. Como mínimo, gracias a Dios, tenía el pelaje tan grueso como el de un mamut–. Déjame que te lleve –dijo Ted por fin.

–No creo que sea muy buena idea.

–Pero...

Le puso la mano en el brazo para detenerlo, y luego la levantó para tocarle la mejilla, pero él se echó atrás y ella apartó la mano.

–¿Estás libre mañana por la noche? –le preguntó–. ¿Quieres que quedemos para cenar?

–Ya sabes que sí.

–Entonces cenemos juntos. Aquí mismo. Mañana podremos hablar, si quieres.

Se la quedó mirando con la intención –ella lo sabía– de leer sus pensamientos, pero sin lograrlo. «Ni siquiera lo intentes –quería decirle–. He ensayado demasiado para un papel dramático que tú aún no comprendes.»

Ella lo observó fijamente, a la espera de su respuesta. La luz de la sala de estar se filtró a través de la ventana y reveló un rostro marcado por la edad y por preocupaciones que él no se atrevía a nombrar. Le estaba agradecida porque él no le contaba sus miedos más profundos. El hecho de no saber lo que le asustaba a él le daba el coraje para luchar contra todo lo que le asustaba a ella misma.

Entonces se quitó la gorra, un gesto de humildad que nunca en la vida le hubiera pedido que hiciera. Al hacerlo, su grueso pelo gris quedó expuesto a la lluvia y borró la diminuta sombra que le había ocultado la rubicunda piel de la nariz. Le hacía aparentar lo que era: un hombre mayor. Le hizo sentir lo que ella era en realidad: una mujer que no merecía el amor de un hombre tan bueno.

–Eugenie –dijo–, si crees que no puedes decirme que tú... que tú y yo... que no somos... –Volvió la cabeza hacia la librería del otro lado de la calle.

–No estoy pensando nada –le respondió–. Sólo pienso en Londres y en el viaje en coche hasta allí. Además está lloviendo. No obstante, iré con cuidado. No tienes de qué preocuparte.

Durante un momento pareció satisfecho y tal vez un poco aliviado por la seguridad que parecía transmitir.

–Eres el mundo para mí –le dijo simplemente–. ¿Lo sabes, Eugenie? Eres el mundo entero, y casi todo el día me comporto como un idiota, pero yo...

–Ya lo sé –replicó ella–. Ya lo sé. Mañana hablaremos.

–De acuerdo, entonces. –La besó de una forma extraña; se dio un golpe en la cabeza con la punta del paraguas y lo tiró a un lado.

La lluvia le caía a raudales sobre el rostro. Un coche pasó a toda velocidad por Friday Street. Sintió cómo el agua de los neumáticos le salpicaba los zapatos.

Ted se dio la vuelta y le gritó al vehículo:

–¡Eh! ¡A ver si conducimos un poco mejor!

–No pasa nada –le replicó–. No es nada, de verdad, Ted.

Se volvió hacia ella y le dijo:

–¡Maldita sea! ¿No era ese...? –Se detuvo.

–¿Qué? –preguntó–. ¿Quién?

–Nadie. Nada. –Hizo levantar al perro para que recorriera los pocos metros que faltaban hasta su casa–. Entonces, ¿hablaremos? ¿Mañana? ¿Después de cenar?

–Sí, hablaremos –respondió ella–. Hay mucho de qué hablar.

Tenía pocos preparativos por hacer. Se lavó la cara y se cepilló los dientes. Se peinó y se cubrió la cabeza con un pañuelo azul marino. Se protegió los labios con un pintalabios incoloro y se puso el forro de invierno bajo el impermeable para protegerse del frío. Aparcar en Londres siempre era difícil, y no sabía cuánto tiempo tendría que andar en el frío aire de tormenta antes de llegar a su destino.

Bajó las estrechas escaleras con el impermeable puesto y con un bolso de mano colgándole del brazo. Entró en la cocina y cogió una fotografía enmarcada en un sencillo marco de madera. Era una de las muchísimas fotografías que había esparcidas por toda la casa. Antes de escoger, las había puesto en fila sobre la mesa como si fueran soldados, y allí seguían las restantes.

Abrazó el marco a la altura del pecho. Luego se adentró en la noche.

Tenía el coche aparcado en un patio cubierto, un lugar por el que pagaba cada mes y que estaba calle abajo. El patio estaba detrás de unas vallas eléctricas que habían sido inteligentemente diseñadas para que parecieran formar parte de los edificios con entramados de madera que había a ambos lados. Eso le daba sensación de seguridad, y a Eugenie le gustaba la seguridad. Le gustaba la sensación de seguridad que le daban las vallas y las cerraduras.

Una vez dentro del coche –un Polo de segunda mano cuyo ventilador sonaba como la ruidosa respiración de un asmático en fase terminal– dejó cuidadosamente la foto enmarcada sobre el asiento del copiloto y puso el motor en marcha. Se había preparado con antelación para ese viaje a Londres. Había comprobado el aceite y los neumáticos, y también había llenado el depósito de gasolina tan pronto como se había enterado de la fecha y el lugar. Había sucedido más tarde de lo esperado y, en un principio, se había negado, ya que se había dado cuenta de que tenía que ser a las once menos cuarto de la noche y no de la mañana. Pero de nada le serviría protestar y, además, lo sabía; por lo tanto, consintió. Su visión nocturna no era tan buena como antes, pero ya se las arreglaría.

Sin embargo, no había contado con la lluvia. A medida que salía de las afueras de Henley y que se dirigía al noroeste con rumbo a Marlow, se encontró asiendo y agarrando el volante, medio ciega por los faros de los coches que se acercaban y asustada por la forma en la que la persistente lluvia difractaba la luz en fragmentos que acribillaban el limpiaparabrisas con laceraciones ópticas.

Las cosas no mejoraron en la autopista, ya que coches y camiones lanzaban tales ráfagas de agua que el limpiaparabrisas del Polo apenas daba abasto. Las líneas de los carriles prácticamente habían desaparecido bajo el agua estancada, y las que eran visibles pasaban de parecerle serpientes retorciéndose de dolor a líneas que se movían a un lado y que se aproximaban a un carril totalmente diferente.

Hasta que no llegó a la zona de Wormwood Scrubs no se atrevió a relajar la tensión con la que asía el volante. Incluso entonces, no respiró con tranquilidad hasta que hubo salido del resbaladizo y empapado río de cemento en el que se había convertido la autopista, y hasta que no empezó a dirigirse hacia el norte en las proximidades de Maida Hill.

Tan pronto como pudo, se detuvo ante una tintorería que ya tenía las luces apagadas. Una vez allí, exhaló tal cantidad de aire que parecía que lo hubiera estado reteniendo desde que había salido de Duke Street en Henley.

Revolvió el bolso en busca de las indicaciones que se había apuntado después de consultar el callejero de Londres. Aunque había conseguido salir ilesa de la autopista, aún le quedaba una cuarta parte del viaje a través de las laberínticas calles de Londres.

En las mejores circunstancias, la ciudad era un laberinto. Por la noche, se convertía en un laberinto mal iluminado, además de tener una escasez irrisoria de señales. Pero de noche y bajo la lluvia era un infierno. Después de intentarlo tres veces, sólo consiguió llegar hasta el Campo de Deportes de Paddington. Sabiamente, cada vez que se perdía, regresaba por el mismo camino que había ido, como si fuera un taxista empeñado en descubrir dónde había cometido el primer error.

Eran casi las once y veinte cuando encontró la calle que había estado buscando al norte de Londres. Pasó otros siete minutos desesperantes dando vueltas hasta que encontró un sitio en el que aparcar.

Abrazó de nuevo la foto enmarcada, cogió el paraguas del asiento trasero del coche, y salió. La lluvia había disminuido, pero el viento aún arreciaba con fuerza. Las pocas hojas que quedaban en los árboles otoñales estaban siendo arrastradas por el aire y acababan por caer en el suelo, en la calle y en los coches aparcados.

La casa que buscaba estaba en el número treinta y dos, y Eugenie cayó en la cuenta de que debía de estar en el extremo de la calle y en la otra acera. Caminó unos veinte metros por la acera. A esas horas de la noche la mayoría de las casas por las que pasaba tenían las luces apagadas, y como si ya no estuviera lo bastante nerviosa acerca de la conversación que estaba a punto de tener, su estado de ansiedad se vio acrecentado por la oscuridad y por lo que su activa imaginación le decía que podía haber oculto en los alrededores. Así pues, decidió ir con cuidado, porque así era como debía ir una mujer sola, en una ciudad y en una noche lluviosa de finales de otoño. Se aventuró a bajar de la acera y siguió avanzando por el centro de la calle, ya que así tendría tiempo de prepararse en caso de que alguien deseara atacarla.

Pensó que era poco probable, pues era un barrio respetable. Con todo, sabía lo importante que era la precaución, por lo que se sintió aliviada cuando vio la luz de unos faros que le indicaban que un coche había doblado la esquina a su espalda. Avanzaba poco a poco, al igual que había hecho ella, y hacía lo mismo que ella había hecho, es decir, buscar lo más preciado de la ciudad: un sitio donde aparcar. Se dio la vuelta, se echó hacia atrás y esperó a que el coche pasara por delante de ella. Pero mientras lo hacía, el coche se apartó y le hizo señales con las luces para indicarle que pasara.

«¡Ah! Se había equivocado», pensó mientras se volvía a poner el paraguas sobre el hombro y seguía avanzando. El coche no buscaba aparcamiento, sino que estaba esperando a que alguien saliera de la casa ante la que se encontraba. Cuando llegó a esta conclusión, se dio la vuelta y echó un vistazo hacia atrás; como si el conductor desconocido le hubiera estado leyendo los pensamientos, el conductor de repente tocó la bocina una vez, como un padre que estuviera llamando a un hijo sordo.

Eugenie siguió andando. A medida que avanzaba iba contando los números de las casas. Vio el número diez y el número doce. Cuando apenas había avanzado seis casas desde donde había aparcado el coche, la uniforme luz que tenía tras ella cambió de posición; después se apagó por completo.

«¡Qué raro!», pensó. Uno no puede dejar el coche aparcado en medio de la calle así como así. Y mientras lo pensaba, empezó a darse la vuelta. Tal como fueron las cosas, ése no fue el peor de sus errores.

De repente vio una luz brillante. La cegó al instante. Incapaz de ver, se quedó inmóvil, tal y como a menudo hacen las presas.

Un motor sonó con estrépito y el chirriar de neumáticos se oyó por toda la calzada.

Cuando el coche la derribó, su cuerpo salió disparado hacia arriba, con los brazos completamente abiertos, y la fotografía enmarcada salió volando cual cohete en el aire frío de la noche.

2

J.W. Pitchley, alias Hombre Lengua, había pasado una noche estupenda. Se había saltado la regla número uno –nunca sugerir encontrarse con ninguna mujer con la que hubiera practicado cibersexo– pero le había salido muy bien, y le había demostrado una vez más que sus instintos para escoger fruta madura (que era más jugosa por haber pasado tanto tiempo ignorada en el árbol) estaban tan afilados como un instrumento quirúrgico.

Sin embargo, la humildad y la honradez le obligaban a admitir que no se había arriesgado mucho. Cualquier mujer que se hiciera llamar Bragas Cremosas dejaba muy claro lo que quería, y si hubiera abrigado alguna duda, el hecho de correrse cinco veces en sus calzoncillos Calvin Klein sin tener que menearse el miembro ni una sola vez en los cinco encuentros cibernéticos que tuvieron, le habría tranquilizado. A diferencia de las otras cuatro ciberamantes que tenía, cuyas habilidades ortográficas eran muy a menudo tan limitadas como su imaginación, Bragas Cremosas tenía una capacidad imaginativa que le agotaba el cerebro y una habilidad natural para expresar sus fantasías que le ponían la polla cual caña de pescar tan pronto como se conectaba a la red.

«Aquí Cremosa –le escribía–. ¿Estás a punto, Lengua?»

¡Ah, sí! ¡Y tanto! Siempre lo estaba.

Así pues, en esa ocasión había sido él el que había tomado la iniciativa, en vez de esperar a que lo hiciera su compañera cibernética. Eso era muy poco habitual en él. Normalmente les seguía el juego, y siempre estaba al otro lado de la línea cuando alguna de sus amantes quería acción, pero nunca se había aventurado a encontrarse con ellas, a no ser que éstas se lo sugirieran. Siguiendo estas normas, había conseguido que veintisiete encuentros en la superautopista de la información se convirtieran en veintisiete citas muy gratificantes en el Motel Comfort Inn de Cromwell Road; éste se encontraba a una distancia muy prudente de su barrio y, además, de noche lo vigilaba un caballero asiático cuya memoria para recordar las caras no era nada comparada con la pasión que tenía por ver vídeos de las antiguas obras de teatro de la BBC. Había sido víctima de una broma cibernética una sola vez: una ocasión en la que había aceptado encontrarse con una amante llamada Házmelo con Dureza, y en la que había acabado encontrándose con dos niños de doce años con la cara llena de granos y vestidos como los hermanos Kray. Sin embargo, no le importó mucho, ya que se los quitó de encima con bastante rapidez y con la certeza de que no volverían a hacer ese tipo de travesuras.

Pero Bragas Cremosas lo tenía bien obsesionado. «¿Estás a punto?» Desde un buen principio se había estado preguntando si sería capaz de hacer en persona lo mismo que hacía con palabras.

Siempre se trataba de eso, ¿no es verdad? Anticipar, fantasear y conseguir una respuesta era parte de la diversión.

Le había costado mucho convencer a Bragas Cremosas para que se vieran. Con esa mujer, se había atrevido a hacer licencias descriptivas nuevas y vertiginosas. Para conseguir más ideas respecto a lo carnal, se había pasado seis horas durante una quincena examinando los artículos de placer expuestos en las tiendas de Brewer Street. Y cuando finalmente se dio cuenta de que se pasaba el viaje diario al centro de la ciudad imaginándose con lujuria a sus dos cuerpos saciados y entrelazados de modo inextricable sobre la colcha de horribles colores de una cama del Motel Comfort Inn –en vez de leer el *Financial Times*, que era el elemento esencial de su carrera profesional– supo que tenía que pasar a la acción.

«¿Lo quieres de verdad? –le había escrito por fin–. ¿Estás a punto para un encuentro?»

Lo estaba.

Hizo la misma sugerencia que siempre hacía cuando una amante cibernética insistía en verle: ir a tomar unas copas al Valley of Kings, un sitio muy fácil de encontrar y que estaba muy cerca del Sainsbury's de Cromwell Road. Podía llegar hasta allí en coche, en taxi, en autobús o en metro. Y si al verse por primera vez no se gustaban... ningún problema, se tomaban un martini rápido en el bar y tan amigos.

El Valley of Kings tenía la misma calidad impagable que el Comfort Inn. Al igual que la gran mayoría de negocios en el sector de servicios de Londres, los camareros apenas hablaban inglés y todos los ingleses les parecían iguales. Había llevado a sus veintisiete amantes cibernéticas al Valley of Kings sin que el dueño, ni los camareros ni el barman mostraran el menor indicio de que lo conocían; por lo tanto, estaba seguro de que también podría llevar allí a Bragas Cremosas sin que ninguno de los empleados le traicionara.

Supo quién era en el mismo instante en que se acercó a la barra del restaurante que olía a azafrán. Una vez más se sentía satisfecho de haber adivinado quién era y cómo sería. Debía de tener como mínimo cincuenta y cinco años, iba muy aseada y llevaba la cantidad correcta de perfume; no era una putilla de esas que van a ver lo que pillan. No era una guarra del Mile End que intentara mejorar su posición ni tampoco una tía del norte recién llegada a la capital con la esperanza de encontrar un tipo que le solucionara la vida. Era exactamente lo que había supuesto que sería: una divorciada solitaria cuyos hijos ya habían crecido y que se enfrentaba con la perspectiva de que la llamaran *abuela* diez años antes de lo que habría deseado. Estaba ansiosa por demostrarse a sí misma que aún tenía un poco de atractivo sexual, a pesar de las arrugas y de la incipiente papada. Las razones que él podía tener para escogerla, a pesar de que se llevaban doce años de diferencia, no tenían ninguna importancia. Estaba contento de poder confirmarle que aún poseía encanto.

Esa confirmación sucedió en la habitación 109, en la primera planta, a unos noventa metros del estruendo del tráfico. El ruido de la calle –siempre lo decía en voz baja antes de cerrar la puerta con llave– eliminaba la posibilidad de quedarse a pasar la noche. De hecho, sería imposible para cualquier persona con un oído normal dormir en una habitación que diera a Cromwell Road. Y, como pasar la noche con una amante cibernética era lo último que le gustaría hacer, el hecho de ser capaz de decir «Dios mío, qué estrépito» en un momento u otro a menudo le servía de preludio para poder salir de la situación como un caballero.

Todo había sucedido según lo previsto: las bebidas habían llevado a la confesión de una atracción física y, por lo tanto, se habían ido paseando hasta el Comfort Inn, donde un acoplamiento enérgico había acarreado satisfacción mutua. En persona, Bragas Cremosas –cuyo nombre verdadero se negó a revelar– era tan sólo un poco menos imaginativa que en el teclado. Cuando hubieron acabado de probar todas las permutaciones sexuales, posiciones y posibilidades, se apartaron uno del otro, cubiertos de sudor y otros fluidos corporales, y se dispusieron a oír el estruendo de los camiones que iban arriba y debajo de la carretera.

–¡Dios mío, qué ruido! –refunfuñó–. Debería haber elegido un sitio mejor. No podremos dormir.

–¡Ah! –respondió ella–. No te preocupes. De todos modos, no me puedo quedar.

–¿No? –dijo él con una expresión de disgusto. Sonrió y añadió–: No contaba con ello. Después de todo, cabía la posibilidad de que tú y yo no hubiéramos conectado en persona del mismo modo que en la red, ¿sabes?

Eso ya lo sabía. Pero mientras regresaba a casa en coche se preguntaba: «¿Qué pasará a continuación?». Lo habían estado haciendo con intensidad durante dos horas enteras, y los dos habían disfrutado muchísimo. Se habían separado con promesas por ambos lados de «seguir en contacto», pero había tenido la ligera sensación de que el abrazo de despedida de Bragas Cremosas desmentía sus palabras y que el sentido común requería que se mantuviera alejado de ella durante un tiempo.

Y eso es precisamente lo que decidió hacer al final, después de un trayecto en coche, largo y sin rumbo bajo la lluvia, con el objetivo de reducir la tensión sexual.

A medida que llegaba a su calle, soltó un bostezo. Dormiría plácidamente después de los esfuerzos de la noche. No había nada como practicar sexo enérgico con una persona casi desconocida y de avanzada edad para disponerse al sueño.

Miró de soslayo a través del cristal a medida que el limpiaparabrisas lo adormecía con su ritmo constante. Subió la cuesta y puso el intermitente para girar hacia el camino de entrada –más por costumbre que por necesidad– y cuando estaba pensando cuánto tiempo pasaría antes de que Mujer Fogosa y Cómeme le propusieran encontrarse en persona, vio un montón de ropa empapada junto a un Calibra último modelo.

Suspiró. ¿No era verdad que la sociedad se estaba desmoronando? Bajo una delgada capa de piel, los seres humanos se estaban convirtiendo en cerdos. Después de todo, ¿para qué tenía que molestarse uno en ir hasta Oxfam a dejar sus trastos si, en realidad, podía dejarlos en medio de la calle? Era patético.

Cuando estaba a punto de pasar por delante, le llamó la atención una luz blanca entre las ropas mojadas. Echó un vistazo. ¿Un calcetín empapado de lluvia? ¿Una bufanda hecha jirones? ¿Una pobre colección de bragas de mujer? ¿Qué era?

Pero entonces lo vio. Apretó el freno con violencia.

Se dio cuenta de que el blanco resplandor era una mano, una muñeca y un trozo de brazo que sobresalía de un abrigo negro.

«Debe de ser parte de un maniquí –se dijo a sí mismo con decisión para apaciguar los latidos de su corazón–. Debe de ser la broma de alguien que tiene un cerebro de mosquito. De todos modos, es demasiado pequeño para ser una persona. Tampoco veo ni las piernas ni la cabeza. Sólo ese brazo.»

Sin embargo, bajó la ventanilla, a pesar de esas conclusiones tan reconfortantes. La lluvia le salpicó en la cara, y examinó de cerca el cuerpo sin forma que yacía en el suelo. Luego vio el resto.

Había piernas y también una cabeza. En un primer momento, cuando lo había divisado a través de la ventanilla empapada de lluvia, no lo había visto porque la cabeza estaba inclinada dentro del abrigo, como si estuviera rezando, y las piernas estaban ocultas bajo el Calibra.

«Un ataque al corazón –pensó, aunque lo que veían sus ojos no se lo confirmaba–. Aneurisma. Apoplejía.»

Pero ¿qué hacían esas piernas bajo el coche? La única explicación lógica para eso era que...

Cogió el móvil y llamó a la policía.

El cuerpo del comisario Eric Leach mostraba todos los síntomas de la gripe. Le dolía en todas las partes posibles. Le sudaba la cabeza, el rostro y el pecho. Tenía escalofríos. Debería haber llamado para decir que estaba enfermo tan pronto como había notado lo mal que se encontraba. Debería haberse metido en la cama. Si lo hubiera hecho, habría matado dos pájaros de un tiro: habría recuperado el sueño que había perdido mientras intentaba reorganizar su vida después del divorcio, y habría tenido una excusa cuando el teléfono sonó a medianoche. Pero en vez de eso, ahí estaba él sacando por la fuerza a su temblante culo de una casa mal amueblada para llevarlo al frío, al viento y a la lluvia, lo que, sin lugar a dudas, suponía arriesgarse a pillar una neumonía doble.

«Vive y aprende –pensaba el comisario Leach con hastío–. ¡La próxima vez que te cases, sigue casado, joder!»

Vio las intermitentes luces azules de los coches policía en el momento en que doblaba la esquina. Eran casi las doce y veinte de la noche, pero por la luz que había en la empinada calle que tenía frente a él, bien podría decirse que eran las doce del mediodía. Alguien había colocado focos, y a éstos se sumaban las rápidas luces del fotógrafo del equipo forense.

La frenética actividad que había delante de todas esas casas había reunido a una gran colección de curiosos, aunque no podían acercarse gracias al cordón policial que habían dispuesto a ambos lados de la calle. Barreras y más cordón policial bloqueaban la entrada a la calle desde los dos extremos. Detrás, ya se habían reunido un montón de fotógrafos de prensa, esos vampiros de las ondas radiofónicas que no cesaban de sintonizar la frecuencia del Departamento de Policía de Londres, con la esperanza de averiguar si había sangre fresca en alguna parte.

El comisario Leach sacó un Strepsil del paquete con los dedos. Aparcó el coche detrás de una ambulancia, en la que los responsables, ataviados con impermeables de pies a cabeza, pasaban el rato apoyados en el parachoques delantero, bebiendo café de la tapa de un termo de una forma tan relajada que quedaba bien claro qué servicios se iban a necesitar. Leach les saludó mientras encorvaba los hombros para protegerse de la lluvia. Mostró su tarjeta de identificación al policía joven y desgarbado que se ocupaba de mantener a los periodistas a raya, atravesó la barrera y se acercó a la colección de profesionales que estaban reunidos en torno a un turismo aparcado en medio de la calle.

Oyó fragmentos de conversaciones vecinales a medida que subía la cuesta con dificultad. La mayoría eran pronunciadas con ese tono reverencial tan característico de los que entienden hasta qué punto puede ser imparcial el autor de un crimen cuando está a punto de perpetrar una fechoría. Pero también oyó alguna queja malintencionada sobre la confusión que se creaba cuando una muerte repentina se producía en medio de la calle y se requería presencia judicial. Y cuando oyó una de esas quejas en ese tono de superioridad y de arrogancia que Leach tanto odiaba, éste dio media vuelta. Se encaminó poco a poco hacia el origen del griterío y consiguió oír un fragmento de la frase: «... y que a uno le despierten sin tener motivo aparente que no sea el de satisfacer las preferencias más ruines de los fotógrafos de la prensa amarilla...». La persona que hablaba tenía un aspecto horripilante, con el pelo parecido a un casco, y que seguramente había invertido todos los ahorros de su vida en una operación de cirugía plástica que necesitaba un repaso. Cuando estaba diciendo «... y si con los impuestos municipales que pagamos no nos pueden proteger de este tipo de cosas...», Leach la interrumpió y le dijo al policía más cercano:

–¡Que hagan callar a esa zorra! ¡Mátenla, si es necesario! –Y siguió con su camino.

En ese momento, la acción del lugar del crimen se centraba alrededor del patólogo del equipo forense. Bajo una improvisada protección de láminas de politeno, llevaba una extraña mezcla de traje de lana, botas de goma y ropa impermeable de marca. Estaba acabando el reconocimiento preliminar del cuerpo, y Leach tuvo suficiente con un vistazo para saber que se trataba de un travestido o de una mujer de edad indeterminada, mal mutilada. Tenía los huesos faciales aplastados; la sangre brotaba del agujero en el que antes había habido una oreja; la piel en carne viva de la cabeza mostraba las partes en las que el pelo le había sido arrancado; la cabeza colgaba de forma natural, pero con una torsión muy forzada. Era el tipo de cosa que uno necesitaba ver cuando ya estaba mareado por la fiebre.

El patólogo –el doctor Olav Grotsin– apoyó las manos en los muslos y se puso en pie. Se quitó los guantes de látex, se los lanzó a un ayudante y vio que Leach tenía la intención de olvidarse de su precaria salud y de ayudar en lo que fuera posible desde el lugar en el que se encontraba, es decir, a poco menos de un metro de distancia del cadáver.

–Tiene un aspecto horrible –le dijo Grotsin a Leach.

–¿Qué tenemos?

–Mujer. Llevaba una hora muerta cuando llegué aquí. Dos, como máximo.

–¿Está seguro?

–¿De qué? ¿De la hora o del sexo?

–Del sexo.

–Tiene pechos, viejos pero los tiene. Por lo que respecta al resto, no quería cortarle las bragas en medio de la calle. Supongo que puede esperar hasta mañana.

–¿Qué ha sucedido?

–La han atropellado y se han dado a la fuga. Tiene lesiones internas. Me atrevería a decir que tiene roto todo lo que podría tener.

–¡Mierda! –exclamó Leach, pasando por delante de Grotsin para agacharse junto al cadáver. Yacía a pocos centímetros de la puerta del conductor del Calibra, de lado y de espaldas a la calle. Tenía un brazo retorcido tras la espalda y las piernas estaban ocultas bajo el chasis de un Vauxhall. Leach cayó en la cuenta de que el Vauxhall estaba sin mancha, pero eso apenas le sorprendió. No podía imaginarse que un conductor pudiera estar tan desesperado por encontrar aparcamiento que fuera capaz de atropellar a alguien para conseguirlo. Buscó marcas de neumático en el cadáver y en el oscuro impermeable que llevaba.

–Tiene el brazo dislocado –le iba diciendo Grotsin–. Tiene las dos piernas rotas. También he encontrado un poco de algodón azucarado. Dele la vuelta a la cabeza y lo verá.

–¿No lo ha hecho desaparecer la lluvia?

–La cabeza estaba protegida bajo el coche.

«*Protegida* es una palabra muy rara para definirlo», pensó Leach. La pobre mujer estaba muerta, fuera quien fuera. La espuma rosa de los pulmones bien podría indicar que no murió en el acto, pero eso no les serviría de mucha ayuda, y menos a la desventurada víctima. A no ser, evidentemente, que alguien se le hubiera acercado mientras aún seguía con vida y hubiera conseguido oír algunas palabras importantes mientras yacía moribunda en la calle.

Leach se puso en pie y preguntó:

–¿Quién llamó para notificarlo?

–Ese hombre de ahí, señor –respondió la ayudante de Grotsin mientras señalaba con la cabeza al otro lado de la calle.

Leach se dio cuenta, por primera vez, de que había un Porsche Boxter aparcado en doble fila con las luces de emergencia encendidas. Había un policía a cada lado del coche, y un poco más allá se encontraba un hombre de mediana edad que llevaba una trenca y que estaba bajo un paraguas a rayas; alternaba su ansiosa mirada del Porsche al cuerpo mutilado que yacía unos metros más atrás.

Leach se encaminó hacia el deportivo para examinarlo. Sería un trabajo muy fácil si el conductor, el vehículo y la víctima formaran una tríada perfecta allí mismo, pero incluso cuando se encaminaba hacia el coche, Leach sabía que eso era muy poco probable. Grotsin no hubiera dicho que la habían atropellado y que se habían dado a la fuga, si sólo la primera acción era pertinente.

Con todo, observó el Boxter minuciosamente. Se plantó delante del coche y examinó la parte delantera y la carrocería. Desde allí se dirigió hacia los neumáticos y los inspeccionó uno por uno. Se tendió en el suelo mojado y revisó la parte inferior del Porsche. Cuando hubo finalizado, ordenó que confiscaran el coche para que pudieran examinarlo los del Departamento de Homicidios.

–¿Cómo? Seguro que no hace falta –se quejó el señor Trenca–. Me paré, ¿no es verdad? Tan pronto como vi... Además, lo comuniqué a la policía. Seguro que entiende que...

–Es pura rutina. –Leach se acercó al hombre en el instante en que un policía le ofrecía una taza de café–. Se lo devolverán muy pronto.¿Cómo se llama?

–Pitchley –respondió el hombre–. J.W. Pitchley. Pero, mire, es un coche muy caro, y no entiendo por qué... ¡Santo Cielo! Si la hubiera atropellado, el coche tendría alguna marca.

–¿Cómo sabe que es una mujer?

Pitchley parecía nervioso.

–Supongo que pensé que... Me acerqué al cadáver. Después de llamar a la policía, salí del coche y fui hasta allí para ver si podía hacer algo. Podría haber estado viva.

–Pero no lo estaba, ¿verdad?

–De hecho, no lo sé. No... Bien, lo único que vi es que estaba inconsciente. No decía nada. Quizá respirara. Pero sabía que no debía tocar nada... –Tomó un sorbo de café. Salía vapor de la taza.

–Está en un estado lamentable. Nuestro patólogo ha llegado a la conclusión de que era una mujer porque tenía pechos. ¿Qué hizo?

Pitchley parecía horrorizado al oír lo que estaba insinuando. Se quedó mirando el suelo, como si tuviera miedo de que el grupo de curiosos que había a su alrededor pudieran oír la conversación que estaba manteniendo con el detective y llegar a conclusiones erróneas.

–Nada –respondió en voz baja–. ¡Dios mío! ¡No he hecho nada! Es evidente que vi que llevaba una falda debajo del abrigo. Además, tiene el pelo más largo que el de un hombre...

–Allí donde no se lo han arrancado.

Pitchley hizo una mueca, pero prosiguió:

–Cuando vi la falda, supuse que se trataba de una mujer. Eso es todo.

–¿Es ahí mismo donde estaba tendida? ¿Justo al lado del Vauxhall?

–Sí, ahí mismo. Ni la toqué ni la moví.

–¿Vio a alguien en la calle? ¿En la acera? ¿En el porche? ¿En alguna ventana? ¿En algún sitio?

–No. No vi a nadie. Simplemente pasaba en coche por la calle. No había nadie a excepción de ella, y ni siquiera la habría visto si no hubiera sido porque la blancura del brazo o de la mano... me llamó la atención. Eso es todo.

–¿Iba solo en el coche?

–Sí. Claro que iba solo. Vivo solo. Un poco más arriba en esta misma calle.

Leach se preguntó por qué le estaba dando tanta información.

–¿De dónde venía, señor Pitchley? –le preguntó.

–De South Kensington. Estaba... cenando con una amiga.

–¿Cómo se llama esa amiga?

–¿Me está acusando de algo? –Pitchley parecía más bien aturdido que preocupado–. Porque si el hecho de llamar a la policía cuando uno encuentra un cadáver es motivo de sospecha, entonces solicito la presencia de mi abogado... ¡Eh! ¿Podría apartarse de mi coche, por favor? –Eso último se lo dijo a un policía moreno que formaba parte del equipo encargado de buscar huellas dactilares.

Más policías empezaron a peinar la zona alrededor de Pitchley y Leach, y de entre todo ese grupo apareció una mujer policía que sostenía un bolso con las manos enfundadas en unos guantes de látex. Se encaminó hacia Leach, y éste se puso sus propios guantes y, después de pedirle a Pitchley que diera su nombre y dirección al policía que custodiaba el coche, se alejó. Se reunió con la mujer policía en medio de la calle y le cogió el bolso de las manos.

–¿Dónde estaba?

–Unos diez metros más allá. Debajo de un Montego. Las llaves y la cartera están dentro. También está el carné de identidad y el de conducir.

–¿Es de aquí?

–De Henley-on-Thames –respondió la agente de policía.

Leach abrió la cremallera del bolso, buscó las llaves y se las entregó a la mujer policía.

–Compruebe si son de alguno de los coches aparcados por aquí –le ordenó, y mientras ella se alejaba para hacerlo, él sacó la cartera y la abrió para buscar el carné de identidad.

En un principio leyó el nombre sin relacionarlo con nada. Más tarde se preguntó cómo había sido capaz de no reconocerlo al instante. Pero la verdad es que se sentía como un zurullo aplastado de caballo, y hasta que no leyó el carné de donante de órganos y su nombre escrito en el talonario no se dio cuenta de quién era en realidad.

Apartó la mirada del bolso y la dirigió hacia el cuerpo aplastado que yacía en medio de la calle como si fuera un desecho. Y mientras empezaba a temblar, exclamó:

–¡Dios, Eugenie! ¡Santo Cielo, Eugenie!

En el otro extremo de la ciudad, la agente Barbara Havers cantaba junto con sus compañeros y se preguntaba cuántas estrofas más de «porque es un chico excelente» tendría que soportar antes de poder escapar. No estaba preocupada por la hora. Cierto, la una de la mañana significaba que ya no podría hacer su cura de sueño, pero teniendo en cuenta que aunque hiciera de Bella Durmiente su aspecto general tampoco iba a mejorar tanto, sabía y aceptaba que si conseguía dormir cuatro horas, sería muy afortunada. Más bien estaba preocupada por el motivo de la fiesta, ya que no entendía por qué ella y sus compañeros de New Scotland Yard llevaban más de cinco horas en una casa abarrotada y calurosa de Stamford Brook.

Sabía que veinticinco años de matrimonio era algo que merecía ser celebrado. Podía contar con los dedos de una mano las parejas que conocía que habían conseguido esa gesta de longevidad conyugal, y ni siquiera tendría que usar el dedo pulgar. Pero había algo en esa pareja en particular que no le acababa de cuadrar, y desde el primer momento que entró en esa sala –papel crep amarillo y globos verdes intentaban por todos los medios ocultar cierto mal gusto que tenía mucho más que ver con la indiferencia que con la pobreza– había sido incapaz de desprenderse de la sensación de que los invitados de honor y demás personas allí reunidas formaban parte de un drama doméstico en el que a ella –Barbara Havers– no le habían asignado ningún papel.

Al principio se dijo a sí misma que esa sensación de desconexión era debida a que estaba de fiesta con sus superiores: uno de ellos le había salvado el cuello de la horca hacía casi tres meses, y otro había estado dispuesto a tirar de la cuerda. Después pensó que esa incomodidad era motivada por el hecho de haber ido a la fiesta en su estado normal –es decir, sola– mientras que todo el mundo había llevado acompañante, incluido Winston Nkata, su compañero y agente favorito, que se hacía acompañar de su madre, una mujer imponente que medía metro ochenta y cinco y que iba vestida con los colores caribeños de su tierra natal. Por último, decidió que ese malestar era producido por el hecho de celebrar el matrimonio de otros. «Soy una vaca celosa. Eso es lo que soy», se dijo Barbara a sí misma no sin cierto enojo.

Pero ni siquiera esa explicación podría resistir un examen demasiado profundo, porque en circunstancias normales Barbara no era una persona muy dada a sentir envidia. Era verdad que a su alrededor veía un montón de razones para sentir esa ineficaz emoción. Se encontraba entre una multitud de parejas que no paraban de hablar –maridos con sus mujeres, padres con sus hijos, amantes con sus compañeros– mientras que ella no tenía ni marido ni compañero ni hijos; además, no había ni una sola perspectiva en el horizonte que indicara que esa situación iba a cambiar. Pero después de haberse dedicado a inspeccionar todo lo que había en el bufé libre en busca de alguna distracción comestible, tal y como hacía siempre que tenía ese estado de ánimo, se enardeció pensando en la libertad que le aportaba su condición de persona soltera y desechó cualquier emoción perturbadora que amenazara con arruinarle la tranquilidad de espíritu.

Con todo, no se sentía lo alegre que sabía que debería sentirse en una fiesta de aniversario, y cuando los invitados de honor asieron, con las manos estrechadas, un cuchillo descomunal y empezaron a atacar un pastel que estaba decorado con rosas, hiedra, corazones entrelazados, y las palabras FELICES BODAS DE PLATA, MALCOLM & FRANCES, Barbara empezó a mirar de reojo a la multitud para ver si había alguien, aparte de ella, que estuviera prestando más atención al reloj que a los momentos finales de la celebración. No vio a nadie. Todo el mundo sin excepción tenía la mirada puesta en el comisario jefe Malcolm Webberly y en la mujer que llevaba veinticinco años enamorada de él, la formidable Frances.

Esa noche fue la primera vez que Barbara vio a la mujer del comisario jefe Webberly y, mientras observaba cómo la mujer ponía un tenedor con un trozo de pastel en la boca de su esposo y cómo ella aceptaba gustosamente el que le ofrecía su marido, Barbara cayó en la cuenta de que había pasado la noche entera evitando pensar en Frances Webberly. Las había presentado Miranda, la hija de Webberly en su papel de anfitriona, y habían mantenido el tipo de conversación educada que siempre se tiene con la esposa de un compañero de trabajo: «¿Cuántos años hace que conoce a Malcolm? ¿Le parece difícil trabajar en un ambiente en el que hay tantos hombres con los que luchar? ¿Qué le hizo entrar en el Departamento de Homicidios?». Aun así, a lo largo de toda esa conversación, Barbara se había muerto de ganas de escapar de Frances, a pesar de que la mujer le había hablado con amabilidad y de que la había mirado dulcemente con sus ojos de caracol.

Barbara llegó a la conclusión de que quizá fuera por eso. Tal vez el origen de su intranquilidad estuviera en los ojos de Frances Webberly y en lo que se escondía tras ellos: emoción, preocupación, la sensación de que algo no era como debía ser.

No obstante, Barbara era incapaz de saber qué era. Por lo tanto, dedicó sus energías a lo que esperaba con ahínco que fueran los últimos momentos de la celebración, y aplaudió con el resto de invitados mientras cantaban... «y siempre lo será».

–¡Cuéntanos cómo lo has hecho! –gritó alguien entre la multitud en el instante en que Miranda Webberly se acercaba al pastel para ayudar a sus padres.

–Pues no teniendo ninguna expectativa –respondió Frances Webberly con rapidez mientras cogía a su marido del brazo con ambas manos–. Lo tuve que aprender muy pronto, ¿no es verdad, cariño? Y ya está bien, porque la única cosa que he ganado con este matrimonio, aparte de mi Malcolm, claro está, son los catorce kilos que nunca he llegado a perder después de dar a luz a Randie.

Los invitados se unieron a su alegre risa. Miranda simplemente agachó la cabeza y siguió cortando el pastel.

–¡No me parece un mal negocio! –espetó Helen, la mujer del agente Thomas Lynley. Acababa de coger un plato de pastel de las manos de Miranda y le dio un golpecito amistoso en el hombro.

–¡Exacto! –exclamó el comisario jefe Webberly–. Tenemos la mejor hija del mundo.

–Evidentemente tienes razón –añadió Frances mientras le dedicaba una sonrisa a Helen–. Sin Randie, no sería nadie. Pero ya verás, condesa, llegará un momento en que ese delgado cuerpo que tienes empezará a hincharse y en que los tobillos se te abultarán. Entonces entenderás de lo que estoy hablando. Lady Hillier, ¿querría un poco de pastel?

«Eso era lo que no le cuadraba –pensó Barbara–: *Condesa* y *Lady*.»

Al mencionar esos títulos en público, Frances Webberly no estaba haciendo lo correcto. Helen Lynley nunca usaba su título –su marido era conde además de ser inspector, pero antes se dejaría torturar que mencionar ese hecho, y su mujer era igual de reticente–, y aunque lady Hillier fuera en verdad la esposa del subjefe de policía sir David Hillier –que estaría dispuesto a dejarse torturar antes que fracasar en el intento de hacer público su título a la gente que lo rodeaba–, era a la vez la hermana de Frances Webberly y, al usar su título, cosa que había estado haciendo la noche entera, parecía estar esforzándose en subrayar unas diferencias sociales que, de otro modo, podrían haber pasado inadvertidas.

«Todo es muy extraño –pensó Barbara–. Muy raro. Muy... fuera de tono.»

Se dirigió hacia Helen Lynley. Barbara tenía la sensación de que la simple palabra *condesa* había erigido un sutil muro entre Helen y el resto de invitados y, en consecuencia, la mujer estaba sola comiéndose el pastel. Su marido no parecía darse cuenta –muy típico de los hombres– ya que estaba enfrascado en una conversación con dos de sus colegas: el inspector Angus MacPherson, que intentaba superar sus problemas de obesidad comiéndose un trozo de pastel del tamaño de una caja de zapatos, y John Stewart, que estaba disponiendo de forma compulsiva las migas de su propio pastel de tal manera que parecía la bandera del Reino Unido. Así pues, Barbara se fue al rescate de Helen.

–¿Está su alteza contenta de las festividades de la noche? –le preguntó en voz baja cuando estuvo junto a Helen–. ¿O tal vez no ha recibido suficientes atenciones?

–Compórtate, Barbara –replicó Helen, aunque sonrió al decirlo.

–No puedo. Tengo que mantener mi reputación. –Barbara aceptó un trozo de pastel y empezó a comérselo con alegría–. ¿No se le ha ocurrido pensar, delgada condesa, que quizá debería intentar tener una apariencia tan obesa como todas nosotras? ¿Ha considerado la posibilidad de llevar rayas horizontales?

–Acabo de comprar papel a rayas para empapelar la habitación de los invitados –respondió Helen con seriedad–. El único problema es que son verticales, pero supongo que me lo podría poner de lado.

–Se lo debe a sus compañeras. Cuando hay una mujer que mantiene el peso ideal, todas las demás parecemos elefantes.

–Me temo que no podré mantenerlo por mucho tiempo –apuntó Helen.

–Bien, yo no estaría tan segura porque... –Barbara se dio cuenta de repente de lo que Helen le estaba diciendo. Sorprendida, se quedó mirando a Helen y vio que ésta sonreía con una timidez inusitada en ella.

–¡Por todos los santos! –exclamó Barbara–. Helen, ¿es verdad que estás...? ¿Tú y el inspector? ¡Ostras! ¡Eso sí que es una buena noticia! –Observó a Lynley en el otro extremo de la habitación; tenía la rubia cabeza inclinada para poder oír algo que le estaba diciendo Angus MacPherson–. El inspector no nos ha dicho nada.

–Nos hemos enterado esta semana. De hecho, nadie lo sabe todavía. Nos pareció mejor así.

–Sí, claro –asintió Barbara, pero no sabía qué pensar sobre el hecho de que Helen Lynley se lo hubiera contado a ella. Sintió que un cariño repentino la invadía y notó unas pulsaciones rápidas en la parte trasera de la garganta–. ¡Santo Cielo! Bien, no te preocupes, Helen. Mamá no se lo contará a nadie hasta que no le den permiso. –Cuando se dio cuenta de la broma poco agraciada, Helen también lo hizo, y ambas se rieron.

En ese momento Barbara vio que la camarera salía de la cocina de puntillas y se acercaba al comedor con un teléfono inalámbrico en la mano.

–Lo siento. Una llamada para el comisario jefe –anunció, deshaciéndose en disculpas, como si de hecho hubiera podido hacer algo por evitarlo.

–Seguro que pasa algo –murmuró el inspector Angus MacPherson.

–¿A estas horas? –preguntó Frances Webberly con ansiedad–. Malcolm, por el amor de Dios, ahora no puedes...

Se produjo un murmullo de comprensión entre los invitados. Todos ellos sabían –de primera o segunda mano– lo que podía significar una llamada a la una de la mañana. Webberly también lo sabía.

–Así son las cosas, Fran. –Le puso la mano en el hombro mientras se disponía a responder al teléfono.

El inspector Thomas Lynley no se sorprendió lo más mínimo cuando el comisario jefe se excusó de la fiesta y subió las escaleras con el auricular del inalámbrico pegado a la oreja. Lo que sí le sorprendió, no obstante, fue que su superior tardara tanto en regresar. Como mínimo habían pasado unos veinte minutos, tiempo en el que los invitados del comisario jefe habían acabado sus pasteles y sus cafés y habían empezado a despedirse para irse a sus respectivas casas. Frances Webberly, que iba echando miradas reprobatorias a la escalera, protestó. Les dijo que todavía no podían marcharse y que, como mínimo, podían esperar a que Malcolm pudiera darles las gracias por haber asistido a su fiesta de las bodas de plata. ¿No podían esperar a que bajara Malcolm?

No añadió lo que nunca estaría dispuesta a admitir. Si los invitados se marchaban antes de que su marido finalizara su conversación telefónica, la cortesía la obligaría a salir al jardín delantero para despedirse de la gente que había ido hasta allí para celebrar sus veinticinco años de matrimonio. Y lo que hacía mucho tiempo que Malcolm Webberly y sus compañeros de trabajo no comentaban era el hecho de que Frances no había salido de casa desde hacía más de diez años.

«Fobias –le había explicado Webberly a Lynley la única vez que habían hablado de su mujer–. Empezó con pequeños detalles de los que no me percaté. Cuando fueron lo bastante importantes para que yo me diera cuenta, ya se pasaba el día encerrada en el dormitorio. Envuelta en una manta, ¿te lo puedes creer? ¡Que Dios me perdone!»

«Los secretos con los que viven los hombres», pensó Lynley mientras contemplaba cómo Frances se movía entre los invitados. En su alegría había cierto nerviosismo que nadie podía obviar, un indicio típico de la gente resuelta y ansiosa por disfrutar de las cosas. A Randie le hubiera gustado organizar una fiesta sorpresa para el aniversario de sus padres en un restaurante de la zona, ya que habrían tenido más espacio e incluso una pista de baile para los invitados. Pero eso no había sido posible a causa del estado de Frances y, por lo tanto, habían tenido que conformarse con la vieja casa de familia de Stamford Brook.

Finalmente, Webberly bajó por las escaleras en el momento en que los invitados se estaban despidiendo, acompañados hasta la puerta por Randie, que mantenía un brazo alrededor de la cintura de su madre. Fue un gesto muy bonito de su parte. Servía un doble propósito, porque le daba seguridad a Frances y también evitaba que ésta se alejara a toda prisa de la puerta.

–¿Ya se marchan? –gritó Webberly desde las escaleras, en las que acababa de encender un cigarro que enviaba una nube azul hacia el techo–. ¡La noche es joven!

–La noche se ha convertido en día –le replicó Laura Hillier mientras le acariciaba la mejilla a su sobrina y se despedía–. Ha sido una fiesta estupenda, Randie. Has hecho que tus padres estén orgullosos de ti. –Cogió a su esposo de la mano y se adentraron en la noche; la lluvia que había estado cayendo con insistencia toda la tarde había, por fin, parado.

La partida del subjefe de policía Hillier había dado permiso al resto de los invitados para que se fueran, y así lo hicieron, Lynley incluido. Cuando esperaba a que el abrigo de su mujer fuera desenterrado de algún lugar del primer piso, Webberly se acercó a la puerta de la sala de estar y le dijo en voz baja:

–Tommy, ¿serías tan amable de quedarte un momento?

El rostro del subjefe de policía expresaba tal preocupación que Lynley no pudo más que murmurar:

–Por supuesto.

Su esposa, que estaba junto a él, dijo:

–Frances, ¿tienes las fotos de la boda a mano? No dejaré que Tommy me lleve a casa hasta que no te haya visto en tu día de gloria.

Lynley le lanzó a Helen una mirada de agradecimiento. Diez minutos más tarde, ya se habían marchado todos los demás invitados. Mientras Helen se ocupaba de distraer a Frances Webberly y Miranda ayudaba a la camarera a quitar los platos y las bandejas de la mesa, Lynley y Webberly se retiraron al estudio, una habitación estrecha que apenas tenía espacio para el escritorio, el sillón y las estanterías que la amueblaban.

Quizás en deferencia a los hábitos abstemios de Lynley, Webberly se acercó a la ventana y, después de un gran esfuerzo, consiguió abrirla para que saliera el humo del cigarro. Un frío aire de otoño, cargado de humedad, penetró en la habitación.

–Siéntate, Tommy. –Webberly permaneció en pie, junto a la ventana, donde la débil luz del techo hacía que casi permaneciera en sombras.

Lynley esperó a que Webberly hablara. No obstante, el subjefe de policía se mordía el labio inferior, como si las palabras que deseaba decir se encontraran allí y necesitara probarlas para pronunciarlas con fluidez.

Fuera, se oía el chirriar discordante del cambio de marchas de un coche, mientras que dentro se oía el ruido de los armarios de cocina al cerrarse. Esos ruidos parecieron animarle a hablar, ya que dejó los pensamientos a un lado y dijo:

–El del teléfono era un tipo llamado Leach. Antes trabajábamos juntos. Hacía años que no hablaba con él. Es una pena perder el contacto de esta manera. Son cosas que pasan, aunque no entiendo el porqué.

Lynley sabía que el subjefe no le había pedido que se quedara para oírle hablar de la melancolía que le suponía la pérdida de una amistad. Las dos menos cuarto de la madrugada no era la mejor hora para hablar de antiguos compañeros de trabajo. Con todo, y con la intención de darle una oportunidad a su superior para que confiara en él, Lynley le preguntó:

–¿Sigue Leach en la policía, señor? Creo que no le conozco.

–Trabaja en el Departamento de Policía de Northwest London –contestó Webberly–. Trabajamos juntos hace veinte años.

–¡Ah! –Lynley se quedó pensativo. En esa época Webberly debía de tener treinta y cinco años, lo que quiere decir que se refería a los años que pasó en Kensington–. ¿En el Departamento de Investigación Criminal? –le preguntó.

–Era mi sargento. Ahora está en Hampstead, dirigiendo el Departamento de Homicidios. Eric Leach. Un buen hombre. Muy bueno.

Lynley observó a Webberly con atención: el pelo, color paja y fino, le caía de forma desordenada por encima de la frente; sus características mejillas sonrosadas se habían vuelto pálidas, el cuello le sostenía la cabeza de tal forma que indicaba que soportaba demasiada presión en los hombros. Todo su aspecto sugería una única explicación: malas noticias. Y una sola razón: la llamada telefónica.

Webberly se despabiló, pero no se movió de las sombras.

–Está trabajando en un caso de atropellamiento y fuga en West Hamstead, Tommy. Por eso me ha llamado. Sucedió a eso de las diez o las once de la noche. La víctima es una mujer. –Webberly hizo una pausa, como si esperara que Lynley le diera algún tipo de respuesta, pero vio que Lynley tan sólo se limitaba a asentir con la cabeza. Desgraciadamente, esos casos sucedían con una frecuencia alarmante en una ciudad en la que los extranjeros a menudo olvidaban en qué lado de la carretera tenían que conducir o a qué lado debían mirar si iban a pie. Webberly se quedó mirando la punta del cigarro y se aclaró la voz–. La brigada de Leach, que está estudiando el caso, cree que alguien la golpeó con el coche y que luego la atropelló a propósito. También piensan que después salió del coche, arrastró el cuerpo a un lado y se marchó.

–¡Santo Cielo! –susurró Lynley con reverencia.

–Encontraron su bolso en los alrededores. Dentro estaban las llaves del coche y el carné de identidad. Su coche no estaba muy lejos; de hecho, estaba aparcado en la misma calle. Dentro del coche encontraron un mapa callejero de Londres con indicaciones claras para llegar a la calle en la que fue atropellada. También había una dirección: el número treinta y dos de Crediton Hill.

–¿Quién vive ahí?

–El mismo hombre que encontró el cadáver, Tommy. El mismo tipo que casualmente conducía calle arriba una hora después de que fuera asesinada.

—¿Estaba en casa esperando a la víctima? ¿Tenían una cita?

—Que nosotros sepamos, no, pero tampoco hemos averiguado muchas cosas. Leach me ha contado que cuando le dijeron al cabrón ese que la mujer tenía su dirección apuntada dentro del coche, éste se quedó como si se hubiera tragado una cebolla. Lo único que dijo fue: «No. Eso es imposible», y llamó a su abogado de inmediato. Estaba en su derecho, evidentemente. Pero les pareció muy sospechoso que reaccionara así al saber que la víctima de un asesinato llevara apuntada su dirección dentro del coche.

Aún así, Lynley no llegaba a entender por qué Leach había llamado a Webberly a la una de la madrugada para explicarle el caso de atropellamiento y fuga y la extraña forma en que había sido descubierto; tampoco entendía por qué le estaba relatando la conversación telefónica que había mantenido.

—Señor, ¿el comisario se siente desbordado por algún motivo? ¿Hay algún problema con el Departamento de Homicidios de Hampstead?

—¿Que por qué me llamó? Y lo que es más importante, ¿por qué se lo estoy contando? —Webberly no esperó a oír la respuesta antes de sentarse en la silla del escritorio y decir—: Es por la víctima, Tommy. Se trata de Eugenie Davies y quiero que investigues el caso. Quiero mover el cielo y la tierra, y el infierno si es necesario, para llegar al fondo de la cuestión.

Webberly comprendió de inmediato que Lynley no sabía de quién le estaba hablando.

Lynley frunció el ceño y preguntó:

—¿Eugenie Davies? ¿Quién era?

—¿Cuántos años tienes, Tommy?

—Treinta y siete, señor.

Webberly exhaló un suspiro y contestó:

—Entonces supongo que eres demasiado joven para acordarte.

GIDEON

23 de agosto

No me ha gustado la forma en la que me ha formulado la pregunta, doctora Rose. El tono que ha usado y lo que implicaba me ha ofendido. No intente convencerme de que no había ninguna implicación, porque no soy tan tonto. Ni tampoco haga ninguna referencia al «significado real» que se esconde tras un paciente sacando conclusiones de sus propias palabras. Sé lo que oí, sé lo que sucedió, y se lo puedo resumir en una sola frase: ha leído lo que he escrito, y como ha visto que faltaba algo, se ha puesto a hacer preguntas sobre eso como si fuera un abogado criminalista con una mente tan cerrada que ya no sirve para nada.

Déjeme que le repita lo que dije en nuestra sesión: no mencioné a mi madre hasta la última frase porque me estaba esforzando en realizar la tarea que me había asignado, que era precisamente escribir lo que recordara, y yo fui escribiendo las cosas tal y como me venían a la memoria. No la recordé antes, antes de que Raphael Robson se convirtiera virtualmente en mi compañero y en mi profesor a jornada completa.

«Pero sí que recordó a la chica esa italiana-griega-portuguesa-española», me comenta de esa forma plácida, calmada e insufriblemente tranquila tan típica de usted.

Sí, así es. ¿Y eso qué quiere decir? ¿Que tengo una afinidad hasta ahora desconocida con las chicas portuguesas-italianas-españolas-griegas, causada por un agradecimiento no reconocido hacia una joven sin nombre que sin saberlo me condujo a la fama? ¿Se trata de eso, señora Rose?

Ya veo. No tiene respuesta. Mantiene una distancia de seguridad, ahí sentada en el sillón de su padre, y fija sus patéticos ojos en mí, y se supone que yo debo enfrentarme a esta distancia como si fuera el Bósforo esperando a que me zambulla. Me sugieren que me sumerja en las aguas de la veracidad. ¡Como si no le estuviera diciendo la verdad!

Estaba allí. Claro que mi madre estaba allí. Y si mencioné a la chica italiana en vez de a mi madre, fue por la simple razón de que la chica italiana –¿por qué soy incapaz de recordar su maldito nombre, por el amor de Dios?– formaba parte de la Leyenda de Gideon, a diferencia de mi madre. Y pensaba que me había ordenado que escribiera todo lo que recordara, empezando por el primer recuerdo que me viniera a la cabeza. Si eso no es lo que me pidió que hiciera, y en vez de eso deseaba que yo inventara los detalles más destacados de una niñez que es ficción en su mayor parte, pero que lo ha sido de una forma tan segura y antiséptica que usted puede identificar y etiquetar lo que quiera y donde quiera...

«Claro que estoy enfadado», le digo antes de que lo sugiera. Porque no entiendo lo que tiene que ver mi madre, un análisis de mi madre, o una conversación superficial sobre mi madre con lo que aconteció en Wigmore Hall. Ésa es la razón por la que he venido a verla, doctora Rose. No lo olvidemos. He aceptado tomar parte en este proceso porque cuando me encontraba en el escenario de Wigmore Hall, delante de un público que había pagado grandes sumas de dinero para beneficiar al Conservatorio de East London –que es mi propia sociedad benéfica, le recuerdo–, me subí al estrado, me coloqué el violín sobre el hombro, cogí el arco, flexioné los dedos de la mano izquierda como de costumbre, saludé con la cabeza al pianista y al chelista... y fui incapaz de tocar. ¡Por todos los santos! ¿Sabe lo que significa eso?

No sentí terror de estar en un escenario, doctora Rose. No tuve un bloqueo temporal a causa de una obra musical, que, a propósito, llevaba más de dos semanas ensayando. Fue una pérdida de habilidad total, absoluta, completa y humillante. No sólo la música se había borrado de mi cerebro, sino que había olvidado cómo tocar, por no decirle que también me había olvidado cómo vivir. Me sentí como si nunca hubiera sostenido un violín con las manos, después de haber pasado los últimos veintiún años de mi vida tocando en público.

Sherrill empezó a tocar el Alegro, y yo lo oí sin reconocerlo en lo más mínimo. Y cuando se suponía que tenía que unirme al piano y al violonchelo: nada. No sabía ni qué tenía que hacer ni cuándo. Era la encarnación del hijo de Lot, si éste y no la esposa del hombre se hubiera dado la vuelta y hubiera presenciado la destrucción.

Sherrill intentó que no se notara. Hizo todo lo que pudo. Improvisó, que Dios le ayude, con Beethoven. Se las arregló para que yo pudiera empezar de nuevo. Pero tampoco pasó nada. Un silencio similar al vacío, mientras que ese mismo silencio retumbaba en mi cabeza cual huracán.

Así pues, bajé del estrado. Caminé, a ciegas, temblando, como un autómata. Papá se reunió conmigo en la Sala Verde, llorando. «¿Qué? Gideon. ¡Por el amor de Dios! ¿Qué?», con Raphael tras él, a tan sólo un paso.

Le entregué el instrumento a Raphael y me desvanecí. Sólo recuerdo que todo me daba vueltas y que mi padre me decía: «Es a causa de esa chica, ¿verdad? ¡Maldita sea! ¡Domínate! ¡Tienes obligaciones!».

Sherrill, que había bajado del estrado tras de mí, me preguntaba: «¿Gid? ¿Qué te ha pasado? ¿Te has quedado en blanco? ¡Mierda! ¡Son cosas que pasan!».

Mientras Raphael dejaba el violín sobre la mesa, dijo: «Sabía que esto sucedería tarde o temprano». Al igual que la mayoría de la gente, pensaba en sí mismo, en todas las innumerables veces que había sido incapaz de tocar en público, como su padre y el padre de éste. Todos los miembros de su familia tienen carreras brillantes en el mundo de la música, salvo el pobre y sudoroso Raphael, y supongo que había estado esperando ese momento en secreto, esperando a que el desastre me aconteciera y así poder ser hermanos oficiales en la miseria. Él fue el que me advirtió que no tomara parte en el frenesí que se produjo en mi vida profesional después de mi primer concierto en público, cuando todavía tenía siete años. Es obvio que ahora piensa que están empezando a aparecer las consecuencias de ese frenesí.

Pero no eran nervios lo que sentía en la Sala Verde, doctora Rose. Tampoco eran nervios lo que había sentido antes, cuando estaba delante de todo ese público que llenaba la sala. Era una especie de bloqueo, que ahora siento irrevocable y completo. Y lo que es extraño es que, aunque era capaz de oír las voces de todos ellos –la de mi padre, la de Raphael, la de Sherrill– con bastante claridad, lo único que alcanzaba a ver delante de mí era una blanca luz que brillaba en una puerta completamente azul.

¿Estoy sufriendo un episodio? ¿Un episodio como los del abuelo que se pueden curar yendo a una bonita y tranquila casa de campo? Por favor, dígamelo, porque la música no es a lo que me dedico, la música es lo que soy, y si no la tengo –el sonido y su absoluta caballerosidad– me convertiré en una cáscara vacía.

Por lo tanto, ¿qué importancia puede tener que no hablara de mi madre cuando le conté mi iniciación a la música? Fue una omisión lógica, y debería concederle la importancia que se merece. «Pero omitirla ahora sería deliberado», me dice. «Cuénteme cosas de su madre, Gideon», me ruega.

25 de agosto

Trabajaba. Fue una presencia constante durante mis primeros cuatro años de vida, pero cuando se hizo evidente que tenía un hijo de talento excepcional y que debía ser cultivado, lo cual no sólo iba a suponer una gran cantidad de tiempo sino también de dinero, aceptó un trabajo para poder ayudar con los gastos. Me pusieron al cuidado de mi abuela –cuando no estaba tocando el instrumento, recibiendo lecciones de Raphael, escuchando las grabaciones que había traído para mí o asistiendo a conciertos con él–, pero mi vida había cambiado de una forma tan radical desde que oyera por primera vez esa música en Kensington Square que apenas notaba su ausencia. Sin embargo, antes de eso la acompañaba –creo que a diario– a la misa matinal.

Se había hecho amiga de una monja de la escuela religiosa, y entre las dos decidieron que mi madre podría asistir a la misa diaria que hacían para las hermanas. Mi madre se había convertido al catolicismo. Pero como su padre era pastor anglicano, ahora me pregunto hasta qué punto su conversión tuvo algo que ver con la devoción a un dogma diferente o en qué medida tan sólo quería llevarle la contraria a su padre. Por lo que tengo entendido, no era una persona muy agradable. No recuerdo nada más de él.

Mi madre no era como él, pero para mí es una figura en la sombra, ya que nos abandonó. Cuando debía de tener unos nueve o diez años –no lo recuerdo con exactitud– un día regresé a casa después de una gira de conciertos por Austria y me encontré con que mi madre se había ido de Kensington Square, sin dejar ninguna dirección. Se había llevado toda la ropa que tenía, todos sus libros y unas cuantas fotografías de familia. Y así se fue, como un ladrón figurativo en medio de la noche. A excepción de que, según me contaron, se marchó de día. Llamó a un taxi, se fue sin dejar ni una nota ni una dirección, y nunca más he vuelto a tener noticias de ella.

Mi padre estaba conmigo en Austria –papá siempre viajaba conmigo y Raphael también nos acompañaba a veces–, así pues, sabía tan poco como yo del paradero de mi madre y de los motivos que le habían llevado a marcharse. Lo único que sé es que cuando llegamos a casa, el abuelo sufría un episodio, mi abuela lloraba en las escaleras y Calvin el Inquilino intentaba encontrar el número de teléfono adecuado sin que nadie le ayudara.

«¿Calvin el Inquilino? –me pregunta–. ¿Qué había pasado con el inquilino anterior? Se llamaba James, ¿no?»

Sí. Se había marchado el año anterior, o dos años antes. No lo recuerdo. Durante un tiempo tuvimos varios inquilinos. Teníamos que hacerlo para llegar a final de mes, como ya le he comentado.

«¿Los recuerda a todos?», quiere saber.

No. Supongo que a aquellos que fueron más relevantes. Recuerdo a Calvin porque se encontraba allí el día que me enteré de que mi madre nos había dejado. A James lo recuerdo porque estaba presente el día que empezó todo.

«¿Todo?», me preguntará.

Sí. El violín. Las clases. La señorita Orr. Todo.

26 de agosto

Asocio a todo el mundo con la música. Cuando pienso en Rosemary Orr, pienso en Brahms, en el concierto que tocaba la primera vez que la conocí. Cuando pienso en Raphael, es el concierto de Mendelssohn. Papá es Bach, la Sonata para solo de violín en *sol* menor. El abuelo siempre será Paganini. El Capricho 24 siempre fue su favorito. «Todas esas notas –solía maravillarse–. Todas esas notas tan perfectas.»

«¿Y su madre? –me pregunta–. ¿Qué me tiene que decir de ella? ¿Con qué obra musical la asocia?»

Es interesante notar que soy incapaz de asociarla con ninguna pieza musical, tal y como hago con los demás. No estoy seguro del porqué. ¿Una forma de negación, tal vez? ¿Represión de las emociones? No lo sé. La psiquiatra es usted. Explíquemelo.

A propósito, aún lo sigo haciendo. Todavía asocio una persona a una obra musical. Sherrill, por ejemplo, es la Rapsodia de Bartók, que es la primera pieza que tocamos juntos en público hace años en St. Martin's in the Fields. Nunca la hemos vuelto a tocar desde entonces y eso que éramos adolescentes –el niño americano y el niño inglés juntos causaban muy buen efecto, créame–, pero cada vez que piense en él, siempre será Bartók. Así es cómo me funciona la mente.

Y lo mismo me sucede con gente que no tiene ninguna afición por la música. Libby, por ejemplo. ¿Le he hablado de Libby? Libby, la Inquilina. Sí, al igual que James, Calvin y todos los demás, a excepción de que ella pertenece al presente, no al pasado, ya que vive en la planta baja de mi casa de Chalcot Square.

No había pensado en alquilarla hasta que un día se presentó en mi casa, con un contrato de grabación que mi agente había decidido que se tenía que firmar de inmediato. Trabaja de mensajera, y no me enteré de que era una chica hasta que me entregó los papeles, se quitó el casco y, mientras miraba los contratos con aprobación, me dijo: «No se moleste, ¿de acuerdo? Pero tengo que preguntárselo. ¿Es cantante de rock o algo similar?», con ese estilo tan excesivamente casual y amistoso tan característico de los californianos.

–No. Soy violinista –le respondí.

–¡No puede ser! –exclamó.

–Pues lo es –repliqué.

Al oírlo se quedó tan desconcertada que pensé que estaba ante una idiota congénita.

Nunca firmo contratos si antes no los he leído –al margen de lo que mi agente pueda decir sobre mi falta de confianza en su sabiduría–, y en vez de tener a esa pobre pilluela –porque eso es lo que me pareció entonces– esperando en las escaleras delanteras mientras yo leía el documento, le pedí que entrara y subimos al primer piso, donde tengo la sala de música que da a la plaza.

–¡Caramba! Lo siento. Es alguien importante, ¿verdad? –me preguntó mientras subíamos, ya que había visto las portadas de los discos compactos en las escaleras–. ¡Me siento como una tonta!

–No tiene por qué –le respondí, y entré en la sala de música con ella pegada a los talones, y con la cabeza enterrada entre cláusulas de acompañantes, derechos de autor y fechas de conciertos.

–¡Esto es estupendo! –gritó mientras me dirigía hacia el sillón de la ventana en el que ahora me encuentro escribiéndole estas notas, doctora Rose–. ¿Quién es ese chico con el que está en la fotografía? El chico que lleva muletas. ¡Ostras! Mírese. Parece que tenga usted siete años.

¡Santo Cielo! Quizá sea el mejor violinista del mundo y esta chica es tan ignorante como un tubo de pasta dentífrica.

–Itzhak Perlman –le contesté–. Y en esa época yo tenía seis años, no siete.

–¡Caramba! ¿De verdad tocó con él cuando sólo tenía seis años?

–Muy poco. Pero fue lo bastante amable para escucharme una tarde que se encontraba en Londres.

–¡Qué emocionante!

Mientras yo leía, ella continuó dando vueltas por la sala y profiriendo exclamaciones con su limitado vocabulario. Disfrutó mucho –o eso me pareció– observando el primer instrumento que tuve, ese violín de dieciseisavo que tengo expuesto en una mesilla de la sala de música. Allí también guardo el Guarneri, el violín que uso ahora. Lo tenía en la funda, pero la funda estaba abierta porque cuando Libby llegó con los contratos, yo estaba en medio de mi ensayo matinal. Obviamente desconocedora de la infracción que estaba perpetrando, se agachó con naturalidad y tiró de la cuerda del *mi*.

Bien podría haber disparado un tiro en medio de la sala. Me puse en pie de un salto y grité:

–No toques ese violín. –Se asustó tanto que parecía una niña a la que acabaran de pegar.

–¡Ostras! –exclamó, y se alejó del instrumento con las manos en la espalda y los ojos llenándosele de lágrimas. Después se apartó con una expresión de desconcierto.

Dejé mi contrato a un lado y le dije:

–Mira, lo siento. No quería ser grosero, pero ese instrumento tiene más de doscientos cincuenta años de antigüedad. Lo trato con mucho cuidado y normalmente no permito que nadie...

Se dio la vuelta y me dijo adiós con la mano. Respiró varias veces antes de mover la cabeza con ahínco, lo que hizo que el pelo se le despeinara –¿le he comentado que tiene el pelo rizado? De color castaño y muy rizado– y luego se frotó los ojos. Se volvió hacia mí y me dijo:

–Lo siento mucho. No debería haberlo tocado, pero lo he hecho sin pensar. Ha hecho bien en reñirme, de verdad. No sé, pero por un instante me pareció tan Rock que me dejé llevar.

Expresiones de otro planeta.

–¿Tan Rock? –le pregunté.

–Rock Peters –respondió–. Antiguamente conocido como Rocco Petrocelli y ahora mi ex marido. Bien, lo de ex es un decir, porque el dinero lo tiene él y no está haciendo nada por ayudarme a que me establezca por mi cuenta, que digamos.

Pensaba que parecía demasiado joven para estar casada con nadie, pero resultó que, a pesar de su apariencia y de su encantadora gordura tan característica de las adolescentes, tenía veintitrés años y que llevaba dos años casada con el irascible Rock. Sin embargo, en ese momento simplemente dije:

–¡Ah!

–Tiene, entre otras cosas, un carácter explosivo, además de no saber que la monogamia suele formar parte de la vida matrimonial. Nunca sabía cuándo se iba a poner hecho un energúmeno. Por lo tanto, después de dos años de ser presa del miedo, lo dejé.

–¡Lo siento!

Debo admitir que me sentí incómodo cuando me relató esos detalles personales. Y no porque no esté acostumbrado a ese tipo de confidencias. Esa tendencia a la confesión y al arrepentimiento me parece común a todos los americanos que he conocido, como si de alguna manera hubieran aprendido a contar sus intimidades con la misma naturalidad que saludan su bandera. Pero estar acostumbrado a algo no es lo mismo que aceptarlo con gusto. Porque, después de todo, ¿qué puede hacer uno con la información personal de los demás?

Siguió contándome la historia. Ella quería el divorcio, pero él no. Seguían viviendo juntos porque ella no podía permitirse el lujo de pagarse un piso. Cada vez que estaba a punto de conseguir la cantidad de dinero que necesitaba, él simplemente le retenía el salario hasta que ella se había gastado el último penique que había conseguido ahorrar.

–Lo que no entiendo de ningún modo es por qué quiere que siga con él. Toda su vida está regida por el instinto de la manada. Así pues, ¿qué sentido tiene?

Él era –según me explicó– un mujeriego sin igual, partidario de la teoría de que varios grupos de mujeres –la manada, ¿comprende?– deberían ser dominadas y atendidas por un único varón.

–Pero el problema radica que, a sus ojos, todo el sexo femenino es la manada. Y tiene que follárselas a todas para hacer que se sientan felices. –Después se tapó la boca con la mano–. ¡Lo siento! –Luego hizo una mueca–. De todas maneras, míreme, realmente me estoy yendo del pico. ¿Ya ha firmado los papeles?

No lo había hecho. Ni siquiera había tenido la oportunidad de leerlos. Le dije que los firmaría si no le importaba esperar. Se fue a un rincón y se sentó.

Los leí. Hice una llamada para aclarar una cláusula. Firmé los contratos y se los devolví. Se los metió en la bolsa, me dio las gracias y, mirándome con la cabeza ladeada, me preguntó:

–¿Me puede hacer un favor?

–¿Cuál?

Cambió el peso de lado y pareció sentirse incómoda. Pero hizo un esfuerzo por continuar y la admiré por ello.

–¿Le importaría...? Bien, yo nunca he visto a nadie tocando el violín. ¿Le importaría tocarme una canción?

Una canción. No cabía duda de que era una filistea. Pero incluso los filisteos pueden aprender y, además, lo había pedido con educación. ¿Qué daño podía hacerle? De todos modos, había estado ensayando la *Sonata para violín* de Bartók y le toqué un fragmento de la *Melodía*, de la forma en que siempre la toco: poniendo la música delante de mí, delante de ella, delante de todo. Cuando tocaba el final del movimiento, incluso me había olvidado de su presencia. Seguí con el *Presto,* oyendo como siempre las instrucciones de Raphael. «Tócala como si fuera una invitación al baile, Gideon. Siente su ligereza. Haz que brille como si fuera una luz.»

Cuando acabé, me percaté abruptamente de su presencia.

–¡Ostras, ostras, ostras! Es un músico excelente, ¿no es así?

Cuando me volví hacia ella me di cuenta que había empezado a llorar en algún momento de mi actuación, ya que tenía las mejillas húmedas y estaba buscando –supongo– algo con que secarse su rezumante nariz. Estaba satisfecho de haberla emocionado con Bartók, y aún más satisfecho de ver que había tenido razón al pensar que podía educarla. Y me imagino que ése fue el motivo que me llevó a pedirle que se uniera a mí en mi habitual taza de café de media mañana. Hacía un bonito día; por lo tanto, nos la tomamos en el jardín, donde, bajo la glorieta, había estado construyendo una de mis cometas la tarde anterior.

Aún no le he contado nada de mis cometas, ¿verdad, doctora Rose? De hecho, no son nada especial. Son cosas que hago cuando siento la necesidad de descansar de la música. Las hago volar desde Primrose Hill.

Sí, ya veo que está intentando encontrar una explicación. ¿Qué significado tiene en la historia y en el momento actual del paciente que éste construya y haga volar cometas? La mente inconsciente se manifiesta en todas nuestras acciones. Lo único que tiene que hacer la mente consciente es averiguar el significado que se esconde tras esas acciones y esforzarse por darle una forma comprensible.

Cometas. Aire. Libertad. Pero, libertad, ¿de qué? ¿Qué necesidad tengo de ser libre si tengo una vida llena, rica y completa? Déjeme que le complique la madeja que se ha empeñado en desenmarañar diciéndole que también me dedico a practicar el vuelo libre. No con los planeadores esos con los que uno salta desde la cima de una montaña observando cómo se los llevan las corrientes de aire, sino los planeadores que uno mismo pilota desde el aire remolcado por una avioneta y saltando para encontrar esas mismas corrientes.

Mi padre piensa que es una afición de lo más terrible. De hecho, se ha convertido en un tema tan conflictivo que ni siquiera hablamos de ello. Cuando por fin cayó en la cuenta de que ya no era capaz de tener ninguna influencia sobre mí con respecto a las actividades que puedo hacer en las pocas horas libres que tengo, me dijo: «¡Me lavo las manos, Gideon!», y ese tema se convirtió en tabú para nosotros.

«Parece peligroso», me advierte.

«No más que la vida», le respondo.

Después me pregunta: «¿Qué es lo que le atrae de ese deporte? ¿El silencio? ¿Las habilidades técnicas de algo que es totalmente diferente de la profesión que ha elegido? ¿O tan sólo busca una forma de evasión, Gideon? ¿O tal vez los riesgos que comporta?».

Y yo le replico que también es peligroso escarbar demasiado para encontrar el significado de algo que tiene una explicación muy sencilla: de niño, una vez que mi talento fue evidente, nunca se me permitió hacer nada que pudiera poner en peligro mis manos. Diseñar y crear cometas, practicar vuelo libre... Mis manos no están expuestas a ningún peligro.

«Sin embargo, es consciente de que son actividades relacionadas con el cielo, ¿no es verdad, Gideon?», me pregunta.

Lo único que veo es que el cielo es azul. Azul como esa puerta. Esa puerta tan azul, azul y azul.

GIDEON

28 de agosto

Hice todo lo que me sugirió, doctora Rose, y no tengo nada que contarle, excepto que me sentí un completo estúpido. Quizás el experimento hubiera salido de otra forma si yo hubiera cooperado y lo hubiera llevado a cabo en su consulta, tal y como me pidió, pero no me concentraba en lo que me decía y, además, me parecía absurdo. Más absurdo incluso que pasarme horas escribiendo estas notas, en vez de estar practicando con mi instrumento, como solía hacer. Tal y como deseo hacer. Pero aún no lo he tocado.

«¿Por qué?»

No haga preguntas obvias, doctora Rose. Se ha acabado. ¿No se da cuenta de lo que significa? La música se ha acabado.

Papá ha estado aquí esta mañana. Acaba de marcharse. Pasó a visitarme para ver si había mejorado –entiéndase por si había tocado de nuevo–, aunque fue lo bastante bueno para no hacerme la pregunta directamente. Aun así, no tenía ninguna necesidad de hacérmela, ya que el Guarneri estaba en la misma posición en la que él lo había dejado el día que me trajo a casa desde el Wigmore Hall. Ni siquiera he tenido el valor de tocar la funda.

«¿Por qué?», me pregunta.

Ya sabe la respuesta. Porque en este momento me falta valor. Si no puedo tocar, si el don, el oído, el talento, la genialidad, o como quiera llamarlo, ha desaparecido de mí, en parte o en su totalidad, ¿cómo puedo existir? No cómo puedo continuar, doctora Rose, sino cómo puedo existir. ¿Cómo puedo existir si la esencia de lo que soy y de lo que he sido en los últimos veinticinco años radica y está definida por mi música?

«Entonces analicemos la música en sí misma –me dice–. Si todas las personas de su vida están en verdad relacionadas, de un modo u otro, con su música, quizá deberíamos hacer un examen más profundo de su música, ya que ésta puede ser la llave que nos ayude a abrir la puerta de sus preocupaciones.»

Me río y le pregunto: «¿Esa metáfora le ha salido así como así?».

Y usted me mira con sus penetrantes ojos. Se niega a hablar de frivolidades. Me dice: «Esa pieza de Bartók sobre la que estaba escribiendo... la sonata para violín... ¿es la que asocia con Libby?».

Sí, la asocio con Libby. Pero ella no tiene nada que ver con mi problema actual. Se lo puedo asegurar.

A propósito, mi padre ha visto mi libreta. Cuando vino a visitarme, la encontró junto al asiento de la ventana. Y antes de que me lo pregunte, no estaba fisgoneando. Mi padre puede llegar a ser un cabrón pesado e insoportable, pero no es ningún espía. Simplemente se ha pasado los veinticinco años de su vida potenciando la carrera profesional de su único hijo, y le gustaría ver que mi carrera sigue a flote en vez de ver cómo se va al traste.

Único hijo, pero no por mucho tiempo. En estas últimas semanas me había olvidado de ello. Debemos tener en cuenta a Jill. No me puedo ni imaginar tener un nuevo hermano o hermana a mi edad, y mucho menos una madrastra ni siquiera diez años mayor que yo. Pero estamos en la época de las familias flexibles, y la sabiduría sugiere que uno se adapte a la nueva definición de esposa, por no hablar de la de padre, madre o hermanos.

Pero sí, me parece un poco extraño que mi padre haya formado una nueva familia. No es que esperara que fuera un hombre solo y divorciado para el resto de su vida. Sólo que después de casi veinte años en los que, que yo sepa, nunca tuvo una cita –y mucho menos el tipo de relación que pudiera sugerir el tipo de intimidad física que engendra niños–, la verdad es que me ha cogido por sorpresa.

Conocí a Jill en la BBC, el día en que vi las primeras imágenes del documental que habían grabado en el Conservatorio East London. Eso fue hace muchos años, un poco antes de que produjera esa maravillosa adaptación de *Remedios Desesperados* –a propósito, ¿la vio? Es muy aficionada a Thomas Hardy– y por aquel entonces trabajaba en la sección de documentales, o como lo llamen. Me imagino que papá también la conoció en esa época, pero no recuerdo haberlos visto nunca juntos y tampoco sé en qué momento empezaron a verse habitualmente. Lo que sí recuerdo es que una vez papá me invitó a cenar a su casa y que ella estaba en la cocina, removiendo algo que había en el fuego, y aunque me sorprendió verla allí, sencillamente supuse que estaba allí porque había traído la copia final del documental para que la viéramos. Me imagino que eso podría haber sido el comienzo de su relación. Ahora que lo pienso, después de esa cena papá cada vez tenía menos tiempo para mí. Por lo tanto, quizá todo empezara esa noche. Pero como Jill y papá nunca vivieron juntos –aunque papá dice que están haciendo todos los preparativos para mudarse juntos antes de que nazca el bebé–, nunca tuve ningún motivo para imaginarme que había algo entre ellos.

«Y ahora que lo sabe –me pregunta–, ¿cómo se siente? ¿Cuándo se enteró de su relación y de lo del bebé? ¿Y dónde?»

Ya veo por dónde va. Pero debo decirle que no creo que nos ayude mucho a resolver mi caso.

Me enteré de la relación de mi padre con Jill hace unos pocos meses; no fue el día del concierto de Wigmore Hall y, de hecho, ni siquiera pasó ni en la misma semana ni el mismo mes del concierto. Ni tampoco había una puerta azul a la vista cuando me dijeron lo de mi futura hermanastra. ¿Ve? Sabía adónde quería llegar, ¿no es verdad?

«No obstante, ¿cómo se sintió? –insiste en preguntarme–. Al saber que su padre iba a formar una segunda familia después de tantos años...»

«No era la segunda familia –le replico con prontitud–. Era la tercera.»

«¿La tercera?» Revisa las notas que ha estado apuntando durante nuestras sesiones y no encuentra ninguna referencia a una familia anterior a mi nacimiento. Pero hubo una familia y un fruto de esa unión, una niña que murió de pequeña.

Se llamaba Virginia, pero no sé con exactitud cómo ni cuándo murió, ni cuánto tiempo pasó entre su muerte y la separación de mi padre con esa mujer; ni siquiera sé quién era. De hecho, sólo tengo conocimiento de su existencia –y del primer matrimonio de mi padre– porque mi abuelo lo dijo a gritos durante uno de sus episodios. Era una de esas maldiciones del tipo «no eres hijo mío» que profería cuando se lo llevaban de casa por la fuerza. Excepto que en esa ocasión afirmó que no podía ser hijo suyo porque sólo era capaz de engendrar gente rara. Y supongo que alguien me dio una explicación precipitada –¿me la dio mi madre o ya se había ido por aquel entonces?–, porque supongo que me imaginé que cuando el abuelo hablaba de gente rara se estaba refiriendo a mí. Me figuro que Virginia murió porque debía de padecer alguna enfermedad, quizá hereditaria. Pero, de hecho, no sé de qué murió, ya que quienquiera que fuera que me hablara de la existencia de Virginia no lo sabía o no me lo quería decir, y porque nunca se volvió a hablar de ese asunto.

«¿Nunca más?», me pregunta.

Ya sabe cómo son las cosas, doctora. Los niños no suelen hablar de temas que asocian con caos, alboroto o discusiones. Aprenden a una edad bastante temprana las consecuencias que acarrea mencionar un tema que más vale olvidar. Me figuro que a partir de esto puede sacar sus propias conclusiones: como yo sólo prestaba atención a mi violín, una vez me hube asegurado el cariño de mi abuelo, me olvidé del tema.

Sin embargo, el tema de la puerta azul es algo totalmente diferente. Tal y como le dije cuando empezamos, he hecho exactamente lo que me pidió que hiciera y del mismo modo que intentamos hacerlo en su consulta. Recreé la puerta en mi mente: azul de Prusia con un aro plateado en el centro que hacía de tirador; dos cerraduras, creo, del mismo color plateado que el aro; y tal vez el número de la casa o del piso escrito sobre el tirador.

Dejé la habitación a oscuras, me estiré en la cama, cerré los ojos y visualicé esa puerta: visualicé cómo me acercaba a ella, cómo mi mano asía el aro que hacía de tirador y cómo metía la llave en la cerradura, primero la de abajo con una de esas anticuadas llaves de grandes dientes que se pueden duplicar con facilidad, y después la de arriba, que era moderna, segura y a prueba de ladrones. Una vez que hube abierto las cerraduras, apoyé el hombro en la puerta, le di un ligero empujón y... Nada. Absolutamente nada.

Ahí dentro no hay nada, doctora Rose. Tengo la mente en blanco. Quiere hacer saltos interpretativos a partir de lo que yo encuentre tras esa puerta o del color del que esté pintada o del hecho de que tenga dos cerraduras en vez de una, o de que un aro haga de tirador –«¿es posible que esté huyendo de sus compromisos?», se pregunta– mientras yo me inspiro en este ejercicio para acabar diciéndole que no sirve de nada. No he averiguado nada. No hay nada demoníaco que esté al acecho tras esa puerta. No conduce a ninguna habitación que alcance a recordar, simplemente está al final de la escalera como...

«Escalera –dice con prontitud–. Así pues, hay una escalera.»

Sí. Una escalera. Ambos sabemos que eso significa subir, elevarse, ascender, hacer todo lo posible por salir de esta trampa... ¿Y qué?

Mis garabatos le indican el grado de agitación que padezco,

¿verdad? «Acepte el miedo –me dice–. No le hará daño, Gideon. Los sentimientos no le matarán. No está solo.»

«Nunca había pensado que lo estaba –le replico–. No afirme cosas que yo nunca he dicho, doctora Rose.»

2 de septiembre

Libby ha estado aquí. Sabe que algo va mal porque hace días que no oye el violín y, normalmente, cuando ensayo, lo oye sin parar. Ése es el principal motivo por el que no alquilé el piso de la planta baja después de que se marcharan los inquilinos anteriores. Contemplé la posibilidad de hacerlo cuando compré la casa de Chalcot Square y me trasladé allí, pero no quería la distracción de un inquilino entrando y saliendo –aunque fuera por una puerta diferente– ni tampoco quería limitar mis horas de ensayo teniendo que preocuparme por otra gente. Le conté todo eso a Libby cuando estaba a punto de marcharse ese día. Ya se había abrochado la cremallera de su chaqueta de piel, se había puesto el casco ante la puerta principal, y al reparar en el piso vacío de la planta baja a través de la verja de hierro forjado, me preguntó: «¿Está en alquiler?».

Le expliqué por qué estaba vacío. Le conté que una joven pareja vivía en ese piso cuando compré el edificio. Y que como no eran capaces de acostumbrarse a oír el violín a altas horas de la noche, pronto se marcharon.

Inclinó la cabeza y me preguntó: «A propósito, ¿cuántos años tiene? ¿Siempre habla de ese modo? Cuando me estaba mostrando las cometas, hablaba con normalidad. ¿Qué ha pasado? ¿Tiene algo que ver con el hecho de ser inglés o algo así? Tan pronto como pone un pie fuera de casa, empieza a hablar como Henry James».

«Él no era inglés», le repliqué.

«Bien, lo siento. –Empezó a abrocharse la correa del casco, pero parecía un poco contrariada porque tenía problemas para hacerlo–. Aprobé los exámenes del instituto porque me leía las Cliff Notes[1], colega, y, por lo tanto, no distingo a Henry James de Sid Vicious. De

1. Cuadernos que explican con todo detalle los aspectos más importantes de los clásicos de la literatura anglosajona. Otras publicaciones que gozan de la misma popularidad entre los estudiantes son: Coles Notes, York Notes y Macmillan Master Guides. *(N. de la T.)*

hecho, ni siquiera sé por qué lo he mencionado a él. Y si nos ponemos así, tampoco sé por qué me ha venido Sid Vicious a la memoria.»

«¿Quién es Sid Vicious?», le pregunté con solemnidad. Se me quedó mirando fijamente y exclamó: «¡Venga, hombre! Seguro que estás bromeando».

«Sí», le respondí.

Después se rió. Bien, más que una risa parecía un grito. Me asió del brazo y empezó «Mira que...» con un grado tan excesivo de familiaridad que me sentí estupefacto y encantado a la vez. Me ofrecí a enseñarle el piso de la planta baja.

«¿Por qué?», me pregunta.

Porque me había preguntado sobre el piso y yo quería mostrárselo, y supongo que quería disfrutar de su compañía durante un rato. ¡Era tan poco inglesa!

«No le he preguntado por qué le enseñó el piso, Gideon –me replica–. Lo que quiero saber es por qué me está contando cosas de Libby.»

Porque ha estado aquí. Acaba de irse.

«Ella es importante para usted, ¿verdad?»

No lo sé.

3 de septiembre

«Libertad –me dice–. Dios, ¿no te parece horroroso? Mis padres fueron hippies antes de convertirse en unos yuppies, lo cual sucedió antes de que mi padre ganara mil millones de dólares en Silicon Valley. Sabes lo que es Silicon Valley, ¿verdad?»

Nos dirigimos hacia la cima de Primrose Hill. Llevo una de mis cometas. Libby me ha convencido para que la hagamos volar al caer la tarde (en algún momento del año pasado). Debería estar ensayando, ya que debo hacer una grabación de Paganini –se trata del Concierto Número dos para Violín– con la Filarmónica antes de tres semanas, y el *Allegro maestoso* me ha causado más de un problema. Libby acaba de llegar a casa después de tener una discusión con el desagradable Rock acerca de un dinero que le había retenido de nuevo, y me contó lo que él le había respondido al pedírselo. El gilipollas le había dicho: «¡Vete a freír espárragos y déjame en paz!». Pensé que sí, que tenía razón y que debería salir a que me diera el aire. Además, Gideon, trabajas demasiado.

Llevo ensayando más de seis horas, dos sesiones de tres horas con un pequeño descanso de una hora al mediodía que he aprovechado para ir paseando hasta Regent's Park; por lo tanto, estoy de acuerdo con el plan. Le dejo escoger cometa y elige una de varias capas que requiere una velocidad precisa de viento para mostrar todo lo que puede hacer.

Nos ponemos en camino. Seguimos la curva de Chalcot Crescent –Libby, que según parece prefiere el Londres decadente al Londres modernizado, vuelve a criticar con dureza a los burgueses–, cruzamos Regent's Park Road y llegamos al parque; desde allí, empezamos a subir la colina.

«Demasiado viento –le digo, y lo hago a gritos porque las ráfagas de viento golpean la cometa y el nailon me da en la cara–. Esta cometa necesita condiciones perfectas. Dudo que ni siquiera consigamos alzarla.»

Ése resulta ser el caso, para decepción de Libby, ya que tiene ganas de maldecir a Rock. El canalla amenaza con decirle al responsable, quienquiera que sea –va moviendo la mano en dirección a Westminster, por lo cual me figuro que debe de estar hablando del gobierno–, que nunca estuvieron casados de verdad. *Físicamente* casados, quiere decir, ya que no lo hicieron. Y que todo es una mierda que no me puedo llegar a imaginar.

«¿Qué sucedería si él le contara al gobierno que nunca estuvisteis casados?»

«Pero sí que lo estábamos. De hecho, aún lo estamos. ¡Ostras! ¡Me saca de quicio!»

Parece ser que tiene miedo de que su situación legal se vea afectada si su marido se sale con la suya. Y como se ha trasladado de un piso indudablemente insalubre –así es como me lo imagino– a la planta baja de un edificio de Chalcot Square, él tiene miedo de perderla para siempre, lo cual no parece desear a pesar de sus constantes aventuras amorosas. Por lo tanto, acababan de tener otra discusión, que él había finalizado mandándola a freír espárragos.

Como no puedo complacerla con lo de la cometa, decido invitarla a tomar un café. Entonces me dice de qué nombre es diminutivo Libby: Libertad.

«Hippies –vuelve a decir de sus padres–. Querían que sus hijos tuvieran nombres diferentes –lo dice haciendo ver que da una calada a un porro imaginario de marihuana–, y el de mi hermana todavía es peor: Igualdad, ¿te lo puedes creer? La llaman Igu. Si hubieran tenido otra hija, la habrían llamado...»

«Fraternidad», respondo.

«¡Veo que lo has entendido! –me contesta–. Pero debería estar muy contenta de que escogieran nombres abstractos. ¡Ostras! Podría ser mucho peor. Podría llamarme Árbol.»

Me reí y añadí: «O quizás un tipo de árbol: pino, roble o sauce».

«Sauce Neale. El nombre perfecto para pasar inadvertida.» Manosea los sobres de azúcar hasta que encuentra uno de sacarina. Me entero de que siempre está a dieta y de que su intento de tener un cuerpo perfecto ha sido «el único contratiempo que ha sufrido en su tranquila existencia». Tira la sacarina en su café con leche descremada. «¿Qué me dices de ti, Gid?»

«¿De mí?»

«De tus padres, ¿cómo son? Estoy convencida de que no eran hippies.»

Como puede ver, aún no conoce a mi padre, a pesar de que él la vio desde la sala de música a finales de una tarde en la que ella regresaba del trabajo y aparcaba su Suzuki en el lugar habitual: en la acera, junto a las escaleras que conducen al piso de la planta baja. Había hecho rugir el motor dos o tres veces, tal y como acostumbraba, y había armado tal jaleo que había llamado la atención de mi padre. Mi padre se acercó a la ventana, la vio y exclamó: «¡Santo Cielo! Hay un motorista infernal que está encadenando su motocicleta a la verja de entrada, Gideon. Ven a ver». Dicho esto, abrió la ventana.

«Es Libby Neale. No pasa nada, papá. Vive aquí.»

Se dio la vuelta poco a poco de la ventana y exclamó: «¿Qué? ¿Eso es una mujer? ¿*Vive* aquí?».

«En el piso de la planta baja. Decidí alquilarlo. ¿No te lo había dicho?»

No se lo había contado. No obstante, no le había dicho nada de Libby ni del piso por ningún motivo en concreto; sencillamente, era un tema que no había aparecido en la conversación. Papá y yo hablamos a diario, pero nuestras conversaciones siempre giran en torno a nuestras preocupaciones profesionales: futuros conciertos, alguna gira que debe de estar organizando, sesiones de grabación que no han salido bien, entrevistas o apariciones en público. Lo prueba el hecho de que no supe nada de su relación con Jill hasta que llegó un punto en que no hablar de ella era más extraño que hacerlo. Después de todo, la repentina aparición de una mujer en un estado avanzado de embarazo en la vida de uno requiere algún tipo de explicación. Pero por otra parte, nunca hemos tenido una estrecha relación paternofilial. Desde mi infancia, ambos hemos estado absortos en mi carrera musical, y esa concentración por ambas partes ha excluido la posibilidad –o tal vez obviado la necesidad– de tener esa clase de intimidad que parece ser tan importante entre la gente de hoy en día.

No me malinterprete. En ningún momento he lamentado la clase de relación que existe entre mi padre y yo. Es sólida y verdadera, y aunque no sea el tipo de vínculo que nos haga desear subir juntos al Himalaya o recorrer el Nilo en barca, es una relación que me fortalece y que me ayuda. A decir verdad, doctora Rose, si no hubiera sido por mi padre, nunca habría podido llegar al lugar al que he llegado.

4 de septiembre

No. No me pillará con eso.

«¿Dónde está hoy, Gideon?», me pregunta con dulzura.

Pero me niego a participar. Mi padre no juega ningún papel en esto, sea lo que sea. Mi padre no tiene ninguna culpa de que yo ni siquiera sea capaz de sostener el violín. Me niego a convertirme en uno de esos bobos quejicas que echan la culpa a sus padres de todos sus problemas. La vida de mi padre fue muy dura, y él hizo todo lo que pudo.

«¿Dura? ¿En qué sentido?», quiere saber.

Bien, ¿puede imaginarse tener un padre como mi abuelo? ¿Que te mandaran a la escuela a los seis años? ¿Crecer con una dosis permanente de episodios psicóticos cuando estás en casa? ¿Y siempre tener la certeza de que no hay ninguna esperanza de estar a la altura de lo que se espera de ti por mucho que lo intentes, porque, en primer lugar, eres adoptado y tu padre nunca permitirá que lo olvides? No. Papá ha hecho todo lo posible por ser el mejor de los padres. Y, como hijo, se ha comportado mejor que la mayoría.

«¿Mejor que usted mismo?», me pregunta.

Eso se lo tendrá que preguntar a mi padre.

«Pero ¿qué opinión tiene de usted mismo como hijo, Gideon? ¿Qué es lo primero que le viene a la mente?»

«Decepción», le respondo.

«¿Siente que ha decepcionado a su padre?»

«No, sé que no debo, pero tal vez lo haga.»

«¿Le ha hecho saber lo importante que es para él que no le decepcione?»

«Ni una sola vez. Jamás. Pero...»

«¿Pero?»

Libby no le cae bien. De algún modo sabía que no le gustaría o, como mínimo, que no aprobaría que viviera abajo. Sabía que la consideraría una distracción en potencia, o lo que es peor, un impedimento a mi trabajo.

«Era la razón por la que dijo: "Se trata de esa chica, ¿no es verdad?" el día que sufrió la amnesia temporal en el Wigmore Hall. La culpó a ella de inmediato, ¿no es así?»

«Sí.»

«¿Por qué?»

«No es que él no quiera que esté con alguien. ¿Por qué debería hacerlo? La familia lo es todo para mi padre. Pero mi familia desaparecerá muy pronto si no me caso un día de éstos y tengo mis propios hijos.»

«Pero hay un bebé en camino, ¿no es verdad? La familia continuará de todas maneras, al margen de lo que usted haga.»

«Eso es verdad.»

«Por lo tanto, él puede desaprobar cualquier mujer de su vida sin temer a que usted se tome esa desaprobación a pecho y a que no se case. ¿No es así, Gideon?»

«No. No pienso seguir con esto. No se trata de mi padre. Si Libby no le cae bien es porque está preocupado por la influencia que pueda tener sobre mi música. Y tiene todo el derecho del mundo a estar preocupado. Libby es incapaz de distinguir una taza de un cuchillo de cocina.»

«¿Le interrumpe cuando trabaja?»

«No.»

«¿Le molesta? ¿Ignora su necesidad de estar solo? ¿Le pide hacer cosas durante el tiempo que tiene reservado para la música?»

«Nunca.»

«Usted mismo dijo que era una filistea. ¿Ha notado que se sienta orgullosa de su propia ignorancia?»

«No.»

«A pesar de todo eso, no le cae bien a su padre.»

Mire, es por mi propio bien. Nunca ha hecho nada que no fuera por mi bien. Estoy aquí gracias a él, doctora Rose. Cuando comprendió lo que me había sucedido en Wigmore Hall, no me dijo «espabílate», «cálmate» o «ahí delante tienes un público que ha pagado para verte». Lo único que le dijo a Raphael fue «está enfermo, haz el favor de excusarnos» y me sacó de allí a toda prisa. Me llevó a casa, me metió en la cama y estuvo sentado junto a mí la noche entera. «Saldremos de ésta, Gideon. De momento, intenta dormir.»

Le pidió a Raphael que buscara ayuda. Raphael sabía el buen trabajo que su padre había hecho con artistas bloqueados, doctora Rose. Y vine a usted. Lo hice porque mi padre quiere que pueda disfrutar de mi música.

5 de septiembre

Nadie más lo sabe. Sólo nosotros tres: Papá, Raphael y yo. Ni siquiera mi agente sabe muy bien lo que está ocurriendo. Según los consejos de un médico, ha divulgado la noticia de que se trata de agotamiento.

Supongo que la interpretación que se le ha dado a esa historia debe de ser alguna que otra versión de El Artista Resentido, pero no me importa. Prefiero que la gente piense que bajé del estrado porque no me gustaba la iluminación del escenario a que la verdad llegue a oídos del público.

«¿De qué verdad me habla?», me pregunta.

«¿Hay más de una?», le respondo.

«Sin duda –dice–: Existe la verdad de lo que le sucedió y existe la verdad del porqué. Lo que le ha pasado se llama amnesia psicogénica, Gideon. Nuestras sesiones tienen como objetivo averiguar por qué la padece.»

«¿Está intentando decirme que hasta que no sepamos por qué sufro esta...? ¿Cómo lo ha llamado?»

«Amnesia psicogénica. Es como la parálisis histérica o la ceguera: una parte de usted que siempre ha funcionado, en este caso su memoria musical, si quiere llamarlo así, simplemente deja de hacerlo. Hasta que no sepamos por qué está experimentando este problema, no podremos hacer nada por cambiarlo.»

Me pregunto si sabe hasta qué punto odio oír eso, doctora Rose. Me lo cuenta con gran amabilidad, pero me sigo sintiendo como un bicho raro. Y sí, *sí*. Ya sé cómo esa palabra resuena en mi pasado, no hace falta que me lo recuerde. Aún puedo oír cómo mi abuelo le gritaba a mi padre cuando se lo llevaban por la fuerza, y aún sigo designándome así cada día. «Bicho raro, bicho raro, bicho raro», me digo a mí mismo. Que acaben con el bicho raro. Que despachen al bicho raro.

«¿Es eso lo que es?», me pregunta.

¿Qué más podría ser? Nunca monté en bicicleta, ni jugué al rugby ni al críquet, jamás golpeé una pelota de tenis, y ni siquiera fui a la escuela. Tenía un abuelo dado a los ataques psicóticos, una madre que habría sido más feliz siendo monja de clausura y que, por lo que me han contado, acabó en un convento, un padre que trabajó el doble de lo normal hasta que yo me establecí profesionalmente, y un profesor de violín que me llevaba de las giras a los estudios de grabación y que no me perdía de vista. Me mimaban, me cuidaban y me adoraban, doctora Rose. En estas circunstancias, ¿qué más podría haber sido salvo un bicho raro con buena fe?

¿Le extraña que haya sufrido varias úlceras? ¿Que vomite sin parar antes de una actuación? ¿Que mi cerebro a veces retumbe como si me lo aporrearan con un martillo? ¿Que haga más de seis años que no he estado con una mujer? ¿Que incluso cuando era capaz de llevarme una mujer a la cama, no había ni intimidad ni alegría ni pasión en el acto, sino la mera necesidad de acabar lo antes posible, de descargar mis necesidades y de que se fuera a casa?

¿Y qué puede ser la suma de todo esto, doctora Rose, sino un bicho raro de lo más genuino?

7 de septiembre

Esta mañana Libby me ha preguntado si me pasaba algo. Ha venido al piso de arriba con su vestimenta habitual de días de fiesta –peto vaquero, camiseta y botas de montaña– y parecía estar a punto de irse a pasear porque llevaba el walkman que suele llevarse cada vez que se va a dar uno de esos largos paseos con el propósito de adelgazar. Yo me encontraba en el sillón que hay junto a la ventana, garabateando estas notas, cuando entró y vio que la estaba mirando. Se dirigió hacia mí.

Me contó que estaba probando una nueva dieta. Ella la llama la Dieta Anti-Blanca. «He probado la Dieta Mayonesa, la Dieta de la

Sopa de Col, la Dieta de Zonas, la Dieta de Nueva York, la Dieta No Sé Qué No sé Cuantos. Ninguna me ha funcionado; por lo tanto, he decidido probar ésta.» Me cuenta que esta última consiste en comer todo lo que uno quiera mientras que no sea blanco. La comida que ha sido alterada artificialmente con colorantes también cuenta como blanca.

Me he dado cuenta de que está obsesionada por el peso, y eso es un misterio para mí. Que yo sepa, no está gorda, pero debo admitir que es difícil de ver porque siempre va vestida de cuero por su trabajo de mensajera o con su peto. No parece que tenga más ropa que esa. Aunque pueda parecer un poco gorda a los ojos de otra gente –y no me malinterprete porque a mí no me lo parece–, seguramente se debe al hecho de tener la cara redonda. ¿No es verdad que si uno tiene la cara redonda parece que esté gordo? Se lo digo, pero no le consuela en lo más mínimo. «Vivimos en una época esquelética –me dice–. Tienes suerte de tener una constitución delgada.»

Nunca le he contado el precio que he tenido que pagar para tener esa apariencia de demacrado que ella parece admirar tanto. En vez de eso le digo: «Las mujeres están demasiado obsesionadas por el peso. Estás estupendamente».

Una vez que le dije eso, me respondió: «Si estoy tan estupenda, ¿por qué no me invitas a salir?».

Y así fue como empezamos a vernos. ¡Qué expresión más rara eso de «vernos», como si fuéramos incapaces de ver a otra persona hasta que estuviéramos involucrados socialmente. Esa expresión no me gusta demasiado, porque tiene cierto sabor a eufemismo en un contexto innecesario. Por otro lado, lo de las «citas» me parece un poco adolescente. Y aunque no fuera así, tampoco definiría muy bien lo que estamos haciendo.

«Así pues, ¿qué es lo que hace con Liberty Neale?», desea saber.

Cuando en realidad lo que querría preguntar es: «¿Duerme con ella, Gideon? ¿Es la mujer que ha sido capaz de derretir el hielo que ha tenido en las venas estos últimos años?».

Supongo que eso depende de lo que usted entienda por dormir con alguien, doctora Rose. Y ya está usando otro eufemismo. ¿Por qué usamos la palabra «dormir» cuando dormir es la última cosa que queremos hacer cuando nos metemos en la cama con alguien del sexo contrario?

Pero sí, dormimos juntos. De vez en cuando. Con eso quiero decir que dormimos, no que follamos. Ninguno de los dos está preparado para nada más.

«¿Cómo llegaron a esa situación?», me preguntará.

Fue una progresión natural. Una vez me preparó la cena al final de un día especialmente agotador en el que había estado ensayando para un concierto en el Barbican. Me quedé dormido en su cama, ya que habíamos estado sentados allí escuchando una grabación. Me tapó con una manta y se tumbó junto a mí, y así permanecimos hasta la mañana siguiente. De vez en cuando dormimos juntos. Supongo que nos debe de parecer un consuelo a los dos.

«Reconfortante», me replicará.

Si con eso quiere decir que me gusta que esté, sí, es reconfortante.

«Eso es precisamente lo que no tuvo en su infancia, Gideon –señalará–. Si todo el mundo estaba tan obsesionado con su crecimiento artístico, es bastante probable que otras necesidades más importantes pasaran inadvertidas y, por lo tanto, insatisfechas.»

Doctora Rose, insisto en que acepte lo que le digo: Tuve unos buenos padres. Tal y como ya le he dicho, mi padre trabajó como un burro para poder llegar a final de mes. Cuando se hizo patente que yo tenía el potencial, el talento y el deseo de ser... digamos lo que soy hoy en día, mi madre buscó un trabajo para poder ayudar con los gastos. Y si no veía a mis padres tan a menudo como me hubiera gustado a causa de todo esto, tenía a Raphael a mi lado casi todo el día, y si él no estaba, tenía a Sarah-Jane.

«¿Quién era?», me pregunta.

Sarah-Jane Beckett. De hecho, no sabría muy bien cómo llamarla. *Institutriz* es una palabra demasiado anticuada, y Sarah-Jane me habría dejado las cosas bien claras de inmediato si alguna vez hubiera osado llamarla así. Por lo tanto, supongo que debería decir que fue mi maestra. Como ya le he contado, una vez que quedó claro que tenía talento, nunca fui a la escuela porque los horarios eran incompatibles con las clases de violín. Así pues, contrataron a Sarah-Jane para que me instruyera. Cuando no estaba con Raphael, estaba con ella. Y como teníamos que encajar las horas de clase donde y como podíamos, vivía con nosotros. De hecho, vivió con nosotros durante muchos años. Debió de llegar cuando yo tenía cinco o seis años –tan pronto como mis padres se dieron cuenta de que sería imposible educarme del modo tradicional– y se quedó con nosotros hasta que yo cumplí los dieciséis, época en la que ya había completado mi educación y en la que mi horario de conciertos, grabaciones, ensayos y períodos de pruebas excluía la posibilidad de seguir estudiando. Pero hasta entonces, Sarah-Jane me dio clases a diario.

«¿La consideraba una especie de madre?», me preguntará.

Siempre, siempre saca el tema de mi madre. ¿Está buscando algún tipo de relación edípica, doctora Rose? ¿Qué le parece un complejo de Edipo por resolver? La madre se va al trabajo cuando el niño tiene cinco años, y éste por tanto se ve incapaz de llevar a cabo su deseo inconsciente de tirarse sobre ella. Después la madre desaparece cuando el niño tiene ocho o nueve años, quizá diez, los que sean, porque ni lo recuerdo ni me importa, y nunca más se volvió a saber de ella.

No obstante, recuerdo su silencio. ¡Qué extraño! Me acaba de venir a la mente. El silencio de mi madre. Recuerdo que una noche me desperté y que ella estaba en la cama conmigo. Me abrazaba con tanta fuerza que casi no podía respirar. Se me hacía muy difícil porque me rodeaba con los brazos y me cogía la cabeza como si... No importa. No lo recuerdo.

«¿Cómo le cogía la cabeza, Gideon?»

«No lo recuerdo. Lo único que sé es que me costaba respirar y que sentía su caluroso aliento en la cara.»

«¿Caluroso aliento?»

«Era tan sólo una sensación. Deseaba escapar de donde estaba.»

«¿Escapar de ella?»

«No. Tan sólo escapar. De hecho, deseaba correr. Aunque todo esto podría ser un sueño, ya que sucedió hace muchos años.»

«¿Sucedió más de una vez?», me preguntará.

Ya veo adónde quiere ir a parar, pero no le voy a seguir el juego, porque me niego a hacer ver que recuerdo lo que usted parece querer que yo recuerde. Los hechos son éstos: mi madre está junto a mí en la cama, me sostiene en sus brazos, hace calor y huelo su perfume. También siento un peso en la mejilla. Siento ese peso. Es cargante, pero inmóvil, y huele a perfume. Es extraño que recuerde ese olor. Soy incapaz de decirle qué era –me refiero al perfume, doctora Rose–, pero estoy convencido de que si lo oliera de nuevo lo reconocería de inmediato y que, además, me recordaría a mi madre.

«Supongo que le sostenía entre sus pechos –me dirá–. Por eso sentía un peso y el olor a perfume. ¿La habitación estaba a oscuras o había luz?»

«No lo recuerdo. Sólo me acuerdo del calor, del peso y del olor. Y del silencio.»

«¿Ha estado en la misma posición con alguna otra persona? ¿Con Libby, tal vez? ¿O con quien fuera que precediera a Libby?»

¡No! ¡Por el amor de Dios! Además, no se trata de analizar a mi madre. Ya lo sé. Sí. Soy consciente de que el hecho de que mi madre me/nos abandonara es de una gran importancia. No soy idiota, doctora Rose. Regreso a casa de Austria, mi madre ha desaparecido, nunca jamás vuelvo a verla, nunca más le oigo la voz ni vuelvo a leer ni una sola frase dirigida a mí escrita con su letra... Sí, sí, ya sé de qué va: es algo muy grave. Y como nunca más volví a tener noticias de ella, también me doy cuenta de la relación lógica que debí hacer de niño: era culpa mía. Tal vez hiciera esa relación cuando tenía ocho, nueve o los años que fuera que tenía cuando ella se marchó, pero no recuerdo haberla hecho y ni siquiera la hago ahora. Se marchó. Fin de la historia.

«¿Qué quiere decir con eso de "fin de la historia"?», me pregunta.

Pues simplemente eso. Nunca hablábamos de ella. O, como mínimo, yo nunca hablaba de ella. Si mis abuelos y mi padre lo hacían, o si Raphael o Sarah-Jane o James el Inquilino...

«¿Aún seguía allí cuando su madre se marchó?»

Sí... ¿O ya se había ido? Sí. No podía haber estado allí. Era Calvin, ¿no es verdad? Era Calvin el Inquilino el que intentaba llamar para pedir ayuda en medio del episodio del abuelo después de que mi madre nos abandonara... James se había largado hacía mucho tiempo.

«¿Largado? –me preguntará con asombro–. Esa palabra implica que había algún secreto –me dirá–. ¿Había algo extraño en el hecho de que James el Inquilino se marchara?»

Hay secretos en todas partes. Silencio y secretos. O, como mínimo, eso es lo que parece. Entro en una habitación y se hace el silencio, y sé que han estado hablando de mi madre. No me permiten que hable de ella.

«¿Qué pasa si lo hace?»

«No lo sé porque nunca me he saltado esa norma.»

«¿Por qué no?»

La música es lo más importante para mí. Tengo mi música. Aún la sigo teniendo. Mi padre, mis abuelos, Sarah-Jane, Raphael, incluso Calvin el Inquilino, tienen mi música.

«Esa norma de no poder preguntar nada sobre su madre, ¿se la han dictado explícitamente o es algo que se imagina?»

Debe de ser... No lo sé. No está en casa para darnos la bienvenida cuando regresamos de Austria. Se ha ido, pero nadie lo acepta. Cualquier indicio de ella en la casa ha desaparecido y, por lo tanto, da la impresión de que nunca vivió aquí. Nadie dice nada. No me hacen creer que se ha ido de viaje a alguna parte. Tampoco hacen ver que ha muerto de repente. Ni siquiera dejan entrever la posibilidad de que se haya fugado con otro hombre. Se comportan como si nunca hubiera existido. Y la vida sigue.

«¿Nunca preguntó nada?»

«Supongo que debía saber que ella era uno de los temas de los que nunca se hablaba.»

«¿Uno? ¿Había otros?»

Tal vez no la echara de menos. De hecho, no recuerdo haberlo hecho. Ni siquiera recuerdo muy bien el aspecto que tenía, salvo que tenía el pelo rubio y que solía cubrírselo con pañuelos de esos que normalmente lleva la Reina. Pero supongo que eso debía pasar cuando iba a la iglesia. Y sí, recuerdo haber estado con ella en la iglesia. La recuerdo llorando. La recuerdo llorando en una de esas misas matinales, con todas las monjas alineadas en los primeros bancos de esa capilla que tienen en Kensington Square. Las monjas están al otro lado de esa especie de pantalla que hay junto al crucifijo, aunque, en realidad, más que una pantalla parece una verja; la usan como separación entre ellas y el resto del público, salvo que en esas misas matinales no hay nadie para hacer de público. Sólo estamos mi madre y yo. Las monjas están delante, sentadas en esos bancos especiales y diciendo sus oraciones; una de ellas va vestida a la forma antigua, con el hábito, mientras que las demás van vestidas de calle, aunque con sencillez y con una cruz sobre el pecho. Durante la misa, mi madre se arrodilla, siempre lo hace, y apoya la cabeza en las manos. Llora sin parar. Y yo no sé qué hacer.

«¿Por qué llora?», es evidente que me preguntará.

Parece ser que siempre llora. Una de las monjas –la que lleva el hábito– se acerca a mi madre después de la comunión pero antes de que acabe la misa y nos lleva a ambos a una especie de sala de estar que hay en la capilla de al lado; una vez allí, la monja y mi madre hablan. Se sientan en una esquina de la habitación. Yo me encuentro en la otra esquina, en la más alejada, donde me han dicho que me siente y que me ponga a leer el libro que me han dado. Sin embargo, yo estoy impaciente por volver a casa, porque Raphael me ha ordenado que haga una serie de ejercicios de perfeccionamiento y, si los hago bien, me llevará al Festival Hall como recompensa. Un concierto. Tocará Ilya Kaler. Aún no tiene ni veinte años y ya ha ganado el Gran Premio del Concurso Paganini de Génova, y quiero oírle porque tengo la intención de llegar a ser más grande que Ilya Kaler.

«¿Cuántos años tiene entonces?», me pregunta.

Unos seis años. Como mucho, siete. Y estoy impaciente por volver a casa. Por lo tanto, me alejo de mi rincón, me acerco a mi madre, le estiro de la manga y le digo: «Mamá, me aburro», porque ésa es la forma que tengo de comunicarme con ella. No le digo: «Mamá, tengo que ir a practicar los ejercicios de Raphael», sino que le digo: «Me aburro y es tu deber de madre hacer algo para evitarlo». Pero sor Cecilia –sí, así se llama, he recordado su nombre– me suelta la mano de la manga de mi madre, me conduce de nuevo a mi rincón y me dice: «Estarás aquí sentado hasta que te llamemos, Gideon, y no me vengas con tonterías», y me quedo sorprendido porque nunca me habían hablado de ese modo. Después de todo, soy un niño prodigio. Soy –si se puede decir así– el más especial de toda la gente que me rodea.

Supongo que la sorpresa que me causó que una mujer vestida con un hábito me riñera de ese modo fue lo que hizo que me quedara quieto en mi rincón un rato más; mientras tanto, sor Cecilia y mi madre hablaban muy juntas en su esquina de la sala. Luego empiezo a darle patadas a una estantería para divertirme, pero le doy con demasiada fuerza y algunos libros empiezan a caer al suelo; también se cae una estatua de la Virgen María y se hace añicos sobre el suelo de linóleo. Mi madre y yo nos marchamos al cabo de un rato.

Esa misma mañana me luzco en mis clases. Raphael me lleva al concierto, tal y como me había prometido. Lo ha organizado todo para que conozca a Ilya Kaler, y me llevo el violín para tocar con él. Kaler es fantástico, pero yo sé que llegaré más lejos que él. Incluso entonces, lo sé.

«¿Qué sucede con su madre?», me pregunta.

«Se pasa casi todo el día en el piso de arriba.»

«¿En el dormitorio?»

«No. No. En el cuarto de los niños.»

«¿En el cuarto de los niños? ¿Por qué?»

Y sé la respuesta. Sé la respuesta. ¿Dónde ha estado todos estos años? ¿Por qué me he acordado ahora de repente?

Mi madre está con Sonia.

8 de septiembre

Tengo lagunas, doctora Rose. Están en mi cerebro como si fueran una serie de lienzos pintados por un artista, pero incompletos y coloreados sólo en negro.

Sonia forma parte de uno de esos lienzos. Ahora me acuerdo de su existencia. Había una Sonia, y era mi hermana pequeña. Murió a una edad muy temprana. También me acuerdo de eso.

Supongo que ésa es la razón por la que mi madre lloraba tanto en las misas matinales. Y la muerte de Sonia debe de haber sido otro de los temas de los que no hablábamos. Hablar de su muerte habría significado hurgar en la llaga del terrible dolor que sentía mi madre, y me imagino que queríamos evitarle ese sufrimiento.

He intentado formarme una imagen de Sonia, pero nada. Sólo el lienzo negro. Cada vez que intento evocarla participando en alguno de los eventos familiares –Navidades, por ejemplo, o Guy Fawkes Night[1], o el viaje anual en taxi con la abuela hasta Fortnum y Mason para celebrar la comida de aniversario en la Fuente... no recuerdo nada en absoluto. Ni siquiera recuerdo el día que murió. Ni tampoco el funeral. Sólo recuerdo el hecho de que murió porque de repente ya no estaba con nosotros.

«Igual que su madre, ¿no es verdad, Gideon?»

No. Esto es diferente. Debe de ser diferente porque lo siento diferente. Lo único que sé con certeza es que era mi hermana y que murió joven. En cambio, mi madre se fue. Lo que no sé es si se marchó inmediatamente después de que Sonia muriera o si pasaron meses o años. Pero, ¿por qué? ¿Por qué soy incapaz de acordarme de mi hermana? ¿Qué le sucedió? ¿De qué mueren los niños: cán-

1. La noche del 5 de noviembre, Guy Fawkes Night, se celebra en el Reino Unido el fracaso de la conspiración de la pólvora (Gunpowder Plot), un intento fallido de volar el Parlamento de Jaime I en 1605. Esa noche se lanzan fuegos artificiales y se hacen hogueras en las que se queman unos muñecos de trapo que representan a Guy Fawkes, uno de los cabecillas de la revuelta. Días antes, los niños tienen por costumbre pedir a los transeúntes *a penny for the guy*, dinero que emplean en comprar cohetes. *(N. de la T.)*

cer, leucemia, fibrosis quística, escarlatina, gripe, neumonía... de qué más?

«Según lo que me ha contado es el segundo niño de su familia que murió joven.»

«¿Qué? ¿Qué quiere decir? ¿El segundo niño?»

«El segundo hijo que se le ha muerto a su padre, Gideon. Me contó lo de Virginia...»

Los niños mueren, doctora Rose. Son cosas que pasan. Todos los días de la semana. Los niños se ponen enfermos. Los niños mueren.

3

–No llego a entender cómo se las ha podido arreglar la encargada del suministro de comidas, ¿y tú? –preguntó Frances Webberly–. Está claro que esta cocina es suficientemente grande para nosotros. Supongo que aunque tuviéramos lavaplatos o microondas tampoco los usaríamos. Pero los encargados del avituallamiento... están acostumbrados a todas las comodidades modernas, ¿no crees? ¡Qué sorpresa se debe de haber llevado esa pobre mujer al llegar y ver que aún vivíamos prácticamente en la Edad Media!

Malcolm Webberly, que estaba sentado a la mesa, no hizo ningún comentario. Había oído las palabras intencionadamente alegres de su esposa, pero tenía la cabeza en otra parte. A fin de evitar una conversación potencial que no quería entablar con nadie, se dispuso a cepillar los zapatos en la cocina. Supuso que Frances, que le conocía desde hacía más de treinta años y que, en consecuencia, sabía perfectamente la aversión que tenía por hacer dos cosas a la vez, lo vería ocupado en su humilde tarea y lo dejaría en paz.

Sentía un gran deseo de que le dejaran solo. Lo había estado deseando desde el preciso instante en que Eric Leach le había dicho: «Malc, siento mucho llamarte tan tarde, pero tengo algo que contarte». Después le había puesto al corriente de los detalles de la muerte de Eugenie Davies. Necesitaba estar solo durante un rato para poner en orden sus sentimientos, y aunque una noche en vela junto a una esposa que roncaba ligeramente le había dado un buen número de horas para analizar cómo le habían afectado las palabras «atropellamiento y fuga», cayó en la cuenta de que lo único que había sido capaz de hacer era imaginarse a Eugenie Davies tal y como la había visto por última vez: el viento del río sacudiéndole la melena rubia y resplandeciente. Se había cubierto la cabeza con un pañuelo tan pronto como había salido de su casa, pero el pañuelo se le había aflojado durante el paseo; se lo había quitado, lo había doblado de nuevo, y en el momento en que intentaba ponérselo en la cabeza, el viento le había alborotado los mechones de pelo que le colgaban por encima de los hombros.

Él le había dicho con rapidez: «¿Por qué no te dejas el pelo suelto? El reflejo de la luz en el pelo hace que parezcas...». ¿Qué? ¿Bella?, se había preguntado. Pero en todos los años que hacía que él la conocía, ella nunca había sido una gran belleza. ¿Joven? Hacía más de diez años que ambos habían dejado de estar en la flor de la vida. Se figuró que la palabra que buscaba era, en realidad, *tranquila*. El reflejo del sol en el pelo hacía que pareciera tener una aureola alrededor de la cabeza, y eso le recordó a un serafín que hablaba de paz. Sin embargo, a medida que esos pensamientos le venían a la cabeza, cayó en la cuenta de que nunca había visto a Eugenie Davies en paz consigo misma y que en ese momento –a pesar del engaño de la aureola creado por la luz y el viento– aún no había encontrado la paz que tanto anhelaba.

Sin poder apartar esos pensamientos de la mente, Webberly untaba los zapatos diligentemente con betún. Mientras lo hacía, se percató de que su mujer aún le estaba hablando:

–... hizo un trabajo estupendo. Pero gracias a Dios que ya era de noche cuando llegó la pobre mujer, porque sólo Dios sabe cómo habría podido trabajar si hubiera podido ver con claridad cómo tenemos el jardín. –Frances se rió con tristeza–. No pararé hasta conseguir un estanque y unos cuantos lirios, le dije ayer por la noche a nuestra estimada lady Hillier. De hecho, ella y sir David están contemplando la posibilidad de instalar un jacuzzi en el invernadero. ¿Lo sabías? Yo le respondí que un jacuzzi en el invernadero me parecía muy buena idea y que estaba muy bien si era eso lo que querían, pero por lo que a mí respectaba, un pequeño estanque era lo que siempre había deseado. «Y un día lo tendremos», le declaré. «Si Malcolm dice que lo tendremos, así será.» Evidentemente, tendremos que avisar a alguien para que arranque las malas hierbas y para que se lleve el viejo cortacésped del jardín, pero eso no se lo dije a nuestra querida lady Hillier...

«Tu hermana Laura», pensó Webberly.

–... ya que tampoco habría comprendido de qué le estaba hablando. Ha tenido jardinero desde hace... no recuerdo cuánto tiempo hace. Pero cuando llegue el momento y tengamos el dinero, tú y yo tendremos nuestro pequeño estanque, ¿no es verdad?

–Eso espero –respondió Webberly.

Frances se relajó tras la mesa de la pequeña y abarrotada cocina y contempló el jardín desde la ventana. Se había pasado tanto rato allí en los últimos diez años que había dejado la marca del zapato en el suelo de linóleo, y había surcos en forma de dedo en la repisa de la ventana en la que se había pasado tantas horas agarrada a la madera. «¿Qué debía de pensar mientras permanecía allí hora tras hora cada día de la semana? –se preguntaba su marido–. ¿Qué intentaba hacer? ¿Por qué no lo conseguía?» Un momento más tarde obtuvo su respuesta:

–Hace un día bastante bueno –le informó–. Radio Uno ha afirmado que esta tarde volverá a llover, pero creo que se han equivocado. ¿Sabes? Creo que esta mañana voy a salir al jardín para trabajar un poco.

Webberly levantó los ojos. Frances, que según parece se dio cuenta de que él la estaba mirando, se dio la vuelta, y con una mano todavía en la repisa y la otra asiendo con fuerza la solapa de la bata, le dijo:

–Creo que hoy soy capaz de hacerlo. Malcolm, creo que hoy seré capaz.

¿Cuántas veces le había dicho eso mismo con anterioridad?, se preguntó Webberly. ¿Cien? ¿Mil? Y siempre con la misma proporción de esperanza y engaño. Malcolm, voy a trabajar en el jardín, esta tarde voy a ir paseando hasta las tiendas, no cabía duda de que se sentaría en un banco de Prebend Gardens o que llevaría a *Alfie* a dar un paseo o que probaría el nuevo salón de belleza del que hablaban tan bien... tantas intenciones buenas y honestas que se convertían en nada en el último momento, cuando la puerta principal se alzaba implacable ante Frances y, por mucho que lo intentara y Dios sabe que lo hacía, ni siquiera podía levantar la mano derecha lo suficiente para asir el tirador de la puerta.

–Frannie... –le dijo Webberly.

Le interrumpió con ansiedad:

–La fiesta lo ha cambiado todo. El hecho de que nuestros amigos hayan venido a casa... que hayamos estado acompañados por ellos. Me siento bien... todo lo bien que puedo estar.

La presencia de Miranda junto a la puerta de la cocina le ahorró a Webberly tener que responder. Con un «¡Ah, estáis aquí!», dejó la maleta y una pesada mochila en el suelo y se dirigió hacia los fogones, donde *Alfie* –el pastor alemán de la familia– se estaba atiborrando de los restos de la fiesta. Le hizo una caricia enérgica entre las orejas, y como respuesta el perro se tumbó en el suelo y le ofreció el estómago para que le siguiera acariciando. Ella entendió lo que quería y, por lo tanto, se detuvo para besarle en la frente y el perro le correspondió con un babeante beso.

–¡Cariño, eso es totalmente antihigiénico! –le advirtió Frances.
–Eso es amor de perro –le replicó Miranda–. Y, según dicen, es el más puro de todos, ¿no es verdad, *Alf*?
Alfie bostezó.
Miranda se dio la vuelta y les dijo a sus padres:
–Me voy, pues. La semana que viene tengo que entregar dos trabajos.
–¿Tan pronto? –Webberly dejó los zapatos a un lado–. No has estado en casa ni cuarenta y ocho horas. Cambridge puede esperar un día más, ¿no?
–El deber me llama, papá. Además, tengo dos exámenes. Aún quieres que me intente sacar la licenciatura, ¿verdad?
–Entonces, espera un poco. Si te esperas a que acabe de cepillar estos zapatos, te llevo a la estación de King's Cross.
–No hace falta. Cogeré el metro.
–Entonces te llevo a la parada de metro.
–Papá –dijo con un paciente tono de voz. Situaciones como ésas se habían repetido a menudo en los veintidós años que tenía y, por lo tanto, ya estaba acostumbrada a las vueltas que tenía que dar–. Un poco de ejercicio me sentará bien. Explícaselo, mamá.
–Pero y si empieza a llover cuando... –protestó Webberly.
–¡Santo cielo, Malcolm, no se derretirá!
Pero sí que lo hacen, contestó Webberly en silencio. Se derriten, se rompen y desaparecen en un instante. Y cuando lo hacen siempre es lo último que uno espera que suceda. Con todo, sabía que era de sabios retirarse en una situación en la que dos mujeres se habían aliado contra él; así pues, dijo:
–Entonces te acompaño un trozo a pie. *Alf* necesita su paseo matinal, Randie.
En ese preciso instante Miranda estaba a punto de expresar su disconformidad sobre el hecho de que un padre escoltara a una hija a plena luz del día, como si ésta fuera incapaz de cruzar un paso cebra por sus propios medios.
–¿Mamá?
Miranda miró a su madre en busca de ayuda, y ésta, encogiéndose de hombros, le replicó:
–No has sacado a pasear a *Alfie*, ¿verdad, cariño?
Miranda se rindió con cierto tono de afable irritación:
–Está bien, acompáñame, pesado. Pero no pienso esperarme a que acabes de sacar brillo a los zapatos.

–Ya me encargaré yo de los zapatos –anunció Frances.

Webberly cogió la correa del perro y salió de casa tras su hija. Una vez fuera, *Alfie* sacó una pelota de tenis de entre los arbustos. Cuando Webberly lo sacaba a pasear siempre hacían la misma ruta: pasearían hasta Prebend Gardens, allí su dueño le quitaría la correa del collar y le lanzaría la pelota de tenis sobre la hierba, con lo cual *Alfie* echaría a correr tras ella, se negaría a devolvérsela y correría como un loco por los alrededores durante un cuarto de hora, como mínimo.

–No sé quién tiene menos imaginación –espetó Miranda mientras observaba cómo el perro jadeaba entre las hortensias–: el perro o tú. Mírale, papá. Sabe lo que vais a hacer. Es consciente de que no le espera ninguna sorpresa.

–A los perros les gusta la rutina –le replicó Webberly a su hija mientras *Alfie* salía triunfante con una pelota vieja y peluda entre los dientes.

–A los perros, sí. Pero ¿y a ti? ¡Por el amor de Dios! ¿Siempre lo llevas a los mismos jardines?

–Es una especie de paseo meditativo que hago dos veces al día –le contestó–. Por la mañana y por la noche. ¿No te parece bien?

–Paseo meditativo –se burló–. Papá, eres un mentirosillo. De verdad.

Después de atravesar la verja delantera, giraron a la derecha y siguieron al perro hasta el final de Palgrave Street, donde hizo el esperado giro a la izquierda que les llevaría hasta Stamford Brook Road y a Prebend Gardens, que estaban al otro lado de la calle.

–Fue una buena fiesta –afirmó Miranda mientras cogía a su padre del brazo–. Creo que mamá se lo pasó bien. Además, nadie dijo nada... ni se preguntó... bien, como mínimo, a mí no...

–Sí, estuvo bien –asintió Webberly, presionando el brazo a un lado para acercarla más a él–. Tu madre se lo pasó tan bien que esta mañana me estaba diciendo que quería salir al jardín a trabajar. –Sintió cómo su hija le miraba, pero él siguió con la mirada al frente.

–No lo hará –replicó Miranda–. Sabes que no lo hará. Papá, ¿por qué no insistes para que vuelva a ese médico? Hay soluciones para la gente como mamá.

–No puedo obligarla a hacer más de lo que hace.

–No, pero podrías... –Miranda suspiró–. No sé. Hacer algo. *Algo*. No comprendo por qué nunca has adoptado una actitud firme con mamá. En serio.

–¿En qué estás pensando?

–No sé, si ella pensara que estás dispuesto... bien, si le dijeras: «Hasta aquí hemos llegado, Frances, ya no puedo más. Quiero que vuelvas a ese psiquiatra, sino...».

–Sino, ¿qué?

Webberly sintió que su hija se desanimaba:

–Es eso, ¿verdad? Ya sé que nunca la dejarías. Sí, claro, si lo hicieras, ¿cómo podrías seguir viviendo? Sin embargo, debe de haber algo que tú, nosotros, aún no hayamos pensado. –Y entonces, como para ahorrarle la molestia de tener que responder, se percató de que *Alfie* estaba observando un gato con demasiado interés. Cogió la correa de manos de su padre, le dio una sacudida y le dijo:

–Ni lo sueñes, *Alfie*.

Cuando llegaron a la esquina, cruzaron la calle y se despidieron con cariño. Miranda se dirigió hacia la izquierda, lo que la conduciría a la parada de metro de Stamford Brook, y Webberly siguió caminando a lo largo de la verde verja de hierro que marcaba el límite de la parte este de Prebend Gardens.

Al cruzar la verja de hierro forjado, Webberly soltó al perro de la correa y le arrebató la pelota de tenis de entre los dientes. La lanzó todo lo lejos que pudo por encima de la hierba y observó cómo *Alfie* corría tras ella. Cuando *Alfie* consiguió coger la pelota, hizo lo que era habitual: se alejó corriendo hasta el extremo más lejano del jardín y empezó a corretear alrededor del parque. Webberly contempló cómo avanzaba de un banco a un arbusto, de un árbol a un sendero, pero él permaneció en el mismo sitio por el que habían entrado; tan sólo se desplazó hasta el negro banco desportillado que estaba muy cerca del tablón de anuncios en el que colgaba la información sobre los eventos venideros de la comunidad.

De hecho, los leyó sin asimilarlos: fiestas de Navidades, ferias de antigüedades, subastas de coches. Se sintió satisfecho al ver que el número de teléfono de la comisaría local de policía estaba en un lugar destacado y que el comité responsable de organizar un programa de Vigilancia Vecinal iba a reunirse en el sótano de una de las iglesias. Vio todo eso, pero después se habría sentido incapaz de dar fe de ello. Porque a pesar de que había visto los seis o siete trozos de papel que colgaban tras el cristal del tablón de anuncios y de que se había tomado la molestia de leerlos uno por uno, lo que en realidad veía era a Frances junto a la ventana de la cocina, mientras que su hija le decía con amabilidad y con una fe ciega en él: «Sé que nunca la abandonarás. ¿Cómo podrías hacer algo así?». Esa última frase le resonaba en el cerebro cual eco con un elevado grado de ironía.

Abandonar a Frances habría sido lo último que se le habría ocurrido la noche en que recibió una llamada para que fuera a Kensington Square. La llamada le había llegado a través de la comisaría de Earl's Court Road, donde hacía poco le habían ascendido a inspector y donde le habían asignado un nuevo sargento –Eric Leach– de compañero. Leach fue el que condujo el coche por Kensington High Street, que por aquel entonces estaba un poco menos abarrotado de coches que en la actualidad. Como Leach era nuevo en el distrito se pasaron de largo y acabaron dando la vuelta por Thackeray Street –que tiene ese aire de aldea en medio de una gran ciudad– y llegaron a la plaza desde la parte sudeste. Eso hizo que fueran a parar directamente delante de la casa que buscaban: un edificio victoriano de ladrillo rojo con un medallón blanco en la parte superior del aguilón en el que estaba escrita la fecha de construcción: 1879. Era relativamente nuevo, si se tenía en cuenta que el edificio más antiguo de la zona se había erigido unos doscientos años antes.

Un coche patrulla, que había llegado al escenario del crimen al mismo tiempo que la ambulancia, seguía aparcado en la acera, a pesar de que ya no tenía las luces encendidas. El equipo médico ya hacía un buen rato que se había ido, al igual que los vecinos, que sin duda se habían acercado hasta el lugar de los hechos, tal y como suelen hacer cada vez que se oyen las sirenas de la policía en una zona residencial.

Webberly abrió la puerta de golpe y se encaminó hacia la casa. Junto a una superficie enlosada que tenía un jardín central, se erigía una pequeña tapia de ladrillo que estaba coronada por una valla negra de hierro forjado. También había un cerezo de adorno que, como era habitual en esa época del año, cubría el suelo de flores róseas.

La puerta principal estaba cerrada, pero seguro que alguien les había estado esperando, porque tan pronto como Webberly pisó el primer escalón, la puerta se abrió de golpe y el policía uniformado que les había llamado a la comisaría les hizo entrar en la casa. Parecía abatido. Les contó que era la primera vez que investigaba la muerte de un niño. Había llegado después de la ambulancia.

–Tenía dos años –les anunció en un sepulcral tono de voz–. El padre le ha hecho la respiración boca a boca y el equipo médico ha hecho todo lo que estaba en sus manos. –Movió la cabeza de un lado a otro, apesadumbrado–. No pudieron hacer nada. Ya estaba muerta. Lo siento, señor, pero es que tengo un bebé en casa y uno no puede dejar de pensar que...

–No pasa nada, hijo –le tranquilizó Webberly–. Yo también tengo un hijo pequeño. –No hacía falta que le recordaran lo breve que era la vida y lo alerta que debían estar los padres para evitar que cualquier contratiempo acabara con la vida de sus hijos. Su hija Miranda acababa de cumplir dos años.

–¿Dónde ha sucedido? –preguntó Webberly.

–En el cuarto de baño. En el del piso de arriba. Pero ¿no le gustaría hablar con...? La familia está en la sala de estar.

Webberly no necesitaba que ningún policía joven le dijera lo que tenía que hacer, pero como en ese momento estaba desconcertado, no tenía ningún sentido intentar aclarárselo. En vez de eso, miró a Leach y le dijo:

–Diles que enseguida iremos a hablar con ellos. Después... –Movió la cabeza hacia las escaleras y se dirigió al policía–. Enséñemelo. –Lo siguió por una escalera que giraba alrededor de un pequeño roble del que colgaban con frondosidad las hojas de un helecho.

El cuarto de baño de los niños estaba en la segunda planta de la casa, junto a la habitación de los niños, un lavabo y un dormitorio que pertenecía al otro niño de la familia. Los padres y los abuelos tenían sus habitaciones en la primera planta. El piso de arriba estaba ocupado por la niñera, un inquilino y por una mujer que... bien, el policía se figuró que debía de ser la institutriz, aunque la familia no la llamaba así.

–Les da clases a los niños –explicó el policía–. Bien, supongo que sólo al mayor.

A Webberly le sorprendió que tuvieran una institutriz en esos tiempos y para niños tan pequeños; luego entró en el cuarto de baño en el que había sucedido la tragedia. Leach, después de haber cumplido con sus obligaciones en el piso de abajo, se unió a él. El policía volvió a su puesto, junto a la puerta principal.

Los dos detectives inspeccionaron el cuarto de baño con pesimismo. Era un lugar demasiado trivial para que la muerte hiciera acto de presencia de un modo tan repentino. Aun así, sucedía con tanta frecuencia que Webberly se preguntó cuándo la gente entendería por fin que no podían dejar a los niños solos ni un minuto siempre que estuvieran cerca de dos centímetros de agua.

No obstante, en la bañera había más de dos centímetros de agua. Como mínimo había veinticinco; ya se había enfriado y en la superficie flotaban un barco de plástico y cinco patitos amarillos e inmóviles. Una pastilla de jabón descansaba en el fondo, junto al desagüe, y una bandeja de baño de acero inoxidable, con desgastadas puntas de goma, cubría la bañera de punta a punta y contenía una manopla, un peine y una esponja. Todo parecía normal. Pero también se intuía que tanto el pánico como la tragedia habían estado presentes en el cuarto de baño.

A un lado, había un toallero volcado en el suelo. La alfombrilla, empapada, yacía arrugada bajo el lavabo. Una papelera de mimbre estaba boca abajo. Sobre las blancas baldosas se veían las huellas del equipo medicalizado que evidentemente no se habría preocupado en lo más mínimo de dejar el cuarto limpio y ordenado mientras intentaban reanimar al niño.

Webberly podía imaginarse la escena como si hubiera estado allí mismo, porque en realidad había presenciado algo parecido cuando iba de uniforme: los del equipo medicalizado no habrían dado muestras de pánico, sino que habrían irradiado una calma intensa, inhumana e impersonal; le habrían comprobado el pulso y la respiración, y si las pupilas reaccionaban; habrían iniciado la reanimación cardiopulmonar de inmediato. Enseguida habrían sabido que estaba muerta, pero no se lo habrían dicho a nadie porque su trabajo consistía en hacer vivir a la gente, costara lo que costara, pero no habrían dejado de intentarlo y la habrían llevado a toda velocidad hacia el hospital, sin dejar de intentar reanimarla, porque siempre cabía la posibilidad de que la vida pudiera resurgir de nuevo del leve indicio que quedaba cuando el alma abandonaba el cuerpo.

Webberly usó un bolígrafo para poner la papelera de mimbre en pie, y le echó un vistazo. Seis pañuelos de papel arrugados, medio metro de hilo dental y un tubo vacío de pasta de dientes.

–Inspecciona el botiquín, Eric –le dijo a Leach, mientras él se iba a analizar la bañera. Observó con detalle cada uno de los lados, los grifos y el desagüe, la cal que lo bordeaba y el agua. Nada.

–Hay aspirinas para niños, jarabe para la tos y unas cuantas recetas. Cinco, señor –añadió Leach.

–¿Para quién?

–Para Sonia Davies.

–Apunte los nombres de los medicamentos. Precinte el cuarto de baño. Me voy a hablar con la familia.

Pero en la sala de estar no sólo se encontró con la familia, porque en la casa vivía mucha más gente; además, cuando la tragedia acaeció, interrumpiendo su rutina de cada noche, en la casa había mucha más gente que la que allí vivía. En realidad, la sala de estar parecía estar abarrotada de gente, a pesar de que sólo había nueve personas presentes: ocho adultos y un niño con un atractivo mechón de pelo medio rubio medio blanco sobre la frente. Con el rostro pálido como la tiza, permanecía entre los protectores brazos de un hombre mayor que, según me imaginé, debía de ser su abuelo; éste llevaba una corbata –tenía todo el aspecto de ser el recuerdo de una universidad o de un club– que el chico asía y entrelazaba con los dedos.

Nadie hablaba. Estaban muy conmocionados y daba la impresión de que se mantenían en grupo para poder prestarse toda la ayuda que fuera posible. Casi toda la ayuda se la dedicaban a la madre, sentada en un rincón de la sala, una mujer que debía de tener –al igual que Webberly– unos treinta años. Era de complexión pálida, y sus grandes ojos estaban como idos, viendo una y otra vez lo que una madre nunca debería llegar a ver: el lánguido cuerpo de su hija en manos de unos extraños que pugnaban por salvarle la vida.

Cuando Webberly se dio a conocer, uno de los dos hombres que permanecía junto a la madre se alzó y dijo que era Richard Davies, el padre de la niña que habían llevado al hospital. El motivo de que usara ese eufemismo se puso de manifiesto cuando miró en dirección al niño, su hijo. Muy sabiamente, no quería hablar de la muerte de su hija delante de su hermano.

–Mi mujer y yo hemos estado en el hospital. Nos han dicho que...

Al oírlo, una joven –que estaba sentada en el sofá al lado de un hombre de su misma edad que le rodeaba los hombros con los brazos– empezó a llorar. Era el tipo de llanto horrible y gutural que se acaba convirtiendo en los sollozos típicos de la histeria.

–No la he dejado sola –imploraba, y a pesar de sus lamentos Webberly se percató de que tenía un fuerte acento alemán–. ¡Juro por Dios Todopoderoso que no la he dejado sola ni un minuto!

Evidentemente, eso planteaba la pregunta de cómo había muerto.

Debía interrogarles a todos, pero no a la vez.

–¿Era la encargada de vigilar a la niña? –le preguntó Webberly a la chica alemana.

En ese momento, la madre exclamó:

–¡Yo soy la culpable de todo!

–¡Eugenie! –gritó Richard Davies.

El otro hombre que estaba junto a ella, con el rostro resplandeciente a causa de la pátina de sudor que lo cubría, dijo:

–¡Eugenie, haz el favor de no hablar así!

–Todos sabemos de quién es la culpa –espetó el abuelo.

–¡No, no, no! ¡No la he dejado! –gimoteaba la chica alemana mientras que su compañero la sostenía entre sus brazos y le decía: «¡Todo va bien!», aunque era obvio que no era verdad.

Había dos personas que no decían nada: una mujer mayor que no apartaba los ojos del abuelo y una mujer pelirroja que llevaba una bonita falda tableada y que observaba a la mujer alemana con abierta aversión.

Demasiada gente. Demasiadas emociones. Una confusión cada vez mayor. Webberly les ordenó a todos, a excepción de los padres, que salieran de la sala, pero que no se marcharan de la casa. También insistió en que alguien se quedara con el niño pequeño.

–Ya me encargaré yo de eso –anunció la mujer pelirroja, obviamente la «institutriz» que había mencionado el joven agente–. ¡Vamos, Gideon! ¡A ver cómo van esas matemáticas!

–Pero tengo que ensayar –protestó el niño, mirando con seriedad de un adulto a otro–. Raphael me ha dicho que...

–Muy bien, Gideon. Vete con Sarah-Jane. –El hombre con la cara cubierta de sudor se apartó de la madre y se agachó junto al niño–. Ahora no tienes que preocuparte por tu música. Ve con Sarah-Jane, ¿de acuerdo?

–¡Vamos, chico!

El abuelo se puso en pie, con el niño entre sus brazos. El resto del grupo fue saliendo tras él hasta que sólo quedaron en la sala los padres de la niña muerta.

Incluso ahora, en el jardín de Stamford Brook, mientras *Alfie* ladraba a los pájaros, perseguía ardillas y esperaba a que su dueño le llamara de nuevo junto a él, incluso ahora en el parque, Webberly podía ver a Eugenie Davies tal y como la había visto esa lejana noche.

Ataviada simplemente con unos pantalones grises y una blusa azul claro, no se movió ni un centímetro. No le miraba ni a él ni a su marido. Sólo repetía: «¡Dios mío! ¿Qué será de nosotros?». E incluso entonces hablaba para ella, no para los hombres.

–Hemos estado en el hospital –dijo el marido, dirigiéndose a

Webberly en vez de responderle a ella–. No pudieron hacer nada. No nos lo dijeron aquí, en casa. No lo hicieron.

–No –asintió Webberly–. Eso no les corresponde a ellos. Lo dejan para los médicos.

–Sin embargo, lo sabían. Mientras estaban aquí. Lo sabían, ¿verdad?

–Supongo que sí. Lo siento.

Ninguno de los dos lloraba. Lo harían más tarde, cuando se dieran cuenta de que la pesadilla que estaban experimentando en ese momento era más bien una realidad que tendrían que soportar el resto de sus vidas. Pero en ese momento estaban paralizados por el dolor: el pánico inicial, la crisis de la rápida intervención, la invasión de extraños en su casa, la espera agonizante en la sala de un hospital, la actitud de un doctor cuya expresión, sin lugar a dudas, lo decía todo.

–Nos dijeron que después la dejarían ir... bien, el cadáver, quiero decir –explicó el marido–. Insistieron en que no nos la podíamos llevar ni hacer preparativos... ¿Por qué?

Eugenie bajó la cabeza. Una lágrima cayó en sus entrelazadas manos.

Webberly se acercó una silla para estar a la misma altura que Eugenie, y le indicó a Richard Davies que hiciera lo mismo; éste se sentó junto a su mujer y la cogió de la mano. Webberly se lo explicó lo mejor que pudo: cuando acontecía una muerte inesperada, cuando moría alguien que no estaba bajo los cuidados de un médico y que pudiera firmar el certificado de defunción, cuando alguien moría de accidente –ahogado, por ejemplo–, la ley dictaba que se tenía que practicar una autopsia.

–¿Me está diciendo que la desmenuzarán? ¿Que la abrirán en canal? –preguntó Eugenie mientras alzaba la vista.

Webberly, intentando esquivar la pregunta, respondió:

–Determinarán las causas exactas de su muerte.

–Pero la causa ya la sabemos –replicó Richard Davies–. Estaba... por Dios... estaba en la bañera. Después oímos los gritos, los lamentos de las mujeres. Corrí hacia arriba en el instante en que James bajaba a toda prisa...

–¿James?

–Se aloja con nosotros. Estaba en su habitación y bajó corriendo.

–¿Dónde estaban todos los demás?

Richard miró a su mujer como si esperara que ésta respondiera. Negó con la cabeza y sólo dijo:

–La abuela y yo estábamos en la cocina, empezando a preparar la cena. Era la hora del baño de Sonia y... –Vaciló un momento, como si al pronunciar el nombre de su hija se hiciera más real aquello que no soportaba pensar.

–¿No sabe dónde estaban todos los demás?

–Papá y yo estábamos en su sala de estar –respondió Richard Davies–. Estábamos mirando ese... Dios... ese partido de fútbol estúpido e infernal. De hecho, estábamos viendo el fútbol mientras que Sosy se ahogaba en el piso de arriba.

Creo que el hecho de oír el diminutivo de su hija fue lo que hizo que Eugenie se desmoronara. Empezó a llorar a moco tendido.

Richard Davies, atrapado en su propio dolor y desesperación, no cogió a su mujer entre sus brazos, tal y como a Webberly le hubiera gustado que hiciera. Sólo pronunció su nombre y le dijo inútilmente que todo iba bien, que la niña estaba con Dios y que éste la quería tanto como ellos. Y que Eugenie, más que nadie, lo sabía, ¿verdad? Porque su fe en Dios y en su bondad era total.

«¡Vaya manera más fría de consolarla!», pensó Webberly.

–Señor y señora Davies, me gustaría hablar con los demás –dijo Webberly. Y mirando a Eugenie, añadió:

–Necesitará un médico. Más valdría que fuera a llamarlo.

Mientras Webberly hablaba, se abrió la puerta de la sala de estar y apareció el sargento Leach. Asintió con la cabeza para indicarle que había acabado la lista y que había sellado el cuarto de baño. Webberly le indicó que dispusiera la sala de estar de tal modo que pudieran interrogar a los residentes de la casa.

–Gracias por su ayuda, inspector –dijo Eugenie.

«Gracias por su ayuda.» Webberly pensaba en esas palabras mientras avanzaba con dificultad. ¡Qué curioso era que tan sólo cuatro palabras pronunciadas con un tono de voz de infelicidad hubieran conseguido cambiarle la vida: había pasado de detective a caballero errante en el transcurso de un simple segundo!

Mientras llamaba a *Alfie* se decía a sí mismo que había sido a causa del tipo de madre que era. La clase de madre que Frances –que Dios la perdone– nunca habría podido ser. ¿Cómo era posible no admirarlo? ¿Cómo era posible no desear ayudar a una madre así?

–*Alfie*, ¡ven! –gritó mientras el pastor alemán perseguía a un terrier que llevaba un Frisbee en la boca–. ¡Venga, vamos a casa! ¡No te ataré!

El perro, que parecía haber entendido esa última promesa, se dirigió hacia Webberly a toda velocidad. Parecía haber disfrutado mucho corriendo por el parque, ya que los costados le palpitaban y la lengua le colgaba. Webberly asintió en dirección a la verja y el perro se encaminó hacia allí; luego se sentó obedientemente, sin apartar los ojos de los bolsillos de Webberly a la espera de una recompensa por haberse portado tan bien.

–Tendrás que esperar hasta que lleguemos a casa –exclamó Webberly, y después analizó sus propias palabras.

En realidad, la vida era así, ¿verdad? Al final del día y durante muchos años, todo lo que era de alguna importancia en el pequeño y triste mundo de Webberly siempre se veía pospuesto al momento de llegar a casa.

Lynley cayó en la cuenta de que Helen ni siquiera había bebido un sorbo de té. Helen había cambiado de posición en la cama y observaba cómo Lynley se hacía un lío con el nudo de la corbata mientras la miraba por el espejo.

–Así pues, se trata de alguien que Malcolm Webberly conocía –comentó–. ¡Qué mal lo debe de estar pasando! ¡Y enterarse precisamente cuando estaba celebrando las bodas de plata!

–No creo que la conociera muy bien –replicó Lynley–. Era una de las personas implicadas en el primer caso que resolvió como inspector en Kensington.

–Eso sucedió hace muchos años. Debió de ser alguien que le impresionara mucho.

–Supongo que sí.

Lynley no le quería explicar los motivos. En realidad, no quería contarle nada relacionado con esa lejana muerte que Webberly investigó. Que un niño se ahogara ya era bastante terrible en sí mismo, pero en la nueva situación en la que se encontraban en ese momento de su vida, Lynley pensó que debería ser delicado y discreto, ya que su mujer estaba esperando un hijo.

«Estamos esperando un hijo –se corrigió a sí mismo–, un hijo al que nunca le pasará nada malo.» El hecho de discutir el daño que había padecido otro niño le parecía tentar a la suerte. O, como mínimo, eso era lo que Lynley se repetía a sí mismo mientras se vestía.

En la cama, Helen se dio la vuelta y se puso de espaldas a él, con las piernas levantadas y con un almohadón junto al estómago.

–¡Dios! –se lamentó.

Lynley se le acercó, se sentó en el borde de la cama y le acarició el pelo castaño.

–Ni siquiera has probado el té. ¿Te gustaría que te trajera otra cosa?

–Lo que de verdad me gustaría es encontrarme bien.

–¿Qué dice la doctora?

–En ese aspecto es un pozo de sabiduría: «Me pasé los cuatro primeros meses de cada embarazo pegada a la taza del váter. Se le pasará, señora Lynley. Así son las cosas».

–¿Y hasta entonces?

–Supongo que tendré que resignarme y no pensar en comida.

Lynley la observó con cariño: la curva de la mejilla y la forma de la oreja se asemejaban a un caparazón. Sin embargo, tenía la piel de un ligero color verdoso, y la forma de asir la almohada parecía indicar que estaba a punto de sentirse mareada otra vez.

–Ojalá pudiera ponerme en tu lugar, Helen.

Se rió tenuemente y replicó:

–Ése es el típico comentario que hacen los hombres cuando se sienten culpables y cuando tienen la certeza de que lo último que desearían hacer en esta vida sería traer un bebé al mundo. –Alargó la mano para acariciarle la suya–. Sin embargo, te agradezco la intención. ¿Ya te vas? Desayunarás, ¿verdad, Tommy?

Le aseguró que comería algo. De hecho, sabía que no tenía escapatoria. Si Helen no insistía lo bastante para que comiera, entonces Charlie Denton –criado, mayordomo, cocinero, asistente, aspirante a actor, seductor impenitente, o cualquier otra cosa que eligiera llamarse ese día en concreto– atrancaría la puerta hasta que Lynley hubiera devorado un plato de cualquier cosa.

–¿Y tú? –le preguntó a su esposa–. ¿Qué planes tienes? ¿Vas a ir a trabajar?

–Francamente, preferiría no ir; de hecho, me gustaría permanecer quieta durante las próximas treinta y dos semanas.

–¿Quieres que llame a Simon?

–No. Tiene que resolver el asunto ese de la acrilamida. Necesitan los resultados de aquí a dos días.

–Ya lo entiendo. Pero ¿le eres indispensable?

Simon Allcourt-St. James era médico forense, un experto cuya especialidad le llevaba con regularidad a la tribuna de los testigos para confirmar las pruebas del Fiscal del Estado o para reforzar la postura de la defensa. En este ejemplo en particular, estaba trabajando en un caso civil en el que el pleito implicaba determinar qué cantidad de acrilamida absorbida a través de la piel podía considerarse una dosis tóxica.

–Me gustaría pensar que sí –respondió–. Pero, de todos modos... –Se la quedó mirando mientras esbozaba una sonrisa–. Me gustaría contarle la noticia. A propósito, ayer por la noche se lo dije a Barbara.

–¡Ah!

–¡Ah, Tommy! ¿Qué se supone que quieres decir con eso?

Lynley se levantó de la cama. Se dirigió hacia el armario, donde el espejo de la puerta le mostró lo mal que se había anudado la corbata. Deshizo el nudo y empezó de nuevo.

–Le dijiste a Barbara que no lo sabe nadie más, ¿verdad, Helen?

Hizo todo lo que pudo por incorporarse. No obstante, le costaba un gran esfuerzo y se tumbó de nuevo.

–Sí, se lo dije. Y como ella ya lo sabe, pensaba que también podríamos...

–Preferiría no hacerlo todavía.

El nudo de la corbata estaba peor que la primera vez. Lynley desistió en el intento, echó la culpa al tejido y se fue a buscar otra. Sabía que Helen le estaba observando y que esperaba que le diera una explicación lógica que justificara su decisión.

–Ya sé que es pura superstición, cariño. Pero si guardamos el secreto, habrá menos probabilidades de que ocurra algo malo. Ya sé que es una estupidez. Sin embargo, es lo que creo. Había pensado no decir nada a nadie hasta que... bien, hasta que se notara.

–Hasta que se notara –repitió la frase pensativamente–. ¿Estás preocupado?

–Sí. Preocupado. Asustado. Nervioso. Inquieto. Y a menudo, confundido. Sí, creo que eso define cómo me siento.

–Te quiero, cariño –le dijo con una sonrisa.

Esa sonrisa requería una confesión. Se la debía.

–Has de pensar en Deborah. Simon será capaz de hacer frente a esa noticia, pero Deborah se sentirá muy mal cuando se entere de que estás embarazada.

Deborah era la esposa de Simon, una mujer joven que había sufrido tantos abortos que parecía un acto deliberado de crueldad mencionar un embarazo sin complicaciones delante de ella. No es que no fuera a mostrar su alegría por la pareja. Y en cierto modo seguro que se alegraría, pero en lo más profundo de su ser, allí donde abrigaba sus propias esperanzas, sentiría cómo el hierro candente del fracaso le abrasaba la piel de sus sueños, y esa piel ya había sido quemada demasiadas veces.

–Tommy –dijo Helen con dulzura–. Deborah se enterará tarde o temprano. ¿No crees que le dolerá cuando de repente me vea llevando ropa de embarazada sin que nosotros le hayamos contado que estamos esperando un hijo? En ese momento sabrá por qué no se lo hemos contado. ¿No crees que eso le dolerá aún más?

–No estoy diciendo que lo mantengamos en secreto mucho tiempo –replicó Lynley–. Sólo una temporadita, Helen. Para que tengamos suerte, más que por Deborah. ¿Harías eso por mí?

Helen lo observó del mismo modo que él la había estado observando a ella. Notaba cómo se impacientaba mientras ella lo estudiaba, pero no se movió, a la espera de una respuesta.

–¿Estás contento de que vayamos a tener un hijo, cariño? ¿Te hace realmente feliz?

–Helen, estoy encantado.

Sin embargo, incluso cuando pronunciaba esas palabras, Lynley se preguntaba por qué no se sentía así. Se preguntaba por qué tenía la sensación de que estaba cumpliendo con una obligación que ya había pospuesto durante mucho tiempo.

4

Cuando Richard entró en el piso, Jill Foster estaba gruñendo a causa de la última serie de ejercicios pélvicos que su instructora prenatal le había mandado hacer. Tenía un aspecto más ojeroso de lo que ella se había imaginado, y no le gustó la sensación que eso le provocó. Hacía dieciséis años que Richard se había divorciado de Eugenie. Jill creía que la identificación del cadáver de su ex mujer debería ser considerado como una actividad molesta que un buen ciudadano lleva a cabo para intentar ayudar a la policía.

Gladys, la instructora prenatal, a la que Jill veía como una mezcla de atleta olímpica y de nazi deportiva, le decía:

–¡Diez más, Jill! ¡Venga, sigue! Cuando estés dando a luz me lo agradecerás, cariño.

–No puedo –protestó Jill.

–¡Tonterías! Olvídate de que estás cansada. Piensa en el vestido. Al final me darás las gracias. ¡Venga, diez más!

El vestido en cuestión era un traje de boda, un diseño de Knightsbridge que había costado una pequeña fortuna y que colgaba de la puerta de la sala de estar. Jill lo había colgado allí para sentirse inspirada cada vez que le entraran ganas de comer o cuando la nazi deportiva la hiciera sentir sudorosa, desgraciada e incómoda. «Te voy a mandar a Gladys Smiley, querida –le había dicho la madre de Jill tan pronto como se había enterado de que iba a tener un nieto–. Es la mejor instructora prenatal de todo el sur de Inglaterra, Londres incluido, no creas. Casi siempre está ocupada, pero conseguiré que te haga un hueco. El ejercicio es vital. El ejercicio y la dieta, evidentemente.»

Jill había decidido cooperar con su madre, no porque Dora Foster fuera su madre, sino porque había traído al mundo sin ningún problema quinientos bebés que habían nacido en casa. Por lo tanto, sabía de qué hablaba.

Gladys empezó a contar hasta diez. Jill sudaba como un caballo de carreras y se sentía como una cerda, pero consiguió dedicarle una alegre sonrisa a Richard. Desde un principio había estado en contra de lo que él llamaba «la absurdidad única» de Gladys Smiley, y todavía se oponía con firmeza a la idea de que Dora Foster trajera al mundo a su primera nieta en la casa familiar de Wiltshire. Pero como Jill había consentido en lo de la boda –aceptando un enfoque más moderno de convivencia postnatal en vez de lo que ella habría querido en realidad: noviazgo, boda y niños, en ese orden–, sabía que Richard al final cedería a sus deseos. Después de todo, era ella la que iba a dar a luz. Y si ella quería que su madre la asistiera en el parto –su madre, que tenía más de treinta años de experiencia en eso–, entonces así serían las cosas. «Todavía no eres mi marido, cariño –le decía Jill alegremente cada vez que él protestaba–. Aún no he dicho ni una sola palabra delante de nadie con respecto a que te amaré, respetaré y obedeceré.»

Tenía razón y lo sabía. Él también lo sabía y, por lo tanto, ella acabaría saliéndose con la suya.

–Siete... ocho... nueve... diez... ¡Eso es! –gritó Gladys–. Has hecho un trabajo excelente. Si sigues con los ejercicios, tu hija saldrá en un santiamén. ¡Y ya verá si no lo hace! –Le entregó una toalla a Jill y le hizo un gesto de asentimiento a Richard, que permanecía de pie junto a la puerta, con una expresión de tristeza–. Ya han decidido el nombre, ¿verdad?

–Catherine Ann –dijo Jill con decisión mientras Richard decía con igual firmeza:

–Cara Ann.

Gladys miró a uno, después a otro, y concluyó:

–Sí, bien. Sigue trabajando así, Jilly. Te veré pasado mañana, ¿de acuerdo? ¿A la misma hora?

–¡Humm! –Jill permaneció en el suelo mientras Richard acompañaba a Gladys hasta la puerta. Cuando él regresó a la sala de estar, Jill aún seguía allí, sintiéndose como una ballena embarrancada.

–Cariño, nunca permitiré que una hija mía se llame Cara. Sería el hazmerreír de todos mis amigos. ¡Cara! Sinceramente, Richard, estamos hablando de una niña, no del personaje de una novela.

En una situación normal, habría discutido. Le habría dicho: «Catherine es un nombre demasiado vulgar, y si no va a llamarse Cara, entonces tampoco se llamará Catherine; por lo tanto, tendremos que llegar a un acuerdo y buscar un nombre que nos guste a los dos». Eso es lo que habían estado haciendo desde el día que se conocieron, ya que ambos tuvieron que transigir cuando ella le explicó los detalles sobre el documental que la BBC estaba haciendo sobre su hijo. «Puedes hablar con Gideon sobre su música –le había dicho Richard Davies durante las negociaciones del contrato–. Puedes hacerle las preguntas que quieras sobre el violín. Pero mi hijo no habla de su vida privada ni de su historia con los medios de comunicación, e insisto en que eso quede muy claro.»

«Porque no tiene vida privada», pensaba Jill ahora. Y por lo que respectaba a su historia se podía resumir en una sola palabra: violín. Gideon era música y la música era Gideon. Siempre había sido así y siempre lo sería.

Por otra parte, Richard era pura electricidad. A ella le gustaba poner su inteligencia a prueba y luchar por sus ideas. Lo encontraba estimulante y excitante, a pesar de la diferencia de edad que los separaba. ¡Discutir con un hombre era un afrodisíaco tan potente! Y, de hecho, había habido muy pocos hombres en la vida de Jill que quisieran discutir. Especialmente los ingleses, que tendían a adoptar una actitud de agresividad pasiva al primer indicio de pelea.

Sin embargo, discutir no era lo que más le apetecía a Richard en ese momento: discutir por el nombre de su hija, por la ubicación del piso que aún tenían que comprar, por el color del papel que pondrían en las paredes una vez que el piso fuera de ellos, o por el tamaño y la fecha de su futura boda. Todos ésos habían sido temas de discusión en peleas anteriores, pero Jill se dio cuenta de que Richard no tenía suficiente energía para una discusión acalorada.

Su pálido rostro indicaba por lo que había tenido que pasar durante las últimas horas, y aunque su obsesión con el nombre de Cara parecía mucho más seria de lo que ella se habría imaginado cuando lo mencionó por primera vez cinco meses atrás, Jill deseaba mostrarse comprensiva con sus experiencias recientes. Por muchas ganas que tuviera de decirle «¿Qué demonios te pasa? Por el amor de Dios, Richard, esa horrible mujer te abandonó hace casi veinte años», sabía que lo que tenía que decirle era «¿Lo has pasado muy mal, cariño? ¿Te encuentras bien?», en el más cariñoso de los tonos.

Richard se dirigió hacia el sofá y se sentó. Su escoliosis se hacía mucho más evidente por el abatimiento de los hombros.

–No pude confirmarlo.

Jill frunció el ceño y preguntó:

–Que no pudiste confirmar... ¿el qué, cariño?

–Eugenie. Fui incapaz de decirles si esa mujer era en verdad Eugenie.

–¿Tanto había cambiado? –preguntó en voz baja–. Supongo que no es tan raro, Richard. Hacía mucho tiempo que no la habías visto. Y quizá tuviera una mala época y...

Richard negó con la cabeza. Se pasó dos dedos por las cejas y se las frotó.

–No se trata de eso, y aunque hubiera sido así tampoco les podría haber dicho nada.

–¿De qué se trata, pues?

–Estaba muy magullada. Supongo que, aunque hubieran sabido lo que sucedió exactamente, tampoco me lo habrían dicho. Parecía como si un camión le hubiera pasado por encima. Estaba... estaba mutilada, Jill.

–¡Santo Cielo! –Jill hizo un esfuerzo por sentarse. Apoyó una mano en la rodilla. Eso podía poner pálido a cualquiera–. Richard, lo siento mucho. Debes de haberlo pasado muy mal.

–Primero me enseñaron una fotografía, lo cual fue de agradecer. Pero al ver que era incapaz de identificarla a partir de la foto, me enseñaron el cadáver. Me preguntaron si tenía algunas marcas que pudieran identificarla. Pero yo no lo recordaba. –Su voz era monótona, como una vieja moneda de cobre–. Lo único que fui capaz de decirles fue el nombre del dentista al que iba hace veinte años, imagínate. Sin embargo, no pude recordar si tenía alguna marca de nacimiento que pudiera ayudar a la policía a determinar si era Eugenie, mi mujer.

«Ex mujer –deseaba decir Jill. Una mala madre. Una mujer egoísta que abandonó a un niño que tú tuviste que criar solo. Solo, Richard. No lo olvidemos.»

–Pero podía recordar el nombre de ese maldito dentista –repetía–. Y sólo porque también es el mío.

–¿Qué piensan hacer?

–Usar los rayos X para asegurarse de que es Eugenie.

–¿Tú qué crees?

Levantó la mirada. Parecía muy cansado. Con una sensación de culpa poco habitual, Jill pensó lo poco que debía de dormir en ese sofá y lo amable y considerado que estaba siendo al pasar la noche en su casa ahora que ya se estaba acercando el momento. Como Richard ya había tenido dos hijos –a pesar de que sólo uno de ellos seguía con vida–, Jill no se había podido llegar a imaginar que Richard se preocuparía de su salud como lo había estado haciendo durante el embarazo. Pero desde el momento en que su estómago había empezado a hincharse y que sus pechos habían comenzado a aumentar de tamaño, él la había tratado con una ternura que le había parecido bastante conmovedora. Hacía que ella le abriera su corazón y que se sintieran más unidos. Esa familia que estaban creando era algo que Jill anhelaba. Era lo que había deseado y soñado tener, algo que no había encontrado entre los hombres de su edad.

–Lo que estaba pensando –dijo Richard en respuesta a su pregunta– es que la probabilidad de que Eugenie haya seguido yendo al mismo dentista desde que nos separamos...

–Desde que te abandonó –le corrigió Jill en voz baja.

–... es bastante remota.

–Lo que todavía no entiendo es cómo te relacionaron con ella. Ni cómo consiguieron dar contigo.

Richard cambió de posición en el sofá. Delante de él, sobre el robusto sofá otomano que servía de mesa auxiliar, ojeó el último número de *Radio Times*. La portada mostraba una dentuda actriz americana que estaba dispuesta a imitar lo que sin duda sería un acento inglés muy imperfecto, con el objetivo de poder interpretar el papel de Jane Eyre en otra resurrección de ese melodrama victoriano tan epónimo y tan poco convincente. «Precisamente Jane Eyre –pensó Jill con desdén–, la que fomentó en los débiles cerebros de más de cien años de lectoras influenciables, la estúpida creencia de que un hombre con un pasado más malo que la tiña podría ser redimido por el amor de una mujer decente. ¡Qué disparate!»

Richard no le respondía.

–Richard, no lo comprendo. ¿Por qué te relacionaron con Eugenie? Soy consciente de que debió de conservar tu apellido, pero Davies es demasiado común para que alguien pueda deducir que tú y ella estuvisteis casados.

–Uno de los policías que se ocupa de la investigación –respondió Richard– sabía quién era, ya que se había encargado del caso de... –Distraído, apartó la revista *Radio Times* de encima del montón. La revista de abajo mostraba a la mismísima Jill ataviada con ropa moderna entre el reparto caracterizado de su triunfante producción de *Remedios desesperados,* filmada a las pocas semanas de la separación de Jill y Jonathon Stewart, cuyas promesas apasionadas de dejar a su mujer «una vez que nuestro Steph haya acabado los estudios en Oxford, cariño», habían demostrado ser tan verdaderas como su formalidad en la cama. Dos semanas después de que «nuestro Steph» sostuviera el título entre sus sucias manos, Jonathon se había inventado otra excusa que consistía en ayudar a su desgraciada hija «a que se instalara en su nuevo piso de Lancaster, cariño». Tres días más tarde, Jill había dado por acabada la relación y se había entregado en cuerpo y alma a la producción de *Remedios desesperados*, cuyo título no podía haber sido más apropiado para el estado de ánimo en el que se encontraba.

–¿Del caso? –preguntó Jill.

Un momento después se dio cuenta de qué caso estaban hablando. El caso, por supuesto, el único que importaba. El caso que le había roto el corazón, destrozado su matrimonio y afectado a los últimos veinte años de su vida.

–Sí, supongo que es normal que la policía lo recordara.

–Uno de los detectives se había ocupado del caso. Por lo tanto, cuando vio su nombre en el carné de conducir, se puso en contacto conmigo.

–Sí, ya lo entiendo. –Consiguió ponerse de rodillas y tocarse sus encorvados hombros–. Déjame que te prepare algo. ¿Té? ¿Café?

–Creo que un coñac me sentaría bien.

Jill alzó una ceja, pero como él estaba mirando la revista, no se dio cuenta. Deseaba decirle: «¿A estas horas? No creo, cariño», pero se puso en pie y se fue a la cocina, de donde sacó una botella de Courvoisier de uno de los aseados armarios y vertió dos cucharadas exactas de coñac, la cantidad adecuada para devolverle las fuerzas.

Richard entró en la cocina y cogió el vaso sin hacer ni un comentario. Bebió un sorbo y removió el líquido que quedaba en el vaso.

–No me puedo quitar de la cabeza lo que he visto.

A Jill, eso ya le pareció demasiado. De acuerdo, la mujer estaba muerta. Sí, había muerto de un modo espantoso, y era una lástima. Seguro que tener que contemplar su descuartizado cuerpo había sido muy doloroso. Pero Richard no había tenido noticias de su ex mujer en los últimos veinte años; por lo tanto, ¿por qué le afectaba tanto su muerte? A no ser que aún sintiera algo por ella... o que no le hubiera contado la verdad sobre la ruptura de su matrimonio y sobre lo que había hecho con el cadáver.

–Sé que lo estás pasando muy mal –le dijo Jill con cariño mientras le acariciaba el antebrazo–. Pero, de hecho, no la has visto en todos estos años, ¿verdad?

Parpadeó. Los dedos de Jill se tensaron, sin que ésta pudiera hacer nada por evitarlo. «No dejes que esto se convierta en una situación parecida a la de Jonathon –le dijo en silencio–. Richard, si me mientes ahora, pondré fin a nuestra relación. No pienso volver a vivir en un mundo de fantasía.»

–No, no la he visto –le respondió–. Pero hacía poco que había hablado con ella. De hecho, este último mes hablamos varias veces. –Pareció sentir la creciente tensión de Jill al oírlo, ya que prosiguió con rapidez–. Me llamó para preguntar por Gideon. Había leído en los periódicos lo que le había sucedido en Wigmore Hall. Cuando vio que Gideon no conseguía recuperarse, me llamó para preguntar cómo estaba. No te lo he contado porque... bien, de hecho no lo sé. En ese momento no me pareció tan importante. Además, no quería que nada te trastornara en estas últimas semanas... de embarazo. No me parecía justo.

–¡Esto es indignante! –Jill sintió una oleada de ira justificada.

–Lo siento –aclaró Richard–. Sólo hablamos durante cinco minutos... diez minutos, como máximo, cada vez que llamó. No pensé que...

–Creo que no me has entendido –le interrumpió–. Lo que me parece indignante no es que no me lo hayas contado, sino que te llamara. Que se atreviera a llamarte por teléfono, Richard. Que pudiera salir de tu vida, y de la vida de Gideon, por el amor de Dios, y que después de leer algo en el periódico te llamara porque sentía curiosidad por saber lo que le había pasado a Gideon en una actuación. ¡Qué descaro!

Richard no respondió nada. Simplemente removía el coñac del vaso y observaba la delgada pátina que dejaba en los lados. «Debía de haber algo más», decidió Jill.

–Richard, ¿qué pasa? Hay algo que no me quieres contar, ¿verdad?

Una vez más sintió cómo sufría al ver que un hombre con el que estaba tan íntimamente ligada no era todo lo franco que ella esperaba que fuera. «Qué extraño –pensó– que una relación humillante y desastrosa tuviera el potencial de afectar a cualquier otra relación posterior.»

–Richard, dímelo. ¿Hay algo más?

–Gideon –dijo Richard–. No llegué a contarle que su madre había estado llamando para preguntar por él. No sabía qué decirle, Jill. No es que pidiera verlo, ya que no tenía ninguna intención de hacerlo. ¿Qué sentido habría tenido decírselo? Pero ahora está muerta y él debe saberlo, y tengo miedo de que cuando se entere aún se sienta peor.

–Sí, ya veo lo que quieres decir.

«¿Se encuentra bien?», quería saber Jill.

–¿Por qué no toca, Richard? –le preguntó–. ¿Cuántos conciertos ha tenido que anular? ¿Por qué? ¿Por qué?

«¿Qué intentaba averiguar?», pensó Richard.

–Me llamó unas doce veces durante estas últimas dos semanas –le confesó Richard–. Ahí estaba esa voz del pasado de la que creía haberme recuperado... –Se quedó en silencio.

Jill sintió un estremecimiento. Le empezaba en los tobillos y le recorría el cuerpo hasta llegarle al corazón.

–¿Del que creías haberte recuperado? –le preguntó con pies de plomo, intentando dejar de pensar lo que no podía soportar pensar, pero las palabras le retumbaban en la cabeza: «Aún la ama. Lo abandonó. Desapareció de su vida. Pero él la siguió amando. Se metió en mi cama. Unió su cuerpo con el mío. Pero no había dejado de querer a Eugenie».

No era de extrañar que nunca se hubiera vuelto a casar. La única pregunta era: ¿Por qué iba a hacerlo ahora?

El maldito hombre le leyó la mente. O tal vez el rostro. O quizás él también sintió un estremecimiento, ya que dijo:

–Porque tardé demasiado tiempo en encontrarte, Jill. Porque te quiero. Porque, a mi edad, nunca pensé que sería capaz de volver a enamorarme. Cada mañana cuando me despierto, aunque sea en ese horrible sofá, doy gracias a Dios por el milagro de que me quieras. Eugenie es una parte lejana de mi pasado. No permitamos que forme parte de nuestro futuro.

Y la verdad era, como Jill sabía muy bien, que ambos tenían pasado. No eran ningunos adolescentes; por lo tanto, no podían esperar que el otro entrara en su nueva vida sin traumas. Al fin y al cabo, el futuro era lo único que importaba. Su futuro y el futuro del bebé. Catherine Ann.

Era muy fácil acceder a Henley-on-Thames desde Londres, especialmente cuando el tráfico de la mañana sólo creaba atascos en la autopista en dirección contraria. Así pues, el inspector Lynley y la agente Barbara Havers salían de Marlow en dirección sur, camino a Henley, tan sólo una hora después de haber abandonado el centro de coordinación de Eric Leach en Hampstead.

El comisario Leach, que luchaba por no sucumbir ante un resfriado o una gripe, les había presentado a una brigada de detectives que, aunque un poco reticentes a tener gente del Nuevo Departamento de Scotland Yard entre ellos, también parecían dispuestos a aceptar su colaboración en un trabajo que, de hecho, incluía una serie de violaciones en Hampstead Heath y un incendio provocado en la magnífica casa de campo de una actriz ya entrada en años que ostentaba un título y una buena reputación.

Primero Leach les dio todos los detalles de los resultados preliminares de la autopsia, análisis de restos de sangre, tejidos y órganos, que sumaban una gran cantidad de heridas en un cuerpo que finalmente fue identificado, gracias al informe de la dentadura, como perteneciente a una tal Eugenie Davies, de sesenta y dos años de edad. Al principio les dijeron las fracturas que había sufrido: cuarta y quinta vértebra cervical, fémur izquierdo, cúbito, radio, clavícula derecha y las costillas quinta y sexta. Después comentaron las rupturas internas: hígado, bazo y riñones. Se había determinado que la muerte había sido producida por una hemorragia interna masiva y por los golpes, y que había muerto entre las diez y las doce de la noche. Se estaba realizando un análisis de los indicios de pruebas que se habían encontrado en el cuerpo.

–Debieron de arrastrarla unos quince metros –dijo Leach a los detectives que estaban reunidos en el centro de coordinación entre ordenadores, pizarras, archivadores, fotocopiadoras y fotografías–. Según el médico forense la atropellaron, como mínimo, dos veces, quizá tres, tal y como indican las contusiones del cuerpo y las marcas del impermeable.

El comentario fue acogido con un murmullo general. Alguien dijo: «Un barrio estupendo», con cierta dosis de ironía.

Leach corrigió el malentendido del agente:

–McKnight, tenemos motivos para pensar que el daño lo hizo un único coche, no tres. Actuaremos según esa teoría hasta que Lambeth nos diga lo contrario. El primer golpe la hizo caer al suelo. Cuando ya estaba sobre ella, la atropelló en marcha atrás, y luego volvió a pasarle por encima.

Antes de continuar, Leach señaló varias fotografías que colgaban de una pizarra. Mostraban cómo estaba la calle tras el caso de atropellamiento y fuga. Señaló una en particular que mostraba un trozo de asfalto fotografiado entre dos conos de tráfico color naranja, y una hilera de coches aparcados al fondo.

–Según parece, el primer impacto se produjo aquí. Y el cuerpo fue a parar a ese cuadrado que señala el centro de la calle. –Había otra serie de conos de tráfico, además de un gran trozo de calle tapado con celo–. La lluvia se encargó de borrar los rastros de sangre que habría habido donde aterrizó el cuerpo. Pero no llovía lo bastante para borrar toda la sangre del lugar, del tejido y de los fragmentos de huesos. Sin embargo, el cuerpo no se encuentra en el mismo sitio que el tejido y los huesos, sino que se halla junto al Vauxhall que está aparcado en la acera. ¿Se dan cuenta de que el cuerpo está un poco metido bajo el coche? Creemos que nuestro conductor, después de haberla derribado y atropellado dos veces, salió del coche, arrastró la mujer a un lado y se alejó.

–¿No cabe la posibilidad de que la arrastrara con las ruedas del coche? ¿O con las de un camión? –La pregunta la hizo un agente que comía fideos ruidosamente de una taza de plástico–. ¿Por qué descartamos esa posibilidad?

–Es lo que hemos deducido a partir de las pocas huellas de neumático que hemos podido conseguir –le informó Leach mientras cogía la taza de café que había dejado sobre una mesa cercana repleta de archivos y de hojas impresas. Se le veía un poco más tenso de lo que Lynley se había imaginado cuando se dio a conocer en su oficina cuarenta minutos antes. Lynley lo interpretó como una buena señal de lo que iba a ser trabajar con el comisario.

–Sin embargo, ¿por qué no pudieron ser tres coches diferentes? –preguntó otro agente–. El primer conductor la tumba al suelo y se marcha porque está asustado. Como va vestida de negro, los otros dos conductores no ven que está echada en la calle y la atropellan antes de poder darse cuenta de lo que ha sucedido.

Leach tomó un sorbo de café, negó con la cabeza y respondió:

–No creo que encuentre mucha gente dispuesta a creer que en este barrio pueda haber tres ciudadanos desalmados capaces de atropellar a la misma persona, la misma noche, y sin que ninguno de ellos avise a la policía. En el lugar del crimen no hay nada que justifique cómo demonios la mitad del cuerpo fue a parar debajo de ese Vauxhall. Eso sólo tiene una explicación posible, Potashnik, y esa razón es la que explica nuestra presencia aquí.

Hubo un murmullo de aprobación.

–Me apostaría cualquier cosa a que el tipo que estamos buscando es el mismísimo conductor que llamó a la policía –gritó alguien desde el final de la sala.

–Pitchley no nos dijo casi nada y enseguida solicitó la presencia de su abogado –asintió Leach–, y eso es muy sospechoso, tiene razón. Pero creo que aún tiene que contarnos muchas cosas y que el coche será lo que le hará hablar, no se equivoque.

–A cualquiera que le confiscaran un Boxter sería capaz de cantar *Dios salve a la reina* si se lo pidieran –remarcó un agente de la fila de delante.

–En eso confío –admitió Leach–. No estoy diciendo que fuera el conductor que la atropelló por primera vez, pero tampoco he dicho que no lo fuera. Pero al margen de lo que sucediera, no recuperará su Porsche hasta que no nos diga por qué esa mujer tenía apuntada su dirección. Si para conseguir que nos dé esa información tenemos que requisarle el coche, pues bien, eso es lo que haremos durante el tiempo que haga falta. Bien...

A continuación, Leach les indicó lo que tenían que hacer; por lo tanto, casi todos sus hombres tuvieron que ir a la calle en la que había acontecido el caso de atropellamiento y fuga. La calle constaba de una hilera de casas –algunas eran antiguas industrias modernizadas y otras casas particulares– y los agentes tenían que conseguir que la gente de esa zona les contara todo lo que habían visto, oído, olido o soñado la noche anterior. A otros agentes se les ordenó que fueran al laboratorio forense: tenían que averiguar los progresos que se habían llevado a cabo en el examen del coche de Eugenie Davies, a otros se les asignó que reunieran toda la información posible con respecto a las pruebas encontradas en el cadáver, y aún había otro equipo encargado de contrastar las pruebas del cuerpo con el Boxter que la policía había confiscado. Ese mismo grupo sería el responsable de examinar todas las marcas de neumáticos de esa calle de West Hampstead, del cuerpo y de la ropa de Eugenie Davies. A otro grupo de agentes –el más numeroso– se le asignó la tarea de buscar un coche que tuviera la parte delantera abollada. «Garajes, aparcamientos, empresas de alquiler de coches, calles, antiguas caballerizas, áreas de descanso de la autopista...», les había dicho Leach. Es imposible atropellar a una mujer en la calle y que el coche quede intacto.

–Eso excluye al Boxter de la lista –apuntó una mujer policía.

–El hecho de tener el Boxter confiscado nos ayudará a sacarle información a nuestro hombre –contestó Leach–. Lo que no sabemos es si ese Pitchley tiene algún otro coche. Y eso no deberíamos olvidarlo.

La reunión llegó a su fin, y Leach se reunió en privado con Lynley y Havers en su oficina. En su calidad de superior, les dio las instrucciones de tal modo que daba a entender que no sólo se trataba de un simple caso de asesinato, como si eso fuera poco. Sin embargo, no les dijo de qué más se podía tratar. Se limitó a entregarles la dirección de Eugenie Davies en Henley-on-Thames y a decirles que empezaran por allí. Les indicó que suponía que tenían experiencia suficiente para saber qué tenían que hacer con la información que encontraran.

–¿Qué demonios quería decir con eso? –preguntó Barbara mientras entraban en Bell Street de Henley-on-Thames, donde los niños hacían sus ejercicios matinales en el patio de una escuela–. ¿Y por qué nos ha mandado aquí mientras que todos los demás están investigando las calles que van de West Hampstead al río? No lo entiendo.

–Webberly quiere que investiguemos este caso. Hillier ha dado su aprobación.

–¿Y tú crees que eso es un motivo suficiente para que hagamos un rastreo tan exhaustivo?

Lynley no discrepó. Hillier no había mostrado ninguna preferencia por ninguno de ellos. Además, el estado de ánimo en el que se encontraba Webberly la noche anterior, a pesar de sugerir unas cuantas cosas, tampoco le aclaraba nada.

–Espero solucionar todo esto bien pronto, Havers. ¿Cuál era la dirección?

–El número sesenta y cinco de Friday Street –contestó, y luego echó un vistazo al mapa–. Gire a la izquierda, señor.

El número sesenta y cinco resultó ser un edificio a una manzana de distancia del río Támesis. Estaba en una calle agradable que constaba de casas particulares, de la consulta de un veterinario, de una librería, de una clínica dental y del Edificio de Infantería de Marina. Era la casa más pequeña que Lynley jamás hubiera visto, a excepción del diminuto piso que su compañera de trabajo tenía en Londres y que sólo consideraba adecuado para el Bilbo Bolsón de *El señor de los anillos* y para nadie más. Estaba pintado de rosa y tenía dos plantas, y una buhardilla si uno tenía en cuenta la minúscula ventana que había en el tejado. Convenientemente, tenía una placa de esmalte que rezaba LA CASA DE MUÑECAS.

Lynley aparcó no muy lejos de la casa, delante de la librería que había al otro lado de la calle. Sacó el juego de llaves de la mujer muerta del bolsillo y Havers aprovechó la oportunidad para encenderse un cigarrillo y fortalecerse la sangre con un poco de nicotina.

–¿Cuándo vas a dejar ese vicio espantoso? –le preguntó mientras comprobaba si había sistema de alarma y metía la llave en la cerradura.

Havers inspiró profundamente y le dedicó la más exasperante de las sonrisas provocada por el placer de fumar.

–Escúchale –dijo mirando al cielo–. Es posible que exista algo más odioso que un ex fumador, pero no sabría decirte qué puede ser. ¿Algún aficionado a la pornografía infantil que se convierte al cristianismo el día que lo arrestan? ¿Un conservador con conciencia social, tal vez? Humm. No, no es lo mismo.

Lynley soltó una risita y le sugirió:

–Apágalo antes de entrar, agente.

–Nunca se me habría ocurrido entrar con el cigarrillo. –Lanzó el cigarrillo por encima del hombro después de haberle dado tres caladas.

Linley abrió la puerta y les recibió una sala de estar. Parecía tan grande como un carro de la compra, y estaba amueblada con una simplicidad casi monástica y con el característico gusto de los que compran lo peor de las tiendas de segunda mano.

–¡Y yo que creía que había conseguido tener el piso más gris del mundo! –comentó Havers.

Lynley pensó que era una buena descripción. Los muebles eran de la época de la posguerra, hechos, por lo tanto, en un momento en que la reconstrucción de todo lo que había sido destruido por las bombas era mucho más importante que la decoración de interiores. Contra una pared había un raído sofá gris junto a un sillón a juego de un color igualmente repugnante. Formaban una pequeña zona de descanso alrededor de una mesa auxiliar de madera clara que tenía las esquinas rotas y que alguien había intentado arreglar sin éxito. A las tres lámparas que había en la sala se le habían caído las borlas de la pantalla; dos de ellas estaban torcidas y la tercera tenía una gran quemadura que podría haber estado de cara a la pared pero que no lo estaba. Nada decoraba las paredes, a excepción de una gran lámina sobre el sofá: representaba un niño poco agraciado de la época victoriana que estrechaba un conejo entre sus brazos. A ambos lados de la diminuta chimenea había libros en unas estanterías empotradas, pero estaban muy desordenados y daba la impresión de que alguien se hubiera llevado unos cuantos.

–No cabe duda de que era pobre como una rata –dijo Havers después de inspeccionar la sala.

Lynley se percató de que Havers –con las manos enfundadas en unos guantes de látex– ojeaba las revistas de la mesa auxiliar y las desparramaba; incluso Lynley desde las estanterías cayó en la cuenta de que todas ellas tenían unas portadas que indicaban que llevaban allí muchos años.

Havers entró en la cocina que había detrás de la sala de estar mientras Lynley examinaba las estanterías.

–¡He encontrado un aparato moderno! –gritó Havers–. ¡Tiene contestador automático, inspector! La luz parpadea.

–Ponlo en marcha –le dijo Lynley.

La primera voz incorpórea sonó en la cocina mientras Lynley se sacaba las gafas del bolsillo de la chaqueta para examinar de cerca los pocos libros que quedaban en las estanterías empotradas.

Una voz grave y sonora de hombre dijo: «Eugenie. Soy Ian –en el momento en que Lynley cogía un libro titulado *La pequeña flor* y lo abría para darse cuenta de que se trataba de la biografía de una santa católica llamada Teresa: una mujer francesa, procedente de una familia con muchas hijas, una monja de clausura, sufrió una muerte temprana de lo que sea que se muere uno al vivir en una celda sin calefacción en Francia en pleno invierno–. Siento habernos peleado –proseguía la voz desde la cocina–. Me llamarás, ¿verdad? Hazlo, por favor. Llevo el móvil», a lo que seguía un número de teléfono con un prefijo reconocible.

–Ya lo tengo –gritó Havers desde la cocina.

–Es un número Cellnet –dijo Lynley mientras cogía el siguiente libro y una voz, esta vez de mujer, dejaba su mensaje: «Eugenie, soy Lynn. Muchas gracias por la llamada, querida. Cuando llamaste había salido a dar un paseo. Fue muy amable por tu parte. En realidad, no esperaba que... Bien. Sí. De momento hago lo que puedo. Gracias por preguntar. Si me llamas, te lo contaré. Pero supongo que sabes por lo que estoy pasando».

Lynley cayó en la cuenta de que se trataba de otra biografía. Ésta era de una santa llamada Clara, una discípula de la primera época de san Francisco de Asís, que regaló todas sus posesiones, fundó una orden de monjas, vivió una vida de castidad y murió en la pobreza. Cogió un tercer libro.

«Eugenie –otra voz de hombre llegaba desde la cocina, pero ésta sonaba turbada y obviamente conocía muy bien a la mujer muerta, ya que no dijo de quién se trataba–. Necesito hablar contigo. He tenido que volver a llamar. Sé que estás ahí, así que haz el favor de contestar el teléfono... Eugenie, coge el maldito teléfono... –un suspiro–: ¿De verdad piensas que estoy satisfecho de cómo han ido las cosas? ¿Cómo podría estarlo? Ponte al teléfono, Eugenie... –un silencio fue seguido de otro suspiro–. Muy bien. De acuerdo. Si es eso lo que quieres... olvidarnos del pasado y continuar como si nada. Yo haré lo mismo», se oyó que colgaban el teléfono.

–Parece algo por donde empezar –dijo Barbara a gritos.

–Marca 1471 al final de los mensajes y reza para que tengamos suerte.

El tercer libro era la vida detallada de santa Teresa de Ávila, y una rápida ojeada a la portada le sirvió para ver que iba de lo mismo: conventos, pobreza y una muerte desagradable. Lynley lo leyó y frunció el ceño con seriedad.

Otra voz de hombre –que tampoco dijo su nombre– empezó a oírse desde el contestador automático de la cocina. «¡Hola, querida! ¿Aún estás durmiendo o ya has salido? Te llamo por lo de esta noche. ¿A qué hora quedamos? Si te va bien, traeré una botella de vino tino. Llámame... Tengo muchas ganas de verte, Eugenie.»

–¡Debe de ser él! –exclamó Havers–. ¿Tienes los dedos cruzados, inspector?

–Metafóricamente –contestó al tiempo que Havers marcaba 1471 para averiguar quién había llamado por última vez a casa de Eugenie Davies.

Mientras lo hacía, Lynley vio que todos los demás libros de las estanterías también eran biografías de santas católicas, todas mujeres. Ninguna había sido publicada recientemente, y casi todas tenían, como mínimo, treinta años; incluso había algunas que habían sido publicadas antes de la Segunda Guerra Mundial. Once libros tenían el nombre de *Eugenie Victoria Staines* escrito en las hojas de guarda con una letra juvenil; cuatro tenían el sello del *Convento de la Inmaculada Concepción*, y otros cinco tenían la inscripción *A Eugenie, con cariño, de Cecilia*. De uno de este último grupo de libros –la vida de alguien llamada santa Rita– cayó un pequeño sobre. No había ni matasellos ni dirección, tan sólo una hoja de papel fechada hacía diecinueve años y escrita con una letra muy bonita:

Estimada Eugenie:

Debes hacer un esfuerzo por no caer en la desesperación. Nadie puede entender los caminos del Señor. Lo único que podemos hacer es pasar las pruebas que Él ha escogido para nosotros, con la certeza de que siempre hay un propósito tras ellas aunque ahora no lo entendamos. Pero tarde o temprano, estimada amiga, lo comprenderemos. Debes creerlo. Te echamos mucho de menos en las misas matinales y confiamos volver a verte pronto. Con el amor de Cristo y el mío, Eugenie,

CECILIA

Lynley volvió a poner la hoja de papel dentro del sobre y cerró el libro de golpe.

–Convento de la Inmaculada Concepción, Havers –gritó.

–¿Me estás sugiriendo que debería cambiar de vida, señor?

–Sólo si te apetece. De momento, apunta el nombre para buscar la dirección del convento. Queremos ver a alguien que se llama Cecilia y, si aún sigue viva, creo que la encontraremos allí.

–De acuerdo.

Lynley se unió a ella en la cocina. La simplicidad de la sala de estar se repetía allí. Por la apariencia de las cosas, bien podría decirse que la cocina no había sido renovada en muchas generaciones, y el único electrodoméstico que podría calificarse de moderno era la nevera, a pesar de que debía de tener unos quince años.

El contestador automático estaba encima de una estrecha encimera de madera. A un lado había un soporte de cartón piedra que contenía varios sobres. Lynley los cogió mientras Havers se dirigía hacia una pequeña mesa y dos sillas que estaban apoyadas en una de las paredes. A Lynley le llamó la atención que la mesa no estuviera dispuesta para comer, sino para algo parecido a una exposición: tres hileras rectas de cuatro fotografías enmarcadas estaban sobre la mesa como si esperaran pasar una inspección. Con los sobres en la mano, Lynley se acercó a Havers y le preguntó:

–¿Crees que son sus hijos?

Todas las fotografías eran de las mismas personas: dos niños que eran cada vez más mayores en las fotografías. Empezaban con un niño pequeño –de unos cinco o seis años de edad– que sostenía a un bebé que en las siguientes fotografías resultaba ser una niña pequeña. De la primera a la última, el niño parecía impaciente por agradar, los ojos abiertos y una sonrisa tan amplia y ansiosa que no había ni un solo diente que no estuviera a la vista. La niña pequeña, en cambio, ni siquiera parecía darse cuenta de que la estaba enfocando una cámara. Miraba a la derecha y a la izquierda, hacia arriba y hacia abajo. Una sola vez, en la que su hermano le acariciaba la mejilla, alguien consiguió hacerla mirar a la cámara.

–¿No ves nada extraño en esa niña? –preguntó Havers con su brusquedad habitual–. Es la niña que murió, ¿no es verdad? La niña de la que le habló el inspector. Es ella, ¿verdad?

–Necesitaremos que nos lo confirme alguien –respondió–. Podría ser otra persona. Una sobrina o una nieta.

–Pero ¿tú qué crees?

–Creo que tienes, razón –contestó–. Creo que es la niña que murió.

«Que se ahogó –pensó–, que se ahogó en lo que podría haber parecido un simple accidente pero que se convirtió en algo mucho más grave.»

Debían de haber hecho la fotografía poco antes de que muriera. Webberly le había contado que la niña había muerto cuando tenía dos años, pero a Lynley no le pareció mucho menor que eso en la fotografía. Sin embargo, mientras examinaba la fotografía, Lynley cayó en la cuenta de que Webberly no se lo había contado todo.

Sentía cómo subía la guardia y cómo crecían sus sospechas.

No le gustó ninguna de esas dos sensaciones.

5

El comandante Ted Wiley no estaba pensando en la policía precisamente cuando el Bentley plateado aparcó delante de su librería. Estaba junto a la caja registradora, cobrando a una joven ama de casa que llevaba un bebé dormido en un cochecito. En vez de fijarse en la presencia de un coche lujoso en Friday Street en una época del año en que no se celebraban regatas, se dedicó a darle conversación a la joven mamá. Había comprado cuatro libros de Roald Dahl y, como estaba claro que ella no los iba a leer, supuso que era una de los pocas madres modernas que comprendían la importancia de animar a los niños a leer. Ése, además de los malignos peligros del tabaco, era uno de los temas de conversación favoritos de Ted. Él y su mujer les habían leído a sus tres hijas –tampoco es que hubiera habido una amplia gama de actividades nocturnas para niños en aquella época en Rodesia–, pero a él le gustaba pensar que el hecho de que él y Connie las hubieran introducido al mundo de la lectura a una edad tan temprana había tenido como consecuencia que respetaran la palabra escrita y que hubieran decidido ir a universidades de primera categoría.

Así pues, ver a una joven madre cargada de libros infantiles era algo que le complacía. Quería saber si a ella le habían leído de pequeña. ¿Cuáles eran sus favoritos? ¿No era extraordinaria la rapidez con la que los niños se aficionaban a una historia que les habían leído y que además quisieran que se la repitieran una y otra vez?

Por lo tanto, Ted sólo vio el Bentley por el rabillo del ojo. Se limitó a pensar que tenía un buen motor. Cuando los ocupantes salieron del coche y se dirigieron hacia casa de Eugenie Davies, él se despidió con amabilidad de su clienta y se acercó a la ventana para observarlos.

Formaban una extraña pareja. El hombre era alto, de constitución atlética, rubio y admirablemente vestido con uno de esos trajes que, al igual que el buen vino, mejoran con el tiempo. Su compañera llevaba zapatillas rojas, pantalones negros y una enorme chaqueta de lana azul marino que le llegaba hasta las rodillas. La mujer se encendió un cigarrillo tan pronto como salió del coche, lo que provocó que Ted hiciera una mueca de desaprobación –estaba convencido de que los fabricantes de tabaco del mundo entero arderían eternamente en una sección del infierno especialmente diseñada para ellos–, pero el hombre se dirigió de inmediato hacia la puerta de Eugenie.

Ted esperó a que llamara a la puerta, pero no lo hizo. Mientras su compañera chupaba el cigarrillo como si su vida dependiera de ello, el hombre examinó un objeto que llevaba en la mano y que resultó ser la llave de la puerta principal de Eugenie, ya que la introdujo en la cerradura y, después de hacerle un comentario a su compañera, ambos entraron en la casa.

Al verlo, Ted se quedó paralizado de pies a cabeza. Primero ese extraño a la una de la madrugada, después el encuentro de la noche anterior entre Eugenie y ese mismo hombre en el aparcamiento, y ahora esos dos desconocidos que tenían la llave de su casa... Ted sabía que tenía que ir hacia allí enseguida.

Echó un vistazo alrededor de la tienda para ver si alguien tenía intención de comprar. Había dos posibles clientes: el viejo señor Horsham –a Ted le gustaba llamarle *viejo* porque para él era un alivio que hubiera alguien activo que fuera mucho mayor que él– había sacado un tomo sobre Egipto de la estantería, y parecía estar pesándolo en vez de examinándolo. La señora Dilday estaba, como de costumbre, leyendo otro capítulo de un libro que no tenía ninguna intención de comprar. Parte de su ritual diario consistía en escoger un libro de éxito, llevarlo como quien no quiere la cosa a la parte trasera de la librería –donde estaban los sillones–, leer uno o dos capítulos, marcar hasta donde había leído con el recibo de la compra y esconder el libro entre volúmenes de segunda mano de Salman Rushdie, donde nadie se daría cuenta a juzgar por los gustos del ciudadano medio de Henley.

Durante casi veinte minutos, Ted esperó a que esos dos clientes potenciales salieran de la tienda y así poder inventar una excusa para poder ir al otro lado de la calle. Cuando por fin el viejo Horsham le compró el libro de Egipto por una suma considerable de dinero, le dijo: «Estuve allí durante la guerra», mientras le entregaba dos billetes de veinte libras que sacó de una cartera que parecía lo bastante vieja para haber presenciado la guerra con él; después Ted depositó sus esperanzas en la señora Dilday. No obstante, se dio cuenta de que con ella sería inútil. Estaba cómodamente instalada en su sillón favorito y además se había traído un termo de té. Se servía el té y se lo bebía, y leía con la misma tranquilidad que si estuviera en su propia casa.

Ted deseaba decirle que las librerías públicas tenían una razón de ser. Pero en vez de eso se dedicó a observarla, a mandarle mensajes mentales para que se fuera de inmediato, y a mirar por la ventana para ver si veía algún indicio que pudiera indicarle quién era la gente que estaba en casa de Eugenie.

Mientras estaba visualizando que la señora Dilday le compraba la novela y salía de su tienda para leerla, sonó el teléfono. Sin apartar la mirada de casa de Eugenie, Ted tanteó el teléfono en busca del auricular y lo contestó al quinto timbre.

–Librería Wiley's –dijo.

–¿Con quién hablo, por favor? –preguntó una mujer.

–Con el comandante Ted Wiley. Retirado. ¿Quién llama?

–¿Es usted la única persona que utiliza esta línea, señor?

–¿Cómo...? ¿Llaman desde la telefónica? ¿Hay algún problema?

–Su número de teléfono consta en el registro del 1471 como la última llamada que se realizó a la casa desde la que estoy llamando. Pertenece a una mujer llamada Eugenie Davies.

–Así es. La he llamado esta mañana –respondió Ted, intentando mantener un tono de voz lo más calmado posible–. Hemos quedado para cenar juntos esta noche. –Después, aunque ya se imaginaba la respuesta, se vio obligado a preguntar–: ¿Ha sucedido algo? ¿Algo va mal? ¿Quién es usted?

La mujer tapó el auricular al otro lado de la línea mientras le preguntaba algo a otra persona de la habitación.

–Soy una agente del Departamento Metropolitano de Policía, señor.

Metropolitano... eso significaba Londres. De repente, Ted se lo imaginó de nuevo: Eugenie conduciendo hacia Londres la noche anterior con la lluvia cayendo con fuerza sobre el techo del Polo y el agua de los neumáticos formando arcos sobre la carretera.

Con todo, preguntó:

–¿Del Departamento de Policía de Londres?

–Correcto –le respondió la mujer–. ¿Dónde se encuentra ahora, señor?

–Delante de la casa de Eugenie. Tengo una librería...

Otra consulta. Después le preguntó:

–¿Le importaría venir hasta aquí, señor? Nos gustaría hacerle una o dos preguntas.

–¿Le ha sucedido...? –Ted apenas tenía fuerzas para pronunciar las palabras, pero tenía que hacerlo. Además, seguro que la policía esperaría oírlas–. ¿Le ha sucedido algo a Eugenie?

–Si le resulta más fácil, podemos pasar por la librería.

–No, no. Estaré allí dentro de un minuto. Primero tengo que cerrar, pero...

–De acuerdo, comandante Wiley. Aún estaremos aquí un buen rato.

Ted se encaminó hacia la parte de atrás y le dijo a la señora Dilday que una emergencia le obligaba a cerrar la librería durante unos momentos.

–¡Santo Cielo! Espero que no sea su madre –le dijo, ya que ésa era la emergencia más lógica: la muerte de su madre, a pesar de que a sus ochenta y nueve años no había empezado a practicar boxeo porque había sufrido una apoplejía.

–No, no, lo único que pasa es que me tengo que ocupar de unos asuntos...

Se lo quedó mirando fijamente, pero aceptó esa excusa tan imprecisa. Nervioso a más no poder, Ted esperó a que se acabara el té, a que se pusiera el abrigo de lana y los guantes y –sin la menor intención de ocultar sus acciones– a que colocara la novela que estaba leyendo detrás de una edición de *Los Versos Satánicos*.

Cuando por fin se hubo marchado, Ted subió las escaleras a toda prisa para ir a su casa. Se percató de que el corazón le latía con violencia y de que se sentía un poco mareado. Esa sensación de mareo le hizo oír voces; eran tan reales que sin siquiera pensarlo se dio la vuelta, anticipando una presencia que no estaba allí.

Primero oyó de nuevo la voz de la mujer: «Departamento Metropolitano de Policía. Nos gustaría hacerle una o dos preguntas...». Después a Eugenie: «Mañana hablaremos. ¡Tengo tantas cosas que contarte!». Y luego, sin motivo, los susurros de Connie procedentes de la mismísima tumba; Connie, que le conocía como nadie lo había llegado a conocer: «Eres un buen partido para cualquier persona que esté viva, Ted Wiley».

«¿Por qué ahora? –se preguntó–. ¿Por qué Connie me habla ahora?»

Pero no hubo respuesta, sólo la pregunta. Y también lo que tenía que oír y afrontar al otro lado de la calle.

Mientras Lynley examinaba las cartas que había cogido del soporte de cartón piedra, Barbara Havers subió por la escalera más estrecha que jamás hubiera visto, y que conducía a la primera planta de una diminuta casa. Dos dormitorios muy pequeños y un cuarto de baño anticuado daban a un rellano que no era mucho más grande que la cabeza de un alfiler. Ambas habitaciones tenían la misma simplicidad monástica rayana en la pobreza que empezaba en la sala de estar. La primera habitación tenía tres muebles: una cama individual cubierta por una sencilla colcha, una cómoda y una mesita de noche en la que había otra lámpara sin pantalla. La segunda habitación había sido convertida en una sala de coser y tenía, aparte de un contestador automático, el único aparato remotamente moderno de todo el edificio: una máquina de coser nueva, junto a la que había un considerable montón de ropa diminuta. Barbara la inspeccionó y vio que se trataba de ropa de muñecas, diseñada primorosamente y con muchos detalles que iban desde bordados hasta pieles falsas. No había ninguna muñeca en la sala de coser ni tampoco en la habitación contigua.

Barbara inspeccionó primero la cómoda, donde encontró lo que le pareció una humilde cantidad de prendas, a pesar de que ella tampoco estaba muy interesada en la ropa: bragas raídas, sujetadores igualmente gastados, unos cuantos jerséis y una pequeña colección de medias. No había ningún armario en el dormitorio; por lo tanto, los pocos pantalones, faldas y vestidos que la mujer había tenido estaban cuidadosamente doblados en uno de los cajones de la cómoda.

Entre los pantalones y las faldas, en la parte trasera del cajón, Barbara vio un fardo de cartas. Las sacó, quitó la goma elástica, las colocó sobre la cama individual y vio que todas habían sido escritas con la misma letra. Al verla, parpadeó. Tardó un momento en comprender que, de hecho, reconocía esos garabatos firmes y oscuros.

Los sobres tenían matasellos que se remontaban diecisiete años atrás. Cayó en la cuenta de que el más reciente había sido mandado hacía más de diez años. Lo cogió y sacó el contenido.

La llamaba «Eugenie, cariño mío». Le decía que no sabía por dónde empezar. Le decía todas esas cosas que suelen decir los hombres cuando reivindican la decisión que siempre han considerado cierta: ella nunca debía cuestionar que la amaba más que a su vida; que debía saber, recordar y albergar en su corazón el hecho de que las horas que habían pasado juntos le habían hecho sentir vivo

–maravillosamente y verdaderamente vivo, cariño mío– por primera vez en muchos años; en realidad, el tacto de su piel bajo sus dedos había sido como seda líquida extendida a la velocidad del rayo...

Al leer esas frases de estilo tan hinchado, Barbara se quedó con los ojos en blanco. Dejó la carta y se detuvo un momento para reaccionar y, más importante aún, para entender lo que implicaba. «¿Deberías seguir leyendo, Barb?», se preguntó. Si seguía leyendo, tendría la sensación de hacer algo incorrecto. Si no lo hacía, creería estar actuando de modo poco profesional.

Cogió la carta de nuevo. Le contaba que había regresado a casa con la intención de contárselo todo a su mujer. Le había faltado valor en el momento de la verdad –Barbara se estremeció al ver que intentaba copiar a Shakespeare– y pensaba en ella constantemente para que le diera fuerzas para propinar un golpe mortal a una mujer buena y decente. Pero la había encontrado enferma, querida Eugenie, enferma de tal manera que no se lo podía explicar en una simple carta, pero que se lo explicaría, que se lo contaría con todo detalle cuando se vieran al día siguiente. Que eso no quería decir que al final no iban a estar juntos, Eugenie cariño mío. Que tampoco quería decir que no tenían futuro. Sobre todo, que no quería decir que todo lo que había pasado entre ellos no tenía ninguna importancia, ya que ése no era el caso.

Había finalizado con un: «Espérame, te lo suplico. Vendré a ti, cariño». Y lo había firmado con el garabato que Barbara había visto durante tantos años en notas, postales de Navidades, cartas de departamento e informes.

Como mínimo ahora ya sabía lo que se había celebrado en la fiesta de Webberly, pensó mientras volvía a meter la carta dentro del sobre. Toda esa alegría para conmemorar veinticinco años de engaños.

–¿Havers? –Lynley estaba junto a la puerta, con las gafas deslizándose sobre la nariz y con una tarjeta de felicitación en la mano–. Aquí hay algo que encaja con uno de los mensajes telefónicos. ¿Qué has encontrado?

–Intercambiémoslo –le sugirió, y le entregó el sobre a cambio de lo que él tenía.

La tarjeta era de alguien llamado Lynn; el sobre tenía matasellos de Londres, pero no había remite. El mensaje era simple:

> Muchísimas gracias por la ofrenda floral, estimada Eugenie, y por tu presencia, que significó mucho para mí. La vida sigue, ya lo sé, pero, evidentemente, nunca será lo mismo.
>
> Con cariño,
>
> LYNN

Barbara se fijó en la fecha: había pasado una semana. Estaba de acuerdo con Lynley. Por el tema del que hablaba, parecía la misma mujer que había dejado un mensaje en el contestador.

–¡Maldita sea! –Ésa fue la reacción de Lynley ante la carta que Barbara le acababa de entregar. Señaló las otras cartas que estaban encima de la cama de Eugenie Davies–. ¿Y ésas?

–Todas son de él, inspector, o por lo menos los sobres están escritos por él.

Barbara observó la serie de reacciones que cruzaron el rostro de Lynley. Sabía que su superior y ella debían de estar pensando lo mismo: ¿Sabía Webberly que esas cartas –tan comprometedoras y potencialmente peligrosas para él– estaban en casa de Eugenie Davies? ¿Había temido o se había imaginado que estarían allí? Y, en cualquier caso, ¿lo había dispuesto todo para que Lynley –y por extensión Havers– trabajaran en el caso para poder intervenir si las circunstancias lo requerían?

–¿Crees que Leach sabe algo de las cartas? –preguntó Barbara.

–Llamó a Webberly tan pronto como encontraron el carné de identidad de Eugenie. A la una de la mañana, Havers. ¿Qué le hace pensar?

–Y nos ha ordenado precisamente a nosotros que vengamos a Henley. –Barbara cogió la carta que Lynley le devolvía–. Entonces, ¿qué deberíamos hacer, señor?

Lynley se dirigió hacia la ventana. Barbara le observó mientras él contemplaba la calle. Esperaba que le diera una respuesta oficial. Su pregunta había sido puro trámite.

–Nos las llevaremos –contestó.

Barbara se puso en pie y dijo:

–De acuerdo. Tiene bolsas para guardar pruebas en el maletero, ¿no es verdad? Iré a buscarlas...

–De ese modo no –replicó Lynley.

–¿Qué? –preguntó Barbara–. Pero si acabas de decir que...

–Sí, que nos las llevaremos. –Se dio la vuelta y siguió mirando por la ventana.

Barbara se lo quedó mirando. No quería pensar lo que le estaba sugiriendo. «Nos las llevaremos.» En ningún momento había dicho que las pondrían en bolsas y que las presentarían como pruebas. Ni que tuviera cuidado con ellas. Ni que las entregarían al equipo forense para encontrar posibles huellas, las huellas de alguien que podría haberlas encontrado, leído, haberse consumido de celos a pesar de los años que habían pasado, alguien que habría querido vengarse...

–Un momento, inspector –replicó–. ¿Me estás intentando decir...?

Pero fue incapaz de finalizar la frase.

En el piso de abajo, alguien llamaba a la puerta.

Lynley abrió la puerta y se encontró con un caballero mayor, ataviado con una chaqueta impermeabilizada y una gorra con visera; tenía las manos en los bolsillos. Su rubicundo rostro estaba repleto de marcas de vasos capilares rotos y tenía la nariz de ese color rosáceo que suele volverse morado con el paso de los años. Pero fueron los ojos lo que más le llamaron la atención a Lynley. Eran azules, intensos y desconfiados.

Se presentó como el comandante Ted Wiley, retirado del ejército.

–Alguien de la policía... Supongo que usted debe de ser uno de ellos. Recibí una llamada...

Lynley le pidió que entrara. Se presentó y después presentó a Havers, que bajaba por las escaleras a medida que Wiley se movía con desconfianza por la sala. El caballero miró a su alrededor, observó las escaleras y después alzó los ojos hacia el techo como si estuviera dispuesto a averiguar qué había estado haciendo Barbara Havers en el piso de arriba o qué había encontrado.

–¿Qué ha sucedido? –Wiley no se quitó ni el gorro ni la chaqueta.

–¿Es amigo de la señora Davies? –preguntó Lynley.

El hombre no respondió de inmediato. Parecía estar decidiendo qué quería decir la palabra *amigo* con respecto a su relación con Eugenie Davies. Al final, mirando a Lynley, a Havers y de nuevo a Lynley, dijo:

–Debe de haberle pasado algo; si no fuera así, no estarían aquí.

–Fue usted el que dejó el último mensaje en el contestador, ¿verdad? ¿Era usted el hombre que hablaba de lo que iban a hacer esta noche? –preguntó Barbara desde las escaleras.

–Habíamos... –Wiley pareció darse cuenta de que hablaba en pasado y cambió de tiempo–. Hemos quedado para cenar juntos esta noche. Me dijo que... Usted es del Departamento de Policía de Londres y ella fue allí ayer por la noche. Seguro que le ha sucedido algo. Por favor, dígamelo.

–Siéntese, comandante Wiley –le sugirió Lynley. El hombre no parecía débil, pero como no sabía si sufría del corazón o si tenía la tensión alta, decidió no correr riesgos con alguien al que le tenía que dar una mala noticia.

–Ayer por la noche llovió mucho –afirmó Wiley, más para sí mismo que para Lynley o Havers–. Le dije que no debería conducir bajo la lluvia. Y menos de noche. Conducir de noche ya es bastante peligroso, pero si llueve es mucho peor.

Havers recorrió los pocos centímetros que le separaban de Wiley y le cogió del brazo.

–Siéntese, comandante –insistió.

–¿Es grave? –preguntó.

–Me temo que sí –respondió Lynley.

–¿En la autopista? Le dije que fuera con cuidado. Me dijo que no me preocupara y que ya hablaríamos. Esta misma noche. Tenía ganas de hablar. –No les hablaba a ellos, sino a la mesa auxiliar que había delante del sofá en el que Havers le había obligado a sentarse. Se sentó junto a él, en uno de los extremos.

Lynley, sentado en el sillón, le dijo poco a poco:

–Siento decirle que Eugenie Davies murió ayer por la noche.

Wiley movió la cabeza hacia Lynley con un movimiento que parecía de cámara lenta.

–La autopista –repitió–. La lluvia. Yo no quería que fuera.

Por el momento, Lynley no le negó que había tenido un accidente de coche. Las noticias de la mañana de la BBC habían contado que había habido un caso de atropellamiento y fuga, pero no habían mencionado el nombre de Eugenie Davies porque en ese momento el cadáver aún no había sido identificado y aún se tenía que avisar a los familiares.

–Entonces, ¿se marchó de noche? –le preguntó Lynley–. ¿Qué hora era?

–Creo que las nueve y media –respondió Wiley como un autómata–. Quizá las diez. Veníamos paseando desde St. Mary the Virgin...

–¿De la misa de la tarde? –Havers había sacado la libreta y estaba apuntando toda la información.

–No, no –contestó Wiley–. No había misa. Ella había ido para... rezar. De hecho, no sé el motivo... –En ese momento se quitó la gorra, como si se encontrara en la iglesia. La sostuvo con ambas manos–. No entré con ella, ya que iba con mi perro. Con *BP*, así se llama. La esperamos en el patio de la iglesia.

–¿Bajo la lluvia? –preguntó Lynley.

Wiley retorció la gorra con las manos y respondió:

–A los perros no les importa la lluvia. Y era la hora de su último paseo. El último paseo de *BP*.

–¿Podría decirnos por qué tenía que ir a Londres? –le preguntó Lynley.

Wiley, que retorcía la gorra de nuevo, respondió:

–Me dijo que tenía una cita.

–¿Con quién? ¿Dónde?

–No lo sé. Me aseguró que hablaríamos hoy por la noche.

–¿Sobre la cita?

–No lo sé. Por el amor de Dios, no lo sé. –Se le quebró la voz, pero Ted Wiley no había estado en el ejército en balde; por lo tanto, en un instante recuperó el control de sí mismo–. ¿Cómo sucedió? ¿Dónde? ¿Perdió el control del coche? ¿Chocó contra un camión?

Lynley se lo explicó, pero sólo dándole los detalles necesarios para que supiera dónde y cómo había muerto. En ningún momento usó la palabra *asesinato*. Wiley tampoco les interrumpió para preguntarles por qué la policía de Londres estaba registrando las pertenencias de una mujer que, en realidad, sólo había sido víctima de un simple caso de atropellamiento y fuga.

No obstante, un momento después de que Lynley acabara su explicación, Wiley lo comprendió. Pareció darse cuenta de repente de que cuando él llegó, Havers estaba bajando las escaleras con las manos enfundadas con guantes de látex. Lo relacionó con el hecho de que hubieran llamado al 1471 desde el teléfono de Eugenie. También pensó en lo que le habían dicho sobre el contestador automático de Eugenie.

–Es imposible que haya sido un accidente –aseguró–. Porque, ¿qué necesidad tendrían ustedes dos de venir desde Londres...? –Sus ojos se posaron en otra cosa, tal vez en alguien, una visión en la distancia que pareció forzarle a decir–: El tipo del aparcamiento ayer por la noche. No es ningún accidente, ¿verdad? –Después se puso en pie.

Havers también se levantó y le instó a que se sentara de nuevo. Colaboró, pero algo había cambiado en él, como si un propósito desconocido hubiera empezado a consumirle. Pasó de retorcer la gorra a golpearla contra la palma de la mano. Como si estuviera dando órdenes a un subordinado, dijo:

–Cuénteme lo que le sucedió a Eugenie.

No parecía que hubiera mucho riesgo de que sufriera un ataque al corazón o una apoplejía; por lo tanto, Lynley le contó que él y Havers trabajaban para el Departamento de Homicidios, y dejaron que él sacara sus propias conclusiones.

–Cuéntenos lo del hombre del aparcamiento –le instó Lynley. Wiley lo hizo sin vacilar.

Había ido paseando hasta el Club de Mayores de 60 Años, donde trabajaba Eugenie. Fue a buscar a Eugenie con *BP* para acompañarla a casa bajo la lluvia. Cuando llegó allí, vio que estaba discutiendo con un hombre. No era un hombre del pueblo, era de Brighton.

–¿Se lo contó ella misma? –le preguntó Lynley.

Wiley negó con la cabeza. Había conseguido divisar la matrícula mientras el coche se alejaba a toda velocidad. Había sido incapaz de verla entera, pero había visto las letras: ADY.

–Estaba preocupado por ella, ya que hacía días que se comportaba de un modo muy extraño. Por lo tanto, consulté las letras en la guía de matrículas. Averigüé que ADY pertenece a Brighton. Era un Audi, azul marino u oscuro. Era muy difícil de ver en la oscuridad.

–¿Suele tener la guía a mano? –le preguntó Havers–. Me refiero a la guía de matrículas. ¿Es uno de sus pasatiempos o algo así?

–Está en la librería, en la sección de viajes. Vendo algún ejemplar de vez en cuando. Normalmente la compra gente que les quiere dar a sus hijos algo con lo que entretenerse en el coche, o cosas de ese estilo.

–¡Ajá!

Lynley sabía lo que significaba un *ajá* de Havers. Observaba a Wiley con curiosidad.

–¿Intercedió en el altercado que se produjo entre la señora Davies y ese hombre, señor Wiley?

–Llegué al aparcamiento al final de la discusión. Sólo alcancé a oír unas cuantas palabras que él gritaba. Entró en el coche y se alejó antes de que yo tuviera tiempo de decir nada. Eso es lo que pasó.

–Según la señora Davies, ¿quién era ese hombre?

–No se lo pregunté.

Lynley y Havers intercambiaron una mirada.

–¿Por qué no? –le preguntó Havers.

–Como ya les he dicho, hacía unos cuantos días que se comportaba de una forma muy rara. Supuse que algo le rondaba por la cabeza y... –Wiley volvió los ojos hacia la gorra y pareció sorprendido de ver que aún estaba en sus manos. Se la metió en el bolsillo–. No me gusta entrometerme en lo ajeno. Decidí esperar a que ella me contara lo que fuera que deseara explicarme.

–¿Había visto a ese hombre con anterioridad?

Wiley les contestó que no, que no conocía a ese hombre. Que no lo había visto antes y que era incapaz de reconocerlo, pero que si querían una descripción, podría dársela, ya que lo había observado con atención. Cuando ellos le respondieron que la querían, él se la dio: edad aproximada, altura, pelo cano, una gran nariz de halcón.

–La llamó por su nombre –concluyó Wiley–. Se conocían. –Eso era lo que él suponía a partir de lo que había visto en el aparcamiento: Eugenie le había acariciado el rostro, pero él le había apartado la mano.

–Con todo, no le preguntó quién era –apuntó Lynley–. ¿Por qué, comandante Wiley?

–De algún modo, me pareció... demasiado personal. Pensé que me lo diría cuando estuviera preparada. Si es que él tenía alguna importancia.

–Le dijo que tenía algo que contarle, ¿no es verdad? –le preguntó Havers.

Wiley asintió con la cabeza, exhaló aire poco a poco y contestó:

–Así es. Me dijo que me confesaría sus pecados.

–Pecados –repitió Havers.

Lynley se inclinó hacia delante y no llegó a ver la significativa mirada que le estaba lanzando Havers.

–¿Podemos deducir de todo esto que usted y la señora Davies tenían una relación íntima, comandante Wiley? ¿Eran amigos? ¿Amantes? ¿Prometidos?

Wiley pareció sentirse incómodo con la pregunta. Cambió de posición en el sofá y declaró:

–Hacía tres años que nos veíamos con regularidad. Quería ser respetuoso con ella, a diferencia de esos tipos de hoy en día que sólo piensan en una cosa. Estaba dispuesto a esperar. Finalmente me dijo que estaba preparada, pero que antes quería hablar conmigo.

–Y eso es lo que se supone que iba a suceder esta noche –concluyó Havers–. Ésa es la razón por la que la llamó.

Así era.

Lynley le pidió que les acompañara a la cocina. Le dijo que había otras voces en el contestador de Eugenie Davies, y ya que el comandante Ted Wiley llevaba más de tres años saliendo con la mujer muerta –al margen del tipo de relación que mantuvieran–, seguro que podría ayudarlos a identificarlas.

Una vez en la cocina, Wiley se quedó de pie junto a la mesa y observó las fotografías de los dos niños. Fue a coger una, pero se detuvo, ya que se imaginó que Lynley y Havers debían de llevar guantes por algún motivo. Mientras Havers preparaba el contestador automático para escuchar los mensajes de nuevo, Lynley le preguntó:

–¿Son los hijos de la señora Davies, comandante Wiley?

–Su hijo y su hija –respondió Wiley–. Sí, son sus hijos. Sonia murió hace unos cuantos años. Y el chico... no se veían. Hacía mucho tiempo que Eugenie y su hijo se habían distanciado. Parece ser que tuvieron algún tipo de discusión hace mucho tiempo. Nunca me hablaba de él, salvo para contarme que no se veían.

–¿Y de Sonia? ¿Le habló la señora Davies alguna vez de Sonia?

–Sólo me dijo que había muerto de pequeña, pero... –Wiley se aclaró la voz y se alejó de la mesa como si quisiera distanciarse de lo que estaba a punto de decir–. Bien, mírela. No es de extrañar que muriera tan joven. Suele... pasar.

Lynley frunció el ceño, sin entender por qué Wiley parecía desconocer un caso que apareció en todos los periódicos de aquella época.

–¿Se encontraba en este país hace veinte años, comandante Wiley?

–No, estaba... –Wiley pareció hacer un retroceso mental hacia el pasado, ordenando los años que había pasado en activo en el ejército. Dijo que entonces se encontraba en las islas Malvinas, pero luego dijo que de eso hacía más tiempo y que quizás estuviera en Rodesia o en lo que quedara de Rodesia...–. ¿Por qué?

–¿La señora Davies nunca le contó que Sonia fue asesinada?

Enmudecido, Wiley volvió a mirar las fotografías.

–No me contó... No me dijo nada de... No, ni siquiera... ¡Santo Cielo! –Se metió la mano en el bolsillo trasero y sacó un pañuelo, pero no lo usó–. Esta colección de fotografías no suele estar sobre la mesa, ¿saben? ¿Las han puesto ustedes aquí?

–Aquí es donde las encontramos –le informó Lynley.

–Deberían estar repartidas por toda la casa. En la sala de estar. En el piso de arriba. Aquí. Así es como estaban. –Sacó una de las dos sillas de debajo de la mesa y se dejó caer con pesadez.

En ese momento parecía bastante cansado, pero le hizo un gesto de asentimiento a Havers, que se encontraba junto al contestador automático.

Lynley observó al comandante mientras éste escuchaba los mensajes. Intentó adivinar la reacción que tendría Wiley cuando escuchara las voces de otros dos hombres en el contestador. Por el tono que usaban y por lo que decían era obvio que ambos tenían algún tipo de relación con Eugenie Davies. Pero si Wiley había llegado a esa misma conclusión y eso le había afligido, no se vio ningún indicio en un rostro que era demasiado rojizo para saber si se había sonrojado.

Al final de los mensajes, Lynley le preguntó:

–¿Ha reconocido a alguien?

–A Lynn –respondió–. Eugenie me lo contó. La hija de una amiga suya llamada Lynn se murió de repente, y ella asistió al funeral. Me dijo que cuando se enteró de que la niña había muerto, sabía cómo se sentiría Lynn y que quería darle el pésame.

–¿Cuándo se enteró de que había muerto? –preguntó Havers–. ¿Quién se lo dijo?

Wiley no lo sabía. No se le había ocurrido preguntárselo.

–Supongo que Lynn, sea quien sea esa mujer, la llamó por teléfono.

–¿Sabe dónde se celebró el funeral?

Negó con la cabeza y añadió:

–Se fue a pasar el día fuera.

–¿Cuándo fue?

–El martes pasado. Le pregunté si quería que la acompañara. Sabiendo cómo son los funerales, pensé que le gustaría ir acompañada. Pero me dijo que ella y Lynn tenían que hablar de ciertas cosas.

«Necesito verla», le había dicho. No sabía nada más.

–¿Que necesitaba verla? –preguntó Lynley–. ¿Fue eso lo que le dijo?

–Sí, eso fue exactamente lo que me dijo.

«Necesitaba –pensó Lynley–. No que quisiera verla, sino que necesitaba hacerlo.» Pensó en la palabra y en todo lo que implicaba. Sabía que la necesidad normalmente iba seguida de acción.

No obstante, ¿era ése el caso en esa cocina de Henley en la que, según parecía, colisionaban varias necesidades? Eugenie Davies había sentido la necesidad de confesarle sus pecados al comandante Wiley. Un hombre no identificado necesitaba hablar con Eugenie, tal y como oyeron en el contestador automático. Y Ted Wiley necesitaba... ¿qué era exactamente?

Lynley le pidió a Havers que volviera a poner los mensajes, y se preguntó si el ligero cambio de postura de Wiley –había colocado los brazos más cercanos al cuerpo– era un indicio de que estaba recuperando fuerzas. Mantuvo los ojos clavados en el comandante una vez más mientras esos dos hombres expresaban la necesidad de ver a Eugenie.

«He tenido que volver a llamar –declaró una voz–. Eugenie, necesito hablar contigo.»

Ahí estaba otra vez: la palabra *necesitar.* ¿Qué haría un hombre con una necesidad tan apremiante?

«Si pudieras, ¿cómo me lo harías?»

El Hombre Lengua leyó la pregunta de Mujer Fogosa sin su habitual deseo de gratificación. Hacía semanas que le daba vueltas a ese momento, a pesar de que en un principio se había equivocado al creer que estaría preparado para ella mucho antes de que para Bragas Cremosas. Eso demostraba que no se podían juzgar los resultados a partir de la habilidad de alguien en involucrarse en conversaciones cibernéticas sugerentes. Mujer Fogosa había empezado muy fuerte en el terreno de la descripción, pero se había desanimado con rapidez cuando las conversaciones habían pasado de girar en torno a polvos imaginarios entre celebridades (había demostrado una habilidad sorprendente al relatar un encuentro apasionado entre una estrella del rock con el pelo púrpura y el monarca de su país) a girar en torno a polvos imaginarios en los que ella participaba. En verdad, el Hombre Lengua había pensado durante cierto tiempo que la había perdido del todo, ya que la había forzado demasiado pronto y le había dicho demasiadas cosas. Incluso había contemplado la posibilidad de seguir con otra –Cómeme– y estaba a punto de hacerlo cuando Mujer Fogosa apareció de nuevo en el ciberespacio. Era evidente que había necesitado tiempo para pensar. Pero ahora sabía lo que quería. Así pues: «Si pudieras, ¿cómo me lo harías?».

Hombre Lengua pensó en la pregunta y cayó en la cuenta de que no le apasionaba la idea de tener otro encuentro intenso medio anónimo después del que había tenido. De todas maneras, estaba haciendo todo lo posible por olvidar ese último encuentro y todo lo que había sucedido a continuación: las luces intermitentes, las barreras que bloqueaban ambos lados de su calle, que la sospecha recayera sobre él, que confiscaran el Boxter –¡malditos policías!– para llevar a cabo una inspección policial. No obstante, decidió que lo había llevado bastante bien. Sí. Se había portado como un profesional.

Hombre Lengua pensó que los policías de Londres no estaban acostumbrados a encontrarse con gente que reaccionara de modo inteligente. En el mismo momento en que empezaban a hacer preguntas, esperaban que la gente se acobardara y lo aceptara todo sin protestar. Pensaban que Juan Ciudadano Medio, ansioso por demostrar que no tenía nada que ocultar, entraría de inmediato al coche patrulla y que dejaría que lo llevaran allí donde la policía quisiera. Por lo tanto, cuando la policía decía: «Tendríamos que hacerle unas cuantas preguntas. ¿Le importaría acompañarnos un momento a comisaría?», la mayoría de la gente asentía sin pensárselo dos veces, dando por sentado que debían tener cierta inmunidad ante un sistema legal en el que cualquiera con dos dedos de frente sabía que los no iniciados empezarían a ser tratados sin miramientos en menos de cinco minutos.

Sin embargo, Hombre Lengua era cualquier cosa salvo un miembro de los no iniciados. Sabía lo que podía suceder si uno cooperaba, y estaba convencido de que cumplir con los deberes de ciudadano era sinónimo de demostrar la propia inocencia. ¡Y unos cojones! Por lo tanto, cuando la policía le comunicó que habían encontrado su dirección dentro del coche de la víctima y le preguntó si le podían hacer unas preguntas, Hombre Lengua ya sabía adónde le iba a llevar el coche patrulla, y en menos de un minuto ya tenía a su abogado al teléfono.

Eso que a Jake Azoff no le había hecho ninguna gracia que lo sacaran de la cama a medianoche. Y eso que él se quejó para sus adentros de «los abogados de oficio y de lo que les pagaba el Gobierno». Pero Hombre Lengua no estaba dispuesto en lo más mínimo a colocar su futuro –y mucho menos su presente– en las manos de un abogado de oficio. Cierto, no le habría costado ni un duro, pero el abogado de oficio tampoco tenía ningún interés en su futuro, mientras que Azoff –con el que mantenía una complicada relación que implicaba acciones, bonos, fondos mutualistas y similares– sí que lo tenía. Además, ¿para qué le pagaba a Azoff sino para que le sirviera de asesor legal cuando lo necesitara?

No obstante, Hombre Lengua estaba preocupado. Era evidente. Podía mentirse a sí mismo, podía intentar distraerse, llamar al trabajo para decir que estaba enfermo, conectarse a la red durante horas para disfrutar de fantasías pornográficas con completos extraños. Pero su cuerpo era incapaz de buscar evasivas cuando se trataba de ansiedad no reconocida. El hecho de que no tuviera ninguna reacción física al «si pudieras, ¿cómo me lo harías?», lo decía todo.

«No lo olvidarías en mucho tiempo», tecleó.

«Hoy te noto un poco tímido. Venga. Cuéntamelo», escribió ella.

«¿Cómo?», se preguntó. Sí, ése era el problema: ¿Cómo? Intentó relajarse y dejar vagar la mente. Solía hacerlo muy bien. De hecho, era un maestro. Seguro que ella era igual a todas las demás: mayor y en busca de un indicio que le demostrara que aún tenía lo que hacía falta.

«¿Dónde quieres que te ponga la lengua?», tecleó con la intención de que ella continuara.

«No es justo. ¿Eres sólo pura palabrería?», le respondió.

Hombre Lengua pensó que ese día ni siquiera tenía ganas de hablar, y que ella lo descubriría bien pronto si seguían en esa línea. Había llegado la hora de hacer enfadar a Mujer Fogosa. Necesitaba una pausa hasta que se ordenara las ideas.

«Si es eso lo que piensas, nena», escribió. Luego se desconectó. Que reflexionara sobre eso durante uno o dos días.

Antes de alejarse del teclado, comprobó cómo iba la Bolsa. Giró la silla, salió del estudio y bajó a la cocina, donde el jarro de cristal de la cafetera le ofrecía una última taza de café. Se sirvió una taza y saboreó el café tal y como le gustaba: fuerte, negro y amargo. Como la vida misma, decidió.

Se rió sin ganas. Las últimas doce horas estaban cargadas de ironía, y estaba convencido de que si lo pensaba durante bastante tiempo, descubriría en qué consistía esa ironía. Pero pensar en ello era lo último que deseaba hacer en ese momento. Con el Departamento de Homicidios de Hampstead pisándole los talones, sabía que tenía que guardar la compostura. Ése era el secreto de la vida: compostura. Ante la adversidad, ante el éxito, ante...

Se oyó un golpecito en la ventana de la cocina. Hombre Lengua, nervioso, se asomó por la ventana y vio a dos hombres mal vestidos y sin afeitar en medio de su jardín trasero. Habían venido desde el parque que recorría casi todos los jardines traseros de Crediton Hill en la parte este de la calle. Como no había ninguna valla que separara su propiedad del parque, los visitantes no habían encontrado obstáculo alguno para acceder a su casa. Tendría que hacer algo por solucionarlo.

Los dos hombres le vieron y se dieron un codazo a la vez. Uno de ellos gritó: «Abre la puerta, Jay. Hace mucho tiempo que no nos vemos». Y el otro, con una sonrisa exasperante, añadió: «Te estamos haciendo un favor entrando por la puerta de atrás».

Hombre Lengua profirió una maldición. Primero un cadáver en la calle, después le confiscan el Boxter, y por último los policías le ponen bajo vigilancia. Y ahora esto. Uno siempre debía prever que las cosas podían empeorar, se dijo a sí mismo mientras se dirigía hacia el comedor y abría las puertaventanas.

–¡Robbie, Brent! –les dijo a modo de saludo, con la misma naturalidad que si los hubiera visto la semana anterior. En la calle hacía frío y, en consecuencia, iban encorvados, daban patadas al suelo y desprendían vapor como si fueran dos toros esperando en el ruedo–. ¿Qué hacéis por aquí?

–¿Nos vas a dejar entrar? –le preguntó Robbie–. No hace muy buen día para quedarse en el jardín.

Hombre Lengua suspiró. Tenía la impresión de que cada vez que daba un paso adelante sucedía algo que le hacía retroceder dos pasos.

–¿De qué se trata esta vez? –les preguntó, aunque en realidad quería decir: «¿Cómo me habéis encontrado?».

Brent hizo una mueca y respondió:

–De la misma forma que siempre, Jay. –Como mínimo, tuvo la decencia de parecer incómodo y de cambiar los pies de sitio.

Robbie, en cambio, era el peligroso. Siempre lo había sido y siempre lo sería. Sería capaz de tirar a su abuela de un tren en marcha si supiera que con ello iba a ganar algo, y Hombre Lengua sabía que lo último que podía esperar de él era consideración, respeto o benevolencia.

–La calle está cortada. –Robbie inclinó la cabeza en dirección al final de la calle–. ¿Ha sucedido algo?

–Ayer por la noche atropellaron a una mujer.

–¡Ah! –Pero el modo en que Robbie pronunció esa palabra daba a entender que no le estaba contando nada nuevo–. ¿Es ése el motivo por el que hoy no has ido a trabajar?

–A veces trabajo desde casa. Ya te lo he dicho.

–Sí, es posible. Pero ha pasado mucho tiempo, ¿verdad? –No mencionó lo que flotaba tácito en el aire: el tiempo que había transcurrido desde que lo llamara por última vez y las dificultades que habían tenido que pasar para conseguir su dirección–. En tu oficina me han dicho que hoy has tenido que cancelar una reunión porque has llamado diciendo que tenías gripe. ¿O era un resfriado? ¿Te acuerdas, Brent?

–¿Has hablado de mí...? –Hombre Lengua se detuvo. Después de todo, Robbie esperaba que reaccionara así–. Creía que lo habíamos dejado muy claro. Te pedí que no hablaras con nadie que no fuera yo cuando llamaras al trabajo. Puedes usar la línea privada. No tienes ninguna necesidad de hablar con mi secretaria.

–Pides muchas cosas –apuntó Robbie–. ¿No es verdad, Brent? –Esas últimas palabras tenían la clara intención de recordarle al otro hombre, que era menos inteligente, de qué lado estaba.

–De acuerdo. ¿Nos vas a dejar entrar o qué, Jay? –preguntó Brent–. Aquí fuera hace frío.

Robbie, como quien no quiere la cosa, añadió:

–Hay tres periodistas de la prensa amarilla al final de la calle. ¿Lo sabías, Jay? ¿Qué ha pasado?

Hombre Lengua maldijo en silencio y se alejó de la puerta. Los dos hombres se rieron, se chocaron las manos con torpeza, atravesaron el jardín y empezaron a subir las escaleras.

–Hay un limpiabarros junto a la puerta. Usadlo –les ordenó Hombre Lengua.

La lluvia de la noche anterior había encharcado el suelo que había debajo de los árboles que separaban las casas del parque. Robbie y Brent lo habían atravesado como si estuvieran en una granja de cerdos.

–Aquí dentro tengo una alfombra oriental que no está nada mal.

–Quítate los zapatos, Brent –le dijo Robbie servicialmente–. ¿Qué te parece, Jay? Vamos a dejar nuestras botas cubiertas de barro en la entrada. Brent y yo sabemos cómo ser buenos invitados.

–Los buenos invitados esperan a que los inviten.

–No me gustaría tener que participar en ese tipo de ceremonia.

Ambos hombres entraron, y pareció que ocupaban toda la sala. Eran enormes, y aunque nunca habían utilizado su corpulencia para intimidarle, sabía que no dudarían en hacer uso de su fuerza cuando quisieran obligarle a hacer algo.

–¿Por qué están esos periodistas ahí afuera? –preguntó Robbie–. Por lo que sé, ese tipo de periodistas sólo meten la nariz si alguien les llama para contarles un notición.

–Eso es –asintió Brent mientras se agachaba ante la vitrina de la porcelana para ver si iba bien peinado–. Un notición, Jay. –Le dio un golpe a la puerta de la vitrina.

–Es muy antigua. Trátala con cuidado, ¿de acuerdo?

–Ver a todos esos tipos al final de la calle nos asustó un poco –declaró Robbie–. Por lo tanto, Brent y yo intercambiamos unas palabras con ellos, ¿no es verdad, Brent?

–Sí, unas cuantas palabras. –Brent abrió la puerta y sacó una taza de porcelana–. ¡Qué bonita! También es antigua, ¿verdad, Jay?

–¡Vamos, Brent!

–Te ha hecho una pregunta, Jay.

–De acuerdo. Lo es. Es de principios del siglo XIX. Si tienes intención de romperla, hazlo rápido y ahórrame el sufrimiento, ¿de acuerdo?

Robbie soltó una risita. Brent hizo una mueca y puso la taza en su sitio. Cerró la puerta con el mismo cuidado que un neurocirujano tendría si tuviera que reponer un trozo de cráneo.

–Uno de los periodistas nos contó que la policía está muy interesada en una persona de esta calle –declaró Robbie–. Nos dijo que alguien de la policía le sopló que la muerta llevaba una dirección apuntada dentro del coche. Sin embargo, no nos quiso decir de quién se trataba. Pensaba que podíamos ser de la competencia.

«Me parecería muy poco probable», pensó Hombre Lengua. Pero anticipó el rumbo que estaban tomando las cosas e hizo todo lo que pudo por prepararse para la conversación que se avecinaba.

–Es increíble lo que pueden llegar a averiguar los de la prensa sensacionalista –declaró Robbie– si alguien no les para los pies.

–Sí, es sorprendente –asintió Brent. Después, como si sólo hubiera estado interpretando el papel de su compañero y no el suyo propio, añadió–: Rolling Suds necesita unos arreglos.

–¡Pero si no hace ni seis meses que lo arreglé!

–De acuerdo. Pero eso fue en primavera. Ahora estamos en temporada baja. Además, está la cuestión esa de... bien, ya sabes a lo que me refiero. –Brent le lanzó una mirada a Robbie.

En ese momento las piezas encajaron.

–Habéis perdido dinero, ¿no es así? –les preguntó Hombre Lengua–. ¿De qué se trata esta vez? ¿Caballos? ¿Perros? ¿Cartas? No tengo ninguna intención de...

–¡Eh, tú! ¡Escúchanos! –Robbie dio un paso adelante como si quisiera mostrarle lo diferentes que eran de tamaño–. Estás en deuda con nosotros, colega. ¿Quién te ayudó? ¿Quién se encargó de cerrarle la boca a cualquier hijo de vecino que te criticara a tus espaldas? A Brent le rompieron el brazo por tu culpa y yo...

–Ya sé lo que pasó, Rob.

–Muy bien. Pues ahora vas a oír el final de la historia, ¿vale? Necesitamos dinero, y lo necesitamos hoy; por lo tanto, si tienes algún problema más vale que nos lo cuentes.

Hombre Lengua miró a uno y a otro, y vio que el futuro se desenrollaba ante él cual alfombra interminable de dibujos repetitivos. Aunque lo vendiera todo, se mudara de casa, empezara de nuevo y cambiara de trabajo... aun así, le encontraban. Y cuando lo hacían, siempre utilizaban esas estrategias que les habían funcionado tan bien en estos últimos años. Las cosas iban a ir de ese modo. Creían que estaba en deuda con ellos. Y nunca lo iban a olvidar.

–¿Cuánto necesitáis? –les preguntó en tono de hastío.

Robbie puso su precio. Brent parpadeó e hizo una mueca.

Hombre Lengua cogió el talonario y garabateó la cantidad. Luego les acompañó hasta el mismo lugar por el que habían entrado: a la puerta del comedor y al jardín trasero. Les observó hasta que desaparecieron bajo las peladas ramas de los plátanos del final del parque. Después se dirigió hacia el teléfono.

Cuando Jake Azoff contestó al otro lado de la línea, Hombre Lengua, al respirar, tuvo la sensación de que le clavaban un puñal en el corazón.

–Rob y Brent me han encontrado –le explicó a su abogado–. Dile a la policía que hablaré.

GIDEON

10 de septiembre

No comprendo por qué se niega a recetarme algo. Es médico, ¿cierto? ¿O es que el hecho de que me recete algo para la migraña demostrará que es una charlatana? Y, por favor, no me vuelva a repetir ese comentario aburrido sobre los medicamentos psicotrópicos. No estamos hablando de antidepresivos, doctora Rose. Ni de antipsicóticos, tranquilizantes, sedantes o anfetaminas. Sencillamente estamos hablando de analgésicos. Porque lo único que me pasa es que me duele la cabeza.

Libby está intentando ayudarme. Antes ha estado aquí y me ha encontrado en el mismo lugar en el que he pasado toda la mañana: en mi dormitorio, con las cortinas corridas y con una botella de Harveys Bristol Cream bajo el brazo cual osito de peluche. Se sentó en el borde de la cama, me quitó la botella de debajo del brazo, y me dijo:

–Si tienes intención de ponerte ciego con esto, en menos de una hora habrás echado la papa.

Solté un gemido. Lo último que necesitaba oír en ese momento era ese lenguaje tan extraño y gráfico que utilizaba.

–Mi cabeza –le dije.

–¡Qué pena! –respondió–. Pero la bebida sólo conseguirá empeorar las cosas. A ver si puedo ayudarte.

Me puso las manos sobre la cabeza. Las yemas de los dedos, que descansaban ligeramente sobre mi sien, estaban frías y trazaban pequeños círculos, círculos pequeños y frescos que disminuían las palpitaciones de mis venas. Sentía como mi cuerpo se relajaba con sus caricias, y tuve la impresión de que podría dormirme con facilidad mientras ella siguiera sentada y callada junto a mí.

Cambió de posición, se tumbó junto a mí y me colocó la mano sobre la mejilla. El mismo suave tacto de su fresca piel.

–Estás ardiendo –me advirtió.

–Es por el dolor de cabeza –musité.

Giró la mano para que mi mejilla sintiera sus dedos. Fríos, estaban deliciosamente fríos.

–Me sienta bien. Gracias, Libby –añadí. Le cogí la mano, le besé los dedos y los volví a colocar sobre mi mejilla.

–¿Gideon...? –preguntó.

–¿Humm? –respondí.

–No importa. –Pero al oír mi respuesta, suspiró y prosiguió–. ¿Alguna vez piensas en... nosotros? Quiero decir, hacia dónde vamos y todo eso.

No respondí. Creo que con las mujeres siempre pasa lo mismo. Ese pronombre plural y la búsqueda de la confirmación: el hecho de pensar en nosotros corrobora que existe un nosotros.

–¿Te das cuentas del tiempo que hemos pasado juntos? –me preguntó.

–Muchísimo.

–¡Ostras! Si incluso hemos dormido juntos.

También me he percatado de que las mujeres tienen un poder especial para ver lo que es obvio.

–¿Crees que deberíamos continuar? ¿Crees que estamos preparados para la siguiente etapa? Lo que te quiero decir es que yo estoy totalmente preparada. Muy preparada para lo que venga a continuación. ¿Y tú?

Mientras hablaba, levantó la pierna y la puso sobre mi nalga, me cubrió el pecho con sus brazos y ladeó la cadera –fue tan sólo un ligero movimiento– para presionar su pubis contra mi cuerpo.

Y, de repente, estoy con Beth, de vuelta en ese momento de la relación en el que se espera que algo suceda entre un hombre y una mujer, pero en el que no pasa nada. Como mínimo, a mí no. Con Beth la siguiente etapa significaba un compromiso permanente. Después de todo, éramos amantes desde hacía once meses.

Ella es el contacto entre el Conservatorio East London y las escuelas de las cuales provienen los alumnos. Antes era profesora de música, y también es violonchelista. Es perfecta para el Conservatorio, ya que habla el lenguaje de los instrumentos, el lenguaje de la música y, lo que es más importante, el lenguaje de los niños.

Al principio no me doy cuenta de su presencia. No hasta el día que tenemos que hablar con el padre de una niña que se ha fugado de casa y que busca en el Conservatorio una protección que no se le puede dar. Averiguamos que el novio de su madre le ha prohibido que siga ensayando, ya que éste tiene otros planes en mente para la niña. Ésta casi se ha convertido en una especie de sirviente en su miserable casa. Pero ese *casi* viene definido por los favores sexuales que le han ordenado que les haga a ambos.

Beth actúa con justicia con esa excusa patética de pareja humana. Está hecha una furia. No espera a que la policía ni los de Servicios Sociales se ocupen del caso, ya que no confía en ninguno de ellos. Se ocupa de todo en persona: se pone en contacto con un detective privado y se reúne con la pareja para dejarles bien claro qué les sucederá si la niña sufre algún daño. Y para estar segura de que lo entienden, les define *daño* en los mismísimos términos callejeros a los que están acostumbrados.

No estoy allí para presenciarlo, pero me lo cuenta más de un profesor. La ferocidad de su entrega hacia esa estudiante me conmueve. Quizá siento nostalgia. Tal vez cierto reconocimiento.

En cualquier caso, la busco. Empezamos a salir juntos de la forma más natural que me pueda imaginar. Durante un año todo va bien.

No obstante, después, tal y como suele suceder, me dice que quiere más. Ya sé que es lógico. Pensar en dar el siguiente paso es razonable tanto para el hombre como para la mujer, pero supongo que más para la mujer porque debe tener en cuenta su propia biología.

Cuando surge el tema de lo que va a suceder a continuación, sé que debería desear lo que viene después de esas declaraciones de amor que nos hemos profesado. Me doy cuenta de que nada permanece inalterable para siempre y de que es un engaño imaginar que ambos estaremos eternamente contentos como simples compañeros de trabajo y amantes apasionados. Aun con todo, cuando saca el tema del matrimonio y de los hijos, noto que me distancio. Al principio evito el tema, y cuando las excusas de ensayos, prácticas, sesiones de grabación y apariciones en público ya no me sirven, caigo en la cuenta de que el distanciamiento que siento es mucho mayor, y que no sólo ha provocado que no quiera un futuro con Beth, sino tampoco un presente. No puedo estar con ella como estaba antes. No siento pasión alguna y no la deseo. Al principio me esfuerzo por intentarlo, pero fuera lo que fuera que hubiéramos sentido –deseo, pasión, cariño, lealtad–, había dejado de existir.

Discutimos sin parar, que es precisamente lo que debe de suceder cuando un hombre y una mujer intentan mantener una relación que ya ha sido dañada. Durante esas discusiones, nos desgastamos tanto que lo que teníamos pasa a ser un recuerdo tan lejano que somos incapaces de olvidarnos de la discordia de nuestro presente para localizar la armonía que definía nuestro pasado. Y se acaba. Nos separamos. Encuentra otro hombre con el que se casa veintisiete meses y una semana más tarde. Yo sigo igual que ahora.

Por lo tanto, cuando Libby me habló de pasar a la siguiente etapa, sentí escalofríos. Con todo, sabía que era inevitable mantener una conversación de ese tipo con una mujer, siempre que permitiera que una mujer entrara en mi vida.

Los *debería* empezaron a atormentarme la mente. No debería haberle enseñado el piso de la planta baja. No debería habérselo alquilado. No debería haberla invitado a tomar un café. No debería haberla llevado a comer, ni haber escuchado ese concierto en su aparato de música, ni haber ido a Primrose Hill para hacer volar la cometa, ni haberla llevado a hacer vuelo libre, ni haber comido en su mesa, ni haberme dormido con su cuerpo junto al mío ni haber permitido que su camisa de dormir se levantara accidentalmente y que su culo desnudo, suave y cálido, descansara sobre mi fláccido pene.

Esa flaccidez debería habérselo dicho todo. Esa flaccidez inmutable, indiferente y poco entusiasta. Pero no lo hizo. Y si lo hizo, no deseó llegar a la conclusión que implicaba ese trozo exánime de piel.

–Me siento bien, teniéndote aquí a mi lado –le dije.

–Aún podríamos estar mejor y disfrutar más –respondió ella. Y movió la cadera tres veces de ese modo que inconscientemente hace que los hombres normales quieran penetrarlas.

Pero yo, como todos sabemos, no soy un hombre normal.

Sabía que, como mínimo, se suponía que debería desear el acto, aunque no deseara a la mujer en sí misma. No obstante, no lo deseaba. Nada se removía dentro de mí salvo, quizás, el hielo. Lo único que se apoderó de mí fue una quietud, una sombra y esa sensación incorpórea de estar fuera de mí mismo, más allá de mí mismo, despreciando esa lamentable excusa para un hombre y preguntándome qué haría falta, por el amor de Dios, para mover a ese cabrón.

–¿Qué te pasa, Gideon? –me preguntó Libby, acariciando mi cálida mejilla con su fría mano de nuevo. Luego se quedó quieta en la cama junto a mí. Sin embargo, no se fue, y el miedo a que un movimiento precipitado de mi parte pudiera darle una idea equivocada hizo que yo también permaneciera inmóvil.

–He ido al médico. Me han hecho un montón de pruebas. No han encontrado ninguna explicación. Son cosas que pasan.

–No te estoy hablando de la migraña, Gid.

–Entonces, ¿de qué?

–¿Por qué has dejado de tocar? Siempre tocabas. Eres muy disciplinado. Tres horas por la mañana y tres horas por la tarde. He visto el coche de *Rafe* cada día en la plaza; por lo tanto, sé que ha estado aquí, pero no os he oído tocar a ninguno de los dos.

Rafe. Tiene esa tendencia americana de poner motes a todo el mundo. Raphael pasó a ser Rafe la primera vez que lo vio. Si quieren saber lo que pienso, ese nombre no le pega para nada, pero a él no parece molestarle.

Y ha estado aquí cada día, tal y como ha explicado ella. A veces durante una hora, otras veces durante dos o tres. Normalmente se pasea de un lado a otro mientras yo me siento junto a la ventana y escribo. Suda, se seca la frente y el cuello con un pañuelo, me lanza miradas inquietas y, sin duda, hace una proyección de nuestro futuro que implica que mi estado de ansiedad da fin prematuramente a una carrera musical que habría sido brillante y en la que su reputación como mi Rasputín musical se ve arruinada. Se ve a sí mismo como una nota al pie de página en la historia, una nota tan diminuta que requerirá lupa para ser leída.

Ha depositado en mí sus esperanzas de ser inmortal. Ahí ha estado él durante cincuenta años, un hombre incapaz siquiera de llegar al nivel de primer violín, a pesar de su talento y de todos sus esfuerzos, condenado por un embalse de miedo al escenario que ha abierto sus compuertas en una inundación de terror cuando ha tenido la oportunidad de hacer una audición. El hombre es un músico fantástico en una familia de músicos igualmente fantásticos. Sin embargo, a diferencia de los demás –todos tocan en una orquesta u otra, incluso su hermana que hace más de veinte años que toca la guitarra eléctrica en una banda hippie llamada Fuego de Estrellas Niqueladas– sólo ha sobresalido transmitiendo su talento artístico a los demás. Las actuaciones en público lo han derrotado.

Yo he sido su petición a la fama y el medio por el cual ha atraído –cual flautista de Hamelin– a prometedores niños prodigio y a sus padres durante más de veinte años. Sin embargo, todo eso deberá ser sacrificado si no consigo comprender lo que me pasa en la cabeza. Y aunque Raphael no se haya preocupado ni una sola vez de averiguar qué pasa en *su* cabeza –no puede ser normal que un hombre se tenga que cambiar la camisa tres veces y el traje cada día a causa del sudor–, yo tengo que dedicar todas las horas del día a averiguar qué pasa en la mía.

Raphael, tal y como le he dicho, es la persona que me sugirió que viniera a usted, doctora Rose. O, como mínimo, la persona que me recomendó a su padre, después de que los neurólogos decidieran que no tengo ninguna lesión física. Por lo tanto, tiene un doble interés en que me recupere: no sólo se ha preocupado de que usted se ocupe de mí, lo que me haría estar en deuda con él si usted y yo consiguiéramos superar mi problema, sino que mi carrera prolongada de violinista supondría su carrera prolongada como musa. Así pues, a Raphael le encantaría verme recuperado.

Cree que estoy siendo cínico, ¿verdad, doctora Rose? Una nueva arruga en la manta de mi carácter. Pero recuerde que he sufrido a Raphael durante muchos años, y que sé lo que piensa y lo que se propone hacer seguramente mejor que él.

Por ejemplo, sé que mi padre le desagrada. Y sé que papá le habría despedido un montón de veces a lo largo de todos estos años si el estilo de enseñanza de Raphael –que permite que el alumno desarrolle su propio método en vez de imponerle un método preestablecido– no hubiera sido exactamente lo que me ha hecho prosperar.

«¿Por qué a Raphael le cae mal su padre?», me pregunta con curiosidad, no muy segura de que esa animosidad que se tienen sea la causa de mi problema actual.

No tengo respuesta para esa pregunta, doctora Rose, o, como mínimo, ninguna respuesta que sea clara y completa a la vez. Pero supongo que tiene algo que ver con mi madre.

«¿Raphael Robson y su madre?», me aclara, y me mira tan fijamente que me pregunto qué pepita de oro le acabo de ofrecer.

Así pues, escarbo en mi mente. Intento averiguar qué hay. Procuro hacer una conexión lógica después de examinar todo lo que he conseguido sacar a la luz hasta este momento, porque el hecho de haber puesto esas palabras juntas –Raphael Robson y mi madre– ha removido algo en mi interior, doctora Rose. Siento que un desasosiego me recorre las tripas. He masticado y tragado algo podrido, y *noto* cómo las consecuencias me irritan.

¿Qué he desenterrado sin darme cuenta? Mi madre ha sido la razón por la que a Raphael Robson le ha caído mal mi padre durante más de veinte años. Sí, siento que hay algo de verdad en todo esto. Pero ¿por qué?

Tal vez me sugerirá que me remonte a una época en que estuvieran todos juntos. Raphael y mi madre. El lienzo está ahí, ese maldito lienzo oscuro está presente, pero la pintura hace mucho tiempo que se ha borrado.

Sin embargo, me recuerda que he relacionado los dos nombres: el de mi madre y el de Raphael Robson. Si yo he relacionado esos nombres, debe de haber alguna otra conexión, aunque sólo sea en el inconsciente.

«Usted piensa en ellos como pareja –me dice–. ¿Se los puede imaginar juntos?»

«¿Imaginar? ¿Juntos?» La idea me parece ridícula.

«¿Qué es lo que le parece ridículo, Gideon? –me pregunta–. ¿Lo de imaginárselos o lo de juntos?»

Y ya sé lo que pretende con esas dos alternativas. No crea que no me he dado cuenta. Tengo que escoger entre los conflictos de Edipo y la escena principal. Eso es lo que intenta, ¿verdad, doctora Rose? El pequeño Gideon no puede soportar el hecho de que su profesor de música *a le béguin pour sa mère.* O, lo que es peor, el pequeño Gideon presenció a *sa mère et l'amoureux de sa mère* in fraganti, y *l'amoureux de sa mère* era Raphael Robson.

«¿Por qué me paso al francés? –me preguntará–. ¿Por qué no lo ha dicho en inglés? ¿Qué siente al decirlo en inglés, Gideon?»

Absurdo. Ridículo. Indignante. ¿Raphael Robson y mi madre de amantes? ¡Qué idea tan absurda! ¿Cómo podría haber soportado su sudor? Incluso hace veinte años sudaba lo bastante para regar todo el jardín.

12 de septiembre

El jardín. Flores. Dios. He recordado esas flores, doctora Rose. A Raphael Robson entrando en casa con un enorme ramo de flores. Son para mi madre y ella se encuentra en casa; por lo tanto, es de noche o ese día no ha ido a trabajar.

«¿Está enferma?», me pregunta.

No lo sé, pero veo las flores. Docenas de ellas. Son diferentes; de hecho, hay tantas clases diferentes que soy incapaz de nombrarlas. Es el ramo más grande que jamás haya visto y sí, sí, debe de estar enferma porque Raphael lleva las flores a la cocina y él mismo las coloca en una serie de jarrones que mi abuela le da. Pero la abuela no puede quedarse para ayudarle con las flores porque, por la razón que sea, debe ir a vigilar al abuelo. Durante muchos días no hemos podido perder de vista al abuelo, pero no sé por qué.

«¿Un episodio? –me pregunta–. ¿Está sufriendo un episodio psicótico, Gideon?»

No lo sé. Lo único que tengo claro es que todo el mundo se comporta de un modo extraño. Mi madre está enferma. Mi abuelo está encerrado en el piso de arriba y la música está puesta todo el día para calmarle. Sarah-Jane Beckett no para de reunirse con James el Inquilino en una de las esquinas y, si me acerco demasiado a ellos, tensa los labios y me dice que me vaya a hacer los deberes, a pesar de que hace tanto tiempo que nadie me da clase que es imposible que tenga deberes por hacer. He pillado a la abuela llorando en las escaleras. He oído a papá gritar en alguna parte: creo que detrás de una puerta cerrada. Sor Cecilia ha venido a vernos y la he visto hablando con Raphael en el piso de arriba. También veo todas esas flores. Raphael y las flores. Montones de flores que ni siquiera soy capaz de nombrar.

Las lleva a la cocina y a mí me ordena que lo espere en la sala de estar, donde me ha dejado un ejercicio para que practique. Incluso hoy en día recuerdo ese ejercicio. Son escalas. *Escalas*. Lo que más odio y lo que considero demasiado fácil para mí. Me niego a hacerlo. Le doy una patada al atril. Grito que me aburro, me aburro y me aburro con esa estúpida música y que no pienso tocar ni una nota más. Exijo la tele. Exijo leche y galletas. *Exijo*.

Sarah-Jane aparece de inmediato y me dice –me acuerdo perfectamente de lo que me dice, doctora Rose, porque nunca me habían dicho nada similar–: «Ya no eres el centro del mundo. Haz el favor de comportarte».

«¿Ya no eres el centro del mundo? –medita–. Por lo tanto, eso debió de suceder después de que Sonia naciera.»

«Supongo que sí, doctora Rose.»

«¿Puede establecer alguna conexión?»

«¿Qué clase de conexión?»

«Raphael Robson, las flores, su abuela llorando, Sarah-Jane Beckett y James el Inquilino cotilleando...»

No he dicho que estuvieran cotilleando. Sólo hablan, con las cabezas juntas. ¿Compartiendo un secreto, tal vez? Me pregunto. ¿Son amantes?

Sí, sí, doctora Rose, ya veo que volvemos al tema de los amantes.

No hace falta que me lo repita. Ya sé lo que pretende con este proceso inexorable que nos lleva a mi madre y a Raphael. Ya sé adónde nos va a llevar ese proceso si examinamos todos los indicios con calma racional. Los indicios son los siguientes: Raphael con esas flores, la abuela llorando y papá gritando, sor Cecilia intentando prestar ayuda, Sarah-Jane y el inquilino riéndose disimuladamente en un rincón... Ya veo adónde nos lleva todo esto, doctora Rose.

«Entonces, ¿qué le impide decirlo?», me pregunta mientras me mira con esos tristes ojos sombríos y sinceros.

«Nada me lo impide, salvo la incertidumbre.»

«Si lo dice, será capaz de ver lo que siente, si encaja.»

De acuerdo, entonces. De acuerdo. Raphael Robson ha dejado embarazada a mi madre y juntos han tenido a esa niña, Sonia. Mi padre se da cuenta de que le han puesto los cuernos –Dios mío, ¿de dónde he sacado esa palabra? Tengo la sensación de estar participando en un drama de la época jacobea– y el griterío que se oye tras la puerta cerrada es la expresión de su ira. El abuelo lo oye, ata cabos, enfurece y sufre otro episodio. La abuela llora por el caos que se está produciendo entre mi padre y mi madre y por la posibilidad de que el abuelo padezca otro episodio. Sarah-Jane y el inquilino sienten una gran curiosidad por saber lo que pasa. Han avisado a sor Cecilia para que intente reconciliar a sus padres, pero papá no soporta vivir en la misma casa con alguien que le recuerda constantemente la infidelidad de mamá y exige que se lleven al niño, que lo den en adopción o algo así. Mamá no puede soportar la idea de que eso ocurra y llora en su habitación.

«¿Y Raphael?», me pregunta.

Es el padre orgulloso, ¿verdad? El que lleva flores, tal y como suelen hacer los padres.

«¿Qué reacción le provoca?», quiere saber.

La verdad es que me entran ganas de ducharme. Y no porque me imagine a mi madre entre «el rancio sudor de un lecho deshecho» –y perdóneme esa alusión tan obvia–, sino por *él*. Por Raphael. Sí, veo que podía haber amado a mi madre y odiado a mi padre por poseer lo que él quería para sí mismo. Pero que mi madre hubiera correspondido a su amor... que hubiera contemplado la posibilidad de llevarse ese cuerpo sudoroso y permanentemente quemado por el sol a su cama o donde fuera que hicieran el acto... Me parece un pensamiento imposible de creer.

No obstante, me recuerda que los niños siempre ven la sexualidad de sus padres como algo repugnante. Ésa es la razón por la que el hecho de presenciar un coito...

Yo no presencié ningún coito, doctora Rose. Ni entre mi madre y Raphael, ni entre Sarah-Jane Beckett y el inquilino, ni entre mis abuelos, ni entre mi padre y quien sea. Ninguno.

«¿Mi padre y quien sea? –me pregunta con rapidez–. ¿Quién es "quien sea"? ¿De dónde ha salido eso de "quien sea"?»

¡Por el amor de Dios! No lo sé. No lo sé.

15 de septiembre

Esta tarde he ido a verle, doctora Rose. Desde que desenterramos el recuerdo de Sonia y recordé a Raphael y esas obscenas flores, y el caos de la casa de Kensington Square, he sentido la necesidad de hablar con mi padre. Así pues, me dirigí a South Kensington y lo encontré en el jardín que hay al lado de Braemar Mansions, que es donde ha vivido estos últimos años. Se encontraba en el pequeño invernadero que ha requisado del resto de habitantes del edificio, y estaba haciendo lo que suele hacer en su tiempo libre. Estaba agachado junto a sus pequeñas camelias híbridas, examinando las hojas con una lupa, buscando intrusos entomológicos o incipientes capullos. No estoy seguro del todo. Sueña con cultivar unas flores dignas del Festival de Flores de Chelsea. Lo bastante dignas para ganar un premio, mejor dicho. No conseguirlo sería una pérdida de tiempo.

Le vi en el invernadero desde la calle, pero como no tengo llave de la puerta del jardín, entré por el edificio. Papá vive en el piso de la primera planta que hay al final del rellano, y como vi que la puerta estaba entreabierta, me dirigí hasta allí con la intención de cerrarla. Sin embargo, me encontré a Jill en la mesa de papá, trabajando con su portátil y con los pies sobre un cojín que se había traído de la sala de estar.

Intercambiamos unas cuantas frases graciosas –al fin y al cabo, ¿qué se le puede decir a la novia joven y embarazada del padre de uno?– y me dijo lo que ya sabía: que mi padre estaba en el jardín. «Está dando de comer al resto de sus hijos», me dijo con una de esas largas miradas de sufrimiento que indican exasperación. Pero ese día la frase «el resto de sus hijos» me pareció cargada de significado y no me la podía sacar de la cabeza mientras salía de la casa.

Caí en la cuenta de que antes no me había percatado de algo que se me hizo obvio mientras recorría el piso. Las paredes, la superficie de las cómodas, los manteles de las mesas y las estanterías anunciaban un hecho franco y sencillo que nunca me había pasado por la cabeza, y de ese hecho fue de lo primero que hablé al entrar en el invernadero, porque me pareció que si era capaz de arrancarle una respuesta sincera a mi padre, me sería más fácil comprenderlo.

«*¿Arrancar?* –Le ha sorprendido que usara esa palabra, ¿no es así? Le ha chocado la palabra y todo lo que implica–. Así pues, ¿su padre no es sincero?», –me pregunta.

«Nunca me lo había planteado. Pero ahora empiezo a hacerlo.»

«¿Qué es lo que quiere entender? –me pregunta–. Si consigue arrancarle la verdad a su padre, ¿qué es lo que comprendería?»

«Lo que me ha sucedido.»

«¿Tiene algo que ver con su padre?»

Me gustaría pensar que no.

Cuando entré en el invernadero, no levantó la vista, y pensé que su cuerpo había empezado a amoldarse a su trabajo actual: el de estar agachado junto a plantas pequeñas. Su escoliosis parece haber empeorado a lo largo de estos últimos años, y aunque sólo tiene sesenta y dos años, me parece mayor debido a su creciente curvatura. Mientras le miraba, me preguntaba cómo Jill Foster –casi treinta años más joven que él– se había sentido atraída hacia él. El mecanismo que hace que los humanos se acerquen sigue siendo un misterio para mí.

–¿Por qué no hay fotografías de Sonia en tu casa, papá? –le pregunté. Pensé que un ataque frontal inesperado daría mejores resultados–. Tienes fotografías mías desde todos los ángulos y de todas las edades, con y sin violín; sin embargo, no tienes ni una de Sonia, ¿por qué?

Entonces sí que levantó la vista, pero creo que intentaba ganar tiempo, ya que sacó un pañuelo del bolsillo trasero de sus pantalones vaqueros y lo usó para limpiar su lupa. Dobló el pañuelo, guardó la lupa en una bolsa de gamuza y dejó la bolsa sobre una estantería del final del invernadero en la que guarda sus herramientas de jardinería.

–También te deseo muy buenas tardes –me dijo–. Espero que por lo menos hayas saludado a Jill. ¿Aún está delante del ordenador?

–Sí, en la cocina.

–¡Ah! El guión cinematográfico avanza muy despacio. Está escribiendo el guión de *Hermosos y malditos.* ¿Te lo había contado?

Me parece demasiado ambicioso proponer otra obra de Fitzgerald a la BBC, pero está empeñada en demostrar que una novela americana sobre americanos en América puede llegar a ser aceptable para una audiencia británica. Ya veremos. ¿Cómo está tu propia americana últimamente?

Así es como llama a Libby. No tiene otro nombre para ella que no sea el de «tu americana», aunque a veces la llama «tu pequeña americana» o «tu encantadora americana». La llama especialmente así cuando comete algún error social, lo que hace con un fervor casi religioso. Libby no soporta los formalismos, y papá aún no le ha perdonado que le llamara por el nombre de pila el día que los presenté. Ni tampoco ha olvidado cómo reaccionó al enterarse del embarazo de Jill. «¡Hostia! ¿Te has tirado a una tía de treinta años? Bien hecho, Richard.» Jill tiene más de treinta, evidentemente, pero eso es un asunto de poca importancia comparado con el hecho de que Libby mencionara la gran diferencia de edad que los separa.

–Está bien –le respondí.

–¿Aún sigue dando vueltas por Londres con su motocicleta?

–Sí, todavía trabaja de mensajera, si es eso lo que quieres saber.

–¿Cómo prefiere a Tartini[1] últimamente? ¿Sola o acompañada?

Se quitó las gafas, cruzó los brazos y se me quedó mirando de ese modo tan característico de él. Esa mirada que decía: «Si no te calmas, tendrás que vértelas conmigo».

Esa mirada ha conseguido desanimarme en más de una ocasión, y combinada con sus comentarios sobre Libby, supongo que debería haberme hecho desistir. Pero el hecho de que una hermana hubiera aparecido de repente en mi mente me daba la fuerza suficiente para afrontar cualquier intento de ofuscación que se propusiera.

–Me había olvidado de Sonia –le dije–. No tan sólo de la forma en que murió, sino de su misma existencia. Me había olvidado totalmente de que una vez tuve una hermana. Es como si alguien me hubiera puesto una goma en el cerebro y la hubiera borrado, papá.

–¿Es a eso a lo que has venido, entonces? ¿A preguntarme lo de las fotografías?

–A preguntarte cosas sobre ella. ¿Por qué no tienes ninguna foto suya?

–Buscas algo siniestro en el hecho que no tenga fotografías de ella.

1. Giuseppe Tartini (1692-1770): Violinista y compositor italiano. *(N. de la T.)*

–Tienes fotografías mías. Tienes una exposición completa del abuelo. Tienes fotos de Jill. Incluso de Raphael.

–Posando con Szeryng. Él no tiene ninguna importancia.

–Sí, de acuerdo. Pero eso no responde a mi pregunta. ¿Por qué no hay ninguna de Sonia?

Me observó durante sus buenos cinco segundos antes de moverse. Y aún entonces sólo se dio la vuelta y empezó a limpiar el banco sobre el que había estado trabajando. Cogió una escoba y la usó para barrer las hojas sueltas y los restos de tierra; luego lo depositó en un cubo que cogió del suelo. Una vez que hubo acabado, cerró la bolsa de tierra, tapó una botella de fertilizante y puso las herramientas de jardinería en sus respectivos rincones. Limpió las herramientas una por una antes de guardarlas. Finalmente, se quitó el pesado delantal verde que llevaba cuando trabajaba con sus camelias, salió del invernadero y se dirigió hacia el jardín.

Hay un banco en uno de los extremos y se encaminó hacia allí. Está debajo de un castaño, la ruina de mi padre desde hace mucho tiempo.

–¡Maldita sea! Hay demasiada sombra –se queja siempre–. ¿Cómo demonios va a crecer en la sombra?

Sin embargo, ese día pareció agradecer un poco de sombra. Se sentó e hizo una mueca de dolor, como si le doliera la espalda, lo cual era bastante probable debido al estado de su columna. Pero no quería preguntarle nada de eso. Ya había evitado mi pregunta durante bastante tiempo.

–Papá, ¿por qué no hay...? –le pregunté.

–Me lo preguntas por esa doctora, ¿verdad? Esa mujer... ¿Cómo se llama?

–Ya lo sabes. Doctora Rose.

–¡Mierda! –musitó, levantándose del banco. Pensé que estaba dispuesto a volver a su casa de mal humor antes que hablar de un tema del que estaba claro que no quería hablar, pero se arrodilló y empezó a arrancar malas hierbas de uno de los parterres que teníamos ante nosotros–. Si por mí fuera, confiscaría todos los trozos de tierra de los vecinos que no se ocupan de ellos como es debido. ¡Mira toda esa porquería!

No había para tanto. Era cierto que el exceso de agua había hecho que saliera moho y musgo entre las piedras de una de las esquinas, y que las malas hierbas se entrelazaban con una enorme fucsia que necesitaba que la podaran. Pero había cierta belleza en el estado natural del jardín, ya que la pila central para pájaros estaba recubierta de hiedra y las piedras del camino yacían bajo el verdor.

–A mí me gusta –le repliqué.

Papá soltó un bufido de desaprobación. Continuó arrancando malas hierbas y lanzándolas por encima del hombro a un camino de grava.

–¿Ya has cogido el Guarnerius? –me preguntó. Llama al violín de ese modo; siempre lo ha hecho. Yo prefiero designarlo por el nombre del fabricante, pero papá confunde el nombre del fabricante con el del instrumento, como si Guarneri no tuviera nada más que hacer.

–No, no lo he hecho.

Se apoyó en los talones y exclamó:

–¡Estupendo! ¡De verdad! Los grandes planes han quedado reducidos a nada, ¿no es verdad? Cuéntame. ¿Qué ganamos con todo esto? ¿Con qué maravillosas ventajas estáis siendo bendecidos mientras tu maravillosa doctora y tú desenterráis el pasado? Nuestro problema está en el presente, Gideon. Creo que no hace falta que te lo repita.

–Ella lo llama amnesia psicogénica. Dice que...

–¡Tonterías! Tuviste un problema de nervios. Y todavía lo sigues teniendo. Son cosas que pasan. Pregúntaselo a quien quieras. ¡Por el amor de Dios! ¿Cuántos años estuvo Rubinstein sin tocar? ¿Diez? ¿Doce? ¿Y crees que se pasó todos esos años garabateando en una libreta? Espero que no.

–No perdió la habilidad de tocar –le expliqué a mi padre–. Tan sólo tenía miedo de tocar.

–Tú no sabes si la has perdido, ¿verdad? Si todavía no has cogido el Guarnerius, ¿cómo vas a saber lo que has perdido o lo que temes haber perdido? Cualquier persona con un poco de sentido común te diría que lo que estás sufriendo se llama cobardía: pura y simple. Y el hecho de que tu doctora aún no haya mencionado esa palabra... –Se puso a arrancar malas hierbas de nuevo–. ¡Tonterías!

–Tú querías que fuera a verla –le recordé–. Cuando Raphael lo sugirió, te pareció una buena idea.

–Pensaba que aprenderías a enfrentarte con tu miedo. Creí que era eso lo que te enseñaría. Y, a propósito, si hubiera sabido que en la silla del doctor iba a estar sentada una condenada mujer, me lo hubiera pensado dos veces antes de llevarte hasta allí para que te pusieras a llorar sobre su hombro...

–Yo no...

–Todo esto viene de esa chica, de esa maldita y condenada chica. –Al pronunciar la última palabra, estiró con fuerza de una hierba que estaba enredada y al hacerlo arrancó de raíz uno de los lirios. Maldijo y empezó a escarbar la tierra alrededor de la planta como si quisiera reparar el daño–. Así es como piensan los americanos, Gideon, y espero que te des cuenta. Eso es lo que sucede cuando uno se relaciona con un montón de vagos a los que les han puesto la vida en bandeja. No conocen nada más que el ocio y acaban culpando a sus padres de su falta de disciplina. Ella te ha contagiado esa manía de criticar a los demás, hijo. De aquí a poco tiempo se encargará de organizar debates para hablar de tu enfermedad.

–Eres muy injusto con Libby. Ella no tiene nada que ver con todo esto.

–Te encontrabas perfectamente hasta que entró en tu vida.

–No ha sucedido nada entre nosotros que pueda ser causa de problemas.

–Te acuestas con ella, ¿verdad?

–Papá...

–¿Echas buenos polvos? –Al hacerme esa última pregunta miró por encima del hombro, y supongo que debió darse cuenta de que prefería mantenerlo en secreto. Al verlo, me dijo irónicamente–: Sí, claro, pero ella no es la causa de tu problema. Ya entiendo. Bien, dime, ¿cuándo cree la doctora Rose que será el momento propicio para que vuelvas a coger el violín?

–No hemos hablado de eso.

Se puso en pie de un salto y exclamó:

–¡Eso es fantástico! La has visto... ¿cuánto? ¿Tres veces por semana durante cuántas semanas? ¿Tres? ¿Cuatro? ¿Y aún no habéis tenido ocasión de hablar del problema? ¿No lo encuentras un poco raro?

–El violín... el hecho de tocar...

–Querrás decir el de no tocar.

–Sí. De acuerdo. El hecho de no tocar el violín es un síntoma, papá. No es una enfermedad.

–Ve y díselo a los de París, Londres y Roma.

–Haré esos conciertos.

–Si sigues por ese camino, no lo creo.

–Pensaba que querías que la viera. Le pediste a Raphael...

–Le pedí a Raphael que nos ayudara. Que te ayudara a recuperarte. Que te ayudara a coger el violín. Que te ayudara a regresar a la sala de conciertos. Dime, sólo dímelo, júramelo, tranquilízame, cualquier cosa, que es eso lo que conseguirás yendo a esa doctora. Porque, en esta cuestión, estoy de tu parte, hijo. Estoy de tu parte.

–No te lo puedo jurar –le repliqué, a sabiendas de que mi voz reflejaba toda la derrota que sentía–. No sé qué beneficios saco de ir a verla, papá.

Se secó las manos en los lados de los vaqueros y le oí maldecir en un bajo tono de voz que parecía estar teñido de angustia.

–¡Ven conmigo! –me indicó.

Lo seguí. Entramos de nuevo en el edificio, subimos por las escaleras y llegamos a su piso. Jill había hecho té y levantó la taza como diciendo: «¿Quieres, Gideon? ¿Cariño?», a medida que entrábamos en la cocina. Le di las gracias y le dije que no, pero papá no le respondió. El rostro de Jill se nubló, tal y como siempre sucede cuando papá la ignora: no como si se sintiera dolida, sino como si comparara su comportamiento con algún decálogo secreto de comportamiento apropiado que ella hubiera desarrollado en su mente.

Papá siguió avanzando, inconsciente de lo que pasaba. Entró en lo que yo llamo la Habitación del Abuelo, donde guarda una extraña, aunque interesante, colección de recuerdos: cualquier cosa, desde mechones de pelo del abuelo de cuando era niño guardados en una caja de plata hasta cartas escritas por su comandante en jefe en la guerra que elogiaban su comportamiento mientras estuvo preso en Birmania. A veces tenía la sensación de que papá se había pasado los mejores años de su vida intentando hacernos creer que su padre era una persona normal o un hombre extraordinario, en vez de aceptar lo que era en realidad: una mente desgastada que se había pasado más de cuarenta años haciendo equilibrios para no caer en la locura por razones que nunca nadie mencionó.

Cerró la puerta a nuestra espalda. Al principio pensé que me había llevado a esa habitación para recitar alguna especie de panegírico al abuelo. Notaba cómo me iba poniendo nervioso al ver que sólo intentaba, una vez más, esquivar una conversación como Dios manda.

«¿Se había comportado así con anterioridad?», me preguntará. Es una pregunta lógica.

Y yo tendré que responderle que sí, que sí, que antes ya se había comportado de ese modo. Hasta hace poco no me había dado cuenta. De hecho, no había sentido necesidad de hacerlo, ya que la música era lo más importante en nuestra relación y de lo único que hablábamos. Sesiones prácticas con Raphael, ensayos en el Conservatorio East London, sesiones de grabación, apariciones en público, conciertos, giras... Mi música siempre nos mantenía ocupados. Y como yo estaba tan ocupado con la música, cualquier pregunta o tema que hiciera o deseara comentar era fácilmente olvidado si me hacían pensar en mi música. «¿Cómo llevas las piezas de Stravinski? ¿Y las de Bach? ¿Todavía tienes problemas con *El Archiduque*?» ¡Santo Cielo! *¡El Archiduque!* Siempre me causaba problemas. Esa pieza es mi cruz. Mi batalla personal. De hecho, es la pieza que había decidido tocar en Wigmore Hall. Fue la primera vez que intenté tocar esa pieza en público, pero fui incapaz de hacerlo.

¿Se da cuenta de con qué facilidad me olvido de todo lo demás cuando hablo de música, doctora Rose? En aquella época me distraía yo solo, así que ya se puede imaginar lo fácil que le debía resultar a mi padre hacerme cambiar de tema.

Sin embargo, esa tarde no había nada que pudiera distraer mi atención, y supongo que papá se dio cuenta, porque ni siquiera hizo el mínimo intento de obsequiarme con una historia de las valerosas proezas del abuelo durante su cautiverio ni de conmoverme con relatos de su valiente batalla contra un horroroso estado mental que estaba arraigado en lo más profundo de su cerebro. En vez de hacerlo, cerró la puerta a nuestra espalda, con la intención de tener un poco de intimidad.

–Esperas que te cuente algo desagradable, ¿verdad? –me preguntó–. Después de todo, ¿no es eso lo que siempre persiguen los psiquiatras?

–Intento recordar –le repliqué–. Es lo único que deseo.

–¿Y de qué modo crees que el hecho de recordar a Sonia te va a ayudar con tu instrumento? ¿Te lo ha explicado tu doctora Rose?

No lo ha hecho, ¿verdad, doctora Rose? Lo único que me ha dicho es que empezaremos con lo que recuerde. Tengo que escribir todo lo que me venga a la memoria, pero no me ha explicado cómo esos ejercicios conseguirán desenmarañar sea lo que sea que está bloqueando mi habilidad para tocar.

¿Qué tiene que ver Sonia con el hecho de que yo toque? Debía de ser un bebé cuando murió. Porque estoy seguro de que recordaría una hermana más mayor, una niña que hablara y caminara, que jugara en la sala de estar, que se dedicara a apilar montones de barro en el jardín trasero conmigo. Lo recordaría.

–La doctora Rose lo denomina amnesia psicogénica –le expliqué.

–Psico... ¿qué?

Se lo expliqué tal y como me lo había explicado usted a mí. Acabé diciéndole: «Ya que no hay ninguna causa física que explique la pérdida de memoria, y ya sabes que los neurólogos lo han dejado muy claro, la causa debe estar en otra parte. En la psique, papá. No en el cerebro».

–¡Todo eso es una tontería! –espetó, pero me di cuenta que esas palabras eran una mera fanfarronada. Se sentó en un sillón y se quedó mirando al vacío.

–Muy bien. –Yo también me senté, delante del viejo escritorio de tapa rodadera que pertenecía a la abuela. Hice lo que nunca antes me había planteado hacer, ya que no me había parecido necesario. Le cogí la palabra–. De acuerdo, papá, lo acepto. Es una tontería. Entonces, ¿qué hago? Porque si lo único que tengo son nervios y miedo, entonces debería ser capaz de tocar solo, ¿no crees? ¿Sin nadie delante? Y más aún cuando supiera que Libby no se encontraba en casa, porque así tendría la certeza absoluta de que nadie me podía estar escuchando. Según tú, en esas circunstancias debería ser capaz de tocar, ¿no es verdad? Pero si ni siquiera puedo tocar un simple arpegio, ¿quién tiene razón?

Se me quedó mirando y me preguntó:

–¿Lo has intentado?

–¿No lo entiendes? No he necesitado hacerlo. No me hace falta intentarlo porque ya sé lo que va a suceder.

Entonces movió la cabeza hacia el otro lado. Parecía mirar en su interior, y mientras lo hacía, me percaté del silencio del piso y del exterior, ni la más mínima brisa soplaba para hacer susurrar las hojas de los árboles. Cuando por fin habló, fue para decir:

–Nadie conoce el dolor de tener hijos hasta que los tiene. Parece que será sencillo, pero nunca lo es.

No le respondí. ¿Hablaba de mí? ¿De Sonia? ¿O de otra, de esa niña de un matrimonio lejano que había muerto hacía mucho tiempo, esa niña llamada Virginia de la que nunca me había hablado?

–Les das la vida y sabes que harías cualquier cosa por protegerlos, Gideon –añadió–. Así es como funciona.

Asentí con la cabeza, pero aún no me miraba; por lo tanto, le dije:

–Sí. –No sé muy bien lo que estaba afirmando, pero tenía que decir algo y eso es lo que dije. Me pareció suficiente.

–A veces uno fracasa, aunque no tenga intención de hacerlo. Uno ni siquiera contempla la posibilidad de fracasar. Pero sucede. Viene de cualquier parte, te coge por sorpresa y antes de que tengas tiempo de detenerte, o siquiera de reaccionar, por muy inútil que pueda resultar, ya lo tienes encima. El fracaso.

Entonces me miró a los ojos, y la mirada que me lanzó estaba tan llena de sufrimiento que tuve ganas de echarme atrás y de ahorrarle lo que fuera que le estaba causando tanto dolor. ¿No había sufrido suficiente teniendo una infancia, una adolescencia y una edad adulta caracterizada por el dolor de tener un padre cuyas dolencias habían puesto a prueba su paciencia y habían agotado sus reservas de cariño? ¿Tenía ahora que cargar con un hijo que parecía ir por el mismo camino? Quería echarme atrás. Deseaba ahorrarle ese sufrimiento. Pero deseaba mi música con más afán. Sin mi música me siento vacío. Por lo tanto, no dije nada. Dejé que el silencio permaneciera entre nosotros cual guante. Y cuando mi padre ya no pudo soportar la visión de ese guante invisible, lo recogió.

Se puso en pie y se me acercó, y por un momento pensé que iba a acariciarme. Sin embargo, se detuvo ante el escritorio de mi abuela. Sacó una pequeña llave del llavero y la insertó en el cajón de en medio. Sacó una ordenada pila de papeles y se los llevó al sillón.

Habíamos llegado a alguna parte, y yo era consciente del drama y de la importancia del momento, como si hubiéramos cruzado una frontera que nunca habíamos admitido que existía. Mientras ojeaba los papeles, sentí que se me revolvía el estómago. Vi esa media luna resplandeciente que siempre anuncia que voy a tener dolor de cabeza.

–No tengo ninguna fotografía de Sonia por una razón muy simple –respondió–. Si lo hubieras pensado con detenimiento, y sé que si no hubieras estado tan afligido lo habrías hecho, tú mismo habrías adivinado la respuesta. Tu madre se llevó las fotografías cuando nos abandonó, Gideon. Se las llevó todas, salvo ésta.

Sacó una fotografía de un sobre manoseado. Me la entregó. Y por un instante me di cuenta de que no quería que me la diera, de tanta importancia que Sonia había cobrado de repente.

Adivinó mis dudas y me dijo:

–Cógela, Gideon. Es lo único que me queda de ella.

Así pues, la cogí, sin apenas atreverme a imaginar lo que iba a ver, pero temiendo a la vez lo que vería de todas formas. Tragué saliva y cobré ánimo para hacerlo. Miré.

En la fotografía vi lo siguiente: un bebé entre los brazos de una mujer que no reconocía. Estaban sentadas al sol en el jardín trasero de la casa de Kensington Square, sobre una tumbona a rayas. La sombra de la mujer cubría el rostro de Sonia, pero el suyo propio estaba en pleno sol. Era joven y rubia. Tenía rasgos aguileños. Era muy hermosa.

–No... ¿Quién es? –le pregunté a mi padre.

–Es Katja –respondió–. Es Katja Wolff, Gideon.

GIDEON

20 de septiembre

Esto es lo que me he estado preguntando desde que papá me enseñó esa fotografía: Si mi madre se llevó todas las fotografías de Sonia que había en la casa, ¿por qué no se llevó ésa? ¿Fue porque el rostro de Sonia estaba tan cubierto de sombras que podría haber parecido cualquier bebé y, por lo tanto, no era entrañable para mi madre? ¿Una fotografía a la que no podría aferrarse en su dolor... si fue el dolor en verdad lo que hizo que nos abandonara? ¿O fue porque Katja Wolff también salía en la fotografía? ¿O fue porque mi madre no conocía la existencia de esa fotografía? Porque, como podrá imaginarse, lo único que no puedo saber de esa fotografía –que ahora tengo en mi posesión y que le enseñaré la próxima vez que nos veamos– es quién la hizo.

¿Por qué papá guardaba esa fotografía en particular, una fotografía en la que la figura principal no es su hija, su propia hija que murió, sino una joven sonriente y rubia que no es su mujer, que nunca lo fue y que no era la madre de ese bebé?

Le pedí a papá que me contara cosas de Katja Wolff, ya que hacerlo me pareció de lo más natural. Me respondió que era la niñera de Sonia. Me contó que era una chica alemana con muy pocos conocimientos de inglés. Había huido, con dramatismo y temeridad, de Berlín Este a Berlín Oeste en un globo que ella y su novio habían construido en secreto; esa hazaña le había dado cierta notoriedad.

¿Conoce la historia de la que le estoy hablando, doctora Rose? Quizá no. En esa época, debía de tener menos de diez años y supongo que debía de vivir en... ¿dónde? ¿En los Estados Unidos?

Yo, que vivía en Inglaterra, mucho más cerca del lugar de los hechos, no lo recuerdo. Pero papá me contó que en ese momento fue una gran noticia, ya que Katja y su novio no intentaron cruzar desde algún lugar apartado, desde el que hubiera sido un poco más seguro pasar del este al oeste, sino que salieron desde el mismísimo centro de Berlín. El chico no lo consiguió, pues la policía de la frontera lo cogió. No obstante, Katja consiguió escapar. Así es como consiguió sus quince minutos de fama y como se convirtió en una abanderada de la libertad. Noticias en la televisión, titulares de primera página, reportajes en las revistas, entrevistas de radio. Al final consiguió que la invitaran a vivir a Inglaterra.

A medida que mi padre me contaba todo esto, yo lo escuchaba con atención y lo observaba de cerca. Buscaba indicios y significados ocultos, e intenté hacer inferencias, asociaciones y deducciones. Porque, incluso ahora, en la situación en la que me encuentro –sentado en la sala de música de Chalcot Square con el Guarneri a cuatro metros de distancia, fuera de su funda al menos, y ya sabe Dios que eso es un gran progreso, doctora Rose, aunque sea incapaz de levantar el violín hasta la altura de los hombros–, aún hay preguntas que temo hacerle a mi padre.

«¿Qué tipo de preguntas?», me pregunta.

Preguntas como éstas, preguntas que me vienen a la mente sin hacer el más mínimo esfuerzo: ¿Quién hizo la fotografía de Sonia y Katja? ¿Por qué mi madre se llevó todas las fotografías salvo ésa? ¿Conocía su existencia? De hecho, ¿de verdad se llevó las otras fotografías o simplemente las destruyó? Y, lo que es más importante, ¿por qué mi padre nunca me había hablado de ellas? ¿Por qué nunca me habló de Sonia ni de Katja ni de mi madre?

Es obvio que no había olvidado que existían. Después de todo, cuando saqué el tema de Sonia me enseñó la fotografía y, por el estado en que se encontraba, juraría por Dios que la había mirado más de un centenar de veces. ¿Por qué ese silencio?

«A veces la gente evita hablar de ciertos temas –me dice–. Elude hablar de algunas cosas porque les resultan demasiado dolorosas.»

¿Como Sonia? ¿Su muerte? ¿Mi madre? ¿El hecho de que nos abandonara? ¿Las fotografías?

¿Katja Wolff, quizá?

No obstante, ¿qué daño puede hacerle a papá hablar de Katja Wolff? A no ser que sea por la razón más obvia.

«Que es...»

Quiere que lo diga, ¿no es así, doctora Rose? Desea que lo escriba. Quiere que piense en ello mientras estoy aquí sentado delante de esta página, para que pueda ponderar qué hay de verdadero y de falso en ello. Pero ¿qué demonios voy a conseguir con todo eso? Sostiene a mi hermana entre sus brazos, la mece por debajo de sus pechos, con la mirada tranquila y la faz serena. Lleva uno de los hombros al descubierto porque lleva un vestido o una camiseta con las tiras demasiado sueltas, y ese vestido o esa camiseta es de colores alegres, de colores extraños, hay demasiado amarillo, naranja, verde y azul. Ese hombro desnudo parece suave y redondeado y, sí, de acuerdo, es una invitación, y tendría que estar ciego para no darme cuenta de que si es un hombre el que está haciendo la fotografía de Katja, y que si ese hombre es mi padre –pero también podría ser Raphael o James el Inquilino o mi abuelo o el jardinero o el cartero o cualquier hombre, porque está espléndida, hermosa y seductora, e incluso yo, un desastre con problemas de erección que debe parecer una insignificancia a cualquier hombre sano, puedo darme cuenta de quién es, de lo que es y de cómo está ofreciendo lo que está ofreciendo–, entonces tiene alguna relación con ella, y tengo una idea bastante clara del tipo de relación que pueden tener.

«Escriba sobre ella –me ordena–. Escriba sobre Katja. Llene una página entera con su nombre si eso es lo que le hace falta y observe adónde le lleva todo eso, Gideon. Pregúntele a su padre si le puede enseñar otras fotografías: fotografías de familia, fotografías sin importancia, fotografías de las vacaciones, de las celebraciones, de las fiestas, de las reuniones, de las cenas, cualquier cosa. Obsérvelas con atención. Fíjese quién sale en ellas. Interprete sus gestos.»

«¿Que busque a Katja?», le pregunto.

«Interprete todo lo que vea.»

21 de septiembre

Papá me cuenta que yo casi tenía seis años cuando Sonia nació. Estaba a punto de cumplir los ochos cuando murió. Le llamé por teléfono y le hice esas dos preguntas a la vez. ¿No está orgullosa de mí, doctora Rose? Cogí el toro por los mismísimos cuernos.

Cuando le pregunté cómo había muerto Sonia, papá me respondió: «Se ahogó, hijo». Daba la impresión de que le había costado un gran esfuerzo y de que su voz procedía de un lugar distante. Al hacerle esas preguntas, sentía cómo me iba poniendo nervioso, pero eso no me impidió continuar. Le pregunté cuántos años tenía cuando murió: «Dos años». Y el nerviosismo de su voz me indicó que había sido lo bastante mayor no sólo para haber tenido un lugar permanente en su corazón, sino también para haber dejado una marca imborrable en su alma.

El sonido de ese nerviosismo y la comprensión que lo acompañaba me explicaron muchas cosas de mi padre: que se hubiera dedicado a mí en cuerpo y alma durante mi niñez, su obstinación en que tuviera, viera y experimentara lo mejor, el hecho de que me protegiera tanto cuando empecé mi carrera en público, el recelo que sentía hacia cualquier persona que se me acercara demasiado y me pudiera hacer daño. Al haber perdido un hijo –no, Dios mío, había perdido dos, porque Virginia también había muerto de niña–, no estaba dispuesto a perder otro.

Así pues, comprendo por fin por qué ha estado tan próximo a mí, por qué ha estado tan involucrado y por qué ha seguido mi vida y mi carrera profesional desde tan cerca. Yo había expresado en voz alta lo que deseaba desde una edad muy temprana –mi violín y mi música– y él había hecho todo lo posible por asegurarse de que el único hijo que le quedaba tuviera dado lo que quería, como si el hecho de darme los medios para conseguirlo pudiera, de alguna manera, garantizar mi longevidad. Así que aceptó dos trabajos y también puso a mi madre a trabajar. Contrató a Raphael y lo dispuso todo para que yo pudiera estudiar en casa.

Salvo que todo eso ocurrió antes de Sonia, ¿verdad? No podía haber sido el resultado de la muerte de Sonia. Porque, si tenemos en cuenta lo que me dijo, ella nació cuando yo tenía seis años y, por lo tanto, en esa época Raphael Robson y Sarah-Jane Beckett ya estaban instalados en casa. Y James el Inquilino también debía de haber estado allí. Katja Wolff, en su papel de niñera de Sonia, debería de haberse unido a ese grupo tan establecido. Esto es lo que debió de suceder: un grupo constituido se vio obligado a aceptar a una extraña; una intrusa, si así lo prefiere. Además, extranjera, pero no una extranjera cualquiera, sino una alemana. Relativamente famosa, sí. Pero extranjera de todos modos: nuestro enemigo en época de guerra, el abuelo para siempre prisionero de esa guerra.

Por lo tanto, Sarah-Jane Beckett y James el Inquilino cuchichean de ella en ese rincón de la cocina; no están hablando en voz baja de mi madre ni de Raphael ni de las flores. Están hablando mal de ella porque Sarah-Jane es así, siempre lo ha sido, y le gusta cotillear. La critica porque está celosa, ya que Katja es delgada, hermosa y seductora, mientras que Sarah-Jane Beckett –la corta melena pelirroja le brota del cuero cabelludo cual casquete y su cuerpo no es muy diferente al mío– se da cuenta de que los hombres de la casa miran a Katja, especialmente James el Inquilino, que ayuda a Katja con su inglés y que se ríe cada vez que ella, con un estremecimiento, dice: «*Mein Gott*, mi cadáver aún no está acostumbrado a que en este país llueva tanto», en vez de decir *mi cuerpo*. Cuando le preguntan si quiere una taza de té, ella responde: «Sí, sin que nadie me obligue y dando mis más efusivas gracias», y ellos, los hombres, se ríen, pero es una risa provocada por un encantamiento. Mi padre, Raphael, James el Inquilino, incluso mi abuelo.

Y yo recuerdo todo eso, doctora Rose. Lo recuerdo.

22 de septiembre

¿Dónde ha estado Katja Wolff todos estos años? ¿Enterrada con Sonia? ¿Enterrada a causa de Sonia, tal vez?

¿A causa de Sonia? Le sorprende que haya usado esa palabra, ¿verdad?

«¿Por qué *a causa de*, Gideon?»

A causa de su muerte. Si Katja era la niñera de Sonia y ésta murió a los dos años de edad, entonces Katja abandonaría la casa, ¿no cree? Yo no necesitaba ninguna niñera porque Raphael y Sarah-Jane ya se ocupaban de mí. Así pues, Katja se habría marchado a los dos años de su llegada –quizás antes– y eso debe explicar que me hubiera olvidado de ella. Después de todo, en aquel entonces yo sólo tenía ocho años y no era mi niñera, sino la de Sonia y, en consecuencia, no creo que me hubiera relacionado mucho con ella. Yo sólo me preocupaba de mi música, y si no estaba ocupado con el violín, lo estaba con las clases. Ya había empezado a hacer mis primeras actuaciones en público y, por lo tanto, me habían ofrecido la posibilidad de estudiar en Juilliard durante un año. Imagíneselo, Juilliard. ¿Cuántos años debía de tener? ¿Siete? ¿Ocho?

«El futuro virtuoso», me llamaban.

Pero yo deseaba que simplemente me denominaran «el virtuoso».

23 de septiembre

Tal y como fueron las cosas, y a pesar del honor y lo que podía significar para mi desarrollo como músico internacional, no fui a Juilliard. Debido a la historia del lugar, mucha gente tres veces más mayor que yo hubiera dado cualquier cosa por tener esa oportunidad, por disfrutar de las innumerables posibilidades que hubieran surgido de esa extraordinaria experiencia de valor incalculable... Pero no hay dinero, y aunque lo hubiera, soy demasiado joven para irme tan lejos, y no digamos para vivir allí solo. Y como mi familia no se puede trasladar allí en masa, pierdo la oportunidad.

En masa. Sí. De alguna manera soy consciente de que sólo seré capaz de ir a Juilliard si vamos en masa, al margen de que haya o no dinero. Por lo tanto, digo: «Papá, por favor, déjame ir, debo ir, quiero ir a Nueva York», porque incluso entonces sé lo que puede significar para mi presente y para mi futuro. Papá me responde: «Gideon, ya sabes que no podemos ir. No puedes estar allí solo, y tampoco podemos ir todos juntos». Evidentemente, quiero saber el porqué. Por qué, por qué, por qué no puedo conseguir lo que quiero si hasta ese momento siempre lo he hecho. Me dice –lo recuerdo muy bien–: «Gideon, el mundo vendrá a ti. Te lo prometo, hijo. Te lo juro».

Pero está claro que no podemos ir a Nueva York.

Por alguna razón lo *sé* incluso cuando lo pido una y otra vez, incluso cuando imploro, suplico y me comporto peor que nunca, cuando le pego patadas al atril, cuando me lanzo contra la entrañable mesa de media luna de mi abuela y rompo dos de las patas... incluso entonces *sé* que no habrá Juilliard al margen de lo que haga. No iré a la Meca de la Música, ni solo, ni con mi familia, ni con uno de mis padres, ni acompañado de Raphael, ni con Sarah-Jane pegada a mis talones en calidad de sombra o de protectora.

«Lo sabe –me señala–. Lo sabe antes de pedirlo, mientras lo pide, lo sabe a pesar de todo lo que hace por cambiar... ¿qué, Gideon? ¿Qué intenta cambiar?»

La realidad, evidentemente. Y sí, doctora Rose, sé que esa respuesta no nos lleva a ninguna parte. ¿Cuál es la realidad que ya entiendo a los siete u ocho años?

Parece ser ésta: no somos una familia rica. Sí, claro, vivimos en un barrio que no sólo indica dinero, sino que también lo requiere, pero la familia ha poseído esa casa durante generaciones y la única razón por la que la familia *aún* sigue teniéndola es los inquilinos, los dos trabajos de papá, el hecho de que mi madre trabaje y la pensión miserable que mi abuelo recibe del gobierno. Pero nunca hablamos de dinero. Hablar de dinero es como hablar de funciones corporales en medio de la cena. Aun así, sé que no iré a Juilliard, y a pesar de que lo sé, siento una tensión en mi interior. Empieza en los brazos, continúa por el estómago, sube por la garganta hasta que grito y grito, y recuerdo lo que grito: «Es porque ella está aquí». Y en ese momento empiezo a dar patadas, a dar golpes y a lanzarme contra objetos. Fue entonces, doctora Rose.

«¿Por qué ella está aquí?»

Ella, obviamente, debe de ser Katja.

26 de septiembre

Papá ha estado aquí otra vez. Estuvo aquí durante dos horas y fue sustituido por Raphael. Querían que pareciera que no estaban haciendo turnos en un velatorio; por lo tanto, pasé, como mínimo, cinco minutos solo desde que papá se marchó hasta que Raphael llegó. Pero lo que no saben es que les vi desde la ventana. Raphael se acercó a Chalcot Square desde Chalcot Road, y papá lo detuvo en medio del jardín. Permanecieron a ambos lados de uno de los bancos y hablaron. Bien, papá habló y Raphael lo escuchó. Asentía con la cabeza y hacía lo que suele hacer: pasarse los dedos de derecha a izquierda por encima del cuero cabelludo para peinarse el poco pelo que le quedaba. Papá estaba colérico. Lo adiviné por la forma con la que gesticulaba, con una mano a la altura del pecho y cerrada como si fuera un puñetazo reprimido. No me hacía ninguna falta interpretar lo demás, porque ya sabía de qué iba.

Había venido en son de paz, con la intención de no mencionar nada que tuviera que ver con mi música.

–Sentía la necesidad de alejarme de ella durante un rato –suspiró–. He llegado a la conclusión de que todas las mujeres del mundo se comportan de forma similar durante los últimos meses de embarazo.

–Así pues, Jill se ha instalado en tu casa –le pregunté.

–No hay que tentar a la suerte.

Era su forma de decir que estaban siguiendo su plan inicial: primero tener el bebé, después buscar un piso, y casarse cuando hubieran solucionado del todo las dos primeras cuestiones. En la actualidad está de moda que las parejas funcionen así, y Jill es una fiel partidaria de la moda. Sin embargo, a veces me pregunto cómo se siente papá con esa situación tan diferente a sus matrimonios anteriores. Estoy convencido de que en el fondo es muy tradicional, y que para él no hay nada más importante que la familia y una sola manera de formarla. Al enterarse de que Jill estaba embarazada, no me lo puedo imaginar haciendo otra cosa que no fuera arrodillarse ante ella y pedirle la mano. De hecho, eso es lo que hizo con su primera mujer, aunque él no sabe que me lo contó el abuelo. La conoció cuando estaba de permiso en el ejército –la carrera profesional que deseaba, a propósito–, la dejó embarazada y se casó con ella. El hecho de que no haya seguido el mismo procedimiento con Jill me muestra que están haciendo las cosas a la manera de Jill.

–Ahora duerme cuando puede –me respondió–. Es lo que siempre sucede durante las últimas seis semanas más o menos. Se sienten tan incómodas que si el bebé decide estar despierto desde la medianoche hasta las cinco de la mañana –hizo un gesto con la mano para indicar que no era tan grave–, a uno se le presenta la oportunidad de hacer lo que había estado esperando toda la vida: leer *Guerra y paz* en la cama.

–¿Te has instalado en su casa?

–Sí, duermo en el sofá.

–No es muy bueno para tu espalda, papá.

–No hace falta que me lo recuerdes.

–¿Ya habéis decidido el nombre?

–Yo aún quiero que se llame Cara.

–Jill desea... –Y el significado de ese nombre me vino a la cabeza tan de repente que apenas pude continuar, aunque me obligué a seguir–: Sigue empeñada en ponerle Catherine, ¿verdad?

Mi padre y yo nos miramos a los ojos, y ella estaba entre nosotros, como si ni hubiera dejado de ser esa chica corpórea, directa y eternamente encantadora de la fotografía. A pesar de que me sudaban las manos y de que mi estómago empezaba a sentir los primeros indicios de un estremecimiento, le pregunté:

–Sin embargo, si al bebé le ponéis el nombre de Catherine, te recordaría a Katja, ¿no es verdad?

Su respuesta consistió en ponerse en pie y en hacer café, lo cual hizo muy poco a poco. Me dijo que no entendía cómo podía comprar judías enlatadas, ya que habían perdido toda sus propiedades, y prosiguió extendiéndose sobre cómo el hecho de que hubieran puesto una nueva cafetería de la cadena Starbucks –la habían abierto en Gloucester Road, no muy lejos de Braemar Mansions– había afectado al ambiente de su barrio.

Mientras hacía todo esto, mi dolor de estómago había empezado a desplazarse lentamente con la intención, como ya era habitual, de destrozarme los intestinos. Le escuché a medida que dejaba el tema de Starbucks y empezaba a hablar de la americanización de la cultura global, y apreté el brazo con fuerza contra la parte inferior de mi vientre, deseoso de que el dolor parara y de volver a sentirme bien, porque si eso no sucedía, papá habría vuelto a ganar.

Le permití que agotara el tema de los Estados Unidos: grandes empresas internacionales que dominaban el mundo de los negocios, megalómanos de Hollywood que determinaban las formas de arte cinematográfico, salarios astronómicos y opciones de compra de acciones totalmente escandalosas que se convertían en el parámetro que medía el éxito del capitalismo. Cuando llegó al final de su discurso –que se hizo evidente por el hecho de que los sorbos de café se hacían cada vez más frecuentes–, repetí la frase, salvo que esa vez no la formulé en forma de pregunta:

–El nombre de Catherine te recordaría a Katja.

Vertió el poco café que le quedaba por el desagüe. Se dirigió a pasos largos hacia la sala de música. Mientras lo hacía, me decía: «Por el amor de Dios, enséñamelo, Gideon. ¿Son ésos los únicos progresos que has hecho?».

Había visto el Guarneri dentro de la funda y, aunque ésta estaba abierta, de algún modo supo que ni siquiera había intentado tocarlo. Lo sacó de la funda, y la ausencia de ese respeto con el que siempre había tratado el violín en el pasado me mostró lo enfadado –o nervioso, irritado, enfurecido, asustado, preocupado, no lo sé muy bien– que estaba. Me entregó el instrumento, con los dedos alrededor del mástil, y las fantásticas cuerdas surgían de entre sus dedos cual esperanza enrollada alrededor de una promesa tácita. Me dijo: «Toma. Cógelo. Muéstrame dónde estamos. Enséñame exactamente lo que has conseguido después de pasar varias semanas desenterrando los restos del pasado, Gideon. Una nota me basta. Una escala. Un arpegio. O, por milagro, porque algo me dice que si en este momento lo consiguieras sería un milagro, un movimiento de un concierto de tu propia elección. Cualquiera. ¿Te parece demasiado difícil? ¿Qué te parece un pequeño bis?».

El fuego se apoderó de mí, pero se convirtió en un único trozo de carbón. Un calor blanquecino, un calor plateado, incandescente, y me atravesaba el cuerpo como si fuera ácido.

Sí, sí, ya entiendo lo que me ha hecho mi padre, doctora Rose.

No hace falta que me lo explique. Ya veo lo que ha hecho. Pero en ese momento sólo fui capaz de decir: «No puedo. No me obligues a hacerlo. No puedo», como un niño de nueve años al que le han pedido que toque una pieza que es incapaz de tocar.

Papá prosiguió: «Quizás es demasiado fácil para ti, Gideon. Un insulto para tu talento. Así pues, empecemos con *El Archiduque*, ¿de acuerdo?».

Empecemos con *El Archiduque*. El ácido me corroyó por dentro, y después de que el dolor me hubiera destrozado las vísceras y me hubiera inutilizado, lo único que me quedaba era un sentimiento de culpa. Todo era culpa mía. Así fue como reaccioné. Beth fue la encargada de decidir el programa para el concierto del Wigmore Hall, y me dijo: «¿Qué te parece *El Archiduque*, Gideon?», con la inocencia más absoluta. Y como fue Beth la que hizo la sugerencia, ella que ya había experimentado mis fracasos en un terreno mucho más íntimo, fui incapaz de decirle: «Olvídalo. Esa pieza da mala suerte».

Los artistas creen que hay piezas que traen mala suerte. La palabra *Macbeth* pronunciada dentro de un teatro tiene su equivalente en cualquier otra faceta del arte. Por lo tanto, si le hubiera dicho, tal y como había deseado hacer, que *El Archiduque* me daba mala suerte, Beth lo habría comprendido, a pesar del modo en que acabamos nuestra relación. Y a Sherrill no le habría importado lo más mínimo lo que hubiéramos tocado. Hubiera dicho, con ese estilo americano de *no-me-importa-en-lo-más-mínimo* tan característico de él que usaba para ocultar un gran talento: «Sólo tenéis que decirme dónde está el teclado, chicos», y la cuestión no habría tenido mayor importancia. Por lo tanto, la decisión estaba en mis manos y no hice nada por cambiar las cosas. La culpa es sólo mía.

Papá me encontró donde me había escondido al darme cuenta que era incapaz de enfrentarme con el reto que me había propuesto: en el cobertizo del jardín, donde dibujo y fabrico mis cometas. Eso es precisamente lo que estaba haciendo en ese momento –dibujando– y se acercó a mí, el Guarneri dentro de su funda y la funda dentro de casa.

–Tú eres la música, Gideon –me dijo–. Eso es para lo que vales. Eso es lo que deseo.

–Eso es lo que estamos intentando conseguir –le respondí.

–Hacerlo de ese modo es una tontería –me replicó–. ¡Anotando recuerdos en una libreta y echando una cabezadita en el sofá de una psiquiatra tres veces a la semana!

–No me tumbo en un sofá.

–Ya sabes lo que quiero decir. –Colocó la mano sobre el esbozo que estaba dibujando para obligarme a prestarle atención–. Sólo podemos mantener a la gente a raya durante cierto tiempo, Gideon. Lo estamos haciendo, de hecho, Joanne está haciendo un excelente trabajo, pero llegará un momento en el que incluso una agente como Joanne, por muy leal que sea, empezará a preguntar qué quiere decir exactamente el término *agotamiento*, en un caso en que ese mismo agotamiento no muestra ningún signo de mejoría. Cuando eso suceda, o tendré que contarle la verdad o tendré que inventarme una historia para que pueda contar a la gente, y eso sólo empeorará las cosas.

–Papá –le repuse–, es una locura pensar que el público que lee la prensa sensacionalista tenga ningún interés en saber...

–No estoy hablando de la prensa sensacionalista. De acuerdo. Cuando una estrella del rock desaparece de la escena, los periodistas empiezan a indagar todos sus trapos sucios sin parar, con la esperanza de encontrar algo que les pueda explicar el porqué. Éste no es nuestro caso ni lo que nos concierne. Lo que me preocupa es el mundo en el que *vivimos*, con una programación de conciertos prevista para los próximos veinticinco meses, Gideon, como bien sabes, y con llamadas telefónicas, diarias, no te creas, de directores de orquesta que preguntan por el estado de tu salud. Lo que es, como también sabes, un eufemismo para preguntar si has vuelto a tocar. «¿Se ha recuperado del agotamiento?» significa: «¿Rompemos el contrato o seguimos con el programa establecido?». –Mientras decía todo esto, papá iba acercando el dibujo hacia él, y aunque sus dedos habían empezado a manchar las líneas que esbozaban las dos partes inferiores de la cometa, ni le dije nada ni le interrumpí–. Bien, lo que te pido es algo muy sencillo: Entra en casa, sube a la sala de música y coge el violín. No lo hagas por mí, porque esto nunca tuvo nada que ver conmigo y nunca lo tendrá. Hazlo por ti mismo.

–No puedo.

–Iré contigo. Permaneceré junto a ti. Te sostendré o haré lo que me pidas. Pero tienes que hacerlo.

Nos miramos fijamente, doctora Rose. Sentía cómo deseaba que saliera de ese cobertizo en el que hacía mis cometas, que atravesara el jardín y que entrara en la casa.

–Hasta que no cojas el violín y lo intentes, Gideon, no sabrás si has hecho algún progreso con ella.

Se estaba refiriendo a usted, doctora Rose. Aludía a todas esas horas durante las cuales he estado escribiendo. Se refería a esa revisión del pasado a la que nos estamos dedicando y en la que, según parece, él estaba dispuesto a ayudarme... sólo con que le demostrara que, *como mínimo*, era capaz de coger el violín y rozar las cuerdas con el arco.

Así pues, no dije nada, pero salí del cobertizo y me dirigí hacia la casa. Una vez en la sala de música, no me dirigí al asiento de la ventana en el que he anotado todos mis recuerdos, sino a la funda del violín. Ahí estaba el Guarneri, con la superficie y los rebordes relucientes, el depositario de doscientos cincuenta años de música reluciendo a través de las cavidades del *Fa*, de los lados y de las clavijas.

Puedo hacerlo. Veinticinco años no desaparecen en un instante. Todo lo que he aprendido, todo lo que sé, todo el talento innato que siempre he poseído puede estar escondido y enterrado bajo un desprendimiento de tierras que todavía no he logrado identificar, pero está ahí.

Papá permaneció junto a mí. Mientras yo cogía el Guarneri, él me puso la mano sobre el hombro. Me susurró: «No te dejaré, hijo. Todo irá bien. Estoy aquí».

Y en ese preciso instante, el teléfono empezó a sonar.

Los dedos de papá se tensaron sobre mi hombro como un reflejo. «Olvídate», me dijo haciendo referencia al teléfono. Y como eso era precisamente lo que había estado haciendo durante las últimas semanas, no tuve ningún problema por complacerle.

Pero fue la voz de Jill la que sonó en el contestador. Cuando dijo: «Gideon, ¿está Richard todavía ahí? Tengo que hablar con él. ¿Ya se ha marchado? Por favor, coge el teléfono», papá y yo reaccionamos de la misma manera. Dijimos al unísono: «El bebé», y papá se dirigió a toda prisa hacia el teléfono.

«Aún estoy aquí –le respondió–. ¿Te encuentras bien, cariño?», y después se dispuso a escuchar.

No hubo ni un solo *sí* ni un solo *no* en su respuesta. Papá se volvió hacia mí y le preguntó: «¿Qué tipo de llamada?». Escuchó otra larga respuesta y por fin exclamó: «Jill... Jill... Ya basta. ¿Por qué demonios contestaste el teléfono?».

Una vez más le respondió largamente. Cuando hubo acabado, papá prosiguió: «¡Espera! ¡No seas tonta! Te estás poniendo muy nerviosa... y no me puedes hacer responsable de una llamada que yo no he hecho y que todavía no hemos identificado... –El rostro se le oscureció de repente, ya que ella parecía haberle interrumpido–. ¡Por el amor de Dios, Jill! ¡Escúchate a ti misma! ¡Te estás comportando de un modo totalmente irracional!». El tono de voz en el que pronunció esas últimas palabras indicaba –como había podido comprobar personalmente– que iba a zanjar un tema del que no quería seguir hablando. Era un tono glacial, autoritario, de superioridad y de alguien que domina la situación.

Pero Jill no era el tipo de persona que se dejaba convencer con facilidad. La escuchó de nuevo. Estaba de espaldas a mí, pero notaba cómo cada vez estaba más tenso. Pasó casi un minuto antes de que volviera a hablar de nuevo.

«Ahora mismo voy hacia casa –le respondió con brusquedad–. No pienso discutir estas cosas por teléfono.»

Entonces colgó, y me pareció que la dejaba con la palabra en la boca. Se dio la vuelta y, contemplando el Guarneri, exclamó: «¡De momento tenemos que dejarlo!».

«¿Va todo bien en casa?», le pregunté.

«Nada va bien en ninguna parte», fue su única respuesta.

26 de septiembre, 23.30

El hecho de que había sido incapaz de tocar para él fue sin duda lo que mi padre le contó a Raphael en la plaza después de salir de mi casa, porque cuando Raphael vino a verme tres minutos después de que se despidieran, lo llevaba escrito en el rostro. Dirigió la mirada al Guarneri encerrado dentro de su funda.

–No puedo –le confesé.

–Él cree que no quieres.

Raphael tocó el instrumento con suavidad. Era el tipo de caricia que podría haber ofrecido a una mujer, si alguna vez una mujer lo hubiera considerado objeto de atracción sexual. Sin embargo, por lo que yo sabía, eso nunca había sucedido. De hecho, mientras lo observaba, tenía la sensación de que yo, y mi violín, habíamos evitado que llevara una vida totalmente solitaria.

Como si quisiera corroborar mis pensamientos, Raphael declaró:

–Esta situación no puede continuar, Gideon.

–¿Y si lo hace? –le pregunté.

–No continuará. Es imposible.

–Así pues, estás de su parte, ¿no es verdad? ¿Te pidió en la calle –hice un gesto de asentimiento hacia la ventana– que me rogaras que tocara para ti?

Raphael contempló la plaza desde la ventana, los árboles cuyas hojas estaban empezando a cambiar de color, revistiéndose con los colores de principios de otoño.

–No –respondió–. No me ha pedido que te obligue a tocar. Hoy no. Me atrevería a decir que tenía la mente ocupada con otros asuntos.

No sabía si creerle, teniendo en cuenta la ira que había presenciado en mi padre mientras hablaba con Raphael. Pero aproveché la idea de «otros asuntos» para cambiar de tema.

–¿Por qué nos abandonó mi madre? –le pregunté–. ¿Fue a causa de Katja Wolff?

–Ése no es un tema del que debamos hablar nosotros –replicó Raphael.

–Me he acordado de Sonia –le dije.

Asió el picaporte de la ventana, y pensé que tenía intención de abrirla para dejar que entrara aire fresco o para salir al estrecho balcón. No obstante, no hizo ninguna de las dos cosas. Se limitó a manosear el picaporte en vano, y mientras lo observaba caí en la cuenta de cómo ese simple gesto decía tanto sobre la falta de relación que habíamos tenido que no implicara al violín.

–He *recordado* a Sonia, Raphael –le repetí–. He recordado a Sonia. Y también a Katja Wolff. ¿Por qué nunca me habían hablado de ellas?

Parecía afligido, y pensé que quería eludir tener que darme una respuesta. Pero en el preciso instante en que me disponía a aceptar su silencio, me contestó:

–Por lo que le sucedió a Sonia.

–¿Qué? ¿Qué le pasó?

Al responder, su voz mostraba cierto tono de asombro:

–De hecho, no te acuerdas, ¿verdad? Siempre pensé que nunca hablabas de ello porque los demás tampoco lo hacíamos. Pero lo que pasa es que no lo recuerdas.

Negué con la cabeza, y la vergüenza de esa confesión me recorrió el cuerpo. Era mi hermana, y yo no era capaz de recordar nada de ella, doctora Rose. Ni siquiera recordaba que hubiera existido hasta que usted y yo empezamos este proceso. ¿Puede empezar a imaginarse cómo me siento?

Raphael continuó, excusando con gran delicadeza el tremendo egoísmo que había causado que mi hermana pequeña se me borrara de la mente.

–Por aquel entonces aún no habías cumplido los ocho años, ¿no es así? Además, después del juicio nunca volvimos a hablar del tema. Apenas lo comentamos durante el juicio, y decidimos no volver a hablar de ello cuando éste hubiera acabado. Incluso tu madre estuvo de acuerdo, a pesar de que estaba deshecha por todo lo que había sucedido. Sí. Entiendo que puedas haberlo borrado de la mente.

A pesar de que tenía la boca seca, le pregunté:

–Papá me contó que Sonia se había ahogado. ¿Por qué se celebró un juicio? ¿A quién juzgaron? ¿Por qué motivo?

–¿Tu padre no te ha contado nada más?

–Lo único que me ha dicho es que Sonia se ahogó. Parecía tan... Tuve la sensación de que el hecho de contarme cómo murió le haría sufrir demasiado. No quise preguntarle nada más. Pero... ¿un juicio? Eso debe significar... ¿un juicio?

Raphael asintió con la cabeza, y todas las posibilidades que había considerado hasta ese momento se me amontonaron de golpe en la mente, antes de que Raphael prosiguiera: Virginia murió de pequeña, el abuelo sufría episodios, mi madre no paraba de llorar en su dormitorio, alguien ha hecho una fotografía en el jardín, sor Cecilia está en el vestíbulo, papá grita, y yo estoy en la sala de estar, pegando patadas a las patas del sofá, echando mi atril por el suelo, declarando con violencia y desafío que no pienso tocar esas escalas infantiles.

–Katja Wolff mató a tu hermana, Gideon –me explicó Raphael–. La ahogó en la bañera.

28 de septiembre

No me quiso contar nada más. Sencillamente se encerró en sí mismo o se aisló o como sea que se llame lo que hace la gente cuando ha alcanzado el límite de lo que pueden llegar a decir. Cuando pregunté: «¿Ahogada? ¿Deliberadamente? ¿Cuándo? ¿Por qué?», y sentí que la aprehensión que acompañaba esas palabras me recorría la columna vertebral cual fríos dedos, me respondió: «No te puedo contar más. Pregúntaselo a tu padre».

Mi padre. Se sienta en un extremo de la cama y me observa; yo tengo miedo.

«¿De qué? –me pregunta–. ¿Cuántos años tienes?»

«Debo de ser pequeño, porque me parece muy grande, como un gigante, cuando de hecho ahora medimos más o menos lo mismo. Me pone la mano sobre el hombro...»

«¿Te conforta la caricia?»

«No, no, me aparto de él.»

«¿Te habla?»

Al principio, no. Simplemente se sienta junto a mí. Pero un instante después, me coloca las manos sobre los hombros, como si esperara que me levantara y deseara que me mantuviera quieto para que pudiera escucharle. Así pues, eso es lo que hago. Sigo allí tumbado, nos miramos, y por fin empieza a hablar:

–Tú estás a salvo, Gideon –me asegura–. Tú estás a salvo.

«¿De qué le está hablando? –me pregunta–. ¿Había tenido pesadillas? ¿Era ésa la razón por la que estaba allí? ¿O había algo más? ¿Algo relacionado con Katja Wolff, tal vez? ¿Está a salvo de ella? ¿O todo eso se remonta a un tiempo más lejano, Gideon, a una época anterior a la llegada de Katja?»

Había venido gente a casa. Eso sí que lo recuerdo. Me mandaron a mi habitación en compañía de Sarah-Jane Beckett, y no paraba de decir cosas en voz baja que en teoría yo no debía oír. Anda de un lado a otro de la habitación, habla, y se estira las uñas como si quisiera arrancárselas. No deja de repetir: «Lo sabía. Lo veía venir. ¡Maldita hija de puta!», y yo sé que eso son palabrotas, y estoy sorprendido y asustado porque sé que Sarah-Jane Beckett no acostumbra a usar ese tipo de vocabulario. «Se creía que no nos enteraríamos. Pensaba que no nos daríamos cuenta.»

«¿Darse cuenta de qué?»

No lo sé.

Oigo pasos y a alguien llorando desde mi dormitorio. «¡Aquí! ¡Aquí!», apenas alcanzo a reconocer la voz de mi padre, ya que está teñida de miedo. Entre sus gritos, oigo a mi madre, que dice: «¡Richard! ¡Dios mío! ¡Richard! ¡Richard!». El abuelo está furioso, la abuela no cesa de lamentarse, y alguien no para de gritar: «¡Que limpien el cuarto! ¡Que limpien el cuarto!». No reconozco esa última voz, y cuando Sarah-Jane la oye, deja de moverse de un lado a otro y de murmurar, y se detiene, con la cabeza agachada, junto a la puerta.

También oigo otras voces, voces de extraños. Una hace una serie de preguntas rápidas que empiezan por *cómo*.

Se oyen más pasos, un movimiento constante, cajas metálicas de herramientas que golpean el suelo, un hombre que da órdenes en un tono muy brusco, otras voces nerviosas de hombre que responden, y entre todo ese ruido se oye a alguien gritar: «¡No! ¡No he dejado sola!».

Ésa debe de ser Katja, porque dice «no he dejado» en vez de «*no la he dejado*», que es lo que podría decir alguien que no domina muy bien la lengua en un momento de pánico. Y cuando lo dice, y lo dice llorando, Sarah-Jane Beckett pone la mano sobre el tirador de la puerta y dice: «¡Serás zorra!».

Creo que quiere salir al pasillo, de donde proviene todo ese jaleo, pero no lo hace. Se vuelve hacia la cama, desde donde la estoy observando, y me dice: «Supongo que de momento no me iré».

«¿Iré, Gideon? ¿Tenía que ir a alguna parte? ¿Había llegado el momento de que cogiera sus vacaciones anuales?»

«No. No creo que se esté refiriendo a eso. En cierta manera, pienso que hace referencia al hecho de marcharse para siempre.»

«¿Tal vez la hubieran despedido?»

No me parece lógico. Si la habían despedido por incompetencia, por falta de honradez o por cualquier otro tipo de maldad, ¿qué tiene que ver la muerte de Sonia con el hecho de que siguiera siendo mi maestra? Que es precisamente lo que sucede, doctora Rose: Sarah-Jane Beckett sigue siendo mi maestra hasta que tengo dieciséis años, momento en el que se casa y se traslada a Cheltenham. Por lo tanto, tenía intención de marcharse por otro motivo, un motivo que dejó de existir con la muerte de Sonia.

«¿Insinúa que Sarah-Jane Beckett planeaba marcharse a causa de Sonia?»

Eso es lo que parece, ¿no cree? Sin embargo, no se me ocurre ninguna razón.

6

Doll Cottage tenía un desván, y eso fue lo último que inspeccionaron la agente Havers y su superior en la casa de Eugenie Davies. Era una buhardilla diminuta metida entre los aleros. Se llegaba a ella a través de un ventanuco que había en el techo justo delante del cuarto de baño. Una vez que estuvieron dentro, no les quedó más remedio que avanzar a gatas sobre un suelo totalmente limpio, lo que sugería que alguien lo visitaba con regularidad, para limpiarlo o para inspeccionar los contenidos de ese pequeño cuarto.

–¿Qué opinas? –le preguntó Barbara mientras Lynley estiraba una cuerda que estaba sujeta a una bombilla del techo. Un cono de luz amarilla resplandeció sobre él, proyectando sombras sobre su frente y ocultándole los ojos–. Wiley ha dicho que ella quería contarle algo, pero en realidad lo único que tendría que hacer es actuar con rapidez y con inteligencia antes de la fecha límite que le hemos puesto, y ya está.

–¿Es ésa tu forma enrevesada de decir que el comandante Wiley tenía motivos para matarla? –le preguntó Lynley–. Aquí no hay ni una sola telaraña, Havers.

–Ya me he dado cuenta. Ni tampoco hay ni una mota de polvo.

Lynley pasó la mano por encima de un baúl de madera que había junto a un montón de grandes cajas de cartón. Tenía un pasador por pestillo, y como no había cerradura, levantó la tapa y examinó el interior mientras Barbara se arrastraba hacia la primera de las cajas.

–Tres pacientes años de esfuerzos, con la esperanza de conseguir un tipo de relación que implicaba mucho más de lo que ella le podía ofrecer. Ella, a regañadientes, le confiesa que nunca podrá haber nada más serio entre ellos porque... –comenta Lynley.

–... porque existe un tipo que conduce un Audi azul marino, o negro, con el que acaba de pelearse en un aparcamiento.

–Es posible. Frustrado, la sigue hasta Londres, me refiero al comandante Wiley, claro está, y la atropella. Sí. Supongo que podría haber sucedido de ese modo.

–Sin embargo, no lo crees probable.

–Creo que aún es demasiado pronto para saberlo. ¿Qué tenemos por aquí?

Barbara, después de examinar el contenido de la caja que había abierto, respondió:

–Ropa.

–¿De Eugenie?

Barbara levantó la primera prenda y la sostuvo en alto: un peto de pana de niño pequeño, rosa y con flores amarillas bordadas. Entonces contestó:

–Supongo que es de su hija.

Siguió escarbando y sacó un montón de ropa: vestidos, jerséis, pijamas, pantalones cortos, camisetas, peleles, zapatos y calcetines. Todo era del mismo estilo: los colores y los dibujos indicaban que esas prendas habían sido usadas para vestir a la niña que había sido asesinada. Barbara lo metió de nuevo en la caja y se volvió hacia la siguiente caja en el instante en que Lynley sacaba el contenido del baúl de madera. La segunda caja contenía lo que parecía la ropa de cama y todos los demás objetos que se usan para la cuna de un bebé. Contenía sábanas de Peter Rabbit cuidadosamente dobladas, un móvil musical, un peluche muy gastado de Jemima Puddleduck, otros seis animales de peluche muy nuevos, lo cual sugería que al bebé no le habían gustado tanto como el de Jemima, y la almohadilla que solía ponerse alrededor de la cuna para evitar que los niños se dieran golpes contra la pared.

La tercera caja contenía accesorios de baño: cualquier cosa desde patos de goma a un albornoz diminuto. Cuando Barbara estaba a punto de comentar lo macabro que le parecía haber guardado todos esos objetos –teniendo en cuenta cómo había muerto la niña–, oyó que Lynley decía:

–Esto parece interesante, Havers.

Levantó los ojos y vio que se había puesto las gafas y que estaba sosteniendo un montón de artículos de periódico. Ya estaba leyendo con atención el primero. A su lado, en el suelo, había apilado los demás contenidos del baúl, que consistían en una colección de periódicos y revistas, y cinco álbumes de piel que podían ser usados tanto para fotografías como para recortes.

–¿Qué has encontrado? –le preguntó.

–Tiene una verdadera biblioteca virtual sobre Gideon.

–¿La ha sacado de los periódicos? ¿Es famoso por algún motivo?

–Toca el violín. –Dejó a un lado el artículo de revista que estaba leyendo–. Se trata de Gideon Davies, Havers.

Barbara se apoyó en los talones. Mientras sostenía un guante para lavar con forma de gato, le preguntó:

–¿Debería desmayarme al enterarme de esa noticia?

–¿No sabes quién es...? No importa –respondió Linley–. Es culpa mía. Había olvidado que la música clásica no es lo tuyo. En cambio, si fuera el guitarrista de Rotting Teeth...

–¿Noto cierto desprecio hacia mis gustos musicales?

–... o cualquier otro grupo de ese estilo, seguro que lo habrías reconocido de inmediato.

–De acuerdo –asintió Barbara–. ¿Quién es ese tipo cuando está en la ducha de su casa?

Lynley se lo explicó: un virtuoso del violín, un antiguo niño prodigio, el poseedor de una gran reputación mundial por haber hecho su debut profesional antes de tener diez años.

–Según parece, su madre guardó todo lo que tenía que ver con su carrera profesional.

–¿A pesar de que no se veían nunca? –preguntó Havers–. Eso me sugiere que ese distanciamiento fue propiciado por él mismo, o tal vez por el padre.

–Eso parece –asintió Lynley a medida que revisaba el material–. Esto es un verdadero tesoro escondido. Especialmente todo lo que recopiló desde su última actuación en público, incluida la prensa sensacionalista.

–Bien, si es famoso...

Barbara extrajo una caja más pequeña de entre los artículos de baño. La abrió y encontró una colección de recetas, todas extendidas para la misma persona: Sonia Davies.

–No, más bien fue algún tipo de fiasco –puntualizó Lynley–. Era una pieza musical para un trío. Ya me acuerdo, sucedió en Wigmore Hall. Se negó a tocar. Abandonó el escenario al principio de la actuación y nunca más ha vuelto a tocar en público desde entonces.

–¿Quizá se le cruzaran los cables?

–Es posible.

–¿Pánico a tocar en público?

–Es una posibilidad. –Lynley sostuvo los periódicos en alto: tanto los de prensa amarilla como los de calidad–. Parece ser que ha guardado todos los artículos que hablaban de él, por muy pequeños que fueran.

–Bien, era su madre. ¿Qué hay en los álbumes?

Lynley abrió el primer álbum mientras Barbara se acercaba a mirar. Había más recortes guardados dentro de los álbumes de piel. Éstos iban acompañados de programas de conciertos, fotografías publicitarias y folletos de una organización llamada East London Conservatory.

–Me pregunto qué pudo causar que se distanciaran tanto –comentó Barbara, en vista de todo aquello.

–Es una buena pregunta –contestó Lynley.

Continuaron examinando los contenidos de las cajas y del baúl y se dieron cuenta de que todo lo que había guardaba relación con Gideon o Sonia Davies. Daba la sensación, pensó Barbara, de que Eugenie Davies no hubiera existido antes del nacimiento de sus hijos. Y que, al perderlos, también hubiera dejado de existir. Salvo que, evidentemente, sólo había perdido a uno.

–Supongo que tendremos que ir a hablar con Gideon –advirtió Barbara.

–Ya está en la lista –contestó Lynley.

Lo volvieron a colocar todo en su sitio y regresaron al piso de abajo. Lynley cerró el ventanuco.

–Coge las cartas del dormitorio, Havers. Vayamos al Club para Mayores de 60 Años. Quizá podamos averiguar algo más.

Una vez en la calle, subieron por Friday Street, en dirección contraria al río, pasaron por delante de la librería de Wiley, y Barbara se dio cuenta de que el comandante Ted Wiley no hizo ningún esfuerzo por disimular. Estaba de pie tras una colección de libros de fotografías, mirándoles a través del escaparate. En el momento que pasaban por delante de él, Wiley se llevó un pañuelo a la cara. ¿Estaba llorando? ¿Haciendo ver que lloraba? ¿O simplemente sonándose la nariz? Barbara no pudo evitar preguntárselo. Tres años era una espera demasiado larga para un compromiso, sobre todo si al final se iba a pique.

Friday Street era una amalgama de comercios y de casas residenciales. Desembocaba en Duke Street, donde la tienda de música Henley exhibía una colección de violines y de violas –además de una guitarra, de una mandolina y de un banjo– en el escaparate.

–Espera un momento, Barbara –le dijo Lynley, mientras se detenía a mirar los instrumentos.

Barbara aprovechó la oportunidad para encenderse un cigarrillo, y también los miró con espíritu de colaboración, preguntándose qué se suponía que ella y Lynley debían ver.

–¿Qué? ¿QUÉ? –le preguntó a Lynley al cabo de un rato cuando vio que los seguía observando mientras, meditabundo, se tocaba la barbilla.

–Es igual que Menuhin –respondió–. El principio de sus respectivas carreras está lleno de semejanzas. Pero me pregunto si la familia también se parece. Menuhin disfrutó de la dedicación total de sus padres desde un principio. Si Gideon no...

–Menu... ¿quién?

–Otro niño prodigio, Havers –contestó Lynley mientras se daba la vuelta hacia ella. Cruzó los brazos, cambió el peso de pierna, con la intención, según parecía, de darle una conferencia sobre el tema–. Es algo a tener en cuenta: ¿Qué sucede con la vida propia de los padres cuando averiguan que han traído un genio al mundo? Toda una serie de responsabilidades, totalmente diferentes de las que tienen que asumir los padres de los niños normales, recae sobre ellos. Si a las responsabilidades que implican los niños normales les añadimos las que requieren un niño fuera de lo corriente...

–Estás pensando en Sonia, ¿no es verdad? –preguntó Havers.

–Sí. Esas responsabilidades son igualmente absorbentes, agotadoras y difíciles, pero de un modo diferente.

–No obstante, ¿son igual de satisfactorias para los padres? Y si no lo son, ¿cómo se las arreglan? ¿Y cómo afecta a su vida en pareja?

Lynley asintió con la cabeza, observando los violines de nuevo. Teniendo en cuenta sus palabras, Barbara se preguntaba hasta qué punto estaba pensando en su propio futuro mientras observaba los instrumentos. Aún no le había dicho nada sobre la conversación que había mantenido con su mujer la noche anterior. Ahora no le parecía el momento oportuno para hacerlo. Pero, por otra parte, le había propiciado una oportunidad difícil de ignorar. ¿Y no le iría bien tener una amiga a quien contarle todas las preocupaciones que fueran surgiendo durante los meses que Helen estuviera embarazada? No era probable que tuviera intención de comentárselas a su mujer.

–¿Preocupado, señor? –le preguntó; siguió fumando su Player con un poco de aprehensión porque, aunque llevaban más de tres años trabajando juntos, rara vez se aventuraban a hablar de su vida privada.

–¿Preocupada, Havers?

Espiró el humo por la comisura de los labios, con el buen propósito de no echárselo a la cara cuando Lynley se diera la vuelta hacia ella.

–Ayer por la noche Helen me contó lo del... ya sabes a lo que me refiero. Supongo que eso implica ciertas preocupaciones. Todo el mundo las tiene en algún momento. Lo que le quiero decir es que... –Se apartó el pelo y se abrochó el botón superior de su chaqueta de lana, y se lo desabrochó de inmediato al ver que le oprimía.

–¡Ah! ¡El bebé! ¡Sí, claro! –contestó él.

–Supongo que en algunos momentos uno debe de estar asustado.

–Sí, en ciertos momentos –respondió sin alterarse–. Prosigamos. –Dobló la esquina de la tienda de música y puso fin a la conversación.

«¡Vaya respuesta más extraña!», pensó Barbara. Una reacción muy rara. Se dio cuenta de lo estereotípica que había esperado que fuera su reacción ante su inminente paternidad. Procedía de una familia distinguida, tenía un título –por muy anacrónico que pudiera parecer– y poseía una finca familiar que había heredado cuando apenas había cumplido los veinte años. ¿No era de esperar que trajera al mundo un heredero poco después de su matrimonio? ¿No debería de estar encantado de haber cumplido con su deber a los pocos meses de haber dado el paso decisivo?

Barbara frunció el ceño, lanzó la colilla al suelo y ésta fue a aterrizar en un charco que había en la acera. «¡Cuántas cosas ignora una de los hombres!», pensó.

El Club para Mayores de 60 Años era un edificio modesto que estaba ubicado en uno de los extremos del aparcamiento de Albert Road. Cuando entraron, Barbara y Lynley fueron inmediatamente saludados por una mujer pelirroja de grandes dientes; ésta llevaba un vestido transparente con dibujos de flores que era mucho más adecuado para una fiesta al aire libre en un día soleado que para el día gris de noviembre que hacía. Les mostró sus espantosas perlas bucales y se presentó como Georgia Ramsbottom, secretaria del Club, «por voto unánime por quinto año consecutivo». ¿Podía serles de ayuda? ¿Quizá sus padres se mostraban poco dispuestos a informarse sobre las amenidades del Club? ¿O tal vez su madre había enviudado hacía poco? ¿O quizá su padre intentara aceptar la muerte de su querida esposa?

–A veces nuestros jubilados –era evidente que ella no se consideraba uno de ellos, a pesar de su piel resplandeciente y tersa que indicaba los grandes esfuerzos que hacía para retardar el proceso de envejecimiento– se sienten poco inclinados a cambiar cosas en su vida, ¿no es verdad?

–Eso no sólo sucede con los jubilados –respondió Lynley con amabilidad mientras le mostraba el carné y hacía las presentaciones.

–¡Oh! ¡Santo Cielo! ¡Lo siento! No sé por qué me imaginé que... –Georgia Ramsbottom bajó la voz–. ¿De la policía? No creo que pueda ayudarles en nada. Como ven, a mí sólo me han elegido.

–Pero durante cinco años consecutivos –apuntó Barbara amablemente–. ¡Felicidades!

–¿Hay algo que...? Entonces, supongo que querrán hablar con la directora, ¿no es verdad? Aún no ha llegado. No entiendo por qué, salvo que Eugenie siempre tiene asuntos importantes por resolver; pero puedo llamarla a casa, si no les importa esperar un momento en la sala de juegos.

Señaló la misma puerta por la que ella había aparecido para darles la bienvenida. Más allá de la puerta se veía gente sentada en pequeñas mesas: grupos de cuatro jugando a cartas, grupos de dos jugando al ajedrez o a las damas, y una persona sola jugando al solitario *Paciencia*, aunque con muy poca, si uno se dejaba guiar por los frecuentes «¡a la mierda!» que profería. La secretaria se dirigió hacia una oficina cerrada, en cuya puerta estaba pintada la palabra DIRECTORA sobre un cristal translúcido.

–Entraré un momento en su oficina y la llamaré.

–¿Está hablando de la señora Davies? –preguntó Lynley.

–Sí, por supuesto, de Eugenie Davies. Normalmente está aquí, a excepción de las temporadas que pasa en las residencias para ancianos. Nuestra Eugenie es muy buena. Muy generosa. Un ejemplo perfecto de... –Parecía incapaz de acabar la metáfora; por lo tanto, cambió de tema–. Pero si la buscan a ella, ya lo deben de saber... quiero decir, la buena reputación que tiene por las buenas obras que hace. Porque si no lo saben...

–Me temo que está muerta –espetó Lynley.

–¡Muerta! –repitió Georgia Ramsbottom un momento después mientras les miraba fijamente como si no lo comprendiera–. ¿Eugenie? ¿Eugenie Davies? ¿Muerta?

–Sí, murió en Londres ayer por la noche.

–¿En Londres? ¿Estaba...? ¿Qué le sucedió? ¡Dios mío! ¿Lo sabe Teddy? –Georgia miró rápidamente hacia la puerta por la que acababan de pasar Lynley y Barbara. Su rostro indicaba que deseaba salir corriendo para comunicarle las malas noticias al comandante Ted

Wiley con toda urgencia–. Él y Eugenie –dijo con rapidez y en voz baja, como si temiera que los jugadores de cartas de la sala contigua pudieran prestar atención a algo que no fueran sus partidas–. Estaban... Bien, evidentemente, ninguno de los dos lo anunció en público, pero Eugenie era así, ¿no es verdad? Muy discreta. No era una persona muy dada a contarle a cualquiera los detalles más íntimos de su vida. Pero cuando uno los veía juntos, era evidente que Ted estaba loco por ella. Yo, más que nadie, me sentí muy contenta por los dos, porque aunque Ted y yo siempre íbamos juntos cuando él llegó a Henley, yo ya había llegado a la conclusión de que Ted no acababa de ser el hombre que yo quería, y cuando se lo pasé a Eugenie, no podría haberme sentido más feliz al ver que congeniaban. Química. Eso era precisamente lo que había entre ellos, y lo que nunca hubo entre Ted y yo. Ya saben cómo son esas cosas. –Nos enseñó los dientes de nuevo–. ¡Pobre Ted! ¡Pobre cariño mío! ¡Es un encanto! Es una de las personas más queridas del club.

–Ya sabe lo de la señora Davies –le informó Lynley–. Hemos hablado con él.

–Pobre hombre. Primero su mujer y después esto. ¡Dios mío! –Suspiró–. ¡Santo Cielo! Tendré que decírselo a todo el mundo.

Por un instante, Barbara se preguntó hasta qué punto iba a disfrutar haciéndolo.

–Si pudiéramos entrar en su oficina... –Lynley señaló la oficina con una inclinación de cabeza.

–Sí, por supuesto –respondió Georgia Ramsbottom–. No debería estar cerrada con llave. Normalmente no lo está. El teléfono está ahí adentro, y si Eugenie no está aquí, alguien tiene que entrar para contestar. Es normal, porque algunos de nuestros miembros tienen a sus cónyuges en residencias para ancianos y una llamada telefónica podría significar... –Fue bajando el tono de voz a propósito. Giró el tirador, abrió la puerta de un golpe y les indicó que pasaran.

–Si no les importa, me gustaría preguntarles...

Una vez dentro, Lynley se mostró indeciso. Se volvió hacia la mujer en el instante en que Barbara entraba, se dirigía hacia el único escritorio de la oficina y se dejaba caer en la silla. Sobre la mesa había una agenda; Barbara la cogió en el momento en que Lynley decía:

–¿Sí?

–¿Estaba Ted...? ¿Está...? –Se esforzaba por conseguir un tono fúnebre–. ¿Está muy conmovido, inspector? Somos tan buenos amigos, que creo que debería llamarle de inmediato. ¿O quizá debería visitarle y ofrecerle unas palabras de consuelo?

«¡Por el amor de Dios!», pensó Barbara. El cadáver aún estaba caliente. Pero, evidentemente, cuando un hombre quedaba libre no había tiempo que perder. Mientras Lynley pronunciaba todos esos sonidos correctos y educados para darle a entender que sólo un amigo podía saber si era mejor llamarle por teléfono o ir a verle, y mientras Georgia Ramsbottom se encerraba en su mundo para pensárselo, Barbara se dedicó a examinar la agenda de Eugenie Davies. Vio que la directora del club social se mantenía ocupada con reuniones del comité que guardaban relación con los eventos del club, con visitas a lugares llamados Quiet Pines, River View y The Willows, que, según parecía, debían de ser residencias para ancianos, con citas con el comandante Wiley –marcadas con un *Ted* escrito sobre una determinada hora–, o con una serie de citas concertadas en lugares con nombres de pub o de hotel. Estas últimas aparecían de forma regular a lo largo de todo el año. No coincidían ni en el día ni en la semana, pero aparecían, como mínimo, una vez al mes. Le pareció curioso que las citas no tan sólo estuvieran apuntadas en los meses previos del año y en el mes en el que se encontraban, sino también en toda la agenda, que incluía los primeros seis meses del año siguiente. Barbara se lo comentó a Lynley mientras éste empezaba a leer una agenda de teléfonos que había sacado del cajón superior de la derecha del escritorio.

–Parecen citas importantes –apuntó.

–¿Para ir de pub en pub? –preguntó Barbara–. ¿Para escribir reseñas de hoteles? No lo creo. Escucha: Catherine Wheel, King's Head, Fox and Glove, Claridges... No creo que se trate de eso. ¿Qué te sugiere? Quizá fueran citas amorosas.

–¿Sólo aparece un hotel?

–No, hay más. Aquí está el Astoria y el Lords of the Manor. También sale Le Meridien. Algunos están en el centro de la ciudad y otros en las afueras. Se veía con alguien, inspector, y me apuesto lo que quiera que no se trataba de Wiley.

–Llame a los hoteles y averigüe si alguna vez reservó una habitación.

–¡Qué labor tan estimulante!

–Es uno de los cometidos más importantes de nuestro oficio.

Mientras hacía las llamadas, Barbara examinó las demás cosas que había sobre el escritorio de Eugenie Davies. Los otros cajones contenían material de oficina: tarjetas de visita, sobres y papel de escribir, celo y grapas, gomas elásticas, tijeras, lápices y bolígrafos. Los archivos contenían contratos realizados con empresas suministradoras de productos alimenticios, mobiliario, ordenadores y fotocopiadoras. Cuando Barbara consiguió averiguar que en el primer hotel no constaba que Eugenie Davies hubiera pasado ninguna noche allí, ya había llegado a la conclusión que en el escritorio no había nada de índole personal.

Se fijó en la superficie del escritorio a medida que Lynley se agachaba junto a un ordenador que estaba en la modalidad de reiniciar. Ahondó en la bandeja de entrada de la mujer muerta. Lynley penetró en su mundo cibernético.

Barbara se dio cuenta de que, al igual que los hoteles, la bandeja de entrada tampoco era ninguna fuente fascinante de información. Contenía tres solicitudes para apuntarse en el club –todas ellas de mujeres de unos setenta años que acababan de enviudar–, además de lo que parecían ser los borradores de las notas informativas sobre futuras actividades. Barbara, al ver lo que el club tenía previsto para sus miembros, silbó en voz baja. Debido a la proximidad de las vacaciones, los jubilados habían programado una colección admirable de eventos. Había de todo, desde un viaje en autocar a Bath para asistir a una cena y a una representación navideña hasta una fiesta de Fin de Año. Fiestas, cenas, bailes, excursiones para el día de San Esteban y misas a medianoche estaban previstas para una multitud de mayores de sesenta años que ciertamente hacían todo lo posible por disfrutar de la edad de oro.

A su espalda, Barbara oyó el runrún y los bips del ordenador de Eugenie Davies. Se puso en pie y se dirigió hacia el único archivador mientras Lynley se sentaba junto a la mesa y giraba la silla para quedar de cara al ordenador. El archivador tenía cerradura, pero estaba abierto; por lo tanto, Barbara abrió el primer cajón y empezó a hojear los archivos. Parecía que casi todo se trataba de correspondencia con otras organizaciones para jubilados del Reino Unido. Sin embargo, también había documentos que versaban sobre la Seguridad Social, sobre un programa de viaje y estudios llamado Elder Hostel, sobre temas geriátricos desde el Alzheimer hasta la osteoporosis, y sobre temas legales referentes a testamentos, fideicomisos e inversiones. Había una carpeta manila que contenía la correspondencia de los hijos de los miembros del club. La mayoría eran cartas de agradecimiento y elogios de lo que el club estaba haciendo para sacar a Mamá y Papá de su cáscara. Algunos se cuestionaban la devoción que Mamá y Papá sentían por una organización que no tenía nada que ver con la familia más próxima. Barbara sacó este último grupo de la carpeta y lo depositó sobre el escritorio. Quizás algún familiar se había sentido demasiado preocupado por el afecto que Papá y Mamá le tenían a la directora del club, por no decir nada de las consecuencias que ese afecto podría acarrear. Comprobó que ninguna de las cartas estuviera firmada por Wiley. No había ninguna, pero eso no quería decir que el comandante no tuviera ninguna hija que le hubiera mandado una carta a Eugenie.

Una de las carpetas tenía un interés especial, ya que estaba llena de fotografías del club realizadas en distintas ocasiones. Mientras Barbara las iba hojeando, se dio cuenta de que el comandante Wiley aparecía con frecuencia en las fotografías y que normalmente iba acompañado de una mujer que se le colgaba del brazo, que le rodeaba los hombros o que se le sentaba en el regazo. Georgia Ramsbottom. *Estimado Teddy*. «Por supuesto», pensó Barbara. Comenzó a decir «inspector», en el preciso instante en que Lynley anunció:

–Aquí hay algo, Havers.

Fotografías en mano, se dirigió hacia el ordenador. Vio que se había conectado a Internet y que el correo electrónico de Eugenie Davies aparecía en pantalla.

–¿No tenía contraseña? –le preguntó Barbara mientras le entregaba las fotografías.

–Sí –respondió–, pero fue bastante fácil de adivinar, teniendo en cuenta la situación.

–¿El nombre de algún hijo? –preguntó Barbara.

–*Sonia* –contestó–. ¡Maldita sea!

–¿Qué pasa?

–Aquí no hay nada.

–¿No hay ningún mensaje que sea una amenaza de muerte? ¿No hay detalles de un posible viaje a Hampstead? ¿No hay ninguna invitación para ir a Le Meridien?

–Nada de nada. –Lynley observó la pantalla de cerca–. ¿Cómo se localiza el correo electrónico, Havers? ¿Podría tener antiguos mensajes escondidos por alguna parte?

–¿Me lo preguntas a mí? ¡Si aún no me he acabado de habituar al móvil!

–Tenemos que encontrarlos. Si existen, claro está.

–Tendremos que llevárnoslo, señor –precisó Barbara–. Me refiero al ordenador, señor. Seguro que habrá alguien en Londres que pueda ayudarnos.

–Sí, es verdad –respondió Lynley. Examinó las fotografías que le acababa de entregar, pero no pareció que les dedicara demasiada atención.

–Georgia Ramsbottom –advirtió Barbara–. Parece ser que hubo un momento en que ella y Teddy estaban muy unidos.

–¿Mujeres de sesenta años atropellándose en la carretera? –preguntó Lynley.

–Sólo es una posibilidad –replicó Barbara–. Me pregunto si su coche estará abollado.

–No sé por qué, pero lo dudo –contestó Lynley.

–Sin embargo, deberíamos comprobarlo. No creo que podamos...

–Sí, sí, le echaremos un vistazo. Seguro que está en el aparcamiento. –Sin embargo, lo dijo sin tomárselo en serio, y a Barbara no le gustó mucho ver que dejaba las fotografías de lado y que volvía al ordenador, sumido en sus propios pensamientos. Cerró el correo de Eugenie Davies, apagó el ordenador y se dispuso a desenchufarlo–. Veamos qué páginas consultó la señora Davies en Internet. Es imposible conectarse sin dejar rastro.

«Bragas Cremosas.» El comisario Eric Leach mantuvo el rostro impasible. Hacía más de veintiséis años que trabajaba de policía y ya hacía mucho tiempo que se había dado cuenta de que, en su oficio, tan sólo un majadero optimista podía llegar a la conclusión de que ya había visto todo lo que había por ver de sus compañeros de raza humana. Pero, en realidad, eso era algo digno de anotación.

–¿Ha dicho «bragas cremosas», señor Pitchley?

Se encontraban en una de las salas de interrogatorios de la comisaría de policía: J. W. Pitchley, su abogado –un hombre diminuto llamado Jacob Azoff, que tenía unos pelos en la nariz que se asemejaban a un plumero y una gran mancha de café que le decoraba la corbata–, un agente llamado Stanwood, y Leach en persona, que hacía el interrogatorio y que se tragaba pastillas para el constipado con la misma facilidad que si de caramelos se tratara, preguntándose con amargura cuánto tiempo tardaría su sistema inmunitario en ponerse a la altura de la vida que tenía que llevar. Una noche yendo de bar en bar y se había convertido en caldo de cultivo para todos los virus conocidos por la humanidad.

El abogado de Pitchley le había llamado aún no hacía dos horas. Azoff le había informado brevemente de que su cliente deseaba hacer unas declaraciones a la policía. Y quería asegurarse de que sus declaraciones serían confidenciales, sólo entre los chicos, tratadas con discreción y santificadas con agua bendita. En resumen, que Pitchley no quería que la prensa se enterara de su nombre, y si existía la más mínima posibilidad de que la prensa consiguiera su nombre... etcétera, etcétera, etcétera. Aburridísimo.

–No es la primera vez que pasa por esto –dijo Azoff con un tono de voz de superioridad–. Por lo tanto, si conseguimos llegar a un acuerdo preliminar con respecto a la confidencialidad de su conversación, comisario Leach, creo que tenemos en nuestras manos a un hombre que hará todo lo posible por ayudarle en sus investigaciones.

Así pues, Pitchley y su abogado fueron a comisaría, les hicieron entrar por la puerta trasera como si fueran colaboradores secretos, les obsequiaron con los refrescos que pidieron –«zumo de naranja natural y agua con gas con hielo y un poco de lima, pero que no sea limón, gracias»– y se instalaron cómodamente en la mesa de entrevistas en la que Leach había presionado el botón de *grabar*, y había recitado el día, la hora y los nombres de los presentes.

La historia de Pitchley no había cambiado en nada de lo que había dicho la noche anterior, pero estaba dando muchos más detalles sobre los lugares y sobre lo que había estado haciendo, y estaba siendo mucho más explícito con los nombres. Por desgracia, aparte de los apodos que sus compañeras usaban durante sus encuentros amorosos en el Comfort Inn, fue incapaz de proporcionar el nombre verdadero de nadie que pudiera corroborar su historia.

Así pues, como era de esperar, Leach le preguntó:

–Señor Pitchley, ¿qué le hace pensar que podremos seguirle la pista a esa mujer si ni siquiera quiso decírselo al hombre que se la estaba follando...

–Nunca usamos esa palabra –replicó Pitchley, un poco ofendido.

–... y cómo puede esperar que se muestre comunicativa con la policía? ¿El hecho de que ocultara su nombre no le sugiere nada?

–Siempre...

–¿No le sugiere que no desea que la reconozcan en situaciones que no se lleven a cabo a través de Internet?

–Sólo es parte del juego que nosotros...

–Y si no desea que la localicen, ¿no le sugiere que debe de vivir con alguien, como, por ejemplo, un marido, que no vería con muy buenos ojos a un tipo que, por cierto, se ha dedicado a revolcarse desnudo con su mujer, y que se presentara en la puerta de su casa con flores y bombones con la esperanza de que confirmara su coartada?

Pitchley cada vez se estaba poniendo más rojo. Pero también hay que decir que Leach se mostraba cada vez más incrédulo. Después de muchas vacilaciones, el hombre había confesado ser un casanova cibernético que a menudo seducía a mujeres entradas en años, pero que nunca le decían su nombre ni tampoco sabían el suyo. Pitchley afirmó que era incapaz de recordar la cantidad de mujeres con las que se había citado desde el nacimiento del correo electrónico y de los chats, y desde luego no podía acordarse de los nombres cibernéticos de todas ellas, pero podía jurar sobre un montón de ochenta y cinco libros religiosos que Leach escogiera, que una vez que habían acordado citarse, él siempre seguía el mismo procedimiento: copas y cena en The Valley of Kings de South Kensington, seguido de varias horas de intercambio sexual atlético y creativo en el Comfort Inn de Cromwell Road.

–Por lo tanto, ¿lo reconocerían en el restaurante o en el hotel? –le preguntó Leach.

Pitchley sintió cierta tristeza al admitir que eso podría representar un pequeño problema. Los camareros de The Valley of Kings eran extranjeros. El recepcionista nocturno del Comfort Inn también lo era. Y los extranjeros a menudo tenían ciertas dificultades para recordar una cara inglesa, ¿no era verdad? Porque los extranjeros...

–Dos terceras partes de los habitantes de Londres son extranjeros –le interrumpió Leach–. Si no nos propone algo más convincente que lo que nos ha estado contando hasta ahora, señor Pitchley, todo esto será una pérdida de tiempo.

–Me gustaría recordarle, comisario Leach, que el señor Pitchley ha venido a la comisaría por voluntad propia –recalcó Jake Azoff a esas alturas de la conversación. Él había sido el que se había pedido el zumo de naranja, y Leach se percató de que un trozo de pulpa le colgaba del bigote cual excremento de pájaro mal teñido–. Quizá si mostrara un poco más de educación, mi cliente se mostraría más dispuesto a colaborar.

–Supongo que el señor Pitchley ha venido hasta la comisaría porque tiene algo que contarme que no me explicó ayer por la noche –replicó Leach–. De momento, lo único que estamos haciendo es darle vueltas a lo mismo, y lo que está consiguiendo es complicar aún más la ya embarullada situación de su cliente.

–No comprendo cómo puede haber llegado a esa conclusión –respondió Azoff, ofendido por la implicación.

–¿No lo entiende? Permítame que se lo explique. A no ser que haya estado soñando, el señor Pitchley nos ha informado de que su pasatiempo favorito consiste en usar Internet para ponerse en contacto con mujeres mayores de cincuenta años; es decir, para ligárselas y conseguir llevárselas a la cama. También nos ha contado que ha tenido mucho éxito en este campo, tanto que ni siquiera es capaz de recordar cuántas mujeres han disfrutado de sus talentos eróticos. ¿Me equivoco, señor Pitchley?

Pitchley cambió de posición en la silla y tomó un trago de agua. Aún tenía la cara sonrojada, y el pelo –del color del polvo y con una raya en medio que hacía que se le formaran dos especies de alas a cada lado– le cubría la cara cada vez que asentía. Mantenía la cabeza baja. Por qué se sentía violento o arrepentido, por qué estaba turbado... ¿Quién demonios lo podía saber?

–Bien. Continuemos. Tenemos a una mujer mayor que ha sido atropellada por un vehículo en la calle del señor Pitchley, a unas cuantas casas de distancia de la suya. Va y resulta que esa mujer tiene apuntada la dirección del señor Pitchley. ¿Eso qué le sugiere?

–Yo no sacaría ninguna conclusión –contestó Azoff.

–Es normal, pero mi trabajo consiste en llegar a conclusiones. Y la conclusión a la que llego es que esa mujer se dirigía hacia la casa del señor Pitchley.

–Nunca hemos reconocido que el señor Pitchley conociera a la mujer en cuestión o que estuviera esperándola.

–Y si en verdad iba a verle, el señor Pitchley nos ha dado una razón excelente con sus propias palabras. –Leach hizo hincapié en su argumento inclinándose hacia delante para poder ver mejor a Pitchley bajo su mata de cabello–. Tenía más o menos la edad de las mujeres que le gustan: sesenta y dos años. Tenía un bonito cuerpo, eso es, claro está, antes de que el coche la destrozara; estaba divorciada y no se había vuelto a casar. No tenía hijos en casa. Me pregunto si se había comprado un ordenador. Algo que le sirviera para pasar el rato en las noches que se encontrara sola en Henley.

–¡Eso es imposible! –exclamó Pitchley–. Nunca saben dónde vivo. Nunca saben dónde encontrarme después de... una vez que hemos... bien, después que nos hayamos marchado de Cromwell Road.

–Simplemente se las folla y se marcha –sentenció Leach–. Eso está muy bien. Sin embargo, ¿qué sucedería si una de ellas decidiera que no le gustaba ese plan? ¿Qué pasaría si una de ellas le hubiera seguido hasta casa? No ayer por la noche, evidentemente, sino cualquier otro día. ¿Si le hubiera seguido, se hubiera apuntado dónde vivía y hubiera esperado el momento propicio en que usted hubiera dejado de llamarla?

–No lo hizo. Es imposible.

–¿Por qué no?

–Porque nunca voy directamente a casa. Cuando salimos del hotel, doy vueltas en coche durante media hora como mínimo, a veces durante una hora, para asegurarme de que no... –Se detuvo y consiguió tener una expresión relativamente abatida por la confesión que estaba haciendo– ... doy vueltas en coche para tener la certeza de que... no me siguen.

–Muy inteligente de su parte –comentó Leach con ironía.

–Ya sé lo mal que suena. Ya sé que me hace quedar como una mierda. Y si eso es lo que soy, lo acepto. Pero no soy el tipo de hombre que atropellaría a una mujer en medio de la calle, y lo debe de saber muy bien si ha examinado mi coche y ha aprovechado la oportunidad para darse una vuelta por Londres sin mi permiso. Me gustaría que me devolvieran el coche, inspector Leach.

–¿Es eso lo que le gustaría?

–Pues sí. Usted quería información y yo se la he dado. Le he dicho dónde estaba ayer por la noche, por qué y con quién.

–Con Bragas Cremosas.

–De acuerdo. Me volveré a poner en contacto con ella. La convenceré para que venga a comisaría, si es eso lo que quiere.

–Puede hacerlo y lo hará –asintió Leach–. Sin embargo, creo que debe saber que eso no será de mucha ayuda.

–¿Por qué no? ¡No puedo haber estado en dos lugares a la vez!

–Cierto. Pero aunque la señorita Bragas Cremosas, o quizá sea la señora Bragas Cremosas –Leach no pudo ocultar su sonrisa y tampoco hizo nada por intentarlo–, corrobore su historia, hay una parte en la que no puede serle de ayuda, ¿no es verdad? No podrá decirnos dónde estuvo durante esa hora o esa media hora después de haberse despedido de ella. Y si está a punto de decirme que quizá se dedicara a seguirle, entonces volverá a estar en terreno peligroso. Porque si le siguió, existe la posibilidad de que Eugenie Davies, después de un revolcón similar en Cromwell Road, hiciera lo mismo.

Pitchley se apartó con brusquedad de la mesa, y lo hizo con tanta fuerza que la silla chirrió cual sirena al caer al suelo.

–¿Quién? –Tenía la voz ronca, como si fuera un trozo de papel de lija que intentara hablar–. ¿Quién ha dicho que era?

–La mujer muerta se llamaba Eugenie Davies. –Incluso al pronunciar esas palabras, el comisario Leach se percató de la nueva realidad que expresaba el rostro de Pitchley–. ¿La conoce? ¿La conoce por ese nombre? ¿La conoce, señor Pitchley?

–¡Oh, Dios mío! ¡Por todos los santos! –gimió Pitchley.

En un instante, Azoff le preguntó a su cliente:

–¿Necesitas cinco minutos?

El sospechoso ni siquiera tuvo que responder, porque alguien llamó a la puerta de la sala de interrogatorios. Una agente de policía asomó la cabeza y le dijo a Leach:

–El inspector Lynley al teléfono, señor. ¿Se lo paso ahora o un poco más tarde?

–Volveré dentro de cinco minutos –dijo secamente a Pitchley y a Azoff. Cogió sus papeles y les dejó solos.

Aunque lo pareciera, la vida no era un continuo de acontecimientos. De hecho, era un tiovivo. En la niñez, uno se montaba en un caballito galopante y comenzaba un viaje durante el cual se suponía que las circunstancias irían cambiando a medida que avanzara el viaje. Pero la verdad de la vida era que consistía en una repetición interminable de lo que uno ya había experimentado... dando vueltas y más vueltas sobre ese caballito. Y a no ser que uno hiciera frente a los retos que uno deseara superar a lo largo del camino, esos retos aparecían una y otra vez de una forma u otra hasta el fin de nuestros días. Si J.W. Pitchley aún no había suscrito esa opinión, ahora se había convertido en su más fiel partidario.

Se encontraba de pie en las escaleras de la Comisaría de Policía de Hampstead con su abogado, y escuchaba el solemne discurso que Jake Azoff le estaba pronunciando. Era un soliloquio sobre el tema de confianza y veracidad entre un cliente y su abogado. Al final le dijo:

–¿De verdad crees que habría venido hasta aquí si hubiera sabido lo que me ocultabas, imbécil? Me has hecho quedar como a un idiota, y ¿cómo crees que eso afecta mi credibilidad con la policía?

Pitchley deseaba decirle que la situación actual no tenía nada que ver con él, pero ni siquiera se molestó en hacerlo. No pronunció palabra, lo que causó que Azoff le preguntara:

–Así pues, ¿cómo le gustaría que le llamara, señor? –El *señor* no era indicio de nada que no fuera desprecio, pero le dio cierto colorido–. Durante el poco tiempo que queda de nuestra relación legal, ¿cómo debo llamarle, Pitchley o Pitchford?

–Pitchley es totalmente legal –respondió J.W. Pitchley–. No hay nada sospechoso en el hecho de que cambiara de apellido, Jake.

–Quizá tengas razón –replicó Azoff–, pero quiero una explicación detallada por escrito encima de mi escritorio antes de las seis de la tarde: me la mandas por fax, por mensajero, por correo electrónico o por paloma mensajera, me da igual. Y después veremos qué sucederá con nuestra relación profesional.

J.W. Pitchley, también conocido por James Pitchford, alias Hombre Lengua para sus amigas cibernéticas, asintió servicialmente, a pesar de que sabía que Jake Azoff tan sólo estaba tratando de impresionarle. El historial de Azoff demostraba que su habilidad para administrar dinero era tan desastrosa que sería incapaz de sobrevivir ni un solo mes sin que nadie le aconsejara en qué invertir; además, Pitchley-Pitchford-Hombre Lengua hacía tantos años que se ocupaba de sus inversiones y con una pericia tan grande en el juego de manos que era el departamento financiero, que entregarle el control a un gurú fiscal menos competente sería como poner a Azoff en manos de Hacienda, y el abogado se mostraba comprensiblemente reacio a que eso sucediera. Pero Azoff necesitaba descargar su furia, y J.W. Pitchley –antes conocido como James Pitchford y actualmente alias Hombre Lengua– en realidad no podía culparle de eso. Por lo tanto, le dijo:

–Eso mismo haré, Jake. Siento que te haya sorprendido tanto.

Y observó cómo Azoff le contestaba enojado, cómo se subía el cuello del abrigo para protegerse del helado viento y cómo se alejaba calle abajo.

Pitchley, que no tenía acceso a su coche y que no había recibido ninguna invitación por parte de Azoff para llevarle hasta Crediton Hill, partió desconsolado hacia la estación de tren de Hampstead Heath, preparándose para soportar los insalubres abrazos. «Por lo menos no tengo que coger el metro», se dijo a sí mismo. Y, por lo menos, hacía más de una semana que no se había producido ningún choque violento entre líneas de ferrocarril rivales que luchaban por conseguir el Diploma de Máxima Incompetencia.

Subió por Downshire Hill, giró hacia la derecha y llegó a la Alameda de Keats; delante de la casa y biblioteca del poeta que le daba nombre, una mujer de mediana edad salía de unos parterres inundados, con una gran bolsa en la mano derecha cuyo peso le lastimaba el hombro. Pitchley-Pitchford aminoró la marcha cuando ella giró hacia la derecha para encaminarse en la misma dirección que él. En otro momento de su vida habría ido a ayudarla a toda prisa. Después de todo, era lo que se esperaba de un caballero.

Pitchley-Pitchford se percató de que tenía los tobillos demasiado gruesos, pero el resto de su cuerpo encajaba con el tipo de mujeres que le gustaban: un poco deterioradas, ligeramente despeinadas, y con ese aire académico y preocupado que sugería no sólo un buen nivel de inteligencia, sino también esa especie de falta de confianza sexual que siempre le parecía tan estimulante. Las mujeres con las que chateaba siempre resultaban ser así, y ése era el motivo que le impulsaba a conectarse a Internet, a pesar de su sentido común, por no decir nada de la amenaza de las enfermedades de transmisión sexual. Además, si tenía en cuenta lo que acababa de sufrir en la comisaría de policía de Hampstead, aunque la mejor parte de su mente le estaba sermoneando sobre la estupidez de futuros encuentros con mujeres cuyos nombres no habían tenido ninguna importancia hasta ese momento, la otra parte de su mente –su cerebro de reptil– no había aprendido la lección ni había sentido la más mínima turbación respecto al futuro. «Hay cosas más importantes a tener en cuenta que un simple encuentro con la policía», declaró James, el del cerebelo de lagartija. Como, por ejemplo, explayarse en el placer infinito que uno podía dar y recibir con los orificios individuales de la anatomía femenina.

No obstante, esa especie de fantasía adolescente era una locura tremenda. Lo que no era una fantasía era la muerte de Eugenie Davies en Crediton Hill; Eugenie Davies, la mujer que llevaba apuntada su dirección.

Cuando conoció a Eugenie, él se llamaba James Pitchford, tenía veinticinco años, había pasado tres años en la universidad y vivía en una habitación con derecho a cocina en Hammersmith que era del tamaño de una uña. El año que pasó en esa habitación alquilada le dio la posibilidad de acceder a la academia que necesitaba, en la que por una suma exorbitante de dinero que tardó meses en reunir, adquirió conocimientos de su lengua materna adecuados para el mundo de los negocios, para fines académicos, para la vida social y para poder acobardar a los porteros de hoteles de categoría.

Desde allí, había conseguido, no sin muchas dificultades, su primer trabajo en el centro de Londres, y le había parecido muy oportuno tener una dirección que fuera céntrica. Y como nunca invitaba a sus compañeros de oficina a casa para tomar unas copas ni para cenar ni para cualquier otra cosa, ellos no tenían modo de averiguar que las cartas, los documentos y las invitaciones para fiestas que le enviaban a una dirección del elegante barrio de Kensington llegaban, en realidad, a una habitación que ocupaba en el cuarto piso, que era aún más pequeña que la que había alquilado en Hammersmith.

El hecho de vivir en una habitación tan pequeña en aquella época no le había supuesto un gran esfuerzo, ya que no sólo la dirección era respetable, sino que también había hecho nuevas amistades. En el tiempo que había pasado desde que viviera en Kensington Square, J.W. Pitchley había aprendido a no pensar en los habitantes de esa casa. Sin embargo, James Pitchford, que había disfrutado mucho en su compañía y que había conseguido reinventarse con gran habilidad, apenas había podido vivir ni un solo momento sin pensar en un miembro u otro de la casa. Especialmente en Katja.

«¿Puedes ayudar hablar inglés, por favor? –le había preguntado–. Sólo estar aquí un año. No aprendo tanto como quiero. Le estaría muy agradecida.» Su forma encantadora de pronunciar uve en vez de uve doble al hablar, compensaba en cierta manera el hecho de que se hubiera esforzado tanto en pronunciar las haches.

Consintió en ayudarla porque se lo había pedido con mucho entusiasmo. Aceptó ayudarla porque –aunque ella no podía saberlo y él estaría dispuesto a morir antes de contárselo– eran de la misma calaña. Su huida de Alemania oriental –a pesar de que había sido más dramática y temeraria– reflejaba una huida que él mismo había protagonizado. Además, aunque sus motivos eran diferentes, el origen de sus preocupaciones era el mismo.

Él y Katja hablaban la misma lengua, y si él podía ayudarla a mejorar su dominio de la lengua con algo tan simple como con ejercicios de gramática y pronunciación, estaría encantado de hacerlo.

Se reunían en su tiempo libre, cuando Sonia estaba dormida o con su familia. Usaban una u otra habitación, ya que ambos tenían una mesa que era lo bastante grande para los libros con los que Katja hacía sus ejercicios de gramática y para el magnetófono que usaba para los de pronunciación. Se esforzaba mucho por mejorar la dicción, la articulación y la pronunciación. Se complacía en intentar aprender una lengua que le era tan extraña como la mismísima comida inglesa. De hecho, era esa obstinación lo que había hecho que James Pitchford empezara a admirar a Katja Wolff. Esa audacia total que le había hecho cruzar el muro de Berlín era algo tan heroico que sólo sentía deseos de imitarla.

«Conseguiré hacerme merecedor de tu afecto», le decía James en voz baja mientras descifraban los misterios de los verbos irregulares. Mientras la luz de la mesa le reflejaba el pelo rubio y suave, él se imaginaba acariciándolo, pasándole los dedos, acariciándole el pecho desnudo después de haberse abrazado.

Sobre la cómoda que había al otro lado de la habitación, el interfono interrumpía sus ensueños con la misma frecuencia que les permitía soñarlos. Llegaban los gemidos del bebé desde dos pisos más abajo, y Katja tenía que interrumpir sus clases nocturnas.

«No debe de ser nada importante», solía decirle, porque si lo era, el poco tiempo que podían pasar juntos llegaría a su fin. Porque si los gemidos de Sonia Davies se convertían en llanto, había muchas posibilidades de que surgieran problemas.

«Es la pequeña. Debo irme», solía decirle Katja.

«¡Espera un momento!», aprovechaba la oportunidad para cogerla de la mano.

«No puedo, James. Si empieza a llorar y la señora Davies la oye y se entera de que no estoy con ella... Ya sabes cómo es. Además, es mi trabajo.»

«¿Trabajo?», pensó. Más bien parecía una servidumbre absoluta. Tenía que trabajar durante muchas horas y sus obligaciones nunca acababan. Cuidar de una niña que estaba enferma tan a menudo requería algo más que los esfuerzos de una joven mujer que apenas tenía experiencia.

James Pitchford se daba perfecta cuenta de eso, aunque sólo tuviera veinticinco años. Sonia Davies necesitaba una enfermera profesional. Por qué no la tenía era uno de los misterios de Kensington Square. Sin embargo, no estaba en posición de resolver ese misterio. Necesitaba pasar inadvertido y no hacerse notar demasiado.

Con todo, cada vez que Katja interrumpía sus clases para ir a atender a la niña a toda prisa, cada vez que la oía saltar de la cama en medio de la noche y bajar las escaleras corriendo para ocuparse de ella, cada vez que volvía del trabajo y se encontraba a Katja dándole de comer, bañándola, intentando distraerla con cualquier cosa, solía pensar: «Esa pobre criatura tiene familia, ¿no es así? ¿Qué está haciendo por cuidar de ella?».

Y le parecía que la respuesta era muy simple. Dejaban que Katja se ocupara de Sonia Davies, para que todos los demás miembros de la familia pudieran girar en torno a Gideon.

Pitchford se preguntaba si podía culparlos por ello. Y si pudiera, ¿tenían otra elección? Los Davies se habían lanzado a educar a Gideon mucho antes de que naciera Sonia, ¿no era eso verdad? Ya se habían comprometido a llevar a cabo una acción, tal y como demostraba la presencia de Raphael Robson y de Sarah-Jane Beckett en su mundo.

Pitchley-Pitchford entró en la estación y metió la cantidad adecuada de monedas en la máquina sin dejar de pensar en Robson y en Beckett. Mientras avanzaba hacia el andén, cayó en la cuenta de que hacía muchos años que no había pensado en ellos. Era normal que se hubiera olvidado de Robson, porque, al fin y al cabo, el profesor de violín no vivía con ellos. Pero le parecía extraño que ni siquiera hubiera pensado en Sarah-Jane Beckett en todos esos años. Después de todo, había sido una presencia importante en la casa.

«Encuentro que mi posición aquí es de lo más adecuada –le había dicho una vez al poco tiempo de su llegada, con ese estilo previctoriano tan peculiar que usaba cuando potenciaba su papel de institutriz–. Por muy difícil que pueda resultar a veces, Gideon es un alumno excelente, y me siento muy honrada de que me hayan elegido a mí, de entre otras diecinueve candidatas, para ocuparme de su educación.» Hacía poco que había llegado a la casa, y le habían adjudicado un dormitorio cercano al suyo entre los aleros del piso superior de la vivienda. Tendrían que compartir un cuarto de baño del tamaño de un alfiler. No había bañera, tan sólo una ducha en la que un hombre de constitución normal apenas podía darse la vuelta. Se había dado cuenta de eso el mismo día que se mudó, y lo miró con desaprobación, pero se limitó a soltar un suspiro con la resignación propia de una mártir.

«No suelo lavar la ropa en el cuarto de baño –le había informado–. Y me gustaría que usted también se abstuviera de hacerlo. Si nos respetamos en estos pequeños detalles, me atrevería a decir que nos llevaremos bastante bien. ¿De dónde es, James? No acabo de adivinar su procedencia. A menudo reconozco los acentos sin ningún problema. La señora Davies, por ejemplo, se crió en Hampshire. ¿Lo había notado? Me cae bastante bien. Y el señor Davies también. Pero el abuelo parece un poco... Bien. No me gusta criticar, pero...» Se dio un suave golpe en la sien con un dedo y alzó los ojos hacia el techo.

Loco era la palabra que James habría utilizado en otro momento de su vida, pero se limitó a decir: «Sí, es un poco raro, ¿verdad? Pero si se esfuerza por no verlo demasiado a menudo, se dará cuenta que es bastante inofensivo».

Así pues, durante un poco más de un año vivieron en armonía y con ganas de cooperar. Cada día, James se iba a trabajar al centro mientras que Richard y Eugenie Davies acudían a sus respectivos puestos de trabajo. La generación mayor se quedaba en casa: el abuelo se ocupaba del jardín y la abuela llevaba la casa. Raphael Robson se encargaba de dar clases de violín a Gideon. Sarah-Jane Beckett le daba clases de todo, desde literatura hasta geología.

«Es maravilloso trabajar con un genio –le había confesado–. Ese niño es como una esponja, James. Sería fácil suponer que no podría sobresalir en nada que no fuera la música, pero ése no es el caso. Cuando lo comparo con el alumno que tuve el primer año que llegué al norte de Londres... –Una vez más, y como siempre, usaba la mirada para expresar el resto: El norte de Londres, donde vivía la escoria de la sociedad. Le había contado que la mitad de sus alumnos eran negros, y que la otra mitad, había hecho una pausa para impresionarle, eran irlandeses–. No es que quiera calumniar a las minorías, pero hay límites respecto a lo que uno quiere soportar en la carrera profesional que ha escogido, ¿no cree?»

Cuando Sarah-Jane no estaba con Gideon, pasaba el rato con James. Una vez le había preguntado si quería ir con ella a tomar algo al Greyhound o si prefería ir al cine. «Como amigos», le había aclarado. Sin embargo, en esas salidas de «amigos», a menudo Sarah apretaba la pierna contra la suya en la oscuridad a medida que el celuloide proyectaba las imágenes en la pantalla, o le cogía del brazo cuando entraban en el pub, y le recorría los bíceps, el hombro y la muñeca con la mano de tal manera que cuando sus dedos se tocaban parecía de lo más natural que se cogieran de la mano y que siguieran así una vez que estuvieran sentados.

«Cuéntame cosas de tu familia, James –le incitaba–. Cuéntame. Quiero saber todos los detalles.»

Así pues, se inventaba historias para ella, y ya hacía tiempo que inventar historias se había convertido en una de sus especialidades. Se sentía halagado por la atención que ella –una mujer educada de uno de los condados más adinerados de los alrededores de Londres– estaba dispuesta a mostrarle. Siguiendo sus propios consejos, se había mantenido aislado durante tantos años que el interés que Sarah-Jane Beckett demostraba hacia él le había despertado un afán de compañía que había mantenido reprimido a lo largo de casi toda su vida.

Sin embargo, ella no era el tipo de compañera que andaba buscando. Y aunque mientras pasaba esas noches con Sarah-Jane no hubiera podido decir qué tipo de compañera buscaba, la verdad es que no sentía ningún estremecimiento especial cuando le rozaba la pierna, y tampoco deseaba ningún tipo de contacto que fuera más allá del de las palmas de las manos.

Entonces llegó Katja Wolff, y con ella la situación cambió. No obstante, no había en el mundo dos personas que pudieran ser más diferentes que ellos dos.

7

–Quizás había quedado con su ex marido –precisó el comisario Leach respecto al hombre que Ted Wiley había visto en el aparcamiento del Club para Mayores de 60 Años–. El divorcio no implica un adiós para toda la vida. Créanme. Se llama Richard Davies. Averigüen su paradero.

–También podría ser la tercera voz masculina que oímos en el contestador –añadió Lynley.

–¿Podría repetirme lo que decía esa voz?

Barbara Havers leyó el mensaje de sus notas:

–Parecía enfadado. –Barbara, distraída, empezó a golpear el papel con el bolígrafo–. ¿Saben? Estoy empezando a creer que nuestra Eugenie se dedicaba a enemistar a sus amigos masculinos.

–¿Se refiere a ese otro tipo... Wiley? –le preguntó Leach.

–Es posible –apuntó Havers–. De momento, hemos oído tres voces masculinas en su contestador automático. Sabemos que, según lo que nos ha contado Wiley, estuvo discutiendo con un hombre en el aparcamiento. También sabemos que deseaba hablar con Wiley, que tenía algo que contarle, algo que él consideraba muy importante... –Havers se detuvo y miró a Lynley.

Sabía lo que estaba pensando y lo que quería decir: «También tenemos las cartas que escribía a un hombre casado y un ordenador con acceso a Internet». Era evidente que Barbara esperaba a que Lynley le diera permiso para proseguir, pero él se mantuvo en silencio; por lo tanto, terminó diciendo sin convicción:

–Si quieren saber lo que pienso, creo que deberíamos interrogar a todos los hombres que la conocían.

Leach hizo un gesto de asentimiento y añadió:

–Entonces, empiecen por Richard Davies. Consigan toda la información que puedan.

Se encontraban en la sala de incidentes, donde todos los agentes informaban sobre las actividades que les habían sido asignadas. Después de que Lynley llamara al comisario mientras regresaba a la ciudad, Leach había asignado más hombres al Departamento de Informática de la Policía Nacional, con el fin de que averiguaran el paradero de todos los Audis azul marino o negros cuya matrícula acabara con las letras ADY. Había asignado un agente a British Telecom para que redactara una lista de todas las llamadas que se habían recibido y que se habían hecho desde Doll Cottage, y había destinado otro a Cellnet para que averiguara el número del móvil desde el cual se había realizado una llamada a casa de Eugenie Davies.

De toda la información que habían reunido ese día, sólo el agente encargado del equipo forense había aportado un dato útil: Habían encontrado partículas diminutas de pintura en la ropa de la mujer muerta. También habían encontrado más de esas partículas en el cadáver, especialmente alrededor de los miembros mutilados.

–Están analizando la pintura –declaró Leach–. Una vez que hayan acabado, quizá podamos saber la marca del coche que la atropelló. Pero eso llevará su tiempo. Ya saben cómo van las cosas.

–¿Saben de qué color es la pintura? –preguntó Lynley.

–Negra.

–¿De qué color es el Boxter que han confiscado?

–Por lo que respecta a... –Leach ordenó a sus hombres que continuaran con su trabajo y se dirigió hacia la oficina–. Es de color plateado y está limpio. Tampoco esperaba que ese hombre, por muy forrado que esté, fuera a atropellar a una mujer con un motor que es más caro que la casa de mi madre. No obstante, el coche sigue confiscado, ya que eso nos está ayudando a obtener información.

Se detuvo delante de una máquina de café y metió unas cuantas monedas. Un líquido viscoso empezó a gotear lastimosamente en un vaso de plástico.

–¿Quiere? –le preguntó Leach mientras le ofrecía el vaso.

Havers aceptó, aunque pareció arrepentirse de su decisión tan pronto como lo probó. Lynley fue más sabio y rechazó la oferta. Leach se preparó un café para él y les condujo hacia la oficina; cerró la puerta tras ellos con el codo. El teléfono estaba sonando y gritó «Leach» mientras dejaba el café sobre la mesa, se aposentaba en la silla y les indicaba a Lynley y a Havers que hicieran lo mismo. «Hola cariño –respondió a medida que se le iluminaba el rostro–. No... no... ¿cómo dices? –Se volvió hacia los dos detectives–. Esmé, en este momento no puedo hablar, pero déjame que te diga que nadie ha dicho nada de volver a casarse, ¿de acuerdo?... Sí, muy bien. Ya hablaremos más tarde, cariño.» Dejó el teléfono sobre la base y exclamó:

–¡Hijos! ¡Divorcio! ¡Una verdadera pesadilla!

Lynley y Havers profirieron muestras de comprensión. Leach tomó un sorbo de café y no hizo ninguna referencia a la llamada.

–Nuestro amigo Pitchley ha pasado por aquí esta mañana con su abogado para hablar un rato. –Les puso al día de todo lo que el hombre de Crediton Hill les había contado: que no sólo reconocía el nombre de la víctima del caso de atropellamiento y fuga, sino que la conocía y que vivía en su casa cuando la hija de la mencionada víctima fue asesinada–. Se ha cambiado el nombre de Pitchford a Pitchley por razones que no quiso explicar. Me gustaría pensar que habría descubierto su identidad tarde o temprano, pero han pasado veinte años desde que lo vi por última vez y ha llovido mucho desde entonces.

–No es de extrañar que no lo reconociera –apuntó Lynley.

–Sin embargo, ahora que sé quién es, debo decirles que hay algo que no me acaba de cuadrar en este asunto, al margen de que el Boxter sea suyo. Hay algo del tamaño de un dinosaurio que le ronda por la cabeza. Lo noto.

–¿Se le consideró sospechoso de la muerte de la niña? –preguntó Lynley. Se percató de que Havers había pasado una hoja de la libreta y que anotaba toda la información en un papel que parecía tener manchas de salsa marrón.

–Al principio no se consideró que nadie fuera sospechoso. Hasta que no se leyeron todos los informes, parecía un caso de negligencia. Ya saben a lo que me refiero: una idiota rematada se va a contestar el teléfono mientras la niña está en la bañera. La criatura intenta coger un patito de goma. Se resbala, se da un golpe en la nuca y el resto ya se lo pueden imaginar. Un evento desafortunado y trágico, pero esas cosas pasan. –Leach sorbió un poco más de café y cogió un documento de encima de la mesa que usó para gesticular–. Sin embargo, cuando llegó el informe del forense, vimos que había moratones y fracturas de las que nadie podía dar cuenta; por lo tanto, todo el mundo se convirtió en sospechoso. Enseguida se supo que había sido la niñera. ¡Estaba hecha una buena pieza! Me puedo haber olvidado de la cara de Pitchford, pero a esa vaca alemana... no hay la más mínima posibilidad de que la olvide. Esa mujer era más fría que el hielo. Sólo nos permitió que le hiciéramos una entrevista, *una*, no se crean, sobre el bebé que murió estando a su cargo, y ya no dijo nada más. Ni al Departamento de Investigación Criminal ni a su abogado. A nadie. Se tomó su derecho a guardar silencio a rajatabla. Ni tampoco vertió jamás una lágrima. Pero ¿qué más se podía esperar de una alemana? La familia estaba como loca por ajustar cuentas con ella.

Por el rabillo del ojo, Lynley vio cómo Havers iba golpeando el papel con el bolígrafo. Se volvió hacia ella y vio que observaba a Leach con los ojos entornados. No era el tipo de mujer que acostumbrara a soportar ningún tipo de intolerancia –desde la xenofobia a la misoginia– y sabía que estaba a punto de hacer un comentario que no complacería al comisario en lo más mínimo. Por lo tanto, intercedió y dijo:

–Así pues, la procedencia de la chica fue un factor negativo para ella.

–Fue su maldito carácter alemán lo que la perjudicó.

–«Lucharemos contra ellos en las playas» –murmuró Havers.

Lynley le lanzó una mirada y ella se la devolvió.

O bien Leach no la oyó o bien optó por ignorarla, y Lynley se sintió agradecido. Lo último que necesitaban era discutir entre ellos a causa de las diferencias de opinión sobre lo que era políticamente correcto.

El comisario se reclinó en la silla y les preguntó:

–¿No encontraron nada más aparte de la agenda y de los mensajes telefónicos?

–Encontramos una postal de una mujer llamada Lynn, pero de momento no nos parece que guarde ninguna relación con el caso –respondió Lynley–. Según parece, su hija murió y la señora Davies asistió al funeral.

–¿No encontraron correspondencia? –preguntó Leach–. ¿Cartas, facturas o similares?

–No –contestó Lynley sin mirar a Havers–. No encontramos correspondencia. Sin embargo, hallamos un baúl repleto de material relacionado con su hijo: periódicos, revistas y programas de conciertos. El comandante Wiley nos contó que Gideon y la señora Davies no se veían, pero por la colección de recortes que guardaba, llegamos a la conclusión de que la señora Davies no era la causante de ese distanciamiento.

–¿Creen que fue el hijo? –preguntó Leach.

–O quizás el padre.

–Eso nos lleva otra vez a la discusión del aparcamiento.

–Sí. Es posible.

Leach apuró la bebida y estrujó el vaso de plástico.

–No obstante, ¿no les parece extraño haber encontrado tan poca información en la mismísima casa de la víctima?

–Era un lugar con cierto aire monástico, señor.

Leach observó a Lynley, y éste se fijó en Leach. Barbara Havers no paraba de garabatear en su libreta. Durante un momento nadie dijo nada. Lynley esperaba que el comisario le diera la información que quería. Leach no lo hizo. Se limitó a decir:

–Entonces, vayan a interrogar a Davies. No creo que sea muy difícil averiguar su paradero.

El plan ya estaba decidido y ya les habían asignado su quehacer, y con toda rapidez Lynley y Havers se encontraron de nuevo en la calle rumbo a sus respectivos coches. Havers se encendió un cigarrillo y le preguntó:

–¿Qué piensas hacer con esas cartas, inspector?

Lynley sabía perfectamente a qué cartas se refería.

–Se las devolveré a Webberly –respondió– cuando llegue el momento.

–Si se las devolvemos... –Havers dio una larga calada y exhaló el humo en un arranque de frustración–. Si se corre la voz de que las has cogido del escenario del crimen y de que no las has entregado... mejor dicho, que las hemos cogido y que no las hemos entregado... ¡Maldita sea! ¿Te das cuenta de la situación en la que nos encontraremos, inspector? Y, además, está el ordenador ese. ¿Por qué no le has dicho lo del ordenador a Leach?

–Se lo diré, Havers –respondió Lynley–, cuando sepa con exactitud lo que contiene.

–¡Por el amor de Dios! –exclamó Barbara–. Eso es ocultar...

–Escucha, Barbara. En este momento sólo hay una manera de que el hecho de que tengamos el ordenador y las cartas se haga público, y sabes muy bien a lo que me estoy refiriendo. –La miró fijamente y esperó a que atara cabos.

Le cambió la expresión de la cara al responder:

–No soy ninguna chivata, inspector. –Él se dio cuenta de lo mucho que Barbara se había ofendido.

–Ése es el motivo por el que trabajo contigo, Barbara –añadió mientras desactivaba el sistema de seguridad del Bentley. Abrió la puerta antes de volver a dirigirle la palabra, y por encima del techo le dijo–: Si me han asignado este caso para proteger a Webberly, quiero saberlo y que me lo digan a la cara y sin rodeos. ¿No te parece?

–Lo que me parece es que no quiero meterme en líos –le respondió Havers–. Uno de nosotros dos fue degradado hace dos meses, y si la memoria no me falla, no fuiste tú precisamente. –Tenía el rostro pálido, y observaba a Lynley con una expresión que no era propia de la beligerante agente con la que hacía años que trabajaba. En los últimos cinco meses había sufrido una derrota tanto profesional como psicológica, y Lynley cayó en la cuenta de que de él dependía que no sufriera otra.

–Havers, ¿preferirías dejar el caso? No hay ningún problema. Una llamada telefónica y...

–No quiero dejarlo.

–Pero podría convertirse en un caso complicado. De hecho, ya lo es. Entiendo perfectamente que puedas...

–No digas tonterías. No pienso dejarlo, inspector. Tan sólo quiero que hagamos las cosas con cuidado.

–Ya lo hacemos –le aseguró Lynley–. Las cartas de Webberly no guardan ninguna relación con el caso.

–Espero que tengas razón –le contestó Havers. Se apartó del Bentley–. Así pues, sigamos. ¿Qué nos toca hacer a continuación?

Lynley pensó en lo que Barbara le acababa de decir y consideró durante un momento cuál sería la mejor manera de enfocar lo que les habían acabado de asignar.

–Barbara, tienes todo el aspecto de necesitar ayuda espiritual –le dijo–. Averigua la dirección del convento de la Inmaculada Concepción.

–¿Y tú qué piensas hacer?

–Seguiré el consejo de nuestro comisario. Iré a ver a Richard Davies. Si no ha pasado mucho tiempo desde que hablara con su ex mujer o la viera, quizá sepa lo que ésta le quería confesar a Wiley.

–Tal vez quisiera hablarle de él –apuntó Barbara Havers.

–Es una posibilidad –contestó Lynley.

Cuando Jill Foster era una estudiante de quince años, nunca había tenido dificultad alguna para hacer todos los deberes que le mandaban en clase. Había leído todo Shakespeare (antes de los veinte), había recorrido Irlanda de punta a punta en autostop (a los veintiuno), había estudiado dos carreras en Cambridge (antes de cumplir los veintidós), había viajado sola por la India (a los veintitrés), había explorado el río Amazonas (a los veintiséis), había bajado el Nilo en canoa (a los veintisiete), estaba escribiendo un estudio definitivo sobre Proust (todavía en proceso), estaba adaptando las novelas de F. Scott Fitzgerald para la televisión (también en proceso)... Jill Foster nunca había experimentado el menor incidente a lo largo de su vida, ni en el ámbito deportivo ni en el intelectual.

Sin embargo, en su vida personal había sufrido muchas más dificultades. Se había propuesto casarse y tener hijos antes de cumplir los treinta y cinco, pero le había parecido más difícil de lo que en un principio se había imaginado, ya que su propósito implicaba la cooperación entusiasta de otra persona. Había deseado casarse y tener hijos, y en ese orden. Sí, estaba muy de moda vivir con alguien. Uno de cada tres cantantes, estrellas de cine o atletas profesionales eran una prueba fehaciente de ello, y se les felicitaba a diario en la prensa sensacionalista por su fútil habilidad de reproducirse, como si el acto de reproducción en sí mismo precisara de un talento especial que tan sólo ellos tenían. No obstante, Jill no era el tipo de mujer que se dejara influenciar con facilidad por cualquier cosa que pareciera estar en boga, especialmente por lo que respectaba a su Lista Personal de Logros. Uno no conseguía lo que quería tomando atajos que no eran más que meras modas pasajeras.

Las secuelas de la relación que había mantenido con Jonathon le habían minado durante un tiempo la confianza que tenía en sus propias habilidades para llevar a cabo sus objetivos maritales y maternales. Pero entonces Richard había aparecido en su vida, y pronto se dio cuenta de que podría conseguir lo que hasta entonces le había sido negado. En el mundo de sus abuelos –incluso en el de sus padres– haberse convertido en amante de Richard antes de llegar a un compromiso formal habría sido considerado algo tanto temerario como ruinoso. De hecho, seguro que en la actualidad aún existían más de una docena de columnistas de consultas sentimentales cuyo consejo –teniendo en cuenta lo que se proponía Jill– habría sido esperar el anillo, las campanas de la iglesia y el confeti antes de embarcarse en ningún tipo de intimidad con el novio en cuestión, o, como mínimo, haber utilizado lo que en términos eufemísticos se designaba «precauciones», hasta que el trato quedara firmado, sellado y registrado tal y como era costumbre. Pero el hecho de que Richard hubiera ido tras ella después de que Jonathon se negara a dejar a su mujer constituía una fase de su vida que era halagüeña y esencial a la vez. El deseo que él sentía por ella había causado que ella le deseara de igual forma, y estaba muy satisfecha de sus sentimientos, ya que, después de Jonathon, había empezado a preguntarse si alguna vez volvería a ser capaz de sentir esa pasión desenfrenada –diferente a cualquier pasión– por otro hombre.

Además, Jill había reparado en que esa pasión estaba estrechamente ligada al hecho de la fecundación. Quizás hubiera sido consecuencia de la naciente certeza de que le quedaban muy pocos años para ser madre, pero cada vez que ella y Richard hacían el amor en esos primeros meses, su cuerpo se había esforzado por atraerlo hasta lo más profundo de su ser, como si el mero hecho de aproximarse más a él pudiera garantizar que su contacto físico engendraría un hijo.

Así pues, había hecho las cosas al revés, pero ¿qué importaba? Estaban contentos de estar juntos, y Richard se le entregaba totalmente.

Aun con todo, a veces tenía sus dudas, producidas por el recuerdo de las promesas y las mentiras de Jonathon. Y, a pesar de que cada vez que le surgían esas dudas se repetía a sí misma que esos dos hombres eran totalmente diferentes, había momentos en que un gesto de preocupación en el rostro de Richard o un silencio en medio de una discusión desencadenaba en su interior un sinfín de preocupaciones; cuando eso ocurría, tenía que hacer un gran esfuerzo para convencerse de que ese desasosiego era innecesario e irreal.

«Aunque Richard y yo no llegáramos a casarnos –se repetía a sí misma en los peores momentos–, Catherine y yo estaríamos perfectamente. ¡Por el amor de Dios! Siempre puedo recurrir a mi carrera profesional. Además, ya hace mucho tiempo que ha pasado la época en la que las madres solteras se consideraban parias de la sociedad.»

«Pero, de hecho, eso no era lo más importante», le razonaba un alma que solía hacer planes con mucha antelación. «Lo más importante era el matrimonio, el marido y la familia, que a su modo de ver estaba formada por padre, madre e hijo.»

Así pues, le dijo dulcemente a Richard con esa idea en la mente:

–Cariño, si lo vieras, estoy convencida de que te gustaría.

Se encontraban en el coche de Richard e iban de Shepherd's Bush a South Kensington para reunirse con el agente inmobiliario encargado de tasar el piso de Richard. Según la mentalidad de Jill, estaban avanzando en la dirección correcta porque era obvio que, cuando naciera la niña, no podrían vivir *en famille* en Braemar Mansions. No tenían suficiente espacio.

Se sentía satisfecha en secreto porque Richard había manifestado su intención de casarse con ella, pero no alcanzaba a entender por qué no podían dar el paso siguiente e ir a ver una casa idónea –totalmente reformada– que ella había encontrado en Harrow. El hecho de que fueran a mirarla no implicaba que tuvieran que comprarla, por el amor de Dios. Y como ella aún no había puesto su piso a la venta –cuando ella lo había sugerido, Richard le había respondido: «No nos vayamos a quedar sin casa los dos a la vez»–, había muy pocas probabilidades de que ir a ver una casa en venta implicara que la fueran a comprar ese mismo día.

–Te daría una idea de lo que tengo pensado para nosotros –le dijo–. Y si cuando la veas no te gusta, como mínimo sabremos de inmediato que no es lo que quieres y podré adaptarme a tus gustos.

Era obvio que no tenía ninguna intención de hacerlo. Simplemente tendría que actuar de una forma prudente y sutil para conseguir convencerle.

–No tengo ninguna necesidad de verla para saber lo que tienes en mente, cariño –le respondió Richard mientras avanzaban con dificultad a través de un tráfico que, teniendo en cuenta la hora del día, no era tan denso como de costumbre–. Comodidades modernas, doble cristal en las ventanas, moqueta y un gran jardín tanto en la parte delantera como en la trasera. –Se volvió hacia ella y le sonrió con ternura–. Si me dices que no es verdad, te invito a cenar.

–Tendrás que invitarme de todas formas –le respondió–. Si tengo que permanecer en pie mientras cocino, se me pondrán las piernas como dos jamones.

–Dime que me he equivocado respecto a la casa.

–Ya sabes que has acertado. –Se rió. Le acarició con cariño, y le pasó los dedos por encima de la sien, totalmente cubierta de pelo cano–. Y no empieces a sermonearme, si es eso lo que piensas hacer, ¿de acuerdo? No he hecho ningún esfuerzo por encontrarla. El agente inmobiliario simplemente me llevó hasta Harrow.

–Tal y como debería ser –respondió Richard. Le acarició el estómago, enorme a más no poder, la piel tirante cual timbal–. ¿Estás despierta, Cara Ann?

«Catherine Ann», le corrigió pacientemente, pero no en voz alta. En cierta manera, se había recuperado del desasosiego con el que había llegado al piso de Shepherd's Bush esa misma mañana. No había necesidad de hacerlo enfadar de nuevo. Aunque era poco probable que una discusión sobre el nombre de su futura hija pudiera causar un cataclismo emocional, creía que lo que Richard había tenido que sufrir bien merecía su comprensión.

«Ya no amaba a esa mujer», se repitió a sí misma. Después de todo, hacía muchos años que estaban divorciados. Se había alterado tanto porque había sufrido un sobresalto muy desagradable al contemplar el cadáver ensangrentado de alguien con quien una vez había compartido la vida. Eso podía consternar a cualquiera, ¿o no? Si le hubieran pedido que identificara el cuerpo mutilado de Jonathon Stewart, ¿no habría ella reaccionado de la misma manera?

Con esas ideas en mente, decidió que podrían llegar a un acuerdo con respecto a la casa de Harrow. Estaba segura de que su obstinación haría que él se comprometiera. Haciendo una concesión, le dijo:

–De acuerdo. Hoy no iremos a Harrow. No obstante, Richard, ¿estás de acuerdo con lo de las comodidades modernas?

–¿Con que tengamos cañerías decentes y doble cristal en las ventanas? –le preguntó–. ¿Moqueta, lavavajillas y todo lo demás? Me atrevo a decir que puedo vivir con todo eso, siempre que tú también estés, las dos, claro está. –Le dedicó una sonrisa, pero ella todavía notó cierta profundidad en sus ojos, una especie de pesar por lo que podría haber sido.

«Sin embargo, no es posible que todavía ame a Eugenie –pensó con insistencia–. No es posible y no puede, porque aunque la amara, está muerta. Está muerta.»

–Richard –prosiguió–, he estado pensando en los pisos, en el tuyo y en el mío. ¿Cuál crees que deberíamos vender primero?

Frenó para detenerse en un semáforo cerca de la estación de Notting Hill, donde una desagradable multitud ataviada con la ropa negra tan característica de Londres obstruía las calles y las ensuciaba con su parte de basura.

–Creía que todo eso ya estaba decidido.

–Sí, es verdad, pero he estado pensando...

–¿Qué? –Parecía andar con pies de plomo.

–Bien, creo que mi piso se vendería más fácilmente, eso es todo: lo he reformado y modernizado de arriba abajo, el edificio es muy elegante y el barrio es inmejorable. Además, es de propiedad absoluta. Supongo que nos daría suficiente dinero para poder invertirlo en la casa sin que tengamos que esperar a vender los dos pisos antes de que tengamos una casa para todos.

–Pero... si ya habíamos tomado una decisión –replicó Richard–. Y el agente inmobiliario está a punto de llegar...

–Seguro que podemos aplazar la cita. Podemos decirle que hemos cambiado de opinión. Cariño, seamos francos. Tu piso ha quedado anticuado. Es más viejo que Matusalén. Además, le quedan menos de cincuenta años de arrendamiento. El edificio no está mal del todo, si los propietarios se decidieran a arreglarlo, pero pasarán meses antes de que puedas venderlo. Mientras que el mío... Seguro que te das cuenta de lo diferentes que podrían ser las cosas.

El semáforo se puso en verde y continuaron avanzando entre el tráfico. Richard no pronunció ni una palabra hasta que giró por el paraíso de tiendas de antigüedades que era Kensington Church Street.

–Meses. Sí, de acuerdo. Tal vez tarde meses en vender mi piso. ¿Qué problema hay? De todas maneras, no podrás cambiarte de casa en los próximos seis meses.

–Pero...

–Sería imposible en el estado en que te encuentras, Jill. Peor aún, sería una tortura y podría ser peligroso. –Giró delante de la iglesia Carmelita y continuó avanzando entre autobuses y taxis hacia Palace Gate y South Kensington. Continuó calle arriba y dobló la esquina en Cornwall Gardens–. ¿Estás nerviosa, cariño? Apenas has dicho nada sobre el hecho de tener un hijo. Y yo últimamente he estado bastante preocupado, primero Gideon, ahora este... este otro asunto, y no te he cuidado como debería. Soy consciente de ello.

–Richard, entiendo tu preocupación por Gideon. No quiero que pienses que...

–Lo único que pienso es que te adoro, que vamos a tener un hijo y que vamos a establecer nuestra vida juntos. Y si deseas que pase más tiempo contigo en Shepherd's Bush ahora que casi estás a punto de salir de cuentas, estaré encantado de hacerlo.

–Ya pasas todas las noches conmigo. No te puedo pedir nada más, ¿no crees?

Dio marcha atrás y aparcó a unos veinticinco metros de Braemar Mansions, apagó el motor y se volvió hacia ella:

–Me puedes pedir lo que quieras, Jill. Y si te hace feliz poner tu piso a la venta antes que el mío, entonces también me hace feliz a mí. Pero no quiero tener nada que ver con un traslado de casa hasta que hayas dado a luz y te hayas recuperado de ello, y dudo mucho que tu madre esté en desacuerdo conmigo.

Ni siquiera Jill podía estar en desacuerdo. Sabía que a su madre le daría un ataque si la veía empaquetando todas sus pertenencias y yendo de un sitio a otro que no fuera de la cocina al lavabo antes de que hubieran pasado tres meses desde el parto. «El nacimiento de un hijo hace que el cuerpo de la madre sufra un trauma, cariño –le habría dicho Dora Foster–. Mímate. Quizá sea la única oportunidad que tengas de hacerlo.»

–¿Bien? –le preguntó Richard sonriéndole con dulzura–. ¿Qué me contestas?

–¡Eres tan horriblemente lógico y razonable! ¿Cómo quieres que discuta contigo? Tienes razón en lo que has dicho.

Se inclinó hacia ella, la besó y le dijo:

–Eres afable incluso en los momentos de derrota. Y si no me equivoco –señaló el antiguo edificio eduardiano mientras daba la vuelta al coche y la ayudaba a bajar–, nuestro agente inmobiliario es muy puntual. Y creo que eso es muy buena señal.

Jill esperó que así fuera. Un hombre alto y rubio estaba subiendo las escaleras de la entrada principal de Braemar Mansions, y a medida que Jill y Richard se acercaban, observó la hilera de timbres y apretó el que parecía ser el de Richard.

–Nos está buscando a nosotros, ¿verdad? –gritó Richard.

El hombre se dio la vuelta y le preguntó:

–¿El señor Davies?

–Sí.

–Thomas Lynley –le contestó–. Del Nuevo Departamento de Scotland Yard.

Lynley, al presentarse, solía fijarse en las reacciones de la gente que no esperaba su visita, y eso mismo es lo que hizo a medida que el hombre y la mujer de la acera se detenían antes de empezar a subir las escaleras de un edificio venido a menos situado en el extremo oeste de Cornwall Gardens.

La mujer seguramente sería delgada en circunstancias normales, pero en ese momento estaba hinchada debido al embarazo. Los tobillos, por ejemplo, eran del tamaño de una pelota de tenis, y le hacían resaltar excesivamente los pies, que ya eran grandes y desproporcionados con su altura. Andaba bamboleándose de un lado a otro como si quisiera mantener el equilibrio.

Davies, en cambio, andaba encorvado, y no había duda que esa curvatura empeoraría a medida que se hiciera mayor. Su pelo había perdido el color original –bermejo o rubio, no era fácil de adivinar– y lo llevaba peinado hacia atrás sin hacer ningún esfuerzo por ocultar su finura.

Tanto Davies como la mujer parecieron sorprendidos cuando Lynley se presentó, quizá la mujer un poco más porque se quedó mirando a Davies, y le dijo: «¿Richard? ¿Scotland Yard?», como si necesitara su protección o se preguntara por qué la policía había ido a verles.

–¿Se trata de... –preguntó Davies, pero no continuó, probablemente porque se dio cuenta de que las escaleras principales no eran el mejor lugar para entablar una conversación con un agente de policía–. Entre. Estábamos esperando a un agente inmobiliario. Nos ha sorprendido mucho verle a usted aquí. A propósito, ésta es mi prometida.

Prosiguió diciendo que se llamaba Jill Foster. Debía de tener unos treinta años –era sencilla, pero tenía una piel muy bonita y el pelo, del color de las pasas de Corinto, le llegaba hasta debajo de las orejas– y, al verla, Lynley se había imaginado que debía de ser una de las hijas de Davies o quizás una sobrina. Le hizo un gesto de asentimiento, sin pasar por alto la tensión con la que asía el brazo de Davies.

Davies les hizo entrar en el edificio y subió las escaleras hasta un piso de la primera planta. Tenía una sala de estar que daba a la calle, un oscuro rectángulo interrumpido por una ventana que en ese momento tenía las cortinas corridas. Davies, que se disponía a abrir las cortinas, le dijo a su prometida:

–Siéntate, cariño. Pon los pies en alto. –Luego se volvió hacia Lynley–. ¿Le apetece tomar algo? ¿Té? ¿Café? Estamos esperando a un agente inmobiliario, tal y como ya le he dicho, y no pasará mucho tiempo antes de que llegue.

Lynley les aseguró que su visita no sería muy larga, y aceptó una taza de té para poder ganar tiempo y echar un vistazo a la confusión de pertenencias que atestaba la sala de estar. Éstas consistían en fotografías caseras de escenas al aire libre, innumerables fotografías del virtuoso hijo de Davies, y una colección de bastones tallados a mano que estaban dispuestos en círculo sobre la chimenea, al estilo en que se exhiben las armas en los castillos escoceses. También había un exceso de muebles de antes de la guerra, montones de periódicos y revistas, y un despliegue de otros recuerdos relacionados con la carrera de violinista de su hijo.

–Richard lo guarda todo –le dijo Jill Foster a Lynley mientras se sentaba con cuidado sobre una silla que requería que la tapizaran y la rellenaran de nuevo, ya que mechones de lo que parecían trozos de algodón amarillentos salían disparados como si fueran las primeras flores de primavera–. Debería ver las otras habitaciones.

Lynley cogió una fotografía del violinista de cuando era niño. Estaba de pie instrumento en mano, mirando atentamente a lord Menuhin, que también le miraba con el instrumento en la mano y le sonreía con ternura.

–¿Gideon? –preguntó Lynley.

–El irrepetible, el inimitable –respondió Jill Foster.

Lynley la observó. Ella le sonrió, quizá para borrar la amargura de sus palabras, y añadió:

–La alegría de Richard. El centro de su vida. Es comprensible, pero a veces es agotador.

–Supongo que sí. ¿Cuánto tiempo hace que conoce al señor Davies?

Con un gruñido y un esfuerzo por levantarse, exclamó:

–¡Ostras! ¡Esto es incomodísimo! –Se levantó del sillón que había escogido, se sentó en el sofá, levantó las piernas y se puso un cojín bajo los pies–. ¡Santo Cielo! ¡Aún me quedan dos semanas! Empiezo a comprender por qué lo llaman «salir de cuentas». –Apoyó la espalda en otro cojín. Ambos estaban tan gastados como el mobiliario–. Hace tres años.

–¿Está contento de volver a ser padre?

–Sí –contestó Jill–. Y eso que la mayoría de hombres de su edad ya son abuelos. Pero sí, a pesar de su edad, está contento.

Lynley sonrió, y anunció:

–Mi mujer también está embarazada.

La expresión del rostro de Jill cambió ligeramente; una conexión se había establecido entre ellos.

–¿De verdad? ¿Será el primero, inspector?

Lynley asintió con la cabeza y respondió:

–Debería seguir el ejemplo del señor Davies. Parece encantado.

Jill sonrió y le miró de buen humor.

–Es igual que una clueca: «No subas la escalera demasiado rápido, Jill. No uses transporte público. No conduzcas si hay mucho tráfico. No. Sencillamente no conduzcas, cariño. No salgas a pasear sin que nadie te acompañe. No bebas nada que tenga cafeína. Llévate el móvil a todas partes. Evita las multitudes, el humo del tabaco y los conservantes». La lista es interminable.

–Está preocupado por usted.

–Sí, es bastante halagador, pero a veces me entran ganas de encerrarle dentro de un armario.

–¿Tuvo la oportunidad de hablar con su ex mujer? Del embarazo, me refiero.

–¿Con Eugenie? No. Nunca llegamos a conocernos. Ex esposas y esposas actuales. Bien, en mi caso, futura esposa. A veces pienso que es de sabios mantenerlas aparte, ¿no cree?

En ese momento Richard Davies volvió a entrar en la sala; llevaba una bandeja de plástico en la que había una taza y un platillo de té, una jarra de leche y un cuenco con terrones de azúcar. Le preguntó a su prometida:

–Cariño, tú no querías té, ¿verdad?

Jill le respondió que no. Richard se sentó junto a ella y, después de dejar el té de Lynley sobre la mesita que había al lado del sillón en el que Jill se había sentado al principio, levantó los doloridos e hinchados pies de Jill y los colocó sobre su regazo.

–¿Qué podemos hacer por usted, inspector? –le preguntó.

Lynley sacó una libreta del bolsillo de la chaqueta. Le pareció una pregunta interesante. De hecho, el comportamiento de toda la familia Davies le parecía interesante. Era incapaz de recordar la última vez que le habían ofrecido una taza de té de bienvenida después de presentarse en una casa sin avisar y de darse a conocer. La reacción normal a una visita inesperada de la policía solía implicar sospecha, alarma y ansiedad, por mucho que intentara ocultarlo la persona que recibía la visita.

Davies, como si respondiera a lo que Lynley estaba pensando, dijo:

–Supongo que ha venido por lo de Eugenie. No he podido ser de gran ayuda cuando sus colegas de Hampstead me han pedido que... bien, que la identificara. Hacía años que no veía a Eugenie y las heridas... –Levantó las manos de debajo de los pies de su prometida e hizo un gesto de impotencia.

–Sí –respondió Lynley–. He venido a hablar de la señora Davies.

En ese momento Richard Davies miró a su prometida y le preguntó:

–¿No preferirías acostarte un rato, Jill? Ya te avisaré cuando llegue el agente inmobiliario.

–Estoy bien –le replicó–. Comparto tu vida, Richard.

Le apretó la pierna y se volvió hacia Lynley.

–Si ha venido hasta aquí, entonces es que era Eugenie. Habría sido demasiado optimista pensar que otra persona tuviera su documentación.

–Era la señora Davies –le confirmó Lynley–. Lo siento.

Davies hizo un gesto de asentimiento, pero no parecía afligido.

–Han pasado casi veinte años desde que la viera por última vez. Siento mucho que haya sufrido ese accidente, pero la pérdida, nuestro divorcio, sucedió hace mucho tiempo. He tenido muchos años para recuperarme de su muerte, si entiende lo que le quiero decir.

Lynley lo entendía perfectamente. Si Davies hubiera estado lamentando su pérdida desde entonces, eso implicaría una devoción digna de la antigua diosa romana Victoria o una obsesión enfermiza, y ambas cosas venían a ser lo mismo. Sin embargo, Davies tenía una idea equivocada que hacía falta corregir.

–Me temo que no fue un accidente. Su ex mujer fue asesinada, señor Davies.

Jill Foster se incorporó y dejó caer el cojín en el que apoyaba la espalda; luego exclamó:

–Pero no... Richard, ¿no me dijiste que había...?

Richard Davies se quedó mirando a Lynley fijamente, las pupilas cada vez más dilatadas.

–Me dijeron que era una caso de atropellamiento y fuga –precisó Davies.

Lynley se lo explicó. La información que le habían dado era incompleta porque aún no habían recibido el informe del médico forense. Un examen inicial del cuerpo de la mujer muerta –por no decir nada del lugar en el que había sido encontrada– les había hecho concluir que había sido atropellada por alguien que se había dado a la fuga. Sin embargo, un examen más detallado había revelado que la habían atropellado más de una vez, que alguien había movido el cadáver de sitio, y que las marcas de neumático que habían encontrado en el cuerpo y en la ropa indicaban que todo había sido realizado por el mismo coche. Por lo tanto, el conductor del coche era un asesino, y la muerte no podía ser considerada accidente, sino homicidio.

–¡Santo Cielo! –Jill alargó la mano para coger la de Richard Davies, pero éste no se la cogió. Parecía haberse adentrado en sí mismo, aturdido, en un lugar oscuro del que ella no podía sacarle.

–Pero ni siquiera me insinuaron que... –Se quedó mirando al vacío, murmurando–. ¡Dios mío! La situación no podría ser peor. –Se volvió hacia Lynley–. Tendré que decírselo a Gideon. ¿Me permitirá que sea yo el que se lo cuente a mi propio hijo? Hace meses que no se encuentra bien. Es incapaz de tocar. La noticia podría provocar... ¿Dejará que sea yo el que se lo cuente? Aún no habrá salido en los periódicos, ¿verdad? ¿En el *Evening Standard*? No saldrá publicado antes de que se lo cuente a Gideon, ¿verdad?

–Eso es asunto de la oficina de prensa –respondió Lynley–. Pero no publicarán la noticia hasta que haya sido notificada a los familiares. Y usted nos puede ser de ayuda con eso. Aparte de Gideon, ¿hay otros miembros en la familia?

–Los hermanos de Eugenie, pero sólo Dios sabe dónde pueden estar. Sus padres estaban vivos hace veinte años, pero quizás hayan muerto. Frank y Lesley Staines. Frank era cura anglicano, puede empezar por él e intentar averiguar su paradero a través de la iglesia.

–¿Y los hermanos?

–Tenía uno más pequeño y uno mayor que ella. Douglas e Ian. Una vez más, no sabría decirle si están vivos o muertos. Cuando conocí a Eugenie, ésta hacía tiempo que no veía a ningún miembro de su familia, y no los vio ni una sola vez durante el tiempo en que estuvimos casados.

–Intentaremos encontrarlos. –Lynley cogió la taza de la que colgaba una bolsa de té Typhoo de uno de los lados. La quitó y vertió una nube de leche–. ¿Y usted, señor Davies? ¿Cuándo fue la última vez que vio a su ex mujer?

–Cuando nos divorciamos. Debe de hacer unos dieciséis años. Tuvimos que firmar ciertos papeles, y fue entonces cuando la vi.

–¿Y desde entonces?

–Nada. Sin embargo, había hablado con ella hace poco.

Lynley dejó la taza y le preguntó:

–¿Cuándo?

–Me había estado llamando con regularidad para preguntarme por Gideon. Se había enterado de que no estaba bien. Supongo que fue... –Se volvió hacia su prometida–. ¿Cuándo tuvo lugar ese concierto horroroso, cariño?

Jill Foster lo miró tan fijamente que era obvio que él sabía perfectamente el día que se había hecho ese concierto.

–El treinta de julio, ¿no?

–Sí, eso es. –Se volvió hacia Lynley–. Eugenie empezó a llamar poco tiempo después. No recuerdo cuándo fue exactamente. Quizás alrededor del quince de agosto. Desde entonces estuvimos en contacto.

–¿Cuándo habló con ella por última vez?

–¿Algún día de la semana pasada? No lo recuerdo con exactitud. No se me ocurrió anotarlo. Llamó aquí y dejó un mensaje. Le devolví la llamada. No había mucho que contarle; por lo tanto, la conversación fue breve. Gideon, le agradecería mucho que mantuviera en secreto lo que voy a contarle, inspector, padece pánico agudo a tocar en público. Hemos dicho a todo el mundo que se trata de agotamiento, pero eso es una especie de eufemismo. Eugenie no se lo creyó, y supongo que el público no se lo creerá durante mucho más tiempo.

–¿No visitó a su hijo? ¿No se puso en contacto con él?

–Si lo hizo, Gideon no me lo ha contado. Y me sorprendería mucho, inspector, porque Gideon y yo estamos muy unidos.

La prometida de Davies bajó los ojos. Lynley pensó que tal vez esa devoción entre hijo y padre sólo existiera por una parte, que tal vez sólo fuera instigada por Richard Davies.

–Tenemos la certeza de que su mujer se dirigía a ver a un hombre que vive en Hampstead. Llevaba su dirección apuntada. Se llama J.W. Pitchley, pero es posible que le conozca por su nombre anterior, James Pitchford.

Davies dejó de acariciar los pies de Jill Foster con las manos. Se quedó más quieto que una escultura en tamaño natural de Rodin.

–¿Le recuerda? –le preguntó Lynley.

–Sí, le recuerdo. Pero... –Se volvió de nuevo hacia su prometida–. Cariño, ¿estás segura de que no quieres acostarte un rato?

La expresión de su rostro evidenció de modo inconfundible sus intenciones: en ese momento no habría nadie capaz de convencerla de que se fuera a descansar a la cama.

–Olvidarme de alguien de esa época de mi vida habría sido prácticamente imposible, inspector. Usted tampoco lo habría hecho si la hubiera vivido. James vivió con nosotros unos cuantos años antes de que Sonia, nuestra hija... –Dejó la frase inacabada e hizo un gesto con los dedos como para explicar el resto.

–¿Sabe si su ex mujer seguía en contacto con este hombre? Le hemos entrevistado, pero lo niega. No obstante, ¿le habló de él su ex mujer durante alguna de sus conversaciones telefónicas?

Davies negó con la cabeza y contestó:

–Nunca hablamos de ningún tema que no guardara relación con Gideon o con su salud.

–¿Jamás le contó nada de su familia, de la vida que llevaba en

Henley-on-Thames, o de los amigos que había hecho allí? ¿O de posibles amantes?

–Nunca me contó nada de eso, inspector. Eugenie y yo no nos separamos en las mejores circunstancias. Un día se marchó de casa y eso fue todo. No hubo explicaciones ni discusiones ni excusas. Un día estaba allí, al día siguiente ya se había ido, y cuatro años más tarde sus abogados se pusieron en contacto conmigo. Así pues, nuestra relación no se caracterizaba precisamente por la amabilidad. Debo admitir que no me entusiasmó demasiado recibir noticias suyas.

–¿Le parece probable que estuviera saliendo con otro hombre cuando se marchó? ¿Con alguien que pudiera haber entrado de nuevo en su vida?

–¿Se refiere a Pitches?

–Pitchley –le corrigió Lynley–. Sí. ¿Cree que podría haber estado liada con Pitchley cuando éste se hacía llamar James Pitchford?

Davies pensó en ello y respondió:

–Era mucho más joven que Eugenie, tal vez unos quince años. ¿O sólo diez? Pero Eugenie era una mujer atractiva; por lo tanto, supongo que puede que hubiera algo entre ellos. Permítame que le sirva otro té, inspector.

Lynley aceptó el ofrecimiento. Davies apartó las piernas de Jill Foster con cuidado, se levantó y se dirigió hacia la cocina. El sonido del agua les indicó que había tenido que esperar uno o dos minutos a que hirviera el agua de la tetera. Lynley se preguntó sobre el tiempo que eso le habría hecho ganar. ¿Por qué quería y necesitaba ese tiempo? Era cierto que la noticia le había cogido por sorpresa y que por la mañana ya había tenido que afrontar una experiencia desagradable; además, Davies pertenecía a una generación para la que cualquier exteriorización de los sentimientos equivalía a pasearse por Picadilly Circus con el torso desnudo. Asimismo, su prometida observaba con atención cada una de sus reacciones; por lo tanto, el hombre tenía motivos para querer estar un rato solo y recobrar la calma. Pero, aun así...

Richard Davies regresó a la sala, pero esa vez también llevaba un vaso de zumo de naranja. Se lo entregó a su prometida y le dijo:

–Te hacen falta vitaminas, Jill.

Lynley cogió su taza de té, le dio las gracias y prosiguió:

–Su mujer salía con un hombre en Henley-on-Thames, un hombre llamado Wiley. ¿Le habló de él durante alguna de sus conversaciones?

–No –contestó Davies–. De verdad, inspector, nos limitábamos a hablar de Gideon.

–El comandante Wiley nos contó que Gideon y su madre estaban un poco distanciados.

–¿De verdad? –le preguntó Davies–. Yo no lo definiría así. Eugenie se marchó un día y nunca más regresó. Si quiere llamarlo distanciamiento, supongo que puede hacerlo. Pero yo más bien lo llamaría abandono.

–¿Qué sabe de sus pecados? –preguntó Lynley.

–¿Cómo dice?

–Le dijo al comandante Wiley que deseaba confesarle algo. Quizá se estaba refiriendo al hecho de haber abandonado a su hijo y a su marido. A propósito, nunca llegó a hacer su confesión. O, como mínimo, eso es lo que nos ha contado el comandante Wiley.

–¿Cree que ese Wiley...?

–En este momento sólo estamos recogiendo información, señor Davies. ¿Le gustaría añadir algo más a lo que ya me ha dicho? ¿Hay algo que su ex mujer le dijera que en ese momento no le pareciera importante pero que ahora...?

–Cresswell-White –respondió Davies en un tono casi meditativo; sin embargo, cuando repitió el nombre lo hizo con mucha más convicción–: Sí, existía un tal Cresswell-White. Recibí una carta de él, y supongo que Eugenie también debía de haber recibido una.

–¿Y Cresswell-White es...?

–Seguro que también recibió una carta de él, porque cuando dejan en libertad a los asesinos, tienen por costumbre informar a las familias. Por lo menos, eso era lo que ponía en mi carta.

–¿Asesinos? –preguntó Lynley–. ¿Ha tenido noticias del asesino de su hija?

A modo de respuesta, Richard Davies abandonó la sala, recorrió un corto pasillo y entró en una habitación. A continuación se oyó el ruido de cajones y de armarios abriéndose y cerrándose. Cuando volvió, llevaba un sobre de tamaño legal que le entregó a Lynley. Contenía una carta de un tal don Bertram Cresswell-White, abogado de categoría superior y demás títulos, y había sido enviada desde el número cinco de Paper Buildings, Temple, Londres. Informaba al señor Richard Davies de que la prisión de su Majestad de Holloway dejaría en libertad condicional a la señora Katja Wolff en la fecha que se indicaba a continuación. Si la mencionada señora Katja Wolff hostigaba, amenazaba o establecía cualquier tipo de contacto con el señor Davies, éste debía informar de inmediato al señor Cresswell-White, abogado de categoría superior.

Lynley leyó la carta y prestó especial atención a la fecha: doce semanas antes de que Eugenie Davies muriera.

–¿Ha intentado ponerse en contacto con usted? –le preguntó.

–No –respondió Davies–. Créame, si lo hubiera hecho, le juro por Dios que habría... –Dejó de fanfarronear, lo que indicaba que ya no era el hombre que había sido–. ¿Cree que es posible que localizara a Eugenie?

–¿La señora Davies no le comentó nada?

–No.

–¿Cree que se lo habría contado si la hubiera visto?

Davies movió la cabeza a uno y otro lado, no porque quisiera negarlo, sino porque estaba confundido. Después respondió:

–No lo sé. En cierta época sí que lo habría hecho. Claro que me lo habría contado. Pero después de tanto tiempo... No lo sé, inspector.

–¿Puedo quedarme con esta carta?

–Por supuesto. ¿La buscará, inspector?

–Haré que uno de mis hombres la encuentre.

Lynley prosiguió con el resto de sus preguntas, y de ellas sólo consiguió averiguar la identidad de la tal Cecilia que le había escrito una nota a Eugenie Davies: se llama sor Cecilia Mahoney, la amiga íntima de Eugenie Davies en el convento de la Inmaculada Concepción. El convento estaba ubicado en la misma Kensington Square, donde la familia Davies había vivido hacía mucho tiempo.

–Eugenie se había convertido al catolicismo –dijo Richard Davies–. Odiaba a su padre; cuando no estaba sermoneando desde el púlpito, se comportaba como un maníaco furioso, y le pareció la mejor forma de vengarse de él por una niñez horrible. Por lo menos, eso es lo que Eugenie me contó.

–¿Sus hijos fueron bautizados por la Iglesia católica? –preguntó Lynley.

–Sólo si Eugenie y Cecilia lo hicieron en secreto, ya que a mi padre le habría dado un ataque. –Davies sonrió con cariño–. En cierto modo, era un padre de familia bastante tiránico.

«¿Y usted ha seguido su ejemplo a pesar de esa amabilidad que ahora muestra? –se preguntó Lynley–. Sin embargo, eso nos lo tendrá que decir Gideon.»

GIDEON

1 de octubre

¿Adónde nos va a llevar todo esto, doctora Rose? Ahora me pide que piense tanto en mis sueños como en mis recuerdos, y yo me pregunto si sabe lo que está haciendo. Me pide que anote todos los pensamientos que me vengan a la cabeza, que deje de preocuparme por la forma en que se relacionan y si nos pueden llevar a algo, o si podrían ser la llave que encajaría en la cerradura de mi mente, y a mí se me está agotando la paciencia.

Papá me dice que el trabajo que realizó en Nueva York consistía principalmente en ayudar a gente con trastornos alimentarios. Está haciendo sus propias indagaciones –sólo tuvo que hacer unas cuantas llamadas a los Estados Unidos–, ya que como no está viendo ningún progreso, ha empezado a preguntarse cuánto tiempo quiero seguir dedicando a desenterrar el pasado en vez de ocuparme del presente.

–¡Por el amor de Dios! No está acostumbrada a trabajar con músicos –me ha dicho hoy mismo–. Ni siquiera trata a otros artistas. Así pues, puedes continuar llenándole la cartera de dinero sin obtener nada a cambio, que es lo único que ha sucedido hasta este momento, Gideon, o puedes probar otra cosa.

–¿Como por ejemplo...? –le he preguntado.

–Si todavía sigues pensando que la respuesta está en la psiquiatría, por lo menos inténtalo con alguien que sepa darle el tratamiento adecuado al problema. Y tu problema es el violín, Gideon, no lo que recuerdes o no sobre el pasado.

–Raphael me lo contó –le he confesado.

–¿El qué?

–Que Katja Wolff ahogó a Sonia.

En ese momento se produjo un silencio, y como estábamos hablando por teléfono y no en persona, sólo pude adivinar la expresión de su rostro. Seguro que la cara se le habría endurecido a medida que se le tensaban los músculos, y los ojos se le habrían vuelto opacos. Aunque Raphael sólo me hubiera contado eso, al hacerlo había incumplido un acuerdo que se había establecido hacía más de veinte años. Seguro que a papá no le ha hecho ninguna gracia.

–¿Qué sucedió? –le he preguntado.

–No pienso hablar de eso.

–Ésa es la razón por la que mamá se marchó, ¿no es verdad?

–Ya te he dicho que...

–Nada. No me has dicho *nada*. Si de verdad tienes tantas ganas de ayudarme, ¿por qué no me ayudas con esto?

–¡Porque *esto* no tiene nada que ver con tu problema, joder! Además, el hecho de sacarlo todo a luz, de diseccionar cada matiz y de meditar sobre todo ello *ad infinitum* es una forma estupenda de evitar los temas verdaderamente importantes, Gideon.

–Estoy haciendo todo lo que puedo.

–¡Y una mierda! Estás bailando a su ritmo como si fueras un pobre maricón.

–Estás siendo muy injusto conmigo.

–Lo que es injusto es que te pidan que te hagas a un lado y que observes cómo tu hijo arruina su vida. Lo que es injusto es haber vivido exclusivamente para tu hijo durante más de un cuarto de siglo para que éste pueda convertirse en el músico que desea ser, y todo para acabar viendo cómo se desmorona la primera vez que sufre un contratiempo. Lo que es injusto es haber forjado poco a poco un tipo de relación que nunca habría podido tener con mi propio padre, para que después te pidan que te apartes y observes cómo el amor y la confianza que han depositado en ti todos estos años es transferida a una psiquiatra, cuya única recomendación es que ha sido capaz de subir al Machu Pichu sin que la hayan tenido que llevar en brazos hasta la cima.

–¡Por el amor de Dios! ¡Sí que has hecho indagaciones!

–Las suficientes para saber que has estado perdiendo el tiempo. ¡Maldita sea, Gideon! –Pero al pronunciar esas palabras su tono de voz no sugería dureza–. ¿Lo has intentado, como mínimo?

Se refería al violín, evidentemente. Eso era lo único que necesitaba saber. Era como si para él no fuera más que una máquina capaz de producir música.

Al ver que no respondía, me dijo con bastante acierto:

–¿No te das cuenta de que esto podría ser simplemente un bloqueo pasajero? Tal vez sólo tengas una conexión suelta en tu cerebro. Pero como nunca has tenido el más mínimo percance en tu carrera, has sido presa del pánico. ¡Coge el violín, por el amor de Dios! Hazlo por ti mismo antes de que sea demasiado tarde.

–¿Demasiado tarde para qué?

–Para superar el miedo. No permitas que te debilite. No te explayes tanto en ese miedo.

Al final, sus palabras no me parecieron ilógicas, sino que me parecieron indicar una acción que era a la vez razonable y sólida. Tal vez estuviera haciendo una montaña de un grano de arena, y usara una «enfermedad del espíritu» inventada para cubrirme la herida que había sufrido mi orgullo profesional.

Así pues, cogí el Guarneri, doctora Rose. Gracias a ese optimismo, puse el hombro en posición. Me concedí el placer de no leer la partitura –y para mitigar la presión que supondría tocar de memoria, escogí una pieza de Mendelssohn que había tocado un millón de veces– y me di cuenta de que mi cuerpo tenía la posición adecuada, tal y como me habría dicho la señorita Orr. Incluso podía oírla: «El cuerpo recto, los hombros caídos. Acompaña el arco con todo el brazo. Sólo tienes que mover las yemas de los dedos».

Lo oía todo, pero no logré hacer nada. El arco me saltaba por encima de las cuerdas, y mis dedos golpeaban la cuerda de tripa con la misma delicadeza que un carnicero adobaría a un cerdo.

«Son nervios –pensé–. Sólo es cuestión de nervios.»

Por lo tanto, lo intenté de nuevo, pero el sonido aún fue mucho peor. Eso fue lo único que fui capaz de producir: sonido, doctora Rose. Ni siquiera fui capaz de hacer nada que se asemejara a la música. Y por lo que respecta al hecho de tocar a Mendelssohn... bien podría haber intentado hacer un aterrizaje en la luna desde la sala de música, tan imposible era la tarea que me había propuesto.

«¿Cómo se sintió al intentarlo?», me preguntará.

«¿Cómo se sintió al cerrar el ataúd de Tim Freeman?», le contestaré. Marido, compañero, víctima del cáncer, y todo lo demás que era para usted, doctora Rose. ¿Qué sintió cuando su marido murió? Porque esto es como una muerte para mí, y si va a haber una resurrección, lo que necesito saber es cómo se producirá desenterrando el pasado y anotando todos mis malditos sueños. Dígamelo, por favor. ¡Por el amor de Dios! ¡Dígamelo!

2 de octubre

No se lo conté a papá.

«¿Por qué?», me pregunta.

«Porque fui incapaz de afrontarlo.»

«Afrontar ¿el qué?»

Supongo que su decepción. Cómo le afectaría saber que soy incapaz de hacer lo que él quiere que haga. Ha organizado su vida entera alrededor de la mía, y yo he organizado la mía en función de la música. En este preciso instante los dos estamos precipitándonos hacia el olvido, y me parece un acto de consideración que sólo uno de nosotros lo sepa.

Cuando metí el Guarneri de nuevo en la funda, tomé una decisión. Salí de casa.

Sin embargo, me encontré con Libby en las escaleras de la entrada. Estaba sentada junto a la barandilla con una bolsa abierta de dulces sobre el regazo. No parecía que se los estuviera comiendo, aunque sí que daba la sensación de estar contemplando la posibilidad de hacerlo.

Me pregunté cuánto tiempo debía de llevar ahí sentada, y cuando habló, obtuve mi respuesta.

–Te he oído. –Se puso en pie, se quedó mirando la bolsa y después la metió deprisa en el enorme bolsillo delantero de su peto–. Ése es el problema que tienes, ¿verdad, Gideon? Ése es el motivo por el que hace tiempo que no tocas. ¿Por qué no me lo dijiste? Creía que éramos amigos.

–Y lo somos.

–Es imposible.

–Posible es.

Sin siquiera sonreír, añadió:

–Los amigos se ayudan entre sí.

–No me puedes ayudar en esto. Ni siquiera sé lo que me pasa, Libby.

Se quedó mirando la plaza con una expresión de desolación.

–¡Mierda! ¿Qué estamos haciendo, Gid? ¿Por qué vamos a hacer volar tus cometas? ¿Y el vuelo libre? ¿Por qué demonios dormimos juntos? Si ni siquiera eres capaz de contarme...

La conversación era una reconstrucción de cientos de discusiones que había tenido con Beth, aunque el tema era un poco diferente. Con ella, siempre era: «Gideon, si ya ni siquiera somos capaces de hacer el amor...».

Con Libby las cosas no habían ido lo bastante lejos para que eso se convirtiera en una tema de discusión, y me sentía contento de ello. La escuché hasta el final, pero no tenía nada que responderle. Cuando acabó de hablar y se dio cuenta de que no le respondería, me siguió hasta el coche y exclamó:

–¡Eh! ¡Espera un momento! Te estoy hablando. Espera un momento. Espera. –Me cogió del brazo.

–Tengo que irme –le respondí.

–¿Adónde?

–A Victoria.

–¿Por qué?

–Libby...

–De acuerdo. –Tan pronto como abrí el coche, se metió dentro–. Entonces voy contigo.

Para librarme de ella, la tendría que haber sacado a rastras del coche. Además, por la inclinación de su mandíbula y por la frialdad de sus ojos supe que ofrecería una gran resistencia. No tenía suficiente energía para hacerlo; por lo tanto, puse el coche en marcha y partimos hacia Victoria.

La Asociación de Prensa tiene sus oficinas a la vuelta de la esquina de la Estación de Victoria en Vauxhall Bridge Road, y allí es donde fuimos. Por el camino, Libby sacó la bolsa de dulces y empezó a comérselos.

–¿No estabas haciendo la Dieta Anti-Blanca? –le pregunté.

–Estos dulces son rosas y verdes, por si no te habías dado cuenta.

–Una vez me dijiste que todo lo que tiene colorantes artificiales cuenta como blanco –le recordé.

–Yo digo muchas cosas. –Arrojó la bolsa de plástico contra su regazo y pareció haber tomado una decisión–. Quiero saber cuánto tiempo hace. Y más te vale ser totalmente sincero conmigo.

–¿Cuánto tiempo hace de qué?

–Que no tocas. O que tocas de ese modo. Dímelo. Así de simple. ¿Cuánto tiempo hace? –Después cambió de tema con rapidez, como a menudo solía hacer–. No importa. Debería haberme dado cuenta antes. Es por culpa del cabrón de Rock.

–No creo que podamos echarle la culpa a tu marido...

–Ex marido, por favor.

–Aún no lo es.

–Pero falta muy poco.
–De acuerdo, pero no podemos culparle de...
–¡Y mira que llega a ser odioso!
–... que yo esté pasando una mala época.
–No te estaba hablando de eso –lo dijo en un tono de irritación–. No eres la única persona sobre la faz de la tierra, Gideon. Te estaba hablando de mí. Me habría dado cuenta de lo que te sucedía, si no hubiera estado tan nerviosa por lo de Rock.

Pero apenas oí lo que me contó sobre su marido, porque aún me sentía herido por sus palabras: «No eres la única persona sobre la faz de la tierra, Gideon». Hacían eco de lo que Sarah-Jane Beckett me había dicho años atrás: «Ya no eres el centro del universo». Era incapaz de ver a Libby dentro del coche porque sólo podía ver a Sarah-Jane Beckett. Aún puedo verla, puedo ver cómo sus ojos me miraban fijamente, cómo inclinaba su rostro hacia mí. Era un rostro pálido, con los ojos entornados junto a una hilera de pestañas achaparradas.

«¿De qué le está hablando cuando le dice eso?», me pregunta.

Sí, de acuerdo. Eso es lo importante.

Me estoy portando mal cuando ella me está vigilando. No le ha quedado más remedio que decidir cuál sería mi castigo: me ha dado un tremendo rapapolvo, estilo Sarah-Jane. Hay una caja de madera dentro del armario del abuelo y me he metido dentro. Está llena de cera para botas negras, de betún y de trapos, y lo he usado todo como si fueran pinturas. Me he dedicado a ensuciar las paredes del pasillo del primer piso con betún marrón y con cera para botas. «Aburrido, aburrido, aburrido», he pensado mientras echaba a perder el papel de la pared y me limpiaba las manos en las cortinas. Pero, en verdad, no estoy aburrido, y Sarah-Jane lo sabe. No lo he hecho por esa razón.

«¿Sabe por qué lo hizo?», me pregunta.

No estoy seguro del todo. Pero creo que estoy enfadado y que tengo miedo. Sí, está claro que estoy enfadado y tengo muchísimo miedo.

Veo el brillo de sus ojos cuando le cuento esto, doctora Rose. Ahora empezamos a ir a alguna parte. Ira y miedo. Emoción. Pasión. Algo, gracias a Dios, con lo que poder empezar a trabajar.

Pero tengo pocas cosas que añadir. Sólo esto: cuando Libby dijo «No eres la única persona sobre la faz de la tierra, Gideon», es evidente que sentí miedo. No obstante, era un miedo diferente al que siento cuando temo no poder volver a tocar mi instrumento nunca más. Era un miedo que no parecía guardar relación alguna con la conversación que estábamos teniendo. Aun así, lo sentí con una exaltación tan repentina que me vi gritando «No» a Libby, pero en ningún momento sentí que me estaba dirigiendo a ella.

«¿Y de qué tenía miedo?», me cuestiona.

Habría pensado que era evidente.

3 de octubre

Nos mandaron al archivo de periódicos, un trastero en el que hay una cantidad interminable de recortes de periódico. Están archivados en carpetas de papel manila y catalogados por temas a lo largo de unas estanterías correderas. ¿Conoce el sitio del que le estoy hablando? Los lectores de periódico se pasan el día allí, absortos en el estudio de los periódicos más importantes, recortando e identificando historias que luego pasan a formar parte de la colección de la biblioteca. Al lado hay una mesa y una fotocopiadora para uso de los miembros del público que deseen realizar algún tipo de investigación.

Le dije a un chico mal vestido y de pelo largo lo que estaba buscando. «Deberías haber llamado antes –me replicó–. Como mínimo, tardaré veinte minutos en encontrarlo. Ese material no lo guardamos aquí.»

Yo le dije que esperaríamos, pero me di cuenta de que estaba tan nervioso que apenas pude permanecer en la biblioteca una vez que el chico se hubo marchado para iniciar su búsqueda. Era incapaz de respirar, y enseguida me di cuenta de que sudaba tanto como Raphael. Le dije a Libby que necesitaba un poco de aire fresco. Me siguió hasta Vauxhall Bridge Road. No obstante, allí fuera tampoco podía respirar.

–Es por el tráfico –le dije a Libby–. Por la contaminación.

Me encontré jadeando cual corredor exhausto. Y entonces mi víscera entró en acción: se me cerró el estómago y se me soltaron los intestinos, con la amenaza de hacer una humillante explosión en medio de la calle.

–Tienes un aspecto terrible, Gid –sentenció Libby.

–No, no, no. Estoy bien –repliqué.

–Si tú estás bien, yo soy la Virgen María –contestó–. Ven aquí. Sal de en medio de la acera.

Me llevó a una cafetería que había a la vuelta de la esquina y me hizo sentar en una mesa.

–No te muevas, a no ser que... te vayas a desmayar, ¿de acuerdo? Si eso sucede, apoya la cabeza... en alguna parte. ¿Dónde se supone que debes poner la cabeza? ¿Entre las piernas? –Se dirigió hacia la barra y regresó con un zumo de naranja–. ¿Cuánto tiempo hace que no has comido nada?

Y yo –pecador y cobarde rematado– le dejé creer lo que quería creer:

–No lo recuerdo con exactitud. –Me bebí el zumo de naranja como si fuera un elixir que pudiera devolverme todo lo que había perdido hasta entonces.

«¿Perdido?», repetirá, atenta a cualquier movimiento.

«Sí. Todo lo que he perdido: mi música, Beth, mi madre, una infancia, recuerdos que otra gente dan por sentados.»

«¿Sonia? –me preguntará–. ¿También Sonia? ¿Le gustaría recordarla si pudiera, Gideon?»

«Sí, por supuesto –es mi respuesta–. Pero una Sonia diferente.»

Esa respuesta me paraliza, porque contiene cierto grado de remordimiento por lo que había olvidado sobre mi hermana.

3 de octubre, 18.00

Cuando fui capaz de controlar mis furiosos intestinos y de respirar con normalidad, Libby y yo regresamos a la biblioteca. Cinco enormes sobres de papel manila nos esperaban, repletos de recortes de periódico de hace más de veinte años. Estaban mal recortados y muy manoseados; olían a rancio y estaban descoloridos por el paso del tiempo.

Mientras Libby se iba a buscar otra silla para poder sentarse junto a mí, yo cogí el primer sobre y lo abrí.

Lo primero que vi fue: LA NIÑERA ASESINA HA SIDO CONDENADA, con el convencimiento implícito de que los titulares de periódico habían cambiado muy poco en las dos últimas décadas. Las palabras iban acompañadas de una fotografía, y ahí delante la tenía, la asesina de mi hermana. Parecía que hubieran hecho la fotografía al principio del proceso legal, ya que no la habían fotografiado ni en el Tribunal Penal ni en la prisión, sino en Earl's Court Road mientras salía de la comisaría de policía de Kensington en compañía de un hombre achaparrado y ataviado en un traje que le quedaba muy mal. A su espalda, parcialmente oscurecido por la puerta, había un hombre que no habría sido capaz de reconocer si no fuera porque conocía su forma, su tamaño y su apariencia general debido a casi veinticinco años de clases diarias de violín: Raphael Robson. Me di cuenta de la presencia de esos dos hombres –supuse que el primero debía de ser el abogado de Katja Wolff–, pero fue en Katja en quien me fijé.

Las cosas habían cambiado mucho para ella desde el día soleado en que le hicieron la foto en el jardín trasero. Evidentemente, para la primera había posado, mientras que ésta era una instantánea hecha con las prisas frenéticas necesarias para poder hacer una fotografía en el breve momento en que una figura de interés periodístico sale de un edificio y entra en un vehículo que se la lleva a toda velocidad. Lo que evidenciaba la fotografía era que la notoriedad pública –como mínimo de ese tipo– no le había sentado bien a Katja Wolff. Estaba delgada y parecía enferma. Y mientras que en la fotografía del jardín sonreía a la cámara feliz y abiertamente, en ésta intentaba ocultar el rostro. El fotógrafo se debía de haber acercado bastante a ella, ya que no parecía granulada, tal y como sucede con las fotos que han sido hechas con teleobjetivo. De hecho, hasta el más mínimo detalle del rostro de Katja Wolff parecía severamente enfatizado.

Tenía la boca muy cerrada y, por lo tanto, los labios se le veían demasiado delgados. Las ojeras parecían morados de media luna. Sus rasgos aquilinos se habían endurecido por una pérdida importante de peso. Tenía los brazos tensos, y allí donde la blusa le formaba una V, su clavícula se asemejaba al borde de una tabla.

Leí el artículo y averigüé que el presidente del Tribunal Supremo, el señor John Wilkes, había condenado, en función de su cargo, a Katja Wolff, y que había hecho una recomendación poco habitual al Ministerio del Interior, diciéndole que bajo ninguna circunstancia Katja Wolff cumpliera menos de veinte años de condena. Según el corresponsal, que evidentemente había presenciado el juicio, la acusada se puso en pie tan pronto como oyó la sentencia y solicitó que la dejaran hablar. «Déjenme que les cuente lo que sucedió», dijo según palabras del corresponsal. Pero el hecho de que quisiera hablar en ese momento –después de haber mantenido su derecho al silencio no sólo en el juicio, sino también durante la investigación del caso– tenía resabios de pánico y de querer llegar a un acuerdo; por lo tanto, se consideró que era demasiado tarde.

«Nosotros sabemos lo que sucedió –declaró más tarde a la prensa el señor Bertram Cresswell-White, abogado del Estado–. Nos lo contó la policía, la misma familia, el laboratorio del equipo forense y los propios amigos de la señorita Wolff. En unas circunstancias que cada vez eran más difíciles, con la intención de descargar su cólera por una situación en la que sentía que la estaban tratando injustamente, y ya que tenía la oportunidad de librar al mundo de una niña que de todas maneras era imperfecta, conscientemente y con la intención de herir a la familia Davies, empujó a Sonia Davies bajo el agua en su propia bañera y la sostuvo allí, a pesar de los esfuerzos patéticos de la niña, hasta que se ahogó. En ese momento, la señorita Wolff dio la alarma. Esto es lo que sucedió. Esto es lo que se demostró. Y ésta es la razón por la que el señor Wilkes, presidente del Tribunal Supremo, ha dictado sentencia, tal y como la ley lo requiere.»

«Cumplirá veinte años de condena, papá.» Sí, sí. Eso es lo que le dice al abuelo cuando mi padre entra en la habitación en la que estamos esperando la noticia: el abuelo, la abuela y yo. Lo recuerdo. Estamos en el salón, sentados en el sofá, yo en el medio. Y sí, mi madre también está, y está llorando. Como siempre, según me parece, no sólo desde que murió Sonia, sino desde que nació.

Se supone que un nacimiento ha de ser motivo de alegría, pero el de Sonia no lo fue. Por fin me di cuenta de ello mientras hojeaba los primeros recortes y leía el segundo –la continuación de la historia de la primera página– que había debajo. Allí descubrí una fotografía de la víctima, y para mi vergüenza vi lo que había olvidado o lo que había borrado de mi mente a propósito sobre mi hermana pequeña durante más de dos décadas.

Lo que había olvidado fue lo primero que Libby notó y comentó cuando se unió a mí con la otra silla, a medida que la arrastraba tras ella y entraba de nuevo en el archivo de periódicos. Evidentemente no sabía que se trataba de la fotografía de mi hermana, ya que no le había contado por qué quería ir a la Asociación de Prensa. Me había oído pedir recortes sobre el juicio de Katja Wolff, pero no sabía nada más.

Libby se sentó junto a la mesa, se volvió ligeramente hacia mí, cogió la fotografía y me preguntó:

–¿A ver qué has encontrado?

Al verlo, comentó:

–Tiene el síndrome de Down, ¿verdad? ¿Quién es?

–Mi hermana.

–¿De verdad? Si nunca me habías dicho que... –Alzó los ojos de la fotografía y me miró. Continuó con cautela, o escogiendo las palabras o hasta qué punto quería llegar con lo que implicaban–. ¿Te sentías... avergonzado de ella, o algo así? Lo que te quiero decir es que... ¡Ostras! Tenía el síndrome de Down, no es para tanto.

–O algo así –repetí–. Avergonzado o algo así. Algo despreciable. Algo ruin.

–¿Qué me respondes?

–No me acordaba de ella ni de nada de esto. –Hice un gesto para señalar los archivos–. No recordaba nada. Tenía ocho años, alguien ahogó a mi hermana...

«¿Ahogó?»

La cogí del brazo para evitar que siguiera mirando los recortes. No necesitaba todo ese material de la biblioteca para saber quién era. Créame, mi vergüenza ya era tan grande que no hacía falta expresarla en público.

–Mira –le dije a Libby con brusquedad–. Tú misma. Era incapaz de recordarla, Libby. Era incapaz de recordar su característica más importante.

–¿Por qué? –me preguntó.

–Porque yo no quería.

3 de octubre, 22.30

Esperaba que saltara de alegría con el triunfo del guerrero al oír esa confesión, doctora Rose, pero no dice nada. Simplemente se limita a observarme, y aunque se ha entrenado para que sus rasgos no delaten nada, tiene poco poder para controlar la luz que aparece en sus ojos, por muy impenetrables que sean. Vuelvo a ver ese brillo por un instante, y me dice que quiere oír lo que me acabo de decir a mí mismo.

Era incapaz de recordar a mi hermana porque no quería recordarla. Así deben de ser las cosas. Cuando no queremos recordar, optamos por olvidar. Salvo que a veces no es la verdad lo que no necesitamos recordar. Y, en otros casos, nos dicen que olvidemos.

No obstante, esto es lo que creo: los episodios de mi abuelo eran el Tema Tabú por Excelencia en Kensington Square, y aún así los recuerdo con toda claridad. Recuerdo perfectamente lo que los causaba, la música que mi abuela utilizaba con la intención de evitar que se produjeran, su existencia y el caos que les seguía, y las secuelas durante las que las lágrimas abundaban a medida que los enfermeros se lo llevaban al campo para poder librarle de ellos. Con todo, nunca hablábamos de esos episodios. Por lo tanto, ¿por qué me acuerdo de mi abuelo y de sus episodios, y no de mi hermana?

«Su abuelo tiene más importancia en su vida que su hermana –me dice, a causa de la música. Interpreta el papel principal en el drama de su historia musical, a pesar de que una parte de su papel se produzca en la ficción que es la Leyenda de Gideon Davies. Reprimir su recuerdo, tal y como parece haber reprimido el de Sonia...»

«¿Reprimir? ¿Por qué reprimir? ¿Está de acuerdo con el hecho de que no me acordaba de mi hermana porque yo no quería, doctora Rose?»

«La represión no es una elección consciente –me dice con un tono de voz tranquilo, compasivo y sosegado–. Está asociada a un estado emocional, psicológico o físico demasiado difícil de soportar, Gideon. Por ejemplo, si de niños hemos presenciado algo terrible o incomprensible para nosotros, el acto sexual entre nuestros padres lo ilustraría muy bien, lo eliminamos de nuestro conocimiento consciente porque a esa edad no tenemos las herramientas para hacer frente a lo que hemos visto, o para asimilarlo de un modo que tenga sentido para nosotros. Incluso de adultos, la gente que sufre accidentes horribles normalmente no tiene recuerdos de la catástrofe, por el simple hecho de que *es* horrible. No elegimos de forma consciente borrar un recuerdo de nuestra mente, Gideon. Sencillamente lo hacemos. La represión es la forma que tenemos de protegernos a nosotros mismos. Es el modo en que nuestra mente se protege a sí misma de algo que aún no está preparada para afrontar.»

Entonces, ¿qué –*qué*– es lo que aún no estoy preparado para afrontar de mi hermana, doctora Rose? Sin embargo, me acordé de Sonia, ¿no es verdad? Cuando estaba escribiendo sobre mi madre, me acordé de ella. Tan sólo había reprimido un detalle sobre ella. No sabía que tenía síndrome de Down hasta que vi esa fotografía.

Por lo tanto, el hecho de que lo fuera debe de tener importancia en todo esto, ¿no cree? Debe de tenerla, porque es el único detalle que no pude recordar por mí mismo. Fui incapaz de desenterrarlo. Nada me llevó a hacerlo.

«Tampoco fue capaz de recordar a Katja Wolff», me replica.

Así pues, Katja Wolff guarda relación con el hecho de que Sonia tuviera síndrome de Down, ¿no es verdad, doctora Rose?

No puede ser de otra manera.

5 de octubre

Después de ver la fotografía de mi hermana y de oír a Libby pronunciar lo que yo era incapaz de decir, me sentía incapaz de seguir en la biblioteca. Tenía cinco sobres delante de mí, que contenían información detallada de lo que le había sucedido a mi familia veinte años atrás. Sin lugar a dudas, dentro de esos sobres también habría averiguado todos los nombres importantes de la gente que se había ocupado de la investigación y de los procedimientos legales que se habían hecho a continuación. Pero después de ver la fotografía de Sonia, me di cuenta de que no podía seguir leyendo, porque al ver esa fotografía visualicé a mi hermana debajo del agua: moviendo su redonda cabeza de un lado para otro y con los ojos –esos ojos que incluso en una fotografía de periódico mostraban que había nacido con una anomalía– totalmente salidos porque no podían evitar mirar a su asesino. La persona que la está obligando a permanecer bajo el agua es alguien en quien confía, alguien que ama, alguien de quien depende y a quien necesita; por lo tanto, no llega a entenderlo. Sólo tiene dos años, y aunque hubiera sido una niña normal, tampoco habría comprendido lo que estaba sucediendo. Sin embargo, no es normal. No nació normal. Y nada de lo que ha sucedido durante los dos años de su corta existencia ha sido normal.

Anormalidad. Anormalidad que conduce a una crisis. Se trata de eso, doctora Rose. Hemos ido dando tumbos de una crisis a otra con mi hermana. Mi madre llora durante la misa de la mañana, y la hermana Cecilia sabe que necesita ayuda. No es que sólo necesite ayuda para enfrentarse con el hecho de que ha dado a luz una niña que es diferente, imperfecta, rara, fuera de lo corriente o como quiera llamarla, sino que también necesita ayuda práctica para cuidar de ella. Porque a pesar de la presencia de un niño prodigio y de otro incapacitado por un defecto de nacimiento, la vida debe continuar, lo que implica que la abuela debe seguir cuidando del abuelo, que papá debe seguir acudiendo a sus dos trabajos como antes, que yo debo continuar con el violín, y que mi madre tiene que trabajar.

El gasto lógico que se puede suprimir es el violín y todo lo que comporta: absolver a Raphael Robson de sus obligaciones, despedir a Sarah-Jane Beckett en su papel de maestra interna y mandarme a la escuela. Con la enorme cantidad de dinero que se ahorraría con estas medidas simples y oportunas, mi madre se podría quedar en casa con Sonia, podría ocuparse de sus crecientes necesidades, y cuidarla durante las enfermedades que no cesaban de aparecer.

No obstante, hacer ese cambio es inconcebible para todo el mundo, porque a los seis años y medio de edad ya he hecho mi debut en público, y negarle al mundo el don de mi música parece un acto de mezquindad extrema. No obstante, fue un tema que mis padres y mis abuelos discutieron. Sí. Ahora lo recuerdo. Mamá y papá están hablando en el salón y el abuelo entra vociferando: «El niño es un genio, un maldito genio», les grita. La abuela también está allí, porque oigo su ansioso «Jack, Jack», y me la imagino escabulléndose hacia el tocadiscos y poniendo con rapidez una pieza de Paganini para apaciguar la bestia que se esconde bajo la camisa de franela del abuelo. «Ya está dando conciertos, maldita sea –grita el abuelo–. Si queréis que deje la música, tendréis que pasar por encima de mi cadáver. Por una vez en tu vida, por una sola maldita vez, Dick, ¿me harás el favor de tomar la decisión correcta?»

Esta discusión no incluye ni a Raphael ni a Sarah-Jane. Su futuro, al igual que el mío, está en juego, pero tienen tanto derecho a opinar como yo; es decir, ninguno. La disputa sigue durante horas y días durante la convalecencia del embarazo de mi madre, y tanto la discusión como las dificultades de la convalecencia de mi madre se ven exacerbadas por las crisis de salud que Sonia experimenta.

«Han llevado al bebé al médico... al hospital... a urgencias.» A nuestro alrededor hay una sensación generalizada de tensión, urgencia y miedo que jamás se había sentido en la casa. Todo el mundo está tan ansioso que la situación puede explotar en cualquier momento. La pregunta siempre planea en el aire: «¿Qué pasará a continuación?».

Crisis. La gente está fuera casi todo el tiempo. Hay momentos en los que parece que no haya nadie en casa. Solamente Raphael y yo. O Sarah-Jane y yo. Todos los demás están con Sonia.

«¿Por qué? –me pregunta–. ¿Qué tipo de crisis sufrió Sonia?»

Sólo recuerdo: «Dice que se reunirá con nosotros en el hospital. Gideon, ve a tu habitación», y el sonido de los débiles lamentos de

Sonia; oigo cómo esos lamentos se desvanecen a medida que la llevan abajo y la sacan al frío de la noche.

Voy a su dormitorio; está al lado del mío. Es el cuarto de los niños. Han dejado una luz encendida, y hay una especie de máquina junto a su cuna y unas correas que la mantienen atada mientras duerme. Hay una lámpara que da vueltas encima de una cómoda, la misma lámpara que recuerdo haber observado tantas y tantas veces mientras estaba tumbado en la cuna, en esa misma cuna. Veo las marcas que dejé al morder la barandilla y veo los cromos del Arca de Noé que solía contemplar. Me meto en la cuna, y aunque ya tengo seis años y medio, me acurruco y espero a ver lo que sucederá.

¿Y qué sucede?

Después de un tiempo, regresan, tal y como siempre hacen, con medicinas, con el nombre de un doctor que tienen que ver por la mañana, con una prescripción conductual o con una dieta nueva que tiene que seguir. A veces Sonia está en casa, pero otras veces tiene que quedarse en el hospital.

Ésa es la razón por la que mi madre llora en misa. Y sí, eso es de lo que debían de estar hablando mi madre y sor Cecilia el día que fuimos al convento, que tiré la estantería y que rompí la estatua de la virgen. Esa monja sólo habla en susurros, y supongo que lo hace para consolar a mi madre, que debe de sentir... ¿qué? Culpa, porque ha dado a luz una niña que sufre una enfermedad tras otra; ansiedad, porque «¿qué puede suceder a continuación?» está siempre presente; ira, por las injusticias de la vida; y un agotamiento total por intentar hacer frente a todo.

De toda esta tierra fértil y turbulenta debe de surgir la idea de que necesitan una niñera. Una niñera sería la solución a todos los problemas. Papá podría continuar con sus dos trabajos, mamá podría volver al suyo, Raphael y Sarah-Jane podrían continuar enseñándome, y la niñera podría ayudar a cuidar a Sonia. James el Inquilino estaría allí para aportarles un dinero extra, y quizá también pudieran aceptar a otro inquilino. Así pues, Katja Wolff viene a casa. Pero resulta que no es una niñera cualificada. No ha asistido a ningún curso de especialización ni a ninguna universidad para obtener un certificado de cuidados infantiles. Sin embargo, es educada, servicial, cariñosa, agradecida y –alguien tiene que decirlo– cobra poco. Le encantan los niños y necesita el trabajo. Además, la familia Davies necesita ayuda.

6 de octubre

Fui a ver a papá esa misma noche. Si alguien tiene la llave antiamnésica que estoy intentando encontrar, ése es mi padre.

Le encontré en el piso de Jill; de hecho, estaba en la mismísima escalera de entrada al edificio. Estaban en medio de una de esas discusiones educadas pero tensas que suelen tener las parejas enamoradas cada vez que uno de ellos tiene deseos razonables que entran en conflicto. Ésa, al parecer, consistía en decidir si Jill –ya se acercaba la fecha del parto– debía seguir conduciendo por Londres o no.

Papá le decía: «Es peligroso e irresponsable. Ese coche es un trasto. ¡Por el amor de Dios! Ya llamaré a un taxi para que venga a buscarte o te llevaré yo mismo».

Y Jill le respondía: «¿Te importaría dejar de tratarme como si fuera un objeto de cristal? Cuando te pones así, ni siquiera soy capaz de respirar».

Ella se dispuso a entrar en el edificio, pero él la cogió del brazo. Papá le suplicó: «Cariño, por favor». Era obvio que sufría por ella.

Lo comprendí. Mi padre no había tenido muy buena suerte con los hijos. Virginia, muerta. Sonia, muerta. Dos de tres no era una proporción que pudiera dar a un hombre tranquilidad de espíritu.

En beneficio suyo, debo decir que ella también pareció darse cuenta. Un poco más tranquila, le dijo: «Te estás comportando como un tonto», pero creo que una parte de ella valoraba que mi padre se preocupara tanto por su bienestar. Entonces me vio de pie junto a la acera, dudando entre irme sin que me vieran y avanzar hacia delante con un cordial saludo que intentara mostrar un grado de afabilidad que no sentía. Jill exclamó:

–¡Hola! Cariño, ha venido Gideon.

Papá se dio la vuelta, la soltó del brazo, y eso le permitió ir a abrir la puerta principal e invitarnos a pasar.

El piso de Jill tiene todas las comodidades modernas; está en un edificio antiguo que fue derribado por un constructor inteligente que se dedicó a reformar totalmente el interior. Está enmoquetado de arriba abajo, cacerolas de cobre cuelgan del techo de la cocina, tiene electrodomésticos relucientes que funcionan, y pinturas que parecen desear escaparse de los lienzos y hacer algo dudoso en el suelo. En resumen, un piso perfecto para Jill. Me pregunto cómo mi padre podrá hacer frente a sus preferencias decorativas cuando por fin empiecen a vivir juntos. Aunque, de hecho, ya es como si vivieran juntos. Los cuidados que mi padre le depara a Jill se han convertido en algo casi obsesivo.

Como su paranoia sobre el bebé aumentaba cada día que pasaba, me pregunté si debería sacar el tema de Sonia. Mi cuerpo me decía que no: caí en la cuenta de que la cabeza había empezado a dolerme un poco, y el estómago me ardía, pero lo hacía de un modo que me decía que no lo podía atribuir a nada más que a los nervios.

–Tengo trabajo por hacer, así que ya os arregláreis vosotros solos –dijo Jill–. No has venido a verme a mí, ¿verdad?

Supongo que se me debería haber ocurrido ir a ver a Jill de vez en cuando, sobre todo porque es mi futura madrastra, por muy extraño que me parezca. No obstante, por la forma de formular la pregunta supe de inmediato que tan sólo quería obtener una respuesta y que no estaba sugiriendo nada, tal y como suelen hacer muchas mujeres.

–Hay una o dos cosas que... –dije.

–Muy bien. Estaré en el estudio. –Y se fue en esa dirección.

Cuando papá y yo nos quedamos solos, nos trasladamos a la cocina. Papá puso la impresionante cafetera de Jill en medio de la encimera, fue a buscar unos cuantos granos de café y los puso dentro. La cafetera –al igual que el piso– es muy propia de Jill. Es una máquina sorprendente capaz de hacer una taza de cualquier cosa en menos de un minuto: café, capuchino, café exprés, café con leche. Calienta la leche, hace hervir agua, y supongo que si uno programara la máquina, fregaría los platos, haría la colada y pasaría el aspirador. Papá solía burlarse del aparato, pero me di cuenta de que lo usaba como un profesional.

Sacó dos tazas pequeñas con sus respectivos platillos. Encontró un limón en un cuenco que había junto al fregadero. Cuando empecé a hablar, estaba buscando el cuchillo adecuado para hacer unas cuantas raspaduras para cada uno.

–Papá, he visto una fotografía de Sonia. Es decir, una fotografía mejor que la que me enseñaste. Una fotografía de un periódico de la época del juicio.

Giró un disco de la cafetera, sustituyó un pitorro individual por uno doble que sacó de un cajón y puso las dos tazas en el lugar adecuado. Apretó un botón. Se oyó un suave zumbido. Se concentró de nuevo en el limón e hizo una raja curvilínea que sería digna del jefe de cocina del Savoy.

–Ya veo –fue lo único que respondió. Empezó a hacer una segunda raja.

–¿Por qué nadie me lo contó? –pregunté.

–¿El qué?

–Ya lo sabes. Lo del juicio. La forma en que Sonia murió. Todo. ¿Por qué no hablamos de ello?

Negó con la cabeza. Había acabado de hacer la segunda espiral de limón –era tan perfecta como la primera– y cuando el café exprés estuvo a punto, dejó caer una espiral en cada taza y me pasó la mía.

–¿Salimos? –me preguntó, inclinando la cabeza en dirección a una sala de estar que daba a una terraza desde la cual se divisaban edificios de una época similar.

Con el día tan gris que hacía, la terraza no prometía ser muy cómoda. Pero ofrecía mucha más intimidad, y como eso era precisamente lo que quería, lo seguí hasta allí.

Tal y como me había imaginado, estábamos totalmente solos. Las otras terrazas del edificio estaban vacías. El mobiliario de jardín de Jill ya estaba cubierto, pero papá quitó la funda de plástico de dos de las sillas y nos sentamos. Apoyó su café en la rodilla y se subió la cremallera del anorak.

–No guardé los periódicos. Ni siquiera los leí. Lo que más deseaba era olvidar. Me imagino que debe parecer una abominación para los expertos en salud mental de hoy en día. ¿No se supone que debemos sumirnos en los recuerdos hasta que no podamos soportar el hedor? Pero en mi época eso no estaba de moda, Gideon. Lo viví, los días, las semanas y los meses que duró, pero cuando acabó, lo único que quería era olvidar que había sucedido.

–¿Mamá también se sentía así?

Alzó la taza. Bebió de ella, pero mientras lo hacía no dejó de observarme, y respondió:

–No sé cómo se sentía tu madre. No podíamos hablar de ello. Ninguno de nosotros podía hacerlo. Hablar de ello significaba vivirlo de nuevo, y haberlo vivido una vez ya era bastante horrible.

–Ahora necesito hablar de eso.

–¿Es otra de las excelentes recomendaciones de tu doctora Rose? Si te interesa saberlo, a Sonia le encantaba el violín. Mejor dicho, te amaba a ti y al violín. Hablaba muy poco, los niños que tienen síndrome de Down tardan mucho en hablar, pero sabía decir tu nombre.

Fue como si me hubiera puesto el dedo en la llaga, una incisión delicada, pero directa al corazón.

–Papá...

Me interrumpió y respondió:

–Tienes razón. Ha sido un golpe bajo por mi parte.

–¿Por qué nadie hablaba de ella después? ¿Después del... juicio?

Formulé la pregunta, pero la respuesta era obvia: nunca hablábamos de nada malo. El abuelo se enfurecía como un maníaco de forma periódica; se lo llevaban con dificultad, lo arrastraban, lo obligaban a salir en medio de la noche o por la mañana o en el calor de la tarde, y tardaba semanas en regresar, pero nunca mencionábamos ese hecho. Mi madre desapareció un día, llevándose no tan sólo todo lo que poseía, sino cualquier cosa que recordara que había formado parte de la familia, y nosotros no nos dedicamos a discutir dónde podría estar ni por qué. Y ahí estaba yo sentado en la terraza de la amante de mi padre, preguntándome por qué nunca hablábamos de la vida o de la muerte de Sonia, cuando siempre habíamos sido un grupo de gente que no hablaba de nada: nada doloroso, nada desgarrador, nada horrible, nada penoso.

–Queríamos olvidar que había sucedido.

–¿Olvidar que mi madre había existido? ¿Olvidar que Sonia había existido?

Se me quedó mirando y yo vi esa opacidad de sus ojos, esa expresión que siempre había definido muy bien un territorio cuyo paisaje estaba formado de hielo, vientos cortantes y cielos interminables de color grisáceo.

–Estás siendo injusto –replicó–. Creo que ya sabes de lo que estoy hablando.

–Pero ni siquiera pronunciar su nombre. En todos estos años. Delante de mí. Que nunca dijerais las palabras *tu hermana*...

–¿Crees que eso habría servido de algo? ¿Piensas que habrías ganado algo si el asesinato de Sonia hubiera formado parte del tejido cotidiano de nuestras vidas? ¿Es ésa la conclusión a la que has llegado?

–Lo que no llego a entender es que...

Bebió lo que le quedaba de café y dejó la taza en el suelo de la terraza, junto a la pata de la silla. Tenía el rostro tan gris como el pelo, y éste le caía hacia atrás desde la frente, tal y como hace el mío, con la misma clapa en el centro, y la misma muesca cual fiordo a ambos lados.

–A tu hermana la ahogaron en la bañera. La ahogó una chica alemana que habíamos contratado.

–Ya lo sé...

–Nada. Eso es lo que sabes. Sabes lo que puedes haber leído en los periódicos, pero no sabes lo que era estar allí. No sabes que Sonia fue asesinada porque cada vez era más difícil de cuidar y porque esa chica alemana...

«Katja Wolff», pensé. ¿Por qué se niega a pronunciar su nombre?

–... estaba embarazada.

Embarazada. La palabra tuvo el mismo efecto que si alguien hubiera chasqueado los dedos delante de mis narices. La palabra me transportó al mundo de mi padre, a lo que había vivido, y a lo que las circunstancias actuales le pedían que volviera a vivir. Recordé la fotografía en la que Katja Wolff sonreía distraídamente a la cámara en el jardín de Kensington Square con Sonia entre sus brazos. Recordé la fotografía en la que salía de la comisaría de policía, delgada como un palo, con una apariencia enfermiza y con las facciones agudizadas por una pérdida excesiva de peso. Embarazada.

–En la fotografía no parecía que estuviera embarazada –murmuré, y aparté la mirada hacia una de las otras terrazas en la que, según me di cuenta, un perro pastor inglés nos observaba con curiosidad. Cuando se dio cuenta de que le miraba, se apoyó sobre las patas traseras y puso las delanteras sobre la barandilla de hierro que rodeaba la terraza. Empezó a ladrar. El sonido me hizo estremecer. Le habían extraído las cuerdas vocales y lo único que quedaba era un gañido esperanzador pero patético, que sólo era aire, músculo y crueldad en su mayor parte. Me hizo sentir enfermo.

–¿Qué fotografía? –preguntó papá. Y supongo que después debió de darse cuenta de que estaba hablando de una fotografía que había visto en el periódico–. No se le notaba. Estuvo gravemente enferma al principio de su embarazo; por lo tanto, en vez de ganar peso, lo perdió. Al principio nos percatamos de que había dejado de comer, de que no tenía buen aspecto, y pensamos que se trataba de una riña de enamorados. Ella y el Inquilino...

–¿Te refieres a James?

–Sí, a James. Estaban muy unidos. Obviamente, mucho más unidos de lo que habíamos supuesto en un principio. Cuando ella tenía tiempo libre, a él le gustaba ayudarla con su inglés. Nosotros no tuvimos ninguna objeción hasta el día en que nos enteramos que estaba embarazada.

–¿Qué sucedió después?

–Le dijimos que tendría que irse. Aquello no era una residencia para madres solteras, y que necesitábamos a alguien que se ocupara de Sonia, no de ella misma: de su enfermedad, de sus dificultades, de su estado, o como quieras llamarlo. No la echamos a la calle y ni siquiera le dijimos que tenía que marcharse de inmediato. Pero que tendría que irse tan pronto como encontrara otro... sitio, trabajo. No obstante, eso supondría que tendría que alejarse de James, y se desmoronó.

–¿Desmoronó?

–Lágrimas, ira, histeria. No podía soportarlo todo: estaba embarazada, estaba siempre enferma a causa del embarazo, tenía la perspectiva de quedarse sin trabajo, y además estaba tu hermana. En aquella época Sonia había salido del hospital. Necesitaba cuidados continuos. La chica alemana se desmoronó.

–Lo recuerdo.

–¿Qué?

Noté la reticencia que había tras esa pregunta, el conflicto que mi padre sentía entre su deseo de poner fin a unos recuerdos que le resultaban dolorosos y las ganas de liberar al hijo que amaba de su prisión mental.

–Crisis. Recuerdo que llevaban a Sonia al médico, al hospital... y a otros lugares.

Se arrellanó en la silla y, al igual que yo, observó al perro que nos reclamaba atención.

–No hay lugar para las criaturas con necesidades complicadas. –Pero no pude adivinar si se estaba refiriendo al animal, a él mismo, a mí o a mi hermana–. Primero fue el corazón. Se trataba de un defecto atrioseptal. No pasó mucho tiempo antes de que, fue poco después de que naciera, nos percatáramos de que había problemas, ya que tenía un color de piel y un pulso irregular. Así pues, la operaron, y pensamos: «Bien, el problema ya está solucionado». Pero después fue el estómago: estenosis duodenal. Nos dijeron que era una enfermedad muy frecuente entre los niños que tenían síndrome de Down. Como si el hecho de tener síndrome de Down tuviera la misma importancia para la pobre criatura que tener un ojo bizco. La operaron de nuevo. Después de todo eso, malformación del recto. «¡Qué extraño! Esta niña en particular parece ser uno de los casos más graves de entre la gente que padece el síndrome. Tiene demasiados problemas. A ver si podemos operarla otra vez.» Y otra vez. Y otra vez. Después tuvimos que ponerle un aparato para la sordera. Y frascos de medicinas. Y, evidentemente, lo único que podíamos hacer era esperar que fuera feliz al ver que le invadirían, examinarían y reorganizarían el cuerpo hasta que todo estuviera arreglado.

–Papá...

Quería ahorrarle el resto de la historia. Me había contado suficiente. Ya había sufrido bastante: no sólo había vivido su sufrimiento, sino también su muerte. Y antes de que muriera, tendría que haber soportado su propio dolor, el de mi madre y, sin duda, el de sus padres...

Antes de poder acabar lo que le quería decir, oí a mi abuelo de nuevo. Sentí que me faltaba el aire, como si hubiera recibido un puñetazo en el estómago, pero tenía que preguntárselo.

–Papá, ¿cómo hizo frente el abuelo a todo esto?

–¿Hacer frente? Ni siquiera asistió al juicio. Él...

–No me refiero al juicio, sino a Sonia. El hecho de que fuera... así.

Le oigo perfectamente, doctora Rose. Le oigo aullar como siempre aullaba, como si fuera el rey Lear, a pesar de que la tormenta que rugía a su alrededor no estaba en los páramos, sino en su propia mente. «Monstruos –gritaba–. Sólo sois capaces de darme monstruos.» La saliva le cae por las comisuras de los labios, y aunque mi abuela le coge del brazo y murmura su nombre, no oye nada que no sea el viento, la lluvia y el retronar de su cabeza.

–Tu abuelo era un hombre atormentado, Gideon –dijo papá–. Pero era bueno y era un gran hombre. Sus demonios eran feroces, pero también lo era la batalla que libraba contra ellos.

–¿La quería? –le pregunté–. ¿La sostenía entre sus brazos? ¿Jugaba con ella? ¿La consideraba su nieta?

–Sonia casi siempre estaba enferma. Era muy frágil.

–Así pues, no lo hacía, ¿verdad? –le pregunté a mi padre–. No hacía nada... de eso.

Papá no respondió. En vez de hacerlo, se puso en pie y se dirigió hacia la barandilla. El perro pastor inglés ladraba, pero sus ladridos apenas eran perceptibles, y daba zarpazos a su propia barandilla con una impaciencia que era obvia y patética a la vez.

–¿Por qué les hacen eso a los animales? –preguntó papá–. ¡Por el amor de Dios, es antinatural! Si la gente desea tener animales domésticos, debería tener espacio para ellos. Y si no es así, más les valdría librarse de ellos.

–No vas a responderme, ¿verdad? –le pregunté–. No piensas decirme nada sobre la relación entre el abuelo y Sonia.

–Tu abuelo era tu abuelo –me contestó mi padre. Y ya no me contó nada más.

8

Liberty Neale sabía que si hubiera tenido la suerte de conocer a Rock Peters en algún lugar de México y de casarse allí con él, no se encontraría en la situación actual, ya que podría haberse divorciado del canalla en un instante y así poner fin a la relación. Pero no, no le había conocido en México. Ni siquiera había estado allí. Había ido a Inglaterra porque las lenguas extranjeras se le habían dado muy mal en el instituto, y porque Inglaterra era el lugar más parecido a California que conocía en el que la gente hablara una lengua que ella comprendía. Canadá apenas contaba.

Habría preferido ir a Francia –le encantaban los cruasanes, aunque cuanto menos pensara en ellos mucho mejor–, pero unos cuantos días en Londres le habían proporcionado un abanico mucho más amplio de experiencias gastronómicas de lo que en un principio se había imaginado; por lo tanto, se las había arreglado para instalarse, lejos del alcance de sus padres y, lo que era más importante, a miles de kilómetros de distancia de ese ejemplo viviente de perfección humana que era su hermana mayor. Equality Neale era alta, delgada, inteligente, elocuente y asquerosamente buena en todo lo que hacía. Además, la habían elegido Reina de la fiesta de antiguos alumnos del Instituto Los Altos, y eso era más que suficiente para hacer que cualquiera deseara irse a toda prisa a cualquier otra zona horaria. Así pues, alejarse de Ali había sido la prioridad número uno, y Londres había hecho que eso fuera posible.

Pero en Londres Libby había conocido a Rock Peters. En Londres se había casado con ese granuja. Y en Londres –donde aún no había conseguido nada parecido a un permiso de trabajo ni a una tarjeta de residencia permanente a pesar de su matrimonio– estaba a merced de Rock, mientras que en México habría sido «que te den por culo, Jack», y al margen de que hubiera tenido o no dinero, habría podido alejarse de él. Aun así, tampoco habría tenido el dinero para hacerlo, pero eso tampoco habría sido tan importante porque el pulgar hablaba una lengua universal, y a ella no le daba ningún miedo ponerse en medio de la carretera y usarlo. Y eso era algo que no podía hacer desde Londres, ya que cruzar el Atlántico en autostop para alejarse de Rock no parecía posible.

Rock la tenía... bien cogida por las pelotas, hablando en sentido figurado. Quería permanecer en Inglaterra porque no deseaba regresar a casa y admitir su derrota, teniendo en cuenta, además, que todas las cartas que llegaban desde California rebosaban de explicaciones del último éxito de Ali. Pero para seguir en Inglaterra necesitaba dinero. Y para conseguir dinero necesitaba a Rock. Cierto, podría haber ganado más libras de forma mucho más ilegal de lo que ya estaba haciendo, pero si la hubieran cogido, entonces la habrían deportado, y eso habría significado vuelta a Los Altos Hills, vuelta a papá y mamá, y vuelta a «¿Por qué no vas a trabajar para Ali durante una temporada, Lib? En el ámbito de relaciones públicas podrías... bla, bla, bla». Libby se repetía a sí misma que nada en el mundo la haría volver junto a su hermana.

Por lo tanto, cada vez que Rock quería algo, ella era prácticamente su esclava. Ése era el motivo por el que Libby seguía follando con ese desalmado cada vez que se lo pedía, unas dos o tres veces a la semana. Siempre que podía lo evitaba; solía decirle que tenía que hacer un reparto y que como ella era la más fiable de las mensajeras, ¿qué remedio le quedaba sino hacerlo? No obstante, eso no acostumbraba a funcionar porque cuando Rock quería sexo, lo quería de verdad, y de todas maneras nunca tardaba mucho tiempo en coger el tren hasta la agencia.

Eso mismo había sucedido aquel día en el tugurio de Bermondsey que había sobre la tienda de comestibles; desde allí, si se concentraba en el tráfico de la calle, siempre había podido evitar oír a Rock gruñéndole al oído cual cerdo estreñido. Como era habitual, después de estar con él se había sentido tan enfadada que le habían entrado ganas de cortarle el pene con una sierra. Como eso no era posible, se había ido a su clase de claqué.

Había bailado como una posesa, arrastrando los pies, avanzando de un lado a otro, agitando los brazos y correteando hasta que estuvo empapada de sudor. La profesora no paraba de gritarle: «¿Qué haces allí?» al son de *On the Sunny Side of the Street*, pero Libby no le hacía ningún caso. A Libby no le importaba si seguía el ritmo, si estaba en la posición correcta o si estaba en el mismo hemisferio que sus compañeros de clase. Lo único que le interesaba era hacer algo físico, algo rápido, algo que le requiriera tanta energía que no tuviera más remedio que olvidarse de Rock Peters.

Si no lo hacía, acabaría delante de la nevera más cercana, y después de unos seis millones de calorías, se habría recuperado del chantaje de Rock.

–Míralo de este modo, Lib –le decía cuando ya habían acabado y ella yacía debajo de él, derrotada de nuevo–. ¡Donde las dan las toman! Y perdona la expresión. –Le dedicaba esa sonrisa que antes le había parecido tan seductora y que ahora ya había aprendido a reconocer como la muestra de desprecio que en realidad era–. Tú me ayudas a mí y yo te ayudo a ti. Además, el violinista ese de poca monta no te está dando ningún placer, ¿no es verdad? Sé perfectamente cuando una tía va bien follada, y tú tienes toda la pinta de no haber echado un buen polvo desde hace más de un año.

–Tienes razón, cabronazo –solía contestarle–. Imagínate el porqué. Además, no es un violinista de poca monta. Es un verdadero profesional.

–¡Oh! ¡Disculpa mi ignorancia! –le replicaba.

Y a Rocco Petrocelli no le importaba lo más mínimo que Libby no valorara su habilidad como amante. Al fin y al cabo, para él el éxito en la cama significaba llegar a correrse. Si su compañera llegaba a disfrutar, debía de ser a causa de la propia estimulación o de la coincidencia.

Libby salió de la escuela de baile de mejor humor, con los leotardos y los zapatos de claqué metidos en la mochila. Se había cambiado de ropa y se había puesto el atuendo de cuero que solía llevar cuando trabajaba de mensajera. Con el casco debajo del brazo, avanzó a grandes pasos hacia la motocicleta Suzuki y usó el pedal de arranque en vez del encendido eléctrico, para poder imaginarse que le estaba dando un puntapié a Rock en toda la cara.

El tráfico estaba en pleno atasco –¿había algún momento en que no lo estuviera?–, pero ella ya llevaba suficiente tiempo conduciendo la moto para saber qué calles secundarias coger y cómo pasar entre los coches y las camionetas de reparto cuando el tráfico estaba totalmente paralizado. Tenía un walkman que solía llevar cuando tenía que hacer repartos; llevaba el aparato dentro de un bolsillo interior de su chaqueta de cuero, y el casco hacía que los auriculares se mantuvieran en su sitio. Le gustaba la música pop, le gustaba alta, y normalmente cantaba mientras la oía, porque la combinación de la música resonándole en los tímpanos con la de su propia voz cantando a grito pelado hacía que olvidara las cosas desagradables que aún pudieran quedarle en el cerebro.

No obstante, ese día no usó el walkman. El claqué había borrado la imagen del cuerpo peludo de Rock despachurrado sobre ella y de su polla color salami colgándole entre las piernas.Y lo otro que le quedaba en la cabeza era algo en lo que deseaba pensar.

Rock tenía razón: aún no había conseguido llevarse a Gideon Davies a la cama –a la cama propiamente dicha– y no se podía imaginar el porqué. Parecía gustarle estar con ella, y parecía normal en todo lo que no guardara relación con el sexo. Sin embargo, en todo el tiempo que hacía que vivía en el piso de abajo y que salía con él, nunca habían ido más allá de esa primera noche en la que se habían quedado dormidos en su cama escuchando un CD. Eso había sido todo lo que había sucedido sexualmente hablando.

Al principio, había pensado que el tipo era homosexual y que a ella le había dejado de funcionar el radar a causa de haber estado tanto tiempo con Rock. Pero no se comportaba como un homosexual, no iba a los bares de ambiente de Londres, ni tampoco parecía invitar a hombres más jóvenes o más mayores o pervertidos a su casa. Los únicos que iban a verlo eran su padre –que la odiaba profundamente y que se ponía de lo más tenso cada vez que su hijo y ella respiraban el mismo aire durante más de cinco segundos– y Rafe Robson, que revoloteaba alrededor de Gideon día y noche, como si de urticaria se tratara. Hacía tiempo que Libby había llegado a la conclusión de que no había nada extraño en Gideon que no pudiera solucionar una relación como Dios manda... ¡Si pudiera alejarle de sus guardianes durante una temporada!

Después de abandonar el South Bank, donde se hacían sus clases de claqué, y después de haber conseguido atravesar el centro a pesar del denso tráfico, y de haber subido por Pentonville Road, Libby optó por pasar a toda velocidad por las calles menos frecuentadas de Camden Town, y así evitar la aglomeración de coches, taxis, autobuses y camiones que siempre formaban unos tremendos atascos en cualquier calle que estuviera cerca de la Estación de King's Cross. En consecuencia, la ruta que eligió para llegar a Chalcot Square no fue la más directa, pero le gustaba y eso era lo único que le importaba a Libby. No le importaba tener más tiempo para planear cómo quería abordar a Gideon, porque, al fin y al cabo, podría acabar en ruptura. Según ella, Gideon Davies tenía que ser algo más que un simple hombre que tocara el violín desde que le quitaron los pañales. Sí, estaba muy bien que fuera un músico de tanta categoría, pero también era una persona.Y esa persona era mucho más que la música que hacía. Esa persona podía existir al margen de que tocara o no el violín.

Cuando Libby llegó por fin a Chalcot Square, lo primero que vio fue que Gideon no estaba solo. El viejo Renault de Raphael Robson estaba aparcado en el extremo sur de la plaza; tenía una rueda encima de la acera, como si hubiera llegado con prisas. A través de la ventana iluminada de la sala de música de Gideon, Libby divisó la figura inconfundible de Rafe –secándose, como siempre, el sudor del rostro con un pañuelo– andando de un lado a otro de la habitación y hablando. De hecho, parecía que estuviera suplicando. Y Libby ya sabía el qué.

«¡Mierda!», murmuró a medida que se dirigía a toda velocidad hacia la casa. Aceleró el motor unas cuantas veces para descargar todo el vapor y dejó la moto en punto muerto. Raphael Robson no solía aparecer por Chalcot Square a esas horas, y el hecho de que estuviera allí en ese momento –sin duda repitiéndole a Gideon en tono monótono lo que debería estar haciendo, que obviamente era lo que Rafe deseaba que hiciera– era un desastre; eso, sumado a lo que había tenido que soportar ese día –acostarse con Rock Peters–, hizo que se sintiera muy molesta.

Cruzó la puerta de la verja de hierro forjado y no hizo nada por evitar que la puerta chocara con gran estrépito contra los escalones que conducían a la casa. Empezó a bajar la escalera, haciendo todo el ruido que podía hasta llegar al piso del sótano, y sin pensarlo dos veces se dirigió de cabeza a la nevera.

Había hecho todo lo que estaba en su mano por seguir la Dieta Anti-Blanco, pero en ese momento –a la mierda el claqué– deseaba con todas sus fuerzas algo que fuera blanco: helado de vainilla, palomitas, arroz, patatas, queso. Creía que se volvería loca si no lo hacía.

Sin embargo, meses atrás había preparado la puerta de la nevera para momentos como ése. Antes de poder abrir la puerta, no le quedaba más remedio que mirar una fotografía de sí misma a los dieciséis años, una chica rechoncha en bañador de una pieza, junto a su hermana de talla treinta y ocho que llevaba un bikini de seda... y con un bronceado perfecto, evidentemente. Libby había puesto una pegatina sobre el rostro de Ali: una araña con un sombrero de cowboy. No obstante, arrancó la pegatina, se quedó mirando a su hermana con severidad durante un buen rato y, como medida de precaución, leyó el mensaje que ella misma había colgado en la puerta de la nevera: SI NO PARAS DE COMER, VERÁS LAS CADERAS CRECER. Obtuvo la inspiración de donde pudo.

Suspiró, dio un paso atrás, y en ese instante lo oyó: notas de violín procedentes del piso de arriba. Durante un momento pensó: «¡Oh, Dios mío! ¡Lo ha conseguido!» y sintió una oleada de placer al darse cuenta de que los problemas de Gideon quizás hubieran terminado, de que, de hecho, su último plan para ayudarle a solucionar su problema ya no haría falta.

Eso estaba muy bien. Eso le haría feliz. No podía ser nadie más que Gideon el que estaba tocando en el piso de arriba. Después de todo, era imposible que fuera Rafe Robson, ya que no podía ser tan desalmado como para tocar el violín delante de Gideon cuando éste tenía tantas dificultades para tocar.

No obstante, en el preciso instante en que se disponía a celebrar que Gideon Davies hubiera regresado al mundo de la música, el resto de la orquesta empezó a tocar laboriosamente. «Es un CD», pensó Libby con desesperación. Era la forma que tenía Rafe de darle ánimos a Gideon: «¿Te das cuenta de cómo tocabas antes, Gideon? Si lo hiciste entonces, también lo puedes hacer ahora».

Libby se preguntaba por qué demonios no lo dejaban en paz. ¿Por qué creían que empezaría a tocar de nuevo si insistían lo suficiente? Por lo que respectaba a ella, ya estaban empezando a fastidiarla. «Él es mucho más que esa estúpida música», gruñó en dirección al techo.

Salió de la cocina y se encaminó hacia su propio aparato de música. Escogió un CD que, sin lugar a dudas, haría que Raphael Robson se subiera por las paredes. Era pop puro y duro, y lo puso muy alto. Asimismo, abrió la ventana. A los pocos minutos ya se oían golpes procedentes del piso de arriba. Lo puso al máximo volumen. Pensó que había llegado el momento de tomarse un baño relajante. La música pop era... perfecta para estar dentro del agua, enjabonarse y cantar.

Treinta minutos más tarde, bañada y vestida, y con la sensación de haber conseguido lo que quería, Libby apagó el aparato de música y escuchó con atención para ver si oía algún ruido procedente del piso de arriba. Silencio. Lo había conseguido.

Salió del piso y asomó la cabeza para ver si el coche de Rafe aún estaba en la plaza. El Renault ya no estaba, lo que quería decir que Gideon podría estar dispuesto a recibir una visita de alguien que se interesara por él como persona y no como músico. Subió la escalera al trote desde su puerta a la de Gideon y llamó con convicción.

Al no recibir ninguna respuesta, se dio la vuelta hacia la plaza y vio el Mitsubishi de Gideon aparcado junto a cinco coches con sistema de posicionamiento global. Libby frunció el ceño, llamó otra vez y gritó:

–¡Gideon! ¿Aún estás ahí? Soy yo.

Eso le animó. El cerrojo de seguridad se abrió al otro lado de la puerta, y ésta se abrió de golpe.

–Siento lo de la música –se excusó Libby–. Perdí el control y... –interrumpió. Tenía un aspecto horrible. Cierto, hacía semanas que no sacaba muy buena cara, pero en ese momento estaba pálido como una hoja. Lo primero que pensó Libby es que Rafe Robson lo había dejado exhausto al obligarle a escuchar sus propias grabaciones. «¡Vaya cabrón!», pensó.

–¿Adónde se ha ido el bueno de Raphael? ¿A pasarle el informe a tu padre?

Gideon se limitó a apartarse de la puerta y a dejarla entrar. Se fue escaleras arriba y ella lo siguió. Se dirigían a donde él se encontraba cuando ella llamó a la puerta: a su dormitorio. Las huellas de su cabeza en la almohada y de su cuerpo en la cama parecían bastante recientes.

Una tenue luz estaba encendida sobre la mesita de noche, y las sombras no disipadas por su brillo se proyectaban en el rostro de Gideon y le hacían parecer cadavérico. Había estado rodeado de un halo de ansiedad y de derrota desde el fracaso de Wigmore, pero Libby cayó en la cuenta que había algo más alrededor de ese halo, algo que parecía... ¿qué? Un dolor atroz.

–Gideon, ¿qué te pasa?

–Han asesinado a mi madre –fue su única respuesta.

Libby parpadeó, dejó caer la mandíbula y cerró la boca de golpe:

–¿A tu mamá? ¿A tu madre? ¡Oh, no! ¿Cuándo? ¿Cómo? ¡Mierda! ¡Siéntate! –Le instó a que se fuera a la cama y se sentara, y cuando lo hizo las manos le colgaban lánguidamente entre las piernas–. ¿Qué ha sucedido?

Gideon le contó lo poco que se sabía. Concluyó diciendo:

–A papá le pidieron que identificara el cadáver. Desde entonces, la policía ha ido a verle varias veces. Un detective, me dijo papá. Me llamó hace un rato. –Gideon se estrechó el cuerpo con los brazos, se inclinó hacia delante y empezó a balancearse como un niño–. Así pues, se acabó.

–¿El qué? –le preguntó Libby.

–No tengo esperanza después de esto.

–No digas eso, Gideon.

–Bien podría estar muerto, también.

–¡Ostras! Eso ni lo digas.

–Es la pura verdad.

Tembló al decirlo y empezó a mirar alrededor de la habitación, como si buscara algo mientras se balanceaba.

Libby consideró lo que implicaba que su madre estuviera muerta.

–Gideon, lo superarás. Te repondrás. –E intentó hacer ver que en realidad sentía esas palabras, como si el hecho de que volviera a tocar fuera tan importante para ella como lo era para él.

Reparó en que su estremecimiento se había convertido en un temblor imparable. Al pie de la cama había una manta de punto y la dejó caer sobre sus delgados hombros.

–¿Quieres hablar de ello? –le preguntó–. ¿De tu madre? ¿De... no lo sé... de cualquier cosa?

Se sentó junto a él y le rodeó con un brazo. Usó la otra mano para cubrirle el cuello con la manta hasta que él mismo la asiera.

–Se disponía a ver a James el Inquilino –le dijo.

–¿A quién?

–A James Pitchford. Vivía con nosotros cuando mi hermana fue... cuando murió. Y es extraño, porque llevo cierto tiempo pensando en él, a pesar de que durante años ni siquiera lo había recordado. –Entonces Gideon hizo una mueca, y Libby se dio cuenta de que apretaba la mano que le quedaba libre contra el estómago, como si hubiera algo en su interior que le revolviera las tripas–. Alguien la atropelló en la calle de James Pitchford. Más de una vez, Libby. Y como iba a ver a James, papá cree que la policía querrá averiguar el paradero de toda la gente que estuvo involucrada... por aquel entonces.

–¿Por qué?

–Supongo que por el tipo de preguntas que le hicieron.

–No me refería al porqué tu padre piensa eso, sino a los motivos que puede tener la policía para hacerlo. ¿Hay alguna conexión entre aquella época y ésta? Si tu madre iba a ver a James Pitchford, entonces es obvio que debe haberla. Pero si la mató alguien de hace más de veinte años, ¿por qué esperar hasta ahora?

Gideon se inclinó aún más, el rostro retorcido por el dolor.

–¡Dios mío! Me siento como si un carbón ardiendo me estuviera atravesando el cuerpo.

–¡A ver, ven!

Libby le obligó a tumbarse en la cama. Se acurrucó de lado, con las piernas alzadas hasta el pecho. Libby se quitó los zapatos. Gideon no llevaba calcetines y tenía los pies tan blancos como la leche, Libby se los frotó de modo espasmódico, como si la fricción pudiera borrarle el dolor de la mente.

Libby se tumbó junto a él y apretó su cuerpo contra el de Gideon bajo la manta. Le pasó la mano por debajo del brazo y le acarició el estómago. Podía sentir su columna vertebral curvada junto a ella, cada protuberancia más rígida que el mármol. Se había adelgazado tanto que Libby se preguntaba cómo podía ser que los huesos no le atravesaran su piel de papel.

–Estoy convencida de que tienes un bloqueo mental a causa de todo esto, ¿no es verdad? Bien, olvídate de todo. No para siempre. Sólo durante un momento. Permanece echado junto a mí y olvídate de todo.

–No puedo –le respondió al tiempo que le dedicaba una amarga sonrisa–. Mi deber es recordarlo todo. –Sus pies se rozaron. Gideon aún se acurrucó más, y Libby se le siguió acercando–. Ha salido de la cárcel, Libby. Papá lo sabía, pero no me lo dijo. Ésa es la razón por la que la policía quiere investigar un caso de hace veinte años. Ha salido de la cárcel.

–¿Quién? ¿Qué quieres decir?

–Katja Wolff.

–¿Creen que podría haber atropellado a tu madre?

–No lo sé.

–¿Qué motivo podía tener para hacerlo? Me parecería más lógico que tu madre deseara atropellarla a ella.

–En circunstancias normales, sí –contestó Gideon–. Salvo que nada en mi vida ha sido normal; por lo tanto, no hay ninguna razón para pensar que la muerte de mi madre lo sea.

–Quizá tu madre testificara contra ella –añadió Libby– y se pasara todo el tiempo que estuvo encerrada en prisión planeando vengarse de cualquier persona que hubiera contribuido a su encarcelamiento. Pero si ése era el caso, ¿cómo encontró a tu madre, Gideon? Ni siquiera tú sabías dónde vivía. ¿Cómo pudo la mujer esa, Wolff, averiguar su paradero? Y si en verdad lo averiguó y la mató, ¿por qué lo hizo en la calle del Pitchford ese?

Libby estuvo pensando en sus propias preguntas y las respondió ella misma:

–¿Para hacerle llegar un mensaje a Pitchford?

–A Pitchford o a cualquier otra persona.

Una llamada telefónica le dio a Barbara Havers la misma información que Lynley había obtenido de Richard Davies, incluido el nombre que necesitaba para poder acceder al convento de la Inmaculada Concepción. Una vez allí, debería encontrar a alguien que pudiera indicarle dónde se encontraba sor Cecilia Mahoney.

El convento estaba ubicado en un solar que seguramente era digno del rescate de un rey; estaba escondido entre una serie de edificios de interés histórico que se remontaban a 1690. Ése sería el lugar donde la gente con influencia debió de construir sus casas de verano durante la época que Guillermo de Orange y María Estuardo se hicieron construir su pequeña y humilde casa de campo en Kensington Gardens. Ahora la gente importante de la plaza eran los empleados de diversas empresas que habían hecho un gran esfuerzo por conseguir esos edificios históricos, y las monjas de otro convento –«¿de dónde demonios habían sacado las monjas suficiente dinero para alojarse en esa zona?», se preguntaba Barbara–, y también había un gran número de casas que seguramente habían pasado de generación en generación durante más de trescientos años. A diferencia de otras plazas de la ciudad que habían sufrido los desperfectos de las bombas o los estragos de la ambición de unos gobiernos conservadores siempre en el poder y que tenían grandes negocios, elevadas ganancias y la privatización de todo en mente, Kensington Square permanecía prácticamente inalterada, con cuatro ángulos de distinguidos edificios que daban a un jardín central, donde las hojas caídas de otoño formaban una alfombra de color pardo oscuro bajo cada uno de los árboles.

Aparcar era imposible; por lo tanto, Barbara dejó su Mini sobre la acera en el extremo noroeste de la plaza, donde un poste estratégicamente colocado impedía que el tráfico de la distante calle principal pasara por allí y perturbara la tranquilidad del vecindario. Dejó su identificación de policía a la vista sobre el cuadro de mandos del Mini. Salió del coche y al instante ya se encontraba en compañía de sor Cecilia Mahoney, que aún residía en el convento y que, cuando Barbara llamó, estaba ocupada en la capilla del edificio contiguo.

Lo primero que pensó Barbara al verla era que no tenía aspecto de monja. Se suponía que las monjas debían de ser mujeres que ya habían pasado la flor de la vida veinte o treinta años atrás, que llevaban hábitos negros, ruidosos rosarios, velos y tocas de la Edad Media.

Sor Cecilia Mahoney no encajaba con esa descripción. De hecho, cuando Barbara se dirigió hacia la capilla para reunirse con ella, lo primero que pensó al ver esa figura en lo alto de una escalera con una lata de cera para mármol en la mano, era que debía de tratarse de una mujer de la limpieza que llevaba una falda de cuadros escoceses, ya que estaba limpiando un altar con una estatua de Jesús que señalaba a su propio corazón al descubierto, anatómicamente incorrecto y con partes doradas. Barbara le dijo a esa mujer que la excusara, pero que estaba buscando a sor Cecilia Mahoney. Al oírlo, se dio la vuelta y dijo:

–Entonces me está buscando a mí. –Tenía un acento irlandés tan cerrado que parecía que acabara de aterrizar de Killarney.

Barbara se identificó, y la mujer bajó la escalera con sumo cuidado.

–Es de la policía, ¿verdad? Por su aspecto, nunca lo habría dicho. ¿Hay algún problema, agente?

La capilla estaba tenuemente iluminada, pero sor Cecilia, al bajar las escaleras, se puso bajo un foco de luz rosada que procedía del único cirio que ardía sobre el altar que había estado limpiando. Esa luz la favorecía en gran medida, ya que le suavizaba las arrugas de su rostro de mujer de mediana edad y le proyectaba reflejos en el pelo, que, a pesar de ser corto, tenía unos rizos –tan negros y relucientes como la obsidiana– que ni siquiera podían ser dominados por los pasadores que llevaba. Tenía los ojos color violeta, las pestañas oscuras y una mirada tierna.

–¿Podemos ir a algún sitio tranquilo para intercambiar unas palabras? –le preguntó Barbara.

–Por muy triste que sea, agente, es poco probable que nadie nos moleste aquí, si es intimidad lo que quiere. En otra época habría sido impensable, pero hoy en día... incluso las estudiantes que viven en nuestros dormitorios sólo frecuentan la capilla cuando tienen un examen, con la esperanza de que Dios intervenga en su favor. Venga. Subamos ahí arriba y dígame qué quiere saber. –Sonrió, y al hacerlo mostró unos dientes perfectos y blancos, y como si quisiera justificar su sonrisa, le preguntó–: ¿O tal vez desea venir a vivir al convento, agente Havers?

–Podría ayudarme a conseguir el cambio de estilo que deseo –admitió Barbara.

Sor Cecilia esbozó una sonrisa y le indicó:

–Venga por aquí. Se estará un poco más calentito junto al altar principal. He puesto una estufa eléctrica para el monseñor, para cuando éste celebre la misa matinal. El pobre hombre está un poco artrítico.

Con los artículos de limpieza en mano, sor Cecilia condujo a Barbara a lo largo de la única nave lateral de la capilla, bajo un cielo azul oscuro estarcido con estrellas doradas. Barbara cayó en la cuenta de que era una iglesia de mujeres: aparte de la estatua de Jesús y de una vidriera de colores dedicada a san Miguel, el resto de ventanas y estatuas eran femeninas: santa Teresa de Lisieux, santa Clara, santa Catalina, santa Margarita. Sobre las columnas ornamentales que había a ambos lados de las ventanas todavía aparecían más esculturas de mujeres.

–¡Ya hemos llegado! –Sor Cecilia se dirigió al otro lado del altar y encendió una gran estufa eléctrica. Mientras empezaba a calentarse, la monja le explicó que ella seguiría trabajando en la capilla si a la agente no le importaba. También tenía que ocuparse de ese altar: tenía que limpiar los candelabros y el mármol, quitar el polvo de un retablo y cambiar los ropajes del altar–. Creo que debería sentarse junto a la estufa, querida. Cada vez hace más frío.

Mientras sor Cecilia se disponía a ocuparse de la limpieza, Barbara le dijo que tenía que comunicarle malas noticias. Habían encontrado su nombre escrito dentro de varios libros sobre la vida de santos...

–No me sorprende, si tenemos en cuenta mi vocación –murmuró sor Cecilia mientras quitaba los candelabros de bronce del altar y los dejaba cuidadosamente en el suelo junto a Barbara. Prosiguió con los ropajes del altar, los dobló y los colocó sobre una barandilla muy ornada. Después metió la mano dentro de un cubo y sacó un frasco y algunos trapos que se llevó hasta el altar.

Barbara le contó que los libros en cuestión habían sido encontrados en la estantería de una mujer que había muerto la noche anterior. También habían encontrado una nota escrita por la misma sor Cecilia y enviada a esa mujer.

–Se llamaba Eugenie Davies –apuntó Barbara.

Sor Cecilia se mostró indecisa. Acababa de untar un trapo con cera para lustrar mármol y lo sostuvo inmóvil.

–¿Eugenie? Lamento mucho oírlo. Hace años que no he visto a esa pobre mujer. ¿Murió de forma repentina?

–Fue asesinada –contestó Barbara– en West Hampstead. Cuando se dirigía a ver a un individuo llamado J.W. Pitchley, antiguamente conocido por James Pitchford.

Sor Cecilia se dirigió hacia el altar poco a poco, como si fuera una submarinista arrastrada por una fuerte y fría corriente. Aplicó un poco de cera sobre el mármol y la extendió formando pequeños círculos a medida que sus labios parecían expresar una idea o una plegaria.

–También hemos averiguado que la asesina de su hija, una mujer llamada Katja Wolff, ha salido de la cárcel recientemente.

Al oírlo, la monja se dio la vuelta y replicó:

–No me puedo creer que piensen que la pobre Katja tenga algo que ver con todo esto.

–*La pobre Katja* –repitió Barbara–. ¿La conoce?

–Por supuesto. Vivió en el convento antes de ir a trabajar para la familia Davies. En esa época vivían en esta misma plaza.

Sor Cecilia le explicó que Katja era una refugiada de la antigua Alemania Oriental, y continuó relatándole todos los detalles relacionados con la llegada de Katja a Inglaterra.

Katja Wolff, al igual que todas las demás chicas, había tenido sus sueños, a pesar de proceder de un país en que la libertad era tan limitada que el mero hecho de soñar era considerado una imprudencia. Había nacido en Dresden, y sus padres tenían una fe ciega en el sistema de economía y de gobierno bajo el que vivían. Su padre, adolescente durante la Segunda Guerra Mundial, había visto lo peor que puede acontecer cuando las naciones entran en conflicto y se adhería a cualquier estilo de vida que implicara igualdad para las masas, convencido de que sólo el comunismo y el socialismo podrían evitar que se produjera la destrucción del mundo. Como eran buenos seguidores del partido y como no tenían ningún familiar que hubiera pertenecido a los círculos intelectuales en el pasado, la familia prosperó bajo ese régimen. Desde Dresden se trasladaron a Berlín Este.

–Sin embargo, Katja no era como el resto de su familia –apuntó sor Cecilia–. De verdad, agente, y que Dios la acoja en su seno, pero Katja Wolff era la prueba viviente de que los niños nacen con su propia personalidad.

»A diferencia de sus padres y de sus cuatro hermanos, Katja

odiaba el ambiente del socialismo y la omnipresencia del estado. No podía soportar el hecho de que sus vidas fueran "descritas, decididas y restringidas" desde el momento en que nacieran. Y en Berlín Este, tan cercano a Occidente por la presencia de esa media ciudad tan sólo unos metros más allá de Tierra de Nadie, descubrió por primera vez cómo podría ser su vida si consiguiera escapar de su tierra natal. Porque en Berlín Este fue donde vio por primera vez la televisión occidental; además, a partir de los occidentales que viajaban al este por negocios, averiguó cómo podría ser su vida en lo que ella designaba *El mundo de colores brillantes.*

»Se suponía que debía ir a la universidad, estudiar en algún ámbito u otro de la ciencia, casarse y tener hijos de los que se ocuparía el Estado –le explicó sor Cecilia–. Eso mismo era lo que estaban haciendo sus hermanas y lo que sus padres esperaban que ella hiciera. No obstante, ella quería ser diseñadora de moda. –Sor Cecilia se dio la vuelta desde el altar con una sonrisa–. ¿Se puede llegar a imaginar, agente Havers, lo que le debieron responder los miembros del partido?

»Por lo tanto, se escapó, y la forma en que lo hizo le dio tal nivel de popularidad que el convento se fijó en ella. Por aquel entonces teníamos un programa de acogida para los refugiados políticos: el convento les proporcionaba techo y comida durante un año para que pudieran aprender la lengua y asimilar la nueva cultura en que vivían. Cuando llegó al convento, no sabía ni una sola palabra de inglés y no tenía más ropa que la que llevaba puesta, agente. Pasó un año entero con nosotras antes de empezar a trabajar para la familia Davies y cuidar del bebé.

–¿Fue entonces cuando les conoció?

Sor Cecilia negó con la cabeza y contestó:

–No, hacía muchos años que conocía a Eugenie. Venía a misa y, por lo tanto, estaba familiarizada con todas nosotras. Hablábamos de vez en cuando y solía dejarle algún libro, que son los que debe de haber encontrado en su casa, pero no llegué a conocerla bien hasta después del nacimiento de Sonia.

–Vi una fotografía de la niña.

–¡Ah, sí! –Sor Cecilia pasó un poco de cera por la parte delantera del altar, introduciendo el trapo entre las adornadas obras esculpidas–. Cuando ese bebé nació, Eugenie se vio sumida en la más profunda de las tristezas. Supongo que a cualquier madre le habría sucedido lo mismo. Supongo que es necesario un período de adaptación cuando nace un hijo diferente a lo que uno había esperado. Y en realidad, debió de ser mucho más difícil para Eugenie y su marido de lo que habría sido para otros padres, ya que teniendo otro hijo con tanto talento...

–Se refiere al violinista, ¿verdad? Sí, ya he oído hablar de él.

–Sí, al pequeño Gideon. Un niño asombroso. –Sor Cecilia se puso de rodillas y empezó a limpiar la elaborada columna de azúcar cande que había en un extremo del altar–. Al principio Eugenie nunca hablaba de la pequeña Sonia. Todas nosotras sabíamos que estaba embarazada, por supuesto, y cuándo le tocaba dar a luz. Pero no nos enteramos de que algo había ido mal hasta que volvió a misa una o dos semanas más tarde.

–¿Entonces se lo contó?

–¡Ah, no! ¡Pobre mujer! No hacía más que llorar. Lloraba sin parar durante los tres o cuatro primeros días, aquí mismo en la capilla, mientras que su pobre hijo asustado le acariciaba al brazo y la miraba con sus grandes ojos. Pero ninguna de las monjas del convento había visto a la niña, ¿comprende? Yo había ido a visitarla, pero Eugenie nunca estaba «para recibir visitas». –Sor Cecilia chasqueó con la lengua, regresó a su cubo de artículos de limpieza, sacó otro trapo y se dispuso a seguir puliendo el mármol–. Cuando por fin pude hablar con Eugenie y me contó la verdad, comprendí su aflicción. Pero nunca llegué a entender ese dolor desesperado, agente. Debo admitir que nunca lo comprendí del todo. Quizá fuera debido a que nunca he sido madre y que no tengo ni idea de lo que debe ser dar a luz a un bebé que no es perfecto, tal y como el mundo juzga la perfección. Pero por aquel entonces creía, y todavía lo sigo creyendo, que Dios nos da lo que debemos recibir. Tal vez seamos incapaces de entender Sus motivos para hacerlo en el momento en cuestión, pero con el tiempo se nos permitirá comprender el porqué de sus acciones. –Se apoyó en los talones, observó a Barbara por encima del hombro, con la intención de suavizar lo que quizás habría parecido demasiado severo–. No obstante, eso es muy fácil de decir para una persona como yo, ¿no cree, agente? Aquí estoy –extendió los brazos– rodeada cada día del eterno amor de Dios que se manifiesta de mil maneras diferentes. ¿Quién soy yo para juzgar la habilidad, o la falta de ella, que otra persona pueda tener para aceptar la voluntad de Dios? ¿Yo, que he sido bendecida con tanto amor? ¿Le importaría limpiar los candelabros por mí, querida? Hay un frasco de cera dentro de ese cubo de allí.

–¡Sí, claro! ¡Lo siento! –exclamó Barbara. Rebuscó el cubo en busca del frasco apropiado y de una trapo cuyas manchas negras sugirieran que era el trapo correcto para limpiar los candelabros. Las faenas domésticas no eran precisamente su fuerte, pero pensó que sería capaz de hacerlo sin destruir el bronce irreversiblemente–. ¿Cuándo fue la última vez que habló con la señora Davies?

–Supongo que fue poco después de que Sonia muriera. Se celebró una misa por la niña. –Sor Cecilia se quedó mirando el trapo–. Eugenie ni siquiera quería oír hablar de un funeral católico, ya que incluso ella había dejado de venir a misa. Había perdido la fe: que Dios le hubiera dado una hija con problemas, que Dios se la hubiera quitado en esas circunstancias... Eugenie y yo nunca volvimos a hablar de nuevo. Intenté verla. También le escribí. Sin embargo, no quería saber nada de mí, ni de mi fe, ni de la Iglesia. No me quedó más remedio que dejarla en manos de Dios y rezar para que al fin pudiera encontrar la paz.

Barbara frunció el ceño, con un candelabro en una mano y el frasco de cera en la otra. Faltaba una parte esencial de la historia, y esa parte se llamaba Katja Wolff.

–¿Qué llevó a la chica alemana a trabajar para la familia Davies?

–Fui yo quien se encargó de arreglarlo. –Sor Cecilia se puso en pie con un pequeño gruñido. Hizo una genuflexión delante del sagrario que había en el centro del altar y empezó a atacar los laterales de mármol–. Después de pasar un año en el convento, Katja necesitaba un trabajo. Trabajar de niñera para la familia Davies, lo cual incluía alojamiento y comida, le habría permitido ahorrar para la Escuela de Diseño. Parecía una solución pensada por Dios, porque Eugenie necesitaba ayuda urgente.

–Y después el bebé fue asesinado.

Sor Cecilia levantó los ojos y la miró, con una mano sobre el sagrario. No dijo nada, pero su rostro –tenía los músculos tan relajados que incluso se le había borrado la expresión– concluyó lo que no había dicho con palabras.

–¿Ha seguido en contacto con cualquier otra persona de aquella época, sor Cecilia? –le preguntó Barbara.

–Se está refiriendo a Katja, ¿no es verdad, agente?

Barbara levantó la tapa del frasco de cera y contestó:

–Sí, si fuera tan amable...

–Durante los dos primeros años iba a verla una vez al mes. Primero cuando estaba en prisión preventiva en Holloway, y luego cuando fue encarcelada. Me dirigió la palabra una sola vez, al principio, cuando la arrestaron. Nunca jamás me volvió a hablar.

–¿Qué le dijo?

–Que ella no mató a Sonia.

–¿La creyó?

–Sí.

No obstante, Barbara pensó que no le habría quedado más remedio que creerla, ya que el hecho de pensar que Katja Wolff había asesinado a una niña le habría supuesto un gran peso para el resto de su vida, especialmente teniendo en cuenta que había sido la mujer –fiel o no a un Dios omnipotente y sagaz– que había facilitado que la chica alemana trabajara para la familia Davies.

–¿Ha tenido noticias de Katja Wolff después de que ésta saliera de la prisión, sor Cecilia?

–Desde luego que no.

–¿Podría tener algún motivo, aparte de la necesidad de declarar su inocencia, para ponerse en contacto con Eugenie Davies después de que la dejaran en libertad?

–Ninguno –respondió sor Cecilia con convicción.

–¿Está segura?

–Del todo. Si Katja fuera a ponerse en contacto con alguien de esa época, desde luego no sería con nadie de la familia Davies, sino conmigo. Y yo no he tenido noticias suyas.

Barbara pensó que parecía muy convencida, muy segura de sí misma. Parecía que no tuviera ni la más mínima duda de lo que tenía que decir sobre ese asunto. Barbara le preguntó por qué.

–A causa del bebé –le contestó sor Cecilia.

–¿De Sonia?

–No, de su propio hijo, del hijo que tuvo mientras estaba en la cárcel. Cuando nació, Katja me pidió que lo diera en adopción a alguna familia. Por lo tanto, si ha salido de la cárcel y está rememorando el pasado, me atrevo a decir que lo primero que querrá saber es qué ha sucedido con su hijo.

9

Esa noche, Yasmin Edwards cerró su tienda tal y como siempre solía hacer: con muchísimo cuidado. Hacía muchos años que la mayor parte de los establecimientos de Manor Place estaban entablados y que sufrían las consecuencias propias de los edificios abandonados al sur del río: se habían convertido en lienzos urbanos al aire libre de los artistas del graffiti, y si tenían ventanas delanteras, en vez de láminas de metal o de madera, la gente las rompía. La tienda de Yasmin Edwards era uno de los pocos comercios nuevos o resucitados del vecindario de Kennington, aparte de dos pubs que ya hacía mucho tiempo que habían sobrevivido al decaimiento urbano que había invadido la calle. Pero, claro, ¿cuándo no habían sobrevivido los pubs? ¿Y cómo iban a hacerlo si había bebidas por servir y tipos como Roger Edwards dispuestos a tragárselas?

Comprobó el candado que había colocado a través del pasador y se cercioró de que la reja estuviera bien cerrada. Cuando hubo acabado, recogió las cuatro bolsas de plástico que había llenado en el interior de la tienda y se encaminó hacia casa.

Su casa se encontraba en el edificio Doddington Grove, a poca distancia de allí. Vivía en Arnold House –había vivido allí durante los últimos cinco años, desde que la dejaran salir de Holloway y sobreviviera a la carrera de obstáculos que había tenido que soportar– y se sentía afortunada de tener un piso que diera al centro de jardinería que había al otro lado de la calle. Cierto, no era ni un parque público ni un jardín ni una plaza. Pero era un trozo de naturaleza y eso era lo que ella deseaba para Daniel. Sólo tenía once años, y se había pasado casi todo el tiempo que su madre estaba en la cárcel bajo custodia del estado –gracias a su hermano pequeño que «no podía hacerse cargo de un niño, comprendes, lo siento, pero es un hecho»– y estaba dispuesta a compensar a su hijo en la medida de lo posible.

La estaba esperando delante del ascensor, al otro lado del trozo de asfalto que hacía la función de aparcamiento de Arnold House. No obstante, no estaba solo, y cuando Yasmin vio con quién estaba hablando su hijo, aceleró el paso. El vecindario no estaba mal del todo –podría haber sido mucho peor y eso era verdad–, pero los vendedores de cocaína y de anfetaminas podían aparecer en cualquier parte, y si cualquiera de ellos osara a insinuarle a su hijo que había algo más en la vida que la escuela y los estudios, estaba dispuesta a cargarse al cabronazo en cuestión.

Ese tipo parecía traficante, ya que llevaba ropa cara y su resplandeciente reloj de oro brillaba bajo las luces del aparcamiento. Además, se movía con pasos ligeros. A medida que Yasmin se acercaba y gritaba: «Dan, ¿qué estás haciendo en la calle a estas horas?», se dio cuenta de que el hombre había enfrascado a su hijo en una conversación que a Dan le gustaba demasiado.

Ambos se dieron la vuelta. Daniel gritó:

–¡Hola, mamá! Lo siento, pero me he olvidado la llave.

El hombre no dijo nada.

–Entonces, ¿por qué no has pasado por la tienda? –le preguntó Yasmin, todas sus sospechas en alerta máxima.

Daniel dejó caer la cabeza, tal y como hacía siempre que se sentía violento por algún motivo. Observando sus zapatillas deportivas –eran Nike y le habían costado una fortuna–, le respondió:

–He ido a uno de los centros de recogida de ropa, mamá. Un tipo la estaba mirando, ya que estaba expuesta en hileras en medio de la calle, y después me han invitado a tomar un té.

«Sociedades benéficas –pensó Yasmin–. Malditas sean.»

–¿No se les ha ocurrido pensar que tenías que volver a casa? –le preguntó.

–Me conocen, mamá, y también te conocen a ti. Uno de ellos me ha preguntado: «Esa mujer que lleva cuentas en el pelo es tu madre, ¿verdad? ¡Mira que es guapa!».

Yasmin se aclaró la garganta. Había estado ignorando al compañero de su hijo a propósito. Le entregó dos bolsas de plástico a su hijo y le dijo:

–A ver cómo las tratas. Además, aún tienes que lavar las pelucas.

Yasmin marcó el código para llamar al ascensor.

Entonces fue cuando el hombre habló, con una entonación típica de la zona al sur del río, parecida a la suya propia, pero con un acento antillano mucho más marcado.

–Es usted la señora Edwards, ¿verdad?

–Ya he tenido demasiado de lo que vende –le contestó, sin apartar los ojos de la puerta del ascensor–. ¡Daniel! –exclamó, y su hijo se colocó junto a ella para esperar el ascensor. Le puso una mano protectora sobre la espalda. Daniel se dio la vuelta para mirar al hombre. Su madre le obligó a ponerse de cara al ascensor.

–Winston Nkata –dijo entonces el hombre–. Departamento de Policía de Londres.

Eso hizo que se diera la vuelta. Le mostró una tarjeta de identificación, y ella la examinó antes de mirarle a la cara. «Un poli –pensó. Un hermano y un poli. Sólo había una cosa que pudiera ser peor que tener un hermano rastafari, y era tener un hermano que trabajara para la bofia.»

Rechazó la identificación con una ligera inclinación de cabeza, y las cuentas que le colgaban de los extremos de las trenzas le depararon la música de su desprecio. La miraba del mismo modo que siempre la miraban los hombres, y ella sabía lo que debía de estar viendo y pensando. Lo que veía: un cuerpo de metro ochenta, un rostro color castaño, un rostro que podría haber sido el de una modelo –tenía la constitución y la piel adecuada–, si no hubiera sido por el labio –el superior– que lo tenía partido y con una cicatriz cual rosa púrpura en flor, allí donde el cabrón de Roger Edwards le había roto un florero un día que ella se negó a darle el salario que ganaba en Sainsbury o a trabajar de prostituta para pagarle los vicios. Tenía los ojos del color del café y airados, pero también cautelosos. Y si ella se quitara el abrigo en el aire frío de la noche, él vería todo lo demás, especialmente la veraniega camiseta corta que llevaba, porque tenía el estómago plano y la piel suave, y si ella deseaba enseñarle al mundo su estómago suave y terso, entonces lo haría, al margen del frío que hiciera. Eso es lo que vio. Pero ¿qué pensó? Lo mismo que todos, lo que siempre pensaban: «Si se tapara la cabeza con una bolsa, no me importaría tirármela».

–¿Podría hablar con usted, señora Edwards? –le preguntó con ese tono de voz que siempre usaban, como si estuvieran dispuestos a dejarse atropellar por un autobús para salvar a sus madres.

Llegó el ascensor y la puerta se fue abriendo poco a poco, como si hubiera queso fundido en los raíles. Se deslizaba como si quisiera indicar que era de estúpidos entrar en al ascensor y subir hasta el tercer piso, ya que la puerta podría decidir no volver a abrirse.

Le dio un golpecito a Daniel en la espalda para que entrara. El policía le repitió:

–Señora Edwards, ¿podría hablar un momento con usted?

–¿Es que tengo elección? –le respondió Yasmin apretando el botón del tercer piso.

–Gracias –le contestó el policía mientras entraba en el ascensor.

Era un hombre corpulento. Eso fue lo primero que notó bajo la desagradable luz del ascensor. Debía de ser unos diez centímetros más alto que ella. Y también tenía una cicatriz en la cara que se extendía cual marca de tiza desde el rabillo del ojo hasta la mejilla y ella sabía lo que era –un navajazo–, aunque no por qué lo tenía.

–Así pues, ¿de qué se trata? –le preguntó con una ligera inclinación de cabeza.

El policía se quedó mirando a Daniel, ya que éste le observaba tal y como solía mirar a los hombres negros: con esa cara tan resplandeciente, tan franca y tan necesitada, esa cara que revelaba lo que le había faltado en la vida desde la noche en que su madre se había enfrentado contra Roger Edwards por última vez.

–De una advertencia –le contestó el policía.

–¿Sobre qué?

–Sobre lo estúpido que puede llegar a ser un hombre por muy listo que se considere.

El ascensor se paró de golpe. Ella no hizo ningún comentario. El policía era el que estaba más cerca de la puerta; por lo tanto, fue el primero en salir cuando ésta consiguió abrirse. Pero les aguantó la puerta, ya que daba la impresión de que se iba a cerrar de repente y que podría golpear a Yasmin o a su hijo... Sí que debía de conocer el funcionamiento de esa maldita puerta. Se hizo a un lado y ella pasó por delante, diciendo:

–Cuidado con las bolsas, Dan. Intenta que no se caigan al suelo: está asqueroso. Si se te caen, nunca conseguiremos quitarles la porquería.

Les hizo pasar al piso y encendió una de las lámparas de lo que parecía ser la sala de estar. Después le sugirió a su hijo:

–¿Por qué no vas a llenar la bañera? Quizás esta vez no tengamos tantos problemas con el champú.

–De acuerdo, mamá –respondió Daniel. Le lanzó una mirada tímida al policía, una mirada que decía tan claramente «Ésta es nuestra casa, ¿qué te parece, tío?», que Yasmin sufría por él, incluso físicamente, y que eso la hacía enfadar porque le recordaba una vez más lo que ella y Daniel habían perdido.

–Pues venga, espabila –le dijo a su hijo. Luego se volvió hacia el policía–. ¿Qué quiere? ¿Quién me ha dicho que era?

–Se llama Winston Nkata, mamá –respondió Dan.

–Ya te he dicho lo que tienes que hacer, ¿no es verdad, Dan?

Sonrió, con sus grandes y blancos dientes –los dientes de un niño que se había convertido en hombre antes de lo que a ella le hubiera gustado–, resplandecientes en un rostro que era más claro que el suyo, una mezcla de los colores de su piel y de la de Roger. Se dirigió hacia el cuarto de baño y abrió uno de los grifos, y el estruendo del agua indicó que estaba haciendo exactamente lo que su madre le había pedido que hiciera.

Winston Nkata no se movió de la puerta, y Yasmin se dio cuenta de que eso le irritaba mucho más que si hubiera empezado a pasearse por las habitaciones de su casa –sólo había cuatro habitaciones y, por lo tanto, habría tardado menos de un minuto, aunque se hubiera detenido a examinarlo todo– para examinar todas sus posesiones.

–¿De qué se trata?

–¿Le importa si echo un vistazo?

–¿Por qué debería importarme? No tengo nada que ocultar. ¿Tiene una orden de registro? Pasé a fichar con Sharon Todd la semana pasada, como siempre hago. Y si ella le ha dicho otra cosa, si esa zorra le ha dicho otra cosa a la Sección de Prisiones... –Yasmin podía sentir cómo el pánico le subía por los brazos al caer en la cuenta del enorme poder que la agente responsable de su libertad condicional aún tenía sobre ella. Le dijo–: Había ido a ver a su médico de cabecera. O, como mínimo, eso fue lo que me dijeron. Sufrió una especie de ataque en la oficina y le dijeron que se fuera al hospital de inmediato. Cuando llegué allí... –Inspiró un poco de aire para tranquilizarse. Y estaba enfadada, enfadada, por el miedo que sentía y por el hecho de que ese hombre con una cicatriz de navaja en la cara había traído el miedo con él. Ese policía tenía el poder en sus manos, y ambos lo sabían. Se encogió de hombros, y contestó–: Mire todo lo que quiera. Sea lo que sea que esté buscando, no lo encontrará aquí.

Se miraron a los ojos durante un buen rato, y se negó a apartar la mirada porque hacerlo hubiera indicado que la había aplastado con el pulgar como si fuera una mosca. Por lo tanto, permaneció junto a la puerta de la cocina mientras el agua sonaba en el cuarto de baño y Daniel empezaba a lavar las pelucas.

–Gracias –le contestó el policía, con una inclinación de cabeza que a ella le pareció demasiado tímida y educada.

Primero se dirigió hacia el dormitorio; una vez allí, encendió la luz. Vio que se encaminaba hacia el armario que tenía la pintura desconchada, lo abrió, pero no vació los bolsillos de la ropa que había dentro, a pesar de que palpó varios pares de pantalones. Tampoco abrió los cajones de la cómoda, aunque observó la superficie con todo detalle: especialmente un cepillo de pelo y unos mechones rubios que se habían quedado enganchados entre las púas y la colección de cuentas que usaba cuando quería cambiarse los extremos de las trenzas. Pasó un buen rato observando la fotografía de Roger, idéntica a la fotografía que tenía en la sala de estar, idéntica a la fotografía que había en la mesita de noche del dormitorio de Daniel, idéntica a la fotografía que colgaba de la pared de la cocina sobre la mesa. Roger Edwards, que entonces contaba con veintisiete años de edad, un mes después de llegar de Nueva Gales del Sur, dos días después de meterse en la cama de Yasmin.

El policía salió de su dormitorio, la saludó con una cortés inclinación de cabeza y entró en la habitación de Daniel, en la que había más o menos lo mismo: un armario para la ropa, una cómoda y una fotografía de Roger. Desde allí se dirigió al cuarto de baño, y Daniel empezó a hablarle de inmediato.

–Normalmente me encargo de las pelucas. Mamá se las vende a las mujeres que tienen cáncer. Cuando empiezan a tomar medicinas, se les cae casi todo el pelo. Mamá les da pelo y, a veces, también les arregla la cara.

–¿Qué quieres decir? ¿Que les pone barba? –le preguntó el policía.

Daniel se rió y contestó:

–No, hombre, no. Las maquilla. Además, mi madre lo hace muy bien. Podría enseñarle...

–¡Dan! –gritó Yasmin–. Tienes cosas que hacer. –Vio que su hijo volvía a agachar la cabeza junto a la bañera.

El policía salió del cuarto de baño, la saludó de nuevo y entró en la cocina. Había una puerta que conducía a un diminuto balcón en el que tendía la ropa. El policía la abrió, miró hacia el exterior, la cerró con cuidado y pasó la mano –grande como el resto de su cuerpo– por encima de la jamba, como si buscara astillas. No abrió ningún armario ni ningún cajón. De hecho, no hizo nada más, sino que se quedó junto a la mesa y contempló la misma fotografía que ya había visto en las demás habitaciones.

–Este tipo ¿quién es? –le preguntó.

–El padre de Dan. Mi marido. Está muerto.

–Lo siento.

–No hace falta que lo sienta –le replicó–. Lo maté yo misma. Pero supongo que eso ya lo sabe. Me imagino que ése es el motivo de su visita, ¿no es verdad? Australiano con problemas de alcohol aparece muerto con un cuchillo clavado en el cuello, los de la policía se encargan de introducir todos los detalles en el ordenador, y el nombre de Roger Edwards salta a la vista cual tostada recién hecha.

–No lo sabía –respondió Winston Nkata–. De todas maneras, lo siento.

Parecía... ¿qué? No podía describirlo, del mismo modo que tampoco era capaz de describir la expresión de sus ojos. Y sintió cómo la ira crecía dentro de ella, algo que no llegaba a entender y que era incapaz de explicar. Era la ira que había aprendido a sentir desde joven y que siempre –siempre– era provocada por algún hombre: tipos que había conocido y que le habían caído bien durante un día, una semana o un mes hasta que su verdadera personalidad anulaba el falso hombre que habían aparentado ser.

–Entonces, ¿qué quiere? –le preguntó con brusquedad–. ¿Por qué me molesta? ¿Por qué estaba en la calle hablando con mi hijo como si estuviera interesado en algo que él pudiera decirle? Si cree que he hecho algo malo, dígamelo a la cara ahora mismo o haga el favor de salir de mi casa. ¿Me ha oído? Porque si no...

–Katja Wolff –respondió, y eso la detuvo. ¿Qué demonios quería de Katja?

–En la Sección de Libertad Condicional consta que ésta es su dirección. ¿Es verdad?

–Nos dieron el consentimiento –respondió–. Yo ya hace cinco años que salí de la cárcel. No tienen nada contra mí. Nos dieron el consentimiento.

–Sé que le dieron un trabajo en la lavandería de Kennington High Street –afirmó Winston Nkata–. Pasé por allí primero para hablar con ella, pero no había ido al trabajo en todo el día. Me dijeron que había llamado para decir que estaba enferma, con gripe o algo así. Ésa es la razón por la que he venido hasta aquí.

Oír eso le produjo cierta inquietud, pero hizo todo lo posible para que no se le notara.

–Está en el médico.

–¿Todo el día?

–Ya sabe cómo es la Seguridad Social –respondió mientras se encogía de hombros.

Con la misma educación que había usado hasta entonces con ella, le replicó:

–Es la cuarta vez que ha llamado a la lavandería para decir que estaba enferma, señora Edwards. La cuarta vez en doce semanas. Los dueños de la lavandería de Kennington High Street no están muy contentos con ella, que digamos. Hoy mismo han llamado al agente responsable de su libertad condicional.

Esa pequeña inquietud se estaba convirtiendo en verdadero desasosiego. El temor le recorría la columna vertebral. Pero sabía que los policías mentían para poner nerviosa a la gente y para conseguir que les dijeran lo que querían oír, y cuando se lo recordó a sí misma con severidad, dijo en voz baja: «Tonta, no lo vayas a perder ahora».

–No sé nada de eso –respondió–. Es cierto que Katja vive aquí, pero ella lleva su vida. Yo ya tengo bastante con Daniel, ¿no cree?

Miró hacia el dormitorio, donde la cama de matrimonio, el cepillo sobre la cómoda y la ropa del armario contaban una historia diferente. Y Yasmin deseaba gritar: «Sí, ¿qué pasa? ¿Ha estado *dentro* alguna vez? ¿Ha experimentado, aunque sólo sea por cinco minutos, lo que se siente durante un período de tiempo que parece una eternidad al saber que uno no tiene a nadie en la vida? ¿Ni un amigo ni un colega ni un amante ni un compañero? ¿Sabe lo que se siente?».

Sin embargo, no pronunció palabra. Se limitó a mirarle a los ojos con una expresión de desafío. Y durante esos cinco largos segundos que parecieron cincuenta, el único sonido que se oyó en todo el piso era el que procedía del cuarto de baño, donde Dan había empezado a cantar canciones pop a medida que frotaba las pelucas.

Entonces ese sonido fue interrumpido por otro. Se oyó el ruido de una llave en la cerradura. La puerta se abrió de golpe.

Y Katja apareció ante ellos.

Lynley hizo su última parada del día en Chelsea. Después de dejarle a Richard Davies su tarjeta y de decirle que le llamara si tenía noticias de Katja Wolff o información que pudiera servirle de ayuda, consiguió avanzar a través del denso tráfico que había alrededor de la estación de South Kensington y bajó a toda velocidad por Sloane Street. Las farolas resplandecían en un selecto vecindario de restaurantes, tiendas y casas, y las hojas otoñales teñían las aceras de color bronce. Mientras conducía, pensaba en las conexiones y las coincidencias, y si la presencia de unas obviaba la posibilidad de otras. Le parecía muy probable.

La gente solía estar en el lugar equivocado en el momento equivocado, pero rara vez ocurría que estuviera en el lugar equivocado en el momento equivocado y con la intención de visitar a alguien que había presenciado un crimen violento en el pasado.

Aparcó el coche en el primer sitio que encontró en las cercanías de St. James, un edificio alto de ladrillo color pardo oscuro que estaba situado en la esquina de Lordship Place y Cheyne Row. Abrió el maletero del Bentley y sacó el ordenador que se había llevado de la oficina de Eugenie Davies.

Tan pronto como llamó al timbre, oyó los ladridos repentinos de un perro. Procedían de la izquierda –probablemente del estudio de St. James, ya que Lynley vio a través de la ventana que había una luz encendida– y se acercaban a la puerta con el entusiasmo propio de un perro que está cumpliendo con su deber. Una voz de mujer le decía «¡Santo Cielo! Ya basta, *Peach*» a un perro que, como buen téckel que era, la ignoraba por completo. Se abrió una cerradura, se encendió la luz de encima de la entrada y la puerta se abrió de par en par.

–¡Hola, Tommy! ¡Qué honor! –La que había abierto la puerta era Deborah St. James, y permanecía de pie con el téckel de pelo largo entre sus brazos, un montón de pelo color coñac que no paraba de retorcerse y de ladrar y que sólo quería husmear las piernas, las manos o el rostro de Lynley para ver si podía darle su aprobación canina–. *¡Peach!* –Deborah reprendió al perro–. Sabes muy bien quién es. ¡Basta ya! –Se apartó un poco de la puerta–. Entra, Tommy. Me temo que Helen ya se ha ido a casa. Nos dijo que estaba cansada. Se fue a eso de las cuatro. Simon la acusó de acostarse tarde para no tener que compilar información de lo que están haciendo, nunca recuerdo qué es, pero ella le aseguró que tú la habías obligado a permanecer despierta hasta la madrugada para escuchar las cuatro partes del programa especial de música clásica. Salvo que no recuerdo si realmente hay cuatro partes. No importa. ¿Qué te ha traído hasta aquí?

Después de cerrar la puerta a sus espaldas, dejó al perro en el suelo. *Peach* pudo oler a sus anchas los pantalones de Lynley, reconocer su olor, echarse un poco atrás y mover la cola en señal de reconocimiento. «Gracias», le dijo al téckel con solemnidad. Se fue trotando hacia el estudio, donde la chimenea estaba encendida y una lámpara iluminaba el escritorio de St. James. Había una gran cantidad de hojas esparcidas por la habitación: algunas tenían fotografías en blanco y negro mientras que otras sólo tenían texto.

Deborah condujo a Lynley a la habitación y le sugirió:

–Deja esa caja donde quieras, Tommy. Parece pesada.

Lynley escogió una mesa auxiliar que había junto al sofá de delante de la chimenea. *Peach* husmeó el ordenador antes de regresar a un cesto desde el que recibía el cálido calor de las llamas. Una vez allí, se hizo un ovillo, soltó un suspiro de felicidad y se dispuso a observar los acontecimientos con la cabeza apoyada en las patas, en una digna posición de la que se movía con somnolencia de vez en cuando.

–Supongo que quieres ver a Simon –dijo Deborah–. Ahora está en el piso de arriba. Voy a avisarle.

–De aquí a un rato –Lynley pronunció las palabras sin pensar y con tanta rapidez que Deborah se dio la vuelta de inmediato, le dedicó una sonrisa burlona y se llevó un mechón de su espeso pelo detrás de la oreja.

–De acuerdo –respondió a medida que se encaminaba hacia un antiguo mueble bar que había junto a la ventana.

Era una mujer alta, con unas cuantas pecas sobre el puente de la nariz, no tenía la figura de una modelo ni era corpulenta, sino que estaba bien proporcionada y era muy femenina. Llevaba pantalones vaqueros de color negro y un jersey color verde oliva que hacía un bonito contraste con su pelo cobrizo.

Reparó en que la habitación estaba repleta de fotografías enmarcadas que colgaban de las paredes o que estaban apoyadas en las estanterías; algunas estaban envueltas con papel de embalar, lo que le recordó que Deborah iba a hacer una exposición en una galería de Great Newport Street.

–¿Jerez? ¿Whisky? –le preguntó–. Tenemos una nueva botella de Lagavulin que, según Simon, es lo más parecido a una bebida celestial.

–Simon no acostumbra a exagerar.

–Como el buen hombre de ciencias que es.

–Entonces, debe de ser bueno. Tomaré un whisky. ¿Te estás preparando para la exposición?

–Está casi todo a punto. Sólo me falta ocuparme del catálogo. –Mientras le pasaba el vaso de whisky, inclinó la cabeza en dirección al escritorio de su marido–. He estado repasando las galeradas. Las fotografías que han seleccionado están bien, pero han suprimido algunos trozos de texto que no venían a cuento. –Hizo una mueca; la nariz se le arrugó tal y como siempre hacía, haciéndola parecer mucho más joven de los veintiséis años que tenía–. Y creo que no me gusta mucho lo que han hecho. Mírame. Llegan mis quince minutos de gloria y enseguida me comporto como una gran artista.

Lynley sonrió y replicó:

–Me parece poco probable.

–¿El qué?

–Lo de los quince minutos de gloria.

–Esta noche estás muy ocurrente.

–Sólo te estoy diciendo la verdad.

Le sonrió con dulzura, se dio la vuelta y se sirvió una copa de jerez. La alzó, extendió el brazo y exclamó:

–Por... Humm... No lo sé. ¿Por qué deberíamos brindar?

En ese momento Lynley supo que Barbara había cumplido con su promesa y que no le había dicho nada a Deborah de su embarazo. Se quitó un peso de encima, pero también se sentía incómodo. Deborah se enteraría tarde o temprano, y sabía que se lo tendría que decir él mismo. Deseaba decírselo en ese mismo momento, pero no sabía por dónde empezar, a no ser que le dijera sin rodeos: «Bebamos a la salud de Helen. Bebamos a la salud del bebé que mi esposa y yo vamos a tener». Y eso, evidentemente, era completamente imposible.

–¡Brindemos para que el mes que viene vendas todas las fotografías! –exclamó–. Para que las vendas el mismo día de la inauguración a los miembros de la familia real, y así puedan demostrar de una vez que les interesa algo más aparte de los caballos y la caza.

–Nunca has podido olvidarte de la primera vez que participaste en una cacería de zorros, ¿verdad?

–En pos de lo innombrable.

–Has traicionado a tu clase social.

–Me gustaría pensar que es lo que me hace interesante.

Deborah sonrió y exclamó:

–¡Salud! –Después tomó un sorbo de jerez.

Lynley tomó un largo trago del Lagavulin y pensó en todo lo que quedaba sin decir entre ellos. Se dio cuenta de lo difícil que era enfrentarse cara a cara con la propia cobardía e indecisión.

–¿Qué harás cuando hayas acabado de organizar la exposición? ¿Tienes algún otro proyecto en mente?

Deborah echó un vistazo a las fotografías que llenaban la habitación y reflexionó sobre la pregunta, con la cabeza inclinada y los ojos pensativos.

–Me aterra un poco pensarlo –admitió con franqueza–. Llevo trabajando en esto desde enero. Ya han pasado once meses. Supongo que lo que me gustaría hacer si Dios me lo permitiera... –Inclinó la cabeza hacia arriba para señalar no sólo el cielo, sino también a su marido, que seguramente también tenía algo que decir sobre ese asunto–. Creo que me gustaría hacer algo relacionado con el extranjero. Seguir con los retratos, pues me encantan. Pero la próxima vez me gustaría retratar rostros extranjeros. Pero no de gente de procedencia extranjera residente en Londres, a pesar de que encontraría cientos de miles de ellos, porque, aunque no lo sepan, ya han sido britanizados. Me gustaría hacer algo bastante diferente: ¿África? ¿India? ¿Turquía? ¿Rusia? Aún no estoy segura.

–¿Seguirías pues con los retratos?

–La gente no se esconde de la cámara cuando la fotografía no es para ellos. Eso es precisamente lo que me gusta: la naturalidad y la franqueza con la que miran al objetivo. El hecho de mirar cómo esos rostros se convierten en una realidad es como una adicción. –Tomó otro sorbo de jerez–. Pero seguro que no has venido a hablar de mis fotografías.

Aprovechó la oportunidad para escaparse, aunque se odió a sí mismo por hacerlo.

–¿Está Simon en el laboratorio?

–¿Quieres que vaya a avisarle?

–Ya subiré yo mismo, si no te supone ningún problema.

Le respondió que evidentemente que no y que ya conocía el camino. Se encaminó al escritorio en el que había estado trabajando, dejó la copa de jerez sobre la mesa y se dirigió de nuevo a él. Lynley se acabó el whisky, pensando que ella volvía para recogerle el vaso, pero le apretó el brazo, le besó en la mejilla y le dijo:

–Me ha gustado mucho volver a verte. ¿Necesitas ayuda con ese ordenador?

–Ya me las arreglaré –le respondió. Y lo hizo sin sentirse especialmente orgulloso de sí mismo por aceptar la vía de escape que le estaba ofreciendo, sino recordándose a sí mismo que tenía trabajo que hacer y que el trabajo era lo primero, algo que, sin lugar a dudas, Deborah St. James comprendería.

Su marido estaba en la cuarta planta de la casa, donde tenía un estudio al que se referían como al laboratorio desde hacía mucho tiempo; Deborah había montado un cuarto oscuro en la habitación contigua. Lynley subió hasta el cuarto piso, y cuando llegó al rellano, gritó: «Simon, ¿estás ocupado?», antes de encaminarse hacia la puerta abierta.

Simon St. James estaba sentado delante del ordenador y parecía estar examinando una complicada estructura que se asemejaba a un gráfico de tres dimensiones. Cada vez que apretaba una tecla, el gráfico cambiaba. Al apretar unas cuantas teclas más, empezó a dar vueltas sobre sí mismo.

–¡Qué curioso! –murmuró, y luego se volvió hacia la puerta–. ¡Hola, Tommy! Ya me había parecido oír la puerta de la calle hace un rato.

–Deb me ha ofrecido un vaso de tu Lagavulin. Quería que alguien le confirmara la calidad del producto.

–¿Y?

–¡Excelente! ¿Me permites...? –Hizo un gesto para señalar el ordenador.

–¡Ah, sí! Lo siento. Ven aquí. Permíteme que mueva... Bien, creo que puedo apartar algo.

Apartó la silla de la mesa del ordenador, y al ver que la pieza de la pierna no le respondía cuando intentaba levantarse, le dio un golpe a la rodilla con una regla de metal.

–Estoy teniendo muchos problemas con esto. Es mucho peor que la artritis. Tan pronto como empieza a llover, la bisagra de la rodilla deja de funcionar. Creo que ha llegado el momento de llevarlo a revisar. Eso o una visita al mago de Oz.

Hablaba con una falta total de preocupación que Lynley sabía que era verdadera, pero que él no podía compartir. En los últimos trece años, cada vez que St. James había movido la pierna delante de Lynley, había tenido que hacer un gran esfuerzo por no apartar la mirada y sentirse avergonzado por haberle causado un dolor físico tan grande a su amigo.

St. James apiló un montón de papeles y de carpetas de manila, y apartó unas cuantas revistas científicas para poder dejarle un poco de espacio libre sobre la mesa. Como quien no quiere la cosa le preguntó:

–¿Cómo se encuentra Helen? Esta tarde me ha parecido que tenía aspecto de estar enferma. Ahora que lo pienso, me lo ha parecido todo el día.

–Esta mañana se encontraba bien –respondió Lynley, convenciéndose a sí mismo de que aunque no era la pura verdad, al menos se le acercaba. Se encontraba bien. Los mareos matinales no podían considerarse una enfermedad–. Supongo que está un poco cansada. Estuvimos conectados a Internet hasta muy tarde... –Pero de repente se percató de que eso no era lo que su mujer le había contado a Deborah. Maldijo a Helen por ser tan creativa cuando tenía que inventarse historias–. No, lo siento. Eso fue hace dos noches. ¡Santo Cielo! No soy capaz de acordarme de nada. De todos modos, se encuentra bien. Me imagino que se siente cansada por no haber dormido lo suficiente.

–Sí, bien, de acuerdo –respondió St. James, pero el hecho de que se le quedara mirando durante tanto tiempo lo hizo sentir incómodo. En el corto silencio que siguió, la lluvia empezó a caer. Golpeaba la ventana cual tambor en miniatura, e iba acompañada de una repentina ráfaga de viento que hacía crujir el marco como si fuera una tácita acusación.

–¿Qué me has traído? –le preguntó mientras señalaba el ordenador.

–Un poco de trabajo de detectives.

–¡Pero si eso es tu especialidad!

–Dijéramos que esto requiere un enfoque más delicado.

St. James hacía más de veinte años que conocía a Lynley y, por lo tanto, era capaz de leer entre líneas.

–¿Estamos pisando un terreno peligroso, Tommy?

–Lo único que necesito averiguar es un simple pronombre –le respondió Lynley con honradez–. Tú estás limpio; si me ayudas, claro está.

–Eso es muy tranquilizador –contestó St. James con su característico buen humor–. Entonces, ¿por qué me imagino a mí mismo en el futuro en un lugar desagradable, sentado en el banquillo de los acusados o de pie en la tribuna de los testigos, pero en cualquiera de los casos sudando como un gordo en Miami?

–Es tu instinto natural de lealtad hacia los hombres; a propósito, una cualidad que admiro mucho en ti, por si no te lo había dicho antes. Aunque también es, sin embargo, una de las primeras cosas que desaparece después de llevar muchos años tratando con criminales.

–Entonces, ¿es algo relacionado con un caso? –le preguntó St. James.

–Yo no te he dicho nada.

St. James, meditabundo, se pasó los dedos por encima del labio superior mientras observaba el ordenador. Seguro que sabía lo que Lynley debería estar haciendo con esa máquina. Pero por qué no lo estaba haciendo... era algo que más le valdría no preguntar. Inspiró profundamente y exhaló el aire, haciendo una pequeña inclinación de cabeza que indicaba que iba en contra de sus principios.

–¿Qué necesitas?

–Que averigües qué uso ha hecho ella de Internet, especialmente su correo electrónico.

–¿Ella?

–Sí, ella. Es posible que recibiera mensajes de un internauta abominable que se hace llamar Hombre Lengua...

–¡Santo Cielo!

–... pero no encontramos ningún mensaje de él cuando nos conectamos en su oficina.

A continuación, Lynley le dio a St. James la contraseña de Eugenie Davies, y éste la apuntó en un trozo de papel amarillento que arrancó de una libreta que había sobre la mesa.

–¿Debo buscar algo en particular aparte del Hombre Lengua ese?

–Cualquier cosa puede ser importante, Simon: los mensajes que haya enviado y recibido, las páginas que haya consultado por Internet... Cualquier cosa que hubiera hecho una vez que estuviera conectada... durante los dos últimos meses. Es posible, ¿verdad?

–En la mayoría de los casos, sí. Pero no hace falta que te diga que cualquier experto de la policía podría hacerlo con mucha más rapidez; además, si consiguieras una orden de una autoridad legal, podrías presionar al servidor de Internet.

–Sí, ya lo sé.

–Todo esto me hace pensar que sospechas que encontraré algo –colocó las manos sobre la máquina– que puede poner a alguien en una posición difícil, alguien a quien no te gustaría causarle ningún problema. ¿Tengo razón?

–Sí, la tienes –respondió Lynley con convicción.

–Espero que no tenga nada que ver contigo.

–¡Por el amor de Dios, no!

St. James asintió con la cabeza y contestó:

–Entonces, estoy satisfecho. –Por un momento, pareció sentirse incómodo, y para ocultar ese sentimiento, bajó la cabeza y empezó a rascarse la nuca–. Así pues, todo va bien entre Helen y tú –dijo para terminar.

Lynley vio la línea de razonamiento que había seguido. Una *ella* misteriosa, un ordenador en manos de Lynley, alguien desconocido que podría tener problemas si su dirección de correo electrónico apareciera en el ordenador de Eugenie Davies... Todo ello le hacía pensar en algo ilícito, y la vieja amistad que St. James tenía con la esposa de Lynley –después de todo, conocía a Helen desde que ésta tenía dieciocho años– haría que la protegiera mucho más de lo que podría esperarse de un simple jefe.

Lynley se apresuró a decir:

–Simon, no tiene nada que ver con Helen. Ni tampoco conmigo. Tienes mi palabra. ¿Me harás ese favor?

–Estarás en deuda conmigo, Tommy.

–¡Y tanto! Pero en este momento estoy tan en deuda contigo que más me valdría regalarte mis posesiones en Cornualles y poner fin a todo esto.

–Es una oferta muy tentadora. –St. James esbozó una sonrisa–. Siempre he deseado tener una casa en el campo.

–Entonces, ¿lo harás?

–Supongo que sí. Pero no hace falta que me des tus tierras. Bien sabe Dios que no queremos que tus antepasados se revuelvan en la tumba.

El agente Winston Nkata supo que esa mujer era Katja Wolff antes de que ésta abriera la boca, pero por mucho que le hubieran insistido, habría sido incapaz de explicar cómo lo había sabido. Cierto, tenía llave del piso, y eso ya era bastante para identificarla, ya que ese piso del edificio Doddington Grove figuraba como su dirección, tal y como le había informado un rato antes, a petición del inspector Lynley, la agente encargada de la libertad condicional de Katja. No obstante, aparte del hecho de que tuviera llave del piso, había algo más que le indicaba a quién estaba mirando. Era su modo de moverse –como si temiera algún encuentro fortuito– y también la expresión de su rostro, totalmente inexistente, el tipo de expresión característico de los presidiarios que no quieren llamar la atención.

Se detuvo nada más cruzar la puerta, y su mirada fue de Yasmin Edwards a Nkata, y de nuevo a Yasmin, donde permaneció.

–¿Te interrumpo, Yas? –le preguntó con una voz ronca que tenía mucho menos acento alemán de lo que en un principio se había imaginado. Pero ya llevaba más de veinte años en ese país; además, no había estado rodeada de compatriotas alemanes precisamente.

–Es un poli –le explicó Yasmin–. Un agente que se llama Nkata.

El cuerpo de Katja Wolff se puso en estado de alerta: un estado de conciencia sutil y tenso que alguien que no hubiera nacido en el país de la lucha entre pandillas, como el mismísimo Winston Nkata, podría haber pasado por alto.

Katja se quitó el abrigo –color rojo cereza– y el ajustado sombrero gris que llevaba una cinta a juego con el vivo color del abrigo. Debajo llevaba un jersey azul cielo, que parecía cachemir pero que estaba muy gastado en los codos, y unos pantalones color gris claro de un material brillante con hilos plateados entrelazados que brillaban bajo la luz.

–¿Dónde está Dan? –le preguntó a Yasmin.

Yasmin, señalando el cuarto de baño con la cabeza, le contestó:

–Está lavando pelucas.

–¿Y éste qué quiere? –Inclinó la barbilla hacia Nkata.

Decidió tomar las riendas mientras tuviera la oportunidad, y le preguntó:

–¿Es usted Katja Wolff?

No respondió. Simplemente se dirigió al cuarto de baño y saludó al hijo de Yasmin Edwards, que según parecía estaba cubierto de espuma hasta los mismísimos codos. El chico la miró, y después echó un vistazo a la sala de estar, donde su mirada se entrecruzó con la de Nkata por un instante. Sin embargo, no dijo nada. Katja cerró la puerta del cuarto de baño y se dirigió a grandes pasos hacia el viejo sofá de tres plazas que constituía el único mobiliario de la sala. Se sentó, cogió un paquete de Dunhills de encima de la mesa, sacó un cigarrillo y lo encendió. Cogió el mando a distancia de la tele y cuando estaba a punto de ponerla en marcha, Yasmin pronunció su nombre: no a modo de súplica, sino de advertencia, según le pareció a Nkata.

Al oírlo, Winston se dio cuenta de que quería observar de cerca a Yasmin Edwards, ya que deseaba comprenderla: a ella misma, a su situación en Kennington, a su hijo, a la relación que mantenían las dos mujeres. Sentía interés por ella, pero no sólo porque fuera atractiva. Sin embargo, aún estaba intentando entender su ira, así como los temores que estaba haciendo todo lo posible por ocultar. Tenía ganas de decirle: «No te pasará nada, mujer», pero se dio cuenta de que habría sido una estupidez.

–En la lavandería de Kennington High Street me han dicho que hoy no se ha presentado al trabajo –le dijo a Katja Wolff.

–Esta mañana estaba enferma. De hecho, lo he estado todo el día –le contestó–. Acabo de llegar de la farmacia. Supongo que no hay ninguna ley que lo prohíba. –Dio una calada del cigarrillo y se lo quedó mirando.

Nkata se percató de que Yasmin los miraba a ambos. Tenía las manos entrelazadas ante ella, justo delante de su sexo, como si quisiera ocultarlo.

–¿Ha ido hasta la farmacia en coche? –le preguntó a Katja Wolff.

–Sí. ¿Qué pasa?

–Así pues, tiene coche, ¿no es verdad?

–¿Por qué me lo pregunta? –le dijo Katja–. ¿Ha venido hasta aquí para pedirme que le lleve a alguna parte? –Su inglés era perfecto, realmente extraordinario, tan impresionante como la mujer en sí.

–¿Tiene coche, señorita Wolff? –le repitió con paciencia.

–No. No suelen dar coches cuando sueltan a la gente en libertad condicional. Aunque creo que es una lástima. Especialmente para aquellos que cumplen condena por haber perpetrado un robo a mano armada. Deben de ver su futuro muy negro sabiendo que tendrán que escaparse a pie de sus futuros escenarios del crimen. En cambio, para alguien como yo... –Apagó el cigarrillo en un cenicero de cerámica que tenía forma, según correspondía a la estación, de calabaza–. No me hace falta ningún coche para ir a trabajar a la lavandería. Lo único que necesito es un alto grado de tolerancia para soportar no sólo un aburrimiento sin fin, sino también un calor insufrible.

–Entonces, no tiene coche.

Yasmin atravesó la habitación en el instante en que Nkata acababa de pronunciar la frase. Se sentó en el sofá junto a Katja, y empezó a ordenar unas revistas y unos periódicos sensacionalistas que había sobre la mesa con patas de hierro que tenía delante. Cuando hubo acabado, colocó una mano sobre la rodilla de Katja. Observó a Nkata más allá de la línea imaginaria que había acabado de trazar, tal y como si la hubiera dibujado con tiza sobre la moqueta.

–¿Qué quiere de nosotras? –le preguntó–. Vomítelo o márchese.

–¿Tiene coche? –le preguntó.

–¿Qué pasa si lo tengo?

–Pues que me gustaría verlo.

–¿Por qué? ¿Con quién ha venido a hablar, agente?

–Supongo que llegaremos a eso de aquí a un momento –le contestó Nkata–. ¿Dónde está el coche?

Las dos mujeres permanecieron inmóviles durante un momento, y el constante sonido de agua procedente de la bañera les indicó que Daniel estaba sometiendo las pelucas de su madre a un aclarado manual. Katja fue la que rompió el silencio, y lo hizo con la confianza de una mujer que se ha pasado dos décadas aprendiendo sobre sus derechos con respecto a la policía.

–¿Tiene orden de registro?

–No creo que necesite ninguna, porque sólo he venido a hablar.

–¿A hablar del coche de Yasmin?

–Sí. Del coche de la señora Edwards. ¿Dónde está?

Nkata intentó no parecer demasiado orgulloso. No obstante, la mujer alemana se sonrojó al darse cuenta tal vez que había metido la pata a causa de la antipatía y la desconfianza que sentía hacia Nkata.

–¿Nos puede decir de qué va todo esto? –preguntó Yasmin con brusquedad, con un tono de voz más agudo y asiendo la rodilla de Katja con ansiedad–. Necesitará una orden de registro si quiere inspeccionar mi coche, ¿me ha entendido?

–No creo que haga falta inspeccionarlo, ¿verdad, señora Edwards? –le contestó–. Pero, de todas maneras, le echaré un vistazo.

Las mujeres intercambiaron una mirada, y después Katja se puso en pie y se dirigió hacia la cocina. Empezó a oírse el ruido de armarios abriéndose y cerrándose, el sonido metálico de una tetera sobre la cocina y el siseo del quemador. Yasmin esperó durante un momento, como si estuviera pendiente de recibir alguna señal de la cocina que no tuviera que ver nada con el té. Al ver que no recibía ninguna, se puso en pie y cogió una llave de un gancho que colgaba a la derecha de la puerta principal del piso.

–¡Vamos! –le indicó a Nkata, y le condujo hasta afuera, sin siquiera coger el abrigo a pesar del mal tiempo que hacía. Katja Wolff se quedó en el piso.

Yasmin avanzaba a grandes pasos hacia el ascensor, como si no le importara en lo más mínimo que el detective la siguiera o no. Al moverse, las trenzas –eran tan largas que le llegaban hasta la clavícula– creaban una música que era no sólo hipnótica, sino también relajante, y Nkata se dio cuenta de que no podía responder del efecto que esa música causaba en él. Primero notó la reacción en la garganta, después detrás de los ojos, y por último en el pecho. Intentó librarse de esa sensación, y luego observó el aparcamiento y lo que parecían plazas de aparcamiento al otro lado de la calle; después dirigió la mirada hacia Manor Place, donde divisó la primera hilera de casas abandonadas, que expresaban muy bien lo que la indiferencia del gobierno y el decaimiento urbano habían causado al barrio a lo largo de esos años.

–¿Se crió en este barrio? –le preguntó cuando aún estaban dentro del ascensor.

Yasmin se le quedó mirando en silencio; al cabo de un rato, él apartó la mirada en dirección a las palabras CÓMEME HASTA QUE GRITE que estaban pintadas con esmalte para uñas en la pared del ascensor a la altura del hombro derecho de Yasmin. El graffiti le recordó a su madre de inmediato: una mujer vigilante que no podía soportar que nadie ensuciara el paisaje con pintadas ni que soltara palabrotas delante de ella. Alice Winston habría actuado con tanta rapidez con el quitaesmalte que la frase ni siquiera habría tenido tiempo de secarse antes de que la acabara de borrar. Mientras pensaba en eso y en su decorosa madre, y en cómo había conseguido mantener su dignidad en una sociedad que primero veía a una mujer negra y después a la mujer en sí, y eso si tenía un día de suerte, Nkata sonrió con ternura.

–Le gusta tener a las mujeres controladas, ¿verdad? –espetó Yasmin–. Ésa es la razón por la que se unió a la bofia, ¿no?

Deseaba decirle que no debería hablar con desprecio de la gente, no porque esa expresión de burla le deformara la cara y le aumentara el tamaño de la cicatriz hasta hacerla florecer, sino porque cuando lo hacía, parecía asustada. Y el miedo era el peor enemigo de las mujeres.

–Lo siento –se disculpó–. Estaba pensando en mi madre.

–¡En su madre! –Dejó los ojos en blanco–. Lo próximo que me dirá es que le recuerdo a ella.

Nkata se rió abiertamente al pensar en la comparación.

–No se parecen en nada –respondió, y siguió riéndose.

Yasmin entrecerró los ojos. La puerta del ascensor se abrió con un chirrido y ella salió con paso airado.

Al otro lado de una zona de césped reseco, el aparcamiento contenía una pequeña colección de coches que revelaba la situación económica general de la gente que vivía en el edificio Doddington Grove. Yasmin Edwards condujo a Nkata hasta un Ford Fiesta cuyo parachoques trasero colgaba del vehículo cual borracho en una farola. El coche había sido rojo en algún momento, pero ya hacía tiempo que el color se había oxidado y, por lo tanto, era del color del orín. Nkata lo rodeó con cuidado. El faro delantero de la derecha tenía una rotura desigual, pero aparte de eso y del parachoques trasero, el coche no había sufrido ningún otro daño.

Se puso en cuclillas delante del Fiesta y, usando una linterna de bolsillo para iluminar un poco la parte inferior, la examinó. Hizo lo mismo en la parte trasera del vehículo, sin ninguna prisa. Yasmin Edwards permanecía de pie y en silencio, con los brazos alrededor del cuerpo para protegerse del frío, ya que su camiseta de verano era una protección muy pobre para resguardarse del viento que arreciaba y de la lluvia que había comenzado a caer.

Cuando Nkata hubo acabado, se puso en pie.

–¿Cuándo se le rompió el faro? –le preguntó.

–¿Qué faro? –Yasmin se dirigió a la parte delantera del coche y lo examinó por sí misma–. No lo sé. –Y por primera vez desde que supiera qué y quién era Nkata, no pareció combativa a medida que pasaba los dedos sobre la desigual rotura del cristal–. Los faros funcionan bien. Supongo que es por eso que no me di cuenta.

Había empezado a temblar, pero era más probable que fuera de frío que de preocupación. Nkata se quitó el abrigo, se lo entregó y le dijo:

–¡Tenga!

Yasmin lo cogió.

Nkata esperó a que hubiera pasado los brazos por las mangas, a que se lo ajustara a la perfección, a ver qué aspecto tenía con el cuello levantado que se curvaba junto a su oscura piel. Después le preguntó:

–Este coche lo usan las dos, ¿verdad, señora Edwards? Usted y Katja Wolff.

Se quitó el abrigo de inmediato y se lo tiró a la cara antes de que pudiera acabar la pregunta. Si había habido algún momento entre ellos que no fuera hostil, él consiguió hacerlo pedazos. Yasmin alzó los ojos hacia el piso en el que Katja Wolff estaba preparando el té.

Luego se volvió para mirar a Nkata, y con los brazos de nuevo alrededor del cuerpo, le preguntó sin alterarse:

–¿Desea algo más de nosotras?

–No –le respondió–. ¿Dónde estaba ayer por la noche, señora Edwards?

–Aquí –le contestó–. ¿Dónde iba a estar? Supongo que se ha dado cuenta que tengo un niño que necesita a su madre.

–¿La señorita Wolff también estaba en casa?

–Sí –respondió–. Katja se quedó en casa. –Sin embargo, lo dijo de tal modo que a él le pareció que podría no ser verdad.

Cuando una persona miente, siempre hay algo que se altera. A Nkata se lo habían repetido un centenar de veces. Le habían enseñado a fijarse en el tono de voz. A estar alerta por si se producían cambios en las pupilas de los ojos. A prestar atención al movimiento de la cabeza, a fijarse en si los hombros estaban relajados o tensos, o si los músculos del cuello estaban rígidos. Busca algo –cualquier cosa– que no hubiera estado allí antes, y eso te indicará con exactitud si la persona está diciendo la verdad.

–Tengo que preguntárselo a ella –afirmó mientras inclinaba la cabeza en dirección al piso.

–Ya le he contestado yo.

–Sí, ya lo sé.

Nkata se encaminó de nuevo hacia el ascensor y recorrieron el mismo camino que habían recorrido con anterioridad. Pero el silencio que reinaba entre ellos le pareció tenso, mucho más tenso de lo que era normal entre hombre y mujer, policía y sospechoso o ex convicta y amante en potencia.

–Estaba aquí –repitió Yasmin Edwards–. No obstante, no me cree porque no puede, ya que si investigó dónde vivía Katja, seguro que averiguó todo lo demás y que sabe que estuve en la cárcel y, cuando hay problemas, a las convictas y a las mentirosas se las juzga del mismo modo. ¿No es verdad?

Nkata ya había llegado a la puerta del piso. Pero ella se le adelantó y le impidió el paso.

–Pregúntele qué hizo ayer por la noche. Pregúntele dónde estaba. Ella le responderá que estaba aquí. Y para cerciorarme de no interrumpirle, me quedaré aquí afuera hasta que acabe con su interrogatorio.

–Haga lo que quiera –le respondió Nkata–. Sin embargo, si tiene intención de quedarse aquí, como mínimo, póngase esto.

En esa ocasión, él mismo le colocó el abrigo sobre los hombros y le subió el cuello para protegerla del viento. Ella se hizo a un lado. Nkata deseaba decirle: «¿Qué le impele a comportarse de ese modo?», pero se limitó a agachar la cabeza y a entrar de nuevo en el piso para encararse con Katja Wolff.

10

–Encontramos unas cartas, Helen. –Lynley estaba de pie ante el espejo de cuerpo entero del dormitorio, intentando elegir una de entre las tres corbatas que le colgaban lánguidamente de los dedos–. Barbara las encontró en una cómoda, eran cartas de amor y estaban todas juntas, sobres incluidos. Lo único que les faltaba era el típico lazo azul.

–Quizás exista una explicación inocente.

–¿En qué demonios estaría pensando? –Lynley prosiguió como si su mujer no hubiera hablado–. La madre de una niña asesinada. La víctima de un crimen. Es imposible encontrar a nadie más vulnerable que ella y, cuando eso sucede, lo mejor que se puede hacer es guardar la distancia. Uno no se dedica a seducirla.

–No sabes si eso es lo que en realidad sucedió, Tommy. –La mujer de Lynley lo observaba desde la cama.

–¿Qué más podría haber sucedido? «Espérame, Eugenie. Vendré a por ti.» No me parece la típica carta de agradecimiento que mandaría la señora Beeton[1].

–No creo que la señora Beeton se dedicara a aconsejar a las amas de casa sobre cómo tenían que escribir las cartas, cariño.

–Ya sabes lo que quiero decir.

Helen se puso de costado, cogió la almohada y la meció sobre su estómago.

–¡Dios mío! –exclamó, con un cavernoso tono de voz que él no podía ignorar.

–¿Te encuentras mal? –le preguntó.

–Fatal. Nunca me había sentido así en toda mi vida. ¿Cuándo llegará la época dorada de la realización femenina? ¿Por qué en las novelas siempre se dice que las mujeres embarazadas están *esplendo-*

1. Isabella Beeton nació en Londres el 14 de marzo de 1836. Se hizo famosa por la publicación de *El libro de las tareas del hogar* (1861). Hoy en día, el nombre de señora Beeton es sinónimo de etiqueta pasada de moda y de una manera de cocinar anticuada. *(N. de la T.)*

rosas cuando en realidad tienen la cara hecha un cuadro y el estómago en lucha con el resto del cuerpo?

–¡Humm! –Lynley consideró la pregunta–. De hecho, no lo sé. ¿Es una conspiración para asegurar la propagación de la especie? Ojalá pudiera soportar ese dolor por ti, querida.

Helen sonrió débilmente y exclamó:

–¡Siempre has sido un mentiroso patético!

Había algo de verdad en ello y, por lo tanto, se dedicó a examinar las corbatas.

–Creo que me voy a poner la corbata azul oscuro que tiene dibujos de patos. ¿Qué opinas?

–Muy apropiada para fomentar a los sospechosos la falsa creencia de que los tratarás con amabilidad.

–Es justo lo que pensaba. –Se encaminó de nuevo hacia el espejo, dejando por el camino las otras dos corbatas en uno de los pilares de la cama.

–¿Le contaste al comisario Leach lo de las cartas? –le preguntó.

–No.

–¿Qué hiciste con ellas? –Sus miradas se cruzaron en el espejo, y le leyó la respuesta en el rostro–. Tommy, no me digas que te las has quedado...

–Ya lo sé. Pero piensa en las alternativas: entregarlas como pruebas o dejarlas donde estaban para que alguien pueda encontrarlas y devolvérselas a Webberly en el peor de los momentos. Por ejemplo, alguien podría enviarlas a su casa. Frances allí de pie, esperando a que alguien le diera un golpe mortal. O al Departamento de Policía, donde su carrera profesional no avanzaría mucho si se hiciera público que había estado involucrado con la víctima de un asesinato. ¿O qué te parecería que alguien las mandara a uno o dos periódicos sensacionalistas? Después de todo, sienten un amor muy profundo por el Departamento.

–¿Es ésa la única razón por la que las cogiste? ¿Para proteger a Frances y a Malcolm?

–¿Qué otra razón podría tener?

–¿Tal vez el asesinato en sí? Podrían ser una prueba.

–¿Me estás sugiriendo que Webberly tuvo algo que ver? Estuvo con nosotros toda la noche. Al igual que Frances, que podría tener muchos más motivos que Webberly para librarse de Eugenie Davies, si ése fuera el caso. Además, la última carta fue escrita hace más de diez años. Eugenie Davies fue un misterio para Webberly durante muchos años. Fue una locura que se relacionara con ella, pero, como mínimo, se terminó antes de que destrozaran la vida de otras personas.

Helen, como era habitual, le adivinó el pensamiento:

–Pero tú no acabas de estar seguro del todo, ¿verdad, Tommy?

–Lo estoy bastante. Por lo tanto, no creo que las cartas tengan ninguna importancia en el momento actual.

–A no ser que se hubieran visto hace poco.

Ésa fue, en parte, la razón que le llevó a coger el ordenador de Eugenie Davies. Lynley se había basado en el instinto para hacerlo, y ese instinto le decía que su superior era un hombre honrado que tenía una vida difícil, un hombre que nunca había hecho daño a otro ser humano, pero que había caído en la tentación en un momento de debilidad del que todavía debía de estar arrepintiéndose.

–Es un buen hombre –declaró ante el espejo, más a sí mismo que a su mujer.

–Como tú –respondió ella de todos modos–. Y eso podría explicar por qué le pidió al comisario Leach que te dejara llevar el caso. Crees en su inocencia y, en consecuencia, le protegerás sin que él tenga que pedírtelo.

«Tal vez ésa fuera la realidad –pensó malhumoradamente–. Quizá Barbara estaba en lo cierto. Deberían haber entregado las cartas como pruebas y haber dejado a Malcolm Webberly en manos de su propio destino.»

Al otro lado de la habitación, Helen apartó el edredón de repente y salió disparada hacia el cuarto de baño. Empezó a vomitar tras la puerta entreabierta. Lynley se contempló en el espejo y se esforzó por no oír el sonido.

Le parecía extraño que uno pudiera convencerse a sí mismo de cualquier cosa si estaba lo bastante desesperado. Si uno lo miraba de otro modo, las náuseas matinales de Helen podrían ser el resultado de un trozo de pollo en mal estado que se hubiera comido en la ensalada del día anterior. También podría tener la gripe, ya que en esa época era algo muy habitual. O tal vez sólo fueran nervios. Ese mismo día tenía que enfrentarse con un reto, y ésa era la forma que su cuerpo tenía de reaccionar ante la ansiedad. O llevándolo a un extremo de racionalización, bien podría decirse que simplemente estaba asustada. Después de todo, no llevaban tanto tiempo juntos, y ella no estaba tan cómoda con él como él lo estaba con ella. Al fin y al cabo, había muchas diferencias entre ellos: de experiencias, de educación y de edad. Y todo eso tenía cierta importancia, por mucho que intentaran convencerse de lo contrario.

Los vómitos continuaron. Se obligó a aceptarlo de un modo razonable. Se dio la vuelta y se acercó al cuarto de baño a grandes pasos. Encendió la luz, ya que Helen se había olvidado de hacerlo a causa de las prisas. La encontró agachada junto al retrete, la espalda moviéndosele de un lado a otro mientras intentaba coger aire.

–¡Helen! –exclamó, pero se dio cuenta de que era incapaz de pasar de la puerta.

«Egoísta de mierda –se dijo a sí mismo para obligarse a actuar–. Ahí está la mujer que amas. Ve hacia ella. Acaríciale el pelo. Refréscale la cara con una toalla húmeda. Haz algo.»

Pero no podía. Se había quedado de piedra, como si hubiera visto a la diosa Medusa sin darse cuenta, con la mirada fija en su bella mujer que no cesaba de vomitar en el retrete, un ritual que se había convertido en algo diario y que conmemoraba el hecho de que estuvieran juntos.

–¿Helen? –repitió, con la esperanza de que le dijera que se encontraba bien y que no necesitaba nada. Esperó con optimismo a que le dijera que ya se podía ir.

Helen se dio la vuelta. Lynley vio el brillo de su rostro y sabía que ella estaba esperando a que él hiciera algún gesto que demostrara el amor y la preocupación que sentía por ella.

Lo intentó con una pregunta:

–¿Quieres que te traiga algo, Helen?

Ella se lo quedó mirando a los ojos. Vio el cambio sutil que se produjo en ella a medida que se daba cuenta de que él no participaría en esa metamorfosis hacia el dolor.

Helen movió la cabeza de un lado a otro y se dio la vuelta. Asió el borde del retrete con los dedos.

–Me encuentro bien –murmuró.

Lynley aceptó la mentira gustosamente.

En Stamford Brook, el tamborileo de una taza contra un platillo despertó a Malcolm Webberly. Abrió los ojos de golpe y vio a su mujer dejando la taza de té de la mañana sobre la superficie de la vieja mesita de noche.

En la habitación hacía un calor asfixiante, resultado de un sistema de calefacción central mal diseñado y de la negativa de Frances a dejar ninguna ventana abierta durante la noche. No podía soportar la sensación del aire nocturno en la cara. Tampoco podría dormir pensando que cualquiera podría entrar en su casa si había una separación de más de dos centímetros entre la ventana y su respectiva repisa.

Webberly levantó la cabeza de la almohada, pero después la dejó caer de nuevo con un gruñido. Había sido una noche muy dura. Le dolían todas las partes del cuerpo, pero eso no era nada en comparación con el dolor que sentía en su corazón.

–Te he traído un poco de té Earl Grey –le informó Frances–. Le he puesto leche y azúcar. Está muy caliente. –Fue hacia la ventana y abrió las cortinas. La tenue luz de finales de otoño se filtró a través de la ventana del dormitorio–. Mucho me temo que hace un día gris y desagradable. Parece que va a llover. Un poco más tarde habrá vientos procedentes del oeste. Bien, estamos en noviembre. ¿Qué más se puede esperar?

Webberly intentó salir de debajo de los edredones apoyándose en los codos, y se dio cuenta de que a lo largo de la noche había empapado otro pijama de sudor. Cogió la taza y el platillo y se quedó mirando el caliente líquido, y el color del té le indicó que Frances no lo había dejado reposar y que, en consecuencia, tendría gusto a agua con un poco de leche. Hacía años que por la mañana no bebía té con asiduidad. El café era su bebida favorita. Pero Frances bebía té, y enchufar la tetera y verter el agua hirviendo sobre las bolsas de té era mucho más fácil que tomarse la molestia de coger el bote del café, medir la cantidad y ponerla en la cafetera para hacer una buena taza de su bebida favorita.

Se dijo a sí mismo que, al fin y al cabo, no importaba. Lo importante era meterse cafeína en el cuerpo. Así que más le valdría beberse el té y enfrentarse con la mañana.

–He hecho la lista de la compra –le informó Frances–. Está junto a la puerta.

Soltó un bufido para indicarle que lo había oído.

Ese sonido le pareció una forma de protesta, y enseguida continuó con un tono ansioso:

–En verdad, no tienes que comprar mucho. Sólo pañuelos de papel, rollos de cocina y cosas de ese tipo. Todavía tenemos la comida que sobró de la fiesta. No creo que tardes mucho.

–De acuerdo, Fran –le respondió–. No es ningún problema. Lo compraré de camino a casa después del trabajo.

–Si te sale alguna urgencia, no hace falta...
–Lo compraré de camino a casa.
–Bien, pero sólo si no te supone demasiados problemas, cariño.
«¿Demasiados problemas? –pensó Webberly. Se odió a sí mismo por la deslealtad que estaba mostrando al permitirse experimentar una oleada momentánea de resentimiento hacia su esposa–. ¿No te parece demasiado cuidarse de todo lo que implique una excursión al mundo exterior, Fran? ¿No te parece demasiado tener que ir a hacer la compra, pasar por la farmacia, recoger la ropa de la tintorería, llevar el coche al mecánico, cuidar del jardín, sacar el perro a pasear...» Webberly se obligó a parar. Se recordó una vez más que su mujer no había elegido esa enfermedad, que no era su intención hacer que su vida fuera desdichada, y que ella, al igual que él, estaba haciendo todo lo que podía por superar la situación, porque, después de todo, en eso consistía la vida: en aceptar todo lo que venía.
–No es ningún problema, Fran –le dijo mientras se tomaba la bebida insípida que le había traído–. Gracias por el té.
–Espero que esté bueno. Esta mañana te quería traer algo especial, algo un poco diferente.
–Es muy amable de tu parte –le respondió.
Sabía por qué lo había hecho. Le había traído el té por la misma razón que correría escaleras abajo para prepararle un suntuoso desayuno tan pronto como él saliera de la cama. Era la única forma que tenía de pedirle perdón por no haber conseguido hacer lo que le había prometido que haría tan sólo veinticuatro horas antes. Sus planes de trabajar en el jardín habían quedado en nada. Incluso protegida tras los muros que marcaban los límites de su propiedad, no se había sentido segura y, en consecuencia, no había salido de casa. Quizá lo hubiera intentado: poniendo una mano sobre el pomo de la puerta –«Esto sí que puedo hacerlo»–, abriendo la puerta de par en par –«Sí, esto también puedo hacerlo»–, sintiendo el aire fresco en las mejillas –«No hay nada que temer»–, e incluso ensortijando los dedos alrededor de la jamba de la puerta antes de que el pánico se apoderara de ella. Pero sólo había llegado hasta ahí y él lo sabía porque –que Dios le perdone por su propia locura– había examinado las botas de agua, las púas del rastrillo, los guantes de jardinero e incluso las bolsas de basura para intentar encontrar alguna prueba de que había salido, de que había hecho algo, de que había recogido una simple hoja, de que había intentado vencer sus miedos irracionales.

Salió de la cama y se bebió lo que quedaba del té. Podía oler el sudor del pijama, y lo sentía frío y húmedo contra la piel. Se sentía débil, extrañamente mareado, como si hubiera pasado un largo período con fiebre y tan sólo empezara a recuperarse.

–Te voy a preparar un desayuno como Dios manda, Malcolm Webberly –le dijo Frances–. Hoy no vas a comer ni cereales ni tonterías de esas.

–Necesito una ducha –le respondió.

–¡Estupendo! Así tendré más tiempo para prepararlo. –Frances se dirigió hacia la puerta.

–¡Fran! –exclamó para conseguir que se diera la vuelta–. ¡No hace falta que te molestes!

–¿Que no hace falta?

Inclinó la cabeza hacia un lado. Se había peinado, llevaba el pelo teñido de pelirrojo con un tinte que le hacía ir a buscar a Boots una vez al mes para que hiciera juego con el de su hija, aunque nunca lo lograba, y llevaba su bata rosa abrochada de arriba abajo, con un lazo perfecto.

–Está bien –le insistió–. No hace falta que... –¿El qué? Pronunciar las palabras le llevaría a un terreno al que tampoco deseaba ir–. No hace falta que me mimes tanto. Los cereales ya me van bien.

Frances esbozó una sonrisa y respondió:

–Claro que te van bien, cariño. Pero, de vez en cuando, también va muy bien tomarse un buen desayuno. Tienes tiempo, ¿no es verdad?

–Tengo que sacar a pasear al perro.

«Ya lo haré yo, Malcolm.» Pero ése era un ofrecimiento que era incapaz de hacer. Y mucho menos después de haber proclamado el día anterior que iba a salir al jardín. Dos derrotas seguidas supondrían un dolor demasiado grande. Webberly lo comprendía. ¡Qué demonios, lo había comprendido siempre! Así pues, no se sorprendió cuando ella le dijo:

–Esperemos a ver el tiempo que tienes. Espero que tengas bastante. Y si no, siempre puedes dar un paseo más corto. Una vuelta a la esquina y ya está. *Alfie* sobrevivirá.

Atravesó la habitación, lo besó en la cabeza con cariño y se marchó. En menos de un minuto, ya estaba moviéndose ruidosamente por la cocina. Frances empezó a cantar.

Se apoyó en la cama para levantarse, y avanzó con dificultad por el pasillo rumbo al cuarto de baño. Olía a humedad a causa de la sucia masilla que rodeaba la bañera y a una cortina de ducha que necesitaba ser reemplazada. Webberly abrió la ventana de par en par y se quedó delante, respirando el rociado aire de la mañana. Era el aire pesado y tuberculoso de un invierno que prometía ser largo, frío, húmedo y gris. Pensó en España, en Italia, en Grecia, en los innumerables países bañados por el sol que él nunca llegaría a ver.

Hizo todo lo que pudo por borrar esas imágenes de su mente, se alejó de la ventana y se quitó el pijama. Dejó el grifo del agua caliente abierto hasta que el vapor empezó a elevarse de la bañera cual esperanza optimista, y cuando ya había añadido suficiente agua fría para que la temperatura fuera soportable, se metió en la bañera y empezó a enjabonarse el cuerpo vigorosamente.

Pensó en la razonable propuesta que le había hecho su hija al decirle que Frances debería volver al psiquiatra. Se preguntó qué daño podía hacer con el mero hecho de sugerírselo a su esposa. Hacía más de dos años que ni siquiera habían hablado del problema. Después de celebrar sus bodas de plata –y con la jubilación a la vuelta de la esquina– ¿no sería imperdonable que no le dijera que bien pronto tendrían la oportunidad de vivir una vida diferente, y que para disfrutar de esa nueva vida Frances debería considerar la mejor manera de solucionar el problema? Podría decirle: «¿Qué te parecería hacer algún viaje, Frannie? Imagínate que pudiéramos volver a España. Piensa en Italia. Piensa en Creta. Incluso podríamos vender la casa e irnos a vivir al campo, tal y como una vez dijimos que haríamos».

Frances esbozaría una sonrisa a medida que él hablara, pero sus ojos mostrarían un pánico incipiente. «¿Por qué, Malcolm?», le preguntaría, y sus dedos apretarían cualquier cosa con fuerza: el borde del delantal, el cinturón de la bata, el puño de la camisa. «¿Por qué, Malcolm?», le preguntaría.

Quizá lo intentara al ver que se lo decía en serio. Pero lo intentaría de la misma manera que lo había hecho dos años antes y, sin lugar a dudas, acabaría del mismo modo: con pánico, lágrimas, con unos extraños teniendo que llamar desde la calle a urgencias, teniendo que mandar a la ambulancia y a la policía al supermercado Tesco's, adonde había ido en taxi para demostrar que podía hacerlo... y después al hospital, un período de tratamiento con calmantes y de reforzamiento para paliar el miedo que había pasado. Se había obligado a salir de casa para complacerle. Por aquel entonces no había funcionado. Ahora tampoco funcionaría.

–Tiene que querer curarse –le había dicho el psiquiatra–. Sin deseo, no hay exigencia. Y la exigencia interna que requiere la recuperación no puede ser fabricada.

Así habían ido las cosas, año tras año. El mundo seguía girando a medida que su pequeño mundo se encogía. Su mundo estaba inextricablemente unido al de su mujer: a veces Webberly pensaba que se asfixiaría en su pequeñez.

Permaneció un buen rato en la bañera. Se lavó el pelo, cada vez más ralo. Cuando hubo acabado, salió de la bañera y se adentró en el helado frío del cuarto de baño, donde la ventana aún estaba abierta, dejando entrar los últimos minutos del aire de la mañana.

Una vez en el piso de abajo, comprobó que Frances había cumplido con su palabra. Sobre la mesa de la cocina había un desayuno completo y el aire olía a tocino. *Alfie* estaba sentado en la esquina de los fogones, contemplando esperanzado la sartén de la que Frances estaba sacando las lonchas. La mesa, sin embargo, sólo estaba puesta para una persona.

–¿No piensas desayunar? –le preguntó Webberly a su mujer.

–Vivo para servirte. –Le hizo un gesto con la sartén–. Una palabra tuya y empezaré a preparar los huevos. Cuando estés a punto. Y de la forma que los quieras. Todo lo que quieras y como quieras.

–¿Lo dices en serio, Fran? –Retiró la silla.

–Revueltos, fritos o escalfados –añadió–. Si te apetece, te los puedo preparar con picante.

–Si te apetece –repitió.

La verdad es que no le apetecía comer en lo más mínimo, pero se fue comiendo lo que había en el plato. Masticó y tragó sin ni siquiera notar el sabor. Sólo el regusto ácido del zumo de naranja hizo el viaje desde su lengua hasta su cerebro.

Frances no paraba de hablar. ¿Qué pensaba del peso de Randie? Odiaba hablar de eso con su hija, pero ¿no estaba de acuerdo con que estaba un poco demasiado gorda para una chica de su edad? ¿Y qué pensaba de su última idea de pasar un año en Turquía? En Turquía, ¡con todos los lugares que había en el mundo! No paraba de hacer planes y, por lo tanto, no valía la pena preocuparse por algo que seguramente no haría, pero una chica de su edad... sola... en Turquía. No era ni inteligente ni seguro ni de sentido común, Malcolm. El mes anterior les había dicho que quería pasar un año en Australia, lo cual ya le parecía bastante terrible... ¡Tan lejos de su familia! Pero esto... No. Tenían que convencerla para que no lo hiciera. ¿No le pareció que Helen Lynley estaba estupenda la otra noche? Es una de esas mujeres que se pueden poner cualquier cosa. Evidentemente, la ropa cara siempre favorece. Si compras ropa francesa, simplemente pareces... bien, una condesa, Malcolm. Y ella puede permitírselo, ¿no es verdad? No tiene por qué reparar en gastos. No como la pobre reina que nunca iba elegante y que seguro que siempre vestía ropa hecha por cualquier tapicero inglés. La ropa es lo que realmente da estilo a una mujer, ¿no crees?

Hablaba, hablaba y hablaba. Llenaba un silencio que podría haber sido usado para mantener una conversación demasiado dolorosa para ella. Además llevaba el disfraz de la calidez y de la intimidad, ofreciendo un retrato de la pareja que lleva mucho tiempo casada y que comparte sus vivencias.

Webberly echó la silla hacia atrás con brusquedad. Se limpió la boca con la servilleta de papel. «*Alfie* –ordenó–. ¡Venga, vámonos!» Cogió la correa que colgaba del gancho cercano a la puerta y el perro le siguió a través de la sala de estar hasta la puerta principal.

Alfie volvió a la vida tan pronto como sus patas pisaron la calle. Empezó a mover la cola y sus orejas se aguzaron. Enseguida se puso alerta por si veía a sus más implacables enemigos –los gatos– y a medida que él y su dueño bajaban la calle hasta Emilyn Road, el pastor alsaciano mantuvo los ojos bien abiertos por si veía algo potencialmente felino a lo que poderle ladrar. Cuando llegaron a Stamford Brook Road, se sentó obedientemente, tal y como siempre hacía. El tráfico de esa zona era muy denso en ciertos momentos del día, y ni siquiera un paso de cebra podía garantizar que los conductores vieran a los peatones.

Cruzaron la calle y se encaminaron hacia los jardines.

La lluvia de la noche anterior había hecho que el jardín estuviera totalmente empapado. La hierba estaba inclinada por el efecto de la lluvia, las ramas de los árboles goteaban, y los bancos del sendero que rodeaba el parque brillaban bajo las gotas de agua. A Webberly no le importaba en lo más mínimo. No quería sentarse bajo los árboles, ni tampoco tenía ningún interés en la extensión de césped por la que *Alfie* había empezado a retozar tan pronto como su amo le había soltado de la correa. Webberly se encaminó hacia el sendero. Andaba con decisión, y la grava crujía bajo sus pies; sin embargo, aunque su cuerpo se encontraba en el vecindario de Stamford Brook en el que vivía desde hacía más de veinte años, su mente estaba en Henley-on-Thames.

Hasta ese momento del día había conseguido no pensar en Eugenie. Le parecía una especie de milagro. Había ocupado su mente las veinticuatro horas del día anterior. Todavía no había tenido noticias de Eric Leach, y tampoco había visto a Tommy Lynley en comisaría. El hecho de que este último le hubiera pedido que Winston Nkata también se ocupara del caso le daba a entender que se estaban haciendo progresos, pero deseaba saber qué progresos eran ésos, porque saber algo –cualquier cosa– era mucho mejor que sólo tener unos recuerdos del pasado que más le valdría olvidar.

No obstante, al no haber visto a sus compañeros de profesión, ésos recuerdos le volvían a la mente. Indefenso en los claustrofóbicos confines de su casa, indefenso ante al parloteo de Frances, indefenso por las obligaciones que tenía que asumir tan pronto llegara al trabajo, se sentía asediado por los recuerdos, recuerdos que ya eran tan distantes que se habían convertido en meros fragmentos, en piezas de un puzzle que no había sido capaz de acabar.

Era verano, poco después de la regata. Él y Eugenie remaban en la mansa corriente del río.

El suyo no había sido el primer matrimonio incapaz de superar el horror de una muerte violenta en la familia. Tampoco sería el último que se vendría abajo irremediablemente a causa no sólo del peso de la investigación y del juicio, sino también de la poderosa carga de culpabilidad que uno sentía al haber perdido un hijo en manos de alguien en quien no debería haber confiado. Pero Webberly había sentido algo más cuando ese matrimonio en particular fracasó. Pasaron muchos meses antes de que admitiera el porqué.

Después del juicio, la prensa sensacionalista había ido tras ella con la misma rapacidad que les había llevado a escribir artículos sobre Katja Wolff. Mientras que a Katja la habían considerado la reencarnación de todos los monstruos, desde Mengele hasta Himmler, responsable según la prensa de todo lo que había acontecido desde el Holocausto hasta el bombardeo alemán de Gran Bretaña entre 1940 y 1942, a Eugenie la habían tenido por una madre indiferente: trabajaba fuera de casa y además había empleado a una chica, sin formación y sin conocimientos de inglés, para cuidar a una niña deficiente con graves problemas de salud. Si Katja Wolff había sido vilipendiada por la prensa –merecidamente, si se tenía en cuenta el crimen que había perpetrado–, Eugenie había sido censurada con dureza.

Había aceptado ese desprecio público como parte de su castigo. «Es culpa mía –le había dicho una vez–. Es poco comparado con lo que me merezco.» Hablaba con sencilla dignidad, ni con la esperanza ni el deseo de que nadie le replicara. No estaba dispuesta a aceptar contradicciones. «Sólo quiero que todo esto acabe», le había confesado.

La vio de nuevo, dos años después del juicio, por casualidad en la estación de Paddington. Él se dirigía a Exeter para asistir a un congreso. Ella le dijo que había ido a la ciudad para encontrarse con alguien cuyo nombre no mencionó.

–¿Acaba de llegar? –le había preguntado–. Entonces, se ha cambiado de casa. ¿Se han mudado al campo? Supongo que a su hijo le sentará bien.

Pero no, no se habían trasladado al campo. Sólo se había mudado ella.

–¡Lo siento! –le había respondido.

–Gracias, inspector Webberly –le había contestado.

–Malcolm, por favor. Llámeme Malcolm.

–Así pues, le llamaré Malcolm –le había dicho con una sonrisa infinitamente triste.

–¿Sería tan amable de darme su número de teléfono, Eugenie? –lo había dicho con prisas y de forma impulsiva porque su tren estaba a punto de salir–. Me gustaría llamarla de vez en cuando para saber cómo está. Como amigos, y siempre que eso no le suponga ningún problema.

Ella se lo había apuntado en el periódico y le había respondido:

–Gracias por su amabilidad, inspector.

–Malcolm –le había recordado.

El día del río había acontecido doce meses después, y no era la primera vez que Webberly había encontrado una excusa para llegarse hasta Henley-on-Thames para ver cómo le iba la vida a Eugenie. Ese día estaba encantadora, callada como siempre, pero con una sensación de paz que nunca antes había presenciado en ella. Él se había encargado de los remos y ella se había recostado de lado, pero sin pasar la mano sobre el agua como muchas mujeres habrían hecho, con la esperanza de lograr una pose seductora, sino que se había limitado a observar la superficie del río, como si sus profundidades ocultaran algo que ella esperaba ver. Su rostro reflejaba luces y sombras a medida que se deslizaban bajo los árboles.

Enseguida se dio cuenta de que se había enamorado de ella. Sin embargo, tenían esos doce meses de casta amistad: paseos por la ciudad, excursiones al campo, comidas en los pubs, una cena de vez en cuando y el calor de la conversación, conversaciones reales sobre quién había sido Eugenie Davies y cómo se había convertido en la persona que era.

–Cuando era joven creía en Dios –le confesó–. Pero le perdí a medida que me fui haciendo mayor. Hace mucho tiempo que estoy sin Él y, si puedo, me gustaría volver a creer en Él.

–¿Incluso después de todo lo que ha sucedido?

–A causa de todo lo que ha sucedido. Pero me temo que no me aceptará, Malcolm. Mis pecados son demasiado graves.

–No has pecado. Serías incapaz de hacerlo.

–Es imposible que precisamente tú pienses eso.

No obstante, Webberly no podía ver pecado en ella, por mucho que ella insistiera en lo contrario. Sólo veía perfección y –en el fondo– lo que él mismo deseaba. Pero confesarle sus sentimientos le parecía una traición para todos. Estaba casado y tenía una hija. Ella era frágil y vulnerable. Y aunque ya había pasado mucho tiempo del asesinato de su hija, no podía aprovecharse de su dolor.

Así pues, optó por decir:

–Eugenie, ¿sabes que estoy casado?

Apartó la mirada del agua y se volvió hacia él:

–Simplemente lo suponía.

–¿Por qué?

–Por tu amabilidad. Ninguna mujer en su sano juicio sería lo bastante tonta para dejar escapar a un hombre como tú. ¿Te gustaría contarme cosas de tu mujer y de tu familia?

–No.

–¿Qué quieres decir con eso?

–Pues que los matrimonios a veces se acaban.

–Sí, a veces.

–El tuyo se acabó.

–Sí, mi matrimonio se acabó. –Volvió a contemplar el agua. Él siguió remando y contempló su rostro, sintiendo que aunque estuviera ciego durante más de cien años aún sería capaz de recordar de memoria todas sus líneas y curvas.

Se habían llevado una cesta de comida, y cuando Webberly vio el lugar que buscaba, acercó el bote a la orilla.

–¡Espera! –exclamó–. ¡No te muevas! ¡Déjame que lo ate!

A medida que subía por la resbaladiza pendiente, se resbaló y cayó al agua, donde se quedó humillado mientras las frías aguas del

Támesis le chapaleaban los muslos. Las amarras le colgaban de las manos y el cieno del río se le filtró en los zapatos.

Eugenie se enderezó y exclamó:

–¡Santo Cielo, Malcolm! ¿Te encuentras bien?

–Me siento como un perfecto estúpido. Estas cosas nunca suceden en las películas.

–Pero así es mucho más divertido –le contestó Eugenie. Y antes de que él hablara de nuevo, salió a toda prisa del bote y se unió a él.

–El barro... –empezó a protestar.

–Tiene un tacto estupendo –añadió, mientras empezaba a reírse–. Te has sonrojado mucho. ¿Por qué?

–Porque quiero que todo sea perfecto –admitió.

–Ya lo es, Malcolm –replicó.

Se sentía confundido, quería y no quería, seguro e inseguro. No dijo nada más. Salieron del río y treparon hasta la orilla. Acercó el bote y sacó la cesta de comida que habían traído. Encontraron un lugar bajo un sauce que les gustaba. Ella habló tan pronto como se sentaron en el suelo.

–Estoy preparada, Malcolm, si tú también lo estás.

Así fue cómo empezó todo entre ellos.

–Así pues, el niño fue dado en adopción.

Barbara Havers concluyó su explicación cerrando de golpe su destartalada libreta y rebuscando en su bolso un paquete de caramelos que había traído y que ofreció generosamente a todos los que estaban presentes en la oficina de Eric Leach de la Comisaría de Hampstead. El comisario cogió uno con forma de palo. Lynley y el agente Nkata se abstuvieron. Havers se puso uno en la boca y empezó a masticar con energía. «El sustituto del tabaco», pensó Lynley. Se preguntó inútilmente cuándo dejaría de fumar de forma definitiva.

Leach empezó a jugar con el envoltorio de papel de plata del caramelo. Lo dobló en forma de abanico en miniatura y lo colocó al pie de una fotografía de su hija. Según parece, había estado hablando por teléfono con ella en el preciso instante en que llegaron los agentes, y le habían interrumpido al final de una conversación en la que decía en tono de hastío: «¡Por el amor de Dios, Esmé, eso deberías discutirlo con tu madre... Claro que te escuchará. Ella te quiere... Estás anticipando las cosas. Nadie tiene intención de...

Esmé, haz el favor de escucharme... Sí, de acuerdo. Algún día, ella... y quizá yo también, pero eso nunca querrá decir que no te queramos...». Parece ser que en ese momento la chica le colgó el teléfono, ya que él permanecía detrás de su escritorio con la boca abierta, como si se hubiera quedado a media frase. Había colocado el teléfono sobre la base con excesivo cuidado y había soltado un largo suspiro.

–Ése podría ser un motivo para nuestro asesino –prosiguió– o asesinos. El niño adoptado. Wolff no se quedó embarazada sin ayuda. No perdamos eso de vista.

Los cuatro siguieron intercambiando información. Un horroroso atasco de tráfico en Westminster había impedido que el equipo de detectives de Leach pudiera asistir a la reunión de la mañana que se estaba celebrando en la sala de incidencias; por lo tanto, el mismo comisario se encargaba de tomar notas. Cuando Havers acabó de informarles sobre lo que había averiguado en el convento de la Inmaculada Concepción, Nkata declaró:

–Ése quizá sea el móvil que estamos buscando. Wolff quiere recuperar a su hijo y nadie está haciendo nada por ayudarla... ¿es niño o niña, Barb? –Tal y como tenía por costumbre, no había tomado asiento. Permanecía de pie no muy lejos de la puerta, apoyado distraídamente en una pared de la que colgaba una felicitación enmarcada que Leach había recibido del jefe de policía.

–Es un niño –respondió Havers–. Pero no creo que eso sea importante.

–¿Por qué?

–Según sor Cecilia, lo dio en adopción de inmediato. Podría habérselo quedado durante nueve meses, incluso más tiempo si hubiera solicitado cumplir condena en una cárcel que no fuera la de Holloway, pero no quiso. Ni lo solicitó. Se limitó a entregarlo en la misma sala de partos y ni siquiera lo miró.

–Seguro que no quería encariñarse con el bebé, Havers –apuntó Lynley–. ¿Para qué, si aún le quedaban veinte años de cárcel? Podría indicar la fuerza de sus sentimientos maternales hacia el bebé. Si no lo hubiera dado en adopción, su hijo se habría pasado la vida en manos del estado.

–Sin embargo, si en realidad buscaba al niño, ¿por qué no fue al convento? –preguntó Havers–. Después de todo, sor Cecilia se encargó del proceso de adopción.

–Tal vez ni siquiera lo esté buscando –apuntó Nkata–. ¿Veinte años después? Quizá sepa que es muy poco probable que el niño quiera conocer a su madre verdadera y averiguar que ha estado en la cárcel. Y ésa podría ser la razón que la indujo a asesinar a la señora Davies. Tal vez piense que ha estado encarcelada por su culpa. Si uno vive pensando en eso durante veinte años, cuando sale quiere hacer algo para ajustar las cuentas pendientes.

–Sencillamente, no me lo trago –insistió Havers–. Y menos con Wiley sentado todo el día en la librería observando todos los movimientos que hacía la señora Davies. ¿No les parece sospechoso que viera a la víctima discutir con un hombre misterioso la misma noche que fue asesinada? ¿Quién nos puede asegurar que fue una discusión y no lo contrario? Además, nuestro estimado comandante Wiley emprendió algunas acciones desagradables como resultado.

–Sea como sea, debemos averiguar el paradero de ese niño –declaró Leach–. Me refiero al hijo de Katja Wolff. Es posible que Katja le esté siguiendo la pista, y alguien tiene que avisarle. Será un poco complicado, pero no tenemos alternativa. ¿Se ocupará de eso, agente?

–Señor –respondió Havers en señal de conformidad, aunque no parecía muy convencida de la importancia de lo que le acababan de asignar.

–Yo diría que Katja Wolff es la pista que debemos seguir –apuntó Winston Nkata–. Hay algo en ella que no me acaba de encajar.

A continuación, describió la conversación que había mantenido con la mujer alemana después de regresar al piso de Yasmin Edwards la noche anterior. Cuando le preguntó dónde se encontraba la noche en cuestión, Katja Wolff le respondió que se había quedado en casa con Yasmin y Daniel. Le había contestado que se habían quedado mirando la televisión, pero era incapaz de acordarse del programa, y cuando la presionó diciéndole que no se creía que le fallara tanto la memoria, le contestó que habían estado haciendo zapping toda la noche y que no se había fijado en la cadena que habían mirado. ¿Para qué quería uno una antena parabólica y un mando a distancia si no los usaba para entretenerse?

Se había encendido un cigarrillo mientras hablaban y, por su conducta, se atrevería a decir que no había nada en el mundo que le importara. «¿De qué va todo esto, agente?», le preguntó con manifiesta inocencia. No obstante, no cesaba de mirar hacia la puerta antes de contestar las preguntas más importantes, y Nkata sabía perfectamente lo que quería decir esa mirada: le estaba ocultando algo y se preguntaba si Yasmin Edwards le habría contado una historia similar a la suya.

–¿Qué le respondió la señora Edwards? –le preguntó Lynley.

–Que la señorita Wolff se encontraba en casa esa noche. Pero no me quiso decir nada más.

–¡Viejas presidiarias! –subrayó Eric Leach–. No acusarán a nadie de nada, y mucho menos en el primer interrogatorio que les hace la policía local. Tendrá que hacerles otra visita, agente. ¿Qué más tenemos?

Nkata les contó que el Fiesta de Yasmin Edwards tenía un faro roto.

–Pero me aseguró que no sabía ni cómo ni cuándo había sucedido –añadió Nkata–. Sin embargo, Katja Wolff también lo utiliza. De hecho, lo usó ayer mismo.

–¿De qué color es? –le preguntó Lynley.

–Rojo descolorido.

–No nos sirve –apuntó Havers.

–¿Algún vecino las vio salir del piso la noche en cuestión? –Leach hizo la pregunta en el preciso instante en que una agente uniformada entraba en la oficina con un fajo de papeles que después le entregó. Les echó un vistazo y le dio las gracias con un gruñido–. ¿Qué han conseguido averiguar de los Audis?

–Aún no hemos terminado –respondió–. Hay casi doscientos Audis en Brighton, señor.

–¡Quién se lo iba a imaginar! –murmuró Leach mientras la agente salía de la sala–. ¿Qué ha sucedido con la campaña «Compren productos británicos»? –No soltó el montón de papeles, pero tampoco los miró. Se volvió hacia Nkata y prosiguió con el tema que les ocupaba–. ¿Qué le han dicho los vecinos?

–Es un barrio al sur del río –respondió Nkata a la vez que se encogía de hombros–. Nadie está dispuesto a hablar, ni siquiera conmigo. Tan sólo me dirigió la palabra una vendedora de Biblias de esas que van criticando a las mujeres que viven juntas en pecado. Me dijo que los vecinos intentaron echar a esa asesina de niños, ésas fueron las palabras exactas que usó, pero que no lo consiguieron.

–Tenemos que seguir interrogando a la gente de esa zona –apuntó Leach–. Encárguese de ello. Si lo hace con delicadeza, es posible que Edwards hable. Nos ha dicho que tiene un hijo, ¿verdad? Si es necesario, sáquelo a relucir. Si le dice que cabe la posibilidad de que la consideren cómplice de asesinato, se asustará; por lo tanto, recuérdeselo. Mientras tanto... –Examinó unos cuantos papeles que tenía sobre el despacho y sacó una fotografía–... Holloway me mandó esta fotografía por mensajero ayer por la noche. Tendrían que mostrarla por los alrededores de Henley-on-Thames. –Se la entregó a Lynley, que cayó en la cuenta de que era una fotografía de Wolff por las líneas mecanografiadas que había debajo. No era una fotografía favorecedora. Ella estaba mal iluminada, y parecía ojerosa y desaseada. En realidad pensó que parecía una asesina convicta como tal–. Si realmente asesinó a la señora Davies –prosiguió Leach–, seguro que empezó por seguirle la pista hasta Henley. Si lo hizo, seguro que alguien la vio. Compruébenlo.

Leach concluyó diciendo que habían conseguido una lista de todas las llamadas telefónicas que se habían efectuado o recibido en la casa de Eugenie Davies durante los últimos tres meses. Se estaban comparando los nombres de la lista con los nombres que aparecían en la agenda de la mujer muerta. Estaban intentando relacionar los nombres y los números de su libro de direcciones con las llamadas del contestador automático. Unas horas más tarde tendrían todo tipo de detalles sobre las personas que habían estado en contacto con ella antes de que muriera.

–Además, hemos conseguido averiguar el nombre de alguien que llamó desde un Cellnet –les informó Leach–. Es un tal Ian Staines.

–Podría ser su hermano –precisó Lynley–. Richard Davies nos dijo que tenía dos hermanos, y uno se llamaba Ian.

Leach lo anotó en la libreta, y para indicar que la reunión había terminado, les preguntó:

–Damas y caballeros, ¿todo el mundo sabe lo que le ha sido asignado?

Havers y Lynley se pusieron en pie. Nkata se separó de la pared. Leach los detuvo antes de que abandonaran la sala. Les preguntó:

–¿Alguien ha hablado con Webberly?

Lynley pensó que era una pregunta bastante normal, pero la indiferencia con la que la formuló no le pareció genuina.

–Cuando esta mañana hemos salido de comisaría, todavía no había llegado –respondió Lynley.

–Salúdenle de mi parte cuando lo vean –les dijo Leach–. Y díganle que me pondré en contacto con él muy pronto.

–Así lo haremos. Cuando lo veamos.

Cuando estuvieron en la calle y Nkata ya se había ido, Havers le comentó a Lynley:

–En contacto, ¿para qué? Eso es lo que me gustaría saber.

–Son viejos amigos.

–Humm. ¿Qué has hecho con las cartas?

–Nada, que digamos.

–¿Todavía tienes intenciones de...? –Havers se lo quedó mirando fijamente–. Sí, ¿verdad? ¡Maldita sea, inspector! Si hicieras el favor de escucharme un minuto...

–Te estoy escuchando, Barbara.

–Bien, pues presta atención: te conozco, y sé cómo piensas. Webberly es un buen hombre, pero cometió un pequeño error. Sin embargo, no hay ninguna necesidad de que ese pequeño error se convierta en una catástrofe, salvo que ya lo haya hecho, inspector. Ella está muerta y esas cartas podrían explicar el motivo de su muerte. Tenemos que aceptarlo y obrar en consecuencia.

–¿Estás intentando decirme que unas cartas que fueron escritas hace más de diez años podrían incitar a alguien a perpetrar un asesinato?

–No te estoy diciendo que fuera el único motivo. Pero, según Wiley, ella estaba a punto de confesarle algo importante, algo que él pensaba que podría cambiar su relación. Por lo tanto, ¿qué pasaría si ella ya se lo hubiera contado? ¿O si él ya lo supiera porque se hubiera encontrado esas cartas? Sólo contamos con su palabra para saber que ella no le llegó a contar lo que tenía previsto.

–Estoy de acuerdo. No obstante, no puedes estar pensando que quería hablarle de Webberly. Eso es historia pasada.

–No lo sería si hubieran reanudado su relación o no hubieran perdido el contacto. ¿Y si se hubieran estado viendo en... pubs u hoteles? Tendría que haberlo solucionado, y quizá lo hizo. El único problema es que no se solucionó de la forma que la señora Davies y Webberly creían.

–No me parece muy probable. Además, creo que es demasiada coincidencia que Eugenie Davies fuera asesinada poco después de que Katja Wolff saliera de la cárcel.

–¿De verdad te crees esa teoría? –se mofó Havers–. No nos va a llevar a ninguna parte.

–No, no me la creo –replicó Lynley–. Es demasiado pronto para haberse formado una idea. Y me atrevería a sugerirte que quizá deberías abrigar las mismas dudas respecto al comandante Wiley. El hecho de concentrarnos en una sola posibilidad y descartar las otras tampoco nos va a llevar a ninguna parte.

–¡No me digas que piensas hacerlo! ¿De verdad has llegado a la conclusión de que las cartas de Webberly son inconsecuentes?

–Lo único que he decido es basar mi opinión en hechos, Barbara. Y de momento no tenemos muchos. Hasta entonces, lo único que podemos hacer es servir a la justicia, e intentar usar el sentido común, manteniendo los ojos bien abiertos y la mente despejada. ¿No estás de acuerdo?

Havers estaba que rabiaba.

–¡Maldita sea! ¡Escúchate a ti mismo! ¡No lo soporto cuando te pones tan chulo conmigo!

–¿De verdad? –Lynley le sonrió–. ¿Es eso lo que piensas? Espero que eso no te incite a la violencia.

–Sólo me incita a fumar –le informó Havers.

–¡Mucho peor! –contestó Lynley con un suspiro.

GIDEON

8 de octubre

Ayer por la noche soñé con ella, o con alguien parecido a ella. No obstante, ni el sitio ni el momento eran los adecuados, ya que me encontraba en el Eurostar e íbamos avanzando por debajo del canal de la Mancha. Era como bajar a una mina.

Todo el mundo estaba presente: papá, Raphael, los abuelos y alguien indefinido y sin rostro que reconocía como a mi madre. Ella también estaba allí: la chica alemana, con un aspecto muy parecido al que tenía en la fotografía del periódico. Y sí, Sarah-Jane Beckett también estaba, con una cesta de pícnic de la que no sacó comida, sino un bebé. Ofreció el bebé a los presentes como si fuera una bandeja de bocadillos, pero todo el mundo declinó con la cabeza. El abuelo le dijo que los bebés no se podían comer.

De repente oscureció al otro lado de las ventanas. Alguien exclamó: «¡Sí, claro, ahora estamos debajo del agua!».

Y en ese instante sucedió.

Las paredes del túnel se vinieron abajo. El agua las atravesó. Sin embargo, no estaba oscuro como en el interior del túnel, sino que más bien parecía el lecho de un río en el que uno pudiera nadar y contemplar el sol a través del agua.

Inesperadamente, tal y como suele suceder en los sueños, ya no estábamos dentro de un tren. El vagón desapareció, y todos nosotros estábamos fuera del agua, en la orilla de un lago. Había una cesta de pícnic encima de una manta, y yo quería abrirla porque me sentía hambriento. Pero era incapaz de desabrochar las correas de cuero de la cesta, y aunque le pedí a alguien que me la abriera, nadie lo hizo porque no me oían.

Eran incapaces de oírme porque estaban todos de pie, señalando y gritándole a un bote que flotaba no muy lejos de la orilla. De repente me percaté de lo que estaban gritando: era el nombre de mi hermana. Alguien exclamó: «¡Se ha quedado dentro del bote! ¡Debemos ir a por ella!», pero nadie se movió.

Después, las correas de la cesta desaparecieron, como si nunca hubieran existido. Exultante y contento, abrí la cesta de un golpe para coger la comida, pero dentro no había comida, tan sólo el bebé. Aunque no podía verle el rostro, de algún modo sabía que ese bebé era mi hermana. Llevaba la cabeza y los hombros cubiertos por un velo, de esos que suelen haber sobre las estatuas de la Virgen.

En el sueño, grité: «Sosy está aquí. Está aquí mismo». Pero nadie me prestó la menor atención y empezaron a nadar hacia el bote, mientras me sentía incapaz de detenerles por mucho que gritara. Saqué al bebé de la cesta para demostrarles que les estaba diciendo la verdad. Grité: «¡Está aquí! ¡Mirad! ¡Sosy está aquí! ¡Regresad! ¡En el bote no hay nadie!». No obstante, siguieron nadando, uno a uno cruzando la línea del agua, uno a uno desapareciendo bajo la superficie del lago.

Estaba desesperado por detenerles. Pensaba que si pudieran verle la cara, que si pudiera sostenerla en alto por encima de mis hombros, me creerían y regresarían. Por lo tanto, rasgué el velo del rostro de mi hermana. Pero encontré otro velo debajo, doctora Rose. Y otro y otro y otro. Los rasgué todos hasta que me puse frenético y empecé a llorar; entonces me di cuenta de que me había quedado solo en la orilla. Incluso Sonia se había ido. Me di la vuelta hacia la cesta y me di cuenta de que no estaba llena de comida, sino de docenas de cometas que no paré de sacar y de apartar a un lado. Mientras lo hacía, sentía una desesperación que nunca había sentido con anterioridad. Desesperación y un miedo atroz porque todo el mundo se había ido y me había quedado solo.

«¿Qué hizo?», me pregunta con dulzura.

No hice nada. Libby me despertó. Me di cuenta de que estaba empapado de sudor, de que el corazón me palpitaba a toda velocidad y de que, de hecho, estaba llorando.

Llorando, doctora Rose. ¡Santo Cielo, estaba llorando a causa de un sueño!

Le dije a Libby:

–No había nada en la cesta. No podía detenerles. La tenía conmigo pero no la podían ver; por lo tanto, se adentraron en el lago y nunca salieron.

–Sólo estabas soñando –me respondió–. Ven aquí. Déjame que te abrace, ¿de acuerdo?

Y sí, doctora Rose. Había pasado la noche del modo en que solíamos pasarlas. O ella o yo cocinábamos, fregábamos los platos y veíamos la televisión. He quedado reducido a eso: a la televisión. Si Libby se da cuenta de que ya no estamos escuchando a Perlman, a Rubinstein o a Menuhin –especialmente Yehudi, estupendo Yehudi, niño prodigio del instrumento tal y como yo fui una vez–, no dice nada. Estoy convencido de que se siente contenta de que la televisión esté encendida. En el fondo, ¡es tan americana!

Cuando nos quedamos sin programas por ver, nos adormecemos poco a poco. Dormimos en la misma cama y entre las mismas sábanas, que no han sido lavadas durante semanas. Pero no están manchadas por el intercambio de nuestros fluidos. No, no hemos llegado a eso.

Libby me sostenía entre sus brazos mientras mi corazón martilleaba cual minero extrayendo carbón. Me acariciaba la nuca dulcemente con la mano derecha mientras me pasaba la izquierda por la columna vertebral. Desde la columna, me la iba bajando hasta el trasero hasta que nuestras pelvis se tocaban y lo único que nos separaba era la fina franela de mi pijama y el algodón de sus bragas. Me susurraba: «No pasa nada. Todo va bien. Te encuentras estupendamente», y a pesar de esas palabras que podrían haber sido reconfortantes en otras circunstancias, sabía lo que se suponía que tenía que suceder a continuación. Mi pene se llenaría de sangre y podría sentir su pulso. El pulso iría en aumento y el órgano se pondría a punto. Levantaría la cabeza para encontrar su boca o bien la bajaría para encontrarme con sus pechos, y me acercaría a ella con lentitud. La colocaría debajo de mí y la tomaría en un silencio que tan sólo sería interrumpido por nuestros gritos de placer –un placer diferente de todos los placeres que conocen el hombre y la mujer, como bien sabe– al llegar al orgasmo. Juntos, evidentemente. Llegamos al orgasmo a la vez. Cualquier cosa que no sea un orgasmo simultáneo no es digna de mi habilidad de macho.

Salvo que es evidente que eso no es lo que sucedió. ¿Cómo habría podido suceder teniendo en cuenta quién y qué soy?

«¿Y qué es?», me pregunta.

Un caparazón que no cubre nada, doctora Rose. No, menos que eso. Sin mi música, no soy nada.

Libby no es capaz de comprenderlo, ya que no entiende que hasta el día de Wigmore Hall yo sólo era la música que hacía, y que el instrumento era el modo que yo tenía de hacerme real.

Cuando usted me oye, no me dice nada, doctora Rose. No me quita los ojos de encima –a veces me pregunto la disciplina que debe de tener para mirar con tanta insistencia a una persona que ni siquiera está con usted en la sala– y parece pensativa. Pero sus ojos expresan algo más que simples pensamientos. ¿Lástima? ¿Confusión? ¿Dudas? ¿Frustración?

Sigue inmóvil, enfundada en sus ropas negras de viuda. Me observa por encima de su taza de té. «¿Qué grita en el sueño? –me pregunta–. Cuando Libby le despierta, ¿qué es lo que está gritando, Gideon?»

Mamá.

Pero supongo que ya lo sabía antes de preguntarlo.

10 de octubre

Puedo ver a mi madre gracias a los periódicos de la Asociación de Prensa. La contemplo –está en la página de enfrente de la que está la fotografía de Sonia– antes de lanzar el periódico sensacionalista fuera de mi vista. Sabía que era mi madre porque iba cogida del brazo de mi padre, porque estaban en las escaleras del Tribunal Central de lo Criminal de Londres, porque encima de la fotografía había un titular en letras del tipo ocho que rezaba: «¡Justicia para Sonia!».

Como mínimo, ahora soy capaz de verla, porque antes tan sólo era una imagen borrosa. Veo su pelo rubio, los ángulos de su rostro, su barbilla afilada y cómo la mandíbula parece formar la parte inferior de un corazón. Lleva pantalones negros y un jersey gris claro, y viene a buscarme a un rincón de la habitación en el que Sarah-Jane y yo estamos haciendo clases de geografía. Estamos estudiando el río Amazonas. Cómo serpentea a lo largo de seis mil kilómetros, desde los Andes, atravesando Perú y Brasil, hasta desembocar en el inmenso océano Atlántico.

Mi madre le dice a Sarah-Jane que debemos interrumpir la clase, y yo sé que a Sarah-Jane no le gusta nada ese plan porque sus labios se convierten en una incisión en su rostro, a pesar de que contesta: «Faltaría más, señora Davies», antes de cerrar los libros.

Sigo a mi madre. Bajamos por la escalera. Me lleva a la sala de estar, en la que un hombre está esperando. Es un hombre enorme con una espesa mata de pelo color bermejo.

Mamá me dice que es policía, que me quiere hacer algunas preguntas, pero que no debo sentir miedo porque ella no saldrá de la habitación mientras él esté allí. Se sienta en el sofá y acaricia un cojín que tiene junto al muslo. Cuando me siento, me pasa el brazo por los hombros, y siento cómo tiembla mientras dice: «Ya puede empezar, inspector».

Seguramente me ha dicho su nombre, pero soy incapaz de recordarlo. Lo que sí que recuerdo es que acerca una silla hasta nosotros y que se inclina hacia delante, con los codos encima de las rodillas y con los brazos doblados para poder apoyar la barbilla en los pulgares. Cuando está así de cerca, huelo el olor a puros. El olor debe de estar impregnado en su ropa y en su pelo. No es un olor desagradable, pero no estoy acostumbrado y me acerco más a mi madre.

Me dice: «Tu mamá tiene razón, chico. No hay ninguna razón por la que debas sentir miedo. Nadie va a hacerte daño». Mientras habla, levanto los ojos para mirar a mi madre, pero me doy cuenta de que ella se está mirando el regazo. Allí están nuestras manos, la suya y la mía, porque me ha cogido de la mano para que nos sintamos más unidos: con un brazo me rodea los hombros y con la otra mano me entrelaza los dedos. Me presiona los dedos, pero no responde nada a lo que el policía acaba de decir.

Me pregunta si sé lo que le sucedió a mi hermana. Le respondo que sé que a Sosy le sucedió algo malo. Le digo que había mucha gente en la casa y que se la llevaron al hospital.

–Mamá te ha dicho que ahora está en el cielo, ¿verdad? –me pregunta.

Y yo le respondo que sí, que Sosy está con Dios.

Me pregunta si sé lo que significa estar con Dios.

Le respondo que quiere decir que Sosy ha muerto.

–¿Sabes cómo murió? –me pregunta.

Bajo la cabeza. Siento que los pies me rebotan contra la parte delantera del sofá. Le digo que tengo que ensayar durante tres horas, porque Raphael me ha ordenado que perfeccione algo –¿se trataba de un Alegro?– si quiero ver al señor Stern el mes siguiente. Mamá alarga la mano y me para los pies. Me ordena que intente responder al policía.

Sé la respuesta. He oído el sonido de los pasos pesados en la escalera y en el cuarto de baño. He sido testigo de los gritos en la noche. He escuchado las conversaciones que mantenían en voz baja. He oído las preguntas y las acusaciones que han hecho. Por lo tanto, sé lo que le sucedió a mi hermana pequeña.

–En el cuarto de baño –le contesto–. Sosy murió en el cuarto de baño.

–¿Dónde estabas cuando Sosy murió? –me pregunta.

–Escuchando el violín –le respondo.

Entonces mi madre interviene. Le cuenta que Raphael me ha ordenado escuchar una pieza de música dos veces al día porque no la toco tan bien como debiera.

–Así pues, estás aprendiendo a tocar el violín, ¿no es verdad? –me pregunta el policía con amabilidad.

–Ya soy violinista –le respondo.

–¡Ah! –exclama el policía con una sonrisa–. *Violinista*. Siento haberme equivocado. –Se instala más cómodamente en la silla y apoya las manos en los muslos–. Chico, tu madre me ha explicado que ella y tu padre no te han dicho exactamente cómo murió tu hermana pequeña.

–En el cuarto de baño –repito–. Murió en el cuarto de baño.

–Cierto, pero no fue un accidente. Alguien tenía intención de hacerle daño y lo hizo. ¿Sabes lo que eso significa?

Me imagino palos y piedras, y eso es lo que le respondo. Le contesto que daño quiere decir tirar piedras. Daño quiere decir ponerle la zancadilla a alguien, daño quiere decir golpear, pellizcar o morder. Me imagino todas esas cosas ocurriéndole a Sosy.

–Ésa es una clase de daño –apunta el policía–. Pero hay otras clases, las que un adulto le puede hacer a un niño. ¿Entiendes lo que te quiero decir?

–Que te peguen –le respondo.

–Mucho peor que eso.

Y en ese momento mi padre entra en la habitación. ¿Acaba de volver del trabajo? ¿Ha ido a trabajar? ¿Cuánto tiempo ha pasado desde la muerte de Sonia? Estoy intentando colocar mis recuerdos en un contexto, pero el único contexto que tengo es que si la policía me está haciendo preguntas sobre la familia, entonces debe de ser antes de que acusaran a Katja.

Papá se da cuenta de lo que está sucediendo y pone fin a la situación. Eso sí que lo recuerdo. Además, está enfadado: no sólo con el policía, sino también con mi madre.

–¿Qué está pasando aquí, Eugenie? –pregunta a medida que el policía se pone en pie.

–El inspector quería hacerle unas cuantas preguntas a Gideon –le responde.

–¿Por qué? –le pregunta.

–Debemos interrogar a todo el mundo, señor Davies –le contesta el policía.

–No irá a suponer que Gideon... –advierte mi padre.

Y mi madre pronuncia su nombre. Lo pronuncia del mismo modo que mi abuela dice *Jack* cuando abriga la esperanza de impedir un episodio.

Papá me dice que me vaya a mi cuarto, y el policía le contesta que sólo está posponiendo lo inevitable. No sé lo que eso significa, pero me limito a hacer lo que me ordenan –tal y como siempre hago cuando es papá el que da las órdenes– y salgo de la sala. Oigo al inspector decir: «Esto sólo hace que la situación sea más aterradora para el niño», y oigo que mi padre le contesta: «Haga el favor de escucharme...», mientras mi madre dice: «Por favor, Richard», en un quebradizo tono de voz.

Mamá está llorando. Supongo que a esas alturas ya debería estar acostumbrado. Tengo la impresión de que, vestida de negro o de gris, con el rostro igualmente oscuro, lleva más de dos años llorando. Pero al margen de que llorase o no, es incapaz de cambiar las circunstancias de ese día.

Desde el entresuelo, veo que el policía se marcha. Veo que mi madre le acompaña hasta la puerta. Veo cómo le habla a mi madre –que tiene la cabeza agachada–, cómo la observa fijamente, cómo alarga la mano y después la retira. Entonces papá pronuncia el nombre de mi madre y ella se da la vuelta. No me ve mientras se vuelve hacia él. Papá le grita tras la puerta cerrada.

Entonces alguien me coloca las manos sobre los hombros y me aparta de la barandilla. Alzo la mirada y veo a Sarah-Jane Beckett de pie junto a mí. Se pone en cuclillas. Me pasa el brazo por los hombros, tal y como hizo mi madre, pero ni su cuerpo ni su brazo tiemblan. Permanecemos así durante unos minutos, y mientras tanto la voz de papá suena fuerte y decidida, mientras que la de mi madre parece indecisa y asustada... «Se acabó, Eugenie –le dice papá–. No estoy dispuesto a aceptarlo. ¿Me oyes?»

Hay algo más que simple ira en esas palabras. Siento violencia, esa violencia tan propia del abuelo. Esa violencia que se produce cuando una mente está a punto de estallar. Tengo miedo.

Alzo los ojos hacia Sarah-Jane, buscando... ¿Qué? ¿Protección? ¿Confirmación de lo que estoy oyendo en el piso de abajo? ¿Distracción? Cualquier cosa o todas ellas. Pero ella está absorta en la puerta de la sala de estar, con la mirada fija en sus oscuros entrepaños. Observa esa puerta sin parpadear, y me presiona los dedos contra el hombro con tal fuerza que casi me hace daño. Me quejo y me quedo mirando sus manos, y veo que tiene las uñas rotas y mordidas; además tiene padrastros airados, mordidos y sangrientos. No obstante, tiene el rostro resplandeciente, respira con profundidad y no se mueve de allí hasta que la conversación cesa y las pisadas resuenan en el suelo de parqué. Entonces me coge de la mano y me lleva hasta el segundo piso, pasando por delante del cuarto de los niños –que ahora está cerrado–, y me hace entrar otra vez en mi habitación, donde los libros de texto han sido reabiertos en la página del río Amazonas, que se arrastra cual serpiente venenosa a través del continente.

«¿Qué pasa con sus padres», me pregunta.

Y ahora la respuesta me parece obvia: Culpa.

11 de octubre

Sonia está muerta y debe de haber un ajuste de cuentas. No sólo debe haberlo en las salas del Tribunal, sino también en las salas de la opinión pública y en las del seno de la familia. Porque alguien debe cargar con la responsabilidad de Sonia: primero por su nacimiento –era imperfecta–, después por la cantidad de problemas médicos que asediaron su corta existencia, y finalmente por su muerte prematura y violenta. Ahora lo entiendo, pero por aquel entonces habría sido incapaz de comprenderlo: no hay forma de sobrevivir a lo que sucedió en ese cuarto de baño de Kensington Square si no se le puede echar la culpa a nadie.

Papá viene hacia mí. Sarah-Jane y yo hemos acabado nuestras clases y ella se va con James el Inquilino. Los observo desde la ventana a medida que cruzan el suelo de la parte delantera de la casa y cruzan la verja. Sarah-Jane ha dado un paso atrás para permitir que James le aguante la puerta, ella le espera al otro lado y le coge del brazo. Se ha apoyado en él del modo que suelen hacer las mujeres, para que ellos puedan sentir sus pechos prácticamente inexistentes contra el brazo. Pero si los ha sentido, no ha mostrado ningún indicio. Se ha limitado a empezar a andar rumbo al pub, y ella ha hecho un gran esfuerzo por seguirle los pasos.

He puesto la obra musical que Raphael me ha asignado. La estoy escuchando cuando mi padre entra. Intento sentir las notas además de oírlas, porque sólo si las siento seré capaz de encontrarlas en el instrumento.

Estoy sentado en una esquina de la habitación y papá me busca. Se agacha delante de mí y la música gira a nuestro alrededor. Vivimos dentro de la música hasta que el movimiento llega a su fin. Papá apaga el tocadiscos.

–Ven aquí, hijo –me ordena mientras se sienta en la cama. Voy hacia él y me quedo de pie.

Me observa, intento escapar, pero no lo hago.

–Vives para la música, ¿no es verdad? –me pregunta a medida que me acaricia el pelo con la mano–. Pues concéntrate en la música, Gideon. En la música y en nada más.

Percibo su olor: limones y almidón, tan diferente del olor a cigarros.

–Me preguntó cómo había muerto Sosy –le informo.

Papá me acerca hacia él y añade:

–Ahora Sosy ya no está. Pero nadie puede hacerte daño.

Está hablando de Katja. La he oído marcharse. La he visto en compañía de la monja; en consecuencia, quizás haya regresado al convento. Nadie pronuncia su nombre en nuestro pequeño mundo. Ni el de Sonia tampoco, a no ser que un policía saque uno de esos temas.

–Me dijo que alguien le hizo daño a Sosy –añadí.

–Piensa en la música, Gideon –me contestó–. Escucha la música y perfecciónala, hijo. Es lo único que tienes que hacer en este momento.

Pero ése no resulta ser el caso, porque el policía ordena a mi padre que me lleve a la comisaría de Earl's Court Road, donde nos sentamos en una pequeña sala muy bien iluminada, en compañía de una mujer que lleva un traje de hombre y que escucha con atención todas las preguntas que me están haciendo, cual guardián que estuviera allí para protegerme de algo. El que hace las preguntas es Pelo Bermejo en persona.

Lo que quiere saber es algo muy simple.

–Sabes quién es Katja Wolff, ¿verdad, chico? –me pregunta. Miro a mi padre y después a la mujer. Lleva gafas y cuando les da la luz, forma un reflejo y le oculta la mirada.

–Pues claro que sabe quién es Katja Wolff –replica mi padre–. No es idiota. Haga el favor de ir al grano.

El policía no parece prestarle atención. Me habla como si mi padre no estuviera presente. Me pregunta sobre el nacimiento de Sonia, sobre el momento en que Katja vino a vivir con nosotros, y sobre los cuidados que Sosy recibió en manos de Katja. Papá protesta al oír esas preguntas:

–¿Cómo quiere que un niño de ocho años responda a ese tipo de preguntas?

El policía le responde que los niños son muy observadores, y que yo podré decirle muchas más cosas de lo que se podría llegar a imaginar.

Me han dado una lata de Coca-Cola y una galleta rellena de nueces y de pasas de Corinto, y están sentados delante de mí como si fueran un signo de admiración en tres dimensiones. Observo la humedad que se ha formado en la lata, y le paso los dedos para dibujar una clave de sol en la parte curva. Al estar en la comisaría, me estoy perdiendo mis tres horas de ejercicios de cada mañana. Eso hace que me sienta inquieto, ansioso y difícil. Y ya tengo bastante miedo.

«¿De qué?», me pregunta.

De las preguntas en sí mismas, de dar las respuestas equivocadas, de la tensión que noto en mi padre, que, ahora que lo pienso, es muy diferente al dolor de mi madre. ¿No debería estar postrado por el dolor, doctora Rose? ¿O, como mínimo, desesperado por esclarecer lo que le ha sucedido a Sonia? Pero no se siente apenado, y si está desesperado, parece un sentimiento nacido de una urgencia que no le ha explicado a nadie.

«¿Responde a las preguntas a pesar del miedo que siente?», me pregunta.

Las contesto lo mejor que puedo. Me hacen revivir los dos años que Katja Wolff vivió en nuestra casa. Por algún motivo, las preguntas giran en torno a la relación que mantenía con James el Inquilino y Sarah-Jane Beckett. Sin embargo, al final empiezan a preguntarme detalles específicos sobre los cuidados que Katja dispensaba a Sosy.

–¿Oyó alguna vez que Katja le gritara a su hermana pequeña? –me preguntó el policía.

–No.

–¿Alguna vez vio que Katja castigara a Sonia si ésta se portaba mal?

–No.

–¿Alguna vez vio que la tratara mal? ¿Que la sacudiera cuando Sonia no paraba de llorar? ¿Que la azotara en el culo cuando no obedecía? ¿Que le estirara del brazo para que le hiciera caso? ¿Que la cogiera de la pierna para moverla cuando le cambiaba los pañales?

–Sosy lloraba mucho –le respondo–. Katja salía de la cama en medio de la noche para cuidarse de Sosy. Le hablaba en alemán...

–¿En un tono de voz enfadado?

–... y, a veces, Katja también lloraba. La oía desde mi habitación, y en una ocasión me levanté de la cama, salí al pasillo y la vi andando de un lado a otro con Sosy entre sus brazos. Sosy no paraba de llorar; por lo tanto, Katja la dejó de nuevo en su cuna. Cogió un juego de llaves de plástico y las hizo sonar a medida que le repetía: *Bitte, bitte, bitte*, que en alemán quiere decir *gracias*. Y cuando vio que las llaves no conseguían que Sosy parara de llorar, cogió la cuna por un lado y le dio un empujón.

–¿De verdad que viste eso? –El policía se inclina hacia mí desde el otro lado de la mesa–. ¿Viste cómo Katja lo hacía? ¿Estás seguro, chico?

Hay algo en su voz que me indica que he dado una respuesta que es satisfactoria. Le respondo que estoy seguro.

–Katja lloraba y Katja le dio un empujón a la cuna.

–Creo que ahora estamos llegando a alguna parte –afirma el policía.

12 de octubre

¿Hasta qué punto lo que dice un niño es producto de la memoria, doctora Rose? ¿Hasta qué punto lo que dice un niño es producto de sus sueños? ¿Hasta qué punto lo que le digo al detective en esas horas que pasé en la comisaría es lo que de verdad presencié? ¿Hasta qué punto no alberga razones tan diversas como la misma tensión que siento entre el policía y mi padre y mi propio deseo de complacerles a ambos?

No es muy difícil que el hecho de sacudir una cuna se interprete como que se ha sacudido un niño. Y desde allí, sólo requiere un poco de fantasía llegar a decir que la había visto retorcerle el brazo, que le había doblegado el pequeño cuerpo para ponerle el abrigo, que le había apretado y pellizcado su redondo rostro cada vez que escupía la comida al suelo, que la había peinado a estirones, y que le había puesto las piernas dentro del pelele rosa con extrema violencia.

«¡Ah!», exclama. Se abstiene de comprometerse e intenta responderme sin emitir ningún juicio, doctora Rose. Sin embargo, levanta las manos y las junta de una manera que parece que esté rezando. Las coloca debajo de su barbilla. No aparta la mirada, pero yo aparto la mía.

Ya me imagino lo que está pensando, y yo también lo estoy haciendo. Mis respuestas a las preguntas del policía fueron las que mandaron a Katja Wolff a la cárcel.

Pero no hice de testigo en el juicio, doctora Rose. Si lo que dije era tan importante, ¿por qué no me llamaron a declarar? Cualquier cosa que no sea declarada ante un tribunal de justicia tiene el mismo valor que un artículo que aparece en primera página de un periódico sensacionalista: algo que no se puede llegar a creer del todo, algo que sugiere que los profesionales tienen que llevar a cabo una investigación más profunda del asunto.

Si dije que Katja Wolff le hizo daño a mi hermana, lo único que pude provocar es que revisaran la alegación. ¿No es verdad? Y si existía forma de corroborar lo que yo les dije, seguro que la encontraron.

Seguro que eso es lo que sucedió, doctora Rose.

15 de octubre

Quizá lo viera de verdad. Tal vez hubiera presenciado esas cosas que declaré que habían sucedido entre mi hermana pequeña y su niñera. Si tantas partes de mi cerebro están en blanco por lo que al pasado se refiere, ¿hasta qué punto es ilógico pensar que en alguna parte de ese enorme lienzo residen imágenes que son demasiado dolorosas para ser recordadas con exactitud?

«El pelele rosa es un recuerdo bastante exacto», apunta. Ese recuerdo sólo puede proceder de la memoria o de las ganas de adornar una historia, Gideon.

«¿Cómo podría embellecer la historia con ese detalle si en realidad no hubiera llevado ese pelele?»

«Era una niña pequeña –me dice con ese encogimiento de hombros tan poco convincente, como si no acabara de tomárselo en serio–. Las niñas pequeñas normalmente van vestidas de rosa.»

«¿Me está llamando mentiroso, doctora Rose? ¿Me está intentando decir que era un niño prodigio y un mentiroso a la vez?»

«Una cosa no excluye a la otra», me señala.

La cabeza me da vueltas y ve algo en mi rostro: ¿Congoja?, ¿pánico?, ¿culpa?

«No le estoy diciendo que ahora sea un mentiroso, Gideon, pero lo podría haber sido por aquel entonces. Las circunstancias podrían haberlo obligado a mentir.»

«¿Qué clase de circunstancias, doctora Rose?»

No tiene más respuesta que ésta: «Escriba todo lo que recuerde».

17 de octubre

Libby me encontró en lo alto de Primrose Hill. Yo estaba de pie ante ese grabado de metal que le permite a uno identificar los edificios y los monumentos que se pueden ver desde la cima, y me estaba esforzando por contrastar las vistas –desde el este hacia el oeste– para poder distinguir cada uno de los edificios. Por el rabillo del ojo, la vi subir por el sendero, ataviada con su ropa negra de cuero. Había dejado el casco en alguna parte, y el viento le ondulaba los rizos hacia la cara.

–He visto tu coche en la plaza –me dijo–. Pensaba que te encontraría aquí. ¿No has traído ninguna cometa?

–No. –Toqué la superficie de metal del grabado, dejando los dedos sobre St. Paul's Cathedral. Observé el perfil de la ciudad.

–¿Qué pasa? No tienes muy buen aspecto. ¿No tienes frío? ¿Qué haces aquí sin un suéter?

«Buscando respuestas», pensé.

–¡Hola! ¿Hay alguien en casa? –preguntó–. Te estoy hablando.

–Necesitaba pasear –le respondí.

–Hoy has ido a la psiquiatra, ¿verdad? –me preguntó.

Deseaba decirle que la veo incluso cuando no la veo, doctora Rose. Pero pensé que no lo comprendería y que el comentario le haría pensar que estoy obsesionado con mi médico, y ése no es el caso.

Dio la vuelta alrededor del grabado para colocarse delante de mí y para taparme las vistas. Alargó la mano sobre la lámina de metal y me tocó el pecho.

–¿Qué te pasa, Gid? ¿Cómo te puedo ayudar?

Su tacto me recordó todo lo que no sucedía entre nosotros –todo lo que podría haber sucedido entre una mujer y un hombre normal–, y el peso de esa idea, unida a lo que ya me estaba preocupando, de repente me pareció imposible de soportar.

–Es posible que haya mandado a una mujer a la cárcel –le contesté.

–¿Qué?

Le conté el resto.

Cuando acabé, me respondió:

–Tenías ocho años. Un policía te estaba haciendo preguntas. Hiciste todo lo que pudiste en una situación difícil. Y, además, es posible que en realidad lo vieras. Se han hecho estudios sobre el tema, Gid, y han llegado a la conclusión de que los niños no suelen inventarse historias en casos de abusos. Si el río suena, agua lleva. Y, de todas formas, seguro que alguien corroboró tu historia, ya que tú no tuviste que testificar en el tribunal.

–Ése es el problema. No estoy tan seguro de que no lo hiciera, Libby.

–Pero me dijiste...

–Te dije que había conseguido acordarme del policía, de las preguntas, de la comisaría: aspectos de una situación que había borrado de mi mente. ¿Quién te puede asegurar que no hubiera borrado también el recuerdo de haber testificado en el juicio de Katja Wolff?

–Sí, claro. Ya veo por dónde vas. –Observó las vistas e intentó controlar el pelo, mordiéndose el labio inferior a medida que pensaba en lo que le acababa de decir. Al final, anunció:

–De acuerdo. Entonces, averigüemos lo que realmente pasó.

–¿Cómo?

–¿Te parece que será muy difícil averiguar lo que sucedió en un juicio que seguramente fue seguido por todos los periódicos del país?

19 de octubre

Empezamos por Bertram Cresswell-White, el abogado que había llevado la acusación de Katja Wolff. Encontrarle, tal y como había asegurado Libby, no nos supuso ningún problema. Tenía un despacho privado en el Colegio de Abogados, en el número cinco de

Paper Buildings, y accedió a verme una vez que conseguí hablar con él por teléfono. Me dijo: «Recuerdo el caso perfectamente. Sí. Estaré encantando de hablar con usted, señor Davies».

Libby insistió en venir conmigo.

–Cuatro ojos ven más que dos. Lo que no se te ocurra a ti, ya se me ocurrirá a mí.

Así pues, fuimos en coche hasta el Colegio de Abogados. Entramos por Victoria Enbankment, donde una calle de guijarros pasa por debajo de una arcada ornamentada y da acceso a las mejores mentes jurídicas de todo el país. Paper Buildings está situado en la parte este de un frondoso jardín que hay dentro del edificio del Colegio de Abogados. Los abogados que tienen despachos privados allí disfrutan de las vistas de los árboles o del Támesis.

Bertram Cresswell-White tenía vistas de ambos. Una mujer que le entregó unos escritos entrelazados con lazos rosas nos hizo pasar al despacho, y lo encontramos tras el escritorio, contemplando una lancha que se dirigía poco a poco hacia Waterloo Bridge. Cuando se dio la vuelta desde la ventana, estuve seguro de que nunca le había visto con anterioridad, y de que no había borrado nada de mi mente –de forma deliberada o inconsciente– que tuviera algo que ver con él, ya que si me hubiera interrogado en la sala del tribunal, seguro que me habría acordado de una figura tan imponente.

Debe de medir metro noventa, doctora Rose, y tiene una constitución que sólo se consigue después de haber remado mucho. Tiene las aterradoras cejas tan características de los hombres que tienen más de sesenta años, y cuando me miró, sentí el típico estremecimiento que debe de sentir cualquier persona que reciba una mirada tan penetrante de un hombre que está acostumbrado a intimidar a los testigos.

–Nunca pensé que llegaría a conocerle –dijo–. Le oí tocar hace algunos años en el Barbican. –Se volvió hacia la mujer que colocaba los escritos sobre un escritorio que ya tenía un montón de carpetas manila en el centro–. Trae café, Mandy, por favor. –Se volvió hacia Libby y hacia mí–. ¿Quieren?

Yo le respondí que sí. Libby le contestó: «Sí, claro. Gracias». Observó la sala mientras con los labios formaba una pequeña o por la que exhalaba aire. La conozco lo suficiente para saber lo que estaba pensando en su estilo más puramente californiano: «¡Vaya garito que tienes!». Y no estaba equivocada.

El despacho privado de Cresswell-White estaba diseñado para

impresionar: estaba repleto de candelabros de bronce, las paredes estaban cubiertas por estanterías que contenían tomos jurídicos muy bien encuadernados, y tenía una chimenea en la cual quemaba una estufa eléctrica adornada con carbones artificiales. Nos hizo un gesto para que nos dirigiéramos a una zona de sillones de piel que estaban colocados encima de una alfombra persa y en torno a una mesa auxiliar. Encima de la mesa tenía una fotografía enmarcada: un hombre joven ataviado con la peluca y la toga de abogado posaba al lado de Cresswell-White, con los brazos cruzados y una sonrisa en el rostro.

–¿Es su hijo? –le preguntó Libby a Cresswell-White–. Se le parece mucho.

–Sí, es mi hijo Geoffrey –le respondió el abogado–. El día que concluyó su primer caso.

–Se diría que lo ganó –apuntó Libby.

–Lo hizo. A propósito, debe de ser de su edad. –Esto último me lo dijo a mí con un gesto de asentimiento a medida que dejaba las carpetas sobre la mesa auxiliar. Reparé en que en cada una de las etiquetas ponía: FISCALÍA GENERAL DEL ESTADO CONTRA WOLFF–. Me di cuenta de que nacieron en el mismo hospital con una semana de diferencia. En el momento del juicio no lo sabía. Pero un día que estaba leyendo algo sobre usted en alguna parte, supongo que sería en la época en que usted era adolescente, el artículo incluía los datos de su nacimiento y ahí estaba todo: fecha, lugar y hora. Es extraordinario lo relacionados que todos llegamos a estar.

Mandy regresó con el café y colocó la bandeja sobre la mesa: tres tazas y tres platillos, leche y azúcar, pero ninguna cafetera: una sutil omisión que determinaba la duración de nuestra visita. Nos pasamos nuestros cafés a medida que se marchaba.

–Hemos venido para hacerle unas preguntas concretas sobre el juicio de Katja Wolff –le informé.

–No ha tenido noticias suyas, ¿verdad? –El tono de voz de Cresswell-White era acerbo.

–¿Si he tenido noticias de ella? No. Desde que se marchó de nuestra casa, cuando mi hermana murió, no he vuelto a verla. Como mínimo... no creo haberla visto.

–¿No cree que...? –Cresswell-White cogió su taza de café y la sostuvo sobre la rodilla. Llevaba un traje de calidad, lana gris y hecho a medida, y las arrugas de los pantalones parecían haber sido colocadas allí por decreto real.

–No recuerdo el juicio –le dije–. No recuerdo con claridad esa época. Muchas partes de mi infancia están bastante borrosas, y estoy intentando recordar los hechos. –No le dije el motivo que me impulsaba a intentar recapturar el pasado. No usé la palabra *represión*, y fui incapaz de decir nada más.

–Ya veo. –Cresswell-White me dedicó una breve sonrisa que desapareció tan pronto como hizo presencia en su rostro. La sonrisa me pareció no sólo irónica, sino también para sí mismo, y el comentario que hizo a continuación corroboró mi suposición–. Gideon, ojalá todos nosotros pudiéramos beber de las aguas del río Leteo. Por lo que a mí respecta, seguro que dormiría mucho mejor. A propósito, ¿puedo llamarle Gideon? Siempre le he llamado así, aunque no nos conociéramos.

Fue una respuesta concluyente para la pregunta que me atormentaba, y el alivio que sentí al oírla me indicó lo graves que habían sido mis miedos.

–Así pues, no me llamaron a declarar, ¿verdad? No declaré contra ella en el juicio, ¿no es así?

–¡Santo Cielo! ¡Claro que no! Nunca consentiría que un niño de ocho años tuviera que pasar por algo así. ¿Por qué me lo pregunta?

–Gideon habló con la policía cuando su hermana murió –le contestó Libby con toda franqueza–. Como no recuerda muy bien el juicio, pensó que el hecho de declarar contra Katja fue lo que la llevó a ser encarcelada.

–¡Ya entiendo! Y ahora que ha salido, quiere prepararse en caso de que...

–¿Ya ha salido? –le interrumpí.

–¿No lo sabía? ¿No se lo han dicho sus padres? Les mandamos una carta explicándoselo. Hace más de... –Echó un vistazo a unos documentos que había en una de las carpetas– ... hace un poco más de un mes.

–No. No, no lo sabía. –Sentí unas pulsaciones repentinas en el cráneo, y vi ese diseño familiar de puntos brillantes de luz que siempre indica que esas pulsaciones se van a convertir en veinticuatro horas de palpitaciones. Pensé: «¡No, por favor! ¡Aquí y ahora, no!».

–Quizá no lo consideraran necesario –apuntó Cresswell-White–. Si tiene intención de acercarse a alguien de esa época, lo más probable es que se ponga en contacto con sus padres, ¿no cree? O conmigo. O con cualquier persona que declarara en su contra.

–Prosiguió diciendo más cosas, pero yo ya no podía oírle porque las pulsaciones eran cada vez más fuertes y los puntos de luz se habían convertido en un arco luminoso. Mi cuerpo era como un ejército invasor, y yo, que debería haber sido el general, me convertí en el objetivo.

Sentí que los pies se me empezaban a mover con violencia, como si quisieran sacarme de ese despacho. Inspiré aire y al hacerlo me volvió la imagen de esa puerta: esa puerta tan azul que había al final de las escaleras, con las dos cerraduras y el aro en el medio. La veía como si la tuviera delante. Quería ir hacia allí y abrirla, pero era incapaz de levantar la mano.

Libby pronunció mi nombre. Fue lo único que alcancé a oír además de las pulsaciones. Alcé la mano para pedir un minuto, un minuto para reponerme.

«¿De qué? –me preguntará, y se inclinará hacia mí, siempre dispuesta a intentar desenmarañar la historia–. ¿Reponerse de qué? Vuelva, Gideon.»

«¿Adónde?»

«A ese momento del despacho de Cresswell-White, a las pulsaciones, a lo que le provocó esas pulsaciones.»

«Fue el hecho de hablar sobre el juicio lo que hizo que se me acelerara el pulso.»

«Ya habíamos hablado del juicio con anterioridad. Debe de haber algo más. ¿Qué intenta evitar?»

No estoy evitando nada... Pero no está muy convencida, ¿verdad, doctora Rose? Se supone que debo escribir todo lo que recuerde, y usted ya ha empezado a preguntarse cómo me va a ayudar con mi música el hecho de recordar el juicio de Katja Wolff. Me previene. Me recuerda que la mente humana es fuerte, que se agarra a sus neurosis con una protección feroz, que posee la habilidad de negar y de confundir, y que esa expedición al Colegio de Abogados bien podría ser un esfuerzo monumental para la parte de mi mente que está bloqueada.

Las cosas tendrán que ser así, doctora Rose. No sé cómo enfrentarme a esto de otra manera.

«De acuerdo –me responde–. El rato que pasó con Cresswell-White, ¿le desencadenó algo más, aparte del episodio de la cabeza?»

Episodio. Escoge esa palabra a propósito, y soy consciente de ello. Pero no morderé el anzuelo que me ha echado, sino que le hablaré de Sarah-Jane. Porque eso es lo que averigüé en el despacho de

Cresswell-White: el papel que Sarah-Jane Beckett representó en el juicio de Katja Wolff.

19 de octubre, 21.00

–Después de todo, ella vivía en la casa con su familia y la señorita Wolff –declaró el señor Bertram Cresswell-White.

Había cogido la primera de las carpetas en las que ponía FISCALÍA GENERAL DEL ESTADO CONTRA WOLFF, y había empezado a ojear los documentos que había en el interior, leyendo de vez en cuando, si su memoria necesitaba ser refrescada. Y estaba en una posición muy buena para observar lo que sucedía.

–Así pues, ¿ella vio algo? –le preguntó Libby.

Había acercado su silla a la mía, y me había puesto la mano sobre la nuca como si supiera, sin necesidad de que yo se lo dijera, en qué estado se encontraba mi cabeza. Me acariciaba la nuca con dulzura y yo quería agradecérselo. Pero también sentía la indignación que el abogado sentía hacia esa muestra pública de cariño que me estaba profesando, y me puse más nervioso a causa de esa indignación, tal y como siempre hago cada vez que un hombre más mayor me observa con ojos críticos.

–Vio que Wolff estaba mareada por las mañanas, todas las mañanas durante el mes anterior a que la niña fuera asesinada –declaró–. Sabe que estaba embarazada, ¿verdad?

–Es lo único que me contó mi padre –le contesté.

–Sí. Bien. Beckett se dio cuenta de que a la chica alemana se le estaba acabando la paciencia. La niña, su hermana, la despertaba tres o cuatro veces cada noche, por lo tanto dormía poco y eso, sumado a las dificultades de los mareos matinales, hizo que se sintiera exhausta. Empezó a dejar a Sonia sola durante demasiado tiempo, y la señorita Beckett se dio cuenta de eso porque le daba clases en el mismo piso en el que se encontraba el cuarto de los niños. Al cabo de un tiempo, pensó que era su obligación contarles a sus padres que Katja no estaba cumpliendo con sus obligaciones. Ese hecho provocó una discusión que tuvo como consecuencia que despidieran a Wolff.

–¿Ese mismo día? –preguntó Libby.

Cresswell-White consultó uno de los documentos para poder responder:

–No. Le dieron un mes de tiempo. Tus padres fueron bastante generosos teniendo en cuenta la situación, Gideon.

–Sin embargo, ¿llegó a declarar en el juicio que había visto a Wolff maltratando a mi hermana? –le pregunté.

El abogado cerró la carpeta y contestó:

–Beckett testificó que la chica alemana y sus padres habían discutido. También declaró que había dejado que Sonia llorara en la cuna durante más de una hora en varias ocasiones. También afirmó que la noche en cuestión, oyó cómo Katja la bañaba. Pero fue incapaz de decir el lugar o la hora en la que había presenciado malos tratos.

–¿Quién lo hizo? –preguntó Libby.

–Nadie –contestó el abogado.

–¡Santo Cielo! –murmuré.

Cresswell-White pareció adivinar lo que yo estaba pensando, porque dejó la carpeta sobre la mesa junto a la taza de café y se apresuró a decir:

–Un caso judicial es como un mosaico, Gideon. Si no hay ningún testigo presencial del crimen, tal y como sucedió en esa situación, entonces cada una de las piezas del caso que la Fiscalía presenta deben en algún momento formar un dibujo desde el cual ver el cuadro completo. Ese cuadro completo es lo que convence al jurado de la culpabilidad de la acusada. Y eso es precisamente lo que sucedió en el caso de Katja Wolff.

–¿Testificó alguien más en su contra? –preguntó Libby.

–Sí, por supuesto.

–¿Quién? –Mi voz era débil; podía oír mi debilidad a la vez que me odiaba por no ser capaz de librarme de ella.

–El policía que escuchó su primera y única declaración, el médico forense que realizó la autopsia, la amiga con la que Wolff había estado hablando por teléfono durante un minuto, tal y como ella misma había declarado en un principio, mientras Sonia estaba sola en la bañera, su madre, su padre, sus abuelos. No se trata de animar a la gente para que incrimine directamente a la acusada, sino más bien de presentar los hechos reales ante un jurado y dejar que éste saque sus propias conclusiones. En consecuencia, todo el mundo contribuyó al mosaico final. Acabamos por tener el caso de una mujer alemana de veintiún años que se había hecho notoria por la publicidad que consiguió al escapar de su país natal, que fue capaz de emigrar a Inglaterra gracias a la buena voluntad de un grupo de monjas, y cuya celebridad, que le había alimentado el ego, se desvaneció con rapidez a su llegada; una mujer a la que le dieron un trabajo que incluía alojamiento y manutención, que se quedó embarazada, que en consecuencia se puso enferma, que fue incapaz de hacer frente a los hechos y que se desmoronó.

–Más que un caso de asesinato parece un caso de homicidio sin premeditación –comentó Libby.

–Y probablemente es así como lo habrían considerado si no se hubiera negado a declarar. Pero se negó. Fue un hecho muy arrogante de su parte, pero supongo que muy coherente con su pasado. Se negó a declarar. El hecho de que se negara a hablar con la policía, a excepción de esa única vez, y que también se negara a hablar con su abogado, sólo empeoró las cosas.

–¿Por qué se negó a hablar? –preguntó Libby.

–No lo sé con certeza. Pero la autopsia mostró que el cuerpo había sufrido fracturas de las que nadie sabía nada y que el médico no podía explicar, Gideon, y el hecho de que la chica alemana se negara a decir nada a nadie con respecto a Sonia hizo creer a todo el mundo que conocía el origen de esas fracturas. Y aunque se le indicó al jurado, tal y como se hacía en esa época, que el silencio de Wolff no se le debería tener en cuenta, los jurados están compuestos por seres humanos, ¿no es verdad? Pero estoy seguro de que ese silencio influenció en su decisión.

–Por lo tanto, lo que yo le conté a la policía...

Cresswell-White me indicó con un movimiento de la mano que no era lo que pensaba. Luego añadió:

–Leí su declaración. Obviamente, formó parte del sumario. De hecho, cuando me llamó, lo volví a leer. Y aunque lo podría haber tenido en cuenta hace veinte años, créame, no habría condenado a Katja Wolff sólo por su declaración. –Sonrió–. Después de todo, Gideon, sólo tenía ocho años. Mi hijo tenía la misma edad y, por lo tanto, yo era plenamente consciente de cómo se comportaban los niños. Tuve que considerar el hecho de que Katja Wolff quizá le hubiera reprendido por algo en los días que antecedieron a la muerte de su hermana. Y si ése hubiera sido el caso, podría haber utilizado su imaginación para vengarse un poco de ella, sin saber qué consecuencias podría tener lo que declaró en la comisaría.

–¡Ahora ya lo sabes, Gideon!

–Por lo tanto, tranquilícese si se siente culpable respecto a Katja Wolff –dijo Cresswell-White con dulzura–. Ella se hizo mucho más daño a sí misma del que usted jamás podría hacerle.

20 de octubre

¿Fue una venganza o fue un recuerdo, doctora Rose? Y si fue venganza, ¿por qué motivo? No recuerdo que nadie me hubiera reñido, a excepción de Raphael, y cuando éste lo hacía era para obligarme a escuchar una pieza que yo no acababa de tocar bien, y eso no me parecía un castigo en lo más mínimo.

«¿Era *El Archiduque* una de las obras que escuchaba?», me pregunta.

«No lo recuerdo. Pero sí que me acuerdo de otras obras. *El Lalo* y obras musicales de Saint-Saëns y Bruch.»

«¿Las tocaba bien? ¿Era capaz de tocarlas después de haberlas escuchado?»

«Sí, por supuesto. Las tocaba todas.»

«Pero no *El Archiduque*.»

«Esa obra siempre ha sido mi *bête noire*.»

«¿Quiere que hablemos de eso?»

«No hay nada de que hablar. *El Archiduque* existe. Nunca he sido capaz de tocarlo bien. Y ahora ni siquiera soy capaz de tocar el violín. Ni siquiera creo que pueda tocarlo en un futuro próximo. ¿Tendrá razón mi padre? ¿Estaremos perdiendo el tiempo? ¿Es simplemente un problema de nervios lo que me ha puesto en este estado y lo que ha propiciado que busque la solución en otra parte? Ya sabe lo que quiero decir: insistir para que alguien cargue con el problema y así no tener que enfrentarme con él. Entregárselo a la psiquiatra para ver qué hace ella.»

«¿Es eso lo que piensa, Gideon?»

«Ya no sé qué pensar.»

Después de salir del despacho de Bertram Cresswell-White nos dirigimos a casa en coche. Era evidente que Libby creía que habíamos encontrado una solución a mis problemas, ya que el abogado me había dado la absolución. La conversación era animada –me contaba lo que iba a hacerle a Rock la próxima vez que ese canalla intentara quedarse con su salario–, y cuando no cambiaba la marcha, me ponía la mano sobre la rodilla. Ella había sido la que había sugerido conducir mi coche, y yo ya estaba satisfecho. La absolución de Cresswell-White no me había aliviado el incipiente dolor de cabeza. Más me valdría no ponerme al volante.

De vuelta en Chalcot Square, Libby aparcó el coche, se dio la vuelta y exclamó:

–¡Ya tienes la respuesta que buscabas, Gideon! ¡Vayamos a celebrarlo!

Se inclinó hacia mí y acercó su boca a la mía. Sentí su lengua en mis labios y abrí la boca para permitir que me besara.

«¿Por qué?», me pregunta.

«Porque quería creer lo que me acababa de decir: que había encontrando las respuestas que había estado buscando.»

«¿Es ésa la única razón?»

«No, claro que no. Quería ser normal.»

«¿Y?»

De acuerdo. Conseguí responder de alguna forma. Tenía un dolor de cabeza terrible, pero la abracé, la sostuve entre mis brazos y le acaricié el pelo. Permanecimos así; mientras tanto, nuestras lenguas danzaban al son de la expectación que se estaba creando entre nosotros. Su boca sabía al café que se había bebido en el despacho de Cresswell-White, y bebí de ella sedientamente, con la esperanza de que esa sed repentina me llevara a sentir el hambre que hacía años que no sentía. Deseaba sentir esa hambre, doctora Rose. De repente, necesitaba sentirla para darme cuenta de que estaba vivo.

Con una mano aún acariciándole el pelo, y con la otra asiéndola hacia mí, le besé el rostro. Alargué la mano y le toqué el pecho, y sentí cómo el pezón se le endurecía, erecto, se le endurecía a través del suéter, y se lo apreté para provocarle dolor y placer, y ella gemía. Abandonó su asiento y se sentó en el mío, abriéndose de piernas encima de mí, besándome. Me llamaba «cariño», «cielo» y «Gid», y me desabotonaba la camisa a medida que yo le apretaba el pezón y se lo soltaba, se lo apretaba y se lo soltaba, y su boca estaba sobre mi pecho, y sus labios reseguían un recorrido que empezaba en el cuello, y yo quería sentir, quería sentir, y, por lo tanto, empecé a gemir y dejé que sus cabellos me cubrieran el rostro.

Olía una fragancia: menta fresca. Supongo que era del champú. Pero de repente ya no me encontraba en el coche. Estaba en el jardín trasero de nuestra casa de Kensington: era una noche de verano. He cogido unas cuantas hojas de menta y me las estoy pasando por las palmas de las manos para que me las perfumen, y oigo los sonidos antes de llegar a divisar a la gente. Parece el sonido de unos comensales que se relamen los labios después de una cena, que es precisamente lo que pienso al principio, pero después les veo entre la oscuridad al final del jardín, donde un destello de color –su pelo rubio– me llama la atención.

Están apoyados en el cobertizo de ladrillo en el que se guardan los utensilios de jardinería. Él me da la espalda. Ella le cubre la cabeza con las manos y le rodea el trasero con una pierna, apretándolo hacia ella, gimoteando, gimoteando sin parar. Ella tiene la cabeza echada hacia atrás y él la besa en el cuello, y no llego a ver quién es él, pero a ella sí que la veo. Es Katja, la niñera de mi hermana pequeña. Está con uno de los hombres de la casa.

«¿No puede ser cualquier otra persona? –me pregunta–. ¿No puede ser alguien de la calle?»

«¿Quién? Katja no conoce a nadie, doctora Rose. No ve a nadie, a excepción de la monja del convento y de una chica que viene a visitarla de vez en cuando, una chica llamada Katie. Y esa persona que está ahí afuera en la oscuridad no es Katie, porque me acordaría de ella. ¡Santo Cielo! Ahora ya me acuerdo de ella, porque Katie es gorda, divertida, viste con gusto y habla en la cocina mientras Katja le da de comer a Sonia. Katie dice que la huida de Katja de Berlín Este fue una metáfora para un organismo, pero en realidad lo que dijo no fue *organismo,* sino *orgasmo*, ¿no es así? Y es de lo único que sabe hablar.»

«Gideon –me dice–. ¿Quién es ese hombre? Fíjese en el cuerpo, en el pelo.»

«Ella le cubre la cabeza con las manos. Y, de todos modos, él está inclinado hacia ella. No le puedo ver el pelo.»

«¿No puede o no quiere? ¿De qué se trata, Gideon? ¿No puede o no quiere?»

«No puedo. *No puedo*».

«¿Ha visto al Inquilino? ¿A su padre? ¿A su abuelo? ¿A Raphael Robson? ¿Quién es, Gideon?»

«NO LO SÉ.»

Y entonces Libby se puso encima de mí, bajó las manos, hizo lo que hace una mujer normal cuando está excitada y quiere compartir su excitación. Se rió entrecortadamente y me dijo:

–No me puedo creer que lo estemos haciendo en tu coche.

Me quitó la hebilla del cinturón, me desabrochó los pantalones, puso los dedos en la cremallera y volvió a besarme en la boca.

Pero dentro de mí no había nada, doctora Rose. Ni hambre, ni sed, ni pasión, ni deseo. Ni una gota de sangre para despertar mi lujuria, ningún hinchamiento de venas para endurecer mi pene.

Le cogí las manos. No hacía falta que me inventara una excusa o que le dijera nada. Puede que sea americana –un poco ruidosa a veces, un poco vulgar, un poco demasiado informal, demasiado extrovertida y demasiado directa–, pero no es estúpida.

Se apartó de mí y se sentó de nuevo en su asiento.

–Soy yo, ¿verdad? –espetó–. Estoy demasiado gorda para ti.

–No seas idiota.

–No me llames idiota.

–Pues no te comportes como si lo fueras.

Se dio la vuelta hacia la ventana. Estaba empañada. La luz de la plaza se reflejaba a través del vapor y le confería cierto brillo apagado a las mejillas. La mejilla parecía redonda, y podía ver que estaba sonrojada, del tono de un melocotón a medida que crece y madura. El desespero que sentí –por mí, por ella, por los dos juntos– fue lo que me hizo continuar.

–Estás muy bien, Libby. Estás estupenda. Eres perfecta. No tiene nada que ver contigo.

–Entonces, ¿qué pasa? ¿Es por Rock? Es por él. Es porque aún estamos casados. Es porque sabes lo que me hace, ¿verdad? Lo has averiguado.

No sabía de lo que me estaba hablando, y tampoco deseaba saberlo.

–Libby, si aún no te has dado cuenta de que hay algo en mí, algo muy grave, que no acaba de funcionar...

Al oírlo, salió del coche. Abrió la puerta de par en par, la cerró de un golpe e hizo lo que nunca había hecho: ¡gritar!

–¡A ti no te pasa nada, Gideon! ¿Me oyes? ¡Nada de nada, joder!

Yo también salí del coche, y nos quedamos cara a cara por encima del capó.

–¡Sabes que te estás engañando! –exclamé.

–Lo único que sé es lo que tengo delante de mis narices. Y lo que tengo delante eres tú.

–Has oído cómo intentaba tocar. Te has sentado en tu casa y lo has oído. Además, lo sabes.

–¿Me estás hablando del violín? ¿Todo gira en torno a lo mismo, Gideon? ¡Maldito sea ese violín chupapollas! –Golpeó el capó del coche con una fuerza tal que me asusté–. Tú no eres el violín. La música es sólo a lo que te dedicas. No es, ni nunca lo ha sido, lo que tú eres.

–¿Y si no puedo tocar? ¿Qué sucede entonces?

–Entonces te puedes dedicar a vivir, ¿de acuerdo? ¡Haz el favor de empezar a vivir, joder! ¿O te parece una idea demasiado profunda?

–No lo entiendes.

–Entiendo más de lo que te crees. Entiendo que te has colgado de la idea de ser el señor Violín. Te has pasado tantos años rascando las cuerdas que no tienes ninguna otra identidad. ¿Por qué lo haces? ¿Qué intentas demostrar? ¿Quizá tu papá te querrá lo suficiente si sigues tocando hasta que te sangren los dedos? –Se dio la vuelta y se apartó del coche y de mí–. Ni siquiera sé por qué me preocupo por ti, Gideon.

Empezó a avanzar hacia la casa a grandes pasos y yo la seguí, y en ese momento me di cuenta de que la puerta principal estaba abierta y de que alguien estaba de pie en las escaleras de entrada y de que seguramente había estado allí desde que Libby aparcara el coche en la plaza. Le vio en el mismo instante que yo y, por primera vez, vi en su rostro una expresión que me indicaba que sentía una aversión hacia él que era tan fuerte –o más– que la que él sentía por ella.

–Entonces quizás haya llegado el momento de que dejes de preocuparte –respondió papá. Su voz era bastante agradable, pero sus ojos eran fríos, puro metal.

GIDEON

20 de octubre, 22.00

–¡Una chica encantadora! –exclamó papá–. ¿Siempre grita como una verdulera en medio de la calle o hoy ha sido algo especial?

–Estaba enfadada.

–Eso es bastante obvio. Por no decir nada de sus sentimientos hacia tu trabajo; quizá sea algo que debas considerar si deseas seguir saliendo con ella.

No tenía ganas de hablar de Libby con él. Desde un principio ha dejado muy claro lo que pensaba. No hace falta perder el tiempo intentando hacerle cambiar de opinión.

Estábamos en la cocina, adonde fuimos una vez que Libby se despidió de nosotros en las escaleras. Ella le había dicho: «Richard, apártate de mi camino», y había abierto la puerta de la verja con un estruendo. Había bajado a su piso a toda velocidad, y el volumen de su música pop nos ilustraba el estado de ánimo en el que se encontraba.

–Hemos ido a ver a Bertram Cresswell-White –le conté a papá–. ¿Te acuerdas de él?

–He estado mirando tu jardín –respondió papá, inclinando la cabeza hacia la parte trasera de la casa–. Las malas hierbas empiezan a estar demasiado altas, Gideon. Si no vas con cuidado, les taparán la luz a las demás plantas; bien, a las pocas que tienes. Ya sabes que si no te gusta la jardinería, siempre puedes contratar a un filipino. ¿Has contemplado esa posibilidad?

La música pop sonaba muy fuerte desde el piso de Libby. Había abierto las ventanas. Frases distorsionadas de una canción resonaban desde el piso de la planta baja: *How can your man... loves you... slow down, bay-bee...*

–Papá, te acabo de preguntar...

–A propósito, te he traído dos camelias. –Se dirigió a la ventana que daba al jardín.

«*...let him know... he's playing around!...*»

Ya había oscurecido; por lo tanto, no había nada que ver, a excepción de mi reflejo y el de papá en la ventana. El suyo era claro, el mío oscilaba cual fantasma, como si se viera afectado por el ambiente o por mi incapacidad de mostrarme fuerte.

–Las he plantado a ambos lados de la escalera –declaró papá–. La floración no es tan perfecta como esperaba, pero ya me estoy acercando.

–Papá, te estoy preguntando...

–Te he quitado las malas hierbas de dos maceteros, pero tendrás que encargarte del resto del jardín.

–¡Papá!

... a chance to feel... free to... the feeling grab you, bay-bee...

–O siempre le puedes pedir a tu amiga americana si te quiere ser de alguna utilidad, aparte de insultarte en medio de la calle o de entretenerte con su exquisito gusto musical.

–¡Maldita sea, papá! ¡Te estoy haciendo una pregunta!

Se dio la vuelta desde la ventana y contestó:

–Ya he oído la pregunta y...

Love him. Love him. Love him.

–... si no tuviera que competir con el entretenimiento auditivo de tu pequeña americana, quizá me plantearía respondértela.

–¡Entonces, ignora la música! –exclamé–. ¡Ignora también a Libby! Las cosas que no te interesan bien que las ignoras, ¿no es verdad, papá?

La música paró de repente, como si me hubiera oído. El silencio que siguió a mi pregunta creó el enemigo de la naturaleza, el vacío, y esperé a ver qué lo llenaría. Un instante después, Libby cerró su puerta de golpe. Un instante más tarde, el motor de la Suzuki retumbaba por toda la calle. Rugía a medida que le daba más gas. Entonces el sonido empezó a desvanecerse a medida que se alejaba de Chalcot Square.

Papá, con los brazos cruzados, me dirigió una mirada acusadora. Ambos estábamos en terreno peligroso, y sentía el peligro cual alambre conectado que cortaba el aire que nos separaba.

–Sí, sí, supongo que lo hago, ¿no es verdad? –respondió con tranquilidad–. Ignoro todo lo que me resulta desagradable para poder seguir viviendo.

Pasé por alto las implicaciones que había tras sus palabras. Poco a poco, como si me dirigiera a alguien que no hablara mi lengua, le pregunté:

–¿Te acuerdas de Cresswell-White?

Soltó un suspiro y se apartó de la ventana. Entró en la sala de música. Lo seguí. Se sentó junto al tocadiscos y las hileras de discos compactos. Yo me quedé junto a la puerta.

–¿Qué quieres saber? –me preguntó.

Interpreté la pregunta como una señal de conformidad; por lo tanto, proseguí:

–Recuerdo haber visto a Katja en el jardín. Era de noche. Estaba con alguien, con un hombre. Estaban... –Me encogí de hombros, ruborizado, consciente de lo infantil que era ese rubor, lo cual sólo hacía que me sintiera más incómodo–. Estaban juntos. Todo muy íntimo. No recuerdo quién era él. No lo vi bien.

–¿Qué importancia tiene?

–Ya lo sabes. Estoy intentando recordar. Ya sabes lo que ella, la doctora Rose, quiere que haga.

–Así pues, dime, ¿qué relación guarda este recuerdo en particular con tu música?

–Intento recordar todo lo que puedo. En el orden que puedo. Cuando puedo. Un recuerdo parece llevarme a otro, y si consigo relacionar unos cuantos, existe una posibilidad de que recuerde lo que me está impidiendo tocar.

–No hay nada que te impida tocar. Sencillamente no lo estás haciendo.

–¿Por qué no me respondes? ¿Por qué te niegas a ayudarme? Limítate a decirme con quién estaba Katja...

–¿Qué te hace pensar que lo sé? –me preguntó–. ¿O es que me estás preguntando si yo era el hombre que estaba en el jardín con Katja Wolff? Es obvio que mi relación con Jill indica que prefiero a las mujeres jóvenes, ¿no es verdad? Y si las prefiero ahora, ¿por qué no las podía preferir entonces?

–¿Vas a responderme?

–Debes saber que mis preferencias actuales son recientes y sólo conciernen a Jill.

–Por lo tanto, no eras el hombre que estaba con Katja Wolff en el jardín.

–No.

Lo observé. Me pregunté si me estaría diciendo la verdad. Pensé en la fotografía de Katja y de mi hermana, en la forma en que ella sonreía a quienquiera que fuera que estaba haciendo la fotografía, y en lo que esa sonrisa podría significar.

Con un gesto cansado que indicaba las hileras de CDs junto a la silla, comentó:

–Mientras te esperaba, Gideon, tuve la oportunidad de echar un vistazo a tu colección de CDs.

Esperé, cansado de esa forma de conversar.

–Tienes una colección bastante buena. ¿Cuántos tienes? ¿Trescientos? ¿Cuatrocientos?

No hice ningún comentario.

–Además tienes versiones diferentes de las mismas piezas musicales.

–Estoy seguro de que esto tiene su importancia –apunté al cabo de un rato.

–Pero no tienes ni un solo disco de *El Archiduque*. ¿A qué será debido? Me pregunto.

–Nunca me he sentido especialmente atraído por esa obra en particular.

–Entonces, ¿por qué querías tocarla en Wigmore Hall?

–Lo sugirió Beth. Sherrill estuvo de acuerdo. Y yo no puse ninguna objeción...

–¿Al hecho de no tocar una obra que no te gusta especialmente? –me preguntó–. ¿En qué demonios estabas pensando? El famoso eres tú, Gideon. Ni Beth ni Sherrill lo son. El que manda eres tú, no ellos.

–No quiero hablar del concierto.

–Lo comprendo. De verdad que lo comprendo. Te has negado a hacerlo desde el principio. De hecho, vas a ver a esa maldita psiquiatra porque no quieres hablar sobre el concierto.

–Eso no es verdad.

–Hoy han llamado a Joanne desde Filadelfia. Querían saber si serás capaz de hacer el concierto acordado. Los rumores han llegado a los Estados Unidos, Gideon. ¿Cuánto tiempo crees que podrás seguir engañando al mundo?

–Estoy intentando llegar al fondo de todo esto de la única manera que sé.

–Intentando llegar al fondo de todo esto –se burló–. No estás haciendo nada salvo optar por la cobardía, y nunca lo hubiera creído posible. Sólo doy gracias a Dios por el hecho de que tu abuelo no haya podido presenciar este momento.

–¿Das gracias por mí o por ti mismo?

Inspiró aire poco a poco. Apretó una de las manos y con la otra la acarició.

–¿Qué quieres decir exactamente?

No podía continuar. Habíamos llegado a uno de esos momentos en los que pensaba que si continuábamos el daño sería irreparable. Además, ¿qué sentido tenía continuar? ¿Qué provecho sacaría de forzar a mi padre a que examinara su propia niñez? ¿O su vida de adulto? ¿O todo lo que había hecho, sido o intentado hacer con el propósito de ser aceptado por el hombre que lo adoptó?

«Monstruos, monstruos, monstruos», le había gritado el abuelo al hijo que había traído tres de ellos al mundo. Porque yo también soy un monstruo de la naturaleza, doctora Rose. En el fondo, siempre lo he sido.

–Cresswell-White me ha contado que toda la gente de la casa testificó contra Katja Wolff –declaré.

Papá me observó con los ojos entornados antes de hacer un comentario, y no podía saber si su indecisión guardaba relación con mi pregunta o con el hecho de no haber respondido a la suya. Al cabo de un rato, contestó:

–No creo que sea una cosa tan extraña en un juicio por asesinato.

–También me dijo que a mí no me llamaron a declarar.

–Sí, es verdad.

–No obstante, recuerdo haber hablado con la policía. También te recuerdo a ti y a mamá discutiendo por el hecho de que yo hablara con la policía. También he recordado que había una gran cantidad de preguntas relacionadas con Sarah-Jane Beckett y James el Inquilino.

–Pitchford. –La voz de papá sonaba más grave, más cansada–. Se llamaba James Pitchford.

–Sí, de acuerdo. James Pitchford. –Había permanecido en pie todo ese rato, y en ese momento acerqué una silla y la llevé hacia donde papá estaba sentado. La coloqué delante de él–. En el juicio, alguien dijo que tú y mamá tuvisteis una discusión con Katja unos días antes de... lo que le sucedió a Sonia.

–Estaba embarazada, Gideon. Había descuidado sus responsabilidades. Tu hermana ya era lo bastante difícil de cuidar y...

–¿Por qué?

–¿Por qué? –Se frotó las cejas como si quisiera refrescar su propia memoria. Cuando bajó la mano, miró al techo en vez de a mí, pero tuve suficiente tiempo para ver que los ojos se le habían puesto rojos. Sentí una punzada de dolor, pero no lo detuve cuando prosiguió–. Gideon, ya te he recitado la letanía de las enfermedades de tu hermana. El hecho de que tuviera síndrome de Down tan sólo era la punta del iceberg. Estuvo constantemente en el hospital durante los dos años que vivió, y cuando no estaba allí, necesitaba que alguien la cuidara las veinticuatro horas del día. Ese alguien era Katja.

–¿Por qué no contratasteis a una enfermera profesional?

Se rió de buen humor y contestó:

–No teníamos suficiente dinero.

–El gobierno...

–¿Ayudas estatales? Impensable.

Algo se desató en mi interior, y oí los bramidos de mi abuelo en la mesa que decían: «¡No vamos a rebajarnos a pedir caridad, maldita sea! Un hombre de verdad mantiene a su familia, y si no puede hacerlo, en primer lugar, no debería haber formado una familia. Si eres incapaz de hacer frente a las consecuencias, Dick, no saques a relucir los trapos sucios. ¿Me oyes, hijo?».

Y a eso, papá añadió:

–Además, aunque hubiéramos intentado conseguir ayuda del estado, ¿qué habríamos conseguido una vez que hubieran averiguado el dinero que estábamos gastando en emplear a Raphael Robson y a Sarah-Jane Beckett? Podríamos habernos apretado el cinturón. En un principio, escogimos no hacerlo.

–¿Qué hay de la discusión que tuvisteis con Katja?

–¿Qué quieres saber? Sarah-Jane nos contó que Katja estaba descuidando sus obligaciones. Hablamos con la chica y durante la conversación nos enteramos de que tenía mareos matinales. Fue muy fácil adivinar que estaba embarazada. No lo negó.

–Así pues, la despedisteis.

–¿Qué más podíamos hacer?

–¿Quién la dejó embarazada?

–No nos lo quiso decir. Y no la despedimos porque no nos lo quisiera decir, ¿de acuerdo? Eso no tenía ninguna importancia. La despedimos porque era incapaz de cuidar de tu hermana como era debido. Además, había otros problemas, problemas anteriores que habíamos pasado por alto porque nos parecía que era muy cariñosa con Sonia, y eso nos complacía.

–¿Qué tipo de problemas?

–Nunca llevaba la ropa apropiada. Le habíamos pedido que llevara uniforme o bien una simple falda y una blusa. Por mucho que insistiéramos, se negaba. Nos dijo que necesitaba expresar su personalidad. Asimismo, tenía muchas visitas que entraban y salían a cualquier hora del día o de la noche, a pesar de que le advertimos que no debería visitarla tanta gente.

–¿Quién la visitaba?

–No lo recuerdo. ¡Santo Cielo! ¡Eso sucedió hace más de veinte años!

–¿Katie?

–¿Qué?

–Alguien llamada Katie. Era gorda. Llevaba ropa cara. Me acuerdo de Katie.

–Quizás hubiera una Katie. No lo sé. Venían del convento. Se sentaban en la cocina, hablaban, bebían café y fumaban cigarrillos. Y muchas de las veces en las que Katja salía con ellas en su noche libre, llegaba a casa borracha y era incapaz de levantarse por las mañanas. Lo que te estoy intentando decir, Gideon, es que ya había problemas antes de que se quedara embarazada. Ese embarazo, además de la enfermedad que lo acompañaba, fue la gota que colmó el vaso.

–Pero tú y mamá discutisteis con Katja cuando la despedisteis.

Se puso en pie de un salto, atravesó la sala y se quedó mirando la funda de mi violín, que ya llevaba días cerrada, el Guarneri fuera de mi vista para ver si así dejaba de atormentarme.

–Claro, no quería que la despidiéramos. Estaba embarazada de unos cuantos meses y, por lo tanto, era poco probable que nadie le fuera a dar trabajo. Discutió con nosotros. Nos suplicó que la dejáramos quedarse.

–Entonces, ¿por qué no se libró del bebé? Incluso en aquella época había... sitios, clínicas.

–Ésa no fue la decisión que tomó, Gideon. El porqué no lo sé. –Se puso en cuclillas y le quitó los cierres a la funda. Alzó la tapa. Dentro, el Guarneri yacía bruñido por la luz, y el resplandor de la madera parecía hacer una acusación para la que no tenía ni una sola respuesta–. Así pues, discutimos. Los tres. Y la siguiente vez que Sonia se puso difícil, fue el día siguiente, Katja... solucionó el problema. –Sacó el violín de la funda y cogió el arco. Con un tono de voz agradable y con los bordes de los ojos más rojos que antes, me dijo–: Ahora ya sabes la verdad. ¿Tocarás para mí, hijo?

Y quería hacerlo, doctora Rose. Pero sabía que no había nada dentro de mí, nada de lo que antes me había incitado a crear la música desde el alma para transportarla hasta el cuerpo, los brazos y los dedos. Ésa es mi maldición, incluso ahora.

–Esa noche recuerdo que había gente en la casa... cuando Sonia... recuerdo voces, pasos, mamá pronunciando tu nombre...

–Estábamos muy asustados. Todo el mundo tenía mucho miedo. Estaban los de la ambulancia, los bomberos, tus abuelos, Pitchford, Raphael.

–¿Raphael también estaba allí?

–Sí.

–¿Qué hacía?

–No lo recuerdo. Tal vez hablara por teléfono con la gente de Juilliard. Llevaba meses intentando convencernos de que deberías ir. Se había empeñado en que fueras; incluso mostraba más entusiasmo que tú.

–Por lo tanto, todo esto sucedió durante la época de Juilliard.

Papá bajó los brazos, que no habían dejado de ofrecerme el Guarneri.

El violín colgaba de una mano y el arco de la otra, huérfanos por mi atroz impotencia.

–¿Adónde nos va a llevar todo esto, Gideon? –me preguntó–. ¿Qué demonios tiene esto que ver con tu instrumento? Dios sabe que intento cooperar, pero no me estás dando ninguna referencia.

–Referencia, ¿para qué?

–Para saber si estás haciendo progresos. ¿Cómo sabes que estás progresando?

Y no pude responderle, doctora Rose. Porque la verdad es lo que él teme y lo que a mí me horroriza: soy incapaz de saber si estoy mejorando, si la dirección que he tomado me conducirá de nuevo a la vida que una vez conocí y que tanto amaba.

–La noche que sucedió... yo me encontraba en mi habitación. Me he acordado de eso. He recordado los gritos y los enfermeros, más bien el ruido que no el hecho de verlos, y a Sarah-Jane escuchando tras la puerta, conmigo en la habitación, diciendo que, después de todo, no haría falta que se marchara. Lo que no recuerdo es que ella tuviera intenciones de marcharse antes de que sucediera... lo de Sonia... lo que le pasó a Sonia.

Veía cómo la mano derecha de papá se tensaba alrededor del mástil del Guarneri. Estaba claro que ésa no era la respuesta que había esperado al sacar el violín de la funda.

–Un violín como éste necesita ser tocado –sentenció–. También necesita que lo guardes como es debido. ¡Mira el arco, Gideon! ¡Mira en qué estado está! ¿Cuándo fue la última vez que guardaste un arco sin destensarlo? ¿Ya no piensas en esas cosas ahora que sólo te esfuerzas en recordar el pasado?

Pensé en el día que había intentado tocar, el día que Libby me oyó, el día que estuve seguro de lo que hasta entonces sólo había sido una premonición: que mi música había desaparecido, y para siempre.

–Nunca solías hacer ese tipo de cosas –protestó papá–. Jamás dejabas el instrumento en el suelo. Lo guardabas para protegerlo del frío y del calor. Nunca estaba cerca de un radiador y a menos de seis metros de distancia de una ventana abierta.

–Si Sarah-Jane tenía planeado marcharse antes de que sucediera todo, ¿por qué no se marchó? –le pregunté.

–No has limpiado las cuerdas desde el día de Wigmore Hall, ¿verdad? ¿Cuándo fue la última vez que no limpiaste las cuerdas después de un concierto, Gideon?

–No hubo ningún concierto. No toqué.

–Y no has tocado desde entonces. Ni siquiera se te ha ocurrido hacerlo. No has tenido el valor de...

–Cuéntame cosas de Sarah-Jane Beckett.

–¡Maldita sea! Sarah-Jane Beckett no es el tema que nos ocupa.

–Entonces, ¿por qué no me respondes?

–Porque no hay nada que decir. Fue despedida. Sarah-Jane Beckett también fue despedida.

Jamás me hubiera imaginado esa respuesta. Pensaba que me diría que se había prometido, que había encontrado un empleo mejor o que sencillamente había decidido hacer un cambio en su carrera profesional. Pero que ella también fuera despedida junto con Katja Wolff... Ni siquiera había contemplado esa posibilidad.

–Teníamos que reducir gastos –apuntó papá–. No podíamos emplear a Sarah-Jane Beckett y a Raphael Robson, además de tener una niñera para Sonia. Por lo tanto, le dimos dos meses para que encontrara otra cosa.

–¿Cuándo?

–Poco antes de averiguar que también teníamos que despedir a Katja Wolff.

–Así pues, cuando Sonia murió y Katja se marchó...

–No había ninguna necesidad de que Sarah-Jane también lo hiciera. –Se dio la vuelta y volvió a colocar el Guarneri en su funda.

Sus movimientos eran lentos; la escoliosis le hacía parecer un hombre de ochenta años.

–Entonces, Sarah-Jane podría haber... –dije.

–Cuando ahogaron a tu hermana, Gideon, ella se encontraba con Pitchford. Lo juró y Pitchford lo confirmó. –Papá se puso en pie después de cerrar la funda y se volvió hacia mí. Parecía agotado. Sentí cómo la angustia, la culpa y el dolor me consumían al ver que le estaba obligando a recordar unos hechos que había enterrado junto a mi hermana. Pero tenía que continuar. Tenía la sensación de que era la primera vez que estábamos haciendo progresos desde mi episodio en Wigmore Hall (y sí, estoy usando esa palabra a propósito, tal y como usted hizo, doctora Rose, un «episodio») y, por lo tanto, no podía echarme atrás.

–¿Por qué no dijo nada? –le pregunté.

–Te acabo de decir que...

–No me refiero a Sarah-Jane Beckett, sino a Katja Wolff. Cresswell-White me contó que habló una sola vez con la policía y que no quiso hablar con nadie más. Sobre el crimen, quiero decir. Sobre Sonia.

–No puedo responder a esa pregunta. No sé la respuesta. No me importa. Y... –En ese instante cogió la partitura que había dejado en el atril el día que había intentado tocar y la cerró poco a poco, como si deseara poner fin a algo que ninguno de los dos quería nombrar–. No llego a entender por qué sigues empeñado en desenterrar el pasado. ¿No crees que Katja Wolff ya nos ha hecho suficiente daño?

–No se trata de Katja Wolff, sino de lo que sucedió –le respondí.

–Ya sabes lo que sucedió.

–No lo sé todo.

–Sabes lo suficiente.

–Lo que sé es que cuando pienso en mi vida, cuando hablo o escribo sobre ella, lo único que recuerdo con exactitud es la música: cómo empecé, cómo continué, los ejercicios que Raphael Robson me hacía practicar, los conciertos que hice, las orquestas con las que toqué, los directores, los primeros violines, los periodistas que me entrevistaron, las grabaciones que hice.

–Ésa ha sido tu vida. Eso es lo que eres.

Sin embargo, eso no coincidía con lo que me había dicho Libby. Podía oír como me gritaba de nuevo. Podía sentir su frustración. Podía ahogarme en la desdicha que anegaba su corazón.

Voy a la deriva, doctora Rose. Soy un hombre que ya no tiene país. Una vez existí en un mundo que reconocía y en el que me sentía cómodo, un mundo con fronteras claras, poblado por ciudadanos que hablaban una lengua que comprendía. Ahora aquel pasado me parece un país extranjero, pero no por ello menos extraño que la tierra por la que vago, sin guía y sin mapa, a merced de sus instrucciones.

11

Yasmin Edwards tuvo una mañana muy ajetreada, lo cual le hizo sentirse muy satisfecha. La habían llamado media docena de personas desde un asilo de Lambeth, y las seis mujeres en cuestión se presentaron en la tienda a la vez. Ninguna necesitaba peluca –solía reservarlas para las mujeres que estaban siendo tratadas con quimioterapia o que sufrían alopecia–, pero todas querían que las maquillaran, y Yasmin se sintió feliz de poder atenderlas a todas. Sabía lo que era sentirse desgraciada por culpa de un hombre, y no se sorprendió en absoluto cuando las mujeres empezaron a hablar en voz baja sobre su aspecto y sobre los cambios que esperaban que Yasmin Edwards pudiera hacerles. Por lo tanto, Yasmin las trató con dulzura, les ofreció café y galletas, y dejó que ellas mismas decidieran lo que querían, después de mirar unas revistas.

–¿Conseguirá que me parezca a una de éstas? –Fue la pregunta que rompió el hielo. Una de las mujeres, que no volvería a cumplir los sesenta y que debía de pesar más de ciento veinte kilos, había escogido la fotografía de una núbil modelo negra con pechos suntuosos y labios prominentes.

–¡Si consigues que me parezca a ella, me quedo a vivir en esta maldita tienda! –exclamó una de las otras mujeres. Las tímidas sonrisas se convirtieron en enérgicas risas, y todo fue más fácil a partir de entonces.

Por extraño que parezca, fue el olor a líquido de limpieza –que Yasmin estaba usando para limpiar las mesas después de que las mujeres se fueran– lo que le hizo pensar de repente en la mañana. Durante un momento, se preguntó por qué, pero después recordó que había estado limpiando la bañera de los pocos pelos que Daniel había dejado después de acabar de lavar las pelucas la noche anterior; en ese preciso instante Katja había entrado en el cuarto de baño para cepillarse los dientes.

–¿Vas a ir a trabajar? –le preguntó. Daniel ya se había marchado a la escuela y, en consecuencia, era la primera vez que podían hablar con libertad. O, como mínimo, eran libres para intentarlo.

–Por supuesto –contestó Katja–. ¿Qué te hace pensar que no iba a ir?

Aún tenía un ligero acento alemán. A veces Yasmin pensaba que el hecho de haber pasado veinte años sin hablar su lengua materna habría sido más que suficiente para que Katja cambiara sus hábitos más arraigados, pero aún se le notaba cierto acento. Había habido una época en la que a Yasmin le había encantado la forma de hablar inglés de su compañera, pero eso ya no era así. Era incapaz de saber cuándo el encanto había empezado a disminuir para ella. Pensó que no debía de hacer mucho tiempo. Pero no se podía permitir el lujo de poner una fecha exacta al cambio de sus sentimientos.

–Me dijo que habías faltado al trabajo. Cuatro veces en doce semanas.

Los ojos azules de Katja miraron fijamente a los de Yasmin en el espejo que había encima del lavamanos.

–¿Y tú te lo crees, Yas? Él es policía, y tú y yo somos... ya sabes lo que somos para él: convictas que vuelven a estar en la calle. Quizá tú no te dieras cuenta, pero yo me fijé en la forma en que nos miraba. ¿Qué razón podría tener un hombre como ése para decirnos cómo son las cosas si él va a servirse de mentiras para intentar separarnos?

Yasmin no podía negar que había una parte de verdad en lo que Katja estaba diciendo. En su opinión, uno nunca podía confiar en la policía. De hecho, no se podía confiar en nadie que formara parte del sistema judicial. En el sistema legal, los abogados contaban la historia y los hechos a su manera, presentándoselos ante el juez de tal modo que la libertad bajo fianza se consideraba imprudente y, en consecuencia, los llevaban al Tribunal de lo Penal: allí llegaban a la conclusión de que una condena larga sería la única forma de erradicar lo que ellos denominaban una plaga social. Como si ella hubiera sido una enfermedad y Roger Edwards hubiera sido la persona que la hubiera infectado; sin embargo, las cosas habían ido de otro modo: ella había sido una chica de diecinueve años que llevaba mucho tiempo siendo el juguete de padrastros, hermanastros y de los amigos de ambos; él había sido un australiano rubio que siguió a su novia hasta Londres con un libro de poemas bajo el brazo, y que luego fue abandonado por ésta. Era el mismo libro de poemas que él había dejado sobre la caja registradora del supermercado Sainsbury's, donde ella le cobraba una vez a la semana; un libro de poemas que le hizo pensar que él era mejor que los hombres a los que ella estaba acostumbrada.

Y era así. Era Roger Edwards, diferente a los demás en muchos aspectos, pero no en los más importantes.

Lo que hacía que un hombre y una mujer se sintieran atraídos nunca era una cuestión simple. Y aunque lo pareciera –pene erecto y coño ardiente–, nunca lo era. No había forma de explicarlo: su propia historia y la de Roger, sus miedos y la inmensa desesperación de Roger, las necesidades comunes y los pensamientos silenciados de lo que debería significar la relación para ellos. Lo único que importaba era lo que había sucedido. Y lo que había sucedido era una pesada colección de acusaciones que eran consecuencia de sus adicciones, y una serie aún más pesada de negativas que nunca eran suficientes, no sin pruebas que a la vez provocaban más acusaciones. Y todo esto fue alimentado por una paranoia creciente que se veía incrementada a su vez por el uso de las drogas y del alcohol, hasta que llegó un momento en el que ella quería que él saliera de su vida, de la vida de su hijo, del piso, por mucho que su hijo se quedara sin padre como muchos otros chicos de su comunidad, sin padre a pesar de la promesa que se había hecho a sí misma de que Daniel no crecería atrapado en una red de mujeres.

No obstante, Roger se había negado a marcharse. Él había luchado con fuerza. Lo había hecho del modo que un hombre lucha contra otro hombre: en silencio, con ahínco y con los puños apretados. Pero la que tenía el arma era ella y, por lo tanto, la usó.

Había cumplido cinco años de condena. Había sido arrestada y acusada. Yasmin medía metro ochenta y dos y, en consecuencia, era doce centímetros más alta que su marido, así pues, señoras y señores del jurado, ¿qué necesidad tendría esa mujer de usar un cuchillo para detenerle cuando él supuestamente empezó a abusar de ella? Roger se encontraba bajo la influencia de una sustancia extraña y, por lo tanto, sus puñetazos no le habían dado de lleno o simplemente le habían rozado en vez de golpearle la oscura piel, de amoratársela o, mucho mejor, de romperle los huesos. Con todo, ella agredió a ese hombre desafortunado con un cuchillo; además, consiguió clavárselo en el cuerpo ocho veces como mínimo.

Un poco más de sangre hubiera sido útil para la investigación que llevó a cabo la policía local. Me refiero, claro está, a la sangre de Yasmin, no a la de Roger. Tal y como fueron las cosas, lo único que tenía era la historia en sí: un tipo atractivo al que lo acaba de dejar la novia se siente atraído por una chica que está escondida del mundo. La convence para que salga de su escondite; ella le promete un fresco trago de olvido. Y si él usó un poco y bebió mucho, ¿por qué tenía que preocuparse? Al fin y al cabo, era un comportamiento que le era familiar. Fue el descenso a la pobreza y el dinero que le obligaba a ganar por las noches en los portales, en los coches aparcados, o apoyada en un árbol del parque con las piernas abiertas lo que ella no había estado dispuesta a aceptar de Roger Edwards.

«¡Márchate! ¡Márchate!», le había gritado. Y esas palabras y esos gritos fueron lo que después los vecinos recordaron.

«Cuéntenos la historia, señora Edwards –le había dicho la policía junto al cuerpo ensangrentado y completamente inerte de su marido–. Lo único que tiene que hacer es contarnos la historia y nosotros ya nos encargaremos de arreglarlo todo.»

El hecho de contar la historia a la policía le había supuesto cinco años de cárcel. Su idea de arreglarlo todo se había visto plasmada en cinco años de cárcel. Durante esos años no había podido estar con su hijo, había salido de la cárcel sin nada, y se había pasado los cinco años siguientes trabajando, planificando, suplicando, pidiendo dinero prestado e intentando recuperar el tiempo perdido. Así pues, Katja tenía razón y Yasmin lo sabía. Sólo una estúpida creería en lo que dijera un policía.

Pero no sólo tenía que luchar contra las palabras del policía con respecto a las ausencias de Katja: del trabajo, del piso y de todas partes. También estaba el asunto del coche. Y aunque no pudiera confiar en ese policía negro, el coche no le podía mentir.

–Se ha roto el faro del coche, Katja –le dijo–. El policía lo estuvo examinando ayer por la noche. Me preguntó cómo se había roto.

–¿Me estás haciendo la misma pregunta?

–Supongo que sí. –Yasmin empezó a limpiar la vieja bañera vigorosamente, como si al hacerlo y justo de esa manera pudiera eliminar las zonas en las que la porcelana se había desconchado y dejaba entrever el revestimiento de metal–. Que yo recuerde, no he chocado contra nada. ¿Y tú?

–¿Por qué quería saberlo? ¿Y a él qué le importa cómo se rompió el faro?

Katja había acabado de cepillarse los dientes y se inclinó hacia el espejo, observándose el rostro como siempre hacía, tal y como Yasmin había estado haciendo los primeros meses después de salir de la cárcel, con el fin de comprobar que realmente estaba allí, en esa habitación en particular, sin guardias, sin muros, sin cerraduras, con lo que le quedaba de vida e intentando no asustarse demasiado ante esa extensión, vacía y desestructurada, de tiempo.

Katja se lavó la cara y se la secó con una toalla. Se dio la vuelta, se apoyó en el lavabo y observó cómo Yasmin acababa de limpiar la bañera. Cuando Yasmin cerró los grifos, Katja habló de nuevo:

–¿Por qué nos sigue la pista, Yas?

–Te la sigue a ti –replicó Yasmin–. No va a por mí, sino a por ti. ¿Cómo se rompió el faro?

–¡Ni siquiera sabía que estaba roto! –protestó Katja–. No he mirado... Yas, ¿con qué frecuencia examinas la parte delantera del coche? ¿Sabías que estaba roto antes de que te lo indicara él? Quizá lleve muchas semanas roto. ¿Está roto del todo? ¿Siguen funcionando las luces? Lo más probable es que alguien chocara dando marcha atrás en el aparcamiento, o en la calle.

«Es verdad», pensó Yasmin. Pero ¿no había demasiada prisa, demasiada ansiedad en las palabras de Katja para creerlas? ¿Y por qué no le había preguntado de qué faro se trataba? ¿No era lógico que quisiera saber qué faro era?

–Podría haber sucedido mientras tú lo conducías, ya que ninguna de las dos sabía que estaba roto –añadió Katja.

–Sí –admitió Yasmin–. Ya entiendo.

–Entonces...

–Quería saber dónde estabas. Fue a tu trabajo e hizo preguntas sobre ti.

–Eso es lo que dice. Pero si en verdad habló con ellos, y si ellos le contestaron que había faltado cuatro días al trabajo, ¿por qué te lo contó a ti y no a mí? Me encontraba allí de pie, en la misma habitación que vosotros dos. ¿Por qué no me preguntó el motivo de mis ausencias? Piénsalo bien.

Yasmin lo hizo. Y cayó en la cuenta de que lo que Katja le estaba diciendo tenía cierta lógica. El agente no le había preguntado nada a Katja sobre los motivos que la habían obligado a faltar al trabajo, a pesar de que los tres se encontraban en la sala de estar. Se había limitado a contárselo a Yasmin, como si fueran viejos amigos que hacía tiempo que no se veían.

–Ya sabes lo que pretende –le advirtió Katja–. Quiere separarnos porque le será útil para sus propósitos. Y si consigue hacerlo, separarnos, me refiero, no creo que después se esfuerce mucho en intentar reconciliarnos de nuevo, aunque consiga lo que quiera... sea lo que sea que desee.

–Está investigando algo –contestó Yasmin–. O a alguien. Por lo tanto... –Respiró profunda y dolorosamente–. ¿Hay algo que no me hayas contado? ¿Me estás ocultando algo?

–Es así como funciona –contestó Katja–. Sucede exactamente lo que él quiere que suceda.

–Sin embargo, no estás respondiendo a mis preguntas, ¿no es verdad?

–Porque no tengo nada que decir. Porque no tengo nada que ocultar, ni a ti ni a nadie.

Le sostuvo la mirada. Su voz era firme. Tanto los ojos como la voz albergaban promesas. También le recordaron a Yasmin la relación que habían tenido, el consuelo que una había procurado y que la otra había aceptado, y lo que finalmente había surgido de ese consuelo para perpetuar su amistad. Pero en el corazón no había nada que no fuera indestructible. La experiencia se lo había enseñado a Yasmin Edwards.

–Katja, ¿qué pensarías si...?

–¿Si qué?

–Si...

Katja se arrodilló en el suelo, entre la bañera y Yasmin. Suavemente, le acarició la curva de la oreja con los dedos.

–Esperaste cinco años a que saliera –afirmó–. No hay ningún *si* que valga, Yas.

Se besaron larga y tiernamente, y Yasmin no pensó nada de lo que había pensado en un principio: «¡Qué locura! Estoy besando a una mujer... Me está tocando... Le estoy permitiendo que me acaricie. Su boca está aquí, allí, me está besando en el preciso lugar donde quiero ser besada... Es una mujer y lo que está haciendo es... Sí, sí, lo deseo. Sí». Lo único que pensaba era lo agradable que era estar con ella, lo agradable que era sentirse segura y a salvo.

En la tienda de pelucas, volvió a poner los artículos de maquillaje dentro de la caja y tiró a la basura los rollos de cocina que había usado para limpiar los asientos en que las mujeres se habían sentado, una por una, para que las embelleciera. Sonrió al recordarlas mentalmente, sonrientes, riéndose como adolescentes, disfrutando la oportunidad de ser algo más de lo que habían elegido ser. A Yasmin Edwards le gustaba su trabajo. Cuando lo pensaba, se hacía cruces al ver que una temporada en la cárcel le había proporcionado un oficio útil, una compañera y una vida que amaba. Sabía que era muy extraño haber conseguido todo eso después de los problemas que había tenido.

La puerta se abrió a sus espaldas. Seguro que era Ashaki, la hija mayor de la señora Newland, que venía a recoger la peluca recién lavada de su madre.

Yasmin se volvió hacia la puerta con una sonrisa de bienvenida.

–¿Podría hablar un momento con usted? –le preguntó el policía negro.

El comandante Ted Wiley fue la última persona de Henley-on-Thames a la que Lynley y Havers le mostraron la fotografía de Katja Wolff. No lo habían planeado así. En circunstancias normales habría sido el primero en verla porque, si tenían en cuenta que él les había dicho que era el mejor amigo de Eugenie Davies y que tenía la librería justo delante de Doll Cottage, era la persona que tenía más probabilidades de haber visto a Katja en Henley, si es que ésta había ido por allí. No obstante, a su llegada a Friday Street, se habían encontrado con que la librería estaba cerrada y con un cartel que rezaba: VOLVERÉ ENSEGUIDA, y que decía la hora en la que el comandante tenía previsto volver. Así pues, se dedicaron a enseñar la fotografía por las otras tiendas de la calle, pero sin éxito.

Havers, que no estaba sorprendida en absoluto, exclamó con paciencia de mártir:

–¡Seguimos la pista equivocada, inspector!

–Es una fotografía hecha en la cárcel –protestó Lynley–. ¡Es tan mala como las de los pasaportes! Es posible que no se le parezca. Probemos en el Club para Mayores de 60 Años antes de descartar la posibilidad. Si el hombre misterioso fue a buscarla allí, ¿por qué no podría haberlo hecho Katja Wolff?

El Club estaba bastante lleno, teniendo en cuenta la hora que era. La mayoría de los miembros presentes estaban enfrascados en lo que parecía un campeonato de bridge, aunque un ruidoso grupo de cuatro mujeres también estaba jugando muy en serio al Monopoly: docenas de hoteles rojos y casas verdes cubrían el tablero. Además, en una estrecha habitación que parecía ser una cocina, tres hombres y dos mujeres estaban sentados alrededor de una mesa, con carpetas abiertas ante ellos. La terrible cabeza rojiza de Georgia Ramsbottom sobresalía entre este último grupo, y el sonido de su voz retumbaba incluso con más fuerza que la de Fred Astaire, que estaba bailando muy apretado –o, como mínimo, lo simulaba– con Ginger Rogers en la pantalla de una televisión de una sala que había sido equipada con cómodos sillones.

–Pienso que sería mucho más razonable escoger a alguien del centro –decía Georgia Ramsbottom–. Como mínimo, deberíamos probarlo, Patrick. Si alguien del club deseara dirigirlo ahora que Eugenie ya no está...

Una de las mujeres la interrumpió, pero con un tono de voz más bajo. Georgia le contestó:

–Eso me parece una falta de consideración, Margery. Alguien tiene que velar por los intereses del club. Sugiero que nos olvidemos de nuestro dolor y que procedamos a ocuparnos de eso ahora mismo. Si no es hoy, tendremos que hacerlo antes de que más mensajes se queden sin responder –en ese instante señaló un fajo de Post-its en los que estaban escritos los mencionados mensajes– y antes de que más facturas se queden sin pagar.

Se produjo un murmullo que bien podría ser de asentimiento o de desaprobación, algo que no acabó de quedar muy claro, ya que en ese momento Georgia Ramsbottom divisó a Lynley y a Havers. Se excusó con sus compañeros de mesa y se dirigió hacia los agentes. Les informó de que el comité ejecutivo del Club Para Mayores de 60 Años estaba reunido, como si cada uno de los temas que el comité estaba tratando fuera de importancia nacional. También les dijo que el club no podía seguir sin timón y sin director durante mucho más tiempo, aunque les explicó que «un período adecuado de luto» por Eugenie Davies no obviaba necesariamente que el proceso de sustituirla no fuera un reto.

–No creo que nos lleve mucho tiempo –le respondió Lynley–. Sólo necesitamos unos pocos minutos con cada miembro del club, de uno en uno. Si fuera tan amable de organizar...

–¡Inspector! –exclamó Georgia, consiguiendo dotar a sus palabras de la cantidad de descaro adecuada–. Los miembros del Club para Mayores de 60 Años son gente muy reservada, honrada y seria. Si ha venido aquí pensando que alguno de ellos tuvo algo que ver con la muerte de Eugenie...

–No he venido aquí pensando en nada en particular –le interrumpió Lynley con educación, pero sin pasar por alto el pronombre de tercera persona que Georgia había usado para diferenciarse a ella del resto de los miembros del club–. Así pues, quizá pudiéramos empezar por usted, señora Ramsbottom. ¿Vamos a la oficina de la señora Davies o...?

Los miembros les siguieron con la mirada a medida que Georgia, muy estirada, los conducía hacia la puerta de la oficina. Ese día estaba abierta, y mientras entraban, Lynley se percató de que todos los objetos que habían guardado la más mínima relación con Eugenie Davies estaban colocados dentro de una caja de cartón que permanecía con aire de abandono sobre el escritorio. Se preguntó inútilmente qué entendía la señora Ramsbottom por «un período adecuado de luto» para la directora del club. Sin lugar a dudas, estaba haciendo todo lo posible por borrar cualquier rastro de Eugenie de allí.

Cuando Havers hubo cerrado la puerta y se hubo colocado delante de ella, libreta en mano, Lynley fue directo al grano. Se sentó detrás del escritorio, le hizo un gesto a Georgia Ramsbottom para indicarle que se sentara en la silla de delante y sacó la fotografía de Katja Wolff. ¿Había visto la señora Ramsbottom a esa mujer en las proximidades del club o de Henley en las semanas que precedieron a la muerte de Eugenie Davies?

Al ver la fotografía, Georgia pareció dispuesta a decir: «¿La asesina...?», en ese tipo de tono reverencial que habría sido tan útil en una novela de Agatha Christie. De repente se volvió muy servicial, como si se hubiera dado cuenta de que la policía no buscaba al asesino entre los miembros del club. Se apresuró a añadir:

–Yo ya sé que fue un asesinato, inspector, y no un simple caso de atropellamiento y fuga. El querido Teddy me lo contó cuando le llamé ayer por la noche.

Al otro lado de la sala, Havers pronunciaba con rimbombancia: *Querido Teddy*. «Amor frustrado entre las ruinas», implicaba su expresión. Apuntó algunas cosas en la libreta a toda prisa. Georgia oyó el sonido de su lápiz garabateando sobre el papel. Se dio la vuelta para mirarla.

–¿Sería tan amable de mirar la fotografía, señora Ramsbottom? –le sugirió Lynley.

Georgia lo hizo. Observó la fotografía. Se la acercó al rostro. La observó desde lejos. Inclinó la cabeza. Pero no, dijo por fin, nunca había visto a la mujer de la fotografía. No. Como mínimo, en Henley-on-Thames.

–¿La ha visto en alguna otra parte? –le preguntó Lynley.

–No, no. No quería decir eso. –Claro que tal vez la hubiera visto en Londres, ¿pasando por la calle, quizá?, cuando iba a ver a sus queridos nietos. Pero si la había visto, era incapaz de recordarla.

–Gracias –le dijo Lynley, dispuesto a despedirse de ella.

Pero reparó en que ella no tenía ninguna intención de marcharse de allí. Cruzó las piernas, pasó la mano por encima de uno de los pliegues de su falda, se alisó las medias y añadió:

–Hablará con Teddy, ¿verdad, inspector? –Más que una pregunta parecía una sugerencia–. El querido Teddy vive cerca de Eugenie, pero supongo que eso ya lo sabe, ¿no? Y si esa mujer rondaba por ahí o la visitaba, es posible que él lo sepa. De hecho, tal vez la misma Eugenie se lo contara porque eran muy buenos amigos, ¿no es verdad?, ellos dos, Teddy y Eugenie. Así pues, quizá le hiciera confidencias si esa mujer... –Entonces Georgia dudó, golpeándose ligeramente la mejilla con unos dedos cubiertos de anillos–. Pero no. ¡No! Después de todo, creo que no.

Lynley suspiró para sus adentros. No estaba dispuesto a participar en el juego de la información con esa mujer. Si quería disfrutar del poder de comunicarles lo que sabía en cuentagotas, tendría que buscarse a otro. Se permitió el lujo de decirle un «gracias, señora Ramsbottom», y le hizo un gesto a Havers para que la hiciera salir de la oficina.

Georgia reveló sus intenciones y prosiguió:

–De acuerdo. Hablé con el querido Teddy –confesó–. Tal y como ya les he dicho, lo llamé ayer por la noche. Después de todo, uno siempre quiere dar el pésame cuando otra persona ha perdido a un ser querido, incluso en situaciones en las que los niveles de devoción no estén tan equilibrados como a uno le hubiera gustado ver en la vida amorosa de un estimado amigo.

–Ese estimado amigo debe de ser el comandante Wiley –aclaró Havers con cierto grado de impaciencia.

Georgia le lanzó una mirada furibunda y se volvió de nuevo hacia Lynley:

–Inspector, creo que podría serle útil saber... no es que quiera hablar mal de los muertos... pero no creo que esto pueda considerarse hablar mal, porque, al fin y al cabo, son hechos.

–¿Qué intenta decirme, señora Ramsbottom?

–Me estaba preguntando si debería contarle algo que tal vez no guarde ninguna relación con el caso. –Esperó algún tipo de respuesta o confirmación. Al ver que Lynley no decía nada, se sintió obligada a continuar–. Pero tal vez sí que guarde relación. Sí, es probable. Y si no se lo cuento... como pueden ver estoy pensando en el pobre Teddy. Sólo de pensar que se pudiera hacer público algo que le resultara doloroso... Se me hace difícil de soportar.

A Lynley le pareció poco probable.

–Señora Ramsbottom, si sabe algo sobre la señora Davies que nos pueda ayudar a encontrar a su asesino, le conviene contárnoslo sin rodeos.

«Y a nosotros también nos conviene», decía la expresión de Havers. Parecía que le hubiese gustado estrangular a esa mujer exasperante.

–Si no es así –añadió Lynley–, tenemos trabajo que hacer. Agente, si hiciera el favor de ayudar a la señora Ramsbottom a organizar a los demás miembros para los interrogatorios...

–Se trata de Eugenie –se apresuró a decir Georgia–. Odio tener que contárselo, pero lo haré. Es esto: ella no le correspondía, no del todo.

–¿A qué se refiere?

–A los sentimientos de Teddy. Ella no compartía el entusiasmo de sus sentimientos hacia ella, pero él no se daba cuenta.

–Pero usted sí –apuntó Havers desde la puerta.

–No estoy ciega –le respondió a Havers por encima del hombro. Luego se volvió hacia Lynley–. Ni soy estúpida. Había otra persona y Teddy no lo sabía. De hecho, aún no lo sabe, pobre hombre.

–¿Otra persona?

–Mucha gente estaría de acuerdo en que había algo que ocupaba la mente de Eugenie constantemente, y eso era lo que le impedía intimar con Teddy. Pero yo diría que más bien era «alguien», y que aún no se había atrevido a darle la noticia al pobre hombre.

–¿Llegó a verla con otra persona? –le preguntó Lynley.

–No me hacía falta –contestó Georgia–. Veía perfectamente lo que hacía cuando estaba aquí: las llamadas telefónicas que respondió con la puerta cerrada, los días que se marchó a las once y media y que nunca regresó. Y esos días venía al club en coche, mientras que los demás venía andando desde Friday Street. Además, esos días que venía en coche no iba a hacer de voluntaria a la residencia de ancianos, porque a Quiet Pines iba los lunes y los miércoles.

–¿Y qué días se marchaba a las once y media?

–Los jueves o los viernes. Siempre. Una vez al mes. Algunas veces dos. ¿A usted qué le sugiere, inspector? A mí me sugiere una cita amorosa.

Lynley pensó que podría sugerir cualquier cosa, desde una visita al médico a una sesión en la peluquería. No obstante, a pesar de que lo que Georgia Ramsbottom les estaba contando estaba adornado por el obvio desagrado que sentía hacia Eugenie Davies, Lynley no podía pasar por alto el hecho de que esa información coincidía con lo que habían visto apuntado en la agenda de la mujer muerta.

Después de darle las gracias por su cooperación –a pesar de lo mucho que había tenido que luchar para conseguirla–, Lynley mandó a la mujer de nuevo a su comité e hizo que Havers la ayudara a organizar el resto de los miembros del club para que examinaran personalmente la fotografía de Katja Wolff. Era obvio que todo el mundo quería ser útil, pero nadie fue capaz de afirmar haber visto a la mujer fotografiada en los alrededores del club.

Se dirigieron de nuevo hacia Friday Street, donde Lynley había aparcado el coche delante de la diminuta casa de Eugenie Davies. Mientras andaban, Havers le preguntó:

–¿Satisfecho, inspector?

–¿De qué?

–De la perspectiva Wolff. ¿Ya está satisfecho?

–No del todo.

–Pero no es posible que todavía la sigas considerando la asesina. No después de esto. –Lo dijo señalando el Club para Mayores de 60 Años con el dedo pulgar–. Si Katja Wolff atropelló a Eugenie Davies, primero tendría que haber sabido adónde se dirigía esa noche, ¿no cree? O tendría que haberla seguido hasta Londres desde aquí, ¿no está de acuerdo?

–Eso me parece obvio.

–Por lo tanto, en cualquiera de los casos, tendría que haber establecido algún tipo de contacto con ella después de salir de la cárcel. Ahora bien, quizá las conversaciones telefónicas nos den una alegría y podamos comprobar que Eugenie Davies y Katja Wolff se pasaron las noches de estas doce últimas semanas hablando por teléfono como unas colegialas por razones totalmente incomprensibles. Pero si no conseguimos nada de los registros telefónicos, entonces sólo nos quedará pensar que alguien la siguió hasta Londres desde aquí. Y ambos sabemos a quién le habría resultado muy fácil hacer eso, ¿no es verdad? –Señaló la puerta de la librería, de la que ya habían quitado el cartel de VOLVERÉ ENSEGUIDA.

–Veamos lo que nos puede contar el comandante Wiley –sugirió Lynley. Después abrió la puerta.

Encontraron a Ted Wiley desempaquetando una caja de libros nuevos y disponiéndolos sobre una mesa de la que colgaba un letrero escrito a mano que rezaba: NOVEDADES. No estaba solo. En el extremo más alejado de la tienda, una mujer que llevaba la cabeza cubierta con un pañuelo de cachemira estaba sentada en un cómodo sillón, bebiendo felizmente de la tapa de un termo con un libro abierto sobre las rodillas.

–Vi su coche al regresar –afirmó Wiley haciendo referencia al Bentley mientras sacaba tres libros de la caja. Les quitó el polvo uno por uno con un trapo antes de dejarlos sobre la mesa–. ¿Qué han conseguido averiguar?

Lynley pensó que ese hombre tenía una habilidad innata para dirigir y pedir. Parecía dar por sentado que los detectives de Londres habían ido hasta Henley-on-Thames con la intención de informarle sobre los últimos progresos.

–El incipiente estado de la investigación aún no nos permite llegar a ninguna conclusión, comandante Wiley –le replicó.

–Lo único que sé –afirmó Wiley– es que cuanto más tiempo pase más difícil será coger a ese cabrón. Deben de tener alguna pista. Sospechosos. Algo.

Lynley, mostrándole la fotografía de Katja Wolff, le preguntó:

–¿Ha visto alguna vez a esta mujer? Quizás en el vecindario o en cualquier otra parte de la ciudad.

Wiley rebuscó en el bolsillo interior de la chaqueta y sacó unas gafas de aspecto pesado y con montura de concha; las abrió con una mano y se las colocó sobre su grande y rojiza nariz. Miró el rostro de Katja Wolff de soslayo durante sus buenos quince segundos antes de preguntar:

–¿Quién es?

–Se llama Katja Wolff. Es la mujer que ahogó a la hija de Eugenie Davies. ¿La reconoce?

Wiley examinó la fotografía de nuevo, y por la expresión de su cara era evidente que deseaba reconocerla, posiblemente para poner fin a la ansiedad que le suponía el hecho de no saber quién había atropellado y matado a la mujer que amaba, o quizá por un motivo totalmente diferente. Pero al cabo de un rato negó con la cabeza y le devolvió la fotografía a Lynley.

–¿Qué saben de ese tipo? –les preguntó–. Del tipo del Audi. Estaba muy furioso. Estoy seguro de que tenía intención de hacerle daño a alguien. Y la forma en la que arrancó el coche... Era precisamente la clase de desgraciado que suele cabrearse. Como no puede conseguir lo que quiere, expresa su disconformidad y eso suele tener como consecuencia un cadáver, o varios. Ya saben a la clase de gente a la que me refiero. Hungerford, Dunblane...

–No le hemos descartado –respondió Lynley–. Los agentes de Londres están examinando una lista de todos los propietarios de Audis de Brighton. Pronto sabremos algo.

Wiley soltó un gruñido y se quitó las gafas. Las volvió a poner en el bolsillo de la chaqueta.

–Nos dijo que la señora Davies deseaba hablar con usted –apuntó Lynley–, que le dijo claramente que tenía algo que contarle. ¿Tiene alguna idea de lo que podía ser, comandante Wiley?

–Ninguna. –Wiley metió la mano en la caja para sacar más libros. Quitó el polvo de la portada, e incluso llegó a abrirlos uno por uno y a pasar los dedos por la solapa interior para ver si había alguna imperfección.

Mientras lo hacía, Lynley reflexionó sobre el hecho de que un hombre normalmente sabe si la mujer que ama corresponde a sus emociones. Un hombre también sabe –era imposible no saberlo– cuándo la pasión de la mujer que ama empieza a marchitarse. A veces se engaña a sí mismo, y lo niega hasta que llega un momento en el que ya no puede seguir haciéndolo ni escapar de ese engaño. Pero si las cosas no van bien siempre lo sabe, aunque sea de forma inconsciente. Aunque admitirlo abiertamente es una forma de tortura. Y algunos hombres son incapaces de hacer frente a esa tortura y, por lo tanto, escogen otro sistema para resolver el asunto.

–Comandante Wiley –continuó Lynley–, ayer oyó los mensajes del contestador de la señora Davies. Oyó voces de hombre y, en consecuencia, no le sorprenderá que le pregunte si la señora Davies salía con algún otro hombre además de usted, y si eso era tal vez lo que había deseado decirle.

–Lo he pensado –contestó Wiley con tranquilidad–. De hecho, no he parado de hacerlo desde que... ¡maldita sea! –Movió la cabeza a uno y otro lado y se metió la mano en el bolsillo del pantalón. Sacó un pañuelo y causó tal estrépito al sonarse que seguro que interrumpió la lectura de la mujer del sillón. Ésta miró alrededor de la librería, vio a Lynley y a Havers y preguntó:

–¿Comandante Wiley? ¿Va todo bien?

Wiley asintió con la cabeza, alzó una mano como si quisiera confirmarlo y se dio la vuelta para que no pudiera verle la cara. Debió de parecerle una respuesta adecuada, ya que prosiguió leyendo a medida que Wiley le decía a Lynley:

–Me siento como un estúpido.

Lynley esperó a que continuara. Havers empezó a golpear el cuaderno con el lápiz y frunció el ceño.

Wiley se repuso y les contó algo que le costó mucho de explicar: las noches que vigilaba la casa de Eugenie Davies desde la ventana del primer piso, y una noche en particular en la que su vigilancia fue por fin recompensada.

–Era la una de la madrugada –declaró–. Era el tipo del Audi. Y el modo en que le acarició... Sí, sí, yo la amaba y ella estaba liada con otra persona. ¿Cree posible que fuera eso lo que intentara decirme, inspector? No lo sé. No lo quise saber entonces, ni tampoco lo quiero saber ahora. ¿Qué importancia podría tener?

–Lo importante ahora es encontrar al asesino –espetó Havers.

–¿Cree que fui yo?

–¿Qué clase de coche tiene?

–Un Mercedes. Está ahí mismo, delante de la librería.

Havers miró a Lynley como si esperara instrucciones, y éste hizo un gesto de asentimiento. Salió a la calle y los dos hombres la observaron mientras hacía una inspección completa de la parte delantera. Era negro, pero el color no tenía ninguna importancia si no había ninguna abolladura.

–Yo nunca le habría hecho daño –declaró Wiley sosegadamente–. Yo la amaba. Confío en que comprendan lo que eso significa.

«Y lo que implica», pensó Lynley. No obstante no dijo nada; se limitó a esperar a que Havers acabara la inspección y a que entrara de nuevo. «Está limpio», le indicó la expresión de sus ojos. Lynley reparó en que se sentía desilusionada.

Wiley captó el mensaje. Se permitió el placer de decir:

–Espero que eso les satisfaga. ¿O también me quieren acusar?

–Supongo que espera que hagamos nuestro trabajo –apuntó Havers.

–Entonces, háganlo –respondió Wiley–. Ha desaparecido una de las fotografías de casa de Eugenie.

–¿Qué clase de fotografía? –le preguntó Lynley.

–La única en la que la niña salía sola.

–¿Por qué no nos lo contó ayer?

–No me di cuenta. No me he percatado hasta esta misma mañana. Las tenía alineadas sobre la mesa de la cocina. Tres hileras de cuatro. Pero Eugenie tenía trece fotografías de sus hijos en la casa –doce de los dos y una de la niña– y, a no ser que la hubiera llevado de nuevo al piso de arriba, la fotografía ha desaparecido.

Lynley se quedó mirando a Havers. Ésta negó con la cabeza. No había visto ninguna fotografía en las tres habitaciones que había inspeccionado en el primer piso de Doll Cottage.

–¿Cuándo fue la última vez que vio esa fotografía? –le preguntó Lynley.

–Siempre que iba a su casa, las veía todas. No como estaban ayer, en la cocina, sino repartidas por la casa: en la sala de estar, en el primer piso, en el rellano, en la habitación de coser.

–Tal vez la hubiera llevado a enmarcar –sugirió Havers–. O quizá la hubiera tirado.

–Nunca habría hecho una cosa así –repuso Wiley, horrorizado.

–O quizá la regalara o se la dejara prestada a alguien.

–¿Una fotografía de su hija? ¿A quién se la podría haber regalado?

Lynley sabía que era una pregunta que no podía quedar sin respuesta.

Cuando estuvieron de nuevo en Friday Street, Havers sugirió otra posibilidad:

–Podría habérsela enviado por correo a alguien. A su marido, por ejemplo. ¿No, inspector? ¿Viste fotografías de su hija en el piso cuando fuiste a interrogarle?

–No vi ninguna. Sólo vi fotografías de Gideon.

–¿Te das cuenta? Habían estado en contacto por teléfono, ¿verdad? Hablaban del pánico al escenario que siente Gideon, ¿por qué no podrían haber hablado también de su hija? Así pues, él le pidió una fotografía y ella se la mandó. Eso es bastante fácil de averiguar, ¿no crees?

–Sin embargo, me parece muy extraño que no tuviera ninguna fotografía de su hija, Havers.

–La naturaleza humana es extraña –añadió Havers–. Pensaba que ya te habrías dado cuenta después de tanto tiempo en el cuerpo de policía.

Lynley no se lo podía discutir, y sugirió:

–Echemos otro vistazo a su casa para asegurarnos de que la fotografía no está ahí.

Era cuestión de pocos minutos verificarlo de nuevo y demostrar que el comandante Wiley estaba en lo cierto. Las doce fotografías de la cocina eran las únicas que quedaban en la casa.

Lynley y Havers se encontraban de pie en la sala de estar, reflexionando sobre eso, en el instante en que empezó a sonar el móvil de Lynley. Era Eric Leach, y le llamaba desde la sala de incidencias de la comisaría de Hampstead.

–Hemos encontrado a alguien –le dijo a Lynley sin preámbulo y con voz de satisfacción–. El hombre que llamó desde un número Cellnet tiene un Audi y vive en Brighton.

–¿Ian Staines? –preguntó Lynley al recordar el nombre que habían asociado con ese número de teléfono–. ¿Su hermano?

–El mismo. –Leach les dio la dirección y Lynley la anotó en la parte trasera de una de sus tarjetas de visita–. Vayan a interrogarle –les ordenó–. ¿Han averiguado algo sobre Wolff?

–No, nada. –Lynley le explicó brevemente la conversación que habían mantenido con los miembros del Club Para Mayores de 60 Años y con el comandante Wiley, y también le contó a Leach que faltaba una fotografía.

El comisario les ofreció otra interpretación:

–Se la podría haber llevado a Londres.

–¿Para enseñársela a alguien?

–Eso nos llevaría de nuevo a Pitchley.

–Pero ¿qué motivos podía tener para enseñarle la fotografía? ¿O para dársela?

–Estoy convencido de que desconocemos muchas cosas de esta historia –apuntó Leach–. Consigan una fotografía de Eugenie Davies. Seguro que hay alguna en la casa. O Wiley tendrá alguna. Muéstrenla en The Valley of Kings y en el Comfort Inn. Existe la posibilidad de que alguien la recuerde.

–¿Con Pitchley?

–Le gustan mayorcitas, ¿no es verdad?

Cuando la policía se fue, Ted Wiley ordenó a la señora Dilday que vigilara la librería. Había sido una mañana tranquila, y no parecía que las cosas fueran a cambiar a lo largo de la tarde; por lo tanto, no sintió ningún remordimiento al poner a su entregada clienta a cargo de la librería. Ya era hora de que hiciera algo para merecerse el privilegio de leerse todos los libros de éxito sin comprar nada, a excepción de alguna tarjeta de felicitación; así pues, la hizo levantar de su sillón favorito y le explicó cómo funcionaba la caja registradora.

Después subió a su casa.

Se encontró a *BP* dormitando bajo los tenues rayos de sol. Pasó por encima del perro perdiguero y se acercó al antiguo escritorio de Connie, debajo de cuya inclinada superficie había guardado los folletos de las futuras temporadas de ópera en Viena, Santa Fe y Sydney. Había albergado la esperanza de que una de esas temporadas le serviría de telón para intensificar su relación con Eugenie. Viajarían a Austria, a los Estados Unidos o a Australia y disfrutarían con Rossini, Verdi o Mozart a medida que comprobaban lo felices que se sentían juntos y que profundizaban en la naturaleza de su amor. Se habían acercado poco a poco hacia ese fin a lo largo de tres largos y cautelosos años, y habían construido una relación que estaba compuesta de ternura, devoción, afecto y apoyo moral. Se habían dicho a sí mismos que todo lo demás que ocurría entre un hombre y una mujer que salían juntos –en particular el sexo– llegaría a formar parte de la relación con el tiempo.

Había sido un alivio para Ted después de la muerte de Connie –por no decir nada de la constante persecución que había sufrido por parte de otras mujeres– encontrarse en compañía de una mujer que había querido establecer una relación sólida antes de vivir juntos. Pero entonces, después de que la policía se marchara, Ted se había obligado por fin a aceptar una realidad que ni siquiera había sido capaz de considerar antes de ese momento: que las dudas de Eugenie, que sus cariñosos y siempre amables «aún no estoy preparada, Ted» eran en realidad una prueba de que no estaba preparada para él. Porque, ¿qué otra cosa podía significar que otro hombre la hubiera llamado por teléfono y hubiera dejado un mensaje teñido de desesperación en su contestador automático? ¿Que un hombre hubiera salido de su casa a la una de la madrugada? ¿Que un hombre se le hubiera acercado en el aparcamiento del Club Para Mayores de 60 Años y le hubiera suplicado del modo que un hombre suplica cuando todo –y especialmente su corazón– está en juego? Sólo había una respuesta a todas esas preguntas, y Ted sabía cuál era.

Se había portado como un tonto. En vez de sentirse agradecido por la bendita tregua antes de pasar a la acción que las reservas de Eugenie le habían prometido, debería haber sospechado de inmediato que estaba liada con otro hombre. Pero no lo había hecho porque Eugenie había sido un gran alivio después de las exigencias carnales de Georgia Ramsbottom.

Le había llamado la noche anterior. Su «Teddy, lo siento muchísimo. Hoy he hablado con la policía y me han dicho que Eugenie... Querido Teddy, ¿puedo hacer algo por ti?» apenas había podido ocultar el entusiasmo con el que había hecho la llamada. «Voy a venir a verte de inmediato –le había dicho–. No hay peros que valgan, querido. No puedes pasar por todo esto tú solo.»

Ni siquiera había tenido la oportunidad de protestar y no había tenido el valor de irse antes de su llegada. Se había presentado en su casa apenas diez minutos después, con una bandeja en la que llevaba su especialidad: pastel de carne y patata. Quitó el papel de aluminio que lo cubría y vio que el pastel era deprimentemente perfecto, con pequeñas crestas adornadas que parecían olas bordeando el puré de patata. Mientras le dedicaba una amplia sonrisa, le dijo: «Aún está un poco caliente, pero si lo metemos en el microondas, estará perfecto. Debes comer, Teddy, y sé que no lo estás haciendo. ¿O me equivoco?». Ni siquiera había esperado una respuesta. Se había dirigido directamente al microondas y había cerrado la puerta tan pronto como había puesto el pastel dentro, y después se había empezado a mover con rapidez por la cocina, sacando platos y cubiertos de armarios y cajones con la autoridad implícita de una mujer que quiere demostrar que está familiarizada con el domicilio de un hombre.

«Estás anonadado –le había dicho–. Lo veo en tu cara. ¡Lo siento tanto! Sé lo buenos amigos que erais. Y perder a una amiga como Eugenie... Debes permitirte expresar tu dolor, Teddy.»

«Amiga», pensó. Ni amante. Ni esposa. Ni prometida. Ni compañera. Amiga y todo lo que esa palabra implicaba.

En ese momento odió a Georgia Ramsbottom. La odió no sólo por el hecho de que había irrumpido en su soledad cual barco que rompe el hielo del océano, sino también por la agudeza de su percepción. Le había dicho como quien no quiere la cosa lo que él ni siquiera se había atrevido a pensar: su imaginación y sus anhelos habían creado el vínculo que pensaba haber tenido con Eugenie Davies.

Las mujeres que estaban interesadas por un hombre mostraban su interés. Lo mostraban pronto y sin ningún tipo de vergüenza. No podían hacer otra cosa en una época y en una sociedad en la que el número de mujeres superaba con creces a la cantidad de hombres disponibles. Georgia era una prueba de ello, al igual que las otras mujeres que la habían precedido en sus años de viudedad. Se bajaban las bragas antes de que el hombre les pudiera decir de modo tranquilizador: «¡Ya no soy tan joven!». Y si no se bajaban las bragas era porque tenían las manos demasiado ocupadas en la entrepierna. Pero Eugenie no había hecho nada de eso, ¿verdad? Recatada Eugenie. Dócil Eugenie. Maldita Eugenie.

Se había sentido tan airado que había sido incapaz de responder a los comentarios de Georgia. Deseaba golpear algo duro con el puño. Deseaba romperlo. Georgia interpretó su silencio como una especie de estoicismo, ese orgullo que era el gran logro de todos los británicos honrados. Le había dicho: «Ya lo sé. Ya lo sé. Y es espantoso, ¿verdad? Cuanto mayores seamos, más muertes tendremos que presenciar de nuestros amigos. Pero he descubierto que lo importante es cuidar a las estimadas amistades que nos quedan. Por lo tanto, no debes alejarte de los que se preocupan tanto por ti, Teddy. No estamos dispuestos a aceptarlo».

Había alargado la mano por encima de la mesa y le había acariciado el brazo con su incrustación de anillos. Había pensado de inmediato en las manos de Eugenie y en lo diferentes que eran de las de esa sanguijuela desesperada. Sin anillos, uñas bien cortas y medias lunas plateadas en la parte inferior.

«No nos des la espalda, Teddy –le había dicho Georgia mientras le apretaba el brazo con la mano–. A ninguno de nosotros. Estamos aquí para ayudarte a superarlo. Te tenemos un gran y profundo afecto. Ya lo verás.»

Parecía que su corto y desgraciado pasado con Teddy nunca hubiera existido para ella. El fracaso de Ted y el desprecio que ella había sentido al presenciarlo parecían haberse esfumado a una tierra lejana. Los años que había pasado sin marido le habían enseñado evidentemente qué era importante y qué no lo era. Era una mujer diferente, tal y como él vería una vez que él le permitiera entrar de nuevo en su vida.

Ted lo comprendió al observar cómo le acariciaba el brazo y al fijarse en la tierna sonrisa que le había dedicado. La bilis se le subió a la garganta y el cuerpo le ardía. Necesitaba aire.

Se puso en pie con brusquedad. «Ese viejo perro –dijo antes de llamarle–. *¿BP?* ¿Dónde te has escondido? ¡Venga, vamos!» Luego se volvió hacia Georgia: «Lo siento, pero cuando me llamaste estaba a punto sacar a pasear al perro».

Se había escapado de ese modo, sin invitar a Georgia a que lo acompañara y sin darle la oportunidad de poder sugerirlo por sí misma. Gritó de nuevo: «¡*BP*, vamos! ¡Es la hora del paseo!», y había desaparecido antes de que Georgia tuviera tiempo de asimilar lo que estaba sucediendo. Sabía que Georgia deduciría que ella había actuado con demasiada rapidez. También sabía que no deduciría nada más. Y eso era importante, se percató Ted de repente. Eso era crucial: limitar lo que la mujer pudiera averiguar de él.

Había andado con rapidez, volviéndolo a sentir todo de nuevo. «Estúpido –se dijo a sí mismo–. Estúpido y ciego.» Esperando como un tonto a ver si la fulana del pueblo le hacía caso, sin darse cuenta de que era una fulana porque era demasiado joven, demasiado inexperto, demasiado impulsivo, demasiado... demasiado lacio. Sí, eso. Demasiado lacio.

Se había dirigido hacia el río, arrastrando al pobre perro tras él. Necesitaba poner cierta distancia entre él y Georgia, y quería estar fuera del piso el tiempo suficiente para asegurarse de que ella ya no estaría allí a su regreso. Ni siquiera Georgia Ramsbottom echaría a perder todas las oportunidades jugando todas sus cartas en la primera noche. Se iría de su casa. Se retiraría unos cuantos días. Después, cuando pensara que él ya se había recuperado de su escaramuza inicial, atacaría de nuevo, ofreciéndole de nuevo el más tierno de los cariños. Ted estaba convencido de que las cosas irían así.

Había girado a la izquierda en la esquina de Friday Street y del río. Avanzó a grandes pasos por la orilla del Támesis. Las farolas de la calle formaban intermitentes charcos de suero de manteca sobre la acera, y el viento convertía unas pesadas neblinas en encrespadas olas que parecían surgir del mismísimo río. Ted se subió el cuello de la chaqueta impermeabilizada y le dijo «venga, vamos» al perro, que observaba con anhelo un arbolito que acababan de plantar en las cercanías, posiblemente con la esperanza de poder echar una cabezadita bajo sus hojas. «¡Vamos, *BP*!» Como siempre, consiguió moverlo estirando de la correa. Continuaron a toda prisa.

Llegaron al patio de la iglesia antes de que Ted tuviera tiempo de darse cuenta. Llegaron al patio de la iglesia antes de que recordara lo que había visto allí la noche en que murió Eugenie. *BP* se dirigió hacia el césped, cual caballo a su establo, antes de que Ted se percatara de lo que estaba haciendo. Se dejó caer pesadamente y se puso a descansar antes de que Ted tuviera tiempo de obligarlo a ir a otra parte.

Sin querer, sin pensar, sin ni tan siquiera considerar lo que la acción implicaba, Ted sintió que los ojos se le iban del perro a las casas de beneficencia que había al final del sendero. Se dijo a sí mismo que sólo echaría un vistazo rápido para ver si la mujer que vivía en la tercera casa de la derecha tenía las cortinas echadas. Si ése no era el caso y la luz estaba encendida, le haría un favor y le haría saber que cualquier extraño que pasara por allí podría verla y... bien, calibrar sus posesiones para ver si valía la pena entrar a robar.

La luz estaba encendida. Había llegado el momento de hacer su buena obra del día. Ted alejó a *BP* de la lápida rebordeada que estaba husmeando y lo instó a dirigirse a toda prisa hacia el sendero. Era muy importante que llegaran a la casa de beneficencia antes de que la mujer pudiera hacer algo que resultara embarazoso para ambos. Porque si empezaba a desnudarse, tal y como había hecho la otra noche, sería incapaz de llamar a su puerta, advertirle de su indiscreción y, de ese modo, admitir que la había estado observando, ¿o no?

–Date prisa, *BP* –le dijo al perro–. ¡Vamos!

Llegó quince segundos tarde. Cuando tan sólo se encontraban a menos de cinco metros de distancia de la casa, ella empezó. Y fue muy rápida, tan rápida que antes de que tuviera tiempo de desviar la mirada, ya se había quitado el jersey, había echado la cabeza hacia atrás y se había quitado el sujetador. Se agachó –¿para quitarse los zapatos?, ¿las medias?, ¿los pantalones?, ¿qué?– y sus pechos caían pesadamente.

Ted tragó saliva. Pensó dos palabras –«santo cielo»– y empezó a notar las primeras respuestas de su cuerpo a lo que estaba presenciando. La había observado una vez, había estado allí una vez, había seguido con los ojos esas curvas suntuosas. Pero no podía permitirse –no podía– el culpable placer de hacerlo de nuevo. Alguien tenía que decírselo. Alguien tenía que avisarla. Debía... ¿qué?, se preguntó. ¿Había alguna mujer que no lo supiera? ¿Había alguna mujer que no supiera las mínimas normas de cautela y lo que sucedía por la noche con las ventanas iluminadas? ¿Había alguna mujer que se quitara la ropa en una habitación totalmente iluminada sin cortinas ni persianas y que no supiera que posiblemente podría haber alguien al otro lado de esos delgadísimos milímetros de cristal observándola, deseándola, fantaseando, excitándose...? Ted se dio cuenta de que ella lo sabía. Lo sabía.

Por lo tanto, había observado a esa mujer desconocida de la habitación de la casa de beneficencia por segunda vez. Esa vez se había quedado más tiempo, hipnotizado al ver cómo se untaba el cuello y los brazos con crema hidratante. Cuando usó esa misma crema sobre sus pechos suculentos, se encontró gimiendo cual preadolescente que hojea por primera vez una *Playboy*.

En el mismísimo patio de la iglesia, se había masturbado a escondidas. Bajo su chaqueta impermeabilizada y a medida que la lluvia empezaba a caer, se acariciaba el pene como un hombre que rociara los insectos del jardín. El orgasmo le produjo la misma satisfacción que cualquiera obtendría después de usar un pulverizador de jardín, y después del orgasmo no sintió ni alegría ni alivio; sólo una amarga vergüenza.

La sintió de nuevo en la sala de estar, ola tras ola de oscura humillación, creciendo y encrespándose mientras estaba sentado delante del viejo escritorio de Connie. Contempló la brillante fotografía de la Sydney Opera House, y después la fotografía de un teatro al aire libre de Santa Fe, donde *Las Bodas de Fígaro* fue cantada bajo las estrellas; la dejó también a un lado, y cogió la fotografía de una calle antigua y estrecha de Viena. Contempló esta última envuelto en una tristeza de espíritu y oyendo en su interior una voz –que era la de su madre– cerniéndose sobre él durante todos esos años de su pasado, siempre dispuesta a juzgar, y aún más dispuesta a condenar, si no a él a cualquier otra persona: «¡Qué pérdida de tiempo, Teddy! ¡No seas tan tonto!».

Sin embargo, lo era, ¿verdad? Se había pasado muchas horas imaginándose con Eugenie en un lugar u otro, como actores moviéndose en una cinta de celuloide que no permitía ni un solo defecto ni en los personajes ni en la situación. En su imaginación, no había habido ningún rayo de sol que reflejara sobre una piel que estaba envejeciendo, ni un cabello fuera de lugar en sus cabezas, ningún aliento que necesitara ser refrescado, ningún esfínter que tuviera que ser reprimido para evitar una embarazosa explosión intestinal en un momento inoportuno, ninguna uña demasiado larga, ni arrugas en la piel, y lo que era más importante, no había fracasado en el momento final. Se los había imaginado eternamente jóvenes a los ojos del otro, ya que no a los del mundo. Y eso era lo único que le había importado a Ted: cómo se veían el uno al otro.

No obstante, las cosas habían sido diferentes para Eugenie. Ahora lo comprendía. Porque no era normal para una mujer mantener a un hombre a distancia durante tantos meses que se habían convertido inexorablemente en años. No era normal. Tampoco era justo.

Llegó a la conclusión de que lo había usado como tapadera. No había ninguna otra explicación para las llamadas telefónicas que había recibido, para las visitas nocturnas, ni para el inexplicable viaje que había hecho a Londres. Lo había usado como tapadera, ya que si sus amigos comunes y las amistades de Henley –por no decir nada del Comité del Club Para Mayores de 60 Años que le daba trabajo– creían que estaba manteniendo una relación casta con el comandante Ted Wiley, sería mucho menos probable que especularan sobre el hecho de que pudiera tener una relación impúdica con cualquier otro hombre.

«Tonto. Tonto. No seas tan tonto. El hombre es el único que tropieza dos veces con la misma piedra. Creía que a estas alturas ya lo sabrías.»

Pero ¿cómo podía uno saberlo? Actuar con tanta cautela implicaría no aventurarse nunca a estar en compañía de otra persona, y Ted no quería eso. Su matrimonio con Connie –feliz y satisfactorio durante muchos años– le había hecho ser demasiado optimista. Su matrimonio con Connie le había hecho creer que ese tipo de unión era posible de nuevo, que era algo habitual por lo que uno tenía que luchar, y que si no se conseguía con facilidad, entonces se conseguiría a través de un esfuerzo basado en el amor.

«Mentiras», pensó. Todo habían sido mentiras. Mentiras que se había dicho a sí mismo y mentiras que había aceptado gustosamente mientras Eugenie se las contaba. «Todavía no estoy preparada, Ted.» Pero la realidad era que Eugenie no había estado preparada para él.

La sensación de traición que sentía era como una enfermedad que lo invadía. Empezaba en la cabeza y descendía, rezumante, poco a poco. Le parecía que la única forma de derrotarla era extrayéndosela del cuerpo, y si hubiera tenido un látigo, lo habría usado para librarse de ella; además, habría disfrutado con el dolor. Tal como estaban las cosas, sólo tenía unos cuantos folletos sobre el escritorio, esos símbolos patéticos de su imbecilidad pueril.

Los sentía lisos y brillantes bajo sus manos, y notaba cómo sus dedos empezaban a arrugarlos para acabar rompiéndolos. Su pecho soportaba un peso que podría haber sido el de sus arterias cerrándose poco a poco; sin embargo, sabía que era simplemente el fallecimiento de otra cosa mucho más necesaria para su ser que el simple corazón de un anciano.

12

Tras los talones del agente negro entraba Ashaki Newland, cuya oportuna llegada hizo que Yasmin Edwards pudiera ignorarlo por completo. La chica se quedó atrás de forma educada, dando por supuesto, por lo que parece, que el hombre venía por negocios y que, por lo tanto, le debía prioridad. Todos los hijos de Newland eran así: bien educados y considerados.

–¿Cómo está tu madre? –le preguntó Yasmin a la chica, evitando mirar al agente.

–De momento, bien –respondió Ashaki–. Le hicieron una sesión de quimioterapia hace dos días, pero no le ha sentado tan mal como la anterior. En verdad no sé lo que significa, pero esperamos que sean buenas noticias. Ya sabe cómo son las cosas.

«Buenas noticias» podrían ser cinco años más de vida, que fue precisamente lo que los médicos le prometieron a la señora Newland tan pronto como le encontraron un tumor en el cerebro. Le dijeron que si no hacía el tratamiento conseguiría vivir unos dieciocho meses. Con el tratamiento podría vivir hasta cinco años. Pero ése sería el máximo, a no ser que ocurriera un milagro, y los milagros no parecían ser muy habituales cuando se trataba de cáncer. Yasmin se preguntó cómo debería ser criar a siete hijos con una sentencia de muerte cerniéndose sobre su cabeza.

Cogió la peluca de la señora Newland de la parte trasera de la tienda y la sacó sobre su base de poliéster.

–Ésa no parece la... –advirtió Ashaki.

–Es una peluca nueva –la interrumpió Yasmin–. Creo que le gustará el estilo. Se lo preguntas y, si no le gusta, le volveremos a hacer la peluca original, ¿de acuerdo?

El rostro de Ashaki resplandeció de placer, y respondió:

–Es muy amable de su parte, señora Edwards –apuntó mientras se colocaba la peluca bajo el brazo–. Muchas gracias. Así mamá tendrá una sorpresa.

Estaba de nuevo en la calle, después de hacerle una ligera reverencia al agente, antes de que Yasmin pudiera hacer nada por prolongar la conversación. Cuando la puerta se cerró tras ella, Yasmin miró al hombre. Se dio cuenta de que era incapaz de acordarse de su nombre, y eso le gustó.

Miró alrededor de la tienda para ver qué más tenía que hacer y, de ese modo, seguir ignorándole. Quizás había llegado el momento de hacer la lista de lo que le faltaba en el maletín de maquillaje, ya que antes había maquillado a esas seis mujeres. Sacó el maletín de nuevo, abrió los cerrojos de golpe y empezó a rebuscar entre lociones, cepillos, esponjas, pintura de ojos, pintalabios, maquillaje de base, colorete, mascarillas y lápices. Los fue dejando sobre el mostrador uno por uno.

–¿Podría hablar un momento con usted, señora Edwards? –le preguntó el agente.

–Ya hablamos ayer por la noche. Y bastante rato, si no recuerdo mal. De todos modos, ¿quién es usted?

–Soy del Departamento de Policía de Londres.

–Me refiero a su nombre. No sé cómo se llama.

Se lo dijo. Se dio cuenta de que ese nombre le molestaba. Un apellido que hablara de sus orígenes no tenía nada de malo. Pero ese nombre cristiano, Winston, manifestaba el deseo humillante de querer ser inglés. Era mucho peor que Colin, Nigel o Giles. ¿En qué deberían de haber estado pensando sus padres cuando le pusieron Winston, como si fuera a convertirse en político o algo así? Era un acto estúpido. Y él también lo era.

–Supongo que se da cuenta de que estoy trabajando –le replicó–. Tengo otra clienta de aquí a... –Fingió que miraba la agenda que, gracias a Dios, estaba fuera de su vista– ... diez minutos. Así pues, ¿qué quiere? Vaya rápido.

Se percató de que era corpulento. La noche anterior le había parecido grande, tanto en el piso como en el ascensor. Pero en la tienda aún le parecía más grande, tal vez porque estaba sola con él, y porque no tenía ningún Daniel que pudiera distraerla. Parecía llenar el lugar, con sus anchas espaldas, sus manos de dedos alargados y una cara que parecía amable –que hacía ver que era amable porque en eso consistía su trabajo– a pesar de la cicatriz de la mejilla.

–Sólo quiero hablar un momento con usted, señora Edwards. –Su voz era escrupulosamente educada. Mantenía las distancias, y el mostrador de la tienda los separaba. Pero en vez de empezar con la palabra que quería, dijo–: Está muy bien que haya abierto una tienda en una calle como ésta. Siempre me ha parecido triste ver los escaparates recubiertos con trozos de madera. Es bueno ver que alguien monta un negocio, en vez de que cualquiera compre todos los terrenos, traiga un equipo de derribos y construya un supermercado Tesco's o algo así.

Soltó un ligero bufido.

–El alquiler es barato cuando uno está dispuesto a montar un negocio en un estercolero –dijo como si para ella no significara nada haber conseguido realizar el sueño que había abrigado durante sus años de cárcel.

Nkata le dedicó una media sonrisa y comentó:

–Supongo que es verdad. Sin embargo, al vecindario le debe de parecer una bendición. Les da esperanza. Así pues, ¿qué tipo de trabajo hace?

El tipo de trabajo era más que evidente. Había pelucas sobre cabezas de poliéster a lo largo de las estanterías de la pared, y un taller en la parte de atrás donde las peinaba. Desde donde estaba, alcanzaba a ver tanto las pelucas como el taller y, por lo tanto, su pregunta era exasperante. Era un descarado intento de ser simpático en una situación en que la simpatía entre ella y alguien como él no sólo era imposible, sino también peligrosa. En consecuencia, le mostró su desprecio preguntándole:

–¿Por qué trabaja de policía? –Lo miró de arriba abajo con una mirada despectiva.

Se encogió de hombros y contestó:

–Es una manera de ganarme la vida.

–A costa de sus hermanos.

–Sólo si tengo que hacerlo.

Parecía como si hubiera tenido que resolver el asunto al arrestar uno de los suyos años atrás. Eso la molestó y, por lo tanto, le señaló el rostro con la cabeza y le preguntó:

–Así pues, ¿cómo le hicieron esto? –Lo dijo como si la cicatriz que formaba una curva en su mejilla fuera la justa recompensa por haber abandonado a su gente.

–Fue una pelea con navajas –le contestó–. Me encontré con unos tipos en las viviendas de Windmill Gardens; tenía quince años y me sentía muy valiente. Tuve mucha suerte.

–Y supongo que el otro tipo no tuvo tanta suerte.

Se pasó los dedos por la cicatriz como si intentara recordar. Después añadió:

–Depende de lo que entienda por suerte.

Soltó una risita y se dispuso a seguir con la lista de artículos de maquillaje. Ordenó las sombras de ojos por colores, destapó las barras de pintalabios e hizo lo mismo, quitó la tapa del colorete y de los polvos, y comprobó lo que quedaba de base de maquillaje. Empezó a apuntar con cuidado, escribiendo en una libreta de pedidos y siendo tan escrupulosa con la ortografía que parecía que las vidas de sus clientas dependieran de la exactitud de esa solicitud de pedido.

–Pertenecía a una banda –prosiguió Nkata–. La dejé después de esa pelea. Sobre todo por mi madre. Echó un vistazo a mi cara cuando me llevaron a urgencias y cayó al suelo como una piedra. Sufrió una conmoción cerebral y acabó hospitalizada. Eso fue todo.

–Así pues, quiere a su mamá.

«Vaya cuento», pensó.

–Es mucho mejor que no quererla –le contestó.

Yasmin levantó la mirada con rapidez y vio que él estaba sonriendo, pero para sí mismo, no para ella.

–Tiene un hijo muy simpático –le dijo.

–¡Manténgase alejado de mi Daniel! –Se sintió sorprendida de su propio miedo.

–¿Echa de menos a su padre?

–¡Le he dicho que se mantenga alejado!

Entonces Nkata se acercó al mostrador. Apoyó las manos. Con eso parecía querer indicar que no iba armado, pero Yasmin sabía que no era verdad. Los policías siempre llevan armas y, además, saben cómo usarlas. Eso fue precisamente lo que Nkata hizo en ese momento.

–Una mujer murió hace dos noches, señora Edwards –le informó–. En Hampstead. También tenía un hijo.

–¿Y eso qué tiene que ver conmigo?

–Fue atropellada. Tres veces por el mismo coche.

–No conozco a nadie en Hampstead. No suelo ir a Hampstead. Nunca he estado en Hampstead. Y si fuera allí, llamaría más la atención que un cactus en Siberia.

–Sí, desde luego.

Lo observó de repente para ver el sarcasmo en sus ojos que no oía en su voz, pero lo único que vio fue amabilidad, y ella sabía perfectamente lo que esa amabilidad significaba. Era una amabilidad fabricada para ese momento, una amabilidad que decía que se la tiraría en medio de la tienda si pudiera convencerla de ello, que se la tiraría si pudiera, que se la tiraría aunque tuviera que amenazarla, porque tirársela demostraría que él tenía el poder, porque ella simplemente estaba allí, como una montaña especialmente complicada pero no por ello menos gratificante que espera ser escalada.

–Me habían dicho que los policías no se comportaban así –le dijo.

–¿A qué se refiere? –le preguntó, consiguiendo parecer lo bastante perplejo.

–Ya sabe a lo que me refiero. Fue a la Academia de Policía, ¿verdad? Los policías recurren a ex presidiarias que conocen bien. No exploran nuevos territorios si no tienen un motivo para hacerlo, ya que saben que es una pérdida de tiempo.

–Yo no creo que esté perdiendo el tiempo, señora Edwards. Además, tengo la sensación de que ya lo sabe.

–Maté a Roger Edwards con un cuchillo. Le hice unas buenas rajas. No lo atropellé. Por aquel entonces, ni Roger ni yo teníamos coche. Lo vendimos, ya que se nos acabó el dinero y su pequeño vicio necesitaba atención urgente.

–Lo siento muchísimo –declaró el agente–. Supongo que fue una época terrible para usted.

–Si quiere saber lo que es una mala época, pásese cinco años encerrado en la cárcel. –Se dio la vuelta y continuó haciendo el inventario de cosméticos.

–Señora Edwards, ya sabe que no estoy aquí por usted –apuntó.

–No sé de lo que me está hablando, señor agente. Sin embargo, supongo que será capaz de marcharse de inmediato si no es conmigo con quien quiere hablar. Soy la única persona en toda la tienda y la única que seguirá aquí hasta que venga mi próxima clienta. Claro que igual desea hablar también con ella. Tiene cáncer en los ovarios pero es una mujer muy agradable, y quizá pueda decirle la última vez que fue a Hampstead en coche. Por eso ha venido a esta parte de la ciudad, ¿no es verdad? Vieron a una mujer negra conduciendo un coche en Hampstead y todo el vecindario está alborotado, y usted ha venido hasta aquí con la intención de aclararlo, ¿no?

–Sabe que eso no es verdad.

Parecía infinitamente paciente, y Yasmin se preguntaba hasta qué punto podría atosigarle antes de hacerle perder la calma.

Le dio la espalda. No tenía ninguna intención de ofrecerle nada, y mucho menos lo que andaba buscando.

–¿Qué pasó con su hijo mientras usted estaba en la cárcel, señora Edwards? –le preguntó.

Se dio la vuelta con tanta rapidez que las cuentas de las trenzas le golpearon las mejillas.

–¡No se atreva a hablar de él! ¡No intente ponerme nerviosa hablándome de Daniel! ¡No le he hecho nada a nadie, y usted lo sabe de sobras!

–Supongo que es verdad. Pero lo que también es verdad es que Katja Wolff conocía a esa mujer, señora Edwards. A esa mujer que fue atropellada en Hampstead. Eso sucedió hace dos noches, señora Edwards, y Katja Wolff solía trabajar para ella. Hace veinte años. Cuando vivían en Kensington Square. Era la niñera de su hija. ¿Sabe de qué mujer le estoy hablando?

Yasmin sintió el pánico como si fuera un enjambre de abejas que le atacara el rostro. Se puso a gritar:

–¡Ayer por la noche vio el coche! ¡Pudo ver que no había sufrido ningún daño!

–Lo único que vi es que el faro de delante estaba roto, y que nadie me pudo dar una explicación.

–¡Katja no ha atropellado a nadie! A nadie, ¿me oye? ¿Me está intentando decir que Katja atropelló a una mujer y que sólo rompió un faro del coche?

No respondió, y se limitó a dejar que la pregunta y todo lo que ésta implicaba resonara en el silencio. Yasmin se dio cuenta de su error. No había dicho nada de que estuviera buscando a Katja. Había sido ella misma la que había conducido la conversación a ese tema.

Estaba enfadada consigo misma por haber permitido que el miedo la dominara. Volvió al maquillaje que estaba catalogando y empezó a meter ruidosamente todos los artículos dentro del maletín metalizado.

–No creo que esa noche estuviera en casa, señora Edwards –afirmó Nkata–. No en el momento que esa mujer fue atropellada. Sucedió entre las diez y las doce de la noche. Y creo que a esas horas Katja Wolff no se encontraba en su casa. Quizá saliera durante dos horas, tal vez tres o cuatro. Quizás estuviera toda la noche fuera. Pero no estaba en casa, ¿verdad? Y el coche tampoco estaba.

Se negó a responder. Se negó a mirarle a los ojos. Se negó a aceptar que estaba en la tienda. Tan sólo los separaba el mostrador; por lo tanto, prácticamente podía sentir su respiración. Pero no estaba dispuesta a permitir que su presencia –o sus palabras– la intimidara de ninguna de las maneras. Con todo, su corazón latía a tal velocidad que le golpeaba las costillas, y el rostro de Katja ocupaba su mente entera. Era un rostro que la había observado con atención durante la tentativa de suicidio de cuando acababa de llegar a la cárcel, un rostro que la observaba durante los períodos de ejercicio y asociación, un rostro que se le quedaba mirando durante la cena, y al fin y al cabo –aunque nunca había pensado, esperado o soñado que así fuera– un rostro que permanecía sobre el suyo en la oscuridad. «Cuéntame tus secretos. Yo te contaré los míos.»

Yasmin sabía por qué la habían encarcelado. Todo el mundo lo sabía, a pesar de que Katja no le había hablado nunca de eso a Yasmin. Lo que fuera que sucediera en Kensington no era uno de los secretos que Katja Wolff estaba dispuesta a revelar, y la única vez en la que Yasmin le había preguntado acerca del crimen por el que era tan odiada –durante años había tenido que vigilar que las otras mujeres no se desquitaran con ella–, Katja le había respondido: «¿Me crees capaz de haber matado a una niña, Yasmin? Muy bien. Dejémoslo así». Después se había dado la vuelta y la había dejado sola.

La gente no comprendía lo que era estar dentro, tener que elegir entre la soledad y el compañerismo, entre correr los riesgos que implicaba estar solo y aceptar la protección que venía con el hecho de elegir –o de permitir ser escogido– una amante, compañera y amiga. Estar sola era como estar encerrada dentro de la cárcel, y la aflicción que esa doble cárcel infligía en una mujer podría destruirla y dejarla inservible para cuando se reincorporara de nuevo en sociedad.

Por lo tanto, había dejado las dudas a un lado y había aceptado lo que implicaban las palabras de la versión de Katja. Katja Wolff no era una asesina de bebés. Katja Wolff no era ninguna asesina.

–Señora Edwards –dijo el agente Nkata con esa voz amable y formal que los policías siempre usaban hasta que veían que las cosas no estaban saliendo del modo que querían–, comprendo la situación en la que se encuentra. Ya hace mucho tiempo que están juntas. Siente lealtad hacia ella por la época en que estuvieron encerradas, y la lealtad es algo muy positivo. Pero cuando hay una persona muerta y alguien está mintiendo...

–¡Qué sabrá usted de la lealtad! –le gritó–. ¡Usted no sabe nada de nada! Ahí está, pensándose que es Dios porque ha hecho una elección afortunada que le ha llevado por un camino diferente al nuestro. Sin embargo, no sabe nada de la vida, ¿verdad?, porque sus elecciones siempre le mantienen a salvo, pero no hay nada en ellas que le haga sentir vivo.

Él la observaba con placidez, y parecía que no hubiera nada que ella pudiera hacer o decir para alterar esa tranquilidad tan constante. Y le odiaba por ese aspecto tan tranquilo que mostraba, porque sabía, sin que nadie se lo tuviera que decir, que esa serenidad procedía directamente de su corazón.

–¡Katja estaba en casa! –exclamó de pronto–. Tal y como le dijimos. Ahora salga de aquí. Tengo cosas que hacer.

–¿Adónde se imagina que fue esos días que llamó a la lavandería para decir que estaba enferma, señora Edwards? –le preguntó.

–No llamó a la lavandería. No llamó para decir que estaba enferma ni nada parecido.

–¿Se lo dijo ella misma?

–No tiene por qué hacerlo.

–Pues más le valdría preguntárselo. Y también fíjese en sus ojos cuando le responda. Si le miran fijamente, probablemente le esté mintiendo. Claro que, después de veinte años en la cárcel, seguro que sabe mentir muy bien. Por lo tanto, si sigue con lo que estaba haciendo cuando le haga la pregunta, también es muy probable que le esté mintiendo.

–¡Le he pedido que se fuera! –exclamó Yasmin–. ¡Y no suelo pedirlo dos veces!

–Señora Edwards, está en una situación delicada, pero no es la única y creo que debe saberlo. Su hijo también está en peligro. Puede estar contenta con su hijo, es inteligente y bueno. Es evidente que la quiere más que nada en este mundo, y si cualquier cosa la obligara a separarse de él de nuevo...

–¡Salga! –gritó–. ¡Salga de mi tienda! ¡Si no sale ahora mismo...!

«¿Qué? ¿Qué? –pensó, confundida–. ¿Qué estaría dispuesta a hacer? ¿Acuchillarle como a su esposo? ¿Insultarle? Pero después, ¿qué le harían a ella? ¿Y a Daniel? ¿Qué le sucedería a su hijo? Si se lo quitaban, y lo ponían bajo responsabilidad del estado aunque sólo fuera un único día mientras arreglaban las cosas del modo que siempre lo hacían, sería incapaz de soportar el peso de su responsabilidad por el dolor y la confusión de su hijo.»

Yasmin bajó la cabeza. No estaba dispuesta a dejarse ver la cara. Sin embargo, el detective podía notar su respiración entrecortada, podía observar las gotas de sudor que le bajaban por el cuello. Pero ella no estaba dispuesta a darle más que eso. Ni por el mundo, ni por su libertad, ni por nada.

De repente, vio cómo su oscura mano se deslizaba sobre el mostrador. Yasmin se echó hacia atrás, pero luego se dio cuenta de que no iba a tocarla. Simplemente se limitó a dejar una tarjeta de visita, y después apartó la mano. En un tono de voz tan bajo que parecía una plegaria, le dijo:

–Llámeme, señora Edwards. Mi número de móvil está en esa tarjeta, así que llámeme. De día o de noche. Llámeme. Cuando esté preparada...

–No tengo nada más que decirle. –Pero tan sólo susurró esas palabras, ya que le dolía demasiado la garganta para poder hacer más.

–Cuando esté preparada –repitió–, señora Edwards.

Yasmin no levantó la mirada, pero tampoco tuvo necesidad de hacerlo. Sus pasos resonaron con estrépito sobre el suelo amarillo de linóleo a medida que salía de la tienda.

Después de que ella y Lynley se separaran, Barbara Havers se dirigió en primer lugar a The Valley of Kings. Estaba lleno de camareros medio orientales de tez morena. Cuando por fin pareció que aceptaban, con cierta desaprobación colectiva, que una mujer fuera vestida de calle en vez de con una sábana negra, examinaron uno a uno la fotografía de Eugenie Davies que Barbara y Lynley habían conseguido desenterrar de la casa que la mujer tenía en Friday Street. Posaba junto a Ted Wiley en el puente que hacía de entrada a Henley-on-Thames, y habían tomado la fotografía durante la Regata, si había que guiarse por los estandartes, los botes y las multitudes vestidas con colores vivos del fondo. Barbara había doblado la fotografía con cuidado para excluir al comandante Wiley. No había necesidad de confundir la memoria de los camareros al enseñarles una fotografía de Eugenie Davies acompañada de un hombre que los camareros de The Valley of Kings probablemente nunca habrían visto.

No obstante, fueron negando con la cabeza uno por uno. La mujer de la fotografía no era nadie que recordaran.

Barbara, con el propósito de ayudarles, les dijo que probablemente habría ido acompañada de un hombre. Habrían entrado por separado pero con la intención de reunirse, probablemente en el bar. Habrían parecido estar interesados uno por el otro, interesados en un modo que conduce al sexo.

Dos de los camareros parecieron escandalizarse al percatarse del fascinante cambio que estaba tomando la información. Otro camarero, con cierta expresión de disgusto, afirmó que la lujuria en público entre un hombre y una mujer era precisamente lo que había esperado ver después de vivir en el Reino Unido y de ver cómo este país había respondido ante los hechos de Gomorra. No obstante, esa nueva información que Barbara les dio no sirvió de nada. Bien pronto estaba de nuevo en la calle, caminando despacio hacia el Comfort Inn.

Pensó que el nombre del hotel no correspondía con la realidad, pero ¿había algún hotel cómodo en una calle ruidosa de la capital de la nación? Mostró la fotografía de Eugenie Davies –al recepcionista, a las sirvientas, a todo el mundo que tuviera contacto con los residentes del hotel– pero con los mismos resultados. El recepcionista nocturno, sin embargo, la persona que habría visto a la mujer fotografiada más de cerca en caso de que ésta hubiera ido al hotel con su amante después de haber cenado en The Valley of Kings, aún no estaba de servicio. Por lo tanto, el director del hotel le dijo que si quería regresar más tarde...

Barbara decidió que eso era lo que haría. No tenía ningún sentido dejar algún cabo suelto.

Se dirigió hacia el lugar en el que había dejado el coche; estaba aparcado ilegalmente delante de una calle peatonal adoquinada que conducía a un frondoso vecindario. Se sentó en el interior, sacó un cigarrillo del paquete de Players y lo encendió, abriendo una ventana para que entrara el frío aire de otoño. Fumó pensativamente y analizó dos cosas: la ausencia de abolladuras en el coche de Ted Wiley y el hecho de que nadie hubiera podido identificar a Eugenie Davies en la zona de South Kensington.

Referente al coche de Wiley, la conclusión le parecía obvia: al margen de lo que Barbara hubiera pensado en un principio, Ted Wiley no había atropellado a la mujer que amaba. Respecto al otro tema, sin embargo, las cosas no parecían estar tan claras. Una conclusión posible era que Eugenie no se relacionaba con J. W. Pitchley, también conocido como James Pitchford, en el presente, a pesar de haber estado en contacto con él en el pasado y de la coincidencia de que ella tuviera su dirección apuntada y de que muriera en la misma calle en la que él vivía. Otra conclusión posible es que estuvieran relacionados de algún modo, pero no de una forma que implicara una cita en The Valley of Kings o unos cuantos revolcones en el Comfort Inn. Una tercera conclusión se basaría en que hacía tiempo que eran amantes y que se encontraban en cualquier otro sitio antes de la noche en cuestión, cuando decidieron quedar en casa de Pitchley-Pitchford, lo que explicaría el motivo por el que Eugenie Davies llevaba apuntada su dirección. Y la cuarta conclusión era que –aunque sería mucha casualidad– Eugenie Davies se había puesto en contacto a través de Internet con Hombre Lengua –Barbara se estremeció al pensar en el nombre– y que se había reunido con él, al igual que las demás amantes, en The Valley of Kings para tomar unas copas y cenar, y que después le había seguido hasta casa y había regresado otra noche para tener alguna especie de encuentro con él.

No obstante, lo que era importante era que existieran esas otras amantes. Si Pitchley-Pitchford acudía con regularidad a ese restaurante y a ese hotel, entonces alguien recordaría su cara, o la de Eugenie. Por lo tanto, cabía la posibilidad de que al ver su cara junto a la de Eugenie, recordaran algo que pudiera ser de utilidad para la investigación. Así pues, Barbara fue consciente de que necesitaba una fotografía de Pitchley-Pitchford. Y sólo había una forma de conseguirla.

Tardó cuarenta y cinco minutos en llegar hasta Crediton Hill, y deseó, no por primera vez, tener el mismo talento que un taxista que hubiera pasado el examen con matrícula de honor. Cuando llegó, no había ni un solo sitio donde aparcar, pero las casas tenían caminos de entrada; por lo tanto, Barbara usó el de Pitchley. Reparó en que era un barrio elegante, compuesto por casas de un tamaño que indicaba que en esa parte del mundo nadie tenía problemas de dinero. La zona aún no estaba tan de moda como Hampstead –con sus cafeterías, callejuelas y ambiente bohemio– pero era agradable, un buen lugar para familias con hijos y un sitio inesperado para un asesinato.

Cuando Barbara salió del coche, miró hacia arriba y vio un ligero movimiento en la ventana delantera de Pitchley. Llamó al timbre. No hubo respuesta inmediata, lo que le pareció extraño ya que la habitación en la que había visto el movimiento no estaba muy lejos de la puerta principal. Llamó por segunda vez y oyó que un hombre gritaba: «¡Ya voy! ¡Ya voy!», y un momento después, la puerta se abrió de par en par y vio a un tipo que no se parecía en absoluto al don Juan cibernauta que Barbara se había imaginado. Pensaba que sería alguien vagamente aceitoso, sin lugar a dudas con pantalones muy apretados, con la camisa descaradamente abierta y mostrando un medallón de oro como si fuera un premio que tuviera que ser desenmarañado del copioso vello que le cubría el pecho. No obstante, lo que vio delante de ella era un hombre de ojos grises parecido a un perro lebrel, que medía menos de metro ochenta y que tenía unas mejillas redondas y sonrosadas que habrían sido la ruina de su juventud. Vestía pantalones vaqueros azules y una camisa de algodón a rayas con cuello de botones, que llevaba abotonada hasta la mismísima garganta. Unas gafas asomaban del bolsillo de la camisa. También calzaba unas zapatillas que parecían caras.

«Se acabó lo de las ideas preconcebidas», pensó Barbara. Era evidente que había llegado la hora de elevar el nivel de sus lecturas, porque esas novelas románticas y baratas le estaban ensuciando la mente.

Sacó su placa y se identificó.

–¿Podría hablar un momento con usted? –le preguntó.

La respuesta de Pitchley fue inmediata a medida que intentaba cerrar la puerta:

–No sin la presencia de mi abogado.

Barbara alargó la mano, intentó parar la puerta y le dijo:

–Mire, señor Pitchley, necesito una foto suya. Si no está relacionado con Eugenie Davies, no le perjudicará en lo más mínimo darme una.

–Le acabo de decir...

–Ya lo he oído. Y lo que yo le digo es lo siguiente: para conseguir la fotografía que quiero puedo seguir el proceso legal con toda la gente que haga falta, desde su abogado hasta el juez presidente del Tribunal Constitucional y del Supremo, pero creo que no sólo alargará sus problemas, sino que también será un entretenimiento estupendo para sus vecinos cuando me presente en el coche patrulla y con el fotógrafo de la policía. Con la sirena conectada y las luces en el techo para crear el efecto adecuado, evidentemente.

–No se atrevería.

–Póngame a prueba –le dijo.

Lo estuvo pensado, recorriendo la calle con la mirada. Al cabo de un rato, dijo:

–Ya he declarado que hacía años que no la veía. Ni siquiera la reconocí cuando vi su cuerpo. ¿Por qué todo el mundo se niega a creerme? Estoy diciendo la verdad.

–¡De acuerdo! ¡Estupendo! Entonces, déjeme demostrarlo a todo el mundo que pueda estar interesado. No sé lo que piensa el resto del cuerpo policial, pero yo no tengo ningún interés en culpar de este asesinato a una persona que no guarde una relación directa con el caso.

Se balanceó de un pie a otro como un niño pequeño. Aún seguía asiendo la puerta con una mano y la otra mano se deslizó hacia arriba para coger la jamba.

Era una reacción interesante, pensó Barbara. A pesar de todo lo que le había dicho para tranquilizarle, seguía bloqueando la entrada. Se comportaba como un hombre que tiene algo que ocultar. Barbara deseaba saber qué era.

–Señor Pitchley... ¿se acuerda de la fotografía...?

–Muy bien. Voy a buscar una. Si es tan amable de esperar...

Barbara entró en la casa a empujones, no queriendo darle la oportunidad de añadir «aquí o en la escalera», al margen de que añadiera un educado «por favor». Le respondió sinceramente:

–Muchísimas gracias. Muy amable de su parte. Me sentará muy bien alejarme del frío durante unos minutos.

Movió las ventanas de la nariz en señal de desagrado, pero contestó:

–De acuerdo. Espere aquí. Volveré enseguida. –A continuación salió disparado hacia las escaleras.

Barbara escuchó sus pasos con atención. También se fijó en los sonidos de la casa. Había confesado que ligaba con mujeres maduras en la red, pero también cabía la posibilidad de que ligara con presas más jóvenes. Si ése era el caso, y si tenía el mismo éxito con las adolescentes que con las otras, nunca correría el riesgo de llevar una al Comfort Inn. Cualquier tipo cuya respuesta inicial fuera «quiero a mi abogado» cada vez que hablaba con un policía, seguro que sabía perfectamente lo que le sucedería si le pillaban con una menor de edad. Si las cosas iban por ahí, seguro que se aseguraba de no correr ningún riesgo en público. Si las cosas iban por ahí, seguro que correría el riesgo en casa.

El hecho de haber visto un movimiento desde la calle en la habitación de arriba al llegar a la casa le sugirió que, fuera lo que fuera que Pitchley estuviera haciendo, seguro que estaba ocurriendo en ese piso de la casa. Así pues, Barbara se dirigió poco a poco hacia una puerta cerrada que había a su derecha a medida que Pitchley trasteaba en el piso de arriba. Abrió la puerta de golpe y entró a una ordenada sala de estar amueblada con antigüedades.

El único objeto que parecía estar fuera de lugar era una raída chaqueta impermeabilizada que descansaba sobre una silla. Le parecía extraño que el pulcro de Pitchley hubiera dejado allí una prenda suya. Había algo en él que indicaba que era muy ordenado y que sugería que el último lugar en el que dejaría una chaqueta así después de su paseo diario o lo que fuera sería en esa sala de estar atestada de mobiliario antiguo.

Barbara echó un vistazo a la chaqueta, y luego más que un simple vistazo. La levantó de la silla y la observó a la altura de los brazos. Bingo, pensó. Era demasiado grande para Pitchley, pero también para una adolescente. Y, en realidad, para cualquier mujer que no fuera del tamaño de una luchadora de sumo.

Volvió a dejar la chaqueta en su sitio a medida que Pitchley bajaba las escaleras a toda velocidad y entraba en la sala de estar. Éste protestó:

–No le he dicho que... –Pero se detuvo al ver que ella estaba alisando el cuello de la chaqueta. En ese momento dirigió la mirada hacia una segunda puerta que había en la habitación y que permanecía cerrada. Después miró a Barbara y alargó la mano–. Aquí tiene lo que ha venido a buscar. A propósito, la mujer que también aparece en la fotografía es una compañera de trabajo.

–Gracias –le respondió Barbara mientras cogía la foto. Se dio cuenta de que había elegido una fotografía que le favorecía. Pitchley llevaba una corbata negra y posaba cogido del brazo de una morena estupenda. Llevaba un vestido ceñido de color verde mar del que unos pechos con forma de globo amenazaban con salir disparados. Era evidente que eran implantes, ya que se elevaban abruptamente sobre su pecho como si fueran cúpulas gemelas diseñadas por sir Christopher Wren.

–Una mujer muy guapa –subrayó Barbara–. Parece americana.

Pitchley, que pareció sorprendido, le respondió:

–Sí, es de Los Ángeles. ¿Cómo lo ha adivinado?

–Una deducción elemental –respondió Barbara. Se guardó la fotografía. Y continuó hablando con amabilidad–. Tiene una casa muy bonita. ¿Vive solo?

Sus ojos se dirigieron rápidamente hacia la chaqueta, pero contestó:

–Sí.

–¡Todo este espacio! Tiene mucha suerte. Yo tengo un piso en Chalk Farm, pero no se parece en nada a esto. Sólo es un agujero apto para erizos. –Señaló la segunda puerta–. ¿Adónde lleva?

Se pasó la lengua por los labios y respondió:
–Al comedor, agente, si no hay nada más que...
–¿Le importa si echo un vistazo? Siempre es agradable ver cómo vive la otra mitad.
–Sí, me importa. Lo que quiero decir es que ya tiene lo que ha venido a buscar, y no veo ninguna necesidad...
–Creo que oculta algo, señor Pitchley.
Se sonrojó hasta las orejas y contestó:
–No es cierto.
–¿No? Muy bien. Entonces echaré un vistazo a lo que hay tras esa puerta. –La abrió de golpe antes de que pudiera protestar de nuevo.
–¡No le he dado permiso! –exclamó, a medida que Barbara entraba en la sala.
Estaba vacía; en el extremo más alejado colgaban elegantes cortinas que estaban cerradas sobre unas puertaventanas. Al igual que en la sala de estar, todos los objetos estaban en su sitio. Pero al igual que en la sala de estar, uno de los objetos era una nota discordante. Un talonario descansaba sobre una mesa de nogal. Estaba abierto y había un bolígrafo junto a él.
–¿Está pagando facturas? –le preguntó Barbara como quien no quiere la cosa. Mientras se dirigía hacia la mesa, reparó en que el aire estaba fuertemente cargado de un intenso olor a hombre.
–Me gustaría que se marchara, agente.
Pitchley hizo un movimiento hacia la mesa, pero Barbara llegó allí primero. Cogió el talonario. Pitchley exclamó con nerviosismo:
–¡Espere! ¿Cómo se atreve? ¡No tiene ningún derecho a entrar así en mi casa!
–¡Humm! Sí –respondió Barbara.
Leyó el cheque, aunque aún estaba incompleto. Sin lugar a dudas, le había interrumpido al llamar al timbre de la puerta principal. La cantidad en cuestión era de tres mil libras. El beneficiario se llamaba Robert, y la ausencia de apellido marcaba el momento de la llegada de Barbara.
–¡Hasta aquí hemos llegado! –exclamó Pitchley–. Ya le he dado lo que quería. Si no se marcha ahora mismo, llamaré a mi abogado.
–¿Quién es Robert? –le preguntó–. ¿La chaqueta y la loción para después del afeitado son de él?
A modo de respuesta, Pitchley se dirigió hacia una puerta giratoria.

–No pienso responder ninguna pregunta más –afirmó Pitchley por encima del hombro.

Pero Barbara todavía no había terminado. Fue tras él hasta la cocina.

–¡Salga de aquí! –le ordenó.

–¿Por qué?

Una ráfaga de aire frío le respondió a medida que entraba. Vio que la ventana estaba abierta de par en par. Se oyó un estruendo al otro lado del jardín. Barbara salió corriendo para investigar mientras que Pitchley se precipitaba hacia el teléfono. Mientras marcaba los números a sus espaldas, Barbara vio lo que había causado el ruido del jardín. Un rastrillo que había estado apoyado en la pared cercana a la ventana de la cocina estaba en el suelo de losas. Y los visitantes de la casa de Pitchley que lo habían derribado se encontraban en ese momento deslizándose a toda velocidad por una estrecha pendiente que separaba el jardín del parque que había detrás.

–¡Hagan el favor de detenerse! –les ordenó Barbara. Eran corpulentos e iban mal vestidos; llevaban vaqueros sucios y botas cubiertas de barro. Uno de ellos vestía una cazadora de piel. El otro sólo llevaba un jersey para protegerse del frío.

Ambos se dieron la vuelta al oír los gritos de Barbara. El que llevaba el jersey le dedicó una mueca y la saludó con insolencia. El de la chaqueta de piel gritó: «¡Toda para ti, Jay!», y ambos se reían mientras se resbalaban en el barro, intentaban ponerse en pie de nuevo y empezaban a atravesar el parque a toda prisa.

–¡Maldita sea! –exclamó Barbara mientras regresaba a la cocina.

Pitchley tenía a su abogado al otro lado de la línea. Le balbuceaba: «Quiero que vengas de inmediato. Te lo juro, Azoff, si no estás aquí dentro de diez minutos...».

Barbara le arrancó el teléfono de las manos y él exclamó:

–¡Será desgraciada...!

–Tómese una pastilla para los nervios, Pitchley –le aconsejó Barbara. Luego se puso al teléfono: «Ahórrese el viaje, señor Azoff. Me marcho. Ya tengo lo que necesitaba», y sin siquiera esperar a oír la respuesta del abogado, le devolvió el teléfono a Pitchley y exclamó–: ¡No sé qué está tramando, listillo, pero le aseguro que lo averiguaré. Y cuando lo haga, volveré con una orden de registro y con un equipo para que le dejen la casa hecha pedazos. Si encontramos algo que le relacione con Eugenie Davies, tiene los días contados. Ya me encargaré yo personalmente. ¿Lo ha comprendido?

–No tengo nada que ver con Eugenie Davies –declaró fríamente, aunque el color le había desaparecido de las mejillas y el resto de la cara se le había vuelto pálido–, y ya se lo he contado al comisario Leach.

–De acuerdo –le respondió–. Dejémoslo, señor Pitchley. Pero rece para que mi investigación preliminar lo confirme.

Salió a grandes pasos de la cocina y se encaminó hacia la puerta principal. Una vez en la calle, se dirigió directamente al coche. No tenía ningún sentido intentar seguir a los dos tipos que habían saltado por la ventana de la cocina de Pitchley. Cuando consiguiera dar la vuelta a West Hampstead para llegar al otro lado del parque, ya se habrían ido o estarían bien escondidos.

Barbara puso en marcha el motor del Mini y lo hizo acelerar varias veces para que se calentara. Había estado dispuesta a tomarse la molestia de volver a The Valley of Kings y al Comfort Inn con la fotografía de Pitchley y la de Eugenie Davies sin la esperanza de conseguir nada. De hecho, había estado a punto de borrar a J. W. Pitchley, también conocido por James Pitchford, alias Hombre Lengua, de la lista de sospechosos. Pero en ese momento estaba empezando a dudar. Sin lugar a dudas, su comportamiento indicaba que había algo oscuro en su conciencia. Se comportaba como un hombre que estaba con el agua hasta el cuello. Y con un cheque de tres mil libras a medio escribir en su comedor y con dos gamberros del tamaño de un gorila saltando por la ventana de la cocina... Las cosas ya no parecían tan seguras para Pitchley, Pitchford, Hombre Lengua o quien demonios se supusiera que fuera.

Barbara reflexionaba sobre eso a medida que hacía marcha atrás para salir a la calle. «Pitchley, Pitchford y Hombre Lengua», pensó. Había algo raro en todo eso. Se preguntó inútilmente si el hombre de West Hampstead utilizaría algún otro nombre.

Sabía perfectamente cómo averiguarlo.

Lynley encontró la casa de Ian Staines en una calle tranquila que no estaba muy lejos de St. Ann's Well Gardens. Al haber usado la autopista, no había tardado mucho tiempo en ir desde Henley-on-Thames hasta Brighton, pero la escasa luz de noviembre se desvanecía con rapidez a medida que aparcaba el coche delante de la dirección correcta.

Una mujer que sostenía un gato entre sus brazos, como si de

un bebé se tratara, le abrió la puerta. Era un gato de angora, un animal con pedigrí y de mirada insolente que observó a Lynley con sus siniestros ojos azules mientras éste se identificaba. La mujer era una eurasiática de gran belleza, y aunque ya no era lo atractiva y lo joven que habría sido en un pasado, era difícil apartar los ojos de ella a causa de una sutil severidad que se escondía bajo su piel.

Observó la identificación de Lynley y se limitó a decir «de acuerdo» cuando le preguntó si era la esposa de Ian Staines. Esperó a lo que fuera que él quisiera decirle, aunque el hecho de que entornara los ojos le sugirió a Lynley que ella tenía pocas dudas de quién era el objeto de su visita. Le preguntó si podría hablar un momento con ella, y ella se apartó de la puerta y lo condujo a una sala de estar que estaba a medio amueblar. Al darse cuenta de las marcadas huellas que los muebles habían dejado sobre la moqueta, le preguntó si se estaban mudando de casa. Le respondió que no, que no se estaban cambiando de casa, y después de la más diminuta de las pausas, añadió «todavía» de tal modo que Lynley sintió todo su desprecio.

No le indicó que se sentara en una de las dos sillas que quedaban en la escasamente amueblada sala, ya que en ese momento estaban ocupadas por gatos del mismo linaje que el felino que sostenía entre sus brazos. Ninguno de los gatos dormía, tal y como cabría esperar de un animal recostado en una cómoda silla, sino todo lo contrario, ya que estaban atentos, como si Lynley fuera un espécimen de algo en lo que podrían estar interesados si les daba un ataque repentino de energía.

La señora Staines dejó en el suelo el gato que sostenía. Con unas patas que mostraban que le peinaban el pelaje con sumo cuidado, se acercó poco a poco a una de las sillas, se subió tranquilamente de un salto y apartó a su compañero. El gato se unió al otro y se sentó sobre las patas traseras.

–¡Qué animales tan bonitos! –exclamó Lynley–. ¿Se dedica a la cría de animales, señora Staines?

No respondió. En verdad, no era muy diferente de los gatos: observadora, reservada y manifiestamente hostil.

Se encaminó hacia una mesa que descansaba sola junto a las huellas de moqueta de lo que debería haber sido un sofá. Sobre la mesa no había nada, a excepción de una caja de carey, cuya tapa abrió de golpe la señora Staines con una uña muy cuidada. Sacó un cigarrillo, y del bolsillo de sus estrechos pantalones extrajo un encendedor. Encendió el cigarrillo e inhaló.

–¿Qué ha hecho? –preguntó en un tono de voz propio de una mujer que quiere añadir «esta vez» a su pregunta.

No había ningún periódico en la sala. Pero su ausencia no significaba que los Staines no estuvieran al corriente de la muerte de Eugenie Davies.

–En Londres se ha producido una situación de la que me gustaría hablar con su marido, señora Staines. ¿Se encuentra en casa o todavía está en el trabajo?

–¿En el trabajo? –Soltó una risita entrecortada antes de decir–: ¿Londres, ha dicho? A Ian no le gustan las ciudades, inspector. Apenas puede soportar las aglomeraciones de Brighton.

–¿Se refiere al tráfico?

–A la gente. La misantropía es una de sus cualidades menos admirables, aunque la mayoría de las veces consigue ocultarlo. –Hizo una calada con la pose estudiada de una antigua estrella de cine, con la cabeza inclinada para que el pelo, grueso, cortado con estilo y con la ocasional veta de pelo cano que destacaba, le cayera por encima de los hombros. Se dirigió hacia una ventana delante de la cual había más huellas en la moqueta de muebles que ya no estaban–. No estaba en casa cuando ella murió. Había ido a verla. Se habían peleado, como ya debe de saber, porque si no, ¿qué otro motivo le habría traído hasta aquí? No obstante, no la mató.

–Entonces, está enterada de lo que le sucedió a la señora Davies.

–Por el *Daily Mail* –respondió–. Hasta esta misma mañana no sabíamos nada.

–Una persona vio a alguien discutir con la señora Davies en Henley-on-Thames, alguien que se marchó en un Audi con matrícula de Brighton. ¿Ese hombre era su marido?

–Sí –contestó–. Ése debía de ser Ian, hablando de otro excelente plan destinado a fracasar.

–¿Plan?

–Ian siempre hace planes. Y cuando no tiene planes, tiene promesas. Planes y promesas. Promesas y planes. Y normalmente todo queda en nada.

–Ya es suficiente, Lydia.

La frase, pronunciada con dureza, procedía de la puerta. Lynley se dio la vuelta y vio aparecer a un hombre larguirucho, con la piel amarillenta y arrugada de un fumador crónico. Hizo lo mismo que su mujer había hecho: cruzó la habitación hasta la caja de carey y sacó un cigarrillo. Le hizo un gesto a su mujer con la cabeza. Según parece, eso comunicaba algún deseo, ya que, a modo de respuesta, ella sacó el encendedor por segunda vez. Lydia se lo pasó y él lo utilizó mientras preguntaba:

–¿Qué puedo hacer por usted?

–Ha venido por lo de tu hermana –apuntó Lydia Staines–. Ya te dije que vendrían, Ian.

–¡Déjanos solos! –Alzó la barbilla hacia las dos sillas para señalar a los gatos–. Llévatelos contigo antes de que se conviertan en el nuevo abrigo de alguien.

Lydia Staines tiró su cigarrillo, aún encendido, a la chimenea. Cogió un gato con cada brazo.

–Ven con nosotros, *Cesar* –le dijo al gato que quedaba. Después añadió–: Si no vienes, ya te las arreglarás.

Acompañada por los animales, salió de la habitación.

Staines observó cómo se iba, y había algo en sus ojos que se asemejaba al hambre de un animal a medida que le miraba el cuerpo de arriba abajo, algo en sus ojos que indicaba el odio que siente un hombre hacia una mujer que tiene demasiado poder sobre él. Cuando oyó el sonido de una radio en alguna parte de la casa, dedicó toda su atención a Lynley.

–Sí, vi a Eugenie. Dos veces. En Henley. Tuvimos una discusión. Me había dado su palabra, me había prometido que hablaría con Gideon (es su hijo, pero supongo que a estas alturas ya lo debe de saber, ¿verdad?) y confiaba en que lo haría. Pero después me dijo que había cambiado de opinión, que había surgido algo que hacía imposible que le pidiera... Y eso fue todo. Me marché de allí ciego de rabia. Pero, según tengo entendido, alguien nos vio. Me vio. Vio el coche.

–¿Dónde está? –le preguntó Lynley.

–En el mecánico.

–¿En cuál?

–En el del barrio. ¿Por qué?

–Necesito la dirección. Tengo que ver el coche y hablar con la gente del garaje. Supongo que también se ocupan de las carrocerías.

La punta del cigarrillo de Staines relució, larga y brillante, mientras inspiraba suficiente aire para salir de ese apuro.

–¿Cómo se llama? –le preguntó.

–Inspector Lynley. Del Nuevo Departamento de Scotland Yard.

–No atropellé a mi hermana, inspector Lynley. Estaba enfadado. Estaba totalmente desesperado. Pero atropellarla no me habría ayudado a conseguir lo que quiero; por lo tanto, planeé esperar unos días, unas cuantas semanas si era necesario y si yo podía aguantar hasta entonces, e intentar convencerla de nuevo.

–¿Convencerla de qué?

Al igual que su mujer, lanzó el cigarrillo a la chimenea.

–¡Venga conmigo! –le sugirió, y salió de la sala de estar.

Lynley lo siguió. Subieron al primer piso de la casa, por unas escaleras tan bien enmoquetadas que sus pisadas no hacían el menor ruido. Recorrieron un pasillo en el que rectángulos de papel más oscuro en la pared indicaban que antes había habido cuadros o grabados. Entraron en una habitación oscura que hacía la función de despacho: encima del escritorio había una pantalla de ordenador que relucía con textos e información numérica. Lynley lo examinó y vio que Staines estaba conectado a Internet y que había escogido la página de un corredor de bolsa como material de lectura o investigación.

–Invierte en bolsa –dijo Lynley.

–Abundancia.

–¿Qué?

–Abundancia. Se trata de pensar y vivir en la abundancia. Pensar y vivir en la abundancia crea abundancia, y esa abundancia produce más de lo mismo.

Lynley frunció el ceño, intentando relacionar lo que le decía con lo que veía en pantalla. Staines prosiguió.

–Lo más importante está en el pensamiento. La mayoría de la gente no sale de la escasez porque es lo único que conoce y lo único que le han enseñado. Yo también era así antes. Mierda, claro que era así. –Se acercó a Lynley y puso la mano sobre un grueso libro abierto que estaba junto al teclado del ordenador. Estaba subrayado con rotuladores de varios colores, como si el lector lo hubiera estado estudiando durante años y hubiera aprendido algo nuevo con cada una de las cuidadosas lecturas. Parecía un libro de texto, A Lynley se le ocurrió que podía ser de economía, pero las palabras de Staines parecían hacer referencia a una filosofía *new age.* El hombre continuó en voz baja e intensa–: Atraemos a nuestras vidas lo que más se parece a nuestros pensamientos –afirmó con insistencia–. Si uno piensa en la belleza, somos bellos. Si uno piensa en la fealdad, somos feos. Si uno piensa en el éxito, al final lo obtiene.

–Si uno piensa en dominar el mercado internacional, ¿al final lo consigue? –le preguntó Lynley.

–Sí. Sí. Si uno se pasa la vida contemplando sus límites, no puede esperar ninguna libertad de esa limitación. –Los ojos de Staines se concentraron en la reluciente pantalla. Bajo esa luz, Lynley se dio cuenta de que tenía cataratas en el ojo izquierdo, y que la piel de debajo estaba hinchada–. Solía vivir dentro de mis límites. Estaba limitado por las drogas, por la bebida, por los caballos, por las cartas. Si no era una cosa, era otra. Lo perdí todo, mi mujer, mis hijos y mi casa, pero no me volverá a suceder. Lo juro. La abundancia llegará. Vivo abundancia.

Lynley empezaba a comprender lo que le decía.

–Pero invertir en la bolsa es bastante arriesgado, ¿no es verdad, señor Staines? –apuntó–. Se puede ganar mucho dinero, pero también se puede perder.

–Con fe, acciones correctas y convicción, no se corre ningún riesgo. Los pensamientos adecuados hacen que se lleven a cabo las intenciones de Dios, que es sólo bondad y que sólo quiere bondad para sus hijos. Si estamos unidos a Él y formamos parte de Él, entonces formamos parte de lo bueno. Debemos repetirnos ese mensaje.

Mientras hablaba, miraba la pantalla fijamente. Estaba dividida de tal modo que los precios continuamente cambiantes de la bolsa aparecían en una franja intermitente de la parte inferior de la pantalla. Staines parecía estar hipnotizado por esa franja, como si esas cifras variables fueran instrucciones en clave para encontrar el Santo Grial.

–Sin embargo, lo bueno puede tener diversas interpretaciones, ¿no es verdad? –le preguntó Lynley–. ¿Y no es posible que la línea del tiempo del hombre y la de Dios para alcanzar el bien puedan seguir calendarios diferentes?

–Todo reside en la abundancia –afirmó Staines, hablando entre dientes–. Nosotros la definimos y ésta viene a nosotros

–Y si no viene, tenemos deudas –apuntó Lynley.

Abruptamente, Staines se inclinó hacia delante y apretó un botón del monitor. La pantalla se fue apagando poco a poco. Dirigió sus palabras hacia la pantalla, y su tono de voz dejaba entrever una furia que mantenía a raya.

–Hacía años que no la veía. Hacía años que no me preocupaba de ella. La última vez fue en el funeral de nuestra madre, e incluso entonces me mantuve al margen, porque sabía que si hablaba con ella también tendría que hablar con él, y yo odiaba a ese cabrón. Desde el día en que me marché de casa, había leído todas las necrológicas con la esperanza de ver su nombre, esperando leer que el gran hombre de Dios por fin había abandonado el infierno que había creado para todos los que le rodeaban y que se había ido al suyo propio. Sin embargo, ellos se quedaron. Doug y Eugenie se quedaron. Permanecían sentados como buenos soldados de Cristo y escuchaban sus sermones de los domingos, mientras que el resto de la semana tenían que sentir la correa a sus espaldas. No obstante, yo me escapé de casa a los quince años y nunca regresé. –Se quedó mirando a Lynley–. Nunca le pedí nada a mi hermana. Durante todos esos años de drogas, bebida y caballos, nunca le pedí nada. Pensaba que era la más joven, que se había quedado, que había tenido que soportar lo peor de la furia de ese hijo de puta y que, por lo tanto, se merecía vivir su propia vida. Y no me importaba haberlo perdido todo, todo lo que alguna vez tuve o amé, porque ella era mi hermana y nosotros éramos sus víctimas, y porque ya me llegaría el momento. Así pues, acudí a Doug, y siempre que podía me ayudaba. Pero la última vez me dijo: «Esta vez no puedo ayudarte, hermano. Si no te lo crees, mira el talonario». Por lo tanto, ¿qué más podía hacer?

–Le pidió dinero a su hermana para pagar sus deudas. ¿Cómo las contrajo, señor Staines? ¿Especulando a la baja? ¿Contratando posicionistas de un solo día? ¿Comprando contratos de compra de valores bursátiles? ¿Cómo?

Staines se apartó del monitor, como si en ese momento se sintiera ofendido al verlo.

–Hemos vendido todo lo que hemos podido –replicó–. En nuestro dormitorio sólo nos queda la cama. Utilizamos una caja de cartón para comer en la cocina. Hemos vendido todos los artículos de plata. Lydia ha perdido todas sus joyas. Lo único que necesito es una racha de suerte, y ella me podría haber ayudado a conseguirla; prometió ayudarme. Yo le dije que le devolvería el dinero, que se lo devolvería a él. Debe de tener miles, millones. Seguro que los tiene.

–¿Gideon? ¿Su sobrino?

–Confiaba en que ella le hablaría. Pero cambió de opinión. Me dijo que había sucedido algo y que, por lo tanto, no le podía pedir dinero.

–¿Se lo contó cuando la vio la otra noche?

–Sí, me lo dijo entonces.

–¿No se lo dijo antes?

–No.

–¿Le contó de qué se trataba?

–Discutimos muchísimo. Supliqué. Le supliqué a mi propia hermana, pero... no. No me lo contó.

Lynley se preguntó por qué le estaría contando tantas cosas. Sabía por experiencia personal que los adictos eran unos virtuosos cuando se trataba de hacer bailar a sus amigos de confianza al son de su música. Su propio hermano lo había hecho durante años. Pero él no era un amigo íntimo del hermano de Eugenie, ni un familiar cercano cuyo abrumador sentido de la responsabilidad por algo que de hecho no era responsabilidad suya iba a obligarle a dejarle el dinero que necesitaba «sólo por esta vez». Con todo, su larga experiencia le decía que Staines no hablaba por hablar.

–¿Adónde fue cuando dejó a su hermana, señor Staines?

–Estuve dando vueltas con el coche hasta la una y media de la madrugada, para no encontrarme a Lydia despierta cuando regresara a casa.

–¿Hay alguien que pueda confirmarlo? ¿Se detuvo en alguna gasolinera?

–No tenía ninguna necesidad de hacerlo.

–Entonces tendré que pedirle que me acompañe al taller en el que le están arreglando el coche.

–¡No atropellé a Eugenie! ¡No la maté! ¡No habría ganado nada con su muerte!

–Es pura rutina, señor Staines.

–Me aseguró que hablaría con él. Sólo necesito una racha de suerte.

Lo que necesitaba, pensó Lynley, era un remedio para sus ilusiones.

13

Libby Neale giró la curva de Chalcot Square a tal velocidad que tuvo que apoyar los pies en el suelo para evitar que la Suzuki derrapara. Había decidido hacer una pausa del trabajo e irse a comer una versión inglesa de los típicos bocadillos americanos de panceta, lechuga y tomate en un Pret à Manger de Victoria Street. Mientras picaba algo delante de uno de los mostradores, echó un vistazo a un periódico sensacionalista que uno de los clientes anteriores se había dejado junto a una botella vacía de Evian. Lo abrió y se dio cuenta de que era *The Sun*, el periódico que más odiaba debido a la insultante presencia de la «Chica de la Página Tres», que le recordaba a diario lo que ella no era. Estaba a punto de dejarlo a un lado cuando los titulares le llamaron la atención. ASESINADA LA MADRE DE UN VIRTUOSO ocupaba unos diez centímetros de la portada. Debajo había una fotografía borrosa que era antigua a juzgar por el corte de pelo y por la ropa que llevaba: era la madre de Gideon.

Libby asió el periódico y lo leyó mientras comía. Saltó a la página cuatro, donde continuaba la historia, y lo que vio en esa página hizo que el bocadillo empezara a saberle a virutas. La página no sólo informaba de la muerte de la madre de Gideon –de la cual sólo se tenía una cantidad limitada de información–, sino que también informaba de otra muerte.

«Mierda», pensó Libby. Los bobos de Fleet Street estaban desenterrando toda la historia de nuevo. Y sabiendo cómo eran los periódicos sensacionalistas, seguro que no pasaría mucho tiempo antes de que empezaran a asediar a Gideon. De hecho, seguramente ya lo estarían haciendo. Si además se tenía en cuenta que Gideon había sido incapaz de tocar en Wigmore Hall, esa noticia pedía a gritos que se siguiera investigando. Y como si el pobre chico ya no tuviera la cabeza bastante confusa, el periódico intentaba relacionar de algún modo el mal rato que Gideon había pasado en ese concierto y el caso de atropellamiento y fuga de West Hampstead.

Como si ya no tuviera bastante, pensó Libby con desprecio.

¡Como si Gideon hubiera sido capaz de reconocer a su madre si se la hubiera encontrado en la calle o algo así!

De forma inusual, había tirado la mitad del bocadillo y se había guardado el periódico en el bolsillo delantero de su chaqueta de cuero. Todavía le quedaban dos repartos por hacer, pero al diablo con ese rollo. Tenía que ver a Gideon.

Una vez en Chalcot Square, avanzó a lo largo de la calle en dirección contraria e hizo derrapar la moto justo delante de la casa. Aparcó la motocicleta encima de la acera sin siquiera preocuparse de encadenarla a la verja. Después de subir los escalones de tres en tres, golpeó la puerta, y después llamó al timbre durante un buen rato. No hubo respuesta y, por lo tanto, echó un vistazo a la plaza para ver si veía su Mitsubishi. Lo divisó delante de una casa amarilla que estaba en la acera derecha, unas cuantas casas más abajo. Estaba en casa. «¡Venga, abre la puerta!», pensó.

Oyó cómo el teléfono empezaba a sonar dentro de la casa. Después de cuatro tonos dejó de sonar de inmediato, y eso le hizo pensar que estaba en casa pero que no quería abrir la puerta, pero entonces una voz distante e incorpórea que no alcanzó a reconocer le informó de que el contestador de Gideon estaba grabando el mensaje.

«¡Maldita sea», exclamó. Debe de haberse ido a alguna parte. Debe de haberse enterado de que los periódicos están sacando a la luz toda la información sobre la muerte de su hermana, y habrá decidido alejarse durante un tiempo. No podía echárselo en cara. La mayoría de la gente sólo tenía que soportar las malas noticias una vez. Pero parecía que tendría que volver a revivir todo lo que guardara relación con la muerte de su hermana.

Bajó hasta su casa. El correo del día descansaba sobre la alfombrilla, lo cogió, abrió la puerta y echó un vistazo a las cartas mientras entraba. Entre la factura del teléfono, un recibo del banco que indicaba que necesitaba una transferencia urgente y una propaganda de un sistema de alarma, también había un sobre de su madre; Libby temía abrirlo porque cabía la posibilidad de que tuviera que enfrentarse con otra de las maravillosas historias de su hermana. Pero, de todas formas, abrió la carta por uno de los extremos, y mientras se quitaba el casco con una mano, con la otra hacía caer la única hoja de papel violeta que su madre le había enviado.

«Consigue lo que quieras... Haz tus sueños realidad» estaba escrito en tinta negra en medio de la página. Según parecía, Equality

Neale –presidenta general de Neale Publicity y recientemente chica de portada de la revista *Money*– iba a impartir un seminario en Boston sobre Asertividad y Éxito en los Negocios, que iría seguido de otro seminario en Amsterdam. La señora Neale, con esa letra tan perfecta que habría hecho que las monjas que le enseñaron a escribir se sintieran orgullosas de ella, había escrito: «¿No sería estupendo que pudierais veros en Europa? Ali podría parar en Londres en el viaje de regreso. ¿A qué distancia está Amsterdam de Londres?».

No lo bastante lejos, pensó Libby, y arrugó la nota. Con todo, la mera idea de Ali y todo eso que tanto la irritaba y que hacía que Ali fuera como era, Libby consiguió prescindir de la nevera, donde se habría dirigido después de comprobar que sus intenciones de ver a Gideon habían sido frustradas. Se sirvió un virtuoso vaso de agua Highland en vez de las seis quesadillas de Cheddar que había pensado zamparse. Mientras se bebía el vaso de agua, miró por la ventana. Junto al muro que marcaba los límites del jardín trasero de Gideon estaba el cobertizo en el que construía las cometas; la puerta estaba entreabierta, y la luz del interior iluminaba una parte del suelo que había delante.

Dejó el vaso de agua sobre el tablero de la cocina y salió de casa, saltando por encima de unos escalones cubiertos de líquenes de un color verde grisáceo. Gritó: «¡Hola, Gideon!» mientras avanzaba a toda prisa a lo largo del sendero. «¿Estás ahí?»

No hubo respuesta, lo cual la hizo dudar y, por lo tanto, redujo la velocidad de sus pasos por un momento. No había visto el Granada de Richard Davies en la plaza, pero tampoco se había fijado. Podría haber venido a visitarle con la intención de tener otra de esas horrorosas charlas entre padre e hijo a las que parecía ser adicto. Y si había conseguido hacer enfadar a Gideon lo suficiente, quizás éste se hubiera marchado a pie, y Richard podría estar rompiéndole las cometas para vengarse de él. Eso sería muy propio de él, pensó Libby. Era la única cosa que Gid hacía que no guardara relación con ese estúpido violín –aparte de planear, y Richard también lo desdeñaba–, y su padre no dudaría ni un segundo antes de hacerlas pedazos. Y después, incluso conseguiría inventarse una buena excusa. «Te estaban alejando de la música, hijo.»

«Como si no tuviera ya bastante», pensó Libby con desdén.

Richard continuó, aunque sólo fuera en su imaginación: «Primero lo acepté como una de tus aficiones, pero ya no puedo seguir haciéndolo. Tenemos que conseguir que te pongas bien. Tenemos que conseguir que toques. Tienes conciertos programados, grabaciones por hacer y un público que te espera».

«¡Vete a la mierda! –le dijo Libby a Richard Davies–. Tiene su propia vida. Y su vida está muy bien. ¿Por qué no empiezas a pensar en la tuya?»

El hecho de pensar que podría tener un mano a mano con Richard por una vez –de poder mandarlo a la mierda sin que Gideon estuviera allí para detenerla– renovó los enérgicos pasos de Libby por el sendero. Llegó hasta el cobertizo y al llamar a la puerta la acabó de abrir del todo.

Gideon estaba allí, pero Richard no. Estaba sentado junto a su mesa de delineante. Un trozo de papel de estraza descansaba sobre la mesa, y él lo miraba fijamente como si tuviera algo que decirle si él lo escuchara con la suficiente atención durante cierto tiempo.

–¿Gid? ¡Hola! He visto luz –le dijo Libby.

Se comportó como si no la hubiera oído. Siguió mirando el trozo de papel que tenía delante.

–Llamé a la puerta de tu casa –prosiguió Libby–. También llamé al timbre. Vi tu coche en la plaza y, en consecuencia, me figuré que estabas en casa. Después, cuando vi la luz de fuera... –Oyó cómo sus propias palabras se desvanecían, como una planta que se marchita por falta de agua.

Con los ojos todavía clavados en el papel, comentó:

–Has llegado muy pronto de trabajar.

–Hoy me he organizado mis repartos muy bien para no tener que ir todo el día de un lado a otro de la ciudad. –Sus aptitudes para inventar mentiras en un momento la sorprendieron. Se lo debía de estar contagiando Rock.

–Me sorprende que tu marido no haya querido que te quedaras más tiempo.

–No lo sabe, y tampoco pienso contárselo. –Libby empezó a temblar. Había una pequeña estufa eléctrica en el suelo, pero Gideon no la tenía encendida–. ¿No tienes frío sin jersey ni nada?

–De hecho, no me había dado cuenta.

–¿Llevas mucho rato aquí afuera?

–Unas cuantas horas, creo.

–¿Qué estás haciendo? ¿Otra cometa?

–Algo que vuele –respondió–, pero más alto que las demás.

–Parece una idea excelente. –Se dirigió hacia él, ansiosa por ver su último diseño–. Podrías dedicarte a esto profesionalmente. Nadie hace cometas como las tuyas, Gid. Son increíbles. Son...

Se detuvo al ver el trozo de papel. Lo único que había hecho era un montón de borrones, allí donde había dibujado algo y lo había borrado. Cubrían el papel, y algunos de los borrones incluso habían llegado a romperlo.

Gideon se dio la vuelta para mirarla al ver que no seguía con sus comentarios. Se giró con tanta rapidez que ella no tuvo tiempo de recomponer su rostro.

–Según parece, también he perdido esto –apuntó.

–No, no lo has perdido –le contestó–. No seas tonto. Simplemente estás bloqueado, impedido o algo así. Esto es algo creativo, ¿no es verdad? Hacer cometas es creativo. Todo lo que es creativo se para en un momento u otro.

Gideon le leyó el rostro y parece ser que vio lo que no se había atrevido a decir. Negó con la cabeza. Tenía el peor aspecto que le había visto desde que había sido incapaz de tocar su música. Tenía un aspecto mucho peor que la noche anterior, cuando le había contado que su madre estaba muerta. El pelo, ralo y sucio, estaba pegado a la cabeza, sus ojos parecían estar hundidos, y sus labios estaban tan cortados que parecía que le estuvieran saliendo escamas. Todo parecía demasiado exagerado, pensó. Al fin y al cabo, hacía años que no veía a su madre, y tampoco había estado particularmente unido a ella cuando estaba viva, ¿no? Y tampoco es que estuviera muy unido a su padre.

Como si adivinara sus pensamientos y quisiera responder para rectificarlos, afirmó:

–La vi, Libby.

–¿A quién?

–La vi, y había olvidado haberla visto.

–¿A tu madre? –le preguntó–. ¿Viste a tu madre?

–No sé cómo pude olvidar haberla visto. No sé cómo funciona el proceso de olvidar, pero eso es lo que sucedió.

Estaba mirando a Libby, pero ella sabía que no la veía, ya que parecía hablar consigo mismo. Parecía odiarse tanto a sí mismo que Libby se apresuró a consolarle.

–Quizá no sabías quién era. Habían pasado... años y años desde que fueras un niño y la vieras por última vez. Además, no tienes ninguna fotografía de ella, ¿no es verdad? Por lo tanto, ¿cómo podías siquiera acordarte del aspecto que tenía?

–Estaba allí –añadió con tristeza–. Pronunció mi nombre. ¿Te acuerdas de mí, Gideon? Y quería dinero.

–¿Dinero?

Me alejé de ella. Como comprenderás, soy demasiado importante y tengo que hacer conciertos igualmente importantes. Así pues, le di la espalda. Porque no sabía quién era. Pero es culpa mía, al margen de cómo o cuándo lo supiera.

–¡Mierda! –musitó Libby, al empezar a darse cuenta de lo que estaba implicando–. ¡Por el amor de Dios, Gid! No estarás pensando que eres... responsable de lo que le sucedió a tu madre, ¿verdad?

–No lo pienso –respondió–. Lo sé. –Apartó la mirada de ella y la fijó en la puerta abierta, donde la luz del día se había apagado y lo único que quedaba eran sombras que formaban enormes pozos de oscuridad.

–¡Eso es una tontería! –le replicó–. Si hubieras sabido quién era cuando fue hacia ti, la habrías ayudado. Te conozco, Gideon. Eres bueno. Eres honrado. Si tu madre hubiera estado con el agua hasta el cuello o algo así, si hubiera necesitado dinero, no la habrías dejado marchar sin antes ayudarla. Sí, te abandonó. Sí, estuvo alejada de ti durante años. Pero era tu madre, y además no eres el tipo de persona que guarde rencor a la gente, y mucho menos a tu madre. Tú no eres como Rock Peters. –Libby soltó una risa sin gracia al pensar en lo que su distante marido habría hecho si su madre hubiera aparecido en su vida para pedirle dinero después de una ausencia de veinte años. Le habría dado su opinión sobre al asunto, pensó Libby. Habría hecho mucho más que eso. Madre o no madre, le habría dado una de esas palizas que reservaba para las mujeres que le hacían enfadar, y con razón. Y, sin duda, eso le habría hecho enfadar mucho: que la madre que le había abandonado se presentara en la puerta de su casa pidiendo dinero sin siquiera decirle «¿cómo te ha ido durante todos estos años?». De hecho, le habría molestado tanto que...

Libby puso freno a sus descontrolados pensamientos. Se dijo a sí misma que la mera idea de que Gideon Davies precisamente fuera capaz de levantar la mano para dañar a una araña era una simple idiotez. Al fin y al cabo, era artista, y un artista no era el tipo de persona que atropellaría a alguien en la calle y que esperaría que su vena creativa siguiera como si nada después de hacer una cosa así. Salvo que aquí estaba con sus cometas, incapaz de hacer lo que había hecho antes con gran facilidad.

A pesar de que tenía la boca seca, le preguntó:

–¿Tuviste noticias de ella? Quiero decir, después de que te pidiera dinero. ¿Volvió a ponerse en contacto contigo?

–No sabía quién era –repitió Gideon–. No sabía lo que quería, Libby, y por lo tanto no comprendía de lo que me estaba hablando.

Libby lo consideró un acto de negación, porque no quería creer que fuera cualquier otra cosa. Entonces le sugirió:

–Escucha, ¿por qué no nos vamos dentro? Te prepararé un poco de té. Aquí hace un frío espantoso. Si ya llevas tiempo aquí fuera, debes de estar como un cubito de hielo.

Libby le cogió del brazo y él le permitió que le ayudara a ponerse en pie. Apagó la luz y juntos se encaminaron hacia la puerta a través de la oscuridad. Parecía una carga pesada para Libby, y se apoyaba en ella como si todas sus fuerzas se hubieran agotado en las horas que había pasado intentando diseñar una simple cometa.

–No sé lo que voy a hacer –confesó–. Mi madre me habría ayudado, pero ahora ya no está.

–Lo que vas a hacer es tomarte una taza de té –le dijo Libby–. Y también te comerás un trozo de pastel.

–No puedo comer –protestó–. Ni tampoco puedo dormir.

–Entonces duerme conmigo esta noche. Puedes dormir conmigo siempre que quieras.

No harían nada más, pensó, de eso no cabía ninguna duda. Por primera vez se preguntó si debía de ser virgen, si había perdido la habilidad de intimar con una mujer después de que su madre le abandonara. Apenas sabía nada de psicología, pero le parecía una explicación razonable para la aparente aversión que Gideon tenía por el sexo. ¿Cómo podía correr el riesgo de que una mujer que amaba le abandonara de nuevo?

Libby le hizo bajar por la escalera y le llevó hasta la cocina, donde se dio cuenta enseguida de que no tenía ninguno de los pasteles que le había prometido. Tampoco tenía nada para poner en la tostadora, pero estaba segura de que él sí y, en consecuencia, lo hizo subir a toda prisa a su casa y le hizo sentarse a la mesa de la cocina mientras ella llenaba la tetera y rebuscaba en los armarios para ver si encontraba té o algo comestible para acompañarlo.

Permanecía sentado cual muerto viviente... aunque Libby se estremeció al pensar en la analogía. Le explicó lo que había hecho durante el día con la intención de distraerle, y se dio cuenta de que estaba poniendo tanta energía en ese esfuerzo que había empezado a sudar por debajo de su vestimenta de cuero. Sin pensarlo dos veces, bajó la cremallera de la chaqueta y empezó a quitársela mientras hablaba.

El periódico sensacionalista que había guardado dentro cayó al suelo. Cayó como un trozo de pan untado con mantequilla, precisamente del lado que uno nunca deseaba que cayera: hacia arriba. El gran titular consiguió lo que los grandes titulares siempre buscaban: llamó la atención de Gideon y se inclinó para cogerlo a medida que Libby también lo intentaba.

–¡No lo hagas! ¡Sólo hará que empeorar las cosas! –le advirtió.

Levantó los ojos hacia ella y le preguntó:

–¿Qué cosas?

–¿Qué necesidad tienes de sufrir más? –le preguntó, asiendo un extremo del periódico mientras él tiraba del otro–. Lo único que hacen es desenterrarlo todo de nuevo. No te hace ninguna falta.

No obstante, los dedos de Gideon eran tan insistentes como los de ella, y sabía que si no le dejaba quedarse con el periódico acabaría rompiéndolo por la mitad, como si fueran dos mujeres luchando por un vestido en las rebajas de Nordstrom. Soltó su mitad y se maldijo mentalmente por haber traído ese periódico y por haber olvidado que lo llevaba consigo.

Gideon leyó el artículo, tal y como había hecho ella. Y del mismo modo, saltó a las páginas cuatro y cinco. Allí, vio las fotografías que habían desenterrado del archivo: su hermana, su padre y su madre, a sí mismo cuando tenía ocho años, y a todas las demás partes involucradas. Supongo que ese día no había muchas más noticias que contar, pensó Libby con amargura.

–Gideon, he olvidado decirte que alguien telefoneó mientras yo llamaba a la puerta. Oí una voz en el contestador automático. ¿Quieres oírlo? ¿Quieres que lo ponga en marcha?

–Eso puede esperar –contestó.

–Podría ser tu padre. Quizá sea algo relacionado con Jill. De hecho, ¿qué opinión te merece esa situación? Nunca me has dicho nada de eso. Debe de ser muy extraño tener un hermano o una hermana pequeña cuando eres lo suficiente mayor para tener tus propios hijos. ¿Ya saben lo que será?

–Una niña –respondió, aunque era evidente que tenía la cabeza en otra parte–. Jill se hizo las pruebas. Será una niña.

–¡Qué bien! ¡Una hermana pequeña! ¡Qué suerte! ¡Serás un hermano mayor estupendo!

Se puso en pie de un salto y exclamó:

–¡No puedo seguir teniendo pesadillas! Tardo horas en dormirme cuando me meto en la cama. Me tumbo, escucho y miro el techo. Cuando por fin me duermo, tengo esos sueños. Pesadillas y más pesadillas. ¡Soy incapaz de soportar esos sueños!

La tetera se apagó a sus espaldas. Libby quería encargarse del té, pero había algo en su rostro, algo tan salvaje y desesperante... Nunca había visto una expresión así con anterioridad, y se dio cuenta de que la tenía hipnotizada, que se sentía atraída hacia ella de un modo tan poderoso que era incapaz de hacer otra cosa que no fuera mirarla. Pensó que era mucho mejor eso que no ir en cualquier otra dirección... como, por ejemplo, pensar que había sido responsable de la muerte de su madre.

Eso era imposible, porque ¿qué motivos podía tener? ¿Cómo era posible que un hombre como él perdiera el juicio tras la muerte de su madre? ¿Que había muerto su madre? ¿Que no la había visto ni había tenido noticias de ella durante años? Bien, pues la vio una vez, le pidió dinero, no sabía quién era y se negó. ¿Era ése motivo suficiente para perder la cabeza? Libby creía que no. Lo único que sabía era que estaba muy contenta de que lo visitara una psiquiatra.

–¿Le has contado tus sueños a la psiquiatra? –le preguntó–. Se supone que saben lo que significan, ¿no es verdad? Lo que te quiero decir es que, ¿por qué otro motivo iba uno a pagarles si no fuera para que te cuenten lo que significan y así dejar de tenerlos?

–He dejado de ir.

Libby frunció el ceño y exclamó:

–¡A la psiquiatra! ¿Cuándo?

–He cancelado mi cita de hoy. No puede ayudarme a volver a tocar el violín. He estado perdiendo el tiempo.

–Pero yo creía que te gustaba.

–¿Qué quieres decir con eso de que me gustaba? Si es incapaz de ayudarme, ¿qué sentido tiene? Quería que recordara, y he recordado, y ¿cuál ha sido el resultado? Mírame. Mira todo esto. Mira. Mira. ¿De verdad crees que puedo tocar así?

Gideon alargó las manos, y Libby se percató de algo que no había visto antes, algo que sabía que no había existido veinticuatro horas antes, cuando había ido hacia ella por primera vez y le había contado que su madre había muerto. Las manos le temblaban. Le temblaban mucho, al igual que las manos de su abuelo antes de que le administraran los medicamentos contra el Parkinson.

Una parte de ella deseaba celebrar lo que implicaba que Gideon hubiera dejado de ir a la psiquiatra. Estaba empezando a definirse como algo más que un simple violinista, y eso era bueno. Pero otra parte de ella sentía cierto malestar al oír lo que decía. Sin el violín, podría averiguar quién era, pero tenía que desear hacer esa averiguación, y por lo que decía no parecía el tipo de hombre que estuviera dispuesto a embarcarse en un viaje de autoconocimiento.

Con todo, le dijo dulcemente:

–El hecho de que no toques no quiere decir que sea el fin del mundo, Gideon.

–Es el fin de mi mundo –le replicó.

Gideon entró en la sala de música. Le oyó tropezar, chocarse contra algo y maldecir. Se encendió una luz, y mientras Libby se ocupaba del té –una sugerencia que ahora le parecía de lo más insignificante–, Gideon escuchó el mensaje que habían dejado cuando él intentaba trabajar en el cobertizo.

«Le habla el inspector Thomas Lynley –le dijo una voz afelpada de barítono de obra de época–. Me dirijo a Londres desde Brighton. ¿Me llamará al móvil cuando reciba este mensaje? Necesito hablar sobre su tío con usted.»

«¿Ahora aparece un tío?», se preguntó Libby mientras el detective recitaba el número de teléfono de su móvil. ¿Qué iba a suceder a continuación? ¿Qué más tendría que soportar Gideon y cuándo diría basta?

Estaba a punto de decir: «Espera hasta mañana, Gid. Duerme conmigo esta noche. Haré todo lo posible para que no tengas pesadillas. Te lo prometo», cuando oyó que Gideon empezaba a marcar un número de teléfono. Un instante más tarde comenzó a hablar. Intentó parecer ocupada con el té, pero de todos modos escuchó la conversación, por el bien de Gideon.

–Aquí Gideon Davies –dijo–. He recibido su mensaje... Gracias... Sí, fue un golpe muy duro. –Escuchó durante un buen rato lo que el detective le estaba diciendo. Al cabo de un rato respondió–: Preferiría hablarlo por teléfono, si no le importa.

«Un tanto a nuestro favor –pensó Libby–. Pasaremos una noche tranquila y después nos iremos a dormir.» Pero mientras llevaba las tazas de té a la mesa, Gideon continuó hablando, después de hacer otra pausa para escuchar al policía.

–De acuerdo, entonces. Si no puede ser de otra manera. –Le dio la dirección–. Estaré en casa, inspector. –Después colgó.

Regresó a la cocina. Libby intentó aparentar que no había estado escuchando tras la puerta. Se dirigió hacia un armario y lo abrió, en busca de algo que pudiera acompañar al té. Sacó un paquete de galletas japonesas. Rasgó el paquete y vertió el contenido en un cuenco, cogiendo dos semillas y llevándoselas a la boca a medida que llevaba el cuenco a la mesa.

–Era uno de los detectives –dijo Gideon innecesariamente–. Quiere hablar conmigo sobre mi tío.

–¿También le ha pasado algo a tu tío? –Libby se puso una cucharada de azúcar dentro de la taza. En realidad no quería té, pero como lo había sugerido ella, no veía forma de librarse.

–No lo sé –le respondió Gideon.

–¿Crees que deberías llamarle antes de que llegue la policía y averiguar qué pasa?

–No sé dónde vive.

–¿No vive en Brighton? –Libby sintió cómo se sonrojaba–. Oí a ese tipo decir que venía de Brighton. En el contestador automático. Cuando lo pusiste en marcha.

–Podría vivir en Brighton. Pero me olvidé de preguntarle el nombre.

–¿El de quién?

–El de mi tío.

–¿*No* sabes el nombre...? Bien, supongo que no tiene importancia. –«Debía de ser simplemente otra rareza de su historia familiar», pensó Libby. «Había mucha gente que no conocía a sus parientes. Tal y como su padre habría dicho, era un reflejo de la época en que vivían»–. ¿No has podido convencerle de dejarlo para mañana?

–No quería aplazarlo más. Quiero saber lo que está pasando.

–Sí, claro. –Libby se sentía desilusionada, ya que se había imaginado ayudándole toda la noche, dando por sentado que el hecho de ayudarle en un momento en el que estaba tan bajo de moral podría llevar a estrechar su relación, y así conseguir un avance definitivo–. Supongo que eso sucederá si puedes confiar en él.

–¿Qué quieres decir?

–Si puedes confiar en que te diga la verdad. Después de todo, es policía. –Se encogió de hombros y cogió un puñado de galletitas japonesas.

Gideon se sentó. Se acercó la taza de té, pero no bebió.

–No tiene tanta importancia.

–¿El qué?

–El hecho de que me diga o no la verdad.

–¿No? ¿Por qué no? –le preguntó Libby.

Gideon observó su expresión de estupefacción cuando asestó el golpe.

–Porque ya no puedo confiar en que nadie me cuente la verdad. Antes no lo sabía. No obstante, ahora ya lo sé.

Las cosas iban de mal en peor.

J. W. Pitchley, alias Hombre Lengua, también conocido por James Pitchford, se desconectó de Internet, se quedó mirando la pantalla en blanco y soltó una maldición. Por fin había conseguido que Bragas Cremosas se conectara de nuevo a la red, pero a pesar de que había pasado más de media hora intentando razonar con ella, no estaba dispuesta a cooperar. Lo único que tenía que hacer era ir a la comisaría de Hampstead y hablar durante cinco minutos con el comisario Leach, pero aún así se negaba a hacerlo. Sólo tenía que confirmar que ella y un hombre que usaba el nombre de Hombre Lengua habían pasado la noche juntos, primero en un restaurante de South Kensington y después en una pequeña habitación claustrofóbica que daba a Cromwell Road, donde el incesante ruido del tráfico disimulaba los frenéticos chirridos de los muelles de la cama y los gritos de placer que le sonsacaba cada vez que le ofrecía los servicios que hacían justicia a su apodo. Pero no, no estaba dispuesta a hacer eso por él. No importaba que le hubiera hecho tener seis orgasmos en menos de dos horas, no importaba que él hubiera esperado a obtener su propia satisfacción hasta que ella se sintiera débil, empapada en sudor y cansada después de haber disfrutado tanto, no importaba que él hubiera llevado a cabo todas esas fantasías sexuales que sólo eran posibles con el sexo entre extraños. No iba a dar ningún paso ni a «tener que soportar la humillación de que un completo desconocido sepa qué tipo de mujer puedo ser en determinadas circunstancias».

«Yo sí que soy un maldito desconocido, hija de perra –gritó Pitchley mentalmente–. No te lo pensaste dos veces antes de decirme a mí lo que te gusta que te hagan cuando estás cachonda.»

No obstante, parecía haber adivinado sus pensamientos a pesar de que no se lo había dicho directamente. Le había escrito: «Me preguntarán el nombre, ¿comprendes? Eso no, Lengua. Mi nombre no. Y mucho menos sabiendo cómo son los periódicos sensacionalistas. Lo siento, pero lo comprendes, ¿verdad?».

Y así fue como se dio cuenta de que no estaba divorciada. No era una mujer madura que estuviera desesperada por conseguir un hombre con el fin de demostrarle que aún tenía encantos. Era una mujer madura que buscaba emociones para compensar el tedio de su vida matrimonial.

Estaba convencido que de llevaba muchos años casada y de que no lo estaba con Cualquiera, sino con Alguien, un Alguien importante, un político, quizás, o un artista o un empresario conocido y con éxito. Y si le decía su nombre al comisario Leach, seguro que se filtraría con rapidez a través de la sustancia porosa que era la jerarquía de poder de una comisaría de policía. Después de haberse filtrado allí, pasaría a oídos de algún informante interno, cualquier chivato que aceptara dinero de un periodista deseoso de hacerse un nombre poniendo a alguien importante en la portada de su repugnante periódico.

«Zorra –pensó Pitchley–. Zorra, zorra, zorra.» Podría habérselo pensado dos veces antes de reunirse con él en The Valley of The Kings, señorita la-mantequilla-no-se-derretiría-aunque-la-pusieras-sobre-las-brasas. Podría haber pensado en todas las posibles consecuencias antes de haber aceptado, antes de hacerse pasar por la señorita recatada, por la señorita anticuada, por la señorita no-tengo-experiencia-con-hombres, por la señorita por-favor-por-favor-por-favor-muéstrame-que-aún-soy-atractiva-porque-he-estado-triste-y-sola-durante-demasiado-tiempo. Podría haber pensado que llegaría un momento en el que tendría que decir: «De acuerdo, estuve en The Valley of Kings, tomando copas y después cenando con un completo desconocido que conocí mientras chateaba por Internet, en una página en la que la gente oculta su identidad mientras comparte sus fantasías sobre sexo salvaje, obsceno y lascivo». Podría haber pensado que tendría que admitir haber pasado horas abierta de piernas sobre un delgado colchón de una ruidosa habitación de South Kensington, desnuda sobre una cama con un hombre cuyo nombre no conocía, no había preguntado, ni deseaba saber. «Podrías haberlo pensado antes, vaca decadente.»

Pitchley se alejó del ordenador y apoyó los hombros sobre las rodillas. Se cogió la frente con las manos y se la apretó con las yemas de los dedos. Podría haberle ayudado. No le habría solucionado todo el problema –aún tendría que explicar el largo rato que había transcurrido entre el Comfort Inn y su llegada a Crediton Hill–, pero su ayuda habría supuesto algo por lo que empezar. Tal como estaban las cosas, sólo tenía su historia, su disposición a repetirla una y otra vez, la remota posibilidad de que el recepcionista nocturno del Comfort Inn confirmara que había estado allí hacía dos noches, sin confundir esa noche con las docenas de otras noches en las que le había entregado el dinero a través del mostrador, y la esperanza de que su cara fuera lo bastante inocente para poder convencer a la policía de que creyera en su historia.

Tampoco servía de mucha ayuda el hecho de que conociera a la mujer que había muerto en su calle mientras llevaba su dirección apuntada. Ni tampoco ayudaba en lo más mínimo que hubiera estado involucrado –al margen de que lo hubiera estado muy poco– en un atroz crimen que había sucedido cuando él vivía bajo el mismo techo.

Esa noche había oído los gritos y había corrido escaleras abajo porque los había reconocido. Cuando había llegado, todo el mundo ya estaba allí: el padre y la madre de la niña, los abuelos, el hermano, Sarah-Jane Beckett y Katja Wolff. «No la he dejado más de un minuto –gritaba, dando esa información frenéticamente delante de toda la gente que se apiñaba alrededor de la puerta cerrada del cuarto de baño–. ¡Lo juro! ¡No la he dejado más de un minuto!» Y tras ella había aparecido Robson, el profesor de violín, que la había cogido por los hombros y se la había llevado de allí. «Deben creerme», gritaba, y seguía gritando mientras él la obligaba a bajar las escaleras y a desaparecer de su vista.

Al principio no había sabido lo que estaba pasando. Ni había querido saberlo ni tampoco se lo había podido permitir. Había oído la discusión entre ella y los padres, le había contado que la habían despedido, y lo último en que quería pensar era si la discusión, el despido y el motivo de ese despido –el cual sospechaba, pero era incapaz de considerar– guardaban alguna relación con lo que había acontecido tras esa puerta del cuarto de baño.

–James, ¿qué está pasando? –Sarah-Jane Beckett le había cogido de la mano y se la había apretado mientras susurraba–: ¡Dios mío! No le habrá pasado nada a Sonia, ¿verdad?

La había mirado y se había dado cuenta de que los ojos le brillaban a pesar de su tono sombrío. Pero no se había preguntado qué significaba ese brillo. Lo único que se había preguntado era cómo librarse de ella y poder ir hacia Katja.

–Llévate al niño –le había ordenado Richard Davies–. ¡Por el amor de Dios, saca al niño de aquí, Sarah!

Había hecho lo que le habían ordenado, y se había llevado al pálido niño a su dormitorio, donde la música sonaba, alegremente, como si nada terrible hubiera sucedido en la casa.

Él mismo había ido a buscar a Katja y la había encontrado en la cocina, donde Robson la estaba obligando a beberse un vaso de coñac. Ella, que intentaba negarse, gritaba: «No, no, no puedo beber eso», despeinada, con los ojos desorbitados y sintiéndose culpable a más no poder, ya que era la niñera cariñosa y encargada de proteger a una niña que había... ¿qué? Tenía miedo de preguntar, miedo porque ya lo sabía y porque no se atrevía a pensar en lo que implicaría para su propia vida si lo que había pensado y temido resultaba ser verdad.

–Bébete esto –le decía Robson–. Katja, por el amor de Dios, serénate. La ambulancia llegará enseguida y no es conveniente que te vean en este estado.

–¡No lo he hecho! ¡No lo he hecho! –Se dio la vuelta en la silla y se cogió a su camisa, asiendo y retorciendo el cuello–. ¡Debes decírselo, Raphael! Diles que no la he dejado sola.

–Te estás poniendo histérica. Tal vez no haya pasado nada.

Pero ése no resultó ser el caso.

Entonces debería haber estado con ella, pero no lo había hecho porque tenía miedo. El mero pensamiento de que algo pudiera haberle ocurrido a esa niña, o a cualquier niña de una casa en la que él viviera, le había paralizado. Y después, cuando podría haber hablado con ella –y, de hecho, lo intentó– para demostrarle una amistad que no era verdadera, ella se había negado a dirigirle la palabra. Parecía como si las sutiles críticas que estaba recibiendo por parte de la prensa inmediatamente después de la muerte de Sonia la hubieran obligado a quedarse en un rincón, y que la única manera de sobrevivir era volverse diminuta y callada, cual guijarro en un sendero. Todas las historias sobre el drama que estaba aconteciendo en Kensington Square empezaban con un recordatorio de que la niñera de Sonia Davies era la alemana cuya aclamada huida de Alemania Oriental –previamente considerada admirable y milagrosa– había costado la vida de un hombre joven, y que el lujoso ambiente en que se encontraba en Inglaterra suponía un contraste horrendo y desolador a la situación en la que había quedado su familia después de que ella buscara asilo político de una forma tan ostentosa. Cualquier cosa que pudiera ser remotamente cuestionable o interpretable en potencia fue sacada a la luz por la prensa. Y cualquier persona cercana a ella se exponía a recibir el mismo trato. Por lo tanto, había guardado las distancias, y luego ya era demasiado tarde.

Cuando finalmente fue acusada y llevada a juicio, la furgoneta que la trasladaba desde Holloway hasta el Tribunal Central de lo Criminal de Londres había sido bombardeada con huevos y fruta podrida, y gritos de «asesina de bebés» le daban la bienvenida cuando la misma furgoneta la devolvía a la cárcel por las noches y cuando tenía que recorrer los pocos metros que la separaban de la puerta de la prisión. El crimen que supuestamente había perpetrado despertó un gran interés entre el público: porque la víctima era una niña, porque era una niña deficiente, y porque –aunque nadie se atrevía a decirlo directamente– la supuesta asesina era alemana.

«Y ahora estaba de nuevo metido en todo eso», pensaba Pitchley mientras se frotaba la frente. Se veía igual de involucrado que hacía veinte años, como si no hubiera conseguido distanciarse de lo que había sucedido en esa desgraciada casa. Había cambiado de nombre, había cambiado de trabajo cinco veces, pero todos sus enormes esfuerzos por rehacerse a sí mismo iban a quedar en nada si no podía convencer a Bragas Cremosas de que su declaración era de vital importancia para su supervivencia.

Y no es que la declaración de Bragas Cremosas fuera lo único que necesitara para poner su vida en orden. También tenía que arreglar las cosas con Robbie y Brent, dos cañones desbocados que estaban a punto de disparar.

Cuando aparecieron por segunda vez por Crediton Hill, se había imaginado que le pedirían dinero. Aunque ya les hubiera dado un cheque, los conocía lo suficiente para saber que cabía la posibilidad de que Robbie se hubiera dejado inspirar al ver un Ladbrokes, no para depositar esos fondos en una cuenta bancaria, sino en la cabeza de un caballo cuyo nombre le gustaba en demasía. Esa suposición se vio ratificada cuando Robbie dijo: «Enséñaselo, Brent», antes de que hubieran pasado cinco minutos desde que entraran por la puerta principal, trayendo con ellos el hedor de sus pobres hábitos de aseo personal. Siguiendo las instrucciones de Robbie, Brent sacó de la chaqueta un ejemplar de *The Source*, el cual abrió como si estuviera sacudiendo las sábanas.

–¡Mira a quién atropellaron delante de tu casa, Jay! –exclamó Brent con una sonrisa mientras le mostraba la portada del escabroso periódico. «Y evidentemente sólo podía ser *The Source*», pensó Pitchley. Era imposible que Brent o Robbie elevaran sus gustos a algo menos sensacionalista.

No pudo evitar ver lo que Brent balanceaba ante él: el llamativo titular, la fotografía de Eugenie Davies, el grabado de la calle en la que él mismo vivía, y una fotografía del chico que había dejado de serlo para convertirse en una celebridad. «Que esa muerte ocupara todas las portadas de los periódicos era culpa suya», pensó Pitchley con amargura. Si Gideon Davies no hubiera conseguido fama, fortuna y éxito en un mundo que valoraba cada vez más esos logros, los periódicos no habrían dado esa información. Simplemente sería un caso de atropellamiento y fuga que la policía no había acabado de investigar. Final de la historia.

–Claro que cuando vinimos ayer aún no lo sabíamos –apuntó Robbie–. ¿Te importa que me la quite, Jay? –Había conseguido desprenderse de su pesada chaqueta impermeabilizada y la había tirado sobre el respaldo de la silla. Se dio una vuelta por la sala y lo inspeccionó todo con atención–. ¡Una casa bien bonita! ¡Has prosperado mucho, Jay! Espero que te hayas hecho un nombre en el mundo de los negocios; como mínimo, entre la gente que cuenta. ¿No es así, Jay? Manoseas su dinero y abracadabra, haces más dinero y, por lo tanto, confían en que sigas haciéndolo, ¿no es verdad?

–Di lo que quieras, pero voy un poco mal de tiempo –le advirtió Pitchley.

–No veo el porqué –respondió Robbie–. Adelante. En Nueva York... –Castañeteó los dedos en dirección a su compañero–. Brent, ¿qué hora es en Nueva York?

Brent miró su reloj obedientemente. Se le movían los labios a medida que lo calculaba. Frunció el ceño y empezó a contar con los dedos de una mano. Al cabo de un rato exclamó:

–¡Es temprano!

–De acuerdo –asintió Robbie–. Ves, Jay, aún es temprano. La bolsa de Nueva York todavía no ha cerrado. Aún te queda mucho tiempo para ganar unas cuantas libras antes de que se acabe el día. Incluso con esta pequeña conferencia que te estamos dando.

Pitchley soltó un suspiro. La única forma que tendría de librarse de esos dos hombres sería haciendo ver que les seguía el juego. Por lo tanto, se limitó a decir: «De acuerdo, tienes razón». Se dirigió hacia un escritorio que había junto a una ventana que daba a la calle y sacó un talonario y un bolígrafo que destapó con autoridad. Llevó el talonario al comedor, cogió una silla, se sentó y empezó a escribir. Empezó con la cantidad: tres mil libras. No se podía imaginar que Rob fuera a pedirle menos.

Rob entró en el comedor a grandes pasos. Brent, como siempre, siguió a su hermano.

–¿Es eso lo que te piensas, Jay? ¿Que cada vez que venimos a verte sólo queremos dinero?

–¿Qué más podríais querer? –Pitchley escribió la fecha y empezó a apuntar el nombre.

Robbie, golpeando la mesa del comedor con la mano, gritó:

–¡Eh! ¡Haz el favor de dejar de escribir y de mirarme! –Y como medida de precaución, le quitó el bolígrafo de la mano–. ¿Piensas que se trata de dinero, Jay? Brent y yo venimos corriendo a tu casa, y mira que Hampstead nos pilla lejos, no te creas, dejando todos nuestros negocios de lado –al decirlo, inclinó la cabeza hacia la sala de estar, por lo que Pitchley pensó que se estaba refiriendo a la calle–, perdiendo dinero en grandes cantidades para estar aquí y charlar contigo diez minutos, y tú vas y te crees que hemos venido a por dinero. ¡Joder, hombre! –Se volvió hacia su hermano–. ¿Qué opinas, Brent?

Brent se unió a ellos junto a la mesa, con *The Source* todavía colgándole de los dedos. No sabría qué hacer con el periódico hasta que su hermano le diera nuevas instrucciones. Y por el momento, le daba algo con lo que tener las manos ocupadas.

«El pobre zoquete es patético», pensó Pitchley. Era un milagro que hubiera aprendido a atarse los zapatos.

–Muy bien, de acuerdo –dijo, y luego se reclinó en la silla.

–¿Por qué no me cuentas a qué habéis venido, Rob?

–¿No podemos pasar a hacerte una visita como amigos?

–Nuestra relación no se ha basado en eso, que digamos.

–¿No? Bien, pues piensa en qué se ha basado. Porque nuestra relación está lo bastante madura para poder hacerte una visita, Jay. –Robbie rozó *The Source* con el dedo pulgar. Con ánimo de cooperar, Brent lo levantó un poco, como si fuera un estudiante mostrando su primitiva obra de arte–. Hay pocas noticias en portada últimamente. No hay nadie en la familia real que se porte mal, ni tampoco han pillado a ningún miembro del parlamento con la polla dentro del agujero de una adolescente. Los periódicos van a empezar a indagar, Jay. Brent y yo hemos venido a contarte nuestro plan.

–Plan –Pitchley repitió la palabra con sumo cuidado.

–Claro. Ya nos encargamos de todo una vez. Podemos volver a hacerlo. La situación se calentará con rapidez tan pronto como la policía averigüe quién eres, y cuando se lo cuenten a la prensa, como siempre hacen...

–Ya lo saben –respondió Pitchley, con la esperanza de poder librarse de Robbie, de poder engañarle con una media verdad que podría considerar una verdad completa–. Ya se lo he contado.

Pero Rob no estaba dispuesto a tragarse ese cuento.

–No me lo creo, Jay. Porque si lo hubieras hecho, te habrían tirado a los tiburones tan pronto como hubieran necesitado demostrar que están trabajando mucho. Ya sabes cómo funcionan las cosas. Supongo que es verdad que les contaste algo. Pero como te conozco, sé que no se lo contaste todo. –Lo observó con perspicacia y pareció gustarle lo que veía en su rostro–. Bien, por lo tanto, Brent y yo nos imaginamos que tendríamos que trazar algún plan. Necesitarás protección y nosotros sabemos cómo dártela.

«Y entonces estaré en deuda para siempre –pensó Pitchley–. El doble de lo que ya estoy, porque habréis conseguido mantener a los sabuesos a raya dos veces.»

–Nos necesitas, Jay –le dijo Robbie–. ¿Brent y yo? Nunca giramos la espalda cuando sabemos que alguien nos necesita. Alguna gente lo hace, pero nosotros no somos así.

Pitchley ya podía imaginarse cómo irían las cosas: Robbie y Brent lucharían por él, y utilizarían los mismos métodos de mano dura que tan ineficazmente habían usado en el pasado.

Estaba a punto de decirles que se fueran a casa, con sus esposas, con sus negocios ruinosos, inadecuados y mal llevados, a limpiar, encerar y pulir los coches de la gente rica con la que nunca se mezclarían. Estaba a punto de mandarles a la mierda para siempre, porque estaba cansado de ser drenado cual bañera y de ser tocado como si fuera un piano desafinado. De hecho, estaba a punto de abrir la boca para decírselo cuando sonó el timbre, cuando se dirigió hacia la ventana para ver quién era, cuando les dijo «no os mováis de aquí», y cuando cerró la puerta del comedor a sus espaldas.

«Pero ahora –pensaba con tristeza mientras estaba sentado delante del ordenador intentando, sin éxito, encontrar la manera de convencer a Bragas Cremosas– aún estaré más en deuda con ellos.» Les debería más por la rápida reacción de Rob, esa reacción que les hizo salir de la casa y llegar al parque antes de que esa policía regordeta fuera capaz de echarles el guante cuando estaban escondidos en la cocina. Aunque lo que hubieran podido contarle no habría empeorado una situación ya de por sí calamitosa. Pero Robbie y Brent no lo verían de la misma manera. Pensarían que su rápida reacción le había servido de ayuda y, por lo tanto, pasarían a cobrar cuando lo consideraran conveniente.

Después de ir al taller en el que estaban reparando el Audi de Ian Staines, Lynley regresó a Londres sin ningún contratiempo. Se había llevado a Staines con él a fin de evitar que pudiera llamar al garaje para intentar dirigir el curso del interrogatorio de Lynley, y una vez que se hubieron detenido delante del garaje, le había pedido que esperase en el Bentley mientras él entraba a hacer unas preguntas.

Una vez dentro, le confirmaron casi todo lo que el propio hermano de Eugenie Davies le había contado. Era verdad que estaban revisando el coche; lo había llevado a las ocho de esa misma mañana. Habían concertado la cita el jueves anterior, y la secretaria no había anotado nada irregular –como, por ejemplo, que repasaran la carrocería– cuando ésta se había hecho cargo de la llamada.

Cuando Lynley preguntó si podía ver el coche tampoco le pusieron ninguna traba. El representante del garaje lo acompañó hasta el coche, hablando por los codos de los grandes avances que Audi había hecho con respecto al montaje, a la maniobrabilidad y al diseño. Si sentía cierta curiosidad por saber por qué un policía le preguntaba por un coche en particular, no dio ninguna muestra de ello. Un cliente en potencia era, después de todo, un cliente en potencia.

El Audi en cuestión estaba en una de las plataformas de servicios, elevado a unos dos metros de altura sobre un montacargas hidráulico. Esa posición le dio a Lynley la oportunidad de examinar la parte inferior además de la parte delantera y de ambos guardabarros para ver si se había ocasionado algún desperfecto. La parte delantera estaba en perfecto estado, pero había unas rayas y una abolladura en el guardabarros izquierdo del coche que parecían misteriosas. Además, parecían recientes.

–¿Es posible que hayan cambiado algún parachoques roto antes de que empezara a revisar el coche? –le preguntó al mecánico.

–¡Esa posibilidad siempre existe, hombre! –le respondió–. Si la gente supiera comprar bien, no tendría por qué dejarse ni un céntimo en los garajes.

Así pues, a pesar de que había sido corroborado que el Audi se encontraba en buen estado y que se hallaba en el lugar en el que Staines le había dicho, aún cabía la posibilidad de que esas rayas y esa pequeña abolladura significaran alguna cosa más que unas limitadas habilidades automovilísticas. Staines no podía ser tachado de la lista, a pesar de que había insistido en que esas rayas y esa abolladura también eran un misterio para él y de la frase «la maldita Lydia también usa el coche, inspector».

Lynley le dejó en una parada de autobús y le ordenó que no se marchara de Brighton.

–Si se cambia de casa, llámeme –le dijo a Staines mientras le entregaba su tarjeta–. Quiero estar informado.

Luego se dirigió hacia Londres. Situada al nordeste de Regent's Park, Chalcot Square era otra zona de la ciudad que estaba experimentando cierto aburguesamiento. Si no se hubiera dado cuenta de eso por los andamios que había situados en la parte delantera de la mayoría de los edificios, lo habría hecho al ver las fachadas recién pintadas de las otras casas. Ese barrio le recordaba a Notting Hill. Los edificios de la calle estaban pintados con la misma variedad de colores brillantes.

La casa de Gideon Davies permanecía medio oculta en una esquina de la plaza. Estaba pintada de un azul intenso, y la puerta principal era de color blanco. Tenía un estrecho balcón en la primera planta a lo largo del cual se extendía una blanca balaustrada, y las puertaventanas que se veían más allá de ese balcón estaban resplandecientemente iluminadas.

Su llamada a la puerta fue respondida con rapidez, como si el dueño de la casa hubiera estado esperando detrás de la puerta. Gideon Davies le preguntó con tranquilidad: «¿Inspector Lynley? –y cuando éste asintió con la cabeza, le sugirió–: Subamos al piso de arriba». Lo llevó hasta el primer piso, a través de una escalera cuyas paredes mostraban los enmarcados éxitos de su carrera profesional, y lo condujo hasta la sala que Lynley había visto desde la calle, donde un aparato de música ocupaba una de las paredes, y donde el cómodo mobiliario dispuesto por toda la sala era interrumpido por mesas y atriles. Había partituras por encima de los atriles y de las mesas, pero ninguna estaba abierta.

–No conozco a mi tío, inspector Lynley –declaró Davies–. No sé hasta qué punto podré ayudarle.

Lynley había leído las historias de los periódicos después de que el violinista se marchara de Wigmore Hall. Había pensado –probablemente de la misma forma que la mayor parte del público interesado en esa historia– que era otro ejemplo de alguien que había estado demasiado protegido durante muchos años y que, por un motivo u otro, se había venido abajo. Había leído las explicaciones subsiguientes que había dado la maquinaria responsable de su publicidad: agotamiento después de un extenuante programa de conciertos en la primavera. Y había considerado el asunto como una noticia de tres días para que los periódicos pudieran rellenar sus espacios en una época del año en la que no se producían muchos eventos dignos de mención.

Sin embargo, en ese momento vio que el virtuoso parecía estar enfermo. Lynley pensó de inmediato en la enfermedad de Parkinson –sus pasos eran inseguros y las manos le temblaban– y cómo esa enfermedad podría poner fin a su carrera. Eso era algo que su máquina publicitaria querría esconderle al público durante todo el tiempo que fuera posible, llamándolo cualquier cosa, desde agotamiento hasta nerviosismo, hasta que llegara el momento en que ya no pudieran seguir ocultándolo.

Davies hizo un gesto y señaló un grupo de tres sillones demasiado rellenos que estaban dispuestos en torno a la chimenea. Davies se sentó en el más cercano al fuego: había carbones artificiales entre los que sobresalían rítmicamente llamas azules y naranjas que parecían un soporífero visual. A pesar de su apariencia enfermiza, Lynley observó el gran parecido entre el violinista y Richard Davies. Tenían la misma constitución, y a ambos les sobresalían los huesos y unos músculos fibrosos. Sin embargo, el hijo no tenía la espalda curvada, aunque su forma de cruzar las piernas y de apretar sus cerrados puños contra el estómago indicaba que tenía otros problemas físicos.

–¿Cuántos años tenía cuando sus padres se divorciaron, señor Davies? –le preguntó Lynley.

–¿Cuando se divorciaron? –El violinista tuvo que pensar en la pregunta antes de poder contestarla–. Yo debía de tener unos nueve años cuando mi madre se marchó, pero no se divorciaron de inmediato. Bien, tampoco podrían haberlo hecho, teniendo en cuenta lo que dice la ley. Por lo tanto, tardaron... ¿qué? ¿Unos cuatro años?

De hecho, ahora que lo pienso, no lo sé, inspector. Nunca salió el tema.

–¿El tema del divorcio o el hecho de que les abandonara?

–Ninguno de los dos. Simplemente se marchó un día.

–¿Nunca preguntó por qué?

–En mi familia no solemos hablar de temas personales. Había mucha... supongo que podría designarlo reticencia. No sólo estábamos nosotros tres en la casa y como comprenderá... Estaban mis abuelos, mi profesor y un inquilino. Formábamos una pequeña multitud. Supongo que era una forma de tener cierta intimidad: permitían que todo el mundo tuviera una vida privada que nunca se comentaba. Nadie expresaba ni sus pensamientos ni sus sentimientos. Bien, era un comportamiento propio de esa época, ¿no es verdad?

–¿Y cuando murió su hermana?

En ese momento, Davies apartó la mirada de Lynley y la dirigió hacia el fuego, aunque el resto de su cuerpo permaneció inmóvil.

–¿Qué pasa con la muerte de mi hermana?

–¿Todo el mundo se guardó sus pensamientos y sus sentimientos cuando fue asesinada? ¿Y durante el juicio que se produjo a continuación?

Davies juntó las piernas, como si ese gesto pudiera protegerle de las preguntas.

–Nadie hablaba nunca de eso. «Mejor olvidar» era el lema de la familia, inspector, y vivíamos de acuerdo con ese lema. –Levantó el rostro hacia el techo y tragó saliva–. ¡Dios mío! Supongo que ése es el motivo por el que mi madre nos dejó. En esa casa nunca se hablaba de lo que necesitaba ser hablado con urgencia, y me imagino que no pudo soportar esa situación por más tiempo.

–¿Cuándo fue la última vez que la vio, señor Davies?

–Por aquel entonces –respondió.

–¿Cuando tenía nueve años?

–Papá y yo nos fuimos de gira a Austria. Cuando regresamos, ya no estaba.

–¿No ha tenido noticias suyas desde entonces?

–No.

–¿No se puso en contacto con usted durante estos últimos meses?

–No. ¿Por qué?

–Su tío me ha dicho que ella intentó verle. Tenía intención de pedirle dinero prestado. También le contó que había sucedido algo que le impedía pedirle dinero. Me pregunto si sabe a qué se refería.

En ese momento, Davies pareció ponerse en guardia, como si una barrera hubiera caído como un delgado escudo de metal para cubrirle los ojos.

–He tenido... Bien, podríamos decir que he tenido ciertos problemas para tocar.

Dejó que Lynley completara la idea: una madre ansiosa por el bienestar de su hijo nunca le pediría dinero, ni para ella ni para un hermano que había dejado por imposible.

Esa suposición no contradecía lo que Richard Davies le había dicho sobre su ex mujer. Según él, lo había estado llamando para preguntar sobre el estado de salud de su hijo. Pero si su madre se había negado a pedirle dinero a su hijo a causa de su enfermedad, entonces había algo que no encajaba. De hecho, había varios meses de diferencia entre una cosa y otra. Gideon Davies había sufrido la experiencia traumática de Wigmore Hall en el mes de julio. Ahora estaban en noviembre. Y según Ian Staines, cuando su hermana había cambiado de opinión, las dificultades musicales de Gideon ya habían pasado. No era algo vital, pero no podía ser pasado por alto.

–Su padre me contó que ella le había estado llamando con regularidad para preguntar sobre su estado de salud; por lo tanto, estaba al corriente de sus dificultades –dijo Lynley a modo de asentimiento–. Pero nunca dijo nada de que quisiera verlo a usted o de que le pidiera permiso para hacerlo. ¿Está seguro de que no se puso en contacto directo con usted?

–Inspector, creo que me acordaría si mi madre hubiera intentado ponerse en contacto conmigo. Ni lo hizo, ni podía hacerlo. Mi número no aparece en el listín telefónico y, en consecuencia, sólo podría haberlo hecho a través de mi padre o de mi agente, o presentándose a uno de mis conciertos y enviando una nota a los camerinos.

–¿No hizo nada de eso?

–No, no hizo nada de eso.

–¿Y no le hizo llegar ningún mensaje a través de su padre?

–No me envió ningún mensaje –respondió Davies–. Por lo tanto, quizá mi tío mienta al decir que ella quería verme para pedirme dinero. O tal vez sea mi padre el que le mienta con lo de las llamadas telefónicas. Pero esto último es poco probable.

–Parece estar muy seguro. ¿Por qué?

–Porque mi padre era el primer interesado en que nos viéramos. Pensaba que podría serme de ayuda.

–¿Con qué?

–Con el problema que tengo con la música. Mi padre pensaba que ella... –Entonces Davies volvió a mirar el fuego, y la seguridad que había mostrado unos instantes antes empezó a desaparecer. Las piernas le temblaban. Más para el fuego que para Lynley, prosiguió–: Aunque yo no creo que hubiera podido ayudarme. En este momento no creo que nadie pueda hacerlo. Pero estaba dispuesto a intentarlo. Eso es, antes de que fuera asesinada. Estaba dispuesto a intentarlo todo.

«Un artista que se ve obligado a estar alejado de su arte por culpa del miedo», pensó Lynley. El violinista no pararía hasta encontrar alguna clase de talismán. Estaría dispuesto a creer que su madre era el amuleto que podría hacer que tocara su instrumento de nuevo. Lynley, para asegurarse, le preguntó:

–¿Cómo, señor Davies?

–¿Qué quiere decir?

–¿Cómo podría haberlo ayudado su madre?

–Poniéndose de acuerdo con papá.

–¿De acuerdo? ¿Sobre qué?

Davies reflexionó sobre la pregunta, y cuando la contestó, le explicó a Lynley muchísimas cosas sobre las diferencias que había entre su vida profesional y lo que le querían hacer creer al público.

–Que aceptara que no me pasa nada. Que aceptara que mi cabeza me está jugando una mala pasada. Eso es lo que papá quería que ella hiciera. Tenía que intentar convencerla, ¿comprende? Cualquier otra cosa habría sido impensable. Bien, «indecible» sería más bien la palabra que definiría a mi familia. Pero ¿impensable...? Eso supondría un esfuerzo demasiado grande. –Se rió débilmente, un claro indicio de que se sentía desanimado y amargado–. No obstante, habría aceptado verla. Y habría hecho todo lo posible por creerla.

En consecuencia, tenía motivos para querer a su madre viva, no muerta. Especialmente si se aferraba a la convicción de que ella era la cura para su enfermedad. Con todo, Lynley dijo:

–Esto es pura rutina, señor Davies, pero tengo que preguntárselo: ¿Dónde estaba la noche que su madre fue asesinada? Debió de suceder entre las diez y las doce de la noche.

–Aquí –respondió–. En la cama. Solo.

–Desde que se marchó de su casa, ¿se ha puesto en contacto con un hombre llamado James Pitchford?

Davies pareció sorprendido de verdad.

–¿James el Inquilino? No. ¿Por qué?

La pregunta le pareció lo bastante ingenua.

–Su madre iba a verle cuando fue asesinada.

–¿Iba a ver a James? Eso no tiene sentido.

–No –asintió Lynley–. Es verdad.

«Ni tampoco lo tenían muchas otras cosas que Eugenie había hecho», pensó Lynley. Se preguntó cuál de ellas la habría llevado a la muerte.

14

Jill Foster era consciente de que a Richard no le hacía ninguna gracia tener que volver a hablar con la policía. Y Richard aún se sintió más molesto cuando se enteró de que el policía venía de ver a Gideon. Recibió esa información con aparente naturalidad a medida que le indicaba al inspector Lynley que tomara asiento, pero la forma en que tensó la boca cuando el detective le contó los hechos le indicó a Jill que no estaba contento.

El inspector Lynley observaba a Richard de cerca, como si quisiera calibrar sus reacciones más insignificantes. Eso le produjo a Jill una sensación de intranquilidad. Sabía cómo funcionaba la policía porque hacía años que leía historias en los periódicos de casos que se habían hecho famosos por lo mal resueltos que estaban y aún de muchos más casos de errores judiciales; por lo tanto, estaba versada en los extremos a los que podía llegar la policía con el fin de poder acusar falsamente a un sospechoso. Cuando se trataba de asesinatos, la policía estaba más interesada por argumentar un caso sólido en contra de alguien –en contra de cualquiera– que por llegar al fondo de lo que en realidad había sucedido, porque formular un caso en contra de alguien significaba poner fin a la investigación, lo que implicaba volver a casa para ver a sus mujeres y a sus familias a una hora razonable por una vez en la vida. Ese deseo permanecía latente en cualquier movimiento que hicieran en una investigación de asesinato, y recordar ese hecho incumbía a cualquier persona que fuera interrogada por la policía.

«La policía no es amiga nuestra, Richard –le dijo a su prometido en silencio–. No digas ni una palabra que más tarde puedan alterar y usar en tu contra.»

Y sin lugar a dudas eso era lo que estaba haciendo el detective. Fijó sus oscuros ojos –eran castaños, y no azules como uno habría esperado en una persona rubia– en Richard y esperó pacientemente la respuesta a su comentario, con una pulcra libreta abierta entre sus grandes y bonitas manos.

–Cuando nos vimos ayer, no me comentó que había estado intentando convencer a Gideon para que viera a su madre, señor Davies. Y no entiendo el porqué.

Richard estaba sentado en una silla de respaldo alto que había girado desde la mesa en la que él y Jill solían comer. Esa vez no le había ofrecido ninguna taza de té. Eso hubiera significado que daban la bienvenida al detective, y desde luego ése no era el caso. Tan pronto como hubo llegado, e incluso antes de que el inspector mencionara la visita que le había hecho a Gideon, Richard ya había protestado:

–Quiero serle útil, inspector, pero debo pedirle que sea razonable con sus visitas. Jill necesita sus horas de descanso, y si pudiéramos vernos durante el día, le estaría muy agradecido.

Los labios del policía se habían movido de tal forma que una persona ingenua habría pensado que era una sonrisa. Pero miró a Richard de una manera que indicaba que no era el tipo de hombre que estuviera acostumbrado a que le dijeran lo que tenía que hacer, ni tampoco se tomó la molestia de disculparse por haberse presentado en South Kensington ni por robarles demasiados momentos de su tiempo.

–¿Señor Davies? –repitió Lynley.

–No le conté que estaba intentando organizar un encuentro entre Gideon y su madre porque no me lo preguntó –respondió Richard. Se volvió hacia el extremo de la mesa en el que estaba sentada Jill, con el portátil en marcha e intentando escribir por quinta vez el Acto III de la Escena I de su adaptación televisiva de *Hermosos y malditos*–. Supongo que querrás seguir trabajando, Jill. ¿Por qué no te vas a la mesa del estudio...?

Jill, que no iba a permitir que la condenaran a esa especie de mausoleo que Richard le había dedicado a su padre en ese lugar que él designaba el estudio, le respondió:

–De momento no tengo ningún problema para concentrarme. –Después grabó y revisó lo que acababa de escribir. Si iban a hablar de Eugenie, ella iba a estar presente.

–¿Le había pedido ver a Gideon? –le preguntó el detective a Richard.

–No.

–¿Está seguro?

–¡Pues claro que estoy seguro! No quería vernos a ninguno de los dos. Ésa es la elección que hizo años atrás cuando decidió marcharse sin siquiera preocuparse por decirnos adónde iba.

–¿Qué le parecería explicarme el porqué? –le preguntó el inspector Lynley.

–¿El porqué? ¿De qué?

–El porqué de su partida. ¿Se lo dijo alguna vez su mujer?

Richard se ofendió. Jill contuvo la respiración, intentando ignorar la puñalada que acababa de recibir en el pecho al oír esas palabras: «su mujer». En esos momentos no se podía permitir el lujo de pensar cómo le afectaba que alguien usara esas palabras para referirse a una persona que no fuera ella, porque la pregunta del detective era un asunto por el que ella estaba muy interesada. Se desvivía por saber no sólo por qué su mujer le había dejado, sino también qué había sentido él en ese momento, y lo que era más importante, cómo se sentía ahora.

–Inspector –dijo Richard con tranquilidad–. ¿Alguna vez ha perdido un hijo? ¿Lo ha perdido como consecuencia de un acto violento? ¿Lo ha perdido en manos de alguien que vive bajo su propio techo? ¿No? ¿No lo ha perdido? Bien, pues le sugiero que piense en lo que una pérdida como ésa puede hacerle a un matrimonio. No necesitaba que Eugenie me diera ninguna explicación detallada de por qué se iba. Algunos matrimonios superan las crisis de ese tipo. Otros no.

–¿No intentó encontrarla después de que se marchara?

–No le veía ningún sentido. No quería obligar a Eugenie a permanecer en un lugar en el que no deseaba estar. Tenía que pensar en Gideon, y no soy de los que piensan que dos padres son mejor que uno para un niño, sin tener en cuenta el estado del matrimonio. Si el matrimonio no va bien, tiene que acabar. Los niños aceptan eso mucho mejor que tener que vivir en una casa que prácticamente es un campo de batalla.

–¿Fue una separación hostil?

–Está haciendo deducciones.

–Es parte de mi trabajo.

–Pues le están llevando en la dirección equivocada. Siento desilusionarle, pero no hubo mala sangre entre Eugenie y yo.

Richard estaba irritado. Jill se lo notaba en el tono de voz, y estaba segura de que el detective también se daba cuenta. Eso la preocupaba; se movió en la silla a fin de llamar la atención de su prometido para lanzarle una mirada de advertencia que él pudiera interpretar, y así poder hacerle cambiar, si no las respuestas que le daba, el tono de voz que usaba. Comprendía muy bien el origen de esa irritación: Gideon, Gideon, siempre Gideon, lo que Gideon hacía o dejaba de hacer, lo que Gideon decía o dejaba de decir. Richard estaba enfadado porque Gideon no le había llamado para contarle que el detective había pasado a verle. Pero el detective no lo vería de esa manera. Era mucho más probable que pensara que Richard se sentía molesto porque le estaba haciendo preguntas demasiado íntimas sobre Eugenie.

–Richard, lo siento –espetó Jill–. ¿Podrías ayudarme un momento a...? –Se volvió hacia el detective con una sonrisa de desesperación–. Últimamente tengo que ir al lavabo cada quince minutos. Gracias, querido. ¡Santo Cielo! La verdad es que no me aguanto de pie. –Asió el brazo de Richard durante un momento, haciendo el papel de la mujer que se encuentra mareada, a la espera de que Richard le dijera que la acompañaría al lavabo, lo que le daría un poco de tiempo para serenarse. No obstante, para frustración suya, se limitó a rodearle la cintura con el brazo durante un momento y a decirle–: Ve con cuidado. –Pero no hizo ningún gesto que indicara que iba a acompañarla.

Intentó telegrafiarle sus intenciones. «Ven conmigo.» No obstante, o las ignoró o no captó el mensaje, porque tan pronto como vio que ella podía andar sin dificultad, la soltó del brazo y se volvió de nuevo hacia el detective.

No le quedaba otro remedio que ir al lavabo, y Jill lo hizo con toda la habilidad que pudo, teniendo en cuenta su tamaño. De todas maneras, tenía que orinar –últimamente siempre tenía que orinar– y se agachó sobre el retrete intentando oír lo que decían en la sala de la que acababa de salir.

Richard estaba hablando cuando ella regresó. Jill se sintió satisfecha al ver que Richard había conseguido dominar su genio. Hablaba con tranquilidad.

–Mi hijo tiene miedo a actuar en público, inspector, tal y como ya le he dicho. Ha perdido el valor. Si lo ha visto, también se habrá dado cuenta de que el chico no está nada bien. Bien, si Eugenie hubiera podido ayudarle de alguna manera con su problema, no habría dudado en intentarlo. Estaba dispuesto a intentarlo todo. Quiero a mi hijo. Lo último que quiero ver en este mundo es que un miedo irracional le destruya la vida.

–¿Le pidió que fuera a verlo?

–Sí.

–¿Por qué dejó pasar tanto tiempo desde el día del evento?

–¿Qué evento?

–El concierto del Wigmore Hall.

Richard se sonrojó. Jill sabía que Richard odiaba que hablaran de ese día. Jill no tenía ninguna duda de que si Gideon conseguía tocar de nuevo, su padre no le permitiría ir más allá de la puerta de su casa. Después de todo, era el escenario de su humillación pública. Era mucho mejor acabar con el problema para siempre.

–Lo hemos probado todo, inspector –admitió Richard–. Aromaterapia, tratamientos contra la ansiedad, relajación, psiquiatría, todo lo posible, a excepción de que un astrólogo le hiciera la carta astral. Seguimos todos esos caminos durante meses, y Eugenie era la última oportunidad. –Observó cómo Lynley lo anotaba en la libreta, y después añadió–: A propósito, le agradecería mucho que esta información no se hiciera pública.

Lynley alzó la mirada y preguntó:

–¿Cómo dice?

–¡No soy tonto, inspector! –replicó Richard–. Sé cómo funcionan. No les pagan muy bien y, por lo tanto, ganan un dinero extra pasando la información que pueden. De acuerdo. Lo comprendo. Tienen bocas que alimentar. Pero lo último que Gideon necesita en este momento es que sus problemas aparezcan en los periódicos sensacionalistas.

–No suelo relacionarme con periodistas –respondió Lynley. Y luego hizo una pausa para anotar algo en su libreta–. A no ser que me vea obligado, señor Davies.

Richard entendió la amenaza implícita porque le respondió con efusión:

–¡Escuche! ¡Estoy cooperando con usted y como mínimo...!

–¡Richard!

Jill no pudo hacer nada por contenerse. Había demasiadas cosas en juego para dejarle continuar, y si continuaba sólo conseguiría distanciar al detective y estropear las cosas.

Richard cerró la boca de golpe y le lanzó una mirada. Con los ojos le intentó decir que recuperara el sentido común: «Dile lo que quiere saber y nos dejará en paz». Parece ser que esa vez comprendió el mensaje.

–De acuerdo –respondió–. Lo siento. Tengo los nervios de punta. Primero Gideon, luego Eugenie. Después de tantos años y cuando más la necesitábamos... Pierdo los estribos con facilidad.

–¿Ya había organizado el encuentro? –le preguntó Lynley.

–No. La había llamado y le había dejado un mensaje en el contestador. Pero ella aún no me había respondido.

–¿Cuándo la llamó?

–A principios de semana. No me acuerdo del día. Martes, tal vez.

–¿Era propio de ella no contestar las llamadas?

–En ese momento no le di importancia. En el mensaje no mencioné a Gideon para nada. Sólo le decía que me llamara cuando pudiera.

–¿Y nunca fue ella la que le pidió que organizara un encuentro por motivos propios?

–No. ¿Qué motivos podía tener? Me llamó cuando Gideon tuvo sus... dificultades en el concierto. En julio. Pero creo que eso ya se lo conté ayer.

–Y cuando lo llamaba, ¿sólo era para preguntarle sobre la enfermedad de su hijo?

–Mi hijo no sufre ninguna enfermedad –replicó Richard–. Sólo tiene miedo a tocar en público, inspector. Son nervios. Son cosas que pasan. Es parecido al bloqueo de un escritor, al escultor que no consigue moldear un trozo de arcilla, al pintor que pierde su visión durante una semana.

Jill pensó que parecía un hombre desesperado por convencerse a sí mismo, y estaba segura de que el inspector también lo notaba. Haciendo un intento por no parecer la típica mujer que excusaba al hombre que amaba, precisó:

–Richard ha dedicado su vida entera a la música de Gideon. Lo ha hecho del modo en que debe hacerlo cualquier padre de un niño prodigio: sin pensar en sí mismo. Y cuando uno dedica toda su vida a algo, es doloroso ver que el proyecto se va a pique.

–Sólo en el caso que una persona sea un proyecto –apuntó el inspector Lynley.

Se sonrojó y reprimió las ganas de contestarle. «De acuerdo –pensó–. Dejemos que disfrute de su momento de gloria. Pero no voy a permitir que me irrite.»

–En el curso de esas llamadas telefónicas, ¿le habló alguna vez su ex mujer de su hermano?

–¿De quién? ¿De Doug?

–No, del otro. De Ian Staines.

–¿Ian? –Richard negó con la cabeza–. Nunca. Que yo sepa, Eugenie hacía años que no lo veía.

–Me ha contado que Eugenie tenía intención de hablar con Gideon para pedirle dinero prestado. Está pasando un mal momento y...

–¿Cuándo no ha estado Ian pasando un mal momento? –le interrumpió Richard–. Se marchó de casa cuando era adolescente, y se pasó los treinta años siguientes intentando que Doug se sintiera responsable de ello. Es obvio que si Ian se dirigió a Eugenie fue porque Doug se había quedado sin fondos. Sin embargo, Eugenie no quiso ayudarle en el pasado, me refiero a la época en que estábamos casados y en que Ian tenía problemas de dinero, y dudo mucho que ahora hubiera aceptado ayudarle. –Juntó las cejas al darse cuenta de adónde quería llegar el detective–. ¿Por qué me está haciendo preguntas sobre Ian?

–Lo vieron con Eugenie la noche que fue asesinada.

–¡Qué horror! –murmuró Jill.

–Tiene muy mal genio –añadió Richard–. Pero no es gratuito. Su padre era un hombre rabioso. Nadie estaba a salvo de su mal genio. Lo excusaba diciendo que nunca había alzado la mano contra un miembro de su familia, pero eso era una forma especial de tortura. Y el cabrón era cura, aunque parezca imposible.

–Eso no es lo que recuerda Ian Staines –replicó Lynley.

–¿Qué quiere decir?

–Me ha contado que les pegaba.

Richard soltó un bufido y preguntó:

–¿Que les pegaba? Ian seguramente decía que él recibía las palizas para que los demás no tuvieran que soportarlas. Y eso lo hacía para poder conseguir que Doug y Eugenie se sintieran culpables cada vez que iba a pedirles dinero.

–Quizá les hiciera chantaje –subrayó Lynley–. A su hermano y a su hermana, me refiero. ¿Qué le sucedió al padre?

–¿Adónde quiere llegar?

–A lo que fuera que Eugenie deseara confesarle al comandante Wiley.

Richard no dijo nada. Jill vio que las rápidas pulsaciones le enrojecían las venas de la sien.

–Hacía más de veinte años que no veía a mi mujer, inspector. Podría haber querido contarle cualquier cosa a su amante.

«Mi mujer.» Jill oyó las palabras como si fueran una pequeña lanza que le desgarrara el corazón. Asió a ciegas la tapa del portátil. La bajó y la cerró con más fuerza de la que era necesaria.

–¿Le habló alguna vez del comandante Wiley durante alguna de sus conversaciones? –le preguntó el inspector.

–Sólo hablábamos de Gideon.

–Así pues, no sabe nada de lo que podría rondarle por la cabeza –añadió el detective.

–¡Por el amor de Dios, ni siquiera sabía que salía con un hombre de Henley, inspector! –exclamó Richard malhumorado–. ¿Cómo quiere que sepa lo que Eugenie pensaba confesarle?

Jill intentó encontrar los sentimientos que se escondían detrás de sus palabras. Puso su reacción –y cualquier emoción que la pudiera haber causado– junto a su anterior referencia a Eugenie como su mujer, y excavó entre el polvo alrededor de ambas cosas para ver qué emociones fosilizadas podrían haber quedado intactas. Esa misma mañana había conseguido echar un vistazo al *Daily Mail*, y había pasado las hojas con desespero hasta encontrar una fotografía de Eugenie. En consecuencia, ahora sabía que Eugenie había sido atractiva de un modo que ella nunca podría llegar a ser. Y deseaba preguntarle al hombre que amaba si esa belleza aún le tenía obsesionado, y que si era así, qué implicaba esa obsesión. No estaba dispuesta a compartir a Richard con un fantasma. Su matrimonio iba a ser todo o nada, y si acababa siendo nada, quería saberlo con tiempo para ajustar sus planes de acuerdo con la nueva situación.

Pero ¿cómo preguntárselo? ¿Cómo sacar el tema?

–Quizá no lo relacionara directamente con lo que Eugenie deseaba contarle al comandante Wiley –apuntó el inspector Lynley.

–Entonces tampoco habría sabido de qué se trataba, inspector. Soy incapaz de adivinar los pensamientos... –Richard se detuvo con brusquedad. Se puso en pie y por un momento Jill pensó que, harto ya de hablar de su ex mujer, «mi mujer», la había llamado, iba a pedirle al policía que se fuera. Pero en vez de eso, dijo–: ¿Qué se sabe de la señorita Wolff? Tal vez Eugenie estuviera preocupada a causa de Katja. Seguro que también había recibido esa carta en la que se le comunicaba que había salido de la cárcel. Quizás estuviera asustada. Eugenie declaró contra ella en el juicio, y tal vez se hubiera imaginado que Wolff iba a ir a por ella. ¿No le parece una posibilidad?

–No obstante, nunca se lo comentó, ¿verdad?

–A mí no, pero tal vez se lo dijera al Wiley ese. Vive en Henley. Si Eugenie buscaba protección, o simplemente una sensación de seguridad o alguien que cuidara de ella, él habría sido la persona adecuada para dársela. Yo no. Y si eso era lo que quería, primero le tendría que haber explicado el porqué.

Lynley asintió con la cabeza, y parecía pensativo al decir:

–Es una posibilidad. El comandante Wiley no vivía en Inglaterra cuando su hija fue asesinada. Nos lo contó él mismo.

–Entonces, ¿sabe dónde está la señorita Wolff? –le preguntó Richard.

–Sí, hemos averiguado su paradero. –Lynley cerró la libreta de un golpe y se puso en pie. Les dio las gracias por el tiempo que le habían dedicado.

Richard, como si de repente no quisiera que el detective les dejara solos –con lo que ese «solos» implicaba–, se apresuró a decir:

–Quizá tuviera el propósito de ajustar las cuentas, inspector.

Lynley, guardándose la libreta en el bolsillo, le preguntó:

–¿También declaró contra ella en el juicio, señor Davies?

–Sí, casi todos lo hicimos.

–Entonces vaya con cuidado hasta que consigamos aclarar las cosas.

Jill vio cómo Richard tragaba saliva.

–Sí, claro. Así lo haré –respondió Richard.

Con una inclinación de cabeza, Lynley salió del piso.

De repente, Jill se asustó.

–¡Richard! ¿No creerás que...? ¿Y si la mató esa mujer? Si consiguió encontrar a Eugenie, también cabe la posibilidad de que... Tú también podrías estar en peligro.

–Jill. No pasa nada.

–¿Cómo puedes decir eso cuando Eugenie está muerta?

Richard se le acercó y le suplicó:

–Por favor, no te preocupes. Todo irá bien. Todo irá bien.

–Pero tienes que ir con cuidado. Vete con ojo... Prométemelo.

–Sí, de acuerdo. Te lo prometo. –Le acarició la mejilla–. ¡Dios mío! ¡Te has quedado blanca como el papel! No estarás preocupada, ¿verdad?

–¡Claro que estoy preocupada! Acaba de decir que...

–¡Basta! Ya hemos tenido suficiente. Ahora mismo te voy a llevar a casa. Y no quiero discutir, ¿de acuerdo? –La ayudó a levantarse y no se alejó de ella mientras Jill hacía los preparativos para marcharse.

–Le has dicho una cosa que no es verdad, Jill. O que, como mínimo, no lo es del todo. Antes no he hecho ningún comentario, pero ahora me gustaría aclararlo.

Jill colocó el portátil dentro del maletín y levantó los ojos a medida que cerraba la cremallera.

–¿Qué quieres aclarar?

–Lo que has dicho: que he dedicado mi vida entera a Gideon.

–¡Ah! ¡Eso!

–Sí, eso. Antes era verdad. Lo era hasta hace un año. Pero ahora ya no lo es. Siempre será importante para mí. ¿Cómo podría no serlo? Es mi hijo. Pero aunque fue el centro de mi mundo durante más de dos décadas, ahora ya no lo es gracias a ti.

Richard le aguantó el abrigo. Ella metió los brazos y se dio la vuelta hacia él.

–Estás contento, ¿verdad? –le preguntó–. Me refiero a nuestra relación y al bebé.

–¿Contento? –Colocó una mano sobre su enorme estómago–. Si pudiera entrar en tu interior y pasar un rato con nuestra pequeña Cara, lo haría. Sería la única forma en que los tres podríamos estar más unidos de lo que ya estamos.

–Gracias –le dijo Jill, y lo besó, alzando la boca para juntarla con la que ya le era tan familiar, abriendo los labios, sintiendo su lengua y experimentando la correspondida pasión del deseo.

«Catherine –pensó–. Se llama Catherine», pero lo besó con anhelo y pasión, y se sintió violenta: por desearle sexualmente a pesar del avanzado estado de su embarazo. Pero de repente se sintió tan atraída hacia él que la pasión se convirtió en dolor.

–Hazme el amor –le dijo con la boca apretada contra la suya.

–¿Aquí? –musitó–. ¿En mi incómoda cama?

–No. En mi casa. En Shepherd's Bush. Vamos. Hazme el amor, cariño.

–¡Humm!

Los dedos de Richard encontraron sus pezones. Los apretó con suavidad. Ella suspiró. Se los apretó con más fuerza, y sintió cómo su cuerpo mandaba fuego a sus genitales a modo de respuesta.

–¡Por favor! –musitó–. Richard. ¡Dios!

Soltó una risita y le preguntó:

–¿Estás segura de que es lo que quieres?

–Me muero de ganas de hacer el amor contigo.

–Bien, pues tendremos que buscar una solución. –La soltó, le pasó las manos por los hombros y le observó el rostro–. Pero si pareces estar muy cansada...

Jill sintió que se desanimaba.

–Richard...

–Pero debes prometerme que después te meterás en la cama y

que no abrirás los ojos hasta que no hayan pasado, como mínimo, diez horas. ¿De acuerdo?

Un sentimiento de amor –o de algo que ella entendía como tal– le invadió el cuerpo. Sonrió.

–Entonces, llévame a casa ahora mismo, y disfruta conmigo. Si no haces ambas cosas, no respondo de lo que pueda suceder en tu incómoda cama.

Había momentos en los que uno debía dejarse guiar por el instinto. El agente Winston Nkata lo había visto muchas veces mientras colaboraba con algún que otro agente para investigar un caso, y reconoció esa misma inclinación en sí mismo.

Una sensación desagradable no le había abandonado en toda la tarde desde que saliera de la tienda de Yasmin Edwards. Le decía que Yasmin no se lo había contado todo. Por lo tanto, se detuvo en Kennington Park Road y salió de la tienda de comidas para llevar con un *samosa* de cordero en una mano y con un tarro de *dal* para usar como salsa en la otra. Su madre le guardaría la cena caliente, pero podrían pasar horas antes de que pudiera hincarle el diente al estofado de pollo que le había prometido para cenar. Mientras tanto, necesitaba algo para apaciguar sus tripas.

Masticó y se fijó en los empañados cristales de la lavandería Crushley, al otro lado de la calle y tres puertas más abajo de donde había aparcado. Había pasado por delante y había echado un vistazo en el interior cuando la puerta se había abierto de golpe, y la había visto, enorme, en la parte trasera, trabajando junto a una tabla de planchar con el vapor elevándose a su alrededor.

–¿Hoy ha ido a trabajar? –le había preguntado a su jefe por teléfono poco después de salir de la tienda de Yasmin–. Sólo es una comprobación rutinaria. No hace falta que le diga que estoy al aparato.

–De acuerdo –le había dicho Betty Crushley, como si sostuviera un cigarro entre los labios–. Por una vez en la vida está donde debe.

–Me alegra oírlo.

–Y a mí también.

Por lo tanto, estaba esperando a que Katja Wolff saliera del trabajo. Si recorría directamente la corta distancia que la separaba del edificio Doddington Grove, entonces tendría que empezar a desconfiar de sus instintos; pero si se dirigía a cualquier otro sitio, sabría que no se había equivocado respecto a ella.

Nkata estaba mojando el último trozo de *samosa* en el tarro de *dal* cuando la mujer alemana salió por fin de la lavandería, con una chaqueta en el brazo. Se metió la pasta en la boca a toda prisa, dispuesto para la acción, pero Katja Wolff sólo permaneció en la acera de delante de la lavandería durante un minuto. Hacía frío, y un fuerte viento llevaba el olor a gasolina a las mejillas de los peatones, pero las bajas temperaturas no parecían importarle.

Tardó un momento en ponerse la chaqueta, y luego sacó del bolsillo una boina azul que se colocó sobre su pelo corto y rubio. Luego se subió el cuello de la chaqueta y empezó a andar por Kennington Park Road rumbo a casa.

Nkata estaba a punto de maldecir sus instintos por haberle hecho perder tanto tiempo en el preciso instante en que Katja hizo lo inesperado. En vez de girar por Braganza Street, que conducía al edificio Doddington Grove, cruzó la calle y continuó avanzando por Kennington Park Road, sin siquiera mirar en la dirección en la que tendría que haber ido. Pasó por delante de un pub, de la tienda de comidas para llevar en la que había comprado su tentempié, de una peluquería y de una papelería, y se detuvo en una parada del autobús, donde se encendió un cigarrillo y esperó entre una pequeña multitud de pasajeros potenciales. No hizo ningún caso de los dos primeros autobuses que se detuvieron, pero se subió en el tercero después de tirar la colilla al suelo. A medida que el autobús se movía pesadamente entre el tráfico, Nkata empezó a seguirla, satisfecho de no encontrarse en un coche patrulla y agradecido por la oscuridad.

No se hizo muy popular entre sus compañeros de conducción a medida que seguía al autobús, parando cada vez que éste lo hacía, manteniendo los ojos fijos en cada una de las paradas para asegurarse de que no iba a perder a Katja en la creciente oscuridad. Más de un conductor le hizo un gesto obsceno con los dedos mientras serpenteaba entre los coches, y estuvo a punto de darle a un ciclista que llevaba una máscara, cuando un pasajero apretó el botón de parada sin darle apenas tiempo al autobús para que se detuviera.

De esta manera, cruzó el sur de Londres. Katja Wolff había tomado asiento junto a una ventana y, por lo tanto, Nkata era capaz de divisar su boina azul cada vez que el autobús tomaba una curva. Confiaba en que sería capaz de verla cuando bajara del autobús, y así fue cuando, después de sufrir la peor hora punta del día, el autobús se detuvo en la estación de Clapham.

Pensó que Katja tenía intención de coger un tren, y se preguntó lo visible que sería si se tenía que montar en el mismo vagón que ella. Mucho, decidió. Pero no podía hacer nada por evitarlo y tampoco tenía tiempo para pensar en otras alternativas. Buscó con desesperación un sitio donde aparcar.

No apartó los ojos de ella a medida que ésta se abría camino entre la multitud de fuera de la estación. No obstante, en vez de entrar en la estación, tal y como había pensado que haría, se dirigió a una segunda parada de autobús, donde, después de una espera de cinco minutos, se embarcó en otro trayecto a través del sur de Londres.

Esa vez no se sentó junto a la ventana y, en consecuencia, Nkata se vio obligado a mantener los ojos bien abiertos cada vez que bajaba algún pasajero. Le estaba causando mucha ansiedad –por no decir nada de lo enfadados que estaban los otros conductores–, pero ignoró el tráfico y se concentró en lo que tocaba.

En la estación de Putney, se vio recompensado. Katja Wolff bajó del autobús y, sin siquiera mirar ni a derecha ni izquierda, empezó a andar por Upper Richmond Road.

Era imposible que Nkata pudiera seguirla en coche sin llamar la atención cual avestruz en Alaska o sin convertirse en la víctima de la ira de cualquier conductor; así pues, la adelantó y avanzó unos cincuenta metros, donde encontró una sección de dobles líneas amarillas tras una parada de autobús al otro lado de la calle. Dio la vuelta y aparcó. Después esperó, sin apartar los ojos del espejo retrovisor, y ajustándolo para poder ver la acera del otro lado.

A su debido tiempo, Katja Wolff apareció en escena. Iba con la cabeza baja y el cuello subido para protegerse del viento; por lo tanto, no se percató de su presencia. Que un coche estuviera mal aparcado en Londres no era ninguna anomalía. Aunque lo viera, a la tenue luz podría pasar por cualquier persona que iba a buscar a alguien a la parada del autobús.

Cuando Katja ya debía haber avanzado unos veinte metros, Nkata abrió la puerta del coche y empezó a seguirla. Cubrió su gran cuerpo con el abrigo a medida que le pisaba los talones, y se puso una bufanda alrededor del cuello a la vez que daba gracias a su buena suerte, ya que esa misma mañana su madre había insistido en que se la llevara. Se deslizó entre las sombras formadas por el tronco de un viejo sicomoro en el instante en que Katja Wolff se detuvo, se colocó de espaldas al viento y se encendió un cigarrillo. Después siguió avanzando por la acera, esperó a que el tráfico disminuyera y cruzó al otro lado de la calle.

En ese punto, la carretera se convertía en un área comercial que estaba formada por una variedad de tiendas que tenían la vivienda en el piso de arriba. Allí se encontraban todo el tipo de establecimientos que la gente del barrio podría necesitar: tiendas de vídeo, quioscos, restaurantes, floristerías y similares.

Katja Wolff optó por ir a la Brasserie Frère Jacques, donde la bandera del Reino Unido y la de Francia ondeaban al viento. Era un edifico amarillo chillón, cuyos ventanales estaban cubiertos por travesaños, y cuyo interior estaba muy bien iluminado. Cuando ella entró en el bar-restaurante, Nkata esperó a tener una oportunidad para cruzar. Cuando consiguió llegar hasta allí, Katja ya se había quitado el abrigo y se lo había entregado a un camarero que le indicaba una barra que había más allá de las hileras de pequeñas mesas iluminadas por velas. No había ningún otro cliente en el restaurante, a excepción de una mujer muy bien vestida que llevaba un traje negro entallado y que estaba sentada en un taburete de la barra, con un vaso entre las manos.

«Parecía tener dinero», pensó Nkata. Se lo indicaba su corte de pelo, cortado de tal modo que el corto pelo le caía sobre el rostro cual casco elegante; se lo indicaba su atuendo, que era elegante y atemporal, el tipo de vestimenta que sólo se puede adquirir con grandes cantidades de dinero. Nkata había pasado el tiempo suficiente ojeando la revista *GQ* durante los años en que se había reinventado a sí mismo para saber cómo vestía la gente cuando ésta compraba casi toda su ropa en lugares como Kightsbridge, donde con veinte libras uno podría comprarse un pañuelo y poca cosa más.

Katja Wolff se acercó a esa mujer, que se bajó del taburete con una sonrisa para saludarla. Se cogieron de las manos y juntaron sus mejillas, besándose con esa distancia tan propia de los europeos. La mujer le hizo un gesto a Katja para indicarle que se sentara.

Nkata se agachó dentro de su abrigo y las observó desde un lugar en el que se había instalado, entre las sombras que había más allá de las ventanas del restaurante y al lado de un Oddbins. Si se giraban hacia él, siempre podría hacer ver que estaba leyendo los carteles de ofertas que estaban escritos en la ventana: se dio cuenta de que vendían vino español a muy buen precio. Y mientras tanto podría observarlas e intentar averiguar qué tipo de relación tenían entre ellas, a pesar de que él ya había formulado una serie de sospechas a ese respecto. Después de todo, había presenciado la familiaridad con la que se habían saludado. Además, la mujer de negro tenía dinero, y seguro que a Katja eso ya le satisfacía. En consecuencia, las piezas estaban empezando a encajar, alineándose con la mentira de la mujer alemana con respecto a dónde había estado la noche en que Eugenie Davies murió.

Sin embargo, Nkata deseaba que hubiera habido algún modo de escuchar su conversación. El modo en que se cernían sobre sus bebidas, codo a codo, sugería una charla confidencial que él se moría de ganas de oír. Y cuando Wolff le acarició el contorno de los ojos con una mano y la otra le pasó el brazo por los hombros y le dijo algo al oído, Nkata incluso consideró la posibilidad de entrar en el restaurante y de presentarse, sólo para ver cómo Katja reaccionaría al ver que la habían descubierto.

«Sí, sin lugar a dudas allí estaba pasando algo», pensó. Eso era seguramente lo que Yasmin Edwards sabía, pero de lo que no quería hablar. Porque uno siempre se da cuenta cuando su amante empieza a salir por las noches para algo más que no sea tomar el aire o ir a comprar un paquete de cigarrillos. Y la parte más difícil era llegar a aceptarlo. La gente hacía todo lo posible por evitar ver, hablar o tener que enfrentarse con algo que les resultara doloroso. Aunque fuera una estupidez no querer ver lo que sucedía en las relaciones, era sorprendente la cantidad de gente que todavía lo seguía haciendo.

Nkata empezó a mover los pies para quitarse la sensación de frío y se metió las manos en los bolsillos de la chaqueta. Las observó durante otro cuarto de hora, y cuando estaba empezando a considerar sus opciones, se dio cuenta de que las dos mujeres estaban recogiendo sus pertenencias.

Entró en Oddbins mientras ellas salían por la puerta del restaurante. Medio escondido tras un mostrador de Chianti Classico, cogió una botella como si quisiera examinar la etiqueta, mientras que el dependiente lo miraba con esa expresión que ponen todos los dependientes cuando ven a un hombre negro que toca algo que no tiene intención de comprar. Nkata lo ignoró, con la cabeza baja pero con la mirada clavada en las ventanas delanteras de la tienda. Cuando vio que Wolff y su acompañante pasaban por delante, dejó la botella de nuevo en el mostrador, se abstuvo de decirle lo que pensaba al hombre que había tras la caja registradora –¿cuándo llegaría el momento en que no tuviera que decirles «soy policía» mientras les cogía por las solapas de la camisa?–, salió de Oddbins y empezó a seguirlas.

La compañera de Katja la llevaba cogida del brazo, y ésta no paraba de hablarle mientras paseaban. Del hombro derecho le colgaba un bolso de piel del tamaño de un maletín, y lo asía con fuerza bajo el brazo, como si fuera una mujer que supiera qué podría acontecer en la calle a los desprevenidos. De ese modo, las dos mujeres siguieron andando, pero no rumbo a la estación, sino por Upper Richmond Road en dirección a Wandsworth.

Después de avanzar unos cuatrocientos metros, giraron a la izquierda. Eso las llevaría a un barrio muy poblado de hileras de viviendas y de casas semiadosadas. Nkata sabía que si entraban en una de esas casas, un poco de suerte no le bastaría para encontrarlas. Aceleró el paso y empezó a correr.

Cuando dobló la esquina se dio cuenta de que había tenido suerte. Aunque había muchas callejuelas que salían de la calle principal y que llevaban al poblado barrio, las dos mujeres aún no habían girado por ninguna de ellas. Más bien seguían avanzando delante de él, a pesar de que en ese momento la que hablaba era Katja, que iba haciendo gestos con las manos mientras la otra la escuchaba.

Giraron por Galveston Road, una pequeña calle llena de hileras de casas; algunas habían sido reconvertidas en pisos mientras que otras seguían siendo casas individuales. Era un vecindario de clase media con cortinas de encaje, edificios recién pintados, cuidados jardines y jardineras de ventana en las que plantaban pensamientos, anticipándose a la llegada del invierno. Wolff y su compañera anduvieron hasta la mitad de la calle, desde donde atravesaron una valla de hierro forjado y se acercaron a una puerta roja. Había una placa de latón con el número cincuenta y cinco entre dos estrechas ventanas translúcidas.

El jardín estaba descuidado, a diferencia de los otros jardines de la calle. A ambos lados de la puerta principal crecían malas hierbas, y los tentáculos del jazmín de un lado y de una hiniesta del otro colgaban hacia la puerta principal como si buscaran un sitio en el que anclar. Desde el otro lado de la calle, Nkata observó cómo Katja cruzaba con cautela los matojos y subía los dos escalones del porche delantero. No llamó a la puerta. Se limitó a abrirla y a entrar. Su compañera la siguió.

La puerta se cerró a su espalda y se encendió la luz de la entrada. Cinco segundos más tarde, esa luz fue reemplazada por una más tenue, que empezó a resplandecer tras las cortinas de la parte saledeza de la ventana delantera. Ese tipo de cortinas sólo permitía entrever las siluetas. Pero no era necesario ver nada más para comprender lo que estaba sucediendo cuando las mujeres se estrecharon entre sus brazos y se fundieron en una sola persona.

«Bien», dijo Nkata con un suspiro. Como mínimo había visto lo que había venido a ver: una prueba concreta de la infidelidad de Katja Wolff.

Presentar esa información ante la confiada Yasmin Edwards sería más que suficiente para hacer que empezara a contarle qué pasaba con su compañera. Y si se marchaba en ese preciso instante y se iba corriendo hacia el coche, sería capaz de llegar al edificio Doddington Grove mucho antes que Katja, y de ese modo podría preparar a Yasmin para hacerle oír algo que Katja después calificaría de mentira.

Pero a medida que las dos figuras de la sala de estar de Galveston Road se separaban para disponerse a hacer lo que fuera que tuvieran en mente para darse placer, Nkata empezó a tener sus dudas. Se preguntó cómo podría sacar el tema de la infidelidad de Katja sin provocar que Yasmin Edwards deseara matar al portador de la noticia en vez de pensar en lo que implicaba.

Después se cuestionó por qué se estaba preguntando eso. Esa mujer era una imbécil; además, era una ex presidiaria. Había matado a su marido a navajazos y había cumplido cinco años de condena, y sin lugar a dudas habría aprendido unas cuantas triquiñuelas del oficio mientras estaba encarcelada. Era una mujer peligrosa y él –Winston Nkata, que había escapado a una vida que le podría haber llevado por el mismo camino que el de ella– haría bien en recordarlo.

Decidió que no tenía ninguna necesidad de ir a toda prisa al edificio Doddington Grove. Y tal como estaban las cosas en Galveston Road, tampoco parecía que Katja Wolff fuera a ir a ninguna parte en el futuro inmediato.

Al llegar a casa de los St. James, a Lynley le sorprendió que su mujer aún se encontrara allí. Casi era hora de cenar, mucho después de la hora en la que ella acostumbraba a irse. Pero cuando Joseph Cotter –suegro de St. James y el hombre que había mantenido la familia unida en la casa de Cheyne Row durante más de una década– le hizo pasar, lo primero que le dijo fue:

–Todos están en el laboratorio. Y no es de extrañar. No han parado de trabajar en todo el día. Deb también está ahí arriba, pero creo que no está cooperando tanto como lady Helen. Ni siquiera han comido. Me dijeron que no podían parar, ya que casi habían acabado.

–¿El qué? –preguntó Lynley, dándole las gracias a Cotter cuando éste dejó la bandeja que llevaba y le cogió el abrigo.

–¡Sólo Dios lo sabe! ¿Quiere beber algo? ¿Una taza de té? Hay bollos recién hechos. –Señaló la bandeja–. Quizá podría subírselos. Los hice para la hora del té, pero no bajó nadie.

–Ya investigaré la situación. –Lynley cogió la bandeja que Cotter había dejado precariamente sobre un paragüero–. ¿Quiere que les dé algún mensaje?

–Dígales que la cena será a las ocho y media –contestó Cotter–. Ternera con salsa de vino de Oporto. Patatas nuevas. Calabacines y zanahorias.

–No cabe duda de que eso les tentará.

Cotter soltó un bufido y replicó:

–Sí, supongo que sí, aunque es poco probable que lo haga. Pero dígales que si quieren que siga cocinando para ellos, no pueden faltar a la cena. A propósito, *Peach* también está allá arriba. No le dé ni un solo bollo, por mucho que se lo pida. Está a régimen.

–De acuerdo. –Obedientemente, Lynley empezó a subir la escalera.

Encontró a todo el mundo donde Cotter le había prometido que estarían: Helen y Simon estaban absortos en el estudio de una serie de gráficos que estaban extendidos sobre una mesa, mientras que Deborah examinaba una tira de negativos dentro de su cuarto oscuro. *Peach* estaba husmeando el suelo. Fue la primera en divisar a Lynley, y al ver la bandeja que llevaba se puso a hacer cabriolas de felicidad, moviendo la cola de un lado a otro y con los ojos resplandecientes.

–Si fuera ingenuo, pensaría que me estás dando la bienvenida –le dijo Lynley al animal–. Pero me temo que tengo órdenes estrictas de no darte de comer.

Al oírlo, St. James levantó la mirada y exclamó:

–¡Tommy! –Después miró hacia la ventana con el ceño fruncido y añadió–: ¡Santo Cielo! ¿Qué hora es?

–Nuestros resultados no tienen ningún sentido –le dijo St. James a Lynley sin darle otra explicación–. ¿Que un gramo es la dosis mortal mínima? Se reirán de nosotros en la vista.

—¿Cuándo es la vista?

—Mañana.

—Entonces parece que será una noche larga.

—O un suicidio colectivo.

En ese momento, Deborah se les acercó y exclamó:

—¡Hola, Tommy! ¿Qué nos has traído? —El rostro se le iluminó—. ¡Ah, bollos! ¡Magnífico!

—Tu padre te envía un mensaje con respecto a la cena.

—¿Comer o morir?

—Algo parecido. —Lynley miró a su mujer—. Pensaba que ya te habrías marchado hace un buen rato.

—¿No has traído té para acompañar los bollos? —le preguntó Deborah, cogiéndole la bandeja mientras Helen decía:

—No nos hemos dado cuenta de que era tan tarde.

—Eso no es muy propio de ti —le dijo Deborah a Helen mientras dejaba la bandeja junto a un grueso libro que estaba abierto por una espeluznante ilustración de un hombre que según parecía había muerto de algo que había provocado que un vómito color verde azulado le saliera por la boca y la nariz. O bien porque se olvidó de ese dibujo poco apetecible o porque ya estaba acostumbrada a verlo, Deborah cogió un bollo—. Si no podemos confiar en ti para que nos recuerdes las horas de las comidas, Helen, ¿en quién podemos confiar? —Partió el bollo por la mitad y se puso un trozo dentro de la boca—. ¡Está buenísimo! Ni siquiera me había dado cuenta de que tenía hambre. No obstante, no me puedo comer un bollo entero si no hay nada para beber. Voy a por jerez. ¿Alguien quiere?

—Me parece una idea estupenda— St. James también cogió un bollo a medida que su mujer salía del laboratorio y se dirigía hacia la escalera—. ¡Trae vasos para todos, cariño!

—Así lo haré —gritó Deborah antes de decir—: ¡Ven, *Peach*! Es hora de cenar. —La perra la siguió obedientemente, sin apartar los ojos del bollo que Deborah sostenía entre las manos.

—¿Cansada? —le preguntó Lynley a Helen. Tenía la cara muy pálida.

—Un poco —contestó, pasándose un mechón de pelo por detrás de la oreja—. Hoy nos está haciendo trabajar como esclavos.

—¿Hay algún día que no lo haga?

—Tengo que mantener mi reputación de explotador —respondió St. James—. Pero hay una persona honrada bajo esa apariencia engañosa. Te lo demostraré. Echa un vistazo a esto, Tommy.

Se encaminaron hacia la mesa del ordenador, donde Lynley vio que había instalado el ordenador que él y Havers habían cogido de la oficina de Eugenie Davies. Junto a éste había una impresora láser, de cuya bandeja St. James cogió un fajo de papeles.

–¿Has conseguido averiguar lo que consultó en Internet? –le preguntó Lynley–. ¡Bien hecho, Simon! Estoy impresionado y agradecido.

–Ahórrate lo de impresionado. Lo podrías haber hecho tú mismo si tuvieras unos conocimientos básicos de tecnología.

–No seas demasiado duro con él, Simon. –Helen le dedicó una sonrisa cariñosa a su marido–. No hace mucho tiempo que por fin ha aceptado usar el correo electrónico en el trabajo. No le presiones a aceptar el futuro con tanta rapidez.

–Podría ser contraproducente –asintió Lynley. Sacó las gafas del bolsillo de la chaqueta–. ¿Qué tenemos por aquí?

–Primero el uso que hizo de Internet. –St. James le explicó que el ordenador de Eugenie Davies, por no decir nada de los ordenadores en general, siempre mantenía constancia de las páginas que se habían visitado. St. James le entregó una lista, y Lynley se sintió satisfecho al ver que incluso él era capaz de reconocer que eran direcciones de Internet–. Visitó páginas muy corrientes –apuntó St. James–. Si crees que hacía algo sospechoso en la red, no creo que lo encuentres aquí.

Lynley echó un vistazo a la lista de direcciones que St. James había confeccionado tras analizar el historial de navegación de Eugenie Davies: le explicó que eran las direcciones que habría tecleado en la barra de localización con el fin de acceder a páginas concretas. Con tan sólo dejar el cursor sobre la flecha que había junto a la barra de localización y apretar el botón de la izquierda, se podía acceder con facilidad al rastro que dejaba cualquier persona después de conectarse a la red. Sin prestar demasiada atención a las explicaciones que St. James le daba sobre cómo había obtenido esa información, Lynley iba haciendo gestos de asentimiento a medida que inspeccionaba las direcciones que Eugenie Davies había escogido. Se percató de que St. James había hecho un seguimiento del uso de Internet por la mujer muerta con la precisión que le caracterizaba. Todas las páginas –como mínimo las direcciones– parecían guardar relación con su trabajo de directora del Club Para Mayores de 60 Años: había consultado de todo, desde una página dedicada a la Seguridad Social hasta otra que organizaba viajes en autocar por el

Reino Unido para jubilados. También parecía que hubiera consultado algunos periódicos, principalmente *Daily Mail* e *Independent*. Y todas las páginas que había visitado con regularidad, especialmente durante los últimos cuatro meses. Eso podría confirmar lo que Richard Davies le había dicho con respecto al seguimiento que Eugenie Davies había hecho del estado de salud de Gideon a través de los periódicos.

–No creo que me sirva de mucho –asintió Lynley.

–No, pero quizás esto sí. –St. James le entregó el resto de los papeles–. Sus mensajes de correo electrónico.

–¿Hay muchos?

–Muchísimos. Desde el primer día que se conectó a la red.

–¿Los guardó?

–Sí, pero no tenía intención de hacerlo.

–¿Qué quieres decir?

–Pues que la gente intenta protegerse en la red, pero que no siempre funciona. Escogen contraseñas que resultan ser evidentes para cualquier persona que los conozca...

–Tal y como hizo al escoger Sonia.

–Sí, exacto. Ése fue su primer error. El segundo consistió en no saber si su ordenador estaba programado para guardar todos los mensajes que recibía. La gente piensa que tiene intimidad, pero la verdad es que su vida es un libro abierto para cualquier persona que sepa qué teclas tocar. En el caso de la señora Davies, los mensajes que borraba iban a parar a la papelera de reciclaje, pero como nunca vació dicha papelera, los mensajes siguieron guardados en el ordenador. Sucede sin parar. La gente aprieta el botón de borrar y supone que se ha deshecho de algo, cuando lo único que ha hecho es cambiarlo de ubicación.

–Entonces, ¿están todos aquí? –Lynley señaló el fajo de papeles.

–Sí, todos los mensajes que recibió. Debes darle las gracias a Helen por haber hecho la impresión. También los ha revisado todos y te ha marcado los que parecen mensajes de trabajo con el fin de ahorrarte un poco de tiempo. Supongo que querrás leer el resto con atención.

–Muchas gracias, querida –le dijo a su mujer, que había cogido un bollo de la bandeja y estaba mordisqueando las puntas.

Examinó el fajo de papeles, dejando a un lado los que Helen había marcado como correspondencia de trabajo. Leyó los demás por orden cronológico. Buscaba cualquier cosa que pudiera ser medianamente sospechosa, cualquier cosa de alguien que hubiera querido hacerle daño a Eugenie Davies. Y aunque sólo lo admitió para sí mismo, también buscaba algo de Webberly, algo reciente, algo que pudiera ser comprometedor para el comisario jefe.

Aunque algunos de los remitentes no usaban sus nombres verdaderos, sino apodos relacionados con su ámbito de trabajo o intereses especiales, Lynley se sintió aliviado al ver que no había ningún mensaje que pudiera ser relacionado con su superior del Nuevo Departamento de Policía de Londres. En la lista tampoco aparecía ninguna dirección de Scotland Yard, y eso aún era mucho mejor.

Lynley soltó un suspiro de alivio y siguió leyendo los mensajes, a pesar de que no encontró ninguno que procediera de alguien que se diera a conocer como Hombre Lengua, Pitchley o Pitchford. Y cuando examinó por segunda vez el primer documento que St. James le había entregado, se percató de que ninguna de las direcciones que Eugenie Davies había consultado parecía ser una tapadera inteligente para una página web en la que se concertaran encuentros sexuales. Lo cual podría llevar o no a que tacharan a Hombre Lengua-Pitchley-Pitchford de la lista.

Se dedicó de nuevo a leer la lista de mensajes de correo electrónico mientras que St. James y Helen volvían al examen detenido de los gráficos en los que habían estado trabajando a su llegada.

–El último mensaje que recibió fue la mañana del día que fue asesinada, Tommy –añadió Helen–. Es el último del montón, pero quizá quieras echarle un vistazo ahora. Me llamó la atención.

Lynley comprendió por qué cuando lo extrajo de debajo de la pila. El mensaje sólo estaba compuesto por tres frases, y sintió cierto estremecimiento al leerlas: «Debo volver a verte, Eugenie. Te lo suplico. No me ignores después de tanto tiempo».

–¡Maldita sea! –exclamó–. «Después de tanto tiempo.»

–¿Qué opinas? –le preguntó Helen, aunque por el tono de voz parecía que ya había llegado a sus propias conclusiones sobre el asunto.

–No lo sé.

No había ninguna despedida en el mensaje, y el remitente se encontraba entre el grupo que usaba un apodo en vez de su nombre verdadero. Jete era la palabra que precedía a la identificación del proveedor. El proveedor en sí era Claranet, aunque no llevaba asociado ningún nombre de empresa.

Eso indicaba que habían usado un ordenador personal para ponerse en contacto con Eugenie Davies, lo cual le produjo cierto grado de alivio, porque, que él supiera, Webberly no tenía ordenador en casa.

–Simon, ¿hay alguna forma de averiguar el nombre verdadero de alguien que usa un apodo? –le preguntó.

–A través del proveedor –contestó St. James–, aunque supongo que tendrás que presionarles para que te lo digan. No están obligados a hacerlo.

–Pero en una investigación por asesinato... –inquirió Helen.

–Eso sería más que suficiente –admitió St. James.

Deborah regresó con cuatro copas y un decantador.

–¡Aquí está! –anunció–. Bollos y jerez. –Procedió a servirlo.

–Yo no quiero, Deborah. Gracias –se apresuró a decir Helen, mientras untaba un trozo de bollo con mantequilla.

–Debes beber algo –replicó Deborah–. Estamos trabajando como esclavos. Nos merecemos un premio. ¿Prefieres una tónica con ginebra, Helen? –Arrugó la nariz–. ¿En qué demonios debo estar pensando? ¿Tónica con ginebra y bollos? ¡Eso sí que parece apetecible! –Le pasó una copa a su marido y otra a Lynley–. Hoy es un día bastante señalado. Nunca me hubiera imaginado que fueras a rehusar una copa de jerez, Helen, y mucho menos después de haber sido explotada por Simon. ¿Te encuentras bien?

–Me encuentro perfectamente –respondió. Luego se volvió hacia Lynley.

Lynley pensó que era el momento perfecto. No encontraría un momento mejor para decírselo. Estaban los cuatro agradablemente reunidos en el laboratorio de St. James y, por lo tanto, qué podía refrenarle a decir como quien no quiere la cosa: «A propósito, tenemos que comunicaros una noticia, pero es probable que ya lo hayáis adivinado. ¿Ya lo habéis hecho?». Podría rodear la espalda de Helen con sus brazos a medida que hablaba. Podría continuar y besarla en la cabeza. «Obligaciones parentales –podría haber dicho a modo de broma–. Se ha acabado eso de salir por la noche y de dormir hasta tarde los domingos por la mañana. Ha llegado la hora de los pañales y del biberón del bebé.»

Pero no dijo nada de eso. Se limitó a alzar la copa para brindar con St. James y a declarar:

–Muchísimas gracias por el gran esfuerzo que has hecho con lo del ordenador, Simon. Una vez más estoy en deuda contigo. –Luego bebió un trago de jerez.

Deborah observó a Lynley y a Helen con curiosidad. Helen se dispuso a apilar los gráficos mientras St. James brindaba con Lynley. Un tenso silencio se produjo entre ellos; fue interrumpido por los rápidos pasos de *Peach* en las escaleras, que ya se había zampado la cena. Expectante, entró a toda prisa en el laboratorio y se colocó debajo de la mesa en la que todavía permanecían los bollos, y emitió un ladrido agudo a medida que el penacho que tenía por cola limpiaba el suelo.

–Sí, bien –espetó Deborah. Luego, dirigiéndose a la perra que ladraba de nuevo, exclamó–: ¡No, *Peach*! ¡No te vas a comer ningún bollo! ¡Simon, mírala! ¡Es totalmente incorregible!

El hecho de prestar atención a la perrita les sacó del apuro, y Helen empezó a recoger sus pertenencias.

–Simon, cariño, me encantaría quedarme a pasar la noche para ayudarte a solucionar el problema... –le dijo Helen a St. James.

–Ya has hecho demasiado quedándote tanto tiempo –le respondió–. Conseguiré salir del paso con heroicidad.

–Es peor que la perra –subrayó Deborah–. Desvergonzadamente manipulador. Más valdría que te marcharas antes de que te atrape.

Helen siguió sus consejos. Lynley la siguió. St. James y Deborah se quedaron en el laboratorio.

Lynley y su mujer no pronunciaron palabra hasta que se encontraron en la acera de Cheyne Row, el viento arreciando calle arriba desde el río.

–Bien –fue lo único que dijo Helen, más para sí misma que para él. Parecía triste y cansada. Lynley no sabía qué le pesaba más, si la tristeza o el cansancio, pero se lo podía imaginar.

–¿Crees que es demasiado pronto? –le preguntó Helen.

Sin hacer nada por disimular, contestó:

–No. No. Claro que no.

–Entonces, ¿qué pasa?

Intentó pensar en una explicación, una que ambos pudieran aceptar y que no pudiera obsesionarlos en un futuro.

–No quiero hacerles daño. Me imagino cómo reaccionarán, con una expresión de satisfacción en el rostro, mientras que en su interior estarán gritando por lo injusto que es todo.

–La vida está llena de injusticias. Y tú lo sabes mejor que nadie. No puedes hacer nada por remediarlo, y tampoco eres capaz de predecir el futuro. No sabes lo que les deparará la vida. Ni tampoco lo que nos deparará a nosotros.

–Ya lo sé.

–Entonces...

–Lo sé, pero eso no basta, Helen. Tenemos que tener en cuenta sus sentimientos.

–¿Y qué pasa con los míos?

–Lo son todo para mí. Tú lo eres todo para mí. –Se acercó a ella, le abrochó el botón superior del abrigo y le puso la bufanda alrededor del cuello–. No te quedes aquí afuera. ¿Has venido en coche? ¿Dónde lo tienes?

–Quiero hablar de esto. Te comportas como si... –Dejó que su voz se apagara. El único modo de decírselo era directamente. No existía ninguna metáfora que pudiera describir lo que ella temía, y él era consciente de ello.

Lynley deseaba tranquilizarla, pero no podía. Había imaginado alegría; había imaginado entusiasmo; había imaginado la ilusión de la anticipación compartida. Lo que no se había imaginado era el sentimiento de culpa y miedo: la certeza de que tenía que enterrar a sus muertos antes de poder dar una bienvenida de todo corazón a los vivos.

–Vayámonos a casa –sugirió–. Ha sido un día muy largo y necesitas descansar.

–Necesito algo más que simple descanso –le replicó a medida que le daba la espalda.

La observó mientras se dirigía hacia el final de la calle, donde había aparcado el coche entre los pubs King's Head y Eight Bells.

Malcolm Webberly colocó el auricular del teléfono sobre la base. Eran las doce menos cuarto y no debería haberlos llamado, pero no pudo hacer nada por evitarlo. A pesar de que su mente le había dicho que era demasiado tarde, que ya estarían durmiendo, y que aunque Tommy aún estuviera trabajando y que a Helen no le haría ninguna gracia recibir una llamada a esas horas de la noche, no le había prestado ninguna atención. Porque durante todo el día había estado esperando a que le llamaran, y al ver que no lo habían hecho, se había dado cuenta de que esa noche no sería capaz de dormir hasta que hablara con Lynley.

Podría haber llamado a Eric Leach. Podría haberle pedido las últimas noticias de la investigación, y él le habría contado todo lo que sabía. Pero involucrar a Eric le habría hecho recordarlo todo con una claridad desgarradora que no habría podido soportar, ya que Eric había estado demasiado implicado: en la casa de Kensington Square en la que todo había empezado, en casi todos los interrogatorios que había llevado a cabo, declarando en el juicio. Incluso había estado presente –al mismísimo lado de Webberly– cuando habían visto el cadáver de la niña muerta por primera vez, siendo por aquel entonces un hombre soltero que no tenía ni la más remota idea de lo que podía suponer la pérdida de un hijo.

Le había sido imposible no pensar en su hija Miranda cuando vio el cuerpo sin vida de Sonia Davies sobre la mesa de autopsias. Y cuando le hicieron el primer corte en la piel, esa incisión reveladora que nunca podría ser camuflada por otra cosa que no fuera la mutilación brutal aunque necesaria que era, se había echado atrás y había reprimido un grito de protesta al ver que semejante crueldad tenía que ser practicada sobre una persona que ya había sufrido bastante con anterioridad.

No obstante, no sólo había habido crueldad en la muerte de Sonia Davies, sino que también había habido crueldad en su vida, aunque sólo hubiera sido una crueldad natural, una irregularidad minúscula en la pantalla genética que le había causado esa enfermedad.

Había visto los informes médicos. Se había maravillado ante la sucesión de operaciones y enfermedades a las que esa diminuta niña había conseguido sobrevivir en sus dos primeros años de vida. Había dado gracias por la suerte que había tenido de procrear junto con su mujer la niña sana y llena de vida que era Miranda, y se había preguntado cómo la gente era capaz de hacer frente a ciertas situaciones en las que tendrían que aguantar cosas más duras de las que jamás se habrían imaginado.

Eric Leach se había preguntado lo mismo, y le había comentado:

–Ya entiendo por qué tenían una niñera. Era demasiado, teniendo en cuenta, además, que el abuelo estaba medio loco y que tenían un hijo que era un Mozart o algo así. No obstante, ¿por qué no contrataron a una persona cualificada para cuidar de ella? Necesitaban una enfermera, no una refugiada política.

–Fue una decisión equivocada –había asentido Webberly–. Y tendrán que pagar por ello. Pero por mucho que sufran en los tribunales o a causa de la prensa, no será nada en comparación con el sentimiento de culpa que tendrán.

–A no ser que... –Leach no había acabado la frase. Se había limitado a bajar la cabeza y a arrastrar los pies.

–A no ser, ¿qué?, sargento.

–A no ser que fuera una elección deliberada, señor. A no ser que en realidad no quisieran que la niña recibiera los cuidados adecuados, por la razón que fuera.

Webberly había permitido que su rostro expresara la aversión que había sentido. En consecuencia, le había replicado:

–No sabe de lo que está hablando. Espere a tener un hijo y verá lo que se siente. No. No espere. Ya se lo explicaré yo mismo. A uno le entran ganas de matar a alguien.

Y a medida que les había ido llegando más información durante las semanas siguientes, así es como se había sentido –con ganas de matar–, porque había sido incapaz de dejar de pensar en su hija Miranda mientras contemplaba a esa niña, completamente diferente de la suya propia. Por aquel entonces había empezado a dar los primeros pasos por la casa, siempre con su gastado burrito Eeyore de *Winnie the Pooh* bajo el brazo, y él veía peligros por todas partes. En todos los rincones había algo que podría causarle la muerte, destrozándole el corazón y atormentándole las entrañas. En consecuencia, había deseado vengar la muerte de Sonia Davies como si con ello pudiera garantizar la seguridad de su propia hija. «Si soy capaz de que su asesino reciba su merecido castigo, entonces Dios protegerá a Randie para recompensarme por mi rectitud.»

Claro que al principio ni siquiera había sabido que se trataba de un asesinato. Como todos los demás, había pensado que un momento de negligencia había provocado una tragedia cuyo recuerdo obsesionaría a toda la gente que había estado implicada. Pero cuando la autopsia reveló las antiguas fracturas de su esqueleto, y cuando un examen más detallado del cuerpo mostró las contusiones en los hombros y en el cuello que indicaban que había sido ahogada deliberadamente, había sentido cómo el deseo de venganza crecía en su interior. Quería vengar la muerte de esa niña, sin tener en cuenta las imperfecciones con las que había nacido. Pero también quería vengarse en nombre de la mujer que la había traído a este mundo.

No había habido testigos presenciales y las pruebas habían sido insuficientes; eso había preocupado a Leach, pero no a Webberly. El escenario del crimen hablaba por sí solo, y sabía que podría usarlo para apoyar una teoría que no tardaría mucho en formular. La bandeja de la bañera permanecía intacta, descartando por tanto la teoría de que una niñera asustada se había encontrado a la niña dentro del agua y que había pedido ayuda frenéticamente mientras intentaba sacarla de la bañera y salvarla. También estaban las medicinas –había un armario lleno– y los extensos informes médicos, y la historia tantas veces contada de que cuidar de una niña en el estado de Sonia era una gran carga. También estaban las discusiones entre la niñera y los padres, confirmadas bajo juramento por más de un habitante de la casa. También tenían las declaraciones de los padres, del hijo mayor, de los abuelos, del profesor, de la amiga que en teoría había telefoneado a la niñera la noche en cuestión, y el inquilino, la única persona que hizo todo lo posible por evitar hablar de la chica alemana. Asimismo, estaba la mismísima Katja Wolff, que después de su declaración preliminar se encerró en un silencio incomprensible y definitivo.

Como Katja se negaba a hablar, tenía que basarse en lo que le decían los demás miembros de la casa. «Me temo que, de hecho, no vi nada esa noche...» «Claro que siempre había momentos de tensión cuando trataba con el bebé...» «No siempre tenía la paciencia que debería haber tenido, pero las circunstancias eran de lo más difíciles, ¿no es verdad?...» «Al principio parecía muy dispuesta a trabajar...» «Fue una discusión entre los tres porque ella se había vuelto a quedar dormida...» «Decidimos despedirla...» «Ella creía que no era justo...» «No estábamos dispuestos a darle referencias porque pensábamos que no estaba cualificada para el cuidado de niños...» Se fue formando un modelo de comportamiento a partir de los demás y de ella misma. Con ese modelo se había confeccionado la historia, una tela cosida de lo que se había visto y oído, y de lo que se podía concluir a partir de ambas cosas.

–El caso no está claro del todo –había dicho Leach durante una pausa en las diligencias del Tribunal de Magistrados.

–Pero sigue siendo un caso –le había contestado Webberly–. Mientras mantenga la boca cerrada, nos estará haciendo la mitad del trabajo y perjudicándose a sí misma en gran manera. Me parece imposible de creer que su abogado no se lo haya dicho.

–La prensa la está crucificando, señor. Están contando la vista palabra por palabra, y cada vez que usted habla de interrogarla y dice que «se negó a responder a sus preguntas» la está haciendo quedar...

–Eric, ¿adónde quiere ir a parar? –le había preguntado Webberly al otro agente–. No puedo hacer nada por evitar que la prensa publique lo que está publicando. No es problema nuestro. Si está preocupada por lo que pueda pensar el jurado de ese silencio, debería considerar la posibilidad de hablar y ayudarnos, ¿no cree?

Le recordó a Leach que su obligación y su trabajo consistían en resolver una situación difícil con justicia, en exponer los hechos para que el tribunal de los magistrados pudiera decidir si tenía que ir o no a juicio. Y eso era precisamente lo que había hecho. Eso era lo único que había hecho. Había hecho justicia para la familia de Sonia Davies. No podía proporcionarles paz ni que sus pesadillas se acabaran. Pero sí que podía darles eso, y, en consecuencia, lo había hecho.

En ese momento, en la cocina de su casa de Stamford Brook, Webberly estaba sentado a la mesa con una taza de chocolate caliente que se enfriaba con rapidez, y pensaba en lo que había averiguado durante su nocturna conversación telefónica con Tommy Lynley. Sus pensamientos se centraban en una cosa: Eugenie Davies había estado saliendo con un hombre, y eso le satisfacía. El hecho de que Eugenie hubiera conocido a otro hombre podría aliviar en cierta manera el remordimiento que nunca había dejado de sentir después de poner fin a su relación amorosa de una forma tan cobarde.

Había abrigado las mejores intenciones hacia ella, hasta el mismísimo día en que supo que su relación no podía continuar. Había entrado en su vida como un profesional desapasionado que quería hacerle justicia a su familia, y cuando esa situación había empezado a cambiar después de su encuentro fortuito en la Estación de Paddington y habían empezado a ser amigos, se había convencido a sí mismo de que podrían continuar siendo amigos a pesar de esa parte de él que bien pronto quiso más. Es una mujer vulnerable, se había dicho a sí mismo en el vano intento de no dar rienda suelta a sus sentimientos. Ha perdido una hija y un marido, y uno nunca debe pisar un terreno tan frágil e insustancial.

Si ella no hubiera dicho lo que tenía que haber permanecido tácito, él no se habría aventurado. O, como mínimo, eso era lo que se decía a sí mismo durante la larga temporada que duró su relación. Ella lo quiere tanto como yo, se repetía a sí mismo, y hay momentos en los que las trabas de las convenciones sociales deben ser ignoradas para poder entregarse a lo que sin duda es un bien inmejorable.

La única forma en la que había sido capaz de justificar una relación como la suya era viéndola en términos espirituales. «Me llena

–se decía a sí mismo–. Lo que comparto con ella sucede en el plano del alma, no tan sólo en el del cuerpo. ¿Y cómo puede un hombre tener una vida entera sin alimentar el alma?»

Con su mujer no tenía ese tipo de relación. Se repetía que la relación con su mujer pertenecía al mundo de lo terrenal y de lo cotidiano. Era un contrato social que se basaba en la ya anticuada idea de compartir propiedades, en tener un buen apellido y perpetuarlo a través de los propios hijos, y en tener un interés mutuo por la cohabitación. Según las condiciones de ese contrato, un hombre y una mujer tenían que vivir juntos, reproducirse si era posible, y facilitarse mutuamente un tipo de vida que fuera satisfactorio para ambos. Pero en ninguna parte estaba escrito o se implicaba que tuvieran que socorrer el alma encarcelada y terrestre del otro, y ése, se repetía, era el problema del matrimonio. Daba a los participantes un falso sentimiento de seguridad. Ese sentimiento tenía como consecuencia un tipo de olvido en el que el hombre y la mujer perdían de vista sus identidades y el hecho de que eran individuos sensibles.

Eso mismo había ocurrido en su propio matrimonio. Por lo tanto, había decidido que eso no sucedería en el seno del matrimonio espiritual, y tan difícil de definir, que había tenido con Eugenie Davies.

Se siguió engañando a sí mismo a medida que el tiempo pasaba y ellos seguían viéndose. Se dijo a sí mismo que la profesión que había elegido era perfecta para respaldar la infidelidad que él había empezado a calificar de «derecho bendecido por Dios». Su trabajo siempre había requerido un horario desigual, ya que había pasado fines de semana enteros investigando casos, o a veces había tenido que salir de casa de modo repentino a causa de una llamada en medio de la noche. ¿Por qué el destino, Dios o una simple coincidencia le habían hecho elegir ese tipo de trabajo si no era para que lo usara con el fin de mejorar su crecimiento y desarrollo como ser humano? Así pues, se convenció a sí mismo de que debía continuar, representando el papel de su propio Mefistófeles, echando miles de barcos de deslealtad al mar de la vida. El hecho de que pudiera llevar una doble existencia –justificaba sus ausencias con excusas laborales– empezó a hacerle creer que esa doble existencia era su deber.

No obstante, el peor defecto de la humanidad es el deseo de tener más de todo. Y el deseo de Webberly había acabado por enturbiar lo que en un principio había sido amor celestial, calificándolo de temporal al igual que cualquier otra cosa, pero sin dejar de considerarlo menos apremiante. Después de todo, ella había puesto fin a su matrimonio. Él podría hacer lo mismo con el suyo. Sería cuestión de mantener unas cuantas conversaciones molestas con su mujer, y después sería libre.

Pero nunca había conseguido tener esas conversaciones con Frances, ya que sus fobias eran las que le habían hablado a él. Había caído en la cuenta de que él, su amor y todo el coraje que pudiera cobrar para defender a ese amor no eran nada comparado con la aflicción que se había apoderado de su mujer, y que había acabado por apoderarse de ambos.

Nunca se lo había dicho a Eugenie. Le había escrito una última carta, pidiéndole que le esperara, pero nunca le había vuelto a escribir. Nunca la había vuelto a llamar. Nunca la había vuelto a ver. En vez de todo eso, había suspendido temporalmente su vida, convenciéndose a sí mismo de que debía calibrar cada uno de los progresos de Frances, anticipando el momento en el que ella se encontrara lo suficiente bien para que él pudiera decirle que quería marcharse.

Con el tiempo se había dado cuenta de que la enfermedad de su mujer no era algo que se pudiera solucionar con facilidad; habían pasado demasiados meses, y no podía soportar la idea de ver de nuevo a Eugenie si luego tenía que separarse de ella para siempre. La cobardía le paralizaba la mano que podría haber cogido el bolígrafo o marcado el número de teléfono. Era mucho mejor convencerse de que en realidad no habían tenido nada –sólo unos cuantos años de intervalos apasionados con el disfraz de unidad amorosa– que enfrentarse con ella, tener que perderla de nuevo y reconocer que el resto de su vida carecería del significado que él se desvivía por darle. En consecuencia, dejó que las cosas pasaran y siguieran su propio rumbo, permitiendo que Eugenie pensara de él lo que quisiera.

Ella ni le había llamado ni le había buscado, y había utilizado esos hechos para asegurarse de que no se veía tan afectada como él por la relación que habían mantenido y por el brusco final de ésta. Y después de haberse convencido de eso, había empezado a borrar su imagen de su mente, y a olvidar los recuerdos de las mañanas, tardes y noches que habían pasado juntos. Al hacerlo, le había sido tan infiel como a su propia mujer. Y había pagado por ello.

No obstante, había averiguado que había conocido a un hombre, a un viudo, alguien libre para amarla y para darle todo lo que ella se merecía.

–Un hombre llamado Wiley –le había dicho Lynley por teléfono–. Nos contó que ella deseaba confesarle algo. Algo que, según parece, había evitado que ellos pudieran tener una relación.

–¿Cree que podría haber sido asesinada para impedir que ella hablara con Wiley? –le preguntó Webberly.

–Eso sólo es una posibilidad entre muchas –le había respondido Lynley.

Había continuado haciendo una descripción de todas las demás, actuando como un perfecto caballero –en vez de emplear la cruel determinación del investigador que debería haber sido– y tampoco le dijo nada sobre lo que había descubierto sobre sus relaciones con la mujer asesinada. Se limitó a hablar largamente del hermano, del comandante Ted Wiley, de Gideon Davies, de J.W. Pitchley, también conocido por James Pitchford, y del ex marido de Eugenie.

–Wolff ha salido de la cárcel –anunció Lynley–. Hace doce semanas que está en libertad condicional. Davis no la ha visto, pero no quiere decir que ella no le haya visto a él. Y Eugenie declaró contra ella en el juicio.

–Al igual que casi todo el mundo que estuvo implicado en ese asunto. La declaración de Eugenie no fue más irrecusable que las demás, Tommy.

–Sí, bien. Creo que todo el mundo que estuvo relacionado con ese caso debería andarse con cuidado hasta que hayamos aclarado las cosas.

–¿Cree que están en peligro?

–Es una posibilidad que no podemos descartar.

–¡No me diga que está pensando que Katja Wolff piensa ir a por todos!

–Tal y como le he dicho, lo único que creo es que deberían tener un poco de cuidado, señor. A propósito, ha llamado Winston. La ha estado siguiendo esta misma noche hasta una casa de Wandsworth. Parecía una cita. Hay muchas cosas que no sabemos de ella.

Webberly había esperado a que Lynley continuara hablando de la cita de Katja Wolff –por el mensaje de infidelidad que implicaba– y que lo relacionara con su propia infidelidad, pero no lo había hecho. El inspector se había limitado a decirle:

–Estamos investigando su correo electrónico y el uso que hizo de Internet. La misma mañana en que murió recibió un mensaje, y lo había leído porque estaba en la papelera de reciclaje, de alguien llamado Jete que quería verla. De hecho, suplicaba verla. «Después de tanto tiempo» habían sido sus palabras.

–¿Se refiere al correo electrónico?

–Sí. –Lynley hizo una pausa antes de continuar–. La tecnología avanza a una rapidez que me es difícil de seguir, señor. Simon se encargó de investigar en su ordenador. También nos ha dado una lista con todos sus mensajes y con todas las páginas que consultó.

–¿Simon? ¿Por qué ha llevado el ordenador de Eugenie a casa de St. James? ¡Por el amor de Dios, Tommy! Debería haberlo llevado directamente a...

–Sí, sí, ya lo sé... Pero quería ver... –Lynley dudó de nuevo y por fin se aventuró–. No me resulta fácil preguntarle esto, señor. ¿Tiene ordenador en casa?

–Randie tiene un portátil.

–¿Tiene acceso a él?

–Cuando está aquí, sí, pero normalmente lo tiene en Cambridge. ¿Por qué?

–Supongo que ya sabe el porqué.

–¿Sospecha que Jete soy yo?

–«Después de tanto tiempo.» Se trata de borrar el nombre de *Jete* de la lista, en el caso de que sea usted, ya que no puede haberla asesinado...

–¡Santo Dios!

–Lo siento. Lo siento de veras. Pero tengo que decírselo. No puede haberla asesinado porque estaba en casa con una docena de testigos celebrando sus bodas de plata. Por lo tanto, si es Jete, señor, me gustaría saberlo para no tener que perder el tiempo intentando localizarle.

–O localizarla, Tommy. «Después de tanto tiempo» podría haber sido escrito por Wolff.

–Sí, es una posibilidad. ¿No es usted?

–No.

–Gracias. Es todo lo que necesito saber, señor.

–Nos ha descubierto con rapidez. A mí y a Eugenie.

–No fui yo, fue Havers.

–¿Havers? ¿Cómo demonios...?

–Eugenie había guardado sus cartas. Estaban todas juntas en la cómoda de su dormitorio. Barbara las encontró.

–¿Dónde están ahora? ¿Se las ha entregado a Leach?

–Pensé que no guardaban ninguna relación con el caso. ¿O sí que la guardan, señor? Porque el sentido común me indica que no puedo descartar la posibilidad de que Eugenie Davies deseara hablar con Ted Wiley sobre usted.

–Si ella deseaba hablar con Wiley sobre mí, sólo habría servido para confesarle transgresiones pasadas antes de continuar con su vida.

–¿Hubiera sido eso propio de ella, comisario jefe?

–¡Y tanto! –exclamó en voz baja–. ¡Muy propio de ella!

No había sido criada de ese modo, pero había vivido como una católica, con ese sentimiento profundo y poderoso de culpa y remordimiento. Eso había marcado la vida que había vivido en Henley y, sin lugar a dudas, la forma de enfrentarse con su futuro. Estaba seguro de ello.

Webberly se percató de una suave presión en el hombro. *Alf* había abandonado su harapiento cojín de dormir que tenía junto a la estufa, se le había acercado y había apoyado la cabeza en el brazo de su dueño, quizá sintiendo que podía necesitar un poco de consuelo canino. La presencia del perro le recordó a Webberly que no había sacado al pastor alemán a hacer su habitual paseo nocturno.

Se dirigió al piso de arriba para ver cómo estaba Frances, obligado por la punzada de culpabilidad que sentía por haber pasado las últimas cuarenta y ocho horas viviendo en mente y en espíritu, aunque no en cuerpo, con otra mujer. Encontró a su esposa en la cama de matrimonio, roncando ligeramente, y permaneció allí de pie para observarla. El sueño borraba las arrugas de ansiedad de su rostro. Aunque no la hacía parecer joven de nuevo, le daba un aire de indefensión que nunca había podido ignorar. ¿Cuántas veces a lo largo de los años había hecho eso –contemplar a su mujer mientras dormía– y cuántas veces se había preguntado cómo habían llegado a esa situación? ¿Cómo habían podido vivir tanto tiempo dejando pasar días que se convertían en semanas y rápidamente en meses sin siquiera aventurarse a comprender qué anhelos más profundos les hacían cantar en su encadenada vida –con los rostros mirando al cielo– cuando se encontraban solos? Pero él tenía la respuesta a esa pregunta, como mínimo por su parte, cuando echaba un vistazo a la ventana con las cortinas corridas del todo, sabiendo que tras ellas la ventana estaba bien cerrada, y viendo la clavija de madera que descansaba en el suelo para ser usada como medida de seguridad extra durante las noches que él no estaba en casa.

Ambos habían sentido miedo desde el principio. Sólo que los miedos de Fran habían tomado una forma mucho más aparente ante los ojos del observador fortuito. Los miedos de su esposa habían reclamado su comprensión, suplicándole su constancia de un modo no sólo abierto sino también tácito, y sus propios miedos lo habían atado a ella, y se había sentido aterrado de que pudieran llegar a convertirse en algo más obsesivo.

Un suave gemido al pie de las escaleras despertó a Webberly de sus ensoñaciones. Cubrió el destapado hombro derecho de su mujer con la manta, susurró «que duermas bien, Frances» y salió del dormitorio.

En el piso de abajo, *Alfie* se había acercado a la puerta principal y se había sentado, expectante, sobre las patas traseras. Se puso en pie tan pronto como Webberly entró en la cocina para coger la chaqueta y la correa del perro. Cuando Webberly se le acercó y le ató la correa al collar, *Alfie* se encontraba dando vueltas de alegría.

Esa noche, Webberly tenía intención de dar un paseo más corto de lo habitual: andarían por Palgrave Road, subirían por Stamford Brook Road y volverían de nuevo a Palgrave pasando por Hartswood Road. Estaba cansado. No tenía ganas de seguir a *Alfie* a través del parque de Prebend Gardens. Se dio cuenta de que eso no sería justo para el pastor alemán. El perro era la encarnación de la paciencia, de la tolerancia y de la fidelidad, y lo único que pedía a cambio de su devoción era comida, agua y la oportunidad de poder corretear felizmente alrededor y a través de Prebend Gardens dos veces al día. No era mucho pedir, pero esa noche Webberly no estaba de humor.

–Mañana daremos un paseo el doble de largo, *Alf*–le dijo al perro, prometiéndose a sí mismo que lo haría.

En la esquina de Stamford Brook Road, el tráfico avanzaba ruidosamente; no era tan denso como en otros momentos del día, pero aún resonaba con los ruidos ocasionales de autobuses y coches. *Alf* se sentó con obediencia, tal y como le habían enseñado a hacer. Pero cuando Webberly se dispuso a girar a la izquierda en vez de cruzar la calle para ir al parque, *Alfie* no se movió. Miró a su dueño y después a la lóbrega extensión de árboles, arbustos y césped al otro lado de la calle, sin dejar de golpear el suelo con la cola.

–Mañana, *Alf*–le prometió Webberly–. Mañana daremos un paseo doble. Te lo prometo. Mañana. Ven aquí. –Su dueño estiró de la correa.

El perro se levantó. No obstante, seguía mirando el parque de tal modo que Webberly pensó que no podía perpetrar otro acto de traición al fingir que no se daba cuenta de lo que el perro quería en realidad. Soltó un suspiro y exclamó:

–De acuerdo, pero sólo unos minutos. Hemos dejado a mamá sola y si se despierta no le hará ninguna gracia que ninguno de los dos estemos en casa.

Esperaron a que el semáforo cambiara de color; *Alfie* no paraba de menear la cola y Webberly se dio cuenta de que se estaba empezando a animar al ver el placer que sentía el perro. Pensó en lo fácil que era la vida para los perros: las cosas más simples podían hacerlos felices.

Cruzaron la calle y entraron en el parque; la puerta de hierro crujió a causa del óxido del otoño. Tras cerrar la puerta a sus espaldas, Webberly soltó a *Alfie* de la correa, y a la tenue luz que procedía de Stamford Brook Road por un lado y de South Side por el otro, observó cómo el perro brincaba con felicidad a través del parque.

No se había acordado de traer la pelota, pero al pastor alemán no parecía importarle. Había muchísimos olores nocturnos para distraerle, y disfrutó de ellos a medida que correteaba.

Pasaron un cuarto de hora de esa manera, a medida que Webberly recorría poco a poco la distancia que separaba los lados este y oeste del parque. El viento ya había empezado a arreciar durante la tarde, y Webberly se metió las manos en los bolsillos, arrepintiéndose de haber salido de casa sin los guantes y la bufanda.

Empezó a temblar y a caminar por la pista de ceniza que bordeaba el césped. Al otro lado de la verja de hierro y del plantío de arbustos, el tráfico seguía zumbando a lo largo de Stamford Brook Road. Y, aparte del crujido de las ramas desnudas al viento, no se oía ningún otro sonido en la noche.

En el extremo más alejado del parque, Webberly sacó la correa del bolsillo y llamó al perro, que había correteado una vez más, cual oveja juguetona, hasta el final del parque. Silbó y esperó a que el pastor alemán recorriera los jardines por última vez; llegó hecho una feliz bola húmeda de pelaje recubierta de hojas empapadas. Webberly se rió entre dientes al ver al animal. La noche estaba lejos de acabarse para los dos. Cuando llegaran a casa, tendría que darle un buen cepillado.

Volvió a atarle la correa. Una vez fuera del parque, subieron la avenida que conducía a Stamford Brook Road, donde un paso cebra marcaba una zona de paso seguro hasta Hartswood. Podían pasar, pero *Alfie* hizo lo que le habían enseñado a hacer: se sentó y esperó la orden que indicaba que cruzar era seguro.

Webberly esperó a que se hiciera una pausa en el tráfico y, teniendo en cuenta la hora que era, no tuvo que esperar mucho tiempo. Después de que un autobús pasara ruidosamente por delante de ellos, él y el perro bajaron de la acera. El otro lado de la calle estaba a menos de veinte metros.

Webberly era un peatón responsable, pero por un momento su atención se concentró en el buzón que había al otro lado de la calle. Había estado allí desde el reinado de la Reina Victoria, y desde allí había mandado las cartas a Eugenie a lo largo de todos esos años, incluida la última, que había puesto fin a su relación sin que las cosas acabaran entre ellos. Fijó su mirada en el buzón y se vio a sí mismo como se había visto cientos de mañanas diferentes, tirando a toda prisa la carta a través de la abertura, dándose la vuelta para comprobar, a pesar de lo improbable del evento, que Frances no le hubiera seguido hasta allí. Mientras se veía tal y como había sido tiempo atrás, comprometido por el amor y el deseo de renegar de su fe para librarse de unas promesas que eran demasiado para él, se despistó. Se despistó tan sólo un segundo, pero en realidad fue más que suficiente.

A su derecha, Webberly oyó el bramido de un motor. En ese preciso instante, *Alfie* empezó a ladrar. Entonces Webberly sintió el impacto. A medida que la correa del perro se elevaba en la oscuridad, Webberly salió disparado hacia el buzón que había sido el depositario de sus incontables efusiones de amor eterno.

Un golpe le aplastó el pecho.

Un rayo de luz le traspasó los ojos como si fuera un faro.

Después se hizo de noche.

GIDEON

23 de octubre, 1.00

He vuelto a soñar. Me despierto recordando el sueño. Ahora estoy sentado en la cama, con la libreta sobre las rodillas, para escribir un resumen a toda prisa.

Me encuentro en la casa de Kensington Square. Estoy en la sala de estar. Observo cómo los niños juegan en el jardín, y ellos se dan cuenta de que los observo. Me saludan y me hacen gestos con la mano para que me una a ellos, y veo que les entretiene un mago que lleva una capa negra y un sombrero de copa. No cesa de sacar palomas vivas de las orejas de los niños, y después lanza los pájaros al aire. Quiero estar allí, quiero que el mago saque una paloma de mi oreja, pero cuando me acerco a la puerta de la sala de estar, me percato de que no hay tirador, sino un ojo de cerradura por el que sólo alcanzo a atisbar el vestíbulo y la escalera.

No obstante, cuando miro a través del ojo de la cerradura, que más bien parece una portilla, no veo lo que esperaba ver, sino el cuarto de mi hermana. Y aunque la sala de estar está muy iluminada, el cuarto de los niños está casi a oscuras, como si hubieran corrido las cortinas para la hora de la siesta.

Oigo gritos al otro lado de la puerta. Sé que la que llora es Sonia, pero no puedo verla. Y de repente la puerta ya no es una puerta, sino unas pesadas cortinas que empujo; al hacerlo, ya no estoy dentro de casa, sino en el jardín trasero.

El jardín es mucho más grande de lo que era en realidad. Hay árboles enormes, helechos gigantescos y una cascada que gotea en una distante piscina. En medio de la piscina está el cobertizo del jardín, el mismo cobertizo en el que vi a Katja y a ese hombre en la noche que recordé.

Aunque esté en el jardín todavía oigo los gritos de Sonia, pero ahora ya está gimoteando, casi llorando, y sé que tengo que encontrarla. Estoy rodeado de maleza que no para de crecer, y me abro camino entre ella, aplastando frondas y azucenas para localizar el llanto. Cuando estoy a punto de llegar, parece que procede de un lugar totalmente distinto, y me veo obligado a empezar de nuevo.

Pido socorro: a mi madre, a mi padre, a mi abuelo, a mi abuela, pero nadie viene. Entonces llego al borde de la piscina y veo que hay dos personas apoyadas en el cobertizo, un hombre y una mujer. Él está inclinado hacia ella y le chupa el cuello, pero Sonia no para de llorar.

Sé, por el pelo, que esa mujer es Libby, y me quedo paralizado, observante, a medida que ese hombre que aún no he podido identificar no cesa de lamerla. Los llamo; les pido que me ayuden a buscar a mi hermana pequeña. El hombre levanta la cabeza cuando me oye gritar, y veo que es mi padre.

Siento rabia, traición. Me quedo inmovilizado. Sonia continúa llorando.

Entonces mi madre está conmigo, o alguien que tiene la misma altura, la misma constitución y el mismo color de pelo. Me coge de la mano y soy consciente de que debo ayudarla porque Sonia nos necesita para que calmemos su llanto, que ahora ya es airado, agudo por la ira, como si hubiera cogido una rabieta.

–No pasa nada –me tranquiliza la Madre-Persona–. Sólo está hambrienta, cariño.

Nos la encontramos debajo de un helecho, totalmente cubierta de frondas. La Madre-Persona la coge y se la lleva al pecho. Entonces dice: «Déjale que chupe. Así se calmará».

Pero Sonia no se calma porque no puede comer. La Madre-Persona no le da el pecho, y aunque lo hiciera, no se conseguiría nada. Porque cuando miro a mi hermana, veo que lleva una máscara que le cubre toda la cara. Intento quitársela, pero no puedo; los dedos me resbalan. Madre-Persona no se da cuenta de que algo va mal, y no puedo convencerla para que mire a mi hermana. Y soy incapaz, incapaz de arrancar la máscara que lleva. Pero estoy frenético por hacerlo.

Le pido a Madre-Persona que me ayude, pero no sirve de nada porque ni siquiera se digna a mirar a Sonia. Me apresuro y regreso a la piscina para buscar ayuda, y cuando llego al borde, me resbalo y me caigo dentro, y doy vueltas y más vueltas debajo del agua, sin poder respirar.

En ese momento me despierto.

El corazón me latía con fuerza. De hecho, podía sentir cómo la adrenalina había penetrado en mis venas. El hecho de escribirlo todo ha tranquilizado mis latidos, pero no creo que esta noche pueda conciliar el sueño.

«¿No está Libby?», me preguntará.

No. Todavía no ha vuelto de dondequiera que fuera a toda prisa después de que volviéramos del despacho de Cresswell-White y nos encontráramos con mi padre esperándonos en casa.

«¿Está preocupado por ella?»

«¿Debería estarlo?»

«No hay "deberías" para nadie, Gideon.»

«Pero para mí sí, doctora Rose. Debería ser capaz de recordar más cosas. Debería poder tocar mi instrumento. Debería conseguir que una mujer entrara en mi vida y compartir algo con ella sin temor a perderlo todo cualquier día.»

«¿Perder? ¿El qué?»

«Lo que me mantiene entero.»

«¿Tiene la necesidad de sentirse entero?»

«Así es.»

23 de octubre

Hoy, Raphael me ha hecho su visita diaria, pero en vez de quedarnos sentados en la sala de música a la espera de que ocurriera un milagro, nos hemos ido hasta Regent's Park y hemos dado un paseo por el zoológico. Un guarda del parque estaba limpiando uno de los elefantes con una manguera, y nos hemos detenido junto a la valla para observar cómo los chorros de agua bajaban en cascada por los costados de la enorme criatura. El pelaje de la espina dorsal del elefante brillaba cual alambre mientras el agua lo cubría, y el animal cambiaba el peso de lado como si quisiera recuperar el equilibrio.

–Son extraños, ¿verdad? –había comentado Raphael–. Uno no puede dejar de preguntarse qué filosofía de diseño hay tras un elefante. Cuando veo una rareza biológica como ésta, siempre lamento no saber más cosas sobre la evolución. ¿Cómo pudo, por ejemplo, surgir un elefante a partir de la nada?

–Seguramente está pensando lo mismo de nosotros. –Me había percatado tan pronto como había llegado que Raphael estaba de buen humor. Había sido idea suya lo de salir de casa y respirar el dudoso aire fresco de la ciudad y la fragancia todavía más dudosa del zoológico, donde la atmósfera estaba perfumada con orina y heno. Eso me llevó a preguntarme qué estaba sucediendo. Seguro que tenía algo que ver con mi padre. «¡Sácalo de esa casa!», le habría ordenado.

Y cuando mi padre ordenaba, Raphael obedecía.

Eso explicaba que hubiera sido mi profesor durante tanto tiempo: él llevaba las riendas de mi formación musical. Mi padre llevaba las riendas del resto de mi vida. Y Raphael siempre había aceptado esa división de responsabilidades.

De adulto, evidentemente, podría haber sustituido a Raphael por cualquier otra persona para que me acompañara en las giras –aparte de papá, claro está– y para que fuera mi compañero en las sesiones diarias de ensayo de violín. Pero después de dos décadas de clases, cooperación y compañerismo, conocíamos nuestro estilo de vida y de trabajo tan bien que nunca se me había pasado por la cabeza contratar a nadie más. Además, cuando podía tocar, me gustaba hacerlo con Raphael Robson. Era –y todavía lo es– un músico excelente. Aunque le falta chispa, una pasión adicional que le habría obligado a superar los nervios y a tocar en público mucho tiempo atrás, sabiendo que tocar es como crear un vínculo con el público, lo que hace que el cuadrinomio compuesto por compositor-música-público-músico sea perfecto. Pero al margen de esa chispa, tiene talento musical y ama la música, además de tener una habilidad excepcional para destilar la técnica en una serie de críticas, órdenes, ajustamientos, cometidos e instrucciones que son comprensibles para el artista neófito y de un valor incalculable para el músico profesional que desea mejorar su dominio del instrumento. Por lo tanto, nunca consideré la posibilidad de sustituir a Raphael por otra persona, a pesar de su obediencia –y de su aversión– hacia mi padre.

Siempre debo de haber notado la antipatía que hay entre ellos, aunque no lo hubiera visto abiertamente. Se las arreglaban a pesar del desagrado que sentían uno por el otro, y hasta este momento –en el que tienen serios problemas para disimular su aversión mutua– nunca me había sentido obligado a preguntarme el porqué de ese odio.

La respuesta natural era mi madre: a causa de los sentimientos que Raphael podía haber tenido hacia ella. Pero eso sólo parecía explicar por qué a Raphael le caía tan mal mi padre, ya que éste tenía lo que quizá hubiera deseado para sí mismo. Pero no justificaba la aversión que mi padre sentía por Raphael. Debía de haber otro motivo.

«Quizá fuera a causa de lo que Raphael podía ofrecerle», me sugiere como posible respuesta.

Es verdad que mi padre no sabía tocar ningún instrumento, pero creo que su aversión estaba causada por algo más básico y atávico.

Mientras dejábamos los elefantes y nos íbamos a ver los koalas, le he dicho a Raphael:

–Hoy te han ordenado que me saques de casa.

No lo negó, y añadió:

–Tu padre piensa que vives demasiado en el pasado y que evitas el presente.

–¿Tú qué opinas?

–Confío en la doctora Rose. O, como mínimo, confío en el doctor Rose padre. Y por lo que se refiere a la doctora Rose hija, supongo que debe de hablar del caso con él. –Me miró con ansiedad mientras pronunciaba la palabra *caso*, lo cual me redujo a un fenómeno que sin lugar a dudas aparecería en una revista psiquiátrica en un futuro, con mi nombre escrupulosamente omitido, pero todo lo demás formando flechas de neón que me señalarían como el paciente–. Él tiene décadas de experiencia en el tipo de cosa que estás padeciendo, y seguro que ella ha aprendido mucho de él.

–¿Qué tipo de cosa crees que estoy padeciendo?

–Sé cómo lo llama ella: amnesia.

–¿Te lo ha dicho mi padre?

–Es normal, ¿no te parece? Estoy tan involucrado en tu carrera como cualquier otro.

–Pero tú no crees en la amnesia, ¿verdad?

–Gideon, no soy yo quien se lo tiene que creer o no.

Me llevó al recinto de los koalas, donde unas ramas entrecruzadas que surgían del suelo simulaban ser eucaliptos, mientras que el bosque en el que los osos habrían vivido en estado natural estaba expresado por un mural pintado en un alto muro de color rosa. Un solo oso diminuto dormía entre las ramas, y cerca de él colgaba un cubo que contenía las hojas con las que se suponía tenía que alimentarse. El suelo del bosque era de hormigón, y no había ni arbustos, ni diversiones, ni juguetes para él. Tampoco tenía ningún compañero para aliviar su soledad, sólo los visitantes del recinto, que silbaban y le gritaban, frustrados al ver que una criatura nocturna por naturaleza no hacía el esfuerzo de adaptarse a sus horarios.

Lo observé todo y sentí cierta pesadez en los hombros.

–¡Santo Cielo! ¿Por qué viene la gente a los zoológicos?

–Para recordar su propia libertad.

–Para regocijarse de su superioridad.

–Supongo que eso también es verdad. Después de todo, los humanos somos los que controlamos la situación, ¿no es verdad?

–¡Ah! –exclamé–. Ya me había imaginado que había un propósito oculto en esta excursión a Regent's Park aparte de la excusa de salir a tomar el aire. Nunca te había visto tan interesado ni por el ejercicio ni por los animales. Así pues, ¿qué te ha dicho mi padre? «Muéstrale que debería estar agradecido con lo que tiene. Enséñale lo dura que puede ser la vida.»

–Si ésa era su intención, Gideon, hay lugares mucho peores que los zoológicos.

–¿Y qué? Y no me vengas con el cuento de que ha sido idea tuya.

–Estás obsesionado. No es saludable. Y tu padre lo sabe.

Me reí sin ganas, y le pregunté:

–¿Lo que ha sucedido hasta ahora lo es?

–No sabemos lo que ha sucedido. Sólo lo podemos conjeturar. Y de eso va la amnesia. Es una conjetura cualificada.

–Por lo tanto, estás de su parte. Nunca hubiera creído que eso fuera posible, teniendo en cuenta vuestra relación en el pasado.

Raphael mantuvo la mirada fija en el patético koala, una bola de pelo inmóvil sobre el trozo de madera que quería imitar las ramas de su país natal.

–Mi relación con tu padre no es asunto tuyo –replicó con tranquilidad, aunque las gotas de sudor, siempre su justo castigo, empezaron a aparecerle en la frente. Dos minutos más tarde, su rostro ya estaría goteando y tendría que utilizar el pañuelo para secarse el sudor.

–Estabas en casa la noche que Sonia se ahogó –afirmé–. Me lo contó mi padre. Siempre lo has sabido todo, ¿verdad? Todo lo que aconteció, todo lo que provocó su muerte, y todo lo que vino después.

–¡Vayamos a por un poco de té! –sugirió Raphael.

Fuimos al restaurante de Barclays Court, aunque un simple quiosco que vendiera bebidas calientes y frías nos habría bastado. No pronunció palabra hasta que hubo leído minuciosamente el vulgar menú que anunciaba todo lo que hacían a la barbacoa; después le pidió un té Darjeeling y unas cuantas pastas a una camarera de mediana edad que llevaba unas gafas retro.

–Muy bien, cariño –le dijo la camarera, y esperó a que yo pidiera, dando golpecitos a la libreta con el bolígrafo. Pedí lo mismo, a pesar de que no tenía hambre. Se marchó a buscarlo.

No era hora de comer y, en consecuencia, había muy poca gente en el restaurante y nadie a nuestro alrededor. Sin embargo, estábamos sentados junto a la ventana, y Raphael dirigió su mirada hacia el exterior, donde un hombre hacía todo lo posible por desenredar una manta de las ruedas de un cochecito mientras que una mujer con un bebé en brazos gesticulaba y le daba instrucciones.

–Tengo la sensación de que era de noche cuando Sonia se ahogó. Pero si eso es verdad, ¿qué estabas haciendo en casa? Papá me contó que también estabas allí.

–Se ahogó a última hora de la tarde, entre las cinco y media y las seis. Me había quedado para hacer unas llamadas.

–Papá me explicó que ese día debías de estar haciendo los contactos con Juilliard.

–Quería que pudieras ir tan pronto como te lo ofrecieran y, por lo tanto, estaba recopilando información para reforzar la idea. Para mí era inconcebible que alguien pudiera plantearse rechazar una oferta de Juilliard...

–¿Cómo supieron de mi existencia? Había hecho unos cuantos conciertos, pero no recuerdo haber solicitado ir a esa escuela. Lo único que recuerdo es que me ofrecieron la posibilidad de estudiar allí.

–Yo les había escrito. Les había enviado grabaciones, reseñas, ese programa que *Radio Times* hizo sobre ti. Estuvieron interesados y mandaron la solicitud; la rellené yo mismo.

–¿Mi padre lo sabía?

Una vez más, las gotas de sudor le cubrieron la frente, pero esa vez utilizó una de las servilletas de encima de la mesa para secárselas.

–Quería presentar la invitación como un *fait accompli* porque pensé que si tenía la invitación en la mano, tu padre consentiría a que estudiaras allí.

–Pero no había dinero, ¿verdad? –concluí con tristeza. Y por un momento, por muy extraño que parezca, lo sentí de nuevo, ese desengaño que rayaba la ira, al saber a los ocho años que nunca podría ir a Juilliard por culpa del dinero, porque en nuestras vidas casi nunca había bastante dinero para vivir.

Las palabras que Raphael pronunció a continuación me sorprendieron:

–El dinero no representaba ningún problema. Lo habríamos conseguido tarde o temprano. Estaba casi seguro de ello. Además, estaban dispuestos a ofrecerte una beca. Pero tu familia no quería oír hablar de ello. Tu padre no quería separar a la familia. Me imaginé que estaba preocupado por sus padres, y me ofrecí para llevarte a Nueva York yo mismo para permitir que todos los demás se pudieran quedar en Londres, pero tu padre tampoco aceptó esa solución.

–Así pues, no era una cuestión financiera. Yo había pensado que...

–No. En el fondo, no fue una cuestión de dinero.

Debí de parecer confundido o traicionado por esa información, ya que Raphael se apresuró a decir:

–Tu padre creía que no te hacía ninguna falta ir a Juilliard, Gideon. Supongo que es un cumplido para nosotros dos. Pensaba que podrías recibir la educación que necesitabas en Londres, y estaba convencido de que tendrías éxito sin tener que desplazarte a Nueva York. Y el tiempo ha demostrado que tenía razón. ¡Mira hasta dónde has llegado!

–¡Sí, ya ves! –exclamé con ironía mientras Raphael caía en la misma trampa en la que yo había caído.

Doctora Rose, mire dónde estoy ahora, arrimado patéticamente a la ventana de la sala de música, donde lo único que no hago en esa sala es la música que define mi vida. Apunto pensamientos desordenados con un objetivo que no me acabo de creer, intentando recordar detalles que mi subconsciente ha preferido que permanecieran en el olvido. Y ahora descubro que incluso algunos de los detalles que sí recordaba –como la invitación para ir a Juilliard y el motivo que hizo que no pudiera aceptarla– no acaban de ser correctos. Si ése es el caso, ¿en qué me puedo basar, doctora Rose?

«Lo sabrá», me responde con rapidez.

Pero le pregunto cómo puede estar tan segura. Los hechos de mi pasado se parecen cada vez más a unas dianas móviles, y se deslizan sobre un decorado de rostros que no he visto en años. En consecuencia, ¿son hechos reales, doctora Rose, o simplemente los hechos que yo quiero que sean?

–Cuéntame lo que sucedió cuando Sonia se ahogó –le dije a Raphael–. Esa noche. Esa tarde. ¿Qué sucedió? Conseguir que mi padre me hable de eso... –Moví la cabeza de un lado a otro. La camarera regresó con nuestro té y con unas pastas dispuestas sobre una bandeja de plástico que, para continuar con la dinámica del zoo, estaba pintada para que pareciera algo que no era: en este caso, un bosque. Dispuso las tazas, los platos, las bandejas y las teteras a su gusto, y esperé a que se marchara antes de continuar–. Papá no me cuenta mucho. Si quiero hablar de música o del violín, no hay ningún problema. Parece un progreso, pero si quiero ir en cualquier otra dirección... Al final, habla, pero veo que para él es un infierno.

–Fue un infierno para todo el mundo.

–¿Katja Wolff incluida?

–Me atrevería a decir que su infierno llegó más tarde. Nunca podría haberse imaginado que un juez pudiera insistir en que pasaran veinte años antes de que pudiera estar en libertad condicional.

–¿Es ésa la razón por la que en el juicio...? He leído que se puso en pie de un salto y que intentó hacer su declaración una vez que el juez ya había dictado sentencia.

–¿De verdad? –preguntó–. No lo sabía. No estaba presente el día del veredicto. Por aquel entonces ya había tenido suficiente.

–Sin embargo, sí que la acompañaste a la comisaría de policía. Al principio. Hay una fotografía en la que salís los dos juntos.

–Supongo que fue una coincidencia. La policía obligó a todo el mundo a ir a declarar a comisaría. Y casi todos fuimos más de una vez.

–¿Sarah-Jane Beckett también?

–Supongo que sí. ¿Por qué?

–Necesito verla.

Raphael había untado una de las pastas con mantequilla y se la había llevado a la boca, pero no se la comió. Se limitó a observarme por encima de la pasta.

–¿Qué conseguirás con eso, Gideon?

–Es la dirección que creo que debo tomar. Y la doctora Rose me sugirió que me dejara guiar por el instinto, que buscara conexiones, que intentara averiguar cualquier cosa que pudiera ayudarme a relacionar recuerdos inconexos.

–A tu padre no le hará ninguna gracia.

–Pues descuelga el teléfono.

Raphael tomó un sustancial bocado de la pasta, sin duda intentando ocultar su desazón al haber sido descubierto. Sin embargo, ¿cómo podía imaginar que yo no suponía que él y mi padre mantenían conversaciones diarias para hablar de mi progreso? Después de todo, son las dos personas más involucradas en lo que me ha sucedido, y aparte de Libby y de usted, doctora Rose, son las dos únicas personas que conocen el alcance de mis problemas.

–¿Qué esperas conseguir de Sarah-Jane Beckett, si es que la encuentras alguna vez?

–Vive en Cheltenham –le respondí–. Hace años que vive allí. Cada año me manda una felicitación para mi cumpleaños y para Navidades. ¿A ti no?

–De acuerdo. Vive en Cheltenham –asintió, pasando por alto mi pregunta–. ¿Cómo puede ayudarte?

–No lo sé. Quizá pueda decirme por qué Katja Wolff se negaba a hablar de lo que había sucedido.

–Tenía derecho a guardar silencio, Gideon.

Dejó la pasta sobre el plato y cogió la taza; la sostuvo con ambas manos como si quisiera calentárselas.

–En el tribunal, de acuerdo. Con la policía, de acuerdo. No tenía por qué hablar. ¿Pero con su abogado? ¿Por qué se negó a hablarle?

–Su inglés no era muy bueno. Alguien debió de explicarle lo del derecho al silencio y tal vez lo malinterpretó.

–Y eso me hace pensar en algo que tampoco entiendo –añadí–. Si era extranjera, ¿por qué cumplió condena en Inglaterra? ¿Por qué no la enviaron de nuevo a Alemania?

–Pidió a los tribunales que no la repatriaran, y lo consiguió.

–¿Cómo lo sabes?

–¿Cómo podría no saberlo? Estaba en todos los periódicos de esa época. Era el mismo caso que el de Myra Hindley: cualquier iniciativa legal que emprendiera mientras estaba entre rejas era examinada por los medios de comunicación. Fue un caso muy desagradable, Gideon. Fue un caso brutal. Destrozó a tus padres, tus abuelos murieron antes de que pasaran tres años, y también podría haber arruinado tu vida si no se hubieran hecho todos los esfuerzos posibles del mundo para mantenerte al margen. Así que desenterrarlo todo otra vez... después de tantos años... –Dejó la taza sobre la mesa y se sirvió un poco más de té–. Ni siquiera has probado las pastas.

–No tengo hambre.

–¿Cuándo comiste por última vez? Tienes muy mal aspecto. Come algo. O, como mínimo, bébete el té.

–Raphael, ¿qué sucedería si Katja Wolff no hubiera asesinado a Sonia?

Dejó la tetera sobre la mesa. Cogió un sobre de azúcar y vertió el contenido dentro de la taza; después añadió un poco de leche. Entonces caí en la cuenta de que lo hacía todo al revés.

Después de acabar con la leche y el azúcar, respondió:

–No tiene ningún sentido que se negara a hablar si no había cometido el crimen, Gideon.

–Quizá temiera que la policía cambiara sus palabras. O los fiscales del estado, si la hubieran hecho subir al estrado.

–Sí, es verdad. Podrían haberlo hecho. Pero dudo que su abogado lo hubiera hecho si ella se hubiera dignado a dirigirle la palabra.

–¿Fue mi padre el que la dejó embarazada?

Había levantado la taza, pero la dejó de nuevo sobre el platillo. Miró por la ventana, y vio que la pareja del cochecito ya había quitado una bolsa, dos biberones y un paquete de pañales de usar y tirar. Habían girado el cochecito y el hombre estaba atacando la rueda con el talón del zapato.

–Eso no tiene nada que ver con el problema –contestó con tranquilidad. Y yo sabía que no se estaba refiriendo a la manta que impedía que el cochecito pudiera avanzar.

–¿Cómo puedes decir eso? ¿Cómo puedes saberlo? ¿La dejó embarazada? ¿Fue eso lo que destrozó el matrimonio de mis padres?

–Nadie, a excepción de los interesados, puede saber qué hace que un matrimonio fracase.

–De acuerdo. Lo acepto. ¿Y qué hay del resto? ¿La dejó embarazada?

–¿Qué te ha dicho él? ¿Se lo has preguntado?

–Dice que no, pero es lógico que lo niegue, ¿no crees?

–Pues ya tienes tu respuesta.

–Entonces, ¿quién fue?

–Quizá fuera el Inquilino. James Pitchford estaba enamorado de ella. El mismo día que Katja entró en casa de tus padres, James se enamoró como un loco de ella y nunca se recuperó.

–Pero yo creía que James y Sarah-Jane... Los recuerdo juntos, a James el Inquilino y a Sarah-Jane Beckett. Les veía salir por la noche desde la ventana. Y murmurando juntos en la cocina, como si fueran amigos íntimos.

–Supongo que eso debería ser antes de la llegada de Katja.

–¿Por qué?

–Porque después de su llegada, James pasaba casi todo su tiempo libre con ella.

–Por lo tanto, Katja desplazó a Sarah-Jane en más de un aspecto.

–Sí, podríamos decir que sí, y ya sé adónde quieres ir a parar. Pero ella se encontraba con James Pitchford cuando Sonia se ahogó. Y James lo confirmó. No tenía ningún motivo para mentir por ella. Si por aquel entonces hubiera tenido algún motivo para mentir, lo habría hecho por la mujer que amaba. De hecho, si Sarah-Jane no hubiera estado con James cuando Sonia fue asesinada, supongo que James le habría proporcionado gustosamente una coartada a Katja, lo cual habría hecho parecer que había abandonado sus responsabilidades y que, por tanto, era responsable de una muerte trágica, pero no de una muerte con malevolencia.

–Y tal y como fueron las cosas, fue un asesinato –dije pensativo.

–Cuando se presentaron todos los hechos, sí.

GIDEON

25 de octubre

«Cuando se presentaron todos los hechos», había dicho Raphael Robson. Y eso es lo que busco, ¿no es verdad?, una presentación detallada de los hechos.

No me contesta. Se limita a mirarme con esa cara inexpresiva, tal y como sin duda le enseñaron a hacer cuando era interna en un hospital psiquiátrico o cualquier otra cosa que fuera en su época de estudiante, y espera a que yo le dé una explicación del porqué he decidido actuar en esa dirección. Al verlo, me quedo sin palabras y, en consecuencia, comienzo a cuestionarme a mí mismo. Examino los motivos que me pueden haber llevado a un cambio de actitud –como usted lo llamaría– y reconozco cada uno de mis miedos.

«¿Cuáles son?», me pregunta.

«Ya sabe a qué miedos me refiero, doctora Rose.»

«Me los imagino –responde–. Yo pienso, especulo y me pregunto cuáles son, pero no lo sé. El único que puede saberlo es usted, Gideon.»

«De acuerdo. Tiene razón. Y para demostrarle hasta qué punto estoy de acuerdo con usted, se los nombraré: miedo a las multitudes, miedo a quedarme atrapado en el metro, miedo a la velocidad excesiva, pánico a las serpientes.»

«Son miedos muy comunes», apunta.

Además del miedo al fracaso, miedo a la desaprobación de mi padre, miedo a los espacios cerrados...

Al oírlo levanta una ceja, un lapso momentáneo en su inexpresivo rostro.

Sí, tengo miedo a quedarme encerrado, y veo la conexión que eso guarda con las relaciones, doctora Rose. Tengo miedo de sentirme asfixiado por alguien, y ese miedo indica que tengo un miedo mayor a intimar con una mujer. Con cualquier persona, a ese respecto. Pero eso no es nada nuevo para mí. He tenido muchos años para pensar cómo, por qué y en qué momento mi relación con

Beth se vino abajo, y, créame, he tenido muchas oportunidades para reflexionar sobre mi falta de respuesta por Libby. Por lo tanto, si conozco y admito mis miedos, si los saco a la luz y los sacudo como si fueran trapos, ¿cómo puede usted o mi padre o cualquier otra persona acusarme de sustituirlos por un interés enfermizo por la muerte de mi hermana, en lo que la causó, en el juicio que hubo a continuación y en lo que pasó después del juicio?

«Yo no le acuso de nada, Gideon –me dice, estrechando las manos sobre su regazo–. No obstante, ¿se acusa a sí mismo?»

«¿De qué?»

«Quizá pueda decírmelo.»

«Ya entiendo de qué va el juego. Y sé adónde quiere llevarme. Al mismo sitio que todos los demás, a excepción de Libby, claro está. Quiere llevarme a la música, doctora Rose, a que le hable de música, a ahondar en la música.»

«Sólo si es ahí donde quiere ir», me dice.

«¿Y si no quiero hacerlo?»

«Podríamos hablar del porqué.»

«¿Se da cuenta? Está intentando engañarme. Si puede conseguir que reconozca...»

«¿El qué? –me pregunta cuando ve que dudo, con una voz tan suave como un plumón de oca–. Quédese con ese miedo –me dice–. El miedo sólo es un sentimiento. No es un hecho.»

«Pero el hecho es que soy incapaz de tocar. Y ese miedo está relacionado con la música.»

«¿Sólo con la música?»

¡Ya conoce la respuesta, doctora Rose! Sabe que tengo miedo a una obra en particular. Sabe hasta qué punto me obsesiona *El Archiduque*. Y también sabe que cuando Beth sugirió que lo tocáramos, no me pude negar. Porque fue Beth quien lo sugirió, no Sherrill. Si lo hubiera hecho Sherrill, podría haberle dicho: «¿Por qué no escoges otra cosa?» sin pensármelo dos veces, porque aunque Sherrill no tenga ninguna pieza musical de la mala suerte y, por lo tanto, podría haber cuestionado mi negativa a tocar *El Archiduque*, la verdad es que Sherrill tiene un talento tan grande que para él cambiar de una obra a otra es tan simple que el hecho de cuestionar ese cambio le habría supuesto un gasto de energía superior al que hubiera deseado dedicar a ese asunto. Pero Beth no es como Sherrill, doctora Rose, ni en talento ni en *laissez-faire.* Beth ya se había preparado *El Archiduque* y, por lo tanto, ella lo habría cuestionado. Y al hacerlo, podría haber relacionado mi incapacidad de tocar *El Archiduque* con ese otro fracaso importante con el que estuvo demasiado familiarizada en el pasado. En consecuencia, no hice nada por intentar cambiar su elección. Decidí enfrentarme de cabeza a mi pieza de la mala suerte. Y cuando me pusieron a prueba, fracasé.

«¿Y antes?», me pregunta.

«¿Antes de qué?»

«Antes de la actuación en Wigmore Hall. Supongo que debieron ensayar.»

«Por supuesto que sí.»

«¿Entonces la tocó?»

«Nunca habríamos organizado un concierto en público de tres instrumentos si uno de ellos...»

«¿Entonces la tocó sin problemas? Me refiero al ensayo.»

«Nunca la he tocado sin problemas, doctora Rose. Ni en privado ni durante los ensayos, nunca he sido capaz de tocarla sin estar hecho un saco de nervios, sin retorcimiento de tripas, sin dolor de cabeza, sin una sensación de mareo que me hace pasar una hora en el lavabo, y *todo* eso me sucede cuando ni siquiera toco en público.»

«¿Qué sucedió la noche de Wigmore Hall? –me pregunta–. ¿Reaccionó de la misma forma ante *El Archiduque* antes del concierto de Wigmore Hall?»

Dudo.

Veo cómo sus ojos brillan con interés al ver mi vacilación: tenía que evaluar, decidir y escoger entre salir adelante o esperar y dejar que la comprensión y las confesiones llegaran cuando quisieran.

Porque no sufrí antes de esa actuación.

Y hasta este momento nunca me lo había planteado.

26 de octubre

He estado en Cheltenham. Sarah-Jane Beckett ahora se llama Sarah-Jane Hamilton, y se ha llamado así durante los últimos doce años. No ha cambiado mucho físicamente desde la época en que me daba clases: ha engordado un poco, pero aún no se le han desarrollado los pechos, y su pelo es tan rojizo como cuando vivíamos bajo el mismo techo. El corte de pelo es diferente –lo lleva echado hacia atrás con una diadema–, pero lo tiene igual de liso que cuando vivía con nosotros.

La primera cosa que noté distinta era su manera de vestir. Según parece, ya no lleva los vestidos que usaba cuando era mi profesora –que, por lo que recuerdo, solían tener cuellos adornados y encajes– y ha mejorado, ya que ahora lleva faldas, conjuntos y perlas. La segunda cosa que noté diferente eran sus uñas, que ya no las llevaba cortas a más no poder y con las cutículas mordisqueadas, sino que las llevaba largas, brillantes y pintadas, supongo que para poder lucir mejor un anillo de zafiros y de diamantes que era del tamaño de una pequeña nación africana. Me fijé en sus uñas porque mientras estábamos juntos no paró de mover las manos mientras hablaba, como si quisiera mostrarme los progresos que había hecho en la vida.

El que le financiaba esos progresos no se encontraba en casa cuando yo llegué a Cheltenham. Sarah-Jane estaba en el jardín delantero de la casa –situada en un barrio muy elegante, donde todo el mundo parece tener Mercedes-Benz o Range Rovers– y rellenaba un enorme recipiente con alpiste para pájaros; se encontraba en lo alto de una escalera de tres peldaños y sostenía una bolsa muy pesada. No quería asustarla y, en consecuencia, no le dije nada hasta que hubo bajado de la escalera, alisado el conjunto y tocado el pecho para asegurarse de que las perlas aún estaban en su sitio. En ese momento grité su nombre, y después de saludarme con sorpresa y placer, me informó que Perry –marido y generoso proveedor– se encontraba en Manchester por viaje de negocios, y que a la vuelta estaría muy desilusionado al ver que se había perdido mi visita.

–Ha oído hablar mucho de ti a lo largo de estos años –dijo–, pero creo que nunca se ha creído que te conozco de verdad. –En ese instante soltó una risita que me hizo sentir muy incómodo, aunque no sabría decir por qué, a excepción de que ese tipo de risas nunca me han parecido genuinas–. ¡Entra! ¡Entra! ¿Quieres un poco de café? ¿Té? ¿Algún refresco?

Me condujo al interior de la casa, donde todo era de tan buen gusto que sólo podía ser obra de un decorador de interiores: el mobiliario adecuado, los colores perfectos, los *objets d'art* indicados, iluminación sutil pensada para favorecer, y un toque hogareño en la cuidadosa selección de fotografías de familia. Cogió una cuando se dirigía a preparar el café y me la enseñó.

–Éste es Perry. Sus hijas y las nuestras. Casi siempre están con su madre. Las tenemos cada quince días, la mitad de las vacaciones y en los días de fiesta de mediados de trimestre. La típica familia británica de hoy en día, ya sabes. –Volvió a soltar esa risa, y desapareció tras una puerta giratoria que supuse debía de conducir a la cocina.

Cuando me quedé solo, empecé a mirar a la familia en una fotografía de estudio. El ausente Perry estaba sentado entre cinco mujeres: su mujer estaba sentada junto a él, las dos hijas mayores a su espalda con una mano sobre sus hombros, una chica más pequeña apoyada en Sarah-Jane y la última –más pequeña todavía– sobre las rodillas de Perry. Tenía esa expresión de satisfacción que supongo que sólo se consigue después de haber formado una familia. Las chicas más mayores parecían estar muertas de aburrimiento, las más jóvenes estaban encantadoras, y Sarah-Jane parecía demasiado satisfecha.

Salió de la cocina en el instante en que yo dejaba la fotografía sobre la mesa de la que la había cogido.

–Tener hijastras se parece mucho a dar clases: se trata de animarlas continuamente, pero sin la libertad de decir lo que uno piensa de verdad. Y siempre se acaba discutiendo con los padres, en este caso con la madre. Lamento comunicarte que es adicta a la bebida.

–¿Conmigo también era así?

–¡Santo Cielo! Tu madre no bebía.

–Me refiero a lo demás: eso no de poder decir lo que pensabas.

–Uno aprende a ser diplomático –respondió–. Ésta es mi Angelique. –Señaló a la niña que Perry sostenía sobre las rodillas–. Y ésta es Anastasia. Tiene cierto talento para la música.

Esperé a que identificara las chicas más mayores. Al ver que no lo hacía, hice la pregunta obligatoria sobre su instrumento favorito. Me contestó que le gustaba el arpa. «Muy adecuado», pensé. Sarah-Jane siempre había tenido ese aire de realeza, como si de alguna forma hubiera sido un personaje desplazado de una novela de Jane Austen, más apta para escribir cartas, hacer encajes y pintar acuarelas inofensivas que para el continuo ajetreo del que disfrutaban las mujeres modernas. Era incapaz de imaginarme a Sarah-Jane Beckett Hamilton corriendo por Regent's Park con un móvil en la oreja, ni tampoco apagando fuegos, trabajando en una mina de carbón o tripulando un yate en unas Regatas. Por lo tanto, encaminar a su hija mayor hacia el arpa en vez de a la guitarra eléctrica era un acto lógico de educación parental, y no tenía ninguna duda de que lo había usado con destreza tan pronto como su hija le había comunicado su interés por la música.

–¡Evidentemente, no puedo compararla contigo! –exclamó Sarah-Jane mientras me mostraba otra fotografía, una de Anastasia con su arpa, con los brazos levantados con elegancia para que sus manos, achaparradas, por desgracia, como las de su madre, pudieran rozar las cuerdas–. Pero lo hace bastante bien. Espero que algún día puedas oírla tocar. Cuando tengas tiempo, evidentemente. –Soltó esa alegre risita de nuevo–. ¡Ojalá Perry pudiera estar aquí para conocerte, Gideon! ¿Has venido a hacer un concierto?

Le respondí que no había ido hasta allí para tocar, pero no añadí nada más. Era evidente que no había leído ningún artículo sobre el incidente de Wigmore Hall, y cuanto menos tuviera que hablar de eso con Sarah-Jane, mucho mejor me sentiría. Le expliqué que esperaba poder hablar con ella sobre la muerte de mi hermana y del juicio que hubo a continuación.

–¡Sí, ya entiendo! –exclamó. Se sentó sobre un rechoncho sofá del color de la hierba recién cortada y me indicó que me sentara en un sillón, cuya tela representaba una escena otoñal de caza con perros y ciervos.

Esperé a que hiciera las preguntas lógicas: «¿Por qué? ¿Por qué ahora? ¿Por qué ahondar en el pasado, Gideon?». Pero no las hizo, y eso me pareció extraño. Sarah-Jane se instaló en el sofá, cruzó las piernas a la altura de los tobillos, colocó una mano sobre la otra –con la del anillo de zafiros en la parte de arriba– y puso una expresión completamente atenta y no defensiva en lo más mínimo, como me había imaginado.

–¿Qué te gustaría saber? –me preguntó.

–Cualquier cosa que puedas decirme. Sobre todo, cosas de Katja Wolff. Sobre cómo era ella y el hecho de vivir en la misma casa.

–¡Sí, claro! –Sarah-Jane permaneció tranquila, ordenando sus pensamientos. Al cabo de un rato, empezó diciendo–: Bien, desde el principio era evidente que no estaba cualificada para ser la niñera de tu hermana. Tus padres cometieron un error al contratarla, pero cuando se dieron cuenta ya era demasiado tarde.

–Me han contado que era afectuosa con Sonia.

–¡Ah, afectuosa sí que lo era! Era muy fácil ser cariñosa con Sonia. Era una cosita frágil, y aunque tenía un carácter díscolo, ¿qué niño no lo habría tenido en sus circunstancias?, también era un encanto y se hacía querer; además, es casi imposible no querer a un bebé. Pero Katja tenía otras cosas en la cabeza, cosas que se interpusieron entre ella y su dedicación a Sonia. Y los niños necesitan dedicación, Gideon. El cariño solo no basta para hacer frente al primer ataque de testarudez o de lágrimas.

–¿Qué tipo de cosas?

–No se tomaba el trabajo en serio. Para ella sólo era un medio para conseguir sus objetivos. Quería ser diseñadora de modas, aunque sólo Dios sabe por qué, a juzgar por la extraña ropa que llevaba, y su intención era trabajar para tus padres hasta que reuniera suficiente dinero para... para lo que fuera que quisiera estudiar. Ésa era una de las cosas.

–¿Y las otras?

–Celebridad.

–¿Quería hacerse famosa?

–Ya lo era: La Chica Que Consiguió Cruzar El Muro De Berlín Mientras Su Novio Moría Entre Sus Brazos.

–¿Entre sus brazos?

–Como mínimo, así es como ella nos contó la historia. No te creas, tenía un álbum en el que guardaba todas las entrevistas que le habían hecho los periódicos y las revistas de todo el mundo después de su huida, y si uno la oía contar la historia, acababa por creer que ella sola había diseñado e inflado el globo, y yo dudo mucho que ése fuera el caso. Siempre he dicho que fue una sucesión de eventos afortunados lo que propició que ella fuera la única superviviente. Si el chico hubiera vivido, ¿cómo se llamaba? ¿Georg? ¿Klaus?, estoy convencida de que habría contado una historia completamente diferente sobre de quién había sido la idea y quién había hecho todo el trabajo. Por lo tanto, llegó a Inglaterra con cierto aire de superioridad, que aumentó aún más durante el año que pasó en el convento de la Inmaculada Concepción. Más entrevistas, comidas con el alcalde, una audiencia privada en el palacio de Buckingham. No estaba preparada psicológicamente para el trabajo que suponía ser la niñera de tu hermana. Y por lo que respecta a su estabilidad física y mental para afrontar lo que se le venía encima, por no decir nada de su preparación psicológica... No lo estaba. No estaba preparada.

–Así pues, estaba destinada a fracasar –comenté con tranquilidad, y debí de parecer pensativo, porque Sarah-Jane llegó a una conclusión de lo que yo debía de estar pensando, y se apresuró a decir:

–No he querido decir que tus padres la contrataran porque no estaba ni preparada ni cualificada, Gideon. Eso no correspondería con la realidad en absoluto. E incluso podría llegar a sugerir que... Bien. No importa. No.

–Sin embargo, desde un buen principio fue obvio que no podría asumir sus responsabilidades.

–Sólo si uno quiere verlo –contestó–. Y, sin lugar a dudas, tú y yo pasamos muchas más horas con Katja y el bebé que los demás y, en consecuencia, podíamos ver y oír... Y estábamos en casa, nosotros cuatro, mucho más a menudo que tus padres, ya que ambos trabajaban. Por lo tanto, podíamos ver más cosas. O, por lo menos, yo sí que las vi.

–¿Y mis abuelos? ¿Dónde estaban?

–Es verdad que tu abuelo estaba mucho en casa. Katja le caía muy bien, y le gustaba tenerla cerca. Pero no acababa de estar del todo allí, si entiendes lo que te quiero decir. Por lo tanto, era incapaz de poder contarle a nadie si había visto una irregularidad.

–¿Irregularidad?

–Que Katja ignorara los lloros de Sonia. Que se ausentara de casa mientras Sonia hacía la siesta después de comer. Que hablara por teléfono mientras tu hermana comía. Que se impacientara cuando el bebé se ponía difícil. Ese tipo de cosas que son cuestionables y molestas, pero que no implican una negligencia absoluta.

–¿Se lo contaste a alguien?

–¡Claro! Se lo conté a tu madre.

–¿Por qué no a mi padre?

Sarah-Jane dio un pequeño respingo en el sofá y exclamó:

–¡El café! ¡Me había olvidado! –Se excusó y salió de la sala a toda prisa.

«¿Por qué no a mi padre?» La sala estaba tan silenciosa, el vecindario estaba tan tranquilo, que mi pregunta pareció rebotar en las paredes cual eco en un cañón. «¿Por qué no a mi padre?»

Me levanté de la silla y me dirigí a una de las dos vitrinas que había a ambos lados de la chimenea. Observé el contenido: cuatro estanterías llenas de muñecas antiguas de todas formas y tamaños que representaban todas las edades desde bebés hasta adultos, todas ataviadas con vestidos de época, quizá de la misma época en que las muñecas fueron fabricadas. No sé nada de muñecas y, por lo tanto, no tenía ni idea de lo que estaba mirando, pero era evidente que la colección era impresionante: por la cantidad, por la calidad de los vestidos y por el estado en que se encontraban las muñecas, que era el original. Algunas parecían no haber sido nunca tocadas por un niño, y me pregunté si alguna vez las hijas o hijastras de Sarah-Jane se habrían detenido a mirar una de las dos vitrinas para observar de cerca lo que nunca podrían poseer.

Entonces caí en la cuenta de que las paredes exhibían una colección de acuarelas que parecían haber sido pintadas por el mismo artista. Representaban casas, puentes, castillos, automóviles e incluso autobuses, y cuando observé la firma en la esquina derecha de dos de ellas, vi el nombre de *SJ Beckett* escrito con letras inclinadas. Me eché hacia atrás y las observé. No recordaba haber visto a Sarah-Jane pintando cuando se encargaba de mi educación, pero a la vista de su trabajo era evidente que tenía un gran talento para la precisión de los detalles o, como mínimo, la confianza para conseguir que una pincelada de pintura se interpretara como una imagen.

–¡Has descubierto mi secreto!

Habló desde la puerta, donde se había detenido, llevando una gran bandeja en la que había puesto una adornada cafetera de plata con una azucarera y una jarra de leche a juego. Lo había acompañado de tazas de café de porcelana, cucharas y una bandeja de galletas de jengibre que, tal como me confió, habían sido hechas por ella esa misma mañana. Inexplicablemente, me encontré preguntándome cómo reaccionaría Libby ante todo eso: ante las muñecas, las acuarelas, la presentación del café y ante la mismísima Sarah-Jane Beckett Hamilton y, principalmente, ante lo que había dicho hasta entonces y lo que había evitado decir.

–Me temo que soy un desastre con la gente –confesó–. Con los animales también. Dijéramos que con cualquier cosa viviente, a excepción de los árboles. Los árboles no me suponen ningún problema; no obstante, las flores pueden conmigo.

Durante un momento me pregunté de qué debía de estar hablando. Pero entonces me di cuenta de que se estaba refiriendo a sus cuadros e hice un comentario adecuado sobre la gran calidad de su trabajo.

–¡Adulador! –Soltó una risita.

Dejó la bandeja sobre una mesa auxiliar y empezó a servir el café.

–No he hablado muy bien del modo de vestir de Katja. Debes perdonarme, pero a veces hago cosas así. Paso tanto tiempo sola, Perry viaja, tal y como ya te he contado, y las niñas van a la escuela, claro, que me olvido de controlar la lengua las raras veces que alguien pasa a visitarme. Lo que debería haber dicho es que no tenía ninguna experiencia con la moda, el color o el diseño, ya que se había criado en Alemania Oriental. ¿Qué podía uno esperar de alguien de un país del este? ¿Alta costura? Así pues, era admirable que aún tuviera la ambición de ir a la universidad y de aprender diseño de modas. Fue mala suerte, y una tragedia, en realidad, que sus sueños y su poca experiencia con niños confluyeran en casa de tus padres. Fue una combinación mortal. ¿Azúcar? ¿Leche?

Cogí la taza que me ofrecía. No estaba dispuesto a permitir que me hiciera iniciar una conversación sobre la ropa que llevaba Katja Wolff.

–¿Sabía mi padre que Katja abandonaba sus responsabilidades con respecto a Sonia?

Sarah-Jane cogió su propia taza y empezó a remover el café, a pesar de que aún no había puesto ni la leche ni el azúcar.

–Seguro que tu madre se lo dijo.

–Sin embargo, tú no le dijiste nada.

–Como ya se lo había explicado a tu madre, no me pareció necesario tener que contárselo también a tu padre. Además, tu madre pasaba más tiempo en casa, Gideon. Tu padre rara vez estaba allí, pues, como bien sabes, tenía más de un trabajo. Coge una galleta. ¿Aún te gustan los dulces? ¡Qué graciosa! Acabo de acordarme de que a Katja le encantaban. Tenía una verdadera pasión por los bombones. Bien, supongo que debe de ser otra de las consecuencias de haber crecido en un país del este. Privaciones.

–¿Tenía alguna otra pasión?

–¿Alguna otra...? –Sarah-Jane parecía perpleja.

–Sé que se quedó embarazada, y recuerdo haberla visto en el jardín con un hombre. A él no pude verle con claridad, pero sabía perfectamente lo que estaban haciendo. Raphael me contó que era James Pitchford, el inquilino.

–¡Me parece muy poco probable! –protestó Sarah-Jane–. ¿James y Katja? ¡Santo Cielo! –Luego se rió–. James Pitchford no estaba liado con Katja. ¿Qué te ha hecho pensar eso? La ayudaba con su inglés, es verdad, pero aparte de eso... Bien, James siempre sintió cierta indiferencia hacia las mujeres, Gideon. Uno no podía dejar de preguntarse... si me permites decirlo... sobre su orientación sexual. No. No. Katja no tuvo ninguna relación amorosa con James Pitchford. –Cogió otra galleta de jengibre–. Siempre se tiende a pensar eso cuando un grupo de gente adulta vive bajo el mismo techo y cuando una de las mujeres se queda embarazada: que uno de los residentes de la casa debe de ser el padre. Supongo que es normal, pero en este caso... No fue James. Tu abuelo tampoco pudo haber sido. ¿Quién queda? Bien, Raphael, claro. Podría haber intentado confundirte hablándote de James Pitchford.

–¿Y mi padre?

Pareció desconcertada, y replicó:

–¿Cómo es posible que pienses que tu padre y Katja...? Además, lo habrías reconocido si él hubiera sido el hombre que estaba con ella en el jardín, Gideon. Y aunque no lo hubieras reconocido, sólo tenía ojos para tu madre.

–Pero el hecho de que se separaran dos años después de la muerte de Sonia...

–Eso fue una consecuencia de la muerte en sí, de la inhabilidad de tu madre para enfrentarse con la situación... Pasó una época muy mala después de que asesinaran a tu hermana, ¿qué madre no habría reaccionado igual?, y fue incapaz de superarlo. No. No debes pensar mal de tu padre. No lo permitiré.

–Pero se negó a decir el nombre del padre... se negó a hablar de nada que guardara relación con mi hermana...

–¡Gideon, escúchame! –Sarah-Jane colocó la taza de café sobre la mesa y dejó lo que le quedaba de la galleta en un extremo del platillo–. Es posible que tu padre admirara la belleza física de Katja Wolff, al igual que todos los demás hombres. Podría haber pasado algún que otro rato a solas con ella. Podría haberse reído con cariño de los errores que hacía en inglés e incluso es posible que le comprara algún regalo para Navidades o para su cumpleaños... Pero nada de eso quiere decir que fuera su amante. Debes quitarte esa idea de la cabeza.

–Pero que no hablara con nadie. Que Katja nunca pronunciara ni una sola palabra. No sé, no tiene sentido.

–Para nosotros no lo tiene –asintió Sarah-Jane–. Sin embargo, debes recordar que Katja era muy testaruda. Diría que estaba convencida de que no le pasaría nada si mantenía la boca cerrada. Desde su punto de vista, y teniendo en cuenta, además, que venía de un país comunista, donde la criminología no estaba tan desarrollada como en Inglaterra, ¿cómo podía pensar de otra manera?, debía de creer que no tenían ninguna prueba que no se pudiera rebatir. Podría afirmar que la habían llamado un momento por teléfono, aunque nunca entenderé por qué estaba empeñada en afirmar algo que se podía refutar con tanta facilidad, y que, como consecuencia, se había producido un trágico accidente. ¿Cómo iba ella a saber que se harían públicas otras cosas que, consideradas conjuntamente con la muerte de Sonia, podrían demostrar su culpabilidad?

–¿Qué más se hizo público? Aparte del embarazo, de la mentira sobre la llamada telefónica y de la discusión que había tenido con mis padres. ¿Qué más se hizo público?

–¿Aparte de todo eso y del daño que le había infligido a tu hermana? Bien; por un lado, estaba su carácter. El cruel desprecio que sentía por su propia familia de Alemania Oriental. Lo que le sucedió a consecuencia de su huida. Después de su detención, alguien hizo unas averiguaciones en Alemania. Apareció en todos los periódicos. ¿No lo recuerdas? –Cogió la taza de nuevo y se sirvió un poco más de café. Ni siquiera se dio cuenta de que yo todavía no había tocado el mío–. Pero no, no creo que lo recuerdes. Se hizo todo lo posible para no hablar del caso en tu presencia, y dudo mucho que leyeras los periódicos; por lo tanto, ¿cómo podrías saber, y mucho menos acordarte de que le siguieron la pista a su familia, Dios sabe cómo, a pesar de que los alemanes del este debían de estar más que contentos de poder darles esa información como una advertencia para cualquiera que contemplara la posibilidad de escaparse...?

–¿Qué les sucedió? –le pregunté con interés.

–Sus padres perdieron el trabajo y sus hermanas se quedaron sin la plaza en la universidad. ¿Había Katja vertido una sola lágrima por su familia mientras vivía en Kensington Square? ¿Había intentado ponerse en contacto con ellos o ayudarles? No. Ni siquiera los mencionó nunca. Como si nunca hubieran existido para ella.

–¿Tenía amigos?

–¡Humm! Había esa chica gorda que siempre tenía la cabeza en las nubes. Recuerdo su apellido, Waddington, porque me hacía pensar en bádminton, un juego del que siempre hablaba.

–¿Era una chica que se llamaba Katie?

–¡Sí, sí, eso es! Katie Waddington. Katie la conocía del convento, y cuando Katja se fue a vivir a casa de tus padres, esa chica, Katie, solía ir a verla con bastante frecuencia. Siempre estaba comiendo, bien, teniendo en cuenta su *tamaño*, y no paraba de hablar de Freud. Y de sexo. Estaba obsesionada con el sexo. Con Freud y el sexo. Con el sexo y Freud. El significado del orgasmo, la resolución del drama de Edipo, la gratificación de los deseos prohibidos e incumplidos de la infancia, el papel del sexo como catalizador del cambio, la esclavitud sexual de las mujeres por culpa de los hombres, y la de los hombres por culpa de las mujeres... –Sarah-Jane se inclinó hacia adelante, cogió la cafetera y me sonrió–. ¿Quieres más? ¡Pero si aún no te lo has bebido! ¡Déjame que te sirva otro café calentito!

Antes de que pudiera responder, me cogió la taza de café de las manos y se fue hacia la cocina, dejándome solo con mis pensamientos: sobre la fama y la pérdida repentina de ésta, sobre la destrucción de la familia más cercana, sobre el hecho de tener sueños y sobre la crucial habilidad de poder aplazar la realización inmediata de esos sueños, sobre la belleza física y la ausencia de ésta, sobre el hecho de mentir por malicia y de decir la verdad por la misma razón.

Cuando Sarah-Jane entró de nuevo en la sala, ya tenía la pregunta preparada:

–¿Qué sucedió la noche que mi hermana murió? Recuerdo lo siguiente: recuerdo que llegaron los de urgencias, los equipos medicalizados o quienquiera que fueran. Recuerdo que nosotros dos estábamos en mi dormitorio mientras ellos se ocupaban de Sonia. Recuerdo que la gente gritaba. Creo que recuerdo la voz de Katja. Pero eso es todo. ¿Qué sucedió en realidad?

–Seguro que tu padre te puede contestar mucho mejor que yo. Deduzco que ya se lo has preguntado.

–Para él es muy duro hablar de esa época.

–Sí, claro, ya me lo imagino... mientras que para mí... –Se tocó las perlas con los dedos–. ¿Azúcar? ¿Leche? Tienes que probar mi café. –Y cuando la complací llevándome esa bebida amarga a los labios, añadió–: Me temo que no hay mucho más que contar. Yo me encontraba en mi dormitorio cuando sucedió. Había estado preparando las clases para el día siguiente y había pasado un momento por la habitación de James para pedirle que me ayudara a idear un esquema para hacer que te interesaras por los pesos y las medidas. Como era un hombre, bien, es un hombre, suponiendo que aún está con vida, y no hay ningún motivo para pensar que no lo esté, pensé que sería capaz de sugerirme alguna actividad que pudiera intrigar a un muchachito que –entonces me guiñó el ojo– no siempre estaba dispuesto a aprender algo que pensara que no guardaba ninguna relación con su música. Así pues, James y yo estábamos repasando algunas ideas cuando oímos el alboroto del piso de abajo: gritos, ruido de pasos y portazos. Bajamos las escaleras a toda prisa y nos encontramos a todo el mundo en el pasillo...

–¿A todo el mundo?

–Sí, a todos. A tu madre, a tu padre, a Katja, a Raphael Robson, a tu abuela...

–¿Mi abuelo no estaba?

–No... Bien, supongo que también estaba ahí. A no ser, claro está, que se encontrara... en el campo para una de sus curas de salud. No, no, creo que también estaba en casa, Gideon. Porque había un gran griterío, y tu abuelo era de los que más gritaban. En cualquier caso, me ordenaron que te llevara a la habitación y que me quedara contigo, y eso fue lo que hice. Cuando llegó la ambulancia, les obligaron a salir de allí. Sólo se quedaron tus padres. Y tú y yo podíamos oírles desde la habitación.

–No recuerdo nada de eso –apunté–. Sólo recuerdo que estábamos en mi habitación.

–Es normal, Gideon. Eras un niño. ¿Cuántos años tenías? ¿Siete? ¿Ocho?

–Ocho.

–¿Cuántos de nosotros tenemos recuerdos explícitos y claros de los buenos momentos de nuestra niñez? Y éste es un recuerdo terrible y espantoso. Me atrevería a decir que olvidarlo es lo mejor que has podido hacer, cariño.

–Dijiste que ya no tendrías que marcharte. Eso sí que lo recuerdo.

–¡Claro que no te habría dejado solo en medio de esa confusión!

–No, lo que quiero decir es que no dejarías de ser mi maestra. Papá me contó que te había despedido.

Al oírlo, se sonrojó de un color carmesí que era el reflejo de su pelo, un pelo que había sido teñido de su tono original porque ya se estaba acercando a los cincuenta.

–Tenían problemas económicos, Gideon –declaró con un débil tono de voz.

–De acuerdo. Lo siento. Ya lo sé. No tenía ninguna intención de... Es obvio que no te habrían contratado durante tantos años si no hubieras sido una profesora estupenda.

–Gracias.

Su respuesta fue excesivamente formal. O bien se sentía herida por mis palabras o bien deseaba que así lo pensara. Y, créame, doctora Rose, era evidente que ese sentimiento podría haber cambiado el rumbo de la conversación; no obstante, lo evité.

–¿Qué estabas haciendo antes de ir al dormitorio de James

para pedirle que te ayudara con la actividad de los pesos y las medidas?

—¿Esa misma noche? Ya te lo he dicho. Estaba en mi habitación preparando las clases del día siguiente.

No añadió nada más, pero su expresión me indicó que sabía que yo mismo me había encargado de hacerlo: había estado sola en su habitación antes de ir a pedirle ayuda a James.

15

Un sonido penetrante obligó a Lynley a nadar contracorriente y a salir de un profundo sueño. Abrió los ojos a la oscuridad de la habitación y alargó la mano hacia el despertador; maldijo al ver que lo había tirado al suelo sin conseguir pararlo. A su lado, Helen ni se movió. Ella continuó durmiendo incluso cuando encendió la luz. Hacía tiempo que tenía esa facilidad, y había continuado teniéndola a pesar de su embarazo. Siempre dormía cual efigie en una catedral gótica.

Parpadeó, volvió en sí, y se dio cuenta de que era el teléfono y no el despertador. Miró la hora –las cuatro menos veinte de la mañana– y supo que no eran buenas noticias.

El subjefe de policía sir David Hillier estaba al otro lado de la línea. Le informó con brusquedad:

–Charing Cross Hospital. A Malcolm lo han atropellado.

–¿Qué? ¿Malcolm? ¿Cómo dice?

–Despiértese, inspector –le ordenó Hillier–. Pásese cubitos de hielo por la cara si es necesario. Malcolm está en el quirófano. Venga ahora mismo. Quiero que se encargue de esto. ¡Ahora!

–¿Cuándo? ¿Qué ha sucedido?

–¡El maldito hijo de puta ni siquiera se paró! –exclamó, y su tono voz, de una agresividad inusitada y muy diferente del tono educado y moderado que el subjefe de policía solía usar en el Nuevo Departamento de Scotland Yard, le indicó hasta qué punto estaba preocupado.

«Lo han atropellado. El maldito hijo de puta ni siquiera paró.» Lynley se despertó de repente, como si le hubieran inyectado una mezcla de cafeína y de adrenalina en el corazón.

–¿Dónde? ¿Cuándo?

–Charing Cross Hospital. ¡Haga el favor de venir ahora mismo, Lynley! –Hillier colgó el teléfono.

Lynley salió de la cama de un salto y se vistió con lo primero que encontró. Le garabateó una nota a su mujer en vez de despertarla, explicándole lo poco que sabía. Añadió la hora y dejó la nota sobre la almohada. Sin haberse acabado de poner el abrigo, se adentró en la oscuridad de la noche.

El viento del día anterior había cesado, pero el frío persistía y había empezado a llover. Lynley se subió el cuello del abrigo y giró la esquina a toda prisa rumbo a una calle de casas pequeñas en la que guardaba su Bentley en un garaje.

Intentó no pensar en el lacónico mensaje de Hillier, ni en el tono de voz en el que le había hablado. No quería hacer una interpretación de los hechos antes de conocerlos, pero, de todas maneras, no hacerlo le resultaba prácticamente imposible. Un caso de atropellamiento y fuga. Y ahora otro.

Supuso que habría poco tráfico en King's Road a esas horas de la noche y, por lo tanto, se dirigió directamente hacia Sloane Square, transitable a medias alrededor de la fuente cubierta de hojas que había en el medio, y pasó a toda velocidad por delante de Peter Jones, donde –haciendo honor a la creciente comercialización de la sociedad en que vivían– las decoraciones navideñas relucían desde hacía tiempo desde las ventanas. Pasó por delante de las elegantes tiendas de Chelsea, por delante de las tranquilas calles y de sus majestuosas viviendas. Vio a un agente uniformado de cuclillas junto a una figura cubierta por una manta en la puerta principal del ayuntamiento –ese vagabundo era otro ejemplo de los difíciles tiempos en que vivían–, pero ésos fueron los únicos indicios de vida que encontró además de los pocos coches que divisó en su carrera frenética hacia Hammersmith.

A poca distancia de King's College, giró a la derecha y cogió un atajo para llegar a Lillie Road, lo que lo acercaría a King's Cross Hospital. Cuando entró en el aparcamiento a toda velocidad y se dirigió de inmediato a urgencias, se permitió por fin mirar el reloj. Habían pasado menos de veinte minutos desde que recibiera la llamada de Hillier.

El subjefe de policía –tan mal afeitado y despeinado como el propio Lynley– se encontraba en la sala de espera de urgencias, hablando bruscamente con un agente uniformado, mientras que no muy lejos había otros tres policías juntos e inquietos. Tan pronto como vio a Lynley, le hizo un gesto con el dedo al agente uniformado para indicarle que ya se podía marchar. Mientras el agente se reunía con sus compañeros, Hillier avanzó a grandes pasos para encontrarse con Lynley en medio de la sala.

A pesar de la hora, la lluvia hacía que hubiera mucho movimiento en la sección de urgencias. Alguien gritó: «¡Viene otra ambulancia de Earl's Court!», lo que les sugirió cómo iban a ser los próximos cinco minutos; en consecuencia, Hillier cogió a Lynley del brazo, lo condujo más allá de la sección de urgencias, a través de varios pasillos y de unos cuantos rellanos de escaleras. No pronunció palabra hasta que se encontraron en una sala de espera privada, designada especialmente para los familiares de la gente que estaba siendo operada. No había nadie.

–¿Dónde está Frances? –preguntó Lynley–. No está...

–Nos llamó Randie –le interrumpió Hillier–. A eso de la una y cuarto.

–¿Miranda? ¿Qué ha sucedido?

–Frances la llamó a Cambridge. Malcolm no estaba en casa. Frances ya se había ido a dormir y se despertó al oír los ladridos enloquecidos del perro. Se lo encontró en el jardín delantero con la correa atada al collar, pero Malcolm no estaba con él. Le entró un ataque de pánico y llamó a Randie. Randie nos llamó a nosotros. Cuando conseguimos hablar con Frances, Malcolm ya estaba en urgencias y el hospital ya se había puesto en contacto con ella. Frances pensó que le había dado un ataque al corazón mientras paseaba al perro. Todavía no sabe... –Hillier expiró aire–. No conseguimos hacerla salir de casa. La llevamos hasta la puerta, incluso la abrimos, Laura asiéndola de un brazo y yo del otro. Pero cuando sintió el aire de la noche, se echó atrás. Se puso histérica. El maldito perro se puso como loco. –Hillier sacó un pañuelo y se lo pasó por encima de la cara. Lynley reparó que era la primera vez que veía al subjefe de policía ligeramente descompuesto.

–¿Es muy grave? –le pregunté.

–Le están operando el cerebro para ver si pueden quitarle el coágulo de debajo de la fractura craneal. Tiene una gran tumefacción, y también se están ocupando de eso. Están haciendo algo con un monitor... no me acuerdo muy bien. Tiene que ver con la presión. Hacen algo con un monitor para hacer un seguimiento de la presión. ¿Se lo ponen en el cerebro? No lo sé. –Se guardó el pañuelo y se aclaró la garganta–. ¡Santo Cielo! –Se quedó mirando fijamente al frente.

–Señor... ¿le traigo un café? –se ofreció Lynley, notando lo extraña que era la situación mientras se lo decía. Siempre habían sentido una gran antipatía el uno por el otro. Hillier nunca había hecho ningún esfuerzo por ocultar esa antipatía hacia Lynley, y éste tampoco había hecho nada por ocultar el desprecio que sentía por el rapaz deseo de promocionarse de Hillier. Sin embargo, al verle de ese modo, en un momento de vulnerabilidad a medida que Hillier se enfrentaba con lo que le había sucedido a su cuñado y amigo durante más de veinticinco años, vio a Hillier con otros ojos. Pero Lynley no estaba muy seguro de lo que debía hacer con esa nueva opinión.

–Me han dicho que seguramente tendrán que extraerle casi todo el bazo –continuó Hillier–. Creen que podrán salvarle el hígado, quizá la mitad. Pero todavía no lo saben.

–¿Aún está...?

–¡Tío David!

La llegada de Miranda Webberly interrumpió la pregunta de Lynley. Pasó por la puerta de la sala de espera a toda prisa. Llevaba un chándal muy holgado, y el pelo, rizado, lo llevaba hacia atrás y recogido con un pañuelo atado. Iba descalza y estaba muy pálida. Asía las llaves del coche con una mano. Salió disparada hacia los brazos de su tío.

–¿Has conseguido que alguien te trajera? –le preguntó.

–Una de mis amigas me ha prestado su coche. He conducido yo misma.

–Randie, te dije que...

–¡Tío David! –Después se volvió hacia Lynley–. ¿Le ha visto, inspector? –Luego se volvió hacia su tío sin siquiera esperar una respuesta–. ¿Cómo está? ¿Dónde está mamá? ¿No está...? ¡Dios! Ha sido incapaz de venir, ¿verdad? –Miranda tenía los ojos vidriosos a medida que proseguía con amargura y un tono de desesperación–: ¡Claro que lo ha sido! ¡Claro que ha sido incapaz!

–Tu tía Laura está con ella –contestó Hillier–. Ven aquí, Randie. Siéntate. ¿Dónde tienes los zapatos?

Miranda se miró los pies sin comprender.

–¡Cielo Santo! He venido sin zapatos, tío David. ¿Cómo está?

Hillier le contó lo mismo que le acababa de contar a Lynley; todo, a excepción de que el accidente había sido una caso de atropellamiento y fuga. Cuando estaba a punto de contarle la parte de que quizá conseguirían salvarle el hígado, un médico ataviado con una bata empujó la puerta y preguntó:

–¿Webberly?

Los contempló a los tres con la característica mirada de un hombre que no es portador de buenas noticias.

Hillier se identificó, presentó a Randie y a Lynley, rodeó la espalda de su sobrina con el brazo y preguntó:

–¿Qué ha sucedido?

El cirujano les respondió que Webberly estaba en proceso de recuperación y que le llevarían directamente a la Unidad de Cuidados Intensivos, donde lo mantendrían en un estado de coma químicamente inducido para que el cerebro pudiera descansar. Usarían esteroides para aliviar la tumefacción y barbitúricos para mantenerlo inconsciente. Asimismo, lo mantendrían inmóvil con anestésicos musculares hasta que el cerebro se recuperara.

Randie se fijó en la última palabra y le preguntó:

–¿Se salvará? ¿Papá se salvará?

El cirujano le respondió que todavía no lo sabían. Su estado era crítico. Nunca podían estar seguros del todo en los casos de edema cerebral. No podían dejar de observar la tumefacción y tenían que evitar que hubiera una hemorragia en el cerebro.

–¿Qué ha pasado con el hígado y el bazo? –le preguntó Hillier.

–Hemos salvado lo que hemos podido. También tiene varias fracturas, pero son de menor importancia comparadas con el resto.

–¿Puedo verle? –preguntó Randie.

–¿Usted es...?

–Su hija. Es mi padre. ¿Puedo verle?

–¿No hay ningún pariente más próximo? –le preguntó el doctor a Hillier.

–Su mujer está enferma –contestó.

–¡Qué mala suerte! –respondió. El cirujano le hizo un gesto de asentimiento a Randie y añadió–: La avisaremos cuando pueda verle. Aunque todavía pasarán unas cuantas horas. Debería intentar descansar un poco.

Cuando el médico se marchó, Randie se volvió hacia su tío y hacia Lynley, y exclamó:

–No se morirá. Eso quiere decir que no se morirá. Eso es lo que quiere decir.

–Aún está vivo, y eso es lo que cuenta –le contestó su tío, pero no le dijo lo que Lynley sabía que estaba pensando: quizá Webberly no muriera, pero tal vez tampoco se recuperara, o como mínimo de tal modo que le permitiera llevar una vida que no fuera la de un simple inválido.

Sin desearlo, Lynley se encontró pensando en otra lesión cerebral, en otro problema relacionado con el cerebro. Había dejado a su amigo Simon St. James en el estado en el que se encontraba en ese momento, y los años que habían pasado desde su larga convalecencia no le habían devuelto lo que le había quitado la negligencia de Lynley.

Hillier hizo que Randie se sentara en un sofá de polivinilo, donde una manta de hospital indicaba que alguien más había pasado la noche esperando con ansiedad noticias de un familiar.

–Voy a buscarte un poco de té –anunció Hillier, haciéndole un gesto a Lynley para que le siguiera. Una vez en el pasillo, Hillier se detuvo–: Hasta nueva orden, se encargará de este caso. Reúna a un equipo para recorrer la ciudad en busca del hijo de puta que lo atropelló.

–Estoy trabajando en ese caso que...

–¿Tiene problemas de oído? –le interrumpió Hillier–. Deje ese caso. Quiero que se encargue de éste. Utilice todos los recursos que necesite. Infórmeme cada mañana. ¿Queda claro? Los agentes uniformados del piso de abajo le pondrán al corriente de lo que tenemos hasta ahora, que es muy poco. Un conductor que iba en dirección contraria vislumbró el coche, pero sólo consiguió percatarse de que era un automóvil grande, parecido a una limusina o a un taxi. Le pareció que el techo era gris, pero eso ya lo puede descartar. El reflejo de las farolas podría haberlo hecho parecer de ese color. Además, ¿cuándo fue la última vez que vio un coche de dos tonalidades diferentes?

–Una limusina o un taxi. Un vehículo negro. De acuerdo –asintió Lynley.

–Me satisface comprobar que no ha perdido sus extraordinarias habilidades de deducción.

Esa broma mostró hasta qué punto Hillier quería que Lynley se involucrara en el caso que los ocupaba. Al oírla, Lynley sintió de nuevo esa rabia, y cómo los dedos se le tensaban para formar un puño. No obstante, cuando le preguntó:

–¿Por qué yo? –Hizo todo lo posible para que la pregunta sonara bienintencionada.

–Porque si Malcolm pudiera hablar, lo elegiría a usted –le respondió Hillier–. Y tengo intención de respetar sus deseos.

–Entonces es que cree que no sobrevivirá.

–Yo no pienso nada. –Pero el temblor de su voz delató la mentira de sus palabras–. Póngase a trabajar. Deje lo que estaba haciendo y póngase a trabajar en esto ahora mismo. Encuentre a ese hijo de perra. Tráigamelo por los pelos. Hay casas a lo largo de la calle donde fue atropellado. Alguien debió de ver alguna cosa.

–Quizá guarde relación con el caso en el que estoy trabajando –apuntó Lynley.

–¿Cómo demonios tengo que decirle que...?

–¿Sería tan amable de escucharme?

Hillier lo escuchó mientras Lynley le hacía un resumen del caso de atropellamiento y fuga de hacía dos días. Le explicó que también se trataba de un coche negro, y que el inspector Malcolm Webberly guardaba relación con la víctima. Lynley no le relató la naturaleza de esa relación. Se limitó a decir que una investigación de hacía dos décadas podría ser la clave de esos dos casos de atropellamiento y fuga.

No obstante, Hillier no habría conseguido su posición en el Departamento de Policía si no hubiera tenido un buen cerebro.

Con una expresión de incredulidad, le preguntó:

–¿La madre de la niña asesinada y el inspector? Si esto guarda alguna relación, ¿quién demonios iba a esperar veinte años para ir a por ellos?

–Supongo que alguien que no se enteró hasta hace poco de dónde estaban.

–¿Y le parece probable que haya alguien así entre el grupo de gente que está interrogando?

–Sí –respondió Lynley después de reflexionar un momento–. Creo que es bastante probable.

Yasmin Edwards se sentó en un extremo de la cama de su hijo y le acarició el pequeño y perfecto hombro con una mano.

–¡Vamos, Danny! ¡Es hora de levantarse! –Le dio una sacudida–. ¡Dan! ¿No has oído el despertador?

Daniel frunció el ceño y aún se hundió más bajo las mantas, con lo que el trasero le formó una especie de bonito montículo que le robó el corazón a Yasmin.

–Un minuto más, mamá. Por favor. Venga. Tan sólo un minuto más.

–Ni un minuto más. El tiempo pasa volando. Llegarás tarde a la escuela o no tendrás tiempo de desayunar antes de irte.

–De acuerdo.

–¡Ni hablar! –le replicó. Le dio un golpecito en el trasero y después le sopló al oído–. Si no te levantas, los bichos besucones van a ir a por ti, Dan.

Sus labios formaron una sonrisa, aunque sus ojos permanecieron cerrados.

–No –contestó–, porque me he puesto loción antibichos.

–¿Loción antibichos besucones? No lo creo. Los bichos besucones son invencibles. Observa y verás.

Se inclinó hacia él y le besó en la mejilla, en la oreja y en el cuello. Empezó a hacerle cosquillas hasta que consiguió despertarle del todo. Comenzó a reírse, a dar patadas y a intentar librarse de ella mientras gritaba:

–¡Ay! ¡No! ¡Quítame los bichos, mamá!

–No puedo –respondió jadeante–. ¡Oh, Dios mío! Hay más, Dan. Hay bichos por todas partes. No sé qué hacer. –Apartó las mantas y fue a por su estómago, gritando: «Besucones, besucones, besucones», deleitándose en lo que siempre le parecía la novedad de la sonrisa de su hijo a pesar de los años que hacía que había salido de la cárcel. Había tenido que enseñarle el juego de los bichos besucones una y otra vez, y aún les quedaban muchos besos por recuperar, ya que ser la víctima de los bichos besucones no era precisamente uno de los infortunios que tenían que soportar los niños que estaban bajo custodia estatal.

Levantó a Daniel e hizo que éste se sentara; luego lo apoyó en las almohadas de *Star Trek*. Recuperó el aliento y dejó de reírse, mirándola con sus castaños ojos de felicidad. Siempre que la miraba así, sentía que el estómago se le inflaba y se le iluminaba.

–¿Qué quieres hacer en las vacaciones de Navidad, Dan? ¿Has pensado en ello, tal y como te dije?

–¡Disney World! –cacareó–. ¡Orlando, Florida! Primero podemos ir al Magic Kingdom, después al Centro Epcot, y por último a los Estudios Universal. Después, podemos ir a Miami Beach, mamá, y tú puedes tumbarte en la playa mientras yo hago surf.

Yasmin le sonrió y exclamó:

–Así pues, quieres ir a Disney World, ¿no es verdad? ¿Y de dónde sacaremos el dinero? ¿Tienes planeado robar un banco?

–Tengo dinero ahorrado.

–¿De verdad? ¿Cuánto?

–Tengo veinticinco libras.

–No está mal para empezar, pero no es suficiente.

–¡Mamá...! –Pronunció esa palabra de dos sílabas con la característica expresión de desilusión de un niño.

Yasmin odiaba tener que negarle algo después de los primeros años de vida que había tenido que pasar. Se sentía obligada a intentar complacer los deseos de su hijo. Pero sabía que no tenía ningún sentido alentar sus esperanzas –ni las suyas propias– porque había muchas más cosas a tener en cuenta que la voluntad de su hijo o la suya con respecto a cómo iban a pasar las vacaciones de Navidad de Daniel.

–¿Qué pasaría con Katja? No podría venir con nosotros, Dan. Tendría que quedarse aquí y trabajar.

–¿Y qué? ¿Por qué no podemos ir nosotros dos, mamá? Como antes.

–Porque ahora Katja es parte de nuestra familia. Ya lo sabes.

Frunció el ceño y se dio la vuelta.

–Ahora está en la cocina preparándote el desayuno –añadió Yasmin–. Está haciendo esos creps holandeses que te gustan tanto.

–Que haga lo que quiera –musitó Daniel.

–¡Cariño! –Yasmin se inclinó hacia él. Para ella era importante que lo comprendiera–. Katja es como de la familia. Es mi compañera. Y ya sabes lo que eso significa.

–Significa que no podemos hacer nada sin esa vaca estúpida.

–¡Eh! –Le dio un golpecito en la mejilla–. ¡No hables mal de ella! Aunque sólo fuéramos tú y yo, Dan, tampoco podríamos ir a Disney World. Por lo tanto, no culpes a Katja de tu decepción, hijo. Yo soy la que no tiene bastante dinero.

–Entonces, ¿por qué me lo preguntaste? –le dijo con la inteligencia manipuladora de un niño de once años–. Si ya sabías que no podríamos ir, ¿por qué me preguntaste adónde me gustaría ir?

–Yo te pregunté qué te gustaría hacer, Dan, y no adónde te gustaría ir.

En eso tenía razón, y él lo sabía; lo milagroso de su hijo era que en cierta manera ni había aprendido ni le gustaba discutir tal y como hacían muchos niños de su edad. Pero, con todo, seguía siendo un niño, y no tenía un arsenal lleno de armas para luchar contra el desengaño. En consecuencia, se le ensombreció el rostro, cruzó los brazos y se sentó en la cama de mal humor.

Le cogió la barbilla para levantarle la cara. Opuso resistencia. Yasmin suspiró y exclamó:

–Algún día tendremos más de lo que tenemos ahora, pero debes tener paciencia. Te quiero. Y Katja también. –Se levantó de la cama y se dirigió hacia la puerta–. Ahora levántate, Dan. Quiero verte en el cuarto de baño en menos de veintidós segundos.

–Quiero ir a Disney World –repitió con insistencia.

–Yo aún tengo muchas más ganas de llevarte allí.

Le dio una palmadita a la jamba de la puerta con gesto meditativo y regresó a la habitación que compartía con Katja. Una vez allí, se sentó en un extremo de la cama y escuchó los sonidos del piso: Daniel levantándose y encaminándose hacia el cuarto de baño, Katja preparando esos creps holandeses en la cocina, el crepitar del rebozado a medida que dejaba caer una pequeña porción en la sartén con forma de concha en la que esperaba la mantequilla caliente, los chasquidos de las puertas de los armarios abriéndose y cerrándose a medida que sacaba los platos y el azúcar extrafino, el sonido metálico de la tetera al apagarse, y después su voz gritando:

–¡Daniel! ¡Hoy hay creps! ¡Te he preparado tu desayuno favorito!

«¿Por qué?», se preguntaba Yasmin. Deseaba preguntárselo, pero hacerlo no era tan simple como el hecho de mezclar la harina y la leche, añadir la levadura y remover la mezcla.

Pasó la mano por encima de la cama; aún estaba por hacer y se veían las marcas de los dos cuerpos. Las almohadas todavía tenían las marcas de las cabezas, y el barullo de mantas y de sábanas reflejaba la forma en que dormían: los brazos de Katja a su alrededor, rodeándole los pechos con sus cálidas manos.

Había fingido dormir cuando su compañera se metió en la cama. La habitación estaba a oscuras –nunca más vería las luces del pasillo de la cárcel desde una habitación en la que durmiera– y, por lo tanto, sabía que Katja no se daría cuenta de si tenía los ojos abiertos o cerrados. Le había susurrado: «¿Yas?», pero Yasmin no le había respondido. Y cuando movió las mantas al levantarlas, a medida que se metía en la cama como un barco de vela atracando a la perfección y seguro de que estaba atracando donde siempre, Yasmin emitió esos sonidos característicos de una mujer que ha sido despertada de sus sueños por una interrupción, y se dio cuenta de que Katja se quedó inmóvil por un instante, como si esperara a ver hasta qué punto Yasmin estaba despierta.

Ese momento de inmovilidad le había dicho algo a Yasmin, pero su significado real no estaba claro del todo. Por lo tanto, Yasmin se volvió hacia Katja en el instante en que ésta se cubría con la manta.

–¡Hola, cariño! –murmuró con voz de dormida, pasando la pierna por encima de la cadera de Katja–. ¿Dónde has estado?

–Por la mañana –le susurró Katja–. Tengo muchas cosas que contarte.

–¡Muchas! ¿Por qué?

–¡Shh! Ahora duérmete.

–Te he echado de menos –musitó Yasmin y puso a Katja a prueba a pesar de ella misma, a sabiendas de lo que estaba haciendo pero sin saber qué haría con los resultados. Alzó la boca para que su amante la besara. Deslizó los dedos para acariciarle el suave pelo del pubis. Katja le devolvió el beso como de costumbre y un momento más tarde ya se había colocado suavemente sobre ella.

–¡Eres una chica loca! –le susurró con una voz ronca.

–¡Loca por ti! –le contestó Yasmin. Después oyó la risa entrecortada de Katja.

¿Qué se podía decir cuando se estaba haciendo el amor en la oscuridad? ¿Qué se podía decir de las bocas, de los dedos y del prolongado contacto con una piel dulce y suave? ¿Qué podía uno aprender de seguir la corriente hasta que fluyera con tanta rapidez que ya no importara quién llevara el barco a puerto mientras éste llegara a su destino? ¿Qué demonios se podía averiguar con eso?

«Debería haber encendido la luz –pensó Yasmin–. Si le hubiera visto la cara, lo habría sabido.»

En ese mismo momento se dijo a sí misma que no tenía dudas, y que las dudas eran normales. Se dijo a sí misma que no había nada seguro en la vida. Pero, con todo, sintió cómo el tornillo de la incertidumbre era apretado por un destornillador que manipulaba una mano invisible. Aunque quería ignorarlo, era incapaz de hacerlo, ya que era como ignorar un tumor que amenazara su vida.

No obstante, se libró de esos pensamientos. El día que le esperaba asomó en su mente. Se levantó del borde de la cama y empezó a hacerla, repitiéndose a sí misma que si lo peor era verdad, habría otras oportunidades para saberlo.

Se reunió con Katja en la cocina, donde el aire estaba endulzado por el olor de los creps holandeses que tanto gustaban a Daniel. Katja había hecho suficientes para los tres, y estaban apilados, como guijarros cubiertos de nieve, en una bandeja de metal que se mantenía caliente sobre los fogones. Estaba añadiendo al desayuno algo que era decididamente inglés: unas lonchas de tocino crepitaban sobre la parrilla.

–¡Aquí estás! –exclamó Katja con una sonrisa–. El café ya está a punto. He hecho té para Daniel. ¿Dónde está nuestro chico? ¿Se está duchando? ¡Eso sí que es una novedad! ¿Habrá alguna chica en su vida?

–No lo sé –contestó Yasmin–. Si la hay, no me ha contado nada.

–Sucederá bien pronto. Daniel y las chicas. Más pronto de lo que crees. Ahora los niños crecen muy rápido. ¿Ya has hablado con él? Sobre la vida, ya sabes a lo que me refiero.

Yasmin se sirvió una taza de café y preguntó:

–¿Te refieres a los «hechos de la vida»? ¿Con Daniel? ¿Si le he contado cómo se hacen los bebés?

–Sería una información muy útil si aún no sabe nada del asunto. ¿O crees que ya se lo habrán contado? En el pasado, quiero decir.

Con sumo cuidado, Katja evitó decir «cuando estaba bajo custodia del Estado», y Yasmin sabía que la mujer alemana haría todo lo posible por no pronunciar esas palabras e invocar los recuerdos que asociaban con éstas. La manera de ser de Katja la impulsaba a mirar hacia el futuro, nunca hacia el pasado.

–¿Cómo crees que puedo sobrevivir entre estas paredes? –le había dicho una vez a Yasmin–. Haciendo planes. Sólo pienso en el futuro, nunca en el pasado. –Y había proseguido diciendo que Yasmin debería seguir su ejemplo–. Debes saber lo que harás cuando salgas de aquí –le había insistido–. Debes saber con exactitud quién serás. Y tienes que conseguir que suceda. Puedes hacerlo. Pero tienes que empezar a crear a esa persona aquí mismo, aquí dentro, mientras tengas la oportunidad de concentrarte en ella.

«¿Y tú? –pensó Yasmin en la cocina mientras observaba cómo su amante empezaba a servir los creps en los platos–. ¿Qué hay de ti, Katja? ¿Cuáles eran tus planes cuando estabas dentro y qué clase de persona querías ser?»

Yasmin se dio cuenta en ese momento de que Katja nunca se lo había respondido con exactitud. «Ya habrá tiempo cuando sea libre», le había dicho.

«¿Tiempo para quién? –se preguntó Yasmin–. ¿Tiempo para qué?»

Nunca se había parado a pensar en la seguridad que ofrecía la cárcel. Las respuestas, al igual que las preguntas, eran simples. En la vida en libertad, había demasiadas de ambas.

Katja se dio la vuelta de los fogones, con un plato en la mano.

–¿Dónde está ese chico? Si no se da prisa, sus creps se quedarán más duros que una piedra.

–Quiere ir a Disney World durante las vacaciones de Navidad –le contó Yasmin.

–¿De verdad? –Katja sonrió–. Bien, quizá podamos conseguir que eso suceda.

–¿Cómo?

–Hay maneras y maneras –respondió Katja–. Nuestro Daniel es un buen chico. Debería obtener lo que quiere. Y tú también.

Ahí estaba su oportunidad, y Yasmin no dudó en aprovecharla.

–¿Y si te quiero a ti? ¿Y si tú eres lo único que quiero?

Katja se rió, dejó el plato de Daniel sobre la mesa y se acercó a Yasmin.

–¿Ves qué fácil es? Expresas tu deseo y se te concede de inmediato. –La besó y regresó de nuevo a los fogones–. ¡Daniel! ¡Tus creps ya están a punto! ¡Ven ahora mismo! ¡Ven!

Sonó el timbre y Yasmin echó un vistazo al pequeño reloj desportillado que colgaba sobre la cocina. Las siete y media. ¿Quién demonios...? Frunció el ceño.

–Es demasiado temprano para que sea un vecino –comentó Katja mientras Yasmin desanudaba y ataba de nuevo la cinta del kimono escarlata que usaba como bata de estar por casa–. Espero que no haya ningún problema, Yas. Daniel no ha estado haciendo de las suyas, ¿verdad?

–Espero que no –contestó. Se dirigió hacia la puerta y miró por la mirilla. Inspiró profundamente cuando vio quién estaba al otro lado de la puerta, esperando con paciencia a que alguien le abriera, o tal vez no con tanta paciencia porque llamó al timbre por segunda vez. Katja se había acercado a la puerta de la cocina, con la sartén en una mano y con la bandeja en la otra. Yasmin le susurró con brusquedad:

–¡Es ese maldito policía!

–¿El negro que vino ayer? ¡Ah, bien! Déjale entrar, Yas.

–No quiero...

Llamó al timbre de nuevo, y mientras lo hacía Daniel asomó la cabeza desde el cuarto de baño, gritando:

–¡Mamá! ¡Alguien está llamando a la puerta! ¿Piensas ir a abrir?

–Ni siquiera se dio cuenta de que su madre permanecía inmóvil delante de ella, como un niño desobediente que intenta eludir un castigo. Cuando la vio, se volvió hacia Katja.

–Yas, abre la puerta –dijo Katja. Luego se volvió hacia Daniel–. Tus creps ya están preparados. Te he hecho media docena, tal y como te gustan. Tu madre me ha dicho que quieres pasar las vacaciones de Navidad en Disney World. Vístete y cuéntamelo.

–No vamos a ir –respondió de mal humor mientras el timbre sonaba de nuevo.

–¡Ah! ¿Cómo puedes saber lo que sucederá en el futuro? Vístete. Luego hablaremos de eso.

–¿Por qué?

–Porque al hablar, los sueños se vuelven más reales. Y cuando los sueños se vuelven reales, hay más posibilidades de que se realicen. Yasmin, *mein Gott,* ¿quieres hacer el favor de abrir la puerta? Nos ha oído. No creo que tenga intención de marcharse.

Yasmin la abrió. Tiró de la puerta con tanta fuerza que casi se le escapó de las manos; mientras tanto, Daniel se metió en su cuarto y Katja regresó a la cocina. Sin más preámbulos, le preguntó al agente negro:

–¿Cómo ha conseguido subir hasta aquí? No recuerdo haberle permitido subir al ascensor.

–La puerta del ascensor estaba abierta de par en par –contestó el agente Nkata–. Y he aprovechado la oportunidad.

–¿Por qué? ¿Qué más quiere de nosotras?

–Hacerle unas cuantas preguntas. ¿Está su...? –Vaciló y observó el interior del piso, donde la luz de la cocina formaba un reflejo oblongo y amarillento sobre los cuadrados de la moqueta de la sala de estar, donde todavía no habían encendido ninguna luz–. ¿También está Katja Wolff?

–Son las siete y media de la mañana. ¿Dónde más podría estar? –le preguntó Yasmin, pero no le gustó la expresión de su cara mientras le hacía la pregunta y, en consecuencia, se apresuró a cambiar de tema–. Ayer le contamos todo lo que sabíamos. Aunque se lo contemos todo de nuevo, no cambiará en nada lo que ya le hemos dicho.

–Hay una novedad –le respondió con tranquilidad–. No vengo a hablar de lo mismo.

–¡Mamá! –gritó Daniel desde su dormitorio–. ¿Dónde está el suéter del colegio? ¿Está junto a la tele? No está con el resto de la ropa... –Sus palabras se fueron desvaneciendo a medida que salía del dormitorio para buscar el suéter. Llevaba una camisa blanca, los calzoncillos y los calcetines, y el pelo aún le brillaba por el agua de la ducha.

–¡Buenos días, Daniel! –exclamó el policía con un gesto de asentimiento y una sonrisa–. ¿Te estás preparando para ir a la escuela?

–A usted no le importa para lo que se está preparando –contestó Yasmin con brusquedad antes de que Daniel pudiera responder. Después se volvió hacia su hijo a medida que descolgaba el suéter de uno de los colgadores que había junto a la puerta–. Dan, haz el favor de ir a almorzar. Esos creps cuestan mucho de hacer. Asegúrate de comértelos todos.

–¡Hola! –le dijo Daniel al policía con timidez, y pareció tan contento que a Yasmin se le revolvieron las tripas–. ¡Se ha acordado de mi nombre!

–¡Claro! –contestó Nkata con amabilidad–. Yo me llamo Winston. ¿Te gusta la escuela, Daniel?

–¡Dan! –Yasmin gritó con tal violencia que su hijo se sobresaltó. Le lanzó el suéter–. ¿Has oído lo que te he dicho? ¡Vístete y empieza a desayunar!

Daniel asintió con la cabeza. Sin embargo, no apartó los ojos del policía. Estaba tan pendiente de él y mostraba un interés tan descarado por conocerle y por dejarse conocer que a Yasmin le entraron ganas de interponerse entre ellos, y de empujar a su hijo en una dirección y al policía en la otra. Daniel se dirigió de espaldas hacia su dormitorio, sin apartar la mirada de Nkata y preguntándole:

–¿Le gustan los creps? Son más pequeños de lo normal. Son especiales. Espero que haya suficientes para...

–¡Daniel!

–De acuerdo. Lo siento, mamá. –Irradió esa sonrisa de treinta mil vatios y se adentró en su habitación.

Yasmin se volvió hacia Nkata. De repente se percató de lo frío que era el aire que entraba por la puerta, de cómo envolvía insidiosamente sus pies descalzos y sus piernas expuestas, de cómo le hacía cosquillas en las rodillas y le acariciaba los muslos, de cómo le endurecía los pezones. El mero hecho de que se hubieran endurecido la irritaba, como si la hiciera vulnerable ante su propio cuerpo. Empezó a temblar a causa del frío, sin saber si cerrarle la puerta en las narices al detective o dejarle pasar.

Katja tomó la decisión por ella. Desde la puerta de la cocina, donde se hallaba de pie con la sartén de creps en una mano, le dijo tranquilamente:

–Déjale entrar, Yas.

Yasmin se echó atrás mientras el policía le hacía un gesto de agradecimiento a Katja. Yasmin cerró la puerta de un golpe y se fue a por el abrigo; lo cogió del colgador y se lo ciñó tanto alrededor de la cintura que bien podría haber sido un corsé y ella una dama victoriana con una figura tan delgada como un reloj de arena. Por su parte, Nkata se desabrochó el abrigo y se quitó la bufanda como si fuera un invitado que ha ido a cenar.

–Estamos desayunando –le dijo Katja–. Y Daniel no debe llegar tarde a la escuela.

–Así pues, ¿qué quiere? –le preguntó Yasmin al detective.

–Quiero comprobar si quiere cambiar algo de lo que me dijo la otra noche –le dijo a Katja.

–No quiero hacer ningún cambio –le respondió Katja.

–Quizá quiera pensárselo un poco más –apuntó.

Yasmin estaba que rabiaba, y su ira y su miedo pudieron más que su sentido común.

–¡Esto es acoso! –gritó–. ¡Esto es acoso! ¡Esto es un puto acoso, y usted lo sabe muy bien, joder!

–¡Yas! –espetó Katja. Dejó la sartén de los creps sobre los fogones. Permaneció donde estaba, junto al marco de la puerta de la cocina, y la luz de la cocina a sus espaldas hacía que su cara permaneciera en la sombra, y allí siguió–. Déjale que diga lo que tenga que decir.

–Ya lo hemos oído una vez.

–Supongo que tendrá algo nuevo que contarnos, ¿no crees?

–No.

–¡Yas...!

–¡No! ¡No estoy dispuesta a aceptar que ningún negro de mierda se presente en mi casa con su placa de policía...!

–¡Mamá!

Daniel había entrado de nuevo en la sala, ya vestido para ir al colegio, y tenía tal expresión de horror en el rostro que Yasmin deseaba retirar lo que había dicho, ya que se cernía sobre ellos cual sonriente matón, abofeteando su propia cara con mucha más violencia de la que había conseguido abofetear a la del detective.

–¡Cómete el desayuno! –le ordenó a su hijo con brusquedad.

Después se volvió hacia el detective–: ¡Diga lo que tenga que decir y márchese!

Durante un larguísimo momento, Daniel no se movió, como si esperara instrucciones del detective, como si éste tuviera que darle permiso para hacer lo que su madre le acababa de decir que hiciera. Al verlo, a Yasmin le entraron ganas de pegarle a alguien, pero se limitó a respirar y a intentar tranquilizar los crueles latidos de su corazón.

–¡Dan! –exclamó, y su hijo se dirigió hacia la cocina, pasando por delante de Katja, quien, mientras se hacía a un lado, le dijo:

–Hay zumo en la nevera, Daniel.

Nadie dijo nada hasta que los sonidos sordos de la cocina les indicaron que Daniel como mínimo estaba haciendo un esfuerzo por comerse el desayuno a pesar de todo lo que estaba sucediendo a su alrededor. Los tres mantenían las mismas posiciones que habían adoptado cuando el policía entró en el piso, formando un triángulo representado por la puerta principal, la cocina y el televisor. Yasmin deseaba abandonar su posición y unirse a su amante, pero en el preciso instante en que iba a hacerlo, el detective empezó a hablar, y sus palabras la detuvieron.

–Las cosas se complican cuando las historias no son coherentes, señorita Wolff. ¿Está segura de que la otra noche estaba mirando la televisión? ¿Cree que Daniel responderá lo mismo si se lo pregunto?

–¡Deje a mi hijo en paz! –gritó Yasmin–. ¡No se atreva a dirigirle la palabra!

–Yas –dijo Katja con un tono de voz tranquilo pero insistente–. Ve a desayunar, ¿de acuerdo? Por lo que parece el detective quiere hablar conmigo.

–No te dejaré sola hablando con ese tipo. Ya sabes lo que hacen los policías. Ya sabes cómo son. No puedes confiar en ellos para nada y...

–Los hechos –le interrumpió Nkata–. Pueden confiarnos los hechos. Así pues, respecto a la otra noche...

–No tengo nada que añadir.

–De acuerdo. Pero ¿qué puede contarme sobre ayer por la noche, señorita Wolff?

Yasmin vio cómo el rostro de Katja se alteraba al oír esa pregunta, sobre todo alrededor de los ojos, que se entrecerraron perceptiblemente.

–¿Qué quiere que le cuente? –preguntó.

–¿Se quedó en casa mirando la tele como la otra noche?

–¿Por qué quiere saberlo? –le preguntó Yasmin–. Katja, no le cuentes nada hasta que te explique por qué te lo pregunta. No conseguirá engañarnos. Si no nos dice por qué te lo pregunta, tendrá que sacar su enorme culo negro y su graciosa cara de mi casa. ¿Le ha quedado claro, señor?

–Tenemos otro caso de atropellamiento y fuga –le dijo Nkata a Katja–. ¿Sería tan amable de decirme dónde estaba ayer por la noche?

La alarma se disparó en la cabeza de Yasmin y, en consecuencia, apenas oyó cómo Katja respondía:

–Aquí.

–¿A eso de las once y media?

–Aquí –repitió.

–¡Entendido! –respondió, y entonces añadió lo que Yasmin sabía que había querido decir desde el primer momento que entrara por la puerta–. Así pues, no pasó toda la noche con ella. Quedaron, se la folló y después se marchó. ¿Fue así cómo sucedió?

Se produjo un silencio horrible, interrumpido nada más por la voz interna de Yasmin que gritaba: «¡No!». Deseó que su compañera respondiera de algún modo, que no se quedara callada y que tampoco se marchara.

Katja miraba a Yasmin cuando le respondió al policía:

–No sé de lo que me está hablando.

–Le estoy hablando del viaje en autobús por el sur de Londres ayer por la noche después del trabajo –le respondió el detective–. Le estoy hablando sobre el trayecto que se acabó en el bar Frère Jacques de Putney. Le estoy hablando del paseo que hizo a través de Wandsworth hasta el número cincuenta y cinco de Galveston Road. Le estoy hablando de lo que pasó dentro y con quién pasó. ¿Empieza a sonarle familiar? ¿O aún insiste en que ayer por la noche estaba mirando la tele? Porque si tengo que guiarme por lo que vi, por mucho que la tele estuviera en marcha, usted tenía los ojos puestos en otra parte.

–Veo que me siguió –declaró Katja con tranquilidad.

–Sí, a usted y a la dama de negro. A la dama blanca vestida de negro –añadió como medida de precaución, y le lanzó una mirada rápida a Yasmin mientras lo decía–. La próxima vez que haga algo interesante delante de una ventana, señorita Wolff, apague la luz.

Yasmin sintió cómo unos pájaros salvajes empezaban a revolotear delante de ella. Quería agitar los brazos para asustarles, pero sus brazos no se movían. Lo único que alcanzaba a oír era: «Dama blanca vestida de negro. La próxima vez apague la luz».

–Ya entiendo –respondió Katja–. Ha hecho un buen trabajo. Me siguió, mis felicitaciones. Después nos siguió a las dos, felicitaciones de nuevo. Pero si se hubiera quedado más tiempo, lo que es obvio que no hizo, se habría dado cuenta de que nos marchamos a los quince minutos. Y aunque seguro que usted no dedicaría más tiempo a hacer eso tan interesante, como usted lo designa, agente, Yasmin podrá confirmarle que soy una mujer que se toma mucho más tiempo cuando se trata de dar placer a los demás.

Nkata parecía perplejo, y Yasmin se deleitó en esa mirada y en el hecho de que Katja le cogiera ventaja al decir:

–Si hubiera hecho bien los deberes, se habría enterado de que la mujer con la que me reuní en Frère Jacques era mi abogada, agente Nkata. Se llama Harriet Lewis, y si quiere su número de teléfono para que le confirme mi historia, no tendré ningún problema en dárselo.

–¿Y qué pasa con el número cincuenta y cinco de Galveston Road? –le preguntó.

–¿Qué pasa?

–¿Quién vive allí y a quién fueron a visitar usted y su... –su vacilación y el énfasis con el que pronunció la palabra les indicó que corroboraría su historia– abogada, señorita Wolff?

–Su socia. Y si me pregunta qué les estaba consultando, tendré que responderle que es un asunto privado, y eso mismo le contestará Harriet Lewis cuando la llame para que le confirme mi historia.

Katja cruzó la pequeña sala de estar en dirección al sofá, donde su bolso descansaba sobre un almohadón descolorido. Encendió una luz y disipó la penumbra de la mañana. Sacó un paquete de cigarrillos y se encendió uno a medida que seguía rebuscando en el bolso. Extrajo una tarjeta de visita, la llevó hasta Nkata y se la entregó. Era la personificación de la calma, aspirando el aire del cigarrillo y mandando un penacho de humo hacia el techo mientras decía:

–Llámela. Y si ya no quiere averiguar nada más de nosotras esta mañana, nuestro desayuno nos está esperando.

Nkata cogió la tarjeta y, con los ojos clavados en Katja como si así pudiera evitar que ésta se moviera, respondió:

–Rece para que sus historias coincidan, por que si no...

–¿Es todo lo que quería saber? –le interrumpió Yasmin–. Porque si es así, ha llegado la hora de que ponga los pies en polvorosa.

Nkata, volviéndose hacia ella, le recordó:

–Ya sabe dónde puede encontrarme.

–¡Como si tuviera algún interés en hacerlo! –Yasmin se rió.

Abrió la puerta de par en par y ni siquiera lo miró mientras se marchaba. Cerró la puerta de golpe a sus espaldas mientras Daniel gritaba desde la cocina:

–¡Mamá!

–Voy enseguida, cariño –le respondió–. Sigue comiéndote los creps.

–¡Y no te olvides de las lonchas de tocino! –añadió Katja.

Pero mientras le hablaban a Daniel, se miraban a los ojos. Se observaron larga y fijamente mientras esperaban que la otra dijera lo que tenía que ser dicho.

–¡No me dijiste que habías quedado con Harriet Lewis! –protestó Yasmin.

Katja se llevó el cigarrillo a la boca e inspiró con calma. Al cabo de un rato contestó:

–Tengo que resolver algunos asuntos. Asuntos de estos últimos veinte años. Nos llevará bastante tiempo.

–¿Qué quieres decir? ¿Qué tipo de asuntos? Katja, ¿tienes problemas o algo así?

–Sí, hay algún problema, pero no me concierne a mí. Sólo es una cuestión que debe ser solucionada.

–¿Qué cuestión? ¿Qué se ha de...?

–Yas, es muy tarde. –Katja se puso en pie y apagó el cigarrillo en un cenicero que había sobre una mesa auxiliar–. Tenemos que ir a trabajar. Ahora no puedo explicártelo todo. La situación es demasiado compleja.

Yasmin deseaba decirle: «¿Y ése es el motivo por el que tardaste tanto ayer por la noche, Katja? ¿Porque la situación, sea la que sea, es demasiado compleja?», pero no dijo nada. Guardó la pregunta en el archivo mental donde guardaba todas las otras preguntas que todavía no había hecho. Como las preguntas sobre las ausencias de Katja del trabajo y de casa, las preguntas sobre adónde iba cuando cogía el coche prestado y, en primer lugar, por qué lo cogía prestado. Si ella y Katja querían establecer algo duradero –una relación fuera de los muros de la cárcel que no fuera definida por la necesidad de mantener un baluarte contra la soledad, el desespero y la depresión–, entonces tendrían que empezar a disipar las dudas. Todas sus preguntas se formulaban a partir de la duda, y la duda era la enfermedad virulenta que podía destruirlas.

Para apartar esos pensamientos de su mente, pensó en los primeros días de prisión preventiva en Holloway, en el centro médico en el que la mantuvieron en observación para ver si su abatimiento podía ser causa de un trastorno mental, en la humillación que sufrió durante la primera revisión en la que le hicieron desnudarse –«Echemos un vistazo a esa tos»– y en todas las demás revisiones que siguieron, en todos los sobres que llegó a rellenar con cartas durante horas como quien no quiere la cosa como parte de las actividades de rehabilitación en la cárcel, en esa ira tan profunda que pensaba que se le adentraría en el cuerpo. Y pensó en Katja y en cómo se había comportado durante los primeros días de su encarcelamiento y durante el juicio, observándola desde la distancia pero sin dirigirle la palabra hasta el día en que Yasmin le preguntó qué quería, una vez que se encontraban tomando el té en el comedor en el que Katja siempre se sentaba sola, una asesina de bebés, el peor tipo de monstruo: el que no se arrepiente.

–No te metas con Geraldine –le habían dicho–. Esa hija de perra está pidiendo a gritos que le den una buena paliza.

Pero ella se lo había preguntado de todos modos. Se había sentado en la mesa de la alemana, dejando la bandeja con brusquedad y preguntándole:

–¿Qué quieres de mí, hija de perra? Desde el primer día me has estado observando como si fuera la cena de la semana próxima, y ya estoy harta. ¿Lo has entendido?

Había intentado parecer muy dura. Sabía, sin necesidad de que nadie se lo dijera, que la única forma de sobrevivir entre esos muros y tras esas puertas cerradas era no mostrando nunca el menor indicio de debilidad.

–Hay formas de soportarlo –le había respondido Katja–. Pero no lo conseguirás si no te sometes.

–¿Someterme a esos desgraciados? –Yasmin había empujado su propia taza con tanta fuerza que había vertido el té sobre la servilleta de papel y la había dejado empapada de un color entre marrón y rojizo–. ¡No debería estar aquí! ¡Me limité a actuar en defensa propia!

–Y eso es lo que uno hace cuando se somete. Defender su propia vida. No la vida en la cárcel, sino la vida que está por llegar.

–¿Qué tipo de vida será ésa? Cuando salga de aquí, mi hijo ni siquiera me reconocerá. ¿Te puedes imaginar lo que duele?

Katja podía imaginárselo, a pesar de que nunca hablaba del niño que había dado en adopción el mismo día que nació. El milagro de Katja, tal y como Yasmin lo interpretó, era que Katja era capaz de comprender todas las emociones: desde la pérdida de la libertad a la pérdida de un hijo, desde haber sido embaucada para que confiara en la gente equivocada hasta aprender que uno sólo podía confiar en sí mismo. Habían empezado a desarrollar su amistad basándose en el carácter comprensivo de Katja. Y durante el tiempo que pasaron juntas, Katja Wolff –que ya llevaba diez años en la cárcel cuando conoció a Yasmin– había diseñado un plan de vida para cuando las dejaran en libertad.

La venganza no había formado parte de ese plan para ninguna de las dos. De hecho, jamás habían llegado a pronunciar la palabra *venganza*. Pero ahora Yasmin se preguntaba qué habría querido decir Katja años atrás cuando había declarado: «Estoy en deuda», sin siquiera explicarle con quién ni por qué motivo.

No se atrevía a preguntarle a su amante adónde había ido la noche anterior después de haber salido de esa casa de Galveston Road en compañía de su abogada, Harriet Lewis. El hecho de recordar la Katja que la había aconsejado, la que la había escuchado y amado a lo largo de toda su condena, era lo que hacía que Yasmin mantuviera sus dudas a raya.

Pero con todo, Yasmin era incapaz de olvidar que Katja se había quedado inmóvil cuando había entrado en la cama. No podía pasar por alto lo que significaba el abrupto silencio de su amante. Por lo tanto, exclamó:

–¡No sabía que Harriet Lewis tuviera compañera!

Katja apartó los ojos de ella y miró hacia la ventana, donde las cortinas echadas impedían el paso de la creciente luz del día.

–Por extraño que parezca, Yas, yo tampoco lo sabía.

–Entonces, ¿crees que será capaz de ayudarte? ¿De ayudarte con lo que estás intentando solucionar?

–Sí. Sí, espero que me ayude. Eso estaría muy bien, ¿no crees?: acabar con esta lucha.

Y Katja permaneció allí, esperando algo más, esperando oír la gran cantidad de preguntas que Yasmin Edwards era incapaz de hacerle.

Al ver que Yasmin no decía nada, Katja hizo un gesto de asentimiento, como si ella misma hubiera preguntado algo y le hubieran contestado.

–Todo se solucionará –afirmó–. Esta noche vendré directamente a casa después del trabajo.

16

Barbara Havers se enteró del accidente de Webberly a las ocho menos cuarto de esa mañana cuando la secretaria del comisario jefe la llamó por teléfono mientras Barbara se estaba secando con una toalla después de la ducha matinal. Le informó que según las instrucciones del inspector Lynley, que ahora ejercía el cargo de comisario jefe de manera provisional, ella, Dorotea Harriman, tenía que llamar a todos los detectives que trabajaran en el departamento de Webberly. Tenía poco tiempo para hablar y, en consecuencia, se ahorró los detalles: Webberly se encontraba en Charing Cross Hospital, su estado era crítico, estaba en coma y había sido atropellado por un coche la noche anterior mientras paseaba el perro.

–¡Por todos los santos, Dee! –exclamó Barbara–. ¡Atropellado! ¿Cómo? ¿Dónde? ¿Crees que...? ¿Es posible que...?

La voz de Harriman se volvió más tensa, lo que le indicó a Barbara todo lo que necesitaba saber sobre el esfuerzo que la secretaria de Webberly estaba haciendo para parecer profesional a pesar de la preocupación que sentía por el hombre para el que había trabajado durante casi una década.

–Es todo lo que sé, agente. La policía de Hammersmith lo está investigando.

–Dee, ¿qué demonios sucedió? –le preguntó Barbara.

–Es un caso de atropellamiento y fuga.

Barbara sintió que se mareaba. Al mismo tiempo, sintió que la mano que sostenía el auricular se le quedaba paralizada, como si ya no formara parte de su cuerpo. Colgó el teléfono en un estado de confusión y se vistió con mucho menos interés del que normalmente mostraba por su aspecto físico. De hecho, no tuvo oportunidad de mirarse al espejo hasta mucho más tarde, cuando entró en el lavabo de señoras y vio que vestía calcetines rosas, pantalones pitillo color verde con la parte de las rodillas arrugada, y una camiseta lila descolorida en la que las palabras LA VERDAD NO ESTÁ AHÍ AFUERA, SINO AQUÍ DENTRO estaban escritas con una elaborada escritura gótica. Metió una rebanada de pan a toda prisa en la tostadora, y mientras se calentaba, se secó el pelo y se aplicó dos pinceladas de colorete fucsia en las mejillas para darle un poco de color al rostro. Con la tostada en la mano, reunió sus pertenencias, cogió las llaves del coche y salió a toda prisa para iniciar la mañana de trabajo... sin abrigo, sin bufanda y sin tener la menor idea de dónde se suponía que debía ir.

De repente, cuando ya había bajado seis escalones de la puerta principal, el aire frío la hizo reflexionar: «¡Espera, Barbara!», se dijo, al entrar de nuevo en el piso y obligarse a sentarse a la mesa que utilizaba para comer, planchar, trabajar y preparar la mayor parte de lo que utilizaba para sus comidas diarias. Se encendió un cigarro y se convenció a sí misma de que tenía que calmarse si quería ser de utilidad para alguien. Si el accidente de Webberly y el asesinato de Eugenie Davies guardaban alguna relación, no podría ayudar en la investigación si continuaba yendo de un lado a otro cual ratón electrificado.

Y había relación entre los dos eventos. Estaba dispuesta a jugarse su carrera por ello.

La noche anterior no se había sentido muy satisfecha de su segundo viaje a The Valley of Kings y Comfort Inn. Lo único que había averiguado era que J. W. Pitchley era un cliente habitual en ambos establecimientos, pero tan habitual que ni los camareros del restaurante ni el recepcionista nocturno del hotel recordaban si le habían visto allí la noche que Eugenie Davies había sido asesinada.

–¡Sí, y tanto, este caballero tiene mucho éxito con las mujeres! –le había comentado el recepcionista mientras examinaba la fotografía de Pitchley a la vez que escuchaba cómo el comandante James Bellamy y su esposa tenían una especie de discusión sobre las distinciones de clases en un antiguo episodio de *Arriba y abajo* que estaban mirando en un vídeo cercano. El recepcionista del turno de noche había hecho una pausa, había mirado durante un momento el drama que estaba teniendo lugar, había negado con la cabeza y, soltando un suspiro, había exclamado: «Ese matrimonio nunca funcionará», antes de volverse hacia Barbara, de entregarle la fotografía que había conseguido en West Hampstead y de proseguir–: Trae mujeres muy a menudo. Siempre paga en metálico y hace que las mujeres se esperen allí, escondidas en la sala. Lo hace para que nunca las vea ni llegue a sospechar que tienen intención de utilizar la habitación durante unas cuantas horas para sus relaciones sexuales. Este hombre ha estado aquí varias veces.

En The Valley of Kings sucedió prácticamente lo mismo. J. W. Pitchley había probado todos los platos del menú del restaurante y los camareros recordaban todo lo que había pedido en los últimos cinco meses, pero por lo que respectaba a sus compañeras... eran rubias, morenas, pelirrojas, con pelo cano... Todas eran inglesas, obviamente. ¿Qué más se podía esperar de una cultura tan decadente?

El hecho de mostrar la fotografía de Eugenie Davies junto a la de J. W. Pitchley no la había llevado a ninguna parte. Y sí, Eugenie también era una mujer inglesa, ¿verdad?, le habían comentado tanto los camareros como el recepcionista. Sí, podría haber estado con él alguna noche. Pero quizá no. La gente sólo tenía interés en el caballero. ¿Cómo era posible que un hombre normal y corriente tuviera tanto éxito con las mujeres?

–En el peligro cualquier refugio es bueno –había musitado Barbara por respuesta–. Supongo que entienden lo que quiero decir.

No lo habían entendido y ella no se había molestado en explicárselo. Había optado por irse a casa y esperar a que llegara la hora de que abrieran el St. Catherine por la mañana.

Eso era lo que se suponía que debía estar haciendo, se percató Barbara mientras estaba sentada delante de su pequeña mesa, fumando y esperando que la nicotina le pusiera el cerebro en marcha. Había algo oscuro en la persona de J. W. Pitchley, y si el hecho de que la mujer muerta llevara su dirección apuntada no era suficiente indicación, sí que lo era que esos dos matones hubieran saltado por la ventana de su cocina y que lo hubiera pillado escribiendo un cheque para uno de ellos.

No podía hacer nada que sirviera de ayuda al comisario jefe Webberly. Pero podía continuar con lo que tenía previsto, para ver si podía averiguar lo que ocultaba J. W. Pitchley, también conocido como James Pitchford. Lo que averiguara podría ser lo que le relacionara con el asesinato y con la agresión a Webberly. Y si ése era el caso, ella quería ser la persona encargada de atrapar a ese desgraciado. Se lo debía al comisario jefe, porque tenía una deuda con Malcolm Webberly que nunca podría pagar.

Un poco más calmada, consiguió sacar el abrigo de lana del armario, junto con una bufanda a cuadros escoceses que se puso alrededor del cuello. Ataviada de una forma más apropiada para el frío de noviembre, se adentró de nuevo en la gélida y húmeda mañana.

Tuvo que esperar a que St. Catherine abriera, y aprovechó la oportunidad para comerse un bocadillo caliente de panceta y champiñones, preparado con ese estilo de café antiguo que ya estaba desapareciendo de la ciudad. Después llamó al Charing Cross Hospital, donde le informaron que no había habido cambios respecto al estado de salud de Webberly. A continuación llamó al inspector Lynley, quien le respondió desde el móvil mientras iba en camino hacia el Departamento de Policía. Le contó que había estado en el hospital hasta las seis, momento en el que se había dado cuenta de que si seguía en la sala de espera de la Unidad de Cuidados Intensivos sólo conseguiría ponerse nervioso, y que tampoco podría hacer nada por mejorar el estado de salud de Webberly.

–Hillier está allí –dijo Lynley con brusquedad, y esas tres palabras lo explicaron todo. En circunstancias normales, el subjefe de policía Hillier no era una persona muy afable. En circunstancias difíciles, debía de ser simplemente insoportable.

–¿Y el resto de la familia? –le preguntó Barbara.

–Miranda ha venido desde Cambridge.

–¿Y Frances?

–En casa. Laura Hillier está con ella.

–¿En casa? –Barbara frunció el ceño–. ¿No te parece un poco raro, inspector?

–Helen ha llevado ropa y un poco de comida al hospital. Randie se dirigió al hospital con tantas prisas que ni siquiera llevaba zapatos y, en consecuencia, Helen le ha llevado unos zapatos deportivos y un chándal por si se quiere cambiar. Me llamará si hay algún cambio repentino. Me refiero a Helen, claro está.

–Señor... –Barbara se preguntó por qué Lynley se mostraba tan reticente. Aún quedaba mucha tierra por labrar y tenía intención de coger la azada. Era una policía de pies a cabeza y, por lo tanto, dejando de lado por un momento las sospechas sobre J. W. Pitchley, no podía evitar preguntarse si el hecho de que Frances Webberly no hubiera ido al hospital podría significar algo más que no fuera tan sólo el estado de conmoción. De hecho, no podía evitar preguntarse si podría significar que se había enterado de la infidelidad de su marido–. Señor, por lo que respecta a Frances, se ha planteado si...

–¿Qué tienes pensado hacer hoy por la mañana, Havers?

–Señor...

–¿Qué has conseguido averiguar sobre Pitchley?

Lynley le estaba dejando muy claro que no tenía ninguna intención de hablar de Frances Webberly con ella; por lo tanto, Barbara intentó ocultar su irritación –aunque sólo fuera por ese momento– y le contó lo que había descubierto sobre Pitchley el día anterior: su comportamiento sospechoso, la presencia en su casa de dos gamberros que habían saltado por la ventana para no tener que vérselas con ella, el cheque que había estado escribiendo, la confirmación del recepcionista nocturno y de los camareros de que Pitchley era un cliente habitual tanto de The Valley of Kings como del Comfort Inn.

–Así pues, lo que pienso es lo siguiente: si se cambió el nombre una vez a causa de un crimen, ¿quién nos asegura que no lo cambió una segunda vez a causa de otro?

Lynley le respondió que le parecía poco probable, pero le dio luz verde para continuar. Quedaron en encontrarse más tarde en el Departamento de Policía.

A Barbara no le costó demasiado tiempo examinar dos décadas de documentos legales en St. Catherine, ya que sabía muy bien lo que andaba buscando. Y lo que por fin encontró la envió a toda prisa al Nuevo Departamento de Scotland Yard, desde donde llamó por teléfono a la comisaría que se ocupaba de la zona de Tower Hamlets; se pasó una hora intentando localizar y hablando con el único agente que siempre había trabajado allí. Su habilidad para recordar el más mínimo detalle y el hecho de que hubiera guardado suficientes notas como para escribir sus memorias varias veces, le proporcionaron a Barbara el filón de oro que había estado buscando.

–¡Y tanto! –exclamó con lentitud–. ¡Es un nombre muy difícil de olvidar! ¡Toda la familia nos ha estado dando la lata desde que pusieron un pie sobre la capa de la tierra!

–Pero con respecto al hombre que... –le insistió Barbara

–Puedo contarle una o dos historias sobre él.

Apuntó todo lo que el detective le contaba y, tan pronto como colgó el teléfono, se fue en busca de Lynley.

Lo encontró en su oficina, de pie junto a la ventana, con una expresión solemne. Según parecía, había pasado por casa después de ir al hospital y antes de ir a la comisaría, porque tenía el aspecto de siempre: perfectamente acicalado, bien afeitado y vestido de forma adecuada. La postura que adoptaba era el único indicio de que la situación no era normal. Siempre había sido un hombre con la espalda muy recta, pero ahora parecía hundido, como si llevara sacos de grano a sus espaldas.

–Lo único que Dee me ha dicho es que estaba en coma –dijo Barbara a modo de saludo.

Lynley le hizo un recuento a Barbara de la gravedad de las lesiones del comisario jefe. Concluyó diciendo:

–La única buena noticia es que el coche no lo atropelló «del todo». La fuerza del impacto hizo que saliera disparado hacia un buzón; fue un accidente grave, pero podría haber sido peor.

–¿Hubo algún testigo?

–Sólo una persona que vio cómo un vehículo negro se alejaba a toda velocidad por Stamford Brook Road.

–¿Como el coche que atropelló a Eugenie?

–Era grande –contestó Lynley–. Según el testigo, podría haber sido un taxi. Le pareció ver que estaba pintado en dos tonalidades: negro y con el techo gris. Hillier asegura que el techo le debió de parecer gris por el reflejo de las farolas sobre el negro.

–¡Olvidémonos de lo que ha dicho Hillier! –se mofó Barbara–. Hoy en día los taxis están pintados de maneras muy diferentes: de dos colores, de tres colores, rojos y amarillos o cubiertos de arriba abajo con anuncios publicitarios. Diría que sería mejor guiarnos por lo que dijo el testigo. Y ya que estamos hablando otra vez de un coche negro, creo que los dos casos están relacionados, ¿no cree?

–¿Con el de Eugenie Davies? –Lynley no esperó la respuesta–. Sí, creo que están relacionados. –Le hizo un gesto con una libreta que había cogido de encima del escritorio, y se puso las gafas mientras daba la vuelta a la mesa para sentarse, inclinando la cabeza para indicarle a Barbara que hiciera lo mismo–. Pero de hecho aún no tenemos nada por lo que empezar, Havers. He estado repasando las notas con la esperanza de encontrar algo, pero no he llegado muy lejos. Lo único que he podido constatar es que las versiones de Richard Davies, su hijo y Ian Staines no coinciden respecto al hecho de que Gideon viera o no a su madre. Staines asegura que Eugenie tenía intención de pedirle dinero a Gideon para poder pagar sus deudas antes de que perdiera la casa y todas las pertenencias, pero también asegura que su hermana le dijo, después de haberle prometido que hablaría con su hijo, que había surgido un imprevisto y que, en consecuencia, no le pediría el dinero a Gideon. Mientras tanto, Richard Davies asegura que ella no le había pedido ver a Gideon, sino todo lo contrario. Dice que quería que ella intentara ayudar a Gideon con el problema del miedo al escenario y que ésa era la razón por la que se iban a encontrar; es decir, que lo había sugerido el mismo Davies. Gideon confirma esa teoría, más o menos. Me explicó que su madre nunca había intentado verlo o que, como mínimo, él no se había enterado. Lo único que sabe es que su padre quería que se encontraran para ver si podía ayudarle con su música.

–¿También tocaba el violín? –preguntó Barbara–. No vi ninguno en su casa de Henley.

–Gideon no se refería a que su madre fuera a darle clases. De hecho, me contó que en realidad ella no podía hacer nada por ayudarle con su problema que no fuera «ponerse de acuerdo» con su padre.

–¿Qué querrá decir con eso teniendo en cuenta el estado en el que se encuentra?

–No lo sé. Pero estoy seguro de una cosa: no tiene miedo al escenario. Ese hombre tiene graves problemas.

–¿Quieres decir que se siente culpable? ¿Dónde estaba hace tres noches?

–En casa. Solo. O, al menos, eso es lo que dice. –Lynley lanzó la libreta sobre el escritorio y se quitó las gafas–. Y eso tampoco nos ayuda a obtener información a partir del correo electrónico de Eugenie Davies, Barbara. –La puso al corriente sobre esa cuestión, y concluyó diciendo–: El mensaje estaba firmado por un tal Jete. ¿Te sugiere algo ese nombre?

–¿Crees que se puede tratar de un acrónimo? –Consideró las posibles palabras que podrían empezar por una de esas cuatro letras, y lo único que le vino a la mente fue *justo* y *engullir*. Intentó relacionar sus pensamientos con otros mensajes electrónicos–. ¿Piensas que Pitchley puede haber cambiado de apodo?

–¿Qué has conseguido averiguar de él en St. Catherine? –le preguntó Lynley.

–He encontrado un filón de oro –contestó–. En St. Catherine me han confirmado que se llamaba James Pitchford hace veinte años.

–¿Y dónde está el filón de oro?

–En lo que le voy a contar a continuación –respondió Barbara–. Antes de llamarse Pitchford, tenía otro nombre: se llamaba Jimmy Pytches, señor, el pequeño Jimmy Pytches de Tower Hamlets. Cambió su nombre por el de Pitchford seis años antes del asesinato de Kensington Square.

–Es extraño –asintió Lynley–, pero no tiene nada de malo.

–En sí mismo, no. Pero si uno se cambia de nombre dos veces y hay dos gamberros que saltan por la ventana cuando la policía llama a la puerta, uno no puede evitar pensar que hay algo que huele a chamusquina. Por lo tanto, llamé a la comisaría de Tower Hamlets y pregunté si alguien se acordaba de un tal Jimmy Pytches.

–¿Y bien? –preguntó Lynley.

–Pues que presta atención a lo que voy a decirte: toda la familia tiene problemas con la justicia. Ya los tenían entonces y los siguen teniendo ahora. Hace muchos años, cuando Pitchley todavía se hacía llamar Pytches, un bebé murió mientras lo cuidaba. En aquella época era un adolescente, y después de la investigación no pudieron acusarle de nada. Al final, la investigación judicial lo calificó de muerte en la cuna, pero antes Jimmy tuvo que pasarse cuarenta y ocho horas retenido en la comisaría y tuvo que soportar los interrogatorios, ya que le consideraban el sospechoso número uno. Ten. Echa un vistazo a mis notas, si quieres.

Lynley lo hizo, poniéndose las gafas de nuevo.

–Que un segundo bebé muriera mientras él vivía en la misma casa –apuntó Barbara. Lynley examinó la información–. La verdad es que no queda muy bien, ¿no crees, inspector?

–Si en realidad mató a Sonia Davies y permitió que Katja Wolff cargara con las consecuencias... –empezó Lynley, pero Barbara le interrumpió:

–Quizás eso explique por qué Katja nunca pronunció palabra cuando la arrestaron, señor. Supongamos que ella y Pitchford hubieran estado liados, de hecho, estaba embarazada, y cuando Sonia se ahogó, ambos sabían que la policía investigaría a Pitchford a causa de la otra muerte, una vez que averiguaran quién era de verdad. Si hubieran podido conseguir que pareciera un accidente, un descuido...

–¿Qué motivo podría haber tenido para matar a la hija de los Davies?

–Podía estar celoso de lo que la familia tenía. También podía estar enfadado por la forma en que trataban a su amada. Quizá quisiera librarla de su situación, o quizá quisiera vengarse de una gente que poseía algo que él nunca podría alcanzar y, por lo tanto, decidió eliminar a la niña. Katja asume la responsabilidad por él, ya que conoce su pasado y piensa que sólo le caerá un año o dos de condena por negligencia, mientras que a él le habría caído condena perpetua por asesinato premeditado. Y a ella nunca se le ocurre pensar cómo reaccionará un jurado ante su silencio sobre la muerte de un bebé discapacitado. Y piense en lo que les debía de pasar por la cabeza por aquel entonces: el infierno de Mengele en Auschwitz y cosas así, inspector, y ella negándose a decir lo que sucedió. En consecuencia, el juez la acusa de todo lo posible, la condena a veinte años de cárcel, y Pitchford desaparece de su vida, dejando que ella se pudra en la cárcel mientras él se hace rico en la Bolsa.

–¿Y después qué? –le preguntó Lynley–. Sale de la cárcel y ¿qué, Havers?

–Le cuenta a Eugenie lo que sucedió de verdad y quién lo hizo. Eugenie le sigue la pista a Pitchley del mismo modo que yo se la seguí a Pytches. Va a enfrentarse con él, pero nunca lo consigue.

–Porque...

–Porque la atropellan en medio de la calle.

–Ya entiendo. Pero ¿quién la atropella, Barbara?

–Creo que Leach también va a por él, señor.

–¿A por Pitchley? ¿Por qué?

–Katja Wolff quiere justicia. Eugenie también. La única forma de conseguirla es haciendo desaparecer a Pitchley, pero no creo que se atreva.

Lynley negó con la cabeza y le preguntó:

–Entonces, ¿cómo explicas lo que le ha sucedido a Webberly?

–Creo que ya sabes la respuesta.

–¿Por las cartas?

–Creo que ha llegado el momento de entregarlas. Has de comprender que son muy importantes, inspector.

–Havers, fueron escritas hace más de diez años. No tienen nada que ver con este asunto.

–¡Erróneo, erróneo, erróneo! –Barbara se tiró del rojizo flequillo para indicar su frustración–. ¡Mira! Imaginemos que había algo entre Pitchley y Eugenie. Imaginemos que ésa era la razón por la que se encontraba en su calle la otra noche. Imaginemos que él ha ido en secreto a Henley para verla, y que durante una de esas citas encuentra las cartas. Se ha vuelto loco de celos y, por lo tanto, se libra de ella y después va a por el comisario jefe.

Lynley negó con la cabeza y afirmó:

–Barbara, no tienes razón en todo. Estás manipulando los hechos para que encajen en tu teoría. Pero los hechos no encajan, y el caso no está solucionado.

–¿Por qué no?

–Porque hay demasiados cabos sueltos. –Lynley fue contando

con los dedos cada una de las razones–. ¿Cómo podría Pitchley haber tenido un romance con Eugenie Davies sin que Ted Wiley se enterara, teniendo en cuenta que Wiley mantenía un control estricto de todas las entradas y salidas de Doll Cottage? ¿Qué tenía Eugenie que confesarle a Wiley y por qué murió la noche anterior a la anunciada confesión? ¿Quién es Jete? ¿Con quién se encontraba en esos pubs y hoteles? ¿Y qué hacemos con la coincidencia de que Katja Wolff saliera de la prisión en la misma época en la que se producen dos casos de atropellamiento y fuga, cuyas víctimas son de extrema importancia en el caso que la condenó?

Barbara suspiró, dejó caer los hombros y asintió:

–De acuerdo. ¿Dónde está Winston? ¿Qué puede decirnos de Katja Wolff?

Lynley le puso al corriente sobre el informe que Nkata le había pasado sobre las idas y venidas de la mujer alemana desde Kennington hasta Wandsworth de la noche anterior. Concluyó diciendo:

–Está convencido de que tanto Yasmin Edwards como Katja Wolff le ocultan algo. Cuando se enteró de lo de Webberly, dejó un mensaje que decía que se iba a su casa para interrogarlas de nuevo.

–Así pues, también piensa que los dos casos de atropellamiento y fuga están relacionados.

–Sí, y yo también estoy de acuerdo. Están relacionados, Havers. Lo único que pasa es que no lo vemos con claridad. –Lynley se puso en pie, le devolvió las notas a Barbara y empezó a coger material de su escritorio–. Vayamos a Hampstead. A estas alturas seguro que el equipo de Leach debe de haber averiguado algo con lo que podamos trabajar.

Winston Nkata permaneció sentado delante de la comisaría de Hampstead durante más de cinco minutos antes de salir del coche. A causa de una colisión en cadena de cuatro coches que se había producido en la enorme rotonda situada justo antes de cruzar Vauxhall Bridge, Winston había tardado más de noventa minutos en llegar desde el sur de Londres. Estaba satisfecho, ya que el hecho de haberse quedado sentado en el coche mientras los bomberos, las ambulancias y la policía de tráfico se encargaban de la confusión de trozos de metal y de los heridos le había dado el tiempo que necesitaba para adaptarse al lío que se había hecho durante el interrogatorio de Katja Wolff y Yasmin Edwards.

Había metido la pata hasta el fondo. Había revelado sus intenciones. Había embestido cual toro que acaban de soltar del toril sesenta y siete minutos después de haber abierto los ojos esa mañana, corriendo desde casa de sus padres hasta Kennington en la hora más temprana que había considerado razonable. Soltando bufidos y arañando el suelo con las patas, deseoso de bajar los cuernos y atacar, se había montado en ese chirriante ascensor con la estimulante sensación de que estaba a punto de resolver el caso. Y había tomado todas las medidas posibles para cerciorarse de que su misión en Kennington sólo guardaba relación con el caso. Porque si Katja Wolff le estaba ocultando algo, y Yasmin Edwards lo desconocía, y si podía averiguar qué era lo que le ocultaba de tal forma que pudiera crear un distanciamiento entre las dos mujeres, entonces nada podría evitar que Yasmin Edwards le contara lo que él sabía a ciencia cierta que era verdad: que Katja Wolff no se encontraba en casa durante la noche del asesinato de Eugenie Davies.

Se había dicho a sí mismo que ésa era su única intención. Sólo era un policía que estaba cumpliendo con su deber. Su piel no significaba nada para él: suave y tersa, del color de los peniques acabados de acuñar. Su cuerpo tampoco le importaba: ágil y firme, con una cintura que se inclinaba sobre unas caderas acogedoras. Sus ojos eran unas meras ventanas: oscuros como las sombras e intentando ocultar lo que eran incapaces de ocultar, la ira y el miedo. Y esa ira y ese miedo debían ser utilizados, utilizados por él, ya que ella no le importaba, ya que era tan sólo una presidiaria perezosa que una noche se había cargado a su marido a navajazos y que se había juntado con una asesina de bebés.

No era responsabilidad suya solucionar el hecho de que Yasmin Edwards hubiera metido a una asesina de bebés en su casa, la misma en la que vivía su propio hijo, y Nkata lo sabía. Pero no dejaba de repetirse a sí mismo, aparte de darles la oportunidad que necesitaban en la investigación, que sería muy positivo que el distanciamiento que pudiera crear entre esas dos mujeres condujera a una separación que alejara a Daniel Edwards de una asesina convicta como tal.

Se negó a escuchar lo que ya sabía: que la propia madre del niño también era una asesina convicta. Después de todo, había matado a un adulto. No había nada en su historial que indicara que sentía inclinaciones por matar niños.

Por lo tanto, cuando llamó al timbre de Yasmin Edwards estaba convencido de que estaba cumpliendo con su deber. Y cuando al principio vio que no contestaban, se limitó a interpretar esa ausencia de respuesta como una provocación. Le hizo replantearse los motivos por los que estaba allí, y siguió llamando hasta que les obligó a abrir la puerta.

Nkata era un hombre que había tenido que soportar prejuicios y odio durante casi toda su vida. Era imposible ser miembro de una raza minoritaria en Inglaterra sin recibir un tratamiento hostil de un centenar de sutiles formas cada día. Incluso en el Departamento de Policía, donde había asumido responsabilidades que no tenían nada que ver con su color de piel, había aprendido a controlarse, sin permitir nunca que los demás se le acercaran demasiado, sin bajar jamás la guardia del todo, con el fin de no tener que pagar el precio al presuponer que la familiaridad en el trato significaba igualdad de mentes. Ése no era el caso, al margen de lo que pudiera pensar un observador no iniciado. Y sabio era el hombre negro que nunca lo olvidaba.

A causa de todo esto, hacía mucho tiempo que Nkata se consideraba incapaz de hacer ese tipo de juicios que había aprendido a experimentar en manos de los demás. Pero después del interrogatorio de esa mañana en el edificio Doddington Grove, había aprendido que sus opiniones eran tan limitadas, y tan capaces de conducirle a conclusiones infundadas, como las opiniones de la mayoría de los miembros analfabetos, mal vestidos y mal hablados del Frente Nacional.

Las había visto juntas. Había visto cómo se saludaban, cómo hablaban, cómo andaban juntas cual pareja que se dirige a Galveston Road. Había sido consciente de que la mujer alemana tenía a otra mujer por compañera. Así pues, cuando esas dos mujeres habían entrado en la casa y habían cerrado la puerta a sus espaldas, había permitido que la silueta de un abrazo tras la ventana dejara volar su imaginación como si de un caballo salvaje se tratara. Que una lesbiana se encontrara con una mujer y que entraran juntas en una casa sólo podía querer decir una cosa. O, al menos, eso era lo que había pensado. En consecuencia, había permitido que sus convicciones interfirieran en el segundo interrogatorio que había llevado a cabo en casa de Yasmin Edwards.

Si se hubiera llegado a imaginar de qué manera iba a meter la pata, se habría limitado a llamar por teléfono al número de la tarjeta que Katja Wolff le había entregado. Harriet Lewis en persona le había corroborado la historia. Sí, era la abogada de Katja Wolff.

Sí, había estado con ella la noche anterior. Sí, habían ido juntas hasta Galveston Road.

–¿Se marcharon a los quince minutos de llegar? –le preguntó Nkata.

–¿De qué va todo esto, agente?

–¿Qué hicieron en Galveston Road? –le preguntó.

–Nada que sea de su incumbencia –le había respondido la abogada, tal y como Katja Wolff le había asegurado que haría.

–¿Cuánto tiempo hace que es clienta suya? –le preguntó a continuación.

–Nuestra conversación ha terminado –le había respondido–. Trabajo para la señorita Wolff, no para usted.

Así pues, no había averiguado nada, a excepción del convencimiento de que lo había hecho todo mal, y que tendría que justificarse delante de la única persona que pretendía imitar: el inspector Lynley. Y cuando el tráfico empezó a congestionarse cerca de Vauxhall Bridge, y cuando después se paró completamente al empezar a sonar las sirenas y a brillar las luces intermitentes, se sintió agradecido no sólo porque se tenía que desviar, sino también por el tiempo que tendría para pensar cómo le iba a contar lo que había sucedido en las últimas doce horas.

En ese momento se hallaba contemplando la puerta de entrada de la comisaría de Hampstead, y tuvo que hacer un gran esfuerzo para salir del coche. Entró en el edificio, mostró su identificación y avanzó poco a poco para cumplir con la penitencia que sus acciones requerían.

Los encontró a todos en la sala de incidencias, donde la reunión de la mañana estaba llegando a su fin. El tablón de anuncios estaba lleno de todos los quehaceres que se tenían que llevar a cabo ese día y a quién habían sido asignados, pero el murmullo de los agentes al marcharse le indicó que habían sido informados de lo que le había sucedido a Webberly.

El inspector Lynley y Barbara Havers se quedaron atrás, comparando dos hojas impresas. Nkata se acercó a ellos y les dijo:

–Lo siento, pero ha habido una colisión en cadena cerca de Vauxhall Bridge.

Lynley, mirándole por encima de las gafas, le respondió:

–¡Ah! ¡Hola, Winston! ¿Cómo ha ido?

–No he conseguido que ninguna de las dos cambiara su declaración.

–¡Maldita sea! –murmuró Barb.

–¿Habló con Edwards a solas? –le preguntó Lynley.

–No hizo falta. Wolff estaba con su abogada, inspector. Esa mujer resultó ser su abogada, y ésta me lo confirmó cuando la llamé. –Su rostro debió de mostrar cierta culpabilidad, porque Lynley le observó durante un buen rato, durante el que Nkata sintió toda la tristeza de un niño que ha hecho enfadar a sus padres.

–Cuando hablamos por teléfono me pareció que estaba bastante convencido –subrayó Lynley–, y cuando usted está seguro de algo, suele tener razón. ¿Está seguro de que habló con su abogada, Winnie? Wolff podría haberle dado el número de teléfono de una amiga para que se hiciera pasar por su abogada cuando usted la llamara.

–Me dio su tarjeta de visita –respondió Nkata–. ¿Y qué abogado estaría dispuesto a mentir por un cliente cuando el agente sólo quiere que le responda sí o no? Pero sigo pensando que esas mujeres ocultan algo. Lo único que pasa es que no he enfocado bien la cuestión. –Después, ya que su admiración por Lynley siempre superaba la necesidad de quedar bien ante los ojos de su inspector, añadió–: He metido la pata y no he conseguido averiguar nada. Preferiría no tener que volver a interrogarlas.

–Bien, sólo Dios sabe las veces que yo misma la he metido, Winnie –apuntó Barbara Havers para animarle, y Nkata le lanzó una mirada de agradecimiento. Ella sí que había metido la pata bien metida, y eso le había costado suspensión de empleo, perder el rango y seguramente la posibilidad de ascender dentro del Departamento de Policía. Pero, como mínimo, ella había conseguido atrapar al asesino al final del caso, mientras que él no había hecho más que complicar las cosas.

–Sí, bien. Todos nos hemos equivocado alguna vez –le respondió Lynley–. No pasa nada, Winston. Ya lo solucionaremos. –Sin embargo, a Winston le pareció que lo decía con cierto desengaño, y su madre aún lo iba a estar mucho más cuando le contara lo que había pasado.

«Cariño, ¿en qué estabas pensando, hijo?», le diría.

Y ésa era una pregunta que preferiría no contestar.

Hizo un esfuerzo por prestar atención a las últimas novedades del caso, ya que se había perdido la reunión de la mañana. Habían relacionado los números de teléfono que aparecían en el contestador de Eugenie Davies con sus respectivos nombres y direcciones. Y se había identificado a toda la gente que había dejado un mensaje en su contestador. La mujer que se hacía llamar Lynn había resultado ser una tal Lynn Davies...

–¿Es de la familia? –preguntó Nkata.

–Todavía no lo sabemos.

–... cuya dirección está muy cerca de East Dulwich.

–Havers se encargará de entrevistarla –afirmó Lynley. Prosiguió informándole que el hombre no identificado que había dejado un mensaje y que le había pedido con tono airado a la señora Davies que hiciera el favor de coger el teléfono era un tal Raphael Robson, cuya dirección de Gospel Oak lo situaba más cerca del escenario del crimen que a cualquier otro, a excepción de J. W. Pitchley, por supuesto–. Yo me encargaré de interrogar a Robson. –Luego, como si ya supiera que tendría que alentar las habilidades de Nkata, se volvió hacia él y le dijo–: Me gustaría que viniese conmigo.

–De acuerdo –asintió Nkata.

Lynley continuó explicando que los informes de la compañía de teléfonos confirmaban lo que Richard Davies les había dicho sobre las llamadas que su ex mujer había hecho y recibido. Habían empezado a telefonearse a principios de agosto, en la época en que su hijo había tenido los problemas de Wigmore Hall, y habían continuado hasta la mañana anterior a la muerte de Eugenie, cuando Davies le había dejado un breve mensaje. Lynley le contó que también había muchas llamadas de Staines. Por lo tanto, las historias de esos dos hombres habían sido corroboradas por las pruebas de las que disponían.

–¿Puedo hablar un momento con los tres? –se oyó desde la puerta cuando Lynley acabó de hacer sus comentarios. Se dieron la vuelta y comprobaron que el comisario Leach había regresado a la sala de incidencias, y que tenía un trozo de papel en la mano con el que gesticulaba mientras decía–: Vengan a mi despacho, si son tan amables. –Después desapareció, dando por sentado que lo iban a seguir.

–¿Ha conseguido averiguar el paradero del hijo que Wolff tuvo mientras estaba en la cárcel? –le preguntó Leach a Barbara Havers cuando entraron en su despacho.

–No me ocupé de ese asunto, porque fui a casa de Pitchley en busca de una fotografía. Pero hoy me ocuparé de ello. No obstante, no hay nada que indique que Katja Wolff quiera averiguar dónde está su hijo, señor. Si hubiera querido encontrarle, habría ido a hablar con la monja. Sin embargo, no lo ha hecho.

Leach carraspeó la garganta como si no acabara de estar de acuerdo. Luego le ordenó:

–De todas maneras, compruébelo.

–De acuerdo –respondió Barbara–. ¿Quiere que me encargue de eso antes o después de ir a ver a Lynn Davies?

–No importa. Limítese a hacerlo, agente –le contestó malhumorado–. Nos ha llegado un informe desde el otro lado del río. El equipo forense ha analizado los trozos de pintura que encontraron sobre el cuerpo.

–¿Y? –preguntó Lynley.

–Tendremos que cambiar de estrategia. Los del Departamento del Crimen Organizado dicen que la pintura tiene celulosa mezclada con disolvente para diluirla. Eso no concuerda con nada que haya sido usado para pintar coches en los últimos cuarenta años, como mínimo. Aseguran que los trozos de pintura proceden de algo antiguo. Como mucho, de la década de los cincuenta.

–¿De los cincuenta? –preguntó Barbara con incredulidad.

–Eso explica por qué el testigo de ayer por la noche pensó que era una limusina –apuntó Lynley–. Los coches eran grandes en los años cincuenta. Los Jaguar, los Rolls-Royce y los Bentley eran enormes.

–Así pues, alguien la atropelló con uno de esos coches antiguos –dijo Barbara Havers–. ¡Sí que estaba desesperado!

–Podría ser un taxi –subrayó Nkata–. Un taxi fuera de circulación, vendido a alguien que lo reparó y que lo usa como vehículo particular.

–¡Taxi, coche antiguo o carro dorado! –exclamó Barbara–. Ninguno de los sospechosos tiene un coche de esas características.

–A no ser que usaran un coche prestado –apuntó Lynley.

–No podemos descartar esa posibilidad –asintió Leach.

–¡Volvemos a estar como al principio! –exclamó Barbara.

–Haré que alguien empiece a investigarlo. Eso y los garajes especializados en coches antiguos. Aunque si se trata de un coche de los cincuenta, no creo que podamos esperar demasiadas abolladuras. En aquella época los coches parecían tanques.

–Pero tenían parachoques de cromo –precisó Nkata–. Enormes parachoques de cromo que podían romperse.

–Así pues, también tendremos que echar un vistazo a las tiendas que venden partes sueltas. –Leach tomó nota–. Sustituir es más fácil que reparar, sobre todo si se sabe que la policía va a ir tras la pista. –Llamó a la sala de incidencias y ordenó que le asignaran a alguien esa tarea. Después colgó el teléfono y le dijo a Lynley–: ¡Podría ser una mera coincidencia!

–¿De verdad lo cree, señor? –le preguntó Lynley en un mesurado tono de voz que le indicó a Nkata que el inspector buscaba algo más que la simple respuesta que el comisario le pudiera dar.

–Me gustaría creerlo. Pero entiendo que es como llevar una venda puesta: es creer lo que uno quiere creer en esta situación. –Observó el teléfono como si deseara que sonara. Los otros no pronunciaron palabra. Al cabo de un rato, musitó–: Es un buen hombre. Puede que se haya equivocado alguna que otra vez, pero ¿quién de nosotros no lo ha hecho? El hecho de que se haya equivocado no implica que no sea un buen hombre. –Se volvió hacia Lynley, y parecieron decirse algo que Nkata era incapaz de entender–. ¡Venga! ¡Al trabajo!

Una vez en la calle, Barbara Havers le dijo a Lynley:

–Lo sabe, inspector.

–¿El qué? ¿Quién? –preguntó Nkata.

–Leach –contestó Barbara–. Sabe que Webberly está relacionado con Eugenie Davies.

–¡Claro que lo sabe! Trabajaron juntos en ese caso. No me sorprende. Ya nos lo podíamos haber imaginado.

–De acuerdo, pero lo que no sabíamos...

–¡Ya basta, Havers! –replicó Lynley. Intercambiaron una larga mirada antes de que Barbara dijera a la ligera–: ¡Ah! ¡Bien! Entonces me voy. –Después de hacerle un gesto amistoso a Nkata, se dirigió hacia el coche.

Como consecuencia inmediata de esa breve conversación, Nkata notó la reprimenda tácita en la decisión de Lynley de no contarle las nuevas noticias que él y Barbara acababan de averiguar. Nkata era consciente de que se merecía que no se lo contaran –Dios era testigo que no había demostrado tener el nivel de habilidad necesario para hacer lo correcto con una información valiosa–, pero por otra parte pensaba que había sido lo bastante prudente al relatar la metedura de pata de esa mañana para que no le consideraran un incompetente total. Era evidente que ése no había sido el caso.

Nkata sintió una gran pena por su situación.

–Inspector, ¿quiere que me retire? –le preguntó.

–¿De qué, Winston?

–Del caso. Ya sabe. Si soy incapaz de hablar con dos mujeres sin liarlo todo...

Por su parte, Lynley pareció totalmente confundido, y Nkata sabía que tendría que ir más lejos, admitiendo lo que preferiría mantener en secreto. Dirigió la mirada hacia Barbara, que ya había entrado en su minúsculo coche y estaba en el proceso de intentar arrancar el viejo motor de su Mini.

–Lo que le quiero decir es que si no sé qué hacer con un hecho cuando lo conozco, supongo que entiendo el porqué de su negativa a comunicarme otro hecho. Pero eso tampoco quiere decir que sea menos eficaz, ¿verdad? Aunque está claro que esta mañana no he demostrado mucha eficacia. Por lo tanto, lo que le quiero decir es... que si quiere que deje el caso... lo que le quiero decir es que lo comprenderé. Debería haber sabido cómo tratar a esas dos mujeres. En vez de pensar que lo sabía todo, debería haber pensado que quizás algo se me escapaba. Pero no lo hice, ¿no es verdad? Y, en consecuencia, cuando hablé con ellas lo estropeé todo. Además...

–Winston –Lynley le interrumpió con decisión–. Dadas las circunstancias, sean las que sean, creo que necesita un cilicio. No obstante, puedo asegurarle que por esta vez podemos eximirle del castigo.

–¿Cómo dice?

Lynley sonrió, y añadió:

–Tiene un futuro muy prometedor, Winnie. A diferencia de todos los demás, no tiene ni una sola mancha en el expediente. Me gustaría verle seguir en esa línea. ¿Comprende?

–¿Que lo he estropeado todo? ¿Que si vuelvo a meter la pata me harán...?

–No. Lo único es que me gustaría mantenerle al margen si... –De manera inusitada, Lynley se detuvo para pensar en una frase que explicara algo pero sin llegar a revelar lo que quería mantener en secreto– ... si nuestros procedimientos son puestos en duda en algún momento; es decir, que prefiero que la responsabilidad sea mía y no suya. –Pronunció esa frase con tal delicadeza que Nkata lo comprendió cuando relacionó las palabras de Lynley con lo que Barbara Havers había dicho sin darse cuenta antes de marcharse.

–¡Por todos los santos! –exclamó con expresión de incredulidad–. ¡Ha descubierto algo que no quiere revelar!

–¡Buen trabajo! –respondió Lynley con ironía–. Pero yo no le he dicho nada.

–¿Lo sabe Barbara?

–Sí, pero sólo porque se encontraba allí. El responsable soy yo, y quiero que las cosas sigan así.

–¿Lo que ha descubierto podría llevarnos al asesino?

–Creo que no, pero podría hacerlo.

–¿Son pruebas?

–Preferiría no hablar de ello.

Nkata no podía dar crédito a lo que estaba oyendo.

–¡Entonces debe contarlo! Tiene que comunicarlo. No puede guardarse el secreto sólo porque piense... ¿Qué piensa?

–Que los dos casos de atropellamiento y fuga seguramente están relacionados, y que necesito ver de qué manera antes de dar un paso que pueda destrozar la vida de una persona. O lo que queda de ella. Es una decisión personal, Winnie. Y con el fin de protegerle a usted, le sugiero que no siga haciendo más preguntas.

Nkata observó al inspector, incapaz de creer que precisamente Lynley estuviera actuando por cuenta propia. Sabía que podía insistir y acabar en la misma situación que él –y que Barbara–, pero era lo bastante ambicioso para tener en cuenta la sabiduría que había en las palabras del inspector. Con todo, no pudo evitar decirle:

–¡Ojalá no siguiera por ese camino!

–Objeción anotada –respondió Lynley.

17

Libby Neale decidió llamar al trabajo para decir que tenía la gripe. Sabía que a Rock Peters le daría un síncope y que la amenazaría con retirarle la paga de la semana –aunque eso en sí no quería decir nada, ya que aún le debía las tres últimas semanas–, pero no le importaba. Cuando se había despedido de Gideon la noche anterior, había abrigado la esperanza de que pasaría por su casa después de que se marchara el policía, pero no lo había hecho, y había dormido tan mal que en realidad se sentía enferma; en consecuencia, llamar diciendo que tenía la gripe no le parecía una mentira tan grave.

Preocupada, anduvo por el piso durante las tres primeras horas después de levantarse, dedicándose en su mayor parte a frotarse las palmas de las manos y a esforzarse por oír cualquier sonido del piso de arriba que le indicara que Gideon ya estaba despierto. Sus esfuerzos no le dieron ningún resultado. Finalmente, desistió del intento de escuchar a escondidas –aunque en realidad no estaba haciendo nada malo, ya que lo único que quería era asegurarse de que no le había pasado nada– y decidió ir a ver en persona si Gideon se encontraba bien. El día anterior, antes de que el policía fuera a verle, se encontraba muy mal. ¿Quién podía saber en qué estado se encontraría después de que el policía se marchara?

Se dijo a sí misma que debería haber ido a verlo entonces. Y mientras hacía un gran esfuerzo por no pensar en el motivo que le había llevado a no ir a verlo después de que el policía se marchara, el hecho de pensar en lo que debería haber hecho en primer lugar le hizo pensar inexorablemente en el porqué de su comportamiento. La había asustado. Se había comportado de una forma muy impropia de él. Ella le había hablado en el cobertizo de cometas y después en la cocina y él le había contestado –más o menos– pero, con todo, el se había mostrado tan ausente que Libby no había podido dejar de preguntarse si deberían internarlo o algo así. Sólo durante una temporada. Y después, el hecho de haberse preguntado eso la había hecho sentir tan desleal que se había sentido incapaz de enfrentarse con él, o, como mínimo, eso era lo que se había repetido a sí misma mientras se pasaba la noche mirando películas antiguas en Sky TV y comiéndose dos grandes bolsas de palomitas con sabor a queso de las que bien podría haber podido prescindir, gracias por recordármelo, y finalmente yéndose a dormir sola, y luchando con las sábanas y las mantas toda la noche al ver que era incapaz de conciliar el sueño.

Por lo tanto, después de dar muchas vueltas y de pasearse preocupada por el piso, de curiosear en la nevera en busca de la bolsa de apio que en teoría tendría que hacerle sentir menos culpable por haberse comido las palomitas con sabor a queso, y después de ver como Kilroy parloteaba con mujeres que se habían casado con hombres que eran tan jóvenes que podían ser sus hijos y –en dos casos– sus malditos nietos, se fue al piso de arriba en busca de Gideon.

Lo encontró sentado en el suelo de la sala de música, apoyado contra la pared de debajo de la ventana. Tenía las piernas junto al pecho y la barbilla apoyada sobre la rodilla como si fuera un niño al que sus padres acabaran de regañar. A su alrededor había papeles esparcidos por el suelo, que resultaron ser fotocopias de artículos de periódicos que trataban sobre el mismo tema. Había ido otra vez a la biblioteca de la Asociación de Prensa.

Cuando Libby entró en la sala, ni siquiera la miró. Estaba concentrado en las historias que le rodeaban, y Libby se preguntó si la habría oído. Pronunció su nombre, pero él ni se movió, a excepción de un suave balanceo.

«Es una crisis nerviosa –pensó alarmada–. Ha sufrido un colapso nervioso.» Parecía haber perdido la cabeza. Llevaba la misma ropa que el día anterior y, en consecuencia, se imaginó que tampoco habría dormido en toda la noche.

–¡Hola! –exclamó en voz baja–. ¿Qué te pasa, Gideon? ¿Has vuelto a ir a Victoria? ¿Por qué no me lo has dicho? Habría ido contigo.

Examinó los papeles que le rodeaban, grandes hojas de papel en las que habían sido fotocopiados los artículos de periódico de todas las formas posibles. Se percató de que los periódicos británicos –en consonancia con la tendencia general del país hacia la xenofobia– habían ido a por la niñera con un hacha oxidada. Si no se referían a ella como «la alemana», la llamaban «la ex comunista cuya familia vivía especialmente bien» –«por no decir sospechosamente bien», pensó Libby con sarcasmo– «bajo la dominación rusa». Un periódico había desenterrado la historia de que su abuelo había sido miembro del partido nazi, mientras que otro había encontrado una fotografía de su padre de uniforme y gritando el saludo nazi, así que sin lugar a dudas había sido miembro de las juventudes de Hitler y seguro que tenía el carné del partido.

La incansable habilidad de la prensa para exprimir una historia hasta la última gota era realmente sorprendente. Libby tuvo la sensación de que los periódicos sensacionalistas se habían dedicado a diseccionar a cualquier persona que se hubiera visto involucrada de una forma u otra con la muerte de Sonia Davies o con el juicio y la condena de su asesina. En consecuencia, habían puesto bajo el microscopio a la maestra de Gideon, al inquilino, a Raphael Robson, a los padres de Gideon, y también a sus abuelos. Además, después del veredicto, parecía que cualquier persona interesada por ganar algo de dinero había contado su versión de la historia a los periódicos.

De ese modo, la gente había salido de debajo de las piedras para comentar cómo era su vida cuando trabajaba de niñera: LECTOR, YO TAMBIÉN TRABAJÉ DE NIÑERA Y FUE UN INFIERNO, rezaba un titular. Y todos aquellos que no tenían experiencia como niñeras, tenían experiencias por contar con alemanes: UNA RAZA APARTE, DICE UN ANTIGUO SOLDADO EN BERLÍN, rezaba otro. Pero lo que más le llamó la atención a Libby era la gran cantidad de historias que trataban sobre el hecho de que la familia de Gideon hubiera contratado a una niñera para cuidar de su hermana.

Trataban el tema desde diferentes ángulos. Había un grupo que prefería explayarse en lo que cobraba la niñera alemana (una miseria, y por lo tanto no era de extrañar que al final decidiera librarse de la pobre niña, en un ataque de codicia o algo así) en comparación con lo que cobraba lo que la gente denominaba «una niñera Norland bien cualificada» (una fortuna, lo que hizo que Libby considerara seriamente cambiar de profesión), escribiendo sus articulillos de tal modo que sugerían que la familia Davies no había podido ser más tacaña con lo que le pagaba. Después había otro grupo que prefería especular sobre los motivos que podía tener una madre así para decidir que tenía que «trabajar fuera de casa». Y aún había otro grupo que especulaba sobre cómo el hecho de tener un hijo disminuido afectaba a las expectativas, a las responsabilidades y dedicación de una familia. En todos los artículos se hablaba del tema de cómo hacer frente al nacimiento de un hijo con síndrome de Down, y ventilaron muy bien todas las opciones que los padres con hijos así habían elegido: darlos en adopción, llevarlos a un centro para que el gobierno corriera con los gastos, dedicar la vida entera a ellos, aprender a hacer frente a la situación con la ayuda de gente especializada, unirse a un grupo de ayuda, seguir luchando con la cara bien alta, tratar al niño como a cualquier otro, y así sucesivamente.

Libby se dio cuenta de que ni siquiera podía imaginarse lo mal que lo habría pasado la familia tras la muerte de Sonia Davies. Su nacimiento ya habría sido bastante difícil de aceptar, pero llegar a quererla –«porque seguro que la querían, ¿verdad?»– para después perderla, y ver todos los detalles de su existencia y de la existencia de su familia expuestos para el entretenimiento y consumo público... «¡Caramba! –pensó Libby–. ¿Cómo podía alguien soportar algo así?».

No podía, a juzgar por el estado de Gideon. Había cambiado de posición y mantenía la frente entre las rodillas. Seguía balanceándose.

–Gideon, ¿te encuentras bien? –le preguntó.

–Ahora que puedo recordar, no quiero hacerlo –le respondió con debilidad–. No quiero pensar. Pero tampoco puedo dejar de hacerlo. Recordar. Pensar. Desearía arrancarme el cerebro de la cabeza.

–¡Lo entiendo! –le consoló Libby–. ¿Por qué no tiramos todos esos papeles a la basura? ¿Has estado leyendo toda la noche? –Se agachó y empezó a recogerlos–. No me extraña que no te lo puedas quitar de la cabeza, Gid.

La cogió de la muñeca y gritó:

–¡No!

–Pero si no quieres pensar...

–¡No! He estado leyendo sin parar y quiero averiguar cómo pudieron seguir viviendo, cómo pudieron desear seguir con vida... Mira todo esto, Libby. ¡Míralo!

Libby observó las fotocopias de los artículos de nuevo y las vio del mismo modo que Gideon debería de haberlas visto: veinte años después de que le hubieran ocultado lo mal que lo había pasado la familia por aquel entonces. Especialmente, vio los sutiles ataques que habían hecho contra sus padres del mismo modo que él los estaría viendo. Y llegó a la misma conclusión a la que sin duda él debía de haber llegado después de leer lo que habían publicado los periódicos: que su madre se había marchado a causa de eso; que había desaparecido durante casi veinte años porque seguro que había empezado a creer que era la mala madre que los periódicos decían que era. Parecía que Gideon empezaba a comprender por fin su pasado. No era de extrañar que estuviera a punto de volverse loco.

Estaba a punto de decirle lo que pensaba cuando él se puso en pie. Dio dos pasos y después se balanceó. Libby se puso en pie de un salto y le cogió del brazo.

–Tengo que ver a Cresswell-White –anunció.

–¿A quién? ¿Al abogado?

Salió de la habitación, revolviendo en los bolsillos y sacando las llaves. Libby, al imaginárselo solo conduciendo a través de Londres, se vio obligada a seguirle. En la puerta de entrada cogió a toda prisa su chaqueta de cuero de la percha y lo siguió a lo largo de la acera hasta su coche. Mientras intentaba meter la llave en la cerradura con una mano que le temblaba como si fuera un viejo de ochenta años, le puso la chaqueta sobre los hombros y le dijo:

–No voy a permitir que conduzcas. Tendrías un accidente antes de llegar a Regent's Park.

–Tengo que hablar con Cresswell-White.

–Bien. De acuerdo. Lo que quieras, pero conduciré yo.

Durante el trayecto, Gideon no pronunció palabra. Se limitó a mirar fijamente hacia delante mientras las rodillas le temblaban con violencia.

Salió del coche tan pronto como Libby apagó el motor en la zona del Colegio de Abogados. Empezó a andar calle abajo. Libby cerró la puerta del coche y empezó a correr para alcanzarle, y lo consiguió mientras él cruzaba al final de la calle para entrar en el más sagrado de los templos jurídicos.

Gideon la llevó hasta el lugar al que ya lo había acompañado previamente: a un edificio que era mitad de ladrillo mitad de piedra, y que estaba situado en un extremo de un pequeño parque. Atravesó la misma pequeña estrecha puerta de entrada, donde unas tablillas negras de madera tenían pintados en blanco los nombres de los abogados que tenían despachos en el interior.

Tuvieron que esperar en la recepción hasta que Cresswell-White tuviera un hueco en su horario. Se sentaron en silencio en los sillones negros de piel, alternando sus miradas entre la alfombra persa y el candelabro de bronce. A su alrededor, los teléfonos sonaban sin cesar, y delante de ellos había un grupo de personas que contestaban las llamadas con tranquilidad.

Después de cuarenta minutos de reflexionar sobre un asunto tan importante como si la cómoda de madera de roble de recepción había sido diseñada para guardar orinales, Libby oyó que alguien decía «Gideon», y se levantó para ver con sus propios ojos si Bertram Cresswell-White en persona había salido de su despacho para invitarles a entrar. A diferencia de la primera visita –que había sido concertada con antelación– no les ofrecieron café, pero la chimenea estaba encendida y como mínimo hacía algo para mitigar el frío que invadía la sala.

El abogado debía de haber estado trabajando mucho, ya que la pantalla del ordenador aún relucía con una página escrita, y tenía media docena de libros abiertos sobre el escritorio, junto con lo que parecían carpetas bastante antiguas. Entre ellas se encontraba una fotografía en blanco y negro de una mujer. Era rubia y con el pelo cortado a lo *garçon*, tenía mal aspecto y una expresión que decía: «¡No te metas conmigo!».

Gideon vio la fotografía y le preguntó:

–¿Intenta sacarla de la cárcel?

Cresswell-White cerró la carpeta, les indicó que tomaran asiento junto a los sillones de la chimenea y respondió:

–Si de mí dependiera y la ley fuera diferente, la habría mandado ahorcar. Es un monstruo. Y el estudio de los monstruos se ha convertido en mi ocupación.

–¿Qué ha hecho? –preguntó Libby.

–Matar a niños y enterrar sus cadáveres en los páramos. Le gustaba grabar cintas mientras ella y su novio les torturaban. –Libby tragó saliva. Cresswell-White miró el reloj intencionadamente, pero compensó su acción diciendo–: Me he enterado de lo de tu madre, Gideon. En las noticias de Radio 4. Lo lamento de verdad. Supongo que has venido por eso. ¿En qué puedo ayudarte?

–Quiero su dirección. –Gideon habló como si ni hubiera pensado en nada más desde que entrara en el coche en Chalcot Square.

–¿De quién?

–Seguro que sabe dónde está. Usted fue quien la encerró y seguro que sabe cuándo la soltaron. He venido por eso. Porque necesito su dirección.

«*Espera* un momento, Gid», pensó Libby.

Cresswell-White dio su versión de esa misma reacción. Alzó las cejas y le preguntó:

–¿Me estás pidiendo la dirección de Katja Wolff?

–La tiene, ¿verdad? Seguro que la tiene. Supongo que no la dejarían salir sin que antes le dijera adónde pensaba ir a vivir.

–¿Para qué la quieres? Además, tampoco te he dicho que la tenga.

–Tiene cuentas pendientes.

«Esto no puede seguir así», pensó Libby. Con tranquilidad, pero intentando darle un tono de urgencia gentil, le dijo:

–Gideon, por el amor de Dios. La policía ya se está ocupando de eso.

–Ahora está en la calle –le dijo Gideon a Cresswell-White como si Libby no hubiera dicho nada–. Está en la calle y tiene cuentas pendientes. ¿Dónde está?

–No te lo puedo decir. –Cresswell-White se inclinó hacia delante, alargando las manos, pero no el cuerpo, hacia Gideon–. Sé que estás en estado de conmoción. Tu vida seguramente ha sido un largo esfuerzo para recuperarte de lo que ella te ha hecho pasar. Dios sabe que los años que ha pasado en la cárcel no han aliviado tu dolor en lo más mínimo.

–Tengo que encontrarla –insistió Gideon–. Es la única solución.

–No. Haz el favor de escucharme. Es una solución errónea. Sientes que tienes el derecho y te aseguro que conozco esa sensación. Si pudieras, volverías al pasado y le arrancarías los miembros uno a uno antes de que pudiera hacerlo, y así evitar que hiciera el daño que le acabó haciendo a tu familia. Pero conseguirías tan poco como yo, Gideon, cuando oigo el veredicto del jurado y sé que he ganado, pero al mismo tiempo sé que he perdido porque nada puede devolverle la vida a un niño muerto. Una mujer que quita la vida de un niño es el peor demonio que existe porque ella puede dar la vida si así lo decide. Y quitar la vida de alguien cuando uno puede darla es un crimen de los peores, un crimen para el que ninguna condena será lo bastante larga y para el que ningún castigo, ni siquiera la muerte, será lo bastante bueno.

–Debe hacerse justicia –contestó Gideon. Parecía más terco que desesperado–. Mi madre está muerta, ¿no se da cuenta? Debe hacerse justicia, y ésa es la única manera. No tengo elección.

–Sí que la tienes –replicó Cresswell-White–. Puedes elegir no rebajarte a su nivel. Puedes optar por creer lo que te estoy diciendo, porque lo que te estoy diciendo es el resultado de décadas de experiencia. La venganza para ese tipo de cosas no existe. Ni siquiera la muerte era una venganza, cuando la pena de muerte era legal y posible, Gideon.

–No lo comprende.

Gideon cerró los ojos, y por un momento Libby pensó que se iba a poner a llorar. Quería hacer algo para evitar que se desmoronara y se humillara todavía más delante de un hombre que en realidad no lo conocía y que, por lo tanto, no podía saber lo que había tenido que soportar durante más de tres meses. Pero también quería hacer algo por suavizar las cosas, por si existía la posibilidad remota de que a la mujer alemana le sucediera algo malo accidentalmente en el futuro, en cuyo caso Gideon sería la primera persona con la que hablarían después de esa breve conversación en el Colegio de Abogados. No es que pensara que Gideon fuera capaz de hacerle daño a nadie. Sólo estaba hablando. Sólo buscaba algo que le hiciera sentir que su mundo no se estaba desmoronando.

–Ha estado despierto toda la noche –le dijo Libby al abogado en voz baja–. Y cuando consigue dormir, tiene pesadillas. La vio y...

Cresswell-White se incorporó, fijándose en lo que le acababa de decir, y le preguntó:

–¿A Katja Wolff? ¿Se ha puesto en contacto contigo, Gideon? Las normas de la libertad condicional le prohíben ponerse en contacto con los miembros de la familia, y si ha infringido esas normas, podemos ocuparnos de que...

–¡No, no, vio a su madre! –le interrumpió Libby–. Vio a su madre, pero no sabía quién era porque no la había visto desde que era un niño pequeño. Y eso le ha estado atormentando desde que se enteró que había sido... ya sabe, asesinada.

Le lanzó una mirada cautelosa a Gideon. Todavía tenía los ojos cerrados; la cabeza le temblaba, como si quisiera negar todo lo que había sucedido y que le había llevado a esa situación: a tener que suplicarle a un abogado que no conocía de nada que infringiera las normas que tuviera que infringir para darle la información que Gideon le pedía. Eso no iba a suceder, y Libby lo sabía. Cresswell-White no iba a ponerle a la niñera alemana en bandeja, y con ello correr el riesgo de arruinar su reputación y su carrera profesional. A ella le parecía muy bien y muy adecuado. Lo último que necesitaba Gideon en ese momento de su vida era ponerse en contacto con la mujer que había matado a su hermana y quizás a su madre.

Pero Libby sabía cómo se sentía, o, como mínimo, eso creía. Sentía que había desaprovechado la oportunidad de redimirse de algún tipo de pecado, el castigo del cual era su incapacidad de volver a tocar el violín. Y eso era a lo que se reducía todo: al maldito violín.

–Gideon, Katja Wolff no se merece que pases ni un minuto de tu tiempo buscándola –le dijo Cresswell-White–. Es una mujer que no mostró ningún tipo de remordimiento, y que estaba tan segura de su exculpación que ni siquiera se esforzó por justificar sus acciones. Su silencio decía: «Les dejaré que demuestren que tienen un caso», y sólo se decidió a hablar cuando vio que los hechos salían a la luz, los cardenales, y esas fracturas que no habían sido curadas en el cuerpo de tu hermana, y cuando oyó el veredicto y la condena. Imagínatelo. Imagínate el tipo de persona que se debe de esconder tras esa negativa por cooperar, por responder las preguntas más básicas, cuando una niña que estaba a su cargo ha muerto. Ni siquiera lloró cuando hizo su única declaración. Y ahora tampoco lo hará. No puedes esperar que lo haga. No es como nosotros. La gente que abusa de los niños nunca lo es.

Libby observaba a Gideon con ansiedad mientras Cresswell-White hablaba, en busca de un indicio que le mostrara que lo que Cresswell-White estaba diciendo estaba surgiendo algún efecto sobre él. Pero su desespero no hizo más que aumentar cuando Gideon abrió los ojos, se puso en pie y habló.

–Se trata de lo siguiente: antes no lo comprendía pero ahora sí. Y tengo que encontrarla –declaró Gideon, como si las palabras de Cresswell-White no hubieran significado nada para él. Se dirigió hacia la puerta del despacho, llevándose las manos a la frente, como si deseara hacer lo que había dicho antes: arrancarse el cerebro de la cabeza.

–No está bien –le dijo Cresswell-White a Libby.

–¿Bien? ¡Imposible! –respondió Libby. Después se fue tras Gideon.

La casa de Raphael Robson en Gospel Oak estaba situada en una de las zonas más ruidosas de todo el barrio. Resultó ser un edificio eduardiano desvencijado que necesitaba reformas con urgencia, y cuyo jardín delantero estaba escondido tras un seto de tejos y pavimentado para ser utilizado como aparcamiento. Cuando llegaron Lynley y Nkata, había tres vehículos aparcados delante de la casa: una furgoneta blanca que estaba muy sucia, un Vauxhall negro y un Renault plateado. Lynley se fijó en que el Vauxhall no era lo bastante antiguo para poder ser el vehículo que se había usado para los atropellamientos.

Mientras se acercaban a la escalera de entrada, un hombre salió por la parte lateral de la casa. Se dirigió hacia el Renault sin percatarse de su presencia. Cuando Lynley le llamó, el hombre se detuvo, con las llaves del coche en la mano para abrir la puerta del coche. Lynley le preguntó si era Raphael Robson, y le mostró su identificación.

El hombre no era atractivo en lo más mínimo, y una mata de pelo de color pardo le surgía por encima de la oreja izquierda, lo que hacía que pareciera que alguien le hubiera pintado con acuarelas una celosía sobre la cabeza. Tenía manchas en la piel, como si hubiera pasado demasiadas vacaciones en el Mediterráneo en el mes de agosto, y sus hombros estaban cubiertos de una abundante cantidad de caspa. Echó un vistazo a la identificación de Lynley y dijo que sí, que era Raphael Robson.

Lynley le presentó a Nkata y le preguntó si podrían hablar con él en algún sitio, lejos del ruidoso tráfico que pasaba por delante de ellos al otro lado del seto. Robson les respondió que sí, no faltaba más, y que si eran tan amables de seguirle...

–La puerta principal está atascada –les informó–. Aún no la hemos arreglado. Tendremos que entrar por la puerta de atrás.

Eso les llevó por un sendero de ladrillos que conducía a un jardín muy extenso. Estaba repleto de malas hierbas y de plantas; asimismo, estaba rodeado por un muro que hacía tiempo que había empezado a derrumbarse, y los pocos árboles que había no se habían podado en muchos años. A su sombra, las húmedas hojas caídas se estaban pudriendo para unirse en la tierra con las hojas de los otoños anteriores. Sin embargo, había un edificio nuevo en medio de todo ese caos y decadencia. Robson se dio cuenta de que tanto Lynley como Robson lo observaban, y les dijo:

–Ése fue nuestro primer proyecto. Nos ocupamos de los muebles.

–¿Los construyen?

–No, los restauramos. Tenemos intención de arreglar toda la casa. El hecho de vender los muebles antiguos que restauramos nos da un poco de dinero para seguir haciendo mejoras. Reformar un sitio como éste cuesta una fortuna. –Hizo un gesto para señalar el imponente edificio–. Cuando tenemos suficiente dinero para reformar una habitación, lo hacemos. Estamos tardando mucho, pero nadie tiene prisa. Y creo que se desarrolla cierto tipo de camaradería cuando la gente está involucrada en el mismo proyecto.

Lynley reflexionó sobre la palabra *camaradería*. En un principio, había pensado que Robson se refería a su mujer y a su familia, pero la expresión *desarrollar camaradería* implicaba otra cosa. Pensó en los vehículos que había visto aparcados delante de la casa y le preguntó:

–Entonces, ¿es una comuna?

Robson abrió la puerta de par en par y se encontraron en un pasillo que tenía un banco de madera a lo largo de toda la pared; debajo había una hilera de botas de agua y de un perchero de la pared colgaban varias chaquetas de adulto.

–Esa palabra me parece más propia de los años sesenta, pero supongo que sí, que podría llamarlo comuna. En realidad, somos un grupo con intereses comunes.

–¿Como por ejemplo?

–Hacer música y convertir este sitio en algo que todos podamos disfrutar.

–¿No están interesados en la restauración de muebles? –le preguntó Nkata.

–Eso sólo es un medio para conseguir nuestro objetivo. Los músicos no ganamos lo bastante para poder financiar una reforma de estas dimensiones si no tenemos nada más a lo que podamos recurrir.

Los hizo entrar a un pasillo que había ante ellos, y cuando estuvieron dentro cerró la puerta con llave escrupulosamente. Les dijo «por aquí», y los condujo a una sala que antes debía de haber sido un comedor y que ahora era una rancia combinación de sala de estar, cuarto trastero y oficina: la parte superior de las paredes estaba revestida con un papel pintado con manchas de agua, mientras que la parte inferior estaba cubierta con una especie de recubrimiento estropeado. Un ordenador formaba parte de las funciones de oficina que hacía la sala. Desde donde estaba, Lynley vio el cable telefónico que tenía conectado.

–Le hemos seguido la pista por un mensaje que dejó en el contestador automático de una mujer que se llamaba Eugenie Davies, señor Robson. Eso fue hace cuatro días. A las ocho y cuarto de la tarde.

Nkata, que estaba junto a Lynley, sacó su libreta de piel y su portaminas, y le dio la vuelta para sacar una mina finísima. Robson observó cómo lo hacía, y después se dirigió a una mesa en la que había esparcidos una serie de anteproyectos. Pasó la mano por el de arriba como si quisiera examinarlo, pero respondió la pregunta con una única palabra:

–Sí.

–¿Sabe que la señora Davies fue asesinada hace tres días?

–Sí, ya lo sé. –Lo dijo con voz baja y mientras su mano asía un anteproyecto que aún estaba enrollado. Con el dedo pulgar tocaba la goma elástica que hacía que tuviera forma de tubo–. Me lo contó Richard. –Levantó los ojos hacia Lynley–. Cuando llegué para una de las sesiones se lo estaba contando a Gideon.

–¿Sesiones?

–Doy clases de violín. Gideon ha sido alumno mío desde que era un niño. Ahora ya no lo es, claro está. Ya no es el alumno de nadie. Pero tocamos juntos tres horas al día cuando no está haciendo grabaciones, ensayando o de gira. Es evidente que debe haber oído hablar de él.

–Creía que hacía meses que no tocaba.

Robson alargó la mano para tocar de nuevo el anteproyecto que había sobre la mesa, pero vaciló y no lo hizo. Soltó un profundo suspiro y, volviéndose hacia ellos, les indicó:

–Siéntese, inspector. Usted también, agente. No sólo es importante guardar las apariencias en una situación como la de Gideon, sino que también lo es seguir con la rutina siempre que sea posible. En consecuencia, sigo pasando tres horas diarias en su casa, y esperamos que cuando haya pasado suficiente tiempo, será capaz de tocar de nuevo.

–¿Esperamos? –Nkata alzó la cabeza en espera de una respuesta.

–Richard y yo. Me refiero al padre de Gideon.

En alguna parte de la casa se oyó un *scherzo*. Docenas de notas enérgicas empezaron a extenderse por todas partes en lo que al principio parecía un clavicordio, pero que de repente cambió a un oboe, y que después, con la misma rapidez, se convirtió en una flauta. Ésta fue acompañada por un aumento de volumen y por el sonido rítmico y repentino de varios instrumentos de percusión. Robson se dirigió hacia la puerta, la cerró y exclamó:

–Lo siento. Creo que Janet se está pasando un poco con el teclado eléctrico. Está entusiasmada con cualquier cosa que pueda hacer con un circuito integrado de ordenador.

–¿Y usted? –le preguntó Lynley.

–No tengo bastante dinero para comprarme un teclado.

–Me refería a los circuitos integrados del ordenador, señor Robson. ¿Utiliza éste? Veo que está conectado al teléfono.

Robson le echó un vistazo rápido. Atravesó la sala y se sentó en una silla que sacó de debajo de la lámina de madera contrachapada que hacía las funciones de escritorio. Al verlo, Lynley y Nkata también se sentaron, desplegando dos sillas metálicas y colocándolas en una posición que los tres formaban un triángulo alrededor del ordenador.

–Lo usamos todos –contestó Robson.

–¿Para el correo electrónico? ¿Para chatear? ¿Para navegar por la red?

–Yo casi siempre lo uso para enviar mensajes. Mi hermana vive en Los Ángeles. Mi hermano está en Birmingham. Y mis padres tienen una casa en la Costa del Sol. Nos va muy bien para seguir en contacto.

–Su dirección es...

–¿Por qué la quiere saber?

–Por curiosidad –respondió Lynley.

Robson se la dijo, con una expresión perpleja. Lynley oyó lo que había sospechado que oiría al ver el ordenador en la sala de estar. Jete era el apodo de Robson en la red y, por lo tanto, formaba parte de su dirección electrónica.

–Parece ser que estaba bastante tenso con la señora Davies –le comentó al violinista–. El mensaje que dejó en el contestador automático parecía bastante urgente, señor Robson, y el último mensaje que le mandó también parecía un poco apremiante. «Debo verla. Se lo suplico.» ¿Habían tenido algún tipo de altercado?

El asiento de Robson era una silla con ruedas, y la usó para dar vueltas y para examinar la apagada pantalla del ordenador, como si allí pudiera ver el último mensaje que le había mandado a Eugenie Davies.

–Claro está, lo han examinado todo –se dijo más para sí mismo que para ellos. Después prosiguió en un tono de voz normal–. Nos despedimos bastante enfadados. Le dije algunas cosas que... –Sacó un pañuelo del bolsillo y se lo pasó por la frente, donde las primeras gotas de sudor ya habían empezado a aparecer–. Esperaba poder tener la oportunidad de disculparme. Incluso mientras me alejaba del restaurante, y admito que estaba muy furioso, no me fui pensando: «¡Ya está! ¡He acabado con este asqueroso asunto para siempre! ¡Es una vaca estúpida y ciega, y se acabó!», sino que en realidad pensé: «¡Dios mío! ¡Parece enferma! ¡Nunca había estado tan delgada! Por el amor de Dios, ¿por qué no quiere darse cuenta de lo que *eso* quiere decir?».

–¿A qué se refiere? –le preguntó Lynley.

–A que ella había tomado una decisión y a que a ella debía de parecerle muy sensata. Pero su cuerpo se estaba rebelando contra esa decisión, lo que era su manera de... No lo sé... Supongo que era la forma que tenía su alma de decirle que se detuviera, que no llevara las cosas más lejos. *Esa* rebelión era evidente. Créanme, uno incluso podía llegar a verla. No sólo consistía en que había empezado a abandonarse, ya que había empezado a hacerlo años atrás. Había sido muy atractiva, pero al verla, especialmente en el estado de los últimos años, nadie habría dicho que hubo una época en la que los hombres se volvían para mirarla.

–¿Qué decisión había tomado, señor Robson?

–Vengan conmigo. Quiero enseñarles algo –les dijo a modo de respuesta.

Los hizo salir de la casa e ir al jardín por el mismo camino por el que habían entrado. Se dirigieron hacia el edificio en el que había dicho que los miembros de la comuna restauraban los muebles.

El edificio constaba de una única sala en la que varias piezas antiguas se encontraban en diferentes fases de restauración. Desprendía un fuerte olor de serrín, aguarrás y pintura, y la pátina de polvo que se formaba al serrar las piezas lo cubría todo como si de un vaporoso velo se tratara. Se veían pisadas por todas partes del sucio suelo, desde un banco de trabajo del que colgaban unas herramientas acabadas de limpiar y que resplandecían por el aceite hasta un armario de tres patas, que estaba en la lista de quehaceres, y que estaba tan pulido que sólo quedaba una fina capa de madera de nogal y que, destripado, esperaba la siguiente fase de rejuvenecimiento.

–Esto es lo que pienso –declaró Robson–. Díganme si coincide con la realidad. Le restauré un armario. Era de madera de cerezo. De primera calidad. Precioso. No era el tipo de armario que se ve todos los días. También le restauré una cómoda de principios del siglo XVIII. Era de roble. Y un lavamanos, victoriano. Madera de ébano con superficie de mármol. Le faltaba un tirador de uno de los cajones, pero era imposible sustituirlo ya que nunca se encontraría una cosa así y, además, dejarlo sin uno de los tiradores le daba más carácter. El armario fue lo que me costó más tiempo, porque uno se niega a entregar una pieza así hasta que no está satisfecho. Uno quiere restaurarla a la perfección y, en consecuencia, pasaron seis meses antes de que obtuviera el aspecto que yo deseaba y puedo asegurarle que nadie –señaló la casa para indicar a sus compañeros– estaba satisfecho de que yo siguiera trabajando en esa armario en vez de hacer algo que pudiera ser más rentable.

Lynley frunció el ceño, a sabiendas de que Robson tenía muchas historias que contar y preguntándose si tendría la habilidad de leer entre líneas con el poco tiempo del que disponían.

–Tuvo una discusión con la señora Davies respecto a una decisión que había tomado. Sólo se me ocurre pensar que no se quedó con el mobiliario que le había restaurado. ¿Estoy en lo cierto?

Robson dejó caer los hombros ligeramente, como si hubiera abrigado la esperanza de que Lynley fuera incapaz de confirmar lo que él había sospechado. No había dejado de asir el pañuelo ni un solo momento, y lo observaba mientras le respondía:

–No los conservó. No se quedó con un solo mueble de los que le restauré. Los vendió todos y entregó el dinero a una institución de beneficencia. O simplemente regaló los muebles, pero no se los quedó. ¿Es eso lo que está intentando decirme?

–No había ningún mueble antiguo en su casa, si eso es lo que quiere saber –declaró Lynley–. El mobiliario era... –Buscó la palabra adecuada para describir cómo estaba amueblada la casa de Eugenie Davies en Friday Street– espartano.

–Supongo que su casa era como la celda de una monja –dijo Robson con cierta amargura–. Era así como se castigaba. Pero esa clase de privación no era suficiente y, por lo tanto, estaba dispuesta a llevarla al extremo.

–¿A qué se refiere? –Nkata había dejado de escribir durante el recuento de muebles antiguos que le había dado a Eugenie Davies. «Al extremo», sin embargo, parecía más prometedor.

–Me refiero a Wiley –contestó Robson–. Al tipo de la librería. Hacía años que salía con él, y había decidido que había llegado la hora de... –Robson se guardó el pañuelo en el bolsillo y observó el armario de tres patas. Según Lynley, ese armario era irrecuperable, pues le faltaba una pata y el interior mostraba un gran agujero en la parte trasera, como si alguien lo hubiera partido con una hacha– ... casarse con él si se lo pedía. Me contó que pensaba, que, de hecho, lo *sentía*, con esa maldita intuición de las mujeres, que ése iba a ser el siguiente paso. Yo le respondí que si un hombre ni siquiera se molestaba en intentarlo... Que si en tres años aún no se le había insinuado... ¡No estoy diciendo que la violara! No quiero decir que la tirara contra una pared y la forzara. Sólo que... Ni siquiera había intentado acercársele. Ni siquiera le había explicado por qué no lo había intentado. Se limitaban a ir al campo, a pasear, a hacer esas estúpidas excursiones de un día que organizaban para los jubilados... Yo intenté convencerla de que no era normal. De que no era propio de un hombre viril. Y que, por lo tanto, si se casaba con él, si se convertía en la compañera de su vida y acababa con su maldita huida... –Robson se quedó sin aliento y los ojos se le enrojecieron–. Pero supongo que eso era lo que ella quería. Empezar una nueva vida con alguien que no le podría dar nada completo, que no podría darle lo que un hombre suele darle a una mujer cuando ésta lo es todo para él.

Lynley observó a Robson mientras hablaba, y vio cómo la tristeza con la que sus palabras adornaban esa dolorosa historia se veía reflejada en su cara llena de manchas.

–¿Cuándo vio a la señora Davies por última vez?

–Hace quince días. El jueves.

–¿Dónde?

–En Marlow. En el pub The Swan and Three Roses; está en las afueras de la ciudad.

–¿Y no la volvió a ver? ¿No habló con ella?

–Hablé por teléfono con ella dos veces. Quería... No había reaccionado bien a lo que me había contado sobre Wiley, y yo lo sabía. Quería arreglar las cosas. Pero sólo hice que empeorarlas, porque yo todavía deseaba hablar de eso con ella, hablar de Wiley y de lo que significaba que en tres años nunca... Pero ella no quería oírlo. No quería entenderlo. «Es un buen hombre, Raphael», no cesaba de repetir. «Y creo que ha llegado el momento.»

–¿El momento de qué?

Robson prosiguió como si no hubiera oído la pregunta de Nkata, como si fuera un silencioso Cirano que llevaba tiempo esperando una oportunidad para poder desahogar sus penas.

–No es que discrepara de que no fuera el momento propicio. Hacía años que se castigaba a sí misma. No estaba en la cárcel, pero bien podría haberlo estado, porque de todas maneras hizo que su vida fuera una prisión. Vivía prácticamente una vida de reclusión solitaria, de completa abnegación, y se rodeaba de gente con la que no tenía nada en común, siempre ofreciéndose voluntaria para los peores trabajos, y hacía todo eso sólo para poder pagar, pagar y pagar por lo que había hecho.

–¿Qué había hecho? –Mientras escribía, Nkata había permanecido de pie junto a la puerta, con la esperanza de que si se mantenía cerca del exterior, su traje de lana gris marengo no se ensuciaría con el polvo que impregnaba el aire de la sala. Pero en ese momento hizo un paso hacia Robson y le lanzó una mirada a Lynley, pero éste le hizo un gesto con la mano para indicarle que esperara a que el violinista continuara. El hecho de no interrumpirle era una herramienta tan útil como el silencio de Robson.

Al cabo de un rato, Robson prosiguió:

–Cuando nació Sonia, Eugenie no la amó de forma instantánea, tal y como pensaba que debería haberlo hecho. Al principio se sintió agotada, ya que el parto había sido difícil y, después, lo único que quería era recuperarse. Y a mí eso me parece normal, teniendo en cuenta que estuvo treinta horas de parto, y que no le habían quedado fuerzas ni para abrazar a la recién nacida. No es ningún pecado.

–A mí no me lo parece –asintió Lynley.

–Además, al principio no sabían nada de la enfermedad del bebé. Sí, claro, había indicios, pero el parto había sido muy difícil. No había salido resplandeciente y perfecta como si fuera un nacimiento orquestado por una producción de Hollywood. Por lo tanto, los médicos no lo supieron hasta que la examinaron y después... ¡Santo Cielo! Cualquier persona se habría sentido devastada con la noticia. Cualquier persona habría tenido que adaptarse y para eso se necesita tiempo. Pero Eugenie pensaba que debería haber actuado de otra forma. Pensaba que debería haberla amado de inmediato, haberse sentido con fuerzas, haber hecho planes para cuidar de ella, sabido lo que tenía que hacer, qué esperar y cómo comportarse. Al ver que era incapaz de hacerlo, empezó a odiarse a sí misma. Y los demás miembros de la familia no hicieron nada por ayudarla a aceptar el bebé, especialmente el padre de Richard, ese viejo loco, que esperaba otro niño prodigio, y que cuando consiguió lo contrario, hizo que Eugenie no lo pudiera soportar. Los problemas físicos de Sonia, las necesidades de Gideon, que cada vez eran mayores y ¿qué más se podía esperar de educar a un niño prodigio?, los ataques de locura de Jack, el segundo fracaso de Richard...

–¿El segundo fracaso?

–Otro hijo con problemas, por imposible que parezca. Ya había tenido otro de un matrimonio anterior. En consecuencia, cuando nació el segundo... Fue terrible para todos ellos, pero Eugenie era incapaz de entender que era normal que al principio se sintiera angustiada, que maldijera a Dios, que hiciera todo lo que pudiera servirle de ayuda para superar esa difícil situación. En vez de eso, oyó la maldita voz de su padre: «Dios nos habla directamente. No hay ningún misterio en Su mensaje. Examina tu alma y tu conciencia y encontrarás el mensaje de Dios, Eugenie». Eso fue lo que le escribió su padre, ¿se lo pueden creer? Ésa fue su bendición y las palabras de consuelo después del nacimiento de ese pobre y patético bebé. Como si un hijo pudiera ser un castigo de Dios. Y nadie podía conseguir que dejara de sentirse así, ¿lo entienden? Sí, claro, estaba la monja, pero ella hablaba sobre la voluntad de Dios, como si fuera una situación predeterminada y Eugenie tuviera que comprenderla, aceptarla y no rebelarse contra ella, lamentarse por ella, y no pudiera ni siquiera sentir el desespero que necesitaba sentir antes de continuar con la vida cotidiana. Así pues, cuando el bebé murió... y teniendo en cuenta la forma en que murió... Supongo que hubo momentos en los que Eugenie había pensado: «Más le valdría estar muerta que tener que vivir así, con médicos, operaciones y pulmones que se estropean, con un corazón que apenas le late y un estómago que no le funciona, con unos oídos que no oyen y sin siquiera poder ir de vientre... ¡Por el amor de Dios, más le valdría estar muerta!». Y después, murió. Era como si alguien la hubiera oído y le hubiera concedido un deseo que no era un deseo en realidad, sino la mera expresión de un momento de desespero. ¿Cómo no se iba a sentir culpable? ¿Y qué más podía hacer por repararlo que no fuera negándose a sí misma cualquier cosa que implicara comodidad?

—Hasta que el comandante Wiley apareció en su vida —apuntó Lynley.

—Supongo que sí. —Las palabras de Robson sonaron huecas—. Wiley le ofrecía la posibilidad de volver a empezar. O, como mínimo, eso era lo que ella pensaba.

—Pero usted no estaba de acuerdo.

—Yo lo consideraba otra forma de encarcelamiento. Pero aún peor que el primero, porque llevaría el disfraz de algo nuevo.

—Por lo tanto, discutieron.

—Y después quería disculparme —añadió Robson—. Necesitaba pedirle disculpas, ¿no se dan cuenta?, porque Eugenie y yo habíamos compartido muchos años de amistad, y no podía soportar perder todos esos años a causa de Wiley. Quería que lo supiera. Eso es todo. Por si acaso podía servirle de algo.

Lynley, comparando sus palabras con las de Gideon y Richard Davies, subrayó:

–Se distanció de su familia hace muchos años, pero por lo que veo no perdió el contacto con usted. ¿Usted y la señora Davies fueron amantes alguna vez, señor Robson?

El color se le subió a las mejillas, una fea tonalidad de carmesí que pugnaba contra las manchas de su estropeada piel.

–Nos veíamos dos veces al mes –dijo a modo de respuesta.

–¿Dónde?

–En Londres. En el campo. Donde ella quería. Me pedía noticias de Gideon, y yo se las daba. Eso era lo único que ella y yo compartíamos.

«Los pubs y los hoteles de su agenda», pensó Lynley. Dos veces al mes. Pero no tenía ningún sentido. Sus encuentros con Robson no encajaban con el tipo de vida que Eugenie Davies, según las propias palabras de Robson, había llevado. Si había tenido intención de castigarse a sí misma por haber pecado al mostrar su desespero humano, por su deseo tácito –concedido de una forma horrible– de verse liberada de la carga de tener que cuidar de una hija frágil, ¿por qué se habría permitido el lujo de tener noticias de su hijo, noticias que podrían ser un consuelo y que la mantendrían de alguna manera unida a él? ¿No se habría negado también ese derecho?

Lynley concluyó que faltaba una pieza. Y su instinto le dijo que Raphael Robson sabía perfectamente cuál era esa pieza.

–En cierta manera entiendo el comportamiento de la señora Davies, pero no lo llego a comprender del todo, señor Robson. ¿Por qué se distanció de su familia y siguió en contacto con usted?

–Tal y como ya le he dicho, era la forma que tenía de castigarse a sí misma.

–¿Por algo que había pensado pero que nunca había llevado a cabo?

Parecía que Raphael Robson debería haber sido capaz de responder a esa simple pregunta sin problemas. Sí o no. Después de todo, hacía muchos años que conocía a la mujer muerta. Se había encontrado con ella de forma regular. Pero Robson no respondió de inmediato, sino que cogió un cepillo de carpintero de entre las herramientas y lo examinó son sus largos y delgados dedos de músico.

–¿Señor Robson? –inquirió Lynley.

Robson empezó a moverse por la sala y se dirigió hacia una ventana que estaba tan cubierta de polvo que parecía opaca.

–Eugenie la había despedido. Fue decisión de Eugenie. Allí empezó todo. Por lo tanto, se sentía responsable.

Nkata alzó los ojos y le preguntó:

–¿Se refiere a Katja Wolff?

–Eugenie fue la que decidió que la chica alemana tenía que marcharse –contestó Robson–. Si no hubiera tomado esa decisión... Si no hubieran discutido... –Hizo un gesto sin propósito fijo–. No podemos volver a vivir ni un solo momento, ¿no es verdad? No podemos desdecirnos de lo que hemos dicho ni deshacer lo que hemos hecho. Tan sólo podemos intentar juntar las piezas del puzzle de nuestras desgraciadas vidas.

Era cierto, pensó Lynley, pero esas afirmaciones también eran generalidades inútiles que no le iban a ayudar en lo más mínimo a averiguar la verdad.

–Cuénteme cosas de esa época, de antes de que el bebé fuera asesinado. Tal y como lo recuerde, señor Robson.

–¿Por qué? ¿Qué tiene eso que ver...?

–Complázcame.

–No hay mucho que contar. Es una historia desagradable. La chica alemana se quedó embarazada, y se encontraba muy mal. Tenía náuseas todas las mañanas y la mitad de las veces también estaba mareada al mediodía y por la noche. Sonia necesitaba alguien que la cuidara las veinticuatro horas del día, pero Katja era incapaz de cumplir con sus obligaciones. Cada vez que comía, lo vomitaba todo de inmediato. Sonia la despertaba noche tras noche, y Katja intentaba dormir cada vez que le surgía la oportunidad. Pero empezó a dormir demasiado a menudo cuando debería haber estado haciendo otra cosa, y Eugenie la despidió. Entonces, la chica alemana se desmoronó. Una noche, Sonia armó demasiado jaleo. Y ya está.

–¿Prestó declaración en el juicio de la señorita Wolff? –le preguntó Nkata.

–Sí, estaba allí y presté declaración.

–¿Contra ella?

–Me limité a explicar lo que había visto, dónde me encontraba esa noche y lo que sabía.

–¿Era un testigo de cargo?

–Sí, supongo que sí. –Robson cambió de posición y esperó otra pregunta, con los ojos clavados en Lynley a medida que Nkata escribía. Al ver que Lynley no decía nada y que el silencio que reinaba entre ellos se alargaba demasiado, habló de nuevo–. No había visto prácticamente nada. Le había estado dando clases a Gideon, y el primer indicio que tuve de que algo iba mal fue cuando oí los gritos de Katja desde el cuarto de baño. La gente acudió a toda prisa desde todos los rincones de la casa, Eugenie llamó a una ambulancia, y Richard le hizo la respiración boca a boca.

–Y Katja Wolff cargó con las culpas –apuntó Nkata.

–En un principio, la situación era demasiado caótica para poder culpar a nadie –afirmó Robson–. Katja gritaba que no había dejado al bebé solo ni un momento y, por lo tanto, parecía que la criatura se había muerto al instante de un ataque, mientras Katja se había dado la vuelta para coger la toalla. O algo así. Después dijo que había estado hablando por teléfono durante uno o dos minutos. Pero ese argumento se vino abajo cuando Katie Waddington lo negó. Luego hicieron la autopsia. Se demostró cómo había muerto Sonia y que había habido incidentes anteriores de los que nadie sabía nada... –Alargó las manos como si quisiera decir: «El resto ya lo saben».

–Wolff ya ha salido de la cárcel, señor Robson –le informó Lynley–. ¿Ha intentado ponerse en contacto con usted?

Robson negó con la cabeza y contestó:

–No se me ocurre ninguna razón por la que quiera hablar conmigo.

–No creo que quiera hablar precisamente –insinuó Nkata.

Robson se volvió hacia Lynley y le preguntó:

–¿Cree que Katja puede haber matado a Eugenie?

–El policía que se encargó del caso por aquel entonces también fue atropellado ayer por la noche –añadió Lynley.

–¡Santo Cielo!

–Pensamos que debemos interrogar a todo el mundo hasta que sepamos a ciencia cierta qué le sucedió a la señora Davies –contestó Lynley–. A propósito, tenía que contarle algo al comandante Wiley. Es lo único que nos ha podido decir. ¿Tiene alguna idea de lo que podía ser?

–No, ninguna –contestó Robson, negando con la cabeza, pero según Lynley, pronunciando las palabras con demasiada rapidez. Como si se hubiera dado cuenta de que la rapidez de su respuesta era más reveladora que la respuesta en sí, Robson se apresuró a añadir–: Si quería contarle algo al comandante Wiley, nunca me lo dijo. Supongo que lo entiende, inspector.

Lynley no lo entendió. O, como mínimo, no entendió lo que Robson esperaba que él entendiera. Lo único que vio es que ese hombre les estaba ocultando algo.

–Como amigo íntimo de la señora Davies, creo que puede haber algo que le haya pasado por alto, señor Robson. Si piensa en sus encuentros más recientes y, sobre todo, en el último y en el que discutieron, piense que cualquier detalle o comentario fortuito podría ayudarnos a averiguar lo que le quería decir al comandante Wiley.

–No recuerdo nada. De verdad, no creo que...

–Si lo que tenía que contarle al comandante Wiley fue la razón por la que fue asesinada, y no podemos descartar esa posibilidad, señor Robson, cualquier cosa que pueda contarnos es de una gran importancia.

–Quizás hubiera deseado explicarle la muerte de Sonia y las circunstancias que la rodearon. Tal vez pensara que debía contarle por qué había abandonado a Richard y a Gideon. Podría haber creído que necesitaba su perdón antes de seguir con la relación.

–¿Habría sido propio de ella? –le preguntó Lynley–. Me refiero al hecho de confesarse antes de formalizar la relación.

–Sí –contestó Robson, y su afirmación pareció verdadera–. La confesión era algo muy propio de Eugenie.

Lynley hizo un gesto de asentimiento y pensó en ello. Había una parte que tenía sentido, pero no podía pasar por alto un simple hecho que se había puesto de manifiesto durante la útil declaración de Robson: en ningún momento le habían dicho a Robson que el comandante Wiley vivía en África veinte años atrás y que, en consecuencia, no conocía las circunstancias de la muerte de Sonia.

Pero si Robson sabía eso, seguro que sabía muchas otras cosas. Y fuera lo que fuera, Lynley estaba dispuesto a apostar que esa información lo llevaría a resolver el asesinato de West Hampstead.

GIDEON

1 de noviembre

Protesto, doctora Rose. No estoy eludiendo ningún deber. Puede cuestionarse mi búsqueda de la verdad con respecto a mi hermana, puede concluir que pasarme el día yendo y viviendo de Cheltenham me sirve para distraerme, y puede examinar las razones que me llevan a pasarme tres horas en la biblioteca de la Asociación de Prensa, copiando y leyendo los artículos sobre la detención y el juicio de Katja Wolff. Pero no puede acusarme de eludir los ejercicios que usted misma me asignó en primer lugar.

Sí, usted me ordenó que escribiera todo lo que recordara, y eso es precisamente lo que he estado haciendo. Y me parece que hasta que no consiga averiguar la verdad sobre la muerte de mi hermana, cualquier otro recuerdo que pueda tener va a estar bloqueado. Así pues, más me vale continuar con este asunto. Más me vale averiguar lo que sucedió por aquel entonces. Si esta empresa es un elaborado engaño inconsciente para no recordar lo que debo –sea lo que sea–, tarde o temprano nos daremos cuenta, ¿no cree? Y mientras tanto, usted se hará rica con los incontables citas que tendremos juntos. Incluso es posible que sea paciente suyo toda la vida.

Y no me diga que siente mi frustración, por favor, porque es obvio que estoy frustrado, porque cuando pienso que he logrado algo, usted permanece ahí sentada y me pide que piense en el proceso de racionalización y que reflexione sobre lo que podría significar en mi búsqueda actual.

Ya le diré yo lo que quiere decir esa racionalización: quiere decir que, consciente o inconscientemente, estoy evitando pensar en el motivo que me impide tocar. Quiero decir que estoy elaborando un complicado laberinto para frustrar sus intentos de ayudarme. ¿Lo ve? Soy totalmente consciente de lo que podría estar haciendo. Y ahora le pido que me deje seguir haciéndolo.

He estado en casa de papá. No estaba en casa cuando llegué, pero

Jill sí que estaba. Ha decidido pintar la cocina del piso de mi padre, y tenía varias muestras de colores extendidas sobre la mesa. Le dije que había ido para mirar unos papeles antiguos que papá guardaba en la habitación del abuelo. Me lanzó una de esas miradas de complicidad que indican que dos personas están de acuerdo sobre un tema aunque no hablen de él y, en consecuencia, llegué a la conclusión de que el museo que papá había dedicado a su padre iba a quedar guardado en cajas tan pronto como se mudaran a su nueva casa. Evidentemente, no se lo habría dicho a papá. Jill no acostumbraba a ser tan directa.

–Espero que te hayas traído las botas de agua –me dijo.

Le dediqué una sonrisa, pero no respondí; me limité a entrar en la habitación de mi abuelo y a cerrar la puerta a mi espalda.

No suelo frecuentar esa habitación. Esa muestra de devoción extraordinaria de mi padre hacia el suyo propio me hace sentir incómodo. Supongo que en cierta manera pienso que el fervor que mi padre siente por el recuerdo del abuelo es un poco equívocó. Cierto, el abuelo sobrevivió a un campo de concentración, a incontables privaciones, a trabajos forzados, a la tortura y a unas condiciones más propias de un animal que de un ser humano, pero dominó la vida de mi padre con irrisión –por no decir con una mano de hierro–, tanto antes como después de la guerra, y nunca he sido capaz de entender por qué mi padre se aferra a su recuerdo en vez de enterrarlo de una vez por todas. Después de todo, la presencia de mi abuelo fue la que modeló nuestras vidas en Kensington Square: el historial sobrehumano de empleos de mi padre se debía a que mi abuelo era incapaz de mantenerse a sí mismo, a su mujer o el estilo de vida que llevaba; el hecho de que mi madre tuviera que trabajar –a pesar de haber dado a luz a una niña discapacitada– se debía a que los ingresos de papá no bastaban para pagar los gastos de sus propios padres, de la casa y de mi música; en un principio, la idea de que yo estudiara música fue fomentada y financiada por el abuelo, ya que éste decretó que así sería... Y además de todo esto, siempre oigo sus acusaciones: «¡Monstruos, Dick! ¡Sólo eres capaz de engendrar monstruos!».

Así pues, una vez dentro de su habitación, evité contemplar la exposición de objetos memorables del abuelo. Me dirigí al escritorio del que papá había sacado la fotografía de Katja Wolff y Sonia, y abrí el primer cajón, que estaba repleto de papeles y carpetas.

«¿Qué estaba buscando?», me pregunta.

Algo que pudiera asegurarme lo que había sucedido. Porque no estoy seguro de nada, doctora Rose, y cuantas más noticias consigo desenterrar, más confundido me siento.

He recordado algo sobre mis padres y Katja Wolff. Ese recuerdo fue desencadenado por la conversación que mantuve con Sarah-Jane Beckett y por lo que sucedió después, es decir, por esas horas adicionales que pasé en la biblioteca de la Asociación de Prensa. Encontré un diagrama entre todos esos recortes, doctora Rose, una clase de dibujo que mostraba las lesiones, previamente curadas, que Sonia había tenido durante esa época. Había una clavícula fracturada. Una cadera dislocada. Un dedo índice que había sido curado después de un tiempo, y una muñeca que probaba la existencia de una fractura casi imperceptible. Sentí que una sensación de náusea me invadía al leer todo aquello. En mi mente sólo resonaba una pregunta: ¿Cómo podía ser que Katja –o *cualquier* otra persona– hubiera podido hacerle daño a Sonia sin que ninguno de nosotros se diera cuenta de lo que estaba sucediendo?

Los periódicos decían que, en el segundo interrogatorio, el testigo principal de la acusación –un médico especializado en los casos de abuso de menores– admitió que los huesos de un niño, más dados a las fracturas, también eran más dados a una pronta recuperación sin necesidad de que interviniera un médico. También admitió que, como no era especialista en las anomalías del esqueleto de los niños que sufrían síndrome de Down, no podía negar que las fracturas y dislocaciones que Sonia había padecido pudieran haber estado relacionadas con su enfermedad. Pero después de un segundo interrogatorio por parte de la acusación, subrayó el punto que era más importante de su declaración: si el cuerpo de un niño sufre algún tipo de agresión, acabará por mostrar cierta reacción. Que esa agresión no haya sido tratada y que la reacción haya pasado inadvertida sólo puede querer decir una cosa: que alguien estaba descuidando sus obligaciones.

Con todo, Katja Wolff siguió sin pronunciar palabra. Cuando le dieron la oportunidad de ponerse en pie en defensa propia –aunque sólo fuera para hablar de la enfermedad de Sonia, de las operaciones, de todos los problemas de salud que habían hecho que fuera una niña difícil de cuidar y una fuente constante de lloros inconsolables–, Katja Wolff permaneció en silencio en el banquillo de los acusados mientras que el fiscal del Estado atacaba con ferocidad su «cruel indiferencia ante los sufrimientos de una niña», su «incuestionable egoísmo» y la «animosidad que había surgido entre la chica alemana y la familia».

Entonces fue cuando me acordé, doctora Rose.

Estamos desayunando; lo estamos haciendo en la cocina, y no en el comedor. Sólo estamos nosotros cuatro: papá, mi madre, Sonia y yo. Yo estoy jugando con mis cereales y alineando rodajas de plátano como si fuera a cargarlas en una barcaza, a pesar de que me han ordenado que coma y que no juegue, y Sonia está sentada en su silla alta mientras mi madre le da de comer.

–No podemos seguir así, Richard –protesta mi madre, y yo alzo los ojos de mi cargamento de cereales, ya que creo que está enfadada conmigo porque no estoy comiendo y que está a punto de reñirme. Pero mamá prosigue–: Volvió a salir hasta la una y media. Le hemos dado un horario, y si no puede adaptarse...

–Debe tener algunas noches libres –replica papá.

–Pero no los días siguientes por la mañana. Llegamos a un acuerdo, Richard.

Y deduzco que Katja debería estar con nosotros a la hora del desayuno, dándole de comer a Sonia. No ha conseguido levantarse para cuidar de mi hermana y, por lo tanto, mi madre está haciendo su trabajo.

–Le pagamos para que cuide del bebé –añadió mi madre–. No para que se vaya a bailar ni al cine, ni para que mire la televisión y satisfaga su vida amorosa en nuestra propia casa.

Eso es lo que he recordado, doctora Rose, ese comentario sobre la vida amorosa de Katja. Y también recuerdo lo que mis padres dijeron a continuación:

–No está interesada por nadie de esta casa, Eugenie.

–Por favor, no esperes que me lo crea.

Los observo –primero a papá y después a mi madre– y noto algo en el aire que no soy capaz de identificar, quizás una sensación de malestar. Y en ese momento llega Katja a toda prisa. No cesa de disculparse por no haber oído el despertador.

–Yo por favor doy de comer a la pequeña –dice en su inglés que debe de empeorar cuando está nerviosa.

–Gideon, ¿serías tan amable de llevarte los cereales al comedor, por favor? –me dice mi madre. Y debido a la tensión que hay en la cocina, obedezco. Pero me detengo para escucharles sin ser visto y oigo que mi madre dice–: Ya hemos tenido una conversación sobre tus obligaciones matutinas, Katja.

–Por favor, deja dar comer al bebé, frau Davies –responde Katja con una voz clara y firme.

Ahora me doy cuenta, doctora Rose, que es la voz de alguien que no tiene miedo de su jefa. Y esa voz me sugiere que Katja tiene muchos motivos para no tener miedo.

Así pues, me dirigí al piso de mi padre. Saludé a Jill. Pasé por alto los certificados, las vitrinas y los baúles que contenían las pertenencias de mi abuelo y fui derechito al escritorio de mi abuela, que mi padre ha usado como si fuera el suyo propio durante años.

Buscaba algo que pudiera confirmar la relación entre Katja y el hombre que la había dejado embarazada. Porque finalmente me había dado cuenta de que si Katja Wolff había guardado silencio sólo podía ser por una razón: para proteger a alguien. Y ese alguien tenía que ser mi padre, que había guardado su fotografía durante más de veinte años.

1 de noviembre, 16.00

No avancé mucho en mi búsqueda.

Encontré un archivador de correspondencia en uno de los cajones que había abierto. Entre las cartas –la mayoría eran sobre temas relacionados con mi carrera– había una de una abogada con dirección en el norte de Londres. Su clienta, Katja Verónica Wolff, había autorizado a doña Harriet Lewis a ponerse en contacto con Richard Davies con respecto a cierto dinero que le debía. Como las condiciones de su libertad condicional le prohibían ponerse en contacto personalmente con ningún miembro de la familia Davies, la señorita Wolff estaba haciendo uso de ese canal legal como conducto para poder resolver el asunto de una forma satisfactoria. Si el señor Davies fuera tan amable de llamar a la señorita Lewis tan pronto como pudiera al número de teléfono que figuraba a continuación, esos asuntos monetarios podrían ser resueltos con toda prontitud y para satisfacción de todos. Atentamente, señorita Lewis, etcétera.

Observé la carta. No hacía ni dos meses que había sido enviada. El lenguaje que utilizaba no parecía contener el tipo de amenaza encubierta que uno esperaría de un abogado que tiene intenciones de llevar a alguien a juicio. Era un lenguaje directo, correcto y profesional. Como tal, uno no podía evitar preguntarse el porqué.

Estaba reflexionando sobre las posibles respuestas a esa pregunta cuando mi padre entró en el piso. Lo oí entrar. Oí su voz y la de Jill en la cocina. Poco después, sus pasos me indicaron que salía de la cocina para dirigirse a la habitación del abuelo.

Cuando abrió la puerta, todavía me encontraba sentado con el archivador abierto a mis pies y con la carta de Harriet Lewis en la mano. No hice ningún intento por ocultar el hecho de que estaba registrando las pertenencias de mi padre, y cuando atravesó la habitación diciendo con brusquedad: «¿Qué estás haciendo, Gideon?», respondí entregándole la carta y preguntándole: «¿Qué hay detrás de todo esto, papá?».

Dirigió sus ojos hacia la carta con rapidez. La volvió a colocar en el archivador y guardó el archivador en el cajón antes de responder:

–Quería que le pagara el tiempo que pasó en prisión preventiva antes de ir a juicio –respondió–. El primer mes de prisión preventiva constituía el mes de anticipación con el que teníamos que avisarla antes de despedirla, y quería el dinero de ese mes y los respectivos intereses.

–¿Después de tantos años?

Quizás un comentario más adecuado habría sido: «¿Después de haber asesinado a Sonia?». Mi padre cerró el cajón de golpe.

–Se encontraba muy segura del lugar que ocupaba en la familia, ¿no es verdad? Nunca se le pasó por la cabeza que pudieran despedirla.

–No tienes ni idea de lo que estás hablando.

–¿Has contestado la carta? ¿La has llamado, tal y como te pedía?

–No tengo la menor intención de recordar esa época, Gideon.

Miré el cajón donde había guardado la carta, hice un gesto de asentimiento y repliqué:

–Sin embargo, por lo que parece hay alguien que no está de acuerdo contigo. No sólo eso, sino que a pesar de lo que alguien hizo por arruinarte la vida, ese alguien no siente ningún remordimiento al volver a entrar en tu vida a través de su abogada. No entiendo por qué, a no ser que hubiera algo más entre la niñera y su jefe. Porque ¿no crees que una carta como ésta indica una sensación de seguridad que una persona en la situación de Katja Wolff no debería tener respecto a ti?

–¿Qué demonios quieres decir con eso?

–He recordado cómo mamá te hablaba sobre Katja. He recordado sus sospechas.

–No haces más que recordar tonterías.

–Sarah-Jane Beckett me contó que James Pitchford no estaba interesado por Katja. De hecho, me explicó que no tenía ningún interés por las mujeres. Eso hace que tengamos que descartarle, papá, y sólo quedáis tú y el abuelo, los únicos hombres que había en la casa. O Raphael, supongo, aunque creo que tanto tú como yo sabemos a quién amaba Raphael.

–¿Qué estás insinuando?

–Sarah-Jane Beckett me dijo que al abuelo le caía muy bien Katja, y que le gustaba estar con ella, pero de alguna forma no me puedo imaginar al abuelo consiguiendo hacer nada más que no fueran las cosas propias del amor juvenil. Sólo quedas tú.

–Sarah-Jane Beckett era una vaca celosa –respondió mi padre–. Se fijó en Pitchford el primer día que entró en la casa. Después de oír cómo él pronunciaba una mísera y ridícula sílaba con su boca tan educada, ya creía que se encontraba ante el Segundo Advenimiento. Era una escaladora social de primera categoría, Gideon, y antes de que Katja entrara en nuestras vidas, nada se interponía entre ella y la cima de la montaña, que era el estúpido ese de Pitchford. Lo último que hubiera deseado ver era que Katja intimaba con él, porque le quería para sí misma. Y supongo que tienes la suficiente psicología básica para llegar a entender lo que eso significa.

Me vi obligado a hacer sólo eso: reflexionar sobre el rato que había pasado en Cheltenham y calibrar lo que Sarah-Jane me había dicho, contrastándolo con lo que mi padre me estaba afirmando en aquel momento. ¿Había habido una satisfacción vengativa en los comentarios que Sarah-Jane había hecho sobre Katja Wolff? ¿O simplemente se había limitado a responder las preguntas que yo le había hecho? Con toda probabilidad, si yo hubiera ido a visitarla con el único deseo de volver a establecer contacto con ella, no habría sacado el tema de Katja ni el de la vida en aquella época. ¿Y no era propio de los celos que se ridiculizara el objeto de esa pasión siempre que surgiera la oportunidad? Por lo tanto, si sólo sentía celos, ¿no habría sacado el tema de Katja Wolff por propia iniciativa? Y al margen de lo que Sarah-Jane hubiera sentido por Katja Wolff hace veinte años, ¿por qué debería seguir sumida en ese sentimiento? Escondida en su casa elegantemente decorada de Cheltenham, esposa, madre, coleccionista de muñecas, pintora de acuarelas correctas aunque no muy artísticas, no tenía ninguna necesidad de explayarse en el pasado, ¿no es verdad?

En mis pensamientos, mi padre dijo con brusquedad: «Esto hace demasiado tiempo que dura, Gideon», en un tono de voz tan abrupto que puso fin a mis reflexiones.

–¿Cómo dices? –le pregunté.

–Esta pérdida de tiempo con fruslerías. El hecho de que te contemples tanto el ombligo. Creo que ya no puedo más. Ven conmigo. Vamos a ocuparnos de esto una vez por todas.

Pensé que iba a contarme algo que aún no sabía y, por lo tanto, lo seguí. Esperaba que me llevara al jardín para poder mantener una conversación confidencial, fuera del alcance del oído de Jill, que seguía en la cocina, poniendo las muestras de pintura sobre la repisa de la ventana con satisfacción. Pero se dirigió a la puerta de entrada, y desde allí a la calle. Avanzó a grandes pasos hacia el coche, que estaba aparcado a medio camino entre Braemar Mansions y Gloucester Road.

–Entra –me dijo a medida que abría la puerta, y al ver que dudaba, exclamó–: ¡Por el amor de Dios, Gideon! ¡Ya me has oído! ¡Haz el favor de entrar!

–¿Adónde vamos? –le pregunté mientras ponía el motor en marcha.

Puso la marcha atrás, sacó el coche con dificultad y pisó el acelerador. Avanzamos a toda velocidad por Gloucester Road rumbo a esas verjas de hierro forjado que limitan la entrada de Kensington Gardens.

–Vamos a donde deberíamos haber ido en primer lugar –respondió.

Se dirigió hacia el este a lo largo de Kensington Road, conduciendo de una forma que no era propia de él. Avanzó entre taxis y autobuses, y tocó la bocina cuando dos mujeres cruzaron la calle cerca de Albert Hall. Viró con brusquedad a la izquierda en Exhibition Road, y eso nos llevó a Hyde Park. Todavía fue mucho más rápido por South Carriage Drive. No me percaté de adónde me llevaba hasta que no pasamos por delante de Marble Arch. Pero no dije nada hasta que por fin aparcó el coche en el aparcamiento subterráneo de Portman Square, donde siempre aparcaba cada vez que yo tocaba cerca.

–¿Qué sentido tiene todo esto, papá? –le pregunté, intentando mostrarme paciente cuando en realidad lo que tenía era miedo.

–¡Vas a superar todas esas tonterías! –exclamó–. ¿Eres lo bastante hombre para entrar conmigo, o has perdido los cojones además de la vitalidad?

Abrió su puerta de un golpe y esperó a que yo saliera. Sentí cómo se me estremecían las tripas con tan sólo imaginarme lo que tendría que soportar en los minutos siguientes. Pero, de todas maneras, salí del coche. Y anduvimos uno al lado del otro a lo largo de Wigmore Street, rumbo a Wigmore Hall.

«¿Qué sintió? –me pregunta–. ¿Qué experimentó, Gideon?»

Reviví la noche que me dirigía hacia allí. Sólo que esa vez estaba solo porque había ido directamente desde Chalcot Square.

Voy andando por la calle, y no tengo ni idea de lo que el futuro me depara. Estoy nervioso, pero del modo que siempre suelo estarlo antes de una actuación. Eso ya se lo he contado, ¿verdad? ¿Mis nervios? Es curioso, pero no recuerdo haber estado nervioso cuando debería haberlo estado: tocando en público por primera vez a los seis años, tocando en varios conciertos a los siete, tocando para Perlman, conociendo a Menuhin... ¿Qué me sucedía entonces? ¿Cómo era capaz de tomarme las cosas con tanta calma? Perdí esa seguridad ingenua en algún momento de mi carrera. Así pues, esa noche que me dirijo a Wigmore Hall no es diferente de las demás noches que he vivido, y tengo la esperanza que esos nervios anteriores al concierto se me pasarán como siempre sucede, tan pronto como levanto el Guarneri y el arco.

Camino, y pienso en mi música, recordándola en mi cabeza como suelo hacer. Esa obra no me ha salido perfecta en ningún ensayo –ni una sola vez–, pero me convenzo a mí mismo de que la memoria muscular me ayudará en los fragmentos que me resulten más difíciles.

«¿Algunos fragmentos en particular? –me pregunta–. ¿Siempre eran los mismos?»

No. Eso es precisamente lo que siempre me ha parecido muy peculiar de *El Archiduque*. Nunca sé en qué parte de la obra me voy a equivocar. Nunca ha dejado de ser un campo lleno de minas, y aunque he progresado con lentitud para vencer las dificultades, siempre me he encontrado con un explosivo.

Por lo tanto, avanzo por la calle, oyendo apenas la multitud que se reúne después del trabajo en el pub por el que paso, y pienso en mi música. De hecho, mis dedos encuentran las notas a pesar de que llevo el Guarneri guardado en su funda, y al hacerlo, calman mi ansiedad en cierta manera, lo que interpreto –de forma errónea– como una señal de que todo irá bien.

Llego con noventa minutos de antelación. Justo antes de girar la esquina para acceder a la entrada de los artistas que hay en la parte trasera de la sala de conciertos, veo cómo la entrada principal recubierta de cristal se refleja a lo largo de la acera, repleta en ese momento tan sólo por los peatones que se dirigen a casa a toda prisa después del trabajo. Toco mentalmente los diez primeros compases del allegro. Me digo a mí mismo lo bonito que es poder tocar con dos amigos como Beth y Sherrill. No tengo ni idea de lo que me sucederá durante esos noventa minutos que pondrán fin a mi carrera. Soy, si me permite decirlo, como un cordero que va rumbo al matadero, sin advertir el peligro y sin la habilidad para darse cuenta de que el aire está impregnado de sangre.

Mientras me encaminaba hacia la sala de conciertos con papá, me acordé de todo esto. Pero no había ninguna sensación de urgencia en mi turbación, porque ya sabía cómo iban a ser los minutos siguientes.

Tal y como hice esa noche, giramos la esquina de Welbeck Street. No habíamos pronunciado palabra desde que habíamos salido del aparcamiento subterráneo. Interpreté el silencio de papá como una determinación firme. Él probablemente interpretó el mío como un consentimiento a su plan, en vez de mera resignación a lo que sabía que sería el resultado.

En Welbeck Way volvimos a girar, encaminándonos hacia las dobles puertas rojas sobre las que las palabras ENTRADA DE ARTISTAS están labradas sobre un frontón de piedra. Pensaba en el hecho de que papá no había planeado muy bien su estrategia. Seguramente habría gente en las taquillas de la parte delantera del edificio, pero a esas horas la entrada de los artistas estaría cerrada, y aunque llamáramos a la puerta no habría nadie para abrirla. Así pues, si papá quería que reviviera la noche de *El Archiduque* lo estaba haciendo mal, y estaba a punto de ver cómo se frustraban sus planes.

Estaba a punto de decírselo en el instante en que los pies me fallaron, doctora Rose. Primero me fallaron, y después se detuvieron por completo, y no había nada en el mundo que me hubiera animado a seguir andando.

Papá me cogió del brazo y exclamó:

—¡Si huyes no conseguirás nada, Gideon!

Pensó que tenía miedo, claro, que estaba paralizado por la ansiedad, y que me resistía a correr el riesgo que, sin lugar a dudas, la música representaba. Pero lo que me paralizaba no era el miedo, sino lo que había visto delante de mí, eso que me parecía imposible haber olvidado hasta ese momento, a pesar del elevado número de veces que había tocado en Wigmore Hall en el pasado.

La puerta azul, doctora Rose. La misma puerta azul que se me ha aparecido cada cierto tiempo en mis recuerdos y en mis sueños. Está situada al final de un tramo de diez escalones, justo al lado de la entrada de artistas de Wigmore Hall.

1 de noviembre, 22.00

Es idéntica a la puerta que he visto en mi mente: azul brillante, azul cerúleo, el azul del cielo de verano en las Tierras Altas de Escocia. Tiene un aro plateado en el centro, dos cerraduras y un montante de abanico en la parte superior. Debajo de la ventana hay guarniciones de alumbrado, colocadas justo encima de la puerta. Hay una barandilla a lo largo de la escalera, y está pintada del mismo color de la puerta: de ese azul brillante, claro e inolvidable que, sin embargo, había olvidado.

Vi que la puerta parecía conducir a un piso: había ventanas a su alrededor, de las que colgaban cortinas, y desde Welbeck Way alcanzaba a ver que había unos cuadros colgados en lo alto de las paredes. Sentí una oleada de entusiasmo, que hacía meses que no sentía –o quizás años–, al darme cuenta de que detrás de esa puerta bien podría estar la explicación de lo que me había sucedido, la causa de mis problemas, y el remedio.

Me solté del brazo de papá con rapidez y subí esos escalones a toda prisa. Tal y como me dijo que hiciera en mi imaginación, doctora Rose, intenté abrir la puerta, aunque antes de hacerlo ya me había dado cuenta de que necesitaría una llave. Por lo tanto, llamé a la puerta. La aporreé.

Mi esperanza de ser rescatado se desvaneció bien pronto, ya que la puerta fue abierta por una mujer china que era tan bajita que al principio pensé que se trataba de una niña. También pensé que llevaba guantes, pero luego caí en la cuenta de que tenía las manos cubiertas de harina. Nunca la había visto con anterioridad.

–¿Qué desea? –me preguntó mientras me observaba con cortesía. Al ver que no decía nada, dirigió la mirada hacia mi padre, que esperaba al pie de la escalera–. ¿En qué puedo ayudarle? –inquirió, moviéndose sutilmente mientras hablaba, colocando la cadera y la mayor parte de su peso, el poco que tenía, tras la puerta.

No tenía ni idea de lo que podía preguntarle. No tenía ni idea de por qué su puerta principal me había estado obsesionando. No tenía ni idea de por qué había corrido escalones arriba sintiéndome tan seguro de mí mismo, tan erróneamente convencido de que había encontrado la solución a mis problemas.

–Lo siento. Lo siento. Ha sido un error –me disculpé, añadiendo, sin embargo, lo que ya sabía que sería una pregunta inútil–. ¿Vive sola?

Es innecesario decir que me di cuenta de que era una pregunta equivocada tan pronto como la formulé. ¿Qué mujer en su sano juicio iba a decirle a un extraño, que se había presentado en la puerta de su casa, que vivía sola aunque fuera verdad? Pero antes de que pudiera responder a mi pregunta, oí la voz de un hombre que decía tras ella: «¿Quién es, Sylvia?», y obtuve mi respuesta. Obtuve mucho más que eso, porque un segundo después de haber formulado la pregunta, el hombre abrió la puerta del todo y se asomó. Y, al igual que con Sylvia, nunca lo había visto con anterioridad: era un señor alto y calvo, con las manos del tamaño del cráneo de la mayoría de la gente.

–Lo siento. Me he equivocado de dirección –me disculpé.

–¿A quién quiere ver? –me preguntó.

–No lo sé –contesté.

Al igual que Sylvia, volvió la mirada hacia mi padre y replicó:

–Pues nadie lo diría por la forma en la que ha aporreado la puerta.

–Sí, creía que... –¿Qué creía? ¿Que estaban a punto de darme el don de la clarividencia? Supongo que sí.

No obstante, no conseguí averiguar nada en Welbeck Way. Y cuando le dije a mi padre, después de que hubieran cerrado la puerta azul: «Es parte de la respuesta. Te lo prometo», mi padre se limitó a responder con aversión: «Ni siquiera sabes cuál es la maldita pregunta».

18

–¿Lynn Davies?

Barbara Havers le mostró la tarjeta de identificación a la mujer que le había abierto la puerta del edificio de estuco amarillo. Estaba situado al final de una hilera de casas adosadas de Therapia Road, en la que los edificios victorianos habían sido transformados en viviendas de dos plantas, en una zona de East Dulwich que estaba delimitada por dos cementerios, un parque y un campo de golf.

–Sí –respondió la mujer, pero pronunció la palabra como si fuera una pregunta, e inclinó la cabeza a un lado, perpleja, cuando miró la identificación de Barbara. Era de la misma altura que Barbara, lo que quería decir que era baja, pero su cuerpo parecía estar en buena forma bajo su sencillo atuendo de pantalones vaqueros azules, zapatillas deportivas y un suéter a rayas. Barbara llegó a la conclusión de que debía de ser la cuñada de Eugenie Davies, ya que Lynn parecía tener la misma edad que la mujer muerta, a pesar de que el abundante pelo que le caía por los hombros y la espalda tan sólo le empezaba a encanecer.

–¿Podría hablar un momento con usted? –le preguntó Barbara.

–Sí, sí, por supuesto.

Lynn Davies abrió la puerta de par en par y la hizo pasar a un vestíbulo cuyo suelo estaba cubierto por una pequeña alfombra de ganchillo. Había un paragüero en una de las esquinas, y junto a él se ubicaba un perchero de junco del que colgaban dos impermeables idénticos, ambos de color amarillo chillón y con ribetes negros. Condujo a Barbara hasta la sala de estar, donde una ventana salediza daba a la calle. En el hueco de la ventana, un caballete sostenía una gruesa lámina de papel blanco sobre el que había trazos de color que reflejaban el estilo inconfundible de los cuadros pintados con los dedos. Más láminas de papel –éstas eran obras de arte acabadas– colgaban de las paredes de la sala, asidas de cualquier modo con chinchetas. La lámina del caballete no era una obra acabada, pero la pintura ya estaba seca, y daba la impresión de que el artista había sufrido un sobresalto en medio de su creación, ya que había tres dedos de pintura en una de las esquinas mientras que el resto del cuadro estaba pintado con unos trazos alegres e irregulares.

Lynn Davies no dijo nada mientras Barbara echaba un vistazo a los cuadros. Se limitó a esperar en silencio.

–Supongo que es familia de Eugenie Davies por matrimonio –le dijo Barbara.

–En realidad, no –le respondió Lynn Davies–. ¿De qué se trata, agente? –Frunció el ceño con un gesto de preocupación aparente–. ¿Le ha sucedido algo a Eugenie?

–¿No es hermana de Richard Davies?

–Fui la primera esposa de Richard. Por favor. Cuénteme. Me está asustando. ¿Le ha sucedido algo a Eugenie? –Entrelazó las manos delante de ella, con fuerza, de tal modo que los brazos le formaban una V perfecta con el torso–. Debe de haber sucedido algo, porque si no fuera así, usted no se encontraría aquí.

Barbara intentó adaptarse a la nueva situación: no era la hermana de Richard, sino la primera esposa de Richard, con todo lo que implicaban las palabras «primera esposa de Richard». Observó a Lynn con atención mientras le explicaba las razones por las que la policía había ido a verla.

Lynn tenía la piel de color verde oliva, y unas oscuras medias lunas, parecidas a manchas de café, debajo de sus profundos ojos marrones. Su piel empalideció ligeramente cuando se enteró de los detalles del caso de atropellamiento y fuga de West Hampstead.

–¡Santo Cielo! –exclamó y se dirigió a un antiguo sofá de tres plazas. Se sentó, mirando fijamente al frente, pero diciéndole a Barbara–: Por favor... –señalando después un sillón junto al que había una ordenada pila de libros infantiles. *How the Grinch Stole Christmas,* de Theodor Seuss Geisel, estaba, de modo oportuno, arriba del todo.

–Lo siento –dijo Barbara–. Entiendo que debe de tener un gran disgusto.

–¡No sabía nada! –exclamó Lynn–. Y seguro que ha salido en los periódicos, ¿verdad? A causa de Gideon. Y a causa del... modo en que dice que murió. Pero no los he leído, me refiero a los periódicos, porque no me he encontrado tan bien como imaginaba... ¡Dios mío! ¡Pobre Eugenie! ¡Que todo haya acabado así!

No parecía en absoluto la típica reacción de una primera esposa amargada ante la muerte de la segunda.

–Supongo que la conocía bien –apuntó Barbara.

–Conocía a Eugenie desde hacía muchos años.

–¿Cuándo la vio por última vez?

–La semana pasada. Vino al entierro de mi hija. Ésa es la razón por la que no he visto... por la que no sabía nada... –Lynn se frotó la palma de la mano derecho contra el muslo, como si con ello pudiera calmar algo en su interior–. Virginia, mi hija, murió de forma bastante repentina la semana pasada, agente. Sabía que podía suceder en cualquier momento. Pero uno nunca está lo bastante preparado.

–Lo siento –repuso Barbara.

–Estaba pintando, tal y como hacía cada tarde. Yo me encontraba en la cocina preparando el té. Oí cómo caía. Salí de la cocina a toda prisa. Y eso fue... ¿cómo lo diría, agente? ... el final. Llegó ese momento tan importante y tan temido, y yo no estaba con ella. Ni siquiera pude decirle adiós.

«Igual que Tony», pensó Barbara, y le dolió que su hermano le viniera a la mente en un momento en el que no estaba preparada para pensar en él. Igual que Tony, que había muerto solo, sin ningún miembro de la familia junto a su lecho de muerte. No le gustaba pensar en Tony, en su muerte lenta y en el infierno que su familia había tenido que soportar. Se limitó a decir:

–Los hijos no deberían morir antes que sus padres, ¿no cree? –Sintió una tensión creciente en la garganta.

–Los médicos me dijeron que antes de caer al suelo ya estaba muerta –le explicó Lynn Davies–. Y sé que tenían intención de consolarme. Pero cuando te has pasado casi toda la vida cuidando de una niña como Virginia, una niña pequeña para siempre, tu mundo se hace pedazos cuando se la llevan, especialmente si sólo has salido de la habitación para prepararle la merienda. En consecuencia, no he sido capaz de leer un periódico, y mucho menos una novela o una revista, y tampoco he puesto la televisión ni la radio, porque aunque me gustaría distraerme, si lo hago existe la posibilidad de que deje de sentir lo que siento, y lo que siento en este mismo momento, si comprende lo que le quiero decir, es la única forma que tengo de sentirme unida a ella. –Los ojos de Lynn se llenaron de lágrimas a medida que hablaba.

Barbara le dio un momento, mientras ella misma digería toda esa nueva información. Entre todo lo que archivaba en su mente se encontraba el hecho inimaginable de que Richard Davies había sido el padre no sólo de una, sino de dos niñas con deficiencias. Porque

¿a qué más se podía referir Lynn Davies cuando describió a su hija como «una niña pequeña para siempre»? Virginia no era... Debía de haber un eufemismo en alguna parte –pensó Barbara con frustración–, y si hubiera sido de Norteamérica, ese gran país de lo políticamente correcto, lo habría sabido. Al final optó por preguntar:

–¿No se encontraba bien?

–Mi hija era retardada de nacimiento, agente. Tenía el cuerpo de una mujer y la mente de una niña de dos años.

–¡Santo Cielo! ¡Lo lamento mucho!

–El corazón no le funcionaba con normalidad. Desde el principio supimos que algún día le fallaría. Pero era una persona muy enérgica; por lo tanto, sorprendió a todo el mundo y vivió treinta y dos años.

–¿Aquí con usted?

–No era una vida fácil para ninguna de las dos. Pero cuando pienso en cómo podría haber sido, no me arrepiento de nada. Gané más de lo que perdí cuando mi matrimonio se acabó. Y, al fin y al cabo, no puedo culpar a Richard de que me pidiera el divorcio.

–Y después se volvió a casar y tuvo otra... –Una vez más, no había ningún eufemismo que le sirviera. Se lo proporcionó la misma Lynn:

–Una niña imperfecta, tal y como entendemos la perfección. Sí. Richard tuvo otra, y los que creen en un Dios vengativo podrían argumentar que había sido castigado por habernos abandonado, a mí y a Virginia. Pero no creo que Dios funcione así. Richard nunca me habría pedido que nos marcháramos si yo hubiera estado de acuerdo en tener más hijos.

«"¿Pedido que nos marcháramos?" ¡Vaya hombre más encantador!», pensó Barbara. Era algo de lo que cualquier hombre podía estar bien orgulloso: pedirle a su mujer y a su hija retardada que se fueran a vivir a otro sitio.

Lynn se apresuró en darle una explicación:

–Vivíamos con sus padres, en la misma casa en la que él se había criado. En consecuencia, cuando llegó el momento de separarnos, no tenía ningún sentido que Virginia y yo nos quedáramos con sus padres y que Richard se fuera. Y, de todas maneras, eso era parte del problema: los padres de Richard. Su padre se mantenía firme con respecto a Virginia. Quería que la ingresaran en un centro. No paraba de insistir. Y Richard estaba... Para él era muy importante tener la aprobación de su padre. Así pues, le convenció con facilidad para que la internaran en una clínica. Pero yo no quería ni oír hablar de eso. Después de todo, era... –Sus ojos volvieron a mostrar el dolor, y se detuvo un momento antes de decir con dignidad–: Era nuestra hija. No había pedido nacer de esa manera. ¿Quiénes éramos nosotros para pensar que podíamos librarnos de ella? Y eso era lo que Richard pensaba al principio. Hasta que su padre lo convenció de lo contrario. –Miró de nuevo hacia la ventana, a las alegres pinturas que la decoraban–. Jack Davies era un hombre terrible. Lo era de verdad. Sé que había sufrido mucho en la guerra. Sé que tenía la mente destrozada, y que no se le podía culpar de la maldad que había dentro de él. Pero odiar a una niña inocente de tal manera que ni siquiera soportaba que estuviera en la misma habitación que él... Eso estaba mal, agente. Terriblemente mal.

–Parece un infierno –asintió Barbara.

–Sí, más o menos. «Gracias a Dios que no es de mi sangre», solía decir. Y la madre de Richard murmuraba: «Jack, Jack, no sabes lo que dices», cuando era evidente que si hubiera encontrado una manera de eliminar a Virginia de su planeta, lo habría hecho gustosamente sin pensárselo dos veces. –A Lynn le temblaban los labios–. Y ahora ya no está. Jack se sentiría de lo más feliz. –Metió la mano en el bolsillo de los vaqueros azules, sacó un pañuelo arrugado y se lo pasó por debajo de los ojos–. Lo siento muchísimo. Perdóneme por comportarme así. No debería... ¡Dios! ¡La echo tanto de menos!

–No pasa nada –le respondió Barbara–. Está haciendo lo que puede.

–Y ahora Eugenie –prosiguió Lynn–. ¿Cómo puedo ayudarla con lo que le ha sucedido a Eugenie? Supongo que ha venido por eso, ¿verdad? No sólo para contármelo, sino para que la ayude.

–Me imagino que usted y la señora Davies estaban muy unidas a través de sus hijas.

–Al principio, no. Nos conocimos cuando murió su pequeña Sonia. Un día, Eugenie se presentó en la puerta de mi casa. Quería hablar, y yo estaba contenta de escucharla.

–¿La veía con regularidad?

–Sí. Venía a verme a menudo. Necesitaba hablar, ¿qué madre no lo habría necesitado en esas circunstancias?, y yo estaba contenta de poder ayudarla. Tenía la sensación de que no podía hablar con Richard, y aunque se había hecho muy amiga de una monja católica, la monja no era madre... Y eso era precisamente lo que Eugenie necesitaba: otra madre con la que poder hablar; sobre todo, la madre de un niño especial. Lo estaba pasando muy mal, y en aquella casa no había nadie que entendiera hasta qué punto estaba sufriendo. Pero sabía de mi existencia y de la de Virginia porque Richard se lo había contado poco después de la boda.

–¿No se lo contó antes? Me parece extraño.

Lynn sonrió con resignación y contestó:

–Estamos hablando de Richard, agente Havers. Pagó los gastos de manutención de Virginia hasta que ésta fue mayor de edad, pero no la volvió a ver ni una sola vez después de que nos marcháramos. Pensé que quizá vendría al funeral. Le comuniqué su muerte. Pero mandó un ramo de flores y nada más.

–¡Estupendo! –musitó Barbara.

–Él es así. No es un mal hombre, pero no está preparado para hacer frente a un hijo disminuido. Y no todo el mundo lo está. Como mínimo, yo había recibido cierta formación en primeros auxilios, mientras que Richard... bien, ¿qué había hecho aparte de su breve carrera en el ejército? Y, de todos modos, quería perpetuar el apellido de la familia, lo que significaba, evidentemente, que tenía que encontrar una segunda esposa. Y, de hecho, resultó ser lo correcto, ¿no es verdad?, porque Eugenie dio a luz a Gideon.

–¡El premio gordo!

–En cierta manera, sí. Pero supongo que traer al mundo a un niño prodigio debe de ser una gran carga. Las responsabilidades son diferentes, pero no menores.

–¿Eugenie no se lo contó?

–Nunca hablaba mucho de Gideon. Y cuando ella y Richard se divorciaron, nunca más me volvió a hablar de él. Ni de Richard. Ni de los demás miembros de la familia. Cuando venía, casi siempre era para ayudarme con Virginia. A mi hija le gustaban mucho los parques, y también los cementerios. Dar un paseo por el antiguo cementerio de Camberwell era un acontecimiento especial para nosotras. Pero no me gustaba pasear por allí si no había otra persona adulta que me ayudara a vigilar a Virginia. Si iba sola con ella, no podía quitarle los ojos de encima y, por lo tanto, no disfrutaba del paseo de la tarde. Pero era mucho más fácil si Eugenie venía con nosotras. La vigilaba. Yo también lo hacía. Podíamos hablar, tomar el sol y leer las lápidas. Se portó muy bien con nosotras.

–¿Habló con ella el día del funeral de Virginia? –le preguntó Barbara.

–Sí, claro. Pero me temo que no hablamos de nada que pueda ayudarle en su investigación. Sólo hablamos de Virginia. De la pérdida. De cómo iba a enfrentarme con mi nueva situación. Eugenie fue un gran consuelo para mí. De hecho, lo había sido durante años. Y Virginia... había conseguido conocerla. Incluso la reconocía. –Se detuvo. Se puso en pie, se dirigió hacia la ventana y permaneció ante el caballete en el que el último cuadro de su hija mostraba su rápido pasaje de la vida a la muerte. En un tono de voz contemplativo, añadió–: Ayer estuve pintando algunos cuadros. Quería sentir lo que le había causado tanta alegría. Pero no lo conseguí. Lo probé cuadro tras cuadro hasta que tuve las manos negras de todos los colores que había mezclado, pero no pude sentir nada. Por lo tanto, me di cuenta de lo afortunada que había sido: ser eternamente una niña que pide muy poco de la vida.

–Eso sí que es una buena lección –asintió Barbara.

–Sí, estoy de acuerdo. –Observó el cuadro.

Barbara cambió de posición en el sillón, deseando que Lynn Davies regresara a su sitio.

–Eugenie estaba saliendo con un hombre de Henley, señora Davies. Un hombre retirado del ejército que se llamaba Ted Wiley. Es propietario de la librería que hay delante de casa de Eugenie. ¿Le habló de él alguna vez?

Lynn Davies se dio la vuelta y le respondió:

–¿Ted Wiley? ¿Una librería? No, nunca me habló de Ted Wiley.

–¿Le habló de cualquier otra persona con la que hubiera podido mantener una relación?

Lynn lo pensó durante unos minutos y contestó:

–Era muy cautelosa a la hora de contar cosas personales. Siempre había sido así. Pero creo que... No sé si esto puede serle útil, pero la última vez que hablamos, debía de ser antes de que la llamara para informarle de la muerte de Virginia, mencionó que... Bien, de hecho no sé si tenía ninguna importancia. Como mínimo, no puedo asegurarle que significara que estaba saliendo con alguien.

–Podría serme útil –le respondió Barbara–. ¿Qué le explicó?

–No fue lo que me dijo, sino la forma en que lo hizo. Había una alegría en su voz que jamás le había oído con anterioridad. Me preguntó si creía que uno podía enamorarse cuando no esperaba encontrar el amor. Me preguntó si creía que los años podían pasar y hacer que uno viera de repente a una persona de una forma totalmente diferente de como la había visto en el pasado. Me preguntó si me parecía posible que el amor pudiera surgir de eso, de esa nueva forma de mirar a una persona conocida. ¿Podría haberse estado refiriendo al hombre del ejército? ¿A alguien que hacía años que conocía pero que no había considerado como posible amante hasta entonces?

Barbara empezó a cuestionárselo. Parecía probable. Pero no se podía olvidar de una cosa: el lugar en el que se encontraba Eugenie Davies a la hora de su muerte y la dirección que llevaba apuntada sugerían algo completamente diferente.

–¿Le habló alguna vez de James Pitchford? –le preguntó.

Lynn negó con la cabeza.

–¿Y de un tal Pitchley? ¿O Pytches, tal vez?

–Nunca me habló de nadie con ese nombre. Pero ella era así: una persona muy reservada.

«Una persona muy reservada que había acabado siendo asesinada», pensó Barbara. Y se preguntó si esa necesidad de intimidad de la mujer muerta era el elemento central de su asesinato.

El comisario Eric Leach escuchaba lo que le decía la monja encargada de la Unidad de Cuidados Intensivos de Charing Cross Hospital, a medida que ésta le daba las malas noticias. «No ha habido cambios» era lo que decían cuando los doctores dejaban el estado de un paciente en manos de Dios, del destino, de la naturaleza o del tiempo. No era lo que solían decir cuando alguien hacía algún tipo de progreso, cuando había esquivado la inexorable muerte o cuando se había recuperado de modo repentino y milagroso. Leach colgó el teléfono y se dio la vuelta del escritorio, meditando con tristeza. No sólo se sentía triste por lo que le había sucedido a Malcolm Webberly, sino también por sus propias insuficiencias y por lo que estaban haciendo respecto a su incapacidad de anticipar los cambios en la investigación.

Tenía que ocuparse del problema de Esmé. Eso estaba claro. Cómo ocuparse de él se le ocurriría bien pronto. Pero lo que era obvio era que tenía que hacer algo. Porque si no hubiera estado ocupado pensando en los miedos de Esmé con respecto al nuevo novio de su madre –por no decir nada de sus propios sentimientos ante el hecho de que Bridget había encontrado un sustituto–, sin duda habría recordado que J. W. Pitchley, también conocido como

James Pitchford, había sido en el pasado Jimmy Pytches, cuya relación con la muerte de un bebé en Tower Hamlets había sido el tema favorito de la prensa sensacionalista años atrás. No cuando murió ese bebé, claro está, ya que esa situación se resolvió poco después de practicarle la autopsia, sino años más tarde, cuando otro bebé murió en Kensington.

Cuando esa mujer con nariz chata de Scotland Yard le reveló el notición, de repente se acordó de todo. Había intentado convencerse a sí mismo de que había borrado esa información de los archivos de su memoria porque no habían conseguido inculpar a Pitchford de nada durante la investigación de la muerte de Sonia Davies. Pero la verdad era que debería haberlo recordado, y que no lo había hecho por culpa de Bridget, del novio de Bridget, y especialmente por la ansiedad que Esmé sentía con respecto al novio de Bridget. Y no se podía permitir el lujo de no recordar lo que debería haber recordado sobre ese antiguo caso. Porque cada vez estaba más convencido de que ese caso estaba relacionado con el caso actual, y de que, además, éste parecía bastante difícil de resolver.

Un agente asomó la cabeza por la puerta de su despacho y le comunicó:

–Ha llegado el tipo ese de West Hampstead al que quería ver, señor. ¿Quiere que lo lleve a la sala de interrogatorios?

–¿Ha traído a su abogado?

–Sí, claro. Dudo mucho que pueda ir al lavabo por la mañana sin antes llamar a su abogado para que le diga cuántos trozos de papel higiénico tiene derecho a usar.

–Entonces llévelos a la sala de interrogatorios –le ordenó Leach. No le gustaba que los abogados pudieran pensar que se sentía intimidado por su presencia, y tenía la sensación de que el abogado se llevaría esa impresión si dejaba entrar a Pitchley-Pitchford-Pytches en su despacho.

Se tomó unos minutos para hacer la llamada que le permitiría a Pitchley llevarse el coche. Ya no conseguirían nada más de tener el Boxter confiscado, y Leach pensaba que era mucho más probable que el hecho de conocer los detalles del pasado de James Pitchford y Jimmy Pytches les fuera más útil que el hecho de seguir reteniéndole el coche.

Después de la llamada, cogió una taza de café y se dirigió a la sala de interrogatorios, donde Pitchley-Pitchford-Pytches (Leach había empezado a llamarle el Hombre-P para no tener que acordarse de todos sus nombres) y su abogado le esperaban, sentados junto a la mesa de interrogatorios. Azoff fumaba, a pesar de un cartel explícito que lo prohibía; era su forma de mofarse y de sentirse superior, mientras que el Hombre-P se estaba pasando las manos por el pelo como si intentara arrancarse el cerebro.

–Le he aconsejado a mi cliente que no diga nada –empezó Azoff, absteniéndose de pronunciar cualquier tipo de saludo–. Hasta ahora ha cooperado, pero no he visto que le hayan recompensado de ningún modo.

–¡Recompensado! –exclamó Leach con incredulidad–. ¿Dónde se cree que estamos? Estamos llevando a cabo una investigación por asesinato, y si queremos que su chico nos ayude, no le quedará más remedio que hacerlo.

–No veo ninguna razón para continuar con estos interrogatorios si no piensan acusarle de nada –contestó Azoff.

Al oírlo, el Hombre-P alzó los ojos, con la boca abierta, con una expresión que decía: «¿Qué demonios estás diciendo, memo?». A Leach le gustó, porque un hombre que fuera inocente de todo aunque estuviera relacionado con la investigación de un caso, no miraría a su abogado como si fuera un gamberro callejero con el garrote en la mano sólo porque su abogado hubiera pronunciado la palabra «acusarle». Un hombre que fuera inocente pondría una expresión que dijera: «Eso es. ¿Lo has comprendido, Jack?», y dirigiría esa expresión al policía. Pero Hombre-P no se estaba comportando de ese modo, y Leach estaba más convencido que nunca de que tenían que acabar con él. No estaba muy seguro de lo que ganarían al hacerlo, pero se sentía deseoso de intentarlo.

–Bien. De acuerdo, señor Pytches –dijo con afabilidad.

–Pitchley –replicó Azoff con un gesto de irritación que recalcó lanzando una bocanada de humo al aire, acompañada de la tintura olfativa de un avanzado estado de halitosis.

–Entonces, no lo sabe todo, ¿verdad? –le dijo Leach al Hombre-P mientras señalaba al abogado–. Por lo que parece, aún tiene un montón de secretos que todavía no ha sacado a la luz.

Hombre-P hundió la cara entre las manos; era su forma de expresar que de repente se había dado cuenta de que su desastrosa vida aún se estaba complicando más.

–Ya le he contado todo lo que sé –replicó pasando por alto la alusión a Jimmy Pytches–. No había visto a esa mujer, ni a ninguno de ellos, desde seis meses después del juicio. Seguí con mi vida. ¿Qué más podía hacer? Una nueva casa, una nueva vida...

–Nuevo nombre –apuntó Leach–. Tal y como ya había hecho antes. Pero el señor Azoff no parece estar al corriente de que un tipo como usted con un pasado como el suyo tiene la habilidad de meterse en líos sin querer, aunque piense que haya guardado ese pasado en una maleta pesada y la haya lanzado al Támesis.

–¿De qué demonios está hablando, Leach? –le preguntó Azoff.

–Si se deshace de ese cigarro de mierda que le cuelga de la boca, haré todo lo posible por aclarar la situación –respondió Leach–. Estamos en una zona de no fumadores, y supongo que leer es una de sus habilidades, señor Azoff.

Azoff tardó un buen rato en quitarse el cigarro de la boca, y aún tardó mucho más para apagarlo en la suela del zapato, ya que lo hizo con cuidado para conservar el tabaco que quedaba y poder disfrutarlo después. Durante esa actuación, Hombre-P, de forma espontánea, le relató casi toda su historia. Al final de una explicación que fue lo más breve y favorecedora posible, Hombre-P añadió:

–No te he contado toda esta historia de la muerte del bebé porque no había ninguna necesidad, Lou. Y todavía no la hay. O, como mínimo, no debería haberla si éste –una inclinación de cabeza hacia Leach indicó que ni siquiera estaba dispuesto a dignificar la presencia de Leach haciendo uso de algo que no fuera un pronombre demostrativo– no se hubiera empeñado en hablar de algo que no tiene nada que ver con la verdad.

–Pytches –dijo Azoff, y aunque parecía pensativo mientras pronunciaba su nombre, sus entornados ojos sugerían que no estaba intentando procesar la nueva información que le acababan de dar, sino que estaba pensando en las medidas disciplinarias que iba a aplicarle a un cliente que seguía ocultándole hechos y que, por lo tanto, le hacía quedar como un estúpido cada vez que se sentía obligado a hablar con la policía–. ¿Me estás diciendo que murió otro bebé, Jay?

–Dos bebés y una mujer –le recordó Leach–. Y van en aumento. A propósito, ayer por la noche hubo otra víctima. ¿Dónde se encontraba ayer por la noche, Pytches?

–¡No es justo! –gritó Hombre-P–. No los he visto... No he hablado con ellos... No sé por qué llevaba mi dirección apuntada... Y no me creo que...

–¿Ayer por la noche? –le repitió Leach.

–Nada. En ningún sitio. En casa. ¿Dónde demonios podía ir si todavía no me ha devuelto el coche?

–Quizás alguien pasara a buscarle –sugirió Leach.

–¿Quién? ¿Alguien que supuestamente me pasó a recoger por casa para dar un paseo y luego atropellar a alguien y darnos a la fuga?

–No he dicho en ningún momento que se tratara de un caso de atropello y fuga.

–No se haga tanto el listo. Afirmó que había habido otra víctima. Afirmó que habían atropellado a otra persona. ¿Qué quiere que piense? ¿Que le habían dado un golpe a alguien con un bate de cricket? Si así fuera, ¿por qué iba yo a estar aquí?

Estaba empezando a sudar. Leach se sentía satisfecho. También le complacía el hecho de que el abogado de Hombre-P estaba lo bastante molesto como para que él pudiera manipularlo durante un minuto o dos. Sin lugar a dudas, eso podría serle útil.

–Buena pregunta, señor Pytches.

–Pitchley –replicó Hombre-P.

–¿Qué noticias recientes tiene de Katja Wolff?

–Kat... –Hombre-P se detuvo–. ¿Qué pasa con Katja Wolff? –preguntó con gran cautela.

–Esta mañana he estado revisando los expedientes antiguos y me he dado cuenta de que nunca declaró en el juicio.

–Nadie me pidió que lo hiciera. Me encontraba en la casa, pero no vi nada, y, en consecuencia, no había ninguna razón...

–Pero Beckett, la maestra del niño, sí que declaró. Sarah-Jane se llamaba. Mis notas, ¿le he dicho que guardo todos los informes de las investigaciones?, demuestran que ustedes dos estaban juntos cuando asesinaron a la niña. Estaban juntos, lo que quiere decir que ambos lo vieron todo o que no vieron nada, pero en cualquier caso...

–¡No vi nada!

–... en cualquier caso –Leach siguió presionándole–, Beckett declaró mientras que usted se quedó callado. ¿Por qué?

–Era la profesora del chico, de Gideon. El hermano. Veía a la familia más a menudo. También veía a Sonia con más frecuencia. Ella vio qué tipo de cuidados le daba Katja, y supongo que pensó que podía contribuir en algo si declaraba. Y escuche, nadie me pidió que lo hiciera. Hablé con la policía, hice mi declaración, esperé a que me avisaran pero nadie me lo pidió.

–Muy oportuno, ¿no es verdad?

–¿Por qué? ¿Está sugiriendo que...?

–¡Déjalo ya! –exclamó Azoff por fin. Se volvió hacia Leach –: Si no va al grano, nos marchamos.

–¡Yo no me voy sin mi coche! –gritó Hombre-P.

Leach buscó en el bolsillo de la chaqueta y sacó el documento de autorización del Boxter. Lo dejó sobre la mesa entre él y los otros dos hombres.

–Usted fue la única persona de esa casa que no declaró contra ella en el juicio, señor Pytches. Supongo que habrá ido a darle las gracias ahora que ya ha salido de la cárcel.

–¿Adónde quiere llegar? –gritó Hombre-P.

–Beckett declaró contra ella. Habló con nosotros y con todos los demás sobre los defectos de Katja Wolff. Un poco de mal carácter por aquí. Una dosis de impaciencia por allá. Que tenía otras cosas por hacer cuando el bebé necesitaba de sus cuidados. Que no siempre estaba dispuesta, tal y como debería haberlo estado una buena niñera cualificada. Y después el hecho de que se quedara embarazada...

–¿Sí? ¿Bien? ¿Qué quiere decir con eso? –preguntó Hombre-P–. Sarah-Jane vio más cosas que yo y, por lo tanto, las contó. ¿Se supone que debo ser su conciencia o algo así? ¿Veinte años más tarde de esos hechos?

–Estoy intentando ver el objeto de esta conversación, comisario Leach –intervino Azoff–. Como no tiene ninguno, cogeremos esos documentos y nos marcharemos. –Azoff alargó la mano.

Leach los cogió por el otro extremo y replicó:

–Estamos hablando de Katja Wolff y de la relación que tiene con su cliente.

–¡No tengo ninguna relación con ella! –protestó Hombre-P.

–Yo no estoy tan seguro de eso. Alguien la dejó embarazada, y no creo que fuera el Espíritu Santo precisamente.

–¡No me eche la culpa de eso! Vivíamos en la misma casa. Eso es todo. Nos saludábamos cuando nos encontrábamos en la escalera. Le di alguna que otra clase de inglés, y sí, es posible que la admirara... Mire. Era una mujer atractiva. Se sentía segura de sí misma, y no actuaba como uno esperaría que lo hiciera una mujer extranjera que no domina la lengua. Es algo muy agradable de ver en una mujer. ¡Por el amor de Dios! ¡No estoy ciego!

–Entonces, tuvo algo con ella. Seguro que por la noche iban de puntillas de un lado a otro de la casa. Una o dos veces en el cobertizo del jardín, y mira lo que ha sucedido.

Azoff golpeó la mesa con el puño y protestó:

–¡Una vez, dos veces, ochenta y cinco veces! Si no tiene ninguna intención de hablar del caso que nos ocupa, nos marchamos. ¿Lo ha comprendido?

–Éste es el caso que nos ocupa, señor Azoff, especialmente si tenemos en cuenta que nuestro chico ha pasado los últimos veinte años obsesionado por una mujer a la que embaucó y a la que se negó a ayudar cuando a) la dejó embarazada, o b) la acusaron de asesinato. Quizás estuviera dispuesto a rectificar. ¿Y qué mejor manera tenía de hacerlo que no fuera ayudándola a vengarse? Y, a propósito, ella puede pensar que él está en deuda con ella. El tiempo pasa con mucha lentitud en la cárcel, ¿saben? Y les sorprendería mucho saber cómo un asesino puede llegar a pensar que ha sido la parte agraviada.

–Esto es... esto es completamente... ridículo –farfulló Hombre-P.

–¿De verdad?

–Usted sabe que sí. ¿Qué ocurrió según usted?

–Jay... –le aconsejó Azoff.

–Por lo que veo, piensa que averiguó mi paradero, que una noche llamó al timbre de mi casa y me dijo: «Hola Jim. Hace veinte años que no nos vemos, pero ¿qué te parecería ayudarme a librarme de unas cuantas personas? Para pasárnoslo bien, claro está. No estás demasiado ocupado, ¿verdad?». ¿Es así cómo se lo imagina, inspector?

–¡Cállate, Jay! –le sugirió Azoff.

–¡No! Me he pasado media vida limpiando las paredes y yo no soy el que se ha meado en ellas, y ya estoy harto. Estoy más que harto, joder. Cuando no es la policía, son los periódicos. Cuando no son los periódicos, es... –Se detuvo.

–¿Sí? –Leach se inclinó hacia delante–. ¿De quién se trata, pues? ¿Qué es eso tan desagradable que nos oculta, señor P? Supongo que es algo más grave que la muerte del primer bebé. Es un hombre lleno de misterios, de verdad. Y le diré una cosa: todavía no he acabado con usted.

Hombre-P se hundió en la silla, carraspeando la garganta.

–¡Qué extraño! –apuntó Azoff–. No he oído nada sobre medidas cautelares, inspector. Perdóneme si he tenido algún lapso inconsciente en algún momento de esta reunión, pero no recuerdo haber oído nada sobre medidas cautelares. Y si no lo oigo en los próximos quince segundos, mi sugerencia es que nos digamos adiós, por muy dolorosas que nuestras despedidas puedan resultar.

Leach les lanzó los documentos del Boxter y les advirtió:

–Señor P, no haga planes para irse de vacaciones. Señor Azoff, mantenga ese cigarro apagado hasta que esté en la calle, porque si no buscaré alguna excusa para arrestarle.

–¡Coño! ¡De hecho, me cago de miedo, señor! –exclamó Azoff.

Leach empezó a hablar, pero luego se detuvo. Después gritó: «¡Fuera de aquí!», y se aseguró de que así lo hicieran.

J. W. Pitchley, también conocido como Hombre Lengua, también conocido como James Pitchford, también conocido como Jimmy Pytches se despidió de Jacob Azoff delante de la comisaría de Hampstead, a sabiendas de que era una despedida definitiva. Azoff se sentía molesto por haberse enterado de esa manera de que antes se llamaba Jimmy Pytches, más molesto de lo que se había sentido cuando se había enterado de lo de James Pitchford, y a pesar de que le habían declarado inocente de ambas muertes, primero como Pytches y después como Pitchford, ésa no era «la cuestión», tal y como Azoff lo había designado. Su abogado le había dicho que no estaba dispuesto a ponerse otra vez en una situación de desventaja por el hecho de que su cliente le ocultara cosas. ¿Cómo creía que se había sentido, allí sentado delante de un maldito policía que, con toda probabilidad, ni siquiera habría aprobado los exámenes de secundaria, mientras estiraba la alfombra bajo sus pies cuando ni siquiera sabía que había una alfombra en la habitación? «¡No hacía falta tener que pasar por esa experiencia tan jodida, Jay! ¿O debo llamarte James? ¿O Jimmy? O, si nos ponemos así, cualquier otra cosa.»

No tenía ningún otro nombre. Y aunque Azoff no le hubiera dicho: «Mañana te enviaré mi última factura por mensajero», él mismo se habría encargado de poner punto y final a su relación legal. No importaba que él se ocupara del laberinto en el que se había convertido la complicada situación financiera de Azoff. Éste encontraría a cualquier otra persona, con el mismo talento, que se pudiera encargar de mover su dinero con más rapidez de la que Hacienda pudiera darse cuenta.

–De acuerdo, Jake –asintió, sin esforzarse por convencer al abogado de que no le dejara. En realidad, no podía echarle la culpa a ese pobre desgraciado. ¿Quién querría jugar de defensa en un equipo en el que nadie diera instrucciones al lanzador?

Observó cómo Azoff se ponía la bufanda alrededor del cuello y cómo se pasaba uno de los extremos por encima del hombro, como si fuera el desenlace de una obra que ha durado demasiado tiempo. El abogado se marchó, y Pitchley soltó un suspiro. Podría haberle dicho a Azoff que no sólo había pensado despedirle, sino también que lo había visto con claridad en medio de la conversación que habían mantenido con el comisario Leach; sin embargo, había decidido dejar que el abogado disfrutara su momento de gloria. El drama de abandonarle en medio de las calles de Hampstead era una pequeña compensación por haber soportado el oprobio de la ignorancia a la que se había visto recientemente expuesto a causa de los hechos que Pitchley le había ocultado. Pero eso era todo lo que Pitchley podía ofrecerle en ese momento; en consecuencia, se lo ofreció y permaneció de pie, con la cabeza inclinada, mientras Azoff le maldecía y hacía ese gesto airado con la bufanda.

–Me pondré en contacto con un tipo que conozco para que se ocupe de tu dinero como es debido –le había dicho al abogado.

–Me parece muy bien –le había respondido Azoff. No había hecho ninguna oferta similar por su parte: no le había recomendado ningún abogado que estuviera dispuesto a trabajar con un cliente que no se lo contaba todo. Pero con todo, Pitchley no había esperado eso de él. De hecho, ya no esperaba nada de nadie.

Ése no había sido siempre el caso, porque aunque podría decirse que años atrás no había tenido expectativas, sí que podría decirse que había abrigado ciertos sueños. Ella le había contado los suyos en ese tono de voz falto de aliento, de confianza y alegre, horas después de haber acabado sus clases de inglés y sus conversaciones en el piso superior de la casa, con un oído pegado al altavoz que estaba conectado al dormitorio del bebé, para que en el caso que se despertara, llorara o necesitara a su Katja, ella pudiera ir hasta allí lo más rápido posible. Katja le había dicho: «Existen escuelas donde enseñan a hacer ropa. A diseñar lo que uno quiere llevar. ¿Sabes a lo que me refiero? ¿Ves cómo hago estos diseños de moda? Ahí es donde estudiaré cuando tenga suficiente dinero ahorrado. En mi país, James, la ropa... No sé explicarlo, pero vuestros colores, vuestros colores... ¡Mira el pañuelo que me he comprado! Y eso que es de una tienda de segunda mano, James. ¡Pensar que alguien no lo quería!». Lo extendía y lo ondeaba como si fuera una bailarina oriental, un trozo de seda gastada con el borde deshilachado, pero para ella era una tela que se podía convertir en un fajín, en un cinturón, en un bolso de mano, en un sombrero. «Con dos como éstos podría hacerme una blusa. Con cinco, una falda de varios colores. Esto es lo que quiero hacer», solía decirle, con los ojos relucientes y las mejillas sonrojadas, y el resto de su cuerpo del color de la leche aterciopelada. Todo Londres iba vestido de negro, pero Katja nunca. Ella era el arco iris, la celebración de la vida.

A causa de todo eso, él también tenía sus propios sueños. No eran planes como los suyos, nada que hubiera expresado en voz alta, sino algo a lo que se aferraba, como si fuera una pluma que pudiera mancharse o ser inadecuada para el vuelo si uno la asía con demasiada fuerza o durante demasiado tiempo.

No actuaría con rapidez, se había dicho a sí mismo. Los dos eran muy jóvenes. Ella aún tenía que asistir a la escuela y él quería establecerse en el mundo financiero antes de asumir las responsabilidades que implicaba el matrimonio. Pero cuando llegara el momento... Sí, ella era la chica adecuada. Era tan diferente, tan capaz de ser, tan deseosa por aprender, tan dispuesta –no, tan desesperada– por escapar de la persona que había sido y poder convertirse en la persona que deseaba ser. Era, sin lugar a dudas, su equivalente femenino. Ella todavía no lo sabía, y nunca lo sabría si él seguía actuando a su manera, pero en el caso improbable de que lo descubriera, era una mujer que lo entendería. «Todos tenemos nuestros pequeños secretos», le diría.

«¿La había amado? –se preguntaba–. ¿O simplemente había visto en ella una buena oportunidad para llevar una vida en la que sus orígenes extranjeros pudieran ofrecerle una oportuna sombra bajo la que cobijarse?» No lo sabía. Nunca tuvo la ocasión de averiguarlo. Y dos décadas después todavía no sabía cómo habrían ido las cosas entre ellos. Pero lo que sí sabía con absoluta certeza era que, después de tanto tiempo, había tenido más que suficiente.

Con el Boxter de nuevo en su posesión, empezó el trayecto que sabía que debería haber hecho mucho tiempo atrás. Atravesó Londres, saliendo primero de Hampstead y dirigiéndose rumbo a Regent's Park, después enderezándose hacia el este, siempre hacia el este, hasta llegar a ese infierno de códigos postales: E3, de donde procedían todas sus pesadillas.

A diferencia de muchas otras zonas de Londres, Tower Hamlets no se había aburguesado. Las películas que allí se hacían no mostraban actores que hacían caídas de pestañas ni que se enamoraban ni que llevaban una vida bohemia ni que le daban un elegante toque de glamour a un lugar que había ido a menos, ni que conseguía renacer en manos de yuppies que conducían Range Rovers, ansiosos de parecer modernos. Porque la palabra renacer implicaba que un lugar había tenido una buena época en el pasado y que sólo necesitaba una inyección de dinero para recuperarla. Pero según Pitchley, Tower Hamlets había sido un barrio de mala muerte desde el momento que colocaron la primera piedra en los cimientos del primer edificio.

Se había pasado más de media vida intentando limpiar la mugre de Tower Hamlets de debajo de sus uñas. Había trabajado en empleos que no eran adecuados ni para los hombres ni para los animales desde que tenía nueve años, ahorrando para un futuro que deseaba, pero que no era capaz de definir con exactitud. Había soportado todo tipo de intimidaciones en una escuela en la que aprender era menos importante que atormentar a los profesores, destrozar las instalaciones antiguas y casi inservibles, hacer pintadas en todas las paredes, follarse a las tías en las escaleras, incendiar papeleras y robar cualquier cosa, desde el dinero para golosinas de los de tercer curso hasta la recolecta que se hacía cada año para ofrecer una comida decente de Navidad a los vagabundos borrachos de la zona. En ese ambiente se había visto obligado a aprender, como una esponja que hace cualquier cosa para salir de ese infierno; había llegado a aceptar que debía de ser el castigo por alguna atrocidad que había perpetrado en una vida anterior.

Su familia no comprendía la pasión que sentía por salir de aquel lugar. Su madre –soltera como siempre había sido y como lo sería hasta el día de su muerte– se dedicaba a fumar cigarrillos todo el día junto a la ventana de su piso de protección oficial, e iba a cobrar el dinero del paro cada mes, tal y como se merecía por hacerle al estado el favor de respirar, criaba los seis niños que había tenido de cuatro padres diferentes, y se preguntaba en voz alta cómo había podido dar a luz al bobo de Jimmy, tan ordenado y aseado que debería de pensarse que era algo más que un simple gamberro disfrazado.

«¡Miradle! –les solía decir a sus hermanas–. Nuestro Jim es demasiado para nosotros. ¿Qué vas a hacer hoy, chiquillo? –le preguntaba mientras lo examinaba de arriba abajo–. ¿Vas a ir de caza?»

«¡Basta, mamá!», le replicaba, y sentía cómo la tristeza le subía desde el ombligo hasta el pecho y las mismas mandíbulas.

«No pasa nada, hijo –le respondía–, pero asegúrate de coger uno de esos perros para que podamos tener la casa vigilada, ¿de acuerdo? Eso estaría muy bien, ¿verdad, chicos? ¿Os gustaría que Jimmy os trajera un perro?»

«Mamá, no voy a la cacería del zorro», le replicaba.

Y se reían. Se reían tanto que le entraban ganas de librarse de todos ellos por ser tan inútiles.

Su madre era la peor, porque ella era la que lo organizaba todo. Podría haber sido inteligente. Podría haber sido activa. Podría haber sido capaz de hacer algo con su vida. Pero se quedó embarazada –del mismísimo Jimmy– cuando tenía quince años, y entonces fue cuando aprendió que si seguía teniendo hijos, recibiría dinero del estado. Lo llamaban «ayuda familiar para los hijos». Jimmy Pytches lo llamaba «cadenas».

En consecuencia, acabar con su pasado se convirtió en el objetivo de su vida, y aceptó todos los trabajos que pudo tan pronto como fue lo bastante mayor para hacerlo. El tipo de trabajo no era importante: limpiar ventanas, fregar suelos, pasar la aspiradora por la moqueta, sacar a pasear el perro, limpiar coches, cuidar niños. No le importaba. Si le pagaban por hacerlo, lo hacía sin ningún problema. Porque aunque el dinero no podría darle una familia mejor, al menos sí que podría llevarle lejos de esa familia que amenazaba con asfixiarle.

Entonces aconteció la muerte en la cuna, ese momento horrible en el que él entró en su habitación porque ya pasaba mucho rato de la hora en la que solía despertarse de la siesta. Y allí estaba ella como una muñeca de plástico, con una mano enroscada en la boca, como si hubiera intentado ayudarse a sí misma a *respirar* –¡por el amor de Dios!–, y sus diminutas uñas estaban azules, azules, azules, del más azul de los azules, y en ese momento supo que estaba muerta. ¡Caramba! No se había movido de la sala de estar. No se había movido de la habitación de al lado. Había estado mirando al Arsenal, y pensando que era su día de suerte, ya que la mocosa de su hermana se encontraba bien lejos y no tendría que discutir con ella para mirar el partido. Había pensado eso –mocosa–, pero no lo pensaba en serio. De hecho, nunca lo habría dicho en voz alta, e incluso le sonrió cuando la vio junto a su madre en el cochecito en la tienda de comestibles del barrio. Por aquel entonces nunca la llamaba mocosa. Se limitaba a pensar: «Aquí está la pequeña Sherry con su mamá». «Hola, Bañales.» Porque así era cómo la llamaba: Bañales, un nombre que no tenía ningún sentido.

Estaba muerta y la policía se presentó en casa. Preguntas, respuestas y lágrimas por todas partes. ¿Qué tipo de monstruo era él para estar mirando al Arsenal mientras un bebé se moría? Además, aún recordaba la puntuación de su equipo.

Hubo susurros, claro está. También hubo rumores. Ambos alimentaron su pasión de irse para siempre. Y para siempre era lo que pensaba que había conseguido, una especie de paraíso eterno que consistía en una casa con fachada holandesa en Kensington Square, el tipo de casa tan importante que incluso tenía una inscripción con la fecha grabada –1879– en al aguilón. Y con gran regocijo de su parte, la casa estaba habitada por gente igualmente importante: un héroe de guerra, un niño prodigio, una institutriz para el niño, una niñera extranjera... No había podido ser más diferente del lugar del que procedía: desde Tower Hamlets había ido a parar a un estudio de Hammersmith, y se había gastado una fortuna para aprender de todo, desde saber pronunciar *haricot verd* hasta aprender qué implicaba usar los cubiertos, en vez de los dedos, para mover la comida de un lado a otro del plato. Por lo tanto, cuando llegó a Kensington Square, nadie lo sabía. Y mucho menos Katja, que no se habría dado cuenta, ya que nadie le había enseñado la gravedad de pronunciar la palabra *salón* en un contexto equivocado.

Y entonces se había quedado embarazada, de la peor manera posible. A diferencia de su madre, que había continuado con normalidad durante sus embarazos, y para la que llevar un niño dentro de su vientre sólo implicaba que tendría que ponerse un tipo de ropa diferente durante unos meses, Katja no lo había pasado nada bien; en consecuencia, había sido imposible ocultar que estaba embarazada. Y de ese embarazo había surgido todo lo demás, su propio pasado incluido, amenazando con filtrarse entre las rotas cañerías de Kensington Square, como si de aguas residuales se tratara.

Incluso después de todo eso, pensó que podría escapar de nuevo. James Pitchford, cuyo pasado se había cernido sobre él como la espada de Damocles, esperando a que su nombre apareciera en los periódicos sensacionalistas como «El inquilino que fue interrogado una vez respecto a la muerte de un bebé», y esperando a que se descubriera que su nombre verdadero era Jimmy Pytches. Después de esforzarse tanto por pronunciar correctamente, todo el mundo se reiría de él por haberles hecho creer que era mejor de lo que en realidad era. En consecuencia, cambió de nombre otra vez; se convirtió en J. W. Pitchley, inversor de primera categoría y mago de las finanzas, pero huyendo, siempre huyendo, y huyendo para siempre jamás.

Y eso era lo que ahora lo llevaba a Tower Hamlets: un hombre que había llegado a aceptar el hecho de que para huir de lo que no podía soportar, tendría que suicidarse, cambiar de identidad una vez más o huir para siempre, no sólo de la atestada ciudad de Londres, sino también de todo lo que Londres –e Inglaterra– representaba.

Aparcó el Boxter junto al bloque de pisos que había sido su hogar durante su infancia. Echó un vistazo a los alrededores y vio que poco había cambiado; seguía habiendo skinheads en el barrio; en ese momento había tres, que fumaban en la puerta de una tienda cercana, y que lo observaban a él y al coche con gran atención. Les gritó:

–¿Queréis ganar diez libras?

Uno de ellos tiró un escupitajo amarillento al suelo.

–¿Cada uno? –preguntó.

–De acuerdo. Diez libras por persona.

–¿Qué tenemos que hacer?

–Vigilarme el coche. Aseguraos que no lo toque nadie. ¿De acuerdo?

Se encogieron de hombros. Pitchley interpretó que estaban de acuerdo. Les hizo un gesto de asentimiento y les dijo:

–Ahora os doy diez, y después os daré los otros veinte.

–¡Trae! –exclamó el cabecilla, inclinándose hacia delante para coger el dinero.

Mientras le entregaba el billete de diez libras a ese gamberro, Pitchley se percató de que ese tipo bien podría ser su hermanastro pequeño, Paul. Habían pasado más de veinte años desde que viera al pequeño Paulie por última vez. ¡Qué gran ironía sería si le estuviera entregando ese dinero a su propio hermano sin que ninguno de los dos supiera quién era el otro! Pero le sucedería lo mismo con el resto de sus hermanos. Por lo que él sabía, su madre podría haber tenido más hijos, aparte de los cinco que ya tenía cuando él se marchó.

Entró en el recinto del bloque de pisos: una extensión de césped muerto, cuadrados mal dibujados con tiza para jugar a la pata coja sobre el estropeado asfalto, un balón desinflado con la raja de un navajazo, dos carros de la compra volcados y sin ruedas. Había tres niñas con patines de línea que intentaban patinar sobre uno de los senderos de hormigón, pero estaba en tal mal estado como el asfalto; en consecuencia, sólo tendrían unos dos metros y medio de suelo liso para patinar antes de tener que saltar o esquivar un lugar en el que la brigada de bombas bien podría encontrar una bomba sin explotar.

Pitchley se encaminó hacia el ascensor del bloque de pisos y se encontró con que no funcionaba. Un cartel con letras mayúsculas le informaba de la situación; colgaba de unas viejas puertas de cromo que hacía tiempo que habían sido decoradas por los artistas de graffiti de la vivienda.

Empezó a subir por la escalera. Eran siete plantas. A ella le encantaba –tal y como siempre decía– tener buena vista. Era muy importante, ya que lo único que hacía era apoyarse, sentarse, holgazanear, fumar, beber, comer o mirar la tele desde esa vieja silla que hacía siglos que estaba junto a la ventana.

En el segundo piso ya se había quedado sin aliento. Tuvo que hacer una pausa en el rellano y respirar profundamente el aire impregnado de orina antes de seguir subiendo. Cuando llegó al quinto piso, se detuvo de nuevo. Cuando llegó al séptimo, las axilas le goteaban.

Se frotó el cuello mientras se dirigía a la puerta del piso de su madre. Nunca se le pasó por la cabeza que no pudiera estar en casa. Jen Pytches sólo movería el culo si el edificio estuviera en llamas. E incluso entonces se quejaría de la situación: «¿Y qué pasa con mi programa de la tele?».

Llamó a la puerta. Se oía a alguien hablar, voces televisivas que indicaban la hora del día. Programas de entrevistas por la mañana, por la tarde, y afortunadamente –sólo Dios sabe por qué– culebrones por la noche.

No hubo respuesta, por lo que Pitchley llamó de nuevo, esa vez con más fuerza, y gritó: «¡Mamá!». Intentó abrir la puerta y se dio cuenta de que no estaba cerrada con llave. La entreabrió y gritó otra vez: «¡Mamá!».

–¿Quién es? ¿Eres tú, Paulie? –preguntó–. ¿Ya has vuelto de la oficina de empleo? ¡Has tardado muy poco, chico! ¡No intentes engañarme! ¿Lo entiendes, hijo? ¡Ya soy perro viejo! –Empezó a toser de esa forma tan profunda y flemática propia de una fumadora de cuarenta años mientras Pitchley empujaba la puerta con las yemas de los dedos.

Entró sin hacer ruido y se encontró cara a cara con su madre. Hacía veinticinco años que no la veía.

–¡Bien! –exclamó.

Estaba junto a la ventana, tal y como se había imaginado que estaría, pero ya no era la mujer que recordaba de niño. Veinticinco años de no mover un músculo a no ser que se hubiera visto obligada a hacerlo, habían convertido a su madre en una gran mole que llevaba pantalones elásticos y un jersey del tamaño de un paracaídas. Si se la hubiera encontrado en la calle, no la habría reconocido. Tampoco lo habría hecho allí mismo si su madre no hubiera dicho:

–Jim, ¡qué sorpresa tan agradable!

–¡Hola, mamá! –dijo él mientras observaba el piso.

Nada había cambiado. Ahí estaba el mismo sofá azul con forma de U, las mismas lámparas con las pantallas deformes, y de las paredes colgaban las mismas fotografías: cada uno de los pequeños Pytches sentados en las rodillas de sus respectivos padres en la única ocasión en que Jen había conseguido que se comportaran como tales. ¡Santo Cielo! Al verlo, lo recordó todo de repente: ese risible ejercicio en el que ponía a todos sus hijos en fila y les decía: «Éste es tu padre, Jim. Se llamaba Trev, pero yo le llamaba mi pequeño amante». Y «el tuyo se llamaba Derek, Bonnie. ¡Mira qué cuello más bonito tenía! ¡Era incapaz de ponerle las manos cerca del cuello! ¡Oooh! ¡Qué gran hombre era tu padre, Bon!». Y así lo iba haciendo con todos, uno por uno, una vez por semana, a no ser que alguno de ellos se olvidara.

–¿Qué quieres, Jim? –le preguntó su madre. Soltó un gruñido mientras alargaba la mano para coger el mando a distancia de la tele. Echó un vistazo a la pantalla, hizo una especie de nota mental sobre lo que estaba viendo y bajó el volumen.

–Me marcho –le comunicó–. Quería que lo supieras.

Sin apartar los ojos de él, le replicó:

–Ya hace tiempo que te has ido, chico. ¿Cuántos años hace ya? ¿Qué hay de diferente ahora?

–Me voy a ir a Australia –le contestó–. A Nueva Zelanda, a Canadá. Todavía no lo sé, pero quería decirte que me marcho para siempre. Voy a venderlo todo y a empezar una nueva vida. Quería que lo supieras para que se lo pudieras contar a los demás.

–No creo que les quite el sueño pensar adónde te has largado esta vez –le contestó su madre.

–Ya lo sé. Pero de todas maneras...

Se preguntó si su madre debía de estar enterada de lo que había sucedido. Por lo que recordaba, nunca leía los periódicos. La nación entera podría irse a pique de repente, los políticos podrían estar dispuestos a dejarse sobornar, la familia real podría renunciar a sus derechos, los lores podrían empuñar las armas para luchar contra los planes de los comunes de acabar con ellos, podrían morir las estrellas del deporte, las estrellas del rock podrían tomar sobredosis de drogas de diseño, los trenes podrían chocar, bombas podrían explotar en el mismísimo Piccadilly... pero nada de eso le importaría ahora ni nunca; así pues, seguro que no sabía lo que le había sucedido a un tal James Pitchford, y lo que le habían hecho para evitar que sucediera nada más.

–Supongo que lo hago por los viejos tiempos –concluyó Pitchley–. Al fin y al cabo, eres mi madre. Creía que tenías el derecho a saberlo.

–Tráeme los cigarrillos –le ordenó a medida que señalaba una mesa que había junto al sofá, donde un paquete de Benson and Hedges estaba desparramado sobre la portada de *Woman's Weekly*. Se los llevó y ella se encendió uno. Miraba la pantalla del televisor, donde la cámara ofrecía una vista de pájaro de una mesa de billar en la que un jugador, inclinado sobre la mesa, estudiaba una jugada como si fuera un cirujano con el escalpelo en la mano.

–¡Por los viejos tiempos! –repitió–. Muy amable de tu parte. Gracias, Jim. –Y subió el volumen con el mando a distancia.

Pitchley movió los pies de sitio. Observó el piso en busca de algo que pudiera servirle. De todos modos, no había ido a verla a ella, pero era evidente que no iba a darle ninguna información sobre sus hermanos si se lo preguntaba directamente. Su madre no estaba en deuda con él, y ambos lo sabían. Uno no podía pasarse un cuarto de siglo haciendo ver que no tenía pasado y luego presentarse de repente con la esperanza de que su madre pudiera serle de ayuda.

–Mira, mamá. Lo siento. Era la única manera –se disculpó.

Le hizo un gesto con la mano para indicarle que se fuera; el humo del cigarrillo formaba una cortina transparente en el aire. Al verlo, recordó el pasado: esa misma habitación, su madre en el suelo, el bebé naciendo y ella fumando un cigarrillo detrás de otro, porque «¿dónde estaba esa ambulancia que habían avisado? ¡Maldita sea! ¿No tenían derecho a que se ocuparan de sus necesidades?». Y él, solo, había estado junto a ella cuando todo había sucedido. «No me dejes, Jim. No me dejes, chico.» Y la cosa era tan viscosa como un bacalao crudo, y sangrienta, y aún estaba unida por el cordón umbilical, pero ella no dejaba de fumar, no dejó de fumar durante todo el parto, y el humo se elevaba en el aire como si fuera una serpiente.

Pitchley entró en la cocina a toda prisa para librarse del recuerdo de cuando tenía diez años y sostenía un recién nacido cubierto de sangre entre sus asustados brazos. Había sucedido a las tres y veinticinco de la mañana. Sus hermanos y hermanas dormían, los vecinos dormían, el maldito mundo permanecía indiferente, profundamente dormido, soñando sus sueños.

Después de eso, ya no le habían vuelto a gustar los niños. Y sólo de pensar en tener uno propio... Cuanto más mayor se hacía, más se daba cuenta de que no necesitaba pasar dos veces por ese drama en la vida.

Se acercó al fregadero y abrió el grifo, pensando que un trago de agua o el hecho de refrescarse la cara le ayudaría a borrar ese recuerdo de la mente. Mientras cogía un vaso, oyó que se abría la puerta del piso. Oyó una voz de hombre que decía: «¡Esta vez la has jodido del todo! ¿Cuántas veces tengo que decirte que cierres el pico cuando intento engatusar a los clientes?».

Otro hombre respondió: «Lo hice con buena intención. A las tías siempre les gusta que las enjabonen un poco, ¿no es verdad?».

El primer hombre respondió: «¡Y una mierda! ¡Las hemos perdido, idiota!». Después se volvió hacia su madre: «¡Hola, mamá! ¿Cómo va todo?».

–Tenemos visita –apuntó Jen Pytches.

Pytchley se bebió el vaso de agua y oyó cómo los pasos atravesaban la sala de estar para dirigirse a la cocina. Dejó el vaso en el mugriento fregadero y se dio la vuelta hacia sus dos hermanos pequeños. Llenaban la habitación: eran hombres corpulentos como su padre, con cabezas de sandía y manos del tamaño de la tapa de un cubo de basura. En su presencia, Pitchley se sintió como siempre se había sentido: intimidado por el mismo diablo. E hizo lo que siempre había hecho al ver esas enormes criaturas: maldijo el destino que había llevado a su madre a copular con un verdadero enano cuando le tuvo a él, y a escoger un luchador de lucha libre –o, como mínimo, eso era lo que parecía– para que fuera el padre de sus hermanos.

–Robbie –dijo a modo de saludo al mayor–. Brent –le dijo al más joven. Vestían de forma idéntica: botas, pantalones vaqueros azules y una cazadora en la que estaban impresas las palabras CERVEZAS ANDANTES tanto en la parte delantera como en la trasera. Pitchley llegó a la conclusión de que habían estado trabajando en el intento de hacer funcionar el negocio de lavado de coches que él mismo había montado cuando tenía trece años.

Robbie, como siempre, cogió la iniciativa:

–¡Bien, bien, bien! ¡Mira a quién tenemos aquí, Brent, a nuestro hermano mayor! ¿No te parece que va de lo más elegante con esos pantalones?

Brent soltó una risita disimulada, se mordió el pulgar y, como siempre, esperó a que Rob le diera instrucciones.

–¡Tú ganas, Rob! –exclamó Pitchley–. ¡Me largo!

–¿Qué quieres decir con eso de que te largas? –Robbie fue hasta el frigorífico y sacó una lata de cerveza, se la pasó a Brent y gritó–: ¡Mamá! ¿Quieres algo de la cocina? ¿Algo de beber o de comer?

–Gracias, Rob –respondió–. No le haría un feo al pastel de carne ese de ayer. ¿Lo ves, cariño? ¿En el estante de arriba? Tengo que comérmelo antes de que se pase.

–¡Sí, ya lo tengo! –respondió Rob.

Dejó caer los desmenuzados restos del pastel encima de un plato, se lo entregó a Brent y éste desapareció durante un momento mientras iba a llevárselo a su madre. Rob estiró la anilla de su lata de cerveza, la tiró al fregadero y empezó a beber directamente de la lata. Se la acabó de un trago, y empezó a beberse la de Brent, ya que su hermano menor había sido lo bastante tonto para olvidársela.

–Bien –dijo Rob–. Así que te largas, ¿no es verdad? ¿Y adónde piensas ir, Jay?

–Emigro, Rob. Todavía no sé adónde. No importa.

–A mi sí que me importa.

«Por supuesto», pensó Pitchley. Porque, ¿de qué otro sitio podría sacar el dinero cuando tuviera mala suerte en las apuestas, destrozara otro coche o tuviera ganas de pasar las vacaciones junto al mar? Sin Pitchley para rellenarle cheques cada vez que tuviera dificultades económicas que necesitaran ser solucionadas, la vida que había conocido hasta entonces iba a cambiar. De hecho, tendría que tomarse muy en serio el asunto de CERVEZAS ANDANTES, y si el negocio fracasaba –tal y como había amenazado con hacer durante años bajo la quijotesca dirección de Rob–, entonces no tendría segunda línea de defensa. «Bien, así es la vida, Rob –pensó Pitchley–. La vaca se ha quedado sin leche, el huevo de oro se ha roto y el arco iris ha desaparecido para siempre. Has sido capaz de seguirme la pista desde el este de Londres a Hammersmith, a Kensington, a Hampstead, y a todos los demás lugares en los que he vivido, pero te será muy difícil encontrarme cuando esté en el extranjero.»

–No sé dónde acabaré –repitió–. Todavía no lo sé.

–Entonces, ¿qué sentido tiene todo esto? –Robbie levantó la lata de cerveza para señalar a Pitchley y su presencia en el destartalado piso de su infancia–. Ya no podremos hablar de los viejos tiempos, ¿verdad, Jay? Pero supongo que no has venido hasta aquí para hablar de los viejos tiempos. Seguro que quieres olvidarlos, ¿no es así, Jay? Pero el problema está en que algunos no podemos. No tenemos los medios. Por lo tanto, todo por lo que hemos pasado sigue aquí, dando vueltas y más vueltas. –Usó la lata de nuevo, pero esa vez para señalar el movimiento giratorio en su cabeza. Después tiró ambas latas dentro de la bolsa de plástico que colgaba del tirador de uno de los cajones y que había hecho de cubo de la basura de la familia desde hacía mucho tiempo.

–Ya lo sé –asintió Pitchley.

–¡Ya lo sabes! ¡Ya lo sabes! –se mofó su hermano–. Tú no sabes nada, Jay, y eso no lo olvides nunca.

Pitchley le dijo por milésima vez a su hermano:

–No te pedí que les aporrearas. Lo que hiciste...

–¡No! Tú no me lo pediste. Te limitaste a decir: «¿Has visto lo que han escrito sobre mí, Rob?». Eso es lo que dijiste: «Acabarán por destrozarme. Cuando todo esto acabe, ya no seré nadie».

–Puede que lo dijera, pero lo que quería decir...

–¡A la mierda con lo querías decir! –Robbie le pegó una patada a la puerta de un armario. Pitchley se encogió de miedo.

–¿Qué pasa? –Brent había vuelto a la cocina después de coger un cigarrillo del paquete de Benson and Hedges de su madre. Se lo estaba encendiendo.

–Este gamberro piensa huir de nuevo, pero no quiere decirnos adónde. ¿Qué te parece?

Brent parpadeó y contestó:

–¡No puede ser!

–¡Claro que no puede ser! –Rob le apretó la cara a Pitchley con un dedo–. Estuve en la cárcel por tu culpa. Seis meses. ¿Sabes cómo te sientes allí dentro? Déjame que te lo cuente. –Y empezó el recuento, la misma historia aburrida que Pitchley oía cada vez que su hermano quería más dinero. Comenzaba por el motivo que había causado que Robbie tuviera el primer altercado con la policía: por darle una paliza al periodista que había desenterrado a Jimmy Pytches del pasado cuidadosamente construido de James Pitchford. Dicho periodista no sólo había publicado la historia después de conseguir arrancársela a un chivato de la comisaría de Tower Hamlets, sino que también había tenido la desfachatez de publicar un segundo artículo, a pesar de que Rob ya le había dado un toque de atención, y éste al final no había ganado nada después de empuñar las armas por proteger la reputación de un hermano que les había abandonado hacía muchos años–. A la mierda con todo, Jay, ¿me oyes? Nosotros nunca nos acercamos a ti hasta que nos necesitaste, Jay. Y después nos dejaste sin nada.

Su capacidad para rescribir la historia era sorprendente, pensó Pitchley.

–En aquella época, viniste a mí porque viste mi fotografía en el periódico, Rob. Viste la oportunidad de ponerme en deuda contigo. Aporrear unas cuantas cabezas. Romper unos cuantos huesos. Todo para mantener el pasado de Jimmy oculto. A él seguro que le gustará. Se avergüenza de nosotros. Y si cree que vamos a estar dispuesto a ayudarle cada vez que nos necesite, el estúpido ése tendrá que pagar. ¡Y tanto que tendrá que pagar!

–Estaba todo el día en la celda –gritó Robbie–. Cagaba en un cubo. ¿Lo entiendes, colega? Meaba en la ducha, Jay. ¿Qué sacaste tú de todo eso?

–A ti –gritó Pitchley–. A ti y a Brent. Eso es lo que saqué. Teneros a vosotros dos pegados a mis talones, siempre con las manos a punto para coger el dinero, con la misma frecuencia que la lluvia en invierno.

–No podemos limpiar coches cuando llueve, ¿verdad, Jay? –remarcó Brent.

–¡Cállate! –Rob le lanzó la bolsa de basura a la cabeza–. ¡Mira que llegas a ser estúpido, joder!

–Acaba de decir que...

–¡Cierra el pico! ¡Ya he oído lo que ha dicho! ¿No has entendido lo que quería decir? Nos ha llamado sanguijuelas. Eso es lo que quería decir. Como si estuviéramos en deuda con él, y no al contrario.

–No he dicho eso. –Pitchley se metió la mano en el bolsillo. Sacó el talonario. Dentro estaba el talón incompleto que no había podido acabar de escribir por la visita inesperada de la policía–. Lo único que quiero decir es que se acabó, porque me marcho, Rob. Escribiré un último cheque y después ya os las arregláreis.

–¡Y una mierda! –Rob se lanzó sobre él. Brent se echó hacia atrás con rapidez.

–¿Qué pasa, chicos? –gritó Jen Pytches.

–Rob y Jay...

–¡Cállate! ¡Cállate! ¡Maldita sea! ¿Cómo puedes ser tan imbécil, Brent?

Pitchley sacó el bolígrafo. Pero antes de que pudiera empezar a escribir, Rob estaba de nuevo sobre él. Le arrancó el talonario de las manos, lo lanzó contra la pared y fue a parar contra un estante de tazas que se cayó al suelo.

–¡Eh! –gritó Jen.

Pitchley vio cómo su vida, como un rayo, le pasaba por delante.

Brent entró a toda prisa en la sala de estar.

–¡Cabronazo estúpido! –musitó Rob. Cogió a Pitchley por las solapas de la chaqueta. Le empujó hacia delante con violencia. La cabeza le cayó hacia atrás–. ¡No entiendes nada, joder! ¡Nunca lo has hecho!

Pitchley cerró los ojos y esperó el golpe, pero no llegó. Su hermano le soltó con la misma violencia que le había cogido, empujándole contra el fregadero de la cocina.

–¡Yo no quería tu estúpido dinero! –replicó Rob–. Fuiste tú el que nos lo ofreció, ¿no es verdad? Y estuve contento de cogerlo, claro. Pero tú sacabas el talonario cada vez que me veías aparecer. «Si le doy mil o dos mil libras al tonto éste, seguro que se irá», eso es lo que pensabas. Y después me echaste la culpa por aceptar tu caridad, cuando sólo nos diste ese dinero porque te sentías culpable.

–No he hecho nada de lo que pueda sentirme culpable...

La mano de Rob cortó el aire, haciendo callar a Pitchley.

–Siempre has hecho ver que no existíamos, Jay. Así que no me culpes de lo que tú hiciste.

Pitchley tragó saliva. No había mucho más que decir. Había demasiada verdad en la afirmación de Robbie y demasiada falsedad en su propio pasado.

Desde la sala de estar, el televisor cada vez se oía más alto. Jen había subido el volumen para no tener que oír lo que fuera que hicieran sus dos hijos mayores en la cocina. Era su forma de decir que no era asunto suyo.

«Claro –pensó Pitchley–. La vida de ninguno de ellos había sido asunto suyo.»

–Lo siento –se excusó–. Intenté crearme una nueva vida de la mejor manera que pude, Rob.

Rob se alejó. Se dirigió de nuevo hacia la nevera. Sacó otra cerveza y la abrió. Brindó por Pitchley, haciendo un burlón saludo de despedida.

–Yo sólo quería ser tu hermano, Jim.

GIDEON

2 de noviembre

Creo que la verdad sobre James Pitchford y Katja Wolff reside entre lo que Sarah-Jane dijo sobre la indiferencia de James ante las mujeres y lo que papá dijo sobre el encaprichamiento de James con Katja. Ambos tenían motivos para modificar los hechos. Si a Sarah-Jane le hubiera caído mal Katja y hubiera querido a James para sí misma, es poco probable que hubiera admitido que James tenía otras preferencias. Y por lo que respecta a papá... Si hubiera sido responsable del embarazo de Katja, no creo que me hubiera confesado ese pecado. Los padres no acostumbran a contar ese tipo de cosas a sus hijos.

Me escucha con una expresión de sosegada tranquilidad en el rostro, y como esa expresión es tan sosegada, tranquila, tan poco dada a expresar su opinión y tan abierta a aceptar cualquier cosa sobre la que yo quiera seguir divagando, sé lo que está pensando, doctora Rose: se aferra al hecho de que Katja Wolff se quedara embarazada como si fuera el único medio del que dispusiera para evitar...

«¿El qué? –doctora Rose–. ¿Y qué pasaría si no estuviera evitando nada?»

«Ése precisamente podría ser el caso, Gideon. Pero tenga en cuenta que hace mucho tiempo que no tiene ningún recuerdo relacionado con la música. Ha recordado muy pocas cosas de su madre. Su abuelo ha sido prácticamente borrado de los recuerdos de su infancia, al igual que su abuela. Y Raphael Robson, tal y como era cuando usted era niño, tan sólo ha merecido un comentario superficial.»

«No puedo hacer nada por cambiar la forma en que mi cerebro relaciona los hechos, ¿no es verdad?»

«Por supuesto que no. Pero para poder estimular los pensamientos asociativos, uno debe ponerse en una posición mental en la que la mente se sienta libre para pensar. Ése es el objetivo de permanecer en silencio, de estar tranquilo y de buscar un lugar para escribir sin que nadie lo moleste. Empeñarse en recordar la muerte de su hermana y el juicio posterior...»

«¿Cómo puedo pensar en otra cosa si mi mente está llena de eso? Soy incapaz de despejar el cerebro y de pensar en otra cosa. Fue asesinada, doctora Rose. Había olvidado cómo había muerto. Que Dios me perdone, pero incluso me había olvidado de su existencia. No puedo olvidarlo así como así. Sencillamente no puedo sentarme a anotar los detalles de por qué tocaba ansiosamente cuando tenía nueve años en vez de tocar *animato,* ni tampoco puedo empezar a reflexionar sobre el significado psicológico que se esconde tras el hecho de que no pueda tocar bien una obra como *El Archiduque.*»

«Pero ¿qué me dice de esa puerta azul? –me pregunta, mostrándose todavía como la mismísima razón en persona–. Teniendo en cuenta el papel que esa puerta ha jugado en su elaboración mental, ¿no le sería más útil reflexionar y escribir sobre esa puerta en vez de hacer caso de lo que le dicen los demás?»

«No, doctora Rose. Esa puerta, si me permite el juego de palabras, está cerrada.»

«Aun así, ¿por qué no cierra los ojos durante unos instantes e intenta visualizar esa puerta de nuevo? –me sugiere–. ¿Por qué no intenta situarla en un contexto que no tenga nada que ver con Wigmore Hall? Tal y como la ha descrito, parece la puerta principal de una casa o de un piso. ¿Es posible que no guardara ninguna relación con Wigmore Hall? Quizá fuera el color sobre lo que escribió durante un tiempo, y no sobre la puerta en sí. Tal vez sea el hecho de que tiene dos cerraduras en vez de una. Quizá sea la luz de encima de la puerta y la mera idea de pensar para qué la usan.»

«Freud, Jung, y cualquier otra persona que esté con nosotros en la consulta... Sí, sí, sí, doctora Rose. Soy un campo que está a punto para la siega.»

3 de noviembre

Libby ha vuelto a casa. Estuvo fuera tres días después de nuestro altercado en la plaza. No tuve noticias suyas durante todo ese tiempo, y el silencio de su casa era una acusación, afirmando que mi cobardía y mi monomanía era lo que la había obligado a marcharse. El silencio aseguraba que mi monomanía era simplemente un escudo útil tras el que podía esconderme para no tener que enfrentarme con el fracaso que había tenido con Libby: mi incapacidad de relacionarme con un ser humano que Dios Todopoderoso me había enviado con el único objetivo de hacer que me relacionara con ella.

«Aquí la tienes, Gideon –me dijo el Destino, o Dios, o el Karma el mismo día en que acepté alquilarle el piso de abajo a una mensajera de pelo rizado que necesitaba refugiarse de su marido–. Aquí tienes la oportunidad de solucionar lo que te ha estado atormentando desde que Beth saliera de tu vida.»

No obstante, había permitido que esa extraña oportunidad de redención se me escapara de las manos. No sólo eso, sino que había hecho todo lo posible por evitar esa oportunidad. Porque, ¿qué mejor modo había de intentar evitar el contacto íntimo con una mujer que no fuera el de echar a pique mi carrera profesional, y así darme a mí mismo un único objetivo hacia el que encaminar mis esfuerzos? No es el momento adecuado para hablar de nuestra situación, querida Libby. No es el momento de reflexionar sobre la singularidad del caso. No es el momento de meditar por qué –después de estrechar tu cuerpo desnudo entre mis brazos, de sentir tus suaves pechos contra los míos, de notar tu pubis contra mi cuerpo– soy incapaz de experimentar nada, salvo la atroz humillación de no poder sentir nada. En realidad, no tengo tiempo para nada que no guarde relación con esa cuestión persistente, molesta y perniciosa que es mi música, Libby.

¿O el hecho de pensar en Libby en este momento es sólo un pretexto que me ayuda a encubrir lo que sea que represente esa puerta azul? ¿Cómo demonios puedo saberlo?

Cuando Libby regresó a Chalcot Square, ni llamó a mi puerta ni me telefoneó. Ni tampoco anunció su presencia haciendo rugir la Suzuki con estridencia ni poniendo música pop a todo volumen. Me enteré de que estaba de vuelta por el repentino ruido de las viejas cañerías que resonaba desde el interior de las paredes del edificio. Estaba tomando un baño.

Le di cuarenta minutos de tiempo desde que dejé de oír las cañerías. Entonces bajé la escaleras, salí al exterior y bajé los escalones que llevaban a su puerta principal. Dudé antes de llamar, y estuve a punto de abandonar la idea de mejorar mis relaciones con ella. Pero en el último momento, cuando estaba empezando a pensar: «Al infierno con todo», que era mi forma de dar la espalda y eludir el problema, me percaté de que no quería estar de punta con Libby. Como mínimo, había sido una buena amiga. Echaba de menos esa amistad, y quería asegurarme de que aún la tenía.

Tuve que llamar varias veces para conseguir que me respondiera. Y cuando lo hizo, preguntó: «¿Quién es?», desde detrás de la puerta cerrada, a pesar de que sabía muy bien que yo era probablemente la única persona que podría pasar a visitarla en Chalcot Square. Me mostré paciente. Me dije a mí mismo que debía de estar enfadada conmigo. Y que, considerando cómo habían ido las cosas, estaba en su derecho. Cuando abrió la puerta, le dije lo que se acostumbra a decir en esos casos:

–¡Hola! Estaba preocupado por ti. Cuando desapareciste...

–¡No mientas! –fue su respuesta, aunque no lo dijo con crueldad. Había tenido tiempo de vestirse, e iba vestida de forma diferente de lo que era habitual: una colorida falda que le colgaba hasta las pantorrillas y un suéter negro que le llegaba hasta la cadera. Iba descalza, aunque tenía una cadena de oro alrededor del tobillo. Estaba bastante guapa.

–No es mentira. Cuando te marchaste, pensé que te habías ido a trabajar. Pero cuando vi que no volvías... No sabía qué pensar.

–Otra mentira –replicó.

Insistí, diciéndome a mí mismo que era culpa mía y que tenía que aceptar el castigo.

–¿Puedo pasar?

Se alejó de la puerta haciendo un movimiento no muy distinto de un estremecimiento. Entré en el piso y vi que había estado cocinando. Tenía la comida dispuesta sobre la mesa auxiliar de delante del futón que usaba como sofá; era algo completamente diferente de sus habituales comidas preparadas o con curry: pechuga de pollo a la plancha, bróculi, y una ensalada de lechuga y tomates.

–Veo que estás comiendo. Lo siento. ¿Quieres que vuelva más tarde? –le pregunté, odiando la formalidad que oí en mi propia voz.

–No es necesario, siempre que no te importe verme comer –respondió.

–No me importa. ¿Te molesta que te mire mientras comes?

–No.

Ambos estábamos comprobando el grado de tensión con esa conversación. Había muchas cosas de las que hablar, pero las estábamos esquivando.

–Siento lo del otro día. Me refiero a lo que sucedió entre nosotros. Estoy pasando por un momento muy malo. Bien, es evidente que eso ya lo sabes. Pero hasta que no acabe con esto, no estaré bien para nadie.

–¿Antes lo estabas, Gideon?

Confundido, le pregunté:

–¿Qué quieres decir?

–Que si antes estabas bien para alguien. –Se encaminó de nuevo hacia el sofá, alisándose la falda a medida que se sentaba, un gesto muy poco propio de ella.

–No sé cómo responderte a eso con sinceridad, si a la vez quiero ser sincero conmigo mismo –respondí–. Supongo que debería decir que sí, que antes me encontraba bien y que volveré a estar bien de nuevo. Pero la verdad del asunto es que quizá no lo estuviera. Bien, lo que te quiero decir es que tal vez nunca me encontrara bien, y quizá jamás lo esté. En este momento es lo único que sé.

Bebía agua, y no Coca-Cola, que había sido su bebida favorita desde que la conocí. Tenía un vaso con una rodaja de limón que flotaba entre los cubitos de hielo; lo cogió mientras yo hablaba, y me observó por encima del borde mientras empezaba a beber.

–¡Me parece muy bien! –exclamó–. ¿Es esto lo que has venido a decirme?

–Tal y como ya te he dicho, estaba preocupado por ti. No tuvimos una despedida muy amistosa. Y al ver que te marchabas y que no volvías... Supongo que pensé que podías haberte... Bien, me alegra que hayas vuelto. Y que estés bien. Me alegra verte tan contenta.

–¿Por qué? –me preguntó–. ¿Qué pensaste que había hecho? ¿Que me había tirado al río o algo así?

–Por supuesto que no.

–¿Entonces?

En ese momento no me di cuenta de que estaba cogiendo el camino equivocado. Fui un estúpido al hacerlo y al dar por sentado que nos llevaría al destino que yo tenía en mente.

–Sé que tu situación en Londres es muy inestable, Libby. Por lo tanto, no te recriminaría que... bien, que hicieras todo lo que consideraras necesario para mejorar tu situación... Especialmente teniendo en cuenta el modo en que nos separamos. Pero estoy contento de que hayas vuelto. Muy contento. He echado de menos el hecho de tenerte cerca y poder hablarte.

–¡Ya entiendo! –exclamó mientras guiñaba el ojo, a pesar de que no sonrió–. Ya entiendo lo que quieres decir, Gideon.

–¿Qué?

Libby cogió el tenedor y el cuchillo y empezó a cortar el pollo. A pesar de que ya llevaba varios años en Inglaterra, me percaté de que todavía comía como una americana, pasándose de forma ineficaz el tenedor y el cuchillo de una mano a otra. Estaba explayándome en ese hecho cuando me respondió:

–Crees que he estado con Rock, ¿verdad?

–Bien, en realidad no había... Después de todo, trabajas para él. Y después de que tú y yo tuviéramos esa pelea... Sé que sería de lo más normal que tú... –No estaba muy seguro de cómo acabar la frase. Masticaba el pollo poco a poco, y observaba cómo me debatía por encontrar las palabras adecuadas, decidida, tal vez, a no hacer nada por ayudarme.

Al cabo de un rato, habló:

–Lo que pensabas es que había vuelto con Rock, y que estaba haciendo lo que Rock quiere que haga. Básicamente, follar con él siempre que él así lo desee. Y teniendo que soportarle, ya que él se folla todo lo que se le pone delante. ¿No es verdad?

–Ya sé que tiene la sartén por el mango, Libby, pero desde que te fuiste he estado pensando que si lo consultaras con un abogado especializado en leyes de inmigración...

–¡Y una mierda has estado pensando eso! –se burló.

–Escucha. Si tu marido sigue amenazándote con ir al Ministerio del Interior, podemos...

–Eso es lo que crees, ¿verdad, Gideon? –Dejó el tenedor–. No estaba con Rock Peters, Gideon. Seguro que te parece muy difícil de creer. Quiero decir, ¿por qué no iba a volver con un completo estúpido, si ésa es, en realidad, mi manera de actuar? De hecho, ¿por qué no me voy a vivir con él y aguanto toda su mierda de nuevo? He soportado la tuya durante mucho tiempo sin ningún problema.

–Veo que todavía estás enfadada. –Solté un suspiro, frustrado por la incapacidad que parecía tener para comunicarme con la otra gente. Deseaba mucho salir de esa situación, pero no sabía a qué situación quería llegar. Era incapaz de ofrecerle a Libby lo que me había estado pidiendo a gritos durante meses, y en realidad no sabía qué más podía ofrecerle que le pareciera satisfactorio, no sólo en ese momento, sino también en el futuro. Sin embargo, deseaba ofrecerle algo–. Libby, no estoy bien. Lo has visto. Lo sabes. Todavía no hemos hablado de mis problemas más graves, pero te los imaginas porque has experimentado... Has visto... Has estado conmigo por la noche... –¡Dios! Era horrible intentar decirlo de una forma directa.

No había tomado asiento cuando ella lo había hecho; por lo tanto, atravesé la sala de estar hasta la cocina y regresé a la sala de nuevo. Esperaba a que ella me rescatara.

«¿Las otras solían hacerlo?», me pregunta.

«¿El qué?»

«Rescatarte, Gideon. Porque a menudo esperamos de la gente aquello a lo que nos han acostumbrado. Abrigamos esperanzas de que una persona nos dé lo que normalmente nos han dado los demás.»

«Dios sabe que ha habido muy pocas, doctora Rose. Tuve una relación con Beth, claro está. Pero ella expresó su dolor a través del silencio, y desde luego yo no quería que Libby reaccionara así.»

«¿Qué quería de Libby?»

«Comprensión, supongo. Que me aceptara tal y como soy, y así no tener que seguir con la conversación y evitar una confesión detallada. Pero me dejó muy claro que no me iba a dar nada de eso.»

–No eres lo único que hay en la vida, Gideon –me dijo.

–Nunca he dicho eso –le respondí.

–Sí que lo has hecho. Desaparezco durante tres días y presupones que me he vuelto loca porque no podemos tener una relación normal. Das por sentado que he vuelto con Rock, y que nos pasamos el día en la cama por ti.

–Nunca habría pensado que te habías metido en la cama con él por mi culpa. Pero debes admitir que no te habrías ido a su casa si nosotros no hubiéramos... Si las cosas nos hubieran ido de otro modo. A ti y a mí.

–¡Ostras! ¿Estás sordo, o qué? ¿Me has escuchado? Pero ¿por qué ibas a hacerlo si no estamos hablando de ti?

–¡No es justo! Además, sí que te he escuchado.

–¿De verdad? Pues te acabo de decir que no estaba con Rock. Le vi, claro está. Iba a trabajar todos los días y, por lo tanto, no me quedaba más remedio que verlo. Y podría haber vuelto con él si así lo hubiera deseado, pero no quería hacerlo. Y si quiere llamar a la policía, o a quienquiera que sea que se llame en estos casos, lo hará y lo único que tendré que hacer será comprarme un billete de ida a San Francisco. Y no puedo hacer nada por evitarlo. Final de la historia.

–Tenéis que llegar a un acuerdo. Si te ama tanto como parece, tal vez puedas conseguir cierto asesoramiento que te permita...

–¿Te has vuelto completamente loco, o qué? ¿O tienes miedo de que empiece a pedirte cosas?

–Tan sólo estoy sugiriendo una solución al problema de la inmigración. No quieres que te deporten. Yo tampoco quiero que lo hagan. Y, sin lugar a dudas, Rock tampoco lo quiere, porque si lo quisiera ya habría hecho algo para alertar a las autoridades, a propósito, el que se ocupa de esto es el Ministerio del Interior, y ya habrían venido a por ti.

Estaba cortando el pollo de nuevo y se había llevado el tenedor a la boca. Pero no se había metido el trozo de pollo en la boca. Se limitaba a sostener el tenedor en el aire mientras yo hablaba, y cuando acabé, dejó el tenedor en el plato y se me quedó mirando durante unos quince segundos antes de pronunciar palabra. No obstante, lo que dijo no tenía ningún sentido. «Claqué», fueron sus palabras.

–¿Qué?

–Claqué, Gideon. Allí es donde fui cuando me marché de aquí. Eso es lo que hago: claqué. No lo hago muy bien, pero no me importa, porque no lo hago para sobresalir en ello. Lo hago porque me acaloro, sudo, porque me divierto y porque cuando acabo me siento muy bien.

–Sí, ya lo veo –respondí, aunque en realidad no lo veía. Estábamos hablando de su matrimonio, de su situación legal en el Reino Unido, de nuestras propias dificultades, como mínimo, lo estábamos intentando, y no llegaba a entender qué tenía que ver el claqué con todo eso.

–En mi clase de claqué hay una chica muy maja: una chica india que asiste a clase en secreto. Me invitó a su casa para que conociera a su familia. Y allí es donde he estado. Con ella. Con la familia. No estaba con Rock. Ni siquiera se me pasó por la cabeza ir a su casa. Lo único que pensé fue en lo que sería mejor para mí. Y eso es lo que hice, Gid. Así de simple.

–Sí, bien. Ya entiendo. –Me sentía como un disco roto. Percibía su enfado, pero no sabía qué hacer con él.

–No, no entiendes nada. Toda la gente de tu diminuto mundo vive, muere y respira por ti, y eso siempre ha sido de esa forma. Por lo tanto, supones que las cosas funcionan del mismo modo conmigo. No se te levanta cuando estamos juntos y, por lo tanto, yo me siento tan desgraciada que me voy a toda prisa a buscar al mayor gilipollas de todo Londres y me lo monto con él, y todo por tu culpa. Debiste de pensar que dije: «Gid no me quiere, pero el bueno de Rock seguro que sí, y si ese gilipollas integral me desea, yo me siento bien, me hace real, me hace existir».

–Libby, yo no he dicho nada de eso.

–No es necesario. Es tu forma de vivir y, por lo tanto, piensas que todo el mundo también vive así. Solo en tu mundo, vives para ese estúpido violín en vez de vivir para otra persona, y si el violín te rechaza o algo similar, ya no sabes quién eres. Y eso es lo que te pasa, Gideon. Pero mi vida no gira a tu alrededor. Y la tuya no debería girar en torno al violín.

Permanecí allí de pie, preguntándome cómo habíamos llegado a esa situación. No se me ocurría ninguna respuesta clara. Y en mi cabeza sólo podía oír a mi padre diciéndome: «Eso te pasa por ir con americanos; y de éstos, los de California son los peores. No conversan. Psicoanalizan».

–Soy músico, Libby –espeté.

–No, eres una persona. Igual que yo.

–La gente no existe si no es por lo que hace.

–¡Claro que existe! La mayoría de la gente no tiene ningún problema en existir. Sólo la gente que no tiene un interior verdadero, la gente que nunca se ha tomado la molestia de averiguar quién es en realidad, se desmorona cuando las cosas no le salen como desea.

–Es imposible que sepas cómo... se acabará esta situación. Te he dicho que estoy pasando una mala época, pero estoy empezando a superarla. Cada día hago algo por salir de ella.

–¡No me estás escuchando! –Lanzó el tenedor sobre la mesa. No se había comido ni la mitad, pero llevó el plato hasta la cocina, metió el pollo y el bróculi en una bolsa de plástico y tiró la bolsa dentro de la nevera–. No tienes nada a lo que recurrir si la música no va bien. Y, por lo tanto, piensas que yo tampoco tengo nada si mi relación contigo, o mi relación con Rock, o mi relación con quien sea no funciona. Pero yo no soy como tú. Tengo una vida. Quien no la tiene eres tú.

–Ésa es la razón por la que estoy intentando recuperarla. Porque hasta que no lo consiga, no seré bueno ni para mí ni para nadie.

–Falso. No. Nunca has tenido una vida propia. Lo único que tenías era el violín. Tocar el violín nunca te definió como persona, pero hiciste que así fuera, y ése es el motivo por el que en este momento no eres nada.

«Tonterías –oía cómo se mofaba papá–. Otro mes en la compañía de esta criatura y lo poco que te queda en el cerebro se convertirá en papilla. Ése es el resultado de una dieta constante de McDonalds, debates televisivos y libros de autoayuda.»

Con papá en la cabeza y Libby delante de mí, no tenía ninguna oportunidad. La única alternativa que me quedaba era hacer una salida digna; lo intenté diciendo:

–Creo que ya lo hemos dicho todo sobre este tema. Podríamos concluir que será un tema en el que nunca estaremos de acuerdo.

–Bien, pues asegurémonos de que sólo hablemos de temas en los que estemos de acuerdo –replicó Libby–. Porque si las cosas se ponen, digamos, demasiado tensas para nosotros, quizá fuéramos capaces de cambiar.

Me encontraba junto a la puerta, pero con ese comentario de despedida se estaba pasando de la raya y, en consecuencia, tuve que corregirla:

–Hay gente a la que no le hace falta cambiar, Libby. Tal vez necesiten entender lo que les está sucediendo, pero eso no quiere decir que tengan que cambiar.

Antes de que pudiera responderme, me marché. Decir la última palabra me parecía de vital importancia. Con todo, mientras cerraba la puerta a mis espaldas –y lo hice con cuidado para que no pudiera pensar que había reaccionado mal a nuestra conversación– oí que decía: «Sí. Claro, Gideon», y algo cayó sobre el suelo de madera con virulencia, como si le hubiera pegado una patada a la mesilla.

4 de noviembre

Yo soy la música. Yo soy el instrumento. Ella no lo ve con buenos ojos, pero yo sí. Lo que veo es lo diferentes que somos, esa diferencia que papá me ha estado intentando mostrar desde el primer día en que se conocieron. Libby nunca ha sido una profesional, y no es artista. Para ella es muy fácil decir que yo no soy el violín porque nunca ha sabido lo que es una vida que está inextricablemente relacionada con una actuación artística. A lo largo de su vida, ha tenido varios empleos, trabajos que ha hecho desde la mañana hasta la noche. Los artistas no llevan ese tipo de vida. Suponer que la llevan o que la pueden llevar muestra una ignorancia sobre la que se debe reflexionar.

«¿Reflexionar?», me pregunta.

Reflexionar sobre las posibilidades que tenemos. Libby y yo. Porque hubo una época en la que pensé... Sí. Me parecía que nuestra relación estaba muy bien. Me parecía que había una gran ventaja en el hecho de que Libby no supiera quién era, que no reconociera mi nombre al verlo apuntado en el paquete, que no supiera los progresos de mi carrera profesional, que no le importara si tocaba el violín o hacía cometas para venderlas en Camden Town. Esa parte de ella me gustó mucho. Pero ahora veo que, si voy a vivir mi vida, es muy importante estar con alguien que la comprenda.

Esa necesidad de comprender fue lo que me animó a buscar a Katie Waddington, esa chica del convento que recordaba sentada en la cocina de Kensington Square, la visitante más asidua de Katja Wolff.

«Katja Wolff era sólo la mitad de las dos KW –me informó Katie cuando averigüé su paradero–. A veces –prosiguió–, cuando uno tiene una amiga íntima, comete el error de presuponer que esa amistad, invariable y reconfortante, durará para siempre; pero eso no acostumbra a suceder.»

Localizar a Katie Waddington no me supuso ningún problema. Ni tampoco me deparó ninguna sorpresa averiguar que había llevado un tipo de vida similar a lo que había anunciado que sería su misión dos décadas antes. La localicé a través del listín telefónico, y la encontré en una clínica de Maida Vale. La clínica se llama Armonía de Cuerpos y Mentes, y supongo que es un nombre útil para ocultar su función principal: terapia sexual. No lo llaman terapia sexual abiertamente, porque ¿quién tendría el valor de apuntarse si ése fuera el caso? Lo llamaban «terapia de pareja», y a la incapacidad de tener relaciones sexuales lo llamaban «disfunción de pareja».

–Le sorprendería saber la gran cantidad de gente que tiene problemas sexuales –me informó Katie, de una manera que parecía amistosa desde el punto de vista personal y tranquilizadora desde el profesional–. Cada día nos llegan, como mínimo, tres personas recomendadas. Algunas tienen problemas médicos: diabetes, enfermedades cardíacas, traumas postoperatorios. Ese tipo de cosas. Pero por cada cliente con problemas médicos, hay nueve o diez con problemas psicológicos. Supongo que en realidad no es de extrañar, dada nuestra obsesión nacional con el sexo, a pesar de que hacemos ver que no lo es. Uno sólo tiene que mirar los periódicos sensacionalistas y las revistas para ver el grado de interés que la gente tiene en el sexo. Me sorprende que no haya más gente en tratamiento para poder luchar contra todo eso. Dios sabe que nunca me he encontrado con nadie que no tuviera algún problema que no guardara relación con el sexo. La gente sana es la que se preocupa por solucionarlo.

Me condujo por un pasillo pintado en colores cálidos y terrosos, y después nos dirigimos hacia su despacho. Éste daba a una terraza, donde una gran profusión de plantas proporcionaba un fondo verde a un cómodo despacho con demasiados muebles, cojines y una colección de cerámica («sudamericana», me informó), cestas («norteamericanas... son preciosas, ¿verdad? Son uno de mis vicios. No me lo puedo permitir, pero las compro de todos modos. Supongo que hay peores vicios en la vida»). Nos sentamos y nos observamos uno al otro. Katie, con esa voz cálida, amistosa y reconfortante, me preguntó:

–Bien. ¿Qué puedo hacer para ayudarle, Gideon?

Me percaté de que creía que había ido hasta allí para pedirle consejo, y me apresuré a hacerle cambiar de opinión. Le dije de todo corazón que no necesitaba nada que tuviera que ver con su especialidad. Si no le importaba, lo que en realidad quería era información sobre Katja Wolff. La recompensaría por su dedicación, ya que le estaría robando el tiempo que podría haber dedicado a un paciente. Pero por lo que respectaba a... digámoslo así, al tipo de dificultades que solía tratar... «¡Ya, ya!» Risita. Bien, por el momento no necesitaba *ese* tipo de ayuda.

–¡Estupendo! ¡Estoy encantada de oírlo! –exclamó Katie mientras se reclinaba en el sillón. Era de respaldo alto y tapizado con los mismos colores otoñales con los que estaba decorado el pasillo y la sala de espera. También era grande en exceso, aunque en realidad era una cualidad necesaria teniendo en cuenta el tamaño de Katie. Porque si cuando solía sentarse en la cocina de Kensington Square era una estudiante universitaria de veinte y pico años con tendencia a engordar, ahora era una obesa de pies a cabeza, y tenía un tamaño que seguramente ya no cabría en un asiento del cine o de un avión. Pero seguía vistiendo con tonalidades que le favorecían, y las joyas que llevaba eran elegantes y de aspecto caro. No obstante, se me hacía difícil imaginarme cómo era capaz de desplazarse por la ciudad. Y debo admitir que no podía imaginarme que alguien le contara sus secretos más íntimos y libidinosos. Sin embargo, era obvio que los demás no compartían mi aversión. La clínica parecía un negocio muy rentable, y sólo había conseguido ver a Katie porque un paciente habitual había cancelado la visita minutos antes de que yo llamara.

Le conté que estaba intentando refrescar algunos recuerdos de mi infancia, y que me había acordado de ella. Había recordado que a menudo se encontraba en la cocina mientras Katja Wolff daba de comer a Sonia, y que como no tenía ni idea del paradero de Katja, había pensado que quizás ella –Katie– pudiera ayudarme a rellenar los huecos en los que la memoria me fallaba.

Gracias a Dios, no me preguntó por qué había desarrollado ese interés tan repentino por el pasado. Ni tampoco, supongo que debido a su sabiduría profesional, me comentó qué podía significar que no lo recordara todo. Se limitó a decir:

–La gente del convento de la Inmaculada Concepción solía llamarnos las dos KW. «¿Dónde están las KW?», solían preguntar. «Que alguien vaya a buscar a las KW para que echen un vistazo a esto.»

–Así que eran buenas amigas.

–No fui la única que la ayudó cuando llegó al convento, pero supongo que nuestra amistad... se consolidó. Sí, en aquella época éramos amigas íntimas.

Había una mesa baja junto a su sillón, y sobre ésta descansaba una elaborada jaula con dos periquitos dentro, uno de color azul brillante y otro verde. Mientras Katie hablaba, abrió la puerta de la jaula y sacó el pájaro azul, asiéndolo con su puño grande y grueso. Graznó a modo de protesta y le mordisqueó los dedos. «¡*Joey,* eres un travieso!», exclamó mientras cogía una paleta que había junto a la jaula. Durante un momento horrible pensé que iba a usarla para golpear al pajarillo, pero la usó para masajearle la cabeza y el cuello, de tal manera que lo calmó. En verdad, parecía que lo estuviera hipnotizando, y obtuvo el mismo efecto conmigo, ya que empecé a observar con fascinación cómo se iban cerrando los ojos del pájaro. Katie abrió la palma de la mano y el pajarillo se acurrucó en ella con expresión de felicidad.

–¡Es terapéutico! –me informó Katie mientras seguía con el masaje, usando las yemas de los dedos ahora que el periquito ya estaba adormecido–. Baja la presión sanguínea.

–No sabía que los pájaros tuvieran la presión alta.

Se rió en silencio y replicó:

–No me refiero a la de Joey, sino a la mía. Padezco obesidad patológica, aunque supongo que eso es obvio. El médico me ha dicho que si no pierdo ochenta kilos moriré antes de cumplir los cincuenta. «Cuando naciste no eras gorda», me dice. «No, pero casi siempre lo he sido», le respondo yo. Es fatal para el corazón, y ni siquiera vale la pena que diga lo malo que es para la presión. Pero todos nos moriremos algún día. Yo simplemente estoy eligiendo mi propia forma de morir. –Pasó los dedos a lo largo de la recogida ala derecha de *Joey*. A modo de respuesta, con los ojos todavía cerrados, la extendió–. Eso es lo que me atrajo de Katja. Tomaba decisiones, y eso me encantaba. Seguramente porque en mi familia todo el mundo se dedicó al negocio de los restaurantes sin siquiera plantearse si podían hacer otra cosa con sus vidas. Pero Katja era una persona que trataba de dirigir su vida. No se limitaba a aceptar lo que le tocaba vivir.

–Alemania Oriental –admití–. La huida en globo.

–Sí, ése es un ejemplo estupendo. La huida en globo y cómo se las ingenió para hacerlo.

–Salvo que el globo no lo construyó ella, ¿no es verdad? O, como mínimo, eso es lo que me han contado.

–No, no lo construyó. No me refería a eso con lo de ingenió. Quería decir cómo convenció a Hannes Hertel para que se la llevara con él. Cómo le hizo chantaje, si lo que me contó es verdad, y supongo que lo es, porque ¿qué interés podía tener en mentir sobre algo tan poco halagador? Pero por muy nefasto que hubiera sido su plan, tuvo el coraje de ir hasta él y amenazarle. Era un hombre corpulento, entre metro noventa y dos y metro noventa y cinco, si debo guiarme por lo que me explicó, y podría haberle hecho mucho daño si así lo hubiera deseado. Supongo que podría haberla matado y seguir con su plan de volar por encima del muro para desaparecer de la ciudad. Era un riesgo premeditado, pero ella lo corrió. Amaba la vida hasta ese punto.

–¿Qué clase de riesgo?

–¿Se refiere a la amenaza? –Katie había empezado a acariciar la otra ala de *Joey*, y éste la había extendido con el mismo ánimo de cooperación que había mostrado con la primera. Dentro de la jaula, el segundo periquito había volado hasta una de las perchas y observaba la sesión de masaje con ojos optimistas–. Le amenazó con alertar a las autoridades si no se la llevaba con él.

–Esa historia nunca ha salido a la luz, ¿verdad?

–Supongo que soy la única persona a la que se la contó, y es probable que nunca se diera cuenta de que lo había hecho. Habíamos estado bebiendo, y cuando Katja se emborrachaba, no lo hacía muy a menudo, no se crea, hacía o decía cosas que era incapaz de recordar veinticuatro horas más tarde. Nunca le hablé de Hannes después de que me lo contara, pero yo la admiraba por ello, ya que indicaba hasta qué punto estaba dispuesta a luchar por lo que quería. Y como yo también tenía que luchar mucho para conseguir lo que deseaba –señaló el despacho y la clínica, algo muy diferente de la cadena de restaurantes de su familia–, supongo que, después de un tiempo, nos sentíamos como hermanas.

–¿Usted también vivía en el convento?

–¡No, claro que no! Pero Katja sí. Trabajaba para las monjas, en la cocina, creo, a cambio del alojamiento mientras aprendía inglés. No obstante, yo vivía detrás del convento. Había residencias estudiantiles en la parte inferior del parque. Justo delante de la carretera, por lo que el ruido era espantoso. Pero el alquiler era barato, y la ubicación, cercana a tantas facultades, hacía que fuera muy práctico. Por aquel entonces vivían allí varios centenares de estudiantes, y casi todos sabíamos de la existencia de Katja. –Sonrió–. Y si no hubiera sido así, la habríamos conocido tarde o temprano. Lo que podía llegar a hacer con un suéter, tres pañuelos y unos pantalones era de lo más extraordinario. Tenía una mente innovadora para la moda. Eso es a lo que se quería dedicar, a propósito. Y lo habría hecho si las cosas no le hubieran ido tan mal.

Ése era exactamente el punto al que quería llevar la conversación: qué cosas le habían sucedido a Katja Wolff y por qué.

–No estaba cualificada para ser la niñera de mi hermana, ¿verdad? –le pregunté.

En ese momento Katie estaba acariciando las plumas de la cola del periquito y las extendía con el mismo espíritu de cooperación con el que había extendido las alas; aún las tenía extendidas, como si el pájaro se hubiera paralizado por el mero placer del tacto de la terapeuta.

–Sentía verdadera devoción por tu hermana –respondió Katie–. La quería. Se portaba muy bien con ella. Nunca vi que mostrara nada hacia Sonia que no fuera la más profunda de las ternuras y gentilezas. Fue un regalo celestial para tu hermana, Gideon.

Eso no era precisamente lo que esperaba oír y, en consecuencia, cerré los ojos e intenté recordar a Katja y a Sonia juntas. Quería una imagen mental que correspondiera a lo que yo le había explicado al policía de pelo rojo, no a lo que Katie me estaba contando en ese instante.

–Me imagino, sin embargo, que casi siempre las vería en la cocina, cuando Katja le daba de comer.

Apunté, con los ojos cerrados a medida que intentaba recordar, como mínimo, esa imagen: las viejas baldosas rojas y negras de linóleo del suelo, la mesa de madera con los pequeños semicírculos que habían quedado grabados por no haber puesto posavasos bajo las tazas, las dos ventanas inferiores a la altura de la calle y los barrotes que las protegían. Es extraño que pudiera recordar cómo los pies pasaban sobre la acera por delante de las ventanas de la cocina, pero que fuera incapaz de formarme una idea de una sola escena en la que hubiera acontecido algo que pudiera confirmarme lo que le había explicado a la policía.

–Las veía en la cocina –asintió Katie–. Pero también las veía en el convento, en la plaza, en todas partes. Parte del trabajo de Katja consistía en estimular sus sentidos y... –En ese instante se detuvo y dejó de acariciar al pájaro– ... supongo que todo eso ya lo sabe.

–Tal y como le he dicho, mi memoria... –musité distraídamente.

Pareció ser suficiente, ya que prosiguió:

–¡Ah! Sí, de acuerdo. Bien, todos los niños, discapacitados o no, se benefician de que los estimulen sensorialmente, y Katja se encargó de que Sonia estuviera expuesta a una variedad de experiencias. Trabajó con ella para ayudarle a desarrollar las habilidades psicomotrices, y se preocupó de que estuviera expuesta a otros ambientes, aparte del de casa. Estaba limitada por la salud de su hermana, pero cuando Sonia era capaz de hacerlo, Katja se la llevaba de paseo. Y si yo estaba libre, también las acompañaba. En consecuencia, la veía con Sonia, no cada día pero bastantes veces por semana, durante todo el tiempo que su hermana estuvo... bien, viva. Además, Katja se portó muy bien con Sonia. Por lo tanto, cuando sucedió lo que sucedió... Bien, todavía no he sido capaz de entenderlo.

Todo lo que me estaba explicando era tan diferente de lo que me habían dicho o había leído en los periódicos que me vi obligado a intentar un ataque frontal.

–Esto no concuerda en lo más mínimo con lo que me han explicado.

–¿A quién se refiere?

–A Sarah-Jane Beckett, entre otros.

–¡No me sorprende! –exclamó Katie–. No debería tomarse en serio nada de lo que Sarah-Jane pueda decirle. Ella y Katja eran como el aceite y el agua. Asimismo, se ha de tener en cuenta a James. Estaba loco por Katja, no cabía en sí de alegría cada vez que Katja le dirigía la palabra. A Sarah-Jane no le sentó nada bien. Era más que evidente que se había reservado a James para sí misma.

Lo que me contó sobre James el Inquilino no tenía nada que ver con lo que me habían explicado de él, doctora Rose. La historia siempre cambiaba según adónde, cómo o a quién me dirigiera. Cambiaba de un modo sutil, una pequeña variación por aquí, un pequeño cambio por allá, pero era más que suficiente para despistarme y para que empezara a preguntarme a quién debería creer.

«Tal vez a nadie –me señala–. Cada persona ve las cosas a su manera, Gideon. Cada persona desarrolla una versión de los hechos pasados con la que pueda vivir, y si le preguntan, ésa es la versión que cuenta. En el fondo, es la que se cree.»

Pero ¿qué necesidad tenía Katie Waddington de alterar su propia versión veinte años más tarde? Entiendo que papá pueda hacerlo, que Sarah-Jane también lo haga, pero Katie... Ni siquiera vivía en casa. No le interesaba nada que no fuera la simple amistad con Katja Wolff, ¿no cree?

Con todo, la declaración de Katie Waddington en el juicio fue, entre otras muchas cosas, lo que determinó el destino de Katja Wolff. Lo había leído en un recorte de periódico en el que las palabras LA NIÑERA LE MIENTE A LA POLICÍA formaban un titular gigantesco. En la única declaración que hizo a la policía, Katja Wolff había afirmado que una llamada telefónica de Katie Waddington era lo que le había hecho ausentarse del cuarto de baño uno o dos minutos en la noche que Sonia se ahogó. Pero Katie Waddington había declarado, bajo juramento, que se encontraba en una clase nocturna en el preciso instante en que supuestamente había hecho esa llamada. Su declaración había sido confirmada por el profesor. Y la defensa prácticamente inexistente de Katja recibió un duro golpe.

«Pero, un momento. ¡Santo Cielo! ¿También habría amado Katie a James el Inquilino? –me pregunté–. ¿Habría organizado los acontecimientos de tal modo que James Pitchford quedara libre para ella?»

Como si se hubiera percatado de los pensamientos que ocupaban mi mente, Katie prosiguió con el mismo tema con el que había empezado:

–Katja no tenía ningún interés en James. Lo veía como alguien que podía ayudarle con su inglés, y supongo que podríamos afirmar que lo utilizó. Se dio cuenta de que él deseaba que pasara el poco tiempo libre del que disponía con él, y a ella no le importaba siempre que ese tiempo libre fuera usado para recibir clases de inglés. James estuvo de acuerdo con eso. Me imagino que esperaba que, si se portaba lo bastante bien con ella, acabaría enamorándose de él tarde o temprano.

–Por lo tanto, podría ser el hombre que la dejó embarazada.

–¿Como pago por las clases de inglés? Lo dudo. Katja no era de las que intercambiaba el sexo por cualquier otra cosa. Después de todo, podría haberle ofrecido sexo a Hannes Hertel a cambio de que la dejara subir al globo. Pero escogió una estrategia totalmente diferente, una que podría haber sido muy peligrosa.

Katie había dejado de acariciar el periquito azul y observaba al pájaro a medida que éste iba recuperando los sentidos. Las plumas de la cola fueron las primeras en volver a la normalidad; luego las de las alas, y finalmente abrió los ojos. Parpadeó, como si se preguntara dónde estaba.

–Entonces, estaba enamorada de una persona que no era James. Seguro que sabe de quién.

–Que yo sepa, no estaba enamorada de nadie.

–Pero si estaba embarazada...

–No sea ingenuo, Gideon. Una mujer no necesita estar enamorada para quedarse embarazada. Ni siquiera necesita querer hacerlo. –Devolvió el pájaro azul a la jaula.

–¿Me está sugiriendo que...? –No podía ni decirlo de lo horrorizado que estaba, sólo con pensar lo que podría haber sucedido y con quién.

–¡No, no! –se apresuró a decir Katie–. Nadie la violó. Me lo habría contado. Estoy segura. Lo que quería decir era que... –Dudó un instante durante el cual sacó al pájaro verde de la jaula y empezó a darle el mismo masaje que le había dado al otro–. Tal y como ya le he dicho, bebía un poco. No mucho y no muy a menudo. Pero cuando bebía... bien, me temo que se olvidaba de ciertas cosas. Por lo tanto, existe la posibilidad de que ni ella misma lo supiera... Ésa es la única explicación que se me ocurre.

–¿Explicación? ¿Para qué?

–Para el hecho de que yo no supiera que estaba embarazada –contestó Katie–. Nos lo contábamos todo. Y el hecho de que nunca me contara que estaba embarazada me sugiere que ni ella misma lo sabía. A no ser que quisiera mantener la identidad del padre en secreto, me imagino.

No quería ir en esa dirección, y tampoco quería que ella lo hiciera. En consecuencia, dije:

–Si bebía en sus noches libres y una vez acabó con alguien que ni siquiera conocía, quizá quisiera mantener el secreto. Si lo hubiera contado, aún habría quedado peor, ¿no cree? Especialmente cuando fue a juicio. Porque, tal y como tengo entendido, en el juicio hablaron de su personalidad. O, como mínimo, creo que Sarah-Jane Beckett sí que lo hizo.

–Por lo que al juicio se refiere –añadió Katie, dejando de acariciar la cabeza del pájaro verde por un instante–, yo quería ser testigo de solvencia moral. A pesar de su mentira sobre la llamada telefónica, yo creía que podía hacer mucho por ella. Pero no me lo permitieron. Su abogado no me llamó. Y cuando el fiscal del Estado averiguó que yo no sabía que estaba embarazada... Ya se puede imaginar la que armó durante el interrogatorio: «¿Cómo quiere que me crea que usted era la mejor amiga de Katja Wolff y una autoridad para decidir lo que era o no capaz de hacer si no confiaba en usted lo bastante para contarle que estaba embarazada?».

–Ya veo cómo fueron las cosas.

–Decidieron que se trataba de un asesinato. Creía que podría ayudarla. Deseaba ayudarla. Pero cuando me pidió que mintiera sobre esa llamada telefónica...

–¿Se lo pidió?

–Sí, me pidió que mintiera. Pero yo era incapaz. En un tribunal. Bajo juramento. No habría mentido por nadie. En ese momento tuve que fijar mis límites, y eso puso fin a nuestra amistad.

Bajó los ojos para observar el pájaro que sostenía en la palma de la mano, con el ala derecha extendida para recibir la caricia que el otro pájaro ya había recibido. «Criaturilla inteligente», pensé. Aún no había sido hipnotizada por las caricias, y ya estaba cooperando.

–Es extraño, ¿verdad? –espetó–. Uno puede creer de todo corazón que tiene un tipo de relación con una persona, y luego descubrir que nunca fue como se había imaginado.

–Sí –respondí–. Es muy extraño.

19

Yasmin Edwards permanecía de pie en la esquina de Oakhill y Galveston Road, con el número cincuenta y cinco quemándole en el cerebro. No quería tomar parte en lo que estaba haciendo, pero lo estaba haciendo de todas maneras, obligada por una fuerza que parecía venir del exterior pero que era una parte integral de su ser.

Su corazón le decía: «¡Vete a casa, chica! ¡Aléjate de este lugar! ¡Vuelve a la tienda y sigue fingiendo!».

Su cabeza le decía: «¡No, ha llegado la hora de averiguar lo peor!».

Y el resto del cuerpo se le debatía entre la cabeza y el corazón, haciendo que se sintiera como la protagonista rubia y estúpida de una película de suspense, ese tipo de mujer que se dirige de puntillas en la oscuridad hacia la puerta chirriante mientras el público le grita que se aleje.

Se detuvo en la lavandería antes de marcharse de Kennington. Cuando ya no fue capaz de hacer frente a lo que le mente le había estado gritando durante los últimos días, cerró la tienda, se dirigió al aparcamiento y entró en el Fiesta con la intención de dirigirse directamente a Wandsworth. Pero al final de Braganza Street, donde tuvo que esperarse a que el tráfico disminuyera antes de poder girar hacia Kennington Park Road, vislumbró la lavandería entre el colmado y la tienda de material eléctrico, y decidió entrar un momento para preguntarle a Katja qué quería para cenar.

No le importaba que en lo más profundo de su corazón supiera que era una excusa para ver lo que estaba haciendo su amante. Esa mañana no le había preguntado a Katja qué le gustaría cenar, ¿verdad? La inesperada visita de ese maldito detective les había hecho olvidar su rutina diaria.

Así pues, encontró un sitio en el que aparcar y entró en la lavandería; se alegró al ver que Katja estaba en el trabajo: en la parte trasera, inclinada sobre una vaporosa plancha que estaba deslizando sobre unas sábanas con bordes de encaje. La mezcla de calor, humedad y el olor de la ropa por lavar hacían que uno se sintiera como si estuviera en el trópico. A los diez minutos de entrar en el lugar, Yasmin estaba mareada, con resplandecientes gotas de sudor en la frente.

No conocía a la señora Crushley, pero reconoció a la propietaria de la lavandería por la actitud que mostró desde su máquina de coser tan pronto como Yasmin se acercó al mostrador. Era de la generación de los que hemos-luchado-en-la-guerra-por-todos-vosotros, una mujer demasiado joven para haber prestado sus servicios en ningún conflicto de la historia reciente, pero lo bastante mayor para recordar un Londres que era mayoritariamente anglosajón.

–¿Sí? ¿Qué desea? –le preguntó con brusquedad, observándola de arriba abajo y como si estuviera oliendo algo desagradable.

Yasmin no llevaba ropa para lavar, y eso le hizo parecer sospechosa a los ojos de la señora Crushley. Yasmin era negra, y eso aún la hacía parecer una persona más peligrosa. Después de todo, podría llevar un cuchillo en el bolso. Podría llevar un dardo envenenado, que hubiera cogido de unos de sus compañeros de tribu, escondido en el pelo.

–Si pudiera hablar un momento con Katja... –le dijo con educación.

–¡Katja! –exclamó la señora Crushley como si le acabara de preguntar si Jesucristo trabajaba ese día–. ¿Qué quiere de ella?

–Sólo quiero hablar con ella un momento.

–No veo por qué tendría que permitírselo. Ya hago suficiente dándole trabajo, ¿no es verdad? Sólo me falta que venga gente a verla. –La señora Crushley levantó la prenda en la que estaba trabajando, una camisa blanca de hombre, y usó sus torcidos dientes para partir un trozo de hilo de un botón que acababa de cambiar.

Katja alzó la cabeza en la parte trasera del establecimiento. Pero, por alguna razón, en vez de dedicarle una sonrisa a modo de saludo, se quedó mirando la puerta. Después miró hacia ella y le sonrió.

Era el tipo de cosa que cualquiera podría haber hecho; el tipo de cosa que la misma Yasmin habría pasado por alto en otras circunstancias. Pero en ese momento se dio cuenta de que estaba completamente pendiente del comportamiento de Katja. Cualquier cosa podía tener sentido. Y todo eso pasaba por culpa de ese inmundo detective.

–Esta mañana no me he acordado de preguntarte lo que querías para cenar –le dijo Yasmin a Katja mientras observaba con cautela a la señora Crushley.

–¿Le está preguntando lo que quiere para cenar? –le preguntó la señora Crushley después de soltar un bufido–. En mi época nos comíamos todo lo que nos ponían en el plato y nadie nos preguntaba lo que deseábamos.

Katja se acercó. Yasmin se percató de que estaba empapada de sudor. La blusa azul celeste se le pegaba al torso como si fuera una lapa. Tenía el pelo pegado a la cabeza. Desde que trabajaba en la lavandería, nunca la había visto así –cansada y cubierta de sudor– al final de la jornada laboral, y verla de ese modo cuando aún no había pasado ni medio día hizo que sus sospechas se despertaran de inmediato. Yasmin llegó a la conclusión de que si Katja nunca llegaba en ese estado era porque iba a otro sitio antes de ir al edificio Doddington.

Fue a la lavandería para ver cómo estaba Katja, para asegurarse de que no se había largado y de que no se había encizañado con la agente responsable de la libertad condicional. Pero como la mayoría de la gente que se dice a sí misma que sólo está saciando su curiosidad o haciendo algo por el bien del otro, Yasmin recibió más información de la que quería.

–¿Qué me respondes? –le preguntó a Katja, dedicándole una sonrisa que más bien parecía una mueca–. ¿Tienes alguna idea? Si quieres, podría hacer un *couscous* con cordero. Ese estofado que ya hice una vez, ¿te acuerdas?

Katja asintió con la cabeza. Se secó la frente con la manga y usó el puño para secarse el labio superior.

–Sí, me parece bien. El cordero me gusta. Gracias, Yas.

Después se quedaron de pie en completo silencio. Intercambiaron una mirada mientras la señora Crushley las observaba por encima de sus gafas de media luna.

–Creo que ya tiene lo que quería, señorita del peinado de fantasía. Ahora más vale que se marche.

Yasmin se mordió los labios para no tener que optar entre decir: «¿Dónde? *¿Quién?*» a Katja, o «Váyase a la mierda, blanca asquerosa» a la señora Crushley. No obstante, la que habló fue Katja. Le dijo con serenidad:

–Ahora debo volver al trabajo, Yas. Nos veremos por la noche.

–Sí, de acuerdo –contestó Yasmin, y se marchó sin preguntarle a Katja a qué hora llegaría.

Esa pregunta habría sido la trampa más importante, la trampa que le habría dado mucho más información que su aspecto. Con la señora Crushley allí sentada (que sabía a la hora que Katja acababa de trabajar) habría sido muy fácil preguntarle a Katja la hora exacta en que regresaría esa noche a casa, y observarle la expresión si la hora no coincidía con el horario laboral de Katja. Pero Yasmin no quería concederle a ese vaca asquerosa el placer de sacar ningún tipo de conclusión sobre la relación que mantenían; en consecuencia, salió de la lavandería y se dirigió hacia Wandsworth.

Ahora se encontraba en la esquina de la calle a merced del gélido viento. Examinó el barrio y lo comparó con el edificio Doddington, que no salió ganador en la comparación. La calle estaba limpia, como si alguien la hubiera barrido. En la acera no había ni escombros ni hojas caídas. No había manchas de orina de perro en las farolas ni montones de caca de perro en las alcantarillas. Las fachadas de las casas no tenían pintadas y de las ventanas colgaban blancas cortinas. La colada no colgaba con desinterés de los balcones porque no había balcones: tan sólo se veía una larga hilera de casas muy bien cuidadas por sus propietarios.

«Cualquiera podría ser feliz aquí –pensó Yasmin–. Aquí sí que se podría llevar una vida especial.» Empezó a andar calle abajo con cautela. No había nadie, pero se sentía observada. Se abrochó el botón de arriba de la chaqueta y sacó la bufanda para cubrirse la cabeza. Sabía que era un acto estúpido. Sabía que delataba cómo se sentía: asustada y un poco preocupada. Pero lo hizo de todas maneras porque quería sentirse a salvo, cómoda y segura de sí misma, y estaba dispuesta a hacer cualquier cosa para sentirse de esa manera.

Cuando llegó al número cincuenta y cinco, titubeó junto a la verja. Se preguntó a sí misma si sería capaz de llegar hasta el final, y se cuestionó si realmente deseaba saberlo. Maldijo al hombre negro que la había llevado a esa situación, odiándolo no sólo a él, sino a sí misma: a él, por habérselo contado; a sí misma, por haber creído en él.

Sin embargo, tenía que saberlo. Tenía demasiadas preguntas que podían ser respondidas llamando simplemente a una puerta. No podía marcharse hasta que no se enfrentara a los temores que hacía tiempo que intentaba ignorar.

Abrió la verja y se encontró con un jardín descuidado. El sendero que llevaba hasta la puerta estaba cubierto de losas, y la puerta en sí era de un color rojo brillante, con una reluciente aldaba de bronce en el centro. Ramas desnudas de otoño arqueaban sobre el porche, y una cesta metálica de leche contenía tres botellas vacías; una nota sobresalía de una de ellas.

Yasmin se agachó para coger la nota, pensando que quizás en el último momento no tendría que enfrentarse... que ver... Tal vez estuviera escrito en la nota. La desenrolló sobre la palma de la mano y leyó las palabras: «A partir de ahora queremos dos de leche desnatada y una con la tapa plateada. Gracias». Eso era todo. La letra no le revelaba nada: ni la edad, ni el sexo, ni la raza ni la religión. El mensaje podría haber sido escrito por cualquiera.

Se pasó los dedos por la palma de la mano, como si quisiera animarla a levantarse y cumplir con su deber. Retrocedió un paso y observó la parte salediza de la ventana, con la esperanza de divisar algo que la hiciera cambiar de opinión sobre lo que estaba a punto de hacer. Pero las cortinas eran iguales que las otras de la calle: ringleras de tejido que dejaban pasar un poco de luz y tras las que se podía ver una silueta por la noche. Sin embargo, durante el día protegían la sala del interior de los posibles mirones. Por lo tanto, a Yasmin no le quedaba más remedio que llamar a la puerta.

«A la mierda», pensó. Tenía derecho a saberlo. Se encaminó con decisión hacia la puerta y golpeó la aldaba contra la puerta de madera.

Esperó. Nada. Llamó al timbre. Oyó cómo sonaba cerca de la puerta. Era uno de esos timbres que hace sonar una melodía. Pero el resultado fue el mismo. Nada.

Yasmin no quería ni pensar que había ido hasta allí desde Kennington para no averiguar nada. No quería pensar cómo sería continuar con Katja y hacerle creer que no tenía dudas. Lo mejor era saberlo: tanto lo bueno como lo malo. Porque si lo sabía, por lo menos vería con claridad lo que tendría que hacer a continuación.

La tarjeta de visita del policía le pesaba en el bolsillo como si fuera una lámina de plomo de diez por cinco centímetros. La noche anterior la había observado, dándole vueltas y más vueltas con las manos mientras las horas pasaban y Katja no regresaba a casa. La había llamado, por supuesto. Le había dicho: «Yas, llegaré tarde». Y cuando Yasmin le había preguntado por qué, le había respondido: «Por teléfono es un poco complicado. Te lo contaré luego. ¿De acuerdo?». Pero «luego» no había llegado, y unas cuantas horas más tarde había salido de la cama y se había acercado a la ventana para ver si la oscuridad podía ayudarla a entender lo que sucedía y, finalmente, había cogido la chaqueta, donde encontró la tarjeta que él le había dado en la tienda.

Observó el nombre con atención: Winston Nkata. Era africano, sin lugar a dudas. Pero su acento, cuando no se esforzaba por parecer educado, parecía de las Antillas. En la parte de abajo, a la izquierda del nombre, había impreso un número de teléfono, un número del Departamento de Policía al que nunca llamaría, ya que antes preferiría morir. En la parte derecha estaba el número del móvil. «Llámeme –le había dicho–. De día o de noche.»

¿O no había dicho nada de eso? De todos modos, no importaba, porque nunca le daría el chivatazo a un policía. Nunca en la vida. No era tan estúpida. Así pues, se había metido la tarjeta en el bolsillo de la chaqueta, donde la sentía en ese mismo instante, un pequeño trozo de plomo que cada vez se volvía más caliente, más pesado, haciéndole caer el hombro derecho con el peso, atrayéndola como si fuera metal hacia un imán, sólo que el imán era una acción que ella nunca emprendería.

Se alejó de la casa. Desanduvo el sendero de losas en dirección a la entrada. Tanteó a sus espaldas en busca de la verja y siguió andando hacia atrás. Si alguien tenía la intención de husmear tras las cortinas mientras ella se marchaba, estaba bien decidida a ver quién era. Pero eso no sucedió. La casa estaba vacía.

Yasmin tomó la decisión cuando una furgoneta de reparto de Worldwide Express llegó, haciendo un gran estruendo, a Galveston Road. Avanzaba poco a poco mientras el conductor buscaba la dirección correcta, y cuando llegó a la casa que quería, salió de la furgoneta –dejando el motor en marcha– y se encaminó a toda prisa hacia la puerta para hacer el reparto tres casas más abajo de donde estaba Yasmin. Esperó mientras llamaba al timbre. Diez segundos más tarde se abrió la puerta. Intercambio de saludos, una firma en el albarán, y el repartidor se dirigió de nuevo a la furgoneta. Mientras se alejaba le lanzó una mirada a Yasmin que decía: «hembra, negra, fea, cuerpo decente, buena para un polvo». Después, él y la furgoneta desaparecieron. Pero la posibilidad no.

Yasmin se encaminó hacia la casa en la que había hecho el reparto. Ensayó lo que iba a decir. Se detuvo, sin que la vieran desde la ventana –que era idéntica a la del número cincuenta y cinco– y tardó un instante en apuntar la dirección –Galveston Road, número cincuenta y cinco, Wandsworth– en la parte trasera de la tarjeta del detective. Se quitó el pañuelo del pelo y se lo puso de turbante. Se quitó los pendientes de latón y de cuentas y se los metió en el bolsillo. Y aunque llevaba la chaqueta abrochada hasta arriba, se la desabrochó y se quitó el collar –como medida de precaución– y lo depositó en el bolso; luego se abotonó la chaqueta de nuevo y aplastó el cuello para darle un aire humilde y pasado de moda.

Ataviada lo mejor que podía para el papel, entró en el jardín de la casa en la que habían dejado el paquete y llamó con indecisión a la puerta principal. Había una mirilla y, por lo tanto, bajó la cabeza, se quitó el bolso de los hombros y lo sostuvo delante de ella de una forma extraña. Alteró su expresión todo lo que pudo para dar una imagen de humildad, miedo, preocupación y una actitud desesperada por complacer. En un instante oyó la voz.

–¿Sí? ¿Qué puedo hacer por usted? –Procedía de detrás de la puerta cerrada, pero ese hecho le demostraba que había salvado el primer obstáculo.

Alzó la cara y le preguntó:

–¿Podría ayudarme, por favor? He venido a limpiar la casa de su vecina, pero no hay nadie. Me refiero al número cincuenta y cinco.

–Trabaja durante el día –respondió la voz.

–Pero no lo entiendo... –Yasmin levantó la tarjeta del detective–. Como puede ver... su marido me apuntó la dirección.

–¿Marido? –Descorrió los cerrojos y abrió la puerta. Apareció una mujer de mediana edad, tijeras en mano. Al ver que Yasmin miraba las tijeras y que le cambiaba el semblante, la mujer exclamó–: ¡Lo siento! Estaba abriendo un paquete. A ver. Deje que le eche un vistazo a la dirección.

Yasmin le entregó la tarjeta con mucho gusto. La mujer leyó la dirección.

–Sí, ya veo. No hay duda de que... ¿dijo algo de su marido?

Y cuando Yasmin asintió con la cabeza, la mujer le dio la vuelta a la tarjeta y leyó la parte delantera, lo mismo que Yasmin había leído un centenar de veces la noche anterior: Winston Nkata, detective, Departamento de Policía de Londres. Un número de teléfono y un número de móvil. La leyó de arriba abajo.

–Bien, claro, el hecho de que sea policía... –añadió la mujer pensativamente–. No. Debe de haber un error. Estoy segura. Por aquí no hay nadie que se llame Nkata. –Le devolvió la tarjeta.

–¿Está segura? –le preguntó Yasmin, juntando las cejas, en el intento de parecer desesperada–. Me ordenó que fuera a limpiar...

–Sí, sí, querida. Estoy segura de que así fue. Pero, por alguna razón, le ha dado una dirección equivocada. En esa casa nunca ha vivido nadie que se llame Nkata. Hace años que está habitada por la familia McKay.

–¿McKay? –preguntó Yasmin. Y el corazón se le aligeró. Porque si la abogada Harriet Lewis tenía una compañera, tal y como le había asegurado Katja, entonces si ésa era su casa, sus miedos serían infundados.

–Sí, sí, McKay –contestó la mujer–. Noreen McKay, junto con su sobrina y su sobrino. Una mujer muy simpática y agradable, pero no está casada. Que yo sepa, nunca lo ha estado. Y, desde luego, mucho menos con alguien llamado Nkata, si entiende lo que quiero decir, y no se lo tome como una ofensa.

–Yo... sí. Sí, ya entiendo –susurró Yasmin, porque ya no podía hacer nada más para averiguar el nombre completo de la persona que vivía en el número cincuenta y cinco–. Muchísimas gracias, señora. Se lo agradezco de verdad. –Se dio la vuelta para irse.

La mujer dio un paso hacia delante y le preguntó:

–¿Se encuentra bien?

–Sí, sí, sólo que... cuando uno espera conseguir un trabajo y sufre una decepción...

–Lo siento muchísimo. Si mi mujer de la limpieza no hubiera venido ayer, no me habría importado en lo más mínimo que me limpiara la casa. Parece una buena persona. ¿Podría darme su nombre y su número de teléfono por si acaso me falla? Es una de esas filipinas, ¿sabe? Una nunca puede confiar en ellas, si entiende lo que le quiero decir.

Yasmin levantó la cabeza. Dadas las circunstancias, lo que deseaba decirle no coincidía con lo que necesitaba decir. Ganó la necesidad. En ese momento había otras cosas a tener en cuenta, aparte de los insultos.

–Es muy amable, señora –le contestó. Le dijo que se llamaba Nora y le dictó ocho dígitos al azar. La mujer los anotó con impaciencia en una libreta que había cogido de una mesa cercana a la puerta.

–¡Bien! –exclamó mientras apuntaba el último dígito con un ademán–. Quizá nuestro pequeño encuentro tenga un final feliz. –Le dedicó una sonrisa–. Nunca se sabe, ¿no cree?

«Cierto», pensó Yasmin. Hizo un gesto de asentimiento, se encaminó hacia la calle y se dirigió al número cincuenta y cinco para echarle un último vistazo. Se sentía entumecida, y por un momento intentó convencerse a sí misma de que ese entumecimiento era un indicio de que no le importaba lo que acababa de averiguar. Pero sabía que la verdad era que estaba nerviosa.

Mientras su nerviosismo se transformaba en rabia, abrigaba la esperanza de tener cinco minutos para decidir qué hacer.

El móvil de Winston Nkata sonó en el preciso instante en el que Lynley estaba leyendo los informes que el equipo del comisario Leach había estado enviando a lo largo de la mañana a la sala de incidencias. Ya que no había habido testigos ni pruebas, salvo los trozos de pintura, en el escenario del crimen, la Brigada de Homicidios sólo se podía centrar en el vehículo que se había usado en el primer caso de atropellamiento y fuga. Pero según los informes de las acciones que se habían llevado a cabo, los garajes de la ciudad no habían demostrado ser de ninguna utilidad hasta el momento, al igual que las tiendas de accesorios de automóvil, donde alguien podría haber comprado algo parecido a un parachoques de cromo para sustituir al dañado en el accidente.

Lynley alzó la mirada de uno de los informes y vio que Nkata examinaba el móvil mientras se pasaba la mano por la cicatriz de la cara con aire pensativo. Se quitó las gafas para leer y le preguntó:

–¿De qué se trata, Winnie?

–No lo sé –le respondió el agente. Pero lo dijo muy despacio, como si estuviera reflexionando sobre el tema, y después se dirigió hacia un teléfono que había en un escritorio cercano en el que una agente de policía estaba introduciendo información en el ordenador.

–Creo que nuestro próximo paso será Swansea, señor –le había dicho Lynley por el móvil al comisario Leach después de que acabaran de interrogar a Raphael Robson–. Creo que en este momento ya hemos interrogado a los sospechosos principales. Deberíamos contrastar todos los nombres con las listas de la Dirección General de Tráfico para ver si alguno de ellos tiene matriculado un coche antiguo, además del vehículo que usan a diario. Empecemos con Raphael Robson para ver si tiene alguno. Podría estar guardado en algún garaje.

Leach había consentido. Y eso era precisamente lo que la agente de policía estaba haciendo en el ordenador en ese preciso instante: poniéndose en contacto con el departamento de vehículos, relacionando nombres y buscando al propietario de un coche antiguo, o simplemente viejo.

–No podemos descartar la posibilidad de que uno de nuestros sospechosos tenga acceso a coches, antiguos o de otra índole –remarcó Leach–. El asesino podría ser amigo de un coleccionista, por ejemplo. Amigo de un vendedor de coches. Amigo de alguien que trabaje de mecánico.

–Y tampoco podemos descartar la posibilidad de que el coche fuera robado, o que alguien lo acabara de comprar a un particular y que aún no lo hubiera matriculado, o que lo hubieran traído desde Europa para hacer el trabajillo y que ya se lo hubieran llevado sin que nadie se enterara –apuntó Lynley–. En ese caso, la Dirección General de Tráfico sería un callejón sin salida. No obstante, como no tenemos nada más...

–Eso es –asintió Leach–. ¿Qué podemos perder?

Ambos sabían que perderían a Webberly, cuyo estado era cada vez más grave.

–Ataque cardíaco –les había informado Hillier con brusquedad desde la sala de espera de Cuidados Intensivos de Charing Cross Hospital–. Hace tan sólo tres horas. Le bajó la presión, el corazón le empezó a funcionar de una forma extraña, y después... *bum*. Un gran ataque.

–¡Santo Cielo! –exclamó Lynley.

–Usaron esas cosas... ¿cómo se llaman?... electroshock...

–¿Esa especie de palas?

–Diez veces. Once. Randie estaba allí. La sacaron de la habitación, pero después de dar la alarma y de los gritos... En fin, un desastre.

–¿Qué le han dicho, señor?

–Lo tendrán en observación hasta el domingo. Gota a gota, tubos, máquinas, cables. Ya se acordaba: había padecido una fibrilación ventricular. Le podría pasar de nuevo. De hecho, puede pasarle cualquier cosa.

–¿Cómo está Randie?

–Hace lo que puede. –Hillier no le dio a Lynley la oportunidad de preguntar nada más. Se limitó a proseguir bruscamente, como si deseara dejar de hablar de un tema que era demasiado aterrador–. ¿A quién han interrogado?

No se sintió muy satisfecho cuando se enteró de que todos los esfuerzos de Leach no habían obtenido ningún resultado positivo después de interrogar a Pitchley-Pitchford-Pytches por tercera vez. Ni tampoco se sintió muy satisfecho cuando le explicó que el gran esfuerzo de los equipos que trabajaban en el escenario de los dos atropellamientos no había conseguido averiguar nada nuevo sobre el coche. Se mostró moderadamente satisfecho con la noticia de los resultados del equipo forense sobre los pedacitos de pintura y la antigüedad del vehículo. Pero la información era una cosa, y el arresto otra. Y él sólo deseaba que arrestaran a alguien.

–¿Ha comprendido mi mensaje, comisario jefe en funciones?

Lynley inspiró profundamente y atribuyó la aspereza de Hillier a la comprensible preocupación que éste sentía por Webberly. Se apresuró a contestarle al subjefe de policía que había comprendido el mensaje. Sin embargo, ¿cómo estaba Miranda? ¿Podría hacer algo por...? Como mínimo, ¿había Helen conseguido hacerle comer alguna cosa?

–Está en casa de Frances –respondió Hillier.

–¿Randie?

–No, su mujer. Laura no consiguió nada, ni siquiera pudo hacerla salir de la habitación; por lo tanto, Helen decidió intentarlo. Es una buena mujer –musitó Hillier. Lynley sabía que era todo lo que podía esperar de él a modo de cumplido.

–Gracias, señor.

–Prosiga con su trabajo. Yo seguiré aquí. No me gustaría que Randie estuviera sola si algo... si le pidieran decidir...

–De acuerdo. Sí, señor. Es lo mejor, ¿no es verdad?

Ahora Lynley observaba a Nkata. Curiosamente, el agente cubría el auricular del teléfono con los hombros para que nadie pudiera oír la conversación. Al verlo, Lynley frunció el ceño, y cuando Nkata colgó, le preguntó:

–¿Ha conseguido averiguar algo?

Frotándose las manos, el agente le respondió:

–Eso espero. La mujer que vive con Katja Wolff quiere hablar conmigo. Fue ella quien llamó. ¿Cree que debería...? –Inclinó la cabeza en dirección a la puerta, pero ese movimiento más bien pareció un acto de mera cortesía que una pregunta, ya que los dedos del agente empezaron a golpear los bolsillos de los pantalones como si estuviera ansioso por sacar las llaves del coche.

Lynley reflexionó sobre lo que Nkata le había contado sobre el último interrogatorio que les había hecho a las dos mujeres.

–¿Le ha dicho lo que quería?

–Hablar conmigo. Me acaba de decir que no me lo quería contar por teléfono.

–¿Por qué no?

Nkata se encogió de hombros y empezó a pasar el peso de un pie a otro.

–Son criminales. Ya sabe cómo son. Siempre quieren tener la sartén por el mango.

Eso no podía ser más verdad. Si una ex presidiaria estaba dispuesta a delatar a una compañera, siempre escogería la hora, el lugar y las circunstancias en las que dar el chivatazo. Era un juego de poder que les servía para tranquilizarles la conciencia cuando tenían que representar un papel deshonroso entre criminales. Pero las presidiarias rara vez sentían afecto por la policía, y la cautela indicaba que un agente debería ser lo bastante inteligente para recordar que no había nada que gustara más a los criminales que meter palos en las ruedas, y el tamaño de los palos acostumbraba a guardar relación con el nivel de animosidad que sentían hacia la policía.

–¿Cómo se llama, Winnie? –le preguntó.

–¿Quién?

–La mujer que acaba de llamarle. La compañera de piso de Wolff. –Y cuando Nkata le respondió, Lynley le preguntó qué crimen había mandado a Yasmin Edwards a la cárcel.

–Acuchilló a su marido –contestó Nkata–. Le mató. Cumplió cinco años de condena por ello. Pero tengo la impresión de que él la maltrataba. Tiene la cara muy marcada, inspector. Llena de cicatrices. Ella y la alemana viven con su hijo. Daniel. Debe de tener unos diez u once años. Es un buen chico. ¿Cree que debería...? –Una vez más señaló la puerta con ansiedad.

Lynley reflexionó sobre si debería mandar otra vez a Nkata al sur del río. La ansiedad que mostraba por llevar a cabo esa acción hizo que Lynley pensara en ello. Por una parte, seguro que Nkata estaba ansioso por compensar la anterior metedura de pata. Pero por otra parte, tenía poca experiencia, y el deseo que sentía por enfrentarse de nuevo con Yasmin Edwards sugería una posible pérdida de objetividad. Mientras esa posible pérdida estuviera presente, Nkata –no el caso– estaba en peligro. Tal y como Webberly había estado, se percató Lynley, en esa investigación que se había llevado a cabo veinte años atrás.

Esa investigación parecía estar cada vez más relacionada con ese otro asesinato, pensó. Debía de haber una razón que lo explicara.

–Esa Yasmin Edwards, ¿es posible que pueda tener algún interés creado?
–¿Conmigo?
–Me refiero a la policía en general.
–Sí, es posible.
–Entonces, vaya con cuidado.
–Así lo haré –respondió Nkata. Después salió a toda prisa de la sala de incidencias, con las llaves del coche en la palma de la mano.
Cuando el agente se fue, Lynley se sentó junto al escritorio y se puso las gafas. Se encontraban en una situación desesperante. Con anterioridad se había visto involucrado en casos en los que tenían un montón de pruebas pero a nadie a quien poder culpar. Había estado involucrado en casos en los que todos los sospechosos que habían interrogado parecían tener un móvil u otro, pero en los que no había habido ninguna prueba con la que poder incriminar a los sospechosos. Y había estado involucrado en casos en los que los medios y la oportunidad para asesinar eran más que posibles, pero en los que no había ningún móvil. Pero éste...
¿Cómo era posible que dos personas hubieran sido atropelladas y abandonadas en calles bastante concurridas sin que nadie viera nada, a excepción de un coche negro?, se preguntaba Lynley. ¿Y cómo era posible que la primera víctima hubiera podido ser arrastrada de un lugar a otro de Crediton Hill sin que nadie se percatara de lo que estaba sucediendo?
El hecho de que hubieran movido el cuerpo era un detalle importante, y Lynley cogió el último informe del forense para examinar a qué conclusiones había llegado a partir de lo que habían encontrado en el cadáver de Eugenie Davies. Seguro que el médico forense lo había analizado, investigado, examinado y estudiado con minuciosidad. Y si había algún indicio de prueba en ello –a pesar de la lluvia de esa noche–, seguro que el forense lo habría encontrado.
Lynley ojeó los documentos. No había nada debajo de las uñas, ni en la sangre del cadáver, ni en los restos de tierra que habían caído de los neumáticos –que no mostraban ninguna característica especial sobre los minerales propios de alguna parte del país–, ni en los gránulos que habían recogido tanto del pelo como de la misma calle, ni en los dos pelos que habían encontrado en el cadáver –uno gris y otro castaño–, que según el análisis...
A Lynley se le agudizó el interés. Dos pelos, de colores diferentes, un análisis. No cabía duda de que eso quería decir algo. Leyó el

informe, frunciendo el ceño, vadeando descripciones de cutícula, córtex y médula, y fijándose en la conclusión inicial a la que había llegado el Departamento de Crimen Organizado: los pelos eran de mamífero.

Pero cuando prosiguió, luchando por avanzar a pesar de la gran profusión de términos técnicos, desde «la estructura macrofibrilar de las células medulares» hasta «las variantes electroforéticas de las proteínas estructurales», se dio cuenta de que los resultados del examen forense de los pelos no eran concluyentes. ¿Cómo demonios era posible?

Alargó la mano para coger el teléfono y marcó el número del laboratorio forense que había al otro lado del río. Después de hablar con tres técnicos y una secretaria, por fin consiguió dar con alguien que le explicara, con términos no especializados, por qué el análisis de un pelo –hecho en un siglo en el que la ciencia estaba tan avanzada que una partícula microscópica de piel, ¡por el amor de Dios!, podía identificar a un asesino– ofrecía conclusiones poco concluyentes.

–De hecho –le explicó la doctora Claudia Knowles–, ni siquiera sabemos si esos pelos pertenecían al asesino, inspector. También podrían ser de la víctima.

–¿Cómo puede ser?

–En primer lugar, porque no hay cuero cabelludo en ninguno de los dos, y en segundo, y aquí reside lo más complicado, porque hay una gran variación de rasgos incluso con los pelos que pueden pertenecer a un solo individuo. Por lo tanto, aunque cogiéramos docenas de muestras del pelo de la víctima, no seríamos capaces de compararlos con los dos pelos que encontramos en su cuerpo, aunque hubieran sido de ella. A causa de todas las variaciones posibles. ¿Entiende lo que le quiero decir?

–No obstante, ¿qué hay del ADN? ¿Qué sentido tiene examinar los pelos si no podemos usarlos para...?

–No es que no podamos usarlos –le interrumpió la doctora Knowles–. Podemos y lo hacemos. Pero aun así, lo único que podemos averiguar, y eso no se hace de un día para otro, tal y como debe de saber muy bien, es si esos pelos pertenecían a la víctima. Y eso será de utilidad, evidentemente. Pero si no lo son, lo único que podremos concluir es que alguien se acercó a la víctima lo suficiente, antes o después de su muerte, para dejar sobre el cadáver uno o dos pelos.

–¿Sería posible que dos personas se hubieran acercado lo suficiente al cadáver? Se lo pregunto porque un pelo era gris y el otro castaño.

–Sería posible. Pero incluso entonces, tampoco podríamos descartar la posibilidad de que antes de su muerte se hubiera abrazado a alguien que, de modo inocente, le hubiera dejado un pelo sobre la ropa. Y aunque tuviéramos la información de ADN delante de nosotros, para probar que de hecho no se había abrazado a nadie mientras se encontraba con vida, ¿qué podemos hacer con esa información, inspector, si no hay nadie que nos pueda dar una muestra para contrastarla?

Sí, claro, ahí residía el problema. Ése siempre sería el maldito problema. Lynley le dio las gracias a la doctora Knowles y colgó, lanzando el informe a un lado. Necesitaban un respiro.

Releyó las notas que había tomado durante los interrogatorios: lo que habían dicho Wiley, Staines, Davies, Robson y Davies hijo. Seguro que había algo que se le había pasado por alto. Pero era incapaz de averiguarlo a partir de lo que había anotado.

«De acuerdo –pensó–. Ha llegado el momento de probar una nueva estrategia.»

Salió de comisaría e hizo el rápido trayecto hasta West Hampstead. Cayó en la cuenta de que Crediton Hill no estaba muy lejos de Finchley Road; aparcó en un extremo de la calle, salió del coche y empezó a andar. La calle estaba alineada con coches, y tenía ese aire de lugar deshabitado en el que todos los ocupantes salen de casa temprano para ir al trabajo y que no regresan hasta la noche.

Las marcas de tiza sobre el asfalto indicaban dónde había yacido el cuerpo de Eugenie Davies, y Lynley se colocó sobre éstas y contempló la calle en la dirección por la que habría llegado el coche asesino. Primero la habían golpeado con el coche, y después la habían atropellado varias veces, lo que parecía indicar que o bien no había salido disparada –a diferencia de Webberly– o que había sido lanzada directamente delante del coche, lo que habría facilitado mucho el hecho de que la volvieran a atropellar. Luego habían arrastrado su cuerpo a un lado, y éste había quedado medio escondido bajo un Vauxhall.

«¿Por qué? ¿Por qué iba su asesino a correr el riesgo de que alguien le viera? ¿Por qué no se limitó a atropellarla y a abandonarla en medio de la calle?» Era obvio que podría haberla apartado a un lado para que nadie la viera a causa de la lluvia y de la oscuridad, asegurándose, por lo tanto, que cuando alguien la encontrara ya estuviera muerta. Pero salir del coche suponía correr un gran riesgo. A no ser que el asesino tuviera un motivo para hacerlo...

¿Como, por ejemplo, que viviera en el barrio? Sí, era una posibilidad.

¿Podría haber cualquier otro motivo?

Lynley se subió a la acera y la recorrió poco a poco mientras pensaba en todas las variaciones que se le pudieran ocurrir sobre el tema de los motivos del asesino: que el asesino arrastrara el cuerpo destrozado o que el asesino hubiera salido del coche. Sólo le vino a la mente el bolso: quizás el asesino deseara algo que ella llevara en el interior del bolso, pero eso sólo habría sucedido si hubiera sabido de antemano que llevaba algo que él necesitaba.

Pero el bolso había aparecido debajo de otro coche de la calle, en un lugar en el que era poco probable que el asesino, con prisas y a oscuras, lo hubiera visto. Y por lo que le habían dicho, no parecía que faltara nada. A no ser, claro está, que el asesino hubiera sacado un único objeto –¿una carta, tal vez?– y hubiera lanzado el bolso debajo del coche donde luego lo habían encontrado.

Lynley seguía andando y reflexionando sobre todo eso; se sentía como si un coro griego se le hubiera instalado dentro de la cabeza y le recitara no sólo las posibilidades sino las consecuencias de escoger una de esas posibilidades y de creer en ella. Anduvo algunos metros más por delante de varias casas, por delante de los setos con tonalidades otoñales que delimitaban los jardines. Cuando estaba a punto de darse la vuelta y de dirigirse hacia el coche, un objeto brillante en la acera le llamó la atención; estaba cerca de una hilera de tejos que parecían haber sido plantados más recientemente que los demás árboles de la calle.

Se agachó como si fuera un Sherlock Holmes resucitado. Pero tan sólo resultó ser un trozo de cristal que, junto con otros trozos, había sido barrido de la acera y depositado junto al árbol recién plantado. Se sacó un lápiz del bolsillo de la chaqueta y les dio la vuelta a los trozos; después escarbó la tierra y encontró unos cuantos más. Y como nunca se había sentido tan desprovisto de recursos como se sentía en esa investigación, sacó un pañuelo y los recogió.

De vuelta en el coche, llamó a casa para hablar con Helen. Habían pasado muchas horas desde que se presentara en Charing Cross Hospital, y desde que se fuera a casa de Webberly para ver si podía hacer algo por Frances. Sin embargo, no se encontraba en casa. Tampoco estaba trabajando con St. James en Chelsea. Decidió que eso no debía pronosticar nada bueno.

Arrancó y se dirigió hacia Stamford Brook.

En Kensington Square, Barbara Havers aparcó en el mismo sitio que había aparcado con anterioridad: junto a la hilera de postes que impedía que el tráfico pudiera acceder a la plaza desde el norte por Derry Street. Se encaminó rumbo al convento de la Inmaculada Concepción, pero en vez de dirigirse directamente a la puerta y de preguntar una vez más por sor Cecilia Mahoney para hablar con ella, se encendió un cigarrillo y se aventuró a lo largo de la acera hasta la distinguida casa de ladrillo con tejado holandés donde tantas cosas habían sucedido veinte años antes.

Era el edificio más alto a ese lado de la calle: cinco plantas y una especie de sótano al que se accedía por una estrecha escalera que empezaba en el jardín delantero cubierto de losas. A ambos lados de la verja de hierro forjado de la entrada se alzaban unas columnas de ladrillo que estaban coronadas por unos adornos de piedra. Barbara abrió la verja, entró, la cerró a sus espaldas y se dispuso a contemplar la casa.

Contrastaba en gran manera con el pequeño piso al otro lado del río de Lynn Davies. Con esas puertaventanas y balcones, con esas molduras color crema, esos majestuosos frontones y esas ornamentadas cornisas, con esos montantes de abanico y las vidrieras de colores, el edificio –y la zona que lo rodeaba– no podría haber sido más diferente del entorno en el que había vivido Virginia Davies.

Pero había otra diferencia, aparte de las dimensiones obvias del edificio, y Barbara pensó en ella mientras inspeccionaba la casa. Dentro había vivido un hombre terrible, según lo que le había contado Lynn Davies, un hombre que no podía soportar estar en la misma habitación que una nieta que, a sus ojos, no era lo que debería haber sido. La niña no había sido bien recibida en esa casa, había sido motivo de riñas constantes y, en consecuencia, su madre había decidido llevársela para siempre. Y el viejo Jack Davies –el temible Jack Davies– se había sentido satisfecho. Más que eso, se había sentido agradecido, porque tal y como fueron las cosas, cuando su hijo se casó de nuevo, su siguiente nieto resultó ser un genio de la música.

«Para él debía de ser un deleite constante», pensó Barbara. El niño cogió un violín, destacó, y consiguió darle al apellido Davies la fama que se merecía. Pero después se produjo el nacimiento del siguiente nieto, y el viejo Jack Davies –el temible Jack Davies– se vio obligado a enfrentarse con la imperfección una vez más.

Pero con el nacimiento de ese segundo hijo deficiente, las cosas no debieron de ser tan fáciles para Jack. Porque si el viejo Jack Davies forzaba a esa madre para que se fuera con despiadadas súplicas de «que la quitaran de su vista, que escondieran a esa criatura en alguna parte», existía la posibilidad de que esa madre también se llevara al otro hijo. Y eso significaría despedirse de Gideon y de poder disfrutar de la fama que Gideon iba a conseguir.

«Cuando Sonia Davies fue asesinada en la bañera, ¿tenía conocimiento la policía de la existencia de Virginia? –se preguntó Barbara–. Y si así era, ¿había conseguido la familia mantener en secreto la actitud del viejo Jack?» Era muy probable.

Lo había pasado muy mal en la guerra, nunca se había recuperado, era un héroe militar. Pero también parecía que era un hombre al que le faltaban cinco notas para ser una sonata completa, y ¿cómo podía nadie saber qué sería capaz de hacer ese hombre cuando sus planes se vieran frustrados?

Barbara se encaminó de nuevo hacia la acera, cerrando la verja a sus espaldas. Lanzó el cigarrillo al suelo y volvió sobre sus pasos hacia el convento de la Inmaculada Concepción.

Esa vez se encontró a sor Cecilia Mahoney en el enorme jardín que había detrás del edificio principal. Junto con otra monja, estaba recogiendo las hojas secas de un gigantesco sicomoro que podría haber dado sombra a una aldea entera. Hasta ese instante, habían hecho cinco montones de hojas; formaban unos coloridos terraplenes sobre el césped. A lo lejos, donde un muro delimitaba el final de las propiedades del convento y lo protegía de los vagones de metro que retumbaban bajo tierra a lo largo de todo el día, un hombre ataviado con un mono y un gorro de lana vigilaba una hoguera en la que ya ardían algunas hojas secas.

–Debería tener cuidado con eso –le sugirió Barbara a sor Cecilia mientras se le acercaba–. Un despiste y todo el barrio de Kensington arderá en llamas. Supongo que no desea que suceda una cosa así.

–Y no tendríamos a Wren[1] para construir los nuevos edificios

1. Cristopher Wren (1632-1723): Arquitecto inglés al que se le encomendó un plan de reconstrucción de Londres tras el incendio que devastó la ciudad en 1666.

–apuntó sor Cecilia–. Sí, lo estamos haciendo con sumo cuidado, agente. A George no se le ocurriría dejar de vigilar la hoguera. Y creo que George es el que sale ganando. Nosotras recogemos las hojas secas y hacemos una ofrenda que Dios recibe con sumo placer.

–¿Cómo dice?

La monja pasó el rastrillo sobre la hierba; las púas asían grupos de hojas.

–Si me lo permite, era una alusión bíblica. Caín y Abel. La hoguera de Abel causó un humo que fue directo al cielo.

–¡Ah, sí!

–¿No conoce el Antiguo Testamento?

–Sólo los trozos en los que hay relaciones y engendramientos. Ésos me los sé casi todos de memoria.

Sor Cecilia se rió y cogió el rastrillo para apoyarlo en un banco que rodeaba el sicomoro del centro del jardín. Volvió hacia Barbara y le respondió:

–Seguro que en aquella época había muchos emparejamientos e hijos, ¿no es verdad, agente? Pero no les quedaba más remedio, ya que les habían ordenado poblar la tierra.

Barbara sonrió y le preguntó:

–¿Podría hablar un momento con usted?

–Por supuesto. Supongo que prefiere que vayamos dentro.

Sor Cecilia no esperó respuesta. Simplemente le dijo a su compañera: «Sor Rose, ¿sería tan amable de ocuparse de esto durante un cuarto de hora...?», y cuando la otra monja asintió, se encaminó hacia un corto tramo de escalones de hormigón que conducían a la puerta trasera del pardo edificio de ladrillo.

Anduvieron a lo largo de un pasillo con el suelo de linóleo hasta llegar a una puerta en la que ponía: SALA DE VISITAS. Al llegar, sor Cecilia llamó a la puerta, y como no respondió nadie, la abrió de par en par y le preguntó:

–¿Le apetece una taza de té, agente? ¿De café? Creo que aún nos queda alguna que otra galleta.

Barbara declinó la invitación. Le explicó a la monja que sólo deseaba hablar con ella.

Entre sus obras más conocidas se encuentra la nueva construcción de la catedral de San Pablo y el palacio de Hampton Court, además de la creación de nueva planta de cincuenta y cuatro iglesias. *(N. de la T.)*

–¿No le importa si yo...? –Sor Cecilia señaló una tetera eléctrica que estaba sobre una bandeja desportillada de plástico junto a una cajita de té Earl Grey, además de varias tazas y platillos que no hacían juego. Enchufó la tetera, y de la parte superior de una pequeña cómoda extrajo una caja con terrones de azúcar; dejó caer tres dentro de la taza, y con toda serenidad le dijo a Barbara–: Soy muy golosa. Pero Dios perdona los pequeños vicios en todos nosotros. Sin embargo, no me sentiría tan culpable si, como mínimo, aceptara comerse una galleta. Son bajas en calorías. Pero con eso no quiero decir que necesite...

–No me ha ofendido en absoluto –la interrumpió Barbara–. Me comeré una.

Sor Cecilia, con una mirada traviesa, le comentó:

–Vienen en paquetes de dos, agente.

–Pues páseme uno. Ya me las arreglaré.

Con el té a punto y las galletas en su pequeño paquete sobre el plato, sor Cecilia ya se encontraba dispuesta a prestar atención a Barbara. Se sentaron en unas sillas con funda de vinilo, junto a una ventana que daba al jardín en el que sor Rose todavía estaba recogiendo las hojas secas con el rastrillo. Las separaba una baja mesa de chapa, sobre la que había una gran variedad de revistas religiosas y un ejemplar de *Elle*, muy manoseado.

Barbara le explicó que había conocido a Lynn Davies y le preguntó si tenía conocimiento de ese matrimonio y de esa otra hija de Richard Davies.

Sor Cecilia le confirmó que hacía mucho tiempo que lo sabía, ya que Eugenie le había contado la historia de Lynn Davies y de su «pobre hija» poco después del nacimiento de Gideon.

–Le puedo asegurar, agente, que causó un gran efecto en ella. Ni siquiera sabía que Richard estaba divorciado, y pasó una buena época reflexionando sobre lo que podría implicar que no se lo hubiera contado antes de casarse.

–Supongo que se sintió traicionada.

–¡Ah, ella no estaba preocupada porque no se lo hubiera contado antes! O, como mínimo, si lo estaba, nunca hablamos de eso. Eran las implicaciones espirituales y religiosas con las que Eugenie luchaba en los primeros años posteriores al nacimiento de Gideon.

–¿Qué clase de implicaciones?

–Bien, la Santa Iglesia considera el matrimonio como una unión permanente entre un hombre y una mujer.

–¿Le preocupaba que la Iglesia pudiera considerar legítimo el primer matrimonio y que, por lo tanto, el suyo no tuviera validez? ¿Y que los hijos de su matrimonio se consideraran ilegítimos?

Sor Cecilia tomó un sorbo de té y respondió:

–Sí y no. La situación era aún más complicada, ya que Richard no era católico. De hecho, el pobre hombre no era de ninguna religión. Nunca se había casado por la Iglesia; en consecuencia, lo que de verdad preocupaba a Eugenie era si Richard había vivido en pecado con Lynn y si la hija de esa unión, que por lo tanto habría sido concebida en pecado, llevaba la marca de la sentencia de Dios. Y si ése era el caso, ¿estaba ella misma corriendo el riesgo de ser castigada con la sentencia de Dios?

–¿Por haberse casado con un hombre que había vivido «en pecado», quiere decir?

–No. Por no haberse casado con él por la Iglesia.

–¿Fue la misma Iglesia la que no lo permitió?

–Nunca fue una cuestión de lo que la Iglesia estaba dispuesta a permitir o no. Richard no quería una ceremonia religiosa y, por lo tanto, nunca hubo ninguna. Sólo contrajeron matrimonio por lo civil.

–Pero como católica que era, ¿la señora Davies no quiso casarse por la Iglesia? ¿No se sentía obligada a hacerlo? Quiero decir, para sentirse en paz con Dios y el Papa.

–Es así cómo son las cosas, querida. Pero Eugenie no era católica del todo.

–¿Qué quiere decir?

–Que había recibido algunos sacramentos, pero otros no. Que aceptaba algunas creencias, pero no todas.

–Cuando uno se convierte al catolicismo, ¿no se supone que debe jurar por la Biblia o por algo que obrará de acuerdo con las normas? Ambas sabemos que no fue criada en el catolicismo, por lo tanto, ¿la Iglesia acepta nuevos miembros que sólo se atienen a unas cuantas normas?

–Debe recordar que la Iglesia no tiene policía secreta para asegurarse de que sus feligreses sigan el largo y tortuoso camino, agente –contestó la monja. Mordisqueó la galleta y empezó a masticar–. Dios nos ha dado una conciencia a cada uno de nosotros para que podamos observar nuestro propio comportamiento. Sin embargo, es verdad que hay muchos tópicos sobre el hecho de que algunos individuos católicos no acaban de estar de acuerdo sobre la Santa

Madre Iglesia, pero sólo Dios sabe si eso pone su salvación eterna en peligro.

–Aun así, si la señora Davies pensaba que Virginia era un castigo por la forma de vivir de Lynn y Richard, entonces debería de creer que Dios hacía justicia con ellos cuando aún estaban vivos.

–Mucha gente lo interpreta de ese modo cuando le acontece alguna desgracia. Pero piense en Job. ¿Qué pecado debió de cometer para ser tan mortificado por Dios?

–¿Por haber engendrado un hijo en el lado erróneo de la cama? –preguntó Barbara–. No lo recuerdo.

–No lo recuerda porque nunca pecó. Tan sólo eran pruebas terribles para que pudiera demostrar su fe en el Todopoderoso. –Sor Cecilia cogió la taza de té y se limpió las migas de galleta que tenía entre los dedos con un trozo de falda.

–Entonces, ¿eso mismo fue lo que le explicó a la señora Davies?

–Le remarqué que si Dios hubiera querido castigarla, Él nunca le habría dado un hijo como Gideon, un niño completamente sano, como el primer fruto de su matrimonio con Richard.

–¿Y en lo que se refiere a Sonia?

–¿Que si creía que su hija era un castigo de Dios por sus pecados? –aclaró sor Cecilia–. Nunca me lo confesó. Pero por la forma en la que reaccionó cuando se enteró de la deficiencia de su pequeña... Y después, cuando dejó de asistir a la Iglesia tras la muerte de la niña... –La monja soltó un suspiro, se llevó la taza a los labios y la sostuvo allí mientras pensaba lo que debía responder. Al cabo de un rato, contestó–: Sólo podemos hacer conjeturas, agente. Sólo tenemos las preguntas que se hizo con respecto a Lynn y Virginia y deducir cómo podría haberse sentido y qué podría haber pensado cuando se vio obligada a enfrentarse con una prueba similar.

–¿Y el resto de la familia?

–¿El resto?

–Sí, los demás miembros de la familia. ¿Le contó alguna vez cómo se sentían? Respecto a Sonia, cuando se enteraron de que...

–Nunca me lo contó.

–Lynn me explicó que en parte se marchó por el padre de Richard Davies. Me dijo que la cabeza no le acababa de funcionar del todo, pero que la parte que le funcionaba era tan desagradable que estaba contenta de ver que sólo le funcionaba a medias. Si es que se puede decir que una cabeza no funciona bien. Me imagino que entiende lo que le quiero decir.

–Eugenie no acostumbraba a hablar de los miembros de la casa.

–¿Nunca le comentó que alguien deseaba librase de Sonia? ¿Como Richard? ¿O su padre? ¿O cualquier otra persona?

Los ojos azules de sor Cecilia se agrandaron por encima de la galleta que se acababa de llevar a la boca. Luego exclamó:

–¡Por todos los santos! No. No. No era una casa de gente mala. De gente con problemas, quizá sí, al igual que todo el mundo. Pero querer librarse de un bebé de un modo tan desesperado como para ser capaz de... No. No puedo creer que ninguno de ellos fuera capaz de hacerlo.

–Pero alguien la mató, y ayer me dijo que no creía que lo hubiera hecho Katja Wolff.

–Ni lo creía ni lo creo –corroboró la monja.

–No obstante, alguien tuvo que cometer esa fechoría, a no ser que crea que la mano de Dios la cogió y la mantuvo debajo del agua. Por lo tanto, ¿quién lo hizo? ¿La misma Eugenie? ¿Richard? ¿El abuelo? ¿El inquilino? ¿Gideon?

–¡Tenía ocho años!

–¿No estaba celoso porque otra persona había hecho que dejara de ser el centro de atención?

–Sería incapaz de hacer una cosa así.

–No obstante, Sonia le quitaba protagonismo. Con ella, no podían dedicarle tanto tiempo a él. Seguro que su hermana se llevaba la mayor parte del dinero. Podía vaciar el pozo hasta dejarlo seco. Y si se secaba, ¿en qué situación quedaría Gideon?

–No hay ningún niño de ocho años que pueda planear el futuro de ese modo.

–Pero cualquier otra persona, sí; alguien que tuviera un interés personal en que Gideon siguiera siendo el centro de la casa.

–Sí, de acuerdo. Pero no se me ocurre quién podría ser esa persona.

Barbara observó cómo la monja colocaba la mitad de la galleta sobre el platillo. La siguió observando mientras se dirigía hacia la tetera y la ponía en marcha para prepararse una segunda taza de té. Pensó en las ideas preconcebidas que tenía sobre las monjas, en la información que sor Cecilia le había dado y la forma en que lo había hecho. Llegó a la conclusión de que la monja le estaba contando todo lo que sabía. En el primer interrogatorio, sor Cecilia le había dicho que Eugenie había dejado de asistir a la iglesia tras la muerte de Sonia. En consecuencia, ella, sor Cecilia, no habría tenido la oportunidad de seguir manteniendo esas conversaciones íntimas en las que se solía obtener información de máxima importancia.

–¿Qué pasó con el otro bebé? –le preguntó.

–¿El otro...? Ah. ¿Se refiere al hijo de Katja?

–El comisario quiere que averigüe su paradero.

–Está en Australia, agente. Vive allí desde los doce años. Y tal y como le dije la primera vez que hablamos, si Katja hubiera querido encontrarle, habría venido a verme tan pronto como hubiera salido de la cárcel. Debe creerme. Las condiciones de la adopción requerían que los padres mandaran información una vez al año sobre el niño y, en consecuencia, siempre he sabido dónde estaba, y le habría dado esa información a Katja si me la hubiera pedido.

–¿Y no lo hizo?

–No. –Sor Cecilia se encaminó hacia la puerta–. Si me excusa un momento, le traeré algo que quizá le interese.

La monja salió de la sala en el preciso instante en que el agua empezaba a hervir y la tetera se apagaba. Barbara se levantó y preparó una segunda taza de Earl Grey para sor Cecilia; luego cogió un paquete de galletas para sí misma. Cuando la monja regresó, con un sobre manila en la mano, ya había engullido las dos galletas y ya había añadido los tres terrones de azúcar al té.

Se sentó, con las piernas y los tobillos juntos, y extendió el contenido del sobre encima de su regazo. Barbara se percató de que había cartas y fotografías, tanto instantáneas como de estudio.

–El hijo de Katja se llama Jeremy –le informó sor Cecilia–. Cumplirá veinte años en febrero. Fue adoptado por una familia llamada Watts que ya tenía otros tres hijos. Ahora están todos en Adelaida. Creo que se parece a su madre.

Barbara cogió las fotografías que sor Cecilia le ofreció. Se percató de que la monja había mantenido un historial fotográfico de la vida del chico. Jeremy era rubio con ojos azules, pero el color rubio de su niñez se había vuelto de color pino durante su adolescencia. Tenía una apariencia desgarbada en la época en que su familia le había llevado, junto con el resto de sus hermanos, a Australia, pero una vez pasada esa fase, parecía bastante atractivo. Nariz recta, mandíbula cuadrada, orejas pegadas a la cabeza; «podría pasar por un ario», pensó Barbara.

–¿Sabe Katja Wolff que tiene estas fotografías? –le preguntó.

–Tal y como ya le dicho, no quería verme –respondió sor Cecilia–. Ni siquiera habló conmigo cuando llegó el momento de preparar el papeleo para la adopción de Jeremy. La cárcel actuó de intermediaria: la guardiana de la cárcel me dijo que Katja quería dar al niño en adopción, y esa misma guardiana me avisó cuando llegó el momento. Ni siquiera sé si Katja llegó a ver al bebé. Todo lo que sé es que quería que una familia lo adoptara de inmediato, y que quería que yo me encargara de ello tan pronto como diera a luz.

Barbara le devolvió las fotografías y le preguntó:

–¿No deseaba que lo cuidara el padre?

–No, quería darlo en adopción.

–¿Quién era el padre?

–Nunca hablamos de...

–Ya lo entiendo. Pero usted la conocía. Los conocía a todos. Por lo tanto, seguro que debe de tener alguna idea. En la casa, que sepamos, había tres hombres: el abuelo, Richard Davies y el inquilino, un tipo llamado James Pitchford. Había cuatro, si contamos a Raphael Robson, el profesor de violín. Cinco, si uno quiere contar a Gideon y pensar que a Katja le podían haber gustado jóvenes. Gideon era precoz en unos aspectos, ¿por qué no podía serlo en otros?

La monja, que parecía ofendida, respondió:

–Katja no acosaba a los niños.

–Quizás ella no lo considerara acoso. Las mujeres no lo ven así, ¿no es verdad?, cuando están iniciando a un hombre. Qué demonios, hay tribus en las que es normal que las mujeres adultas se encarguen de iniciar a los chicos jóvenes.

–Todo lo que quiera, pero eso no era una tribu. Y es imposible que Gideon sea el padre de ese bebé. Dudo que –y en ese instante la monja enrojeció del todo– fuera capaz de realizar el acto.

–Pero, fuera quien fuera, debía de tener un motivo para mantenerlo en secreto. Si no fuera así, ¿por qué no se dio a conocer y pidió la custodia cuando a Katja le cayeron veinte años de condena? A no ser, claro está, que no quisiera que se supiera que era el hombre que había dejado embarazada a una asesina.

–¿Por qué tiene que ser alguien de la casa? –le preguntó sor Cecilia–. ¿Y por qué es tan importante saberlo?

–No estoy segura de que sea tan importante –admitió Barbara–. Pero si el padre de la criatura es alguien que está involucrado con todo lo demás que le sucedió a Katja Wolff, entonces podría estar en peligro. Si es que ella es la responsable de esos dos casos de atropellamiento y fuga.

–¿Dos...?

–El policía que dirigió la investigación de la muerte de Sonia fue atropellado ayer por la noche. Ahora se encuentra en coma.

Sor Cecilia pasó la mano por el crucifijo que llevaba alrededor del cuello. Lo apretó con fuerza mientras decía:

–No puedo creer que Katja tenga nada que ver con todo esto.

–Muy bien –dijo Barbara–. Pero a veces tenemos que acabar creyendo lo que no queremos creer. El mundo es así, sor Cecilia.

–El mío no –declaró la monja.

GIDEON

6 de noviembre

He vuelto a soñar, doctora Rose. Estoy en el escenario del Barbican, con los relucientes focos encima de mí. La orquesta está a mi espalda, y el director –cuyo rostro no llego a ver– da un golpecito en el atril. La música empieza –cuatro compases de los violonchelos– y yo alzo mi instrumento y me preparo para unirme a ellos. Entonces lo oigo en algún lugar de la gran sala: un bebé ha empezado a llorar.

Resuena por toda la sala, pero yo parezco ser la única persona que se da cuenta. Los violonchelos siguen tocando, el resto de los instrumentos de cuerda se unen a ellos, y sé que pronto llegará el momento de mi solo.

Soy incapaz de pensar, soy incapaz de tocar, sólo soy capaz de preguntarme por qué el director no para la orquesta, por qué no se da la vuelta hacia el público, por qué no le pide a alguien que tenga la amabilidad de sacar de la sala a ese bebé que llora y así podamos concentrarnos en la música. Hay una pausa de compás entero antes de que tenga que empezar mi solo, y mientras espero que llegue ese momento, no dejo de observar el público. Pero no puedo ver nada a causa de los focos, y son mucho más cegadores de lo que acostumbran a ser en una sala de conciertos. De hecho, son el tipo de luces con las que uno se imagina que iluminarían a un sospechoso que está siendo interrogado.

Cuando los instrumentos de cuerda acaban sus compases, empiezo a contar. No sé por qué, pero estoy convencido de que seré incapaz de tocar lo que debo mientras continúe la distracción, pero siento que debo hacerlo. Tendré que hacer lo que nunca he hecho antes: por ridículo que pueda parecer, tendré que fingir, improvisar si es necesario, mantener el mismo tono pero tocar cualquier cosa para poder superar esa horrible prueba.

Empiezo. No lo hago bien, por supuesto. No es el tono adecuado. A mi izquierda, el primer violín se pone en pie de un salto y veo que es Raphael Robson. Quiero decirle: «¡Raphael, estás tocando! ¡Estás tocando delante de un público!», pero el resto de los violines sigue su ejemplo y también se ponen en pie. Empiezan a expresar sus quejas al director, al igual que los que tocan el violonchelo y el contrabajo. Oigo sus voces. Intento ahogarlas con mi instrumento, también intento ahogar el llanto del bebé, pero no puedo. Quiero decirles que no soy yo, que no es culpa mía, y les pregunto: «¿No lo oís? ¿No lo oís?», mientras sigo tocando. Y mientras lo hago observo al director, porque sigue dirigiendo la orquesta como si nunca hubieran dejado de tocar.

Entonces Raphael se acerca al director. Éste se vuelve hacia mí. Es mi padre. «¡Toca!», me ordena gruñendo. Estoy tan sorprendido de verle en un lugar en el que no debería estar que doy un paso atrás y me veo envuelto por la oscuridad de la sala.

Empiezo a buscar el bebé que llora. Recorro el pasillo, tanteando a través de la oscuridad, hasta que oigo que los lloros proceden de detrás de una puerta cerrada.

Abro la puerta. De repente, estoy en la calle, en plena luz del día, y delante de mí hay una fuente enorme. Pero no es una fuente normal y corriente, porque en medio del agua hay una especie de cura vestido de negro y una mujer de blanco que sostiene al estridente infante en su seno. Mientras los contemplo, el cura los sumerge –a la mujer y al niño que sostiene– bajo el agua, y yo sé que esa mujer es Katja Wolff y que está sumergiendo a mi hermana.

De alguna manera, sé que debo llegar hasta esa fuente, pero los pies se me han vuelto tan pesados que soy incapaz de levantarlos. En consecuencia, me limito a observar, y cuando Katja Wolff sale del agua, sale sola.

El agua hace que el vestido blanco se le quede pegado a la piel, y a través del tejido se le notan los pezones, y el vello púbico, que es grueso, oscuro como la noche, y se enrolla y se enrolla sin cesar sobre su sexo, que sigue reluciendo a través del vestido mojado que lleva pero que la hace parecer desnuda. Y noto esa pasión dentro de mí, ese arrebato de deseo que hace años que no siento. Empieza el estremecimiento y le doy la bienvenida, y ya no me acuerdo del concierto que he abandonado ni de la ceremonia que acabo de presenciar en el agua.

Mis pies se han liberado. Me acerco. Katja se coge los pechos con las manos. Pero antes de que pueda llegar hasta ella y la fuente, el cura se antepone en mi camino, lo miro y me percato de que es mi padre.

Va hacia ella. Le hace lo que yo quería hacerle, y me siento obligado a observarles mientras su cuerpo lo envuelve y empieza a excitarle a medida que el agua les golpea las piernas con suavidad.

Grito y me despierto.

Y ahí estaba entre mis piernas, doctora Rose, lo que no había podido conseguir en... ¿cuántos años?... desde Beth. Palpitante, hinchado, dispuesto para la acción, y todo a causa de un sueño en el que era tan sólo un *voyeur* del placer de mi padre.

Permanecí tumbado en la oscuridad, odiándome a mí mismo, odiando a mi cuerpo y a mi mente, y a lo que ambos me comunicaban a través de un sueño. Y mientras permanecía en ese estado, un recuerdo me vino a la mente.

Es Katja, y acaba de entrar en el comedor en el que estamos cenando. Lleva en brazos a mi hermana, que ya va en pijama, y no hay duda que está muy entusiasmada por algo, ya que cuando Katja Wolff se encuentra en ese estado, habla un inglés chapurreado. Exclama: «¡Deben ver lo que hecho!».

El abuelo le dice con irritación: «¿De qué se trata esta vez?», y hay un momento de tensión mientras los adultos se miran entre ellos: mamá al abuelo, papá a la abuela, Sarah-Jane a James el Inquilino. Éste mira a Katja. Y Katja mira a Sonia.

«Enséñaselo, pequeña», le dice mientras deja a mi hermana en el suelo. La deja sentada, pero no tiene que sostenerla como solía hacer. La balancea con cuidado y aparta las manos: Sonia sigue sentada.

«Sabe sentarse sola –anuncia Katja con orgullo–. ¿No es un sueño?»

Mamá se pone en pie y le dice: «¡Estupendo, cariño!», y le da un abrazo. Después se vuelve hacia Katja: «Gracias», y cuando sonríe, su rostro está radiante de placer.

El abuelo no hace ningún comentario porque ni siquiera se ha dignado a mirar lo que Sonia es capaz de hacer. La abuela murmura: «Muy bien, cielo», y se queda mirando al abuelo.

Sarah-Jane Beckett hace un comentario educado e intenta iniciar una conversación con James el Inquilino. Pero hace el intento en vano: James mira a Katja del mismo modo que un perro hambriento podría mirar un trozo de ternera.

Katja tiene su mirada clavada en mi padre. «¡Ve lo encantadora que es! –se jacta–. ¡Ve todo lo que es capaz de aprender y con qué rapidez! ¡Sonia es una gran chica! ¡Cualquier bebé puede prosperar con Katja!»

Cualquier bebé. ¿Cómo podía haber olvidado esas palabras y esa mirada? ¿Cómo se me había podido escapar hasta este momento lo que en verdad significaban esas palabras y esa mirada? Y lo que debieron significar en aquel instante, porque todo el mundo se queda paralizado, como si la película hubiera quedado reducida a un solo encuadre. Un momento más tarde –una milésima de segundo– mamá coge a Sonia y dice: «No nos cabe ninguna duda, cariño».

Lo vi entonces y lo veo ahora. Pero no lo comprendí porque, ¿cuántos años tenía?, ¿siete?, ¿qué niño de esa edad puede llegar a comprender del todo la realidad en la que vive? ¿Qué niño de esa edad puede deducir que detrás de una simple frase dicha con simpatía se esconde la repentina constatación de la traición que se ha producido y que se sigue produciendo en su misma casa?

9 de noviembre

Conservó la fotografía, doctora Rose. Todo lo que sé se relaciona con el hecho de que mi padre sólo conservó esa fotografía, una fotografía que él mismo debía de haber hecho y escondido porque si no, ¿cómo habría llegado a sus manos?

Los veo, una soleada tarde de verano, y él le pide a Katja que salga al jardín para que pueda hacerle una fotografía con mi hermana. La presencia de Sonia, acurrucada entre sus brazos, legitima el momento. Sonia le sirve de excusa para hacer la fotografía, a pesar de que está acurrucada de tal manera que su rostro no es visible para la cámara. Y ése también es un detalle importante, porque Sonia no es perfecta. Sonia es un bicho raro, y una fotografía de Sonia que mostrara las manifestaciones del síndrome congénito que le afligía –fisuras palpebrales oblicuas, he averiguado que se llaman así, pliegues del epicanto, y una boca que es desproporcionadamente pequeña– sería un recordatorio constante para mi padre de que había creado, por segunda vez en su vida, una criatura no sólo con imperfecciones físicas, sino también mentales. En consecuencia, no desea que la cámara capture su rostro, pero la necesita como excusa.

¿Mi padre y Katja ya son amantes en ese momento? ¿O simplemente piensan en ello, como si esperaran que uno de ellos diera una señal que expresara un interés que todavía no podía ser manifestado con palabras? Y cuando sucede por primera vez, ¿quién toma la iniciativa, y qué hace para empezar a caminar rumbo a la dirección que están tomando?

Sale a tomar el aire en una noche sofocante, una de esas noches de agosto en Londres en la que una ola de calor invade la ciudad y, por lo tanto, es imposible escapar del ambiente opresivo formado por la constante presencia de ese aire viciado sobre la ciudad; además, el aire se enrarece cada vez más por el sol abrasador y por los camiones con motor diésel que emiten gases por toda la ciudad. Sonia se ha dormido por fin, y Katja tiene diez minutos bien buenos para sí misma. La oscuridad del exterior supone una falsa promesa para librarse del calor del interior de la casa; por lo tanto, sale, se adentra en el jardín que hay detrás de la casa, y allí es donde él la encuentra.

–¡Qué día más horrible! –exclama él–. ¡Estoy ardiendo!

–Yo también –le contesta mientras le mira sin pestañear–. Yo también ardiendo, Richard.

Y eso es suficiente. Esa última frase y el hecho de que le haya llamado por el nombre de pila constituyen un permiso explícito, y él no necesita otra invitación. Se arrima a ella y ahí empieza todo. Eso es precisamente lo que veo desde el jardín.

20

Libby Neale nunca había estado en casa de Richard Davies y, en consecuencia, no sabía qué esperar mientras llevaba allí a Gideon desde el Colegio de Abogados. Si se lo hubieran preguntado, podría haber conjeturado que vivía muy por encima de sus posibilidades. En los últimos cuatro meses había armado tanto alboroto por el hecho de que Gideon no tocara el violín, que le parecía razonable llegar a la conclusión de que necesitaba unos buenos ingresos que sólo podía obtener del dinero que Gideon le diera de forma sistemática.

Por lo tanto, cuando Gideon le dijo que aparcara en un lugar de la parte norte de una calle llamada Cornwall Gardens, Libby exclamó:

–¡Es aquí!

Observó el vecindario con cierto aire de decepción, mientras veía edificios que eran –de acuerdo– majestuosos, pero que estaban en un estado ruinoso. Cierto, había algunas casas que tenían un aspecto decente, pero todas las demás parecían haber disfrutado de una época mucho mejor en el siglo pasado.

Las cosas empeoraron. Gideon, sin responder a su pregunta, se encaminó hacia un edificio que seguía en pie Dios sabe cómo. Sacó la llave para abrir una puerta principal que estaba tan torcida que ese acto más bien parecía un gesto de cortesía innecesaria para no herir los sentimientos de la puerta. Una tarjeta de crédito habría hecho la misma función. Cuando estuvieron dentro, la condujo por las escaleras hasta el segundo piso. Esa puerta no estaba torcida, pero alguien la había decorado con un poco de pintura verde y había pintado la letra Z, como si el Zorro Irlandés hubiera pasado a visitarles.

–¿Papá? –preguntó Gideon a medida que abría la puerta de un golpe y entraban en casa de su padre–. Espérame aquí –le sugirió a Libby.

Ella lo hizo con sumo gusto mientras Gideon se asomaba a la cocina que había al lado de la sala de estar. Ese sitio le producía escalofríos. Nunca se habría imaginado que Richard Davies viviera en un sitio así.

En primer lugar, ¿qué pasaba con la combinación de colores?, se preguntó Libby. No es que ella fuera decoradora, eso se lo dejaba a su madre y a su hermana, ya que se tomaban muy en serio lo del Feng Shui. Pero incluso ella podía ver que los colores del piso garantizaban que a cualquiera le entraran ganas de saltar desde el puente más cercano. Paredes color verde vómito. Mobiliario color marrón diarrea. Y obras de arte muy extrañas, como esa mujer desnuda desde el cuello hasta los tobillos, y con un vello púbico que parecía que estuviera dentro de un retrete en el que alguien acabara de tirar la cadena. ¿Qué significaba? De encima de la chimenea –que por alguna razón estaba repleta de libros– colgaba una exposición circular de ramas. Parecía que hubieran sido reconvertidas en bastones, ya que estaban pulidas y tenían agujeros de los que pendían tiras de cuero, como si de muñequeras se tratara. Pero, qué extraño era exhibirlas en semejante lugar.

Lo único que vio que había esperado ver eran las fotografías de Gideon. Había muchísimas. Todas guardaban relación con el aburridísimo tema de siempre: el violín. «¡Vaya sorpresa!», pensó Libby. ¿No era posible que Richard tuviera una fotografía de Gideon en la que él estuviera haciendo algo que le *gustara*? ¿Qué razón podía tener para mostrarlo haciendo volar cometas en Primrose Hill? ¿Por qué fotografiarlo mientras hacía aterrizar a su planeador? ¿Qué sentido tenía hacer una fotografía de su hijo mientras éste le enseñaba a un chico del East End a sostener el violín si él mismo no lo sostenía, no lo tocaba, y no ganaba un salario astronómico? Richard necesitaba que alguien le diera una patada en al trasero, pensó Libby. No estaba haciendo nada por ayudar a Gideon.

Oyó el crujido de una ventana al abrirse en la cocina, y cómo Gideon llamaba a su padre en dirección al jardín que había visto a la izquierda del edificio. Era evidente que Richard no estaba ahí afuera, porque después de treinta segundos y unos cuantos gritos más, la ventana se cerró de nuevo. Gideon regresó por la sala de estar y se encaminó hacia el vestíbulo.

Esa vez no le dijo: «Espérame aquí»; por lo tanto, le siguió. Había tenido más que suficiente de esa escalofriante sala de estar.

Recorrió el lugar de arriba abajo mientras gritaba: «Papá», a medida que abría la puerta del dormitorio y del cuarto de baño. Libby lo siguió. Cuando estaba a punto de decirle que era obvio que su padre no estaba en casa, y que era inútil que le siguiera llamando porque no se debía de haber quedado sordo en las últimas veinticuatro horas, Gideon empujó otra puerta, la abrió de par en par y apareció la guinda que coronaba la tarta con respecto a la rareza general del piso.

Gideon asomó la cabeza por la puerta y Libby, que iba pisándole los talones, exclamó: «¡Epa! ¡Lo siento!», al echarle el primer vistazo al soldado uniformado que había en el interior. Tardó un momento en darse cuenta de que el soldado no era Richard jugando a disfrazarse con la intención de asustarles. Era un maniquí. Se acercó con cautela y le preguntó: «¡Ostras! ¿Qué demonios...?», pero Gideon ya se encontraba junto a un escritorio en el extremo más alejado de la habitación, con los cajones abiertos y examinando todos los rincones. Parecía estar tan concentrado que estaba segura que ni siquiera la oiría si le preguntaba lo que deseaba preguntarle: ¿Qué demonios hacía Richard con esa basura en medio de su casa? ¿Lo sabía Jill?

También había vitrinas, de la clase que se suelen ver en los museos. Estaban repletas de cartas, medallas, condecoraciones, telegramas y de toda clase de tonterías que, tras examinarlas, parecían guardar relación con la Segunda Guerra Mundial. De las paredes colgaban fotografías de la misma época, y todas ellas mostraban a un hombre en el ejército. En una estaba echado en el suelo, mirando a través del cañón de un rifle como si fuera John Wayne en una película de guerra. En otra corría junto a un tanque. En la siguiente estaba sentado en el suelo con las piernas cruzadas, delante de un grupo de hombres similares que tenían las armas apoyadas en el cuerpo, como quien no quiere la cosa, como si el hecho de tener un AK-47 –o lo que fuera que se usara en esa época– sobre el hombro fuera lo más normal del mundo. Era precisamente lo que nadie, con un poco de sentido común, haría en estos momentos en público. A no ser que fuera miembro de algún grupo neonazi de esos que proclaman: Librémonos-de-todo-el-que-no-sea-blanco-anglosajón-protestante.

Libby se sentía mareada. Salir de allí en menos de treinta segundos no le parecía una mala idea.

Sus pensamientos se ratificaron cuando vio la última colección de fotografías, que mostraban al mismo tipo de antes pero en circunstancias totalmente diferentes. Parecía alguien de un campo de exterminio de los nazis. Debía de pesar unos sesenta kilos, y su cuerpo se asemejaba a una gran costra, con unos tres millones de llagas al rojo vivo. Estaba tumbado sobre una plataforma de madera de lo que parecía un campamento en medio de la selva, y tenía los ojos tan hundidos en el rostro que daba la impresión que bien podrían desaparecerle a través del cráneo.

A su espalda, unos cajones se cerraban de golpe y otros se abrían. Los papeles se entremezclaban. Las cosas caían al suelo. Se dio la vuelta, observó lo que Gideon estaba haciendo y pensó: «Richard sí que se va a subir por las paredes esta vez»; pero tampoco había por qué preocuparse, ya que Richard iba a cosechar lo que hacía tiempo que estaba sembrando.

–Gideon, ¿qué estamos buscando? –le preguntó.

–Tiene su dirección. Seguro que la tiene.

–Esto no tiene ningún sentido.

–Él sabe dónde está. La ha visto.

–¿Te lo ha dicho él mismo?

–Ella le ha escrito. Él lo sabe.

–Gid, ¿te lo ha dicho él? –Libby creía que no era así. ¿Por qué iba ella a escribirle? ¿Por qué iba a intentar verle?–. Cresswell-White nos dijo que no podía ponerse en contacto con vosotros. Si lo hace, perderá la libertad condicional. Acaba de pasarse veinte años en la cárcel, ¿no es verdad? ¿Crees que le apetece pasar tres o cuatro años más ahí dentro?

–Lo sabe, Libby. Y yo también.

–Entonces, ¿qué estamos haciendo aquí? Quiero decir, si tú también lo sabes...

Las cosas que Gideon hacía cada vez tenían menos sentido. Por un momento, Libby pensó en la psiquiatra de Gideon. Sabía su nombre, doctora lo-que-sea Rose, pero nada más. Se preguntaba si debería llamar a todas las doctoras Rose del listín, ¿cuántas podría haber?, y decir: «Mire, soy una amiga de Gideon Davies. Estoy empezando a asustarme. Se comporta de un modo muy extraño. ¿Puede ayudarme?».

¿Se podía llamar a casa de los psiquiatras? Y lo que era más importante, ¿se lo tomaban en serio si les llamaba el amigo de un paciente para decirle que las cosas se estaban descontrolando? ¿O pensaban que el amigo del paciente debería ser el siguiente en ir a la consulta? ¡Mierda! ¡Ostras! ¿Qué debería hacer? Llamar a Richard, no, desde luego. Se podría decir que no estaba representando el papel del señor Simpatía a Raudales.

Gideon había vaciado el contenido de todos los cajones en el suelo y lo había examinado todo con mucha atención. Lo único que quedaba intacto era un portacartas que había sobre el escritorio, que por alguna extraña razón –eran tantas que ya había dejado de contarlas– había dejado para el final, abriendo sobres y lanzándolos al suelo después de examinar el contenido. No obstante, se paró a leer la quinta carta que abrió. Libby vio que se trataba de una tarjeta con flores en la parte de delante y con una salutación impresa en el interior; iba acompañada de una nota. La mano le temblaba con violencia mientras leía el mensaje.

«Ya lo ha encontrado», pensó. Cruzó la habitación para acercársele. Le preguntó:

–¿Qué? ¿De verdad le ha escrito?

–Virginia –respondió.

–¿Qué? ¿Quién? ¿Quién es Virginia? –preguntó.

Los hombros le temblaban, asía la tarjeta con el puño como si quisiera estrangularla, y repetía: «Virginia. Virginia. Que Dios le maldiga. Me mintió». Empezó a llorar. No eran lágrimas, sino sollozos, fuertes estremecimientos como si todo pugnara por salir de su interior: los contenidos de su estómago, los pensamientos de su mente, los sentimientos de su corazón.

Poco a poco, alargó la mano hacia la tarjeta. Él le permitió que la cogiera de sus manos, y Libby le echó un vistazo para ver qué había causado esa reacción en Gideon. Rezaba:

> Querido Richard:
>
> Gracias por las flores. Te agradezco el detalle. La ceremonia fue muy breve, pero intenté que fuera algo del agrado de Virginia. Así pues, llené la iglesia con sus cuadros y puse sus juguetes favoritos junto al ataúd antes de la cremación.
>
> Nuestra hija era una niña extraordinaria en muchos sentidos. No sólo porque desafió las probabilidades médicas y vivió treinta y dos años, sino también porque consiguió enseñar muchas cosas a todo el mundo que estuvo en contacto con ella. Creo que te habrías sentido orgulloso de ser su padre, Richard. A pesar de sus problemas, tenía tu tenacidad y tu espíritu de lucha, unos dones muy importantes para transmitir a un hijo.
>
> Afectuosamente,
>
> LYNN

Libby volvió a leer el mensaje y comprendió. «Tenía tu tenacidad y tu espíritu de lucha, unos dones muy importantes para transmitir a un hijo.» «Virginia –pensó–. Otra hija.» Gideon tenía otra hermana y también estaba muerta.

Miró a Gideon, sin saber qué decir. Había recibido tantos golpes en los últimos días que ni siquiera sabía por dónde empezar a aplicarle el bálsamo psíquico que pudiera aliviarle.

Con indecisión, le preguntó:

–¿Sabías que existía, Gideon? –Al ver que no le respondía, dijo–: ¿Gideon? –Alargó la mano y le tocó el hombro. Permanecía inmóvil, a excepción de que el cuerpo entero le temblaba. De hecho, casi le vibraba bajo la ropa.

–Muerta –anunció.

–Así es –repuso–. He leído la nota. Lynn debía de ser... Bien, decía «nuestra hija», por lo tanto es obvio que era su madre. Lo que quiere decir que tu padre estuvo casado con anterioridad y que tenías una hermanastra. ¿No lo sabías?

Le cogió la tarjeta. Se levantó de la silla con un gran esfuerzo, puso la tarjeta dentro del sobre con torpeza y se lo guardó en el bolsillo trasero de los pantalones. En un tono de voz bajo, casi hipnótico, le dijo:

–Me miente. Siempre lo ha hecho. Y todavía sigue haciéndolo.

Empezó a andar entre los papeles que había tirado al suelo, como un hombre sin visión. Libby le siguió y le dijo:

–Quizá no te mintiera. –No se lo dijo porque quisiera defender a Richard Davies, que seguramente habría sido capaz de mentirle sobre el segundo advenimiento de Cristo si con ello pudiera conseguir lo que quería, sino porque no podía soportar la idea de que Gideon tuviera que preocuparse por más cosas–. Lo que quiero decir es que si nunca te contó lo de Virginia, quizá no fuera porque deseara mentirte. Quizá fuera tan sólo una de esas cosas que nunca salen en la conversación. Tal vez nunca surgiera la oportunidad de hablar de ella, o algo así. Quizá tu madre no quisiera hablar de ella. ¿Demasiado doloroso? Lo único que te quiero hacer ver es que no tiene por qué significar que...

–Lo sabía –repuso–. Siempre lo he sabido.

Entró en la cocina, reflexionando sobre eso, a medida que Libby le seguía. Si Gideon conocía la existencia de Virginia, ¿qué demonios le pasaba? ¿Se había sentido muy afectado por su muerte? ¿Se sentía turbado porque nadie le había dicho que había muerto? ¿Enfadado porque no había tenido la oportunidad de asistir al funeral?

Salvo que parecía que Richard tampoco había ido, teniendo en cuenta la nota. Así pues, ¿dónde estaba la mentira?

–Gid –empezó a decir Libby, pero se detuvo al ver que Gideon empezaba a marcar un número de teléfono.

Aunque se apretaba el estómago con una mano y daba pataditas al suelo con un pie, su expresión era severa: la típica expresión de una persona que ha tomado una decisión.

–Jill. Soy Gideon –dijo por teléfono–. Quiero hablar con papá... ¿No? ¿Cuándo estará...? Estoy en su casa. No, no está aquí... ya lo he mirado. ¿Sabes dónde puede...? –Se produjo una larga pausa durante la cual la prometida de Richard se debía de devanar los sesos o le debía recitar una larga lista de posibilidades; al cabo de un rato Gideon asintió–: Sí, de acuerdo. En Prenatal. Bien... Gracias, Jill. –E hizo otra pausa. Acabó la conversación diciendo–: No, no le dejes ningún mensaje. De hecho, si hablas con él, no le digas que he llamado. No me gustaría... De acuerdo, no quisiera que se preocupara. Ya tiene bastantes cosas en las que pensar. –Colgó–. Cree que se ha ido de compras a Oxford Street. Quiere un interfono para la habitación del bebé. Jill todavía no había comprado ninguno porque quería que el bebé durmiera con ellos. O con ella. O con él. O con alguien. Pero no tenía intención de dejarlo solo. Porque si un bebé se queda solo, Libby, si un niño se queda sin nadie que lo cuide por un momento, si los padres no están al caso, si se produce una distracción cuando no lo esperaban, si hay una ventana abierta, si alguien deja una vela encendida, si... Puede pasar cualquier cosa terrible. De hecho, acabará por suceder. ¿Y quién lo sabe mejor que mi padre?

–¡Vayámonos! –sugirió Libby–. Salgamos de aquí, Gideon. Te invito a un café con leche, ¿de acuerdo? Seguro que por aquí cerca hay una cafetería Starbucks.

Negó con la cabeza y respondió:

–No, vete tú. Coge el coche. Vete a casa.

–No pienso dejarte aquí solo. Además, ¿cómo ibas a volver...?

–Esperaré a papá. Ya me llevará él.

–Podría tardar horas en llegar. Y si primero pasa por casa de Jill, y ésta se pone de parto y tiene el bebé, entonces podrían pasar días antes de que regresara. No quiero dejarte solo aquí.

Sin embargo, Libby fue incapaz de sacarlo de allí. No quería que se quedara ni tampoco quería irse con ella. Sólo quería hablar con su padre.

–No me importa el tiempo que tarde –afirmó–. Esta vez no me importa en absoluto.

De mala gana, asintió, no porque le gustara la idea sino porque veía que no podía hacer nada. Además, parecía más calmado después de hablar con Jill. O, como mínimo, parecía haber vuelto en sí.

–¿Me llamarás si necesitas cualquier cosa?

–No necesitaré nada –respondió.

Helen en persona abrió la puerta cuando Lynley llamó al timbre de la casa de Webberly en Stamford Brook.

–Helen, ¿cómo es que estás todavía aquí? –le preguntó–. Cuando Hillier me contó que habías venido no me lo podía creer. No deberías hacer esto.

–¿Por qué no? –le preguntó en un tono de voz razonable.

Entró en el mismo instante en que el perro de Webberly llegaba saltando desde la cocina, ladrando sin parar. Lynley dio un paso atrás mientras Helen lo cogía del collar y le decía:

–¡*Alfie,* no! –Le pegó un estirón–. No parece muy simpático, pero no hace nada. Sólo ladra para darse importancia.

–Ya me he dado cuenta –apuntó Lynley.

Alzó la mirada del animal y puntualizó:

–De hecho, me refería a ti. –Soltó al pastor alemán una vez que éste se hubo calmado. El perro le husmeó las vueltas de los pantalones, aceptó la intrusión y se dirigió correteando hacia la cocina.

–No me digas lo que tengo que hacer, querido –le dijo Helen a su marido–. Como ves, tengo amigos en las altas esferas.

–Y con dientes peligrosos.

–Es verdad. –Hizo una inclinación de cabeza hacia la puerta y añadió–: No esperaba verte aquí. Creía que era Randie.

–¿Aún no ha salido del hospital?

–Es un callejón sin salida. Randie no tiene intención de dejar a su padre; Frances no piensa salir de casa. Cuando nos dijeron lo del ataque al corazón creía que... Pensé que querría ir a verle, que haría un esfuerzo. Porque podría morir, y ella no estaría con él. Pero no.

–No es problema tuyo, Helen. Y si tenemos en cuenta los días que estás teniendo... Deberías descansar un poco. ¿Dónde está Laura Hillier?

–Ella y Frances tuvieron una discusión. De hecho, fue Frances.

Una de esas conversaciones de no-me-mires-como-si-fuera-un-monstruo que empiezan cuando una persona intenta convencer a la otra de que no está pensando lo que la otra persona está convencida que piensa, porque en cierta manera, ¿debe de ser subconsciente?, es ella misma quien lo piensa.

Lynley, que intentaba vadear toda esa información, le preguntó:

–¿Estas aguas son demasiado profundas para mí, Helen?

–Quizá necesites salvavidas.

–¡Y yo que he venido porque pensaba que podría ser de utilidad!

Helen se había dirigido hacia la sala de estar. Allí había montada una tabla de planchar y una plancha mandaba vapor hacia el techo, lo que le indicó a Lynley –con gran sorpresa por su parte– que su mujer estaba en el proceso de ocuparse de la colada de la familia. Una camisa descansaba sobre la misma tabla, y Helen le había estado prestando sus servicios más recientes a una de las mangas. Por el aspecto de las arrugas permanentes que presentaba la prenda, bien podría decirse que la mujer de Lynley no había encontrado su vocación en la vida.

Helen se dio cuenta de su mirada y replicó:

–Sí. Bien. Quería sentirme útil.

–Es muy amable de tu parte, de verdad –le contestó Lynley con actitud de apoyo.

–No lo estoy haciendo bien. Es evidente. Estoy segura de que debe de tener una lógica, ¿un orden o algo así?, pero todavía no he conseguido averiguarlo. ¿Mangas primero? ¿La parte delantera? ¿La trasera? ¿El cuello? Cuando plancho un lado, ya lo he hecho, el otro lado se me arruga de nuevo. ¿Me puedes dar algún consejo?

–Seguro que hay una lavandería cerca.

–Eso es increíblemente útil, Tommy. –Helen sonrió con tristeza–. Tal vez debiera limitarme a las fundas de almohada. Como mínimo, son lisas.

–¿Dónde está Frances?

–No, querido. No creo que debamos pedirle que...

Se rió entre dientes y replicó:

–No me refería a eso. Me gustaría hablar con ella. ¿Está arriba?

–Ah, sí. No ha parado de llorar desde que tuvo la discusión con Laura. Ésta se fue de inmediato, sollozando sin parar. Frances subió las escaleras a toda prisa con una expresión sombría; cuando fui a verla estaba sentada en el suelo en un rincón del dormitorio, agarrando la cortina. Me pidió que la dejara sola.

–Randie necesita estar con ella. Y ella necesita estar con Randie.

–Créeme, Tommy, he intentado decírselo. Con cuidado, con sutilezas, directamente, con respeto, con halagos, de todas las maneras que se me han ocurrido, excepto con agresividad.

–Tal vez sea eso lo que necesita: belicosidad.

–El tono de voz quizá funcione, aunque lo dudo, pero si le gritas te puedo asegurar que no conseguirás nada. Cada vez que subo a verla me pide que la deje sola, y aunque preferiría no hacerlo, creo que debo respetar sus deseos.

–Entonces, déjamelo probar.

–Voy contigo. ¿Se sabe algo más de Malcolm? No hemos tenido noticias del hospital desde que nos llamó Randie, pero supongo que eso es buena señal. Porque no hay duda de que Randie nos habría llamado enseguida si... ¿Ha habido cambios, Tommy?

–No –contestó Lynley–. El corazón ha complicado las cosas. Tenemos que esperar.

–¿Crees que tal vez tengan que decidir...? –Helen se detuvo en el escalón de arriba del de él y lo miró, leyendo en su rostro la respuesta a su incompleta pregunta–. Lo siento muchísimo por todos ellos. Y también por ti. Sé lo que significa para ti.

–Frances debe ir al hospital. Si la situación empeora, Randie no podrá ocuparse de todo ella sola.

–¡Claro que no! –asintió Helen.

Lynley nunca había estado en el primer piso de casa de Webberly y, por lo tanto, dejó que su mujer le condujera hasta el dormitorio principal. La primera planta de la casa estaba dominada por los olores: popurrí en cuencos dispuestos sobre una mesilla de tres niveles, olor a naranja de una vela que quemaba fuera de la puerta del cuarto de baño, limón procedente la cera que se había usado para limpiar el mobiliario. Pero los olores no eran lo bastante intensos como para tapar el fuerte aroma de aire sobrecalentado, intensificado por el humo de cigarro, y tan rancio que sólo la lluvia –violenta y constante– en el interior de la casa sería suficiente para limpiarlo.

–Todas las ventanas están cerradas –apuntó Helen en voz baja–. Bien, aunque estamos en noviembre y, por lo tanto, no se puede esperar que... Pero aun así... Debe de ser muy difícil para ellos. No sólo para Malcolm y Randie. Ellos pueden salir. Pero para Frances... porque debe de tener tantas ganas de... curarse.

–Supongo –asintió Lynley–. ¿Es por aquí, Helen?

Sólo una de las puertas estaba cerrada, Y Helen hizo un gesto de asentimiento cuando la señaló. Dio un golpecito sobre el blanco entrepaño y dijo:

–Frances, soy Tommy. ¿Puedo entrar?

No hubo respuesta. La llamó de nuevo, esa vez un poco más alto, y lo acompañó con otro golpecito en la puerta. Al ver que no respondía, probó con el tirador. Se dio la vuelta y, en consecuencia, abrió la puerta. A su espalda, Helen le preguntó:

–¿Frances? ¿Quieres ver a Tommy?

A lo que la mujer de Webberly finalmente respondió: «Sí», en un tono de voz que no era ni de miedo ni de resentimiento, sólo calmado y cansado.

La encontraron, no en la esquina donde Helen la había visto por última vez, sino sentada en una silla lisa de respaldo alto que había acercado para poder contemplar su reflejo en un espejo que colgaba de encima del tocador. Sobre la mesa había dispuesto cepillos, pasadores de pelo y lazos. Cuando entraron, se estaba pasando dos lazos entre los dedos, como si quisiera estudiar el efecto que producían en contraste con su piel.

Lynley se percató de que, sin lugar a dudas, llevaba la misma ropa que había llevado cuando llamó a su hija la noche anterior. Vestía una bata acolchada de color rosa atada a la altura de la cintura, y un camisón azul celeste debajo. No se había peinado a pesar de los cepillos que había dispuesto ante ella, por lo que el pelo le quedaba asimétrico a causa de la presión de la almohada, como si llevara un sombrero invisible a un lado.

Estaba tan pálida que Lynley pensó de inmediato que debería tomarse alguna bebida alcohólica, a pesar de la hora del día: ginebra, coñac, whisky, vodka o cualquier cosa para que su rostro recuperara un poco de color. Le preguntó a Helen:

–¿Te importaría subir algo para beber? –Luego se dirigió hacia la esposa de Webberly–. Frances, creo que te sentaría bien un coñac. Me gustaría que te bebieras uno.

–Sí. De acuerdo –asintió–. Un coñac.

Helen los dejó. Lynley vio que había un arcón para guardar ropa a los pies de la cama, y lo acercó hasta donde Frances estaba sentada para poder hablar con ella al mismo nivel, y no tener que hablarle de pie como si fuera un pariente que la quisiera sermonear. No sabía por dónde empezar. No sabía lo que le sería más útil. Teniendo en cuenta el período de tiempo que Frances Webberly llevaba encerrada entre las paredes de esa casa, paralizada por miedos inexplicables, no le parecía muy probable que una simple explicación sobre la gravedad del estado de su marido y de las necesidades de su hija fueran suficientes para poder convencerla de que sus miedos eran infundados. Era bastante inteligente para saber que la mente humana no funcionaba así. La lógica normal y corriente no bastaba para destruir los demonios que habitaban en el interior de las tortuosas cavernas de la psique de una mujer.

–¿Puedo hacer algo por ti, Frances? –le preguntó–. Sé que quieres ir a verle.

Se había llevado uno de los lazos junto a la mejilla y lo bajó poco a poco hasta dejarlo sobre la mesa.

–Lo sabes –dijo, no a modo de respuesta sino de afirmación–. Si tuviera el corazón de una mujer que sabe cómo amar a su marido como es debido, habría ido a verle de inmediato. Me llamaron de urgencias. Me preguntaron sin rodeos: «¿Es la señora Webberly? Le llamamos de Charing Cross Hospital. Desde urgencias. ¿Estoy hablando con algún familiar del señor Webberly?». Habría ido. No habría esperado a oír nada más. Es como hubiera actuado cualquier mujer que amara a su marido. Ninguna mujer de verdad, ninguna mujer adecuada, le habría preguntado: «¿Qué ha sucedido? ¡Santo Cielo! ¿Por qué no está en casa? Por favor, dígamelo. El perro regresó a casa pero Malcolm no estaba con él, y me ha dejado, ¿no es verdad? Al final, lo ha hecho. Al final me ha dejado». Y ellos me respondieron: «Señora Webberly, su marido está vivo. Pero nos gustaría hablar con usted. Aquí, señora Webberly. ¿Quiere que le mandemos un taxi? ¿Hay alguien que pueda traerla al hospital?». Y al fingir de esa manera fueron muy amables, ¿no es verdad? Al ignorar lo que yo les había dicho. Pero cuando colgaron, exclamaron: «Es una pobre loca. Pobre hombre, el Webberly ese. No es de extrañar que el pobre anduviera por la calle. Seguramente él mismo se lanzó delante del coche». Retorcía un lazo azul marino con los dedos, clavándole las uñas, formando surcos en el raso.

–Cuando uno recibe una mala noticia en medio de la noche, no mide las palabras, Frances. Las enfermeras, los médicos, los asistentes, todo el mundo que trabaja en un hospital lo sabe.

–Es tu marido –se dijo a sí misma–. Ha cuidado de ti durante todos estos desgraciados años y se lo debes. Y también se lo debes a Miranda, Frances. Debes sobreponerte, porque si no lo haces y algo le ocurriera a Malcolm mientras no estás allí... y si, de hecho, llegara a morirse... Levántate, levántate, levántate, Frances Louise, porque tú y yo sabemos, Dios me ayude, que no te pasa nada, nada en absoluto. Ahora no eres el centro de atención. Acepta ese hecho. Como si supiera cómo son las cosas. Como si, de hecho, hubiera pasado la vida en su mundo, en este mundo, aquí dentro –con violencia, se golpeó la sien– en vez de en su pequeño espacio, en el que todo es perfecto, siempre lo ha sido, y siempre lo será, amén. Pero las cosas no son así para mí. No lo son.

–Claro que no –respondió Lynley–. Todos observamos el mundo a través de los prismas de nuestras propias experiencias, ¿no es así? Pero a veces, en los momentos de crisis, la gente se olvida de eso. Y, en consecuencia, dicen y hacen cosas que... Todo se hace para conseguir un objetivo que todo el mundo quiere pero que no sabe cómo conseguir. ¿Qué puedo hacer por ayudarte?

En aquel momento, Helen entró de nuevo en la habitación con una copa en la mano. Estaba medio llena de coñac, la dejó sobre el tocador y miró a Lynley con una expresión que decía: «¿Y ahora, qué?». Ojalá lo supiera. Estaba convencido de que con las mejores intenciones del mundo, la hermana de Frances habría agotado todas las posibilidades. Ciertamente, Laura Hillier la habría hecho razonar en primer lugar, la habría manipulado en segundo, la habría hecho sentirse culpable en tercero, y habría acabado por proferirle amenazas. Lo que con toda seguridad hacía falta –un proceso lento de sacar a esa pobre mujer a un ambiente externo del que tenía miedo desde hacía muchos años– era algo que ninguno de ellos podía conseguir y que requeriría un tiempo del que no disponían.

«¿Y ahora, qué? –se preguntó Lynley junto a su mujer–. Un milagro, Helen.»

–Bebe un poco de esto, Frances –le sugirió mientras le alzaba la copa. Cuando hubo acabado, descansó su mano sobre la de ella–. ¿Qué te han contado exactamente sobre Malcolm?

–Los médicos quieren hablar con usted –murmuró Frances–. Debe venir al hospital. Debe estar con él. Debe estar con Randie. –Por primera vez, Frances dejó de contemplarse en el espejo. Observó que Lynley le cogía de la mano–. Si Randie está con él, no creo que necesite mucho más. «¡Qué nuevo y valiente mundo nos ha sido concedido!», exclamó cuando nació Randie. Por eso decidió que se llamaría Miranda. Era perfecta para él. Perfecta en todos los sentidos. Perfecta de un modo que yo nunca podría ser. Nunca. Jamás de los jamases. Papá tiene a su princesa. –Alargó la mano para coger la copa del mismo sitio donde Lynley la había dejado. Empezó a alzarla, pero se detuvo y exclamó–: ¡No! ¡No! ¡No es eso! ¡Para nada! ¡Papá ha encontrado a su reina!

Sus ojos permanecieron inmóviles, con la vista clavada en el coñac de la copa, pero los extremos se le enrojecían poco a poco a medida que empezaban a saltarle las lágrimas.

La mirada de Lynley se cruzó con la de Helen por encima del hombro derecho de Frances. Podía leer su reacción ante la situación, y sabía que coincidía con la suya propia. Exigía una huida. Estar presenciado unos celos maternales que eran tan fuertes que ni siquiera podía librarse de ellos en medio de una crisis de vida o muerte... Era de lo más desconcertante, pensó Lynley. Era obsceno. Se sentía como un *voyeur*.

–Si Malcolm se parece en algo a mi padre, Frances –apuntó Helen–, supongo que lo que sentía era una responsabilidad especial hacia Randie, por el hecho de ser una hija y no un hijo.

–Lo veo en mi propia familia –añadió Lynley–. La forma en que mi padre trataba a mi hermana mayor no se parecía en absoluto a la manera en que me trataba a mí. Y si me apuras, al modo en que trataba a mi hermano pequeño. A sus ojos, no éramos tan vulnerables. Necesitábamos endurecernos. Pero creo que lo único que quiere decir es que...

Frances apartó la mano que había estado debajo de la suya y respondió:

–No. Tienen razón. Los del hospital saben muy bien lo que se dicen. La reina está muerta y él ya no puede seguir viviendo. Ayer por la noche se lanzó debajo del coche. –Entonces, por primera vez, miró a Lynley directamente a los ojos. Lo repitió de nuevo–: Por fin, la reina ha muerto. Y no hay nadie para sustituirla. Desde luego, yo no.

Lynley lo comprendió de repente y exclamó:

–¡Lo sabías!

–Frances, nunca debes creer... –empezó a decirle Helen.

Pero Frances la interrumpió poniéndose en pie. Se encaminó hacia una de las dos mesillas de noche, abrió el cajón y lo dejó sobre la cama. Del fondo, muy bien escondido entre los otros objetos, extrajo un pequeño cuadrado blanco de lino. Lo desplegó como si fuera un cura en un ritual, primero sacudiéndolo, y después alisándolo sobre la colcha de la cama.

Lynley se le acercó. Helen hizo lo mismo. Los tres contemplaron lo que resultó ser un pañuelo, normal y corriente, salvo por dos detalles: en una esquina estaban entrelazadas las iniciales E y D, y en el centro de la tela aparecía una oxidada mancha que describía un pequeño drama del pasado. Se corta el dedo la palma la mano haciendo algo por ella... serrando una tabla clavando un clavo secando una copa recogiendo los trozos de un frasco que se ha caído accidentalmente al suelo... y ella saca rápidamente un pañuelo del bolsillo del bolso de la manga del suéter de la copa del sujetador y se lo pone sobre la herida porque él nunca se acuerda de llevar el suyo. Ese trozo de lino acaba por aparecer en el bolsillo de los pantalones, en la chaqueta en el abrigo y se olvida de él hasta que su mujer prepara la colada, la tintorería, la selección de ropa vieja para llevar a una institución benéfica; lo encuentra, lo ve, sabe lo que significa y lo guarda. «¿Durante cuántos años?», se pregunta Lynley. Durante muchísimos años, largos y horribles, en los que no le pregunta nada sobre lo que significa, sin darle a su marido la oportunidad de contarle la verdad, fuera lo que fuera esa verdad, o una mentira, inventando un motivo que podría haber sido perfectamente creíble o, como mínimo, algo a lo que agarrarse para poder mentirse a sí misma.

–Frances, ¿me permites que me deshaga de esto? –le preguntó Helen, y colocó los dedos no en el mismo pañuelo sino junto a él, como si éste fuera una reliquia y ella una novicia de una extraña religión en la que sólo los ordenados pueden tocar los objetos sagrados.

–¡No! –gritó Frances mientras cogía el pañuelo–. Él la amaba. Él la amaba y yo lo sabía. Vi cómo sucedió. Vi cómo sucedió, como si estuviera representado todo un proceso de enamoramiento ante mí. Como si fuera un drama televisivo. Y seguí esperando, ¿os dais cuenta?, porque desde el principio sabía cómo se sentía. Tenía que hablar de ello, decía. Por Randie... porque esa pobre gente había perdido a una niña un poco más pequeña que nuestra pobre Randie, y podía ver lo horrible que debía de ser para ellos, lo mal que lo debían de estar pasando, especialmente la madre y «nadie parece querer hablar del tema con ella, Frances. No tiene a nadie. Existe dentro de una burbuja de dolor, no, en un furúnculo infectado de dolor, y ninguno de ellos hace nada por liberarla. Es inhumano, Frances. Inhumano. Alguien debe ayudarla antes de que se desmorone». Por lo tanto, decidió hacerlo él mismo. Metería a su asesino en la cárcel, y tanto que sí, y no descansaría, querida Frances, hasta que ese asesino fuera perseguido, atrapado y entregado a la justicia.

Porque, «¿cómo nos sentiríamos nosotros si alguien, que Dios no lo permita, hiciera daño a nuestra Randie? Nos pasaríamos las noches en vela, ¿no es verdad?, recorreríamos las calles, no dormiríamos, no comeríamos y ni siquiera volveríamos a apagar la luz del umbral si con ello consiguiéramos encontrar al monstruo que la lastimó».

Lynley suspiró aliviado, ya que se dio cuenta de que había estado aguantando la respiración desde que Frances empezara a hablar. Se sentía tan falto de aire que tenía la sensación de que iba a ahogarse. Miró a su mujer como si buscara algún tipo de consuelo, y vio que se había llevado los dedos a los labios. Sabía que Helen sentía lástima, lástima por las palabras que habían permanecido silenciadas durante mucho tiempo entre los Webberly. Se encontró a sí mismo preguntándose qué debería de ser peor: años soportando la tortura de la imaginación o segundos experimentando la rápida muerte de la verdad.

–Frances, si Malcolm no te hubiese amado... –dijo Helen.

–El deber.

Frances empezó a doblar el pañuelo con cuidado. Y no dijo nada más.

–Creo que eso forma parte del amor, Frances –apuntó Lynley–. No es una parte fácil. No es esa primera avalancha de emoción: deseando y creyendo que algo ha sido escrito en las estrellas, y que nosotros somos de lo más afortunados porque hemos mirado hacia el cielo y hemos captado el mensaje. Es la parte en la que se decide continuar.

–Yo no le di elección –repuso Frances.

–Frances –musitó Helen, y Lynley sabía por el tono de voz lo que le costaba pronunciar esas palabras–, créeme si te digo que tú no tienes ese poder.

Entonces Frances miró a Helen, pero evidentemente no pudo ver más allá de la estructura que Helen había construido para vivir en el mundo que hacía tiempo que se había creado para sí misma: el moderno corte de pelo, la piel hidratada y sin mancha, las cuidadas manos, el perfecto cuerpo delgado que se hacía masajear una vez a la semana, ataviada con ropa diseñada para mujeres que sabían lo que era la elegancia y cómo usarla. No obstante, por lo que se refería a ver a Helen en sí, a conocer a una mujer que había escogido el camino más rápido para salir de la vida de un hombre –al que había amado profundamente– porque no podía seguir soportando una situación que había alterado demasiado radicalmente sus recursos y sus gustos... Frances Webberly no conocía a esa Helen y, en consecuencia, no podía saber que no había nadie que pudiera comprender mejor que Helen que la condición de una persona –mental, espiritual, psicológica, social, emocional, física, o cualquier combinación de éstas– no podía hacer nada por controlar las decisiones que otra persona tomaba.

–Debes saberlo, Frances –afirmó Lynley–. Malcolm no se lanzó a propósito debajo de ese coche. Es verdad que Eric Leach le telefoneó para contarle lo de Eugenie Davies, y supongo que leíste la noticia de su muerte en los periódicos.

–Estaba muy inquieto. Creía que la había olvidado, pero me di cuenta de que no era así. Todos esos años...

–No la había olvidado, cierto –asintió Lynley–, pero no por las razones que tú crees. Frances, la gente no olvida. No puede olvidar. No podemos pasar por alto todo lo que nos ha ocurrido a lo largo de nuestra vida. Las cosas no funcionan así. Pero el hecho de recordar es simplemente eso: porque eso es lo que hace la mente. Se limita a recordar. Y si tenemos suerte, esos recuerdos no se conviertan en pesadillas. Pero eso es todo lo que podemos esperar. Es parte del trabajo.

Lynley sabía que estaba moviéndose entre la verdad y la mentira. Sabía que, fuera lo que fuera que Webberly hubiera experimentado con Eugenie Davies y durante los años posteriores a su romance, debía de ir más allá que el mero recuerdo. Pero no podía permitir que eso adquiriera relevancia en ese momento. Lo único que importaba era que la esposa de ese hombre comprendiera una parte de lo que había sucedido en las últimas cuarenta y ocho horas. Así pues, volvió a repetirle esa parte:

–Frances, tu esposo no se lanzó debajo de ese coche. Lo atropelló un coche. A propósito. Alguien intentó matarle. Y en las próximas horas o días averiguaremos si tuvo éxito en su cometido, porque cabe la posibilidad de que se muera. Además, ha sufrido un ataque al corazón muy grave. Ya te lo han dicho, ¿no es verdad?

Emitió un sonido: algo entre el agudísimo gemido de una mujer dando a luz y el tímido lamento de un niño abandonado.

–No quiero que Malcolm se muera –espetó–. Tengo tanto miedo...

–No eres la única –respondió Lynley.

El hecho de que tuviera una cita de trabajo con una mujer de la residencia fue lo que mantuvo a Yasmin Edwards tranquila desde el momento en que llamó al número de móvil que aparecía en la tarjeta de Winston Nkata hasta la hora en que habían acordado encontrarse en la tienda. Le había dicho que tendría que conducir desde Hampstead para verla y que, por lo tanto, no podía asegurarle a qué hora iba a llegar, pero que llegaría tan pronto como le fuera posible, señora, y que si mientras tanto empezaba a preocuparse por si no iba a ir, por si se había olvidado o por si cualquier cosa lo había retrasado, siempre podría llamarle al móvil de nuevo y él podría decirle dónde se encontraba, si así se quedaba más tranquila. Yasmin le había dicho que podía ir a verle ella misma o encontrarse en alguna parte. De hecho, le había asegurado que lo preferiría de esa manera. Pero él le había respondido que no, que era mejor que él pasara a verla.

En aquel momento, casi había cambiado de opinión. Pero pensó en el número cincuenta y cinco, en la boca de Katja cerrándose sobre la de ella, en lo que significaba que Katja aún pudiera mentirle sin parar para poder seguir amándola. «De acuerdo, estaré en la tienda», le había respondido.

Mientras tanto, acudió a su cita de la residencia de Camberwell. Tres hermanas de unos treinta años, una mujer asiática y una vieja arpía que llevaba cuarenta y seis años casada eran las únicas residentes del lugar. Entre todas ellas sumaban una cantidad infinita de morados, dos ojos a la funerala, cuatro labios partidos, una mejilla cosida, una muñeca rota, un hombro dislocado y un tímpano perforado. Eran como perros apaleados recién soltados de la cadena: encogidas de miedo e indecisas entre la huida y el ataque.

«No permitáis que nadie os haga eso», deseaba decirles a gritos. Lo único que le impedía gritar era la cicatriz de su rostro y la nariz torcida: ambas contaban la historia de lo que una vez había permitido que le hicieran.

Así pues, les dedicó una sonrisa y exclamó: «Venid aquí, tomates vistosos». Se pasó dos horas en la residencia de mujeres, con el maquillaje y la sombra de ojos, con los pañuelos, los perfumes y las pelucas. Y cuando por fin las dejó, tres de las mujeres se habían acostumbrado a sonreír de nuevo, la cuarta había conseguido reírse una vez, y la quinta había empezado a levantar la mirada del suelo. Yasmin pensó que era un buen día de trabajo.

Regresó a la tienda. Cuando llegó, el policía daba grandes pasos arriba y abajo por delante de la tienda. Vio cómo miraba el reloj y cómo intentaba mirar a través de la puerta metálica de seguridad que cerraba en la parte delantera siempre que no estaba en la tienda. Entonces miró el reloj de nuevo y sacó el móvil para ver si funcionaba.

Yasmin aparcó su viejo Fiesta. Cuando abrió la puerta, el detective ya había ido hacia ella antes de que pudiera poner el pie en la acera.

–¿Se trata de algún tipo de broma? –le preguntó–. ¿Cree que se puede tomar a risa el hecho de entorpecer una investigación por asesinato, señora Edwards?

–Me dijo que no sabía cuánto... –Yasmin se detuvo. ¿Por qué se estaba excusando? Acabó por decirle–: Tenía una cita de trabajo. ¿Quiere ayudarme a descargar el coche o se va a quedar ahí mirándome el culo?

Levantó la barbilla mientras hablaba, dándose cuenta del doble significado de sus palabras después de haberlas pronunciado. Pero no quería darle el gusto de que viera cómo se ruborizaba. Lo miró a los ojos, mujer alta, hombre alto, y esperó a que él hiciera algún comentario ordinario: «¡Eh, nena, si me dejaras, miraría muchas cosas más que el culo!».

No obstante, no lo hizo. Sin decir palabra, se dirigió a la puerta trasera del Fiesta y esperó a que ella rodeara el coche y lo abriera.

Así lo hizo. Le puso la caja de cartón con todos los productos entre los brazos y lo remató con las lociones, el maquillaje y los cepillos. Después cerró la puerta del Fiesta de golpe y se dirigió hacia la tienda. Abrió la puerta metálica y la subió hacia arriba, empujándola con el hombro, tal y como siempre hacía cuando se quedaba atascada en la mitad.

–Espere un momento –le dijo mientras dejaba los bultos en el suelo. Sin poder evitar que sucediera, sus manos, anchas, lisas, negras y con unas pálidas uñas ovaladas muy bien cortadas, se plantaron a ambos lados de ella. Tiró hacia arriba mientras ella empujaba, y con el sonido *eeeerrreek* del metal contra metal, la puerta cedió. Permaneció donde estaba, justo detrás de ella, demasiado cerca, y le dijo–: Tendrá que arreglarla. Dentro de poco no creo que pueda ni subirla.

–Puedo arreglármelas yo sola –respondió.

Cogió la caja metálica del maquillaje porque quería hacer algo, y porque quería demostrarle que podía arreglárselas con las cajas, la puerta y con toda la tienda sin la ayuda de nadie.

Pero cuando estuvo dentro, tuvo la misma sensación que la otra vez. Parecía llenar el lugar. Parecía hacérselo suyo. Y eso la irritaba, especialmente porque él no hacía nada para darle la impresión de que quería intimidarla o, como mínimo, dominarla. Se limitó a dejar la caja de cartón sobre el mostrador y a decirle con solemnidad:

–He perdido casi una hora esperándola, señora Edward. Espero que ahora que ya está aquí, pueda recompensarme por mi tiempo.

–No va a conseguir nada... –Se dio la vuelta. Se había dedicado a guardar los materiales mientras él hablaba, y su reacción fue instantánea, tan genuina como la de los perros rusos.

«No empiece a hacerse la estrecha, Yas. Una chica que ha sido bendecida con un cuerpo como el suyo debe usarlo para conseguir lo que quiera.»

Por lo tanto, quería dejarle claro al policía que de ella no conseguiría nada. Ni besos secretos en el cuarto de los trastos, ni tanteos bajo la mesa de la cena, ni quitarse la blusa ni bajarse los pantalones, ni manos separándole las rígidas piernas. «Venga, Yas. No se me resista.»

Sintió cómo el rostro se le helaba. La estaba observando. Vio cómo le miraba la boca, y después la nariz. Estaba marcada por lo que se había considerado amor de un hombre, y él leyó esas marcas; Yas nunca sería capaz de olvidarlo.

–Señora Edwards –dijo.

Yasmin odió ese sonido y se preguntó por qué había conservado el apellido de Roger. Se había convencido a sí misma de que lo había hecho por Daniel, madre e hijo unidos por un apellido en un momento en el que no podían estar unidos por nada más. No obstante, ahora se preguntaba si en verdad lo había hecho para castigarse a sí misma, no para tener un recuerdo constante de que había matado a su marido sino como una forma de cumplir penitencia por haberse liado con él.

Lo había amado, sí. Pero bien pronto había averiguado que no sacaría nada bueno de ese amor. Con todo, aún no había aprendido la lección, ¿verdad? Porque había vuelto a amar y no había más que ver la situación en la que se encontraba: intimidada por la mirada de un policía que en ese momento vería a la misma asesina pero con un cuerpo totalmente diferente.

–Tenía algo que decirme. –El agente Winston Nkata metió la mano en el bolsillo de una chaqueta que le quedaba a la perfección y sacó una libreta, la misma en la que había anotado cosas con anterioridad, de la que colgaba el mismo portaminas.

Al verla, Yasmin pensó en todas las mentiras que ya debía haber anotado, y en lo mal que lo iba a pasar si decidía contarle la verdad. Y esa imagen le hizo pensar en todo lo demás: ¿cómo podía ser que la gente mirara a una persona, y que a partir de su aspecto, de su forma de hablar, de su forma de comportarse pudiera llegar a una conclusión sobre ella y aferrarse a esa imagen aunque los hechos indicaran lo contrario? ¿Por qué? Porque la gente estaba desesperada por creer.

–No estaba en casa –respondió–. No estábamos viendo la televisión. Ella no estaba allí.

Vio cómo se desinflaba el tórax del detective, como si hubiera estado aguantando la respiración desde que llegó, apostando contra su propia respiración que Yasmin Edwards le había llamado esa mañana con la expresa intención de traicionar a su amante.

–¿Dónde estaba? –le preguntó–. ¿Se lo dijo, señora Edwards? ¿A qué hora regresó a casa?

–A la una menos diecinueve minutos.

Nkata hizo un gesto de asentimiento. Lo anotó con prontitud e intentaba parecer tranquilo, pero Yasmin podía notar a la velocidad que le iba la mente. Estaba calculando. Y estaba comparando sus cálculos con las mentiras de Katja. Pero en el fondo, estaba celebrando que había ganado el juego por el que había apostado.

21

Las últimas palabras que le dirigió fueron: «No lo olvidemos, Eric. Fuiste tú quien pidió el divorcio. En consecuencia, si no puedes soportar que salga con Jerry, no me hagas creer que es un problema de Esmé». Y había puesto una expresión tan triunfante, tan llena de mírame-ahora-he-encontrado-a-alguien-que-me-quiere-de-verdad que, de hecho, Leach se encontró maldiciendo a su hija de doce años –que Dios lo perdone– por haber sido capaz de manipularle y de convencerle para que hablara con su madre. «Tengo derecho a salir con otra gente –había afirmado Bridget–. Tú mismo me diste esa oportunidad.»

–Mira, Bridg –le había dicho–. No es que esté celoso. Es que Esmé lo está pasando mal porque se cree que te vas a volver a casar.

–Tengo intenciones de volverme a casar. Quiero volverme a casar.

–Bien. De acuerdo. Pero ella cree que ya has elegido a ese tipo y que...

–Y si lo he hecho, ¿qué pasa? ¿Qué pasa si he decidido que es agradable sentirse amado? Estar con un hombre al que no le importe que tenga los pechos un poco caídos y unas cuantas arrugas de personalidad en el rostro. A propósito, él las llama así, Eric, arrugas de personalidad.

–Te sientes así porque antes te habías sentido rechazada –intentó explicarle Leach.

–No me digas lo que es, porque si lo haces, empezaré a analizar tu carácter: imbecilidad de cuarentón, inmadurez prolongada, estupidez adolescente. ¿Quieres que continúe? ¿No? De acuerdo. Ya me lo imaginaba.

Se dio la vuelta y lo dejó allí. Regresó a su clase de la escuela primaria, donde diez minutos antes Leach le había hecho señas desde la puerta, habiéndose parado con anterioridad a hablar con la directora para preguntarle si podía hablar un momento con la señora Leach. La directora le había comentado que era muy poco frecuente que los padres de los alumnos pasaran a hablar con los profesores en horas de clase, pero cuando Leach se presentó, la directora se mostró de repente comprensiva y con ganas de colaborar; eso le indicó que estaba al corriente no sólo del divorcio pendiente sino del nuevo novio que tenía. Tenía ganas de decirle: «Me importa un rábano que salga con otro hombre», pero no estaba tan seguro de que ése fuera el caso. Sin embargo, el hecho de que tuviera un novio le hacía sentirse, como mínimo, menos culpable por haber pedido la separación y, como su mujer se había ido con paso airado, intentó concentrarse en esa idea.

–Bridg, escucha. Lo siento –le dijo a la espalda que se retiraba, pero no lo había dicho en voz muy alta y, por lo tanto, sabía que no había podido oírlo; de todas maneras, tampoco estaba muy seguro de por qué se disculpaba.

Aun así, mientras observaba cómo se alejaba, sintió que le había herido el orgullo. En consecuencia, intentó eliminar el pesar por la forma en que se habían separado, y se dijo a sí mismo que había hecho lo correcto. Si tenía en cuenta la rapidez con la que había conseguido sustituirlo, no había ninguna duda de que su matrimonio había estado muerto mucho antes de que él mencionara el hecho.

Con todo, no podía evitar pensar que algunas parejas conseguían seguir juntas a pesar de lo que sucediera con sus respectivos sentimientos. De hecho, algunos matrimonios juraban que se sentían «absolutamente desesperados por crecer juntos», cuando en realidad el único pegamento que los mantenía pegados uno al otro era una cuenta bancaria, las posesiones, los hijos compartidos y cierta desgana para repartirse los muebles y las decoraciones navideñas. Leach conocía a hombres en el Cuerpo de Policía que estaban casados con mujeres a las que siempre habían odiado. Pero el hecho de pensar que podían perder a sus hijos, las propiedades –por no decir nada de las pensiones–, les había hecho sacar brillo al anillo de bodas durante años.

Esa idea le hizo pensar ineludiblemente en Malcolm Webberly.

Leach había intuido que sucedía algo por las llamadas telefónicas, por las notas que había garabateado, metido en sobres y enviado por correo, por la manera, a menudo distraída, en la que Webberly solía iniciar las conversaciones. Había tenido sus sospechas. Pero había sido capaz de descartarlas porque no lo había sabido con seguridad hasta que los vio juntos, siete años después del caso, cuando casualmente Bridget y él habían llevado a los niños a la Regata porque Curtis tenía que hacer un trabajo para la escuela –«La cultura y las tradiciones de nuestro país»... ¡Santo Dios! Todavía se acordaba del maldito título de ese trabajo– y allí estaban, los dos, de pie sobre ese puente que cruzaba el Támesis a su paso por Henley, con su brazo alrededor de la cintura de Eugenie mientras el sol les daba en la cara. Al principio no supo quién era, no la recordaba, sólo se percató de que era una mujer atractiva y de que formaban esa unidad que se autodenomina Amor.

Qué extraño, pensaba ahora Leach, al recordar lo que había sentido al ver a Webberly y a su Amiga. Se percató de que no había considerado a su superior como un hombre de carne y hueso hasta ese momento. Cayó en la cuenta de que había estado viendo a Webberly de la misma forma que un niño ve a un adulto mucho mayor. Y la certeza repentina de que Webberly tenía una vida secreta le sentó igual de mal que si un niño de ocho años hubiera visto que su padre se lo montaba con una mujer del vecindario.

Y así es cómo le había parecido esa mujer del puente, familiar, como si fuera alguien del barrio. De hecho, le había resultado tan familiar que durante un tiempo había esperado encontrársela en el trabajo –quizá fuera una secretaria que aún no conocía– o tal vez saliendo de una oficina de Earl's Court Road. Había pensado que simplemente era una mujer que Webberly había conocido, con la que había iniciado una conversación por casualidad, por la que se había sentido atraído, y que había pensado: «¿Por qué no, Malc? ¡No hace falta que seas tan puritano!».

Leach era incapaz de recordar cuándo o cómo había empezado a sospechar que su amante era Eugenie Davies. Pero cuando hubo confirmado sus sospechas, fue incapaz de quedarse callado. Había usado su ira como una excusa para hablar, no como un niño pequeño que teme que su padre vuelva a marcharse de casa, sino como un adulto que sabía distinguir lo que está bien de lo que está mal. ¡Dios mío!, pensar que un agente de la Brigada de Homicidios –su propio compañero– había sido capaz de algo tan ruin, de aprovechar la oportunidad de satisfacerse a sí mismo con alguien que había sido traumatizado, castigado y brutalizado no sólo por los trágicos acontecimientos, sino también por las consecuencias... Era inconcebible.

Aunque no le había hecho ningún caso, Webberly, como mínimo, se había dignado a escucharle. No había hecho ningún comentario hasta que Leach hubo acabado de recitarle todos los aspectos en que su conducta mostraba ser muy poco profesional. Luego le había preguntado: «¿Qué demonios piensas de mí, Eric? Las cosas no son como te imaginas. No empezó durante el caso. Hacía años que no la veía cuando empezamos a... No hasta que... Fue en la estación de Paddington... Y por casualidad. Hablamos durante diez minutos o menos, entre trenes. Después... ¡Caramba! ¿Por qué te lo estoy explicando? Si crees que me he vuelto loco, pide un traslado».

Pero él no había querido pedirlo.

«¿Por qué?», se preguntó.

Por lo que Malcolm Webberly representaba para él.

El pasado realmente define nuestro presente, pensaba Leach. Ni siquiera nos damos cuenta de que sucede, pero cada vez que llegamos a una conclusión, que expresamos una opinión, que tomamos una decisión, los años de nuestra vida están apilados a nuestra espalda: todas esas fichas de dominó que son nuestras influencias y que no reconocemos que nos ayudan a definir quiénes somos.

Condujo hasta Hammersmith. Se dijo a sí mismo que necesitaba unos pocos minutos para desconectar de la escena con Bridget, e hizo esa desconexión dentro del coche, dirigiéndose rumbo al sur hasta que estuvo muy cerca de Charing Cross Hospital. Por lo tanto, acabó el trayecto y buscó la sala de espera de Cuidados Intensivos.

Cuando cruzó las puertas giratorias, la monja responsable le dijo que no podía entrar a verlo. A los pacientes que estaban en la Unidad de Cuidados Intensivos sólo podían entrar a verlos los familiares. ¿Era él un miembro de la familia?

«Y tanto», pensó. Y de la familia más cercana, aunque en verdad nunca lo había reconocido, y Webberly tampoco había contemplado esa posibilidad. Pero lo que dijo fue:

–No. Sólo soy otro agente. El comisario jefe y yo solíamos trabajar juntos.

La enfermera asintió con la cabeza. Comentó lo positivo que era que tantos miembros del Departamento de Policía de Londres hubieran pasado a verle, hubieran telefoneado, le hubieran mandado flores o se hubieran ofrecido para hacer donaciones de sangre para el paciente.

–Grupo B –le informó–. ¿No será por casualidad...? ¿O tal vez O, que es universal?, aunque supongo que eso ya lo sabe.

–AB negativo.

–Es muy poco frecuente. No podríamos usarlo en este caso, pero debería donar sangre con regularidad, si no le importa que se lo diga.

–¿Hay algo que pueda...? –Hizo un gesto en dirección a las habitaciones.

–Su hija está con él. Su cuñado también. En realidad no hay nada que... Pero hacemos todo lo que está en nuestras manos.

–¿Aún está conectado a las máquinas?

Parecía lamentarlo, pero le dijo:

–Lo siento muchísimo, pero no puedo darle los detalles... espero que lo entienda. No obstante, si me permite que se lo pregunte... ¿Reza...?

–Normalmente, no.

–A veces ayuda.

Pero había algo mucho más útil que las plegarias, pensó Leach. Como, por ejemplo, meterles prisa a los del equipo de homicidios y, como mínimo, conseguir hacer progresos para encontrar al hijo de puta que le hizo eso a Malcolm. Y eso sí que podía hacerlo.

Cuando estaba a punto de despedirse de la enfermera, una joven que llevaba un chándal y unas zapatillas desatadas salió de una de las habitaciones. La enfermera la llamó y le dijo:

–Este caballero pregunta por su padre.

Leach no había visto a Miranda Webberly desde que ésta era una niña, pero se dio cuenta de que se parecía mucho a su padre: el mismo cuerpo robusto, el mismo pelo color de orín, la misma tez colorada, la misma sonrisa que le causaba arrugas junto a los ojos y que formaba un hoyuelo en la mejilla izquierda. Parecía el tipo de mujer a la que no le preocuparan mucho las revistas de moda; y le gustó por ese motivo.

Le habló en voz baja del estado de su padre: que no había recobrado el conocimiento, que esa misma mañana había tenido «problemas muy serios de corazón», pero que se había estabilizado gracias a Dios, que el recuento sanguíneo –creo que se trataba de las células blancas, pero quizá fueran las otras– indicaba que había un derrame interno que tendrían que localizar bien pronto, porque a pesar de que ahora le estaban haciendo una transfusión, sería un derroche de sangre si la estaba perdiendo por otro lado.

–Me han dicho que puede oír, aunque esté en coma, y por eso le he estado leyendo –le confesó Miranda–. No se me ocurrió traer nada de Cambridge, pero el tío David fue a comprar un libro sobre barcazas. Creo que es el primero que encontró. Pero es aburridísimo y creo que si sigo leyendo caeré en un estado de coma yo también. Y no creo que consiga despertar a papá, ya que no debe de tener ningún interés en saber cómo acaba. Claro que está en coma porque así lo quieren los médicos. Como mínimo, eso es lo que me han dicho.

Parecía esforzarse por hacer que Leach se sintiera cómodo, por hacerle saber que apreciaba sus patéticos esfuerzos por ser de ayuda. Parecía agotada, pero se mantenía tranquila, como si no tuviera expectativas de que nadie –a excepción de ella misma– pudiera rescatarla de la situación en la que se encontraba. Aún le cayó mejor.

–¿Hay alguien que pueda sustituirte? –le preguntó–. ¿Para que puedas ir a casa a darte un baño? ¿Para que puedas echarte a dormir un rato?

–Sí, claro –respondió, rebuscó en la chaqueta del chándal y sacó una goma elástica que usó para disciplinarse el pelo, que se asemejaba a virutas de acero–. Sin embargo, quiero estar aquí. Es mi padre y... Puede oírme, ¿no lo entiende? Sabe que estoy con él. Y si eso puede servirle de ayuda... Lo que quiero decir es que creo que es importante que una persona que está pasando por lo que él está pasando sienta que no está solo, ¿no cree?

Eso implicaba que la esposa de Webberly no estaba con él. Eso sugería en buena medida cómo había sido la vida de Webberly en todos esos años que habían transcurrido desde que decidiera no dejar a Frances para irse con Eugenie.

Habían hablado de ello la única vez que Leach había sacado el tema. No podía recordar por qué se había sentido obligado a aventurarse en un área tan privada de otra persona, pero algo había ocurrido –¿Un comentario encubierto? ¿Una conversación telefónica con un subtexto de hostilidad por parte de Webberly? ¿Una fiesta del departamento en la que Webberly había aparecido solo por duodécima vez?– y ese algo le había incitado a decir: «No entiendo cómo puedes hacer ver que amas a alguien cuando en realidad estás con otra persona. Podrías dejar a Frances, Malc. Ya lo sabes. Tienes a donde ir».

Al principio, Webberly no le había respondido. De hecho, pasaron varios días sin que le respondiera. Leach pensó que nunca lo haría hasta que un día, dos semanas más tarde, Leach lo acercó a casa, ya que Webberly tenía el coche en el garaje y, de hecho, tampoco tenía que dar tanta vuelta. Eran las ocho y media, y ella estaba en pijama cuando se acercó a la puerta, la abrió y gritó: «Papá, papá, papá», corriendo por el sendero para que su padre la estrechara entre sus brazos. Webberly había ocultado su rostro entre el rizado pelo de su hija, le había dado sonoros besos en el cuello, había conseguido que profiriera más gritos de alegría.

–Ésta es mi Randie –le había dicho a Leach–. Éste es el motivo.

Ahora Leach le preguntó a Miranda:

–Tu madre no está aquí, ¿verdad? ¿Se ha ido a casa a descansar un poco?

–Le diré que ha venido, inspector –le respondió–. Estará muy contenta de saberlo. Todo el mundo se ha portado tan... bien. De verdad. –Negó con la cabeza y dijo que quería volver con su padre.

–¿Si hay algo que pueda hacer...?

–Ya lo ha hecho –le aseguró.

Pero cuando regresaba hacia la comisaría de Hampstead, Leach no tenía esa sensación. Y una vez dentro, empezó a recorrer la sala de incidencias mientras leía un informe tras otro, a pesar de que ya los había leído casi todos. Le preguntó a la agente que estaba junto al ordenador:

–¿Qué han dicho los de Swansea?

Negó con la cabeza y contestó:

–Todos los sospechosos principales tienen coches modernos, señor. El más viejo tiene diez años de antigüedad.

–¿De quién es?

Consultó una lista, fue bajando el dedo por la página, y respondió:

–De un tal Robson. Raphael. Tiene un Renault. De color... déjeme ver... plateado.

–¡Maldición! ¡Tiene que haber algo! –Leach pensó en otra forma de enfocar el problema–. Mire los otros.

–¿Cómo dice, señor?

–Revise los otros informes. Apunte todos los nombres. Esposas, maridos, novios, novias, adolescentes que conduzcan, cualquier persona que guarde relación con este caso y que tenga carné de conducir. Compare los nombres con la lista de la Dirección General de Tráfico y averigüe si hay algún coche que corresponda a la descripción.

–¿De todos ellos, señor? –le preguntó.

–Según creo hablamos la misma lengua, Vanessa.

Soltó un suspiro y respondió:

–Sí, señor. –Y volvió al trabajo a medida que uno de los nuevos agentes entraba en la sala a toda velocidad.

Se llamaba Solberg, un agente recién salido de la Academia que se había empeñado en demostrar su valía desde el primer día que ingresara en el Departamento de Homicidios. Arrastraba un montón de papeles, y estaba tan rojo que parecía un corredor al final de una maratón.

–Guv, mire esto –gritó–. Es de hace diez días y aún está caliente. Caliente.

–¿De qué me está hablando? –le preguntó Leach.

–De algo un poco complicado –le contestó el agente.

Nkata decidió ir a hablar con la abogada de Katja Wolff después de su conversación con Yasmin Edwards. Le había dicho: «Ya tiene lo que quiere, así que ahora márchese, agente», tan pronto como vio que apuntaba 12.41 en la libreta, y se negó a especular sobre dónde podría haber estado su amante en la noche que Eugenie Davies fue asesinada. Le había pasado por la cabeza presionarla un poco más –«ya me mintió una vez, señora y, por lo tanto, quién me asegura que no lo esté haciendo de nuevo y, ¿sabe lo que les sucede a las ex presidiarias que son cómplices de asesinato?»– pero no lo había hecho. No había tenido valor de hacerlo, porque había visto cómo las emociones se le reflejaban en el rostro a medida que la interrogaba, y podía hacerse una idea del gran esfuerzo que le había supuesto contarle lo poco que le había contado. Aún así, no había podido evitar pensar qué sucedería si le preguntaba por qué: ¿Por qué estaba traicionando a su amante y, lo que era más importante, qué implicaba que lo estuviera haciendo? Pero ése no era asunto suyo, ¿verdad? No podía serlo porque él era policía y ella una ex convicta. Y así eran las cosas.

En consecuencia, había cerrado la libreta. Había pensado salir de la tienda con un simple, pero rotundo: «Gracias, señora Edwards. Ha hecho lo que debía», pero en vez de eso le preguntó: «¿Se encuentra bien, señora Edwards?», y se sintió sorprendido de la ternura que sentía. Era de lo más peligroso sentirse conmovido por una mujer de esa índole en una situación como aquélla; por lo tanto, cuando ella le dijo: «Márchese», él actuó con inteligencia y se marchó.

Dentro del coche, había sacado la tarjeta que Katja Wolff le diera a primera hora de esa mañana. Había sacado el callejero de la guantera y había consultado dónde tenía el despacho Harriet Lewis. Tal y como era de esperar, el despacho de la abogada estaba en Kentish Town: al otro lado del río y, por lo tanto, tendría que atravesar Londres de nuevo. Pero el hecho de tener que dirigirse hasta allí le daba tiempo para pensar en un plan que le permitiera sacarle información a la abogada. Además, sabía que necesitaba un plan decente, ya que la proximidad de su despacho a la Prisión de Holloway sugería que debía de tener más criminales por clientas, lo que a su vez sugería que si quería averiguar algo tendría que actuar con mucha astucia.

Cuando por fin aparcó junto a la acera, Nkata vio que Harriet Lewis había montado un despacho humilde entre una tienda de periódicos y una verdulería que exhibía en la mismísima acera medio bróculi y una coliflor en mal estado. Había una puerta en ángulo oblicuo a la calle que lindaba con la puerta de la tienda de periódicos, y en la parte superior de la ventana translúcida estaba impresa la palabra ABOGADOS y nada más.

En el interior, una escalera recubierta de una gastada moqueta roja conducía a dos puertas que estaban en el rellano, una frente a la otra. Una de las puertas estaba abierta; dejaba entrever una habitación vacía que daba a otra, y un suelo de anchas tablas de madera que estaba cubierto de polvo. La otra puerta estaba cerrada, y una tarjeta estaba prendida en el entrepaño con una chincheta. Nkata examinó la tarjeta de cerca y vio que era idéntica a la que Katja Wolff le había dado. La levantó con el extremo de la uña y miró debajo. No había ninguna otra tarjeta. Nkata sonrió. Las cosas empezaban tal y como él quería. Entró sin llamar, y se encontró en una especie de recepción completamente diferente del barrio, del entorno inmediato y del piso de enfrente. Una alfombra persa cubría la mayor parte del elegante suelo, y sobre éste descansaba una mesa de recepción, un sofá, unas cuantas sillas y mesas de un diseño muy moderno. Todo era de diseño, de madera y de piel, y aunque podría parecer que no pegaba mucho con la alfombra, y mucho menos con el revestimiento y el papel de la pared, sugerían el grado perfecto de modernidad que uno esperaría encontrarse en el despacho de un abogado.

—¿En qué le puedo ayudar?

La pregunta fue formulada por una mujer de mediana edad que estaba sentada delante de un teclado y de una pantalla; llevaba unos auriculares minúsculos a través de los cuales parecían dictarle algo. Iba ataviada con un traje chaqueta azul marino y crema, llevaba el pelo corto y aseado, y éste empezaba a encanecérsele en un mechón que le salía desde encima de la sien izquierda. Tenía las cejas más oscuras que Nkata jamás hubiera visto, y en un mundo en el que estaba acostumbrado a que las mujeres blancas le miraran con recelo, nunca se había encontrado con una mirada tan hostil.

Le mostró la placa y le informó de que quería hablar con la abogada. No había concertado cita, le dijo a la señorita Cejas antes de que ésta se lo preguntara, pero confiaba en que la señora Lewis...

–Señorita Lewis –replicó la recepcionista, quitándose los auriculares y dejándolos a un lado.

... le vería tan pronto como le dijera que venía a hablarle de Katja Wolff. Dejó su tarjeta sobre la mesa y añadió:

–Désela si quiere. Dígale que esta misma mañana hemos hablado por teléfono. Espero que lo recuerde.

La señorita Cejas le hizo comprender que no cogería la tarjeta hasta que él dejara de tocarla con sus dedos. Luego la cogió y le ordenó:

–Espere aquí, por favor. –Entró en el despacho. Volvió a salir unos dos minutos más tarde y se puso los auriculares de nuevo. Empezó a teclear sin siquiera mirarle, lo que habría podido causar que empezara a hervirle la sangre, si no hubiera sido porque había aprendido a aceptar el comportamiento de las mujeres blancas como lo que en realidad era: obvio e ignorante a más no poder.

Así pues, se dedicó a examinar las fotografías que colgaban de las paredes –viejas fotografías en blanco y negro de rostros de mujer que le hicieron pensar en la época en la que el imperio Británico se extendía por el mundo entero– y, cuando hubo acabado de examinarlas, cogió un ejemplar del *Ms.* de América y se puso a leer con atención un artículo sobre las alternativas a la histerectomía. Parecía haber sido escrito por una mujer que tenía un orgullo del tamaño de un canto rodado de Blidworth[1].

No se sentó, y cuando la señorita Cejas le dijo: «Tardará un buen rato, agente, ya que ha venido sin cita concertada», él le respondió: «Los asesinatos son así, ¿verdad? Nunca avisan con antelación». –Apoyó el hombro en el claro papel a rayas y le dio una palmadita con la mano, a la vez que decía:

–Es muy bonito. ¿Cómo se llama este diseño?

Vio cómo la recepcionista observaba el trozo de pared que ha-

1. Población situada en Nottinghamshire, Reino Unido. Es conocida por tener una gran piedra de la época de los druidas al oeste de la iglesia de Santa María de la Purificación. *(N. de la T.)*

bía tocado, como si buscara manchas de grasa. No le respondió. Le hizo un amable gesto de asentimiento, abrió la revista bien abierta y apoyó la cabeza en la pared.

–Tenemos un sofá, agente –le informó la señorita Cejas.

–He estado sentado todo el día –le respondió. Luego añadió–: Sobre unos pilotes –y le dedicó una sonrisa como medida de precaución.

Pareció efectivo. Se puso en pie, se adentró en el despacho de nuevo y regresó un minuto más tarde. Llevaba una bandeja con los restos del té de la tarde, y le informó de que la abogada ya podía verle.

Nkata sonrió para sí mismo. Estaba seguro de que así era.

Harriet Lewis, vestida de negro tal y como había ido la noche anterior, permanecía de pie tras el escritorio cuando Nkata entró. Le dijo:

–Ya hemos mantenido nuestra conversación, agente Nkata. Creo que acabaré llamando a los de seguridad.

–¿De verdad cree que será necesario? –le preguntó Nkata–. ¿Una mujer como usted tiene miedo de enfrentarse a esto sola?

–Una mujer como yo –le imitó– no es ninguna estúpida. Me paso la vida diciéndoles a mis clientas que mantengan la boca cerrada en presencia de la policía. Sería muy estúpida si no siguiera mis propios consejos, ¿no cree?

–Todavía lo estaría más...

–Sería –le corrigió.

–Sería –repitió– si la acusaran de obstruir una investigación policial.

–Que yo sepa, aún no han acusado a nadie –replicó–. No tienen pruebas de nada.

–El día todavía no se ha acabado.

–No me amenace.

–Pues haga su llamada telefónica –le dijo Nkata. Miró a su alrededor y vio que en un extremo del despacho había una zona de diseño que constaba de tres sillones y de una mesa auxiliar. Se dirigió hacia allí poco a poco, se sentó y exclamó–: ¡Qué bien! ¡Qué agradable es descansar un poco después de ir todo el día de un lado a otro! –Hizo un gesto para señalar el teléfono–. Adelante. Tengo tiempo. Mi madre es una cocinera excelente y me guardará la cena caliente.

–¿De qué va todo esto, agente? Ya hemos hablado. No tengo nada que añadir a lo que ya le he contado.

–Veo que no tiene ninguna socia –apuntó–, a no ser que esté escondida debajo de la mesa.

–Nunca le he dicho que la tuviera. Debe de haber llegado a esa conclusión usted solo.

–Basándome en la mentira de Katja Wolff. Galveston Road, número cincuenta y cinco, señora Lewis. ¿Le gustaría especular conmigo sobre ese tema? En teoría, su socia vive allí, ¿no es verdad?

–Mi relación con mi cliente es confidencial.

–Muy bien. Entonces, una de sus clientas vive allí.

–Yo no he dicho eso.

Nkata se inclinó hacia delante, apoyó los codos en las rodillas y dijo:

–Entonces escuche lo que tengo que decirle. –Miró el reloj–. Hace setenta y siete minutos la coartada de Katja Wolff sobre el caso de atropellamiento y fuga de West Hampstead se vino abajo. ¿Lo ha entendido bien? Y al no tener coartada pasa a ser la sospechosa número uno. Según mi experiencia, la gente no suele mentir sobre su paradero en la noche en que se ha perpetrado un asesinato, a no ser que tenga una buena razón. En este caso, la única razón que se me ocurre es que estaba involucrada. La mujer que fue asesinada...

–Ya sé quién fue asesinada –le contestó con brusquedad.

–¿Lo sabe? Perfecto. Entonces también debe de saber que su clienta podría querer vengarse de esa mujer.

–Esa idea es ridícula. Si eso fuera verdad, sería completamente al revés.

–¿Qué quiere decir? ¿Que Katja Wolff quería que Eugenie Davies siguiera con vida? ¿Qué motivo podía tener, señora Lewis?

–Esa información es confidencial.

–Gracias. Entonces añada esto a su información confidencial: ayer por la noche se produjo un segundo caso de atropellamiento y fuga en Hammersmith. Éste se produjo alrededor de la medianoche. La víctima era el policía que metió a Katja entre rejas. No está muerto, pero su vida pende de un hilo. Y ya sabe qué piensa la policía de un sospechoso cuando se carga a uno de sus compañeros.

Esa información pareció hacer la primera abolladura en la armadura de tranquilidad de Harriet Lewis. Enderezó la columna ligeramente y declaró:

–Katja Wolff no tiene nada que ver con todo esto.

–Le pagan para que lo diga. Y para que lo crea. Y así mismo lo diría y creería su socia, en caso que tuviera una.

–¡No insista con eso! Tanto usted como yo sabemos que yo no soy responsable de que una clienta mía le haya pasado esa información errónea cuando yo no estoy presente.

–De acuerdo. Pero ahora sí que lo está. Y como ya tenemos claro que no tiene ninguna socia, quizá deberíamos pensar por qué me dijo que sí que la tenía.

–No tengo ni idea.

–¿De verdad? –Nkata sacó la libreta y el portaminas y empezó a dar golpecitos con el lápiz sobre la cubierta de piel para darle un poco más de énfasis–. Esto es lo que me parece: es la abogada de Katja Wolff, pero también es algo más, algo más suculento y que no tiene nada que ver con su trabajo. Bien...

–¡Es increíble!

–... si eso se llega a saber, señora Lewis, las cosas se pondrán muy feas para usted. Seguro que debe de tener algún código de ética, y no creo que ese código acepte que un abogado tenga relaciones amorosas con su cliente. De hecho, estoy empezando a pensar que ése es el motivo que la lleva a ocuparse de las criminales: se pone en contacto con ellas cuando están en su peor momento, y después es muy fácil llevárselas a la cama.

–¡Esto es intolerable!

Harriet Lewis salió por fin de detrás del escritorio. Atravesó el despacho a grandes pasos, se colocó tras uno de los sillones que había junto a la mesa auxiliar, asió el respaldo y le ordenó:

–¡Salga de esta oficina, agente!

–Podemos jugar a pensar en voz alta –le sugirió con tranquilidad mientras se recostaba en el sillón.

–La gente de su calaña ni siquiera saben hacerlo en silencio.

Nkata sonrió. Se concedió un punto a sí mismo, y le dijo:

–Sigamos hablando, de todos modos.

–No tengo ninguna intención de seguir hablando con usted. Ahora márchese. Si no lo hace, me encargaré personalmente de que las autoridades responsables de las quejas de la policía le llamen la atención.

–¿De qué se quejará? ¿Y qué cree que pensará la gente cuando se entere de que fue incapaz de enfrentarse a un único policía que vino a hablar con usted sobre una asesina? Y no una asesina cualquiera, señora Lewis. Una asesina de bebés que ha estado en la cárcel durante veinte años.

La abogada no respondió nada.

Nkata siguió presionándola, inclinando la cabeza en dirección al escritorio de Harriet Lewis.

–Por lo tanto, llame ahora mismo al Departamento de Quejas Policiales, acúseme de hostigamiento y presente todas las demandas que quiera. Y cuando la historia llegue hasta los periódicos, veremos quién sale perjudicado.

–Me está haciendo chantaje.

–Sólo le estoy relatando los hechos. Puede hacer lo que quiera con ellos. Lo que yo quiero es la verdad sobre Galveston Road. Si me la cuenta, me marcharé.

–¿Por qué no va allí usted mismo?

–Porque ya he ido una vez. No pienso volver sin municiones.

–Galveston Road no tiene nada que ver con...

–¿Señora Lewis? No me tome por estúpido. –Nkata señaló el teléfono–. ¿Piensa llamar al Departamento de Quejas? ¿Está dispuesta a presentar una demanda contra mí?

Harriet Lewis parecía considerar las alternativas mientras exhalaba aire. Rodeó el sillón y se sentó.

–La coartada de Katja Wolff vive en esa casa, agente Nkata. Es una mujer llamada Noreen McKay, y no está dispuesta a dar la cara por Katja. Ayer por la noche fuimos a hablar de eso con ella. No lo conseguimos. Y dudo mucho que usted lo consiga.

–¿Por qué? –le preguntó Nkata.

Harriet Lewis se alisó la falda. Pasó los dedos por un diminuto trozo de hilo que le colgaba del borde de un botón de la chaqueta.

–Supongo que usted lo tacharía de código ético –apuntó por fin.

–¿También es abogada?

Harriet Lewis se puso en pie y respondió:

–Para poder responder a esa pregunta, tendré que llamar a Katja y pedirle permiso.

Libby Neale se dirigió de inmediato a la nevera cuando regresó a casa desde South Kensington. Tenía un gran mono de alimentos blancos, y pensó que se merecía darse ese gusto. Guardaba una tarrina de Häagen-Dazs de vainilla en el congelador para emergencias de ese tipo. La sacó, encontró una cuchara después de revolver todo el cajón de cubiertos y abrió la tapa haciendo palanca. Se había tragado unas doce cucharadas antes de ser capaz de pensar.

Cuando por fin consiguió pensar, lo que pensó fue más blanco; por lo tanto, revolvió el cubo de basura que había debajo del fregadero de la cocina y encontró parte de la bolsa de palomitas con sabor a queso que había tirado el día anterior en un momento de aversión. Se sentó en el suelo y procedió a atiborrarse con los dos puñados de palomitas que quedaban en la bolsa. Cuando hubo acabado, cogió un paquete de tortitas de harina, que hacía tiempo que guardaba como un reto a sí misma para mantenerse alejada de los productos blancos. Se percató, sin embargo, de que ya no eran exactamente blancas, ya que sobre ellas crecían trozos de moho, como si fueran manchas de tinta sobre el lino. Pero el moho no era tan difícil de quitar, y si se tragaba un poco de forma accidental, tampoco le pasaría nada, ¿verdad? Sólo tenía que pensar en la penicilina.

Sacó un trozo de Wensleydale de su envoltorio y partió el suficiente para prepararse una quesadilla. Dejó caer los trozos de queso sobre la tortita, puso otra encima y metió toda esa mezcla en una sartén. Cuando el queso se hubo derretido y la tortita ya estaba dorada, apartó el festín del fuego, lo enrolló y se sentó de nuevo en el suelo de la cocina. Procedió a meterse la comida en la boca, como si fuera víctima del hambre.

Cuando se hubo zampado la quesadilla, permaneció en el suelo, con la cabeza apoyada en la puerta de un armario. Lo había necesitado, se dijo a sí misma. Las cosas se estaban poniendo muy raras, y cuando eso sucedía, uno tenía que mantener alto el azúcar de la sangre. Nunca se sabía cuándo tendría uno que pasar a la acción.

Gideon no la había acompañado hasta el coche desde el piso de su padre. Se había limitado a acompañarla hasta la puerta y a cerrarla tras ella. Mientras salían del estudio, le había preguntado:

–¿Estarás bien, Gid? Lo que quiero decir es que éste no es un sitio muy agradable para esperar. Escucha. ¿Por qué no te vienes a casa conmigo? Le podemos dejar una nota a tu padre, y cuando vuelva, puede llamarte y nosotros regresamos otra vez.

–Esperaré aquí –le había respondido. Y había abierto y cerrado la puerta sin siquiera mirarla una sola vez.

«¿Qué quería decir con eso de que quería esperar a su padre?», se preguntó. ¿Se iba a producir un ajuste de cuentas definitivo entre ellos? De hecho, hacía mucho tiempo que ese ajuste de cuentas había empezado entre padre e hijo.

Intentó imaginárselo, una confrontación provocada, por el motivo que fuera, por el descubrimiento de Gideon de que había tenido una segunda hermana de la que nunca había conocido la existencia. Cogería la tarjeta que le había mandado a Richard la madre de Virginia y la agitaría por delante de las narices de su padre. Le diría: «Cuéntame cosas de ella, desgraciado. Explícame por qué tampoco me permitiste tener noticias de ella».

Porque eso parecía haber sido lo que le había hecho enfadar cuando había leído la tarjeta: su padre le había negado la posibilidad de conocer a otra hermana mientras ésta aún estaba con vida.

«¿Y por qué? –pensó Libby–. ¿Por qué Richard había intentado aislar a Gid de esa hermana que había sobrevivido?» Tenía que ser por el mismo motivo por el que Richard hacía todo lo demás: para que Gideon se concentrara en el violín.

«No, no, no. No puedes tener amigos, Gideon. No puedes ir a fiestas. No puedes practicar deportes. No puedes ir a una escuela de verdad. Debes ensayar, tocar, actuar y ganar dinero. Pero si tienes otros intereses aparte del violín, nunca podrás hacerlo. Como una hermana, por ejemplo.»

«Dios», pensó Libby. Era una mierda de tío. Estaba arruinando la vida de Gideon.

«¿Cómo habría sido su vida si no se la hubiera pasado tocando el violín? –se preguntó–. Habría asistido a la escuela como un niño normal. Habría jugado a algo, como al fútbol, por ejemplo. Habría montado en bicicleta, se habría caído de los árboles, y quizá se habría roto un hueso o dos. Se habría reunido con sus amigos para irse a tomar cervezas por la noche, habría tenido citas y habría intentado montárselo con las chicas. Habría sido normal. No habría sido la persona que es ahora.»

Gideon se merecía todo lo que la otra gente tenía y daba por sentado, se dijo Libby a sí misma. Se merecía amigos. Se merecía amor. Se merecía una familia. Se merecía una vida. Pero no conseguiría nada de eso mientras Richard lo tuviera controlado y mientras nadie hiciera nada por cambiar la relación que Gideon tenía con su maldito padre.

Libby se estremeció y se dio cuenta de que la cabeza le zumbaba. Apoyó la cabeza en la puerta del armario para ver si así alcanzaba a ver la mesa de la cocina. Había dejado las llaves del coche de Gideon sobre la mesa cuando había entrado en la cocina a toda prisa después de admitir su derrota ante el deseo de alimentos blancos. Ahora le parecía que la posesión de esas llaves tenía un significado:

como si fueran una señal de Dios que indicara que ella había sido la elegida para adoptar una actitud firme.

Libby se puso en pie. Se acercó a las llaves en un estado de resolución absoluto. Las cogió de la mesa antes de cambiar de opinión. Salió del piso.

22

Yasmin Edwards mandó a Daniel al Centro de Militares del otro lado de la calle, con un pastel de chocolate en las manos. Estaba sorprendido, teniendo en cuenta cómo había reaccionado en el pasado ante el hecho de que hablara con hombres uniformados, pero exclamó «estupendo, mamá», le sonrió y partió de inmediato a hacerles esa visita que ella denominaba de agradecimiento. «Está bien que esos tipos te hayan ofrecido té de vez en cuando», le había dicho a su hijo, y si Daniel reconoció la contradicción en esa frase con respecto a la furia anterior de su madre al pensar que alguien pudiera compadecerse de su hijo, no lo mencionó.

Sola, Yasmin se sentó delante del televisor. Tenía el estofado de cordero en el fuego porque –mira que llegaba a ser estúpida– era incapaz de no hacer lo que antes había dicho que haría. También era tan incapaz de cambiar de opinión o de poner fin a un asunto como lo había sido cuando era la novia de Roger Edwards, su amante, su mujer, y después una presa en la cárcel de Holloway.

Ahora se preguntaba por qué, pero la respuesta residía en el vacío que sentía y en el resurgimiento de un temor que hacía tiempo que había enterrado. Le parecía que su vida entera había sido descrita y dominada por ese temor, un paralizante terror de algo que nunca había estado dispuesta a nombrar, y mucho menos a superar. Pero por mucho que hubiera intentado huir del coco, la había vuelto a acosar de nuevo.

Intentó no pensar. No quería reflexionar sobre el hecho de que había descubierto una vez más que no existía ningún santuario, por mucho que se hubiera empeñado en creer que así era.

Se odiaba a sí misma. Se odiaba a sí misma mucho más de lo que jamás hubiera odiado a Roger Edwards y más –mucho más– de lo que odiaba a Katja Wolff, que la había obligado a mirarse en el espejo y a mirarse con sinceridad durante un buen rato. No importaba que todos los besos, abrazos, actos amorosos y conversaciones se hubieran basado en una mentira que ella había sido incapaz de discernir. Lo que importaba era que ella, Yasmin Edwards, se había permitido formar parte de esa mentira. En consecuencia, sentía un gran odio hacia sí misma. Se sentía consumida por cientos de «debería haberme dado cuenta».

Cuando Katja entró, Yasmin miró el reloj. Llegaba a la hora correcta, pero claro, ¿cómo no lo iba a hacer?, porque si había una cosa que a Katja Wolff no le pasaba por alto era lo que sucedía en las mentes de los otros. Era una técnica de supervivencia que había aprendido entre rejas. Por lo tanto, el hecho de que Yasmin la hubiera ido a ver a la lavandería esa mañana le debía de haber dado mucha información sobre la situación en que se encontraba. En consecuencia, llegaría a la hora exacta de la cena y estaría preparada.

Sin embargo, Katja no sabía para qué debía estar preparada. Ésa era la única ventaja que tenía Yasmin. El resto de las ventajas eran todas de su amante, y la más importante era como un faro que hacía tiempo que brillaba, pero que Yasmin no había estado dispuesta a reconocer.

Resolución. Katja Wolff se había mantenido cuerda en la cárcel porque siempre había tenido un objetivo. Era una mujer con planes, y siempre había sido de esa manera. «Debes saber lo que quieres y en quién te quieres convertir cuando salgas de aquí –le había dicho a Yasmin una y otra vez–. No permitas que lo que te han hecho se convierta en su triunfo. Eso sucederá si te das por vencida.» Yasmin había aprendido a admirar a Katja Wolff por esa terca obstinación en convertirse en lo que siempre había querido convertirse a pesar de su situación. Y después había aprendido a amar a Katja Wolff por las sólidas bases de futuro que representaba para las dos, por mucho que estuvieran encerradas entre los muros de la cárcel.

–Tienes que pasar veinte años aquí dentro. ¿Crees que vas a salir y que vas a empezar a diseñar ropa cuando tengas cuarenta y cinco años? –le había dicho.

–Tendré una vida –le había asegurado Katja–. Triunfaré, Yas. Tendré una vida.

Esa vida tenía que empezar en alguna parte cuando Katja cumplió condena, consiguió la libertad condicional, demostró su valía y se incorporó de nuevo en sociedad. Necesitaba un lugar en el que pudiera pasar inadvertida para poder empezar a construir su mundo de nuevo. No quería que la atención pública recayera otra vez sobre ella. Si no conseguía adaptarse con facilidad al mundo, no sería capaz de conseguir su sueño. Con todo, resultaría muy difícil: establecerse en el competitivo mundo de la moda, cuando todo lo que era, en el mejor de los casos, era una buena estudiante del sistema jurídico criminal.

Tan pronto como se estableció en Kennington con Yasmin, ésta comprendió que Katja tendría que pasar por un período de adaptación antes de que pudiera empezar a hacer realidad los sueños de los que le había hablado. Por lo tanto, le había dado tiempo para que se acostumbrara a la libertad, y no cuestionó el hecho de que los objetivos de los que Katja hablaba dentro de la cárcel no se vieran reflejados en acciones una vez que ya estaba fuera. La gente era diferente, se dijo a sí misma. No quería decir nada que ella –Yasmin– hubiera empezado a construir su nueva vida con tesón y perseverancia tan pronto como hubo salido de la cárcel. Ella, después de todo, tenía un hijo del que ocuparse y una amante cuya llegada hacía años que esperaba. Tenía más incentivos para poner su mundo en orden: para que Daniel, y después Katja, se encontraran con el hogar que ambos se merecían.

Pero ahora se daba cuenta de que las palabras de Katja habían sido sólo eso: palabras. Katja no tenía ninguna intención de abrirse un lugar en el mundo porque no le hacía ninguna falta. Hacía mucho tiempo que su lugar en el mundo había sido reservado.

Yasmin no se movió del sofá cuando Katja se quitó el abrigo y exclamó:

–*Mein Gott!* ¡Estoy agotada! –Y después, al verla–: ¿Qué haces a oscuras, Yas?

Cruzó la sala y encendió la lámpara de la mesita, y se fue derechita, como siempre hacía, a los cigarrillos que la señora Crushley nunca le dejaba fumar cerca de la lavandería. Lo encendió con una caja de cerillas que se sacó del bolsillo y que dejó en la mesita junto al paquete de Dunhills del que había cogido el cigarrillo. Yasmin se inclinó hacia delante y cogió la caja de cerillas. BAR RESTAURANTE FRÈRE JACQUES eran las palabras que había impresas.

–¿Dónde está Daniel? –le preguntó a medida que echaba un vistazo al piso. Entró en la cocina y se debió de percatar de que la mesa sólo estaba puesta para dos, ya que lo siguiente que le preguntó fue–: ¿Ha ido a cenar a casa de algún amigo, Yas?

–No –contestó Yasmin–. Volverá pronto. –La había puesto así para asegurarse de que no iba a ceder a la cobardía en el último momento.

–Entonces, ¿por qué has puesto la mesa...? –Se detuvo. Era una mujer que tenía la disciplina de no traicionarse a sí misma, y Yasmin se dio cuenta de que estaba usando esa disciplina en ese momento, silenciando su propia pregunta.

Yasmin sonrió con amargura. «De acuerdo –le dijo a su amante en silencio–. No imaginabas que la muñequita iba a abrir los ojos, ¿verdad, Kat? Y tampoco esperabas que si los abría, o ya los tenía abiertos, que hiciera ningún movimiento, el primer movimiento, que ella, sola y asustada, se pusiera en esa situación, ¿verdad, Kat? Porque tuviste cinco años para pensar cómo meterte en su piel y hacerle creer que tenía un futuro contigo. Porque incluso entonces sabías que si alguien le empezaba a hacer ver a esa pobre tonta que tenía alguna posibilidad, aunque no pudiera salir bien, ella se entregaría a esa vaca estúpida y haría cualquier cosa por hacerla feliz. Y eso era lo que necesitabas, ¿no es verdad, Kat? Eso era con lo que contabas.»

–He estado en el número cincuenta y cinco –le informó.

Katja, con cautela, le preguntó:

–¿Dónde? –Y ese acento alemán apareció de nuevo en su voz, ese rasgo diferenciador que antes le había parecido tan encantador.

–En el número cincuenta y cinco de Galveston Road. Wandsworth. Sur de Londres –contestó Yasmin.

Katja no respondió, pero Yasmin se dio cuenta de que estaba pensando, a pesar del rostro inexpresivo que había aprendido a poner cuando alguien la miraba en la cárcel. Su expresión decía: «No estoy pensando nada», pero sus ojos estaban demasiado pendientes de los de Yasmin.

Por primera vez, Yasmin se percató de que Katja iba sucia: tenía la cara grasienta y mechones de pelo rubio pegados a la cabeza. «Esta noche no ha ido a su casa –pensó sin alterarse–. Supongo que ha decidido ducharse aquí.»

Katja se le acercó. Aspiró con fuerza el cigarrillo, y Yasmin se dio cuenta de que seguía pensando. Pensaba que podría ser un truco para hacerle admitir algo que quizá Yasmin sólo imaginara.

–Yas –le dijo mientras alargaba la mano y le acariciaba la hilera de trenzas que se había apartado de la cara y que se había atado tras la nuca con un pañuelo. Yasmin se apartó con brusquedad.

–Supongo que esta noche no te hacía falta ducharte allí –espetó Yasmin–. Esta noche no tienes el rostro impregnado de flujos femeninos, ¿no es verdad?

–Yasmin, ¿de qué estás hablando?

–Estoy hablando del número cincuenta y cinco, Katja, de Galveston Road. Estoy hablando de lo que haces cuando vas allí.

–Voy allí para reunirme con mi abogada –replicó Yasmin–. Ya me has oído cómo se lo decía a ese detective esta misma mañana. ¿Crees que miento? ¿Qué razón podía tener para hacerlo? Si deseas llamar a Harriet y preguntarle si ella y yo fuimos juntas...

–He ido hasta allí –le anunció Yasmin con decisión–. He ido hasta allí, Katja. ¿Me estás escuchando?

–¿Y bien? –le preguntó Katja.

«Todavía tan tranquila –pensó Yasmin–, tan segura de sí misma o, como mínimo, tan capaz de parecerlo.» ¿Y por qué? Porque sabía que no había nadie en casa durante el día. Porque creía que cualquier persona que llamara al timbre no podría averiguar quién vivía dentro. O tal vez sólo estuviera haciendo tiempo para pensar cómo iba a explicárselo todo.

–No había nadie en casa –dijo Yasmin.

–Ya veo.

–Por lo tanto, fui a casa de una vecina y le pregunté quién vivía allí. –Sentía cómo la traición se ensanchaba en su interior, como si fuera un globo demasiado hinchado que le subía hasta la garganta. Se esforzó por decir–: Noreen McKay.

Esperó a oír la respuesta de su amante. «¿Qué será? –pensó–. ¿Una excusa? ¿Un malentendido? ¿Un intento de darle una explicación razonable?»

–Yas –dijo Katja. Después murmuró–: ¡Maldita sea!

Esa expresión le pareció tan extraña viniendo de ella que Yasmin, aunque sólo fuera por un momento, sintió que hablaba con una persona totalmente diferente de la Katja Wolff que había amado durante los últimos tres años de cárcel y los otros cinco que los habían seguido.

–No sé qué decir –dijo entre suspiros.

Rodeó la mesilla y se sentó junto a Yasmin en el sofá. Yasmin se apartó al ver que se le acercaba. Katja se levantó.

–He empaquetado tus cosas –le informó Yasmin–. Están en el dormitorio. No quería que Daniel viera... Se lo contaré mañana. De todas maneras, ya está acostumbrado a no verte en casa algunas noches.

–Yas, no siempre fue...

Yasmin podía darse cuenta de que estaba subiendo el tono de voz mientras le decía:

–Tienes ropa sucia. Te la he puesto en una bolsa de plástico de Sainsbury's. Puedes lavarla mañana, o pedir que alguien te deje usar la lavadora esta noche, o ir a una lavandería o...

–Yasmin, debes oírme. No siempre estuvimos... Noreen y yo no siempre estuvimos juntas, tal y como crees. Es algo que... –Katja se le acercó de nuevo. Le puso la mano sobre el muslo, y Yasmin sintió cómo el cuerpo se le ponía rígido, cómo tensaba los músculos, cómo se le endurecían las articulaciones, cómo le hacía recordar, cómo todo le volvía a la memoria, cómo la lanzaba al pasado, donde los rostros pendían sobre ella...

Se puso en pie de un salto. Se tapó las orejas. Luego gritó:

–¡Basta ya! ¡Ojalá ardas en el infierno!

Katja alargó la mano pero no se levantó del sofá. Se limitó a decir:

–Yasmin, escúchame. Es algo que no puedo explicar. Es algo que llevo dentro y que siempre he llevado. No me lo puedo sacar. Lo intento. Se desvanece. Pero luego aparece de nuevo. Contigo, Yasmin, debes escucharme. Contigo, pensé... esperé que...

–Me has utilizado –replicó Yasmin–. Ni has pensado ni has esperado nada. Me has utilizado, Katja. Lo que pensaste es que si las cosas parecían ir bien con ella, entonces tendría que dar un paso y decir quién era. Pero no lo hizo cuando estabas dentro. Ni tampoco lo hizo cuando saliste. Pero seguiste pensando que lo haría y, por lo tanto, te viniste a vivir conmigo para forzarla. Sólo que las cosas no han salido como tú esperabas, a no ser que sepa lo que estás tramando y con quién, ¿no es verdad? Y seguro que las cosas no funcionarán si no le das a probar de vez en cuando lo que se está perdiendo.

–No es verdad.

–¿Me estás diciendo que no lo habéis hecho? ¿Que no has estado con ella desde que saliste de la cárcel? ¿Que no has ido a su casa después del trabajo, después de cenar, incluso después de haber estado conmigo cuando me decías que no podías dormir y que necesitabas salir un rato para estirar las piernas, porque sabías que yo dormiría hasta la mañana siguiente? Ahora me doy cuenta de todo, Katja. Quiero que te marches.

–Yas, no tengo ningún sitio adonde ir.

Yasmin se rió y añadió:

–Seguro que lo podrás arreglar con una llamada telefónica.

–Por favor, Yasmin. Ven. Siéntate. Déjame que te cuente qué ha sucedido.

–Lo que ha sucedido es que te he estado esperando. Al principio no me di cuenta. Creía que estabas intentando adaptarte al mundo. Creía que te estabas preparando para crearte una vida para ti misma, para ti, para mí y para Dan, Katja, pero en realidad la estabas esperando a ella. Siempre la estabas esperando. Estabas esperando para convertirte en parte de su vida, y cuando lo hubieras conseguido, todos los aspectos de tu vida se habrían solucionado.

–Las cosas no han ido así.

–¿No? ¿De verdad? ¿Has hecho algo por ti misma desde que has salido? ¿Has llamado a las escuelas de diseño? ¿Has hablado con alguien? ¿Has ido a alguna de esas tiendas de Knightsbridge para ofrecerte como aprendiz?

–No, no lo he hecho.

–Y las dos sabemos por qué. No te hace falta crearte una nueva vida si ella lo hace por ti.

–Ése no es el caso. –Katja se levantó del sofá, apagó el cigarrillo en el cenicero y derramó ceniza encima de la mesa, donde se quedó como si fueran los restos de un sueño incumplido–. No he dejado de crear mi propia vida. Cierto, es una vida diferente de la que me había imaginado. Cierto, es una vida diferente de la que te hablaba dentro de la cárcel. Pero tú me ayudas tanto como Noreen a crearme esa vida. Pero me la hago yo misma. Y eso es lo que he estado haciendo desde que me soltaron. Eso es precisamente lo que Harriet me está ayudando a hacer. Ésa es la razón por la que no me volví loca durante los veinte años que pasé en la cárcel. Porque sabía, *sabía,* quién me esperaría cuando saliera.

–¿Ella? –le preguntó Yasmin–. Te ha esperado, ¿verdad? Pues vete con ella. Márchate.

–No. Debes comprenderlo. Haré que...

«Haré, haré, haré...» Demasiada gente había *hecho* cosas por ella. Yasmin se llevó las manos a la cabeza.

–Yasmin, he hecho tres cosas malas en toda mi vida. Amenacé a Hannes con denunciarlo a las autoridades si no me sacaba de allí.

–Eso es agua pasada.

–Es mucho más que eso. Escucha. Lo que le hice a Hannes fue mi primera mala acción. Pero tampoco hablé cuando debería haberlo hecho. Ésa es la segunda. Y luego, una vez, sólo una vez, Yas, pero una vez fue más que suficiente, escuché cuando debería haberme tapado los oídos. Y ya he pagado por todo ello. Lo he pagado durante veinte años. Porque me engañaron. Y ha llegado el momento de que los otros paguen por ello. Eso es de lo que me he estado ocupando.

–¡No! ¡No quiero oírlo!

Asustada, Yasmin se marchó al dormitorio, donde había empaquetado el pequeño armario de ropa estridente de segunda mano de Katja, toda esa ropa que definía quién era Katja, una mujer que nunca llevaría negro en una ciudad en la que el negro estaba por todas partes, la había empaquetado en una bolsa de lona que había comprado con ese propósito, gastándose su propio dinero como si con ello quisiera pagar por todos los errores que había cometido al confiar en ella. No quería oírla, pero era algo más que eso: sabía que no podía permitírselo. Oír lo que Katja tenía que decirle pondría su vida en peligro, pondría su futuro con Daniel en peligro, y no estaba dispuesta a hacerlo.

Asió la bolsa de lona y la lanzó a la sala de estar. Siguió con la bolsa de Sainsbury's de ropa sucia y con la caja de cartón que contenía los artículos de tocador y otros objetos que Katja había traído cuando se había instalado en su casa. Gritó:

–Se lo he contado, Katja. Lo sabe. ¿Lo has entendido? Se lo he contado. Se lo he contado.

–¿A quién? –le preguntó.

–Ya sabes a quién. A él. –Yasmin se pasó los dedos por la mejilla para indicar la cicatriz que marcaba el rostro del detective negro–. Esa noche no te encontrabas aquí mirando la tele, y él lo sabe.

–Pero es... son... todos ellos... Yas, sabes que son el enemigo. Lo que te hicieron cuando te defendiste de Roger... ¿Recuerdas lo que te hicieron pasar? ¿Cómo has podido confiar en...?

–Eso era con lo que contabas, ¿no es verdad? La buena de Yas nunca más confiará en un policía, al margen de lo que éste le diga, al margen de lo que yo haga. Por lo tanto, me estableceré con la buena de Yas y ella me protegerá cuando vengan a por mí. Ella me seguirá la corriente, tal y como hizo dentro. Pero se ha acabado, Katja. Fuera lo que fuese, y no me importa. Se ha terminado.

Katja observó las bolsas y dijo con tranquilidad:

–Estamos a punto de acabar nuestra relación después de...

Yasmin cerró la puerta del dormitorio de golpe para no oír sus palabras y para protegerse a sí misma de otros peligros. Y después, finalmente, empezó a llorar. A pesar de las lágrimas, podía oír el ruido que Katja hacía al recoger sus pertenencias. Cuando la puerta del piso se abrió y se cerró un momento después, Yasmin Edwards supo que su amante se había ido.

–Por lo tanto, no se trata del niño –le precisó Havers a Lynley mientras le ponía al corriente de su segunda visita al convento de la Inmaculada Concepción–. A propósito, se llama Jeremy Watts. La monja siempre ha sabido dónde se encontraba: Katja Wolff siempre ha sabido que ella lo sabía. Han pasado veinte años y nunca le ha preguntado por él. Han pasado veinte años y no ha ido a hablar con sor Cecilia ni una sola vez. Por lo tanto, no se trata del niño.

–Hay algo que no me parece normal –replicó Lynley meditativo.

–Hay muchas cosas en ella que tampoco me parecen normales –contestó Havers–. Y en todos ellos. Quiero decir, ¿qué pasa con Richard Davies, inspector? Bien. De acuerdo. Virginia era deficiente. Estaba disgustado por ello. ¿Quién no lo estaría? Pero no volver a verla nunca más... y dejar que su padre impusiera... Y, de todos modos, ¿por qué él y Lynn vivían con su padre? Cierto, el edificio en el que vivían en Kensington era impresionante, y quizá Richard sea un tipo al que le guste impresionar. Y tal vez mamá y papá habrían perdido la fortuna ancestral o algo así si Richard no se hubiera quedado a vivir allí y hubiera contribuido con los gastos, pero aun así...

–La relación entre padres e hijos siempre es complicada –apuntó Lynley.

–¿Más que la que hay entre madres e hijas?

–Evidentemente. Porque hay muchas más cosas que quedan por decir.

Se encontraban en una cafetería de Hampstead High Street, no muy lejos de la comisaría de Downshire Hill. Habían acordado encontrarse allí, ya que Havers había llamado a Lynley al móvil mientras éste salía de Stamford Brook. Le contó por teléfono lo del ataque al corazón de Webberly, y ella maldijo con fervor y le preguntó si podía hacer algo. Su respuesta fue la misma que Randie le había dado cuando había llamado a la casa, poco antes de que Lynley se marchara, para informar a su madre de las últimas novedades del hospital: no podían hacer nada, a excepción de rezar; los médicos ya se ocupaban de él.

–¿Qué demonios quiere decir eso de «ocuparse» de él? –le preguntó ella.

Lynley no respondió porque le parecía que «ocuparse del progreso del paciente» era un eufemismo médico que usaban hasta que se produjera el momento oportuno para desenchufarle. Ahora, sentados a la mesa con un café solo sin azúcar (el suyo), y un café cargado de leche y azúcar, por no decir nada del *pain au chocolat* (ambos de Havers), Lynley se sacó el pañuelo del bolsillo, lo extendió sobre la mesa y mostró los contenidos.

–Quizá tengamos que analizar esto –le dijo mientras señalaba los trozos de cristal que había encontrado en un borde de la acera de Crediton Hill.

Havers los examinó y le preguntó:

–¿Son de algún faro?

–No lo creo, teniendo en cuenta que los encontré debajo de un seto.

–Quizá no tengan ninguna importancia, señor.

–Ya lo sé –respondió Lynley con pesimismo.

–¿Dónde está Winnie? ¿Qué ha conseguido averiguar, inspector?

–Le está siguiendo la pista a Katja Wolff. –Lynley le puso al corriente de lo que Nkata le había contado con anterioridad.

–¿Se inclina por Wolff? –le preguntó–. Porque, tal y como ya te he dicho...

–Ya lo sé. Si es nuestra asesina, no lo es a causa de su hijo. ¿Qué motivo podía tener?

–¿Venganza? ¿Podrían haber falsificado pruebas para inculparla, inspector?

–¿Te estás refiriendo también a Webberly? ¡Santo Cielo! Me gustaría pensar que no.

–Pero como él estaba involucrado con Eugenie Davies... –Havers se había llevado el café a los labios, pero en vez de bebérselo, se le quedó mirando–. No he querido decir que lo hiciera deliberadamente, señor. Pero si estaba involucrado, podría no haberse dado cuenta, podría haberle... bien, hecho creer... ¿Sabe a lo que me refiero?

–Eso supondría que alguien también le hizo creer eso a la Fiscalía General del Estado, al jurado y al juez –apuntó Lynley.

–Ha sucedido antes –replicó Havers–. Más de una vez. Y tú lo sabes.

–De acuerdo. Lo acepto. Pero ¿por qué se negó a hablar? Si las pruebas no eran verdaderas, si el testimonio era falso, ¿por qué se negó a hablar?

–Ésa es la cuestión –suspiró Havers–. Siempre volvemos a lo mismo.

–Así es. –Lynley sacó un lápiz del bolsillo de la chaqueta. Con él, movió los trozos de cristal hasta el centro del pañuelo–. Son demasiado delgados para ser de un faro. Si los faros estuvieran hechos de este material, se romperían en mil pedazos con la primera piedra que chocara contra ellos, en la autopista, por ejemplo.

–¿Cristales rotos debajo de un seto? Podrían ser de una botella. Alguien que saliera de una fiesta con una botella de vino peleón bajo el brazo. Se ha tomado unas cuantas copas y se tambalea. La botella se cae, se rompe, y él aparta los cristales a un lado.

–Pero no hay ninguno curvilíneo, Havers. Fíjate en los trozos más grandes. Son todos rectos.

–De acuerdo. Son rectos, pero si crees que vas a poder relacionar esos cristales con alguno de nuestros sospechosos principales, creo que será mucho esfuerzo para nada.

Lynley sabía que ella tenía razón. Volvió a juntar los trozos en el pañuelo, se lo metió en el bolsillo y puso una expresión de tristeza. Sus dedos jugaban con el borde de la taza de café mientras observaba el poso que dejaba. Por su parte, Havers se acabó su *pain au chocolat* y, como resultado, los labios se le quedaron llenos de migas.

–Te estás destrozando las arterias, agente –le advirtió.

–Y ahora voy a por los pulmones. –Se limpió la boca con una servilleta de papel y sacó el paquete de Players. Antes de que Lynley pudiera protestar, exclamó–: Me lo merezco. Ha sido un día muy largo. Echaré el humo hacia el otro lado, ¿de acuerdo?

Lynley estaba demasiado desanimado para discutir. El estado de Webberly ocupaba su mente, aunque aún le preocupaba un poco más el hecho de que Frances hubiera sabido que su marido tenía un romance. Se esforzó por apartar esos pensamientos de su mente, y sugirió:

–De acuerdo. Revisémoslo todo de nuevo. ¿Notas?

Havers exhaló una bocanada de humo con impaciencia y replicó:

–Ya lo hemos hecho, inspector. No hay nada.

–Debe de haber algo –protestó Lynley mientras se ponía las gafas–. Las notas, Havers.

Se quejó pero las sacó del bolso. Lynley extrajo las suyas del bolsillo de la chaqueta. Empezaron con las personas cuyas coartadas no podían ser confirmadas.

Ian Staines fue la primera sugerencia de Lynley. Estaba desesperado por obtener dinero, y su hermana le había prometido que se lo pediría a su propio hijo. Pero Eugenie no había cumplido su promesa y lo había dejado en un aprieto.

–Parece que está a punto de perder la casa –le informó Lynley–. Tuvieron una discusión el mismo día del asesinato. Podría haberla seguido hasta Londres. No llegó a casa hasta después de la una.

–Pero no tiene el coche que buscamos –repuso Havers–. A no ser que tuviera otro vehículo en Henley.

–Lo que no es tan difícil –apuntó Lynley–. Podría haberlo aparcado allí por si acaso. Hay algunas personas que pueden permitirse el lujo de tener dos coches, Havers.

Prosiguieron con el tipo de los mil nombres: J. W. Pitchley, el principal sospechoso para Havers en ese momento.

–¿Qué demonios hacía su dirección apuntada entre las pertenencias de Eugenie? ¿Por qué iba a verle? Staines nos dijo que Eugenie le había comunicado que había surgido algo inesperado. ¿No estaría haciendo referencia a Pitchley?

–Es posible, pero no podemos establecer ninguna relación entre esos los dos. Ni telefónica, ni por Internet...

–¿Por correo ordinario?

–¿Cómo lo localizó?

–Pues del mismo modo que yo, inspector. Si se imaginaba que había cambiado de identidad una vez, ¿por qué no podía haberlo hecho otras veces?

–De acuerdo. Pero ¿qué interés podía tener Eugenie en verlo?

Havers, que consideró las posibilidades del caso desde otro punto de vista, dijo:

–Quizás él quisiera ver a Eugenie después de que ésta lo hubiera localizado. Y ella se puso en contacto con él porque... –Havers consideró las posibles razones y prosiguió– ... Katja Wolff acababa de salir de la cárcel. Si todos ellos habían falsificado las pruebas para inculparla, tendrían que hablar del plan a seguir cuando Katja saliera de la cárcel, ¿no es verdad? Y decidir lo que tenían que hacer si se presentaba en su casa.

–Pero volvemos a lo mismo, Havers. Una casa llena de gente inculpa a una persona que ni siquiera pronuncia una sola palabra en su defensa. ¿Por qué?

–Quizá tuviera miedo de lo que le podían hacer. El abuelo parecía un hombre terrible. Tal vez la amenazara de alguna manera, diciéndole: «Si no nos sigues el juego, le diremos al mundo entero que...». –Havers lo pensó dos veces y descartó su propia idea–. ¿Qué? ¿Que estaba embarazada? No. ¿A quién podía importarle? Al fin y al cabo, se acabó sabiendo.

Lynley extendió la mano para indicarle que no descartara del todo esa posibilidad. Le dijo:

–Es posible que no vayas tan desencaminada, Barbara. Podría haberle dicho: «Si no nos sigues el juego, diremos quién es el padre de la criatura».

–Tampoco le habría importado.

–A los demás, quizá no –asintió–, pero a Eugenie Davies es posible que sí.

–¿Estás pensando en Richard?

–No sería la primera vez que el dueño de la casa se lía con la niñera.

–¿Qué quieres decir exactamente? –le preguntó–. ¿Que Davies fue el que atropelló a Eugenie?

–Móvil y coartada –apuntó Lynley–. No tiene lo primero aunque sí que tiene lo segundo. Claro que también podríamos decir lo mismo de Robson, pero a la inversa.

–Pero ¿dónde encaja Webberly en todo esto? De hecho, no encaja en ninguna parte.

–Sólo encaja con Wolff. Y eso nos lleva de nuevo al crimen original: el asesinato de Sonia Davies. Y eso nos vuelve a llevar al grupo inicial que se vio involucrado en la investigación posterior.

–Quizás alguien esté intentando hacer que parezca algo que guarde relación con esa época. Porque es cierto que existe una conexión más profunda. ¿La historia de amor entre Webberly y Eugenie Davies? Y eso nos lleva a Richard, ¿no? A Richard o a Frances Webberly.

Lynley no quería pensar en Frances. Por lo tanto, respondió:

–O a Gideon, que podía considerar que Webberly había sido el responsable de que sus padres se separaran.

–Eso no se aguanta por ningún lado.

–Pero a ese hombre le pasa algo, Havers. Si lo vieras, lo comprenderías. Además, la única coartada que tiene es que estaba solo en casa.

–¿Dónde estaba su padre?

Lynley, refiriéndose de nuevo a sus notas, contestó:

–Con su prometida. Ella lo ha confirmado.

–Pero tendría muchos más motivos que Gideon si la relación entre Webberly y Eugenie se encontrara detrás de todo esto.

–¡Humm! Entiendo lo que quieres decir. Pero si suponemos que quería librarse de su mujer y de Webberly, ¿por qué ha esperado todos estos años?

–Tenía que esperarse hasta que Katja Wolff saliera de la cárcel. Sabía que las sospechas recaerían sobre ella.

–Pero eso implicaría esperar demasiado tiempo.

–¿Y si se ha producido algún agravio más reciente?

–¿Un agravio más...? ¿Me estás intentando decir que se enamoró de ella por segunda vez? –Lynley pensó en la pregunta–. De acuerdo. Creo que es muy poco probable, pero imaginemos que así fue. Consideremos la posibilidad de que se había vuelto a enamorar de su ex mujer. Empecemos por el hecho de que estaban divorciados.

–Él estaba destrozado porque ella lo había abandonado –añadió Havers.

–Bien. Veamos, Gideon tiene problemas con el violín. Su madre lo lee en los periódicos o se entera a través de Robson. Se pone en contacto con Davies.

–Hablan a menudo. Empiezan a recordar. Richard piensa que podrían intentarlo de nuevo, y está dispuesto a...

–Eso sólo sería posible, claro está, si pasáramos por alto la existencia de Jill Foster –remarcó Lynley.

–Espera, inspector. Richard y Eugenie hablan de Gideon. Hablan sobre los viejos tiempos, sobre su matrimonio, sobre lo que sea. Vuelve a sentir todo lo que había sentido con anterioridad. Cuando Richard está a punto, como si fuera una patata lista para ir al horno, se entera de que Eugenie ya tiene a otro en la cola: Wiley.

–Wiley, no –replicó Lynley–. Es demasiado mayor. Davies no le consideraría un rival. Además, Wiley nos explicó que ella deseaba contarle algo. No le había dicho nada más, pero se había negado a explicárselo tres noches antes...

–Porque tenía que ir a Londres –añadió Havers–. A Crediton Hill.

–A casa de Pitchley-Pitchford-Pytches –precisó Lynley–. El final siempre vuelve al principio, ¿no es verdad? –Encontró una referencia en sus notas que siempre había estado allí, pero que estaba esperando a ser interpretada correctamente–. Un momento Havers, cuando saqué a colación la idea de que había otro hombre, Davies pensó en él de inmediato. De hecho, se acordó del nombre. Sin dudarlo por un instante. Tengo Pytches aquí apuntado en mis notas.

–¿Pytches? –preguntó Havers–. No es Pytches, inspector. No puede...

Sonó el móvil de Lynley. Lo cogió de encima de la mesa y alzó un dedo para indicarle a Havers que no continuara. Sin embargo, se moría de ganas de hacerlo. Había apagado el cigarrillo con impaciencia y le había preguntado:

–¿Qué día fuiste a hablar con Davies, inspector?

Lynley le hizo un gesto para que se callara, apretó la tecla del móvil y, mientras apartaba el humo de Havers, respondió:

–Aquí Lynley.

El que le llamaba era el comisario Leach.

–Tenemos otra víctima –le anunció.

Winston Nkata leyó el cartel –PRISIÓN DE HOLLOWAY– y reflexionó sobre el hecho de que si su vida hubiera seguido un rumbo ligeramente diferente, de que si su madre no hubiera tenido un susto de muerte al ver a su hijo en una sala de urgencias con treinta y cuatro puntos para cerrar una herida muy fea en el rostro, podría haber acabado en un sitio como aquél. No en ese preciso lugar, claro está, ya que eso era una cárcel de mujeres, pero en un lugar muy parecido. En la cárcel de Scrubs, tal vez, en la de Dartmoor o en la de Ville. Habría acabado cumpliendo condena allí dentro porque era incapaz de controlar su vida en el exterior.

No obstante, su madre se había desmayado. Había murmurado: «¡Hijo mío!», y se había caído al suelo como si sus piernas se hubieran convertido en gelatina. Y al verla allí con el turbante torcido –viendo así lo que nunca antes había visto; es decir, que el pelo se le estaba volviendo blanco– hizo que la aceptara por fin, no como la fuerza indomable que pensaba que era, sino como una mujer de verdad, una mujer que lo amaba y que confiaba en él para poder sentirse orgullosa de haber dado a luz. Y así acabó todo.

Pero si ese momento no hubiera ocurrido, si lo hubiera ido a recoger su padre, lanzándolo a la parte trasera del coche para demostrarle el gran castigo que iba a recibir, el resultado habría sido bastante diferente. Habría sentido la necesidad de demostrar que no le importaba haberse convertido en el beneficiario de la indignación de su padre. Y podría haber sentido la necesidad de demostrarlo levantando las armas, junto con los Brixton Warriors, contra la advenediza banda de Longborough Bloods para asegurarse un trozo de tierra llamado Windmill Gardens y convertirlo en parte de su territorio. Pero ese momento había ocurrido, y el curso de su vida había cambiado, llevándole a la situación en la que ahora se encontraba: contemplando la prisión de Holloway, esa mole de ladrillos y sin ventanas en la que Katja Wolff había conocido no sólo a Yasmin Edwards, sino también a Noreen McKay.

Aparcó el coche al otro lado de la calle, delante de un pub, con las ventanas cubiertas con trozos de madera, que parecía sacado de una calle de Belfast. Se comió una naranja, examinó la entrada de la prisión y reflexionó sobre lo que significaba lo que había averiguado. Especialmente, pensó en lo que implicaba que la mujer alemana viviera con Yasmin Edwards mientras se entendía con otra, tal y como había sospechado al ver esas sombras que se abrazaban tras las cortinas del número cincuenta y cinco de Galveston Road.

Cuando se acabó la naranja, cruzó la calle en el momento en que el denso tráfico de Parkhurst Road se encontraba parado en el semáforo. Se acercó a la recepción, extrajo su placa y se la mostró a la funcionaria que había tras el mostrador.

–¿Le espera la señorita McKay?

–Es un asunto oficial –le respondió–. No le sorprenderá saber que estoy aquí.

La recepcionista le sugirió que se sentase, ya que tenía que hacer una llamada. Ya era tarde, y no sabía si la señorita McKay podría verle...

–¡Ah! Realmente espero que pueda verme –respondió Nkata. No se sentó, sino que se dirigió hacia la ventana, desde donde contempló más muros de ladrillo. Mientras observaba cómo el tráfico avanzaba por la calle, la barrera se levantó para dar paso a un furgón de la cárcel; no cabía duda de que debía devolver a una presa que había sido juzgada en el Tribunal Central de lo Criminal de Londres. Así habría entrado y salido Katja Wolff durante los muchos días que duró su juicio. Habría estado acompañada a diario por la funcionaria de prisiones, que habría permanecido junto a ella, en el mismísimo banquillo de los acusados. Esa funcionaria la habría llevado y traído del tribunal a la celda, le habría preparado el té, la habría acompañado a comer, y por la noche la habría llevado de vuelta a Holloway. Una funcionaria y una presa solas, durante la época más difícil de la presa.

—¿Agente Nkata?

Nkata se dio la vuelta y vio que la recepcionista sostenía el auricular del teléfono. Lo cogió, pronunció su nombre y oyó que una mujer le respondía:

—Hay un pub al otro lado de la calle. En la esquina de Hillmarton Road. No puedo verle aquí dentro, pero si me espera en el pub, iré a verle de aquí a un cuarto de hora.

—Si sólo tarda cinco minutos, le aseguro que me voy allí directamente y que no me quedo por aquí haciendo preguntas.

Soltó un profundo suspiro y respondió:

—De acuerdo, cinco minutos. —Después colgó el teléfono.

Nkata regresó al pub; resultó ser una sala casi vacía que era tan fría como un garaje, donde el aire sólo olía prácticamente a polvo. Se pidió una sidra y se llevó la bebida a una mesa que estaba orientada hacia la puerta.

No llegó a los cinco minutos, pero tardó menos de diez, y entró a través de la puerta con una ráfaga de aire. Miró alrededor del pub y cuando sus ojos recayeron sobre Nkata, hizo un gesto de asentimiento y se dirigió hacia él, avanzando con los pasos grandes y seguros propios de una mujer con poder y seguridad en sí misma. Era bastante alta, no tanto como Yasmin Edwards pero más alta que Katja Wolff; debía de medir metro setenta.

—¿Agente Nkata? —le preguntó.

—¿Señorita McKay?

Se acercó una silla, se desabrochó el abrigo, se lo quitó y se sentó, con los codos sobre la mesa y pasándose las manos por el pelo. Era rubio y corto, y las orejas le quedaban al descubierto. Llevaba unos pequeños pendientes de perlas. Durante un momento, mantuvo la cabeza baja, pero cuando inspiró y alzó la mirada, sus ojos azules se clavaron en Nkata con una expresión de clara antipatía.

—¿Qué quiere de mí? No me gusta que me interrumpan cuando estoy en el trabajo.

—Podría haber ido a verla a su casa —replicó Nkata—. Pero desde el despacho de Harriet Lewis esto me pillaba más cerca que Galveston Road.

Al oír que mencionaba a la abogada, se puso en guardia.

—Así pues, sabe dónde vivo —apuntó con cautela.

—Seguí a una mujer llamada Katja Wolff hasta allí ayer por la noche. Desde Kennington hasta Wandsworth en autobús. Fue interesante ver que hizo todo el trayecto sin tener que preguntar nada ni una sola vez. Parecía que sabía muy bien adónde iba.

Noreen McKay soltó un suspiro. Era de mediana edad –debía de tener unos cincuenta años, pensó Nkata– pero el hecho de que llevara muy poco maquillaje le favorecía. Resaltaba lo que tenía sin que pareciera que iba maquillada; por lo tanto, su color parecía auténtico. Iba muy aseada y vestía el uniforme de la cárcel. La blusa blanca no tenía ni una arruga, las charreteras azul marino tenían los adornos de bronce muy brillantes, y los pantalones tenían unas rayas que habrían sido el orgullo de cualquier militar. Del cinturón le colgaban unas llaves, una radio y una especie de cartuchera. Estaba impresionante.

–No sé de qué va todo esto, pero no tengo nada que decirle, agente.

–¿Ni siquiera sobre Katja Wolff? –le preguntó–. ¿Ni por qué fue a verla acompañada de su abogada? ¿Están presentando un pleito o algo así?

–Tal y como ya le he indicado, no tengo nada que decir, y mi posición no me permite comprometerme. Tengo un futuro y dos adolescentes en los que pensar.

–Sin embargo, no tiene marido, ¿verdad?

Se pasó la mano por el pelo de nuevo. Parecía ser un gesto que hacía con frecuencia.

–Nunca he estado casada, agente. Me he ocupado de los hijos de mi hermana desde que éstos tenían cuatro y seis años. Su padre no los quería cuando Susie murió, estaba demasiado ocupado haciendo ver que era un soltero libre, pero ahora ha empezado a ocuparse un poco de ellos, ya que se ha dado cuenta de que no tendrá veinte años para siempre. Sinceramente, no quiero darle ningún motivo para que se los lleve.

–Entonces debe de haber alguno. ¿De qué motivo puede tratarse?

Noreen McKay se apartó de la mesa y se dirigió a la barra en vez de responder. Pidió lo que quería, y esperó a que le sirvieran la ginebra por encima de dos cubitos de hielo y a que le dejaran una botella de tónica junto al vaso.

Nkata la observó, intentando rellenar los huecos con un simple examen de su persona. Se preguntó qué parte del trabajo de la cárcel la atrajo en un principio: el poder que le daba sobre otra gente, la sensación de superioridad que ofrecía, o la oportunidad de poder lanzar la red en unas aguas en que las truchas no tenían protección psicológica.

Regresó a la mesa, bebida en mano, y le dijo:

–Vio que Katja Wolff y su abogada estuvieron en mi casa. Pero no vio nada más.

–También vi que entró por sus propios medios y que ni siquiera tuvo que llamar a la puerta.

–Agente, es alemana.

Nkata inclinó la cabeza y replicó:

–Que yo recuerde, los alemanes también llaman a la puerta antes de entrar en casa de otra persona, señorita McKay. Diría que casi todos conocen esas normas. Especialmente aquellos que les dicen que no tienen que llamar cuando ya están bien instalados.

Noreen McKay levantó su gin-tonic. Tomó un sorbo pero no respondió.

–Lo que no acabo de entender de esta situación es lo siguiente: ¿Katja fue la primera presa con la que tuvo un rollo o sólo fue una más de una gran lista de bolleras?

La mujer enrojeció y le respondió.

–No sabe de lo que está hablando.

–De lo que estoy hablando es de su posición en Holloway y de cómo puede haber abusado de ella a lo largo de los años, y de qué acciones podría llevar a cabo el gobernador si se enterara de que ha estado haciendo cosas desagradables en vez de cerrar las puertas con llave. ¿Cuántos años lleva en este oficio? ¿Tiene una pensión? ¿Es posible que la asciendan a guardiana? ¿Qué?

Se rió sin ganas y le respondió:

–Agente, yo quería ser policía, pero como tenía dislexia no aprobé los exámenes. Así pues, busqué un trabajo en la cárcel, porque me gusta que la gente respete la ley y porque pienso que se ha de castigar a los que se la saltan.

–Pero usted misma se la saltó. Con Katja. Cumplía una condena de veinte años...

–No cumplió toda la condena en Holloway. Casi nadie lo hace. Pero yo llevo aquí veinticuatro años. Por lo tanto, me imagino que su suposición, sea la que sea, no se aguanta por ningún lado.

–Estuvo aquí cuando era una presa preventiva, cuando se celebró el juicio, y cumplió parte de su condena en esta cárcel. Y cuando la mandaron a otro sitio, a Durham, ¿no es verdad?, seguro que podía decidir a qué visitas quería recibir, ¿no? Y si consultara las listas, ¿qué nombre cree que encontraría entre las listas de la gente que aceptaba ver, aparte del de su abogada, claro está? Y supongo que después volvería a Holloway para cumplir el resto de su condena. Sí, supongo que sí. Me imagino que eso se podría haber arreglado desde dentro con bastante facilidad. ¿De qué trabaja exactamente, señorita McKay?

–De guardiana suplente –contestó–. Creía que ya lo sabía.

–Una guardiana suplente a la que le gustan las mujeres. ¿Siempre ha sido lesbiana?

–Eso no es asunto suyo.

Nkata golpeó la mesa con la mano, se inclinó hacia la mujer y le replicó:

–Sí que es asunto mío. Bien, ¿quiere que revise los informes sobre Katja, que encuentre todas las prisiones en las que estuvo encerrada, que eche un vistazo a la lista de visitantes, que me dé cuenta de que su nombre es el que más veces aparece, y que la señale con el dedo? Puedo hacer todo eso, señorita McKay, pero no me gustaría. Es una pérdida de tiempo.

Bajó los ojos y se quedó mirando la bebida, y empezó a darle vueltas sobre el posavasos. Se abrió la puerta del pub y entró otra ráfaga de aire gélido y el olor de los tubos de escape de Parkhurst Road. Entraron dos hombres que iban ataviados con el uniforme de la prisión. Miraron a Noreen, luego a Nkata, y luego otra vez a Noreen. Uno sonrió e hizo un comentario en voz baja. Noreen alzó la mirada y los vio.

Soltó una palabrota, y mientras empezaba a levantarse, exclamó:

–¡Tengo que salir de aquí!

Nkata le agarró la muñeca con las manos y le dijo:

–No sin que antes me diga algo. Si no lo hace, tendré que mirar los informes, señorita McKay. Y si su nombre aparece, supongo que tendrá que darle muchas explicaciones a su superior.

–¿Acostumbra a amenazar a la gente de este modo?

–No es una amenaza, es un simple hecho. Ahora vuelva a sentarse y acábese la bebida. –Nkata hizo un gesto de asentimiento en dirección a los colegas de Noreen–. Creo que el hecho de que la vean conmigo le irá bien a su reputación.

El rostro le ardía al responder:

–Es un ser despreciable...

–Tranquilícese –le sugirió–. Hablemos de Katja Wolff. Además, me ha dado luz verde para que hable con usted.

–Es imposible que...

–Llámela.

–Ella...

–Ella es sospechosa de un asesinato por atropello y fuga. Y también es sospechosa de un segundo caso similar. Si puede demostrar su inocencia, más vale que lo haga. No creo que tarden mucho en arrestarla. ¿Y cree que podremos evitar que la prensa se entere de *eso*? ¿Una célebre asesina de bebés «vuelve a ayudar a la policía con sus investigaciones»? No me parece muy probable, señorita McKay. Su vida entera está a punto de ser examinada de nuevo. Y supongo que sabe lo que eso significa.

–No puedo demostrar su inocencia –respondió Noreen McKay mientras asía el vaso con fuerza–. Así de simple, ¿no cree? No puedo hacerlo.

23

–Waddington –les informó el comisario Leach cuando Lynley y Havers se reunieron con él en la sala de incidencias. Estaba de lo más exaltado: su rostro resplandecía mucho más que en los últimos días, y andaba a paso muy ligero mientras cruzaba la sala a toda prisa para garabatear el nombre de Kathleen Waddington en una de las pizarras.

–¿Dónde la atropellaron? –preguntó Lynley.

–En Maida Vale. Y actuaron de la misma manera: barrio tranquilo. Una persona sola. De noche. Coche negro. *Zas*.

–¿Ayer por la noche? –le preguntó Havers–. Pero eso significaría que...

–No, no. Sucedió hace diez días.

–Podría ser una coincidencia –apuntó Lynley.

–No lo creo. Pertenece al antiguo grupo. –Leach les explicó quién era exactamente Kathleen Waddington: una terapeuta sexual que había salido de la clínica después de las diez de la noche en cuestión. La habían atropellado en la calle y la habían dejado con una cadera rota y un hombro dislocado. Cuando fue interrogada por la policía respondió que el coche que la había atropellado era grande, «como un coche de gángster», que se movía con rapidez, que era oscuro, probablemente negro–. Repasé mis notas del otro caso, el del asesinato de Sonia Davies. Waddington fue la mujer que desmintió la historia de Katja Wolff de que había salido del baño un minuto o dos para responder al teléfono. La mujer que, según Wolff, la había llamado el día en que Sonia fue asesinada. Sin Waddington, quizás hubiera pasado por un caso de negligencia y sólo habría pasado unos pocos años en la cárcel. Pero como demostró que Katja Wolff era una mentirosa... Fue otro paso hacia su destrucción. Tenemos que arrestar a Wolff. Díganselo a Nkata. Dejemos que disfrute de la gloria de ese momento. La ha estado siguiendo desde hace tiempo.

–¿Y qué pasa con el coche? –preguntó Lynley.

–Eso llegará a su debido tiempo. Es imposible que se pasara

veinte años en la cárcel sin pensar en quién podría ayudarla cuando saliera.

–¿Alguien con un coche antiguo? –preguntó Barbara Havers.

–Diría que sí. Tengo una agente que está examinando todos los detalles de importancia. –Ladeó la cabeza para señalar a una agente de policía que estaba sentada delante de uno de los terminales de la sala–. Está seleccionando todos los nombres que han aparecido en los informes y los está pasando por el sistema. También conseguiremos todos los informes de la cárcel y comprobaremos a todas las personas con las que Katja Wolff se puso en contacto mientras estaba dentro. Podremos hacerlo cuando la tengamos aquí delante para interrogarla. ¿Quiere llamar a su hombre y darle el mensaje? ¿O quiere que lo haga yo mismo? –Leach se frotó las manos con rapidez.

En ese instante, la policía del ordenador se levantó del asiento con un papel en la mano y dijo:

–Creo que ya lo tengo, señor.

Leach se le acercó y exclamó:

–¡Estupendo! ¡Buen trabajo, Vanessa! ¿Qué tenemos?

–Un Humber –contestó.

El vehículo en cuestión era un turismo de después de la guerra que había sido fabricado en una época en la que la relación entre la gasolina que se gastaba y los kilómetros que se recorrían no era ninguna prioridad. Era más pequeño que un Rolls-Royce, un Bentley o un Daimler –por no decir que era menos costoso– pero era más grande que el promedio de coches que se veían circular en la actualidad. Y mientras que el coche moderno se fabricaba con aluminio y aleación para que no pesara mucho y pudiera recorrer grandes distancias, el Humber estaba hecho de acero y cromo, y la parte delantera tenía unas pesadas rejillas en el parachoques que servían para protegerlo de cualquier cosa, desde insectos con alas hasta pájaros pequeños.

–¡Excelente! –exclamó Leach.

–¿De quién es? –preguntó Lynley.

–Pertenece a una mujer –contestó Vanessa–. Se llama Jill Foster.

–¿La prometida de Richard Davies? –Havers miró a Lynley. Sonrió–. Así son las cosas, inspector. Cuando tu...

No obstante, Lynley la interrumpió:

–¿Jill Foster? No lo creo, Havers. Me la presentó. Está en un estado muy avanzado de embarazo. No es capaz de hacer una cosa así. Y aunque lo fuera, ¿qué razón podía tener para ir a por Waddington?

–Señor... –espetó Havers.

Leach la interrumpió:

–Entonces, debe de haber otro coche. Otro vehículo antiguo.

–¿Le parece muy probable? –le preguntó la agente con una expresión de incredulidad.

–Llame a Nkata –le ordenó Leach a Lynley. Después se volvió hacia Vanessa–: Consiga los informes de la cárcel sobre Wolff. Tenemos que examinarlos. Seguro que hay un coche...

–¡Esperen! –exclamó Havers de repente–. Hay otra forma de interpretarlo. Escuchen. Dijo «Pytches». Richard Davies dijo «Pytches». Ni Pitchley ni Pitchford, sino «Pytches». –Se cogió del brazo de Lynley para darle más énfasis–. Cuando nos estábamos tomando el café, me comentó que le había dicho «Pytches». Eso era lo que tenía apuntado en las notas. Cuando interrogó a Richard Davies. ¿Se acuerda?

–¿Pytches? –preguntó Lynley–. ¿Qué tiene que ver Jimmy Pytches con todo esto, Havers?

–Fue un lapsus. ¿No se da cuenta?

–Agente –protestó Leach con impaciencia–, ¿de qué demonios está hablando?

Havers prosiguió, dirigiendo sus comentarios a Lynley:

–Richard Davies no podría haber hecho ese tipo de error cuando le comunicaron que su ex mujer había sido asesinada. En ese momento no podía saber que J.W. Pitchley era Jimmy Pytches. Podría haber sabido que James Pitchford era Jimmy Pytches, sí, de acuerdo, pero no le llamaba Pytches, nunca le había conocido por Pytches, entonces, ¿por qué demonios iba a llamarle así delante de usted, si en aquel momento usted ni siquiera sabía quién era Pytches? De hecho, ¿por qué iba a llamarle por ese nombre en cualquier otro momento? No lo habría pronunciado si no lo hubiera tenido en mente, y para hacerlo habría tenido que seguir el mismo proceso que yo: ir a los archivos de St. Catherine. ¿Y por qué? Para localizar a James Pitchford.

–¿De qué va todo esto? –inquirió Leach.

Lynley levantó la mano y dijo:

–Espere un momento, señor. Ha encontrado algo. Havers, continúa.

–¡Y tanto que tengo algo! –afirmó Havers–. Hacía meses que

hablaba con Eugenie. Lo tiene apuntado en sus notas. Lo declaró y los informes de la telefónica lo confirman.

–Es verdad –asintió Lynley.

–Y Gideon le contó que él y su madre iban a verse, ¿no es verdad?

–Sí.

–Se suponía que Eugenie podía ayudarle a superar el miedo a tocar en público. O, como mínimo, eso es lo que dijo. También está en sus notas. Sólo que nunca llegaron a verse, ¿no es verdad? Nunca llegaron a verse porque antes fue asesinada. ¿Qué pasaría si alguien la asesinó para evitar que se vieran? Eugenie no sabía dónde vivía Gideon, ¿no? Sólo podría haberlo averiguado a través de Richard.

Lynley, pensativo, propuso:

–Davies quiere matarla y encuentra una forma de hacerlo. Le da lo que ella cree que es la dirección de Gideon, le dice a qué hora deben encontrarse, espera a que llegue...

–... y cuando ella va por la calle con la dirección apuntada o lo que fuera, *zas.* Se la carga –concluyó Havers–. Después la atropella de nuevo para rematarla. Pero quiere que parezca que guarda relación con el crimen de hace veinte años y, por lo tanto, primero atropella a Waddington y después a Webberly.

–¿Por qué? –preguntó Leach.

–Ésa es la cuestión –reconoció Lynley. Se volvió hacia Havers–: Tiene sentido, Barbara. Veo que lo tiene. Pero si Eugenie Davies podía ayudar a su hijo con la música, ¿por qué querría Richard Davies detenerla? Después de hablar con él, por no decir nada del piso, que en realidad es un altar dedicado a todos los éxitos de Gideon, la única conclusión razonable a la que llegué es que Richard Davies estaba empeñado en conseguir que su hijo tocara de nuevo.

–¿Cabe la posibilidad de que lo estemos interpretando desde el ángulo equivocado? –preguntó Havers.

–¿Qué quiere decir?

–Acepto que Richard Davies quiera que su hijo toque de nuevo. Si hubiera tenido algún problema con la música de su hijo, como de celos o algo así, o que sintiera que su hijo era más famoso que él y que, en consecuencia, no pudiera aceptarlo, ya habría hecho algo por remediarlo hace mucho tiempo. Pero por lo que sabemos, ese chico ha estado tocando desde el día que le quitaron los pañales. Por lo tanto, ¿qué pasaría si Eugenie Davies deseara ver a Gideon para convencerle de que no tocara nunca más?

–¿Qué motivos podía tener para hacer una cosa así?

–Podría tratarse de un *quid pro quo* con Richard. Si su matrimonio acabó por algo que él había hecho...

–¿Como dejar a la niñera embarazada? –sugirió Leach.

–O dedicar todas las horas del día a Gideon y olvidarse de que tenía una esposa, una mujer que estaba de luto, una mujer con necesidades... Eugenie pierde a su hija y en vez de tener a alguien en quien confiar sólo tiene a Richard, y a éste sólo le preocupa que Gideon no sufra un trauma, que no se deje impresionar, que no deje de tocar música, que no deje de ser el hijo que tanto ha admirado y que está a punto de hacerse famoso y que ha hecho realidad todos los sueños del padre, y qué pasa con *ella* durante todo este tiempo... ¿Qué pasa con su madre? Ha sido olvidada, abandonada a su propio dolor, y ella nunca olvida lo que pasó; por lo tanto, cuando tiene la oportunidad de apretarle los tornillos a Richard, sabe cómo hacerlo: cuando él la necesita tal y como ella le necesitaba a él. –Havers inspiró profundamente al final de toda esa frase y miró al comisario y a Lynley para ver su reacción.

Leach fue el que le preguntó:

–¿Cómo?

–¿Qué quiere decir?

–¿Cómo podía evitar que su hijo siguiera tocando? ¿Qué podía hacerle, agente? ¿Romperle los dedos? ¿Atropellarle?

Havers inspiró aire de nuevo y lo soltó con un suspiro.

–No lo sé –respondió, con los hombros caídos.

–¡Bien! –exclamó Leach con un bufido–. Cuando lo sepa...

–No –le interrumpió Lynley–. Lo que dice tiene mucho sentido, señor.

–Debe de estar bromeando –replicó Leach.

–Tiene su parte de razón. Si aceptamos la teoría de Havers, tenemos una explicación de por qué esa noche Eugenie Davies llevaba la dirección de Pitchley apuntada en un trozo de papel. No hay nada de lo que hemos averiguado hasta ahora que lo explique.

–¡Tonterías! –exclamó Leach.

–¿Qué otra explicación puede haber? Nada la relaciona con Pitchley. No hay ni cartas, ni llamadas telefónicas, ni mensajes por Internet.

–¿Tenía acceso a Internet? –preguntó Leach.

–Sí –respondió Havers–. El ordenador... –Se detuvo con brusquedad, tragándose el resto de la frase con una mueca de dolor.

–¿«Ordenador»? –repitió Leach–. ¿Dónde demonios está ese ordenador? En sus informes no dicen nada de un ordenador.

Lynley sintió cómo Havers le miraba; después bajó la mirada hacia el bolso, donde empezó a buscar con afán algo que probablemente no necesitaría. Lynley se preguntó qué sería mejor en ese momento: decir la verdad o mentir. Optó por decir:

–Yo mismo examiné el ordenador. No había nada. Cierto, tenía algunos mensajes. Pero como no había nada de Pitchley, pensé que no había necesidad de...

–¿De incluirlo en el informe? –inquirió Leach–. ¿Qué clase de trabajo policial es ése?

–Me pareció innecesario.

–¿Qué? ¡Santo Cielo! Quiero que me traiga ese ordenador ahora mismo, Lynley. Quiero que nuestra gente lo examine como si fueran hormigas sobre un helado. Usted no es ningún experto en ordenadores. Podría habérsele pasado por alto... ¡Maldita sea! ¿Se ha vuelto loco? ¿En qué demonios estaba pensando?

¿Qué podía decir? ¿Que pensaba que así ahorraría tiempo? ¿Que se ahorraría problemas? ¿Que salvaría una reputación? ¿Que salvaría un matrimonio? Le respondió con cautela:

–Meterse en su correo electrónico no me supuso ningún problema, señor. Después de examinarlo, vimos que prácticamente no había nada que...

–¿Prácticamente?

–Sólo un mensaje de Robson, y ya hemos hablado con él. Creo que nos oculta algo. Pero no creo que lo que oculta tenga nada que ver con la muerte de la señora Davies.

–¿Y usted cómo lo sabe?

–Es pura intuición.

–¿La misma que le llevó a ocultar, o debería decir eliminar una prueba?

–Me lo dictó la conciencia, señor.

–No está en posición de hacer caso de lo que le dicte la conciencia. Quiero ese ordenador. Aquí y ahora.

–¿Qué pasa con el Humber? –se aventuró a preguntar Havers.

–¡A la mierda con el Humber! ¡A la mierda con Davies! Vanessa, consiga los malditos informes de la prisión sobre Wolff. Por lo que sabemos, tiene a diez personas en el puño, todos con vehículos tan viejos como Matusalén, y todos ellos guardan relación, de una manera u otra, con este caso.

—Eso no concuerda con lo que tenemos —protestó Lynley—. Lo que acaba de averiguar, lo del Humber, puede llevarnos...

—Acabo de decir que a la mierda con el Humber, Lynley. Por lo que a mí respecta, volvemos a la casilla número uno. Traiga ese ordenador. Y cuando lo haya hecho, póngase de rodillas y rece para que no informe a sus superiores de su comportamiento.

—Ya es hora de que vengas a casa conmigo, Jill. —Dora Foster acabó de secar el último de los platos, dobló con cuidado el paño de cocina y lo dejó sobre la estantería cercana al fregadero. Alisó los bordes con su característica atención a los detalles más microscópicos y se volvió hacia Jill, que estaba descansando junto a la mesa de la cocina, con los pies en alto y pasándose los dedos por los doloridos músculos de la parte inferior de la espalda. Jill se sentía como si llevara un saco de harina de veinticinco kilos en el estómago, y se preguntaba cómo sería capaz de perder peso para la boda, ya que ésta se celebraría dos meses después del nacimiento del bebé—. Nuestra pequeña Catherine ya está en posición. Es una cuestión de días. De hecho, podría nacer en cualquier momento.

—Richard aún no se ha resignado del todo al plan —le informó Jill.

—Conmigo estarás en mejores manos de lo que estarías sola en una sala de partos, con una enfermera que asomara la cabeza de vez en cuando para comprobar que aún estabas entre los vivos.

—Mamá, ya lo sé. Pero Richard está preocupado.

—He asistido cientos de...

—Ya lo sabe.

—Entonces...

—No es que piense que no eres lo bastante competente. Pero dice que es diferente cuando se trata de alguien de tu propia sangre. Dice que los doctores nunca operan a sus propios hijos. Si algo sucediera, el médico no podría actuar con objetividad. Una emergencia. Una crisis. Ya sabes a lo que me refiero.

—Si se produce alguna emergencia, iremos al hospital. Diez minutos en coche.

—Ya se lo he dicho. Pero me respondió que en diez minutos podría suceder cualquier cosa.

—No sucederá nada. Este embarazo ha ido tan fino como una seda.

—Sí, pero Richard...

–Richard no es tu marido –dijo Dora Foster con firmeza–. Podría haberlo sido, pero optó por no serlo. Y eso no le da ningún derecho a decidir. ¿Se lo has hecho ver?

Jill suspiró y respondió:

–Mamá...

–No me vengas con ese cuento de mamá...

–¿Qué importa en este momento que no estemos casados? Nos casaremos: la iglesia, el cura, el paseo ante el altar del brazo de papá, la recepción en el hotel... Nos ocuparemos de todo eso. ¿Qué más necesitas?

–No se trata de lo que yo necesite –replicó Dora–, sino de lo que tú te mereces. Y no me vengas otra vez con eso de que fue idea tuya, porque sé que es una tontería. Has tenido tu boda planeada desde que tenías diez años, desde las flores hasta la mismísima decoración del pastel, y que yo recuerde, nunca mencionaste que te casarías después de dar a luz.

Jill no quería hablar de eso. Se limitó a decir:

–Los tiempos cambian, mamá.

–Pero tú no. Sí, ya sé que está muy de moda que las mujeres encuentren un compañero en vez de un marido. Un compañero, como si uno pudiera tener hijos con cualquiera. Y cuando los tienen, los pasean arriba y abajo sin sentir ni una pizca de vergüenza. Sé que eso sucede continuamente. No estoy ciega. Pero tú no eres ni actriz ni cantante de rock, Jill. Siempre has sabido lo que querías, y nunca te has dejado influir por las modas.

Jill cambió de posición. Su madre la conocía mejor que nadie, y lo que estaba diciendo era verdad. Pero lo que también era verdad era que se necesitaba cierto nivel de compromiso para que una relación funcionara, y además de querer un hijo, quería un matrimonio que fuera feliz, lo cual nunca conseguiría si forzaba a Richard.

–Bien, ahora ya está hecho –contestó–. Y es demasiado tarde para cambiar las cosas. No tengo intención de recorrer el pasillo de la iglesia con esta pinta.

–Lo que te convierte en una mujer sin ataduras –apuntó su madre–. Por lo tanto, puedes decidir cómo y dónde quieres tener a tu hijo. Y si a Richard no le parece bien, ya puedes decirle que como escogió no convertirse en tu marido antes del nacimiento del bebé, tal y como se había hecho siempre, puede irse y no volver a aparecer hasta el día de la boda. Bien. –Su madre se acercó hasta la mesa, donde descansaba una caja de invitaciones de boda, a la espera de que alguien las enviara–. Voy a por tu bolsa y te llevo a casa, a Wiltshire. Puedes dejarle una nota. O puedes llamarle. ¿Quieres que te traiga el teléfono?

–No voy a ir a Wiltshire esta misma noche –replicó Jill–. Hablaré con Richard. Le preguntaré otra vez si...

–¿Qué le preguntarás? –Su madre puso la mano sobre el hinchadísimo tobillo de Jill–. ¿Qué quieres preguntarle? ¿Preguntarle si le parece bien que tengas a tu hija...?

–Catherine también es hija suya.

–Eso no tiene nada que ver. Tú eres la que va a dar a luz. Jill, eso no es propio de ti. Siempre has sabido lo que querías, pero ahora te comportas como si estuvieras preocupada, como si tuvieras miedo de hacer algo que pudiera alejarlo de ti. Es una absurdidad, y lo sabes. Es muy afortunado de tenerte. Considerando la edad que tiene, es muy afortunado de tener cualquier...

–¡Mamá! –Ése era un tema del que ya hacía tiempo habían decidido no hablar: la edad de Richard y el hecho de que fuera dos años mayor que el padre de Jill, y cinco años mayor que su madre–. Tienes razón, sé lo que quiero. Ya lo he decidido: hablaré con Richard cuando vuelva a casa. Pero no iré a Wiltshire hasta que hable con él y, desde luego, no pienso dejarle ninguna nota. –Le dio a su voz esa entonación de El Filo, un tono de voz que hacía tiempo que usaba en la BBC, el tono de voz que había necesitado para que las producciones se realizaran a tiempo y según el presupuesto acordado. Nadie se atrevía a discutir con ella cuando usaba ese tono.

Y Dora Foster tampoco discutió con ella en ese momento. Se limitó a soltar un suspiro. Observó el vestido de novia color marfil que colgaba de la puerta tras el velo transparente.

–Nunca me imaginé que sería así –afirmó.

–Todo irá bien, mamá. –Jill se convenció a sí misma de que así sería.

Pero cuando su madre se hubo marchado, se quedó con sus pensamientos, esos maliciosos compañeros de la soledad. Insistían en que reflexionara con atención sobre las palabras de su madre, lo que le hizo pensar sobre el tipo de relación que mantenía con Richard.

No quería decir nada que él hubiera sido el que había deseado esperar. La decisión había sido tomada con cierta lógica. Y la habían tomado de mutuo acuerdo, ¿verdad? ¿Qué importaba que hubiera sido idea de Richard? Había usado unos argumentos muy sólidos.

Ella le había anunciado que estaba embarazada, y él se había alegrado de la noticia tanto como ella. Él le había dicho: «Nos casaremos. Dime que nos casaremos», y ella se había reído al ver la expresión de su rostro, ya que parecía un niño pequeño que tuviera miedo de sufrir un desengaño. Ella le había respondido: «¡Claro que nos casaremos!». Después la había estrechado entre sus brazos y se la había llevado al dormitorio.

Después de hacer el amor, permanecieron abrazados y él le habló de la boda. Se había sentido en el cielo, durante esos gratificantes y agradables momentos de después del orgasmo, en los que todo parece posible y cualquier cosa parece razonable. En consecuencia, cuando le confesó que quería que ella tuviera una boda como Dios manda y no algo sencillo, le respondió medio dormida: «Sí, sí, una boda como Dios manda, cariño». A lo que él añadió: «Con un bonito vestido de novia. Flores y damas de honor. Por la iglesia. Con un fotógrafo y una recepción. Quiero celebrarlo, Jill».

Sin embargo, era evidente que no podrían hacer todos esos preparativos en los siete meses que faltaban para el nacimiento del bebé. Y aunque hubieran sido capaces de hacerlo, no habría podido llevar el bonito vestido de novia con esa barriga. Lo más práctico era esperar. De hecho, mientras Jill pensaba en todo eso, se dio cuenta de que Richard la había convencido para que cuando hubiera acabado de recitar todas las cosas que tenían que hacer para conseguir la boda que ella se merecía («No tenía ni idea de los muchos meses que... Jill, ¿te sentirás cómoda casándote en un estado tan avanzado de embarazo?») ella ya estuviera dispuesta a aceptar lo que le iba a decir a continuación: «Nadie debería disfrutar de ese día más que tú. Y como todavía eres tan pequeña...», le colocó la mano sobre el estómago para darle más énfasis. Era liso y tirante, pero bien pronto dejaría de serlo. «¿No crees que deberíamos esperar?», le había sugerido.

«¿Por qué no?», había pensado. Hacía treinta y siete años que esperaba el día de su boda. No le importaba esperar unos cuantos meses más.

Pero eso había ocurrido antes de que los problemas de Gideon hubieran cobrado protagonismo en la mente de Richard. Y los problemas de Gideon habían hecho que Eugenie apareciera en escena.

Jill se daba cuenta ahora de que la preocupación de Richard tras el concierto de Wigmore Hall podría haber tenido otra causa, aparte del hecho de que su hijo hubiera sido incapaz de tocar en público. Y cuando juntó esa otra causa con su aparente reticencia a casarse, sintió que cierto desasosiego la invadía, como si fuera un banco de niebla deslizándose en silencio hacia una orilla desprevenida.

Culpaba a su madre de ello. Dora Foster estaba muy contenta de estar a punto de tener su primera nieta, pero no estaba satisfecha con el padre que su hija había elegido, aunque era lo bastante inteligente para no decírselo abiertamente. Con todo, sentía la necesidad de expresar sus objeciones de forma sutil, y lo conseguía haciéndole dudar de la fe implícita que tenía con respecto al honor de Richard. No es que en realidad pensara que un hombre debía hacer «lo honorable». Después de todo, no vivía en una novela de Hardy. Cuando pensaba en el honor, se imaginaba que un hombre debía decir la verdad sobre sus acciones e intenciones. Richard decía que se casarían; por lo tanto, lo harían.

Evidentemente, se podrían haber casado tan pronto como hubieran sabido que estaba embarazada. A ella no le habría importado. Después de todo, el matrimonio y los hijos era lo que había apuntado en la lista de las cosas que tenía que conseguir antes de cumplir los treinta y cinco. Nunca había escrito la palabra *boda,* y sólo había considerado la boda como uno de los medios para conseguir sus objetivos. De hecho, si no se hubiera sentido tan extasiada después de haber hecho el amor con él, probablemente le habría dicho: «¡A quién le importa una boda como Dios manda! ¡Casémonos ahora, Richard!». Y, sin lugar a dudas, él habría estado de acuerdo.

«¿O no?», se preguntó. ¿Del mismo modo que había aceptado el nombre que ella había escogido para el bebé? ¿Del mismo modo que había aceptado que su madre trajera al bebé al mundo? ¿Del mismo modo que había aceptado que vendieran su piso antes que el de él? ¿En comprar esa casa que ella había encontrado en Harrow? ¿A ir simplemente a echar un vistazo a esa casa con el agente inmobiliario?

¿Qué quería decir que Richard frustrara sus planes siempre que se le presentara la ocasión? ¿Que se los frustrara con la más perfecta de las sutilezas, de tal manera que pareciera que todas las decisiones habían sido tomadas de mutuo acuerdo, en vez de dar la impresión de que Jill cedía porque tenía...? ¿Qué? ¿Miedo? Y si era así, ¿de qué?

La respuesta estaba ahí mismo, a pesar de que la mujer estaba muerta, de que no podría volver para hacerles daño, de que no se podría entrometer en sus vidas, de que no podría evitar lo que estaba destinado a ser...

Sonó el teléfono. Jill se sobresaltó. Miró a su alrededor, aturdida al principio. Estaba tan absorta en sus pensamientos que por un momento no se percató de que aún estaba en la cocina y de que el teléfono inalámbrico estaba en algún lugar de la sala de estar. Avanzó pesadamente hacia el teléfono.

–¿Es la señorita Foster? –preguntó una voz de mujer. Era una voz profesional y competente. Una voz como la que Jill había tenido en el pasado.

–Sí –respondió.

–¿La señorita Jill Foster?

–Sí, sí. ¿Quién llama, por favor?

Y la respuesta rompió el mundo de Jill en mil pedazos.

Hubo algo en la forma en que Noreen McKay pronunció la frase –«No puedo demostrar su inocencia»– que hizo que Nkata se detuviera antes de lanzar los fuegos artificiales para celebrarlo. Había cierta desesperación tras los ojos de la guardiana suplente y un pánico incipiente en el modo en que se bebió el resto de la bebida de un trago.

–¿No quiere o no puede demostrar su inocencia, señorita McKay? –le preguntó.

–Tengo dos adolescentes en los que pensar –le respondió–. Son la única familia que me queda. No quiero tener que luchar por su custodia con su padre.

–Hoy en día los tribunales son más tolerantes.

–También tengo que pensar en mi carrera. No es la que quería, pero es la única que tengo. La que me he forjado. ¿No se da cuenta? Si sale a la luz que yo... –Se detuvo.

Nkata suspiró. De una forma u otra, no podía darlo por concluido.

–Entonces estaba con usted –concluyó–. ¿Hace tres noches? ¿Y también ayer por la noche? ¿A altas horas de la madrugada?

Noreen McKay parpadeó. Era tan alta y estaba sentada tan recta en la silla que parecía un recortable de cartón de sí misma.

–Señorita McKay, debo saber si puedo tachar su nombre de la lista.

–Y yo debo saber si puedo confiar en usted. El hecho de que

haya venido hasta aquí, hasta la misma prisión... ¿No se da cuenta de lo que sugiere?

–Sugiere que estoy ocupado. Sugiere que no tiene ningún sentido que tenga que atravesar Londres de punta a punta cuando usted está a... ¿qué? ¿A uno o dos kilómetros del despacho de Harriet Lewis?

–Sugiere mucho más que eso –replicó Noreen Mckay–. Me indica que es egoísta, agente, y si es egoísta, ¿quién me dice que no le va a pasar mi nombre a un chivato por unas cincuenta libras? ¿O que se chive usted mismo por unas cincuenta más? Es una buena historia para vender al periódico *Mail*. Me ha hecho amenazas peores durante esta conversación.

–Si eso es lo que cree, podría hacerlo en este mismo momento. Ya me ha dado información suficiente.

–¿Qué le he dado? ¿El hecho de que una abogada y su clienta vinieran una noche a mi casa? ¿Qué espera que el *Mail* haga con eso?

Nkata no tenía más remedio que aceptar que Noreen McKay tenía razón. La poca información que le había dado no era de gran utilidad. Sin embargo, tenía lo que ya sabía y lo que podía suponer a partir de eso, y lo que a la larga podría hacer con esa información. Pero la verdad del asunto, por mucho que le costara admitirlo, era que necesitaba que ella le confirmara los hechos y la hora en que se produjeron. Por lo que respectaba al resto, a las razones y a los detalles... Si le decía la verdad, los quería, pero no los necesitaba, no de un modo profesional.

–El atropellamiento de Hampstead de la otra noche se produjo entre las diez y media y las once. Harriet Lewis me ha asegurado que usted se encontraba con Katja Wolff a esa hora. También me ha dicho que se niega a admitirlo, lo que me hace pensar que entre ustedes dos hay una relación, y que ésta se vería afectada si se hiciera pública.

–Ya se lo he dicho: no pienso hablar de eso.

–Eso ya lo he entendido, señorita McKay. Perfectamente. Así pues, ¿por qué no hablamos de algo de lo que sí quiera hablar? ¿Qué le parece hablar de los hechos en sí y nada más?

–¿Qué quiere decir?

–Que sólo me responda sí o no.

Noreen Mckay echó un vistazo a la barra, donde sus colegas se estaban bebiendo unas pintas de Guinnes. Se abrió la puerta del pub y entraron tres empleadas más de la cárcel; todas ellas llevaban uniformes similares al de la guardiana suplente. Dos de ellas la saludaron y pareció que quisieran acercarse para que les presentara a su compañero. Noreen les dio la espalda con brusquedad y exclamó en voz baja:

–¡Es imposible! No debería haber... Tenemos que salir de aquí.

–No creo que quede muy bien si se marcha ahora –musitó Nkata–. Especialmente si me pongo en pie de un salto y empiezo a pronunciar su nombre a gritos. Pero si se limita a responderme sí o no, me marcho, señorita McKay. Con discreción. Y puede decirles que soy cualquier persona: el tutor del colegio que ha venido a hablar con usted porque sus sobrinos han hecho novillos. Un cazatalentos del Manchester United que está interesado en su sobrino. No me importa. Si me responde sí o no, recuperará su vida, sea la que sea.

–¡No tiene ni idea de cómo es!

–Evidentemente. Tal y como ya le he dicho, sea la que sea.

Se le quedó mirando durante un instante antes de decirle:

–De acuerdo. Pregunte.

–¿Estaba con usted hace tres noches?

–Sí.

–¿Entre las diez y las doce?

–Sí.

–¿A qué hora se marchó?

–Hemos dicho que sólo tenía que responder sí o no.

–Sí, de acuerdo. ¿Se marchó antes de la medianoche?

–No.

–¿Llegó antes de las diez?

–Sí.

–¿Estaba sola?

–Sí.

–¿La señora Edwards sabía dónde estaba?

Noreen McKay pareció sorprendida al oír esa pregunta, pero no lo debía de saber porque estaba a punto de mentir:

–No.

–¿Y ayer por la noche?

–¿Qué quiere saber sobre ayer por la noche?

–¿Se quedó Katja Wolff con usted después de que se marchara su abogada?

Noreen McKay le miró de nuevo y respondió:

–Sí.

–¿Se quedó mucho rato? ¿Aún estaba allí a eso de las once y media o las doce?

–Sí, se marchó... Se debió de marchar a eso de la una y media.

–¿Conoce a la señora Edwards?

Pareció sorprenderse de nuevo. Vio cómo se le tensaba la mandíbula.

–Sí, sí, conozco a Yasmin Edwards. Cumplió casi toda su condena en Holloway.

–¿Sabe que ella y Katja...?

–Sí.

–Entonces, ¿por qué interfiere con su relación? –le preguntó con brusquedad, renunciando a las repuestas previas de sí o no con una repentina necesidad de atacarla, con una necesidad personal que apenas era capaz de reconocer y mucho menos de comprender–. ¿Usted y Katja tienen alguna especie de plan? ¿La están utilizando a ella y a su hijo por algún motivo?

Lo miró pero no respondió.

–Son personas, señorita McKay –añadió–. Tienen sus propias vidas y sus sentimientos. Si usted y Katja tienen intención de perjudicar a Yasmin, como por ejemplo, dejar pistas falsas en su puerta, hacer que parezca culpable, ponerla en peligro...

Noreen se inclinó hacia delante de golpe, contestándole en un susurro:

–¿No es obvio que ha sucedido precisamente lo contrario? Soy yo la que tiene problemas. Soy yo la que está en peligro. ¿Y por qué? Porque la amo, agente. Ése es mi pecado. Cree que se trata de sexo eventual, ¿no es verdad? De abuso de poder. Se imagina que la he pervertido por la fuerza, y que entre rejas se producen escenas repugnantes de mujeres desesperadas, con consoladores colgándoles de las caderas, que se tiran a mujeres igualmente desesperadas. Pero lo que no comprende es que esto es muy complicado, que tiene que ver con el hecho de amar a alguien, pero de no poder hacerlo abiertamente y que, por lo tanto, sólo puedo hacerlo de la única manera que puedo, y aceptando que las noches en que estamos separadas, y créame, son muchas más de las que estamos juntas, esté con otra persona, amando a otra persona, o, como mínimo, haciéndolo ver porque eso es lo que yo quiero. Y ninguna discusión tiene solución, porque las dos tenemos lo que hemos elegido. No puedo darle lo que ella quiere de mí, y yo no puedo aceptar lo que quiere darme. Por lo tanto, se lo da a otra persona, y yo me quedo con los restos y ella se queda con lo que puede, y así son las cosas, al margen de lo que ella diga sobre cómo, cuándo y para quién cambiarán las cosas. –Se recostó en la silla después del discurso, respirando con agitación a medida que se intentaba poner el abrigo azul marino. Se puso en pie y se dirigió hacia la puerta.

Nkata la siguió. En la calle, el viento arreciaba con fuerza, y Noreen McKay lo soportaba. Respiraba como un corredor bajo la luz de una farola, con una mano alrededor del poste. Contemplaba la prisión de Holloway al otro lado de la calle.

En vez de ver a Nkata, pareció sentir su presencia. No lo miró mientras le decía:

–Al principio, sólo sentía curiosidad por ella. Después del juicio la pusieron en la unidad médica, que es donde yo estaba asignada por aquel entonces. La vigilaban para que no intentara suicidarse. Pero yo sabía que no tenía ninguna intención de lastimarse a sí misma. Emanaba una gran determinación, la certeza de que sabía quién era. Eso me pareció atractivo, irresistible de hecho, porque aunque yo también sabía quién era, nunca había sido capaz de reconocerlo. Después la trasladaron a la unidad de embarazadas, y después de que el bebé naciera podría haber ido a la unidad de maternidad, pero no quiso hacerlo, no quería al bebé, y me di cuenta de que yo necesitaba saber lo que Katja quería y de lo que estaba hecha para poder existir sintiéndose tan segura y tan sola.

Nkata no dijo nada. La protegió del aire con la espalda mientras se colocaba delante de ella.

–Por lo tanto, me limité a observarla. Cuando salió de la unidad médica, estaba en peligro, claro está. Hay cierto honor entre las presas, y las peor consideradas son las asesinas de bebés; en consecuencia, no estaba a salvo a no ser que estuviera con otras delincuentes que también fueran consideradas peligrosas. Pero el hecho de no estar a salvo no le importaba, y eso me fascinaba. Al principio pensaba que era así porque consideraba su vida como acabada, y quería hablar con ella de eso. Creía que era mi deber y, además, por aquel entonces me ocupaba de las Samaritanas...

–¿Samaritanas? –preguntó Nkata.

–Dentro de la cárcel tenemos un programa de visitas para ellas. Si una presa desea participar, sólo tiene que decírselo a la funcionaria responsable del tema.

–¿Katja quiso participar?

–No. Nunca. Pero yo lo utilicé como una excusa para hablar con ella. –Observó el rostro de Nkata y debió de leer algo en su expresión, ya que siguió hablando–: Hago bien mi trabajo. Ya tenemos doce programas diferentes. Cada vez participa más gente. Disponemos de mejor rehabilitación y hemos conseguido que las familias puedan visitar más a menudo a las madres que cumplen condena. Hago bien mi trabajo. –Apartó los ojos de él y observó la calle, donde el tráfico de la noche avanzaba en tropel hacia los barrios del norte–. No quería que nadie la ayudara, pero yo no entendía por qué. No había querido que la deportaran a Alemania, y yo tampoco lo entendía. No hablaba con nadie a no ser que alguien le hablara primero. Pero no cesaba de observar. Y, de ese modo, al cabo de un tiempo se dio cuenta de que estaba pendiente de ella. Cuando me asignaron a su sección, eso sucedió después, empezamos a hablar. Fue ella quien tomó la iniciativa, lo que me sorprendió. Me preguntó: «¿Por qué me miras tanto?». Lo recuerdo. Y lo que siguió. También me acuerdo de eso.

–Katja tiene la sartén cogida por el mango, señorita McKay –apuntó Nkata.

–No me hará chantaje, agente. Katja podría destrozarme, pero sé que no lo hará.

–¿Por qué?

–Hay cosas que simplemente se saben.

–Estamos hablando de una ex presidiaria.

–Estamos hablando de Katja. –La guardiana suplente se apartó de la farola y se acercó al semáforo que le permitiría cruzar la calle para regresar a la cárcel. Nkata anduvo junto a ella–. Sabía lo que era desde una edad muy temprana. Supongo que mis padres se dieron cuenta de que solía disfrazarme de soldado, de pirata o de bombero. Pero nunca me disfrazaba de princesa, de enfermera o de mamá. Y eso no es normal, pero cuando uno consigue llegar a los quince, lo único que quiere es ser normal. En consecuencia, lo intenté: minifaldas, zapatos de tacón, jerséis escotados, todo eso. Perseguía a los hombres y me tiraba a todos los chicos que podía. Pero un día vi en el periódico un anuncio de mujeres que buscaban a otras mujeres; por lo tanto, llamé. «Como si fuera una broma», me dije a mí misma. Para reírme. Nos encontramos en un gimnasio, nadamos un poco, nos tomamos un café y me llevó a su casa. Ella tenía veinticuatro años. Yo tenía diecinueve. Estuvimos juntas cinco años, hasta que empecé a trabajar en la cárcel. Pero después... No podía llevar esa vida. Me parecía demasiado arriesgado. Y luego mi hermana contrajo la enfermedad de Hodgkin, me tuve que hacer cargo de sus hijos, y durante un buen tiempo eso fue más que suficiente.

–Hasta que apareció Katja.

–Me he acostado con un montón de hombres, pero sólo he tenido dos relaciones serias: ambas con mujeres. Katja es una de ellas.

–¿Cuánto tiempo hace que dura?

–Diecisiete años, con pequeñas interrupciones.

–¿Piensa seguir así para siempre?

–¿Con Yasmin en medio, quiere decir? –Observó a Nkata, como si quisiera leer una respuesta en su silencio–. Si se pudiera decir que escogemos a la gente que amamos, entonces le diría que la escogí por dos motivos: Nunca hablaba de lo que la llevó a la cárcel; por lo tanto, sabía que podría guardar mi secreto. Y ella misma también tenía un gran secreto: por aquel entonces yo creía que tenía una amante fuera de la cárcel. «Estaré a salvo si me lío con ella», pensaba. Cuando salga de la cárcel, se irá con ella o con él, y yo habré tenido la oportunidad de sacarme esto del cuerpo y podré vivir célibe el resto de mi vida, pero, como mínimo, sabré que he tenido algo... –El semáforo de Parkhust Road cambió de color, y el pequeño peatón andante pasó del rojo al verde. Noreen bajó de la acera, pero lo miró por encima del hombro mientras hacía el último comentario–: Han pasado diecisiete años, agente. Es la única presa que jamás haya tocado... de esa forma. Es la única mujer que jamás haya amado... de esa manera.

–¿Por qué? –le preguntó mientras empezaba a cruzar la calle.

–Porque es digna de confianza –le respondió al alejarse–. Y porque es fuerte. Nadie puede acabar con Katja Wolff.

–¡Maldita sea! ¡Lo que me faltaba! –musitó Barbara Havers. Empezaba a sentir el peligro de su situación. Después de dos meses degradada por insubordinación y agresión a un superior, no se podía permitir el lujo de tener otro bache en su mal pavimentada carrera–. Si Leach le cuenta a Hillier lo del ordenador, estamos acabados, inspector. Lo sabes, ¿verdad?

–Sólo estaremos acabados si en ese ordenador hay algo que pueda ser de utilidad para la investigación –señaló Lynley mientras avanzaban con el Bentley a través del denso tráfico nocturno de Rosslyn Hill–. Y no hay nada que pueda serlo, Havers.

Su completa serenidad contrastaba con la gran aprensión de Barbara. Después de salir del despacho de Leach, se habían dirigido al coche con tanta rapidez que ni siquiera había tenido tiempo de fumarse un cigarrillo, y se moría de ganas de fumarse uno para calmar los nervios; por lo tanto, a su temor había que añadir cierta irritabilidad.

–Lo sabes, ¿verdad? –repitió–. ¿Y qué me dices de las cartas? De las que el comisario jefe le mandó a Eugenie. Si necesitamos esas cartas para preparar el caso contra Richard Davies... para justificar por qué fue a por Webberly... para explicar por qué hizo todo lo posible para que pareciera que era obra de Wolff...

Se pasó la mano por el pelo y sintió que se le erizaba. Tenía que cortárselo. Lo haría esa misma noche. Usaría las tijeras de las uñas y haría un buen trabajo. Quizá debería cortárselo bien corto y ponerse gomina en los cuatro pelos que le quedaran. Eso sí que serviría para distraer a Hillier del papel que había jugado en la ocultación de pruebas.

–No creo que tengas razón en todo –apuntó Lynley.

–¿Qué quieres decir con eso exactamente?

–No puede haber matado a Eugenie sólo porque ésta amenazara la carrera de Gideon, Havers, ni después haber ido a por Webberly porque se hubiera sentido celoso de su relación con Eugenie. Si va en esa dirección, ¿qué pinta Kathleen Waddington en todo esto?

–Tal vez esté equivocada respecto a la carrera de Gideon –respondió–. Quizás atropellara a Eugenie porque se había liado con Webberly.

–No, tienes razón. Su objetivo era Eugenie, la única persona que mató. Pero también fue a por Webberly y a por Waddington para que pareciera que Katja Wolff estaba detrás de todo eso. –Lynley parecía tan seguro, tan impasible ante la peligrosa situación en la que se encontraba, que a Barbara le entraron ganas de pegarle. Él podía permitirse esa indiferencia, decidió. Si le echaban del Nuevo Departamento de Scotland Yard, sencillamente tendría que irse a vivir a su mansión de Cornualles y pasar el resto de sus días con la pequeña aristocracia rural. Ella, sin embargo, no tenía esa opción.

–Pareces estar muy seguro de ti mismo –se quejó.

–Davies tenía la carta, Havers.

–¿Qué carta? –inquirió.

–La carta que le informaba de que Katja Wolff había salido de la cárcel. Sabía que sospecharía de ella tan pronto como me la enseñara.

–¿Crees que se cargó al comisario jefe y a la Waddington esa para que pareciera que la muerte de Eugenie había sido una venganza? ¿Que Katja se dedicó a perseguir a toda esa multitud que la hizo encarcelar?

–Eso es lo que pienso.

–Pero tal vez sí que sea una venganza, inspector. Quizá supiera lo de Eugenie y Webberly. Tal vez siempre lo hubiera sabido, habría esperado el momento propicio, se habría consumido por los celos y habría jurado que un día...

–No tiene sentido, Havers. Las cartas de Webberly a Eugenie Davies fueron enviadas a Henley. Son posteriores al divorcio. Davies no tenía ningún motivo para estar celoso. Lo más seguro es que ni siquiera conociera su existencia.

–Entonces, ¿por qué escogió a Webberly? ¿Por qué no a cualquier otra persona relacionada con el juicio? ¿Al fiscal del Estado, al juez, a otro testigo?

–Supongo que Webberly era más fácil de localizar. Hace veinticinco años que vive en la misma casa.

–Pero si Davies encontró a Waddington, seguro que sabía dónde vivían todos los demás.

–¿A quién te refieres?

–A la gente que declaró contra ella. A Robson, por ejemplo. ¿Qué me dices de Robson?

–Robson ayudaba a Gideon. Me lo contó él mismo. No creo que Davies hiciera nada que pudiera perjudicar a su hijo. Toda su hipótesis, la que se le ocurrió en el despacho de Leach, se basa en la suposición de que Davies actuó para proteger a su hijo.

–Bien. De acuerdo. Quizás esté equivocada. Tal vez todo esté relacionado con el romance de Eugenie y Webberly. Tal vez las cartas y el ordenador hubieran sido pruebas que nos habrían ayudado a demostrarlo. Y quizá, después de todo, estemos bien jodidos.

Se volvió hacia ella y repuso:

–Barbara, no lo estamos. –Lynley le observó las manos y se dio cuenta de que las estaba retorciendo, como si fuera la heroína desgraciada e impotente de un melodrama representado por Simon Legree–. ¡Concédete ese gusto!

–¿De qué me estás hablando? –le preguntó.

–Del tabaco. Fúmate uno. Te lo mereces. Lo resistiré. –Incluso apretó el encendedor del Bentley, y cuando éste saltó de repente, se lo entregó y le sugirió–: Enciéndete uno. Es probable que nunca más te vuelvas a encontrar en una situación como ésta.

–¡Eso espero! –musitó Barbara.

Le lanzó una mirada y replicó:

–Me refería a lo de fumar en el coche, Barbara.

–Sí. Bien, no...

Sacó uno de sus Players y usó los espirales calientes del mechero para encenderse un cigarrillo. Inspiró profundamente y, de mala gana, le dio las gracias a su superior por haberla complacido una vez en la vida con respecto a su vicio. Fueron avanzando hacia el sur a lo largo de la calle principal, y Lynley echó un vistazo al reloj de bolsillo. Le pasó el móvil a Barbara y le dijo:

–Llama a St. James y dile que tenga el ordenador a punto.

Cuando Barbara estaba a punto de hacerlo, el móvil le sonó en las manos. Apretó la tecla y Lynley le hizo un gesto para indicar que respondiera. Por lo tanto, Barbara dijo:

–Aquí Havers.

–¿Agente? –Era el comisario Leach, que más que hablar parecía gruñir–. ¿Dónde demonios están?

–Vamos a buscar el ordenador, señor. Es Leach –le dijo en voz baja a Lynley– en otro ataque de mal humor.

–¡A la mierda el ordenador! –exclamó Leach–. Diríjanse a Portman Street. Entre Oxford Street y Portman Square. Cuando lleguen, ya verán lo que ha pasado.

–¿Portman Street? –preguntó Barbara–. Pero, señor, no quería que...

–¿El oído le funciona tan mal como el sentido común?

–Yo...

–Tenemos otro caso de atropellamiento y fuga –le informó con brusquedad.

–¿Qué? –inquirió Barbara–. ¿Otro? ¿Quién?

–Richard Davies. Pero esta vez hay testigos. Y quiero que usted y Lynley los pasen a todos por el cedazo antes de que desaparezcan.

GIDEON

10 de noviembre

La confrontación es la única respuesta. Me ha mentido. Durante casi tres cuartas partes de mi vida, mi padre ha mentido. No ha mentido con lo que ha dicho sino con lo que me ha hecho creer con su silencio durante veinte años: que nosotros –él y yo– fuimos las personas perjudicadas cuando mi madre nos abandonó. Pero la verdad es que se marchó porque se había dado cuenta del motivo por el que Katja había asesinado a mi hermana y del motivo por el que había guardado silencio respecto a sus acciones.

11 de noviembre

Así pues, esto es lo que sucedió, doctora Rose. Si me perdona, no quiero hablar de recuerdos ahora, no quiero retroceder en el tiempo. Sólo esto:

Le llamé por teléfono y le dije:

–Sé por qué murió Sonia. Sé por qué Katja se negó a hablar. Papá, eres un hijo de puta.

No respondió.

–Sé por qué mamá nos abandonó. Sé lo que sucedió. ¿Me comprendes? Di algo, papá. Ha llegado la hora de la verdad. *Sé* lo que sucedió.

Podía oír la voz de Jill al fondo. Podía oír su pregunta; el tono de voz y la forma en que la formuló –«¿Richard? Cariño, ¿quién demonios es?»– me dio una indicación del modo en que mi padre reaccionaba ante lo que le estaba diciendo. Por lo tanto, no me sorprendió en lo más mínimo cuando empezó a hablar para decirme con severidad:

–Ahora mismo voy hacia allí. No salgas de casa.

Cómo llegó hasta mí con tanta rapidez, no lo sé. Lo único que puedo decir es que cuando entró en casa y subió la escalera con paso decidido, me pareció que tan sólo habían pasado unos minutos desde que colgara el teléfono.

No obstante, les había visto a los dos en esos minutos: a Katja Wolff, que trataba de aferrarse a la vida, que usó una amenaza mortal para salir de Alemania Oriental, y que habría usado la misma muerte si hubiera sido necesario para conseguir el objetivo que perseguía; y a mi padre, que la había fecundado, quizá con la esperanza de crear un espécimen perfecto que perpetuara una línea familiar que empezaba con él mismo. Después de todo, se libraba de las mujeres que no eran capaces de darle hijos sanos. Lo había hecho con su primera esposa, y seguro que también había planeado hacérselo a mi madre. Pero con Katja no había actuado con suficiente rapidez. Katja, Katja, que se aferraba a la vida y que no esperaba a que la vida se lo diera.

Discutieron.

«¿Cuándo le contarás lo nuestro, Richard?»

«Cuando llegue el momento oportuno.»

«¡Pero no tenemos tiempo! Sabes que no tenemos tiempo.»

«Katja, no te comportes como una histérica.»

Pero después, cuando llegó el momento en que podría haber subido a la tribuna de los testigos, no dijo nada para defenderla, excusarla o comprometerse, a diferencia de mi madre, que se enfrentó a la chica alemana con el tema del embarazo y que le dijo que no estaba cumpliendo con sus obligaciones con respecto a mi hermana por culpa de ese embarazo. Así pues, Katja había decidido por fin ocuparse del asunto por sí misma. Cansada de discutir y de intentar defenderse a sí misma, enferma a causa del embarazo, y sintiéndose profundamente traicionada por todos lados, se vino abajo. Ahogó a Sonia.

¿Qué esperaba conseguir?

Quizás esperara librar a mi padre de una carga que creía que los separaba. Tal vez pensara que al ahogar a Sonia conseguiría hacer una afirmación que creía que debía hacer. Quizá deseara castigar a mi madre por tener una influencia sobre mi padre que parecía inquebrantable. Pero a Sonia sí que la mató, y después se negó –por medio de un silencio estoico– a reconocer su crimen, la breve vida de mi hermana o los propios pecados que le habían llevado a quitarle la vida a Sonia.

¿Por qué? ¿Porque así protegía al hombre que amaba? ¿O porque quería castigarle?

Todo esto es lo que vi y lo que pensé mientras esperaba la llegada de mi padre.

–¿Por qué te has puesto tan gallito, Gideon?

Ésas fueron las primeras palabras que me dirigió a medida que entraba a la sala de música, donde yo me encontraba sentado junto a la ventana, luchando contra los primeros retortijones de mi estómago que indicaban que me sentía asustado, infantil y cobarde a medida que se acercaba la hora de nuestro encuentro definitivo. Señalé la libreta en la que había estado escribiendo durante todas esas semanas, y odié el hecho de que mi voz sonara quebrada. Odiaba lo que ese quebramiento revelaba: sobre mí, sobre él, y sobre lo que yo temía.

–Sé lo que ha sucedido –le anuncié–. Lo he recordado.

–¿Has cogido el instrumento?

–Pensabas que no sería capaz de atar cabos, ¿verdad?

–¿Has cogido el Guarneri, Gideon?

–Creías que podrías seguir fingiendo el resto de tu vida.

–¡Maldita sea! ¿Has tocado? ¿Lo has intentado? ¿Te has dignado siquiera a mirar el violín?

–Pensabas que haría lo que siempre he hecho.

–¡Ya he tenido bastante de esto! –Empezó a moverse, pero no hacia la funda del violín, sino hacia el equipo de música, y mientras lo hacía se sacó un CD nuevo del bolsillo.

–Pensabas que estaría de acuerdo con todo lo que me dijeras porque siempre me he comportado así, ¿no es verdad? Si le doy cualquier cosa que se parezca a un cuento aceptable, se lo tragará: el anzuelo, la caña y el plomo.

Se giró y exclamó:

–¡No tienes ni idea de lo que estás hablando! ¡Mírate! Mira lo que te ha hecho ella con toda esa farsa psicológica. Has quedado reducido a un ratoncito llorón que tiene miedo de su propia sombra.

–¿No es precisamente eso lo que tú has hecho, papá? ¿No es precisamente eso lo que también hiciste por aquel entonces? Mentiste, engañaste, traicionaste...

–¡Basta! –Luchaba por sacar el CD de su envoltorio, y lo abrió con los mismísimos dientes como si fuera un perro, escupiendo los trozos de celofán en el suelo–. Escúchame bien, porque sólo hay una manera de solucionar esto, y es por la que deberías haber optado desde un principio. Un hombre de verdad afronta sus miedos. No esconde la cola y huye.

–¡Tú sí que estás huyendo! ¡En este mismo momento!

–¡Y tanto que lo estoy haciendo, joder! –Apretó el botón para abrir el reproductor de CDs. Metió el disco dentro. Lo puso en marcha y subió el volumen–. ¡Escucha! ¡Haz el favor de escuchar y de comportarte como un hombre!

Había subido tanto el volumen que cuando empezó a sonar no sabía de qué se trataba. Pero mi confusión sólo duró un instante, porque lo había escogido, doctora Rose. Beethoven. *El Archiduque.* Lo había escogido.

Empezó el Allegro Moderato. Llenó toda la sala. Pero aun así podía oír los gritos de papá.

–¡Escucha! ¡Escucha! Escucha lo que te ha destrozado, Gideon. Escucha lo que tienes miedo de tocar.

Me tapé los oídos y exclamé:

–¡No puedo! –Sin embargo, lo seguía oyendo, oyendo por encima de todo.

–Escucha lo que estás permitiendo que te controle. Escucha esa simple pieza musical que te ha destrozado la carrera entera.

–Yo no...

–Manchas negras en un maldito trozo de papel. Sólo es eso. A eso le has dado todo tu poder.

–No me hagas...

–¡Cállate! Escucha. ¿Es imposible que un músico como tú toque esa pieza? No, no lo es. ¿Es demasiado difícil? No. ¿Es siquiera un desafío? No, no, no. Sólo es levemente, remotamente, vagamente...

–¡Papá! –Me tapé los oídos con las manos. La sala se estaba volviendo negra. Estaba quedando reducida a un pequeño punto de luz, y esa luz era azul, era azul, era azul.

–La debilidad se ha apoderado de ti, Gideon. Tenías mucho coraje y te has convertido en un condenado señor Robson. Eso es lo que has hecho.

La introducción de piano casi había llegado a su fin. El violín estaba a punto de empezar. Conocía las notas. La música estaba dentro de mí. Pero ante mis ojos sólo veía esa puerta. Y papá –mi padre– seguía despotricando.

–Me extraña que no hayas empezado a sudar como él. Eso es lo que harás a continuación. Sudar y temblar como un bicho raro que...

–¡Déjalo ya!

Y la música. La música. La música. Creciendo, explotando, exigiendo. A mi alrededor, la música que temía y que me horrorizaba.

Y delante de mí esa puerta; ella estaba de pie junto a las escaleras que conducían hasta la puerta, la luz reluciendo sobre ella, una mujer que no habría reconocido en la calle, una mujer cuyo acento se había desvanecido con el tiempo, durante los veinte años que había pasado en la cárcel.

–¿Te acuerdas de mí, Gideon? –me pregunta–. Soy Katja Wolff. Tengo que hablar contigo.

Le digo con educación, porque aunque no sé quién es, a lo largo de esos años me han enseñado que trate al público con educación al margen de lo que me pidan porque el público es quien asiste a mis conciertos, quien compra mis discos, quien hace aportaciones monetarias al East London Conservatory y el que intenta mejorar las vidas de los niños necesitados, niños como yo de muchas maneras a excepción de las circunstancias de mi nacimiento... Le digo:

–Me temo que tengo un concierto, señora.

–No nos llevará mucho tiempo.

Baja las escaleras. Cruza el trozo de Welbeck Way que nos separa. Me he acercado a las dobles puertas rojas de la entrada de los artistas del Wigmore Hall, y cuando estoy a punto de llamar a la puerta para que me dejen entrar, me dice, me dice, oh, Dios, me dice:

–He venido a cobrar, Gideon.

Pero yo no sé a qué se refiere.

No obstante, en cierta manera comprendo que el peligro está a punto de sumergirme. Agarro la funda en la que el Guarneri está protegido por piel y terciopelo, y le repito:

–Tal y como ya le he dicho, tengo un concierto.

–No empezará hasta de aquí a una hora –me replica–. O, como mínimo, eso es lo que me han dicho en la parte delantera del edificio.

Hace un gesto de asentimiento hacia Wigmore Street, donde está la taquilla, donde, según parece, ha ido primero a buscarme. Le habrían dicho que los músicos aún no habían llegado, señora, y que cuando lo hacían, no usaban la puerta delantera sino la trasera. Por lo tanto, si tenía la paciencia de esperarse allí, quizá tuviera la oportunidad de hablar con el señor Davies, aunque ellos no podían garantizarle que el señor Davies tuviera tiempo de hablar con ella.

–Cuatrocientas mil libras, Gideon –me dice–. Tu padre asegura que no las tiene. Por lo tanto, he venido a pedírtelas a ti porque tú seguro que tienes esa cantidad.

Y el mundo tal y como lo conozco se encoge se encoge desaparece y se convierte en un pequeño punto de luz. De ese punto surge el sonido, y oigo a Beethoven, el Allegro Moderato, el primer movimiento de *El Archiduque*, y después la voz de papá.

–¡Pórtate como un hombre, por el amor de Dios! ¡Ponte recto! ¡En pie! Deja de encogerte como si fueras un perro apaleado. Deja de lloriquear. Te estás comportando como...

Ya no oí nada más porque de repente supe de qué iba todo eso y lo que siempre había sido. Lo recordé todo de golpe –como la música en sí– y la música sonaba al fondo al mismo tiempo que el hecho que había intentado olvidar.

Estoy en mi habitación. Raphael está enfadado, más enfadado de lo que jamás había visto; hace días que está enfadado, con los nervios de punta, ansioso e irritable. Yo he estado de mal humor y poco dispuesto a ayudar. Me han negado la posibilidad de ir a Juilliard. Juilliard ha sido añadido a la lista de imposibilidades a la que me estoy empezando a acostumbrar. No es posible, no es posible, ajusta por aquí, recorta por allá, intenta ser indulgente. «Por lo tanto, van a ver lo que es bueno –decido–. Nunca jamás volveré a tocar ese estúpido violín. No ensayaré. No prestaré atención en clase. No tocaré en público. No tocaré en privado, ni para mí ni para nadie. Les demostraré de lo que soy capaz.»

Raphael entra resueltamente en la habitación. Pone el disco de *El Archiduque* y me advierte:

–Gideon, estoy perdiendo la paciencia contigo. No es una pieza difícil. Quiero que escuches el primer movimiento hasta que lo puedas tararear en sueños.

Se marcha, cierra la puerta. Y empieza el Allegro Moderato.

–No lo haré, no lo haré, no lo haré –grito. Tiro una mesa, le pego una patada a una silla, y empiezo a aporrear la puerta con mi propio cuerpo–. ¡No puedes obligarme! ¡No puedes obligarme a nada!

La música va en aumento. El piano introduce la melodía. Todo está en silencio y preparado para el violín y el violonchelo. La mía no es una parte difícil de aprender, no para alguien como yo que tiene un don natural. Pero ¿qué sentido tiene aprenderla si no voy a ir a Juilliard? Aunque Perlman sí que lo hizo. De niño, estudió allí. Pero yo no iré. Es injusto. Es muy injusto. Todo lo que me rodea es injusto. No lo haré. No lo aceptaré.

Y la música va en aumento.

Abro la puerta de golpe. Grito en el pasillo:

–No. No lo haré.

Pienso que vendrá alguien, que me llevarán a alguna parte y que me reñirán, pero nadie viene porque todo el mundo está demasiado ocupado con sus preocupaciones y no con las mías. Y yo estoy enfadado porque es mi mundo el que se ha visto afectado. Es mi vida la que ha sido alterada. Es mi deseo el que ha sido frustrado, y tengo ganas de darle puñetazos a la pared.

Y la música crece. Y el violín se eleva. Y yo no tocaré esa pieza de música en Juilliard ni en ningún otro sitio porque debo quedarme aquí. En esta casa, en la que todos somos prisioneros. Por culpa de ella.

El tirador está entre mis manos antes de que me dé cuenta, el entrepaño de la puerta ante mis narices. Entraré violentamente y la asustaré. La haré llorar. Haré que pague por ello. Se lo haré pagar a todos.

No está asustada, pero está sola. Sola en la bañera con los patitos amarillos flotando a su alrededor, y con un bote rojo al que le da palmaditas con cara de felicidad. Merece que la asusten, que la azoten, que le hagan comprender lo que me ha hecho; por lo tanto, la cojo y la sumerjo debajo del agua, y veo cómo los ojos se le ensanchan, ensanchan y ensanchan, y siento cómo lucha para sentarse de nuevo.

Y la música –esa música– crece y crece. Suena sin parar. Durante minutos. Durante días.

Entonces aparece Katja. Pronuncia mi nombre a gritos. Y Raphael está justo detrás de ella, sí, porque, sí, ahora lo entiendo todo: Han estado hablando, ellos dos, y ésa es la razón por la que Sonia estaba sola, y él le ha estado preguntando si lo que Sarah-Jane Beckett le había dicho era verdad. Porque tiene derecho a saberlo, le dice. Es lo que dice cuando entra en el cuarto de baño tras los talones de Katja. Es lo que dice cuando entra y ella grita. Dice:

–... porque si lo estás, es mío y lo sabes. Tengo el derecho...

Y la música se eleva.

Y Katja grita, llama a mi padre, y Raphael exclama en voz alta:

–¡Oh, Dios mío! ¡Oh, Dios mío!

Sin embargo, no la suelto. No la suelto ni siquiera entonces porque sé que el final de mi mundo empezó con ella.

24

Jill entró en su dormitorio tambaleándose. Sus movimientos eran torpes. Se sentía impedida a causa de su tamaño. Abrió de golpe el armario en el que guardaba la ropa, pensando «Richard, oh Dios mío, Richard», cambiando de opinión y preguntándose qué hacía de pie delante del armario de la ropa. Sólo podía pensar en el nombre de su prometido. Lo único que era capaz de sentir era una mezcla de terror y un profundo odio hacia sí misma por las dudas que había tenido, dudas que había estado abrigando y alimentando en el mismo instante que... ¿Que qué? ¿Qué le había sucedido?

–¿Está vivo? –había gritado por teléfono cuando la voz le había preguntado si era la señorita Foster, la señorita Jill Foster, la mujer cuyo nombre Richard llevaba en la cartera en el caso de que algo...

–¡Santo Cielo! ¿Qué ha sucedido? –le había preguntado Jill.

–Señorita Foster, si fuera tan amable de venir al hospital –le había sugerido la voz–. ¿Necesita un taxi? ¿Quiere que le avise uno? Si me da la dirección, llamaré a uno.

La idea de esperar cinco minutos –o diez o quince– le parecía inconcebible. Jill dejó caer el teléfono y, como pudo, se fue en busca del abrigo.

El abrigo. Eso era. Había ido al dormitorio en busca del abrigo. Pasó las manos por entre la ropa que colgaba del armario hasta que sintió el tacto del cachemir. Lo descolgó de la percha y se lo puso como pudo. Manoseó los botones de cuerno, calculó mal dónde iban, pero no se molestó en abrocharlos de nuevo cuando vio que el dobladillo del abrigo le colgaba cual cortina inclinada. De la cómoda sacó una bufanda –la primera que encontró, no importaba– y se la pasó por el cuello. Se colocó un gorro negro de lana sobre la cabeza y agarró el bolso. Se dirigió hacia la puerta.

Una vez en el ascensor, apretó el botón del aparcamiento subterráneo y deseó que el pequeño cubículo bajara sin detenerse en ninguna planta. Se dijo a sí misma que era una buena señal que la hubieran llamado desde el hospital y que le hubieran pedido que fuera hasta allí. Si las noticias fueran malas, si la situación fuera –podía arriesgarse a pronunciar la palabra– mortal, no la habrían llamado, ¿verdad? ¿No habrían mandado a un policía para que fuera a buscarla o para hablar con ella? En consecuencia, el hecho de que la hubieran llamado quería decir que estaba vivo. Estaba vivo.

Se encontró haciendo tratos con Dios mientras empujaba las puertas del aparcamiento. Si Richard vivía, si su corazón o lo que fuera se recuperaba, entonces cedería con el nombre del bebé. La bautizarían con el nombre de Cara Catherine. Richard podría llamarla Cara en casa, a puerta cerrada, entre los familiares, y ella misma también la llamaría de ese modo. Pero en el mundo exterior, los dos la llamarían Catherine. En la escuela la matricularían con el nombre de Catherine. Sus amigos la llamarían Catherine. Y Cara aún sería mucho más especial porque sería el nombre que sólo sus padres usarían. Es justo, ¿verdad, Dios? ¡Ojalá Richard siguiera con vida!

El coche estaba aparcado en la sección siete. Lo abrió, rezando para que se pusiera en marcha, y por primera vez en la vida comprendió la importancia de tener un vehículo moderno y seguro. Pero el Humber fue de gran importancia en su pasado –su abuelo había sido su único propietario– y cuando le había dejado el coche en herencia, lo había mantenido por amor a su abuelo y en recuerdo de las excursiones campestres que habían hecho. Al principio, sus amigos se habían reído del coche, y Richard le había sermoneado sobre los peligros –no tenía airbag ni reposacabezas, y los frenos eran inadecuados–, pero Jill había continuado conduciéndolo con tozudez y no tenía ninguna intención de dejar de hacerlo.

«Es mucho más seguro que los coches que corren por ahí hoy en día –declaraba con lealtad cada vez que Richard intentaba hacerle prometer que no lo conduciría más–. Es como un tanque.»

–Sólo te pido que no lo conduzcas hasta que hayas tenido el bebé, y debes prometerme que no permitirás que Cara se acerque a ese coche –le había replicado.

«Catherine –había pensado–. Se llamará Catherine.» Pero eso era antes. Eso era cuando pensaba que las cosas no podían pasar en un instante: cosas como esas que lo cambiaban todo, y que hacían que lo que había parecido tan importante el día anterior se convirtiera en una bagatela.

Con todo, le había prometido no conducir el Humber, y había mantenido esa promesa durante los dos últimos meses. Por lo tanto, tenía serios motivos para pensar que quizá no arrancaría.

Lo hizo. Arrancó como una seda. Pero el aumento de tamaño de Jill hizo que tuviera que reajustar el pesado asiento delantero. Se inclinó hacia delante y bajó la mano en busca de la palanca metálica. La levantó y cambió el peso de lado. El asiento no se movía.

–¡Maldita sea! ¡Venga! –exclamó y lo intentó de nuevo. Sin embargo, o bien el artilugio se había corroído por el paso de los años o bien había algo que bloqueaba el raíl sobre el que descansaba el enorme asiento.

Cada vez más ansiosa, pasó los dedos por el suelo. Tanteó la palanca, y después el extremo de ésta. Tanteó los muelles del asiento. Tanteó el raíl. Después lo encontró. Algo duro, delgado y rectangular bloqueaba el viejo raíl de metal, y estaba colocado de tal manera que era prácticamente inamovible.

Frunció el ceño. Tiró del objeto. Lo movió de un lado a otro cada vez que se quedaba atascado. Maldijo. Las manos se le llenaron de sudor. Y por fin, por fin, consiguió hacerlo caer. Lo sacó de debajo del asiento, lo alzó y lo colocó sobre el ancho asiento de al lado.

Se percató de que era una fotografía, una fotografía en un marco de madera de lo más monástico.

GIDEON

11 de noviembre

Corrí, doctora Rose. Me dirigí a toda prisa hacia la puerta de la sala de música y me tiré escaleras abajo. Abrí la puerta de golpe. Dio un portazo contra la pared. Me precipité hacia Chalcot Square. No sabía adónde iba ni lo que tenía intención de hacer. Pero tenía que alejarme: alejarme de mi padre y de lo que me había obligado a afrontar sin darse cuenta.

Corrí a ciegas, pero vi su rostro. No su aspecto de alegría o inocencia, o incluso de sufrimiento, sino el que ponía cuando perdía la conciencia mientras yo la ahogaba. Vi cómo volvía la cabeza a uno y otro lado, cómo el pelo de bebé se le ahuecaba, cómo intentaba respirar como si fuera un pez, y cómo dejaba los ojos en blanco y le desaparecían. Luchó por seguir con vida, pero no pudo igualar la fuerza de mi ira. La sostuve bajo el agua, la sostuve bajo el agua, y cuando Katja y Robson entraron a toda prisa en el cuarto de baño, ella ya había dejado de moverse y de ofrecer resistencia. Pero, con todo, mi furia todavía no estaba satisfecha.

Mis pies resonaban sobre la acera a medida que corría precipitadamente por la plaza. No me dirigí hacia Primrose Hill, porque ese lugar está al descubierto, y estar al descubierto ante cualquier cosa, cualquier persona, era una idea que me parecía insoportable. Así pues, me dirigí con gran estruendo en otra dirección, girando la primera esquina con la que me encontré, embistiendo el silencioso vecindario hasta que aparecí de repente en la parte alta de Regent's Park Road.

Momentos después, oí cómo gritaba mi nombre. Mientras descansaba jadeante en el cruce de Regent's Park y Gloucester Road, giró la esquina, con la mano en el costado a causa del flato. Alzó un brazo. Gritó: «¡Espera!», pero yo empecé a correr de nuevo.

Lo que pensaba mientras corría era una frase simple: «Siempre lo ha sabido». Ya que estaba empezando a recordar más cosas, y lo que recordaba se me presentaba como una serie de imágenes.

Katja grita y patalea. Raphael la aparta a un lado para poder llegar hasta mí. Los gritos y las pisadas avanzan por la escalera y el pasillo. Una voz exclama: «Maldita sea».

Papá está en el cuarto de baño. Intenta alejarme de la bañera, donde mis dedos han empujado, empujado y empujado los frágiles hombros de mi hermana. Grita mi nombre y me abofetea. Me tira del pelo, y al final consigue que la suelte.

–¡Sacadlo de aquí! –ruge, y por primera vez creo que se parece al abuelo y me asusto.

Mientras Raphael me arrastra a lo largo del pasillo, oigo que llega más gente. Mi madre grita: «¿Richard? ¿Richard?» mientras sube la escalera a toda prisa. Sarah-Jane Beckett y James el Inquilino están hablando mientras bajan a toda velocidad desde el piso de arriba. Desde algún lugar mi abuelo vocifera: «¡Dick! ¿Dónde está mi whisky? ¡Dick!», y mi abuela, asustada, pregunta desde la planta baja: «¿Le ha sucedido algo a Jack?».

Entonces Sarah-Jane Beckett está conmigo y me dice: «¿Qué ha sucedido? ¿Qué pasa?». Me suelta de las fuertes garras de Raphael y protesta: «Raphael, ¿qué le estás haciendo?» y «¿por qué demonios llora?», refiriéndose a Katja Wolff, que no cesa de repetir: «No la he dejado. Sólo un minuto», pero Raphael Robson no añade nada a ese comentario.

Después de todo eso estoy en mi dormitorio. Oigo que papá dice a gritos: «No entres, Eugenie. Llama a urgencias».

«¿Qué ha sucedido? ¡Sosy! ¿Qué ha sucedido?»

Una puerta se cierra. Katja llora. Raphael dice: «Permitidme que la lleva abajo».

Sarah-Jane Beckett se coloca junto a la puerta de mi dormitorio, escucha, con la cabeza inclinada, y se queda allí. Me siento en la cama y me apoyo en la cabecera, con los brazos mojados hasta los codos, comienzo a temblar, y por fin me doy cuenta de la monstruosidad que acabo de perpetrar. Y durante todo ese tiempo la música ha seguido sonando, la misma música, el maldito *Archiduque* que me ha estado atormentando y persiguiendo cual demonio despiadado durante los últimos veinte años.

Eso es lo que recordaba mientras corría, y cuando llegué al cruce no hice el menor intento por esquivar el tráfico. Me parecía que el mejor acto de compasión era que me atropellara un coche o un camión.

No sucedió. Llegué al otro lado de la calle. Pero papá iba pegado a mis talones, sin dejar de gritar mi nombre.

Empecé a correr de nuevo, para alejarme de él, para sumergirme en el pasado. Y vi ese pasado como si fuera un calidoscopio de imágenes: el afable policía pelirrojo que olía a puro y que me hablaba con una amable voz paternal... esa noche en la cama con mi madre sosteniéndome, sosteniéndome, sosteniéndome, con mi cara apretada contra sus pechos como si me fuera a hacer lo que yo le había hecho a mi hermana... mi padre sentado en un extremo de la cama, sus manos sobre mis hombros mientras las mías descansaban sobre las de mi madre... la voz de mi padre que me decía: «Estás a salvo, Gideon, nadie te hará daño...». Raphael con flores, flores para mi madre, flores de condolencia para aliviar su dolor... y siempre voces calladas, en todas las habitaciones, durante una infinidad de días...

Finalmente, Sarah-Jane se aleja de la puerta junto a la que ha permanecido inmóvil, esperando y escuchando. Se encamina hacia el aparato de música, donde el violín del trío de Beethoven toca un pasaje de doble cuerda. Aprieta un botón y la música cesa felizmente, dejando un silencio tan vacío que sólo deseo que la música vuelva a sonar de nuevo.

El sonido de sirenas irrumpe en ese silencio. Se oyen cada vez más a medida que se acercan los vehículos. Aunque es probable que sólo hayan tardado minutos, me parece que ha pasado una hora desde que papá me estirara del pelo e intentara que dejara de asir a mi hermana.

«¡Aquí arriba! ¡Aquí!», grita papá desde la escalera mientras alguien deja entrar al equipo medicalizado.

Y entonces empieza el esfuerzo por salvar lo que no puede ser salvado, lo que yo sé que no puede ser salvado, porque fui yo quien la aniquilé.

No puedo soportar las imágenes, los recuerdos, los sonidos.

Corrí a ciegas, como un loco, sin importarme adónde me dirigía. Crucé la calle y volví en mí delante del pub de Pembroke Castle. Y más allá vi la terraza donde los bebedores se sientan en verano, pero entonces estaba vacía, delimitada por un muro, un bajo muro de ladrillo sobre el que me subí, a lo largo del que corrí, desde el que salté, sin pensar en la arcada de hierro del puente de peatones que cruza la línea férrea diez metros más abajo. Salté pensando: «Así será».

Oí el tren antes de verlo. Al oírlo, obtuve mi respuesta. El tren avanzaba muy poco a poco y, por lo tanto, el conductor tendría tiempo de parar y yo no me moriría... a no ser que calculara mi salto con precisión.

Me acerqué al extremo de la arcada. Vi el tren. Observé cómo se acercaba.

–¡Gideon!

Papá estaba en un extremo del puente de peatones. Gritó:

–¡No te muevas!

–¡Es demasiado tarde!

Y como un bebé, empecé a llorar, y esperé el momento, el momento perfecto, para poder saltar a la vía delante del tren y entrar en el olvido.

–¿Qué dices? –me preguntó a gritos–. ¿Demasiado tarde para qué?

–Sé lo que le hice a Sonia –respondí–. Lo he recordado.

–¿Qué has recordado? –Apartó los ojos de mí para mirar el tren, y ambos veíamos cómo se iba acercando. Dio un paso hacia mí.

–Ya lo sabes. Lo que hice. Esa noche. A Sonia. Cómo murió. Ya sabes lo que le hice.

–¡No! ¡Espera! –exclamó mientras yo movía los pies y las suelas ya me colgaban del precipicio–. ¡No lo hagas, Gideon! ¡Cuéntame lo que crees que sucedió!

–La ahogué, papá. Ahogué a mi propia hermana.

Dio otro paso hacia mí, con la mano extendida.

El tren estaba cada vez más cerca. Veinte segundos y todo habría acabado. Veinte segundos y la deuda habría sido saldada.

–¡No te muevas! ¡Por el amor de Dios, Gideon!

–¡La ahogué! –grité entre sollozos–. La ahogué y ni siquiera lo recordaba. ¿Sabes lo que eso significa? ¿Sabes cómo me siento?

Observó el tren y luego a mí. Dio otro paso adelante. Gritó:

–¡No lo hagas! ¡Escúchame! ¡No mataste a tu hermana!

–Tuviste que separarme de ella. Ahora lo recuerdo. Y ésa es la razón por la que mi madre se marchó. Nos abandonó sin decir palabra porque sabía lo que yo había hecho. ¿No es así? ¿No es verdad?

–¡No, no lo es!

–Lo es. Lo recuerdo.

–¡Escúchame! ¡Espera! –Sus palabras fueron rápidas–. Le hiciste daño, sí. Y sí, sí, estuvo inconsciente. Pero, Gideon, hijo, escucha lo que te estoy diciendo. Tú no ahogaste a Sonia.

–Entonces quién...

–Lo hice yo.

–No te creo. –Miré hacia abajo, hacia las expectantes vías del tren. Sólo tenía que dar un único paso, un momento después estaría sobre las vías, y todo habría acabado. Un estremecimiento de dolor y después borrón y cuenta nueva.

–¡Mírame, Gideon! ¡Por el amor de Dios, escúchame! ¡No hagas eso antes de comprender lo que en verdad sucedió!

–¡Estás intentando ganar tiempo!

–Si fuera así, habrá otro tren, ¿no? Por lo tanto, escúchame. Te lo debes a ti mismo.

«Nadie había estado presente –me dijo–. Raphael se había llevado a Katja a la cocina. Mi madre se había ido a llamar a urgencias. La abuela se había ido a tranquilizar al abuelo. Sarah-Jane me había llevado a mi habitación. Y James el Inquilino había regresado al piso de arriba.»

–Podría haberla sacado de la bañera en aquel momento –declaró–. Podría haberle hecho la respiración boca a boca. Podría haber intentado hacerle la reanimación cardiopulmonar. Pero la sostuve allí, Gideon. La sostuve debajo del agua hasta que oí que tu madre acababa de hablar con los de urgencias.

–No puede ser. No tuviste suficiente tiempo.

–Sí que lo tuve. Tu madre se quedó junto al teléfono hablando con los de urgencias hasta que oímos que los del equipo medicalizado llamaban a la puerta. Me repetía los mensajes de los de urgencias. Hice ver que hacía lo que me indicaban. Pero no podía verme, Gideon; por lo tanto, no podía saber que yo no había sacado a Sonia de la bañera.

–No te creo. Me has mentido toda la vida. No decías nada. No me contabas nada.

–Te lo estoy contando ahora.

A mis pies pasó el tren. Vi cómo el conductor me miraba en el último momento. Nuestras miradas se cruzaron. El conductor, con los ojos bien abiertos, cogió el transmisor de radio. Envió aviso a los siguientes trenes. Había perdido la oportunidad del olvido.

–Debes creerme –insistió papá–. Te estoy diciendo la verdad.

–Entonces, ¿qué pasa con Katja?

–¿Qué quieres decir?

–Fue a la cárcel. Y fuimos nosotros quienes la mandamos allí, ¿no es verdad? Le mentimos a la policía y ella tuvo que ir a la cárcel. Veinte años, papá. Por culpa nuestra.

–No, Gideon. Estuvo de acuerdo en ir.

–¿Qué?

–Ven hacia mí. Te lo explicaré.

Por lo tanto, le di ese gusto: que se creyera que había conseguido convencerme de que no me tirara a las vías del tren, cuando en realidad sabía que los guardias de seguridad del tren debían estar a punto de llegar. Me volví a subir al puente de peatones y me acerqué a mi padre. Cuando estuve lo bastante cerca de él, me asió como si estuviera intentando apartarme del borde del abismo. Me abrazó, y pude sentir el martilleo de su corazón. No creía nada de lo que me había dicho hasta ese momento, pero estaba dispuesto a escucharle, a prestarle atención, y a intentar ver más allá de la máscara que llevaba para averiguar los hechos que se escondían tras ella.

Habló con precipitación, sin soltarme ni una sola vez mientras me relataba la historia. Al creer que yo –y no mi padre– había ahogado a mi hermana, Katja Wolff había sabido al instante que tenía una gran parte de culpa, ya que había dejado sola a Sonia. Si aceptaba cargar con las culpas –diciendo que había dejado a la niña sola durante un minuto para contestar a una llamada telefónica– entonces mi padre se ocuparía de recompensarla. Le pagaría veinte mil libras por el servicio que había prestado a su familia. Y en caso de que la llevaran a juicio por negligencia, entonces añadiría a esa cantidad otras veinte mil libras por cada año que fuera incomodada.

–No sabíamos que la policía formularía un caso contra ella –me susurró al oído–. No sabíamos nada de las fracturas curadas del cuerpo de tu hermana. No sabíamos que la prensa sensacionalista se ocuparía del caso con tanta ferocidad. Y tampoco sabíamos que Bertram Cresswell-White la juzgaría como si le hubieran dado una nueva oportunidad de juzgar a Myra Hindley. En circunstancias normales, habría estado en libertad condicional por negligencia. Como máximo, le habrían caído cinco años. Pero todo salió mal. Y cuando el juez insistió en que la condenaran a veinte años por el abuso... Era demasiado tarde.

Me aparté de él. «¿Verdad o mentira?», me pregunté mientras examinaba su rostro.

–¿Quién abusó de Sonia?

–Nadie –respondió.

–Pero las fracturas...

–Era una niña frágil, Gideon. Tenía un esqueleto muy delicado. Formaba parte de su enfermedad. El abogado defensor de Katja se lo explicó al jurado, pero Cresswell-White tiró sus argumentos por el suelo. Todo salió mal. Todo salió al revés.

–Entonces, ¿por qué no declaró en defensa propia? ¿Por qué no habló con la policía? ¿Con sus abogados?

–Era parte del trato.

–El trato.

–Veinte mil libras si permanecía en silencio.

–Pero deberías haber sabido...

¿Qué?, pensé. ¿Qué debería haber sabido? ¿Que su amiga Katie Waddington no mentiría bajo juramento, que no declararía haber hecho una llamada telefónica que no había hecho? ¿Que Sarah-Jane Beckett la haría quedar todo lo mal que pudiera? ¿Que el fiscal del Estado juzgaría que había abusado de una niña y que la describiría como al diablo en persona? ¿Que el juez recomendaría una sentencia draconiana? ¿Qué debería haber sabido mi padre exactamente?

Me solté de él. Empecé a andar sobre mis pasos hacia Chalcot Square. Me seguía de cerca, pero no me hablaba. No obstante, sentía sus ojos a mis espaldas. Sentía cómo me penetraban. «Se lo ha inventado todo», concluí. Tiene demasiadas respuestas, y le vienen con demasiada rapidez.

Se lo dije en la puerta de entrada de mi casa. Afirmé:

–No te creo, papá.

–¿Qué otro motivo podía tener para permanecer en silencio? –me contestó–. Iba en contra de sus propios intereses.

–Esa parte sí que me la creo –repuse–. Creo en esa parte de las veinte mil libras. Estoy seguro de que habrías pagado esa cantidad para que no me hicieran daño. Y para evitar que el abuelo se enterara de que el bicho raro de su hijo había ahogado a la rara de su hija.

–¡Eso no es lo que sucedió!

–Ambos sabemos que así fue. –Me di la vuelta para entrar en casa.

Me cogió del brazo y me preguntó:

–¿Creerías a tu madre?

Me giré. Debió de ver la pregunta, la incredulidad y el recelo en mi rostro, porque prosiguió sin esperar a que le respondiera.

–Me ha estado llamando. Desde los hechos de Wigmore Hall, me ha estado llamando, como mínimo, dos veces a la semana. Leyó en los periódicos lo que te había sucedido, me llamó para preguntar por ti, y no ha dejado de llamar desde entonces. Si quieres, lo arreglaré todo para que podáis veros.

–¿De qué serviría? Me acabas de decir que no vio nada...

–¡Gideon, por el amor de Dios! ¿Por qué crees que me dejó? ¿Por qué crees que se llevó todas las fotografías de tu hermana con ella?

Me lo quedé mirando. Intenté leer su rostro. Y mucho más que eso, intenté encontrar la respuesta a una única pregunta que no formulé en voz alta: «Aunque la viera, ¿me diría la verdad?».

Pero papá pareció percatarse de esa pregunta en mis ojos, porque se apresuró a decir:

–Tu madre no tiene ninguna razón para mentirte, hijo. Y, sin lugar a dudas, la forma en que desapareció de nuestras vidas revela que no podía soportar la culpabilidad de vivir la farsa que yo la había obligado a vivir.

–También podría indicar que no podía soportar vivir en la misma casa que el hijo que había asesinado a su hermana.

–Entonces, deja que ella misma te lo diga.

Nos mirábamos a los ojos, y esperé una señal que me indicara que estaba inquieto. Pero no llegó.

–Puedes confiar en mí –me aseguró.

Creer en esa promesa era lo que más deseaba en el mundo.

25

–Ojalá esta situación dejara de cambiar de dirección cada veinticinco minutos –comentó Havers–. Si así fuera, quizá podríamos empezar a solucionar este caso.

Lynley giró por Belsize Avenue e hizo un rápido repaso mental del callejero para pensar en una buena ruta para llegar a Portman Street. A su lado, Havers seguía quejándose.

–Por lo tanto, si han eliminado a Davies, ¿quién nos queda? Leach debe de tener razón. Tendremos que volver a sospechar de Wolff; tal vez haya usado algún coche antiguo de alguien que aún no hayamos localizado. Ese alguien le presta el coche, seguramente sin saber para qué lo quiere, y empieza a perseguir a todos aquellos que declararon contra ella. O tal vez los dos vayan a por ellos. Aún no hemos contemplado esa posibilidad.

–Eso implicaría que una mujer inocente ha pasado veinte años en la cárcel –apuntó Lynley.

–No sería la primera vez –replicó Havers.

–Pero sí que sería la primera vez que la supuesta inocente no intenta decir nada en defensa propia.

–Es de Alemania Oriental, un antiguo estado totalitario. Cuando Sonia Davies fue asesinada, sólo llevaba en Inglaterra... ¿Qué? ¿Dos años? ¿Tres? Unos policías extranjeros empiezan a interrogarla, le entra la paranoia y se niega a responderles. Para mí, tiene sentido. No creo que en el país del que procedía tuvieran mucha simpatía por la policía, ¿no te parece?

–Estoy de acuerdo en que quizá la policía la pusiera nerviosa –contestó Lynley–. Pero le habría dicho a alguien que era inocente, Havers. Es obvio que se lo debería haber dicho a sus abogados, pero no lo hizo. ¿Qué te sugiere eso?

–Que alguien la coaccionó.

–¿Cómo?

–¿Cómo quieres que lo sepa? –Havers se estiró del pelo en un gesto de frustración, como si al hacerlo pudiera hacer que el cerebro le indicara otra posibilidad, pero no fue así.

No obstante, Lynley pensó en lo que Havers acababa de sugerir. Por lo tanto, le indicó:

–Llama a Winston. Tal vez tenga algo para nosotros.

Havers usó el móvil de Lynley para hacerlo. Avanzaron con dificultad hasta Finchley Road. El viento, que había arreciado durante todo el día, había cobrado fuerza a última hora de la tarde, y ahora arrastraba con violencia las hojas de otoño y los desperdicios por toda la calle. También traía consigo una tormenta del noreste, y a medida que giraban hacia Baker Street, gotas de lluvia empezaron a salpicar el parabrisas del Bentley. La temprana oscuridad de noviembre había caído sobre Londres, y los faros de los coches brillaban con intensidad, creando una zona de juego para las primeras ráfagas de lluvia.

Lynley soltó una maldición y exclamó:

–¡Esto empeorará la situación del escenario del crimen!

Havers asintió. Sonó el móvil de Lynley. Havers se lo pasó.

Winston Nkata les informó que, a no ser que la novia de Katja Wolff les estuviera mintiendo, la mujer alemana quedaba fuera de toda sospecha. Tanto por lo que respectaba al asesinato de Eugenie Davies como al caso de atropellamiento y fuga de Webberly. Habían estado juntas ambas noches.

–Eso no es ninguna novedad, Winston –le replicó Lynley–. Ya nos había explicado que Yasmin Edwards le había confirmado que ella y Katja...

No se refería a Yasmin Edwards, les informó Nkata, sino a la guardiana suplente de la cárcel de Holloway, una tal Noreen McKay, que hacía años que estaba liada con Katja Wolff. No había querido confesarlo por razones obvias, pero después de presionarla, había conseguido que admitiera que había estado con la mujer alemana en las dos noches en cuestión.

–De todos modos, llame a la sala de incidencias para que su nombre conste en la lista –le dijo Lynley a Nkata–. Y que comprueben si aparece en la lista de la Dirección General de Tráfico. ¿Dónde está Wolff ahora?

–Supongo que está en su casa de Kennington –contestó Nkata–. Ahora mismo me dirijo hacia allí.

–¿Por qué?

Se produjo una pausa al otro lado de la línea antes de que el agente dijera:

–Pensaba que sería una buena idea informarle de que estaba libre de sospecha. La he tratado con bastante dureza.

Lynley, que se estaba preguntando a quién debía de estar refiriéndose exactamente, le ordenó:

–Primero llame a Leach y dele el nombre de Noreen McKay. Y también la dirección.

–¿Y después?

–Ocúpese del asunto de Kennington. Pero, Winnie, no se entretenga.

–¿Por qué me lo dice, inspector?

–Tenemos otro caso de atropellamiento y fuga. –Lynley le puso al corriente de la situación, y le contó que él y Havers estaban en camino hacia Portman Street–. Ahora que Davies ha quedado descartado, tenemos un nuevo partido. Nuevas reglas, nuevos jugadores, y por lo que sabemos, un objetivo totalmente diferente.

–Pero si Wolff tiene coartada...

–Vaya con cuidado –le advirtió Lynley–. Aún hay muchas cosas que no sabemos.

Después de colgar, le hizo un resumen de la conversación a Havers. Cuando éste concluyó, Barbara exclamó:

–¡Cada vez tenemos menos sospechosos!

–¡Así es! –asintió Lynley.

Diez minutos después, ya habían finalizado el recorrido hasta Portman Street; aunque no hubieran sabido que se había producido un accidente, se habrían percatado enseguida al ver las luces intermitentes no muy lejos de la plaza y la lenta velocidad a la que se movía el tráfico. Aparcaron entre la acera y el carril del autobús.

Avanzaron con dificultad bajo la lluvia rumbo a las luces, abriéndose camino entre una gran multitud de curiosos. Las luces procedían de dos coches patrulla que bloqueaban el carril del autobús y de un tercero que impedía que pasaran los coches. Los agentes de uno de los coches estaban conversando en medio de la calle con un guardia urbano, mientras que los de los otros dos coches estaban hablando con la gente de la calle e intentando entrar en un autobús que estaba aparcado de lado con una rueda sobre la acera. No había ninguna ambulancia a la vista. Ni tampoco se veía ningún equipo que se ocupara del escenario del crimen. Ni tampoco habían acordonado la zona en la que se había producido la colisión, que no podía ser otra que el carril donde estaba aparcado el coche patrulla. Lo que significaba que nadie se estaba ocupando de las posibles pruebas que pudiera haber y que, por lo tanto, éstas desaparecerían bien pronto. Lynley dijo una palabrota en voz baja.

Con Havers pegada a sus talones, se abrió paso entre la multitud y le mostró la identificación al agente más cercano; es decir, un poli que llevaba anorak. La lluvia le resbalaba desde el casco hasta el cuello. De vez en cuando, se la sacudía de encima.

–¿Qué ha sucedido? –le preguntó Lynley al agente–. ¿Dónde está la víctima?

–Se la han llevado al hospital –le respondió el agente.

–Así pues, ¿está vivo? –Lynley miró a Havers. Ésta hizo el signo de victoria con los dedos–. ¿En qué estado se encuentra?

–Yo diría que ha tenido mucha suerte. La última vez que tuvimos un caso así, estuvimos recogiendo restos humanos de la acera durante una semana, y el conductor ni siquiera consiguió avanzar cien metros.

–¿Hay testigos? Tenemos que hablar con ellos.

–¿Ah, sí? ¿Por qué?

–Tenemos un caso similar de atropellamiento en West Hampstead –le contestó Lynley–. Otro en Hammersmith. Y un tercero en Maida Vale. La víctima de este caso guarda relación con los otros.

–Creo que les han informado mal.

–¿Cómo dice? –Fue Havers quien lo preguntó.

–Eso no es un caso de atropellamiento y fuga. –El agente hizo un gesto con la cabeza para señalarles el autobús, donde uno de sus colegas estaba interrogando a una mujer que estaba sentada en el mismo asiento del conductor. El conductor en sí se encontraba en la acera, señalando el faro delantero izquierdo y hablando con gran seriedad con otro agente–. El autobús le dio a alguien –clarificó el agente–. Parece ser que alguien lo empujó desde la acera. Tuvo suerte de no morir en el acto. El señor Nai –señaló al conductor del autobús– tiene buenos reflejos y precisamente habían revisado los frenos del autobús la semana anterior. Hay algunos golpes y moretones, me refiero a los pasajeros, claro está, a causa del frenazo, pero la víctima tiene uno o dos huesos rotos, nada más.

–¿Alguien vio quién le empujó?

–Eso precisamente es lo que estamos intentando averiguar.

Jill aparcó el Humber en un lugar en el que se indicaba con mucha claridad que estaba reservado para ambulancias, pero no le importó. Que se lo llevara la grúa, que se lo inmovilizaran, que le pusieran una multa. Salió como pudo de detrás del volante y se encaminó a toda prisa hacia la entrada de accidentes y urgencias. No había nadie en recepción, tan sólo un vigilante tras un sencillo mostrador de madera.

Echó un vistazo a Jill y le preguntó:

–¿Quiere que llame a su médico, señora, o ya han quedado que vendrá a buscarla aquí?

–¿Qué? –exclamó Jill, antes de comprender la conclusión a la que había llegado al ver su estado, su aspecto personal y el estado de nervios en el que se encontraba–. No, no quiero ningún médico.

Al oírlo, el hombre exclamó con un tono de desaprobación:

–¿No tiene médico?

Ignorándolo, Jill avanzó con dificultad hacia una persona que parecía un doctor. Estaba consultando unas notas y llevaba un estetoscopio alrededor del cuello, lo que le daba un aire de autoridad que el vigilante no tenía. Jill le preguntó a gritos:

–¿Richard Davies? –El doctor alzó la mirada–. ¿Dónde está Richard Davies? Me han llamado por teléfono. Me han dicho que venga. Lo han ingresado y no me diga que... No me diga que él... Por favor, ¿dónde está?

–Jill...

Se dio la vuelta. Estaba apoyado en una jamba cuya puerta daba a lo que parecía ser una sala de tratamiento que estaba justo detrás del mostrador del vigilante. Más allá pudo ver camillas con gente tumbada, tapada hasta la barbilla con delgadas mantas color pastel, y tras las camillas vio cubículos rodeados de cortinas, al pie de las cuales asomaban los pies de los que se ocupaban de los heridos, de los gravemente enfermos o de los moribundos.

Richard se encontraba entre los que no estaban heridos de gravedad. Jill sintió que le temblaban las piernas al verle. Exclamó:

–¡Pensaba que estabas...! Me dijeron... Cuando me llamaron... –Empezó a llorar, lo que no era nada propio de ella y que, por lo tanto, indicaba lo asustada que estaba.

Richard avanzó hacia ella dando traspiés y se abrazaron.

–Les pedí que no te llamaran –le dijo–. Les dije que yo mismo te llamaría para comunicártelo, pero insistieron... Es lo que suelen hacer... Si hubiera sabido lo nerviosa... Ven aquí, Jill, no llores...

Intentó sacar un pañuelo para ella, y entonces fue cuando se dio cuenta de que llevaba el brazo derecho escayolado. Después se percató de todo lo demás: la escayola del pie derecho que asomaba tras las rasgada costura de los pantalones azul marino, el feo morado en un lado del rostro, y la hilera de puntos bajo su ojo derecho.

–¿Qué te ha pasado? –le preguntó a gritos.

–Llévame a casa, por favor. Quieren que pase la noche aquí, pero no necesito... No creo que haga falta... –La miró con seriedad–. Jill, ¿serías tan amable de llevarme a casa?

Le respondió que por supuesto que lo haría. ¿Había dudado alguna vez que estaría allí, que haría lo que le pidiera, que se ocuparía de él, que lo cuidaría?

Richard se lo agradeció con una gratitud que a ella le pareció conmovedora. Y cuando reunieron sus pertenencias, todavía se sintió más conmovida al ver que Richard había conseguido hacer las compras que había salido a hacer. Sacó cinco bolsas arrugadas y manchadas de la sala de tratamiento.

–Como mínimo, he encontrado el interfono del bebé –le comentó con ironía.

Se dirigieron hacia el coche, ignorando las protestas del joven médico y de la enfermera –todavía más joven– que intentaban detenerlos. Avanzaban poco a poco, ya que Richard tenía que pararse a descansar cada cuatro pasos más o menos. Mientras salían por la puerta de las ambulancias, le hizo un resumen de lo que había sucedido.

Había entrado en más de una tienda, le dijo, buscando lo que tenía en mente. Había acabado haciendo más compras de lo que se había imaginado, y las bolsas le habían resultado muy difíciles de llevar entre la multitud que ocupaba las calles.

–No estaba prestando atención, a pesar de que debería haberlo hecho –le dijo–. ¡Había tanta gente!

»Me dirigía hacia Portman Street para recoger el Granada, ya que lo había dejado en el aparcamiento subterráneo de Portman Square. Las aceras estaban abarrotadas: la gente corría de un lado a otro de Oxford Street para hacer las últimas compras antes de que las tiendas cerraran, los ejecutivos se dirigían a sus casas, grupos de estudiantes avanzaban a empujones, los vagabundos estaban ansiosos por encontrar portales en los que pasar la noche y por un puñado de monedas con el que saciar su hambre.

»Ya sabes cómo se pone esa parte de la ciudad –añadió–. Fue una locura ir allí, pero no lo quería posponer por más tiempo.

»Alguien me empujó en el preciso instante en que el autobús número 74 abandonaba la parada. Antes de que me diera cuenta de lo que estaba sucediendo, ya estaba volando por los aires delante del vehículo. Una rueda me pasó por encima...

–¡Del brazo! –exclamó Jill–. Del brazo. Oh, Richard...

–La policía me dijo que había tenido mucha suerte –concluyó Richard–. Podría haber sido... Bien, ya sabes lo que podría haber sucedido. –Se detuvo de nuevo de camino hacia el coche.

–¡La gente ya no va con cuidado! –exclamó Jill enfadada–. Siempre andan con prisas. Van por la calle con los móviles pegados a la oreja y ni siquiera ven a nadie más. –Le pasó la mano por el morado de la mejilla–. Déjame que te lleve a casa, cariño. Déjame que te mime un poco. –Le sonrió con ternura–. Te prepararé un poco de sopa y de pescado, y te meteré en la cama.

–Esta noche tendré que ir a mi casa –apuntó Richard–. Perdóname, Jill, pero no me veo con ánimos de dormir en tu sofá.

–¡Sólo faltaría! –contestó–. ¡Te llevaré a casa! –Se cambió de mano las cinco bolsas de la compra que había cogido de la sala de urgencias. Eran pesadas y raras, pensó. No era de extrañar que le hubieran hecho perder el equilibrio.

–¿Qué le hizo la policía a la persona que te empujó? –le preguntó.

–No saben quién fue.

–¿Que no saben...? ¿Cómo es posible, Richard?

Se encogió de hombros. Lo conocía lo suficiente para saber de inmediato que no se lo estaba contando todo.

–¿Richard? –exclamó.

–Quienquiera que fuera, no dio la cara cuando me atropelló el autobús. Por lo que sé, él, o ella, ni siquiera sabía que me habían atropellado. Sucedió muy rápido, y en el preciso instante en que el autobús se alejaba de la acera. Si iba con prisas... –Se ajustó la chaqueta sobre los hombros, y le colgaba como una capa, ya que no podía ponérsela a causa de la escayola del brazo–. Sólo quiero olvidar que ha sucedido.

–Seguro que alguien ha visto alguna cosa –apuntó.

–Cuando la ambulancia vino a buscarme, ya habían empezado

a interrogar a algunas personas. –Divisó el Humber donde Jill lo había dejado y avanzó dando tumbos en silencio. Jill le siguió y le preguntó–: Richard, ¿estás seguro de que me lo has contado todo?

No respondió hasta que estuvieron junto al coche. Entonces contestó:

–Creen que ha sido deliberado, Jill. ¿Dónde está Gideon? Tengo que advertirle.

Jill apenas sabía lo que hacía mientras abría la puerta del coche, echaba el asiento hacia delante y dejaba las bolsas de Richard sobre la parte trasera. Después de asegurarse que su prometido estuviera bien sentado, entró en el coche y se puso tras el volante.

–¿Qué quieres decir con eso de deliberado? –Miró las marcas que la lluvia estaba dejando sobre el parabrisas e intentó ocultar su miedo.

Richard no respondió. Ella se volvió hacia él y le volvió a preguntar:

–¿Qué quieres decir con eso de deliberado? ¿Guarda alguna relación con...? –Y entonces se percató de que sobre el regazo tenía el marco que ella había encontrado debajo del asiento.

–¿De dónde ha salido esto? –le preguntó.

Jill se lo contó y añadió:

–Pero no entiendo... ¿De dónde debe de haber salido? ¿Quién es? No la conozco. No reconozco... Y es obvio que no puede ser... –Jill dudó, ya que no quería decirlo.

Richard lo hizo por ella:

–Es Sonia. Mi hija.

Jill sintió que un anillo de hielo le rodeaba el corazón de repente. Bajo la tenue luz procedente de la entrada del hospital, cogió la fotografía y se la acercó. Una niña –igual de rubia que su hermano de pequeño– sostenía un oso de peluche contra su mejilla. Sonreía a la cámara como si no tuviera ninguna preocupación en la vida. Si la tenía, seguramente no se habría dado cuenta, pensó Jill mientras contemplaba la fotografía por segunda vez.

–Richard, nunca me dijiste que Sonia... ¿Por qué nunca me ha dicho nadie que...? Richard. ¿Por qué nunca me has contado que tu hija tenía el síndrome de Down?

Entonces se volvió hacia ella y le contestó sin alterarse:

–No suelo hablar de Sonia. Nunca lo hago. Además, lo sabes.

–Pero necesitaba saberlo. Debería haberlo sabido. Merecía saberlo.

–Ahora te pareces a Gideon.

–¿Qué tiene que ver Gideon con...? Richard, ¿por qué nunca me has hablado de ella? ¿Y qué hace esta fotografía en mi coche?

Las tensiones de todo el día –la conversación con su madre, la llamada desde el hospital, la frenética conducción– se le vinieron encima de repente. Le preguntó a gritos:

–¿Intentas asustarme? ¿Crees que si veo lo que le sucedió a Sonia consentiré a tener a Catherine en el hospital y no en casa de mi madre? ¿Es eso lo que esperas? ¿Es eso de lo que se trata?

Richard lanzó la fotografía al asiento trasero y fue a caer sobre una de las bolsas.

–¡No seas ridícula! Gideon quiere una fotografía de Sonia, sólo Dios sabe por qué, y la cogí para hacerla enmarcar de nuevo. Tal y como te habrás dado cuenta, le hace falta. El marco está abollado y el cristal... Lo has visto tú misma. Eso es todo, Jill. Nada más que eso.

–¿Por qué no me lo contaste? ¿No te das cuenta del riesgo que corremos? Si tenía el síndrome de Down por una cuestión genética... Podríamos haber ido al médico. Podíamos habernos hecho análisis de sangre o algo así. Cualquier cosa. Lo que sea que hagan en estos casos. Pero en vez de eso, dejaste que me quedara embarazada sin que yo supiera que había una posibilidad...

–Lo sabía –respondió–. No hay ninguna posibilidad. Sabía que te harías la amniocentesis. Y una vez que supimos que Cara estaba bien, ¿qué sentido habría tenido darte un motivo de preocupación?

–Pero cuando decidimos tener un bebé, tenía el derecho... Porque si las pruebas hubieran indicado que algo iba mal, tendría que haber decidido... ¿No te das cuenta de que necesitaba saberlo desde el principio? Necesitaba conocer el riesgo para tener tiempo para pensarlo, en caso de que tuviera que decidir... Richard, no me puedo creer que me hayas ocultado una cosa así.

–Arranca el coche, Jill –sugirió–. Quiero irme a casa.

–No creas que me podrás hacer cambiar de tema con tanta facilidad.

Richard soltó un suspiro, levantó la cabeza hacia el techo, respiró profundamente y repuso:

–Jill, me acaba de atropellar un autobús. La policía cree que alguien me empujó de modo deliberado. Eso quiere decir que alguien intentó matarme. Bien, entiendo que estés enfadada. Estás empeñada en que tenías derecho a saberlo, y de momento lo acepto. Pero si fueras capaz de olvidarte de tus preocupaciones por un momento, te darías cuenta de que necesito ir a casa. Me duele la cara, me pica el tobillo y se me está hinchando el brazo. Podemos dejar todo esto en el coche y volver a urgencias para que me vea un médico o podemos volver a casa y hablar de todo esto mañana por la mañana. Tú eliges.

Jill se le quedó mirando hasta que Richard se volvió hacia ella y le miró a los ojos.

–Que no me lo hayas dicho es lo mismo que si me hubieras mentido.

Arrancó el coche antes de que él pudiera responder, y cambió de marcha con una violenta sacudida.

Richard se estremeció y dijo:

–Si hubiera sabido que ibas a reaccionar de esta manera, te lo habría dicho. ¿De verdad piensas que quiero discutir contigo? ¿Ahora precisamente? ¿Con el bebé a punto de nacer? ¿De verdad piensas que eso es lo que quiero? Por el amor de Dios, hemos estado a punto de perdernos uno al otro esta misma tarde.

Jill avanzó con el coche hasta Grafton Way. Su intuición le decía que algo iba mal, pero lo que su intuición no le decía era si tenía que ver con ella o con el hombre que amaba.

Richard no pronunció palabra hasta que hubieron atravesado Portland Place y hasta que empezaron a dirigirse hacia Cavendish Square bajo la lluvia. Entonces espetó:

–Debo hablar con Gideon lo antes posible. También podría estar en peligro. Si le sucediera algo... después de todo lo que ha pasado...

Ese «también» se lo dijo todo a Jill. Le preguntó:

–Eso guarda relación con lo que le sucedió a Eugenie, ¿no es verdad?

Su silencio fue una respuesta muy elocuente. El miedo empezó a corroerla de nuevo.

Jill se percató demasiado tarde de que el camino que había escogido les llevaría directamente a Wigmore Hall. Y lo peor de todo era que, según parecía, esa noche había un concierto, ya que un exceso de taxis llenaba la calle, y todos se empeñaban en dejar a sus pasajeros justo delante de la marquesina de cristal. Jill vio que Richard giraba la cara para no verlo.

–Ha salido de la cárcel –le anunció–. Y doce días después de que saliera, Eugenie fue asesinada.

–¿Crees que la mujer alemana...? ¿La misma mujer que mató...?

–Y entonces lo volvió a ver todo negro, lo que le imposibilitó tener otra discusión con él: la imagen de ese lastimoso bebé y el hecho de que le hubiera ocultado su enfermedad, precisamente a ella, a Jill Foster, que había tenido un interés serio y personal en conocer todo lo posible con respecto a Richard Davies y a sus hijos.

–¿Tenías miedo de decírmelo? –le preguntó–. ¿Es eso?

–Ya sabías que Katja Wolff había salido de la cárcel. Incluso hablamos de ello con el detective el otro día.

–No estoy hablando de Katja Wolff. Te estoy hablando de... Ya sabes a lo que me refiero. –Giró hacia Portman Square y desde allí cruzó Park Lane–. Tenías miedo de que, si lo sabía, quizá no quisiera tener un hijo contigo. Me habría sentido demasiado asustada. Tenías miedo de eso y, por lo tanto, no me lo contaste porque no confiabas en mí.

–¿Cómo esperabas que te diera esa información? –le preguntó Richard–. ¿Se suponía que debía decirte: «A propósito, mi ex mujer parió un hijo disminuido»? No era importante.

–¿Cómo puedes decir eso?

–Tú y yo no íbamos a por un bebé. Teníamos relaciones sexuales. Muy buenas. Las mejores. Y estábamos enamorados. Pero no íbamos...

–No tomaba ninguna clase de precaución. Y tú lo sabías.

–Pero lo que yo no sabía era que tú no estabas al corriente de que Sonia... ¡Santo Cielo! Cuando murió, apareció en todos los periódicos: que fue asesinada, que tenía síndrome de Down, que la ahogaron. Nunca se me pasó por la cabeza que tendría que decírtelo yo mismo.

–¡No lo sabía! Murió hace más de veinte años, Richard. Yo sólo tenía dieciséis años. ¿A qué adolescente de dieciséis años conoces que sea capaz de recordar lo que leyó en el periódico veinte años atrás?

–No soy responsable de lo que tú puedas o no recordar.

–Pero tenías la responsabilidad de explicarme algo que podría afectar mi futuro y el futuro de nuestro bebé.

–Lo hacías sin precauciones. Supuse que ya tenías el futuro planeado.

–¿Estás intentando decirme que crees que te tendí una trampa? –Habían llegado al semáforo del final de Park Lane, y Jill se giró de una forma extraña en el asiento para quedar de cara a él–. ¿Es eso lo que estás insinuando? ¿Estás intentando decirme que yo estaba tan desesperada por conseguirte como marido que me quedé embarazada a propósito para asegurarme que me llevaras al altar? Bien, las cosas no han salido precisamente así, ¿verdad? He tenido que transigir con muchas cosas para llegar a un acuerdo.

Un taxi tocó la bocina a su espalda. Primero, Jill miró por el espejo retrovisor, y luego se dio cuenta de que el semáforo ya estaba en verde. Avanzaron poco a poco alrededor de Wellington Arch, y Jill se sintió agradecida por el tamaño del Humber, ya que la hacía mucho más visible a los autobuses y mucho más amedrentadora a los coches más pequeños.

–Lo que intento decirte –prosiguió Richard imperturbable– es que no quiero discutir sobre esto. No te lo conté porque pensaba que ya lo sabías. Es posible que nunca lo mencionara, pero no hice nada por ocultártelo.

–¿Cómo puedes decir eso si no tienes a la vista ni una sola fotografía de ella?

–Lo he hecho por Gideon. ¿Crees que quería que Gideon se pasara la vida contemplando a su hermana asesinada? ¿No crees que eso hubiera afectado su música? Cuando Sonia murió, fue un infierno para todos nosotros. Para todos, Jill, Gideon incluido. Necesitábamos olvidar, y quitar todas las fotografías de Sonia nos pareció una forma de hacerlo. Bien, si eres incapaz de entenderlo o de perdonarme, si quieres poner fin a nuestra relación por eso... –La voz empezó a temblarle. Se colocó la mano sobre el rostro, estirándose la piel de la mandíbula, estirándola con violencia, sin pronunciar palabra.

Y Jill tampoco dijo nada en lo que les quedaba de trayecto hasta Cornwall Gardens. Pasó por Kensington Gore. Siete minutos más tarde ya estaban aparcando en un lugar del centro de la plaza cubierta de hojas secas.

En silencio, Jill ayudó a su prometido a salir del coche, levantó el asiento para coger los paquetes de la parte trasera. Por una parte, como eran para Catherine, le parecía más lógico dejarlos donde estaban; por otra, como el futuro de los padres de Catherine había dejado de verse claro tan de repente, tenía la impresión, sutil pero inconfundible, que debería llevarlos al piso de Richard. Jill los recogió con rapidez. También cogió la fotografía que había sido la causa de su discusión.

–A ver, déjame que coja algo –le sugirió Richard a la par que le ofrecía la mano buena.

–Puedo arreglármelas sola –le replicó.

–Jill...

–Puedo hacerlo sola.

Se encaminó hacia Braemar Mansions, y el decrépito edificio le recordó una vez más hasta qué punto había tenido que transigir con su prometido. «¿Quién querría vivir en un sitio así? –se preguntó– ¿Quién estaría dispuesto a comprar un piso en un edificio en el que los cimientos se estaban viniendo abajo?» Si ella y Richard esperaban vender el piso de su prometido antes que el suyo propio, entonces estarían condenados a no tener un hogar con jardín en el que establecer una familia con Catherine. Y eso era, quizá, lo que él siempre había querido.

Nunca se había vuelto a casar, se dijo a sí misma. Desde su divorcio habían pasado veinte años –¿dieciséis?, ¿dieciocho?, en realidad no importaba– y en todo ese tiempo nunca había permitido que una mujer entrara en su vida. Y ahora, en este mismísimo día, en la misma tarde que podría haber perdido la vida, pensaba en ella. En lo que le había sucedido y en lo que debía hacer para proteger a... ¿a quién? Ni a Jill Foster, su novia embarazada, ni a su futura hija, sino a su hijo. Gideon. Su hijo. Su maldito hijo.

Richard apareció tras ella mientras ésta subía las escaleras del edificio. Pasó ante ella y abrió la puerta, empujándola de golpe para que ella pudiera entrar en el oscuro vestíbulo, con las baldosas medio rotas en el suelo, y con el papel colgando de las mohosas paredes. Le parecía muy ofensivo que no hubiera ascensor y que sólo hubiera una pequeña curva que hiciera las funciones de rellano, en caso de que alguien necesitara descansar mientras subía. Pero Jill no quería descansar. Subió hasta el primer piso y dejó que su prometido sufriera a su espalda.

Cuando Richard consiguió llegar hasta arriba, respiraba con dificultad. En otras circunstancias, se habría arrepentido de haberle dejado subir sin su ayuda, ya que sólo contaba con una barandilla insegura y el ascenso se le hacía muy difícil a causa de la escayola de la pierna; pero en ese momento pensó que le serviría de lección.

–Mi edificio tiene ascensor –apuntó Jill–. La gente quiere ascensores, sabes, cuando piensa en comprarse un piso. Y, de hecho, ¿cuánto dinero esperas conseguir por este piso, comparado con lo que podríamos obtener con el mío? Entonces podríamos mudarnos de casa. Podríamos tener un hogar. Y entonces tendrías tiempo para pintar, redecorar, o hacer cualquier cosa que lo convirtiera en un piso vendible.

–Estoy agotado –declaró–. No puedo seguir así. –Se abrió paso y fue cojeando hasta la puerta del piso.

–Te viene muy bien, ¿verdad? –comentó a medida que entraban y que Richard cerraba la puerta a sus espaldas. Las luces estaban encendidas. Richard frunció el ceño al verlo. Se encaminó hacia la ventana y se asomó–. Así no podrás seguir hablando de los temas que quieres evitar.

–Eso no es verdad. No estás siendo nada razonable. Has tenido un susto, ambos lo hemos tenido, y ahora estás reaccionando. Cuando hayas tenido la oportunidad de descansar...

–¡No me digas lo que tengo que hacer! –replicó con voz estridente. En el fondo sabía que Richard tenía razón, que se estaba comportando de un modo poco razonable, pero no podía parar. En cierta manera, todas las dudas tácitas que había abrigado durante tantos meses se estaban confundiendo con sus miedos no reconocidos. Todo eso borboteaba en su interior, como si fueran gases nocivos que buscaran una fisura por la que filtrarse–. Tú siempre te has salido con la tuya. Y yo he cedido una y otra vez. Y ahora quiero que las cosas se hagan a mi manera.

Sin apartarse de la ventana, le preguntó:

–¿Estás así porque has visto esa fotografía antigua? –Alargó la mano en su dirección–. Entonces, dámela. Quiero destruirla.

–Creía que querías guardarla para Gideon –gritó.

–Sí, pero si nos va a crear tantos problemas... Dámela, Jill.

–No. Se la daré a Gideon. Después de todo, él es el único que importa. Cómo se siente Gideon. Lo que hace Gideon. Si Gideon toca su instrumento. Se ha interpuesto entre nosotros desde el principio, ¡Dios mío! Incluso nos conocimos a través de él, y ahora no tengo ninguna intención de sacarlo de su sitio. Tú quieres que Gideon tenga esa fotografía y, por lo tanto, la tendrá. Llamémosle ahora mismo y digámosle que la tenemos.

–Jill, no seas tonta. No le he explicado que sabes que él tiene miedo de tocar, y si le llamas para decirle lo de la fotografía, se sentirá traicionado.

–En esta vida no se puede tener todo, cariño. Gideon quiere la fotografía y la tendrá esta misma noche. Se la llevaré yo misma. –Cogió el teléfono y empezó a marcar el número.

–¡Jill! –gritó Richard a medida que se le acercaba.

–¿Qué es lo que querías darme, Jill? –preguntó Gideon.

Ambos se dieron la vuelta al oír su voz. Se encontraba junto a la puerta de la sala de estar, en el oscuro pasillo que conducía al dormitorio y al estudio de Richard. Sostenía un sobre cuadrado en una mano y una tarjeta con flores en la otra. Tenía el rostro del color de la arena, y unas grandes ojeras a causa del insomnio.

–¿Qué es lo que querías darme, Jill? –repitió.

GIDEON

12 de noviembre

Se sienta en el sillón de piel de su padre, doctora Rose, y me observa mientras me esfuerzo por relatarle todos esos hechos horribles. Su rostro permanece como siempre –interesado por lo que le cuento pero sin juzgarme– y sus ojos brillan con una compasión que me hace sentir como si fuera un niño pequeño que necesita consuelo con desesperación.

Y en esto es en lo que me he convertido: llamándole mientras lloro, suplicándole que me vea de inmediato, asegurándole que no puedo confiar en nadie más.

«Venga a mi despacho de aquí a noventa minutos», me dice.

Así de preciso. Noventa minutos. Quiero saber lo que está haciendo y lo que le impide verme de inmediato.

«Cálmese, Gideon –me dice–. Tranquilícese. Respire profundamente.»

«Necesito verla ahora», le suplico.

Me responde que está con su padre, pero que estará en la consulta tan pronto como pueda. «Espéreme en la escalera si llega antes que yo –añade–. Noventa minutos, Gideon. ¿Será capaz de recordarlo?»

Por lo tanto, ahora estoy aquí y le estoy contando todo lo que he recordado en este día terrible. Al final le pregunto: «¿Cómo es posible que hubiera olvidado todo esto? ¿Qué clase de monstruo soy que no he sido capaz de recordar nada de lo que sucedió hace tantos años?».

Le parece obvio que ya haya acabado con mi relato y, en consecuencia, empieza a explicarme las cosas. Me dice con esa voz tan calmada y desapasionada que el recuerdo de haberle hecho daño a mi hermana y de creer que la había matado no es tan sólo algo horrible, sino algo que relacioné con la música que sonaba en ese momento. Ese hecho fue el recuerdo que reprimí, pero como la música estaba asociado a éste, también acabé por reprimir la música.

«Debe tener presente –me dice– que un recuerdo reprimido es como un imán, Gideon. Atrae las otras cosas que están asociadas con ese recuerdo, tira de ellas y, por lo tanto, acaba por reprimirlas. *El Archiduque* estaba muy vinculado con los hechos de esa noche. Reprimió esos hechos, y por lo que parece, consciente o inconscientemente, los demás le *animaron* a hacerlo, y la música se vio afectada por esa represión.»

«Pero siempre había sido capaz de tocar cualquier otra pieza. Sólo *El Archiduque* me derrotó.»

«Claro –me responde–. Pero cuando Katja Wolff apareció de repente en Wigmore Hall y se dio a conocer, por fin se desencadenó toda esa represión.»

«¿Por qué? ¿Por qué?»

«Porque Katja Wolff, el violín, *El Archiduque* y la muerte de su hermana estaban estrechamente relacionados en su cerebro. Así funcionan las cosas, Gideon. El principal recuerdo que había reprimido era la creencia de que había ahogado a su propia hermana. Esa represión le condujo al recuerdo de Katja, la persona que más relacionaba con su hermana. Lo que siguió a Katja al agujero negro fue *El Archiduque*, la pieza que sonaba esa noche. Al final, acabó asociando toda la música, simbolizada por el violín en sí, con la única pieza que había tenido dificultades para tocar. Funciona así.»

Me quedo en silencio. Tengo miedo de formular la siguiente pregunta –¿seré capaz de tocar otra vez?– porque odio lo que revela sobre mí. Todos somos el centro de nuestros mundos individuales, pero la mayoría es capaz de ver a la otra gente que existe dentro de sus singulares fronteras. Pero yo nunca he sido capaz de hacerlo. Desde el primer momento que tuve conciencia de mi ser, sólo me he visto a mí mismo. El hecho de preguntar sobre mi música me parece una monstruosidad. Esa pregunta sería como un rechazo de la vida entera de mi inocente hermana. Y ya la he rechazado lo suficiente para el resto de mi vida.

«¿Cree a su padre? –me pregunta–. ¿Cree lo que le contó sobre la muerte de Sonia y en el papel que él mismo jugó...? ¿Le cree, Gideon?»

«No creeré nada hasta que hable con mi madre.»

13 de noviembre

Empiezo a ver mi vida con una perspectiva mucho más clara, doctora Rose. Empiezo a ver cómo las relaciones que intentaba establecer –o que se establecieron con éxito– estaban gobernadas por eso con lo que no quería enfrentarme: la muerte de mi hermana. La gente que no sabía hasta qué punto había estado involucrado en las circunstancias de su muerte era la gente con la que era capaz de estar, y ésa era la gente más preocupada por mi principal interés, es decir, con mi vida profesional: Sherrill y los otros músicos, los responsables de los estudios de grabación, directores, productores, organizadores de conciertos del mundo entero. Pero la gente que había querido algo más de mí que una simple actuación con mi instrumento... ésa fue la gente con la que fracasé.

Beth es el mejor ejemplo de esto. Es evidente que no podía ser el compañero para toda la vida que quería que fuera. Una relación de ese tipo me sugería un nivel de intimidad, confianza y familiaridad en el que no podía participar. La única esperanza para sobrevivir implicaba alejarme de ella.

Y eso es lo que me sucede ahora con Libby. El principal símbolo de intimidad entre nosotros –El Acto– está fuera de mi alcance. Nos estrechamos entre nuestros brazos, y el hecho de sentir deseo está tan alejado de lo que estoy experimentando que Libby bien podría ser un saco de patatas.

Como mínimo, sé el porqué. Y hasta que no hable con mi madre y sepa la verdad completa de lo que sucedió esa noche, no puedo tener ninguna relación con ninguna mujer, al margen de quien sea, y al margen de lo poco que espere de mí.

16 de noviembre

Regresaba de Primrose Hill cuando vi a Libby de nuevo. Me había llevado una de las cometas, una nueva en la que había estado trabajando durante semanas; por lo tanto, estaba ansioso por probarla. Había utilizado lo que consideraba un diseño curiosamente aerodinámico, diseñado para asegurar que alcanzara una altura que batiera cualquier récord.

En la cima de Primrose Hill no hay nada que impida hacer volar una cometa. Los árboles están muy lejos, y las únicas estructuras que podrían estorbar a algo que volara son los edificios que se erigen en la falda de la colina, al otro lado de la carretera que bordea el parque. Como era un día de mucho viento, había dado por sentado que la cometa se elevaría a los pocos minutos de soltarla.

Ése no fue el caso. Cada vez que la soltaba, empezaba a avanzar hacia delante, el hilo se enredaba y la cometa, sacudida, lanzada y volcada por el viento, caía al suelo como un misil. Lo intenté una y otra vez, después de ajustar el borde de ataque, los hilos e incluso el freno. Nada servía de ayuda. Al cabo de un rato se rompió una de las palas inferiores y, en consecuencia, tuve que abandonar la empresa.

Caminaba con dificultad por Chalcot Crescent cuando me encontré a Libby. Iba en la misma dirección de la que yo procedía, con una bolsa de Boots colgando de una mano y una lata de Coca-Cola baja en calorías en la otra. Supuse que se iba a comer al parque. La parte superior de una barra de pan asomaba de la bolsa, como si de un apéndice con corteza se tratara.

–Si tienes intención de comer ahí afuera, el viento te molestará –le advertí mientras le hacía un gesto para señalarle el lugar del que venía.

–Buenas tardes tengas, también –fue su respuesta.

Lo dijo con educación, pero su sonrisa fue breve. No nos habíamos visto desde nuestro desafortunado encuentro en su casa, y aunque la había oído entrar y salir, y aunque debo admitir que me había imaginado que llamaría a mi puerta, no lo había hecho. La había echado de menos, pero una vez que hube recordado lo que necesitaba recordar sobre Sonia, sobre Katja y sobre el papel que jugué en la muerte de una y en el encarcelamiento de la otra, ya me pareció bien que no hubiera venido. No estaba en condiciones de ser el compañero de ninguna mujer, de ser su amigo, su amante o su marido. En consecuencia, tanto como si se había dado cuenta como no, había hecho bien en mantenerse alejada.

–He estado intentando hacerla volar –le dije, alzando la cometa rota para justificar lo que le había dicho sobre el viento–. Si no subes hasta arriba y comes abajo, quizá no tengas ningún problema.

–Patos –espetó.

Por un momento, pensé que se trataba de una de esas extrañas palabras californianas que jamás había oído con anterioridad. Prosiguió:

–Voy a Regent's Park para darles de comer.

–¡Ah! Ya entiendo. Creía que... Bien, al ver la barra de pan...

–Y al asociarme con comida. Sí, es lógico.

–No te asocio con la comida, Libby.

–De acuerdo –respondió–. No lo haces.

Pasé la cometa de la mano izquierda a la derecha. No me gustaba estar a malas con ella, pero no tenía ninguna idea clara de cómo salvar el abismo que nos separaba. «En el fondo, somos muy diferentes», pensé. Tal vez siempre hubiera sido una relación ridícula, tal y como mi padre había dicho desde el primer día: Libby Neale y Gideon Davies. Después de todo, ¿qué tenían en común?

–Hace un par de días que no veo a Rafe –expresó Libby mientras señalaba Chalcot Square con una inclinación de cabeza–. Me pregunto si le habrá sucedido algo.

El hecho de que ella hubiera iniciado la conversación me hizo darme cuenta de que siempre había sido ella la que había tomado la iniciativa. Y eso fue lo que me incitó a decirle:

–Ha sucedido algo, pero no a él.

Me miró con seriedad y me preguntó:

–Tu padre está bien, ¿no?

–Sí.

–¿Y su prometida?

–Jill también está bien. Todos se encuentran perfectamente.

–¡Estupendo!

Inspiré profundamente y le comuniqué:

–Libby, voy a ver a mi madre. Después de tanto tiempo, la veré de verdad. Papá me ha explicado que mi madre ha estado llamando para preguntar por mí; por lo tanto, vamos a encontrarnos. Sólo nosotros dos. Y cuando lo hagamos, cabe la posibilidad de que llegue al fondo del problema del violín.

Metió la lata de Coca-Cola baja en calorías dentro de la bolsa de Boots, se rascó la cadera con la mano y respondió:

–Supongo que está muy bien, Gid. Si quieres que así sea. Si eso es lo que quieres en la vida, quiero decir.

–Es mi vida.

–Claro. Es tu vida. Eso es en lo que la has convertido.

Por el tono de voz supe que estábamos de nuevo en la misma situación complicada en la que ya habíamos estado; sentí que me invadía una oleada de frustración.

–Libby, soy músico. Como mínimo, es con lo que me gano la vida. La música me da el dinero para vivir. Espero que lo entiendas.

–Lo entiendo –respondió.

–Entonces...

–Mira, Gid. Tal y como ya te he dicho, me voy a dar de comer a los patos.

–¿Por qué no vienes a casa? Podríamos comer juntos.

–Tengo pensado ir a claqué.

–¿Claqué?

Libby apartó la mirada. Por un instante, su rostro expresaba una reacción que no llegaba a comprender. Cuando volvió la cabeza hacia mí, sus ojos me parecieron tristes. Pero cuando habló, lo hizo con un tono de resignación.

–Me voy a bailar claqué –contestó–. Es lo que me gusta hacer.

–Lo siento. Lo había olvidado.

–Sí –dijo–. Ya lo sé.

–¿Qué te parece un poco más tarde? Creo que estaré en casa. No tengo nada importante que hacer, tan sólo estoy esperando a que papá me llame. Ven a casa después de tus clases de baile. Si te apetece, claro está.

–Bien –respondió–. Ya nos veremos.

En ese momento, supe que no vendría. Según parece, el hecho de que me hubiera olvidado de su afición por el baile fue lo que la acabó de hundir.

–Libby, he tenido muchas cosas en la cabeza. Lo sabes. Debes darte cuenta...

–¡Caramba! –me interrumpió–. ¡No entiendes nada!

–Lo que «entiendo» es que estás enfadada.

–No estoy enfadada. No estoy nada. Me voy al parque a dar de comer a los patos. Porque tengo tiempo para hacerlo y porque me gustan los patos. Siempre me han gustado. Y después me iré a mis clases de claqué, porque me gusta bailar claqué.

–Me estás evitando, ¿verdad?

–Esto no tiene nada que ver contigo. Yo no tengo nada que ver contigo. El resto del mundo no tiene nada que ver contigo. Si mañana dejaras de tocar el violín para siempre, el resto del mundo seguiría siendo el resto del mundo. Pero ¿cómo puedes seguir siendo tú si para empezar no existes, Gid?

–Eso es lo que estoy intentando recuperar.

–No puedes recuperar lo que nunca ha existido. Puedes crearlo, si así lo deseas. Pero no puedes limitarte a salir con una red y atraparlo.

–¿Por qué no quieres darte cuenta...?

–Quiero ir a dar de comer a los patos –me interrumpió. Y con esas palabras se dio la vuelta, pasó por delante de mí y se encaminó hacia Regent's Park Road.

Observé cómo se alejaba. Quería correr tras ella y explicarle mi punto de vista. Para ella era muy fácil hablar sobre ser uno mismo, ya que nunca había tenido un pasado repleto de elogios, elogios que servían de postes indicadores para un futuro que ya se había decidido mucho tiempo atrás. Para ella era fácil existir en un momento dado de un día concreto, porque esos momentos era lo único que ella había tenido. Pero mi vida nunca había sido así, y yo quería que Libby aceptara ese hecho.

Debió de haberme leído la mente, ya que cuando llegó a la esquina, se giró y me gritó algo.

–¿Qué? –le pregunté mientras el viento se llevaba sus palabras.

Se tapó los extremos de la boca con las manos y lo intentó de nuevo:

–¡Buena suerte con tu madre!

17 de noviembre

Durante años, no había tenido tiempo de pensar en mi madre a causa de mi trabajo. Había estado preparándome para algún concierto o alguna sesión de grabación, practicando con Raphael, grabando algún que otro documental, ensayando con una u otra orquesta, haciendo giras por Europa o los Estados Unidos, reuniéndome con mi agente, negociando contratos, trabajando con el East London Conservatory... Durante dos décadas, mis días y mis horas estuvieron llenas de música. Nunca tuve tiempo para hacer conjeturas acerca de la madre que me había abandonado.

Pero ahora había tiempo, y ella dominaba mis pensamientos. Y sabía, incluso cuando pensaba en ello, incluso cuando me preguntaba, imaginaba, reflexionaba, que el hecho de concentrar toda la atención en mi madre era una forma de no tener que pensar en Sonia.

No lo conseguía del todo, porque el recuerdo de mi hermana se me seguía apareciendo en algunos momentos de descuido.

«No tiene una cara normal, mamá», recuerdo que dije, mientras estaba junto a la cama en la que Sonia estaba tendida, envuelta en mantas, con un gorro en la cabeza y con un aspecto que no me parecía que era el que debería tener.

–No digas eso, Gideon –replicó mi madre–. Nunca vuelvas a decir eso de tu hermana.

–Pero tienes los ojos alargados y una boca muy rara.

–¡Te he dicho que no hables así de tu hermana!

Empezamos de ese modo, haciendo que el tema de las discapacidades de Sonia estuviera *verboten* entre nosotros. Cuando empezaron a dominar nuestras vidas, nunca las mencionamos. Sonia estaba inquieta, Sonia lloraba toda la noche, Sonia pasaba dos o tres semanas en el hospital. Pero, con todo, hacíamos ver que la vida era normal, que eso era lo que solía suceder en las familias cuando un bebé nacía. Seguimos con nuestras vidas de ese modo hasta que el abuelo hizo pedazos la pared de cristal de nuestra negativa.

–¿Qué hay de bueno en tus hijos? –bramaba–. ¿Qué hay de bueno en vosotros, Dick?

¿Fue entonces cuando todo empezó en mi cabeza? ¿Fue entonces cuando me di cuenta de la necesidad de demostrar que yo era diferente de mi hermana? El abuelo me había puesto en el mismo saco que a Sonia, pero yo estaba dispuesto a mostrarle la diferencia.

Sin embargo, ¿cómo podía hacerlo si todo giraba en torno a ella? Su salud, su crecimiento, sus discapacidades, su desarrollo. Un grito en medio de la noche y la casa entera se desvivía por ocuparse de sus necesidades. Un cambio de temperatura y el mundo se detenía hasta que el médico explicara el motivo que lo había provocado. Si se producía cualquier alteración en su alimentación, se consultaba a los especialistas para obtener una explicación. Era el tema central de todas las conversaciones, a pesar de que nunca se hablara directamente de la causa de sus dolencias.

Y recordé todo esto, doctora Rose. Y lo recordé porque cuando pensaba en mi madre, mi hermana se aferraba a los faldones de cualquier recuerdo que fuera capaz de evocar. Ocupaba mi mente con la misma persistencia que había ocupado mi vida. Y mientras esperaba el momento de poder ver a mi madre, intentaba librarme de mi hermana con la misma determinación que había mostrado cuando ésta se encontraba con vida.

Sí, ahora entiendo lo que significa. Ahora se interpone en mi camino. Se interponía en mi camino por aquel entonces. Por su culpa, la vida había cambiado. Por su culpa, aún iba a cambiar mucho más.

–Irás a la escuela, Gideon.

Supongo que fue entonces cuando se plantó: la semilla de la decepción, de la ira y de unos sueños frustrados que se convirtieron en un bosque de culpa. Papá fue el que me dio la noticia.

Entra en mi dormitorio. Estoy sentado junto a la mesa de la ventana, donde Sarah-Jane Beckett y yo hacemos nuestras clases. Estoy haciendo los deberes. Papá coge la silla en la que suele sentarse Sarah-Jane, y después me observa con los brazos cruzados.

–Te ha ido muy bien, Gideon. Has prosperado mucho, ¿no es verdad, hijo?

No sé de lo que está hablando, pero lo que oigo en sus palabras hace que desconfíe de inmediato. Ahora sé que debía de oír resignación, pero en aquel momento no podía ponerle nombre a lo que debía de estar sintiendo.

En ese preciso instante me dice que iré a la escuela, a una escuela de la Iglesia Anglicana que ha conseguido localizar y que no está muy lejos de casa. Digo lo primero que me viene a la cabeza.

–¿Qué pasa con el violín? ¿Cuándo practicaré?

–Eso ya lo solucionaremos.

–Pero ¿qué pasará con Sarah-Jane? No creo que le guste dejar de darme clases.

–No le quedará más remedio que buscar otra casa. Tendremos que dejarla marchar, hijo.

Dejarla marchar. Al principio pienso que quiere decir que Sarah-Jane quiere marcharse, que así se lo ha comunicado y que él ha aceptado su propuesta con toda la naturalidad que ha podido. Pero cuando le respondo: «Entonces hablaré con ella. No dejaré que se marche». Mi padre me dice: «Ya no podemos permitírnoslo, Gideon». No acaba la frase, pero yo lo hago mentalmente: «No podemos permitírnoslo por culpa de Sonia». «Tenemos que reducir gastos de alguna parte –me informa mi padre–. No queremos que se marche Raphael, y Katja no se puede ir. Por lo tanto, le ha tocado a Sarah-Jane.»

–Pero si voy a la escuela, ¿cuándo tocaré? No me permitirán que sólo vaya a la escuela cuando yo quiera, ¿verdad, papá? Además, habrá normas. ¿Cuándo me podrán dar clases de música?

–Hemos hablado con ellos, Gideon. Están dispuestos a hacer algunas concesiones. Están al corriente de la situación.

–¡Pero yo no quiero ir! ¡Quiero que Sarah-Jane me siga dando clases!

–Y yo –respondió papá–. Y también todos los demás. Pero no es posible, Gideon. No tenemos el dinero.

No tenemos el dinero, los fondos, los fondos. ¿No ha sido éste el leitmotiv de todas nuestras vidas? Por lo tanto, ¿debería ser yo el menos sorprendido cuando llega la invitación para estudiar en Juilliard y tiene que ser rechazada? ¿No es lógico que relacionara el hecho de no poder ir a Juilliard con el dinero?

No obstante, estoy sorprendido. Estoy indignado. Estoy desesperado. Y la semilla empieza a crecer hacia arriba, a echar raíces hacia abajo y a multiplicarse en la tierra.

Aprendo a odiar. Adquiero una necesidad de venganza. Tener un objetivo para mi venganza se convierte en algo esencial. Al principio lo oigo, en sus interminables lloros y en las inhumanas exigencias que reclama de todo el mundo. Y entonces lo veo, en ella, en mi hermana.

Pensando en mi madre, también me explayé con todos estos pensamientos. Al considerarlos, no tuve más remedio que concluir que aunque papá no hubiera hecho nada por salvar a Sonia –tal y como podría haber hecho–, no habría tenido ninguna importancia. Yo ya había iniciado el proceso de su eliminación. Mi padre tan sólo había permitido que ese proceso siguiera su curso.

Me dice: «Gideon, sólo era un niño pequeño. Era una situación normal entre hermanos. No fue la primera persona que intentó hacer daño a un hermano pequeño, y tampoco será la última».

«Pero Sonia murió, doctora Rose.»

«Sí, murió, pero no por culpa suya.»

«No lo sé con seguridad.»

«En este momento no sabe, ni puede saber, lo que es verdad. Pero lo sabrá. Pronto.»

«Tiene razón, doctora Rose, como casi siempre. Mi madre me contará lo que en verdad sucedió. Si en algún lugar de este mundo existe la salvación para mí, me llegará a través de ella.»

26

–Ni siquiera nos permitió que le lleváramos en la silla de ruedas –les dijo la enfermera responsable de urgencias.

En su placa ponía que era la hermana Darla Magnana, y estaba enojadísima por la forma en que Richard Davies había abandonado el hospital. Los pacientes tenían que marcharse en sillas de ruedas, y tenían que ir acompañados de un miembro adecuado del hospital que los llevara hasta el coche. No se contemplaba la posibilidad de que rehusaran ese servicio, y si lo hacían, no les daban el alta. Ese caballero en particular había salido del hospital por sus propios medios, sin esperar a que le dieran el alta. Por lo tanto, el hospital no se podía hacer responsable si las heridas le empeoraban o le causaban más problemas. La hermana Darla Magnana confiaba en que les hubiera quedado claro:

–Cuando le decimos a alguien que tiene que pasar la noche en observación es porque tenemos buenas razones para hacerlo –declaró.

Lynley solicitó hablar con el médico que se había ocupado de Richard Davies, y ese caballero –un médico interno con cara de preocupado y con barba de varios días– les informó, a él y a Havers, de la gravedad de las heridas: fractura múltiple del cúbito derecho, fractura única del maléolo. «Brazo derecho y tobillo derecho», le especificó el doctor a Havers cuando ésta le preguntó: «¿Fracturas de qué?». Prosiguió diciendo: «Cortes y abrasiones en las manos. Posible conmoción cerebral. Tuvieron que ponerle algunos puntos en la cara. Sin embargo, en un sentido general, tuvo mucha suerte. Podría haber sido un accidente mortal».

Lynley pensaba en todo eso mientras él y Havers salían del hospital, después de que les hubieran dicho que Richard Davies había abandonado el hospital acompañado de una mujer en un estado muy avanzado de embarazo. Se dirigieron al Bentley, llamaron a Leach y éste les informó de que Winston Nkata había dado el nombre de Noreen McKay a los de la sala de incidencias para que pudieran contrastarlo con la lista de la Dirección General de Tráfico. Leach tenía los resultados: Noreen McKay tenía un Toyota RAV4 último modelo. Era su único vehículo.

–Si no encontramos nada satisfactorio en los informes de la prisión, tendremos que volver al Humber –dijo Leach–. Traigan el coche para que podamos examinarlo.

–De acuerdo –respondió Lynley–. ¿Y por lo que respecta al ordenador de Eugenie Davies, señor?

–Ocúpense de eso más tarde. Después de que hayamos examinado ese coche. Y hablen con Foster. Quiero saber dónde *estaba* esta tarde.

–Estoy seguro de que no estaba empujando a su prometido bajo las ruedas del autobús –señaló Lynley, a pesar de que el sentido común le decía que no hiciera o dijera nada que pudiera hacer que Leach recordara sus propias transgresiones–. En el estado en que se encuentra, habría llamado demasiado la atención de los testigos.

–Limítese a interrogarla, inspector. Y traiga ese coche.

Leach les dio la dirección de Jill Foster. Era un piso que se encontraba en Shepherd's Bush. Los de información le dieron el número de teléfono de esa dirección, y en menos de un minuto ya sabía lo que se había imaginado tan pronto como Leach le asignara la tarea: Jill no estaba en casa. Habría llevado a Davies a su propio piso de South Kensington.

Mientras giraban por Park Lane para recorrer el último tramo que les faltaba desde Gower Street hasta South Kensington, Havers comentó:

–¿Sabes, inspector? Sólo tenemos dos sospechosos con respecto a lo de esta tarde: Gideon o Robson. Pero si lo hizo uno de los dos, la pregunta *¿Por qué?* seguiría sin respuesta.

–*Si* es la palabra clave –respondió Lynley.

Obviamente, Havers captó sus dudas, ya que le preguntó:

–No crees que lo empujara ninguno de los dos, ¿verdad?

–Los asesinos casi siempre eligen los mismos medios –remarcó Lynley.

–Pero un autobús es un vehículo –repuso Havers.

–No obstante, no es un coche y un conductor. Y no es ese coche, el Humber. Ni tampoco es un coche antiguo. Ni ha tenido unas consecuencias tan graves como en los otros casos, teniendo en cuenta lo que le podría haber sucedido.

–Y nadie vio el empujón –dijo Havers pensativa–. Al menos, de momento.

–Me apuesto lo que quieras a que no lo vio nadie, Havers.

–De acuerdo. Así pues, volvamos a Davies. Davies localizando a Kathleen Waddington antes de ir a por Eugenie. Davies dispuesto a librarse de Webberly para que nuestras sospechas recayeran sobre Katja Wolff. Davies lanzándose bajo las ruedas de un autobús porque tiene la sensación de que no nos estamos tomando muy en serio la posibilidad de que Katja Wolff sea sospechosa. De acuerdo. Lo entiendo. Pero la pregunta es: ¿Por qué?

–Por Gideon. No puede ser por otra cosa. Porque Eugenie debía de representar algún tipo de amenaza para Gideon, y Davies sólo vive para Gideon. Si, tal y como sugeriste, Barbara, en verdad tenía la intención de convencerle para que dejara de tocar...

–Me gusta la idea, pero ¿a ella qué más le daba? Lo que quiero decir es que parecería más lógico que ella prefiriera que Gideon siguiera tocando, ¿no crees? En el desván tenía todo el historial de la carrera de su hijo. No cabe ninguna duda de que valoraba que siguiera tocando. ¿Por qué estropearlo?

–Quizá no tuviera intención de estropearlo –replicó Lynley–. Pero tal vez lo hubiera estropeado, sin ella saberlo, si se hubiera reunido de nuevo con Gideon.

–Así pues, ¿la mató Davies? ¿Por qué no se limitó a decirle la verdad? ¿Por qué no le dijo simplemente «Un momento, mujer. Si vuelves a ver a Gideon, todo habrá acabado, profesionalmente hablando...»?

–Quizá se lo dijera –apuntó Lynley–. Y tal vez ella le respondiera: «No tengo elección, Richard. Han pasado muchos años y ha llegado el momento...».

–¿De qué? –preguntó Havers–. ¿De una reunión familiar? ¿De que les diera una explicación de por qué les había abandonado? ¿De que anunciara que iba a liarse con el comandante Wiley? ¿De qué?

–De algo –contestó Lynley–. De algo que quizá nunca averigüemos.

–Y eso nos sirve de gran ayuda –remarcó Havers–. Nos ayuda a inculpar a Richard Davies y a meterle en la cárcel. En el caso de que sea nuestro hombre. Además, no tenemos ninguna prueba. Tiene coartada, inspector. ¿Lo recuerdas?

–Estaba durmiendo. Con Jill Foster. Quien, probablemente, también estaba durmiendo. Por lo tanto, podría haber salido y regresado sin que ella se enterara, Havers. Podría haber usado su coche y después haberlo dejado en el mismo sitio.

–Volvemos al coche.

–Es lo único que tenemos.

–De acuerdo. Bien. Los del departamento no suelen equivocarse con esas cosas, inspector. Pero el hecho de que tenga acceso al coche no creo que pueda considerarse como una prueba.

–El acceso solo, no –asintió Lynley–. Pero no sólo cuento con eso.

GIDEON

20 de noviembre

Vi a papá antes de que alzara la vista y me viera. Avanzaba por la acera de Chalcot Square, y por su actitud pude adivinar que estaba,meditando sobre algo. Sentí cierta preocupación, pero no me alarmé.

Entonces sucedió algo extraño. Raphael apareció por el extremo más alejado del jardín del centro de la plaza. Debió de llamar a mi padre, porque éste se detuvo un instante, se dio la vuelta y le esperó a unas casas más allá de la mía propia. Mientras les observaba desde la ventana de la sala de música, intercambiaron unas cuantas palabras, aunque en realidad sólo habló papá. Mientras lo hacía, Raphael se echó hacia atrás, y el rostro se le hundió del modo que suele hundirse cuando un hombre acaba de recibir un puñetazo en el estómago. Papá siguió hablando. Raphael se giró hacia el jardín. Papá observó a Raphael mientras éste cruzaba las verjas en las que había dos bancos de madera, uno frente al otro. Se sentó. No, se dejó caer, y todo su cuerpo cayó formando una masa que tan sólo constaba de huesos y piel, la reacción en persona.

Debería habérmelo imaginado, pero no fue así.

Papá siguió andando, y en ese instante levantó la mirada y se percató de que le estaba mirando desde la ventana. Alzó una mano, pero no esperó a que le respondiera. Un momento después, desapareció de mi vista, y oí el ruido de la llave en la cerradura de mi puerta principal. Cuando entró en la sala de música, se quitó el abrigo y lo dejó a propósito sobre el respaldo de una silla.

–¿Qué está haciendo Raphael? –le pregunté–. ¿Ha sucedido algo?

Me miró, y por la expresión de su rostro supe que sentía un gran dolor. Después dijo:

–Tengo noticias. Noticias muy malas.

–¿Qué? –Sentí cómo el miedo me golpeaba la piel.

–No hay ninguna forma fácil de contártelo –añadió.

–Entonces cuéntamelo sin más.
–Tu madre está muerta, hijo.
–Pero me dijiste que te había estado llamando para preguntarte sobre lo que había pasado en Wigmore Hall. No es posible que...
–La asesinaron ayer por la noche, Gideon. La atropelló un coche en West Hampstead. La policía me ha llamado esta mañana. –Se aclaró la voz y se estrujó las sienes, como si al hacerlo pudiera reprimir su emoción–. Me pidieron que intentara identificar el cadáver. Miré. No lo sabía seguro. Han pasado años desde que la viera... –Hizo un gesto vano–. Lo siento mucho, hijo.
–Pero no es posible que... Si no la reconociste, quizá no sea...
–La mujer llevaba la identificación de tu madre: el carnet de conducir, las tarjetas de crédito y el talonario. ¿Qué posibilidades hay de que otra persona hubiera tenido todo eso?
–Así pues, ¿has dicho que era ella? ¿Me has afirmado que era mi madre?
–Te he dicho que no lo sabía, que no estaba seguro. Les di el nombre del dentista... del hombre que solía visitarla cuando todavía estábamos juntos. Podrán comprobarlo de esa forma. Y por las huellas dactilares, supongo.
–¿La telefoneaste? –le pregunté–. ¿Sabía que yo quería...? ¿Estaba dispuesta a...?
Pero qué sentido tenía preguntárselo, saberlo. ¿Qué importaba si estaba muerta?
–Le dejé un mensaje en el contestador, hijo. Pero aún no me había respondido.
–Entonces, se acabó.
Papá había mantenido la cabeza baja, pero en aquel instante la levantó y me preguntó:
–¿Qué es lo que se ha acabado?
–Nadie podrá decírmelo.
–Ya te lo he dicho yo.
–No.
–Gideon, por el amor de Dios...
–Me has contado lo que crees que no me hará sentir culpable. Pero dirías cualquier cosa para conseguir que volviera a tocar el violín.
–Gideon, por favor.
–No. –Todo se estaba volviendo mucho más claro. Era como si el sobresalto de enterarme de su muerte hubiera disipado de re-

pente la niebla de mi mente–. No tiene ningún sentido que Katja Wolff hubiera estado de acuerdo con tu plan. Que hubiera estado dispuesta a renunciar a tantos años de su vida... ¿para qué, papá?, ¿por mí?, ¿por ti? Yo no tenía ninguna importancia para ella, y tú tampoco. ¿No es eso verdad? No eras su amante. No eras el padre de su hijo. Era Raphael, ¿no? En consecuencia, no tiene ningún sentido que estuviera de acuerdo. Seguro que la engañaste. ¿Qué hiciste? ¿Falsificar las pruebas? ¿Tergiversar los hechos?

–¿Cómo demonios puedes acusarme de una cosa así?

–Porque lo veo. Porque lo entiendo. Porque, ¿cómo habría reaccionado el abuelo al enterarse de que el bicho raro de su nieto había ahogado a la rara de su hermana? Y supongo que en el fondo todo se reducía a eso: que, pasara lo que pasara, el abuelo nunca llegara a enterarse de la verdad.

–Participó de buen grado por el dinero. Veinte mil libras por admitir un acto de negligencia que había causado la muerte de Sonia. Ya te lo he explicado. Ya te he contado que no esperábamos que la prensa reaccionara de ese modo ni que el Fiscal del Estado estuviera tan empeñado por meterla en la cárcel. No teníamos ni idea...

–Lo hiciste para protegerme. Y todo ese rollo de que dejaste a Sonia en la bañera para que se muriera, o que la sostuviste bajo el agua tú mismo, es sólo eso: pura palabrería. Tiene la misma finalidad que el hecho de dejar que Katja Wolff cargara con las culpas hace veinte años. Todo es para que siga tocando el violín. O, al menos, debería serlo.

–¿Qué estás diciendo?

–Lo sabes perfectamente. Se acabó. O se acabará cuando saque el dinero para pagarle a Katja Wolff sus cuatrocientas mil libras.

–¡No! No le debes... Por el amor de Dios, piensa un poco. ¡Podría haber sido la persona que atropellara a tu madre!

Me le quedé mirando. Mi boca pronunció la palabra «¿qué?», pero mi voz no lo hizo. Y mi cerebro no podía comprender lo que me estaba diciendo.

Siguió hablando, diciendo palabras que yo oía pero que era incapaz de asimilar. Atropello y fuga, oí. No fue un accidente, Gideon. Un coche pasando dos veces por encima de ella. Tres veces. Una muerte deliberada. Sin lugar a dudas, un asesinato.

–Yo no tenía el dinero para pagarle –añadió–. Tú no sabías quién era. Así pues, supongo que a continuación fue a por tu madre. Y al ver que Eugenie tampoco tenía suficiente dinero... Entiendes lo que sucedió, ¿verdad? ¿Lo entiendes?

Eran palabras que me rozaban los oídos, pero no significaban nada para mí. Las oía, pero no las comprendía. Lo único que sabía era que mi esperanza de poder liberarme de mi crimen había desaparecido. Porque, a pesar de que era incapaz de creer en cualquier otra persona, creía en ella. Creía en mi madre.

«¿Por qué?», me pregunta.

Porque nos abandonó, doctora Rose. Y aunque en realidad podría habernos abandonado porque no podía aceptar el dolor de la muerte de su hija, yo creo que nos abandonó porque no podía aceptar la mentira con la que tendría que haber vivido si se hubiera quedado con nosotros.

20 de noviembre, 14.00

Papá se marchó cuando se hizo evidente que yo ya había acabado de hablar. Pero llevaba diez minutos solo –quizá menos– cuando Raphael vino a sustituirle.

Tenía un aspecto terrible. Tenía una curva color rojo sangre bajo las pestañas inferiores. Eso, y una piel color ceniza, eran los únicos colores que eran visibles en su rostro.

Se me acercó y me puso la mano sobre el hombro. Nos colocamos uno delante del otro, y observé cómo sus rasgos empezaban a desintegrarse, como si no tuviera cráneo debajo de la piel para sostenerlo, sino más bien una sustancia que siempre había sido soluble, vulnerable al elemento adecuado que pudiera disolverla.

–No dejaba de castigarse a sí misma –espetó. Se le tensó la mano y, en consecuencia, me tensó el hombro. Quería gritar o alejarme del dolor, pero no podía moverme, ya que no deseaba aventurarme a hacer cualquier gesto que pudiera hacer que dejara de hablar–. No podía perdonarse a sí misma, Gideon, pero nunca, nunca, te lo prometo, dejó de pensar en ti.

–¿Pensar en mí? –repetí como un autómata mientras intentaba asimilar lo que me estaba diciendo–. ¿Cómo lo sabes? ¿Cómo sabes que nunca dejó de pensar en...?

Su rostro me dio la respuesta antes de que hablara: no había perdido contacto con mi madre durante todos esos años que había desaparecido de nuestras vidas. Nunca había dejado de hablar con ella por teléfono. Nunca había dejado de verla: en pubs, restaurantes, vestíbulos de hotel y museos. Mi madre solía decirle: «Raphael, cuéntame cómo le van las cosas a Gideon», y él le daba toda la información que no podía obtener de los periódicos, de las reseñas de los conciertos, de los artículos de las revistas y de los cotilleos del grupo de músicos.

–La has visto –declaré–. La has visto. ¿Por qué?

–Porque te amaba.

–No, lo que quiero decir es por qué no me lo dijiste.

–No quería que lo supieras –me contestó con voz entrecortada–. Gideon, me juró que si alguna vez se enteraba de que te había contado que la había visto, pondría fin a nuestros encuentros.

–Y no lo podrías haber soportado, ¿verdad? –solté con amargura, porque por fin lo comprendí todo. Había visto la respuesta en esas flores que le había regalado hacía tiempo, y la había visto en su reacción de ese momento. Cuando Eugenie se marchó, ya no pudo seguir alimentando la esperanza de que algún día pudiera surgir algo importante entre ellos–. Porque si dejabais de veros, ¿qué sucedería con tu pequeño sueño?

No respondió nada.

–Estabas enamorado de ella. ¿No es eso verdad, Raphael? Siempre lo estuviste. Y el hecho de verla una vez al mes, una vez a la semana, una vez al día, o incluso una vez al año, no tenía nada que ver con nada que no fuera lo que tú deseabas y esperabas conseguir. Por lo tanto, no me lo dijiste. Te limitaste a dejar que yo siguiera pensando que se había marchado de nuestras vidas sin mirar atrás, y sin que le importara. Pero siempre supiste que... –No pude continuar.

–Ella lo quería así –respondió–. Tenía que respetar su elección.

–No tenías que hacer nada.

–Lo siento –dijo–. Gideon, si hubiera sabido... ¿Cómo iba yo a imaginármelo?

–Cuéntame lo que sucedió esa noche.

–¿Qué noche?

–Ya sabes a qué noche me refiero. No empieces a hacerte el tonto. ¿Qué sucedió la noche que mi hermana se ahogó? Y no intentes convencerme de que lo hizo Katja Wolff, ¿de acuerdo? Estabas con ella. Estabas discutiendo con ella. Yo entré en el cuarto de baño. Sostuve a Sonia bajo el agua. ¿Qué pasó después?

–No lo sé.

–No te creo.

–Es la verdad. Te encontramos en el cuarto de baño. Katja empezó a gritar. Tu padre vino corriendo. Yo me llevé a Katja a la planta baja. Eso es todo lo que sé. No volví a subir cuando llegaron los de la ambulancia. No salí de la cocina hasta que llegó la policía.

–¿Se movía Sonia dentro de la bañera?

–No lo sé. No lo creo. Pero eso no significa que le hicieras daño. Jamás lo significó.

–¡Por el amor de Dios, Raphael, la sostuve bajo el agua!

–No puedes acordarte. Es imposible. Eras demasiado pequeño. Gideon, Katja la dejó sola cinco o seis minutos. Yo había ido hasta allí para hablar con ella y habíamos empezado a discutir. Salimos del cuarto de baño y entramos en el cuarto de los niños, porque yo quería saber qué pensaba hacer con... –Titubeó. Incluso en ese momento era incapaz de decirlo.

Lo dije por él:

–¿Por qué demonios dejaste a Katja embarazada si estabas enamorado de mi madre?

–Rubias –fue su desgraciada y patética respuesta. La pronunció después de quince segundos bien largos en los que se limitó a respirar de modo irregular–. Las dos eran rubias.

–¡Dios mío! –susurré–. ¿Y Katja te permitía que la llamaras Eugenie?

–¡No! –replicó–. ¡Sólo sucedió una vez!

–Pero no podías permitirte que nadie lo supiera, ¿verdad? Ninguno de vosotros se lo podía permitir. Y ella tampoco podía permitirse decirle a nadie que había dejado a Sonia sola durante cinco minutos, y tú tampoco podías permitirte contar que habías dejado a Katja embarazada mientras hacías ver que te follabas a mi madre.

–Podría haberse librado del bebé. Habría sido muy fácil.

–Nada –repuse– es así de fácil, Raphael. Excepto mentir. Y eso sí que era fácil para todos nosotros, ¿no crees?

–Para tu madre, no –replicó Raphael–. Por eso se marchó.

Entonces se me acercó de nuevo. Me volvió a colocar la mano sobre el hombro, tenso, tal y como había hecho antes.

–Te habría dicho la verdad, Gideon. En eso debes creer a tu padre. Tu madre te habría dicho la verdad.

21 de noviembre, 1.30

Así pues, eso es lo único que me queda, doctora Rose: una certeza. Si hubiera vivido, si hubiéramos podido vernos, me lo habría contado todo.

Me habría hecho revivir mi propia historia, y me habría corregido allí donde mis impresiones hubieran sido falsas y mis recuerdos incompletos.

Me habría explicado los detalles que recuerdo. Habría rellenado los huecos.

Pero está muerta y, en consecuencia, no puede hacer nada.

Y yo me he quedado tan sólo con lo que recuerdo.

27

–Gideon, ¿qué estás haciendo aquí? –le preguntó Richard a su hijo.

–¿Qué te ha pasado? –le preguntó Gideon a su vez.

–Alguien ha intentado matarle –explicó Jill–. Cree que ha sido Katja Wolff. Tiene miedo de que después vaya a por ti.

Gideon la miró, y después miró a su padre. Parecía, si acaso, desmesuradamente confundido. No parecía conmocionado, concluyó Jill, ni horrorizado de que Richard hubiera estado a punto de morir esa misma tarde, sino sólo confundido.

–¿Qué motivo podría tener Katja para hacer una cosa así? –le preguntó–. No le serviría de nada para conseguir lo que quiere.

–Gideon... –espetó Richard con firmeza.

–Richard piensa que también va a ir a por ti –añadió Jill–. Piensa que ella es la que le empujó bajo las ruedas del autobús. Podría haber muerto.

–¿Es eso lo que te ha contado?

–¡Santo Cielo! ¡Eso es lo que sucedió! –respondió Richard–. ¿Qué haces aquí? ¿Cuánto tiempo hace que has llegado?

Al principio, no respondió. Pareció limitarse a hacer un catálogo mental de las heridas de su padre, ya que sus ojos se dirigieron a la pierna de Richard, después al brazo, y al final de nuevo al rostro.

–Gideon –repitió Richard–. Acabo de preguntarte cuánto tiempo...

–El suficiente para encontrar esto. –Gideon señaló la tarjeta que sostenía.

Jill miró a Richard. Vio cómo entrecerraba los ojos.

–También me has mentido sobre esto –declaró Gideon.

Richard, que no apartaba los ojos de la tarjeta, le preguntó:

–¿Sobre qué te he mentido?

–Sobre mi hermana. No murió cuando era un bebé ni cuando era pequeña. –Su mano arrugó el sobre y éste cayó al suelo.

Jill observó la fotografía que tenía entre las manos y replicó:

–Pero, Gideon, sabes perfectamente que tu hermana...

–Has estado husmeando entre mis cosas –le interrumpió Richard.

–Quería encontrar la dirección de Katja, ya que me imaginaba que la tenías escondida por alguna parte, ¿no es verdad? Pero lo que encontré...

–¡Gideon! –Jill le mostró la fotografía que Richard guardaba para su hijo–. Lo que dices no tiene sentido. Tu hermana fue...

–Lo que encontré –Gideon prosiguió con tenacidad a medida que sacudía la tarjeta ante su padre– es esto, y ahora sé perfectamente lo que eres: un mentiroso que no podría dejar de mentir, papá, si su vida dependiera de decir la verdad, si la vida de todo el mundo dependiera de ello.

–¡Gideon! –Jill estaba horrorizada, no por las palabras en sí, sino por el tono glacial en que las pronunciaba. Su horror alejó por un instante sus pensamientos sobre la discusión que acababa de tener con Richard. Intentó pensar que Gideon no estaba diciendo la verdad, como mínimo por lo que respectaba a su vida: al no mencionarle la enfermedad de Sonia, Richard le había mentido en realidad, aunque sólo fuera por omisión. Pero en vez de pensar en eso, se explayó en la inmoderación de lo que Gideon le estaba diciendo a su padre–. ¡No hace ni tres horas que tu padre ha estado a punto de morir!

–¿Estás segura? –le preguntó Gideon–. Si me ha mentido sobre Virginia, ¿quién sabe sobre qué más puede estar dispuesto a mentir?

–¿Virginia? –preguntó Jill–. ¿Quién...?

–Hablaremos de esto más tarde –le indicó Richard a su hijo.

–No –respondió Gideon–. Vamos a hablar de Virginia ahora mismo.

–¿Quién es Virginia? –preguntó Jill.

–Veo que tú tampoco lo sabes.

Jill se volvió hacia su prometido y le preguntó:

–Richard, ¿de qué va todo esto?

–Ya te lo diré yo –dijo Gideon, y empezó a leer el contenido de la carta en voz alta. Su voz emanaba la fuerza de la indignación, a pesar de que le tembló dos veces. Una vez cuando leyó las palabras «nuestra hija», y una segunda vez cuando llegó a lo de «vivió treinta y dos años».

Por su parte, Jill oyó cómo el eco de otras dos frases resonaba por toda la habitación: «Desafió los pronósticos médicos» fue una, y la otra constaba de las cinco primeras palabras de la última frase: «A pesar de sus problemas». Sintió que una oleada de malestar la invadía y que un frío terrible le iba avanzando hacia los huesos.

–¿Quién es? –le preguntó a gritos–. Richard, ¿quién es?

–Un bicho raro –contestó Gideon–. ¿No es verdad, papá? Virginia Davies era otro bicho raro.

–¿Qué quiere decir con eso? –preguntó Jill, a pesar de que ya lo sabía y de que no podía soportarlo. Deseaba que Richard respondiera a su pregunta, pero éste permanecía callado como el granito, con los hombros inclinados, con la espalda encorvada y con los ojos clavados en su hijo–. ¡Di algo! –le imploró.

–Se está pensando la respuesta adecuada para ti –le informó Gideon–. Se está preguntando qué excusa puede tener para haberme dicho que mi hermana mayor murió de pequeña. Había algo en ella que no acababa de estar bien, ¿te das cuenta? Supongo que hacer ver que estaba muerta era mucho más fácil que aceptar que no era perfecta.

Por fin, Richard habló:

–No sabes de lo que estás hablando.

No obstante, Jill ya había perdido el control sobre sus pensamientos: otra hija con síndrome de Down, le gritaban las voces desde dentro del cráneo, un segundo caso de síndrome de Down, un segundo caso de síndrome de Down o algo mucho peor, algo que ni siquiera se esforzó en decirle y durante todo ese tiempo su querida Catherine corría el riesgo de algo que sólo Dios sabía, algo que las pruebas prenatales no habían identificado y él permanecía allí, permanecía allí, y miraba a su hijo y se negaba a hablar de... Se dio cuenta de que la fotografía que sostenía se le caía de las manos, se le volvía pesada, que se estaba convirtiendo en una carga que apenas podía soportar. Se le resbaló entre los dedos y gritó:

–¡Contéstame, Richard!

Richard y su hijo se movieron a la vez en el instante en que la fotografía caía estrepitosamente sobre el desnudo suelo de madera; Jill pasó por encima de la fotografía, la rodeó, sintiendo que no podría aguantar su imposible peso ni un minuto más. Por lo tanto, se dirigió a trompicones hacia el sofá, donde se convirtió en una espectadora muda de lo que sucedió a continuación.

Con impaciencia, Richard se agachó para coger la fotografía, pero se lo impidió la escayola de la pierna. Gideon la cogió primero. La agarró, gritando: «¿Algo más, papá?», y después se la quedó mirando a medida que los dedos se le quedaban blancos sobre el marco de madera.

—¿De dónde ha salido esto? —le preguntó con brusquedad mientras alzaba los ojos hacia su padre.

—Debes calmarte, Gideon —le sugirió Richard, a pesar de que sonaba desesperado; Jill les observaba y veía cómo iba creciendo la tensión: la de Richard cual látigo entre las manos, la de Gideon enroscada y lista para saltar de golpe.

—Me dijiste que se había llevado todas las fotografías de Sonia con ella —protestó Gideon—. Me dijiste que mamá nos abandonó y que se llevó todas las fotografías. Que se había llevado todas las fotografías, a excepción de la que guardas en el estudio.

—Tenía buenas razones para...

—¿La has tenido siempre?

—Así es. —Los ojos de Richard taladraron los de su hijo.

—No te creo —respondió Gideon—. Me dijiste que se las llevó y seguro que lo hizo. Tú querías que se las llevara. O se las mandaste por correo. Pero ésta no la tenías, porque si hubiera sido así, el día que la quería, el día que necesitaba verla, que te pedí, que te supliqué...

—¡Ni hablar! ¡Eso es una tontería! No te la di entonces porque pensaba que podrías...

—¿Qué? ¿Tirarme a las vías del tren? Por aquel entonces no lo sabía. Ni siquiera lo sospechaba. Estaba atemorizado por mi música, y tú también. Por lo tanto, si la hubieras tenido entonces, ese día, papá, me la habrías mostrado de inmediato. Si por un instante hubieras pensado que podría hacer que volviera a tocar el violín, habrías hecho cualquier cosa.

—Escúchame —dijo Richard con rapidez—. Tenía esa fotografía. Me había olvidado de ella. Simplemente se había extraviado entre los papeles de tu abuelo. Cuando la vi ayer, lo primero que pensé fue que debería dártela. Recordé que querías una fotografía de Sonia... que me habías pedido una...

—Si fuera tuya —replicó Gideon—, no estaría enmarcada. Y mucho menos si se hubiera extraviado entre sus papeles.

—Estás tergiversando mis palabras.

—Habría estado como la otra. Habría estado en un sobre, metida en un libro, dentro de una bolsa o por ahí tirada, pero nunca habría estado en un marco.

—Te estás poniendo histérico. Eso te pasa por hacer psicoanálisis. Espero que lo veas.

–Lo único que veo –gritó Gideon– es un hipócrita egoísta que haría y diría cualquier cosa si con ello consiguiera... –Gideon se detuvo.

En el sofá, Jill sintió que la tensión entre los dos hombre se volvía de repente eléctrica y apasionada. Sus propios pensamientos la acosaban con violencia y, por lo tanto, cuando Gideon volvió a hablar, no comprendió el significado.

–¡Fuiste tú! –exclamó–. ¡Oh, Dios mío! ¡La mataste! Habías hablado con ella. Le pediste que confirmara tus mentiras sobre Sonia, pero ella no estaba dispuesta a hacerlo, ¿no es verdad? En consecuencia, tenía que morir.

–¡Por el amor de Dios, Gideon! ¡No sabes lo que estás diciendo!

–Sí que lo sé. Por primera vez en mi vida, lo sé. Ella iba a decirme la verdad, ¿no es así? No pensabas que fuera a hacerlo, estabas convencido de que aprobaría cualquier cosa que planearas, porque en un pasado lo había hecho. Pero ella no era así y ¿qué demonios te hizo pensar que habría podido cambiar? Nos había abandonado, papá. No podía vivir una mentira ni vivir con nosotros; así pues, se marchó. El hecho de que supiera que íbamos a mandar a Katja a la cárcel fue demasiado para ella.

–Katja aceptó ir. Estaba al corriente de todo.

–Pero una condena de veinte años, no –repuso Gideon–. Katja Wolff nunca habría aceptado una condena de veinte años. Cinco, quizá sí. Cinco años y cien mil libras, de acuerdo. Pero ¿veinte años? Nadie lo habría esperado. Y mamá no podía aceptarlo, ¿no es verdad? En consecuencia, nos abandonó y no habría aparecido nunca más si yo no hubiera perdido mi música en Wigmore Hall.

–Debes dejar de pensar que Wigmore Hall guarda relación con cualquier cosa que no sea el edificio en sí. He estado insistiendo desde el principio.

–Porque tú lo querías creer –contestó Gideon–. Pero la verdad es que mi madre iba a confirmarme que mis recuerdos no me engañaban, ¿no es verdad, papá? Sabía que yo maté a Sonia. Sabía que lo hice yo solo.

–No lo hiciste. Ya te lo he explicado. Te conté lo que sucedió.

–Entonces, cuéntamelo otra vez delante de Jill.

Richard no dijo nada, aunque miró a Jill. Ella deseaba considerarla una mirada que suplicara su ayuda y su comprensión. Pero en ella sólo vio una mirada calculadora.

–Gideon, dejémoslo –sugirió Richard–. Ya hablaremos más tarde.

–Hablaremos ahora. Como mínimo, lo hará uno de nosotros. ¿Quieres que sea yo? Maté a mi propia hermana, Jill. La ahogué en la bañera. Era como una losa que todos llevábamos encima...

–¡Gideon! ¡Basta ya!

–... especialmente yo. Se interponía en mi carrera musical. Vi que el mundo giraba a su alrededor, y como no podía soportarlo, la maté.

–¡No! –gritó Richard.

–Papá quiere que piense...

–¡No! –repitió Richard.

–... que lo hizo él, que cuando esa noche entró en el cuarto de baño y la vio debajo del agua en la bañera, la sostuvo allí y remató el trabajo. Pero me miente, porque cree que si sigo pensando que la maté yo, hay muchas posibilidades de que nunca vuelva a coger el violín.

–Eso no es lo que sucedió –repuso Richard.

–¿A qué parte te refieres?

Richard no dijo nada durante un momento, y luego sólo exclamó:

–¡Por favor!

Jill se percató de que estaba atrapado entre las dos elecciones que las acusaciones de Gideon le planteaban. Pero no importaba cuál eligiera, porque, al fin y al cabo, ambas elecciones venían a ser lo mismo: o mató a su hija o mató a su hijo.

Parece ser que Gideon vio la respuesta que esperaba en el silencio de su padre.

–Sí. Entonces, de acuerdo –dijo, y dejó caer la fotografía de su hermana al suelo.

Avanzó a grandes pasos hacia la puerta. La abrió de golpe.

–¡Por el amor de Dios! ¡Lo hice yo! –gritó Richard–. ¡Gideon! ¡Detente! ¡Escúchame! ¡Créeme! Aún estaba viva cuando la dejaste. Fui yo quien la sostuvo bajo el agua. Fui yo quien ahogó a Sonia.

Jill no pudo evitar un gemido de dolor. Todo era demasiado lógico. Lo sabía. Lo veía. Richard estaba hablando con su hijo, pero estaba haciendo algo más: por fin le estaba explicando a Jill por qué no había querido casarse.

–Todo eso es mentira –repuso Gideon mientras empezaba a marcharse.

Richard comenzó a ir tras él, impedido por sus lesiones. Jill hizo un esfuerzo por ponerse en pie y exclamó:

–¡Todas son hijas! Es eso, ¿no es verdad? Virginia, Sonia y ahora Catherine.

Richard se tropezó contra la puerta y se apoyó en la jamba. Bramaba:

–¡Gideon! ¡Maldita sea! ¡Escúchame! –Se lanzó al pasillo.

Jill le siguió como pudo y gritó:

–¡No querías casarte porque será una niña!

Jill le asió del brazo. Iba cojeando hacia las escaleras y, a pesar de lo que Jill pesaba, la arrastraba con él. Oía cómo Gideon bajaba a toda prisa. Sus pisadas resonaban por la embaldosada entrada.

–¡Gideon! –gritaba Richard–. ¡Espera!

–Tienes miedo de que sea como las otras dos, ¿no es verdad? –gritaba Jill, sin soltar a Richard del brazo–. Engendraste a Virginia. Engendraste a Sonia, y crees que nuestra hija también será deficiente. Ésa es la razón por la que no has querido casarte conmigo, ¿no es verdad?

Se abrió la puerta de la calle. Richard y Jill llegaron a la escalera. Richard vociferó:

–¡Gideon! ¡Haz el favor de escucharme!

–Ya te he escuchado bastante –fue su respuesta. Entonces la puerta delantera se cerró de golpe. Richard se estremeció como si le hubieran dado un puñetazo en el pecho. Empezó a bajar.

Jill, que seguía aferrada a su brazo, añadió:

–Era eso, ¿verdad? Querías esperar a ver que la niña fuera normal antes de...

La hizo a un lado. Ella le cogió de nuevo.

–¡Aléjate! –gritó–. ¡Suéltame! ¡Vete! ¿No te das cuenta de que tengo que detenerle?

–Contéstame. Dímelo. Pensabas que algo debía andar mal, ya que es una niña, y que si nos casábamos estarías atrapado para siempre. Conmigo. Con ella. Como antes.

–No sabes lo que estás diciendo.

–Entonces dime que estoy equivocada.

–¡Gideon! –gritó–. ¡Maldita sea, Jill! Soy su padre. Me necesita. No sabes... Suéltame.

–No, antes debes decirme...

–Te... acabo... de... decir... que... –Tenía los dientes apretados y el rostro rígido. Jill sintió cómo la mano de Richard, la sana, le subía por el pecho y la empujaba con violencia.

Se agarró a él con más fuerza, gritando:

–¡No! ¿Qué estás haciendo? ¡Háblame!

Jill le atrajo hacia ella, pero él se dio la vuelta. Se soltó con violencia, y mientras lo hacía, sus posiciones cambiaron precariamente. Ahora él estaba más arriba que ella. Jill estaba más abajo. Por lo tanto, ella le bloqueaba el paso, el paso hacia Gideon y hacia la reentrada en una vida que Jill no alcanzaba a comprender.

Ambos jadeaban. El olor de su sudor impregnaba el aire.

–Ésa es la razón, ¿verdad? –inquirió Jill–. Quiero que me lo digas tú, Richard.

Pero en vez de responderle, profirió un grito inarticulado. Antes de que ella pudiera ponerse en un lugar seguro, él ya estaba intentando pasar por delante de ella. La empujó en el pecho con el brazo sano. Ella cayó hacia atrás. Perdió el equilibrio. En menos de un instante ya estaba rodando escaleras abajo.

28

Richard sólo oyó la respiración en sus oídos. Jill cayó hacia abajo, y él oyó el crujido de la barandilla al romperse. Además, el enorme peso de su cuerpo aumentaba su velocidad; en consecuencia, en la única oportunidad que habría tenido de aterrizar –ese escalón ligeramente más ancho que Jill tanto odiaba– siguió rodando hacia el suelo.

No sucedió en un segundo. Pasó en un período de tiempo tan largo que para siempre parecería inadecuado. Y cada segundo que pasaba era un segundo en el que Gideon, un Gideon ágil y que no llevaba la pierna recubierta de escayola desde la rodilla hasta el pie, se alejaba cada vez más de su padre. Pero no sólo ganaba distancia, sino también seguridad. Y eso no lo podía permitir.

Richard bajó la escalera tan rápido como pudo. Al pie, Jill yacía desgarbada e inmóvil. Cuando llegó hasta ella, sus pestañas –que parecían azules bajo la tenue luz de las ventanas de la entrada– parpadeaban, y los labios se le abrían en un gemido.

–¿Mamá? –susurró.

Tenía la ropa arrugada, y el enorme estómago le quedaba al descubierto de modo obsceno. El abrigo se le extendía por encima como un abanico gigantesco.

–¿Mamá? –susurró de nuevo. Después soltó un lamento. Y luego profirió un grito y arqueó la espalda.

Richard avanzó hacia su cabeza. Con impaciencia, rebuscó entre los bolsillos del abrigo. La había visto guardarse las llaves en el bolsillo, ¿no? ¡Maldita sea, la había visto hacerlo! Tenía que encontrar esas llaves. Si no lo hacía, Gideon desaparecería; tenía que encontrarle, hablar con él, hacerle saber que...

Las llaves no estaban. Richard maldijo. Se puso en pie de un salto. Se encaminó de nuevo hacia la escalera y empezó a arrastrarse hacia arriba. A su espalda, Jill gritaba: «Catherine», pero Richard simplemente se apoyaba en la barandilla de la escalera, respiraba como un corredor y pensaba en el modo de detener a su hijo.

Una vez dentro del piso, buscó el bolso de Jill. Estaba en el suelo, junto al sofá. Lo recogió con rapidez. Luchó con el exasperante cierre. Le temblaban las manos. Los dedos se le movían con torpeza. Era incapaz de conseguir...

Sonó un timbre. Alzó la cabeza y miró alrededor de la habitación. No vio nada. Volvió al bolso. Consiguió descorrer el cierre y abrió el bolso con ímpetu. Vació el contenido sobre el sofá.

Sonó el timbre de nuevo. Lo ignoró. Después de manosear una barra de labios, el colorete, el talonario, la cartera, pañuelos de papel arrugados, bolígrafos y una pequeña libreta, las encontró. Estaban unidas por una familiar anilla de cromo: cinco llaves, dos de bronce, tres plateadas. Una de su propia casa, una del piso de Richard, una de la casa de sus padres en Wiltshire, y dos del Humber, la de contacto y la del maletero. Las cogió.

Otra vez el timbre. Pero esa vez alto e insistente, como si solicitara respuesta inmediata.

Soltó una maldición y se percató de que era el timbre de la puerta. ¿Gideon? ¡Santo Cielo! ¿Gideon? Pero no debía de ser él, porque él tenía su propia llave.

El timbre siguió sonando, pero Richard lo ignoró. Se dirigió hacia la puerta.

El sonido del timbre se desvaneció. Después cesó del todo. En sus oídos, Richard sólo oía su respiración. Parecía el lamento de las almas en pena, y el dolor empezó a acompañarlo, atravesándole la pierna derecha y abrasándole el brazo derecho, desde la mano hasta el hombro. El costado empezó a dolerle a causa del esfuerzo. Parecía incapaz de suspender el aliento.

Se detuvo y miró hacia abajo desde lo alto de la escalera. El corazón le latía a toda prisa. El pecho le palpitaba. Inspiró aire, rancio y húmedo.

Empezó a bajar. Se asió a la barandilla con fuerza. Jill no se había movido. ¿No quería o no podía? En realidad no importaba, ya que Gideon se había marchado.

–¿Mamá? ¿Me ayudarás? –inquirió con voz débil. Pero mamá no estaba allí. Mamá no podía ayudarla.

Pero papá, sí. Papá lo haría. Siempre estaría junto a ella. No como en el pasado, esa figura revestida de esa astuta locura que iba y venía y que estaba entre papá y, sí, mi hijo, eres mi hijo. Pero el papá del presente, que no querría, no podría, sería incapaz de fallarle porque sí, hijo mío, eres mi hijo. Tú, lo que haces, lo que eres capaz de hacer. Todo tú. Eres mi hijo.

Richard llegó hasta el rellano.

A sus pies, oyó cómo se abría la puerta de la entrada.

–¿Gideon? –gritó.

–¡Por todos los santos! –exclamó una voz de mujer.

Una criatura achaparrada, que iba vestida con un abrigo de lana azul marino, pareció lanzarse sobre Jill. Tras ella apareció una figura, cubierta con un impermeable, a la que Richard Davies reconoció sin problemas. Sostenía una tarjeta de crédito entre las manos, el medio que había utilizado para poder abrir la puerta vieja y torcida de Braemar Mansions.

–¡Santo Cielo! –exclamó, dirigiéndose a toda prisa hacia Jill para arrodillarse también junto a ella–. ¡Llame a una ambulancia, Havers! –Luego alzó la cabeza.

Sus ojos se posaron de inmediato en los de Richard; bajaba por la escalera, con las llaves del coche de Jill en la mano.

Havers acompañó a Jill Foster al hospital. Lynley se llevó a Richard Davies a la comisaría más cercana. Resultó ser la de Earl's Court Road, la misma comisaría de la que había salido Malcolm Webberly más de veinte años atrás, la noche en que le asignaron la investigación de la sospechosa muerte de Sonia Davies.

Si Richard Davies se percató de la ironía de la situación, no lo mencionó. De hecho, no dijo nada –estaba en su derecho– mientras Lynley le recitaba la lista de los derechos de los acusados. Trajeron a un abogado de oficio para que pudiera aconsejarle, pero lo único que preguntó Davies fue cómo podría mandarle un mensaje a su hijo.

–Debo hablar con Gideon –le dijo al abogado–. Gideon Davies. Seguro que ha oído hablar de él. El violinista que...

Aparte de eso, no tenía nada que decir. Se limitaba a repetir lo mismo que había dicho en interrogatorios anteriores. Conocía sus derechos, y la policía no tenía ninguna prueba para poder acusar al padre de Gideon Davies.

Lo que sí que tenían, no obstante, era el Humber, y Lynley regresó a Cornwall Gardens con el equipo oficial para supervisar la confiscación del vehículo. Tal y como Winston Nkata había pronosticado, los daños que hubiera podido sufrir el vehículo después de atropellar a dos –quizá tres– individuos deberían ser aparentes alrededor del parachoques delantero de cromo, y éste estaba bastante abollado. Pero eso era algo que cualquier abogado defensor podría rebatir con un poco de astucia y, en consecuencia, Lynley no contaba con eso para poder acusar a Richard Davies. Con lo que sí que contaba y con lo que sí que tendría serias dificultades ese mismo abogado para refutar serían las pruebas, tanto del parachoques como de la parte inferior del Humber. Porque era muy poco probable que Davies hubiera golpeado a Kathleen Waddington y a Malcolm Webberly, y que hubiera atropellado tres veces a su ex mujer sin dejar rastros de sangre, fragmentos de piel o el tipo de cabello que necesitaban con tanta desesperación –cabello pegado al mismísimo cuero cabelludo– en la parte inferior del coche. Para deshacerse de ese tipo de prueba, Davies debería haber contemplado esa posibilidad. Y Lynley tenía la corazonada de que no lo había hecho. Su larga experiencia le decía que no existía el asesino que pensara en todo.

Llamó al comisario Leach para darle la noticia y le pidió que le pasara la información al subjefe de policía Hillier. Le informó que permanecería en Cornwall Gardens hasta que retiraran el Humber de la calle, y que después iría a recoger el ordenador de Eugenie Davies, tal y como tenía previsto desde un principio. ¿Aún quería el comisario Leach que fuera a buscar ese ordenador?

Leach le respondió que sí. A pesar del arresto, Lynley había actuado con improcedencia al llevárselo, y aún tenía que registrarlo junto a las demás pertenencias de la víctima.

–Ahora que hablamos del tema, ¿ha ocultado alguna cosa más? –le preguntó Leach con perspicacia.

Lynley le respondió que no había cogido nada más que perteneciera a Eugenie Davies. Nada de nada. Y se sintió satisfecho con la verdad de su respuesta. Porque había llegado a comprender, tanto en la fortuna como en la adversidad, que las palabras apasionadas que un hombre había escrito sobre un papel y mandado a una mujer –de hecho, incluso las palabras que uno puede llegar a pronunciar– sólo son una especie de préstamo para la mujer, al margen del período de tiempo que cumplan su función. Las palabras en sí siempre pertenecen al hombre.

–No me empujó –fue lo que Jill Foster le dijo a Barbara Havers en la ambulancia–. No debe pensar que me empujó. –Su voz era débil, tan sólo un murmullo, y tenía la parte inferior del cuerpo manchada del charco de orina, agua y sangre que se había ido extendiendo a sus pies cuando Barbara se arrodilló junto a ella al pie de las escaleras. Pero eso era todo lo que era capaz de decir, porque el dolor se estaba apoderando de ella, o, como mínimo, eso era lo que le parecía a Barbara a medida que oía cómo Jill gritaba y cómo el enfermero observaba las constantes vitales mientras decía:

–Conecta la sirena, Cliff.

Era una explicación más que suficiente del estado en que se encontraba Jill.

–¿El bebé? –le preguntó Barbara al enfermero en voz baja.

Le lanzó una mirada, no pronunció palabra, y después miró el gota a gota que había colocado junto a la paciente.

A pesar de la sirena, a Barbara se le hizo interminable el trayecto hasta el hospital más cercano que tuviera sala de emergencias. Pero cuando llegaron, la respuesta fue inmediata y gratificante. Los enfermeros llevaron a la paciente al edificio a toda prisa. Una vez dentro, la fue a buscar una multitud de personal, que se la llevó de inmediato, solicitando equipo, pidiendo que llamaran al departamento de obstetricia y reclamando fármacos oscuros y procedimientos misteriosos con nombres que camuflaban los propósitos.

–¿Saldrá con vida? –le preguntaba Barbara a cualquier persona que se dignara a escucharla–. Va de parto, ¿verdad? ¿Se encuentra bien? ¿Y el bebé?

–Los bebés no deberían nacer en estas circunstancias –fue la única respuesta que fue capaz de obtener.

Permaneció en urgencias, recorriendo la sala de espera de un lado a otro hasta que se la llevaron a toda velocidad a la sala de operaciones. «Ya lo ha pasado bastante mal», fue la explicación que le dieron y «¿Es de la familia?», la razón por la que no le dijeron nada más. Barbara no sabía por qué sentía que para ella era importante saber que la mujer se iba a poner bien. Lo atribuyó a una extraña hermandad que en ese instante sentía hacia Jill Foster. Después de todo, no habían pasado tantos meses desde que ella misma fuera llevada a toda prisa en una ambulancia después de su encuentro con un asesino.

No se creía que Richard Davies no hubiera empujado a Jill Davies escaleras abajo. Pero eso era algo que tenía que ser solucionado más tarde, una vez que el período de recuperación le hubiera dado tiempo a Jill de ponerse al corriente de las otras maldades que había perpetrado su prometido. Una hora más tarde, le informaron de que se recuperaría. Había dado a luz a una niña: sana, a pesar de la precipitada entrada que había hecho en este mundo.

En ese momento, Barbara pensó que podía marcharse, y cuando empezaba a hacerlo –de hecho, ya se encontraba delante del hospital intentando averiguar qué autobuses, si es que había alguno, pasaban por Fulham Palace Road–, se dio cuenta de que estaba delante de Charing Cross Hospital, el mismo hospital en el que estaba ingresado el comisario jefe Webberly. Entró de nuevo.

En la planta undécima, le preguntó a una enfermera que había junto a la Unidad de Cuidados Intensivos. «Crítico y estacionario» fueron las palabras que la enfermera utilizó para describir el estado del comisario jefe, de lo que Barbara dedujo que aún estaba en coma, que todavía estaba conectado al sistema de respiración artificial, y que aún estaba en peligro de sufrir más complicaciones; en consecuencia, rezar por su recuperación le parecía tan arriesgado como contemplar la posibilidad de su muerte. Las personas que habían sido atropelladas y que habían sufrido lesiones cerebrales solían superar la crisis radicalmente cambiados. Barbara no sabía si deseaba un cambio de esa índole para su superior. No quería que muriese. Ni siquiera se atrevía a pensar en ello. Pero tampoco se lo podía imaginar sufriendo meses o años de terrible convalecencia.

–¿Está su familia con él? –le preguntó a la enfermera–. Soy una de las agentes que está investigando lo que sucedió. Les traigo noticias. Si quieren escucharlas, claro está.

La enfermera miró a Barbara de arriba abajo. Barbara soltó un suspiro y le mostró la identificación. La enfermera la miró de soslayo y le dijo:

–Si es así, espere un momento.

Barbara se quedó a la espera de ver lo que sucedía a continuación.

Havers se imaginó que saldría a recibirla el subjefe de policía Hillier, pero en su lugar apareció la hija de Webberly. Miranda parecía exhausta, pero le sonrió y exclamó:

–¡Hola, Barbara! ¡Qué bien que hayas venido! ¡No puede ser que aún estés de servicio a estas horas!

–Hemos arrestado a alguien –respondió–. ¿Se lo dirás a tu padre? Bien, ya sé que no puede oírte ni nada... Aun así, ya sabes...

–Sí que puede oírme –replicó Miranda.

Barbara, esperanzada, le preguntó:

–¿Ya ha salido del coma?

–No, no es eso. Pero los médicos me han dicho que la gente que está en coma puede oír lo que se dice a su alrededor. Y estoy segura de que estará encantado de saber que han arrestado al que lo atropelló, ¿no cree?

–¿Cómo se encuentra? –le preguntó Barbara–. Se lo he preguntado a una enfermera, pero no me ha dicho gran cosa. Sólo que todavía no se había producido ningún cambio.

Miranda sonrió, pero le pareció una respuesta que fue generada para aliviar la preocupación de Barbara, no un reflejo de lo que la chica sentía en realidad.

–No, de hecho, no ha habido ningún cambio. Pero tampoco ha sufrido otro ataque al corazón, lo que todo el mundo considera una buena señal. Hasta ahora, ha estado estable, y nosotros... bien, nosotros tenemos esperanza. Sí. Nos sentimos bastante optimistas.

Sus ojos estaban demasiado brillantes, demasiado asustados. Barbara deseaba decirle a Miranda que no tenía ninguna necesidad de fingir ante ella, pero comprendió que ese intento de optimismo era más para sí misma que para los demás.

–Entonces yo también tendré esperanza. Todos nosotros la tendremos. ¿Necesitas algo?

–¡Oh, no! Al menos, creo que no. Vine desde Cambridge a toda prisa y me dejé un trabajo que tengo que entregar. Pero es para la semana que viene y supongo que para entonces... Bien, quizá...

–Sí, quizá.

Unos pasos procedentes del pasillo les desviaron la atención. Se dieron la vuelta y vieron que se acercaba el subjefe de policía Hillier con su mujer. Entre ambos se hallaba Frances Webberly.

–¡Mamá! –gritó Miranda.

–¡Randie! –exclamó Frances–. Randie, querida...

–¡Mamá! –repitió–. ¡Estoy tan contenta! ¡Mamá! –Se dirigió hacia ella y le dio un fuerte y largo abrazo. Y después, quizá sintiendo que se liberaba de un peso que nunca debería de haber soportado en primer lugar, rompió a llorar.

–Los médicos han dicho que si tiene otro ataque al corazón, podría... Que, en realidad, podría...

–¡No digas nada! –repuso Frances, con la mejilla apoyada en el pelo de su hija–. Llévame a ver a papá, ¿serías tan amable, cariño? Nos sentaremos juntas con él.

Cuando Miranda y su madre hubieron atravesado la puerta, el subjefe de policía Hillier le sugirió a su esposa:

–Quédate con ellas, Laura. Por favor. Asegúrate de que... –Hizo un gesto significativo. Laura Hillier las siguió.

El subjefe de policía observó a Barbara con un poco menos de desaprobación que de costumbre. De repente, tomó conciencia de la ropa que llevaba. Hacía meses que hacía todo lo posible para no cruzarse con él, y siempre que sabía con antelación que se lo iba a encontrar, se vestía con esa idea en mente. Pero en ese instante... Sentía que sus zapatillas rojas alcanzaban proporciones descomunales, y que los pantalones elásticos verdes que se había puesto esa mañana parecían tan sólo un poco menos apropiados.

–Hemos hecho un arresto, señor –le informó–. He pensado que podía pasar...

–Leach me ha llamado.

Hillier se encaminó hacia una puerta al otro lado del pasillo y la señaló con la cabeza. Debía seguirle. Cuando estuvieron dentro de lo que resultó ser una sala de espera, Hillier fue hacia un sofá y se dejó caer. Por primera vez, Barbara se percató de lo cansado que parecía, y se dio cuenta de que había estado ocupándose de su familia desde la noche anterior. Esa certeza le contrastó con la idea que tenía de él, ya que Hillier siempre le había parecido sobrehumano.

–¡Buen trabajo, Barbara! –le felicitó–. El de los dos.

–Gracias, señor –le contestó con cautela; luego esperó a ver qué sucedería a continuación.

–Siéntese –le sugirió.

–Señor –contestó, y aunque hubiera preferido irse a su casa, se encaminó hacia una silla de comodidades limitadas y se sentó en un extremo.

En un mundo mejor, pensó Barbara, el subjefe de policía Hillier reconocería en ese momento de in extremis emocional las faltas en las que había incurrido. La miraría, reconocería sus mejores cualidades –era obvio que entre ellas no se incluía su sentido de la moda– y las admitiría una por una. La elevaría a su posición profesional previa y ése sería el fin del castigo que Hillier le había impuesto a finales del verano.

Pero no se encontraban en un mundo mejor y, en consecuencia, el subjefe de policía Hillier no hizo nada de eso. Se limitó a decir:

–Quizá no sobreviva. Todos estamos haciendo ver que sí vivirá, especialmente alrededor de Frances, por el bien que le pueda hacer, pero tenemos que enfrentarnos a la realidad.

Barbara no sabía qué decir y, por lo tanto, murmuró:

–¡Maldita sea! –Porque así era cómo lo veía: como una maldición. Se sentía agobiada y sepultada en la impotencia. Y condenada, con el resto de la humanidad, a una espera interminable.

–Hace siglos que le conozco –prosiguió Hillier–. Ha habido momentos en los que no he sentido demasiada simpatía por él y Dios sabe que nunca he sido capaz de entenderle, pero ha estado junto a mí durante años, una presencia que de algún modo podía contar con que... seguiría ahí. Y me doy cuenta de que no me gusta la idea de que se vaya.

–Quizá no se muera –repuso Barbara–. Tal vez se recupere.

Hillier le lanzó una mirada y le replicó:

–Uno jamás se recupera de una cosa así. Es posible que viva, pero recuperarse... no. No será el mismo. No se recuperará. –Cruzó una pierna por encima de la otra, y en ese instante fue la primera vez que Barbara se fijó en su ropa, que eran las primeras prendas que se había encontrado la noche anterior, ya que nunca había tenido la ocasión de cambiarse durante el día. Y por primera vez en la vida le vio como un ser humano y no como su superior: ataviado con ropa informal, con un jersey que tenía un agujero en la manga–. Leach me ha explicado que todo fue para desviar sospechas.

–Sí, eso es lo que el inspector Lynley y yo pensamos.

–¡Qué lástima! –Después se la quedó mirando–. ¿No hay nada más?

–¿Qué quiere decir?

–¿No atropellaron a Malcolm por cualquier otro motivo?

Le miró a los ojos sin vacilación y leyó la pregunta que había tras ellos, la que preguntaba si lo que el subjefe de policía Hillier suponía, creía o deseaba creer sobre el matrimonio Webberly y sus componentes era cierto. Pero Barbara no tenía ninguna intención de darle al subjefe de policía ninguna información que guardara relación con ese asunto.

–No hay ninguna otra razón –le contestó Barbara–. Por lo que parece, a Davies le resultó muy fácil seguirle la pista a Webberly.

–Eso es lo que usted piensa –replicó Hillier–. Pero Leach me ha contado que Davies se niega a hablar.

–Hablará tarde o temprano –repuso Barbara–. Davies sabe mejor que nadie las consecuencias que puede tener el hecho de guardar silencio.

–Le he ordenado a Lynley que asuma las funciones de comisario jefe hasta que todo esto se solucione –le informó Hillier–. Lo sabe, ¿verdad?

–Dee Harriman me puso al corriente de la situación. –Barbara inspiró aire y lo retuvo, esperando, deseando y soñando que sucediera lo que al final no sucedió.

»Winston Nkata está haciendo un buen trabajo, teniendo en cuenta la situación, ¿no cree?

«¿Qué situación?», se preguntó. No obstante, contestó:

–Sí, señor. Está haciendo un buen trabajo.

–Creo que bien pronto lo ascenderemos.

–Se sentirá muy satisfecho, señor.

–Sí, supongo que sí.

Hillier la observó durante un buen rato, y luego apartó la mirada. Cerró los ojos. Apoyó la cabeza en el sofá.

Barbara permaneció sentada en silencio, preguntándose qué debería hacer. Al cabo de un rato, se decidió a decir:

–Debería irse a casa y dormir un poco, señor.

–Pienso hacerlo –contestó Hillier–. Todos deberíamos hacerlo, agente Havers.

Eran las diez y media cuando Lynley aparcó en Lawrence Street y dobló la esquina de casa de St. James. No había llamado con antelación para decirles que iba a pasar por su casa, pero mientras se dirigía hacia allí desde Earl's Court Road, decidió que si las luces de la planta baja estaban apagadas, no molestaría a sus ocupantes. Sabía que, en su mayor parte, era un acto de cobardía. Se estaba acercando el momento en el que tendría que recoger la cosecha que hacía tiempo que estaba sembrando, pero no tenía ningún interés en hacerlo. No obstante, había visto cómo su pasado dejaba caer las semillas perniciosamente en su presente, y sabía que para tener el futuro que deseaba no le quedaba más remedio que hacer un exorcismo que sólo se podría llevar a cabo si hablaba. Aún así, le habría gustado aplazarlo, y mientras doblaba la esquina esperó ver oscuridad en las ventanas, como una señal de que un poco más de dilación sería aceptable.

No tuvo tanta suerte. No sólo había luz en la puerta principal, sino que las ventanas del estudio de Deborah St. James lanzaban amarillentos rayos sobre la verja de hierro forjado que bordeaba la casa.

Subió los escalones y llamó al timbre. Dentro de la casa, el perro ladró a modo de respuesta. Seguía ladrando cuando Deborah St. James abrió la puerta.

–¡Tommy! ¡Dios mío, estás empapado! –exclamó–. ¡Vaya nochecita! ¿Te has olvidado el paraguas? Ven aquí, *Peach*. Basta ya. –Cogió al pequeño téckel ladrador del suelo y se lo colocó debajo del brazo–. Simon no está en casa y papá está mirando un documental sobre lirones, no me preguntes por qué. Por lo tanto, se está tomando la vigilancia más en serio que de costumbre. *Peach*, deja ya de gruñir.

Lynley entró y se quitó el abrigo mojado. Lo colgó del perchero que había a la derecha de la puerta. Alargó la mano hacia el perro para que pudiera reconocerlo por el olfato, y *Peach* dejó de ladrar y de gruñir; además, mostró su disposición a aceptar sus saludos en forma de caricias detrás de las orejas.

–¡No podría estar más malcriada! –exclamó Deborah.

–Está haciendo su trabajo. De todos modos, no deberías abrir la puerta sin más a estas horas de la noche, Deb. No es muy inteligente.

–Siempre doy por sentado que si llama un ladrón, *Peach* le morderá los tobillos antes de que pueda llegar a la primera habitación. No es que tengamos cosas de mucho valor, pero no me importaría que alguien se llevara esa cosa horrible con plumas de pavo real que descansa sobre el aparador del comedor. –Sonrió–. ¿Cómo estás, Tommy? Yo, ya ves, trabajando.

Lo condujo hasta el estudio, donde vio que Deborah estaba envolviendo las fotografías que había seleccionado para la exposición de diciembre. El suelo estaba cubierto de fotografías enmarcadas que aún no habían sido protegidas con el plástico, junto con un frasco de limpiacristales que había estado usando para limpiar el cristal que las cubría, un rollo de papel de cocina, cientos de láminas de plástico, cinta adhesiva y tijeras. Había encendido la chimenea de gas de la sala, y *Peach* se dirigió al desvencijado cesto que había delante.

–Es una carrera de obstáculos –afirmó Deborah–, pero si eres capaz de recordar el camino hasta el mueble bar, sírvete un poco del whisky de Simon.

–¿Dónde está? –le preguntó Lynley. Rodeó las fotografías y se dirigió hacia el mueble bar.

–Ha ido a la Real Sociedad Geográfica para asistir a una conferencia: alguien que ha hecho un viaje a alguna parte y que luego iba a firmar los libros. Creo que tiene algo que ver con osos polares. En fin, que ha ido a una conferencia.

Lynley sonrió. Tomó un buen trago de whisky. Le serviría para darle coraje. Mientras esperaba a que el alcohol le llegara a la sangre, le dijo:

–Hemos arrestado a alguien en el caso en el que estoy trabajando.

–No has tardado mucho. Eres la persona adecuada para hacer este trabajo, Tommy. ¿Quién lo habría dicho, teniendo en cuenta el modo en que te criaste?

Rara vez mencionaba su infancia. Al ser un niño privilegiado que había engendrado otro niño privilegiado, hacía tiempo que se había sentido irritado por las cargas de la sangre, de la historia familiar, y de las responsabilidades que ambas implicaban. El hecho de pensar en todo eso –la familia, títulos inútiles que cada vez tenían menos sentido, capas de terciopelo ribeteadas con piel de armiño, y más de doscientos cincuenta años de linaje que siempre determinaban cuál debería ser el siguiente movimiento– le sirvió de recordatorio de lo que había venido a decirle y por qué. Aun así, buscó evasivas y contestó:

–Sí. Bien. Uno siempre tiene que actuar con rapidez cuando se trata de un caso de homicidio. Si las pistas empiezan a enfriarse, cada vez es más difícil hacer un arresto. A propósito, he venido a por el ordenador. El que le traje a Simon. ¿Todavía está en el laboratorio? ¿Puedo subir a buscarlo, Deb?

–¡Por supuesto! –contestó, aunque le lanzó una mirada de curiosidad, bien por el tema que había escogido, si tenía en cuenta a lo que se dedicaba su marido, estaba más que enterada de la necesidad de ir rápido en un caso de asesinato, o bien por el tono en el que habló, que era demasiado cordial para ser creíble–. Sube. No te importa que yo siga aquí trabajando, ¿verdad?

–En absoluto –respondió, e hizo su huida, tomándose su tiempo para subir la escalera hasta la última planta de la casa. Una vez allí, encendió las luces del laboratorio y encontró el ordenador en el mismo sitio exacto en el que St. James lo había dejado. Lo desenchufó, se lo colocó sobre los brazos y volvió a bajar. Lo dejó junto a la puerta principal, y contempló la posibilidad de despedirse de ella con un adiós animado y salir por la puerta. Al fin y al cabo, era tarde, y la conversación que necesitaba mantener con Deborah St. James podía esperar.

Sin embargo, en el preciso instante en que estaba pensando posponerlo de nuevo, Deborah apareció junto a la puerta del estudio y empezó a observarle.

–¡Hay algo que no va bien en tu mundo! –comentó–. No le pasa nada a Helen, ¿verdad?

Y Lynley se percató de que no podía seguir evitándolo, por mucho que deseara hacerlo.

–No, a Helen no le pasa nada.

–Me alegra oírlo –contestó–, ya que los primeros meses de embarazo pueden ser terribles.

Abrió la boca para responder pero perdió las palabras. Luego las encontró de nuevo.

–Así pues, lo sabes.

Deborah sonrió y dijo:

–¡Cómo no iba a saberlo después de...! ¿Qué? ¿Cuántos llevo? ¿Siete embarazos?... Me sé los síntomas de memoria. Nunca consigo llegar muy lejos, me refiero a los embarazos, claro está, pero eso ya lo sabes, pero sí lo suficiente para saber que nunca podía sobreponerme a los mareos.

Lynley tragó saliva. Deborah entró de nuevo en el estudio. La siguió, encontró el vaso de whisky en el mismo sitio en que lo había dejado, y se refugió momentáneamente en sus profundidades. Cuando pudo, dijo:

–Sabemos cuánto deseas... Cómo has intentando... Tú y Simon...

–Tommy –dijo con firmeza–. Me alegro por vosotros. Nunca deberías pensar que mi situación, la de Simon y la mía...bien, no... la mía, en realidad, podría evitar que me sintiera feliz por vosotros. Sé lo que significa para vosotros dos, y el hecho de que yo no pueda traer un bebé al mundo... Sí, bien, es doloroso. Claro que es doloroso. Pero no quiero que el resto del mundo se suma en mi dolor. Y, desde luego, no deseo que nadie más esté en mi situación para así sentirme acompañada.

Se arrodilló entre las fotografías. Parecía haber dado el tema por concluido, pero Lynley no podía porque, por lo que a él respectaba, aún no habían empezado a hablar del tema de verdad. Se sentó delante de ella, en el sillón de piel en el que St. James siempre se sentaba cuando estaba en la sala.

–Deb –dijo, y al ver que alzaba los ojos, prosiguió–: Hay algo más.

Los ojos verdes de Deborah se oscurecieron al preguntar:

–¿A qué te refieres?

–A Santa Barbara.

–¿A Santa Barbara?

–Al verano en que tenías dieciocho años, cuando estudiabas en el instituto. Ese año en que hice cuatro viajes para verte: en octubre, en enero, en mayo y en julio; especialmente en julio, cuando condujimos por la carretera de la costa hasta Oregón.

Deborah no dijo nada, pero su rostro palideció; en consecuencia, supo que ella comprendía adónde quería ir a parar. Incluso mientras lo hacía, deseaba que algo sucediera para poder detenerle y para que no tuviera que confesarle algo que ni siquiera él podía soportar.

–En ese viaje dijiste que era a causa del coche –le explicó–. No estabas muy acostumbrada a conducir. O quizá fuera la comida, dijiste. O el cambio de clima. O el calor cuando estabas dentro o el frío cuando estabas fuera. No estabas habituada a esos cambios de temperatura del aire acondicionado, pero ¿no es verdad que los americanos son adictos al aire acondicionado? Escuché todas las excusas que me diste y opté por creerte. Pero siempre... –No deseaba decirlo, habría dado cualquier cosa por no tener que hacerlo. Pero en el último momento se esforzó por admitir lo que hacía tiempo que intentaba apartar de su mente– lo supe.

Deborah bajó la mirada. Vio cómo alargaba las manos para coger las tijeras y un trozo de envoltorio de plástico, a la vez que acercaba una de las fotografías. No hizo nada con ella.

–Después de ese viaje, esperé a que tú misma me lo contaras, –añadió–. Lo que pensaba es que cuando me lo dijeras, podríamos decidir juntos lo que queríamos hacer. «Estamos enamorados y, por lo tanto, nos casaremos», me decía a mí mismo. Tan pronto como Deb admita que está embarazada.

–Tommy...

–Déjame que continúe. Hace años que lo pienso, y ahora que estamos aquí, debo llegar hasta el final.

–Tommy, no puedes...

–Siempre lo supe. Creo que incluso sé la noche en que sucedió. Esa noche en Montecito.

Ella permaneció en silencio.

–Deborah, por favor. Dímelo.

–Ya no tiene importancia.

–Para mí sí que la tiene.

–No después de todo este tiempo.

–Sí, después de todo este tiempo. Porque no hice nada. ¿No te das cuenta? Lo sabía, pero no hice nada. Dejé que te enfrentaras sola, fuera lo que fuera. Eras la mujer que amaba, la mujer que quería, e ignoré lo que estaba sucediendo porque... –Se percató de que aún no le miraba, que tenía la cara totalmente escondida por el ángulo de la cabeza y por el modo en que el pelo le caía sobre los hombros. Pero no paró de hablar porque por fin comprendió lo que le había motivado entonces, lo que de verdad era la causa de su vergüenza– ... porque no sabía cómo solucionarlo. Porque no había planeado que sucediera de esa manera, y porque no podía permitir que nada interfiriera con el tipo de vida que tenía planeado. Y mientras tú no dijeras nada, podía dejar que la situación entera pasara, dejar que todo pasara, dejar que toda mi maldita vida siguiera su curso sin que yo tuviera que preocuparme. En el fondo, podía hacer ver que no había ningún bebé. Podía decirme a mí mismo que si lo hubiera habido, me lo habrías contado. Y como no lo hiciste, me pude permitir el lujo de creer que había estado equivocado. Pero en el fondo de mi corazón sabía que no era verdad. En consecuencia, no dije nada en julio, ni en agosto, ni en septiembre. Y fuera lo que fuera con lo que tuviste que enfrentarte después de tomar una decisión, lo tuviste que hacer sola.

–Era responsabilidad mía.

–No, era nuestra. Nuestro hijo. Nuestra responsabilidad. Pero te dejé sola. Y lo lamento.

–No es necesario que lo hagas.

–Sí que lo es. Porque cuando tú y Simon os casasteis, cuando perdiste todos esos bebés, no podía dejar de pensar que si hubieras tenido ese niño, el nuestro...

–¡Tommy, no! –Levantó la cabeza.

–... entonces nada de esto habría sucedido.

–Las cosas no fueron de ese modo –replicó–. Créeme. Las cosas no son así. No tienes ninguna necesidad de castigarte por ello. No tienes ninguna obligación hacia mí.

–Ahora, quizá no. Pero entonces sí que la tenía.

–No. De todas formas, no habría importado. Sí, podríamos haber hablado de ello. Me podrías haber llamado. Podrías haber regresado en el siguiente avión, y haberme expuesto lo que pensabas que estaba sucediendo. Pero eso no habría hecho cambiar las cosas. O tal vez podríamos habernos casado a toda prisa o algo así. Incluso podrías haberte quedado conmigo en Santa Barbara para que yo pudiera finalizar mis estudios. Pero incluso así, no habría habido ningún bebé. Ni tuyo ni mío. Ni mío ni de Simon. Ni mío ni de nadie, tal y como están las cosas.

–¿Qué quieres decir?

Se apoyó sobre los talones, dejando las tijeras y la cinta adhesiva a un lado. Luego respondió:

–Lo que oyes. Al margen de lo que decidiera, nunca habría conseguido tener un bebé. He tardado demasiado tiempo en averiguarlo. –Parpadeó con rapidez y volvió la cabeza con decisión hacia la estantería. Un momento después, se giró de nuevo hacia él–. También habría perdido a nuestro bebé, Tommy. Es algo que se llama translocación equilibrada.

–¿Qué es?

–Mi... ¿Cómo lo llamo? ¿Mi problema? ¿Mi enfermedad? ¿Mi situación? –Le dedicó una débil sonrisa.

–Deborah, ¿qué intentas decirme?

–Que no puedo tener hijos. Que nunca seré capaz de tenerlos. Parece increíble que un único cromosoma pueda tener tanto poder, pero es así. –Se apretó los dedos contra el pecho–. Fenotipo: normal en todos los aspectos. Genotipo... bien, uno tiene «pérdidas fetales excesivas», así designan los... abortos... ¿no te parece obsceno?, y siempre hay una razón médica. En mi caso, es genética: un brazo del cromosoma veintiuno está del revés.

–¡Dios mío! –exclamó–. Deb, lo...

–Simon todavía no lo sabe –añadió con prontitud, como si quisiera evitar que prosiguiera–. Y prefiero que aún no lo sepa. Le prometí que dejaría pasar un año entero antes de hacerme más pruebas y me gustaría que pensara que he cumplido mi promesa. Tenía intención de hacerlo, pero en junio pasado... ¿recuerdas ese caso que llevabais en el que murió esa niña pequeña? Después de eso, necesitaba saberlo, Tommy. No sé por qué, a excepción de que estaba... bien, estaba muy afectada por su muerte. Por la inutilidad. Por la terrible vergüenza y por la pérdida, que esa vida pequeña y dulce desapareciera... Así pues, volví al médico. No obstante, Simon no lo sabe.

–Deborah. –Lynley pronunció su nombre poco a poco–. Lo siento muchísimo.

Al oírlo, los ojos de Deborah se llenaron de lágrimas. Intentó apartar las lágrimas con furia, y cuando él intentó acercársele movió la cabeza con la misma furia.

–No. No pasa nada. Estoy bien. Lo que quiero decir es que me encuentro bien. La mayor parte del tiempo ni pienso en ello. Y hemos iniciado el proceso de adopción. Hemos rellenado tantas solicitudes... todos esos papeles... que seguro que... tarde o temprano. Y también lo estamos intentando en otros países. Sólo deseaba, por Simon, que las cosas no hubieran ido así. Es egoísta y lo reconozco, tiene que ver con el ego, pero me habría gustado hacer un hijo juntos. Creo que quería... que también le habría gustado, pero es demasiado bueno para decírmelo. –Y luego sonrió, a pesar de una gran lágrima que no pudo reprimir–. No quiero que pienses que no estoy bien, Tommy. Lo estoy. He aprendido que las cosas pasan como tiene que pasar, al margen de lo que nosotros queramos; por lo tanto, es mejor desear poco y darle las gracias a las estrellas, a la suerte, o a los dioses por tener todo lo que tenemos.

–Pero eso no me absuelve de lo que sucedió –le repuso–. Por aquel entonces. En Santa Barbara. El hecho de que me marchara y nunca dijera una palabra. Esto no me absuelve, Deb.

–No –asintió–. No te absuelve en absoluto, pero, Tommy, créeme. Yo sí.

Helen le estaba esperando cuando llegó a casa. Ya estaba en la cama, con un libro abierto sobre el regazo. Pero se había quedado medio dormida mientras leía, y su cabeza descansaba sobre las almohadas que había apilado a su espalda; su pelo era un contorno oscuro junto al blanco algodón.

En silencio, Lynley se acercó a su mujer y se la quedó mirando. Era luz y sombra, perfectamente omnipotente y dolorosamente vulnerable. Se sentó en un extremo de la cama.

No se sobresaltó, como otros podrían haber hecho, ni se despertó de repente por su presencia. Se limitó a abrir los ojos y a mirarlo con una comprensión preternatural.

–Frances por fin ha ido a verle –le dijo, como si hiciera rato que hablaran–. Laura Hillier llamó para comunicarnos la noticia.

–Me alegro –respondió–. Es lo que tenía que hacer. ¿Cómo está Malcolm?

–No ha habido cambios, pero aguanta.

Lynley suspiró, hizo un gesto de asentimiento y añadió:

–De todos modos, todo ha acabado. Hemos hecho un arresto.

–Ya lo sé. También me llamó Barbara. Me dijo que te informara de que todo va bien en su lado del mundo. Te habría llamado al móvil, pero quería saber cómo me encontraba.

–Muy amable de su parte.

–Es muy buena persona. A propósito, también me ha contado que Hillier tiene intenciones de ascender a Winston. ¿Lo sabías, Tommy?

–¿De verdad?

–Me contó que Hillier quería asegurarse de que ella lo supiera. Aunque primero la felicitó a ella. Por el caso. Bien, os felicitó a los dos.

–Sí, bien, eso es muy propio de Hillier. Nunca diría «bien hecho» con demasiado convencimiento sólo para que uno no fuera a volverse engreído.

–A ella le gustaría recuperar su antigua posición. Pero, claro, tú eso ya lo sabes.

–Y me gustaría tener el poder para dársela. –Cogió el libro que su esposa había estado leyendo. Le dio la vuelta y examinó el título. *Una lección antes de morir.* «¡Qué apropiado!», pensó.

–Lo he encontrado entre tus novelas de la biblioteca –le informó–. Me temo que no he leído mucho. Me he quedado dormida. ¡Dios mío! ¿Por qué estoy tan cansada? Si esto sigue así durante los nueve meses, al final del embarazo acabaré durmiendo veinte horas al día. Y el resto del tiempo estaré mareada. Se suponía que tenía que ser mucho más romántico. O, como mínimo, eso es lo que siempre me habían hecho creer.

–Se lo he contado a Deborah. –Le explicó por qué había ido a Chelsea y después añadió–: Resultó que ya lo sabía.

–¿De verdad?

–Sí. Bien, es obvio que conoce los síntomas. Está muy contenta, Helen. Tenías razón al querer compartir la noticia con ella. Estaba esperando a que se lo comunicaras.

Entonces Helen le examinó el rostro, quizá por haber oído algo en el tono de voz que le había parecido inoportuno, dada la situación. Y había algo. Él mismo se daba cuenta. Pero no tenía nada que ver con Helen y mucho menos con el futuro que Lynley tenía intención de compartir con ella.

–¿Y tú, Tommy? ¿Estás contento? –le preguntó–. Ya me has dicho que sí, pero ¿qué otra cosa podías decir? Esposo, caballero, parte implicada en el proceso, no creo que te fueras a subir por las paredes. Pero últimamente he tenido la sensación de que las cosas no iban muy bien entre nosotros. Nunca la había tenido antes de quedarme embarazada y, por lo tanto, pensé que tal vez no estabas tan preparado como te creías.

–No –replicó–. Todo va bien, Helen. Y estoy contento. Mucho más de lo que te pueda expresar en palabras.

–Supongo que nos habría ido bien pasar juntos el período de adaptación –remarcó Helen.

Lynley pensó en lo que Deborah le había dicho, en que la felicidad procedía de lo que ya teníamos.

–Tenemos el resto de nuestras vidas para adaptarnos –le dijo a su mujer–. Si no disfrutamos del momento, el momento desaparece.

Dejó la novela sobre la mesita de noche. Se agachó, la besó en la frente y le dijo:

–Te quiero, cariño.

Helen acercó su boca a la suya, juntó los labios con los de él, y sugirió:

–Hablando de disfrutar del momento... –Se dio cuenta de que le devolvió el beso de un modo que los unía como no lo habían estado desde que le comunicara que estaba embarazada.

Entonces sintió una gran deseo hacia ella, esa mezcla de sensualidad y amor que siempre le dejaba débil y resuelto, empeñado en dominarla, pero estando a la vez dominado por el poder de su esposa. Le dejó un rastro de besos desde el cuello hasta los hombros, y sintió cómo se estremecía mientras le bajaba las tiras del camisón poco a poco y las dejaba caer sobre los hombros. Mientras le rodeaba los pechos desnudos con las manos y se inclinaba hacia ellos, sus dedos empezaron a desanudarle la corbata y a desabrocharle los botones de la camisa.

Entonces la miró, la pasión de repente mitigada por la preocupación.

–¿Qué pasa con el bebé? –preguntó–. ¿Es seguro?

Sonrió, le estrechó entre sus brazos y respondió:

–El bebé, querido Tommy, estará perfectamente.

29

Winston Nkata salió del cuarto de baño y se encontró a su madre sentada bajo una lámpara de pie; le había quitado la pantalla para poder trabajar con mejor luz. Estaba haciendo trabajos de encaje. Había ido a clases de ese tipo de labores con un grupo de mujeres de la iglesia, y estaba empeñada en perfeccionar ese arte. Nkata no sabía por qué. Cuando le había preguntado la razón por la que había empezado a entretenerse con bobinas de hilo de coser, lanzaderas y lazos, su madre le había respondido: «Me mantiene las manos ocupadas, cariño. Y sólo porque algo se haya dejado de hacer, no quiere decir que no valga la pena probarlo».

Nkata pensó que de hecho tendría algo que ver con su padre. Benjamin Nkata roncaba con tal intensidad que era imposible que nadie pudiera dormir en la misma habitación que él, a no ser que consiguiera dormirse antes y que tuvieran un sueño muy profundo. Si Alice Nkata estaba despierta después de las once menos cuarto, que era la hora en que acostumbrara a irse a dormir, era evidente que estaba realizando sus labores para no tener que aguantar los ronquidos y los rugidos de su marido mientras ella se frustraba por su insomnio.

Nkata se dio cuenta de que esa noche se trataba de eso. En el preciso instante en que salió del cuarto de baño, le dio la bienvenida no sólo su madre con sus encajes, sino también los ronquidos de su padre en sueños. Parecía como si alguien estuviera atormentando un grupo de osos dentro del dormitorio de sus padres.

Alice Nkata levantó la mirada de su trabajo, por encima de sus gafas de media luna. Llevaba su vieja bata de felpa amarilla, y su hijo frunció el ceño con desaprobación al verlo.

–¿Dónde está la que te regalé para el Día de la Madre? –le preguntó.

–¿Dónde está el qué? –inquirió su madre.

–Ya sabes a qué me refiero. A la bata nueva.

–Es demasiado bonita para llevarla por casa, cariño –contestó. Y antes de que pudiera protestar y decirle que las batas no se tenían que guardar por si a uno le invitaban a tomar el té con la reina, y de preguntarle por qué no se la ponía, ya que se había gastado el salario de dos semanas para poder comprársela en Liberty's, ella le preguntó:

–¿Adónde vas a estas horas?

–Pensaba pasar por el hospital para ver cómo está mi superior –le respondió–. El caso ya está solucionado, el inspector arrestó al tipo que había hecho los atropellamientos, pero mi superior todavía está... –Se encogió de hombros–. No sé. Creo que es lo que tengo que hacer.

–¿A estas horas? –preguntó Alice Nkata, echando un vistazo al diminuto reloj Wedgwood que descansaba sobre la mesilla: era el regalo que su hijo le había hecho por Navidades–. No conozco ningún hospital de por aquí que le guste recibir visitas a medianoche.

–No es medianoche, mamá.

–Ya sabes lo que quiero decir.

–De todos modos, no puedo dormir. Estoy demasiado nervioso. Ya que no puedo echarle una mano a la familia... No sé, creo que es lo correcto.

Lo miró de arriba abajo y comentó con ironía:

–Por lo bien vestido que vas, cualquiera diría que vas a su boda.

«O, si nos ponemos así, a su funeral», pensó Nkata. Pero ni siquiera quería pensar en nada que tuviera que ver con el estado de Webberly y, por lo tanto, se esforzó por pensar en otra cosa: como las razones por las que había creído que Katja Wolff era la asesina de Eugenie Davies, así como la conductora que le había ocasionado esas graves lesiones al comisario jefe; también pensó en lo que de hecho significaba que Katja Wolff no fuera culpable de ninguno de esos delitos.

–Se debe mostrar respeto en las situaciones que lo requieren. Has criado a un hijo que sabe lo que se debe hacer, mamá.

–¡Humm! –exclamó su madre, pero se dio cuenta de que estaba satisfecha–. Entonces, ve con cuidado. Si te encuentras con algún chico blanco con el pelo rapado y botas militares, evita cruzarte con él. Ve por la otra acera. Te lo digo en serio.

–De acuerdo, mamá.

–No me respondas «de acuerdo, mamá» como si no supiera de lo que estoy hablando.

–No te preocupes –le contestó–. Ya sé que lo sabes.

La besó en la cabeza y salió del piso. Sintió una punzada de remordimiento por haberle mentido –no lo había hecho desde la adolescencia–, pero se dijo a sí mismo que era por una buena causa. Era tarde y habría tenido que darle demasiadas explicaciones; tenía que ponerse en camino.

Fuera, la lluvia estaba causando los daños habituales en el edificio en el que vivían los Nkata. Se habían formado charcos de agua a lo largo de los pasillos exteriores que había entre los pisos, y se habían quedado estancados en el desprotegido nivel superior a causa del viento; se filtraban hasta los otros niveles a través de las grietas de los pasillos y del edificio en sí, que hacía tiempo que había sido construido pero que nunca había sido reformado. En consecuencia, la escalera estaba resbaladiza y era peligrosa, también como de costumbre, porque las bandas de goma de los escalones se habían desgastado –a veces las arrancaban los niños que tenían demasiado tiempo libre y demasiadas pocas cosas que hacer para llenarlo– y el hormigón que los revestía quedaba al descubierto. Y abajo, en lo que se consideraba el jardín, la hierba y los parterres de flores de tiempos remotos se habían convertido en una extensión de barro cubierta de latas de cerveza, envoltorios de comida para llevar, pañales de usar y tirar y otros detritos humanos que indicaban con elocuencia el nivel de frustración y desesperación en el que la gente caía cuando pensaba –o sabían por experiencia– que sus opciones eran limitadas a causa del color de su piel.

Nkata les había sugerido a sus padres más de una vez que se cambiaran de casa; de hecho, les había insistido en que él les ayudaría a hacerlo. Pero habían rechazado todas sus ofertas. Si la gente empezaba a arrancar las raíces en la primera oportunidad que se le presentara, le había explicado Alice Nkata a su hijo, la planta entera moriría. Además, quedándose donde estaban y teniendo un hijo que había podido escapar de lo que en verdad podría haberle arruinado la vida para siempre, servían de ejemplo para el resto de vecinos. No había necesidad de pensar que sus propias vidas estaban limitadas, si entre ellos vivía alguien que les había mostrado que eso no era así.

«Asimismo –había proseguido Alice Nkata–, la Estación de Brixton nos queda muy cerca. Y también Loughborough Junction. Para mí está muy bien, cariño. Y para tu padre también.»

Así pues, sus padres seguían allí. Y él vivía con ellos. Tener su propio piso aún le resultaba demasiado caro, y aunque no fuera así, quería quedarse en casa de sus padres. Les proporcionaba una sensación de orgullo que necesitaban, y él necesitaba dárselo.

Su coche relucía bajo una farola, recién lavado por la lluvia. Entró y se abrochó el cinturón.

Era un trayecto corto. Después de unas cuantas vueltas ya se encontraba en Brixton Road, desde donde empezó a dirigirse hacia el norte, rumbo a Kennington. Aparcó delante del centro de jardinería, donde permaneció sentado durante un momento, mirando al otro lado de la calle a través de las ráfagas de lluvia que el viento agitaba entre su coche y el piso de Yasmin Edwards.

En parte se había sentido obligado a ir hasta Kennington por la certeza de que había actuado mal. Se había dicho a sí mismo que lo había hecho mal pero por buenas razones, y creía que eso era bien cierto. Estaba casi seguro de que el inspector Lynley habría usado las mismas tácticas con Yasmin Edwards y su amante, y estaba convencido de que Barbara Havers habría hecho lo mismo, o más. Pero, evidentemente, sus intenciones habrían sido mucho más nobles que las suyas, y por debajo de su comportamiento no habría pasado una fuerte corriente de una agresión que era incoherente con la invasión que había perpetrado en la vida de esas mujeres.

Nkata no estaba muy seguro de dónde procedía esa agresión, o de lo que indicaba de él como agente de policía. Sólo sabía que la sentía y que necesitaba librarse de ella para poder volver a sentirse cómodo en su trabajo.

Abrió la puerta del coche de golpe, la cerró con cuidado después de salir, y cruzó la calle en dirección al bloque de pisos. La puerta del ascensor estaba cerrada. Cuando estaba a punto de llamar al timbre del piso de Yasmin Edwards, se detuvo, y se quedó con el dedo cerniéndose sobre el timbre adecuado. Sin embargo, llamó al piso de abajo, y cuando una voz de hombre preguntó quién era, le dio su nombre y le informó que alguien le había llamado por ciertos actos de gamberrismo que se habían producido en el aparcamiento. ¿Sería tan amable el señor –miró la lista de nombre con rapidez– el señor Houghton de mirar unas cuantas fotografías para ver si reconocía alguna cara entre el grupo de jóvenes que habían arrestado en la vecindad? El señor Houghton consintió en hacerlo y le abrió la puerta del ascensor. Nkata subió hasta el piso de Yasmin Edwards con cierto remordimiento por la forma en que había entrado, pero se dijo a sí mismo que después pasaría un momento por el piso de abajo y que se disculparía por la táctica que había usado.

Las cortinas estaban corridas en las ventanas de Yasmin Edwards, pero por la parte de abajo, y por detrás de la puerta, se filtraba un halo de luz; se oía el sonido de las voces del televisor. Cuando llamó a la puerta, ella acertadamente le preguntó quién era, y cuando él le respondió, se vio obligado a esperar durante treinta segundos eternos mientras ella decidía si le dejaba entrar.

Cuando se hubo decidido, se limitó a abrir la puerta unos diez centímetros, lo suficiente para que viera que llevaba unas mallas y un jersey muy holgado. Era rojo, del color de las amapolas. Yasmin no dijo nada, pero lo miró sin pestañear y sin la más mínima expresión en el rostro; sin darse cuenta eso le recordó quién era y lo que siempre sería.

–¿Puedo pasar? –le preguntó.

–¿Para qué?

–Para hablar.

–¿De qué?

–¿Está aquí?

–¿Usted qué cree?

Oyó cómo se abría la puerta en el piso de abajo, y supo que el señor Houghton debía de estar preguntándose dónde estaba el policía que iba a mostrarle esas fotografías.

–Está lloviendo –le advirtió–. La humedad y el frío me están calando los huesos. Si me deja entrar, sólo me quedaré un minuto. Cinco, como máximo. Se lo prometo.

–Dan está durmiendo y no quiero que se despierte. Tiene que ir a la escuela y...

–De acuerdo, hablaré en voz baja.

Tardó otro momento en decidirse, pero al final se hizo a un lado. Se dio la vuelta y se encaminó hacia el lugar donde se encontraba antes de que él llamara a la puerta, dejando que él la acabara de abrir y que la cerrara con cuidado tras él.

Vio que estaba mirando una película en la que Peter Sellers empezaba a andar sobre el agua. Era una ilusión óptica, claro está, ese tipo de cosas simuladas pero que, sin embargo, sugerían muchas posibilidades.

Cogió el mando a distancia pero no apagó el televisor. Se limitó a bajar el sonido y a seguir mirando la película.

Captó el mensaje y no la culpó por ello. Aún lo trataría peor cuando le dijera lo que había venido a decirle.

–Hemos arrestado al conductor –le informó–. No fue... no fue Katja Wolff. Resultó ser que tenía una coartada perfecta.

–Sé lo de su coartada –contestó Yasmin–. Número cincuenta y cinco.

–¡Ah! –Miró al televisor y luego la miró a ella.

Estaba sentada con la espalda recta. Parecía una modelo. Tenía el cuerpo perfecto para serlo, y ataviada con ropa moderna, habría quedado perfecta en las fotografías, salvo por su cara y por la cicatriz de la boca que le hacía parecer cruel, utilizada y enfadada.

–Seguir las pistas es parte del trabajo, señora Edwards –añadió–. Guardaba relación con la víctima y, por lo tanto, no podía pasarlo por alto.

–Supongo que hizo lo que tenía que hacer.

–Usted también –le contestó–. Eso es lo que he venido a decirle.

–Seguro que sí –replicó–. Chivarse es siempre lo más correcto, ¿no es verdad?

–No le dio elección cuando me mintió sobre dónde estaba la noche que esa mujer fue atropellada. O confirmaba su historia poniendo su vida –y la de su hijo– en peligro o decía la verdad. Si no estaba aquí, podría haber estado en cualquier otra parte, y por lo que sabíamos entonces, bien podría haber estado en West Hampstead. No podía permitirse el lujo de seguirle la corriente, mantener la boca cerrada y aceptar las graves consecuencias.

–Si, bien. Katja no se encontraba en West Hampstead, ¿no es así? Y ahora que ambos sabemos dónde estaba y por qué, ya podemos dormir tranquilos. Ya no tendré problemas con la policía, ya no perderé a Dan, y usted ya no tendrá que dar vueltas en la cama mientras se pregunta cómo demonios puede acusar de algo a Katja Wolff, cuando a ella ni siquiera se le pasó por la cabeza hacerlo.

A Nkata le costaba comprender que Yasmin siguiera defendiendo a Katja a pesar de su traición. Pero se obligó a pensar antes de responder, y se dio cuenta de que lo que la mujer estaba haciendo tenía cierto sentido. A los ojos de Yasmin Edwards, seguía siendo el enemigo. No sólo era policía, lo que siempre le haría sentir incómoda, sino que también era la persona que le había obligado a percatarse de que estaba viviendo una farsa, participando en una relación que sólo existía en lugar de otra, otra que era mucho más importante para Katja, más deseada y simplemente inalcanzable.

–No –replicó–. Eso no me hacía perder el sueño.

–Yo creo que sí –fue su desdeñosa respuesta.

–Lo que quiero decirle –prosiguió– es que si no pudiera dormir no sería por ese motivo.

–Lo que usted diga –contestó. Volvió a coger el mando a distancia–. ¿Eso es todo lo que me quería decir? ¿Que hice lo correcto y que debería estar contenta porque nunca podrán acusarme de ser cómplice de una persona que no hizo nada?

–No –respondió–. No es todo lo que he venido a decirle.

–¿No? Entonces, ¿qué más quiere contarme?

De hecho, no lo sabía. Deseaba decirle que había ido a verla porque las razones que le habían impulsado a presionarla habían sido muy confusas desde el principio. Pero si le decía eso, le estaría contando algo que era obvio y que ella ya sabía. Y él tenía más que la certeza de que ella se había dado cuenta de que los motivos que cualquier hombre pudiera tener para mirarla, hablar con ella o pedirle algo –esbelta, cálida y, sin lugar a dudas, viva– siempre serían confusos. Y también tenía la certeza de que no quería que lo comparara con esos otros hombres.

–No puedo dejar de pensar en su hijo, señora Edwards.

–Pues olvídese de él.

–No puedo –contestó. Y sin darle tiempo a replicar, prosiguió–: Las cosas son así. Tiene muchas posibilidades de ser un ganador, y usted lo sabe, pero sólo si sigue el camino adecuado. Y allí afuera hay muchas cosas que pueden apartarle del camino.

–¿Se cree que no lo sé?

–Yo no he dicho eso –replicó–. Pero tanto como si le caigo bien como si me odia, podría ser amigo de su hijo. Me gustaría mucho.

–¿El qué?

–Ser alguien para su hijo. Le caigo bien. Lo puede ver usted misma. Si lo saco de este barrio de vez en cuando, tendrá la oportunidad de relacionarse con gente como Dios manda. De relacionarse con un hombre que juega limpio, señora Edwards –se apresuró a añadir–. A un chico de su edad le hace mucha falta.

–¿Por qué? Según me dijo, usted también pasó por eso.

–Sí, así es. Me gustaría contarle mis experiencias.

–Pues guárdeselas para sus propios hijos –dijo con un gruñido.

–Cuando los tenga, así lo haré. Les transmitiré mi experiencia, pero mientras tanto... –Suspiró–. Se trata de lo siguiente: su hijo me cae bien, señora Edwards. Me gustaría pasar con él el tiempo libre que tengo.

–¿Haciendo qué?

–No lo sé.

–No le necesita.

–No le estoy diciendo que me necesite –repuso Nkata–. Pero necesita a alguien. A un hombre. Usted misma lo ve. Y pienso que...

–No me importa lo que piense. –Apretó el botón y subió el volumen. Lo más alto que pudo para que captara el mensaje.

Miró en dirección al dormitorio, preguntándose si el chico se despertaría, si entraría en la sala de estar, y si con su sonrisa de bienvenida confirmaría que lo que Winston Nkata estaba diciendo era verdad. Pero el aumento de volumen no traspasó la puerta cerrada, y si lo hizo, para Daniel Edwards sólo fue un ruido más en la noche.

–¿Todavía guarda mi tarjeta? –le preguntó Nkata.

Yasmin no respondió; tenía los ojos clavados en el televisor.

Nkata sacó otra y la dejó sobre la mesilla que había delante de ella.

–Si cambia de opinión, llámeme. También puede llamarme al móvil. A cualquier hora. No importa.

Siguió sin responder y, en consecuencia, salió del piso. Cerró la puerta despacio, con suavidad.

Ya estaba en el aparcamiento, cruzando el suelo cubierto de charcos para llegar a la calle, cuando se percató de que había olvidado su promesa de pasar un momento por casa del señor Houghton para enseñarle la placa y para disculparse por el modo en que había entrado en el edificio. Se dio la vuelta para hacerlo y observó el edificio.

Vio que Yasmin Edwards estaba de pie junto a la ventana. Le estaba mirando. Y entre las manos sostenía algo que él deseaba con todas sus fuerzas que fuera la tarjeta que le acababa de entregar.

30

Gideon andaba. Al principio había corrido: por los frondosos confines de Cornwall Gardens y a través de la estrecha y húmeda hilera de tráfico que era Gloucester Road. Se dirigió como un rayo hacia Queen's Gate Gardens, y después pasó por delante de los viejos hoteles en dirección al parque. Y luego, sin darse cuenta, giró hacia la derecha y fue a parar al Conservatorio de Música. De hecho, no se había percatado de dónde estaba hasta que hubo subido una pequeña pendiente y hubo llegado a los bien iluminados alrededores del Royal Albert Hall, donde el público salía en tropel por la circunferencia de puertas del auditorio.

Allí, la ironía del lugar le había afectado y, en consecuencia, había dejado de correr. De hecho, se había detenido de golpe, con el pecho palpitante, bajo la lluvia, sin siquiera darse cuenta de que la chaqueta, empapada, le colgaba de los hombros y de que los húmedos pantalones le golpeaban las espinillas. Ante él se encontraba el mayor escenario del mundo: la sala más codiciada por toda persona de talento. Aquí, Gideon Davies había actuado por primera vez como el niño prodigio de nueve años que era, acompañado de su padre y de Raphael Robson; los tres deseosos por establecer el apellido Davies en el firmamento de la música clásica. Así pues, le parecía muy apropiado que su huida final de Braemar Mansions –de su padre, de las palabras de su padre y de lo que pudieran o no significar– le hubiera llevado a la misma *raison d'être* de todo lo que había sucedido: a Sonia, a Katja Wolff, a todos ellos. Y lo que aún le parecía más apropiado era que la *raison d'être* que había tras la otra *raison d'être* –el público– ni siquiera sabía que él estaba allí.

Desde el otro lado de la calle del Albert Hall, Gideon observaba cómo la multitud abría los paraguas bajo el lloroso cielo. A pesar de que veía cómo movían los labios, no podía oír su animado parloteo, ese sonido tan familiar de los voraces buitres de la cultura que estaban saciados por el momento, el feliz sonido del tipo de gente cuya aprobación había deseado. Tan sólo oía las palabras de su padre, como un conjuro dentro de su cerebro: «Por el amor de Dios, lo hice, lo hice, lo hice. Cree lo que digo, lo que digo, lo que digo. Estaba viva cuando la dejaste, la dejaste, la dejaste. Yo la sostuve bajo el agua, bajo el agua. Fui yo el que la ahogó, ahogó. No fuiste tú, Gideon, hijo mío, hijo mío».

Una y otra vez, las palabras se repetían, pero le producían una visión que tenía unas consecuencias diferentes. Lo que veía eran sus propias manos sobre los pequeños hombros de su hermana. Lo que sentía era el agua rodeándole los brazos. Y por encima de la confesión de su padre, lo que oía eran los gritos de la mujer y del hombre, y después el sonido de los pasos precipitados, el *zas* de las puertas al cerrarse, y los otros gritos desesperados, y el lamento de las sirenas y las órdenes guturales de los enfermeros haciendo un trabajo de rescate en una situación en la que el rescate era inútil. Y todo el mundo lo sabía, salvo los mismos enfermeros, porque éstos sólo estaban entrenados para una misión: mantener y resucitar la vida ante cualquier cosa que pudiera interferir con la vida misma.

Pero «Por el amor de Dios, lo hice, lo hice, lo hice. Cree lo que digo, lo que digo, lo que digo».

Gideon luchó por recordar aquello que le permitiría creérselo, pero sólo se le aparecía la misma visión que antes: sus manos sobre los hombros de su hermana, pero esa vez también se le aparecía la visión de su cara, su boca abriéndose y cerrándose abriéndose y cerrándose y su cabeza girándose poco a poco de un lado a otro.

Su padre le replicaba que eso era un sueño porque «Estaba viva cuando la dejaste, cuando la dejaste, cuando la dejaste». Y todavía con más motivo porque «Yo la sostuve bajo el agua, bajo el agua».

Con todo, la única persona que podría haber confirmado esa historia también estaba muerta, pensó Gideon. ¿Y eso qué quería decir? ¿Qué le indicaba?

«Que ni siquiera ella sabía la verdad –le decía su padre con insistencia, como si estuviera junto a Gideon bajo la lluvia y el viento–. No lo sabía, porque yo nunca lo reconocí, ni siquiera cuando era importante, ni siquiera cuando se me presentó la oportunidad de resolver la situación. Y cuando por fin se lo confesé...»

«No te creyó. Sabía que lo había hecho yo. Y la mataste para que no pudiera decírmelo. Está muerta, papá. Está muerta. Está muerta.»

«Sí, de acuerdo. Tu madre está muerta. Pero está muerta por mi culpa, no por la tuya. Está muerta a causa de lo que yo le había hecho creer y de lo que le había obligado a aceptar.»

«¿De qué me estás hablando, papá? ¿De qué?», le preguntó Gideon.

«Ya *sabes* la respuesta –le respondió su padre–. Dejé que creyera que habías matado a tu hermana. Le dije "Gideon estaba dentro, dentro del cuarto de baño y la sostenía bajo el agua, yo intenté evitarlo pero Eugenie, Dios mío, Dios mío, Sonia ya había muerto". Y me creyó. Y ésa es la razón por la que estuvo de acuerdo con el trato con Katja: porque pensaba que te estaba salvando. De una investigación. Del tribunal de menores. De una carga terrible que llevarías sobre los hombros durante el resto de tu vida. Eras Gideon Davies, por todos los santos. Quería ahorrarte un escándalo, y yo lo usé, Gideon, para ahorrárselo a todo el mundo.»

«Excepto a Katja Wolff.»

«Ella consintió. Por el dinero.»

«Por lo tanto, ella pensaba que yo...»

«Sí, Katja pensaba, pensaba y pensaba, pero no lo sabía. Más de lo que tú lo sabes ahora. No estabas en la habitación. Se te llevaron por la fuerza y a ella se la llevaron al piso de abajo. Tu madre se fue a pedir ayuda por teléfono. Y, en consecuencia, yo me quedé solo con tu hermana. ¿No entiendes lo que eso quiere decir?»

«Pero lo que yo recuerdo...»

«Recuerdas lo que recuerdas porque eso es lo que sucedió. La sostuviste bajo el agua, pero eso no quiere decir que la ahogaras. Y lo sabes, Gideon. ¡Por Dios, lo sabes!»

«Pero lo que yo recuerdo...»

«Tan sólo recuerdas lo que hiciste. Yo hice el resto. Me declaro culpable de todos los crímenes que se perpetraron. Después de todo, soy la persona que no podía soportar tener una hija como Virginia.»

«No, era el abuelo.»

«El abuelo tan sólo fue la excusa que yo usé. La despreciaba, Gideon. Hacía ver que estaba muerta porque quería que lo estuviera. No lo olvides. Nunca. Ya sabes lo que significa. Lo sabes, Gideon.»

«Pero mamá... mamá iba a contarme que...»

«Eugenie iba a perpetuar la mentira. Iba a contarte lo que yo había dejado que creyera a lo largo de todos esos años. Iba a explicarte por qué nos había abandonado sin despedirse, por qué se había llevado todas las fotografías de Sonia, por qué se había mantenido alejada durante casi veinte años... Sí, iba a contarte lo que pensaba que era la verdad –que ahogaste a tu hermana– y no podía aceptar que eso sucediera. Así pues, la maté, Gideon. Asesiné a tu madre. Lo hice por ti.»

«Por lo tanto, ahora no queda nadie que pueda decirme...»

«Ya te lo estoy diciendo yo. Puedes creerme y debes hacerlo. ¿No soy yo el que mató a la madre de sus hijos? ¿No soy yo el que la embistió en la calle, el que la atropelló, el que le quitó la fotografía que había traído a la ciudad para corroborar tu culpa? ¿No soy yo el que después se alejó tranquilamente y el que luego no sintió nada? ¿No soy yo el que después se fue felizmente a casa para reunirse con su joven prometida y el que siguió con su vida como si nada? Por lo tanto, ¿no me crees capaz de matar a una niña que era una cretina enferma e inútil, una carga para todos nosotros, el vivo ejemplo de mi propio fracaso? ¿No me crees capaz, Gideon? ¿No me crees capaz?»

La pregunta resonó a lo largo de todos esos años. Le obligó a recordar cientos de recuerdos; los veía brillar con luz mortecina, mostrándose ante él, todos haciendo la misma pregunta: «¿No me crees capaz?».

Y lo era. Claro que lo era. Lo era. Richard Davies siempre lo había sido. Gideon lo veía, lo leía en todas las palabras, matices y gestos de su padre en los últimos veinte años. No cabía duda de que Richard Davies era capaz.

Pero admitir ese hecho –aceptarlo por fin– no lo absolvía en lo más mínimo.

Por lo tanto, Gideon andaba. Tenía el rostro cubierto de lluvia y el pelo pegado a la cabeza. Riachuelos semejantes a venas le bajaban por el cuello, pero él no sentía ni el frío ni la humedad. Tenía la sensación de que seguía un camino sin rumbo, pero no era así, a pesar de que no se percató de que Park Lane daba paso a Oxford Street, y de que Orchard Street se convertía en Baker.

Del caos de lo que recordaba, de lo que le habían contado y de lo que se había enterado surgía una conclusión a la que al final se aferró: aceptarlo era la única opción que tenía, porque si no lo aceptaba nunca podría reparar los daños. Y él era el que tenía que hacerlo, ya que no quedaba nadie más.

No podría devolverle la vida a su hermana, no podría salvar a su madre de la destrucción, no podría devolverle a Katja Wolff los veinte años que había sacrificado al servicio de los planes de su padre. Pero sí que podría pagar la deuda de esos veinte años y, como mínimo, de esa manera podría enmendar el impío trato que su padre le había impuesto.

En realidad había una forma de compensarla y que a la vez serviría para cerrar el círculo de todo lo demás que había sucedido: desde la muerte de su madre hasta la pérdida de su música, desde la muerte de Sonia hasta la exposición pública de todos los que guardaban relación con Kensington Square. Estaba encarnado en los largos y elegantes arcos, en las volutas perfectas, en las encantadoras clavijas hechas a mano por Bartolomeo Giuseppe Guarneri.

Vendería el violín. La cantidad de dinero que obtuviera en subasta, sin importarle la que fuera, y sin duda sería astronómica, se la daría a Katja Wolff. Y al hacer esas dos acciones concretas, sin duda estaría demostrando sus disculpas y su dolor, ya que era el mayor esfuerzo que podía hacer por su parte.

Haría que esas dos acciones sirvieran para cerrar el círculo de crímenes, mentiras, culpa y castigo. Su vida nunca volvería a ser la misma después de eso, pero por fin sería su propia vida. Eso era lo que quería.

Gideon no tenía ni idea de la hora que era cuando llegó a Chalcot Square. Estaba empapado hasta los huesos y exhausto a causa de la larga caminata. Pero finalmente, convencido del plan que tenía intención de seguir, se sentía imbuido de un poco de paz. Con todo, los últimos metros hasta su casa le parecieron interminables. Cuando por fin llegó, tuvo que apoyarse en la barandilla para poder subir la escalera de la entrada y reclinarse contra la puerta para poder revolver los bolsillos en busca de las llaves.

No las tenía. Frunció el ceño al darse cuenta. Revivió el día. Había salido de casa con las llaves. Había salido en coche. Había conducido hasta el despacho de Bertram Cresswell-White y luego se había dirigido al piso de su padre, donde...

Libby, recordó. Ella era la que había conducido. Había estado con él. Le había pedido que lo dejara solo horas atrás y ella se había visto obligada a hacerlo. Le había dicho que se llevara el coche. Tendría las llaves.

Sin embargo, cuando estaba a punto de empezar a bajar la escalera, la puerta se abrió de repente.

—¡Gideon! —gritó Libby—. ¿Qué demonios...? ¡Ostras, estás empapado! ¿No podías haber cogido un taxi? ¿Por qué no me has llamado? Podría haber pasado a recogerte... Ah, ha llamado un policía, el mismo que vino a hablar contigo esa noche. ¿Te acuerdas de él? No he cogido el teléfono, pero ha dejado un mensaje diciendo que le llames. ¿Todo va...? ¿Por qué no me has llamado?

Sostenía la puerta abierta de par en par mientras hablaba, lo hizo pasar, y luego la cerró de un portazo a sus espaldas. Gideon no dijo nada. Libby prosiguió como si él hubiera respondido.

–Ven, Gid. Apóyate en mí. ¿Dónde has estado? ¿Has hablado con tu padre? ¿Va todo bien?

Subieron al primer piso. Gideon se encaminó hacia la sala de música. Pero Libby le condujo hacia la cocina.

–Necesitas un té –insistió–. O una sopa. O algo. Siéntate. Déjame que te traiga...

Se vio obligado.

Libby seguía hablando. Su voz era rápida. Tenía la tez colorada.

–Me imaginé que debería esperarte, ya que las llaves las tenía yo. Supongo que te podría haber esperado en mi propia casa. Bajé durante un rato, pero me llamó Rock, y cometí el error de coger el teléfono porque creía que eras tú. Dios, es tan diferente de lo que en un principio me había parecido. De hecho, quería venir a verme. Deberíamos hablar de nuestra situación, es como me lo planteó. Increíble.

Gideon la oía pero no la oía. Junto a la mesa de la cocina, se sentía inquieto y tenía frío.

Libby prosiguió, incluso con mucha más rapidez, mientras Gideon cambiaba de posición en la silla:

–Rock quiere que volvamos a vivir juntos. Evidentemente, sólo son castillos en el aire, o como quieras llamarlo, pero aunque parezca imposible, me llegó a decir: «Soy bueno para ti». Como si no se hubiera pasado todo nuestro maldito matrimonio follándose todo lo que se le ponía delante. «Sabes que nos llevamos muy bien», me dijo. Pero yo le respondí: «Gideon es bueno para mí, Rocco, pero tú, eres de lo peor». Y eso es lo que en verdad pienso, ¿sabes? Eres bueno para mí, Gideon. Y yo soy buena para ti.

Se movía de un lado a otro de la cocina. Era evidente que se había decido por la sopa, ya que inspeccionó la nevera, encontró una lata de sopa de tomate y albahaca, se la mostró triunfante y exclamó:

–Ni siquiera está caducada. La calentaré en un instante. –Sacó una cacerola y tiró la sopa dentro. La colocó sobre los fogones y extrajo un cuenco de un armario. Prosiguió hablando–: Lo que he pensado es lo siguiente: Deberíamos alejarnos de Londres durante una temporada. Necesitas un descanso. Y yo necesito unas vacaciones. Así pues, podríamos viajar. Podríamos ir a España para disfrutar del buen tiempo. O podríamos ir a Italia. Incluso podríamos ir a

California, y así podrías conocer a mi familia. Ya les he hablado de ti. Saben que te conozco. Quiero decir, les he contado que vivimos juntos y todo eso. Bien, sí, más o menos. No es que en realidad vivamos juntos... pero, ya sabes...

Dejó el cuenco y una cuchara sobre la mesa. Dobló una servilleta de papel en forma de triángulo y le dijo:

–Toma.

Se subió una de las tiras del peto, que estaban sujetas por un imperdible. Mientras lo hacía, él la observaba. Usó el dedo pulgar para hacerlo, y abría y cerraba el imperdible de modo espasmódico.

Esa muestra de nervios no era propia de ella. Le dio que pensar. La observaba, confundido.

–¿Qué? –le preguntó.

Gideon se puso en pie y le contestó:

–Necesito cambiarme de ropa.

–Ya te la traigo yo –le respondió mientras se dirigía hacia la sala de música y hacia el dormitorio que había detrás–. ¿Qué quieres? ¿Levi's? ¿Un suéter? Tienes razón. Debes cambiarte de ropa. –Y mientras él se levantaba, añadió–: Ya te la traigo yo. Espera, Gideon. Antes tenemos que hablar. Lo que te quiero decir es que necesito explicarte... –Se detuvo. Tragó saliva, y él oyó el ruido que hizo desde metro y medio de distancia. Era el ruido que hace un pez cuando aletea sobre la cubierta de un barco, cuando respira por última vez.

Entonces Gideon miró a lo lejos y vio que las luces de la sala de música estaban apagadas, lo que le sirvió para advertirle, aunque no sabía muy bien de qué. Sin embargo, se percató de que Libby no quería que él entrara en la sala. Hizo un paso hacia allí.

Libby añadió con rapidez:

–Esto es lo que quiero que entiendas, Gideon. Para mí, eres lo más importante. Y esto es lo que he pensado: ¿Cómo puedo ayudarle? ¿Qué puedo hacer para que seamos nosotros de verdad? Porque no es normal que estemos juntos pero sin estarlo del todo. Y nos iría muy bien a los dos si nosotros... ya sabes... mira, es lo que necesitas. Es lo que yo necesito. Ser cada uno lo que realmente somos. Y lo que somos es lo que somos, no lo que hacemos. Y la única forma que tenía para hacer que lo vieras y lo comprendieras, porque el hecho de hablar sin parar no lo lograba y tú lo sabes bien, era...

–¡Oh, no! ¡Dios mío! –Gideon pasó por delante de ella, empujándola a un lado con un grito inarticulado.

Avanzó a tientas hasta la lámpara más cercana de la sala de música. La asió. La encendió.

Lo vio.

El Guarneri –lo que quedaba de él– yacía junto al radiador. El mástil estaba roto, la parte superior, destrozada, y los lados, hechos añicos. El puente estaba partido por la mitad y las cuerdas, enroscadas alrededor de lo que quedaba del cordal. La única parte del violín que no estaba destrozada era la perfecta voluta, que se curvaba con elegancia como si aún pudiera inclinarse hacia delante para rozar los dedos del violinista.

Libby seguía hablando a sus espaldas. En voz alta y con rapidez. Gideon oía las palabras, pero no el significado.

–Me lo agradecerás –le decía–. Quizás ahora no. Pero lo harás. Te lo prometo. Lo he hecho por ti. Y ahora que por fin ha salido de tu vida, podrás...

–Nunca –se dijo a sí mismo–. Nunca.

–¿Nunca qué? –le preguntó, y mientras él se acercaba al violín, se arrodillaba junto a él, acariciaba el reposabarbillas y sentía cómo su frialdad se mezclaba con el calor de sus manos...– ¿Gideon? –Su voz sonaba insistente, sonora–. Escúchame. Todo irá bien. Sé que estás disgustado, pero debes darte cuenta de que era la única manera. Ahora eres libre. Libre para ser quien eres, ya que eres mucho más que un simple tipo que toca el violín. Siempre has sido mucho más que eso, Gideon. Y ahora puedes saberlo, igual que yo.

Las palabras le abatían, pero sólo se percataba del sonido de su voz. Y más allá de ese sonido estaba el rugido del futuro a medida que se le acercaba con rapidez, elevándose cual maremoto, negro y oscuro. No pudo hacer nada por evitar que le cubriera. Se sintió atrapado y todo lo que sabía se vio reducido en un instante a un único pensamiento: lo que quería y lo que había planeado hacer le había sido negado. Otra vez. Otra vez.

–¡No, no y no! –gritó. Se puso en pie de un salto.

No oyó los propios gritos de Libby mientras se precipitaba hacia ella. Su peso le hizo perder el equilibrio. Ambos cayeron al suelo.

–¡Gideon! ¡Gideon! ¡No! ¡Detente! –suplicaba Libby.

Pero las palabras no eran nada en comparación con la furia que sentía. Sus manos fueron a por sus hombros, tal y como ya habían hecho en el pasado.

Y Gideon la sometió.

Título de la edición original: *A Traitor to Memory*
Traducción del inglés: Maria Via Giménez,
cedida por Editorial Diagonal del Grup 62, s. a.
Diseño: Serifa
Fotografía de la sobrecubierta: © Hulton Archive

Círculo de Lectores, S. A. (Sociedad Unipersonal)
Travessera de Gràcia, 47-49, 08021 Barcelona
www.circulo.es
1 3 5 7 9 3 0 0 4 8 6 4 2

Depósito legal: Na. 508-2003
Fotocomposición: Víctor Igual, S. L., Barcelona
Impresión y encuadernación: RODESA (Rotativas de Estella, S. A.)
Navarra, 2003. Impreso en España
ISBN 84-226-9996-6
N.° 34108